LOCUS

LOCUS

L O C U S

LOCUS

to

fiction

to 140
雅各之書（上）
KSIĘGI JAKUBOWE

作者：奧爾嘉・朵卡萩（Olga Tokarczuk）
譯者：游紫晴
編輯：林盈志
封面設計：簡廷昇
內頁排版：江宜蔚
校對：呂佳眞
出版者：大塊文化出版股份有限公司
105022 台北市松山區南京東路四段 25 號 11 樓
www.locuspublishing.com
locus@locuspublishing.com
讀者服務專線：0800-006-689
電話：02-87123898　傳眞：02-87123897
郵撥帳號：18955675　戶名：大塊文化出版股份有限公司
印務統籌：大製造股份有限公司
法律顧問：董安丹律師、顧慕堯律師

總經銷：大和書報圖書股份有限公司
地址：新北市新莊區五工五路 2 號
電話：02-89902588　傳眞：02-22901658

初版一刷：2025 年 7 月
定價：新台幣 1,500 元（全套三冊不分售）
ISBN：978-626-433-024-4
Printed in Taiwan.

KSIĘGI JAKUBOWE

雅各之書

或者說是
跨越七道國界、五種語言，
與三大宗教（不計入小的教派）的偉大旅程。

這個故事由死者講述，
再由作者透過猜想的方式加以補充，
它擷取了各形各色的書籍，
並受到想像力（人類最偉大的天賦）的幫助。

讓聰明人紀念，讓同胞們反思，
讓業餘的人學習，讓憂愁的人開心。

奧爾嘉·朵卡萩
OLGA TOKARCZUK

游紫晴 ____ 譯

全書目次

【上冊】

【中冊】

三 道路之書

五　金屬與硫磺之書

推薦序

探索漂流之途與救贖之力

楊佳嫻

世界是如何創造出來的？奧爾嘉・朵卡萩《雅各之書》提供了極為詩意的景觀：「上帝時不時會對自己的光輝與沉默感到厭倦，無窮令祂作嘔。這種時候，祂就宛如一顆巨大、極度敏感的牡蠣，祂光裸脆弱的肉身一感覺到光子最細微的振動，就會蜷縮自身，僅留下一些空間，讓世界得以馬上從空無一物的地方現身。」小說家簡要地將之定義為「從上帝的厭倦中誕生」。

如同演化，世界在初啟之時如脆弱的菌絲，迅速連結網絡，逐漸變得堅實、染上色彩，最後一分為二，一方是沙粒，一方是水滴。而《雅各之書》的主角雅各，從一個思想靈活的青年逐漸變成教派的領導者，他和追隨者之間的關係，也如同世界的構成，從脆弱到堅實，遊轉在歐洲各處對猶太人長遠的惡意之中，也必須與猶太教、天主教、伊斯蘭教的教規、思想與勢力範圍磕磕碰碰，面對外在的汙名、驅逐，和團體內部的動搖、爭奪。朵卡萩根據歷史添加虛構的血肉，撐開敘述與想像，這過程也猶如觸碰巨大敏感的牡蠣，插足於那好不容易讓出來的小小空間，讓小說可以長出來。

不過，《雅各之書》並非宗教書，也不是特定的聖人奮鬥史，或者彌賽亞見證錄。它的敘事舞台架設在十七到十八世紀的歐洲，較明確地涉及波蘭、土耳其、俄羅斯、奧地利、德意志等地，以及多樣化的語言。在人物的講述和記憶中，時常涉及猶太人所遭逢到的歧視和鎮壓，甚至出現猶太人拿兒童基督徒的血去做發酵餅的控訴、逮捕和極刑事件。猶太人雅各逐漸成為教派領袖，被人以救主稱呼，也行過聖蹟，但是，他並非現在我們想像中的宗教聖人慈悲無我的模樣，他會憤怒，會猜忌，會生難堪的病，喜歡年輕的女人（因此到處生孩子），他的親信也會為了生存而行賄，在他重病時希望能被承認為繼承人等等。這位救主的一生特別顛沛，周遭的人也跟著面臨考驗，他的欲望總如此鮮明，卻又具有某種黏合人群的魔力。

小說人物眾多，改了信仰又改了名字，還有同名之人，加上卷帙浩繁、對於波蘭歷史和宗教不熟悉，讀著讀著確實容易墜入迷霧。我也不例外。每個讀者在朵卡萩這部書裡需要找到自己的石頭，摸著石頭過大河，找到那獨一無二的閱讀樂趣。我的石頭就是關於書寫的討論、以屠戮和利益組成的歷史中女人的意義，以及無數詩化的段落，有時是精妙比喻，有時是充滿感官張力的描繪。

書寫是為了什麼？——紀錄、抒發與溝通。這三者在小說中都得到了發揮，最重要、篇幅最多的是納赫曼對於救主雅各言行的紀錄，也就是貫串全書的《碎筆》，從納赫曼的視角寫下他自己如何成長、和雅各的相處點滴、教派的行事與變動。即使雅各不喜歡這樣的紀錄，納赫曼仍堅持書寫，在字句的選擇和連結中，他找到自身的安棲之所，也帶著讀者貼身觀察雅各。再者，是各個人物之間的通信，例如赫梅洛夫斯基神父和女詩人德魯日巴茨卡。

德魯日巴茨卡是本書中讓人印象深刻的女性人物。她提醒赫梅洛夫斯基神父，他努力完成、希望成為「家家戶戶都要有的知識概要」的百科全書《新雅典》，最大問題就是充滿了拉丁文。神父說，怎麼會呢，每個波蘭人都能說流利的拉丁語，象徵著他們的開化與優雅。詩人反駁：「您口中說的是哪裡的波蘭人？」顯然，不包含大部分的女人、商人和中下階層。她建議神父在下一版剪除所有的拉丁語彙，「就像是善良的神父修整您的花園一樣」。她的建議令神父不大愉快，因為戳破了這位知識狂熱的神父有限且狹隘的世界觀。即使如此，這兩個上了年紀、相信書寫力量的人，仍長時間藉由通信抒發彼此的生活與感懷。

另一位出場次數不多，但具有點睛功效的，是城督夫人科薩科夫斯卡。她和貼身女僕阿格涅什卡首次在小說登場，朵卡萩的描寫十分美妙，宛如帶著讀者從半空中俯視鬧區：「兩個女人彷彿藏身於珍貴貝殼般，躲在馬車裡，漂過市集上混雜多國語言埋頭討價還價的人流。」夫人身體不斷流出血液，匆匆躲入長老家整理，小說裡總結道：「女人的一生究竟看過多少血漬啊」，而女人的獨門技藝代代相傳就包括了如何漂白血漬，小說裡總結道：「如果有一天人們成立了女子大學，這一定會是大學裡最重要的科目。生產、月經、戰爭、打鬥、偷襲、攻擊、屠殺——血液時時刻刻都在皮膚下蠢蠢欲動，提醒人們生活中的每一處血腥。」而女人就是處理血腥的能手，她們的勞作總在處理沾滿鮮血的現實。

當然，還有幽魂般在這座小說宮殿中來去無蹤的嫣塔。小說一開頭，就是以嫣塔從瀕死一刻奇蹟般回返，「轉瞬之間，彷彿突然遭遇了某種衝擊，嫣塔能夠從上空俯瞰一切了」，她是那個將死未死、最古老的目光，蟬一般輕盈的身體被放入洞穴，可是魂魄卻飄蕩在諸國界之上，宛如所有人的母親，故事開始轉動的溼潤的深奧處。

至於詩一般的段落如何使這部小說斑斕、生動，可說俯拾皆是。寫到戰爭：「天使們已經開始祂們的清掃工作了；祂們兩手抓著名為世界的地毯上下甩動，灰塵隨之飛舞。祂們馬上就會把它捲起來。」寫到欲望的重壓：「炎熱空氣中每一粒最小的分子似乎變得更加結實飽滿，宛如多汁的櫻桃，下一秒就會裂開，果汁會濺到果皮上。暴風雨即將到來。」

書寫也可以是救贖嗎？我信了我就得救？信仰和愛是同一回事嗎？宗教教導人們互愛，卻又隔離了人群。《雅各之書》不怎麼容易讀，可是堅決探險的人必然能調整出強風滾草中往下走的姿勢。如果你記得的是朵卡萩首先被引進台灣的《太古和其他的時間》和她對時間多層次的探討，那麼《雅各之書》會讓你看到她總合時間與空間、歷史與宗教、現實與神祕的更大能耐。

推薦語

混雜多元、非單一線性的歷史想像

洪明道

讀這本書時，我打開了Google Maps，對照著羅哈廷一帶像蜘蛛網般的道路。朵卡萩描繪了民族國家之前混雜多元的歐陸，各種語言、族群尚未被邊境所劃分，宗教也是如此。在那樣的時代，誕生了一種融合猶太教、天主教，又帶有神祕主義色彩的宗教思潮，一個自稱為彌賽亞的領袖。值得注意的是，那也是啟蒙的時代。

為了再現這樣的混雜性，朵卡萩動用了大量的角色和視角，運用了希伯來語、拉丁文。鬼魂和洞穴甚至把小說的時間摺疊起來。這些都挑戰著讀者熟悉的閱讀框架，以及線性的歷史觀。這樣的歷史想像，或許能帶給台灣讀者不一樣的啟發，重新想像自身過去及未來。

KSIĘGI JAKUBOWE

雅各之書

或者說是
跨越七道國界、五種語言，
與三大宗教（不計入小的教派）的偉大旅程。

這個故事由死者講述，
再由作者透過猜想的方式加以補充，
它擷取了各形各色的書籍，
並受到想像力（人類最偉大的天賦）的幫助。

讓聰明人紀念，讓同胞們反思，
讓業餘的人學習，讓憂愁的人開心。

上

奧爾嘉·朵卡萩
OLGA TOKARCZUK

游紫晴 ＿＿ 譯

致父親母親

序幕

被吞入腹中的小紙片卡在食道某處，靠近心臟的位置。紙片被口水浸溼，特製的黑色墨汁漸漸暈開，字跡隨之變得模糊。文字在人體裡分裂成兩個部分：物體和本質。當前者消失、失去形體，後者才得以與身體組織相容，因為本質總是不停尋求著物質的載體；即使這會造成許多不幸也在所不惜。

嫣塔醒了過來，可是她明明差點就死了！她現在能夠清楚感覺到那像是疼痛、像是川流的震動、壓迫感與衝勁。

她的心臟重新開始微微震動，心跳雖然微弱，但頻率規律穩定。嫣塔枯瘦乾癟的胸口再度變得溫暖。她眨了眨眼睛，艱困地抬起眼皮，這才看見滿臉憂慮的以利沙．修爾正俯視著她。她嘗試對他微笑，卻無法隨心所欲控制自己的表情。以利沙．修爾眉頭深鎖，埋怨地望著她。他正叨念著什麼，嫣塔卻一點聲音也聽不見。有一雙手從某個方向伸了過來——老修爾把大手伸向她的脖子，接著雙手在破舊的毯子下方游移。修爾笨拙地試著將無力的身體翻向另一側，查看她身下的床單。不，嫣塔感覺不到他的力氣，她感受到的只有大汗淋漓的大鬍子男人的存在感和體溫。

轉瞬之間，彷彿突然遭遇了某種衝擊，嫣塔能夠從上空俯瞰一切了，她看著自己和修爾日漸稀疏的頭頂——他的帽子在和嫣塔的身體纏鬥的過程中掉了下來。

於是從此以後，一切盡收嫣塔眼底。

一　霧靄之書

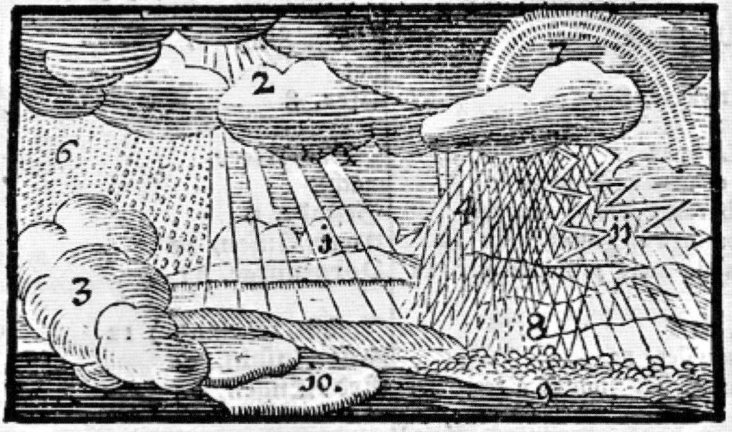

Ex aqua	Z wody	
aſcendit	wſtępuie	aſcéndere, n. 3. wſtępo-
vapor. 1 m. 3.	pára, 1	wać.
Inde fit	ztąd ſię ſtawa	
nubes; 2 f. 3.	obłok, 2	
& prope terram	a bliſka źiemie	
nebula 3 f. 1.	mgła. 3	
E nube	Z obłoku	
ſtillat (defluit gut-	kropi (kapie kropla-	ſtillare, n. 1. kropić.
(tatim	(mi	defluere, n. 3. kapać.
pluvia 4 f. 1.	deſzcz, 4	
& *imber*. m. 3.	i deſzcz gwałtowny,	

Quæ

1

一七五二年，羅哈廷[1]

十月底，某日清晨。總鐸神父佇立在門廊下，等馬車來。他習慣日出而起，但此刻卻覺得半夢半醒，不知道自己究竟是如何走到這裡的——獨自面對眼前的霧海。他不記得是怎麼起身的，如何穿衣，吃過飯了沒。他有些驚訝地看向袍子底下露出的堅固靴子，褪色羊毛大衣微微破損的下襬，和手裡的手套。他戴上左手的手套，內裡十分溫暖並且完美貼合手掌，彷彿手掌和手套早已相識多年。神父緩緩吸氣，如釋重負。他摸了摸掛在肩上的包，機械式地反覆摩挲包包四方形的邊角，堅硬粗糙就像皮膚上的疤痕，從而漸漸回想起袋中的東西——沉重、熟悉，令人愉悅的形狀。某種美好的事物，

1 羅哈廷（Rohatyn）位於現今烏克蘭西部伊凡諾．法蘭科夫斯克州的城市，一四一五年取得城市地位，一七七二年第一次波蘭瓜分歸屬奧地利。本書註釋皆為譯註。

某種將他引導至此的東西，某些話語，某種符號——這所有一切都和他的人生有深厚的連結。對了，他已經知道那裡有什麼東西，而且這股意識讓他的身體漸漸熱了起來，霧氣似乎也因此變得稀薄。他身後有一道深色的門，一側門扉緊閉。也許寒冷的冬季即將來臨，寒霜甚至可能凍傷果園裡的李子。門上刻著模糊的文字——他即使不走近看，也知道寫了些什麼，畢竟是他自己要求訂製的；神父命令兩名來自皮德海齊[2]的工匠細心裝飾，因此他們花了整整一星期鑿刻門板上的字母：

今日既往，明日無痕。
逝者已去，追猶不及。

「追」（DOGONIM）字裡的字母N被寫反了，有如鏡子裡的倒影，令他十分煩躁。真已經不知道這是第幾次為此生氣，神父大力搖了搖頭，終於清醒。這個顛倒的字母是「И」。真是粗心大意！他有必要時時刻刻盯著工匠的手，監督他們的每個步驟。有鑑於這些工匠是猶太人，文字帶了點猶太風格，字體過於扭曲歪斜。其中一位工匠甚至討價還價，堅持這樣的「N」不只沒問題，甚至更好看，因為由下往上、由左往右的那一橫是基督徒的寫法，反過來才是猶太人的寫法。這段令人惱火的小插曲讓神父找回了知覺。現在班乃迪克．赫梅洛夫斯基[3]神父，羅哈廷的總鐸神父，總算看出自己為什麼感覺仍在睡夢中。他站在霧中，顏色就像他床單的灰色調；是染上汙痕的白，無窮盡的灰色是這個世界的內襯。靜止的霧嚴實地包裹住整座庭園，後方隱約透出巨大梨樹、矮牆還有藤編馬車熟悉的輪廓。昨天他在康米紐斯[4]的書中讀到，這是雲沉降後貼近地面的正常天氣現象。

他聽見熟悉的哐啷與嘎吱聲，每段旅途中它們不可避免地引領他進入具創造力的冥想狀態。隨後，拉著馬轡的羅什科和神父的馬車廂才從霧裡現身。看著這幅景象，神父感受到一股力量，用手套拍了拍自己的手，朝駕駛座徐徐走去。羅什科一如既往地沉默。他把輓具擺正，並凝視神父許久。霧靄使他的臉顯得十分黯淡，神父從未覺得對方如此蒼老，彷彿一夜白頭，可他明明是個青年。

他們終於啟程，卻恍若呆立原地，只有馬車的搖晃和令人放鬆的嘎吱聲表明了他們正在移動。多年來經過無數次的道路，已經不必欣賞沿途美景，也不需要任何地標來判斷方向。神父知道現在他們正沿著森林邊緣的道路前進，將會一路前行直到那個立有神龕的十字路口。多年前神父接掌菲爾雷夫[5]總鐸區的時候，建造了這座神龕。他左思右想究竟該供奉誰。他想起聖本篤，他的主保聖人，或是隱士歐諾菲力烏斯[6]，他在沙漠中奇蹟似地只依靠椰棗果腹，而天使們每八天就會從天而降，為他送上聖體。神父指導雅布諾夫斯基閣下的兒子迪米特里多年的學業，當課程結束，來到菲爾雷夫的時候，這個地方也成了神父心中的沙漠[7]。神父經過深思熟慮之後，決定這座神龕不能只為了自己而

---

2 皮德海齊（Podhajce）位於羅哈廷東南方，一四二〇年開始有猶太人定居，一四六九年取得城市地位。

3 班乃迪克．赫梅洛夫斯基（Benedykt Chmielowski，1700—1763），波蘭第一套百科全書《新雅典》的作者。

4 約翰．阿摩司．康米紐斯（Jan Amos Komenský，1592—1670），出身摩拉維亞地區的教育家，認為教育不分性別與階級，為早期附插圖的兒童教科書與語言學習書《世界圖繪》的作者，該書於一六五八年於紐倫堡出版。

5 一九四八年更名為利皮夫卡（Lipówka），位於今日烏克蘭西部。

6 歐諾菲力烏斯（拉丁語Onuphrius），四世紀的隱士，天主教以及東正教的聖人，據傳他在北埃及的沙漠生活了六十年。本書裡的基督宗教信仰，主要是天主教，因此關於《聖經》裡的名詞，皆以天主教的翻譯版本為主。

7 Pustynia一字除了沙漠，也有隱修地的意思。

蓋，不能是為了滿足個人的虛榮心而蓋。而是為了純樸的人民，讓他們在十字路口得以稍作休息，讓他們的祈禱上達天聽。因此，戴著皇冠的天下女皇聖母像被安放在白色石頭基座上，一條蜿蜒的蛇匍匐在她小巧的尖頭鞋底。

然而，今天就連聖母都消失在濃霧中，神龕和十字路口也無法倖免，舉目所見只剩下尖尖的樹頂。這是霧氣逐漸散去的徵兆。

馬車停了下來，羅什科沮喪地開口：「神父您看，小卡霞不想繼續走了。」羅什科從座位上下來，並大大地畫了幾個十字。

隨後他彎腰，像是盯著水底一般望向霧氣的深處。襯衣從他喜慶的褪色紅外袍下露了出來。

「我不知道該往哪裡走。」他說。

「你怎麼會不知道？我們人都已經在羅哈廷的大馬路上了。」神父驚呼。

然而事實如此！神父下了馬車，跟在僕從的後面。他們毫無頭緒，繞著馬車走來走去，雙眼死死盯著那片純白。他們以為自己看見了什麼，但是無法捕捉任何蛛絲馬跡的眼睛卻開始捉弄他們。這種事居然會發生在他們身上！畢竟這跟迷失在自己的口袋裡沒什麼兩樣。

「安靜！」神父突然出聲並舉起手指，豎起耳朵聆聽。的確，在縷縷白霧的深處，從左側的某個地方傳來微弱的水聲。

「我們跟著水聲走吧！這是水流的聲音。」神父做出決定。

他們將沿著格尼拉帕河緩緩前進，水流帶領著他們。

不一會兒，在馬車上的神父放鬆下來，伸直雙腿，並讓視線在這片霧海中盡情徜徉。移動的過程最能幫助人們思考，因此他馬上就陷入了旅途的沉思。漸漸地，儘管有些遲疑，他的思路再度變得清晰。齒輪和墊片接合運轉，讓擺輪持續前行，和時鐘的運作機制如出一轍。他在利沃夫[8]買的時鐘，如今還放在住處的走廊上，為了這座鐘，他付了好大一筆錢。等一下就可以聽見時鐘的叮噹響聲。難道世界不就是起源於這樣的霧靄嗎？他開始思考。根據猶太歷史學家弗拉維奧．約瑟夫斯的說法，世界被創造時正值秋分。也許我們可以這麼推測，畢竟在天堂裡也有水果，既然有蘋果掛在樹上，當下肯定是秋天……聽起來有點道理。然而，他馬上又冒出了別的念頭：這算什麼理由？這種無足輕重的水果，難道全能的神不能在任何季節額外創造嗎？

他們抵達通往羅哈廷的主幹道，融入路上的人潮、來往的馬匹與車子，各式各樣的車子在霧中看起來就像用麵包製成的聖誕小雕像。星期三是羅哈廷市集營業的日子，農民們驅車趕集，車上載滿了一袋袋的穀物、關家禽的籠子和各類農作物。商人們攤上所有可售賣的商品，踏著充滿朝氣的步伐穿梭其中。他們的小攤子設計精巧，可以像扁擔輕易背起，且搖身一變就是一張張桌子，擺滿色彩繽紛的布料、木製玩具、農村買來只要四分之一價格的雞蛋。農民也會趕著山羊和乳牛來賣，動物被喧鬧聲嚇得在水坑裡緊緊縮成一團。一台蓋著破爛油布的馬車從動物旁駛過，上頭坐滿吵吵鬧鬧的猶太人，他們從附近四面八方來到羅哈廷的市集。在他們後方華麗的四輪馬車艱困地行進，路上的人群和霧氣使得馬車難以維持莊重的姿態。上了淺色亮光漆的車門沾了黑泥，馬夫在藍色斗篷底下的臉色則

---

8 利沃夫（Lviv），波蘭立陶宛聯邦時期為魯塞尼亞總督區（Województwo ruskie）的首府，十九世紀為奧地利瓜分區重要的政治文化中心，今日是烏克蘭西部的重要城市。

不太好看。他並沒有預期會見到如此混亂的場面，現在只能絕望地伺機離開這條惡魔之路。

羅什科十分堅定，讓馬車不被擠到草地上，他靠著路的右側，讓一邊輪子輾過草地，另一邊輪子行駛在馬路上，車子才得以順利前進。他憂鬱修長的臉染上紅暈，面目猙獰。神父瞥了他一眼，想起昨天才看見的畫。畫中惡魔齜牙咧嘴的表情和羅什科一模一樣。

「快讓神父閣下通過！快走啊！大夥兒，一邊去！」羅什科大喊。

毫無預警地，第一批建築物就這麼映入他們的眼簾。顯然霧氣改變了距離感，因為似乎就連小卡霞都對此感到驚訝。牠突然跳了起來，車轅將馬車抬起。如果不是羅什科的果斷反應和馬鞭輔助，馬車一定會翻倒。也許小卡霞是受到火爐噴濺的大量火星驚嚇，抑或是被馬兒們排隊等待釘蹄鐵的不安情緒傳染。

再過去有間鄉村小屋一般簡陋的酒館。水井轆轤高過屋頂，像是絞刑架一般，向上貫穿雲霧，頂端沒入高空某處。神父看見滿是灰塵的四輪馬車在這裡停了下來，累壞的馬夫幾乎要把頭垂到膝蓋間，沒有半點要起身的意思，也沒有人走出酒館一探究竟。只有一個高瘦的猶太人和幾個頂著亂髮的小女孩站在馬車前。神父觸目所及僅止於此，因為濃霧將沿途風景緊緊包覆，景物有如融化的雪花滲進霧中。

這裡就是羅哈廷。

首先映入眼簾的是小土房，這種土坯屋的麥稈屋頂看起來幾乎要把土坯屋壓進土裡。然而，越往市集廣場靠近，房子蓋得越高越細，屋頂的作工也比較細緻，於是出現了黏土磚砌成的矮排屋，屋頂材料也換成木瓦片。堂區主要的教堂道明會修道院也坐落於此，廣場旁是聖芭芭拉教堂，再往前走有兩間猶太會堂和五間東正教教堂。小房子像蕈菇聚集在廣場周圍，每一間都經營著不同的生意。裁縫、製繩匠、毛皮匠，全都是猶太人。隔壁一位姓博赫納克[9]的烘焙師傅深得神父喜愛，因為他的姓名展現出某種隱藏的秩序。如果這樣的秩序更加顯而易見、更加穩固的話，屆時人們將會更有德行。旁邊是鑄劍師魯巴的工作坊；裝飾豐富的外牆特別突出，牆上的藍色油漆還很新，而入口處懸掛的生鏽巨劍，不只彰顯魯巴是名優秀的工匠，更表明了他擁有許多富有的客戶。更遠處，馬鞍匠人將木製的支架擺在門前，上面放了一個精美的馬鞍。馬鐙也許鍍了一層銀，才會如此閃閃發亮。

淡淡的麥芽味四處瀰漫，沾染了每樣商品，你甚至可以將它當作麵包拿來充飢。在羅哈廷郊外的巴賓齊有幾間小啤酒廠，這股令人滿足的氣味就是從那飄散到整個鄰近地區。許多小攤販在此販售啤酒，而比較好的店家倉庫裡還有伏特加和蜂蜜酒[10]，多是蜂蜜水以一比二的比例釀造而成的特魯伊尼亞克酒。猶太商人瓦克舒提供葡萄酒，道地的匈牙利紅白酒與萊茵蘭葡萄酒[11]，還有從瓦拉幾亞地區運來、帶點酸味的葡萄酒。

---

9 波蘭語意為「麵包」。

10 波蘭蜂蜜酒依照蜂蜜和水分比例分成四種，水分比例由多至寡分別是：車烏爾尼亞克（**czwórniak**）、特魯伊尼亞克（**trójniak**）、德沃尼亞克（**dwójniak**）、普托拉克（**półtorak**），文中出現的是特魯伊尼亞克。

11 中世紀波蘭的葡萄酒種類大致依照產地粗略分成三種：來自日耳曼地區的萊茵蘭葡萄酒、匈牙利葡萄酒以及法國葡萄酒。萊茵蘭葡萄酒泛指出自萊茵河谷周邊的葡萄產區，因此包含今日的萊茵黑森（**Rheinhessen**）、萊茵高（**Rheingau**）、那赫（**Nahe**）等產區的酒種。匈牙利葡萄酒以托凱葡萄酒（匈牙利語**Tokaji**）為大宗，法國葡萄酒則包含波爾多（**Bordeaux**）、巴薩克（**Barsac**）等產區的葡萄酒。

神父沿著攤販信步而行。所有可能的材料都被用來搭建攤位：木板、厚的織布塊、藤籃，甚至葉子。某個戴著白色頭巾的女人正在兜售推車上的南瓜，它們鮮豔的橘紅色吸引了孩子。另一個女人在一旁推銷堆在辣根葉子上一塊塊的起司。更遠的地方還有許多做其他生意的女商人，賣油的、賣鹽的、賣布的都有。她們要不是寡婦，就是有個酗酒成性的丈夫。神父經常向這位女販子購買肉類抹醬，他對她和善地笑了笑。後面有兩個攤位用綠色樹枝妝點，示意這裡可以買到剛釀好的新鮮啤酒。豪華的攤位則屬於亞美尼亞商人，擺著好看又輕巧的布料、刀鞘經過裝飾的刀子。接著是鰛魚乾，淡淡的魚乾味滲進土耳其羊毛掛毯。再過去，有個人身上的黑色長大衣布滿灰塵，他用那細瘦的肩膀擔著一大箱雞蛋販賣，每一打蛋都用草葉編織的籃子分裝。另一個人則將雞蛋裝在大籃子裡，用近乎量販的實惠價格，每六十顆一組地賣。麵包師傅的攤子放滿貝果，方才某人的貝果掉到了泥地上，小狗正興沖沖地將它吞下肚。

只要能賣的東西，這裡都找得到。當然也包括花朵圖案的布料、出自伊斯坦堡[12]市集的頭巾和披肩、童鞋、水果和堅果等。圍籬旁的男人販賣犁和各種尺寸的釘子，從小釘子到蓋房子用的大釘子一應俱全。隔壁風姿綽約的女人戴著上過漿的波奈特帽，她販賣守夜人用的響板，小響板的聲音與其說是催眠曲，不如說像蟋蟀夜晚的叫聲，而大響板則與之相反，嘹亮足以喚醒亡者。

說起來，上級到底下令禁止猶太人交易販售與教會相關的東西幾次了？神父與拉比都曾義正辭嚴地大聲疾呼，但收效甚微。因此在這可以看到書頁間夾著紅色緞帶的精美祈禱集，當指尖劃過印著銀色字母的燙金封面，彷彿還感受得到上面的溫度和生命力。頭戴皮草帽的男子外表乾淨，甚至可以稱得上優雅，他像是對待聖人的聖骨一般，將手裡的祈禱集用一層米黃色薄紙包住，如此一來，這個又髒又溼的日子才不會在這散發墨香、不染原罪的基督教[13]書頁留下汙痕。除此之外，你還可以找到蠟燭，連照著光圈的聖人畫像都有。

神父走向一位流動書商，期待可以找到一些用拉丁語書寫的書籍。然而全都是些猶太書，旁邊擺著神父根本不知道有何用途的東西。

越是往旁邊街巷的盡頭望去，越發嚴峻的貧窮便浮出水面，如同從鞋子破洞露出的骯髒腳趾；平庸、沉默、卑微到土裡的貧窮。這些棚子已經算不上商店或是攤子，只稱得上是狗屋，僅僅用幾片從垃圾堆撿來的薄木片拼裝而成。其中一個棚子下，鞋匠正在修理已經縫補多次、換過好幾次鞋底的鞋子。另一個棚子裡掛滿鐵鍋，坐著補鍋匠。他的臉型消瘦、雙頰凹陷，帽子蓋住了布滿棕色瘀斑的額頭。總鐸神父不敢找他修理鍋子，唯恐一碰觸到這個可憐人的指尖，恐怖的疾病就會傳染給其他人。老人的隔壁擺著銳利的刀子、不同種類的大小鐮刀。他的工作坊由一塊石輪組成，石輪與綁在他脖子上的繩子相連。有東西需要磨利的時候，他會在地上支起簡陋的木架：配合幾條皮帶就能運轉的簡單機器，手動控制的輪子可以磨利刀刃。偶爾從機台會噴出最真實的火花飛濺泥地，深受骯髒的癩痢小孩喜愛。靠著這門手藝，他只能賺到微薄的幾格羅希[14]。也許石輪還能幫他投河自盡，這也算是從事

---

12 一四五三年蘇丹征服君士坦丁堡之後賜名伊斯坦堡，因此君士坦丁堡與伊斯坦堡兩種名稱在帝國境內並行使用，二十世紀初曾更名為士坦堡，一九三〇年再度改成伊斯坦堡，沿用至今。

13 波蘭語Chrześcijaństwo指的是基督宗教，除了天主教、東正教、新教，也包含承認教宗權威、保有東方教會禮儀的東儀天主教。東儀聯合天主教始於一五九六年的布列斯特聯合（Unia brzeska），信徒多為波蘭立陶宛聯盟東部的農民。

這行的好處吧。

衣衫襤褸的女人們在街上蒐集燃料用的木屑和動物糞便。從她們的衣著難以判斷這究竟是猶太教、東正教還是天主教的貧窮。是的，貧窮不分信仰，也不分民族。

「Si est, ubi est?[15]」神父一面揣想天堂一面自問。肯定不會是在羅哈廷這裡，大概——他是這麼認為的——也不會是在波多里亞[16]的任何一個地方。如果有人以為大城市總是比較好，那可就大錯特錯了。實際上神父從沒去過華沙和克拉科夫[17]，但是閱歷豐富的聖伯納會[18]修士皮庫斯基的所見所聞讓他學到了些皮毛，他自己在各個領地也聽說了不少事情。

上帝將伊甸園，所謂的樂園，安放在不知名的美麗地方。如同《諾亞方舟》（*Arca Noe*）所載，伊甸園位於亞美尼亞人領土某處的高山上，而布魯諾[19]則宣稱是sub polo antarctico：在南極點的下方。表示接近伊甸園的標誌是四條河流：不雄河、基紅河、幼發拉底河、底格里斯河。還有一些作家，在凡間遍尋不著安放樂園的所在，便將它置於空中、高於山頂十五肘[20]的地方。不過這些解釋在神父看來都十分愚蠢。這怎麼可能？難不成生活在凡間的人可以看見樂園的底部嗎？難道他們看得見聖人的腳跟？

然而另一方面，我們也不該認同那些試圖散播錯誤思想的人。例如他們認為經文中關於樂園的敘述只有神祕主義的意涵，也就是說必須以形而上或是寓言的方式加以解讀。神父認為——這不只是出於他個人作為神父的立場，更是因為他如此深信——《聖經》一定要按照字面意義理解。

上個星期神父才剛寫完書中那個複雜的章節，所以關於伊甸園他幾乎無所不知。在這本蘊含作者雄心壯志的作品之中，這個章節可謂集大成，動用了他在菲爾雷夫共一百三十本的藏書。為了取材，他專程去到利沃夫，甚至為此遠赴盧布林。

這是一間位在轉角的樸素房子。如同皮庫斯基神父所指示的，這裡就是赫梅洛夫斯基神父的目的地。對開矮門大敞，裡頭飄來罕見的香料味，混雜著秋天的溼氣與馬糞的臭氣，還有另一種神父所熟知的刺激氣味——咖啡（kaffa）。神父不喝咖啡，但總有一天他勢必得加深對它的認識。神父環顧四周尋找羅什科的身影，看見他正滿臉憂愁地檢查羊皮，遠處整個市集忙得不可開交。沒人關注神父，每個人都全心投入買賣，喧嘩吵鬧不絕於耳。

入口處上方可以看見一塊做工粗糙的招牌：

14 貨幣單位，一百格羅希（grosz）等於一茲羅提（złoty）。
15 拉丁語「如果有的話，那會是在哪裡呢？」。
16 波多里亞（Podole）為包含今日烏克蘭中西部及西南部、摩爾多瓦東北部的歷史區域。一六七二年部分區域變成鄂圖曼土耳其的領地，直到一六九九年才回歸波蘭立陶宛聯盟。
17 克拉科夫（Kraków），現今波蘭第二大城市，位於波蘭南部。
18 聖伯納會（Bernardyni）為以聖伯爾納定為主保聖人的修道會，為方濟各會分支。
19 焦爾達諾．布魯諾（Giordano Bruno，1548—1600），拉丁名Iordanus Brunus Nolanus，文藝復興時期的義大利哲學家。
20 古代長度單位，指手肘至中指頂端的長度，實際長度存在地方差異。

修爾雜貨店

後面接著一連串的希伯來字母。門邊掛著一塊金屬牌，旁邊寫著某種符號。神父這才想起，阿塔納奇歐斯・基爾學[21]在書中曾經提過的猶太人習俗：妻子臨盆之際，害怕女巫的猶太人會在牆上寫下「Adam, Hawa. Huc – Lilit」，意思是「亞當和厄娃啊，快來這裡吧！而你，女巫莉莉絲[22]，快離開吧！」這一定就是那些字跡了。這兒不久前肯定有孩子出生。

神父跨過高高的門檻，完全沉浸在溫暖的香料味之中。過了一會，神父的眼睛才終於適應室內的昏暗，因為從那扇擺滿花盆的小窗戶照進室內的光是唯一的光源。

鬍子稀疏的少年站在櫃台後方，豐滿的雙唇因為神父的到來而微微顫抖，然後他試著擠出一些單詞開始對話。他被嚇壞了。

「孩子，你叫什麼名字？」神父大膽開口，不只是為了表現他在這間又暗又矮的店裡有多自在，也是為了鼓勵少年開口，但對方沒回應。「Quod tibi nomen est?[23]」於是神父用正式的方式又問了一遍。然而原本應該幫助雙方理解的拉丁語此刻聽起來卻太過莊重，彷彿神父是來這裡進行驅魔儀式的，就像《路加福音》中耶穌用了一模一樣的句子質問附魔的人[24]。不過少年只是瞪大了眼睛，不斷發出「ㄅ、ㄅ」的聲音，隨後倏地消失在櫃子後方，還撞到了掛在釘子上的蒜頭串。

神父的舉動十分不智；他不該期待這裡的人說拉丁語。神父難堪地審視自己——外套下方露出了神父袍的黑馬鬃鈕扣。男孩肯定是被這個嚇到了，神父心想。一定是因為神父袍。神父暗自笑了笑，想起《聖經》裡的耶肋米亞也是快要失去理智囁嚅道：「Aaa, Domine Deus ecce nescio loqui!」——我主，我不知怎樣說[25]。

從這一刻起，神父便在腦袋裡暗自稱呼男孩為耶肋米亞。男孩突然消失讓神父手足無措，只好一邊環顧商店內部，一邊扣上大衣鈕扣。是皮庫斯基神父勸他走這一趟的，他人也來了，但現在看來這或許不是一個好主意。

沒有任何人走進商店，神父為此在心裡感謝上主。這並不是多尋常的景象——天主教神父、羅廷的總鐸待在猶太人的商店裡，像個家庭主婦正等著店員上前接待。皮庫斯基神父為他引薦了利沃夫的拉比杜布斯。皮庫斯基本人曾多次上門拜訪對方，並從拉比身上學到不少東西。赫梅洛夫斯基也去了，但老杜布斯似乎已經受夠了這些天主教神父成天拿書追著他問東問西。他對於赫梅洛夫斯基神父的要求感到震驚且不悅，而神父最有興趣的那些東西，他要不是沒有，就是假裝他沒有。他會露出和善的表情，一面咂嘴一面搖頭。如果神父詢問誰可以幫得上忙，杜布斯就會擺擺手，轉過頭，彷彿他身後站了什麼人，藉此表示他什麼都不知道，而且就算他知道也沒打算說。日後皮庫斯基神父才向總

21 阿塔納奇歐斯．基爾學（Athanasius Kircher，1602—1680），十七世紀耶穌會士、日耳曼學者，對埃及學、漢學、地質學等許多領域都有涉獵。

22 莉莉絲字面上的意思是夜間的魔鬼，在猶太拉比文學中作為亞當的第一任妻子出現，依據民間傳說，她會對懷孕婦女以及出生不滿一周的新生兒產生威脅。

23 拉丁語，「你叫什麼名字？」。

24《路加福音》第八章第二十六節。

25《耶肋米亞》第一章第六節。

鐸神父解釋，問題出在猶太異端[26]身上。儘管他們總是自誇猶太人中不存在異端一說，但這一派異端似乎不同於以往，讓他們恨之入骨，坦白說就是這樣。

皮庫斯基最後建議他拜訪修爾，在廣場旁那一間住商混合的大房子。不過當皮庫斯基提及這件事的時候，或許是神父的錯覺，他似乎顯得不大情願，表情甚至帶點戲謔。儘管總鐸神父並不是很喜歡他，也許當初應該透過皮庫斯基取得這些書？如此一來自己就不必在這赧顏汗下。然而神父心中有許多叛逆的因子，所以他才會隻身一人來到這裡。此外，這件事還摻雜了一些不太理性的東西：小小的文字遊戲；誰會相信這種東西能夠對世界產生影響呢？此前神父曾潛心研究基爾學文章中關於大公牛[27]的段落。也許是修爾和大公牛兩字的相似之處將他引導至此的。天主的旨意令人難以參透。

不過那些有名的書本究竟在哪？那位令人肅然起敬的主角身在何處？雖然看起來是間平凡無奇的商店，他的主人可是那位聲名遠播的拉比、德高望重的賢者札爾曼·納夫塔利·修爾的後代。而現在店裡擺著大蒜、藥草、一盆盆的香料，還有其他各式各樣的罐裝香料：油漬的、研磨的，還有未加工的乾燥香料，例如香草豆莢、丁香和肉豆蔻。櫃子的乾草堆上放著幾捆布料，大概是棉料和緞布，顏色明亮非常吸睛。我會不會剛好需要買些什麼呢？神父心想，但深綠色大罐子上的潦草字跡吸引了他的注意力：Herba the[28]。他已經決定好要買些什麼了，等到有人走進來之後就能馬上詢問——這種藥草只要一點點就能讓人心情愉悅，可以讓神父認真工作而不覺疲憊，還能改善消化系統。他還想買一些丁香加進傍晚喝的熱紅酒。近來夜間如此寒冷，凍僵的雙腳總是讓他在寫作的時候分心。他目光逡巡，尋找可以坐下的長凳，而一切都發生在同一瞬間——從架子後方走出一位身材結實留著鬍子的男人。他身穿羊毛長袍，下方露出尖頂的土耳其鞋，肩上披著深藍色薄大衣。他瞇著眼，彷彿剛從井裡爬出來。方才逃走的耶胁米亞躲在他身後一臉好奇，還有另外兩張與耶胁米亞極為相像的臉孔，看起來面色紅潤充滿好奇。與此同時，通往市場的門口站著一個氣喘吁吁的矮小男孩，或許該說是年輕男人，因為他的淺色山羊鬍十分茂密。男人正靠著門框喘氣，顯然他用了最快的速度一路狂奔到這。他傲慢地上下打量總鐸，露出狡黠的微笑和間隙寬大的健康牙齒。神父無法確定這樣的微笑究竟是不是嘲諷。他寧願找穿著大衣的端莊男人，於是他以極其和善的口吻開口：

「我唐突造訪，還請閣下您原諒……」

男人緊張地看著他，但一段時間後他的表情漸漸改變，臉上浮現某種笑意。總鐸神父突然意識到那個人並不理解他的意思，因此他決定現在換一種方式，說拉丁語，樂不可支地確信自己找到了同伴。

猶太人將視線緩緩轉向門口氣喘吁吁的男孩，於是男孩放心地走進屋裡，脫下身上厚重的外套。

「我來翻譯。」男孩用出乎意料低沉的嗓音宣布，語調伴隨著些微魯塞尼亞[29]方言的抑揚頓挫。

26 一七五一年有人指控克拉科夫拉比、《塔木德》學者喬納坦．艾貝許茨（Jonatan Eibeschütz）為薩瓦塔伊．塞維（Szabtaj Cwi）的追隨者。薩瓦塔伊．塞維為卡巴拉學者，宣稱自己是彌賽亞，救贖將會在一六六六年六月十八日到來，鼓勵信徒打破舊有的猶太律法，後遭土耳其蘇丹軟禁，改信伊斯蘭教，在中東歐的猶太社群引起軒然大波。艾貝許茨於一七五三年由波蘭的四地議會免罪。

27 大公牛（Shor HaBor），根據猶太經典《塔木德》記載的傳說，末日來臨的時候，巨大公野牛將會和巨大海底生物利維坦決一死戰，最後兩敗俱傷。大公牛的波蘭語（Szorobor）和修爾（Szor）發音類似。

28 波蘭語 herbata是茶的意思。神父大概由此推測罐中之物。

29 魯塞尼亞（Ruś）泛指波蘭立陶宛聯邦治下的東斯拉夫地區，位置相當於現在的烏克蘭、白俄羅斯與俄羅斯西部。

他用手指指向總鐸神父，慷慨激昂地對猶太男人解釋這位是如假包換貨真價實的神父。

神父未曾想過他會需要翻譯，不知怎麼地他就是沒想到這件事。他坐立難安，不知道該如何脫離這個困境，因為這整件事情本來實行起來就很敏感，現在卻突然必須在光天化日下進行，很快就會引來整個市場的人。他最想要就此離開這裡，走進飄著馬糞味道的寒霧中。他開始覺得自己被困在這個低矮的房間裡，空氣中飄著濃濃的香料味；此外路上已經有人好奇地朝裡面窺探，想知道究竟發生了什麼事。

「我想對尊敬的以利沙・修爾說句話，如果情況允許的話，」神父說。「希望我們可以私下單獨交談。」

猶太人們感到吃驚。他們互換意見，耶肋米亞則失去了蹤影，直到一陣令人難以忍受的長久靜默被打破後才回來。看來神父的要求得到了應允，眼下他們帶領神父走到架子後方。過程中伴隨著竊竊私語，孩童輕巧的腳步聲，刻意壓低的笑聲——彷彿牆後還有其他群眾，正從木牆的縫隙饒有興味地盯著羅哈廷總鐸穿梭在猶太房子的各個神祕角落。而且現在看來市集廣場上的小店僅僅是整個複雜結構向外凸出的一小部分，整間房子就像是個蜂巢：有許多房間、走道和階梯。整座房子實際上更大，是以內部庭院為中心建造而成，神父只能把握短暫停留的空檔，用眼角餘光查看小窗外頭的院落。

「我是赫里茨科。」所有人正在走路的時候，長著山羊鬍的男孩開了口。神父意識到就算他現在打算退出，也無法靠自己離開這個蜂窩。這個想法讓他冒出涔涔冷汗，同一時間門嘎吱一聲被打開，門口站了一位細瘦的壯年男子，臉部肌膚光滑明亮，留著灰白的鬍鬚，神情高深莫測，長袍及膝，還穿著羊毛襪和黑色涼鞋。

「這位就是以利沙．修爾拉比。」赫里茨科難掩激動地悄聲說。

房間不大，天花板不高，擺設也十分簡潔。正中間寬大的長桌上有一本攤開的書，而旁邊還放著另外幾堆書。神父熱切地掃視它們的書背，試圖辨認那些書名。整體來說神父對猶太人所知甚少，而他和羅哈廷猶太人也只是點頭之交。

兩人的身材都不高，一下子就讓神父覺得倍感親切。面對身材高大的人他總是覺得有點抬不起頭。雙方面對面站著，有那麼一瞬間神父覺得對方似乎也為了彼此的共通點而高興。猶太人緩緩坐下，面帶笑容地用手示意神父就座。

「獲得閣下您的同意之後，我在如此不尋常的情況下**隱藏身分**[30]前來拜訪您，在此之前已聽聞了您學富五車……」

赫里茨科打斷神父問：

「**隱——藏——身——分**？」

「怎麼？就是懇請保密的意思。」

「那又是什麼？懇——請——保——密？」

神父震驚地一句話也說不出來。他怎麼會碰上這種翻譯！居然聽不懂他說了什麼。那他們該如何溝通？講中文嗎？神父只好盡可能用最直白的方式說明：

---

30 此處用了拉丁語Incognito。

「請為我保守祕密，因為我雖然不隱藏身為羅哈廷總鐸、天主教神父的身分，但更重要的是我還是一名作者。」說到「作者」的時候，神父舉起手指特意強調。「希望今天我不是作為神職人員，而是能夠作為作者與您展開對話，作為一名努力書寫某部**小品**[31]的作者……」

「**小——品？**」赫里茨科的聲音聽起來很猶疑。

「小的作品。」

「啊哈！神父請您見諒，我的波蘭語很生疏，只會一些人們交談使用的日常用語。我只知道在馬兒身邊聽過的那些東西。」

「跟馬學的？」神父大吃一驚，對蹩腳的翻譯感到惱火。

「這個嘛，畢竟我跟著馬匹工作。買賣馬匹。」

赫里茨科一邊說，一邊比畫手勢幫助理解。另一位男人用令人看不透的深沉雙眼看著他，而神父這才意識到自己也許正在與盲人打交道。

「我已經一字不漏地讀遍上百位作家的作品，」神父接著說，「我走遍各處借書買書，過程中總感覺遺漏了許多書籍，而且我沒有任何管道可以取得它們。」

神父停下等著對方開口，然而修爾只是點點頭，除了奉承的微笑再沒有其他表示。

「而我聽說閣下您坐擁書城，我不願節外生枝……」神父馬上不情願地更正，「……造成妨礙或是困擾，我鼓起勇氣，儘管這不符合習俗，但我來到這裡是為了造福他人……」

神父緘口不言，因為門忽然間被打開了，女人毫無預警地走進矮小的內廳。順著她進來的方向可以看見有幾個人在門口一面窺探，一面交頭接耳，昏暗中只看得清他們半張臉。小孩嗚咽的哭聲持續了一陣子，之後卻驀地安靜下來，彷彿一切都必須集中在這個女人身上：她沒有配戴任何頭飾，頂著茂密的鬈髮，逕直略過周遭的男人，目不斜視地端著托盤上的茶壺和水果乾進來。她身穿一襲花朵圖案的寬大連身裙，上面綁著針織圍裙。尖頭靴敲打著地板發出噠噠的聲音。她的身形嬌小，線條卻十分優美，好身材讓人忍不住多看幾眼。小女孩緊隨其後，手上拿了兩個玻璃杯。她萬分驚恐地看著神父，一不小心撞上在前面走著的女人並摔了個跤。杯子在地板上翻滾，幸好它們是用厚玻璃製成的才不致破碎。女人並不理會孩子，而是居高臨下地瞅了神父一眼。她憂鬱、有點深邃的深色大眼睛閃閃發亮，而雪白的肌膚一下子便染上一層紅暈。總鐸神父沒有太多與年輕女性相處的經驗，對女人如此突然的登場倍感詫異，吞了吞口水。女人擺好水壺、盤子以及從地上撿起的玻璃杯，發出不小的聲響，接著再度目不斜視地走了出去。房門嘎吱響。翻譯赫里茨科看起來也是一頭霧水。以利沙・修爾此時起身將孩子舉起放到自己的腿上，但小女孩從位子上掙脫並跟著母親一起消失了。

神父敢保證，女人和小孩闖進來肯定只是為了讓大家都能趁機仔細看看他本人。這的確是不太尋常，居然有神父出現在猶太人家中！就像蠑螈一般奇特。但那又如何？替我看病的難道不是猶太醫生嗎？幫我磨製藥品的不也是猶太人嗎？而且書的事情從某方面來說也是關於衛生的事情。

「那些書，」神父指向桌上那些對開本和小開本[32]的書背。每個書脊上都用金色顏料寫了兩個字

---

31 拉丁語opusculum。

32 歐洲早期印刷的書籍多為對開本（英語folio），而小開本（波蘭語elzevir）一詞源自中世紀知名荷蘭家族出版社House of Elzevir，該出版社多出版小開本的書籍。

母，他認得希伯來字母，猜測那是主人名字的首字母縮寫：

ש״ר

他伸手拿取這趟深入了解以色列民之旅的入場券，並將自己帶來的書慎重地擺在修爾面前，臉上露出勝券在握的微笑。因為這是阿塔納奇歐斯．基爾學的《巴別塔》（*Turris Babel*），不論內容或是裝訂方式都屬上乘之作，神父冒了極大風險才把它帶到這裡。萬一書一不小心掉進羅哈廷的臭泥地裡怎麼辦？萬一市場上的小偷順手牽羊呢？沒有這本書，總鐸神父就不再是現在的自己，只是個孤陋寡聞的堂區神父，在貴族領地工作的耶穌會教師，一事無成的教會人員，穿金戴銀又厭世。

神父把書推得離修爾近一點，宛如向他介紹自己的妻子，並輕敲書的木頭封面。

「我還有更多藏書，但基爾學是最好的。」他隨手翻開一頁，書裡可以看見被畫成球狀的地球與上面巴別塔尖頂細長的圓錐。

「基爾學證明巴別塔不可能如聖經中所描述的那麼高。假設高塔的高度足以延伸到月球，那麼宇宙的所有秩序都會崩毀。地球上支撐的基座會非常大。陽光會被完全遮住導致生物浩劫。人們勢必會用盡地球上所有的土木資源……」

神父覺得自己彷彿在講述邪說，甚至不知道為何要對著沉默的猶太人解釋這些。他希望對方能夠把他當成朋友而非敵人。但這有可能嗎？或許他們能夠互相理解，儘管他們不了解對方的語言、習俗，不熟識對方，不知道對方擁有的事物，不明白對方的笑容、傳達意義的手勢，一無所知；那麼也

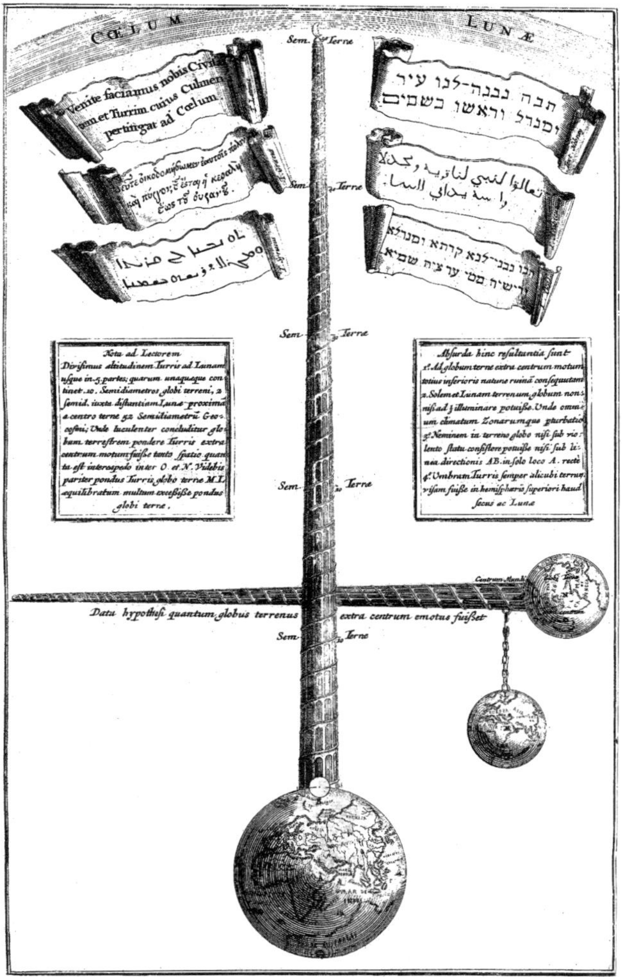
CŒLUM LUNÆ
Venite faciamus nobis Civitatem et Turrim cuius Culmen pertingat ad Cœlum
הבה נבנה-לנו עיר
ומגדל וראשו בשמים
Sem. Terre
Sem. Terre
Sem. Terre
Sem. Terre
Sem. Terre
Nota ad Lectorem
Divisimus altitudinem Turris ad Lunam usque in 5 partes; quarum unaquæque continet 10. Semidiametros globi terreni, 2 semid. iuxta distantiam Lunæ proxima a centro terre 52 Semidiametrū Geocosmi; Unde luculenter concluditur globum terrestrem pondere Turris extra centrum motum fuisse tanto spatio quanta est interspedo inter O. et N. Videbis pariter pondus Turris globo terre M.L. æquilibratum multum excessisse pondus globi terre.
Absurda hinc resultantia sunt
1º. Ad globum terre extra centrum motum totius inferioris nature ruinā consequutam
2. Solem et Lunam terrenum globum non nisi ad ⅓ illuminare potuisse. Unde omnium climatum Zonarumque perturbatio
3º. Neminem in terreno globo nisi sub violento statu consistere potuisse nisi sub linea directionis AB. in solo loco A. recte
4º. Umbram Turris semper alicubi terrum visam fuisse in hemisphærio superiori haud secus ac Lunæ
Centrum Mundi
Datu hypothesi quantum globus terrenus extra centrum emotus fuisset

許他們能夠透過書本互相理解？這難道不是唯一的解方嗎？當人們讀著一樣的書，此刻住在世界不同角落的人們就彷彿身處同一個世界，像是基爾學筆下的那些中國人。此外還有些人、為數不少的人完全不讀書，他們的理智仍在沉睡，只擁有野獸般簡單的想法，像是那些眼神空洞的農民。假如他，神父，有一天當上了國王，他會下令勞役[33]的其中一天用來讀書，只要鞭策整個農民階層讀書，這麼一來波蘭立陶宛聯邦馬上就會改頭換面。或許字母也是個問題：因為存在著不只一種、而是多種字母系統，每種字母會堆砌出不同的思考方式。字母恰似磚塊——用燒製過的平滑磚頭可以蓋出大教堂，用凹凸不平的黏土磚卻只能蓋出普通的房屋。此外，拉丁語雖然是最完美的語言，但修爾似乎並不會拉丁語，神父只好手指一幅又一幅的插畫，他發現對方越來越感興趣，不但俯下身看畫，最後甚至從某處拿出帶著細緻金屬框的眼鏡。赫梅洛夫斯基神父也想要一副這樣的眼鏡，他得問問該在哪裡訂做。翻譯看起來也興致勃勃，於是三個人便一起低頭看插畫。

神父對終於上鉤的兩人感到滿意，他時不時瞄他們一眼，從猶太人的深色鬍鬚裡可以看見幾根金色和紅褐色鬍子。

「我們或許可以互相換書。」神父提議。

他說他位於菲爾雷夫的書庫還有另外兩本名家基爾學的書，《諾亞方舟》和《地心世界》（*Mundus subterraneus*），如此珍貴的書實在不適合天天翻閱，平日都鎖在櫃子裡。除此之外還有其他著作，但是他對它們的了解僅止於書中四散的片段。他也蒐集了許多舊世界[34]知名思想家的作品——為了留下好印象，他還特地加上了猶太歷史學家約瑟夫斯的名字。

他們從壺裡倒了杯水果甜湯[35]給神父，拿來裝著無花果乾與椰棗乾的盤子。神父心懷敬意地將果乾放入嘴裡，他已經很久沒吃這些東西了。不同凡響的鮮甜使他精神為之一振。他知道自己該詳細說明自己的來意了，是時候了，於是他嚥下甜點，言歸正傳。然而在神父結束說明之前，他就已經發現自己操之過急，無法期待太多收穫了。

也許他從赫里茨科突然改變的舉止察覺到了。他也敢打包票男孩肯定在翻譯的過程中加油添醋，只是他無從得知那究竟會是些警告，或是反過來幫助神父的話語。以利沙．修爾微微向後靠坐著，頭向後仰並閉上雙眼，似乎在向自己內心深處的黑暗徵求意見。

這樣的情況一直持續，直到——儘管這不是他的本意——神父與年輕翻譯交換了一個了然於心的眼神。

「拉比正在聆聽長者的聲音。」翻譯壓低聲音道，神父則點頭裝作理解的樣子，雖然他根本沒聽懂。也許這名猶太人確實和各種魔鬼有著神奇的聯繫。這樣的人在猶太人中並不常見，那些魔女與莉莉絲。修爾猶豫的態度和緊閉的雙眼讓神父更加確信他當初根本不該來到這裡。情況是如此的敏感又非比尋常。只願此舉不會落得他名聲掃地。

修爾起身面對牆壁，就這樣低頭站了一陣子。神父開始耐不住性子：這表示他必須離開了嗎？赫里茨科也瞇起眼睛，年輕人的長睫毛在他布滿細毛的臉頰上留下陰影。或許他們都睡著了？神父輕哼

———

33 勞役（Pańszczyzna）指農奴對地主的各種責任義務，例如農奴為自己耕種和為地主耕種的天數規定等等。

34 舊世界相對於哥倫布發現的新世界，包含歐洲、非洲和亞洲。

35 波蘭家常飲料，音譯康波特（kompot），以新鮮水果或果乾熬製而成。

了一聲，他們的沉默已經讓他失去了僅存的信心。他已經後悔來到這裡了。

修爾忽然像是什麼事都沒發生過，往櫃子的方向走去並打開了其中一個。他慎重地抽出一本厚重的對開本，上面和其他書做了同樣的記號，接著把書放到桌上擺在神父面前。他從封底翻起，神父看見了精美的標題頁。

「《光輝之書》（*Sefer ha-Zohar*）[36]，」修爾虔敬地說，接著又把書放回櫃子裡。

「又有誰能讀給神父聽呢……」赫里茨科安慰神父。

神父在桌上留下兩冊自己的著作《新雅典》（*Nowe Ateny*），當作日後交換書籍的誘餌。他先用食指輕敲書本，接著手指自己胸口示意：這是我寫的。如果他們會波蘭語的話，就該讀完這本書，可以學到許多關於這個世界的新知。神父等著修爾的反應，但他只是輕輕抬了抬眉毛。

赫梅洛夫斯基神父與赫里茨科一塊踏入令人難受的寒風中。赫里茨科仍在那胡言亂語，神父則仔細盯著他瞧：他年輕的臉上布滿剛開始生長的稀疏鬍鬚，上翹的長睫毛讓他看起來更像個孩子，最終神父的目光移向他身上的農民服飾。

「你是猶太人？」

「誒，不是……」赫里茨科聳了聳肩。「我是本地人，羅哈廷來的，啊，就是從那棟房子來的。算是東正教徒。」

「那你怎麼會說他們的話？」

赫里茨科靠了過來，和神父幾乎肩並肩地走著，顯然他覺得對方釋出的親近鼓勵他這麼做。他說他的父母雙雙死於一七四六年的瘟疫。他們原本和修爾家有生意往來，父親是鞣製皮革的工匠。父親過世的時候，修爾為赫里茨科、他的奶奶和弟弟歐維斯[37]提供庇護，幫忙付清父親的債，十分照顧鄰居一家三口。既然大家都是街坊鄰居，現在赫里茨科比起自己的同族更常和猶太人往來，他甚至不知道自己何時學會了他們的語言，還說得如同母語一般流利。這不管是在貿易或是其他事情上都相當有利，因為猶太人，尤其是老一輩的猶太人，寧可和波蘭人、魯塞尼亞人保持距離。猶太人並不像人們所說的那樣，修爾家族特別是如此。他們人丁眾多，家中十分溫暖好客，天冷的時候總會為人送上食物和一杯伏特加。赫里茨科目前正在學習，希望能夠繼承父親鞣製皮革的手藝，畢竟人們永遠都有這方面的需求。

「你沒有其他信基督教的家人嗎？」

「喔，有啊，但是他們住得很遠，而且不太關心我們。噢，這是我弟弟，歐維斯。」滿臉雀斑、年約八歲的男孩朝他們跑了過來。「善良的神父，您不需要為我們擔心，」格里茨科歡快地說。「上

---

36 又稱《光明篇》，為十四世紀開始受卡巴拉學者尊崇的神祕主義作品。卡巴拉原意為接受傳統，是在中世紀西班牙和普羅旺斯興起的神祕主義運動，一四九二年猶太人被逐出西班牙之後，《光輝之書》也流傳到了其他地方。全書由二十篇文章組成，解釋了上帝如何創造世界與世界運行的法則。實際上的作者是十三世紀的摩西．迪．里昂（Moshe de Leon，1240—1305），卻假託是二世紀的西緬．巴爾．尤海拉比受到先知厄里亞的啟發完成了這本書。

37 波蘭語Oleś，烏克蘭語Олесь，為亞歷山大Олександр的指小型變化。指小詞、指小型態，是某些語言中的一種屈折變化，用以表示該名詞的「小的」、「少的」，或是暱稱。

帝創造人類的時候，將眼睛放在頭的前方而不是後方，也就是說人應該要考慮未來的事情，而不是那些已經發生的。」

雖然他想不起來這段文字出自《聖經》的哪個片段，但神父把這看作是上帝深謀遠慮的證明。

「好好跟著他們學語言，將來你就可以翻譯那些書。」

「我做不到，親愛的神父閣下，我對書不感興趣。閱讀讓我覺得無聊。我寧可做貿易，我喜歡這樣，最好是馬匹的貿易，或是像修爾一家：伏特加與啤酒。」

「天啊，你已經被他們帶壞了……」神父道。

「您覺得商品還有好壞之分嗎？因為生活很困苦，所以人們才需要喝酒。」

雖然神父已經想要擺脫他了，赫里茨科還在他身後胡說八道。班乃迪克・赫梅洛夫斯基轉向市場的方向尋找羅什科的身影，他一開始只鎖定穿著牛皮大衣的人，接著在整個市集上搜索，但人群不斷湧入，他根本沒機會找到馬夫。神父決定自己走到馬車停放的地方，翻譯則十分投入自己的角色，又向神父解釋了一些事情，看得出來他因為可以暢所欲言感到滿足。於是他說起修爾家正在籌備盛大的婚宴，因為修爾的兒子（那個神父在店裡見過，長得像耶肋米亞但實際上叫依撒格的男孩）要和摩拉維亞[38]猶太人的女兒結婚。整個家族和附近的許多親戚，來自布斯克、皮德海齊、耶澤札尼、科佩欽齊[39]，以及利沃夫，甚至也許遠至克拉科夫的親人很快都會來到這裡，現在已經是一年的後半，而赫里茨科認為婚禮還是適合在夏天舉行。赫里茨科滔滔不絕說著，如果神父能來參加這樣的婚禮的話會很棒，然後肯定兀自想像了一下那個畫面，因為他開始哈哈大笑，和先前神父以為他在諷刺的笑法如出一轍。赫里茨科得到了一枚格羅希。

赫里茨科看了看那枚格羅希，一溜煙就不見人影了。神父站著，然而他將會馬上沉浸在市集裡，彷彿淹沒在激起的浪花中，追尋附近某個肉醬攤位聞香而去。

38摩拉維亞（Morawy）為捷克東部的歷史區域，因為位於摩拉瓦河流域而得名。

39布斯克（Busk），於一四一一年取得城市地位，今位於烏克蘭境內西部。耶澤札尼（Jezierzan），位在現今波蘭西北部的村莊。科佩欽齊（Kopyczyniec），位在現今烏克蘭西部的城市。

2

關於糟糕的板彈簧和卡塔日娜・科薩科夫斯卡的婦女病

同一時間，出身波托茨基家族[1]的卡緬涅茨[2]城督[3]夫人，卡塔日娜・科薩科夫斯卡，與陪同的年長仕女正在往羅哈廷的路上。她們幾天前才開始這段從盧布林到卡緬涅茨的旅程。載著行李箱的馬車落在大約一個小時路程的後方，箱子裡面收著衣服、床組和餐具組，如此一來，去別的地方作客時，她們就可以用自己的瓷器和餐具。雖然特地派出使者，事前通知領地內要拜訪的家人朋友，但她們有時會來不及抵達安全又舒適的住宿地點，這種時候她們會待在客棧或是酒館過夜，它們往往只提供粗茶淡飯。上了年紀的德魯日巴茨卡女士被折騰得奄奄一息。她抱怨消化不良的症狀，毫無疑問是路途顛簸、胃裡的食物立刻就會如奶油攪拌器裡的酸奶油一般上下翻滾所導致的。可是胃灼熱不是病。城督夫人科薩科夫斯卡的狀況更糟——她的肚子從昨天開始痛，現在只能無力地坐在馬車的角落，她的身體又溼又冷，加上那異常蒼白的臉，讓德魯日巴茨卡開始為她的性命擔憂。因此她們來到羅哈廷尋求幫助。這裡的長老[4]是西蒙・瓦別斯基，和城督夫人的家族有姻親關係，就和波多里亞的每個大人物一樣。

今天是市場營業的日子。有一輛以金色花紋妝點車身、裝著板彈簧的鮭魚粉色馬車，車門上繪有波托茨基家族的紋章，馬車、前座的馬夫和穿著明亮制服的男性保鏢，剛到城門收費站，就在城內引起了不小的騷動。馬車走走停停，因為路上擠滿了行人和動物，即使在他們頭上揮舞馬鞭也沒用。兩個女人彷彿藏身於珍貴貝殼般躲在馬車裡，漂過市集上混雜多國語言埋頭討價還價的人流。

隨後，馬車不出所料，在人群中撞上了車轅，板彈簧斷裂。原本應該帶來便利的新工具現在卻讓旅途變得更加困難。城督夫人跌到了地上，痛得面目猙獰。德魯日巴茨卡一面咒罵，直接跳進泥地裡求助。她首先找上兩個拿著籃子的女人，但她們只是輕聲笑了笑，互相說著魯塞尼亞語跑走了。之後她抓住了身穿大衣、戴著帽子的猶太人的衣袖，對方試著努力了解她說的話，用自己的語言說了些什麼並朝著城市下方、河的方向指了指。此時不耐煩的德魯日巴茨卡擋住了兩名商人的去路。他們看起來儀表堂堂，剛走下四輪馬車朝著人群而去，但是他們似乎只是路過的亞美尼亞人，對著她搖了搖

---

1 波托茨基（Potoscy）是波蘭歷史上最龐大、最富有的貴族世家之一。

2 卡緬涅茨—波多利斯基（Kamieniec-Podolski）位於今日烏克蘭西南部的城市，劃入波蘭以前為立陶宛大公國的一部分。

3 拉丁語，意指住在堡壘裡的人（castellanus），負責保衛城堡與堡壘、收取賦稅、司法行政、動員徵兵等工作。

4 十四世紀起由君主指名管理行省（prowincja）、地區（ziemia）的代理人，但無法頒布特權。今日指稱各縣（powiat）縣長。

頭。德魯日巴茨卡總覺得一旁的土耳其人正盯著她看好戲。

「這裡到底有沒有人會說波蘭語！」她對著周遭的人群生氣大喊，對自己的處境感到憤怒。雖說這是同一個王國、同一個波蘭立陶宛聯邦，但這裡和她出身的大波蘭[5]完全不同。這個原始的地方充斥異國的陌生臉孔，人們穿著滑稽的服飾，某種磨損的外衣[6]、毛皮帽和纏頭巾，甚至還光著腳。黏土建成的房子十分歪斜矮小，甚至連市集廣場上的房子都是土坯屋，四處飄散著麥芽、動物糞便與落葉潮溼的氣味。

眼前她終於看到一位矮小的老神父，頭髮灰白，穿著有點髒亂的大衣，肩上扛著包包。他萬分驚訝地瞪大雙眼看著她。德魯日巴茨卡抓住他大衣的下襬，搖了搖神父，嘶啞地說：

「天可憐見，請神父您告訴我瓦別斯基長老的家在哪裡！一個字都別說！什麼都不要講！」

神父眨了眨眼，十分害怕。他不知道該開口或是保持沉默。也許他該用手指出方向？這個毫不留情抓住他的女人並不高大，身材稍稍圓潤，有著靈動的雙眼和大鼻子，波奈特帽下露出一縷半白的鬈曲髮絲。

「這是位大人物，**隱藏身分**出行。」她指著馬車對神父說。

「**隱藏身分**、**隱藏身分**，」神父激動地重複。神父拉住人群中的年輕男孩，命令他將馬車帶到長老的住處。男孩出乎意料地熟練，他幫忙卸下馬背上的軛具，方便馬車迴轉。

窗戶遮起的馬車上科薩科夫斯卡城督夫人時不時發出呻吟，每一聲都伴隨著堅定的咒罵。

關於絲綢上的血

西蒙・瓦別斯基娶了波托茨基家族的佩拉吉婭為妻，是卡塔日娜・科薩科夫斯卡的遠房表兄弟，雖說是遠房的，但總歸是親戚。他的妻子目前不在家，正在鄰近村莊的領地與家人同樂。瓦別斯基被突如其來的訪客弄得不知所措，快速扣上法式剪裁的夾克，拉了拉蕾絲袖口。

「歡迎，歡迎[7]。」他下意識地重複。僕從和德魯日巴茨卡將城督夫人帶往樓上，男主人在那裡替他的姊妹準備了最舒適的房間。隨後他便派人去找羅哈廷的醫生魯賓，口中喃喃著什麼。「女人的事情，女人的事情[8]，」他反覆說著。

他並不是非常高興，更準確地說，如此突然的拜訪讓他一點也不高興。他本來正在去打牌的路上，那裡會定期舉辦牌局。光是想到玩牌就讓他的血壓愉悅地上升，彷彿上乘的美酒在血液裡作用。然而這樣的癮又讓他失去多少理智！唯一令他感到欣慰的是比他更富有、更位高權重、更受尊敬的人和他一起坐在牌桌上。他最近會和蘇爾第克主教[9]打牌，所以才有了這件比較好的衣服。他本就該上

---

5 大波蘭（Wielkopolska）位於波蘭中西部，包含格涅茲諾（Gniezno）、波茲南（Pozna ）、卡利什（Kalisz）等城市。

6 波蘭語 Sukmana，男性農民常穿的及膝外衣。

7 法語Bienvenue。

8 法語Quelque chose de féminin, quelque chose de féminin。

路了，馬車已經在待命。但現在，他去不了了。別人會贏。他深吸一口氣，搓了搓雙手像是在安慰自己——沒辦法，他只好改天再去玩牌。

病人整個下午都在發高燒，德魯日巴茨卡覺得科薩科夫斯卡似乎開始語無倫次了。她和陪同的仕女阿格涅什卡把冷敷巾放到病人頭上，之後被叫來的醫生趕緊開了藥。現在藥草的味道（大概是茴芹和甘草）化作床單上飄浮的甜蜜雲朵。病人睡著了。醫生建議她們將冷敷巾移到病人的腹部和額頭上。整棟房子都平靜了下來，燈火熄滅。

好吧，這也不是城督夫人第一次為了月事所苦，肯定也不會是最後一次。這很難歸咎於任何人，最有可能的原因出在莊園裡養育女孩的方式：室內空氣不流通，缺乏體力鍛鍊。女孩們常常在繡架前屈身坐著，縫製神父的聖帶[10]，而莊園的飲食油膩多肉，這些都讓她們的肌肉更加無力。此外，科薩科夫斯卡喜愛旅行，成天待在馬車上，忍受持續的噪音和碰撞，面對各種不安和無盡的陰謀，還有政治。畢竟卡塔日娜是何許人也？她可是克萊門斯．布蘭尼茨基[11]的使者，負責管理他的資產。她得心應手，因為她的身體裡住著男人的靈魂——至少人們是這麼說的，也是這麼和她相處的。然而德魯日巴茨卡並沒有在她身上看見這種「男子氣概」，有的只是一個喜愛掌控一切的女人，高大、有自信、嗓音渾厚的女人。他們還說科薩科夫斯卡不受眷顧的小矮子丈夫有不孕症，他追求她的時候，大概會需要站在錢袋上以補足身高差距。

就算她命中注定沒有小孩，她看起來一點也沒有不幸的樣子。根據八卦消息，她和丈夫吵架的時候，或是對他發火的時候，她會將他攔腰舉起並放到壁爐架上，不敢爬下來卻又動彈不得的丈夫只能完全聽從妻子的意見。那為什麼如此高大健壯的女子會選擇嫁給這樣的矮子呢？或許是為了增強家族的經濟實力，而政治聯姻正是增強經濟實力的良方。

兩人合力脫下病人身上的衣服，科薩科夫斯卡城督夫人每脫下一件衣物，名為卡塔日娜的存在便漸漸浮現，接著在她呻吟哭泣、虛弱地倒在她們手中的時候出現的是卡霞[12]。醫生吩咐要在兩腿間放置乾淨的紗布敷料並讓病人多喝水，甚至要強迫她補充水分，尤其是樹皮熬製的湯汁。在德魯日巴茨卡看來，這個女人是多麼地瘦，而身材瘦則更顯得她年輕，雖然她實際上已經三十歲了。

當病人醒過來，她和阿格涅什卡便忙著處理沾上大量血漬的衣物，從內衣、襯裙、長裙到深藍色的大衣。女人的一生中究竟看過多少血漬啊，德魯日巴茨卡心想。

城督夫人漂亮的連身裙採用了厚實的米黃色緞面布料，上頭時不時出現幾朵小紅花、風鈴草，左右兩側各有一片綠葉。清爽宜人的花樣與女主人的淺咖啡膚色、深色頭髮都十分相襯。現在血漬如同不祥的浪花淹沒了愉快的花朵，不規則的輪廓滲透布料破壞了整個設計，彷彿充滿惡意的力量逃離了某處浮上表面。

莊園裡流傳著一門特別的知識：如何漂白血漬。幾百年來未來的妻子和母親都必須學習這項技

---

9 凱耶坦．蘇爾第克（Kajetan Sołtyk，1715—1788），一七四九年至一七五六年間擔任基輔助理主教。
10 基督宗教的神職人員舉行儀式時所佩戴的長衣帶，有多種顏色。
11 楊．克萊門斯．布蘭尼茨基（Jan Klemens Branicki，1689—1771），曾任波蘭立陶宛聯邦的最高軍事指揮官（hetman，音譯黑特曼）。
12 卡塔日娜的指小型態，可看作卡塔日娜的小名。

術，如果有一天人們成立了女子大學，這一定會是大學裡最重要的科目。生產、月經、戰爭、打鬥、偷襲、攻擊、屠殺——血液時時刻刻都在皮膚下蠢蠢欲動，提醒人們生活中的每一處血腥。當內部的物質膽敢向外突破的時候能怎麼做？用鹼液搓洗？用醋浸泡？也許用幾滴眼淚沾溼破布再細細擦拭？或是用口水浸泡？床單、被套、內衣、襯裙、襯衫、圍裙、波奈特帽和頭巾、蕾絲袖口和領巾、長外衣和束腹。地毯、地板、繃帶、床單和制服，全都可能遭殃。

醫生離開之後，德魯日巴茨卡和阿格涅什卡或坐或跪正在床邊睡覺。其中一個人趴在手上，臉頰上手掌的痕跡接下來整個下午都清晰可見，另一人頭垂在胸前，睡在扶手椅上，胸前領口的蕾絲好似溫暖大海中的海葵隨著她的呼吸上下飄動。

瓦別斯基長老家的白色桌緣

長老的房子像是一座城堡。布滿苔蘚的石造建築佇立在古老的地基上，所以十分潮溼。水嫩的果實從庭院的杏樹落下，金黃的樹葉緊隨其後，讓庭院看起來像是蓋著一張澄黃色的地毯。寬廣的走道通往客廳，裡面擺放的家具不多，但顏色明亮的牆壁和天花板有許多裝飾。拋光過的橡木拼花地板閃閃發亮。人們正在準備過冬：門廊上的幾籃蘋果會被移到低溫的房間，在那散發芳香等待聖誕節的到來。庭院裡一片手忙腳亂，因為農民們正在將運來的木頭疊到木材堆上。女人們搬進一籃又一籃的堅果，它們驚人的大小讓德魯日巴茨卡久久無法回神。她隨手敲開一顆，津津有味地品嘗軟嫩的果肉，用舌尖試探果皮淡淡的苦味。從廚房的方向飄來李子果醬的香氣。

醫生和德魯日巴茨卡在樓下擦肩而過，嘴裡碎唸著些什麼一面走上樓。她得知這位長老口中「沉默寡言」的男人是猶太人，還是位在義大利受過教育的醫生，總是默默不語、心不在焉，卻深受瓦別斯基敬重。多虧在法國多年的薰陶，瓦別斯基成功擺脫了某些既有的偏見。

隔天下午，科薩科夫斯卡就已經喝得下一點雞湯了，喝完雞湯後，她便命人擺上枕頭好讓她坐起，並拿來紙、羽毛筆和墨水。

卡塔日娜．科薩科夫斯卡來自波托茨基家族，是卡緬涅茨城督的妻子，坐擁多座鄉村和小鎮、宮殿和莊園，是天生的獵食者。獵食者就算陷入困境，落入盜獵者的陷阱，也會舔一舔傷口立刻回頭奮戰。科薩科夫斯卡有著動物般的直覺，如同公狼群中的母狼，姿態怡然自得。德魯日巴茨卡還是先擔心自己就好，她該好好想一想自己會是哪種動物……多虧這群獵食者，德魯日巴茨卡才得以生存，她負責陪伴他們、用詼諧的短詩取悅他們。她是被馴化的鵪鴞，一種歌聲婉轉的鳥類，但只要隨便一陣風，或是吹開窗戶的那陣穿堂狂風就能把她吹走。

神父下午就抵達此處了，來得有點太早。他穿著同一件大衣，手上的包包與其說是神職人員用的，其實更適合流動商販。德魯日巴茨卡在他走進門口時就看見他了。

「我想為我魯莽的行為向總鐸神父您表達最深的歉意。我或許扯下了您的扣子……」她一面拉著神父的手肘前往會客廳一面說，不知道該從什麼話題講起。大約兩個小時後大家才會上桌吃飯。

「顯然[13]當時情況緊急……不論願不願意[14]，我都為尊敬的城督夫人的健康盡了一份心力。」

德魯日巴茨卡在各式各樣的貴族領地已經聽慣了帶有些微差異的波蘭語，所以這些拉丁插入語只讓她覺得有趣。作為仕女和祕書，她大半輩子都在莊園中生活，之後她嫁給了丈夫，生下了女兒，而現在丈夫去世，孫女出生，她試著獨自一人，或是和女兒生活，或是待在科薩科夫斯卡女士身邊，或是作為仕女工作。她很開心能夠回到貴族的領地，這裡總是非常繁忙，下午人們還會讀詩。她的行李箱裡放著幾本詩集，卻害羞地不敢把它們拿出來。她不發一語，只聽著神父滔滔不絕，兩人馬上就找到了除了拉丁語以外的共通語言。因為神父似乎不久之前才去過楚楚沃夫察的傑度斯基宮[15]，現在正試著在自己的教區重現腦海裡記下的那些東西。三杯黃湯下肚之後，神父大感愉悅，興致高昂，很高興終於有人願意聽他說話。

昨日已經派人通知了人在卡緬涅茨的科薩科夫斯基城督，現在所有人都等著他隨時出現。不出意料的話，他早上就會到達，但是也有可能要等到晚上。

餐桌旁坐著房子內的住戶和賓客，長期居住和短期拜訪的都有。最無關緊要的客人坐在無聊的桌子盡頭、白色的桌巾無法觸及的地方。在座的住戶中，有主人的舅舅或是伯伯，一位年紀較大的男士，身材微胖、氣喘吁吁，總是稱呼別人「尊貴的閣下」和「尊貴的夫人」。同桌的還有財產管理人，是位儀態端正、蓄鬍的害羞男人，以及從前教授瓦別斯基小孩宗教課的老師，學識淵博的聖伯納會修士高登第・皮庫斯基。皮庫斯基馬上就被赫梅洛夫斯基神父拉到房間的角落，方便神父向他展示他的猶太書籍。

「我們互相交換了，我給他我的《新雅典》，他則給我《光輝之書》。」赫梅洛夫斯基神父把書從包包裡拿出來，驕傲地說。「我有一個請求，」他補上無人稱的句子，「假如有人能撥出一些時間，替我唸一唸書中的東西……」

皮庫斯基看著這本書，並翻開封底喃喃讀了起來。

「這不是《光輝之書》，」皮庫斯基道。

「這怎麼可能？」赫梅洛夫斯基神父沒聽懂。

「修爾塞了某種猶太寓言給你。」他的手指由右而左滑過一串無法理解的字母。「《雅各之眼》，這是它的書名，是某種民間故事集。」

「這個老修爾……」神父失望地搖了搖頭。「他一定是搞錯了。算了，搞不好我還是能從書裡找到一些大道理。如果我能找到人替我翻譯的話……」

瓦別斯基長老比了個手勢，兩名侍從把盛著酒的托盤、小玻璃杯、一小盤的麵包皮薄片端上前。因為待會提供的餐點會很豐盛、重口味，所以有需要的人可以用這種方式開胃。第一道菜是湯，接著是切成不規則形狀的水煮牛肉片，搭配其他種類的肉：烤牛肉、烤野味和烤春雞；配菜是水煮胡蘿蔔、培根燉高麗菜和好幾碗淋上大量油脂的卡莎[16]。

13 此處為拉丁語 simpliciter。

14 此處為拉丁語 Nolens volens。

15 原文為Cecołowce，譯者推測為Cucułowce的烏克蘭語發音轉譯，該村現今更名為維利希夫齊（Wilchiwci），傑度斯基家族在此處的宮殿建造了美麗的園林造景。

餐桌上皮庫斯基神父傾身靠向班乃迪克神父低語：

「請神父您直接來找我吧。我有猶太書籍的拉丁語譯本，用希伯來語寫的那些我也可以幫忙。為什麼要一開始就去找猶太人呢？」

「這可是你自己建議我的，孩子，」班乃迪克神父有點憤怒。

「我是開玩笑的。我沒想到神父您真的會去。」

德魯日巴茨卡小心翼翼地吃著；牛肉太硬讓她的牙齒有點吃不消，而且四處都沒有看到牙籤。她小口吃著雞肉和米，偷偷打量兩個顯然還不熟悉新工作的年輕僕人，因為他們正隔著桌子互做鬼臉嘻笑打鬧，認為忙著用餐的賓客根本不會注意到他們。科薩科夫斯卡雖然虛弱，但她命人在房間角落的床周圍點起蠟燭，要了點米和雞肉，隨後馬上要了杯匈牙利葡萄酒。

「既然喝得了葡萄酒，我想女士您已無大礙了，」瓦別斯基語中帶著一絲難以察覺的譏諷，他仍然對無法去打牌這件事滿是怨懟。「如果您不介意[17]？」他站起身，略微誇張地彎下腰替城督夫人倒酒。「敬您的健康。」

「而我應該敬這位醫生的健康幾杯，多虧了他的藥水我才能重新站起來，」科薩科夫斯卡說，然後喝下一大口酒。

「這是位非常特別的人[18]，」男主人肯定地說。「儘管他無法治好我的腳痛風，卻仍是受過良好教育的猶太人，曾在義大利求學。聽說他能用針移除白內障讓病人恢復視力，住在附近的貴族女性就是其中一個例子，她現在能夠繡出最細緻的花紋。」

在角落的科薩科夫斯卡再度開口。她已經吃完飯，倚靠枕頭躺著，臉色略顯蒼白。忽明忽暗的燭火映在她的臉上，讓她的表情看起來似乎有點猙獰。

「如今這裡到處都是猶太人，只要看看他們會怎麼把我們和麵餃一同吞噬殆盡就知道了，」科薩科夫斯卡說。「貴族們不想工作，也不關心自己的資產，於是便讓猶太人承租自己的產業[19]，他們只顧著待在首都享受生活。就我所見，這裡一個猶太人在橋上收過路費，那裡另一個猶太人管土地，還有一個在縫製鞋子和衣裳。所有的手工業全被他們包辦了。」

用餐時話題逐漸轉向了經濟議題，儘管這片土地蘊含豐富的資源，完全可以藉此創造出一個欣欣向榮的國度，在波多里亞這裡經濟卻長期積弱不振。那些鉀鹽、硝石、蜂蜜。蠟、動物油、帆布。菸草、獸皮、牛隻、馬匹，有各式各樣的產物，卻苦於沒有銷售的管道。這又是為什麼呢？瓦別斯基迫不及待追問。因為德涅斯特河水淺，被急流切割成許多河段不利航行，而春季雪融化之後，道路幾乎無法通行。如果土耳其幫派能在邊界間肆無忌憚洗劫旅人而不受懲罰，人們如何在這樣的地方做生意呢？所以他們只能攜帶武器並雇用保鑣自保。

「又有誰能夠負擔這樣的費用呢？」瓦別斯基抱怨道，幻想著有天貿易能夠蓬勃發展，而人們的

16 以水或牛奶為基底燉煮的穀物，例如大麥、蕎麥等。
17 法語 Vous permettez。
18 法語 C'est un homme rare。
19 租賃（Arenda），也就是租用貴族的財產。貴族除了將名下的村莊交由猶太人管理之外，農村裡的酒館由猶太人經營也是租賃制度的結果。

財富也能有所成長，就像在其他國家一樣。比如在法國就是如此，儘管他們的土地沒有比較肥沃，河川的條件也沒有比較好。科薩科夫斯卡主張這都是貴族們的錯，他們不是用錢，而是用伏特加支付農民報酬。

「而你[20]，女士，你知道在波托茨基家族的領地上，農民每年勞役的日子已經多到他們只有在星期六和星期日才能做自己的工作嗎？」

「我們讓他們星期五也休假，」科薩科夫斯卡打斷他的話。「一部分也是因為他們的工作成效不彰。收成的一半必須付給工人，作為他們採收剩下另一半的工資，而即使如此，上天慷慨賜與的恩惠也無法發揮它應有的價值。我兄弟那裡到今天還有成推的穀物只能放著長蟲賣不出去。」

「想出可以把穀物釀成伏特加的人應該要獲頒金牌嘉獎[21]，」瓦別斯基說，一面從下巴下方抽出餐巾，示意眾人依照良好傳統此時該到藏書室抽菸斗了。「現在馬車正載著好幾加侖的伏特加往德涅斯特河對岸駛去。實際上，《可蘭經》禁止人們飲用葡萄酒，可是半個字也沒提到伏特加。更何況，摩爾達維亞公國[22]離這裡不遠，而那裡的基督徒可以隨心所欲地暢飲酒精飲料……」瓦別斯基發出笑聲，露出他因為抽菸而泛黃的牙齒。

瓦別斯基長老可不是普通人。藏書室裡最重要的位子上鄭重地擺著他的書：《一名軍隊中的騎士和法國宮廷中受人尊敬的榭塔迪侯爵[23]給貴族青年的指引，由一位年輕紳士詢問並節錄回答。由尊貴的西蒙·瓦別斯基閣下，羅哈廷長老送印成書，獻給利沃夫學院最後一屆同窗的餞別贈禮》。

當德魯日巴茨卡和善地詢問書的內容，這才發現原來這是本重要戰役的編年史，而且聽完瓦別斯基冗長的演講之後，這本書似乎更偏向翻譯，而不是他親筆原創的作品。這一點實際上從書名看不出來。

之後所有人都必須在吸菸區聆聽——當然也包含兩位女士在內，因為她們都是重度吸菸者——瓦別斯基長老如何在札烏斯基圖書館[24]的開幕式上發表他精采的演說。

醫生已經抵達準備治療，所以長老被叫去別的地方。德魯日巴茨卡變成了話題中心，科薩科夫斯卡這才提醒眾人她是位詩人，赫梅洛夫斯基總鐸對此感到驚豔。她展示小冊子的時候，神父迫不及待地伸手想要一探究竟。印刷的書頁激起神父某種難以自制的反應：即便只是目光快速掃過，直到雙眼能夠辨識所有的文字之前，他都要緊緊抓著書不放。眼下就是這樣的情況，他打開書，為了把扉頁看得更清楚朝光源靠了過去。

「這是韻詩，」神父失望地說，但很快便調整好態度並認同地點頭。《精神的、讚頌的、道德的和世俗的韻腳集合》，他不喜歡書裡的這些東西是詩，他無法理解詩。然而神父看見這本小冊子是由

---

20 波蘭語的敬語普遍尊稱說話對象為您、先生（pan）、女士（pani），動詞為第三人稱單數，但是如果想對關係稍微親近一點的對象表示禮貌，將會使用第二人稱的你（ty）配合動詞變化，再搭配先生女士、閣下等敬稱詞。

21 十七世紀末原本銷往西歐的波蘭穀物出口量大幅下降，造就了釀酒業的成長。

22 摩爾達維亞公國（Hospodarstwo Moldawskie，1359—1859），位於今日烏克蘭、摩爾多瓦、羅馬尼亞境內，十六世紀之後變成鄂圖曼帝國附庸。

23 雅各．約阿西姆．特洛蒂，榭塔迪侯爵（Jacques-Joachim Trotti, marquis de La Chétardie，1705—1759），法國外交官，一七四一年協助發動政變，讓伊莉莎白一世登上俄國王位。

24 一七三二年由札烏斯基兄弟（Zaluscy）出資建於華沙的公共圖書館，收藏許多重要的國家文獻手稿，為十八世紀歐洲最大間的圖書館之一。

札烏斯基兄弟出版的時候，它變得更有價值了。

從沒有完全關上的門後可以聽見長老的聲音，他的態度和方才相比突然變得謙恭：

「好亞設，這個老毛病讓我的生活變得一團糟，我的腳趾頭好疼，想辦法做些什麼吧！親愛的。」

接著另一個帶著猶太口音的低沉聲音隨之響起：

「我拒絕為閣下您治療。您不該喝葡萄酒也不該吃肉，尤其是紅肉，但您不聽醫囑，當然會痛，而且以後也會繼續痛下去。我並不打算動用武力醫治您。」

「別這樣，不要生氣，畢竟它們不是你的腳趾頭，而是我的……你可真是個魔鬼醫生……」聲音消失在遠處，顯然兩人已經離開，走進了屋子深處。

3

關於亞設．魯賓與他憂鬱的想法

亞設．魯賓離開長老家，往市集廣場的方向走去。傍晚天空放晴，現在百萬顆星星在天空中閃耀，但它們的光線是冰冷的，引領這個秋天的初霜降落在這片土地，羅哈廷。魯賓拉過黑色羊毛大衣的下襬取暖，他又高又瘦，看起來就像是垂直的一豎筆畫。城市寧靜且冰冷，窗戶透出閃爍微弱的燈火，卻微弱到幾乎快要看不見，像是一種幻覺，很容易把它和陽光熾烈的日子裡太陽在虹膜上留下的痕跡搞混。魯賓的記憶變得鮮明，他想起了所有看過的物品。魯賓著迷於眼皮下所看見的事物，他想要知道它們從何而來。是眼球上的雜質嗎？又或者眼睛其實是某種類似幻燈機的構造，他在義大利曾經看過這種機器。

他有一個想法。現下眼前所見的所有事物：黑暗和羅哈廷上空清晰的星點交織，傾斜小房子的輪廓，城堡的磚塊和不遠處教堂的尖塔，昏暗有如幽魂的燈光，像是擺出抗議姿勢射向空中對角線的水井轆轤，也許還有他聽見的那些：腳下某處傳來輕柔的流水聲，和被霜凍得落下的葉子細微的喀嚓聲，這所有的一切都源於他的腦袋——這樣的想法讓他興奮地顫抖。假如一切都只是我們的想像呢？假如每個人眼中所見都有所不同呢？每個人所感受的綠色實際上是一樣的嗎？或許「綠色」這個名稱不過像是一種顏料，讓我們能夠囊括完全不同的經驗並互相溝通，但實際上每個人看見的東西都不一樣？有任何方法可以證實這個想法嗎？那麼當我們真的睜開雙眼，又會是如何？當我們有一天奇蹟似地看見周遭的真實，那又會怎麼樣呢？

亞設常常有這種想法，接著便會感到恐懼。

狗開始吠叫，他可以聽見男人大聲交談的聲音、尖叫聲，大概是從廣場酒館傳來的。醫生走進猶太房子林立的地方，經過右手邊黑色外觀的宏大猶太會堂。河水的味道從下方的河川飄來。市集廣場被羅哈廷兩群猶太人一分為二，他們互相爭吵，彼此充滿敵意。

他們在等誰呢？誰要來拯救世界？亞設暗忖。

不論是其中哪一群人，他們究竟在等待什麼呢？第一群人是虔誠遵循《塔木德》[1]教誨的信徒，擠在羅哈廷少少的幾間房子裡，如同待在被包圍的堡壘中。而第二群人則是異端者、叛教者，亞設對於後者更加反感。他們既迷信又原始，成日沉浸在神祕的傳說故事裡，身上總是掛著各式各樣的護身符，臉上總是帶著狡詐神祕的微笑，就像老修爾那樣。他們信仰受盡苦難的彌賽亞，他落到了人間最低下的所在，因為從最低下的地方才能爬到至高的地方[2]。他們相信衣衫襤褸的彌賽亞百年前就已經到來。雖然第一眼你可能看不出來，但世界其實已經被拯救了。而知道這個事實的人引用依撒意亞[3]的話，他們不遵守安息日的規定並與人通姦——同樣的罪對一群人來說是無法理解的，對另一群人來說卻不重要，所以沒有必要多花腦筋思考背後的原因。他們在廣場上半部的房子緊靠在一起，外牆互相融合，創造出像哨兵線般團結堅固的排屋。

那正是亞設的目的地。

這位羅哈廷拉比是個貪心專橫的人，總是忙著處理一些荒誕的細枝末節，也常常傳喚他到廣場的另一邊。單就這點來看，會以為他不尊重亞設，但其實是因為亞設不常去猶太會堂，他的穿著打扮也不像猶太人，而是某種介於猶太人和基督徒中間的風格。他總是一身黑，穿著樸素的長外衣並戴著老舊的義大利帽子，城中的所有人都認得他戴的那頂帽子。拉比家有位雙腳嚴重彎曲變形的男孩。亞設愛莫能助，他只希望無辜的孩子能早日從痛苦中解脫，期許他死亡。僅僅是因為這個男孩的緣故，亞設對拉比才有了那小小的同情心，不然他就只是個自大又心胸狹窄的男人。

亞設確信拉比心中期待的彌賽亞會是位身穿金色盔甲的國王，騎著白馬往耶路撒冷而去，也許還會有軍隊同行，那些戰士將會和他一同掌權，並重整這個世界最終的秩序。他會有名將一般的風範。他會收走世上所有統治者的權力，所有的民族都會毫不抵抗地服從彌賽亞的統治，國王們將會向他上繳歲貢，而他會在薩姆拔提翁河畔遇到流落各地的十支以色列支派[4]。建好的耶路撒冷聖殿將會從天而降，而埋葬在以色列土地上的人們將在這一天復活[5]。亞設想起那些埋在聖地之外的人要晚四百年

1《塔木德》，三世紀到六世紀編纂的拉比律法觀點《米示拿》的評述，是猶太教中地位僅次於《塔納赫》的宗教文獻。

2 彌賽亞意為受膏者（mesheach），猶太人相信彌賽亞會帶來和平、統一、完美的世界，有一說認為彌賽亞必須降落到人間最深的深淵，才能帶來救贖。

3 依撒意亞，是西元前八世紀的猶太先知。

後才能復生，不禁暗自竊笑。雖然在他看來，這十分殘忍不公，但他還是個孩子的時候也曾相信這個說法。

兩派人馬互相控訴對方罪大惡極，雙方暗箭傷人的事情層出不窮。不論是哪一方人馬都一樣可悲，亞設心想。亞設終究厭惡人類，可奇怪的是他居然當上了醫生。事實上人類總是令他憤怒和失望。

他比任何人都了解罪過是怎麼一回事。人們在肉體上寫下那些罪過，就像在羊皮紙上一樣。每一個人的羊皮紙並沒有太大差異，而每個人的罪過也都驚人地相似。

蜂巢，也就是羅哈廷修爾一家與他們的房子

修爾一家在廣場上的房子和其他幾間屋子裡——因為修爾一家已經開枝散葉、人丁眾多——進行婚禮的準備。其中一位兒子要娶妻了。

以利沙．修爾總共有五個兒子，還有一個年紀最大的女兒。長子所羅門[6]已經三十歲了，和父親很像，個性嚴肅沉默。他是值得信任的人，所以非常受到尊敬。為了和所羅門的姊姊哈雅有所區分，人們稱呼他的妻子哈克薇，她現在正懷著另一個孩子。她來自瓦拉幾亞地區[7]，即便懷著身孕，她的美貌依然吸睛。她會創作風趣的歌曲自己演唱，也會為女人寫故事。拿單，二十八歲，有張溫和真誠

的臉龐，擅長和土耳其人貿易。他總是在做生意的路上，事業經營得有聲有色，卻沒有多少人知道他實際上到底在賣些什麼。他很少待在羅哈廷，卻為了婚宴特地前來。他的妻子打扮華麗優雅，出身立陶宛，不太瞧得起羅哈廷的家人。她茂密的頭髮梳得高高的，穿著窄腰身的連身裙。停在庭院的那台馬車就是他們的。排在後面的是精力充沛、為人風趣的耶胡達。因為那難以抑制的衝動天性，人們和他相處時總是會出問題。他做波蘭流行的打扮，帶著軍刀。兄弟們都稱呼他為「哥薩克人」。耶胡達在卡緬涅茨有自己的事業：負責管理堡壘的補給品，是份收入不差的工作。他的妻子不久前因難產去世，孩子也沒能留下；他在這段婚姻裡共有兩個孩子。很明顯，耶胡達已經開始四處物色新對象了，而喜宴剛好是個好時機。他喜歡來自皮德海齊的摩西家長女。她現在十四歲，恰巧是適合嫁人的年紀。摩西則是位值得尊敬的人，學識豐富；他不只鑽研卡巴拉[8]，記得《光輝之書》所有的內容，還善於「看破神祕」，不管這對耶胡達來說到底是什麼意思。老實講，對他來說，女孩的美貌和智慧並

4 薩姆拔提翁河為傳說中亞述人滅北國以色列之後，消失的猶太支派藏身的河流，在安息日猶太人禁止旅行的時候會停止流動。有一說認為薩姆拔提翁河為《聖經．列王紀下》第十七章第六節提及的哈博河，即今日敘利亞東部的哈布爾河（Khabur River）。

5 猶太教認為彌賽亞來臨的時候，所有從古至今過世的人們都會肉體復活，並重返耶路撒冷，因此死者必須採用土葬保持肉體完整。

6 波蘭語發音稱所羅門（Salomon），希伯來語拼音稱史羅摩（Szlomo），下文中兩種念法交替使用。

7 瓦拉幾亞（Wołoszczyzna）是下多瑙河以北、南喀爾巴阡山脈以南的區域，主要城市為今日羅馬尼亞首都的布加勒斯特。一四一七年瓦拉幾亞大公國成為鄂圖曼帝國的藩屬。

8 卡巴拉，與猶太哲學相關的思想，用來解釋永恆的造物主與有限的宇宙間的關係。

不是那麼重要。她身為卡巴拉學者的父親為女兒取名瑪爾卡，是女王的意思。修爾最年輕的兒子沃爾夫七歲。父親身旁總是可以看見他滿是雀斑、充滿喜悅的臉蛋。

新郎是依撒格，那個被赫梅洛夫斯基稱作耶肋米亞的青年。十六歲的他除了身材高眺、笨手笨腳的，個性還不是非常突出。他的新娘芙蕾娜出身蘭茨科倫[9]，和以利沙．修爾的女婿、哈雅的丈夫、蘭茨科倫的拉比赫什是親戚。所有聚集在這間低矮但寬大的房子裡的都是一家人，透過血脈、婚姻、商業利益、債務擔保、借用的載貨馬車彼此相連。

亞設．魯賓常常造訪此處。傳喚他不只是為了孩子的事，也是為了哈雅。她總是染上不尋常的神祕疾病，除了和她聊天之外，他也想不出別的治療方法。他確實喜歡拜訪哈雅。這或許是唯一一件他稱得上喜歡的事。因為在這個家沒有任何人相信醫學，通常是哈雅堅持要找亞設來的。他們的談話結束之後病徵也隨之消失。亞設有時會覺得她就像是蠑螈，為了偽裝或是躲避掠食者，召喚出各式各樣的顏色，所以哈雅才會時而長疹子，時而呼吸困難，時而流鼻血。所有人都信這是鬼魂、附鬼[10]、魔鬼或是巴瓦卡本[11]在作祟。巴瓦卡本是在陰間看管寶藏的瘸腿守護者。她的病往往是種預告，表示預言即將開始。這時候他們就會請亞設離開，他們已經不需要他了。

在修爾家，男人負責做生意，女人則負責預言，這樣的分工可把亞設給逗樂了。家族裡每兩個女人就有一個是預言家。誰能想得到他今天才剛在柏林出版的報紙上讀到，在遙遠的美國人證明了閃電是一種電現象，而且只要利用簡單的棒子就能成功避開神的憤怒。

然而，這樣的知識並未傳到這裡。

而現在，婚後哈雅已經搬到夫家，但常常回來這裡。他們將她許配給蘭茨科倫的拉比，是擁有相同信仰的自己人，也是父親的摯友。丈夫的年紀比哈雅大上許多，他們已經有了兩個孩子。父親和女婿就像同一個模子刻出來的：同樣留著鬍子，頭髮斑白，臉頰下垂；他們常常辦公的低矮房間在他們下垂的臉頰上留下陰影。不論他們走到哪，這道臉上的陰影總是如影隨形。

哈雅進行占卜的時候會進入恍惚狀態——在自己手繪的板子上把玩麵包或是黏土製成的小雕像。然後她會預言未來，她的父親需要把耳朵貼近她的嘴唇，近到彷彿女孩正在舔舐它，並閉上雙眼細聽，之後他會把聽見的鬼魂之語翻譯成人類的語言。許多事情應驗了，但也有很多事情沒有。亞設·魯賓不知道該如何解釋他們的行為，也不知道這算不算是一種病。他不知道，這個事實讓他不舒服，他努力讓自己不再多想。他們則開始討論占卜的內容：伊卜，這代表附身的是好的聖靈，會賦予她一般人無法企及的知識。亞設有時候會直接替她放血，這種時候他盡量不去看她的眼睛。他相信這個療程能夠淨化她，血管中的血壓會降低，就不會腦充血。哈雅在家中的地位不亞於她的父親。

然而現在他們卻為了一個性命垂危的老婦人把亞設找來。她是來參加婚宴的客人，舟車勞頓之後太過虛弱必須讓她臥床，他們害怕她會在婚宴中死去。所以今天亞設見不到哈雅了。

他走進泥濘、黑暗的庭院，庭院上方倒掛著剛殺好的鵝，經過整個夏天，牠們被養得肥滋滋的。

---

9 今日位於烏克蘭西部的村莊札里昌卡（Зарічанка），過去曾是波蘭名門蘭茨科倫家的屬地。

10 猶太人相信死後的靈魂能夠透過宿主的嘴巴說話。伊卜（Ibbur），意為「懷孕」，指靈魂注入另一人的身體，能夠增強對方的力量或是幫助他實踐某種使命。附鬼（Dibbuk）則是惡的注入，指罪惡的靈魂控制了宿主。

11 原意為穿戴木頭義肢的跛腳者。

穿過狹窄門廊的時候，他聞到了炸豬排和炸洋蔥的香味，聽見某處有人碾碎缽裡胡椒的聲音。女人們在廚房裡吵吵鬧鬧，裡面傳來烹煮中菜餚所散發的溫暖蒸氣蓋過了冷空氣，伴隨著醋、肉豆蔻、月桂葉的香味，還混著鮮肉令人沉醉的香甜。與這一切形成強烈的對比，秋天的風顯得更加寒冷，更讓人不舒服。

男人們正在木牆後方激烈地交談著，似乎在彼此爭吵——你能聽見他們的聲音，聞得到蠟以及溼氣浸溼他們衣服的味道。許多男人今天都到場了，房子裡擠滿了人。

亞設經過孩子身旁；小鬼頭們對於即將到來的慶典興奮不已，並沒有注意到亞設。亞設・魯賓走過第二個庭院，這裡只有一把火把微弱地照亮四周，是馬和馬車停放的地方。黑暗中有人卸下馬車上的袋子並把它們搬到儲藏室，魯賓看不清是誰。過了一會亞設才瞥見他的臉，身子不由自主地退縮——他是那個逃亡者，老修爾冬天從雪地裡救回的那個整張臉凍傷、半死不活的農民。

亞設在門前見到了喝得微醺的耶胡達，全家人都叫他雷布[12]。事實上就連他自己都不姓魯賓，他的全名是亞設・本・列維。然而此刻在一片昏暗中，在高朋滿座的情況下，名字似乎變成了流動的、可變動的、次要的，畢竟每個人保有自己名字的時間都不會太長。耶胡達不發一語帶他走到屋子深處，並打開了通往小房間的門。裡面年輕的女人們正在工作，而暖爐邊的床上有一位身形乾癟的老婦人靠在枕頭上躺著。工作中的女人們熱烈歡迎他，好奇地聚在床邊想看看亞設會如何診治嫣塔。

她就如同老母雞一般瘦小，身材枯瘦。她突出的母雞胸廓像孩子一樣快速起伏，薄唇半開的嘴巴向內凹陷，但她的深色眼珠正專注地追隨著醫師的舉動。亞設把充滿好奇的旁觀者趕出房間之後，拉起床上的毯子，看見了她如孩童般小巧的身形，掛滿許多細繩、細皮帶的嶙峋手掌。他們替她用狼皮包裹住脖子以下的部位，他們相信狼皮能夠保暖並讓她恢復力氣。

怎麼可以把只剩最後一口氣的老婦人硬是帶在身邊呢？亞設心想。她看起來就像一顆枯萎的老蘑菇，有著一張滿是皺紋的棕色臉龐，而蠟燭的燈火將她刻畫得更加殘酷，使她漸漸失去了人類的外型。亞設覺得她彷彿下一秒就會變得和大自然相差無幾——樹幹、粗糙的石頭，以及滿是樹節的木頭。

看得出來老婦人在這受到了良好的照顧。畢竟按照以利沙．修爾告訴亞設的，嫣塔的父親和那本著名的《特瓦修爾》[13]的作者，也就是以利沙．修爾的爺爺札爾曼．納夫塔利．修爾是兄弟。既然在摩拉維亞和遠在盧布林的堂兄弟姊妹都會出席，她會來參加親人的婚禮就一點也不讓人意外了。亞設在矮床旁邊蹲了下來，他馬上就聞到人體汗水的鹹味，還有——他花了一點時間試著尋找精確的形容詞——孩子的味道。她這個年紀的人身上的味道會變得和孩子一樣。他很清楚這個女人什麼病都沒有，只是快要死了。他細心地為她診斷，但除了老化以外，什麼也沒觀察到。她的心跳不規律又微弱，心臟似乎非常疲勞，儘管她的皮膚又薄又乾像是羊皮紙一樣，卻十分乾淨。她的眼神木然，雙眼凹陷，太陽穴的位置同樣也是下陷的，這是死亡即將到來的徵兆。脖子下方微微解開的襯衣領口下，可以看見某種細繩和繩結。亞設碰到她緊握的拳頭，嫣塔抵抗了一段時間，而之後或許是感到羞愧，她在他的面前鬆開手，有如在沙漠中綻放的乾燥玫瑰。她的掌心上放著一塊絲綢，上面寫滿了符號：שדי。

---

12 Lejb，意第緒語獅子的意思。

13 一本針對猶太飲食條例、屠宰方法和飲食的律法註解。

亞設感覺老婦人正用沒有半顆牙齒的嘴巴對著他笑，而她如同深井般的眼睛裡反映著燭光的倒影。那個倒影似乎正從遠方向他跑過來、從人類心中無法參透的深處奔跑而來。

「她的情況怎麼樣了？」突然走進狹窄房間的以利沙詢問亞設。

亞設緩緩抬起頭看向對方不安的臉。「還能怎樣？她要死了，撐不到婚宴那時候。」

亞設的表情說明了一切：到底為什麼在這種狀態下還要載她過來？

以利沙．修爾將他帶到一旁，抓住了他的手肘。

「你一定會一些我們所不知道的方法。幫幫我們吧，亞設！肉已經切好，胡蘿蔔也削好了，葡萄乾在碗裡泡著，女人們正在替鯉魚去鱗。你看到外面有多少賓客了嗎？」

「她的心臟勉強還在跳，」魯賓道。「我什麼忙也幫不上。當初根本沒必要帶她一起上路。」

他輕輕鬆開被以利沙．修爾抓住的手肘，朝著出口走去。

亞設．魯賓認為大部分的人都很愚蠢，而且正是人類的愚蠢造就了世上的悲傷。這並不是人類生來帶有的原罪或特質，而是對世界不合適的看法、對眼前所見事物的錯誤評價，導致人們總是個別看待所有事情，將每個東西視為彼此分離。真正的智慧在於將一切連結在一起的藝術，如此一來，事物真正的形狀才會顯現。

亞設三十五歲，但是他看起來比實際上老得多。近年來他變得有點駝背，滿頭灰髮，而以前的他有著一頭烏黑青絲。他的牙齒也有些毛病。有時候當天氣變得潮溼，他的手指關節也會腫脹；他非常敏感，所以更該多注意自己的身體。他成功地避開婚姻。他的未婚妻在他求學的時候過世了。他對她幾乎一無所知，所以這個事實並未讓他感到悲傷，只讓他平靜。

亞設・魯賓來自立陶宛。因為他天資聰穎，家人為他募集資金好讓他到國外受教育。他到義大利求學，卻沒有完成學業。某種無力感打擊了他。光是踏上歸途、到達羅哈廷就幾乎用光了他所有的力氣。在羅哈廷的伯伯安切爾・林德納負責替東正教神父縫製聖衣[14]，富有到可以收留他住在同一個屋簷下。魯賓漸漸在這裡找回自己。儘管他花了幾年時間研讀醫學，他並不知道自己出了什麼問題。無能為力，力不從心，就算手平放在面前的桌上，他卻沒有任何力氣將它舉起。他沒有辦法睜開眼睛。伯母每天會在他的眼皮上抹幾次混了藥草的羊油，他漸漸恢復活力。在義大利的大學裡學到的知識在腦海裡變得日益清晰，於是他開始親自替人看病。事情進展得很順利，但他卻覺得自己被困在羅哈廷，像是困在樹脂裡永遠動彈不得的昆蟲。

在學習之家[15]

留著長鬍子讓以利沙・修爾更顯族長風範，他正抱著外孫女並用鼻子搔她的肚子。女孩笑得開懷，露出沒有牙齒的牙齦。她笑得直不起腰，整個房間都充滿了她的笑聲，有如鴿子的咕咕聲。然後

14 基督宗教神職人員舉行儀式時所穿著的長袍。
15 bet midrash，指會堂中供猶太男性研讀《妥拉》等經書的講堂。

尿布開始滲出液體滴到地上，祖父迅速地將孩子還給母親哈雅。哈雅再將孩子轉交給其他女人，小女孩隨後便消失在房子深處，破舊地板上的尿漬標明了她離開的路線。

修爾必須在寒冷的十月下午走出家門，走到隔壁棟的學習之家。那裡一如往常傳來許多男性的聲音，往往是情緒激動、不耐煩的——或許會有人以為這裡並不是研讀經書和學習的地方，而是菜市場。修爾要去找孩子們，去教導他們閱讀的地方。家族中孩子眾多，光是修爾自己就有九個孫子。他認為孩子應該嚴加管教，直到中午之前都要讓他們學習、閱讀和祈禱，之後便是商店裡的工作，幫忙做家事，以及作帳與商業溝通等實務，但也包括和馬匹一起工作，劈柴並堆好柴薪，家中的細部修理。他們得要學會所有事情，因為這一切將來都會對他們有幫助。人應該要自立而且自給自足，每樣事情都要會一點，再擁有一項必要時可以賴以為生的像樣技能：這一項技能則取決於個人天分。人們應該注意孩子對什麼最有興趣，這樣才不會出錯。以利沙也允許女孩子學習，但不是所有女孩都可以，而且必須和男孩子分開學習。他有著鷹隼一般的視線，能夠看透人心，並看出誰會是伶俐的女學生。在那些不夠聰明、腦袋空空的女生身上不用浪費時間，她們還是會成為好妻子，生下許多孩子。

學習之家裡總共有十一個小孩，幾乎所有人都是他的孫子。

以利沙自己年近六十。他身材矮小，肌肉結實，性情暴躁。等著老師出現的男孩們知道爺爺要來檢查學習成果了。這是老修爾每天的例行公事，只要他人在羅哈廷，而不是在那數不清多少次的出差途中，他都會這麼做。

他今天也出現了。和往常一樣踩著急促的步伐，兩道垂直皺紋切開他的臉龐，讓他看起來更加嚴肅。但嚇到孩子並非他的本意，所以他盡量對孩子保持微笑。以利沙先是分別看向每一個孩子，盡力掩藏他心中的慈愛。他壓低聲音，彷彿必須努力克制自己般，有點嘶啞地對他們說話，並從口袋裡拿出幾顆大堅果；堅果非常大，幾乎和桃子一樣大。他將堅果放在自己攤開的掌心上，放到男孩們面前。男孩們一臉好奇看著堅果，想著他馬上就會將這些堅果分給他們，卻沒有料想到接下來的惡作劇。老人拿起一顆堅果，他瘦骨嶙峋的手掌使出鋼鐵般的一握將之捏碎。然後他把手伸到隊伍中第一位男孩面前，他是拿單的兒子，雷布可。

「這是什麼？」

「堅果。」雷布可充滿自信地回答。

「它是由什麼組成的？」現在以利沙走向下一個男孩，史羅摩。他並不是那麼確定，眨了眨眼睛看向爺爺：

「果殼和果仁。」

以利沙．修爾非常滿意。他在男孩們的注視之下緩慢並動作誇張地取出果仁吃了下去，意猶未盡地閉上雙眼咂了咂嘴。這太奇怪了。坐在最後一張長椅上的小以色列開始笑爺爺——他眼睛轉動的方式實在太好笑了。

「噢，這個回答太簡單了，」以利沙突然嚴肅起來對著史羅摩說。「你看，果殼內裡還有一層保護層，跟包覆著果仁的薄膜。」

他用手舉起堅果好讓所有男孩能夠低頭看清楚。

「來這裡看。」

這一切都是為了向學生解釋理解《妥拉》[16]的方式，其實也有異曲同工之妙。外殼就是《妥拉》

字面上最簡單的意思，描寫發生了什麼事的普通故事。接著，我們要進入更深的地方。現在孩子們在自己的板子上寫下四個字母[17]：pej、resz、dalet、samech，當他們完成之後，以利沙·修爾命令他們大聲讀出自己寫下的字，先把所有字母連在一起，再個別分開讀一次。

史羅摩默背了一首詩，聽起來他似乎完全不了解其中的意思：

「P，pszat，這是字面上的意思，R，remez，這是暗喻的意思，D，drasz，這是學者所說的意思，S，sod，這是神祕學上的意思[18]。」

他說到「神祕學的」這個字的時候說話開始結巴，就和他的母親一模一樣。他和他的母親哈雅很像，以利沙感動地想。這個發現讓他的心情愉快，這些小孩全都出自他的血脈，在每個人身上都有自己的一部分，他就恍若被砍下的木材，從自身飛濺出許多的木頭碎片。

「四條由伊甸園流出的河流叫什麼名字？」以利沙問另一個男孩，他有著大大的招風耳和小巧的臉。這是希萊爾，是他姊妹的孫子。男孩馬上回答：「丕雄河、基紅河、底格里斯河，還有幼發拉底河。」

貝雷克·史麥湯克斯[19]老師一走進來，便看見如此賞心悅目的溫馨場景。以利沙·修爾坐在學生中間講故事。老師為了博得老人的好感，做出非常開心的表情，轉了轉眼睛。他有著光亮的肌膚和近乎奶白的頭髮，才得到了這個暱稱。實際上他十分懼怕這位矮小的老人，不怕老人的人他也不認識半個，也許只有兩個哈雅不害怕他吧！大的和小的，女兒和媳婦。她們總是隨心所欲地和老人相處。

「從前有四位偉大的智者，他們的名字分別是本·阿薩吉、本·索馬、以利沙·本·阿布賈與拉比．阿吉巴。他們先後進了天堂，」老人開始說。「本．阿薩吉看了一眼就死了[20]。」以利沙．修爾停止講話，戲劇性地保持沉默並抬起眉毛，確認他的話語引起什麼樣的反應。小希萊爾驚訝地張嘴。

「這是什麼意思呢？」修爾詢問男孩們，但當然沒有任何人回答他，所以他舉起手指補上結尾：「這表示他踏入了丕雄河，這條河的名字可以解釋成『教導確切真意的嘴』。」

修爾舉起第二隻手指繼續講：

「本．索馬看了一眼就失去了理智。」他做了個鬼臉，惹得孩子們大笑。「這又是什麼意思呢？這表示他踏入基紅河，這條河的名字代表人只看得見暗喻的意義。」

修爾知道他說的很多東西孩子們都無法理解。沒關係。他們不用理解，重要的是他們必須記在腦袋裡，之後總有一天會理解的。

「以利沙．本．阿布贾，」他繼續說，「只看了一眼就變成了叛教者。意思是他走進了底格里斯河，並迷失在許多可能的解釋裡。」

---

16 原意為「教誨」，又稱《摩西五經》，包含《創世紀》、《出谷紀》、《肋未紀》、《戶籍紀》、《申命紀》。
17 此處為轉寫後的希伯來文字母。
18 十三世紀晚期開始流行解讀經書的四重方法。第一層Peshat指字面直接意義，第二層Remez指的是預象或是寓言層面的暗喻意義。第三層Drush指涉應用上的訓誡意義，第四層Sod為神祕學上的意義。四者合稱「花園（PaRDeS）」。
19 史麥湯克斯（Smetankes）發音近似白色的酸奶油，意第緒語為סמעטענע（smetene），波蘭語śmietana。
20 疑出自阿摩拉彙編著作《拉比卡哈納的章節詮釋》中關於坦拿智者的故事。

修爾將第三根手指指向開始坐不住的小依撒格。

「只有拉比・阿吉巴成功進入天堂，而且毫髮無傷地離開，這表示他浸泡在幼發拉底河中，看透了最深層的神祕意義。這就是四種閱讀和理解的方法。」

孩子們貪吃地看向面前擺在桌上的那些堅果。爺爺用手掌捏碎堅果後分給男孩們。他仔細地觀察孩子們吃光最後一點小碎片，隨後他走了出去，掩去笑容皺著臉走過自家如蜂窩般的迷宮，朝著嫣塔走去。

嫣塔，或死亡的壞時機

將嫣塔從科羅利夫卡[21]載來的，是她的孫子以色列與其妻子索布拉，他們同樣受邀參加婚禮。他們也是擁有相同信仰的「自己人」，和聚集在這裡的所有人一樣：雖然彼此居住的地方相隔遙遠，但所有人都彼此相連。

現在兩人對於自己的行為非常後悔，沒人記得到底是誰的主意。奶奶想來參加婚禮這件事並非重點。他們總是非常害怕奶奶，因為她負責管理整個家中的大小事，從來沒有人能拒絕她的要求。然而現在奶奶會死在修爾家，而且還是在婚禮途中，這無疑會讓新人的餘生永遠蒙上陰影，一想到這，兩人就直發抖。在科羅利夫卡，他們和其他賓客一起租了馬車，搭上蓋著防水帆布的馬車的時候，嫣塔還很健康，甚至可以自己爬上座位。然後她命人拿來鼻煙，大夥一路歌唱，他們累了之後便試著打盹。嫣塔的視線穿透骯髒破爛的帆布，整個世界遺留在他們身後，堆疊成道路、田埂、樹木與地平線的蜿蜒線條。

他們行駛了兩天，馬車的顛簸毫不留情，但老嫣塔撐得住。他們晚上在布恰奇的親人家過夜，隔日清晨便繼續趕路。半路上突如其來的霧靄讓所有賓客都感覺不太對勁，也就是從這時起嫣塔開始呻吟，像是要吸引其他人的注意力。霧靄是混濁的水，有各式各樣的惡靈穿梭其中，讓人和動物的心智都變得昏沉。馬兒會不會偏離道路，將所有人載往陡峭的河岸從而一同墜入深淵呢？抑或是某種邪惡又殘酷、尚未改造完成的怪物即將附在他們身上？路上通往醜陋又富有的地下小矮人鎮守著寶藏的洞穴入口會不會開啟？奶奶也許是因為這些恐懼才變得虛弱。

下午濃霧散去，他們看見了眼前不遠處皮德海齊城堡令人讚嘆的巨大建築主體，城堡久無人居即將淪為廢墟。城堡上空有大群烏鴉盤旋，牠們從半傾頹的屋頂一次又一次地起飛，牠們嚇人的嘎嘎聲反射到牆壁上產生回音，嚇得霧氣連連退散。以色列和她的妻子索布拉，身為車上除了嫣塔之外最年長的人決定停車。他們在路邊散開休息，拿出小圓麵包、水果和水，但奶奶已經什麼都吃不了了。她只喝了幾滴水。

深夜，當他們終於抵達羅哈廷，嫣塔已經無法自行站立，步履蹣跚，他們只好叫來幾個男人帶她

---

21 位於烏克蘭西部的小鎮，附近有已知世界上最長的石膏岩洞穴「樂觀洞穴」（Оптимістична печера），據傳為雅各．法蘭克的出生地。

到屋裡。結果其他人根本用不著上場，光是一個男人就夠了。老嫣塔能有多重呢？幾乎沒有重量。就和一隻瘦山羊一樣。

以利沙．修爾帶著些許不安接待自己的姑姑，他為她準備了小房間裡的舒適床鋪，並囑咐女人們好好照顧她。他下午來看她，此刻兩人正一如往常竊竊私語。他們已經認識了一輩子。

以利沙關心地看著她。嫣塔知道他的意思：「這不是個好時機，對吧？」

以利沙沒回答。嫣塔平靜地閉上雙眼。

「難道還能有迎接死亡的好時機嗎？」以利沙最後泰然自若地說。

嫣塔說她會等到客人散去，等他們的呼吸把窗上的玻璃染上一層水氣，而空氣則變得更加厚重。她會等到賓客跳完舞、喝完伏特加之後各自回家，等到地上踏碎的髒木屑掃乾淨，等到碗洗乾淨。以利沙似乎關心地看著她，但實際上他的思緒早已飄向別的地方。

嫣塔從來就沒喜歡過以利沙．修爾。他的內心就如同有著許多房間的房子——一間房間裡裝潢是這樣，另一間房間則是完全不同的樣子。從外觀看來是一棟建築，但內部其實可以看出它的多樣性。你永遠無法預期他的行為。此外以利沙．修爾總是非常不幸。他總是缺少某樣東西，思念著什麼，想要擁有別人所擁有的東西，或是與之相反——當他擁有他人所沒有的東西，他反倒認為沒必要。這讓他變成一個憤世嫉俗、心懷不滿的人。

因為嫣塔年紀最大，每一位前來參加婚宴的客人都會先來和她打招呼。客人絡繹不絕地造訪她位在迷宮末端的小房間，他們必須穿越庭院才能到達小房間所在的第二棟房子，這裡隔著一條街和墓園比鄰。孩子們透過牆壁的縫隙窺探嫣塔。該在入冬前將這些縫隙補起來了。哈雅坐在她身旁許久。嫣塔將哈雅的手放到她自己的臉上，輕觸她的眼睛、嘴巴和臉頰——孩子們都看見了。嫣塔輕撫她的頭。哈雅拿了些零食給她，餵她喝加了一匙鵝油的雞湯，然後老嫣塔意猶未盡地咂了好一陣子的嘴，舔了舔乾燥的薄唇，但鵝油給予的力氣並不足以讓她起身。

摩拉維亞人抵達目的地以後，馬上就來探望他們年邁的堂親，他們分別是所羅門・札爾曼與他年輕的妻子申黛爾。他們花了三個星期從布爾諾[22]出發，途經茲林、普雷紹夫，接著經過德羅霍貝奇，不過他們不會原路往返。他們在山上遭到逃跑的農民襲擊，札爾曼被迫付給他們一大筆過路費，幸好他們並沒有拿走所有的財物。現在他們要趁下雪之前從克拉科夫回去。申黛爾已經懷了第一胎，她不久前才告知丈夫這件事。她有噁心的症狀，從小店飄來、以及在修爾家廣闊排屋第一部分聞到的咖啡香和藥草味讓她特別不舒服。她也不喜歡老嫣塔身上的味道。她害怕那個女人，她穿著奇怪的裙子，下巴上有細微的毛髮，像個野蠻人。在摩拉維亞上了年紀的女人看起來體面多了，她們會戴著上過漿的波奈特帽和乾淨的圍裙。申黛爾深信嫣塔是魔女。雖然大家都建議她坐在床邊，她卻不敢坐下。她懼怕某種東西會從老人轉移到肚子裡的孩子身上，某種無法平息的陰鬱瘋狂。她盡力不去碰觸房間裡的任何東西，屋子裡的味道始終讓她難受。總而言之，波多里亞的親戚就是給她野蠻的印象。然而他們最終還是將她推向了老人，所以她只好貼坐在床的邊緣，準備隨時逃跑。

不過她倒是喜歡蠟的味道——她偷偷地嗅聞蠟燭——以及泥地混雜著馬糞的味道，還有，她現在才發覺的，伏特加的味道。所羅門年紀大她許多，身材結實、大腹便便，是位留著鬍子的中年男子。

---

22 此處採用德語拼音Brünn，波蘭語發音為Brno。一六四一年後摩拉維亞首府由奧洛摩次遷移至布爾諾。

他對自己身材苗條、長相標致的妻子感到驕傲。所羅門替她拿了一杯烈酒，申黛爾只嘗了嘗味道不能入喉。她把酒吐到了地上。

當年輕的妻子在嫣塔床邊坐下，嫣塔從狼皮下伸出她的手放到女孩的肚子上，儘管她的肚子仍未見隆起。喔是的，嫣塔看見申黛爾的肚子裡正寄居著某個靈魂，仍然不是非常清晰，組成複雜而難以名狀；這些自由的靈魂充滿四周各處，他們只想伺機抓住尚未被占據的物質碎片。而他們現在也在舔舐著這渺小、有如小蝌蚪的團塊。他們盯著它看，但那裡還沒有任何確切的存在，僅有碎片與陰影。靈魂不斷地撫摸、試探。他們本身就是由條痕組合而成的：圖像、回憶、行為的記憶、語句片段、字母。在此之前嫣塔不曾看得如此清楚。說實話，申黛爾有時候也不太自在，因為她同樣感受得到他們的存在——宛如數十隻陌生的手撫摸著她，彷彿他們的手指插進她的身內。她不願向丈夫坦白這件事，她找不到確切的說法解釋。

當男人們一起坐在同一間房間裡，女人們則聚集在嫣塔小到勉強塞進所有人的小房間。每隔一段時間就會有人悄悄從廚房拿來一點婚禮伏特加，像是走私者一樣，不過這也算是婚禮樂趣的一部分。她們擠在一塊，為了即將到來的慶典開心得忘乎所以，開始玩得不亦樂乎。病人似乎不但沒有感到困擾，甚至對於自己變成嬉鬧的中心這件事十分滿意。當嫣塔突然開始打瞌睡，沒一會兒又帶著天真的笑容醒來，她們往往會帶著一絲罪惡感不安地望向她。申黛爾別有深意地看著哈雅替病人調整狼皮的位置，替她在脖子上圍上自己的圍巾，她看見老婦人身上戴著大量的護身符——掛在細繩上的小袋子、寫著符號的木塊和獸骨做的小雕像。哈雅不敢碰到它們。

女人們正講述著驚悚的故事——關於鬼魂、遊魂、被活埋的人們和死亡的象徵。

「要是你們知道光是自己身上四分之一滴真誠的血液就蟄伏著多少惡靈，你們肯定會向造物主獻上自己的肉身和靈魂。」老諾特卡的太太茨帕說，人們認為她是位有學問的人。

「那些鬼魂在哪呢？」有人害怕得輕聲詢問，而茨帕從泥地板撿起樹枝並指向它的末端：

「就在這！他們都在這裡，仔細看。」

女人們凝視著樹枝的尾端，鬥雞眼逗趣的樣子惹得某人暗自竊笑，在僅有的幾點燭光下，她們眼中的樹枝變成了兩根、三根，卻沒人看見鬼魂。

我們在《光輝之書》中所讀到的內容

以利沙與他的長子、來自摩拉維亞的堂親札爾曼．多布魯什卡、來自科羅利夫卡的以色列正在討論重大議題：當家裡同時需要操辦婚禮和葬禮的時候該怎麼做？以色列把頭深深埋進手臂裡，所有人都看得出來他有多自責。四個人圍坐成一圈。一段時間之後門被打開，莫什科拉比拖著腳步走了進來。他對卡巴拉的了解非常透徹。以色列迅速起身引導他入座。已經沒有必要向老拉比多做解釋了——每個人都知道，所有人都在談論這件事。

他們低聲交談，最終莫什科拉比開口：

「我們在《光輝之書》中讀到，有兩個淫蕩的女人帶著一個活著的孩子站在所羅門王面前，名叫馬哈拉特和莉莉絲[23]，不是嗎？」老人問完之後突然打住，像是要給他們時間好好回想對應的段落。

「馬哈拉特所對應的希伯來字母代碼總和[24]是四百七十八，莉莉絲則是四百八十，對吧？」

他們點了點頭。他們知道他接下來要說什麼了。

「人參加婚宴的時候，他身上的魔女馬哈拉特以及伴隨在她身旁的四百七十八個魔鬼會被驅散；當他參加至親喪禮的時候，魔女莉莉絲和同行的四百八十個魔鬼則會被打倒。這就是為什麼我們在《訓道篇》第七章第二節讀到：『往居喪的家去勝於往宴會的家去。因為往居喪的家去能夠擊垮四百八十個魔鬼同夥，而在宴會的家中僅只四百七十八個。』」

也就是說，應該要取消婚宴並等待喪禮。

多布魯什卡心照不宣地看了看堂兄以利沙，意有所指地望向天花板：他對決議感到失望。他不會永無止境地呆坐在這，他應該要時時刻刻盯著自己在摩拉維亞的普羅斯捷約夫[25]的菸草生意，和紅酒的運送，他擁有為當地猶太人引進潔食[26]紅酒的專賣權。妻子在這的親戚都是些和善的人，卻單純又迷信。他們在土耳其共同的事業經營得有聲有色，所以他才決定前來探訪。但他不會永遠呆坐在這裡。如果下雪怎麼辦？當然沒有任何人喜歡這樣解決事情。每個人都想要婚禮正常舉行，現在，馬上。不可能再繼續等下去，一切都已經就緒了。

以利沙．修爾也對決議感到不滿。婚禮必須照常舉行。

只剩下以利沙獨自一人的時候，他喚來哈雅，她將會為他指點迷津。等待她的期間，以利沙翻了翻神父的書，無法理解上頭寫的任何一個字。

關於被吞下的護身符

夜裡，當所有人都已入睡，以利沙・修爾憑藉著燭光在小紙片上寫下字母：

המתנה, המתנה, המתנה

Hej-mem-taw-nun-hej. Hamtana：等待。

穿著白色睡衣的哈雅站在房間正中央，對著周遭的空氣比畫著眼睛看不見的圓。她拿著小紙片舉在頭頂上並閉著眼睛站了許久。她的嘴巴動個不停。哈雅對著紙片吹了幾口氣，之後小心翼翼地把它

23《列王紀》第三章第十六節中，兩位妓女出現在所羅門王面前，控訴被壓死的是對方的兒子，活下來的才是自己的兒子。一部分卡巴拉學者以及猶太傳說認為，這兩個妓女是惡魔莉莉絲與馬哈拉特（Agrat bat Machalat）的化身。莉莉絲、馬哈拉特、娜瑪（Naamah）與伊格拉特（Igrat）被稱為四個惡魔母親。

24 拉比解讀經文寓意時所使用的三個特殊方法分別是字母的結合（tseruf）、將組成單字的所有字母對應數值相加的希伯來字母代碼（gematria，源自希臘文的「幾何」），與將字母和單字當成句子的象徵的拼字法（notarikon）。

25 德語Proßnitz，今日位於捷克東部的城市。

26 Kosher，意思是「合適的」，指符合猶太飲食條例（Kashrut）的食物。

捲成紙捲，裝進指甲大小的小木盒裡。她垂著頭默默地站了更長一段時間，用唾液沾溼手指後，馬上將細皮帶穿過護身符的洞口，然後把護身符交給父親。她的父親正拿著蠟燭在沉睡的房屋中穿梭，木頭嘎吱聲和打呼聲此起彼落，他經過狹窄的走廊來到嫣塔躺著的房間。以利沙在門外停下腳步細聽。顯然沒有聽到任何令他不安的聲音，因為他小心地打開了門，門順從地開啟沒有發出半點聲響，揭開只點著一盞油燈的狹小房間內部。嫣塔挺立的鼻子垂直朝向天花板，在牆上留下了挑釁的陰影。以利沙必須穿過它才能把護身符戴到性命垂危的女人脖子上。當他在嫣塔面前彎下身，她的眼皮開始顫抖。以利沙停下動作，不過什麼事也沒發生，看得出來女人只是在睡覺：她的呼吸輕到幾乎無法察覺。他把皮帶的末端打結，將護身符放到老婦人襯衣的下方，之後轉身向後並悄聲無息地走出房間。當燭光消失在門後，門板縫隙間透出的光漸漸變得微弱，嫣塔張開雙眼並用她虛弱的手摩挲護身符。她知道上面寫了什麼。她扯下皮帶，打開盒子並如同吞藥丸一般吞下了紙片。

嫣塔躺在狹窄的小房間內，僕人不斷地將客人的外套拿進房間擺在床尾。當房子深處終於傳來演奏聲的時候，嫣塔已經被埋在成堆的大衣下方，幾乎快要看不見她了；直到哈雅進房她才著手整理，將大衣推落到了地板上。哈雅俯在年長的姑婆身上仔細觀察她的呼吸——她的呼吸如此微弱，似乎連蝴蝶揮動翅膀造成的空氣振動都更加有力，但是她的心臟仍在跳動。哈雅的臉龐因為伏特加微微泛紅。她把耳朵貼到嫣塔的胸口，貼到成串的護身符、細繩、皮帶上，她聽見了微弱的怦怦聲，十分緩慢，兩次心跳聲中間隔了整整一口氣。

「嫣塔姑婆！」哈雅輕聲呼喚，她似乎感覺到老婦人半闔的眼皮抖了一下，瞳孔動了一下，嘴巴彷彿露出了微笑。這是誤打誤撞露出的笑容：它如同波浪般起伏不定，嘴角有時候上揚、有時候下垂，下垂的時候嫣塔看起來像是死了。她的手掌溫熱並不冰冷，皮膚柔軟蒼白。哈雅替她整理露出圍巾的頭髮，並靠向她的耳邊：「你還活著嗎？」

而老婦人的臉上再度出現那個微笑，只維持一瞬間便馬上消失不見了。遠方的沉重腳步聲和高亢的音樂喚回哈雅的思緒，於是她在老人溫暖的臉頰上親了一下便跑去跳舞了。

帶著節奏感的踏步聲傳入嫣塔的房間——婚禮的賓客盡情跳舞，儘管這裡聽不見被阻擋在木牆外的音樂，彎曲的走廊將旋律打散成了單音節的低沉聲響，你能聽見的只有舞步的砰砰聲，還有時不時出現的尖叫與吆喝。有個年邁的女人在照看嫣塔，但她也被婚禮吸引，終究離開了房間。嫣塔對婚禮上的事情也很感興趣。她十分驚訝地發現，她能夠輕易地離開自己的身體，飄浮在身體上方；她能夠看見自己凹陷蒼白的臉，這種感覺十分奇怪，但她馬上又飄向了別的地方，順著穿堂風的氣流，順著聲音的振動，毫不費力穿透木製的牆壁和門扉。

嫣塔現在可以從上方看見所有事物，而她的視線隨後落回瞇著的眼皮，並持續同樣的動作整整一個晚上。向上浮起又回到下方，在兩個世界的邊界來回穿梭。這個動作讓嫣塔十分疲累，以往不論是打掃家裡或是照顧花園都從未讓她花費如此大的心力。然而兩者對她來說都是愉悅的：下降也是，上升也是。唯一讓人不舒服的是，發出呼呼聲的激烈動作會使勁把她遠遠推到地平線外，如果不是靠護身符從內部、由內而外保護肉體，她便難以抵禦這股殘暴的外在力量。

真是奇怪——她的想法籠罩了整個地區。「風，」有個聲音在她的腦海裡說，肯定是她自己的聲音。亡者從他們所在之處望向世界的時候，風就是他們的視線。「你看過草原如何低頭擺動，」她想告訴哈雅，「那肯定是因為有某個亡者正看著它。」因為當你計算所有亡者數量的時候，你會發現他們似乎比人間的生者還多得多。他們的靈魂徘徊在許多生靈身上，得到了淨化，現在僅等著彌賽亞前來完成他的使命。就因為他們看著一切，所以地上才吹著風。風就是他們警覺的視線。

一陣慌亂猶豫過後，她也加入了這陣風。風吹過羅哈廷的房屋和人煙稀少的小聚落建築上空，吹過在市集上坐等顧客出現的馬夫，吹過三座墓園，吹過幾座教堂、猶太會堂與東正教堂，吹過羅哈廷的酒館——這陣風接著迅速奔向更遠的地方，穿過山丘上泛黃的草地。起初風是混亂、雜亂無章的，但隨後它彷彿學會了舞步，沿著河道一路奔向德涅斯特河。風在那裡停下腳步，因為蜿蜒河道的鬼斧神工令嫣塔讚嘆，它的捲曲就如同希伯來字母gimmel與lamed的輪廓[27]。風接著向後回轉，並不是因為那個與河川重疊劃分兩個大國的邊界。畢竟在嫣塔眼中，這樣的邊界根本不值一提。

---

27 希伯來字母gimmel為ג，lamed為ל。

4

婚姻牌與法老王[1]

蘇爾第克主教的確碰上了大麻煩。即便是真誠潛心的祈禱也無法抹去這些念頭。他的雙手都是汗，當鳥兒一開始歌唱他便起了個大早，而他晚睡的原因也顯而易見。這就是為什麼他的神經始終沒辦法放鬆。

二十四張卡牌。每六張一組分給玩家，而隨機亮出的第十三張牌的花色將會變成主牌，表示這是最大的花色，能夠壓過其他同樣圖案不同花色的牌。主教直到坐在牌桌上的那一刻才得以冷靜，尤其是當主牌已經出現在桌上的時候。某種類似祝福的東西降臨在他身上。他的思緒找到了真正的均衡，完美的平衡，一雙眼睛專注在桌上的一舉一動和牌面，僅僅一瞥就能將一切盡收眼底。他的呼吸平

1 兩者皆為當時流行的撲克牌遊戲。

穩，汗水自額頭滴落，手掌變得乾燥，動作準確靈活，流暢地用手指洗牌並揭開一張又一張的牌。這是奢侈的瞬間：是的，主教寧可不吃不喝、捨棄其他肉體的歡愉，也不願失去這個瞬間。

主教與他地位相當的人玩婚姻牌。不久之前普熱梅希爾的詠禱司鐸[2]到此朝聖的時候，他們一路打牌打到了早上。他也和雅布諾夫斯基、瓦別斯基、科薩科夫斯卡玩牌，但這還不夠。這就是為什麼最近在他身上還發生了其他事情。光是想起這件事就讓他渾身不舒服。

蘇爾第克主教從頭頂脫下自己的主教服，套上尋常的破舊衣服並戴上帽子。這件事只有主教如親人一般的管家安東尼知曉，他臉上的表情看不出半點驚訝。任何人都不該對主教感到驚訝，主教就是主教，主教要人載他到城郊酒館的時候很清楚自己在做什麼，他十分確定人們會在那玩法老王賭錢。入座下場的包括流動商人、旅行中的貴族、國外的客人、運送信件的官員，與各形各色的好事之徒。不太乾淨又煙霧繚繞的酒館內，彷彿所有人、整個世界都在玩牌，卡牌似乎勝過信仰及言語，更加穩固地將所有人連結在一起。只要一坐到牌桌上展開手上的牌，人人都能理解牌桌上的規則秩序。如果想要從中獲益，如果想要贏得獎金，你就必須有能力精通它。主教覺得這是讓所有人一夜之間稱兄道弟的新語言。當他身上的現金不夠用的時候，他會讓人叫個猶太人過來，但只借少量的錢。金額較大的借款，他會簽本票給日托米爾[3]的猶太人，對他來說，他們就像是他的銀行家，每筆借款他都會親筆簽名畫押。

每個入座的人都可以玩牌。主教當然希望和自己地位相當、出身較好的同伴一起玩，但他們大部分時間經濟狀況都算不上太好，在場的大都是那些流動商人，或土耳其人，要不就是軍官，和一些不知來自哪裡的人們。當莊家把錢撒在桌上開始洗牌的時候，那些想要下場和他對決的閒家就會帶著自己的那副牌在桌邊坐下。玩家從自己的手牌中抽出一張或是更多張牌放在面前，在卡牌上方押上賭注。洗完牌後，莊家會依序翻開自己那一副牌中所有的牌，第一張牌置於右手邊，第二張左手邊，第三張回到右手邊，第四張左手邊，以此類推直到整副牌擺完。右側的卡是莊家可以贏得賭注的牌，而左側的則是閒家可以贏得賭注的牌。因此，如果有人在面前擺了一張黑桃七，並在上面押了一杜卡特[4]，而莊家的黑桃七出現在右邊的牌組，此時玩家會輸掉一杜克特；然而，當莊家的黑桃七在左側時，他則必須付給玩家一杜卡特。規則當然也有例外：如果是莊家的最後一張牌，儘管被放在左手邊，仍然視作右側莊家的牌。第一局勝出的人可以結束遊玩，也可以換上其他牌重開新局，但他也可以「加注」。蘇爾第克主教總是這麼做。把贏來的錢留在牌上，牌的其中一個角落摺出一個小角。如果這一局他輸了，就只需要付莊家開局的賭注金額。

這個遊戲再公正不過了——一切決定都在上帝的掌握中。怎麼可能有辦法作弊呢？

因此，當主教打牌的債務不斷增長，他便向上帝祈求，一旦事情曝光，能夠保護他免於醜聞。他要求共同合作，畢竟他和上帝是同一隊的戰友。但上帝的行動有些遲緩，有時候祂似乎想把蘇爾第克主教變成另一個約伯[5]。主教偶爾會詛咒祂，之後理所當然又會為自己的行為懺悔並祈求原諒：眾所

---

2 西元八世紀天主教會開始推行成立詠禱司鐸班的制度，主教和司鐸班成員依照教規共同居住生活。今日詠禱司鐸班除了負責在主教座堂或副座堂舉行較隆重的聖祭禮儀外，尚擔任法律或教區主教所委託的職務。

3 曾為基輔羅斯的重要城市之一，位於基輔西方約一百四十公里處。一三九二年維陶塔斯大公（Vytautas Didysis）擊敗金帳汗國，日托米爾納入立陶宛大公國的領土，後成為波蘭立陶宛聯邦的一部分。

4 歐洲中世紀流通的金幣或銀幣。

5《聖經．約伯傳》中上帝與撒旦打賭，透過苦難考驗試探約伯的虔誠。

周知他是個性情浮躁的人。他會自行齋戒並穿著苦衣[6]睡覺贖罪。

目前沒有任何人知道他把整組主教的配飾：牧冠、權杖、權戒和胸前十字架，都拿去抵押他和日托米爾猶太人之間的債務。他們不願接受這些東西，主教只得盡力說服他們。主教箱子裡頭的東西還特地用麻布覆蓋掩飾，當猶太人一看清運來的箱子裝著什麼，便馬上跳開，接著開始抱怨哀號，連忙揮動雙手，彷彿看見了什麼鬼東西。

「這個我不能收，」其中一位老者說。「這對你們來說，比銀子金子更貴重，但對我來說，這不過是拿來秤重的貴金屬。如果你們的人發現這些東西在我們手上，我們肯定會被剝掉一層皮。」

他們滿腹牢騷，但主教十分堅持。他提高音量威嚇他們，他們只好收下配飾，然後付給他現金。既然玩牌玩到血本無歸，主教現在打算強行拿回那些配飾，準備向猶太人派出武裝人馬；他們很有可能把配飾收在農舍地板下方。只要有任何一個人得知這件事，主教就得賠上自己的性命。因此他準備不擇手段，讓配飾回歸主教的居所。

然而，此時此刻他依舊信靠上帝的幫助，試圖在法老王中取得勝利。而確實，剛開始他的手氣還不錯。

房間裡煙霧繚繞，桌上總共坐著四個人：主教自己，做日耳曼打扮卻說著流利波蘭語的旅人，說話和咒罵都用魯塞尼亞語的當地貴族，他的腿上坐著一位幾乎稱得上是小孩子的年輕女孩。手氣不順時貴族會推開她，有時候又將她拉到身邊，並輕撫她近乎裸露的胸口，讓主教時不時帶著譴責的視線看著這個場景。還有個像是改信天主教的商人，他的手氣也不錯。每次發牌之前，主教都十分確定他的牌會出現在合適的橫列，隨後萬分驚訝地發現，他的牌再度落在右側的牌組。他無法相信這個結果。

波蘭是猶太人的樂園……

基輔助理主教凱耶坦．蘇爾第克感到十分睏倦疲憊，他支開自己的祕書，正在埋頭書寫要寄給卡緬涅茨主教尼古拉．丹博夫斯基的信。

萬分倉促地親筆通知你，我的好友，我的身體安康，卻為了四處衍生的問題傷神，讓我有時覺得自己猶如困獸動彈不得。過去你曾多次幫助我，所以這次我也像是拜託自己的親兄弟一樣拜託你，以在他人身上找不到的、我們多年友誼的名義。

與此同時……

與此同時……與此同時……他不知道如今該寫些什麼。畢竟他還能怎麼為自己辯解？丹博夫斯基本身不打牌，所以肯定無法理解他。蘇爾第克突然深感不公，他在胸口感受到一陣溫暖輕柔的撫觸，

6 粗羊毛或駱駝毛所編織的衣服，穿著苦衣忍受不適是一種贖罪的方法。

似乎融化了他的心，使之變得柔軟，像液體般。他突然想起自己如何當上日托米爾主教：第一次來到這個被森林包圍、骯髒又泥濘的小鎮……現在他的思緒隨著筆尖輕快奔馳，心臟再度變成穩固的實體，力氣也恢復了。凱耶坦．蘇爾第克主教寫道：

你一定記得我剛成為日托米爾主教的時候，各式各樣的罪惡在這司空見慣。就連一夫多妻這種不檢點的行為都很普遍，老公會把犯下惡行的老婆賣掉再換一個新的。人們不認為納妾或是淫蕩是不道德的，甚至聽說他們在婚禮前就會保證夫妻雙方能保有這方面的自由。此外，完全沒有遵從教規這回事，無所謂誡命，到處充滿罪惡，道德淪喪，加之貧窮與苦難。

所以我必須審慎地提醒你，教區分成三個總鐸區：日托米爾總鐸區共有七個堂區，包含兩百七十七座城鎮，赫瓦斯托夫[7]總鐸區有五個堂區，包含一百座城鎮，奧夫魯奇總鐸區則有八個堂區，範圍囊括兩百二十座城鎮。所有總鐸區全部的天主教人口加起來只有兩萬五千人。主教擁有的微薄產業僅能帶給我七萬茲羅提的收入，算上教區會議[8]和學校的支出，這點錢根本算不上什麼。你也很清楚如此貧瘠的土地能帶來多少收益。我自己作為主教的收入來自斯克里希路夫卡、韋普里克和沃利齊亞三個村莊。

我抵達日托米爾之後做的第一件事就是整頓經濟。主教座堂名下似乎擁有信徒奉獻共四萬八千茲羅提的資金。這些資本被綁在私人領地的投資上，而其中一部分借給了杜布諾的卡哈爾[9]，每年有三千三百三十七茲羅提的利息。而我的支出十分龐大：教堂建築的維護、四位代牧的薪俸、其他僕從的薪水等等。

主教座堂的資金十分有限，各色各樣總計一萬零三百茲羅提的基金捐款，只能帶來七百二十一茲羅提的年收。桑古斯科大公[10]捐贈的鄉村能夠額外賺取七百茲羅提的年收入，但茲維尼亞奇村的地主已經三年沒有繳納四千茲羅提借款的利息了。札瓦茨基詠禱司鐸握有某個軍官彼得的善款，他不但沒把這筆錢拿去投資，該付的利息也沒付，拉布切夫斯基詠禱司鐸手上的兩千茲羅提也是一樣的情形。總而言之，情況亂七八糟，我只能汲汲營營著手改善財務狀況。

我究竟做了多少事，我最好的摯友，你可以自行評判。你也到訪過這裡，親眼見識過。現在禮拜堂的工程到了尾聲，龐大的費用讓我一時囊空如洗，但事情正往好的方向進展，因此我拜託你，好友，為我提供一萬五千茲羅提左右的援助，復活節之後我就可以馬上返還。我已經鼓勵信眾們要發揮奉獻精神，等到復活節一定會有好結果。例如楊·奧爾尚斯基，斯盧茨克地區的侍從官[11]，他把兩萬茲羅提投入自己在布魯西利夫的領地，其中一半的利息將會用來贊助禮拜堂的修建，另一半則用以擴編傳教士的人數。布拉茨瓦夫的司酒[12]格溫伯茨基為詠禱司鐸團的新住居和教堂的神龕贊助了一萬茲羅提，並資助神學院兩千茲羅提。

7 今日烏克蘭中部的城市法斯蒂夫。

8 以主教為首，其他神職人員共同協助主教管理教區行政、宗教審判事務的組織。

9 聚會，音譯卡哈爾，為猶太社群領導會眾（kehillah）的自治組織，也受到波蘭立陶宛聯邦的法律規範，其中儀式屠宰者、會堂事務員、割禮者等各司其職。

10 桑古斯科（Sanguszko）為立陶宛大公國格迪米尼茲王朝的分支家族之一。

11 原為打理君主金庫與居所的官員，十四世紀起也代表管理地區貴族領地的侍從官。

12 替皇室飲酒試毒的官員。

因為我正在經手一番大事業，所以我將一切鉅細靡遺地寫下，也能讓你確保借款不會一去不返。目前我被捲入與日托米爾猶太人相關的不幸事件中，正因為他們的無禮沒有下限，我才會急需這筆錢。在我們的波蘭立陶宛聯邦，猶太人如此明目張膽地背離我們的法律和善良風俗，這是多麼讓人驚訝的事啊。教宗克萊孟八世、依諾增爵三世、額我略十三世，以及亞歷山大三世不會無緣無故不斷下令焚燒他們的《塔木德》，而當我們終於想要在這片土地上實行這道命令的時候，不只沒人支持我們，甚至連世俗政權都站在我們的對立面。

這件事並不尋常。韃靼人、雅利安人、胡斯派信徒[13]都被驅逐了，但驅逐猶太人這件事似乎不知怎麼地卻為人們所遺忘，就算他們是吸乾我們血液的罪魁禍首也一樣。國外可是流傳著關於我們的俗語：波蘭是猶太人的樂園[14]……

關於菲爾雷夫教區長的住處與居住於此的有罪牧者

這個秋天就像一張由看不見的針縫製的小掛毯，伊莉莎白・德魯日巴茨卡搭著向長老借來的篷蓋馬車心想。犁溝裡的深棕與農地上乾燥泥土的淺色條紋，搭配黏著固執葉片、瀝青般的黑樹枝，描繪出斑斕的色塊。隨處可見青草依舊蓊鬱的綠，彷彿草葉遺忘了如今時值十月末，冰霜會在夜晚降臨。道路筆直如箭矢，沿著河川一路延伸。左側是條沙溝，泥土早在某場災難中被沖刷殆盡。你可以看見農民的馬車正駛過黃沙。躁動的雲朵飄過天空；上一秒還黯淡灰暗，下一秒刺眼的太陽便倏地自雲層後現身，地面上所有物體的線條都變得萬分清晰尖銳。

德魯日巴茨卡想念她正懷著第五個孩子的女兒，她思索著現在應該要和女兒待在一塊，而不是和自我中心的城督夫人在陌生的地域千里跋涉，更遑論拜訪萬事通神父的領地了。但她終究得靠著四處奔波為生。你也許會以為女詩人不太需要移動，與庭院而非客棧為伴，是份適合戀家者的工作。

神父在大門前等候她。他似乎對這次拜訪迫不及待，抓住了馬兒身上的輓具，並立刻挽過德魯日巴茨卡的手，帶她走進房子旁的花園裡。

「善良的女士您先請。」

教區長的住處位在滿是坑洞的破舊道路旁。這是間木造小莊園，外牆粉刷成漂亮的白色，維護得很好。看得出來夏天的時候莊園周圍一定花團錦簇——眼下這些花叢看起來只像是一堆泛黃的枕頭。但已經有人事先打理過這裡了，一些枯萎的花莖被放到還在悶燒的火堆裡，在如此潮溼的空氣中火焰顯然不太有自信。兩隻雄赳赳的孔雀在枯萎的花莖叢中漫步，一隻上了年紀看起來了無生趣，尾羽幾乎都掉光了。另一隻則自信滿滿、具有攻擊性，牠跑向德魯日巴茨卡，並啄了啄她的連身裙，直到女人嚇得跳開才罷休。

---

13 十五世紀楊·胡斯所主導的宗教改革運動，胡斯被天主教視為異端，遭處火刑。

14 原著中使用拉丁語Polonia est paradisus Judaeorum。

德魯日巴茨卡的視線朝花園看去——非常美麗，每個花壇都修剪得筆直整齊，小徑上擺放著圓石，所有的景物都是依照最高級的庭園藝術打造的：籬笆旁的玫瑰除了用來點綴伏特加，肯定還會拿來裝飾教堂的花圈，更遠處有當歸、茴芹、乳香樹。石堆後方百里香、錦葵、歐洲細辛與洋甘菊向上蜿蜒。現下剩餘的藥草不多，但從寫著名稱的小木板可以得知所有藥草的存在。

費盡心思耙平的小徑由神父的住處通往小公園深處，兩側立有稜角分明的胸像，上面還刻著說明，此外，花園的入口處上方有塊木匾，從上頭潦草的字跡可以看出這是神父自己的手筆：

人身惡臭難免，
百香花園驅之。

這樣的詩，讓德魯日巴茨卡臉色大變。

花園的面積不大；某處有道直通河底的陡坡，連這裡神父都準備了驚喜：石造階梯、涓流上的小橋。橋的後方就是教堂，高大、宏偉、幽暗，高過了四周蓋著麥稈屋頂的農舍。踏著階梯往下走可以看到兩側的石雕展示區。你應該要在每一塊石頭前停下腳步，細細品讀上面的字跡。

Ex nihil orta sunt omnia, et in nihilum omnia revolvuntur：萬物生於虛無，歸於虛無。德魯日巴茨卡讀著瞬間感覺一陣哆嗦爬過全身，不只是因為寒冷，也是因為這雕刻方式十分粗糙的銘文。如果這句話成立，那世間萬物有何意義呢？人們又何必努力呢？那這些小徑和小橋、這些園林、水井、階梯、這些銘文呢？

神父正帶領她沿著石徑走回馬路邊，他們沿著不大的莊園繞行了整整一圈。可憐的德魯日巴茨卡，她大概沒料到會有這樣的轉折。她的鞋子是皮製的上等貨，可是她在馬車上已經被凍得半死，只想讓蒼老的後背投向火爐暖和的懷抱，而不是在田野間跑來跑去。在強制參加的散步行程結束之後，主人才終於邀請她入內；神父家門旁立著一塊字跡潦草的寬大板子：

神父赫梅洛夫斯基名班乃迪克
菲爾雷夫一名帶罪牧者
曾任皮德卡明堂區神父
又擔當羅哈廷總鐸神父
罪有應得，不配後人緬懷
司鐸不存，今日只餘塵埃
請為罪孽深重之人祈禱祝福
黃泉之下免受罪愆刺身之苦
誦唸天主經與聖母經
你便成就他圓滿永生

德魯日巴茨卡驚訝地看向神父。

「這都是什麼啊？神父您已經在準備後事了嗎？」

「提前打理好一切，之後才毋需勞煩可憐的親戚。我想知道他們會在我的墓碑上寫些什麼，肯定是些我不會寫的蠢話，這點我還是知道的。」

德魯日巴茨卡感到疲憊，坐了下來並四處張望尋找可以喝的東西，然而房間裡的桌子除去幾張紙外空蕩蕩的。整間房子裡都能感覺到混著煙霧的溼氣，這裡的煙囪一定很久沒有打掃了，還吹著冷風。拼貼白色瓷磚的壁爐位在房間角落，而旁邊放著一簍木柴，柴火數量多到她確信爐火不久前才剛被點燃，怪不得房間還沒暖起來。

「我真的快凍壞了。」德魯日巴茨卡說。

神父表情扭曲，彷彿剛吞下一塊餿掉的食物。他打開櫃子，從中拿出雕花闊底玻璃瓶與兩只玻璃杯。

「我總覺得科薩科夫斯卡城督夫人身上有種熟悉的感覺……」神父一面倒酒，一面遲疑地開口。

「我以前認識她的大姊……」

「您是指雅布諾夫斯卡？」德魯日巴茨卡心不在焉地問道，一邊用甘甜的飲料滋潤嘴巴。

一個身材結實，心情愉悅的女人走進房間，她看上去像是神父家的幫傭，手上拿著托盤端著兩碗冒著蒸氣的熱湯。

「要是讓誰看見了客人在外散步受凍，那可怎麼辦？」女人出言指責神父，她責備的目光讓神父感到困窘。德魯日巴茨卡則顯而易見地恢復了活力。願這位身材結實的救星得到祝福。

碗裡的湯濃郁、富含蔬菜，還加了麵疙瘩漂浮其中。直到這一刻，總鐸神父才注意到德魯日巴茨卡沾滿爛泥的尖頭靴和她佝僂的背；他看出她渾身顫抖，一個下意識做出了反射動作，看起來像是要抱住她，但他當然沒有這麼做。

跟在幫傭身後進入房間的是隻垂耳、長毛、栗色捲毛的中型犬，狗兒嚴肅地嗅聞德魯日巴茨卡的洋裝。當德魯日巴茨卡彎腰準備摸一摸狗，她注意到牠身後跟著四隻幼犬，每一隻的花色都不一樣。神父的幫傭想要直接把牠們趕出房間，再度責備神父沒把門關好，但德魯日巴茨卡卻央求她讓狗留下。牠們陪伴兩人直到傍晚，愉快地坐在火爐邊，爐火終於暖到讓客人能夠脫下身上的毛皮鑲邊夾克。

德魯日巴茨卡看著班乃迪克神父，頃刻間便意識到這個年紀漸長乏人關心的老人多麼孤獨，他圍著她打轉，有如想方設法要讓她刮目相看的小男孩。他把雕花闊底玻璃瓶放在桌上，在燈光下檢視玻璃杯是否乾淨。他的羊毛呢神父袍破舊脫線，肚子的地方快要被磨破了，眼下這裡還有一道淺色汙痕在發亮。這個場景讓德魯日巴茨卡沒來由地動容，她必須別開視線。她抱起一隻幼犬放在腿上：這是隻小母狗，是同一胎裡和母親最相像的，牠馬上翻身露出柔嫩的肚皮。德魯日巴茨卡開始向神父講述孫女們的事，全是女孩沒有半個男孩——但誰知道，也許這只會讓他感到尷尬？赫梅洛夫斯基神父漫不經心地聽她說，卻朝著房間的各個角落看來看去，彷彿正在尋思還有什麼能讓這位女士眼睛一亮。兩人一同享用神父的利口酒，德魯日巴茨卡讚賞地點了點頭。終於到了上主菜的時候：赫梅洛夫斯基撤走玻璃瓶和杯子，意氣風發地將自己的著作擺在她面前。德魯日巴茨卡唸出聲：

「《新雅典，即各式科學一應俱全的學院，如分班一樣分成不同標題。讓智者銘記，讓蠢人學習，讓政治家實踐，讓憂愁的人開心……》」

神父閒適地靠在扶手椅上一口氣喝光一杯酒。德魯日巴茨卡毫不掩飾自己的驚訝嘆了口氣。

「真是出色的書名。幫書下個好標題可不是件易事。」

神父謙虛地說他想完成一本家家戶戶都要有的知識概要。書中任何事情都會提到一點，假如人們有任何疑惑，只要拿出這本書就可以找到解答。地理、醫學、人類語言、風俗習慣，也包含動植物與林林總總的奇人軼事。

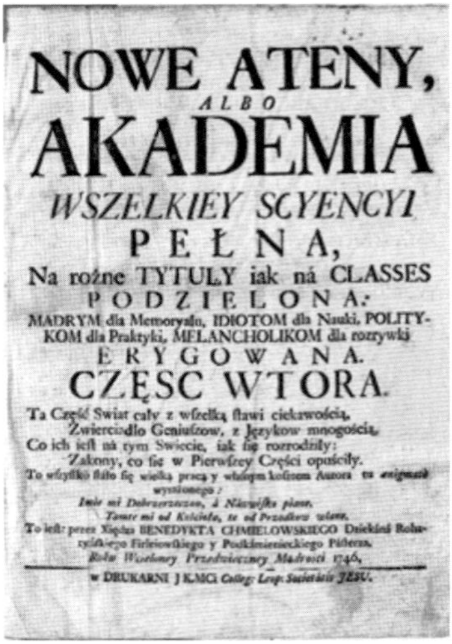
NOWE ATENY,
ALBO
AKADEMIA
WSZELKIEY SCYENCYI
PEŁNA,
Na rożne TYTUŁY iak ná CLASSES
PODZIELONA:
MADRYM dla Memoryału, IDIOTOM dla Nauki, POLITYKOM dla Praktyki, MELANCHOLIKOM dla rozrywki
ERYGOWANA.
CZĘSC WTORA.
Ta Częśc Swiat cały z wszelką sławi ciekawością,
Zwierciadło Geniuszow, z Językow mnogością,
Co ich iest ná tym Swiecie, iak się rozrodziły:
Zakony, co się w Pierwszey Części opuściły.
To iest: przez Xiędza BENEDYKTA CHMIELOWSKIEGO
w DRUKARNI J.K.MCi Colleg: Leop: Societatis JESU.

「請女士您想像一下：一切唾手可得，就在每間書房裡。人類的所有智慧都聚集在一處了。」

神父已經蒐集了許多資料，在幾年前彙整成兩冊出版。而現在他除了拉丁語，還希望學會希伯來語，以便挖掘各色趣事。然而要取得猶太書籍相當困難，你得向持有書籍的猶太人提出請求，而且基督徒中有能力閱讀希伯來文的人更是少之又少。目前為止，皮庫斯基神父仍樂於替他翻譯些隻字片語，但班乃迪克神父自己不會希伯來語，無法真正參透其中的奧祕。

「第一冊在利沃夫某位戈爾切夫斯基名下的出版社問世……」

女人正和小狗玩得不亦樂乎。

「如今我正在增寫內容，也就是第三與第四冊，我正在考慮用對世界的描述當作結尾。」班乃迪克神父接著道。

德魯日巴茨卡能說什麼呢？她放下小狗，並將書放到裙襬上。對，她認得這本書，她曾在雅布諾夫斯基的莊園讀過，他們那裡有收藏第一版。她現在翻到關於動物的章節，尋找有沒有關於狗的內容。她大聲地朗讀：

「在我們彼得庫夫有隻狗非常有趣，牠會聽從主人的命令叼著刀子進廚房，伸出腳掌刷洗它，把刀用水沖乾淨之後再還給主人。」

「文中那隻狗正是牠的母親，」神父指著母狗高興地說。

「但為什麼書中有這麼多拉丁文呢，善良的神父？」德魯日巴茨卡突然出聲打斷神父。「可不是每個人都懂拉丁語。」

神父不安地來回走動。

「怎麼會？每個波蘭人都說著一口流利的拉丁語，有如在拉丁語圍繞的環境中出生。波蘭人民是**民智開化**、**優雅體面**（gens culta, polita）、如**智者**（capax）般融會貫通所有智慧的民族，因此人們理所當然熱愛拉丁語，也是拉丁語說得最好的民族。我們不像義大利人那樣講話：我們不說雷茲娜而是雷吉娜[15]、不說三思四思只說三十四十[16]。我們不會像那些日耳曼人和法國人糟蹋拉丁語，他們把耶穌基督（Jesus Christus）說成耶朱漆督（J-e-d-z-u-s Krystus），米哈爾（Michael）說成米凱爾（Mikael），親愛的（charus）說成金愛的（karus）……」

---

15 拉丁語的女王。

16 神父批評義大利人將g發成dz的音，triginta講成tridzinta，quadraginta講成quadradzinta。

「但您口中說的是哪裡的波蘭人，親愛的神父？舉例來說，女士們很少說拉丁語，因為她們沒有受過相關教育。而商人們幾乎完全不認識拉丁語，可神父您所盼望的卻是，不論上流階層或是中下階級的人都能閱讀這本書……甚至連城督都偏好法語多於拉丁語。我覺得有必要在下一版的書中翦除所有拉丁語字句，就像是善良的神父修整您的花園一樣。」

神父對這番批評感到晴天霹靂。

看來他所接待的這位女士，對狗的興趣比對他的書大得多。

當德魯日巴茨卡坐上馬車，神父把裝著兩隻幼犬的籃子遞給她，已是夕陽西下。等她抵達羅哈廷的時候，天就已經黑了。

「女士，您可以在這些為神父提供的簡樸客房住一晚，」神父道，隨即為了自己主動邀約而生氣。

馬車漸漸遠去以後，神父不知道該如何自處。他花費了遠多於兩個小時的力氣，耗盡了他整整一天、一個星期的力氣。蜀葵旁的圍籬木板脫落，籬笆上的缺口顯得十分刺眼，因此神父沒再多想便急忙動手處理。然而下一刻他冷不防地僵在原地，感覺某種寂靜、迷惘從四面八方滲入自身，目前為止所有無以名狀的事物都跟著瓦解，一團混亂，萬物同葉子一起腐壞，在他眼前腫脹膨大。他強迫自己努力將木板固定到籬笆上，卻突然意識到這個舉動實在太過困難，於是木板從他的手滑落，掉到了潮溼的地上。神父走了回家，把鞋子甩到陰暗的門廊上走向書房：這個木頭天花板上掛著橫梁的矮小空間突然讓他覺得窒息。他在扶手椅上坐下，暖爐已經完全引燃了，上過釉的白色瓷磚正緩緩升溫。他瞄了一眼那老婦人帶來的小冊子，拿起來聞了聞，還聞得到印刷油墨的味道。他讀了起來：

……她的確外貌驚悚、乾癟、過於蒼白，
關節上血管有如鐵絲纏繞；
她不睡覺，不吃也不喝，
肉眼可見內臟由肋骨環抱，
她的眼睛所在之處，便是深谷低凹，
她的大腦所居之處，有如柏油傾倒[17]。

「請拯救我們，上主，遠離一切罪惡，」神父放下手中的小冊子輕聲說。他以為她是位很和善的女士……

接著，他突然意識到，他必須找回那股讓他開始寫作的天真熱忱。因為不這麼做的話，他將會死去，正如葉片在秋天的溼氣中分解。

他在桌子前坐下，把腳塞進幫傭為他縫製的狼皮靴裡。這是她為了讓神父寫作時，就算好幾個小時坐著不動也不會凍傷而特地準備的。他把紙張鋪平，削尖羽毛筆尖，搓揉已經凍僵的手掌。這個季節總是讓他覺得自己活不過冬天。

17 伊莉莎白．德魯日巴茨卡〈小草堆〉一詩的片段。詩中描述隱士希薇亞（Sylwia）與死亡的化身相遇的經過。

班乃迪克・赫梅洛夫斯基神父只透過書本認識世界。每一次只要他坐在菲爾雷夫的書房裡，無論拿起的是厚重的對開本還是精巧的小開本，都像是動身前往不知名的國度旅行。他很喜歡這個比喻，暗自笑了笑，並試著將它寫作斐然的句子……對他來說，描繪全世界比描寫自己更加容易。他總是把重心放在某些事情上，廢寢忘食，關於自己人生中的事件則從未記下一筆一畫，而今他才想起自己似乎還沒有自傳。如果那個寫著憂鬱詩篇的女士向他問起自己是誰、如何度過這些歲月，他能怎麼回答？而就算他想要動筆寫下自己的一生，最多大概就寥寥幾頁，也就是說連小本的書、小開本都算不上，只是附插圖的廉價小冊子、碎紙，一個凡人無足輕重的一生。不是漫遊者，也不是走訪異地的調查員。

他用墨汁沾溼羽毛筆，提筆懸在紙上好一陣子，隨後滿腔熱忱地開始寫：

納文奇氏[18]約阿希姆・班乃迪克・赫梅洛夫斯基神父閣下、菲爾雷夫、皮德卡明與楊琴的堂區神父、羅哈廷總鐸、身處貧瘠羊棧的瘦削牧者生平，本人親筆撰寫且波蘭語用詞通俗以免語意不清，謹供讀者參閱[19]。

光是書名就占據了半頁的篇幅，因此神父只好拿來下一張紙，然而他的手彷彿變得麻木，不想也無法再寫出更多東西了。當他寫下「讀者」一詞，眼前便出現德魯日巴茨卡，那個面色紅潤、眼睛炯炯有神的矮小老婦人的身影。神父對自己承諾會讀她的詩，但他並沒有期待會有多大收穫。善變，那應該會是善變，還有一些不存在的希臘諸神。

他後悔就這麼讓她離開。

他接著抽出下一張紙，用墨水沾溼羽毛筆。他推敲著究竟該在這寫些什麼。神父的生平就是他讀過與寫下的那一本本書。他的母親看見小班乃迪克對書籍如此感興趣，在他十五歲的時候便把他送到利沃夫的耶穌會，這個決定大大改善了神父與討厭他的繼父之間的關係，從那時起，他們就幾乎不會見到面。他隨即進入神學院就讀，不久後便領受聖秩[20]。他的第一份工作是在雅布諾夫斯基家領地，擔任小他五歲的迪米特里的家庭教師。他在那學會如何讓自己看起來比實際年齡老成，以傳授亙古教誨的口吻講話，至今仍有許多人覺得他這樣的說話方式不妥當。他們允許他使用雇主相當寬敞的書房，他就是在那找到基爾學的書和康米紐斯的《世界圖繪》。除此之外，他的手——那叛逆的僕人——情不自禁地開始寫作，尤其是在他度過潮溼又鬱悶的第一年春天時，當尤安娜．瑪麗亞．雅布諾夫斯卡女士出現在他附近的時候。她是迪米特里的母親和他雇主的妻子（神父盡力不去想這件事）。他被愛沖昏頭腦，感情蒙蔽了他的雙眼，變得心不在焉又脆弱，內心充滿激烈的掙扎。為了隱藏自己的心思，他全心投入工作，替心愛之人寫了一本祈禱書。這個過程讓他成功地遠離自己的愛

18 納文奇（Nałęcz）為波蘭歷史悠久的盾形紋章，圖案為女性使用的包頭巾，使用納文奇紋章的不只有貴族世家的納文奇家族，還包含恰恩庫夫（Czarnkowscy）、根比茨基（Gembiccy）、馬瓦霍夫斯基（Małachowscy）、奧斯特羅魯格（Ostrorogowie）等家族。

19 此處用拉丁語Ad usum，為人所用或對人有益處的意思。

20 為天主教七聖事之一，是指派神職人員並為其祝聖的宗教儀式。

人，彷彿能夠就此避免她受到傷害，使她變得神聖，將她奉為天使。而當他將手稿交給她（這是手稿在利沃夫印刷成冊，獲得廣大回響幾次再版的許多年前），神父覺得自己彷彿娶了愛人為妻，兩人結為連理，現在要把這段關係的孩子交給她。《全年歷程》：這是一本祈禱書。神父透過這樣的方式了解到寫作的救贖之力。

對許多男性而言，尤安娜正處於危險的人生階段：她的年紀介於他們的母親和情人之間。所以她身上母性的性吸引力還不夠明顯，可隨意採擷。你可以試想自己的臉貼上蕾絲的柔軟，玫瑰水與粉撲混合的淡淡香氛，肌膚裹著水蜜桃絨毛的柔嫩，雖然已經不那麼緊實，卻溫暖滑順，如麂皮般柔軟。透過她從中斡旋，赫梅洛夫斯基從國王奧古斯特二世[21]手中得到了菲爾雷夫堂區神父的職位，一個二十五歲的青年帶著破碎的心，接掌了這個不大的堂區。他把自己的藏書全搬到這裡，特地為其打造了美麗的雕刻展示櫃。神父個人持有的書共計四十七本；其他的書是他從修道院藏書室、教區、貴族宮殿蒐羅而來，這些書往往是未拆封的狀態，只是作為跨國遠行帶回來的紀念品擺在那。頭一兩年非常艱辛，尤其是冬季。這種時候他會用眼過度，因為黃昏來得很早，而他卻不能停止工作。他寫下兩本怪異的書：《向聖人尋求天主的救助》與《遠走他方》，神父甚至不敢以自己的名義出版。和祈禱書不同，它們並沒有為他帶來什麼成就，就這麼消失在世上的某個角落。神父在菲爾雷夫這還留著幾冊它們的印刷本，它們被收在鍍上金屬的特殊箱子裡，還配上合適的鎖以防止火災、竊盜及任何常規圖書室難以抵擋的災害。他仍清楚記得祈禱書的形狀和封皮的味道：那是用常見的深色皮革製成的。奇怪的是，他也記得尤安娜．雅布諾夫斯卡手掌的觸感，她有個習慣——當她想要安撫他的心情，就會把自己的手掌覆上他的。還有一點：他記得她微涼臉頰的輕柔，他為愛完全失去理智的時候，曾鼓起勇氣親吻她。

而這就是他的人生，大概不會比書名占據紙上更多的空間了。他所愛的人在《新雅典》出版前便去世，而它們也是出於愛所寫成的。

然而，近日他所遭遇上帝的奇妙旨意，也許正是為了促使他審視自己的一生。他從科薩科夫斯卡夫人的輪廓認出了她的長姊，而德魯日巴茨卡女士終年都在她身旁服侍，也包括她待在雅布諾夫斯卡大公夫人，也就是科薩科夫斯卡夫人的姊姊身邊時，直到最後一刻。她甚至告訴他，大公夫人去世的時候她在場。這一番話讓神父心亂如麻——如今德魯日巴茨卡就像是來自過去的使者，大公夫人的觸碰、臉頰、手掌似乎都轉移到了她身上。一切不再如此鮮明深刻，只變得模糊、缺乏色彩。就像是醒來之後便消失得無影無蹤的幻夢，恍若原野上的濃霧從記憶中消散飛逝。神父無法理解得很透澈，但他也沒打算理解。寫書、寫下想法的人們並不想擁有自己的故事，畢竟這又有何意義呢？比起那些已經被記錄下來的事情，他心想，這樣的故事只會讓人覺得無趣又平淡。神父握著已經乾掉的羽毛筆呆坐著，直到燭火燃盡，伴隨著短短嘶的一聲熄滅。一片黑暗將他籠罩。

---

21 奧古斯特二世（August II，1670—1733），同時也是神聖羅馬帝國薩克森選帝侯腓特烈．奧古斯特一世，一六九七至一七〇六、一七〇九至一七三三年間擔任波蘭選王。

赫梅洛夫斯基嘗試寫信給尊敬的德魯日巴茨卡女士

赫梅洛夫斯基神父對德魯日巴茨卡女士來訪時自己的發言不甚滿意。因為實際上他達成的事情也不多，這或許是他生性害羞所致，他只顧著自吹自擂，帶著女士在嚴寒和溼氣中踏過石子路。光是想到這個受過教育的聰慧女人可能會把自己當作白痴、無知的人就令他惱怒，這個想法折磨著他，直到他下定決心寫信給她，詳細列舉自己的論點為止。

他選擇用瑰麗的稱呼語開頭：

謬思的引領者，阿波羅的寵兒……

但接下來一整天，他就停在這裡。在午餐前他還很欣賞這個稱呼，晚餐前後他卻覺得它可悲，過於矯揉造作。傍晚溫熱的香料紅酒暖和了身心後，他便果決地坐到空白的紙張前，感謝她造訪「菲爾雷夫的幽居」，替他單調無趣的生活增添一抹光亮。他相信德魯日巴茨卡能夠廣泛地、富含詩意地解讀「光亮」一字。

他還問候了小狗們的近況，向她吐露遇到的麻煩：狐狸咬死了所有的母雞，而他現在只能找農民拿些雞蛋。但他也不敢養新的母雞，害怕牠們再度變成狐狸嘴下的亡魂。還有一些雞毛蒜皮的事。

儘管不想承認，但那之後他一直苦等著回信。他暗自數算信件到達布斯克要花上幾天，因為德魯日巴茨卡女士正在那遊憩。可是那裡與此地相距並不遙遠，信應該要送達了。

回信終於送來了。羅什科為了找收件人找遍了整個堂區，將信緊緊握在他向外伸出的手裡，他在地窖裡找到了正在倒紅酒的神父。

「你可嚇著我了，」神父不情願地嘟囔。他用做家務時總是穿著的圍裙擦了擦手，小心翼翼地用兩隻手指夾住信件。但他沒有直接拆封。神父仔細查看封蠟和自己的名字，筆者優美的書寫體透露出她的自信，紙上字跡龍飛鳳舞有如戰場上旌旗飛揚。

一小時之後，當爐火終於溫暖他的藏書室，他替自己弄了杯香料紅酒，舒服地用毛皮包裹住腳掌保暖之後，才輕輕地打開信封讀了起來：

伊莉莎白・德魯日巴茨卡致赫梅洛夫斯基神父

一七五二年聖誕節，布斯克

致尊敬的神父閣下：

佳節將至，謹於上主、我們的救主聖誕之際恭祝您好運連連，此外健康無虞、長保心情愉悅，因為我們終究是如此脆弱，任何事情都可能將我們擊垮。願您事事順心，聖子耶穌賜與您無限的恩寵。

造訪菲爾雷夫至今，仍令我印象深刻，我也必須承認我想像中的著名神父其實是另一種模樣：他擁有一座巨大的藏書室，裡面坐著許多祕書，所有人都只為您一人工作、寫作、抄寫。而閣下您實際上在這卻是過著方濟各[22]一般清貧的生活。

閣下您園藝方面的造詣、對各式事物的創意，與淵博的學識都令我讚嘆。回家之後，我便迫不及待地利用晚上將《新雅典》重讀了一遍。因為在這套書第一次出版的時候我就被深深吸引，讀到忘我，儘管已經熟知其中內容，第二次閱讀仍然帶給我極大的樂趣。假如我的雙眼負擔得了，我一定可以接連讀上好幾個小時。而今閱讀這本書更別具意義了，因為我認識了作者本人，甚至親耳聽過他的嗓音，彷彿我有幸能聽您親自朗讀，神父。而這本書本身也具有奇怪的魔法：可以讓人隨時隨地、永無止境地讀下去，且其中有趣的內容總是能在讀者腦海中留下印象，並讓人藉機深思這個世界是多麼廣袤複雜，以至於光憑思想無法理解它的全貌，或許只能透過某些片段、理解的細微碎片一窺其奧祕。

而現在日落得早，黑暗每日吞食我們生活中的片刻，燭光則僅僅只是日光的拙劣仿製品，我們的眼睛無法長時間忍受它。

然而，我確信《新雅典》是偉大天才大膽發想的計畫，為我們所有生活在波蘭這片土地上的人做出偉大的貢獻，因為它實實在在是匯集了我們所有知識的彙編。

可是在拜讀您著作時只有一件事困擾著我，神父閣下，我們在菲爾雷夫同桌而坐的時候也已經談論過——就是拉丁文，問題不在拉丁文本身，而是穿插其中不計其數的拉丁詞彙，就像餐點上撒了太多鹽巴，不但無法提味，甚至讓它變得難以吞下肚。

我能理解，神父閣下，拉丁語確實精妙，能夠準確表達所有事物，比波蘭語包含更多實用的字彙，然而不識拉丁語的人卻無法閱讀您的著作，只會迷失其中。您可曾想過那些不了解拉丁語卻樂於讀書的人，那些商人，沒受過什麼教育的小地主，甚至是比較聰慧的工匠們嗎？——您兢兢業業蒐集的這些知識對他們的助益，遠遠大於對您的同儕、神父和學者，那些本來就已經有管道取得書籍的人們。當然前提是他們有心，因為他們並不是總想這麼做。更不用提那些往往擅長讀書卻沒被送到學校就讀的白頭[23]，旋即就會被困在拉丁語的泥淖中無法逃脫。

蘇爾第克主教去函宗座大使

主教原本把這封信當成昨天要寫完的最後一封信，但湧上的疲倦感讓他只好作罷，因此他才不得不以如此不悅的事情展開他的一天。祕書還沒睡醒，他忍住了打哈欠的想法。當他正把玩著手中的羽毛筆，測試如何畫出不同粗細的線條，主教開始口述信件內容：

---

22 亞西西的方濟各（1181或1182—1226），天主教聖人，為知名的苦行僧，一二〇九年創立了托缽修會方濟會。

23 白頭（białogłowa）在古波蘭語中意指已婚婦女。

凱耶坦．蘇爾第克主教、基輔助理主教致宗座大使尼古拉．塞拉、米蒂利尼大主教……

此時負責照看暖爐的男孩走了進來，準備剷去灰燼。畚箕的刮擦聲令主教難以忍受，所有的想法有如這炭灰揚起的雲朵自他的腦中越飄越遠。這件棘手的事情就像灰燼一樣索然無味。

「你晚點再來處理吧，孩子，」主教語氣溫和地對他說，花了一點時間才理好雜亂無章的思緒。羽毛筆起身攻擊無辜的紙張。

再次祝福閣下[24]於波蘭榮任新職，盼藉此機會在這片耶穌基督所厚愛的土地上，更全面地加深對主的信仰，因為在這裡，位於波蘭立陶宛聯邦的我們是祂的馬廄中最虔誠、最潛心侍奉祂的……

現在蘇爾第克主教全然不知該從何切入正題。起初他只打算將這事大致處理一下——沒承想他會收到交付報告的明確指示，而且還是宗座大使要求的。他對此感到驚訝，因為宗座大使在各地都有自己的眼線，儘管沒有用自己的義大利大鼻子在別的地方戳來戳去[25]，但他卻善於利用其他熱心人士的鼻子代勞。

祕書舉著羽毛筆等主教接續未完的話語，筆尖已經累積了一大滴墨水。但這個人經驗老到，熟知墨滴的特性，一直等到最後一刻

才將它甩回墨水瓶裡。

他究竟該如何描述？蘇爾第克主教暗想，突然靈光一閃，想到某些優美的句子像是：「世界有如朝聖之旅，對於思慕永生之人險惡非常」，足以表現他目前身處的困境。眼下主教必須解釋自己的所作所為、那些理由正當卻不恰當的，而這個時候主教本該將心思放在禱告和教區牧民的宗教需求上。他該從何說起？也許該從找到孩子開始，說明這一切都發生在日托米爾近郊，名為馬爾克瓦沃立察的村莊，就在今年，不久之前。

「斯圖金斯基，是嗎？」

祕書點點頭、補上男孩的名字：史蒂芬。小男孩最終被人找到，卻已是具屍體，渾身布滿瘀青及疑似被銳器所刺的傷口，就在馬路旁的灌木叢中[26]。

現在主教把注意力集中在自己身上。他開始描述：

找到小孩的農民將他帶到東正教堂，沿途經過那間酒館，男孩肯定是在這裡被折磨至死的。血液從身體左側原有的第一道傷口流出，基於這個理由及其他對猶太人的懷疑，村裡兩位管理酒館的猶太人以及他們的妻子馬上被抓了起來，他們承認一切犯行，叫來了其他猶太人。因此事件

---

24 Eminence，原意為卓越的，是天主教會對樞機主教的敬稱。

25 把鼻子戳進他人的事情（wścibiać nos w nie swoje sprawy），表示多管閒事、干涉他人事務。

26 文中一七五二年發生在日托米爾近郊案件，是中世紀波蘭猶太人血祭誹謗事件中最轟動的一起。依據統計，一五四七至一七八七年間，在波蘭王國至少有八十二起控訴猶太人血祭孩童的案件。

自行圓滿落幕，感謝聖神的公義。

他們馬上通知我整件事情的來龍去脈，我不敢懈怠，隨即傾力參與調查，並在隔日[27]要求鄰近莊園的管理人與地主交出其餘罪人，當他們過於怠慢，我就會親自前往這些領地，說服閣下們配合逮捕。因此共有三十一位男性與兩位女性遭到逮捕，他們上銬後被送往日托米爾，安置在特地為了這個目的挖掘的地穴裡。在宗教裁判所的審判結束之後，我把被告送到了城邦法庭[28]。為了對這些罪大惡極殺人犯不值深究原因的犯罪行為有更全面的了解，司法人員決定用最嚴格[29]的方式審問他們面前的猶太人，更何況還有些猶太人更改了在主教法院做出的自白，駁斥基督徒不利於他們的證詞。這種時候，被告會遭受拷問，被崇高正義大師[30]烙燙三下。嚴刑逼供之後，真相很快浮出水面：楊凱爾以及艾拉，也就是馬爾克瓦沃立察酒館的承租人，疑似在帕沃洛奇拉比施麥爾的慫恿下逮住了這個小孩，強迫拉著他隨他們到小酒館內，灌他喝下伏特加，接著拉比用摺疊小刀劃開了男孩身體左

側。而後，他們讀起了書中的祈禱文，其他猶太人則用釘子和巨大的針刺他，把所有無辜血管中的血液擠到碗中，再由拉比倒進小瓶子裡，分發給在場的每個人。

主教在此停止口述，休息片刻，命人倒了些總是對他血液有益的匈牙利葡萄酒，就算他空腹也沒關係。主教也感覺到原本的早餐時間馬上就要變成午餐時間了，他開始肚子餓，他因此情緒暴躁。但他還能怎麼辦？這封信今天一定得寄出，所以他只好繼續講述：

因此，未成年男孩史蒂芬一案的被告訴說他不幸命運[31]的時候，按照程序他與七名證人一同宣誓，以上所述幾名猶太人皆為導致孩童流血與死亡的元兇，法庭判處他們殘酷的死刑。劊子手領著七名犯罪煽動者、這起異教慘案的主使，從日托米爾市集廣場上公開處刑的地方[32]，穿過整座城市走到絞刑架的下方。他們的雙手被事先塗滿焦油焚燒過，並用麻繩綑著。他們每個人都會被剝皮三次，然後身體分切成四塊，頭顱插在木樁上，其他分切的部位則懸掛示

---

27 此處用拉丁語in crastinum。
28 中世紀由波蘭地區長老領導的地方法庭。
29 此處用拉丁語strictissime。
30 中世紀波蘭劊子手有崇高正義大師（mistrz świętej sprawiedliwości）、沒人性大師（mistrzem małodobry）等代稱。
31 此處用拉丁語dolenda fata。
32 中世紀的市集廣場上通常有公開處刑的區域，犯人會被綁在中間的立柱上，立柱有時還可以直接架上頸首枷。

眾。六個人被判處分屍之刑，而有一個人——因為他在最後一刻帶著妻子和小孩一同皈依神聖的天主教，獲處的刑罰較輕，只要被斬首而已。剩下的人都被判無罪。死刑犯的繼承人必須賠償受害者的父親一千茲羅提，並判處永久驅逐出境。

在最初的七個人當中，有一個人成功脫逃，另一個則受了洗，和遭處斬首的那一位一同被我赦免了死罪。

最終判決公平地實行。罪有應得、不知悔改的三人被大卸四塊，而受洗的三人改判斬首，他們的遺體由我和神父們親自送往天主教墓園。

第二天我替十三位猶太男女主持了聖洗聖事，而為那受盡磨難的小孩，我派人準備了立碑儀式[33]，我已命人在大教堂墓園盛大地下葬那無辜孩子、受難者的聖潔遺體。

這些嚇人的消息已經寫得夠多了[34]，然而為了懲罰做出如此令人蒙羞犯行的兇手，不論從哪方面來說都有其必要。我相信閣下您從這些解釋中能夠找到所有您期望得知的事實，藉此減輕您信中所表達的：關於我們做出了反對教會、反對我們的聖母一事的擔憂。

澤利克

這個落荒而逃的男人直接從馬車上跳了下來，車上所有被綁住的人都要載去監禁並接受折磨。這似乎比想像中簡單，因為他們綁人的時候不過是隨便綁綁而已。十四名囚犯的命運，其中還包括兩名女性，已塵埃落定。所有人都認為他們已經跟死了沒什麼兩樣，沒有人會想到他們還有力氣試著逃跑。騎兵隊押送的馬車駛近距離日托米爾一哩外的樹林，澤利克就是在這逃跑的。他掙脫手上纏繞的繩圈，等待適當的時機，當他們到了離灌木叢最近的位置，他便由馬車上躍下，消失在樹林中。餘下所有囚犯都垂著頭安靜坐著，彷彿在慶祝自己即將到來的死亡，而守衛當下並沒有意識到剛才發生了什麼事。

澤利克的父親，也就是借錢給蘇爾第克的那一位，閉上雙眼開始祈禱。澤利克，當他的腳掌碰到森林下的草皮，他回頭一望，清楚記下了剛剛那個場景：佝僂的老者、並肩相依而坐的老夫妻、年輕的女孩、父親兩個鄰居斑白的鬍子和黑色的大衣形成對比、祈禱披巾[35]黑白交錯的斑點。只有父親平靜地看著他，彷彿從一開始就知道這一切了。

現在澤利克正四處遊蕩，他只能在深夜這麼做。白天的時候睡覺；在鳥兒極盡所能發出最大聲的噪音時隨日出而息，日暮而起。他走著，走著：他從來不走馬路，總是走在路邊，藏身灌木叢中，試圖避開沒有遮蔽物的地段。如果真有必要穿過開闊的空間，他會盡量找至少還長著一些穀物的農地，因為不是所有原野上的作物都已經收割了。漫遊途中他幾乎沒吃東西——有時候只吃幾顆蘋果、苦澀的野

---

33 Epitupticum，主教自創的拉丁語單字，推測取自墓誌銘、追悼詞一字（epitaphium），也指歐洲教堂內常見紀念逝者的石碑，加上後綴-ticum。

34 此處用拉丁語Ista scienda saris。

35 四個角落繫有縫子（tzitzit）的禱告披巾（tallit），有時綴有黑色或藍色條紋。

生梨子——但他也不覺飢餓。他始終不斷顫抖，不只是出於害怕，也是出於氣憤與憤慨，他的雙手不停發抖，雙腳亦同，他的胃和內臟都感到壓迫，因此時不時會吐一些膽汁，吐完之後的噁心感遲遲無法退去。有幾個晚上，夜色因為得意洋洋的圓滿月亮而變得十分明亮，那時他看見了遠方的狼群，聽見牠們嚎叫。一群狍[36]盯著他瞧——牠們感到驚訝，卻用冷靜的眼神追隨著他的身影。他還注意到某個單眼失明的遊蕩老者，骯髒、頭髮又蓬又亂；那個人被他嚇得膽戰心驚，不由得在胸前畫了個十字，快速溜進灌木叢中。遠處澤利克觀察到有一小群逃跑的農民，他們四個人一組過河打算逃到土耳其——逐漸靠近的騎兵闖入他的視野中，接著捉住了那些農民，像是對待牛隻一樣把他們綁了起來。

隔天晚上下起了雨，烏雲遮住了月亮，澤利克選在這個時間過河。接下來整整一天，他都在想辦法弄乾衣服。渾身凍僵，虛弱，他毫不間斷只想著同一件事，平日讓他負責管理伐木帳務的地主——有人性的地主，至少他曾經是這麼想的——居然如此狠毒？為什麼他在法庭上做了偽證？他怎麼可能發過誓之後還說謊，不是因為錢或者利益糾葛，而是在這種事關人命的情況下說謊？澤利克無法理解。同樣的場景也總是一遍遍在他眼前重現：他被逮捕，和其他人一塊被拖出家門，與他那無法理解當下情況的聾人父親一起。而接著可怖的疼痛掌管了身體，控制了理智；疼痛是這個世界的統治者。還有那輛兩側有柵欄的馬車，從拘留所載著他們到拷問的地方，穿越小鎮，人們在那裡對已然麻木、滿身傷痕的他們吐口水。

大約一個月後，澤利克抵達雅西[37]，找到了母親的友人。他們一家已經知道發生了什麼事，收留了他，在那裡他花了一段時間才恢復原本的身心狀態。他為失眠所擾，害怕闔上眼睛；在夢裡，當他入夢之後——有如在泥淖的黏土邊緣滑倒，落入水裡——他看見父親的屍體，隱藏在淤泥某處，尚未入土，十分嚇人。夜晚，憂慮折磨著他，擔心死亡會在黑暗中偷襲他，可能再次逮住他：那裡，在暗影中，是死亡巡邏的區域，她的軍隊駐紮的地方。既然他如此輕易地逃出她的手掌心，既然她沒有看見澤利克如何從她已納為己有的人群中逃脫，她就會想要不擇手段得到他，直到永遠。

如此一來，澤利克便不能在此停下腳步。他繼續往南方徒步而行，有如朝聖者。他沿途敲響猶太人家的房門，在那過夜停留。他會藉機講述自己的經歷，而人們把他從這一家送往下一家，從這座城市送到那座城市，像是脆弱易碎的商品。過不久，消息便跑得比他本人快了——大家都知道他的故事，知道他要去哪，所以對他也產生了某種崇敬之意。每個人都盡其所能地幫助他。他在安息日[38]的時候休息，一個星期寫一次信：寫給家人、給卡哈爾、給拉比們、給四地議會[39]。給猶太人和基督徒。給波蘭國王。給教宗。在他成功抵達羅馬之前，他磨壞了很多雙鞋子、用掉了一夸脫墨水。而有如某種奇蹟，彷彿某種強大的力量在保護他，抵達羅馬隔天，他就已經和教宗相視而立了。

---

36 體型較小的一種鹿。

37 今羅馬尼亞西北部的城市，曾是摩爾達維亞公國的首都。

38 安息日由星期五傍晚持續至星期六傍晚，這天禁止任何工作，讓人的身心靈得到充分的休息。

39 一二六四年虔誠者波列斯瓦夫大公（Bolesław Pobożny）邀請猶太人來波蘭王國定居，並保障其宗教自由與自治權。四地委員會（Sejm Czterech Ziem）為統領王國內所有聚會的聯邦自治組織，於一五八一年成立，也負責收取上繳王國財庫的人頭稅，於一七六四年改革期間停止運作。

Duc. Czernichow
Mosikow
Sosnica
Rylsk
Radomysl.
Sem flu.
Putywle
Konotop
Ostrze
Nizyn
Kijow
Ohulow
Rumne
Bialogrod
Basan
Przyluca
Chwastow
Powolocz
Pereaslaw
Borszczowka
Biala Cerkiew
Treetimirow
Kaniow
Bogusław
Korol
Pultawa
Orczica
Zolnin
Oltawa
Lisianki
Korsum
Czeh
Human
Czehryn
Koniecpole
Czarny Las
Zolta Woda
Campi Deserti.
Kudak
Porowys du Nieper
Kakane Topol
Worsklo flu.
Merla flu.
Sula flu.
Rs flu.
Bog flu.
Insl Chortyca
Tawolzany
Oczakow
Sterlnicza
Campi Deserti.
Akierman
Biellogrod
Mare
Ngrum
Tinka Woda
dziak.
U K R A I N A
Kijo wiensis Palatinatus
Braclaviensis

RUSSIA RUBRA, PODOLIA, VOLHYNIA ET UKRAINA.
P.113.
Casimirz
Sandomirz
Kowel
Wlodzimiercz
Torczin
Stepan
VOL
Olyka
Palati natus
Targowica
Lucko
Radziwilow
Olesko
Brody
Zbarasz
Lusuc ensis
Constantinow
Zwiahel
Jaroslaw
Przemisl
RUSSIA
Leopolis
Lemburg
RUBRA
Palatinatus Lemburgiensis
PODOLIA.
Palat. Kamieniecki
Halicz
Dolina
Bar
Kamieniec
Chocim
Sniatin
Czernowicz
Mochylow
Kotnar
WALACHIA
Jassy
Seret
Soczawa
Herlow
MOLDAVIA
Targorod
Flexin
Orlow
Monter Carpathy
Nester fl.
Prut fl.

二　沙之書

Super *terra*	Na ziemi	terra, f. 1. ziemia.
ſunt	ſą	
alti *montes*, 1	wyſokie gory, 1	altus, a, um, wyſoki, a, e.
		mons, m. 3. gora,
profundæ *valles*, 2	głębokie doliny, 2	profundus, a, um, głęboki, a, e.
		vallis, f. 3. dolina.
elevati *colles*, 3	wyniosłe pagorki, 3	elevatus, a. um, wyniosły, a, e.
		collis, m. 3. pagorek.
cavæ *ſpeluncæ*, 4	wklęsłe iaſkinie, 4	cavus, a, um, wklęsły, a, e.
		ſpelunca, f. 1. iaſkinia.
plani *campi*, 5	rowne pola, 5	planus, a, um, rowny, a. e.
		campus, m. 2. pole.

5

關於世界如何從上帝的厭倦中誕生

上帝時不時會對自己的光輝與沉默感到厭倦，無窮令他作嘔。這種時候，祂就宛如一顆極度敏感的巨大牡蠣，祂光裸脆弱的肉身一感覺到光子最細微的振動，便會蜷縮自身，僅留下一些空間，讓世界得以馬上從空無一物的地方現身[1]。起初世界看上去不過像是黴菌，蒼白脆弱，卻生長得十分迅速，單獨的菌絲互相連結串成緊實的網。然後世界終於變得堅硬，就此染上色彩。伴隨著一陣幾不可聞的低沉聲響，鬱悶的振動讓原子不安地抖動，於是分子就從這個運動中誕生了，而隨之出現的是沙

1卡巴拉學者依撒格．盧利亞認為上帝、至高的無限者恩索夫（Ein Sof）遁入自身內部的退出（cimcum）騰出了一個靈性空間，有限的宇宙因此得以誕生。依照《光明之書》的說法，創世紀是由不可知的上帝逐漸外顯，十個瑟非拉（Sefirot，又譯輝耀、流溢層）向外發展的過程。創世之前空無一物的宇宙稱為「否在（Ain）」，接著有了無限（Ein Sof），然後有了無限的光（Ein Sof Aur）。

粒與水滴，它們將世界一分為二。

而現在我們正處於沙的這一方。

我們可以透過嫣塔的眼睛看見低矮的地平線和廣闊的天空，一片金黃揉合著橙紅。圓滾滾的大朵積雲飄向西方，尚未意識到它下一秒就會跌入深淵。沙漠是紅色的，就連最小顆的碎石試圖攀附住固體的時候，都會留下一道長長的絕望陰影。

馬蹄和驢蹄幾乎沒留下任何痕跡，牠們踏過石頭，揚起的些許灰塵即刻落地，蓋住了剛成形的輪廓。動物們厭倦了每日的行程，低頭緩步前行，像是陷入恍惚之中，牠們的背脊已經習慣了每天早上拔營時加諸其上的重量。只有驢子每天早上都會引起騷動，用那滿是悲憤、驚慌的嘶鳴聲打破天明。然而眼下，就連這些天生的叛亂分子都沉默不語，盼著即將到來的休息時間。

人類在牠們之間來回走動，他們的身影在動物因為行囊而變形的圓鼓剪影映襯下顯得細瘦，有如鐘面上脫離掌控的指針，正肆意指向偏差的、混亂的時刻，任何鐘錶師都無法馴服它們。它們細長、銳利的影子刺進沙漠裡，惹得落下的黃昏不愉快。

他們當中有許多人穿著亮色的長大衣，頭上包著曾經是綠色、現在已經被曬得褪色的纏頭巾。其他人躲在有著巨大帽簷的帽子下，他們的臉色黑得和石頭投射出的影子並無二致。

這支商隊幾天前剛從士麥納[2]出發，預計經過君士坦丁堡，再走過布加勒斯特前往北方。路上商隊會不斷解散、會合，一部分的商人幾天後就會在伊斯坦堡和大隊分道揚鑣，一些人將會行經薩羅尼加[3]、索菲亞到達希臘和馬其頓，有人會一路跟著商隊直到布加勒斯特，還有其他人會一路走到最後，沿著普魯特河直到波蘭邊境，再跨過國界征服低淺的德涅斯特河。

每一次紮營休息，大家都必須卸下動物背上的貨物，檢視馬車上打包整齊的商品。有些貨品非常脆弱，像是那批土耳其長菸管[4]；每一支都用麻絮個別包裝，並仔細用帆布包好。還有一些土耳其武器，遊行展示用的馬軛，花紋華麗的東方掛毯，貴族老爺繫在茹潘上的編織腰帶[5]。以及裝在木箱裡避免陽光曝曬的果乾，各式各樣的布料，甚至是尚未熟透、以便它們撐過長途旅行的檸檬和柳橙。

某個名叫雅庫伯維奇的亞美尼亞人最近才剛加入商隊，他的私人馬車上載了些奢侈品，例如東方花毯、基里姆花毯[6]。他整天為了商品提心吊膽，一點動靜都能讓他氣得跳腳。他寧願搭船從士麥納去薩羅尼加，兩天內運完所有東西，但現今的海上貿易並不太平——很有可能會被俘虜，只要商隊一停下來補給，眾人總能在火堆邊聽見這樣的故事。

2士麥納為希臘文舊稱，是位於愛琴海濱的海港城市。一四一五年鄂圖曼土耳其攻下這座城市之後更名伊茲米爾（Izmir），現為土耳其第三大城。

3位於希臘東邊，一四三〇年併入鄂圖曼帝國，有許多猶太人與穆斯林居民。為現今希臘第二大城。

4土耳其語çubuk。

5茹潘（żupan）是一種常見於波蘭貴族的鈕扣式長袍，通常以羊毛製成。長袍腰帶（Pas kontuszowy）是絲綢製成、有刺繡與金銀絲線裝飾的腰帶，長約三到四米，寬四十公分。

6東方花毯是單面毯，以東方元素的裝飾性花紋為特色，是古代波蘭常見的室內裝飾品。基里姆花毯則是一種顏色鮮豔的平織雙面薄毯，圖案多以幾何圖形為主，多作為地毯或壁掛毯使用。

來自布斯克的納赫曼・撒慕爾・本・列維正要坐下，他的腿上放了一個扁平的盒子。他正在運送一袋袋壓縮過的扎實菸草。菸草的數量不多，但是因為他用便宜的價格買下了優質的菸草，所以期望它們能帶來龐大的利潤。他身上特別縫製的暗袋裡還有其他小巧但值錢的東西：以綠松石[7]為主的美麗礦石，以及高壓壓縮過後顏色酷似焦油的長形松樹脂棒，你可以把它加進菸斗享用，這樣的樹脂深受莫德海喜愛。

他們花了好幾天籌備商隊的事情，與此同時，他們還得跑遍土耳其的各個機關，靠著可觀的賄賂[8]取得詔令——即土耳其官方允許商隊通行的命令。

所以他現在十分疲憊，而且這種疲勞感不易解除。欣賞岩漠的景觀最能幫助他舒緩心情。他走出營區的範圍，遠離嘈雜的人聲。太陽低到石頭足以投射出長長的暗影，宛如地上的彗星，它們與天上的彗星相反，並非由光亮構成，而是陰影。納赫曼這個人眼中所見之物盡是符號，他心想，地上的這些物體預示著什麼樣的未來呢？能占卜出什麼樣的未知呢？由於沙漠是世界上唯一一個時間會倒退，而循環打轉，再大步飛越向前的地方，恍若肥美的蝗蟲，所以有些人的雙瞳能夠在沙漠中洞見未來。而嫣塔眼中所見的納赫曼正是如此：上了年紀，駝背，如同木屑般乾癟。他坐在小窗旁，僅有一點光線透了進來，厚重的牆壁傳來陣陣寒意，他握著羽毛筆的手明顯正在發抖。墨水瓶旁的小沙漏撒下最後一點沙粒：他的結局已經近在眼前，但納赫曼仍舊並未停止寫作。

事實上，納赫曼無法停止寫作。這就像是一種癮，唯有開始將混沌的思想化作語句才得以平息。羽毛筆的摩擦聲使他平靜，它在紙上留下的筆跡令他滿足，彷彿吃下了最甘甜的椰棗，有如嘴裡含著土耳其軟糖。一切事物在此刻都變得意義鮮明，排列得井然有序。因為納赫曼總覺得自己是某個空前絕後絕無僅有偉大事件的參與者，這樣的大事以後再也不會發生，過去也不曾發生。此外，他之所以記下這一切，都是為了那些尚未出生的人們，因為他們將來勢必會想知道。

他總是隨身帶著寫作用具：這個木製的扁平盒子也許看上去不起眼，實際上裡頭收著上好的紙張、墨水瓶、裝著沙子的掀蓋式盒子、備用的羽毛筆，以及削筆用的小刀。納赫曼需要的東西不多，他只要坐在地上，攤開可以變成土耳其矮桌的小箱子，就隨時可以寫作。

然而，當他開始跟在雅各身邊之後，便越來越常收到後者帶著不滿與責備的眼神。雅各不喜歡羽毛筆書寫時摩擦的聲音，他曾經從納赫曼的背後偷瞄過，幸好納赫曼當時正在記帳。雅各要求眾人不可以寫下他的話語，納赫曼必須向他保證自己不會這麼做，但這件事始終讓他感到煎熬——究竟為什麼不行？

「為什麼是這樣？」有一次他問雅各。「畢竟我們唱的歌詞也說了：『賦予我話語，賦予我語言與文字，讓我得以講述祢的真實。』而這正是出自《喜悅的日子》[9]（*Hemdat Yamim*）的內容。」

雅各打斷他的話：

「別傻了！如果有人想要攻下堡壘，他就不能光靠長篇大論、稍縱即逝的話語，而是要帶著軍隊勇往直前。我們必須身體力行，而不是只會空口說白話。難道我們的祖先絮絮叨叨、埋首文章還不夠

7又稱為土耳其石，最早由土耳其引進歐洲而得名。
8 bakszysz，源自波斯語，小費或是賄賂的意思。
9解釋猶太年度節慶、習俗內涵的指導手冊，共三冊，於十八世紀出版。

嗎？這些言談對他們有什麼幫助？又有什麼成效？眼見為憑好過空口無憑。我們不需要自吹自擂的賢者。如果再讓我抓到你在寫東西，我會往你的腦袋揍下去，讓你好好清醒清醒。」

納赫曼仍舊堅持己見。他最主要的著作是《至聖薩瓦塔伊．塞維[10]的一生》（願他的名受讚頌！）。他單純是為了整理出先後順序才寫下他的生平，嗯，就只是列出所有事實，那些有名的和比較不有名的；他確實有針對一部分的事實稍作渲染，這非但不是罪，反而是善舉——人們能夠因此記得更清楚。在底部、盒子最下層卻放著另一捆東西：是他親手用粗繩綁著的紙堆。不過是些廢紙。他暗中寫下這些東西。只要一想到那個將來讀到他文字的人，勢必會得知作者是誰，納赫曼就倍感折磨，害得他時不時中斷寫作。字母的背後總是有某隻手的存在，人們閱讀字句之餘，腦中總會浮現某張面孔。畢竟他們連閱讀《妥拉》時都能立刻察覺某種偉大的存有，祂是如此偉大，任何字母都無法寫出祂真正的名諱，就算是用金色顏料加粗的字母也不行。然而，《妥拉》與整個世界都是由上帝之名所構築的。每一個字、每一樣事物都是祂的名諱。《妥拉》是由上帝之名編織而成的，有如巨大的布料阿理加[11]，雖然《約伯傳》說：「沒有人知道它的秩序[12]。」無人知曉何為經、何為緯、右邊有著怎樣的花紋，和左邊的圖案又有什麼樣的關係。

以利亞撒拉比是充滿智慧的卡巴拉學者，他在許久以前就想到，有一部分傳入我們手中的《妥拉》經文順序並不正確。畢竟假如它們都按照應有的順序排列，每一個知

道這些順序的人馬上就會變得永生不死，得以讓死者復活並行奇蹟之事。因此——為了維持這個世界的秩序——這些片段被刻意打散了。不要問究竟是誰這麼做的，時機未到，只有至聖之人才有能力將它們依序排好。

納赫曼能看見自己從《至聖薩瓦塔伊．塞維的一生》底下、粗繩綁著的那一包稿紙浮現，來自布斯克的納赫曼．撒慕爾．本．列維。他可以刻畫出自己的形象：矮小，平凡，永遠都在途中不曾停歇。他動筆描寫自身，並將那些描述稱作碎筆，那不過是完成更重要的作品之後遺留下來的碎片。碎屑——我們的人生就是這樣的東西。他放在腿上的掀蓋箱子中，經歷旅途中塵沙與艱辛的文稿，本質上是提坤[13]，也就是修復世界，即縫補那塊布滿交疊的圖案、花紋、網紋、條紋布料破洞的補丁。我們應該用這樣的方式看待納赫曼奇怪的行為。有些人治癒他人，有些人建造房屋，還有一些人研讀經書，只為了尋找合適的意義而改變其中文字的編排。而納赫曼寫作。

10 卡巴拉學者，宣稱自己是彌賽亞，救贖將會在一六六六年六月十八日到來，鼓勵信徒打破舊有的猶太律法，後遭土耳其蘇丹軟禁，改信伊斯蘭教。

11 希伯來語的編織（Arigah），為《妥拉》的代稱。

12 疑似出自《約伯傳》第二十一章的「上智安排高深莫測」，見《約伯傳》第二十一、四十二章。

13 由十六世紀的盧利亞拉比提出。卡巴拉學者相信透過虔誠的信仰與冥想能夠修補世界（tikkun olam），恢復應有的秩序，最後使人獲得救贖。後文將以音譯「提坤」表達修補、導正之意。

《碎筆》：

也就是從舟車勞頓中誕生的故事。

來自布斯克的拉比，納赫曼．撒慕爾．本．列維著

關於我出身的地方

我知道我並不是先知，我體內也沒有聖靈存在。我無法掌控他人的意見，無能窺見未來。我的出身低微，沒有任何事物能使我從塵埃中崛起。我和大部分的人一樣，是墓碑會最早倒塌的一群。不過我還是能看見自己的優點：我很擅長做生意、旅遊，算術算得很快，還很有語言天分。我是天生的使者。

我還是個孩子的時候，講話的聲音聽起來就像雨滴敲打蘇克棚[14]木頭屋頂規律模糊的咚咚聲，讓人無法區分話中的單字。此外，某種內在的力量讓我無法講完已經開頭的句子或單字，我總是要重複唸個幾次，快速地、語無倫次地。我會口吃。我絕望地發現，我的雙親和兄弟姊妹都聽不懂我在說什麼。這種時候父親會賞我一個耳光，咬牙切齒道：「說慢一點！」所以我只得繼續嘗試。我學會了，就某方面來說，脫離自己身體的方法，我握住自己的喉嚨，好防止那些急促的咚咚聲脫口而出。我終

於能夠將單字拆解成音節，並像稀釋湯一樣稀釋它們，像母親為了讓所有人都喝得到湯而加水稀釋隔夜的甜菜根湯那樣。然而我同時也是個聰明的人，我很樂意等其他人講完話，但其實我早就知道他們想表達什麼了。

我的父親是布斯克的拉比，後來的我將會和他擔任同樣工作，儘管只有一小段時間。他和母親在沼澤邊緣經營酒館，沒什麼客人，所以生活十分貧苦。我們一家，不論是母親這一方或是父親這一方的親屬，都是從西邊搬來波多里亞的，來自盧布林，而在此之前的祖先來自日耳曼地區，他們遭到驅逐之後往東邊死裡逃生。可是那個年代流傳下來的故事並不多，也許只剩那個故事了，第二個承載我童年悲慘回憶的故事，那個關於焚書之火的故事。

我沒有太多童年時期的記憶。主要是關於母親的記憶，我總是寸步不離跟在她身旁，無時無刻不抓著她的裙角，父親總是因此大為光火，預言我將來會變成媽寶、同性戀、娘娘腔的弱雞。我還記得我幾歲大的時候爆發了瘧疾，那時我們把家裡全部的通風口用破布和黏土堵住，身體、雙手和臉部都被蚊子咬得通紅，彷彿所有人都得了天花。人們用新鮮的鼠尾草塗抹小傷口，而流浪商人在各個村子徘徊，販賣從德羅霍貝奇附近的泥土萃取、奇臭無比的神奇藥水……

這就是納赫曼不大工整的手稿開頭的內容——作者自己很喜歡閱讀最初幾頁。這會讓他有種彷彿

14 為了紀念從曠野飄流到應許之地的歷史，猶太人會在住棚節（succot）的時候搭建臨時棚子或茅草屋，稱為蘇克棚（succah）。

踩在地上的踏實感，像是腳掌突然長了出來。因為肚子餓了，他現在正要回到營地，加入同行的夥伴。土耳其嚮導和挑夫剛好結束祈禱回來，一面嬉鬧一面準備吃晚餐。亞美尼亞人在開飯前閉上眼睛，大力地用右手在身上畫了十字印記。納赫曼及其他猶太人快速簡短地禱告。他們都餓了，真正的祈禱待他們回家之後再說吧。幾群人分散坐著，每個人都坐在自己的貨物邊、自己的騾子旁，但他們都看得見彼此。當最初的飢餓平息之後，眾人便開始交談，最後還開起了玩笑。夜幕倏地降下，沒一會兒就變得漆黑，他們不得不點亮油燈。

酒館主要靠母親經營。有一次，去雅布諾夫斯基閣下家打獵的客人中的一位在我們這過夜，這位貴客可是出名的醉鬼和暴君。因為天氣悶熱，沼澤的蒸氣又緊貼在地面上，某位大公夫人熱得只想要立刻休息，所以我們一家被丟到了門外。但是我偷偷躲在暖爐後面，愉悅地觀賞美麗的夫人和她的僕人、仕女、管家們一起走進房間的美麗場景。這群人的奢侈華美、繽紛多彩、衣著時尚和美貌都在我腦海裡留下了深刻的印象，我的面頰變得通紅，以至於母親開始擔心起我的健康。那些有錢人離開後，母親對我耳語：「我的小驢子，在那個世界杜克賽爾（duksel）將會替我們看顧佩茲庫雷（pescure）」，意思是來世大公夫人將會替我們看顧爐火。

這句話一方面令我心生愉悅，因為在那高高在上的某個地方，在每日世界的藍圖誕生的地方，嚴謹的正義確實存在。另一方面，我卻對我們所有人感到抱歉，特別是那位驕傲的女士，如此標致又遙不可及。她知道這件事嗎？有沒有人告訴她？在他們的教堂裡會有人如實相告嗎？告訴他們一切事物將會反其道而行，僕人變成主人，而主人將會變成僕人？但難道這樣一切就公平圓滿了嗎？

在離開之前，這位貴族扯了我父親的鬍子好幾下，而這個玩笑讓他的客人們笑得樂不可支，之後他又命令自己的士兵喝光全部的猶太伏特加。他們從善如流，不但把伏特加全喝光，還趁機搜刮酒館，不假思索地把全部財物破壞殆盡。

納赫曼得起身了。太陽一旦落下，氣溫就會變得冰冷萬分，不像在城市裡，被曬熱的城牆會讓熱度維持得更久，即便是這種季節也會熱到讓你的襯衫黏在背上。他帶上油燈，披上粗斜紋棉大衣。挑夫們正在玩骰子，要不了多久他們就會大吵一架、不歡而散。天空已經撒滿了星點，納赫曼下意識地透過它們確定自己所在的方位。南方可以看見士麥納——也就是莫德克先生[15]口中的伊茲麥許[16]——他們昨天才剛離開那裡。積木般高低不一的建築物雜亂無章，不可勝數的屋頂與喚拜塔[17]的尖頂輪廓交織，還有——時不時出現的——清真寺圓頂構成了士麥納的風景。他似乎可以聽見黑暗中宣禮員的聲音從地平線後方傳來，堅決悲切，似乎下一秒就可以聽見商隊的方向傳來回覆的聲音，一轉眼風中就會充滿穆斯林的祈禱，可是本該是讚美、稱頌的禱文在他聽來卻更像是抱怨。

納赫曼望向北方，瞥見遙遠的彼方，不斷迴旋的暗影皺褶裡，有一座坐落在沼澤中的小鎮，小鎮教堂的尖塔碰得到上方低矮的天空。小鎮看起來像是完全失去了色彩，好似是用泥炭搭建之後，再撒

---

15 **Reb**，希伯來語與意第緒語中對成年猶太男性的敬稱，置於姓名前。
16 此處作者使用波蘭化的希伯來語稱呼伊茲麥許（**Iźmierz**）。
17 在伊斯蘭國家由宣禮員（音譯穆安津，**Mu'adhdhin**）頌唱禮拜讚詞、通知信徒禮拜時間的塔樓。

上了一層灰。

創世五四八一年18，按照基督徒的算法就是西元一七二一年，我出生的時候，我的父親還是個新人拉比，剛接掌職務的他還沒意識到自己究竟在什麼樣的地方落腳。

西布格河在布斯克與波爾特瓦河匯流19。這座城市一直以來都是國王的屬地，不屬於貴族，因此我們在這兒過著不錯的生活；大概也是基於這點，城市才會不斷遭到破壞，一下是哥薩克人，一下是土耳其人。如果天空是可以反映時間的鏡子，城市上空就會時時刻刻懸掛著房屋不斷燃燒的景象。戰爭結束後，人們總是在手忙腳亂地四處重建泥濘中被破壞殆盡的城市，因為在這裡水是唯一的女王，所以待春季冰雪一開始融化，這些爛泥便會匍匐爬上路面，切斷城鎮與世界的連結，而城市居民們有如沼澤、泥炭地的居民，只能憂鬱地坐在潮溼的棚屋裡，一動也不動——差點就要讓人誤以為他們身上長滿了黴菌。

這裡許多街區都住著猶太人，他們分散成小團體各自生活，最多猶太人居住的地方是舊城廣場和利皮博基。他們從事馬匹貿易，引進馬匹在各個城市的市集上輾轉販賣，他們名下也有小間的菸草商店，只不過店面大小就和狗屋差不多大。有些人務農，有十幾人從事手工業。猶太人大都過著貧窮、悲慘、迷信的日子。

看著附近的魯塞尼亞和波蘭農民——他們日出就得下田彎腰工作，直到傍晚才能挺直背脊，在房子前的小長凳坐著休息——我們就感覺自己高人一等：當猶太人都好過當農奴。而他們也會盯著我們瞧：她們搭著自己的馬車要去哪？為何如此吵鬧，那些猶太女人？女農民眨了眨一整天下來快要被陽光閃瞎的雙眼，一邊撿拾收割後掉落的穗子。

春天的時候，當河畔草地變得青翠，會有上百隻、也許甚至多達上千隻的白鸛飛到布斯克，踩著國王般的步伐，身姿端正，趾高氣揚。或許這就是有許多孩子在此出生的原因：農民們相信孩子正是白鸛送來的。

布斯克的紋章圖案是一隻單腳站立的白鸛。我們布斯克人也一樣，永遠只靠單腳站立，隨時準備好跨出下一步，卻被一份租用的產業、被一紙合約綁住。我們的四周潮溼、鬆軟。雖然名義上我們有離開的權利，但這份權利充滿不確定性，有如髒水一般晦暗不明。

在布斯克，如同在波多里亞的許多城鎮及村莊，幾乎所有居民都是由我們——這群自稱「自己人」抑或是「忠實信徒[20]」的人——所組成的。我們以一顆純淨的心深信彌賽亞已經在土耳其現身，他離開的時候為我們留下了繼承人，而且最重要的是他指引了我們必須遵循的道路。

隨著我父親在研經學院讀過、討論過的東西越多，他越來越相信這些看法。搬來這裡一年後，他讀遍了薩瓦塔伊．塞維的教誨並完全信服，他天生的敏銳度和宗教天賦更助長了這種改變。

「不然怎麼會是現在這樣呢？」父親說。「既然神如此珍愛我們，為何舉目所見盡是痛苦？你只要走到布斯克的市集廣場，就能感受到這股疼痛的重量，雙腿發軟。既然祂如此鍾愛我們，那為什麼

---

18 猶太年份為西元曆加上三七六〇年，而猶太曆的新年在西曆九月到十月之間。

19 波爾特瓦河為西布格河的支流。西布格河是今日波蘭、烏克蘭、白羅斯三國的交界。

20 薩瓦塔伊派信徒自稱忠實信徒、虔誠信眾（prawowierni），後來法蘭克主義者沿用了這個稱呼。

我們無法維持溫飽、身體健康？為什麼不能讓我們和其他人不再目睹病痛和死亡？」父親彎著腰，似乎想用身體表現重擔實際的樣貌。隨後他又把話題拉回平常對拉比及其律法的批評，他的語速越來越快，甚至比起了手勢。

我還是個孩子的時候，常常在小市集廣場、希拉的店門口看到他和其他人站在一塊，怒氣沖沖地說個不停。他說話的時候，發自內心的熱忱讓他矮小不起眼的身形顯得更加高大。

「光是《妥拉》的一條律法，《米示拿》21就能從而衍生出十幾條律法，《革馬拉》加以發展出數十條律法；猶太經典晚期的評註更是多如沙數。你們告訴我吧，我們該如何生活？」他語氣激動，激動到連經過的行人都忍不住停下腳步。

希拉不太注重他的買賣，反而更在意這群嘰嘰喳喳的男人，他把菸斗分給他們，語帶悲傷地附和：「我看再過不久就不會有符合潔食規範的食物了。」

「大家餓肚子的時候很難顧得上戒律。」男人們心有戚戚焉地嘆氣。嘆息同屬對話的一部分。他們之中許多人都只是單純的商人，但偶爾也會有葉史瓦22的老師加入，替市集上日常的悲嘆注入活水。之後他們繼續抱怨貴族地主的階級秩序，抱怨農民足以毒害生活的敵意，抱怨麵粉的價格，天氣，被洪水沖斷的橋梁，樹上因溼氣腐敗的水果。

因此，我從小便浸淫在對受造物無盡的怨恨中。有什麼東西不太對勁，某種謊言包圍著我們。我們在葉史瓦所學的教導一定對某些事情有所避諱，隻字不提，某些事實肯定在我們面前被隱藏了起來，才導致我們無法拼湊出完整的世界。肯定存在著能夠解釋一切道理的奧祕。

從我父親還年輕的時候，布斯克的所有人就是這麼說的，人們時常提到薩瓦塔伊．塞維的名字，而且不是輕聲耳語，是正大光明地說出口。在我年幼的耳朵聽起來，這個名字就像前來拯救我們的騎士輕快的馬蹄聲。然而，如今最好不要大聲講出他的名字。

我的青春年少

就像許多和我一樣處於這個年紀的小男孩，我一開始就想要研讀經書，可是我作為獨生子太過依賴母親和父親了。直到十六歲，我才理解自己的志向是做善事，才意識到自己永遠不會滿足於現狀，總是想要追求其他事物。

所以當我一聽說偉大的導師巴爾．謝姆．托夫[23]的事情、得知他正在招收學生，我就決定要加入這樣的團體，藉此離開自幼成長的布斯克。我的離開讓母親陷入絕望，我隻身一人動身前往東方，去

21《米示拿》（Miszna）是《口傳妥拉》的編纂合集，集結了西元前二百年至西元後二百年、共四百多年間的猶太律法，分成《種子》、《節期》、《婦人》、《損害》、《聖物》、《潔淨禮》六大主題。《革馬拉》（Gemara）則是針對《米示拿》的詮釋、註解與神學爭議合集。

22研究與教授《塔木德》、《妥拉》的宗教教育機構。

23巴爾．謝姆．托夫（Baal Szem Tow），意思是「美名大師」，縮寫為貝什（BeSzT），本名以色列．本．以利以謝（Izrael ben Eliezer），出身波多里亞，據信他能夠行治癒奇蹟，被視為哈西迪猶太教的創始人。

梅吉博日24，路程大約二百哩。上路第一天，我就遇到了這個年紀只比我大一點的男孩，他也是為了同樣的目標剛從格林諾出發，這是他上路第三天了。這個名叫雷布可的男孩才剛長出一點鬍子，新婚燕爾就對婚姻感到害怕，他說服了妻子和岳父岳母，讓他在開始賺錢養家以前先擁抱真正的聖潔，讓餘生聖潔都得以填滿他的性靈。雷布可來自格林諾受人景仰的拉比家族，他成為哈西迪猶太人的一員對他們來說是家門不幸，他的父親曾經二度上門，求他跟著一起回家。

我們很快就變得形影不離。我們睡覺的時候蓋同一張破被子，分享每一口食物。我很喜歡和他聊天，因為他是個心思細膩的人，有著不同於所有人的想法。我們的討論會一直持續到深夜，兩人躺在髒兮兮的被子下分析各種奧祕。

也正是他，作為已婚男子向我傳授男女之事，對那時的我來說，這些事情就跟退出（cimcum）的問題一樣引人入勝。

大間的木造房子格局低矮。我們緊挨著身邊的人，睡在大通鋪，瘦弱的男孩們蓋著破舊的被子，被單裡時不時可以找到幾隻蝨子，於是大家只好用薄荷葉塗抹被咬傷的小腿肚。我們吃得不多：麵包、橄欖、一些蕪菁。有時候女人們會拿一些零食分給我們，像是葡萄乾，但男孩的人數實在太多，以至於每個人只分得到幾顆，數量剛好足夠避免我們遺忘它們在嘴裡的滋味。不過我們讀了很多書，更準確地說我們沒有一刻不讀書，所以才會永遠頂著一雙宛如兔子紅通通的眼眸，你可以透過這個特徵認出我們。只要晚上貝什能夠替我們抽出一點神聖的時間，我們就會聽他講課，聽他和其他義者25對話的內容。我從這個時期就開始對某些議題感興趣了，父親向來無法提出令我信服的解釋。既然上帝無所不在，那世界如何存在？既然上帝是存在於萬物中的一切事物，那世上怎麼可能會有不屬於上帝化身的事物呢？上帝何以從虛無中創造世界？

據說每一個世代一共會有三十六位聖人，多虧他們，神才能讓世界繼續存在不致毀滅。巴爾·謝姆·托夫必定是其中一位。即使我們無法辨識出大部分的聖人，他們過著貧窮酒館主人或是鞋匠的隱世生活，但貝什的美德實在太過高尚，無法隱藏。這個人一點也不驕矜自喜，但只要他一出現，所有人就會心生畏懼，這一點讓他相當厭煩，他就像是背負著名為聖潔的沉重行李箱。他和我那成日憂傷憤怒的父親一點也不像，貝什是個變化多端的人，上一秒他看起來還像是年長的智者，瞇著眼睛用嚴肅的口吻說著話，下一秒他就像是感覺到了什麼，卻仍然鎮定地和我們談笑風生，逗得眾人哈哈大笑。他隨時都準備好做出超乎人們預期、讓他們大吃一驚的事，這麼一來別人就會注意到他，不斷把注意力投注在他身上。他對我們而言就是世界的中心。

沒有人是受空泛死板的拉比主義吸引才來到這個地方，就這一點來說，我們所有人都一樣，我父親也會認同這一點。閱讀《光輝之書》是日課，每個人都讀得很熱切，而其中許多長者都是視線模糊的卡巴拉學者。他們不停相互探討上帝的奧祕，對話的口吻彷彿他們只是在討論日常家計，例如要餵雞吃多少飼料，還剩多少乾草可以過冬等等。

有一次，一位卡巴拉學者詢問貝什，他是否認為世界是上帝的流溢，他愉悅地贊成道：「是的，整個世界就是上帝。」所有人滿意地附和貝什。「那麼惡呢？」對方提出了狡猾又惡毒的問題。「就

---

24 今天烏克蘭西部的城市，一七四〇年代前後巴爾·謝姆·托夫在此創立學校，為波蘭哈西迪猶太教重要的據點。

25 cadyk是正直的意思。哈西迪猶太人中指具有領袖魅力、能夠擔任上帝與信徒中間人的角色。

連惡都是上帝，」溫和的貝什平靜地回答，可是竊竊私語的聲音現在卻傳進了在場所有人的耳朵，接著馬上就有其他滿腹經綸的義者、形形色色的虔誠男士出聲發言。席間談論的所有內容都得到了激烈的回應——扳倒椅子，突如其來的哀嚎與尖叫聲，拉扯頭髮。我親眼看著他們為這個命題爭論了好幾次，就連我自己都覺得熱血沸騰，畢竟這怎麼可能呢？那我們周遭的一切事物又該如何分類？飢餓和肉體的傷痕、宰殺動物、染上瘟疫而倒地躺成一排的孩子又該填在哪一格？我總覺得只要一開始這麼想，最後就不得不承認上主其實根本不把我們放在心上。

「惡本身並不是惡，只是在人類眼中看起來如此罷了。」光是說出這句話就足以點燃戰火，接著就是桌邊的一陣拉扯，從破碎花瓶灑出的水滲進地上的木屑，一定會有人憤怒地跑到外面，或是因為攻擊其他人而被制伏。這就是把話語說出口的力量。

這就是為什麼貝什會時刻提點我們：「惡的奧祕是唯一一樣上主未曾命令我們信服，反而要求我們深思的機密。」有時候我那因為飢餓而渴求食物的身體不肯讓我睡去，所以我常常沒日沒夜地思考這個問題。我認為上帝可能認清了自己的錯誤，期待人類能夠達成不可能的事，因為他想要的是不帶原罪的人。如此一來上帝必須做出選擇：他可以定罪，不斷懲罰有罪的人，直到祂變成永遠的監督者[26]，恰似農民在地主的耕地上工作得不夠勤快的時候便鞭打其後背的那位。智慧深不可測的上帝也可能準備好要忍受人類的罪愆，替人類的弱點保留餘地。神自言自語道：「一個人不可能既無拘無束，同時又完全臣服於我。我不可能擁有身為人，卻又不帶原罪的存在。我寧可接受有罪的人性，也不要一個沒有人類的世界。」

噢，我們所有人都同意這一點。細瘦的男孩們穿著袖子老是過短的襤褸黑大衣，坐在桌子的其中一邊，另一邊則坐著幾位老師。

我和貝什身邊的賢者相處了幾個月，雖然日子貧困寒冷，但直到現在，我才總算覺得我的靈魂跟上了身體的成長：身高變高，變得更有男人味，長出腿毛，胸口與腹部都變得結實。靈魂同樣也追趕著身體，變得更堅強。此外，有股覺察的新能力開始在我的心中成長茁壯，直到那時我才知道我有這樣的能力。

有些人擁有覺察超自然事物的能力，就像其他擁有敏銳嗅覺、聽覺或是味覺的人，他們能夠感受世界巨大、複雜的身體裡細微的變動。而且其中一些人的內在洞察力十分靈敏，他們可以在最意想不到的地方看見神聖光輝落下的亮光。身處的地方越不幸，神聖光輝便越發絕望地照耀、越奮力閃爍，而它的光芒也更加熾熱純淨。

然而還是會有其他缺少這項覺察能力的人，他們只能信靠剩下的五感，整個世界被限縮在它們所能感知的範圍內。這就好似天生眼盲的人不知道何為光，而對聾人來說何謂音樂，失去嗅覺的人不知道花香是什麼，所以他們也不理解這些神祕的鬼魂，將擁有天賦的人視作瘋子、中邪的人，認為這些莫名其妙的鬼東西是他們自己編出來的。

這一年，貝什（願他的名受讚揚！）的學生們開始為怪病所苦，他憂心忡忡地講起這件事，我不知道他心裡作何感想。

26 Ekonom，源於希臘語的管家（oikonómos），封建制度下負責替地主監督農民工作的人。

有一次禱告時，其中一位比較年長的男孩突然嚎啕大哭，沒有辦法冷靜下來。他被帶到賢者面前，這個不幸的人哽咽地承認他正在禱念示瑪27，想像著耶穌的形象並將這些文字傳達給祂。當這個男孩講出這些驚悚的話語，所有聽見的人都趕忙把耳朵遮住、閉上眼睛，好把那番褻瀆隔絕在自己的心智之外。貝什僅僅悲傷地點了點頭，隨後便用淺顯易懂的解釋讓所有人鬆了一口氣：既然這個男孩每天都會經過附近某間基督教堂，在那看見耶穌，而人只要長時間看著某樣東西、常常看見某樣東西，那麼這樣東西的形象就會進入他的雙眼和思想，像鹼液一般啃食它們。正因為人的思想需要神聖性，所以思想才會到處追尋它，恰似洞穴裡的植物枝條會追隨著最微弱的光線攀爬生長。這是個很好的解釋。

我和雷布可有著共同的祕密愛好：我們會一起傾聽單字的發音，隔牆後方傳來的微弱祈禱聲，仔細辨別那些高速朗讀下彼此相連、意義混成一團的字句。從遊戲中得到的成果越奇怪，我們就越開心。

每一個在梅吉博日的人都和我們一樣致力於研究文字，以至於小鎮本身在我們眼中似乎顯得一無是處、無足輕重、稍縱即逝，彷彿物質一接觸到文字就夾起了尾巴，羞愧地縮成一團。馬車頻繁來往的泥濘馬路朝不知名的方向延伸，而馬路兩側的小農舍和學習之家——唯一一棟附帶寬廣木造門廊，由腐爛發黑木材構成的建築物，我們常常用手指在木板上鑽洞——都宛如夢中的景物。

可以說，我們是用手指在單字中鑽了洞，探究它們深不見底的內部。我最初的啟示就與兩個詞語的相似之處有關。

為了創造世界，上主必須收縮自身，在自己的身體裡留下一個空間，可以容納世界的空間。上主就是從這個空間消失的。「消失」這個字源於字根埃連（elem），而消失之處被稱作歐朗（olam）——世界。所以說，就連世界的名字都蘊含著上帝消失的歷史。唯有上帝離開這個世界，世界才得以成形。原本曾經存在的某種事物之後就會消失。這就是世界。整個世界就是一種缺失。

關於商隊，以及我與莫德克先生如何相識

返家之後，為了留住我，父母讓我和十六歲的蕾雅成婚，她是一個聰明、信任他人又善解人意的女孩。這個方法不太有效，因為我找到了在以利沙．修爾手下工作這個藉口，跟著他們到布拉格和布爾諾出差去了。

27「以色列啊，你要聽！耶和華我們上帝是獨一的主。」也被稱為猶太念語。

我就是在這時候遇見了莫德海28．本．以利亞．馬加利特，大家都叫他莫德克先生——願這個善人的名字受讚揚。對我來說，他就像第二個貝什，同時也是獨一無二的，因為我把他當成我個人專屬的導師，而他大概也有類似的感覺，把我當成自己的學生照顧。我想不出他身上到底有什麼特質如此吸引我——顯然那些人主張靈魂能夠立刻認出彼此，無法解釋地互相依附是有些道理的。事實上，我離開了修爾一家並下定決心與他待在一起，將我留在波多里亞的家人拋諸腦後。

他是聲名遠播的智者喬納坦．艾貝許茨的弟子，而後者——是最古老智慧的繼承者。

起初我覺得莫德克先生的理論聽起來根本亂七八糟。我對他的印象就是他永遠都處於歡欣鼓舞的狀態，因此他的呼吸急促，宛如害怕吸入太多凡間的空氣；只有菸斗濾過的空氣能夠支撐他的生命。然而賢者的智慧是深不可測的。在我們的旅行途中我得完全仰仗他；他總是知道何時啟程、該走哪一條路才可以舒服地讓好心人載我們一程，或是讓朝聖者餵我們吃點東西。儘管他的許多想法第一眼看上去並不合理，但只要我們接受這些做法，往往都會得到好結果。

我們一同在晚上學習，白天我要工作。日出往往在我埋首書堆的時候來臨，而我的雙眼開始因為長時間用眼而化膿。莫德海給我讀的那些東西實在太超乎常理，讓我這個波多里亞年輕人至今務實的大腦如同馬兒弓背跳起，明明一直以來都在繞圈牽引磨麥子，現在有人卻期望牠能變成血統優良的馬術賽馬。

「我的孩子，你為什麼要抗拒未曾嘗試過的事物呢？」我決定回到布斯克照顧家人的時候，莫德海問我。

於是我在心中揣測，十分理智地對自己說：他說得有道理。在這個地方我只會有所得，無所失。

所以我會耐心等待，直到我從中找到對自身有所助益的東西。

所以我向他妥協了，租下一間木頭隔板後面的小房間，過著樸素的生活，早上在商店櫃台工作，傍晚和夜裡則潛心學習。

他教會我字母排列組合的法則，數字的神祕與《做成之書》29的其他路徑。他要我依循每一條路徑各走兩個星期，直到它的形式在我心中變得不可磨滅。莫德海用這樣的方式引導我整整四個月，隨後卻忽然要我把這一切全部「抹去」。

這天下午他用藥草塞滿我的菸斗，然後把一段非常古老、作者不可考的禱文交給我，它很快就變成了表達我心聲的文字。禱文是這樣的：

我的靈魂
不願為囹圄所困，
不論是鐵柵還是空氣圍成的欄柵。
我的靈魂願做天上的船艦，

---

28 莫德海（Mordechaj）口語上的稱呼有非常多種變化，像是邁則爾（Majzel）、莫爾杜（Morduch）、莫特克（Motke）等等。

29《做成之書》作者據傳是先知亞巴郎，為猶太教神祕主義早期文獻。書中記載神如何透過對應希伯來字母的二十二條路徑與十個瑟非拉創造世界。

肉體的界限也無法阻擋。
而任何城牆都無法禁錮它：
不論是人類親手建造的，
或是禮貌的圍牆，
或是客氣的牆垣，
或是良好教養的城牆都不行。
不論是浮誇的演說，
王國的邊界，
高貴的出身都無法捕捉它——所向無敵。
我的靈魂飛越這一切，
毫不費力地，
它超越了所有文字中所蘊含的，
也勝過了文字中並未言明的。
它在喜悅與憂傷之外。
不只在美麗崇高的事物之上，
同樣在恐怖卑微的事物之上。
幫幫我，慈善的上主，別讓生活傷害我。

賜與我說話的能力，賜我語言與文字，
屆時我會說出，
關於祢的真相。

我重返波多里亞與奇怪的幻景

過了一段時間，我回到了波多里亞，在父親猝逝之後，接下了布斯克拉比的職務。蕾雅再度接納了我，對此我十分感激她。她擅長把生活安排得富足祥和。我的小兒子亞倫長大了，更有男子氣概。成日忙於工作，照顧家庭，我不再去想那些旅途中的混亂與卡巴拉的各種事情。猶太卡哈爾的會眾很多，可以分成「自己人」和「那群人」，而我作為經驗不足的年輕拉比，身負許多工作與責任。

然而，某個冬夜，我遲遲無法入睡，有種十分奇怪的感受。我惴惴不安，彷彿在我周遭的所有事物都不是真實的，是人造的，似乎有位能幹的畫師在四周懸掛的畫布上畫出了這個世界。也可能是另一種情況：周遭的一切似乎都是幻想出來的，然後奇蹟般地取得逼真的形體。

在此之前，我和莫德克先生一起工作的時候，就有過好幾次這種令人痛苦、害怕的感覺，可是這一次的感覺實在太過強烈，甚至讓我開始覺得小時候的恐懼感再度襲來。我忽然覺得自己被困住了，像是被丟進地牢裡的人，再過不久就會缺氧。

我發抖著站起身，往暖爐補了些柴火，接著抽出從莫德克先生那收到的書擺在桌上。我想起了他傳授給我的東西，於是我開始將這些字母互相連結，並透過我師父的哲學方法加以冥想。我覺得這麼做能夠讓我集中思緒，驅散憂慮。我就這麼度過了整段夜晚，直到早上，之後便投身於自己的日常工作。而隔天晚上我又按照同樣的方式度過，直到凌晨三點才結束。蕾雅對我的行為感到不安，她跟著我起床，輕輕拉開半夢半醒兒子的小手，在我的背後查看我究竟在做什麼。這種時候我總是可以在她臉上看見不贊同的神色，但即使如此她也無法阻止我。她非常虔誠，不認可任何的卡巴拉教義，對我們崇敬的薩瓦塔伊儀式也抱持懷疑的態度。

在第三個奇怪的夜晚，我實在太過疲倦，以至於十二點過後我就打起了瞌睡，手中還握著羽毛筆，膝上擺著紙。我猛然驚醒的時候，看見燭火變得微弱，於是站起身打算拿根新的蠟燭。然而我卻沒看見那道燭光消失，蠟燭明明已經熄滅了！此刻我驚奇地發現是我在發光，是從我身上發出的光暈填滿了整個房間。我在心裡大喊：「我不相信」，但光輝並未熄滅。於是我出聲自問：「這可能嗎？」但想當然耳我沒有聽見任何回應。我搧了自己一個耳光，捏了捏臉頰，但沒有任何改變。我就這麼雙手朝下，腦袋放空，疲憊地一路坐到了清晨——我居然還在發光！光芒直到黎明才減弱，最終消逝。

這一晚我用不同於以往的方式重新看見了這個世界——亮灰色太陽照耀下顯得卑微、低劣、殘缺的世界。黑暗遍布每一個角落，每一道裂縫。戰爭與瘟疫席捲了整個世界，江河氾濫，大地震動。每個人類似乎都只是脆弱的存在，恰似眼皮上最小根的睫毛或是花粉。此刻我才了解人生是由憂患組成的，這正是世界實際的成分，萬物皆因苦痛吶喊。然後，我還看見了未來，世界變了：森林消失無蹤，它們原本的位置上長出了城市，其他我無法理解的事物正在運轉，但就連那裡也沒有半點希望，超乎我理解能力的事情正在上演，而我甚至無法理解一星半點。這衝擊的景象讓我渾身動彈不得，在一陣混亂的聲響中倒地不起，隨後——至少我是這麼覺得——我在這一刻看見了所謂的救贖。接著我的妻子出現，急忙喊人來幫忙。

羊糞的夢境如何促成與莫德海的士麥納之行

我的師父莫德海彷彿早就知道這一切了。幾天後，他便突如其來地出現在布斯克，因為他做了一個奇異的夢。夢裡他看見《聖經》裡的雅各伯出現在利沃夫猶太會堂附近，把羊糞分發給人們。大部分收到羊糞的人要不勃然大怒，要不仰天大笑，但是那些收下恩賜、尊敬地吃下它的人，卻像燈籠一樣從身體內部開始發光。因此，在這場預象中，莫德海也伸出了手請求賞賜。

我為他的造訪感到高興，向他訴說了我與光芒的奇遇，他聽得很專注，我可以在他的眼中看見驕傲及關懷。「你才剛踏上這條路。如果你繼續沿著這條路前行，你就會領悟到，處於我們周遭的這個世界即將完結，所以它在你眼中才會顯得如此不真實，你所覺察的並非源於外在、虛假、夢幻的光，而是內在、真實的光，源自上帝發散的神聖輝耀，而彌賽亞有一天將會蒐集它們。」

莫德海決定讓我成為他布道團的一員。

「彌賽亞已經在路上了，」他貼近我身邊耳語道，距離太近讓他的嘴唇碰到了我的耳廓。「他就在士麥納。」

我那時還不了解他的想法，但我知道薩瓦塔伊（願他的名受讚頌）就出生在士麥納，所以我馬上就想到了他，儘管他很久以前就過世了。莫德海提議讓我們一起動身前往南方，結合生意與認識真理兩件事，一舉兩得。

亞美尼亞人葛澤高茲．尼古羅維茨在利沃夫販賣土耳其商品，他主要是從土耳其進口腰帶，但也包含東方花毯、基里姆花毯、土耳其香脂和冷兵器的進出口。他本人住在伊斯坦堡，以便就近監督生意，他的商隊每隔一段時間會帶著貴重的商品去北邊，接著返回南邊。每個人都可以加入商隊，不限於基督徒，只要你展現誠意，並擁有足夠的錢支付嚮導及保鑣的費用即可。你可以帶上波蘭產的商品：蠟、動物油或蜂蜜，雖然琥珀的市價已大不如前，有時候還是可以帶一些過去。你也得帶夠盤纏，在當地把賺到的資金換成商品，才能在整段旅程中有所收益。

我借了一些錢，而莫德海投入了自己的一些存款，於是我們最終得到了一小筆可以運用的資金，與高采烈地上路了。那是一七四九年的春天。

莫德海．本．以利亞．馬加利特，莫德克先生此刻已經是熟齡之人。他時時刻刻都很有耐心，永遠不會操之過急，我不知道還有誰比他對世界更富有善意與同理心了。我常常充當他閱讀時的雙眼，因為他已經看不清較小的字母了。他總是聽得很認真，有良好的記憶力，能夠準確無誤地複述全部的內容。不過他仍舊身手靈活，身強體壯——旅途中由於舟車勞頓，有時我甚至比他更愛發牢騷。人人都能加入商隊，每個盼望成功抵達土耳其並全身而退的人都可以——亞美尼亞人、波蘭人，以及從波蘭返鄉的瓦拉幾亞人與土耳其人，甚至常常還有來自日耳曼的猶太人加入。他們所有人最後都會中途分道揚鑣，還有其他人會陸續加入。

行商路線從利沃夫到切爾諾夫策30，然後沿著普魯特河到雅西，最後抵達布加勒斯特，在這裡停留的時間比較長。我們決定在那裡脫離商隊，緩緩前往上帝指引的地方。

停留期間，莫德克先生往我們菸斗裡的菸草添加一小塊樹脂，讓我們的思緒飛升得又高又遠，一切看起來都充滿了隱晦的涵意、深刻的奧意。我呆立不動，輕輕舉起雙臂，好幾個小時都處於欣喜若狂的狀態。頭部每一個最微小的動作都揭開了偉大的祕密，每片草葉都屬於最深奧的意義系統，都是這個最渺小的與最浩大的事物會互相連結的世界，精雕細琢又巧奪天工的浩瀚世界不可或缺的一部分。

我們白天徘徊於沿途小鎮的巷弄，踩著樓梯爬上爬下，查看那些大剌剌擺在街道上的商品。我們仔細觀察年輕男女，然而不是為了讓自己大飽眼福，而是因為我們是替年輕人牽線的媒人。例如我們會告訴在尼科波爾的人家，有個男孩住在魯塞，個性溫和且學識豐富，名叫——我們姑且這麼稱呼他吧——史羅摩，他的雙親正為他尋覓有豐厚嫁妝的體面妻子。而我們會告訴在克拉科瓦的人，有位在布加勒斯特的女孩善解人意又體貼，給的嫁妝確實不多，但女孩十分漂亮，讓人忍不住瞇起眼睛看

30 位於今日烏克蘭西南部，十四世紀起為摩爾達維亞公國的一部分，後與之併入鄂圖曼土耳其藩屬。一七七五年歸屬哈布斯堡王朝，有小維也納之稱。

她，她就是薩拉，牛販亞伯拉罕的女兒。我們就這樣奔相走告，好比直到蟻丘建造完成為止會不斷搬運葉片與樹枝的螞蟻。假如婚事成了，他們會邀請我們參加婚禮，我們作為媒人，不只能實實在在地賺到一格羅希，還可以在宴會上吃飽喝足。我們總會在浸禮池[31]浸洗七十二次，與耶和華之名的字母數目一樣多，之後我們就負擔得起在眼前現榨的石榴汁、烤羊肉串以及更好的葡萄酒了。我們計畫做更大的生意，不只能確保我們的家人將來不愁吃穿，而我們也能專心投入經書的研讀。

我們和馬匹一起睡在馬廄、地上、草堆裡，而當南方的溫暖薰風已然飄散在我們周身，我們就睡在河堤、林下、馱獸群的沉默陪伴中，緊緊抓住我們外套的邊緣，因為我們把所有值錢的東西都縫在外套裡。隨著莫德海將氣味的話題越談越深入，試著說服我這就是世界真正的味道，骯髒的水、淤泥與腐爛魚隻的甜膩氣味頃刻間似乎也變得宜人。晚上的時候我們輕聲細語交談，彼此心有靈犀，只需一個人開頭，另一人就已經知道他想表達什麼了。當他針對薩瓦塔伊與將救贖引領至我們眼前的複雜路徑侃侃而談，我便向他講述了貝什的事，深信能夠將這兩位紳士的智慧融會貫通，但很快我們就發現這難以達成。在我做出選擇之前，我們花了無數個夜晚細究雙方的論點。我告訴他貝什認為薩瓦塔伊似乎具有神聖的光輝，但是薩邁爾[32]很快便抓住了這道光芒，同時一併抓走了薩瓦塔伊。這時莫德克先生擺了擺手，彷彿指望就此驅逐這些嚇人的話語。我還告訴他，我在貝什那兒的時候，從某人口中聽聞，薩瓦塔伊可能曾經找過貝什，祈求貝什修復他，因為他覺得自己罪大惡極枉為人類。這種修補，所謂的提坤，就是聖人與罪人靈魂的逐步結合，過程中必須歷經靈魂的三種型態：一開始是聖人的體魄[33]，即動物性的體魄與罪人的體魄相連。成功之後，聖人的心魂，即聖人的意志、知覺會與罪人之心魂結合。最終聖人的精魂，亦即我們內在承載的神性，會和罪人的精魂結合。當三者成功結合之後，貝什在這個名叫薩瓦塔伊的人身上感受到了許多罪惡與黑暗，便將他擠出了自己的身體，而那人則墜入了掃羅[34]的深淵底部。

莫德克先生不喜歡這個故事。「你的貝什根本什麼都不懂。關鍵就在《依撒意亞》中，」他說道，而我點了點頭，因為我也曉得《依撒意亞先知書》中著名的第五十三章第九節說彌賽亞的墓被安放在歹徒之間[35]。還說到彌賽亞必定出身最低賤的階層，滿身罪惡且終有一死。莫德克先生腦海中馬上又浮現了另一個描述，出自《光輝之書修正》[36]第六十項修正：「彌賽亞的內在將會是善的，但他將被惡的衣著遮掩。」他向我解釋，這些話說的就是那位受蘇丹壓迫拋棄猶太信仰，轉往伊斯蘭教的薩瓦塔伊·塞維。我們直到抵達士麥納為止，都在一邊抽菸，一邊觀察人們，談天說地。在那裡，在士麥納炎熱的晚上，我學到了這項不為人知的奇異知識：儘管有許多人嘗試過，光靠冥想與祈禱是無

---

31 浸禮池（mykwe）原意為水的集結，依據《妥拉》的規定，不潔淨的人必須在天然流動的水中浸身沐浴（tevilah），才能恢復參與教儀的資格。

32 薩邁爾（Samael）由神（El）與毒藥（sam）二字組合而成，在《以諾書》中作為墮落天使的首領出現，為死亡天使，代表七宗罪中的憤怒。有一說認為薩邁爾是撒旦原本的名字。為莉莉絲的情人。

33《光輝之書》中提到了靈魂的三個部分：體魄（nefesh）、心魂（ruach）與精魂（neshamah）。人類與動物都有體魄，代表了靈魂本能，動物性的面向。心魂賦予人理性思考、辨別善惡的能力。精魂在《聖經》中常被譯作「氣息」。例如《創世紀》第二章第七節所言：「上主天主用地上的灰形成了人，在他鼻孔內吹了一口生氣（neshamah，又譯生命氣息），人就成了一個有靈的生物。」它賦予人類智慧、神性的光輝。

34《希伯來聖經》中的掃羅（Sheol）是人死後靈魂落入的混沌陰間。

35「雖然他從未行過強暴，他口中也從未出過謊言，人們仍把他與歹徒同埋，使他同作惡的人同葬。」

36《光輝之書修正》（Tikkunei ha-Zohar）為十四世紀成書的卡巴拉著作。

法拯救世界的。彌賽亞的任務是嚇人的，彌賽亞就是待宰的牛犢。他得進入骸骨之國的核心，深入黑暗，並從中解放神聖輝耀。他必須潛入所有罪惡的淵藪，從內部瓦解它。他必定要偽裝成一分子自然地進入其中，如同不會引起惡靈懷疑的罪犯，並成為從中心引爆堡壘的火藥。

那時候我還年輕，雖然早已看遍、也意識到存在於世間的痛苦與折磨，但我仍舊相信這個世界是良善的、人道的。冷冽清新的早晨，與所有待辦的事情都令我欣喜。我們販賣貧乏商品的市集的鮮豔顏色令我雀躍。女人的美貌，她們深邃的黑色瞳眸，畫著深色眼線的眼皮賞心悅目，青年們的細緻，他們修長靈活的身體令我歡喜——沒錯，這一切都讓我頭暈目眩。排放整齊曝曬的椰棗，它們的甜香，綠松石動人的紋路，市場上香料排列組合出彩虹的所有顏色，全都使我樂在其中。

「別被鑲金的外表誤導了，用指甲剝開它，好好看清楚下面有什麼，」莫德克先生說，他把我拉到髒兮兮的庭院，向我展示另一個完全不同的世界。滿身爛瘡的抱病老婦正在市集前乞討；受到哈希什[37]摧殘生病的男娼；城郊草率搭建的粗糙簡陋小土屋；長滿疥癬的狗群在垃圾堆中翻找，遊走在同夥亡於飢餓的遺體之間。這是難以想像的殘忍與罪惡的世界，身處其中的所有事物正在奔向自身的衰敗、瓦解與滅亡。

「世界絕非出自帶著善意的上帝，」在莫德克先生認為我已經看得夠多的時候，這麼告訴我。「神意外地創造出這一切，然後離開了。這就是最大的奧祕。當世界即將沉浸在最龐大的黑暗，最嚴峻的貧窮中，沉浸在邪惡與苦痛的時候，彌賽亞將會悄悄地來。他將遭遇罪犯一般的對待，一如先知的預言。」

這天傍晚，在緊貼城外的巨大垃圾堆邊緣，莫德克先生從自己的包包裡拿出一份手稿，它的外層縫上了厚厚的布邊裝訂加以掩飾，讓它的外表顯得毫不起眼，任何人都不會想要將它占為己有。我知道這是本什麼樣的書，但莫德海從來不曾提議一起閱讀它，我也不敢主動要求，即使這股充滿好奇心的渴望始終難以平息。我認為他自行向我展示它的時機總有一天會到來。確實如此。我體認到了這一刻的重量，一陣戰慄竄過全身，拿著書本走進光圈的時候我感到毛骨悚然。我開始情不自禁地朗讀。

這是瓦阿弗．哈勇．艾爾．哈阿引的論著——《而我今日來到泉源》[38]，由艾貝許茨，我親愛的莫德克先生的導師所著。這一刻我覺得自己變成了長鏈中的下一個鏈圈，那是獲得祕傳啟示的人們所構成的鏈圈，長鏈跨域世代不斷延伸，始於薩瓦塔伊之前，阿布拉菲亞[39]之前，西緬．巴爾．尤海[40]之前，更久遠之前……始於黑暗的年代，即使有時會迷失在泥淖中，即使有時會被草葉遮蓋、被戰爭的瓦礫掩埋，它仍然不斷延續、未來也會繼續延長。

---

37 由大麻提取的樹脂萃取物。

38 艾貝許茨受到彌賽亞主義風潮影響，於一七二四年前後在日耳曼匿名公開的著作，受到廣大波蘭薩瓦塔伊追隨者的歡迎。一七二五年為了擺脫信仰薩瓦塔伊主義的嫌疑，艾貝許茨共同簽署了針對薩瓦塔伊信徒的詛咒。

39 亞伯拉罕．本．史羅摩．阿布拉菲亞（Abraham ben Szlomo Abulafia），西班牙卡巴拉神祕學家，曾經主張彌賽亞將於猶太曆五〇五〇年，即西元一二九〇年到來。阿布拉菲亞對於卡巴拉十瑟非拉的學說與拆解字母解讀經文隱含意義的研究，影響了後世的猶太神祕主義學者。透過冥想希伯來字母的三個層面：發音（mivta）、書寫（miktav）與思想（mahshav），配合背誦上帝的名諱能夠達到神人合一的狂喜狀態，並獲得預言的能力，因此被學者稱作狂喜學派（Ecstatic School）或預言學派（Prophetic School）。

40 西緬．巴爾．尤海（Szymon bar Jochaj），二世紀的智者，依據傳說曾依靠一口井水與一棵角豆樹在洞穴裡住了十二年。正統派猶太人會在以珥月十八日篝火節當天，前往其位於以色列北部莫蘭山的墓地朝聖。

6

關於婚禮上穿著白色長襪與涼鞋的陌生客人

走進房間的陌生客人必須低下頭，因此首先映入眾人眼簾的並不是他的臉，而是服飾。他身穿波蘭少見的亮色大衣，上頭帶點髒汙，腳上套著沾上泥土的白色長襪與涼鞋，手上提著以彩色皮繩縫製的包包。他登場的瞬間全場都停下了對話，直到他抬起了頭，燈光映照在他的臉上，才從房內傳來一聲驚叫：

「納赫曼！這可不是咱們的納赫曼嗎！」

不是所有人都知道他是誰，於是他們耳語：

「哪一個納赫曼？從哪來的？布斯克的拉比嗎？」

人們立刻將他帶到以利沙面前，到長者們圍坐的地方：有蘭茨科倫的拉比赫什，傑出的卡巴拉學者、來自皮德海齊的拉比摩西，以及來自普羅斯捷約夫的札爾曼．多布魯什卡，隨後關上了他們身後的門。

女人們忙碌了起來。哈雅與幫手們一起準備伏特加、熱甜菜湯、麵包和鵝油，她的妹妹在準備旅客盥洗用的水盆。只有哈雅可以走進男人的房間，她正看著納赫曼細心地清洗雙手，她看見一個身形矮小、細瘦的男人。他習慣駝背、神情溫和、眼角下垂，時時彰顯著他的悲傷。他有絲一般滑順的栗色長髮，紅棕與淺黃色混雜的鬍鬚。雖然眼周已經冒出了一些細紋，他修長的臉看起來還是很年輕——納赫曼老是眨眼睛。燈光照射下，他的臉頰染上了一抹橘紅。納赫曼，當他坐到了桌邊，脫下完全不符合這個季節與波多里亞終日陰雨、糟糕天氣的涼鞋。哈雅正盯著他那雙套著骯髒淺色襪子的嶙峋大腳，她想見這雙腳掌為了帶來好消息，一路從薩羅尼加、士麥納、伊斯坦堡跋涉至此的景象，它們此刻依然包裹在馬其頓與瓦拉幾亞的塵土中。或許會是些壞消息？沒人知道該如何看待納赫曼的到來。

哈雅偷偷看了父親以利沙・修爾一眼，好奇他接下來會說些什麼。然而他卻轉身面向了牆壁，輕輕地前後搖擺。納赫曼帶來的新聞太過重大，長輩們一致認同他應該把這個消息傳達給所有人。

哈雅時不時瞥向她的父親。去年過世的母親缺席了今天的場合。老修爾想要再婚，但哈雅不曾答應這件事，將來也絕不會答應。她不想要有繼母。她把小女兒放在腿上，她的雙腿交叉，讓小女孩像是騎在小馬上。她皺皺的裙子下露出了高至小腿肚的美麗紅色綁帶中筒靴，它們被擦得發亮的鞋尖既不是尖頭，也不是圓頭，十分引人注目。

納赫曼先將來自莫德克先生與以索哈的信交給了修爾。修爾不發一語讀了許久，眾人都等著他讀完。空氣變得厚重，彷彿承載了重量。

「所以這一切都向你表明了，他就是那一位嗎？」以利沙・修爾在一陣漫長的等待後問納赫曼。

納赫曼表示同意。疲勞與過量的伏特加弄得他頭暈目眩，他感覺到哈雅投射在自己身上的視線，又溼又黏——就像是狗的舌頭。

「你們先放他好好休息吧！」老修爾道。他站起身，友好地拍了拍納赫曼的肩膀。其他人也上前碰觸到訪者的肩膀或是後背。隨著他們的雙手停留在左右兩側同伴的肩上，這些觸碰創造了一個圓。一時之間沒有任何東西可以進入他們的封閉圓圈，彷彿有某種東西從圓圈中間出現，某種存在，某種奇妙的事物。他們朝圓圈中心傾身站著，低著的頭幾乎要靠在一起。然後其中一個人向後踏出了第一步。是以利沙，於是滿臉通紅的眾人心情愉悅地散開，最後有人拿了一雙羊皮鞋幫的長靴讓納赫曼暖腳。

納赫曼的故事：雅各第一次登場

喧鬧與耳語漸漸平息，納赫曼等了一會兒，意識到現在他們全部的注意力都在他身上。他深吸一口氣開場，隨後是一陣絕對的靜默。他所吸入接著馬上從肺部吐出的空氣，毫無疑問來自不同的世界：納赫曼的呼吸有如哈拉麵包[1]的麵團發酵膨脹，染上金黃的色澤，散發出杏仁香味，在午後暖陽下繽紛閃耀，同時帶有廣闊河床的氣味——因為這是來自尼科波爾[2]的空氣，位於遙遠國度的瓦拉幾亞城市，而那條河正是流經尼科波爾的多瑙河。多瑙河如此寬廣，有時在霧濛濛的日子裡根本看不見河的對岸。堡壘及附屬的二十六座塔樓與兩座大門聳立護衛城市，城堡裡滿是守衛，而他們的指揮官就居住在關押負債者與竊賊的監獄上方。夜裡守衛會打鼓並呼喊：「真主至大[3]！」這個區域岩石遍布，夏天時十分乾燥，但房子陰影下會長出無花果與桑葚，丘陵上葡萄樹叢生。城市本身坐落在河岸南側：城中共有三千棟磚瓦或木瓦屋頂的美麗房屋。城區裡數量最多的是土耳其居住區，猶太人與基督徒居住區數量居次。尼科波爾的市集廣場時時刻刻都十分擁擠，因為這裡聚集了多達上千個琳瑯滿目的攤商。工匠們在攤商隔壁規畫整齊的會堂內有自己的工作坊，那裡裁縫尤其眾多，他們因為能夠縫製每一種款式的長袍、茹潘、襯衫而聲名遠播，但他們最擅長的還是製作切爾克斯[4]樣式的服裝。市集上又有多少不同民族的代表啊！瓦拉幾亞人、土耳其人、摩爾達維亞人與保加利亞人、猶太人與亞美尼亞人，有時甚至可以看見來自格但斯克[5]的商人。

---

1 哈拉麵包（chalka）為安息日食用的一種麵包，象徵出埃及時猶太人民收到的「瑪納」，《出谷紀》第十六章第三十一節記載「以色列家給這食物取名叫『瑪納』。它像胡荽的種子那樣白，滋味好似蜜餅」。今日波蘭常見的是三股、四股或是六股的辮子狀哈拉麵包。

2 尼科波爾（Nikopol）是位於多瑙河右岸的保加利亞城市，一三九五年鄂圖曼土耳其攻下此地，隔年爆發的尼科波爾戰役是中世紀最後一場大規模的十字軍東征。

3 真主至大（Allahu akbar），伊斯蘭教大讚辭。

4 西北高加索民族，十九世紀俄羅斯向高加索地區擴張後，許多切爾克斯人被迫移民鄂圖曼土耳其。今日切爾克斯人主要分布於俄羅斯聯邦的卡拉恰伊－切爾克斯共和國與阿迪格共和國境內。

5 波蘭北部的港口都市，德語稱但澤（Danzig），中世紀在波蘭立陶宛聯邦與條頓騎士團之間幾度易手，為漢薩同盟成員。一七九三年波蘭第二次瓜分後納入普魯士王國版圖。

人群中閃爍著繽紛的色彩，他們使用各色各樣的語言交談，將各種珍奇的商品擺出來販賣：香氣醉人的香料，色彩豔麗的基里姆花毯，甜蜜到讓人暈過去的土耳其甜點，椰棗乾以及各式葡萄乾，用金色絲線縫製且染色細緻的皮製拖鞋。

「不少我們的人在那裡有各自的攤位，或是擔任仲介，我們之中一部分的人對這個神聖的地方也很熟悉。」納赫曼調整好坐姿看向老修爾，但以利沙的表情難以捉摸，眼皮一眨也不眨毫無反應。

納赫曼重新深吸一口氣，沉默了半晌，以此抑制自己和他人的不耐煩。所有人的目光似乎都在催促他開口：繼續，繼續講下去，老兄——畢竟他們都知道真正的故事根本還沒開始。

納赫曼先是從新娘開始說起。他一講到關於偉大托瓦[6]的女兒漢娜的事，就會不自覺地做出輕柔的手勢，為他的言語增添了天鵝絨一般的柔軟。老修爾的雙眼瞇了一下，彷彿露出了滿意的微笑——人們就該這麼講述新娘的事。聽眾們心滿意足地點頭。年輕女子的美貌、溫柔以及穩重是整個民族的希望。而再次提及漢娜父親姓氏時，房間裡響起幾聲咂嘴的聲音，納赫曼再次沉默半晌，讓聽眾有足夠的時間沉浸在這份愉悅中：世界正在填補缺口，讓自身回歸初始的狀態。修復已經開始了。

婚禮是幾個月前，六月的時候在尼科波爾舉行的。我們已經知道漢娜的事情了。新娘的父親是智者耶胡達·托瓦·哈列維，偉大的賢哲[7]，他的著作甚至流傳到了羅哈廷這裡，以利沙·修爾的書架上就收著那些書；不久之前他才研讀過。漢娜是托瓦眾多兒子之中唯一的女兒。

我們仍然不清楚這個雅各·萊布維奇有什麼地方配得上她。這個讓納赫曼言詞中透露讚賞的人究竟是何許人也？而且為什麼偏偏是他？來自科羅利夫卡的雅各·萊布維奇？不對，是來自切爾諾夫策。他是我們的同伴嗎？既然納赫曼跟我們提到他，那他當然是自己人啦。他是當地人——有人想起過去曾結識雅各的父親——所以，難不成他會是那個躺在這間房子裡奄奄一息的嫣塔的孫子嗎？所有人都將視線轉向了科羅利夫卡的以色列與他的妻子索布拉，但他們還不確定接下來要說些什麼，只是靜靜坐著。她的臉上泛起了明顯的紅暈。

「來自切爾諾夫策的耶胡達．雷布，是這個雅各的父親，」以利沙．修爾說。

「他就是那個切爾諾夫策的拉比，」來自皮德海齊的摩西有印象。

「在那種地方隨便誰都能當上拉比……」和修爾家一起做生意的耶羅辛挖苦道。「他在葉史瓦教孩子們寫字。布赫賓德[8]，他們都是這樣叫他。」

「他是摩西．梅爾．凱門克的兄弟，」修爾肅穆地說，隨後陷入一陣靜默，因為這個凱門克已經是個英雄了：他將被查禁的聖書帶到日耳曼的弟兄面前，還為此遭受詛咒。

於是所有人都想起來了。此刻所有人七嘴八舌討論著，這個耶胡達先是在別列然卡與切爾諾夫策擔任租戶，為地主工作，負責向農民收稅，據說有一次他還被農民毆打。而當耶胡達向地主舉發他們之後，地主命令打擊他們直到有人死亡為止，從這一刻起農民們再也不會放過他了，這個布赫賓德不得不離開這個地區。此外，連猶太人都對他充滿敵意，因為耶胡達會正大光明地閱讀來自加薩的拿

---

6 希伯來語，美好之意。

7 賢哲（mędrzec）意思是有智慧的人，指精通《妥拉》的學者。

8 德語 Buchbinder，意為裝訂書籍的匠人。

單[9]的著作。他是個奇怪的人，個性衝動暴躁。有人回憶起他的兄弟受詛咒之後，拉比們對雷布施壓，最終迫使他辭職並遷往瓦拉幾亞的切爾諾夫策，在土耳其人治下過上了安穩的日子。

「他們老是往土耳其人那邊跑，怕哥薩克人怕得半死，」修爾的姊妹瑪爾卡隨口補上一句。

納赫曼意識到，對他們來說，雅各的父親並非討喜的人物。他們了解得越多，對兒子的壞處越大，所以他決定先把雅各父親的事放在一邊。

這是永遠不變的真理：任何先知都不能是出自當下熟悉的環境，必須是陌生的。他必定來自異地，出其不意地現身，看似奇怪、異於常人。必須賦予他神祕感，甚至像是異教徒[10]那種處女生子的故事。他走路的儀態、說話的方式都得與眾不同。如果他來自超乎人們想像的地方就再好不過了，從那裡會傳來充滿異國情調的語句，從未品嘗過的佳餚，未曾體驗過的香氣，例如沒藥、橘子。

但真理還不只如此。先知也必須是我們的一分子，他的血液中最好有一滴我們的血，希望他是我們認識之人的遠親，只是我們忘記他的容貌罷了。上帝永遠不會透過鄰人之口說話，不會是那個我們為了取用井水吵架的對象，也不會是他的妻子用自身魅力勾引我們的那個人。

納赫曼等他們講完才開口。

「我，來自布斯克的納赫曼，在那場婚禮上擔任伴郎。另一位伴郎是來自利沃夫的莫德克先生。」

在這個狹窄、矮小房間的與會者腦海中浮現了令人欣慰的想法。所有人和世間萬物都是相連的，世界不過是廣場上羅哈廷修爾家中這個房間的複製增生。星光從窗簾破洞與粗魯釘上的門板透了進來，因為某位先人或是遠親肯定和星辰有過更親密的聯繫，所以就連它們都算得上是好朋友。只要在羅哈廷的房間說出一個字，片刻後它就會透過各式各樣的管道，跟著商隊的足跡，隨著馬不停蹄在各國奔走送信並講述傳聞的使者散播到全世界，就像是來自布斯克的納赫曼·本·列維這樣的使者。

納赫曼已經想好該說什麼了：他針對新娘的服裝侃侃而談，講到她與雙胞胎兄弟哈伊姆恰如兩滴水滴般相像。納赫曼描述端上桌的佳餚，那些演奏者與他們的異國樂器，在北方人們甚至從未見過這種樂器。他描繪掛在樹上日漸成熟的無花果，位置絕佳從屋內就可以看見雄偉多瑙河的石造房屋，葡萄園裡的果樹已經結出果實，很快它們就會長成莉莉絲哺乳時的乳頭。

新郎雅各·萊布維奇——依照納赫曼所述——身形修長健壯；土耳其風格的穿著打扮讓他看起來像是帕夏[11]。雖然他還未滿三十歲，但人們已經稱呼他為「聰明絕頂的雅各」。他曾在士麥納向來自皮德海齊的以索哈求學（此時聽眾充滿讚嘆的嘖嘖聲再度響起）。儘管他年紀輕輕，卻已經靠絲綢與寶石貿易累積了可觀的財富。他的妻子十四歲。郎才女貌。婚禮舉行期間風停止吹拂。

「那時……」即使他趕著把這個故事說完，納赫曼才剛開口又停了下來。「那時雅各的岳父走到天篷[12]下，貼在雅各的耳邊說了些話。但就算所有人都閉上嘴巴，鳥兒停止歌唱，而狗兒停止吠叫，馬車

---

9 加薩的拿單（Natan z Gazy）本名為：亞伯拉罕·拿單·本·以利沙·哈嚴姆·阿什肯納茲（Abraham Natan Benjamin ben Elisza Chajim Aszkenazi），卡巴拉學者，一六六三年遷居加薩之後結識了薩瓦塔伊·塞維，成為他的主要支持者，並預言他將取代鄂圖曼土耳其的蘇丹成為國王。在薩瓦塔伊皈依伊斯蘭教之後仍然堅定支持他，並用卡巴拉的神學觀點為其辯護。

10 希伯來語及意第緒語中稱呼非猶太人為goy。

11 鄂圖曼土耳其帝國的高階官員，置於姓名後則表示敬稱。

都停下，也沒有人能聽見托瓦向雅各傳授的祕密。因為這是拉薩德邁黑瑪努塔（raza de-mehemanuta），也就是我們的信仰之祕，但很少有人成長到足以聽見它的程度。這個祕密如此強大，學到之後有可能會全身開始顫抖。你只能把它告訴自己最親近的人，在他耳邊低語，還必須在陰暗的房間中進行，避免有人從嘴唇的動作，或是聽者大吃一驚的表情中找到任何蛛絲馬跡。人們只會向被選中的人耳語，而後者必須發誓絕對不會向任何人複述這個祕密，否則詛咒就會讓他身染重病或是突然死亡。」

「要如何用一句話囊括如此龐大的祕密呢？」納赫曼早已預料到有人會提出這個問題。「那會是簡單不過的肯定句呢，或者相反，是否定句呢？或者是個疑問句？」

不論究竟是什麼，得知這個祕密的人都會享有心靈的平靜，並對自己充滿信心。從這一刻開始，最複雜的事物也會顯得單純明瞭。也許是某種撲朔迷離的複雜東西，畢竟複雜的事物總是最接近真理，而那句話就像是個軟木塞，堵上大腦思考，卻導向真理。也許那個祕密是一句只有十幾個音節的咒語，乍聽之下沒有任何意義，或是某種數字的連續，實際上是代碼[13]構成的完美結合，它們的數值會展現出完全不同的意義。

「為了找尋這個祕密，哈伊姆．馬拉赫多年前從波蘭被派到了土耳其，」修爾說。

「可是他把它成功帶回來了嗎？」耶羅辛質疑道。

整個房間裡響起窸窸窣窣的說話聲。納赫曼的故事十分引人入勝，但人們很難相信這些事情和他們周遭的人有關。這種地方？神聖？他的名字是怎麼取的？雅各．萊布維奇聽起來就像是河岸邊數來第一位肉販的名字，羅哈廷的毛皮工匠也叫這個名字。

傍晚當所有人早已散去，老修爾挽著納赫曼的手臂，兩人一起走到了商店外。

「我們不可能在這落地生根，」修爾指著羅哈廷泥濘的市集廣場說道，烏雲在低空流動，低到幾乎能夠聽見雲朵撞上教堂塔樓時的撕裂聲。「他們不讓我們在這裡購買土地，永久定居，從四面八方驅趕著我們，而每一代人都要面臨某種浩劫，實實在在的迫害[14]。我們是誰？前方又有什麼等待著我們？」

兩人拉開了幾步的距離，黑暗中傳來尿液細流敲打籬笆板子的聲音。

納赫曼看見蓋著麥草屋頂，向下傾斜的小屋有著窄小的窗戶與腐朽的木板，而小屋後方其他增建的房屋若隱若現，它們同樣傾斜著且彼此緊緊相依，恰似蜂巢裡的蜂房。他知道在裡面有無數的通道、走廊、角落，深處停靠著尚未卸下木材的馬車。還有矮籬笆圍出的庭園，白天籬笆上的陶製花盆在陽光照耀下升溫。此處有通往其他庭院的走道，寬度狹窄到你只能勉強轉身，通道底端三扇門各自通往不同房子。而上方則是連接所有房子頂部的小閣樓，裡面聚集了許多鴿子，牠們用一層又一層的鳥糞註明時間——堪稱「生物時鐘」。長袍大衣平放大小的園子裡高麗菜正竭力捲曲菜葉，胡蘿蔔緊抓田畦不放。可惜可以種花的空間所剩不多，只能種些蜀葵——因為它會向上生長；現今正值十月天，它的莖稈似乎能夠支撐房屋。柵欄下的垃圾堆沿著巷弄一路延伸，貓咪與野狗在一旁巡守。它穿

---

12 希伯來語chuppah，以四邊支架與四角形的布料搭建的篷罩。象徵新郎將新娘迎入新居，兩人共建新家庭。

13 希伯來字母代碼（gematria），指將組成單字的所有希伯來字母對應數值相加、解經用的代碼。

14 指一四二〇至一四二一年間奧地利阿爾布雷希特二世大公（Albrecht II）針對猶太人的一系列迫害（德語Wiener Gesera），包含流放、強制受洗，許多人遭到逮捕監禁，約兩百多名猶太人遭到處決。

過了整座城鎮，順著街道穿過果園與河岸邊緣，那個女人們勤奮洗滌聚落所有髒衣服的地方。

「我們需要一個在各方面都能給予我們支持的人，一個可以支撐我們的人。不能是拉比，不能是賢者，不能是富人，不能是鬥士，我們需要的是看上去弱不禁風的強者、無所畏懼者。他將會帶領我們走出這裡，」以利沙・修爾理了理厚重羊毛大衣的下襬。「你認識這樣的人嗎？」

「去哪？我們應該去哪裡？」納赫曼問道。「往以色列地去嗎？」

以利沙轉過身往回走。一瞬間他的味道飄到了納赫曼鼻尖，老修爾聞起來就像尚未完全曬乾的菸草。

「往世界而去。」以利沙・修爾以手勢比畫，彷彿要展示他們頭上、羅哈廷無數屋頂上的某個空間。

當他們回到屋內，以利沙・修爾說道：

「納赫曼，你把他帶到這裡來吧！這個雅各。」

以索哈的學院與上帝確切的身分。來自布斯克的納赫曼・本・列維接下來的故事

士麥納知曉自己會犯下罪愆，引人誤入歧途、受騙上當。狹窄的街道上貿易往來不分晝夜；總是

有人握有待售商品，總是有人想買些什麼。貨物輾轉易手，手掌伸入大衣尋找消失在深口袋、寬褲皺褶中的硬幣。小袋子、錢包、箱子、手提包，到處都能聽見錢幣釘鈴鐺鋃的聲音，每個人都期望交易能帶來獲利。清真寺旁的樓梯上坐著一群被叫作薩拉夫[15]的人，他們在腿上放了張小桌子，側邊有一條溝槽可以放置算完的硬幣，他們身邊堆著許多裝著金子、銀子以及各種顧客想要兌換的外幣。他們或許擁有世上現存所有種類的錢幣，把匯率清楚地記在腦袋裡；不論是最高深的書籍、最精良的地圖，都無法像鑄印在銅幣、銀幣或金幣上的統治者側身像與名字如此清晰地描繪這個世界。統治者實際上是從錢幣的平面治理國家，有如異教的神明們威風凜凜地看著自己的臣民。

此處的街道盤根錯節，如果不小心看路很容易就會迷失其中。比較富裕的人有自己的攤位或商店，而他們的倉庫一路延伸到了建築物深處，穿過商人們安置家人與最貴重的商品的住處。街道往往都有屋頂遮蓋，因此城市看起來就像是座貨真價實的迷宮，在來訪者走進熟識的區域之前往往會失去方向。這裡幾乎沒有植物生長；在沒有房子或寺廟的地方是乾燥的岩石地形，廢棄物遍布，犬隻與鳥類爭奪著從腐爛的垃圾中挖掘每一口糧食。

士麥納擠滿了從波蘭來尋求救濟的猶太人，因為他們出身的地方只有貧窮可言。也有一些人為生意而來，從幾塊金幣的小本生意，到箱子或袋子都無法裝完所有收入的大買賣都有。他們四處奔波打聽、做生意，從未想過要回家。士麥納的猶太人態度高高在上，聽不懂波蘭猶太人的語言，並用希伯來語（如果他們會的話）或是用土耳其語和他們溝通。你可以靠著相對保暖的衣著認出新來的人，他

15土耳其語sarraf，兌換錢幣的商人。

們的衣服有點髒，下襬破爛，往往衣衫襤褸——你可以看出這些衣服跨越了一方世界。現在因為此處天氣太過炎熱，他們個個衣衫不整、衣襟敞開。

某些比較富有的波多里亞商人有自己的仲介商——他們負責貨品交易，提供借貸與旅遊保險，老闆不在的時候則負責確保生意正常運轉。

他們之中大部分的人，絕大多數是薩瓦塔伊．塞維的追隨者，他們毫不掩飾這一點，公然讚頌彌賽亞。在這裡，土耳其，他們無須懼怕任何迫害，因為只要不使用過於擾人的方式宣教，蘇丹就會包容各種宗教。這些猶太人多少融入了新地方，他們的外表已經土耳其化，行為舉止大剌剌；其他比較沒有自信的人仍作猶太打扮，但波多里亞的手工織品下方之外露出了具有異國風情、繽紛多彩的當地元素——可能是某個裝飾瑰麗的包包，可能是剪得時髦的鬍子，或是土耳其軟皮靴，信仰就這麼顯現在服裝中。然而眾所皆知，儘管許多人看似最是正統猶太人，卻同樣受到薩瓦塔伊思想感召。

因為他們之間更容易理解彼此，納赫曼、莫德克先生和他們所有人都有不錯的交情，都用相似的目光觀察著這個五顏六色的浩瀚世界。他們不久前才遇見了紐森，他與他們一樣來自波多里亞，而且比在士麥納當地出生的所有人都過得更如魚得水。

缺少一隻眼睛的紐森，是利沃夫專門製作馬具的皮革工匠亞倫之子。他大量買入上過色、印著花紋的精緻軟皮革，這些皮革裝箱之後，他會安排將其運往北方。一部分會在布加勒斯特、維丁和久爾久卸貨，另一部分則繼續運往波蘭。送達利沃夫的貨物量足夠讓他的兒子們經營的工作坊順利運作，他們會把皮革製成書的封面、皮夾、皮包。紐森既容易焦躁又神經質，他說話的語速極快，老是把幾種不同語言混著說。有時候他難得一展笑顏，露出整齊、雪白的牙齒——樣子很特別，這一刻他的容貌會變得特別有魅力。紐森認識這裡的每一個人。他矯健地穿梭於各個攤位、狹窄的街巷，靈活避過馬車與驢子。他唯一的弱點就是女人。他無法拒絕任何一位女性，因此成天捲入麻煩，也無法存下回程的旅費。

默德克先生跟納赫曼能找到皮德海齊的以索哈都是紐森的功勞；他把兩人都帶到以索哈面前，他對自己認識這位智者本人感到驕傲。

以索哈的學院是土耳其街區內的雙層建築，又窄又高。寒冷的庭院裡長著小棵橘子樹，再往後是種著老橄欖樹的庭園，常常有流浪狗坐在樹下陰影處。牠們會被人類追趕、丟石頭。所有的狗都是黃色的，彷彿都是來自同一個家庭，源自唯一的犬中厄娃。狗兒心不甘情不願地從陰影下離開，無精打采地看向牠們無止境憂慮根源的人類。

室內陰暗涼快。以索哈由衷歡迎莫德克先生的到來，激動的情緒讓他的下巴不禁顫動。兩個輕微駝背的老者互相扶持著雙臂繞了一圈，彷彿是為了裝扮成掛在他們嘴上鬍鬚的白雲跳的舞拍手叫好。他們亦步亦趨跟著對方，外貌看起來十分相似，不過以索哈個頭較小、膚色較白，不難看出他很少照到太陽。

訪客得到了剛好足夠兩個人睡覺的房間。納赫曼沾了莫德克先生名聲的光，人們都帶著尊敬的心接待他。納赫曼終於能夠睡在乾淨、舒適的床榻上了。

新生睡在樓下——睡在地上，並排而睡，和在梅吉博日跟著貝什學習的時候沒什麼差別。廚房在院子裡。提水的時候人們需要帶著許多大水壺，走到另一個院子的猶太水井旁。

學習大廳總是可以聽見嘰嘰喳喳的喧鬧聲，宛如菜市場，差別只在於這裡他們交易的是其他東西。誰是老師，誰又是學生，從來就沒有明確的界線。我們應當向經驗尚淺、仍未受到書本荼毒的年輕人學習——這是莫德克先生的忠告。以索哈採取的方式則更進一步：雖然他依然是這座聖殿的核心，所有大小事都圍著他運轉，但是這棟學習之家是有如蜂巢或蟻穴般的重地，如果此處有誰可以稱得上女王的話，那或許只有智慧了吧。年輕人在這裡很自由，他們有提問的權利與義務；沒有什麼問題是愚笨的，而且每個問題我們都應當詳加思考。

人們在這裡談論的內容與在利沃夫或盧布林是一樣的，改變的只有周遭環境與條件——討論會不是在煙霧瀰漫的潮溼農舍中舉行，也不是在地上鋪滿木屑散發松樹氣味的學習大廳，而是在空曠的天空之下，曬得溫熱的石頭上。午後蟬鳴蓋住了與會者的聲音，所以他們必須提高嗓門才能讓聽者覺得清楚易懂。

以索哈傳授了三條提升我們靈性的路徑。第一條路徑最通俗，也最簡單。例如採行禁欲主義的穆斯林就是依循這條路徑。他們採取每一種可行的手段，只為根除自身靈魂中所有自然的形式，也就是所有塵世的形象。因為它們會干擾屬靈的形式——當適當的形式顯現在靈魂中的時候，我們應該將它隔離，在想像中壯大它，直到它成長到足以占據整個靈魂的程度，屆時人就會獲得預言的能力。舉例來說，他們從不間斷地複誦真主之名阿拉、阿拉、阿拉，讓這個字占據了他們所有的思緒：他們稱呼這個方法為「熄滅」。

第二條路徑是哲學的，對於我們的理性來說有著香甜的味道。這條路徑的重點在於學生先習得某個領域的知識，例如數學，之後再學習其他學門，從而最終進入神學的領域。學生過去深入鑽研過、他的人類理性思考所掌控的科目將會主宰他，而他會產生一種錯覺，彷彿自己在所有領域都登峰造極了。他開始領會各種複雜的因果關係，並深信這是自己增廣見聞、鑽研人類知識的成果。然而，他不知道的是，這是思想與想像力捕捉到的字母對他產生的影響，字母的移動指引了他腦海中的秩序，為學生開啟了難以名狀的靈性提升之門。

第三條路徑在於透過卡巴拉的字母重組、發音與計算，導向真正的靈性昇華。這是最好的路徑。此外，因為能夠與造物主本身有近距離的接觸，認識上帝真正的身分，這條路徑能夠帶來無上的喜悅。

納赫曼與莫德克先生抽完了最後一根菸，這樣的對話結束之後他難以冷靜，入睡前他的眼前出現了奇異的景象，有滿是發光蜜蜂的蜂巢，還有某種不斷變換形狀的陰暗剪影。幻影。他睡不著，而失眠更加重了北方的人們難以適應、從未體驗過的燥熱感。納赫曼不只一晚獨自靜坐在垃圾堆邊，看著星光熠熠的夜空。每個新生要理解的第一個道理就是，上帝與人類沒有任何共通點，不論祂究竟是什麼存在，祂是人類感知無法觸及、遙不可及的存在。如同祂的旨意，人類永遠無法得知祂的意圖。

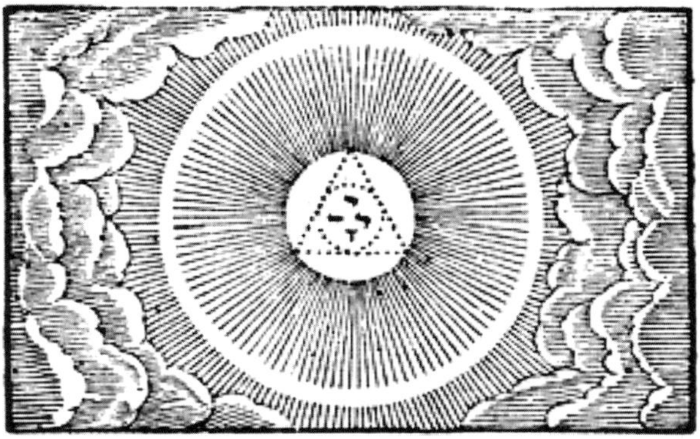

關於傻子雅各與稅賦

他們在途中就聽旅人說過雅各的事，他是以索哈門下的學生，在猶太人之間早已聲名遠播，不過沒人知道確切的原因。該歸功於他敏捷的思考與打破一切人倫常規的奇怪行為嗎？又或許是因為他年紀輕輕就展現的過人才智？聽說他認定自己是個傻子，也要別人這麼稱呼他：阿姆立茲[16]，粗人。他是怪人的消息並不是空穴來風。據傳雅各當時是個年約十五歲的少年，還住在羅馬尼亞，有一次他若無其事地走進一間旅店，有人會定期向這間旅店收取關稅。雅各坐了下來，點了葡萄酒與食物，接著拿出某種文件，要求他們把需要繳稅的商品拿來，他把那些品項仔細記下，接著便將那些關稅納為己有。要不是有位富有的女士替他求情，他早就被關進監牢了。她把一切歸咎於年輕人的年少輕狂，多虧了她的庇護，他們對雅各的處置非常溫和。

聽到這個故事的人無不拍起旁人的背，彼此露出讚賞的微笑。莫德克先生也相當喜歡這個故事，納赫曼卻覺得主角的行為舉止不恰當。老實說，不只莫德克先生，連其他人也心滿意足地偷笑，這讓納赫曼相當驚訝。

「你們為何如此樂在其中？」納赫曼質問。莫德克先生停下笑聲瞪著他。

「你自己好好想一想這個故事到底好在哪裡吧！」他說，然後平靜地伸手拿取菸斗。

在納赫曼看來很明顯這個雅各就是在欺騙他人，向他們收取完全不屬於他的錢財。

「你為什麼會站在他們那一邊？」莫德克先生問道。

「因為就算我沒犯錯，我也必須繳交人頭稅。所以我替那些財物被奪走的人們感到遺憾。等真正的稅務員上門時，他們勢必要再繳一次稅。」

「那你覺得他們為什麼繳稅？」

「什麼意思？」納赫曼無法不對他的導師說的話感到訝異。「什麼叫作『為什麼繳稅』？」他啞口無言，繳稅對他來說是這麼理所當然的事情。

「你要繳稅，因為你是猶太人，你生活在貴族、國王的恩庇之下。你繳稅，可是一旦你遇到了不義之事，不論是貴族老爺或是國王都不會替你求情。難道有哪裡寫著『你的命值錢』嗎？你生命的一年、一個月可有價格？你的每一天都可以換算成金子嗎？」莫德克先生說，一面冷靜細心地將菸斗填滿。

比起神學辯論，這引發了納赫曼更多的思考空間。為什麼一群人負責納稅，另一群人卻負責收稅呢？怎麼會有一群人擁有範圍大到馬車難以繞完一圈的廣闊土地，但其他人卻要為了租下一小塊土地向他們付出高額租金，甚至沒有足夠的錢買麵包求溫飽呢？

「因為他們從自己的父母手上繼承了土地。」隔天他們再度討論起這個話題的時候，納赫曼的口氣不太堅定。他已經知道莫德克先生的推論會導向哪個方向了。

「那他們的父母又是從哪裡得到土地的呢？」老人反問道。

---

16 源自意第緒語 עם־הארץ（am ha'aretz），指未受過教育、無知的人。

「從他們自己的父母手上？」納赫曼自知理由薄弱，只好把剩下的話吞進肚子裡。他已經理解整個思考模式如何運作了，於是他接著說，彷彿是和自己對話。「如果不是他們對國王有所貢獻、受封土地，就是他們買下了這些土地，如今將它們留給了後代……」

納赫曼話說到一半就被情緒激動的獨眼紐森打斷。

「可是我覺得土地不該作為財產拿來買賣。就像水源與空氣。你也不會把火拿來交易。這些都是上帝賜予我們的東西，不是分別給予每一個人，而是所有人一起。就像天空與太陽。難不成太陽為誰所獨有，星星是誰的所有物嗎？」

「當然不是，因為它們沒辦法帶來獲益。如果那樣東西可以為某人帶來利益，那它肯定是他個人的財產……」納赫曼試圖反駁。

「太陽怎麼可能沒有任何用處！」耶羅辛大喊。「假如貪婪之人的手搆得到月亮，那它立刻就會被切得七零八落、藏進收藏室，等到時機成熟再被轉賣給其他人。」

「不僅如此，土地還會被當成動物屍體瓜分，占為己有，嚴加看守，」莫德克先生暗自咕噥，不過他的心思逐漸被抽菸這件事占據，而且每個人都知道他馬上就會潛心進入平和的欣喜狀態，到達「稅」字變得無法理解的狀態。

納赫曼故事中關於賦稅的話題讓羅哈廷的聽眾十分動容，而納赫曼不得不靜待片刻，因為他們開始互相討論了。

他們彼此提醒，例如不要和「那些」猶太人有生意來往，因為這不會有任何好處。布洛帝的拉比依撒格．巴巴德侵占猶太會眾資金一事相當轟動。怎麼可能有人繳得起這裡的稅？稅金太過高昂，又包含在所有花費中，所以任何努力都只是徒勞。不如直接躺平，從早睡到晚，看著雲朵飄過天空，聆聽鳥鳴。基督徒商人不會遇到這種問題，他們繳納的稅金合乎人情；亞美尼亞人的處境也好得多，因為他們同樣也是基督徒。因此波蘭人與魯塞尼亞人把他們視為同類，儘管就聚集在修爾家的人們看來這並不合理。亞美尼亞人詭譎無行，你無法輕易看透他們的想法。亞美尼亞人甚至能夠說服猶太人改變他習以為常的作為。所有人都會按照對他們有利的方式行動，因為他們有本事博得他人的好感，然而實際上他們如蛇一般狡猾奸詐。另一方面，猶太聚會要背負的貢稅金額越來越高，因為卡哈爾還替那些繳不出人頭稅的猶太人代墊稅金，所以早已入不敷出。於是擁有大筆金錢、最富有的那群人握有權勢，而他們的子子孫孫一脈相承。他們將女兒許配給家族中的親戚，如此一來家產便會完好無缺。

有沒有可能不繳稅金呢？逃離這個機制？畢竟如果你想要保持誠實，尊重社會秩序，這個秩序馬上就會讓你失望。在卡緬涅茨，他們難道不是一天之內就通過了把所有猶太人趕出城市的決議嗎？現在猶太人只能居住在距離城市六哩外的地方。你能拿這種事情怎麼辦？

「我們家才剛上完油漆而已，」耶羅辛的妻子說，她的丈夫經營著伏特加的生意，「一旁還有漂亮的花園。」

女人們開始泣訴，尤其是為了失去的香芹與高麗菜而哭，因為它們的生長狀況良好。香芹長得跟壯丁的手指一樣粗，高麗菜跟嬰兒的頭同樣大顆，他們就連這點東西都不許她帶走。嬰兒頭顱的比喻導致了神祕的結果——其他婦女也跟著開始哀嘆，替自己倒了些伏特加。儘管仍然止不住哽咽，多虧伏特加，她們才得以重拾平靜，隨後回到自己的崗位上，繼續縫補衣物，拔取鵝毛；她們一刻也不得停下手上的動作。

關於納赫曼如何顯現於納赫曼眼前，即黑暗的種子與光明的果核

納赫曼深深嘆了一口氣，全場的騷動平靜了下來。接下來最重要的事就要登場了——所有人都有預感。他們僵著不動，猶如啟示降臨的前一刻。

納赫曼與莫德克先生在士麥納的小本生意並不順遂。侍奉上帝的事情花費了他們太多時間；將時間投入提問、思考——這些時間本身就是成本。每個答案又會衍生出新的問題，因為成本無止境地增加，他們的收益只會陷入困境。帳面上永遠都是赤字，款項中「支出」多於「收入」。不如這麼說吧，假設能夠把問題拿來交易的話，他和莫德克先生兩人就能大賺一筆了。

年輕人偶爾會派出納赫曼與他人辯論。他是這方面的佼佼者，不論什麼樣的對手他都能應對。此外，許多樂於討論的猶太人與希臘人也會慫恿年輕的新人，然後勸納赫曼加入與他們一齊辯論。這是一種街頭對決：意見相斥的人們相對而坐，群眾在一旁圍觀。辯論發起人先提出題目，不論哪種題目都沒什麼差別，畢竟重點在於如何表達論點，讓對手甘拜下風，讓他們無法反駁。競賽中的敗家必須付錢，或是負責出食物和葡萄酒的費用。這會成為下一場辯論賽的契機，如此接續發展。納赫曼總是勝出，幸虧如此他們才不必飢腸轆轆地入睡。

「某天下午，紐森與其他人正在為我尋找辯論對手的時候，我待在大街上，因為我寧願花時間觀看磨刀匠、水果小販、榨石榴汁的人、街頭音樂家，以及摩肩接踵四處走動的人群。因為天氣十分熾

熱，我蹲在驢子旁的陰影下。就在某個瞬間，我發現有人從人群中走了出來，往雅各家的門走去。雖然我幾乎馬上就意識到對方是認識的人，但仍花了一會兒、幾個心跳的時間，才認出我看見的是誰。我維持蹲踞的姿勢從下方看著他走近雅各家的門，那人穿著粗斜紋棉大衣，就是我自己還在波多里亞的時候穿的那種。我瞧見他的側臉，臉頰上雜亂的髫鬚，布滿雀斑的皮膚以及紅褐色的頭髮……突然間他轉過頭來面向我，這一刻我才終於認出他。那居然就是我本人！」納赫曼沉吟片刻，只為了聽見那充滿不可置信的驚嘆。

「怎麼可能？那會是什麼意思？」

「這是不好的徵兆。」

「這是死亡的徵兆，納赫曼。」

他無視這些驚嘆，繼續說：

「當時天氣炎熱，熱浪有如利刃般鋒利。這讓我變得虛弱，而我的心臟彷彿掛在一條細到不能再細的線上。我想要站起來，卻無法控制我的雙腿。我感覺自己快要死了，只能依靠在驢子身上，我記得，那隻驢子被突如其來的溫柔觸感嚇了一跳，驚訝地看著我。」

有個孩子開始哈哈大笑，被他的母親斥責之後才安靜下來。

「我好似一道影子瞅著他。午後陽光刺眼。恍惚之中他站到我的眼前，彎下身摸了摸我發燒的額頭。頃刻間我的神智恢復清明，隨即站了起來……而他，那個我，消失不見了。」

聽眾們如釋重負地吐了口氣，四處都聽得見輕聲耳語。這是一個不錯的故事，大家很喜歡。

然而這個故事是納赫曼虛構的。實際的情況是他在驢子旁邊昏了過去，沒有任何人前來拯救他。

他的同伴稍後才將他帶離那裡。直到晚上，當納赫曼躺在寂靜又寒冷、沒有窗戶的陰暗房間裡，雅各才來到他面前。雅各在門口停下腳步，手臂倚著門板，就這麼看向房間裡面——納赫曼只看得到他的輪廓，長方形門板上的剪影在樓梯的襯托下顯得更加灰暗。雅各必須低頭才能走進房間。他猶豫著是否要走出這一步，畢竟此時的他還不知道這將會改變他的人生軌跡。最終他下定決心，走向躺在床上發著高燒、神智不清的納赫曼，與坐在他旁邊的莫德克先生。他及肩的波浪長髮從土耳其毯帽[17]下露出，不停閃爍的燈光使他茂密的深色鬍鬚反射出紅寶石的光暈。他看上去像是個大塊頭青年。

納赫曼康復之後，漫步在士麥納的街上，與數百位汲汲營營的生意人錯身而過，他無法擺脫這個推測：他們之中的某個人也許就是彌賽亞，沒有人能夠認出他。最糟糕的是——那位彌賽亞、他本人沒有意識到這件事。

莫德克先生聽完這個想法，在他開口之前頻頻點頭：

「你，納赫曼，你是敏感的工具。既敏感又脆弱。或許你就是這位彌賽亞的預言家，就像來自加薩的拿單是薩瓦塔伊．塞維的預言家，願他的名受顯揚。」

莫德克先生花了很長一段時間才將小塊的樹脂弄碎混入菸草，隨後他語帶玄機地補充道：

「每一處所在都有兩種特性，每一個地方都是一體兩面。崇高的事物同時也是墮落的。寬厚的事物同時也是卑鄙的。最強烈的光在最深沉的黑暗中綻放，反之亦然：在無所不在的光明主掌一切的彼方，黑暗的種子就隱藏在光明的果核中。彌賽亞是我們的分身、我們完美的型態——如果我們沒有墮落，那就會是我們的模樣。」

關於石頭與面容可怖的逃亡者

就在羅哈廷的房間裡人們交頭接耳，納赫曼正用葡萄酒潤喉的時候，屋頂上與牆外猝不及防傳來砰的一聲，引起一陣驚叫與急促忙亂的腳步聲。一顆石頭從被打碎的窗戶飛進室內，撞倒了幾根蠟燭，火舌胃口大開舔舐起撒落滿地的木屑。有個老婦人急忙伸出援手，用厚重的裙子蓋住了起火點。其他人一面吶喊尖叫，一面跑向屋外，房間內一片黑暗中能夠聽見男人們互相怒吼的聲音，此時冰雹似的落石早已停歇。許久後，當客人們懷著激動的情緒與憤怒面紅耳赤地回到室內，屋外卻再度傳來尖叫聲，最後，片刻前人們還跳著舞的大廳內出現了幾個焦躁不安的男子。他們其中包含了修爾兩兄弟——史羅摩、即將成婚的依撒格，以及來自蘭茨科倫的摩西克·阿布拉莫維奇，哈雅丈夫的兄弟，一個身材結實的強壯男人，他正抓著某個瘦不拉嘰的可憐人，對方的腿不安分地亂踢，還憤怒地朝著四周吐口水。

「赫斯基爾！」哈雅朝著他大喊，走近他之後彎下了身好看清他的臉龐，但他哭得滿臉鼻涕，為了避開哈雅的目光別過了頭。「你剛剛和誰待在一起？你怎麼可以這麼做？」

「你們這些可怕的種子！叛徒！背教者！」他朝著那人大叫，直到摩西克狠狠朝他的臉揍了一

——

17 音譯菲斯帽。

拳，他才搖搖晃晃地跪在地上。

「別打他！」哈雅大喊。

於是男人們放開青年，他顫顫巍巍站起身尋找出口。他淺色的麻襯衫沾上了鼻血。

這時修爾兄弟中的長子拿單朝他走了過來，平心靜氣地說：

「赫斯基爾，你去告訴亞倫，以後不要再有膽子做這種事了。我們不想和你們的人弄到見血，但羅哈廷是我們的地盤。」

赫斯基爾逃離的時候被大衣的下襬絆倒。在大門旁邊，臉部扭曲帶著驚悚表情佇立的人影映入他的眼簾，看到這幅景象的赫斯基爾開始驚恐地哀號：

「魔像[18]。是魔像……。」

來自摩拉維亞的多布魯什卡嚇得全身發抖，把妻子拉到了自己身邊。他心中埋怨這裡的人都是些野蠻人，在他們摩拉維亞，大家在自己家想做什麼就做什麼，不會有人多管閒事。更何況是往別人家丟石頭！

拿單．修爾甚感不悅，以手勢命令「魔像」回到他居住的小木屋。眼下他們只得想辦法擺脫他，以免赫斯基爾將來出賣他們。

逃亡者——他們如此稱呼這個雙手泛紅、臉被凍傷的農民。身形高大、沉默寡言，先前的凍傷在臉上留下的傷痕讓他的輪廓顯得模糊。他通紅的大手有如塊莖，粗糙腫脹，讓人不由得肅然起敬。他如原牛[19]一般強壯，性格格外溫和。他睡在牛棚，與主屋只隔著一道溫暖牆壁的加蓋部分。他工作勤懇又精明，總是能可靠地完成所有工作，充分展現了農民工作的精神：緩慢，但是確實。他這一份依附的確是令人匪夷所思。他作為農民想必會鄙視、憎恨猶太人，他們在他眼中算什麼呢？他們是造就他百般不幸的禍根：是猶太人承租地主的財產，收取稅金，是他們讓農民鎮日待在小酒館裡沉迷於酒精不可自拔，而只要其中有人變得更自信一點，他馬上就會表現得像奴隸的主人一樣。

然而，你在這個魔像身上看不到任何憤恨。或許他的腦袋出了什麼毛病，或許他思考的一部分連同臉蛋與雙手一併凍傷了——所以他的行動才如此緩慢，恍若永世受困於冰天雪地。

某個嚴峻的冬天，修爾一家從市集返家的路上在雪中找到了他，而這僅僅是因為以利沙內急。當時還有另一位逃亡者與他在一起，一樣身穿農民外衣，鞋子裡塞滿乾草，帶著一捆只剩下麵包屑與襪子的行李，但早已一命嗚呼。陌生人的遺體上已經灑滿了雪，修爾起初還認為那是動物的屍體。他們將那個人的遺體留在森林裡。

逃亡者的體溫花了很長時間才恢復正常。日復一日，他逐漸恢復了健康，彷彿他的靈魂也被凍僵了，如同身體一樣需要時間回溫。凍傷的傷口無法完全癒合，不只化膿，還脫皮了。哈雅替他擦拭臉龐，她是最了解他的人，她熟悉他健壯美妙的體魄。他整個冬天都待在室內，在沉睡中度過，直到四月才醒來，而他們正在商議該怎麼處置他。他們其實應該上報官方，如此一來，逃亡者就會被帶走，並遭受嚴格的懲罰。逃亡者不開口說話這件事使他們心下黯然，既然他不說話，那就表示他沒有自身的歷史與語言，好比無家可歸、沒有國家的人。修爾對他萌生了某種不可思議的憐愛之情，而哈雅也

18 魔像（Golem）為透過卡巴拉術式賦予生命力的黏土人，具有強大的破壞力，在東歐猶太人神話中十分受歡迎。

19 一種現今已滅絕的野牛。

和修爾一樣。兒子們責問父親為何把需要這麼多食物的人留下，更何況他還是個外人——蜂巢中的間諜，蜜蜂之間的大黃蜂。假使這件事傳到相關單位耳裡，麻煩肯定會找上門。

修爾決心不向任何人提起這件事，假如有人問起，便告訴對方他是來自摩拉維亞的遠親，腦袋不太正常所以不會說話。逃亡者的優點在於他不會自行離開，還會修理馬車，安裝車輪鐵箍，替花園鬆土，把收成的作物脫粒，粉刷白牆；他靠著做農活換取伙食，從來不會提出任何要求。

修爾偶爾會觀察他簡潔的動作和工作的方式：乾淨俐落、快速、無意識的。修爾盡量避免與他四目相接，害怕會在他眼中看見什麼。哈雅有一次告訴他，自己曾經看到魔像哭泣的樣子。

他的兒子史羅摩曾為了這份慈悲的展現、為了收留逃亡者這件事責備他。

「如果他是個殺人犯怎麼辦？」史羅摩焦躁地大聲質問。

「誰知道他是什麼人，」修爾答。「也許他只是個送信人。」

「但他不是猶太人，」史羅摩下了結論。

史羅摩言之有理，他不是猶太人。把這樣的亡命之徒留在身邊，是令人膽戰心驚的違法行為，倘若不懷好意的人知道了這件事，到時候修爾可就大禍臨頭了。但這個農民對於明確要求他自行離開的默劇表演一點反應也沒有，他略過修爾與其他人，逕自轉過身走向自己位在馬兒旁的睡鋪。

當猶太人是一件糟糕的事，修爾心想，猶太人的生活困苦，但是當農民才是最糟糕的。大概沒有比這更不幸的命運了。也許只有害獸比他們更低下，畢竟地主連給予牛隻、馬匹，特別是狗兒的待遇，都比農民與猶太人好得多。

關於納赫曼如何來到嫣塔面前，睡倒在她床邊的地板上

納赫曼醉了。因為他許久不曾飲酒，加上舟車勞頓，只要幾杯黃湯下肚就夠他暈頭轉向了。當地高度數的伏特加讓他醉得腿都軟了。他想到外頭吹吹風，在走廊的迷宮中漫遊，找尋往庭院的出路。他的雙手在粗糙的木牆上摸索，最後終於摸到了門把，他打開門，看見了只放著一張床的狹小房間，床腳下外套與毛皮大衣層層堆疊。一位臉色蒼白疲憊的男人帶著既不友善又懷疑的眼神瞅了納赫曼一眼便從這裡走了出去，他在門邊和納赫曼錯身而過，隨後消失不見。那肯定就是醫生了。納赫曼踉踉蹌蹌地走著，手扶著木牆，他們灌他喝下的酒與鵝油在胃裡翻滾。此處只點著一盞小油燈：渺小的火焰，得轉動它才能看清房間裡的東西。當納赫曼的雙眼習慣了黑暗，他看見了床上戴著波奈特帽、非常年老的女人。有那麼一瞬間他並未意識到眼前的人是誰。這個情況看起來就像個笑話——舉行婚禮的房子裡躺著一個奄奄一息的老婦人。女人的下巴抬起，呼吸粗重。她倚靠枕頭躺著，刺繡亞麻床罩上的乾癟小拳頭緊握著。

這就是楊凱爾．萊布維奇（也就是雅各）的祖母嗎？納赫曼感到一陣驚恐，但同時又對這個奇怪老人的模樣感到動容，他用手摸索在他背後的門扣。他等著老婦人示意他入內，可是老婦人似乎沒有意識，她一動也不動，睫毛下露出一部分閃閃發亮的瞳眸，眼中反射著燈光。醉醺醺的納赫曼以為嫣塔正在呼喚他，於是他試著忍住恐懼與抗拒，在床邊蹲了下來。什麼事也沒發生。老人的狀態從近處

看起來比較好，彷彿只是在睡覺。納赫曼到現在才發覺自己究竟有多疲憊。他放鬆了緊繃的神經，後背下彎，眼皮變得沉重。他有好幾次都必須抖抖身子防止自己睡著，他甚至已經準備起身踏出房間，但一想到整群賓客好奇的目光與數不盡的問題就讓他反感卻步。於是等他確信沒有人會進來這裡之後，他便往床邊地板上的綿羊毛毯一躺，像狗一樣蜷縮成一團。納赫曼筋疲力盡，他們吸光了他所有精力。「只要一下下，」他自言自語道。當他緩緩閉上雙眼，哈雅的臉映入眼簾，還有她饒有興味、充滿驚訝的視線。納赫曼覺得心滿意足。他聞到地板潮溼木塊的氣味，那夾帶抹布、髒衣服的味道，以及無所不在的煙味，它們讓他想起童年——他知道他到家了。

假如嫣塔辦得到，她必定會張口大笑。她從偏高的地方看著睡夢中的男人，想當然耳她不是透過自己半開的眼睛看見的。她全新的視野懸在睡著的男人上方，更奇怪的是嫣塔居然能察覺他的想法。她在睡著男人的腦海中看見另一個男人。她還看見了睡夢中的男人，與她相同，愛著夢裡的男人。對嫣塔來說這個男人還是個孩子：瘦小、才剛出生，仍舊像所有早早就被驅趕到這個世界的嬰孩一樣，長滿深色的細毛。

產下男人的過程中有魔女們在屋外徘徊，但因為有嫣塔把守著，她們不得其門而入。她和一隻母狗共同站崗，母狗的父親是貨真價實的狼，是其中一隻總是獨自漫步、在雞舍中尋找戰利品的野狼。母狗名叫葳爾嘉。嫣塔小兒子的孩子出生時，葳爾嘉繞著屋子沒日沒夜地奔跑，直到累暈過去為止，也因此莉莉絲本人與魔女們才無法靠近。

可能有人不知道，莉莉絲其實是亞當的第一任妻子，但是她既不願意受亞當擺布，也不願依照上帝的指示躺在亞當身下，她選擇逃到了紅海。她在那裡變得渾身通紅，宛如被扒下了一層皮。上帝派遣三位駭人的天使：西農、桑賽諾伊、索曼吉羅夫追上她，並強制將其帶回。他們突襲了莉莉絲的藏身處，折磨她，並威脅要把她淹死。可是她卻不想回去。在那之後，即使她想要回去也已經不可能了，因為根據《妥拉》，跟其他人上過床的女人不能再回到丈夫身邊，所以亞當不會接受她。那麼莉莉絲的愛人又是誰呢？是薩邁爾。

如此一來，上帝勢必要創造第二個更加溫順的女人。這個女人很溫柔，但十分愚笨。她不幸吃下了禁忌之果，導致了墮落。於是作為懲罰，從此以後人類都會受到律法規範。

不過莉莉絲與所有與之相似的存在，都屬於墮落發生前的世界，所以人類的律法與他們無關，他們不受人類的規範與限制約束，他們沒有人類的良知與良心，不會流下人性的眼淚。對莉莉絲來說，所謂的罪根本不存在。彼世是另一個世界。人類眼中的彼世或許會顯得奇異，彷彿是用細膩的筆觸繪製而成，因為那裡的所有事物看起來都更熠熠生輝，更輕巧，而屬於彼世的存在能夠自由穿透牆壁與物體、穿透彼此——不似凡間人類總將自己封閉隔絕在鐵罐中，他們彼此之間不存在區隔。那裡的事物有所不同。而且人類與動物之間也沒有太大區別，差異只在於外貌的不同。因為在那我們能夠與動物進行無聲的對話，牠們能夠理解我們，而我們也能了解牠們表達的意思。我們同樣能與天使交流，你在那可以看見他們。他們恰似翱翔於空中的鳥兒，時不時棲身房屋屋頂——因為在彼世一樣也有房子——就像白鸛一般。

納赫曼醒了過來，腦海中的景象令他頭暈目眩。他搖搖晃晃地站了起來，覷了嫣塔一眼；猶豫片刻後他撫上她的臉頰，僅存一絲溫度。突如其來的恐懼將他籠罩。嫣塔看見了他的想法，觀賞了他的夢境。

嫣塔被門板的嘎吱聲驚醒，重新回到了自己體內。她剛剛去了哪裡？她還以為自己再也無法回到這個世界堅硬的木頭地板上了，她心不在焉地想著。也沒什麼不好。在這兒更好——時間彼此交織重疊。她以前居然相信時間是流動的。時間是流動的？多麼好笑。時間當然是如同舞蹈中的裙襬不停旋轉的。它就有如打到桌面上旋轉的椴木陀螺，牢牢抓住了孩童的目光。

嫣塔看見孩子們，看見他們熱到通紅的臉頰，半開的嘴巴上方掛著鼻涕。這是小摩西，在他身邊的是希夫卡，她將在不久之後死於百日咳，而這是被稱為小雅各的楊凱爾以及他的哥哥依撒格。小楊凱爾難以自制，忍不住倏地偷戳了一下陀螺，陀螺猶如醉漢搖擺之後不支倒地。哥哥回過頭來與他怒目相視，希夫卡則嚎啕大哭。混亂之際他們的父親雷布．布赫賓德出現了，他對打斷他工作的楊凱爾怒不可遏，揪住他的耳朵，幾乎快要把他舉起來了。接下來雷布一邊用食指指著他，一邊咬牙切齒告訴雅各，遲早要為自己的行為付出代價，就這麼將他關進了小間儲藏室。寧靜僅持續了片刻，隨後雅各便在房門後開始鬼哭神嚎，讓所有人再也聽不下去、做不了任何工作，於是氣得面紅耳赤的雷布將小孩從儲藏室拖了出來，狠狠賞了他幾巴掌，孩子的鼻子因此流出涔涔鮮血。這之後父親才願意鬆手，放男孩從家門飛奔而出。

當晚上小孩依然沒出現，搜尋行動才就此展開。首先由婦女們協尋，男人們隨後加入，很快整個家族與鄰居都在村子裡奔走、詢問有沒有人看見雅各。他們甚至走訪了基督徒居住的農舍，上門詢問，但沒人看見被打得鼻青臉腫的小男孩。這座村莊名為科羅利夫卡。它從上空俯瞰就如同一顆三芒星。雅各誕生於此，就在那兒，村子尾端的房子，雅各的父親的兄弟雅克夫至今仍舊住在那裡。耶胡達．雷布．布赫賓德一家從切爾諾夫策來這參加自家兄弟么兒的成年禮[20]，順帶拜訪此處的家人；他們沒有計畫停留太久，幾天後就要回到前些年移居的切爾諾夫策。他們過夜的老家很小間，難以容納所有人，加上它就坐落在墓園旁，所以大家猜想小楊凱爾就是朝著墓園的方向跑了出去，躲在墓碑堆裡面。然而，眼下即便逐漸上升的月亮與其灑落村莊的銀色亮光為尋人過程增添了助力，要如何看出這個小夥子究竟躲在哪兒呢？男孩的母親蕾雪兒哭得虛弱不已。她早就知道如果火爆的丈夫仍舊不停毒打雅各，總有一天會發生這種事——正如她所預料的。

「楊凱爾！」蕾雪兒哭喊，你可以聽出她的歇斯底里。「我的孩子不見蹤影，怎麼會這樣？是你殺了他！你殺了自己的兒子！」她對著丈夫尖聲叫嚷。蕾雪兒抓住籬笆不停搖晃，直到土裡的木樁不支倒地。

男人們向下跑到河邊，嚇跑了草地上吃草的鵝群，小根白色羽毛在他們的身後追趕，最終迎頭趕上，落在他們的髮絲裡。其他人則趕往東正教墓園，因為男孩時不時會去位在村子邊緣的那裡。

「魔鬼、附鬼入侵了這個孩子，許多魔鬼會在墓園附近出沒，一定有一個附了他的身，」父親同樣被嚇得不輕，嘴裡叨念著。「等他回來之後我會證明給他看，」他馬上又補了一句好掩飾心頭的恐懼。

「他做了什麼？」耶胡達．雷布．布赫賓德的哥哥詢問六神無主的蕾雪兒。

20　猶太男子滿十三歲時成年，從此成為「誡命之子（Bar Mitzwah）」，必須承擔上帝誡命所賜予的權利與義務。在成年禮這一天男子必須站到講壇上誦讀頌讚禱文。

「他做了什麼？他做了什麼？」女人語帶諷刺地嘲弄，蓄力準備一口氣發洩所有的不滿。「他能做出什麼事？他只是個孩子！」

破曉之際整個村落便忙得不可開交。

「猶太人的孩子走丟了！猶太人的孩子走丟了[21]！」異教徒們奔相走告。

他們手拿棍棒、草叉，好似要前往對抗狼人大軍、住在地底綁架孩子的寇伯[22]、墓園的惡靈們。有人突然靈光一閃想到可以往村外的森林裡走，那裡是教士山丘，他有可能逃到那了。

正午時，搜索的人馬站在洞穴的入口前：入口不大又狹窄、嚇人；形狀有如女人的外陰部。沒有人想要進到裡面——進入其中就如同再度進到了女人的胎腹。

「他應該不會走進那裡，」他們自我安慰道。最終，一個眼神黯淡、被稱作貝雷斯的青年鼓起了勇氣，還有另外兩個人跟在他身後走了進去。起初你還能聽見他們在洞裡的聲音，接下來卻彷彿他們遭到泥土吞噬，一點聲響也沒有。一刻鐘過後，那個眼神空洞的青年抱著孩子出現了。孩子的眼睛張得大大的，滿臉驚恐，一面啜泣，一面止不住地打嗝。

有好幾天整座三芒星小鎮都在討論這起事件，而正值這個年紀，容易受到偉大奧祕牽引，共同聚集在一起的青少年開啟了雅各洞穴的探險之旅。

哈雅走進了嫣塔躺著的房間，朝她彎下身並仔細檢查她的眼皮是否顫動，凹陷太陽穴上的細小血管有沒有隨著微弱心臟的節拍搏動。哈雅將老嫣塔小巧乾癟的頭捧在手心上。

「嫣塔？」她悄聲問道。「妳還活著嗎？」

嫣塔該怎麼回答她？這個問題適當嗎？她應該問：妳看得見嗎？妳感覺得到嗎？妳如同思想一般迅速穿梭於時間上下起伏的荷葉邊皺褶，這一切是怎麼發生的？哈雅該知道如何發問。嫣塔不願費心回答，回到了頃刻前所在的位置，或許準確地說不完全是同一個地方；現在的時間比較晚，不過這沒有太大影響。

耶胡達．雷布．布赫賓德，她的兒子，小雅各的父親，個性既衝動又難以預測，他總是覺得自己因為信仰異端而被他人迫害。他不喜歡人類。難道人不能隨心所欲的思考、行動，過自己的生活嗎？嫣塔暗忖。他們所接受的教導如此告誡他們：我們將會追隨彌賽亞的腳步，平靜地過著雙面的生活。你只要學會保持絕對的沉默，轉移視線，過著隱祕的生活。這難道有這麼困難嗎，耶胡達？不可以表現出你的感受，不能違背你的想法。這個世界的居民，深淵的住民一無所知，所有的真相對他們而言就和非洲一樣遙遠。他們所服從的戒律是我們必須棄絕的。

布赫賓德就是個叛逆的人，總是跟所有人唱反調。他的兒子繼承了這一點，兩人就像是同一個模子刻出來的，所以他們才會如此厭惡對方。嫣塔的目光正高掛著，在雲朵潮溼肚皮下漫遊，她毫不費力地找到了枕著書睡覺的兒子。油燈即將燃盡。他的黑鬍子遮掩住書上的字跡，陰影在他凹陷消瘦的雙頰上築了巢，他的眼皮在顫動，耶胡達正在做夢。

嫣塔的視線猶疑不定。她該進入他的夢境嗎？為什麼嫣塔能同時看見天地萬物，所有糾結成一團

---

21 此處第二句應為魯塞尼亞方言。
22 寇伯（koboldom）源自日耳曼傳說，具有兩種形象。其一為家庭小精靈，其二為住在礦坑裡的邪惡地精。

的時間，甚至還有他人的想法？嫣塔能夠窺見他人的想法。她圍著兒子的腦袋繞行；螞蟻們首尾相繼、井然有序地在木桌上爬行。等耶胡達一醒過來，他一個動作就足以將牠們甩離桌面。

關於嫣塔時光漫遊的後續

嫣塔猛然想起，洞穴事件發生的幾年後，耶胡達曾在往卡緬涅茨的路上順道來科羅利夫卡探望她。那時耶胡達帶著十四歲的雅各同行，父親期望能夠藉此培養兒子做生意的本領。

雅各身材瘦小，笨手笨腳，鼻子下方散布著黑色鬍碴。他的臉上長滿了紅色青春痘，有一些痘痘還帶有白色的膿包，他的皮膚醜陋，泛紅又滿臉油光，雅各對此感到十分羞恥。他放任頭髮生長，用長髮遮住他的臉蛋。他的父親非常不喜歡這一點，三不五時就會抓住他口中的「拖把頭」並將頭髮撥回肩膀。兩人現在身高一致，背影看上去就像是一對兄弟。兄弟終日鬩牆。假如年輕人試著頂嘴，父親就會大掌一伸，往他的腦袋狠狠拍上去。

村裡僅有四戶人家依循著真正的信仰。傍晚他們會關上門，拉上窗簾，點燃蠟燭。年輕人只會參加閱讀《光輝之書》與唱福音的部分，然後他們會在一位大人的引導下走到其他小屋。最好別讓他們容易受影響的耳朵聽見、雙眼看見蠟燭漸漸熄滅後上演的事情。

如今，就算是白天，大人們也坐在緊閉的窗板旁守著早該抵達的消息：關於彌賽亞的消息。然而來自世界的新聞到得比較晚，耽擱了，而此處已經有人夢見了彌賽亞——他行自西方，他身後的原野與森林、村莊與城市蜷縮彎曲，好似地毯上的花紋。舊世界留下的事物僅止於卷軸、寫滿細小字母難以完全解讀的書卷。新世界將會有不同的字母，不同的符號，不同的規則。或許書寫的方式會是由下而上，而非由上而下。或許人類將從年老逐漸變得年輕，而非與之相反。或許人類將會從泥土中誕生，最終消逝在母親的胎腹中。

將臨的彌賽亞是受盡折磨與苦痛的，世界的罪惡與人們的悲慘踐踏了他。也許他就如同耶穌，在科羅利夫卡每個岔路口的十字架上幾乎都懸掛著耶穌傷痕累累的軀體。一般的猶太人會扭過頭避開這駭人的肖像，但他們這些忠實的信徒會時不時偷看它。薩瓦塔伊·塞維不也終究是承受苦難的拯救者嗎？他們難道沒有監禁他、折磨迫害他嗎？

當雙親正交頭接耳的時候，熱浪點燃了孩子們腦袋瓜內形形色色玩樂的念頭。雅各就在這時登場了，他既不是大人，也不是孩子。父親才剛把他趕出家門。他滿臉通紅、雙眼無神；他肯定正為了《光輝之書》痛哭，這種情形越來越頻繁了。

雅各，在這大家都叫他楊凱爾，呼喚孩子們聚在一起，大朋友與小朋友、基督徒與猶太人，所有人組成隊伍和睦地從墓園、雅各伯父家出發。他們沿著兩旁長著蕨痲的沙徑往村裡的方向走去，走到了旅店，接著經過名叫黑史羅摩的猶太人經營的酒館。他們正往山丘、天主教堂與木造的神父家走去，接著繼續往前經過教堂旁的墓地，最後抵達村裡最後幾幢房子的所在地。

從山丘上望去，這村莊看起來就像是田野中的一座庭園。雅各引領幾個男孩與兩個女孩走出了這座庭園，帶著他們穿過原野。他們往村莊的高處走去，天空一片澄澈，漸漸靠近的日落為蒼穹灑上了金光。他們走進一座小樹林，或許從未有人見過的稀有樹木在此生長。一切毫無預警地變得奇異、陌生，下方的歌聲無法傳到這裡，聲音消逝在綠葉的柔軟中，過於翠綠的葉片顯得刺眼無比。「這難道是童話故事裡出現的那種樹嗎？」其中一位年紀較小的男孩問道。雅各哈哈大笑，告訴他這裡四季如春，葉子永遠不會泛黃、永遠不會掉落。雅各說此處是亞巴郎安息的洞穴，奇蹟似地為了他這個洞穴從以色列地搬來，好讓他能展示這個洞穴。亞巴郎身旁則躺著撒辣，他的妻子兼妹妹。亞巴郎所在之處的時間不會流逝，所以當你走進這個洞穴，坐下休息一會兒，一個小時後再走出來，你會發現在地面上、在洞穴外居然已經過了一百年。

「我就是在這個洞穴誕生的，」雅各宣布道。

「你說謊，」其中一位女孩堅定反駁。「你們別聽他瞎說，他一天到晚胡說八道。」

雅各嘲諷地看著她。女孩對那諷刺的眼神予以反擊。

「你這個痘花臉，」她氣急敗壞地說。

嫣塔飛回過去，那時候的楊凱爾還很小，才剛平復好大哭過後的心情。她試著哄他入睡，並看著其他在床上並排而睡的孩子們。所有孩子都睡著了，只剩下楊凱爾還沒。小男孩還得向周遭所有人道晚安。他既不是對自己說，也不是對著她說，聲音越來越小卻一心一意：「晚安，嫣塔奶奶。晚安，依撒格哥哥和漢娜姊姊，還有希夫卡堂姊。晚安，蕾雪兒媽媽」；楊凱爾接著把所有鄰居都點了一遍，他還想起了那些白天碰見的人們，一一向他們說晚安，嫣塔擔心這樣下去恐怕根本沒完沒了，因為世界如此廣大，就連倒映在這顆小腦袋瓜上都仍然顯得無窮無盡，楊凱爾勢必會一路唸到早上。接下來小男孩向附近的狗、貓、牛犢、山羊說晚安，最後則是那些物品：盆子、天花板、壺、一些桶子、鍋子、盤子、湯匙、鴨絨被、大枕頭、花盆裡的花朵、窗簾與釘子。

房中眾人早已入睡，壁爐的火也變成黯淡、懶洋洋的紅色餘燼，有人正在輕聲打呼，而這個孩子唸唸有詞，聲音逐漸微弱，但是在他的話語中偷偷潛藏了奇怪的小錯誤與口誤，而現在已經沒有任何清醒的人能夠指正他了，於是這一連串冗長的名單怪異地扭曲，搖身一變成為無人理解的魔法咒語，吟唱著早已被遺忘的古老語言。小孩的聲音終於安靜下來，小男孩安然入睡。嫣塔此時輕輕地站起，慈愛地望著這個奇妙的孩子。他的名字不該叫雅各，應該叫厤煩精，她看見他的眼皮緊張地顫抖，這表示小男孩已經沉沉進入夢鄉，在那裡盡情作怪了。

關於護身符丟失的可怕後果

一大清早，當婚宴後所有人縮在各個角落睡覺，而大廳的木屑被踩到扁得像是灰塵，以利沙．修爾出現在嫣塔的房間。他的雙眼布滿血絲，十分疲倦。他在她的床邊坐下，身子前後晃動一面耳語道：

「一切都已經結束了，嫣塔，妳可以離開了。別怪我強行留住妳。我別無選擇。」

以利沙輕輕地從她的領口拉出一團繩子與皮帶；他在找尋那唯一一樣東西，用指尖挑開其他東西後，他始終沒看見最重要的那個東西，他那疲憊的眼睛沒看見它。他重複了幾次相同的動作：小神像[23]、小盒子、小袋子、刻著咒語的骨片。這些東西大家都會戴，不過老婦人們往往戴得最多。大概有數十位天使、守護靈與其他無名的存在圍繞在嫣塔身邊。但是他的護身符不在這，徒留繩子，空空如也。符咒不見了。這怎麼可能？

以利沙・修爾驀地清醒過來，他的動作變得緊張起來。最後他摸索起老婦人的身體。他抬起無力的身軀並在背後、臀部下方尋覓，揭開可憐嫣塔細瘦的四肢，從裙下露出她僵硬嶙峋的大腳，他在襯衣的皺褶中繼續翻找，檢查她的手掌心，最終他越來越憤怒，在枕下、床單下、被子與毯子下、床下和床鋪附近搜索。可能掉了？

這個一向威嚴的老人在老婦人的床單中亂翻的景象令人莞爾，彷彿他把她誤認成了少女，正笨手笨腳地對她強取豪奪。

「嫣塔，你告訴我究竟發生了什麼事？」以利沙細語淒厲，有如訓斥犯下驚人罪行的孩子。但她當然沒有回答，回應他的只有顫抖的眼皮，一瞬間左右擺動的眼球，與唇上難以察覺的一抹微笑。

「你在上面寫了什麼？」哈雅急迫地輕聲問父親。她穿著睡衣，戴著頭巾，半夢半醒間回應父親的召喚跑來。以利沙滿懷擔憂，他額頭上的皺紋堆疊成柔和的波浪，那模樣吸引了哈雅的目光。父親有罪惡感的時候總是這個表情。

「你很清楚我寫了什麼。」以利沙回覆。「我留住她了。」

「你把那個掛在她的脖子上嗎？」

父親承認了。

「父親，你應該要把它放進盒子裡再把它鎖上。」

以利沙心灰意冷地聳肩。

「你就像個小孩，」哈雅既溫柔又惱怒地說。「你怎麼能這麼做！就這麼直接把它掛在脖子上！現在它跑哪兒去了？」

「不在這裡，它消失不見了。」

「沒有東西會這樣平白無故消失！」

哈雅動手尋找，但她知道這沒有多大意義。

「它消失了，我已經找過了。」

「她把它吃掉了，」哈雅說。「她吞下去了。」

震驚的父親一言不發，隨後無力地問：

「我們還能怎麼辦？」

「我不知道。」女兒問道。「還有誰知道這件事？」

以利沙．修爾暗自思索。他拿下頭頂的皮草帽，揉了揉額頭。他的長髮稀疏，滿頭大汗。

「她現在死不了了，」修爾向女兒說，嗓音透露出一絲絕望。

哈雅的臉上露出不可置信、大吃一驚的奇怪表情，隨後驚訝漸漸轉變成喜悅。她先是小聲地笑著，之後越來越大聲，最終她低沉渾厚的笑聲充滿了整個小房間，穿透了木牆。父親遮住了她的嘴巴。

---

23 神像（terafim）是一種大小不一的家神神像。

《光輝之書》記載的內容

嫣塔正走向死亡，卻仍未死去。就是這麼回事：「走向死亡，卻仍未死去。」學富五車的哈雅解釋道：

「這就和《光輝之書》中的情形一模一樣。」她的話語中藏著一絲惱怒，因為所有人都把這看成一件了不起的大事。羅哈廷的人們開始走到他們家門前，透過窗戶窺探。「《光輝之書》中有許多第一眼看上去顯得矛盾的語句，但假如我們更加審慎地查看它們，就會恍然大悟，原來世上存在著理智與我們的祖先都無法參透的事物。《光輝之書》中老者的開場白不就是如此嗎？」哈雅對著幾位疲憊不堪卻值得信任的客人說，他們隱約感受到某種奇蹟而來到了這裡。奇蹟將會對他們非常有幫助。人群中也包含了嫣塔的孫子，來自科羅利夫卡的以色列，就是他把嫣塔載來的。他顯得最為焦慮不安。

哈雅朗誦道：「何方存在可以於升起之時隨之下降，而下降之時又向上爬升；二者為一體，而一者實為三。」

聽眾們似乎早已預見這樣的說法頻頻點頭，哈雅的話令他們放心。看上去只有以色列對這個回答不夠滿意，因為他實在不知道嫣塔是不是還活著。他隨即提出疑問：

「可是……」

因為天氣寒冷，哈雅下巴下方圍了厚厚的羊毛圍巾，她不耐煩地回答他：

「人們老是期望事情可以很簡單，這樣或是那樣，非黑即白。這是笨蛋才會做的事，世界終究是由深淺不一、數不盡的灰色所構築的。你們可以帶她回家了。」哈雅對以色列說。

之後她快步穿過庭院，消失在嫣塔歇息的副樓裡。

下午亞設．魯賓醫生再度前來仔細檢查奶奶的身體。他問了她的年紀。很大，他們如實回覆。最後，魯賓斷言這是昏迷的症狀，這種情形並不罕見，老天保佑，但願你們沒有把她當成死人，而是正在睡覺的人。但從他的表情不難看出，連他都不太相信自己說的話。

「她有可能在睡夢中過世。」魯賓補了一句聊表安慰。

婚禮結束後所有賓客一一離開，他們馬車的木頭車輪在修爾家門前劃出了幾道深深的車轍。以利沙．修爾走向他們安放嫣塔的馬車，趁沒人盯著的時候，以利沙對她悄聲說：

「別怨我。」

理所當然，她沒回答他。以色列，她的孫子也走了過來。他埋怨修爾——他明明可以留住奶奶並讓她在這裡去世，他為了這件事和索布拉大吵一架，因為她不願讓奶奶留下。索布拉此刻正向她耳語道：「奶奶，奶奶。」然而她沒收到任何回答與反應。嫣塔雙手冰冷，他們試著搓揉她的手掌，但仍舊沒有改善。儘管她的呼吸緩慢，卻十分平穩。亞設．魯賓替她量了幾次脈搏，難以相信它竟然如此緩慢。

佩賽爾講述皮德海齊的山羊與怪草的故事

以利沙額外提供他們一台鋪了乾草的載貨馬車。來自科羅利夫卡的一家人現在分別坐在兩台馬車上。天空下著毛毛細雨，蓋在媽塔身上的破舊毯子被雨水浸溼，於是男人們便替她搭建了臨時的車頂。媽塔看起來就如同真正的屍體，所以一路上只要有人看到他們，就會立刻開始禱告，而異教徒們則會比畫十字架為她送行。他們在皮德海齊停靠休息的時候，她的曾孫女佩賽爾，以色列的小女兒，想到三個星期前他們同樣也是在這個地方休息，當時還很健康、神智清楚的奶奶向他們講述了皮德海齊山羊的故事。如今，佩賽爾哽咽地試著像奶奶一樣訴說這個故事。所有人都默默聽著，他們心知肚明——所以他們的眼眶才更加溼潤——這是媽塔告訴他們的最後一個故事了。難不成她想要透過這個故事傳達什麼嗎？某種奧祕？當時故事聽起來甚是有趣，但此刻他們只覺得它怪異又百思不得其解。

「離這裡不遠處，皮德海齊的城堡附近住著一隻山羊，」佩賽爾以微弱的聲音開場。女人們互相提醒對方保持安靜。「你們現在無法看到牠，因為牠不喜歡人類，孤單地獨自生活。這是隻學識非常豐富的山羊，知曉許多美好、恐怖事物的聰慧生物。牠已經三百歲了。」

大家不由自主地查看四周，尋找山羊的身影。觸目所及僅有乾巴巴的棕色草葉、鵝糞與皮德海齊城堡廢墟的雄偉輪廓，山羊肯定也和這一切有著某種共通點。佩賽爾把裙子往下拉，好讓裙襬遮住她的尖頭旅行皮靴。

「廢墟中長著一種奇怪的草，神聖的草。因為不會有人種植或是收割這種草，怡然自得的草同樣也獲得了自己的智慧。所以山羊除了這種草以外，絕對不會食用其他的草。牠是立誓不修剪頭髮、不接觸亡者遺體的拿細耳人[24]，牠對於這種草無所不知。牠從未吞下別的草，只吃生長於皮德海齊城堡周圍的智慧之草。牠因此變得聰明，而犄角也跟著也不斷成長。不過它們可不像其他牛隻的角如此一般，它們既柔軟又曲折蜿蜒。聰明的山羊隱藏了自己的犄角。白天的時候牠頂著彎曲的羊角，看上去平凡無奇，然而晚上當牠走出來，走到那裡，城堡寬廣的平台、倒塌的中庭，牠會從那個地方把犄角伸到空中。牠把犄角伸得越來越高，為了伸得更高只好靠後腿站立，最後羊角的尖端終於勾住了與牠同樣彎曲的新月，山羊問：『近況如何啊？月亮。彌賽亞來臨的時刻還沒到嗎？』月亮轉頭看向群星，它們暫時停下了漫遊的腳步。『彌賽亞已經來臨了，他在士麥納。你難道不知道這件事嗎？聰明的山羊。』『我知道，親愛的月亮。我只是想要確認一下。』」

「他們就這樣暢談了整個晚上，而早上當太陽升起，山羊就把自己的犄角捲起來收好，繼續啃食智慧之草。」

佩賽爾沉吟不語，她的母親與阿姨們則暗自啜泣。

---

24 拿細耳人指立下「離俗歸主」的誓言，以表達對上帝的感謝或是祈求祂幫助的猶太人，在這段期間內他們不食用葡萄製的農產品與酒精、不剃髮、不可碰觸不潔淨的遺體。依據《聖經》記載撒慕爾（《撒慕爾紀》第一章）與三松（又譯參孫，見《民長紀》第十三章）則在出生前就成為終生拿細耳人，其適用的誓約也與短期拿細耳人有所不同。

赫梅洛夫斯基神父致尊敬的德魯日巴茨卡女士，於一七五三年一月，菲爾雷夫

自善良的女士您離去以後，許多在我們見面的時候沒能提出的問題與字句不斷地在我的腦海中打轉，既然您允許我提筆寫信，我便藉此機會針對您提出的異議加以辯解。因為菲爾雷夫已然入冬，我只得忙著照看爐火，成日坐在桌前處理文件，即使這樣與爐火的煙都對視力有害也沒辦法。

您問我為什麼是拉丁語？您和其他白頭一樣，支持在書面語中應當更廣泛地使用波蘭語。我對波蘭語沒有任何意見，但我們在字彙不充足的情況下，該如何用波蘭語溝通呢？把「說話的方法」說成「修辭」難道不是比較好嗎？或是用「哲學」取代「對智慧的愛」？以「天文學」代替「星象的科學」？如此一來不但能節省時間，也比較不拗口。在音樂的領域您也無法避開拉丁語：例如音調、琴鍵的標示、和弦，這些字全都源自拉丁語。假如波蘭人放棄了拉丁語，或是融入波蘭語的拉丁字詞——這種做法如今隨處可見[25]——只說波蘭語、只用波蘭語寫作，那他們必定會回歸歌頌聖道博[26]的詩歌中那種早已被丟棄、難以理解的斯拉夫語：

「懺罪之機既至，當敬奉天主[27]。」

它究竟想表達什麼？哪一種「機」？「奉」什麼？您會把庖廚說成廚房嗎？我不相信！把膳

食說成伙食？把芸窗說成書房嗎？這聽起來多麼荒唐。當祕書寫信給自己的上司的時候寫道：「判決取決於盧布林的司法機關」，這像樣嗎？明明寫成「於盧布林法院定讞」會好得多。我說的難道沒有道理嗎？就由您自行判斷吧！不說「吾見滿室懺罪者」，卻說「有很多想贖罪的人要找我告解」。不可笑嗎？把「別來無恙」說成「最近過得怎麼樣」。成何體統？「不幸的景象每每在波蘭上演，歐洲許多觀眾都看見了。」明明「不幸的劇場揭幕，歐洲眾多看倌皆為見證。」好得多。您認為呢？

靠著拉丁語，您和世界上各個角落的人們就可以互相溝通、暢行無阻，只有異教徒與蠻族才會避開拉丁語。

波蘭語過於淺白，聽起來就像是農民的語言。它適合描寫大自然的風景，最多只能用來講解農業，但你很難用它表達複雜、更進階或是靈性的事物。人們用什麼樣的語言溝通，就會用那樣的語言思考。而波蘭語既不明確又不精準，它更適合描寫旅途中的天氣，而不是需要費力思考、清楚表達的正式討論。噢，用波蘭語寫詩正合適。親愛的女士，我們薩爾馬提亞[28]的謬思，詩終歸是不精確的韻文。儘管我無法在信中完全表現出來，但閱讀詩歌確實能夠帶給人愉悅的心情。

---

25 拉丁語invaluit Usus。

26 聖道博（波蘭語Wojciech Sławnikowic），又名布拉格的亞德伯，九七七年於普魯士傳教時殉道，後成為波蘭的主保聖人。

27 此片段出自古代波蘭宗教歌曲〈聖母瑪利亞〉（Bogurodzica），古波蘭語將現代動詞結尾ć寫作ci。

因為我已經向您的出版者下訂了您的短篇韻詩，所以我很清楚這一點。雖然我未能清楚理解所有的內容，關於這點我會在後文中提到，這些詩讓我獲得了莫大的喜悅。

我支持使用共通的語言；就算把它稍微簡化一些也沒關係，但必須讓世界上的所有人都能理解它。唯有如此人們才能接觸知識，而文學終歸是一種知識——它會教導我們。舉例來說，您的詩可以教會細心的讀者森林裡長著哪些動植物，也可以讓人學會打理庭院，認識花園裡有哪些花草。透過詩歌人們也可以精進，也就是練習、學會各式實用的密技，還有最重要的一點——可以藉此學習其他人的想法，這一點非常珍貴，否則人們就有可能以為所有人的想法都一樣，這畢竟不是事實。每個人思考的方式都不一樣，閱讀時腦海中的想像也有所不同。有時我會因此惶恐，擔心人們解讀我筆下內容的方式不同於我所期望的。

所以，尊敬的女士，我覺得人們之所以發明印刷術，將黑色印在白色之上，都是為了讓它發揮它的用處，讓我們祖先的智慧能夠被記錄下來加以蒐集，如此一來，我們每個人都能取得這些智慧，就連那些年紀最小的孩子也不例外，只要他們有朝一日學會閱讀就不成問題。知識應該要像清水一般：不費分文、人人取之無禁。

我思考了很久，尊敬的女士，我究竟該如何用我的信取悅您呢？您，咱們的莎芙[29]，您身邊的事情本來就已經多到應接不暇。於是我想到，可以在每一封信附上我在書中構思出的、各式各樣令人讚嘆[30]的事物，這樣你就可以在出席聚會的時候——不像我孤身一人——炫耀它們。

所以今天我就從位於羅哈廷附近的原野，距離利沃夫八哩的惡魔山開始講起吧。一六五〇年四月八日，復活節當天，與哥薩克人在貝雷斯泰奇科近郊的戰爭[31]開打之前，這座山的位置會隨著地牛翻身[32]，也就是所謂的地震移動，這就是祂下令[33]的結果，偉大上主旨意的結果。不識地質學的村夫野老認為惡魔們想要用這座山擊垮羅哈廷，只不過啼叫的公雞奪走了他們的魔力才未能得逞。這座山也因此得名。這些是我在克拉蘇斯基與榮欽斯基[34]的書上讀到的，兩人皆為耶穌會士，所以資料來源十分可信。

28 薩爾馬提亞主義（sarmatyzm）是囊括了十六世紀末至十八世紀中葉波蘭貴族服飾、思想、生活方式的文化風潮，茹潘與長袍腰帶皆是具有代表性的薩爾馬提亞服飾。

29 莎芙（Sappho），古希臘抒情女詩人。

30 此處用拉丁語mirandus的複數變化miranda。

31 發生於一六五一年赫梅利尼茨基起義期間的大規模戰役，由國王楊．卡齊米日，瓦薩（Jan Kazimierz Waza）領軍的波蘭軍戰勝了哥薩克人與克里米亞汗國的聯軍。

32 此處用拉丁語motu terae。

33 此處用拉丁語ex Mandato。

34 米哈爾．克拉蘇斯基（Michał Krasuski），十七世紀波蘭宗教詩人。加百列．榮欽斯基（Gabriel Rzączyński），以拉丁文撰寫多本地方志，為研究波蘭動植物學的先驅之一。

7

嫣塔的故事

嫣塔的父親，出身卡利什的馬耶爾，是得以窺見彌賽亞真面目的其中一員。

這件事發生在她誕生之前那段黯淡無光的悲慘時期，因為人們的苦難已多不勝數，他們再也無法相信世界能夠繼續運作了，所有人都盼望著救世主出現。任何世界都無法承受這麼多的苦痛。沒有人能夠解釋或是理解它，沒有人相信上主的旨意仍舊行在地上。而那些目光銳利的女人們，她們大都是些見多識廣的老婦，已經注意到這個世界偏離了常軌。舉例來說，嫣塔父親固定會把穀物送去某間磨坊，有天晚上那間磨坊所有的水輪都裂開了，無一倖免。而苦苣菜的黃花某天早晨則排出了字母alef的形狀。傍晚殘陽如血，橙色餘暉將地面上的所有景物染上一層棕，恰似乾涸的血液。河岸邊叢生的蘆葦銳利到足以割傷人們的小腿。苦艾的毒性益發強烈，光是香氣就能夠迷暈一位成年男子。赫梅利尼茨基的那些大屠殺就更不用說了——它們怎麼可能會是上帝計畫的一部分呢？從一六四八年[1]起全國上下就流傳著各式各樣關於這場屠殺駭人聽聞的傳言，有越來越多的難民、鰥夫與寡婦[2]、孤兒、殘障者——這無庸置疑都是末日即將來臨、世界即將孕育出彌賽亞的證據，生產的陣痛已經開始了，而舊的律法也將如同先前的記載所言失去效力。嫣塔的父親從雷根斯堡[3]流落到了波蘭，整個家族照樣因為那些一成不變、亙古的猶太原罪被趕了出來。他們在大波蘭落腳，像許多猶太同胞一樣以貿易糧食維生，並將漂亮的金黃色穀物送到格但斯克

1 赫梅利尼茨基起義始於一六四八年，結束時間則有多種說法，一說認定赫梅利尼茨基逝世的一六五七年為起義結束時間。起義主要由哥薩克人領導，但也有許多東正教農民加入，猶太人則因為租賃制度被視為波蘭貴族利益的代表而遭受迫害，除了在各地的屠殺事件，也有許多人淪為人質，事後才在阿姆斯特丹、威尼斯等地的猶太卡哈爾協助下贖身。

2 如果猶太女性的丈夫失蹤或拒絕離婚，她將會成為「被遺棄者（agunah）」，無法再婚。

3 雷根斯堡（Regensburg），位於巴伐利亞邦的城市，猶太人從十世紀起便於此定居。一五一九年作為猶太人保護者的皇帝馬克西米利安一世（Maximilian I）過世，懷疑猶太人血祭孩童的雷根斯堡居民趁機將猶太人趕出城外，其中一部分遭到驅逐的猶太人流亡到了波蘭。

與世界的其他角落。這是一門好生意，他們什麼也不缺。

一六五四年瘟疫爆發、疫癘之氣[4]流行的時候奪走了許多人命，那時嫣塔的父親才剛開始經營自己的事業。寒冬來臨，凍結了疫情，但酷寒持續了好幾個月不曾停歇，那些從瘟神手下逃過一劫的人們現在只得在自家床上凍個半死。海面結冰，你甚至可以徒步走到瑞典，港口完全停止運轉，積雪將路面覆蓋阻擋了交通，家畜成群地死亡。因此春天一到，宣稱猶太人是這些苦難罪魁禍首的指控隨之出現，國內各地都為此開庭審判。而猶太人為了自保，便轉而向教宗尋求幫助。然而，在使者回到國內之前，瑞典人[5]便搶先一步抵達，開始侵略各個城鎮。猶太人再度遭到非難——就因為他們是異教徒。

於是嫣塔父親舉家從大波蘭前往東部投奔利沃夫的親戚，期待在那能夠找到容身之處。這裡與世界相距甚遠，所有東西都來得比較慢，不過土地卻是前所未見的肥沃。就如同那些西部人亟欲移居的殖民地，每個人在這都能找到屬於自己的空間。然而好景不長。因為瑞典人被驅逐以後，在被搜刮一空的城市廣場上，在斷垣殘壁中人們再度開始質問：誰該為波蘭立陶宛一切的苦難負責呢？而其中一個回答屢次出現——這都是猶太人、異教徒與侵略者聯手策畫的陰謀。所以波蘭兄弟會的成員[6]首當其衝，屠殺隨之展開。

嫣塔的外祖父出身克拉科夫近郊的卡齊米日。他在這裡經營著製作毛氈帽的小本生意。公元一六六四年，猶太曆創世五四二五年夏季的暴動期間共有一百二十九人在此喪生。這場暴動的起因是由於某個猶太人被指控偷走了聖餐餅。外祖父的店面遭到徹底破壞，被洗劫一空。他贖回了自己剩餘的家產之後，便帶上全家人搭著馬車往東南方投奔住在利沃夫的親人。這是深思熟慮過後的決定：哥薩克人一六四八年就已經在赫梅利尼茨基帶領下肆意狂歡過了。一四二〇年間的那種迫害、那般浩劫應該不會再度上演。這就和閃電有異曲同工之妙——據說閃電一度擊中的地方就是最安全的地方[7]。

他們在離利沃夫不遠的村子定居。這裡土地沃腴，泥土肥美，林木茂盛，河裡滿是游魚。大貴族波托茨基賞罰分明、一絲不苟地管理領地的一切事務。也許他們猜想過，這世上已經沒有其他地方能夠供他們躲藏了，或許只能將一切交託給上主。但是，出乎意料，他們在這過得很好。他們從瓦拉幾亞進口毛氈帽用的羊毛以及其他貨品，於是他們的生意很快便蓬勃發展，一家人否極泰來——他們有了附帶花園的房子，花園旁邊的小工作坊，周圍悠哉散步的雞與鵝，草叢裡的黃香瓜以及霜降之後用來趕製李子白蘭地[8]的李子。

當時，一六六五年秋季，一則消息隨著士麥納的商品一同到來，令全波蘭的猶太人為之動容——彌賽亞現世了。每個人聽見這個消息的當下都不發一語，試圖領會這句簡短話語的意義：彌賽亞來

---

4 在科學家發現微生物以前，部分學者認為空氣傳播是造成鼠疫、天花等傳染病擴散的原因，稱為疫癘之氣（morowe powietrze）。

5 一六五五年至一六六〇年瑞典入侵波蘭立陶宛聯邦，史稱第二次北方戰爭，又稱為大洪水時代（Potop szwedzki）。波蘭文豪亨利克．顯克維奇（Henryk Sienkiewicz）歷史三部曲中的第二部《洪流》即是以此時代為背景。

6 波蘭兄弟會（Bracia polscy）為一五六二年至一五六五年間由波蘭福音改革教會分裂出來的宗教團體，為波蘭宗教改革運動中較激進的分支。大洪水時期遭指控協助瑞典人，官方因此於一六五八年下令兄弟會成員改宗天主教，否則必須離開波蘭。大部分離開波蘭的成員移居到荷蘭與今日羅馬尼亞境內的外西凡尼亞地區。

7 中世紀的人們相信雷不會打在同樣的地方兩次，因此會將一塊據信曾經遭受雷擊的石頭放在閃電可能會劈下來的地方，期許達到避雷的作用。

8 音譯斯利沃威茨（波蘭語śliwowica），為中東歐與巴爾幹地區常見的烈酒。

了。這可不是什麼平凡的句子。這是不容質疑的定論。一旦有人說出這句話，他似乎便能感受到鱗片由眼睛脫落，從今以後看見一個迥然不同的世界。

的確，難道預示末日的徵兆還不夠多嗎？在地下不懷好意地偷偷糾纏其他植物根部的駭人黃色蕁麻根，以及這一年異常茂盛的旋花那如繩索般粗壯的花莖。綠色植物攀附在屋子外牆、樹幹各處，彷彿要伸向人的喉嚨索命。有許多果核的蘋果，雙蛋黃的雞蛋，快速生長的蛇麻悶死了一隻小母牛。

彌賽亞名喚薩瓦塔伊·塞維。他的身邊聚集了上千名世界各地慕名而來的人，打算和彌賽亞一塊前往君士坦丁堡，他將會在那扯下蘇丹的王冠後自立為王。在他身邊的是他的預言家，來自加薩的拿單，學識豐富，負責記下他的言談並寄到世上猶太人居住的各個角落。

利沃夫猶太卡哈爾馬上就收到了克拉科夫拉比巴魯克·佩札赫的信，信中寫著已經沒有時間讓他們繼續等下去了——他們必須盡快前往土耳其見證最後的日子，成為第一批看見的人。

嫣塔的父親馬耶爾並沒有輕易地被這般願景迷惑。

假如真如你們所說，每一個世代都會有彌賽亞來臨，那麼每個月就會這邊跑出一個彌賽亞，那邊跑出一個彌賽亞。每一次暴亂、每一場戰爭結束後彌賽亞都會誕生。每次危難結束後他都會插手介入。那麼該有多少彌賽亞呢？不計其數。

當然，當然，他的聽眾們點了點頭。他說得有道理。不過每個人都隱約感覺到這次跟以往不大相同。符號的遊戲再度展開——雲朵、水面的倒影、雪花的形狀。馬耶爾為了這件事冥思苦索的時候，他注意到了那些螞蟻的舉動，就此決定出行：它們排成一列沿著桌腳前進，冷靜又守秩序的爬到桌面上，一隻接著一隻輪流拿走一小塊起司，接著以同樣的方式折返——冷靜又守秩序。馬耶爾很喜愛這個景象，他認為螞蟻是一種暗示。他已經有了一筆積蓄與準備好的商品，加上大家對他的評價一向很好，肯定他是個聰慧又深思熟慮的人，他毫不費力就在龐大的商隊裡找到了位置加入，商隊將會實實在在地帶領他到薩瓦塔伊・塞維所在之處。

嫣塔出生的時間比這整件事稍微晚了幾年，所以她不太確定自己有沒有機會沾父親的光，父親親眼見到彌賽亞面容的時候接觸到的恩典，她究竟有沒有幸能夠分到一點。與馬耶爾同行的有摩西・哈列維、他的兒子與來自利沃夫的繼子，還有克拉科夫的巴魯克・佩札赫。

他們先從克拉科夫到利沃夫，接著從利沃夫經過切爾諾夫策前往南方的瓦拉幾亞，隨著他們越來越接近目的地，天氣越來越熱，雪越少，風的香氣更濃也更溫和，事後父親回想時候如此說道。傍晚的時候他們會一起揣想彌賽亞來臨時的光景，他們得出了結論：前些年的苦難其實是隱藏於惡中的善，因為它們的發生自有其道理，就有如陣痛預告嶄新人類的誕生，那些苦難也預告了救主的降臨。因為當世界誕下彌賽亞，它必定得經歷苦痛，打破所有法則，人們習以為常的常識不再通用，承諾與誓言灰飛煙滅。兄弟反目，鄰居成仇，昔日比鄰而居的人們如今會在夜裡割開對方的喉嚨，喝下對方

的鮮血。

利沃夫的代表團在加里波利半島的監獄中找到了彌賽亞。他們從波蘭出發向南旅行的同時，被猶太暴動與薩瓦塔伊．塞維的計畫弄得惶惶不安的蘇丹逮捕了他，並將他關進了堡壘中。

彌賽亞被關在監獄裡！這實在令人費解！不限於來自波蘭的人，一股巨大的不安瀰漫在此刻來訪伊斯坦堡的所有人心中。監獄！彌賽亞身陷囹圄，這有可能嗎？這和預言相符嗎？我們可是有先知依撒意亞啊！

等一下，那是一座什麼樣的監獄？它真的是監牢嗎？而且「監獄」究竟是什麼？薩瓦塔伊．塞維住在加里波利的堡壘

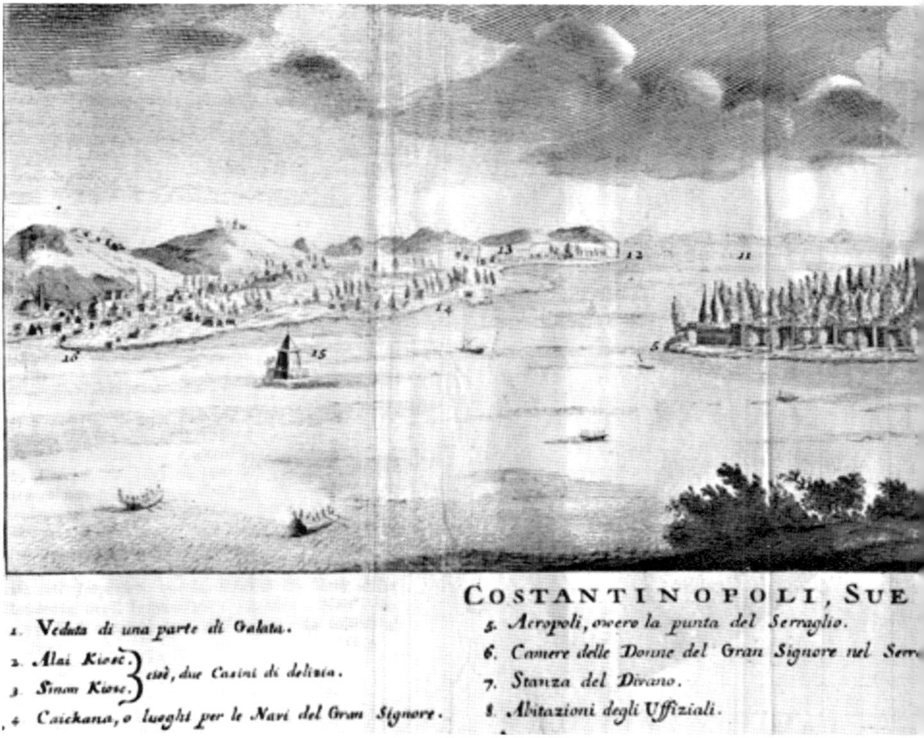

中，承蒙追隨者慷慨救濟，他過著身處宮殿般的生活。彌賽亞不吃肉也不吃魚；他們說他只靠著水果維生——而且是最新鮮的水果，從附近地區特地摘採、專門為了他用船運來的新鮮水果。他喜歡吃石榴，用修長的手指挖掘多籽的內部，剝開紅寶石種子再把它們放進自己聖潔的嘴巴裡。他吃得不多，不過幾顆石榴子；據傳他的身體能夠直接從陽光吸收足以維生的能量。此外，人群中還流傳著一個天大的祕密——假如它是個小祕密，傳播的速度勢必不會這麼快——彌賽亞是個女人。那些與他關係親近的人看過他女性的胸脯。他的肌膚光滑紅潤，如女性的肌膚般芬芳。他在加里波利有可以隨心所欲利用的大庭院與許多間鋪滿花毯的房間，他會在那謁見信徒。這算得上監獄嗎？

代表團就是在這樣的狀況下找到他的。期望拜見獄中彌賽亞的人實在太多，他們先是等了一天半。他們眼前擠滿了群情激動的人潮，不同語言的對話混雜其中。各式各樣的臆測互相交錯：接下來會發生什麼事呢？出身南方的猶太人戴著深色纏頭巾，皮膚黝黑，而來自非洲的猶太人衣著宛如蜻蜓五彩斑斕。歐洲的猶太人模樣滑稽，一襲黑色衣裝，硬邦邦的領子像是吸了水分的海綿，積了不少灰塵。

馬耶爾一行人必須禁食一天，然後在澡堂沐浴過。最後他們收到了白色長袍，才終於被允許晉見彌賽亞閣下。依據新設計的彌賽亞曆法，這天剛好是節日。因為薩瓦塔伊．塞維廢除了所有的傳統猶太節日，《摩西五經》已然失去效力，只留下其他無法言傳、並未化作具體文字的律法，沒有人清楚知道它們會如何規範人們的舉止言談。

他們見到彌賽亞的時候，他正坐在雕刻華美的寶座上，身穿一襲猩紅色長袍，虔誠的賢人則協助詢問他們為何而來，想要在救主身上尋求什麼。

事前就決定好將由巴魯克．佩札赫代表發言，他開始講述波蘭境內所有的苦難，以及波蘭猶太人的不幸生活，還呈上了幾年前出版、記載了什切布熱申的馬耶爾[9]悲慘遭遇的紀事，希伯來語的書名是《佐克哈以汀》，也就是《時代的苦難》。然而，正當巴魯克用他淒切的嗓音滔滔不絕地敘述那些戰爭、疫病、屠殺以及人性的不公，薩瓦塔伊忽然打斷他，並指著自己猩紅色的袍子高聲怒斥：「難道你看不見復仇的顏色嗎？我身穿猩紅，一如先知依撒意亞所言：『因為復仇的日子已在我心中，我施救的歲月已經來到[10]。』」眾人面對突如其來的有力聲音一陣瑟縮。薩瓦塔伊接著脫下了襯衫，把它遞給大衛·哈列維的兒子依撒意亞，然後分給其他人糖塊，並要求他們把它放進嘴裡：「願他們體內蘊藏的青春力量從而覺醒！」當下馬耶爾想告訴他，他們所希冀的並非青春的力量，而是平靜的生活，然而彌賽亞卻喝斥：「肅靜！」馬耶爾盡其所能地偷看救世主，他那光滑美麗的臉蛋，臉上柔和的線條以及與眾不同的秀麗眉眼，眼周的睫毛既水潤又烏黑。彌賽亞寬大的深色雙唇仍在因為憤怒而顫抖，他黝黑的兩頰微微發抖，上面沒有半根鬍鬚，十分平滑，摸起來的手感肯定有如上等麂皮般舒適。讓他萬分吃驚的是彌賽亞的胸部的確看起來就像女人的胸部，豐滿，奶頭是咖啡色的。此時有人迅速地幫彌賽亞蓋了件披肩，不過那對胸脯的樣子從此讓馬耶爾永生難忘，在這之後——如同那些被烙印在腦海中的景象——那副模樣被拆解成文字，再反其道而行，從文字堆疊出圖像，植入孩子們的腦海中。

此刻，生性多疑的馬耶爾胸中有種類似刺痛的感覺，心中一陣拉扯，這必定深深傷害他的靈魂，因為他將這道傷痕傳承給了他的孩子，然後再傳給他的孫子。嫣塔的父親，馬耶爾，就是以利沙·修爾祖父的兄弟。

---

9 赫梅利尼茨基起義期間，什切布熱申的猶太人遭到屠殺，逃出生天的當地居民馬耶爾·本·撒慕爾記載了當時的情形，寫成紀事《佐克哈以汀》（Cok Ha-itim，英譯Sufferings of the Times），一六五〇年於克拉科夫出版。

10《依撒意亞》第六十三章：「你的服裝怎麼成了紅色……」「因為唯獨我一人踐踏了酒醡，我的人民中沒有一個與我在一起。我在怒氣中踐踏了他們，我在怒火中蹂躪了他們，因此他們的血液濺到我的衣服上，我的服裝就完全汙染了。」

然後呢？沒有然後了。他們縝密地記下了一切，每個動作、每字每句。第一個晚上馬耶爾一行人呆坐著不發一語，無法了解剛剛究竟在他們身上發生了什麼事。這是某種預兆嗎？他們會得到救贖嗎？當末日來臨之時，他們能夠理智地判斷發生了什麼事嗎？**現在一切終究是不一樣了，全是反著來的**。最後馬耶爾一行人處理完生意的事情，帶著奇怪又莊嚴的心情回到家，回到了波蘭。

薩瓦塔伊叛教的消息對他們來說猶如晴天霹靂。這件事發生於猶太曆創世五四二六年以祿月十六日，西元一六六六年九月十六日，但是他們直到回到家的那一刻才得知了一切始末。這一天突然下起了雪，過早的雪讓人措手不及，蓋住了菜園裡尚未收成的作物：南瓜、胡蘿蔔與土裡活過成熟期的甜菜根。

散播這樁消息的使者們身上穿著他們滿懷悲傷時撕扯過的長袍，馬不停蹄地趕路弄得他們灰頭土臉。他們不願停下腳步，只是不斷地走過一個又一個小鎮，嚎啕大哭。帶領異教徒的邪惡蘇丹以性命威脅薩瓦塔伊接受伊斯蘭信仰。他放話威脅要砍了他的頭。於是彌賽亞同意了。

起初家家戶戶都能聽見啼哭的聲音，人們難以置信。緊接著是一陣死寂。一天、兩天、三天過去，沒有人想開口說話。還能說什麼呢？說我們又成了最脆弱無助的人、再次上當嗎？說我們被神拋棄了嗎？彌賽亞被擊潰了嗎？他應該要將蘇丹拉下王位，奪取政權統治全世界，提升那些被貶低的人們的地位啊？巨大、灰暗、粗斜紋棉布般的烏雲，好比破爛不堪的帳篷頂，聚集在波多里亞的不幸城鎮上方。馬耶爾發覺世界似乎已經開始腐壞，壞疽對它產生了危害。他坐在沉重的木桌邊，腿上抱著如豌豆嬌小的小女兒，和其他人一樣抄寫希伯來字母代碼的解經數列。直至初霜落下，各式的信件與解釋才開始流傳，幾乎每個星期都會有流浪商人捎來救世主的新消息。當時甚至連在小鎮間發送牛奶與奶油的平凡人都搖身一變成了智者，他會用手指隨機在各種地方畫下救贖系統的圖表。

人們得從這些動搖人心、斷斷續續的通報中拼湊出整體，查詢書籍，向比較聰明的人徵詢意見。新的知識在這個冬季逐漸滋長，等到春天的時候它已經變得如新生枝枒般茁壯。我們怎麼可能搞錯呢？都是悲傷蒙蔽了我們的雙眼，好人不該受到這般質疑。沒錯，他的確改信了穆罕默德——但不是**真心實意的**，只不過是**做做樣子**。這是他的表象，**目標**，也就是影子，穿上了綠色纏頭巾，而真正的彌賽亞則躲了起來，等待更好的時機來臨，而它已經近在眼前了，只是時間的問題。

嫣塔始終看得見眼前的手指用撒在桌上的麵粉畫出了生命之樹[11]，於此同時她正身處八十幾年前別列札內近郊的村子裡。當天正好是嫣塔被育孕的日子。現在她終於能好好觀看這一天。

處在這樣奇異的狀態下，嫣塔是否能夠做出一些微小的改變呢？可以影響事件的過程？她辦得到嗎？假如她辦得到，她勢必會改變這一天。

她看見一個女人手提籃子走過田野，籃子裡裝著兩隻鵝。牠們的脖子隨著她走路的節拍擺動，珠子般的小眼睛四處察看，眼神中帶著家禽特有的信任感。哥薩克騎兵巡守隊快馬加鞭自林中竄出，他們的身影在她的眼前逐漸放大。要逃跑早就為時已晚，女人受到驚嚇，急忙用裝著鵝的籃子遮掩自

———

11 卡巴拉中生命之樹展現了上帝創造世界的過程，由代表十瑟非拉的十個圓圈與二十二條象徵希伯來字母的路徑組成。

己。馬匹將她團團圍住，步步進逼。彷彿有人下令，所有男人同時下了馬；一切都發生在彈指之間，靜謐無聲。他們把她推倒在草地上，籃子應聲而落，兩隻鵝也順勢跑出了籃子，但牠們沒有跑開，只是警覺地發出恫嚇的嘶嘶聲，見證事情的始末。有兩個人負責拉住馬兒，另一人則解開腰帶，鬆開他滿是皺褶鬆垮的褲頭，欺身而上將女人壓在身下，然後下一個人與之交替。他們動得越來越快，抓緊時間，恍若一定要動個幾下，趕緊交差了事——其實你在他們的臉上看不出半點愉悅的神色。他們把精液射入女人體內，接著滴了幾滴在草地上。最後一個男人緊緊壓住女人的脖子，讓女人不由得確信自己即將葬身此地，但是另外一個人將韁繩遞給了男人，男人便翻身上了馬。他又盯著她看了半晌，似乎想要記下他手下受害者的模樣。然後他們便快馬加鞭揚長而去。

女人雙腿大開呆坐著，氣憤的鵝一面望著她，一面用嘎嘎聲表達牠們的不滿。她以襯裙碎片擦拭腿間，接著撕碎了一些葉子和草葉。最後女人跑到了河邊，把裙襬高高拉起，坐進水中掏出體內的精液。鵝以為這樣的動作是在鼓勵牠們加入，所以同樣跑到了水邊。不過在牠們講究鵝的矜持，慢吞吞地決定加入女人的行列以前，兩隻鵝就被她一把抓住，收進了籃子裡，女人就這麼走回了小徑。她在村子前放慢腳步，步伐益發緩慢，最後停下了腳步，有如碰到了一道隱形的邊界。

這個女人就是嫣塔的母親。

毫無疑問就是因為這樣，母親這輩子才會誠惶誠恐地小心監視女兒。嫣塔對母親在桌邊工作的時候，切著蔬菜的時候，替水煮蛋剝殼的時候，刷洗鍋子的時候盯著自己的懷疑視線習以為常。母親三不五時就要看她一眼，如狼似犬，彷彿準備要隨時把牙齒深深刺入她的小腿。這樣的目光隨著時間演進增添了一抹咬牙切齒：上唇稍微往鼻子的方向抬起——這既不是敵意、也非憎惡的表現，只是一個幾乎不會注意到、沒什麼意思的表情。

嫣塔記得有一次母親在替她編小辮子的時候，在她耳朵上方的頭髮下找到了一顆深色的痣，令她十分欣喜。「你看！」她對著父親說，「她在跟你一樣的地方長了一顆痣，只不過是在另一側，就像是鏡子裡的倒影。」這件事父親隨便聽聽就過去了，他從來都沒對她懷疑過任何事。母親將祕密緊緊握在拳頭中，就這麼過世了。她怒氣攻心，死於某種痙攣。總有一天她會變成野生動物回歸的。

嫣塔是第十一個小孩。馬耶爾為她取名嫣塔，表示她是傳播消息、教導他人的人。母親當時已經沒有太多心力照顧她——她的身心都太過脆弱了。嫣塔交由其他時時刻刻在家中打轉的女人照料——堂姊妹、姑姑，有一段時間也由奶奶負責照看她。傍晚，母親脫下波奈特帽的模樣歷歷在目——這一刻她能就近觀看母親隨意修剪的邋遢短髮，慢慢變長的頭髮蓋住了她不健康、脫皮的皮膚。

嫣塔共有六位兄長，他們在葉史瓦求學，當他們坐在家裡、期期艾艾地朗讀經文，嫣塔會掛在桌子旁邊湊熱鬧；她的年紀太小，承擔不了女人真正的工作。她尚有四位長姊，其中一位已經嫁作人婦，他們正為了幫另一位姊姊找尋訂婚對象不遺餘力。

父親在她的眼中看見了熱情與好奇心，於是他順水推舟向她解釋字母，心想對她來說它們就和圖畫、寶石與星辰一樣——美麗的alef猶如貓掌的倒影，Szin有如樹皮製成、帶著桅杆的小船[12]，被放入水中漂流。可是嫣塔居然在不知不覺的情況下、用大人的方式學會了所有希伯來字母，而且她很快就

———

12 希伯來字母alef寫為א，szin為ש。

能夠靠自己拼出單字了。出乎意料，母親為此狠狠打了她的手心，似乎在責備她追求太多了。母親本身並不識字。有時父親難得，或者大多數時間他們的長輩、跛腳的阿布拉梅克，會講述經典中的猶太故事給女人小孩聽，這時母親就會洗耳恭聽，樂在其中。阿布拉梅克的語調總是十分淒涼，好似被寫下的文字本來就與哀歌一脈相承。長日將盡的時候，他會在昏暗的燭光下說起故事，傍晚的家中，一股鄉下卡巴拉學者難以擺脫的悲傷也隨之浮現，當時這樣的人為數不少。你可以在這股悲傷中嘗到某些人喝伏特加的時候追求的那種風味。接下來，所有人都會被這股憂鬱的心情籠罩，總是會有人開始哭泣，臉色發白。這時他們會想要觸碰阿布拉梅克所說的所有東西，試著伸手抓住某種有形的東西，但實際上什麼東西也沒有。這般匱乏令人悚然心驚，引發了真正的絕望。周圍一片黑暗、溼冷。夏天的時候也只有沙塵、乾草與石頭。那一切究竟在哪裡呢——那個世界？那樣的生活？那個樂園？我們該如何抵達那裡？

小嫣塔感覺每一次的故事之夜都比前一次更令人緊張、更晦暗、更難以理解，尤其是跛腳阿布拉梅克用溫暖低沉的嗓音說話的時候：

「如同我們所知，廣闊的宇宙中充滿著自人類罪惡誕生的鬼魂與惡靈。祂們飄浮在空間中，就如同《光輝之書》清楚記載的那樣。我們走到猶太會堂的路途中必須小心防範不要接觸到祂們，所以我們應該要知道《光輝之書》的內容，特別是禍害會埋伏在左手邊這一點，因為門柱聖卷[13]只會釘在右手邊，而聖卷上寫著聖名：以利沙代，擊退禍害的全能上主[14]，聖卷上的文字告訴我們：『而以利沙代將會守在你的門柱上。』」

所有人都不約而同地點頭附和。我們都知道這一點。左手邊。

嫣塔知道這一點。「風中到處都是眼睛，」母親輕聲說道，她每次替嫣塔換衣服的時候都把嫣塔當成布偶拉來拉去。「祂們會盯著你瞧。只要你拋出一個問題，鬼魂立刻就會回答你。你只需要提問，然後就會找到答案：在灑出來的牛奶顯示字母samech的形狀裡[15]、在酷似字母szin的馬蹄壓痕中。不斷蒐集累積這些符號吧！不久之後你就可以解讀出整句話了。如果全世界、甚至通往河邊的黏土小徑就是上主所寫的經典，那麼閱讀人類所寫的書本又算得上什麼藝術呢？好好觀察那條小路，還有那些鵝毛，柵欄木板上乾枯的年輪，房屋牆壁上黏土的裂縫——它看起來和字母szin毫無二致。你有閱讀的能力，所以讀吧！嫣塔！」

嫣塔害怕自己的母親，這是理所當然的。嬌小的女孩站在成天嘀咕、老是怒氣沖沖的瘦小女人面前。母老虎——全村的人都這麼叫她。母親總是喜怒無常，嫣塔永遠不確定母親把自己抱到腿上之後，等著她的是親吻、擁抱，或是被狠狠捏住肩膀，把她當成玩偶肆意搖晃，所以她寧願避開母親。她看著母親用細瘦的雙臂把剩下的舊嫁妝收進箱子裡：她出身西里西亞一個富裕的猶太家庭，但那份財富所剩不多了。嫣塔聽見父母在床上發出呻吟，知道是父親祕密地驅趕母親身上的附鬼。母親先是虛弱地掙脫他，然後深深地吸了一口氣，如同浸入冷水、浸禮池的冰水中的人，躲進了可以免於被邪

---

13 門柱聖卷字面的意思是「門柱（mezuzah）」，猶太人以往會將「以色列！你要聽：上主我們的天主，是唯一的上主。你當全心、全意，愛上主你的天主」（出自《申命紀》第六章），這句話刻在門柱右方，後來演化成將刻有《妥拉》經文的羊皮卷塞進右邊門框上的經文盒中。

14 門柱聖卷的後方刻有以利沙代（Szaddaj）一字，意為全能的上帝。

15 希伯來字母samech寫成ס。

惡傷害的地方。

在他們一貧如洗的時候，嫣塔曾經撞見母親吃光那些留給所有人的存糧——她的身形佝僂、臉蛋消瘦，空洞的雙眼漆黑到甚至看不見瞳孔。

嫣塔七歲的時候，母親難產而亡，孩子沒有力氣從她的體內來到外面的世界，母子雙雙過世。嫣塔認為這肯定是附鬼幹的好事，母親偷吃存糧的時候也把附鬼吃進了肚裡，而父親在夜晚的鬥爭中也未能趕走祂。祂就這麼寄居在母親腹中不願離開。死亡——就是懲罰。生死攸關的生產日來臨的幾天前，身材圓潤豐滿的母親一大清早就雙眼無神地叫醒了正在睡覺的女兒，拉著她的辮子說：

「起床！彌賽亞來了！他人已經在桑伯爾了。」

妻子過世後，馬耶爾出於模糊的罪惡感親自接手了照顧女兒的工作。他不太知道該拿她怎麼辦，所以當他在研究的時候，嫣塔就會坐在他旁邊，盯著父親正在讀的東西瞧。

「所以救贖會是什麼樣子呢？」嫣塔有次開口問了他。

這麼一問讓馬耶爾回過了神，他站起來，後背靠在暖爐上。

「這很簡單，」他說。「當上帝的最後一道瑟非拉回歸本源，彌賽亞就會在我們眼前現身。所有的律法都將失去效力。潔食與非潔食、聖潔與詛咒的分別就此消失，你再也無法區別黑夜與白天，女人與男人之間的差異也不復存在。《妥拉》中的字母重新組合排列，新的《妥拉》從而誕生，其中的所有內容也會與之相反。人的肉體會變得如鬼魂輕盈，新的靈魂從至善上主的寶座降至凡間來到他們身邊。屆時人們也沒有必要吃喝，睡眠會變得多餘，各種欲望也會煙消雲散。聖名之間的聯繫將取代肉身的繁衍。《塔木德》將會被塵土掩埋，為世人所遺忘，變成累贅。世界各地都會在舍金納[16]的光芒下閃耀。」

不過馬耶爾隨後想起應該要提醒她最重要的一件事：

「在心靈與口舌之間有一道深淵，」他說。「別忘了這一點！你必須隱藏自己的想法，尤其當你是如此不幸，作為一位女性誕生於世。你必須讓其他人以為你沒在思考，用你的行為舉止誤導他人。所有人都應當這麼做，女人更是如此。《塔木德》學者深知女性的力量，卻也懼怕它，所以他們才會刺穿女孩們的耳朵，藉此削弱她們。但是我們——絕不會這麼做。我們不會這麼做，因為我們本身就像女人一樣。我們東躲西藏，裝瘋賣傻，假裝成其他人。等我們走進家門之後才會脫下臉上的面具。我們肩負沉默的包袱，寂靜的重擔[17]。」

而今，嫣塔正躺在科羅利夫卡的柴房，脖子以下都被蓋住了。她心知自己騙過了所有人。

16 舍金納（Szechina）原意為居住，指上帝的常在。在卡巴拉中，舍金納呼應了代表男性特質的第六瑟非拉特腓勒（Tiphareth，美），代表了神的女性特質、陰性力量。在盧利亞卡巴拉中，舍金納被稱為安息日的新娘。

17 思高本《聖經．依撒意亞》第二十一章第十一節將寂靜的重擔（masa duma，英譯the burden of silence）譯作「厄東的災難未完」。度瑪的原意是寂靜，音近似希伯來文的厄東。另有一說認為度瑪為沙烏地阿拉伯一座綠洲城鎮。

8

蜂蜜，別吃太多，或在土耳其之地、士麥納以索哈學校的教導

多虧了以索哈學校的教導，納赫曼對希伯來字母代碼、拼字法、互換法都瞭若指掌。你可以三更半夜叫醒他，要他互換字母的順序，用拼字法創造出新單字。他已經注意到了祈禱文與祝福中的字母代碼，把它們加以計算，並藉此挖掘它們排列的原則。他將它們與其他字母相比較，改編字母順序，轉換成新單字。有好幾次，當士麥納的夜晚熱得他睡不著覺，而莫德克先生沉默地抽著菸斗神遊的時候，直到太陽升起前一刻，納赫曼都閉著雙眼，沉浸在文字遊戲中自得其樂，忙於創造新的、前所未有的字義與關聯。第一道灰色曙光照亮小廣場的時候，廣場上幾棵枯萎的橄欖樹下幾隻狗兒正躺在垃圾堆中呼呼大睡。這一刻，納赫曼覺得文字的世界比他親眼所見的世界要真實得多。

納赫曼心滿意足。他老是占著雅各身後的位置，喜歡盯著他的背後看。《聖經》的文字彷彿就是在描述他當下的處境，如同《箴言》第二十五章第十六節所言：「你能找到蜂蜜，應按食量吃；怕吃

得過多，反要吐出來。」

與此同時，除了面相與手相[1]的知識，被選上的那群學生（包含納赫曼與雅各在內）還會在以索哈與莫德克先生的監督下學習某樣神祕的東西。午後小房間內只剩下兩盞蠟燭，學生坐在牆邊的地板上。他們必須把頭縮在膝蓋中間。如此一來，人的身體就會回歸到在母親胎腹中的姿勢，也就是回到還非常接近上帝的那個時刻。當你維持這個姿勢坐著好幾個小時，當你的呼吸回到肺部、聽見自己的心跳聲，就表示人的思緒開始漫遊了。

高䠷健壯的雅各身邊總是圍著一群聽眾，他向大家訴說年輕時在布加勒斯特的經歷，納赫曼則不太專心地跟著偷聽。雅各提到有個猶太人遭到兩個阿迦[2]派來的騎兵攻擊的時候，他曾挺身而出捍衛對方。雅各用擀麵棍和他們搏鬥，單靠那根擀麵棍就把土耳其衛兵打得潰不成軍。而當他因為造成他們身體損傷而被送上法庭的時候，他的驍勇善戰深得阿迦喜愛。阿迦不只釋放了雅各，甚至還賞賜禮物給他。納赫曼當然不相信他這番說詞。昨天雅各也說了個關於神奇鑽頭的故事：有種抹過某種魔法藥草的鑽頭，它能夠準確指出地下寶藏的位置。

雅各似乎看見了納赫曼盯著自己——每次只要雅各一看向他，他就會迅速轉過頭——雅各用土耳

---

1 此處的面相學（znajomość fizjonomii）與手相學（sidrej szirutin）可以追溯到梅爾卡巴神祕主義的律法釋疑文獻 Hakkarat Panim le-Rabbi Yishmael。中世紀的猶太神學家、梅爾卡巴神祕主義者、拉比海．高恩（Hai Gaon，高恩為天才之義，是中世紀巴比倫、蘇拉兩處塔木德學院賦予拉比的榮譽頭銜）使用面相作為判斷學生能否接受祕傳知識的標準，並宣稱一個人是否有德行也會顯示在其面相與手相上。

2 阿迦（土耳其語 ağa）為蘇丹禁衛親兵的首領，也是稱呼鄂圖曼帝國高階文武官員的敬稱。

其語出言挑釁納赫曼：

「你是有什麼毛病，臭鳥[3]，幹嘛盯著我看？」

他是為了激怒納赫曼才這麼說的。納赫曼止不住眨眼，一臉震驚。雅各使用了意第緒單字這點同樣令他無比驚訝：feygele，小鳥，但也指那些喜愛男性勝過女性的男人。

讓納赫曼陷入困惑，雅各笑逐顏開。

他們花了一些時間尋找共通的語言。雅各先是說起了當地猶太人說的語言：拉迪諾語[4]，但是納赫曼完全聽不懂，便改用希伯來語回答，可是兩人都覺得在大街上以神聖的語言交談不大妥當，他們只好就此打住。納赫曼切換成意第緒語，但這一次換成雅各的意第緒語有奇怪的口音了，所以他改用土耳其語回答，流暢無比又歡欣雀躍，彷彿他忽然發覺自己踏上了故土。如此一來又換納赫曼不自在了。最終兩人完全不顧字的出處，以某種混合語彼此交談；詞彙並不是貴族，不會要求人們為其建立系譜。詞彙是商人，伶俐又能幹，四處東奔西走。

人們喝咖啡的地方叫什麼呢？咖啡館[5]，對吧？而黝黑矮壯、把人們買下的商品從市集搬回家的土耳其南方人叫作挑夫[6]。還有雅各白天總是會去逛的寶石市集，那是叫有頂市集[7]，不是嗎？雅各笑了笑，他有一口漂亮的牙齒。

《碎筆》：關於創世五五一一年我們在士麥納所做的事情，我們如何遇見莫里夫達，以及聖靈如何像針一樣把世界刺出一個洞

我將以索哈對我們的教導牢記在心。他說過讀者一共有四種類型。有海綿型的讀者，漏斗型的讀者，濾網型的讀者與篩子型的讀者。海綿吸收所有淋在他身上的東西；顯而易見地，他之後會記得許多東西，卻無法從中萃取出最重要的內容。漏斗——由一端負責吸收，但所有讀進去的東西都從另一端流了出來。濾網過濾出葡萄酒，留下了沉澱物；這樣的人根本不該讀書，更適合讓他去從事手工藝。至於篩子，他把糠分離出來，只留下最好的穀粒。

「我期望你們都能像篩子一樣，擺脫不良、無趣的事物，」以索哈叮囑我們。

3意第緒語feygele，源於古高地德語「鳥（fogal）」，為同性戀男性的貶義詞。
4拉迪諾語（ladino）又稱猶太西班牙語，融合了希伯來語及西班牙語，為塞法迪猶太人主要使用的語言。
5土耳其語kahvehane，十六世紀起提供了鄂圖曼土耳其帝國境內文化、政治、宗教與音樂交流的社交場所。
6土耳其語hamal。
7土耳其語bedesten，圓頂磚造建築內的室內市集，通常販售貴重的寶石、布料等等。

多虧了莫德克先生在布拉格的人脈與人望，我們兩人——非常幸運地——都受到了雇用，薪資非常不錯，工作是從旁協助聖三修會[8]從土耳其奴隸枷鎖中贖回基督徒戰俘。我們接替了另一位猶太人發燒猝逝後需要趕緊有人替補的位置。我們負責的工作內容是照顧修士們待在士麥納這段時間的日常所需；因為我的土耳其語已經十分流利，如同我先前說過的，我的波蘭語也毫不遜色，他們聘用我也是考慮到翻譯的需求，所以不久後我便成為了土耳其人口中的德拉古曼[9]，所謂的翻譯。

贖身交易在港口進行，聖三會修士向下走到禁錮戰俘的臨時牢房，和他們談話，詢問他們從哪裡來，有沒有其他家人能夠為其贖身，並返還聖三會修士們墊付的金額。

有時候也會發生很好玩的事，例如某個出身利沃夫近郊的女農民的故事。她名為札波羅夫斯卡，而她的小兒子是在被囚禁的時候出生的，名叫伊斯梅爾。她差點親手搞砸了整樁交易，只因為她堅決不拋棄穆罕默德的信仰，不願讓自己的兒子伊斯梅爾受洗，為此聖三會修士們傷透了腦筋。

另一個同樣替聖三會修士們工作的翻譯立刻吸引了我的注意，因為我聽見了他用波蘭語和其他人交談，雖然他的穿著打扮完全就是土耳其風格。他的髮絲比陽光還要燦爛，紅棕色山羊鬍修剪得乾淨俐落。個頭矮小精壯——可以推測出他是個孔武有力、吃苦耐勞的人。我用眼角餘光瞥了他幾眼，但適當的時機出現之前我不想唐突地找他攀談。有一次，他注意到我正試著和某個為了替親人贖身、遠從小波蘭長途跋涉至此的人用波蘭語解釋一些事情，他朝我走了過來，拍了拍我的背，然後像是對待自己的同鄉一般抱住我。「你是哪裡人？」他毫不客套單刀直入的問候令我深受感動，因為我從未受到任何貴族如此真誠的對待。隨後他向我說起一口流利的希伯來語，以及我們的母語意第緒語。他的嗓音低沉，適合演講。我臉上的表情肯定十分滑稽，因為他肆無忌憚地仰面放聲大笑，我幾乎快要可以看見他的喉嚨深處了。

某種神祕的生意把他帶到了士麥納，對此他不願多提，然而他對外宣稱自己是希臘海域上某座小島的大公，那座島便是以他為名——莫里夫達。不過他的口吻彷彿是在向我們拋出魚鉤：我們相不相信？我們會不會上鉤？他的語氣聽起來似乎也不全然相信自己所說的話，彷彿還暗藏了幾種不同版本、可信度一模一樣的故事。儘管如此，不知怎麼地，我們很快就變得十分親近。他待我如父輩，但其實他還比我稍長幾歲。莫里夫達向我們打聽波蘭的狀況——我只好告訴他一些非常日常的事，他聽得津津有味：利沃夫貴族與商人有什麼風俗習慣？那裡有哪些商店？喝不喝得到美味的咖啡？猶太人都做些什麼樣的買賣？那亞美尼亞人呢？人們吃什麼、喝什麼酒？老實說，我不是很了解波蘭的事情。我告訴他克拉科夫與利沃夫的事，鉅細靡遺地向他描述羅哈廷、卡緬涅茨以及我的老家——布斯克。我得承認，我們兩個人都無法避開那突然襲向離家遊子的鄉愁，但我總感覺他似乎已經很久沒有回家了，因為他問的都是些無關緊要又奇怪的事。莫里夫達告訴了我們自己在海上與海盜們的冒險故事，他口中描述的海上對決實在太過精采，就連身穿白袍掛著十字架的聖三會修士都忍不住蹲在我們旁邊跟著聽。他和修士們對話的時候切換成了波蘭語，而從他們對話的方式（我當時還聽不懂全部的內容），看得出來修士們非常尊重他，對待他的方式也十分特別，恍若他是真正的貴族。他們稱呼他

---

8 三位一體修道會由聖若望．瑪達（St. John de Matha）於一一九八年創立，修會的宗旨包含解救十字軍東征期間遭異教徒俘虜的基督徒戰俘。

9 土耳其語tercüman，為協助歐洲人與鄂圖曼土耳其居民溝通的翻譯、導遊或仲介，或是在鄂圖曼土耳其外交部門、法院擔任口譯官的人，多半是希臘人或猶太人。

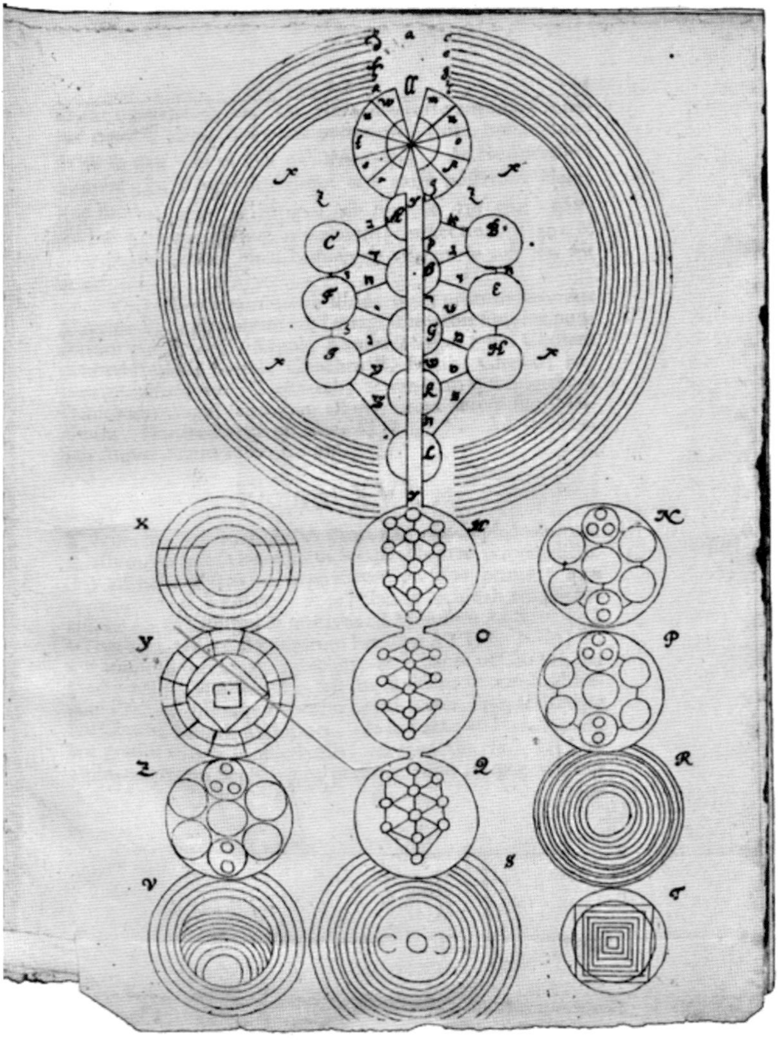

為「科薩科夫斯基伯爵」，這讓我不由得倒抽了一口氣，因為即使他是個怪異的人，我從未在這麼近的距離下看見伯爵。

我們認識這位莫里夫達的時間越久，他帶給我們的驚奇也越多。他不光是精通希伯來語閱讀與寫作，甚至還會基礎的希伯來字母代碼！他很快就展現出超乎一般異教徒知識範圍的淵博學問，他甚至還會說希臘語，而他的土耳其其寫作能力也優秀到可以寫出書面收據。

某天，來自尼科波爾的托瓦上門尋找以索哈。我們此時還不認識他本人，但早已聽聞他的優良事蹟，也研讀了他的許多書籍與詩作。他是一個既謙虛又內斂的人。他十三歲的兒子不管到哪裡都陪伴在其左右，是個清秀的男孩，兩人在一起的畫面就如同天使照顧著賢者。

他的到來所引發的爭論引導我們走向了從未探索過的新領域。

以索哈開口說道：

「已經沒有等待大事發生的必要了，不論是日蝕或洪水都一樣。救贖的奇異過程就在這裡上演，」——他拍了自己的胸脯，發出砰的一聲——「我們從最深的谷底向上飛升，如同他不停地飛升、掉落，與惡的力量、黑暗的魔鬼不斷鬥爭。即使我們在這裡、在這個世界上必須承受身為奴隸的命運，我們將會就此解放，我們的內在將會變得無拘無束……唯有我們，真正的信徒[10]把舍金納從塵土中舉起的時候，那一刻才會來臨。」

我心滿意足地記下這些字句。我們就該如此解讀薩瓦塔伊的行為。他選擇了心中的自由，而非凡

———

10　希伯來語ma'aminim，薩瓦塔伊．塞維與雅各．法蘭克的追隨者都曾以此自稱。

間的自由。他改信伊斯蘭教是為了忠於自己解救世界的任務。而我們這群傻子卻盼望他帶領千名身穿黃金盔甲的士兵兵臨蘇丹皇宮。我們就如同孩子般渴望精緻的玩具、魔術[11]、幻象或是那些騙小孩的魔法。

那些在我們之中，認為上帝會透過外在事件給予我們啟示的人是不對的，他們就像孩子一樣。祂會直接對著我們靈魂的最深處耳語。

「這個奧祕如此重大、殊異，只有受盡最多苦難折磨，親自去過至極恐怖黑暗深淵谷底的那一位會成為救世主。如今我們等待著他的回歸；他將會以各色的形象回歸，直到奧祕化零為整——直到上帝的聖靈進入人之內，人與上帝產生連結[12]，三重的一體性[13]統領世間的那一刻。」以索哈講到「三重的一體性」的時候說得比較小聲，避免刺激到那些認定軟弱的彌賽亞過於傾向基督教的傳統人士。然而難道不是每個宗教都各有各的道理嗎？每一種信仰都沐浴在聖神的光輝中，就連最野蠻的信仰也不例外。

此時莫德克先生在一陣煙霧中開了口：

「或許彌賽亞是身先士卒，要我們也追隨他的腳步走進這片黑暗中？許多在西班牙的人都接受了厄東的信仰[14]。」

「但願不會有人那麼做！」托瓦出言反駁。「渺小的我們不應模仿彌賽亞的舉動。只有他能夠隻身進入泥淖，身體完全沒入其中卻出淤泥而不染。」

托瓦覺得他們不該過於親近基督教。之後他們熱血沸騰地和其他人一起討論三重一體性的時候，托瓦宣稱如今已經沒人記得神性奧祕的古老教誨了，基督教口中那種三位一體的教義是遭到曲解的版本。它如陰影晦暗、錯誤百出。

「千萬要遠離三位一體，」托瓦警告眾人。

這幅景象深植我心：油燈閃爍的燈火圍繞著三位蓄鬍的成熟男性，他們整個下午天南地北聊著彌賽亞的各種事情。每一封來自阿爾托納或薩羅尼加、摩拉維亞、利沃夫或克拉科夫、伊斯坦堡或索菲亞猶太弟兄的信件，造就了數個輾轉不寐的夜晚，而待在士麥納的這段時間我們的想法也越來越一致。以索哈表現得最嚴謹自制，托瓦則顯得尖酸刻薄，我得承認我常常躲避他怒氣沖沖的視線。

沒錯，我們從他，薩瓦塔伊．塞維，來臨的那一刻起就知道，世界已經換上了一副死氣沉沉的面孔。雖然表面上看起來一如既往，但其實早已是與過往完全不同的世界了。舊的律法不再適用，我們從小信守的戒律也失去了意義。《妥拉》看起來沒什麼兩樣，書中的文字內容沒有任何變化，沒有人

---

11 一些猶太賢者將非猶太人創造出魔法效果的技巧視為幻覺（Achaia Aynayim），如今我們稱這樣的技巧為魔術。另一些人則認為他們實際上也擁有法力，但不如《聖經》與拉比文學中的英雄強大。

12 迪維庫（devekut）原意為「附著」，指透過靈性的手段與上帝交流。

13 此處波蘭語原文皆為Trójca，基督教稱為三位一體，但《光輝之書》中為了與基督教的三位一體做出區隔，以「三重的一體性」形容上帝，故下文將沿用此翻譯。

14 西元一四九二年卡斯提爾王國與亞拉岡王國下令猶太人皈依天主教，否則將被驅除出境，史稱阿罕布拉法令。《希伯來聖經》稱厄東人為厄撒烏（和合本譯作以掃）、雅各伯兄長的後裔。《創世紀》中不乏厄撒烏與雅各伯兄弟鬩牆的場景。《申命紀》第二十三章第七節曾明言：「你不可憎恨厄東人，因為他是你的兄弟」，厄撒烏或厄東因而成為猶太文化中兄弟兼敵人的象徵，此處則代稱基督徒。法蘭克派信徒習慣以厄東稱呼基督宗教。

變換經文字母的順序，但我們再也無法用以前的方式解讀它了。全新的意義在舊的文字中展現，我們會重新看見、理解它。

誰在這個得救的世界遵循舊《妥拉》，他就是在讚揚凋亡的世界與律法。他就是罪人。

彌賽亞將會完成他刻苦的旅程，從內部瓦解空虛的世界，使消亡的律法灰飛煙滅。所以我們應當消滅舊的秩序，使新的秩序凌駕其上。

那些教誨與經典不是早就明明白白告訴我們，以色列人民正是為了聚集世界上所有的神聖光輝才四分五裂、分散在世界上各個角落嗎？甚至為此分散到了人間最遠的那端、最深的深淵。來自加薩的拿單不也這麼教導我們嗎——這些瑟非拉往往深深受困於物質的軀殼中，受盡屈辱，就和掉在牛糞上的寶石一樣，不是嗎？在修復[15]過程中最艱難的時刻除了唯一的那一位，沒有人能夠取得這些光輝——唯有他必須親身體認罪與惡，並從中汲取神聖的光輝，所以才會有像薩瓦塔伊·塞維這樣的人出現。他必須接受伊斯蘭信仰，為了我們所有人做出大逆不道的行為，如此一來，我們就不必做到這一步。有很多人無法理解這一點。但是我們從依撒意亞身上學到了——彌賽亞必定要受到自己的子民與外邦人民的厭棄[16]，預言便是這麼斷定的。

托瓦已準備動身離開。他批購了遠從中國船運來的絲綢，用紙與木屑仔細包裝的中國彩陶，還買了許多印度精油，親自在市集上尋覓送給妻子與摯愛的女兒漢娜的禮物。我這時才第一次知道他有個女兒，尚且渾然不知事情日後會如何發展。他眼神掃過用金色絲線點綴的披巾與刺繡拖鞋。我和莫德克先生在托瓦休息的時候去找他，他剛派助手去海關處理通行令，因為他過幾天就要踏上歸途。如今每個在北方有親屬的人都在寫信、打包小包裹，這樣托瓦的商隊才可以帶上它們前往多瑙河畔——到達尼科波爾與久爾久，再從那繼續行進回到波蘭。

我們在他身旁落座，莫德海拿出了一瓶最上乘的葡萄酒。兩杯黃湯下肚之後，托瓦的臉色變得和緩，露出了孩童般驚訝的神情，眉毛上揚，額頭上的抬頭紋也跑了出來。我心想，我現在終於看見了這位賢者真正的模樣，他不論何時都很注重儀態。他不是個嗜酒成性的人，葡萄酒很快便沖昏了他的腦袋。莫德克先生開起他的玩笑：「自己就有一座葡萄園的人，怎麼可以不喝酒呢？」不過我們這一趟來找他另有其他原因。我們以前替年輕人作媒的那種感覺又回來了。這一次的對象是雅各。我們先提起雅各與來自薩羅尼加支持柏魯奇亞[17]之子柯尼奧的那群猶太人過從甚密，而這點讓托瓦十分有好感，因為他自己也和他們十分親近。然而，我和莫德克先生不屈不撓地將話題拉回另一件事情，我們的堅持——「那兩個波蘭來的」的堅持，托瓦總是這麼叫我們——就有如螺旋：一開始你以為它會逐漸變弱、不再旋轉，但下一刻它就回到了原本的位置，只不過外形不同罷了。講完扯得大老遠的題外

15 即提坤（Tikkun）。

16《依撒意亞》第五十三章：「他受盡了侮辱，被人遺棄；他真是個苦人，熟悉病苦；他好像一個人們掩面不顧的人；他受盡了侮辱，因而我們都以他不算什麼。然而他所背負的，是我們的疾苦；擔負的，是我們的疼痛；我們還以為他受了懲罰，為天主所擊傷，和受貶抑的人。」

17 薩瓦塔伊死後，有一群表面上皈依伊斯蘭教，私底下卻祕密信奉猶太教的猶太人，稱東馬派（Dönmeh）。東馬派其中一支分支由柏魯奇亞．洛索（Baruchiah Russo，又名奧斯曼．巴巴 Osman Baba）領導，其追隨者認為柏魯奇亞．洛索是薩瓦塔伊．塞維的後繼者，法蘭克派信徒也認為他是接續薩瓦塔伊．塞維的第二位彌賽亞。

話與最不著邊際的各種聯想，每一場對話最終都會回到同一個地方——回到雅各身上。我們到底想要做什麼呢？我們想要讓雅各娶托瓦的女兒，如此一來，雅各就會變成有頭有臉的人物。未婚的猶太男子無足輕重，沒人會認真看待他。還有呢？還有什麼事情奇蹟似地在我們的腦中萌芽？這是一個大膽的想法，或許說得上是危險的，但轉瞬間我便看見了它的全貌，在我看來這個想法完美無缺。我彷彿頓悟了這一切——我與莫德克先生的旅程、我們的研究——背後的原因。說不定是葡萄酒使我的思緒放鬆，因為所有事情剎那間在我眼中都變得如此清晰。此時莫德克先生替我開了口：

「我們替他和你女兒的姻緣牽線，而他將會作為使者出使波蘭。」

這就是我們的目的。而且，出乎意料的是托瓦完全沒有出言反對我們的提議，畢竟他跟大家一樣都聽說過雅各這個人。

因此我們叫人把雅各找過來；過了好一會兒雅各來了，身後還跟著一夥與他年齡相仿的男孩和一些土耳其人。那些人待在小廣場的對面，雅各則有些赧然地站在我們面前。我記得我看見他的那一刻打了一陣哆嗦，渾身顫抖，我從未對世間其他人有更深厚的愛意。雅各的眼神中透露出一絲興奮，難以掩飾他那抹招牌的嘲諷微笑。

「如果你，莫德海，你，托瓦，還有你，納赫曼，假如你們是這個世代的賢人，」——他以極度莊嚴的口吻說道——「那你們表演一下點鐵成金吧，這樣我就可以確定你們真的是神聖的使者。」

我不知道他究竟是在裝瘋賣傻還是認真的。

「坐下吧！」莫德克先生朝他厲聲道。「這種奇蹟只有彌賽亞本人才辦得到。你很清楚這件事。我們先前就已經討論過了。」

「那麼他到底在哪呢，那位彌賽亞？」

「你怎麼會不知道？」莫德克先生揶揄地審視他。「你不是成天和他的追隨者待在一塊嗎？」

「彌賽亞人在薩羅尼加，」托瓦冷靜地說。葡萄酒催化下他拉長了每個字的發音。「聖靈在薩瓦塔伊．塞維死後轉移到了柏魯奇亞．洛索身上。願他的名受人稱頌！」片刻的靜默過後他補上一句，彷彿試著要煽動對方。「如今，他們說聖靈在柏魯奇亞的兒子柯尼奧身上找到了棲身之所。他們說他就是彌賽亞。」

聽到這裡，雅各再也無法保持嚴肅的表情。他止不住哈哈大笑，而我們也鬆了一口氣，因為我們自己也不知道話題會被帶到什麼方向去。

「假如你們這麼說的話，我馬上就去找他，」過了一會兒雅各回應。「因為我渴望全心全意地為他效勞。如果他要我幫他劈柴，我就幫他劈柴。如果他要我提水，我就提水。如果他需要有人上戰場，我就會領軍作戰。你們只需要告訴我，我該做什麼。」

《節日獻祭》第十二篇[18]中講到「嗚呼哀哉！受造物目可視物，卻不知所見為何」。但是我們不但知道，也了解自己看見了什麼。事情發生在同一天晚上。雅各先是站在莫德克先生面前，而祈禱中

18《節日獻祭》（Chagiga）出自《米示拿》中探討《節期》（Seder Mo’ed）的卷章，該篇討論了逾越節、五旬節與住棚節的節日與獻祭傳統。此處全句為「嗚呼哀哉！受造物目可視物，卻不知所見為何；立足其上，卻不知倚何而立。」，段落12b:2以地柱為例探討了上帝創世的奧妙。

的莫德克先生一邊誦唸最強而有力的禱文，一邊一一輕點雅各的嘴唇、眼睛與眉毛，然後以藥草塗抹他的額頭。等雅各的雙眼變得無神，他平靜溫順地站著，我們便脫下他的衣服，只留下一盞燈亮著。然後我用顫抖的嗓音唱起了所有人都熟知的那首曲子。它現在已經被賦予了完全不同的意義，因為我們不會再像大家一樣每天祈求聖靈降臨了，不再空泛地祈求修復這個世界，期待我們得救。此刻我們祈求的是靈魂真正具體地進入我們眼前這個一絲不掛的肉身，進入這個我們既熟悉又不熟悉的男人、弟兄的身體內。我們讓他接受靈魂給予的試煉，測試他是否有資格、能不能承受這樣的打擊。我們不再祈求那些寬慰內心的平凡暗示，我們祈求的是行動，祈求祂進入我們陰暗汙穢的世界。我們把雅各當成誘餌，他就像是隻昏迷的綿羊被擺在野狼面前。我們的聲音逐漸變得高亢，最後聲音尖到彷彿我們全都成了女人。托瓦的身體前後擺動，我感到一陣噁心，像是吃了什麼不新鮮的東西，我覺得似乎下一秒就要昏倒了。只有莫德克先生一個人輕鬆自在地站著，抬眼望著天花板上那扇小窗。或許他預期聖靈會從那扇窗戶出現也說不定。

「聖靈有如洞穴前守著受困者徘徊不前的野狼，在我們身邊盤桓。」我說，「祂尋找著最細小的孔洞，想要以此觸及生活在陰暗世界中弱小的光明之人。祂不斷嗅聞、檢查每一道裂縫、每一個開口，察覺我們的內在。祂就像是被欲望沖昏頭的愛人來回逡巡，想用光明填滿這些如同地下菌菇般脆弱的存在。而弱小又迷失方向的人類為祂留下了記號——橄欖油標記過的石頭[19]、樹幹、門框，自行在額頭上傳油，以便聖靈進入。」

「為什麼聖靈這麼偏愛橄欖油？幹嘛要傳油？難不成這樣摩擦力比較小、比較容易進入物體嗎？」有一次雅各提出這個疑問，惹得所有學生哄堂大笑。我也不例外，畢竟這個問題大膽到不可能是個蠢問題。

情況急轉直下。雅各突如其來地勃起，他的肌膚表面蒙上了一層汗。他的雙眼呆滯突出，而且他似乎正發出嗡嗡嗡的聲音。隨後他猝然倒地不起，就這麼以奇怪、扭曲的姿勢躺在地上，渾身抽搐。我第一個反射動作就是朝他走去，想要幫助他脫離險境，但莫德克先生強而有力的手掌出乎意料地把我攔了下來。這個過程持續了一陣子。接著有一股尿液自雅各身下緩緩流出。要我寫下這件事情實在很不容易。

我永遠不會忘記那一日在那裡的所見所聞，我再也沒見過比這更真實的事物，它真實到足以證明凡間的、肉體的、物質型態的我們與聖靈之間的關係有多麼陌生。

19《創世紀》第二十八章中雅各伯以石頭代替枕頭，睡著之後夢見天主顯現，於是隔天雅各伯將石頭立作石柱，淋上橄欖油以紀念神的恩典。

MOSCOVIA
TARTARIA PICCOLA
TARTARIA CRIMEA
PALUDE di MEOTIDE
MARE AZOFSCHE
CIRCASSIA
IL MARE NEGRO
ANATOLIA
CARAMANIA
ARMENIA
I. DI CIBRO
Golfo di Scanderoene
NUOVA CARTA
del
EUROPA
TURCHESCA
Secondo l'ultime Osservazioni
fata in AMSTERDAM
apresso ISAAK TIRION
Miglia Alemane 15 in un Grado
Miglia Inglesi 60 in un Grado
Miglia Francesi o, un ora di Camino

UNGARIA
TRANSILVANIA
MOLDAVIA
VALACHIA
SCIAVONIA
BOSSINA
SERVIA
BULGARIA
ROMANIA
MACEDONIA
ALBANIA
MOREA
ARCIPELAGO
MARMORA
ISOLA DI CANDIA
MARE IONIO
MARE MEDITERRA
Viena
Buda
Belgrado
Sofia
Adrianopoli
Filippopoli
Scutari
Durazzo
Larissa
Cefalonia
Candia
Smirne
Rodi
Bracław
Nicopoli
Silistria
Bender
Cavalle
Salonichio
I. Cerigo
Capo Matapan
35
40
45

9

關於在尼科波爾舉辦的婚禮，天篷下的奧祕與身為異鄉人的好處

十八世紀中葉土耳其勢力範圍的分布圖以遼闊的幅員為基礎，上頭標記了幾座彼此遙遙相望的城市。大部分的聚落都坐落於河畔，尤其多瑙河畔的聚落特別多；它們在地圖上看起來就像是吸附在血管上的蜱蟲。水元素主宰了這個地方，似乎無所不在。帝國的起點始於北方的德涅斯特河，東方與黑海海岸相接，南方則橫跨土耳其、以色列地，一路延伸到地中海附近的區域。只差一些地方就能在地圖上圍出一個完整的圓了。

而假如有人能夠在這樣的地圖上標示出人類的移動軌跡，那大概就會看見那些漫遊者留下的雜亂痕跡，眼睛會看得很不舒服。鋸齒、曲折的螺旋、歪七扭八的橢圓——這些全都是人們為了生意奔波、朝聖聖地、商人實地考察、拜訪親人、逃亡或思念留下的證據。

有許多惡人在此遊蕩，其中有一些人個性尤其殘暴，他們會把基里姆花毯鋪在大路上，然後在地

毯周圍的地面插滿長矛：這表示人們需要付過路費才能通行，即便他們連惡人的臉都沒見到。如果你不老實付錢，長矛就會從灌木叢朝你飛來，而隨後登場的流寇會用劍把你大卸八塊。

然而，不是所有旅客都會因為危險而就此卻步。所以載著許多捆棉布料的商隊、搭馬車要去拜訪親戚的一家人都照常上路。還有虔誠的傻瓜、亡命之徒、怪人，他們已經看過太多大風大浪，遇到什麼都見怪不怪了，他們也沒把交給強盜的過路費放在心上。除此之外，一路上蘇丹治下的內務官員正緩慢懶散地沿途收取稅金，毫不吝嗇地和自己的同夥與心腹瓜分這筆錢財。蘇丹後宮的佳麗們緩緩前進，空氣中餘下陣陣精油與薰香的味道。牧者正把自己的牛群往南方趕。

尼科波爾是一座位於多瑙河南岸的小城，許多渡輪從此處啟航，開往寬闊河床對岸的瓦拉幾亞小鎮圖爾努，它又被稱為大尼科波爾。每一位從南方前往北方的旅客都必須在此稍作停留，把一些載來的商品賣掉或是以物易物。這就是為什麼城市的步調如此繁忙，商業活動如此興盛。在尼科波爾這裡的猶太人說拉迪諾語，這是伴隨著逃出西班牙、四處流亡的他們一起來到這裡的語言，在遷徙的路上拉迪諾語吸收了新詞彙，改變了發音方式，最終變成了巴爾幹半島上塞法迪猶太人所使用的語言。有些人不懷好意地把它說成壞掉的西班牙語。為什麼要這麼說它呢？它明明就是如此動人的語言。儘管當地猶太人都習慣說拉迪諾語，他們有時候也會切換成土耳其語。雅各在瓦拉幾亞長大，所以他精通拉迪諾語，然而證婚人——出身布拉格的莫德克先生與來自布斯克的納赫曼，甚至不願試著開口說他們知道的那少少幾個拉迪諾語單字，寧可繼續講希伯來語和土耳其語。

婚禮儀式一共持續了七天，從創世五五一二年西彎月二十四日，即西元一七五二年六月六日開始。新娘的父親托瓦為了促成這場婚禮東挪西借，他已經開始擔心將來自己的經濟狀況可能要陷入困境了，最近他的日子也不大好過。嫁妝非常微薄，但是女孩美豔動人，眼中滿是對丈夫的愛意。這一點也不令人意外。雅各為人幽默風趣，此外他的身體線條就如同公鹿般優美勻稱。他們第一晚就圓了房，至少新郎是這麼吹噓的，而且他們還做了不只一次；沒人問過新娘半句。大她十二歲的丈夫唐突闖進了她體內昏睡中的花圃，震驚不已的新娘探詢的眼神望向母親與姊妹的眼底深處：所以就是這樣嗎？

漢娜收到了已婚婦女穿的新衣；她按照土耳其其風格打扮：身穿斯爾瓦[1]、繡著玫瑰圖案並用寶石加以裝飾的土耳其及膝長袍，還有那條因為太過炎熱而被她丟到欄杆上的美麗喀什米爾羊毛圍巾，她從丈夫那收到的項鍊太過貴重，所以馬上就被拿走，收到了盒子裡。不過漢娜也擁有與眾不同的嫁妝——家族的名望，兄長的精明能幹，父親的著作，母親葡萄牙猶太人的出身，她那讓人目眩神迷的美貌與溫柔也令雅各驚豔不已，畢竟他早已習慣那些苗條、驕縱又粗魯、擁有堅強意志的女人，像是波多里亞的猶太女人，他的祖母、姊妹與堂姊妹，或是那些在士麥納經他允許後寵壞他的成熟寡婦。漢娜溫馴得像隻母鹿。她滿懷愛意地將自己的身心奉獻給他，不要求任何回報，雅各現在才要教她男女之事的歡愉。她把自己給他的時候充滿驚訝的眼神使雅各更加亢奮。漢娜仔細審視他，像是把他當成了一匹她會收到作為禮物的馬。雅各正在打瞌睡，而她細心檢查他的手指、背上的肌膚、臉上的水痘疤，手指纏上他的鬍鬚，最後她終於鼓起勇氣驚訝地瞄了一眼他的陰莖。

被踐踏的花園、翻倒的圍籬，被帶進屋內的沙子撒滿了鋪著基里姆花毯與坐墊的地板——那是跳舞的人們走到戶外冷卻身體的時候，不經意地將沙漠近在咫尺的提示帶了進來。即使一大早女人們就忙得不可開交，髒碗盤還沒完全洗乾淨，花園裡飄著尿味，沒吃完的剩菜被拿來餵貓餵鳥，連骨頭都被啃得一乾二淨：這全是這幾天宴會留下來的成果。納赫曼頭痛不已，大概是尼科波爾葡萄酒喝太多了。漢娜用樹枝戳著牆壁裡的黃蜂窩的時候——這樣的舉動對年輕的已婚婦女來說不是很恰當——他正躺在無花果樹的陰影下盯著她。她下一刻就要倒大楣了，還會弄得所有人不得不逃之夭夭。婚禮才剛結束，男人們就打算離開了，她因而心生怨懟。她才剛看清自己丈夫的長相，他卻已經趕著上路了。

納赫曼在假裝打盹，但實際上是在偷看漢娜。他大概不喜歡她。在他看來漢娜是個平庸的女孩。值得託付給雅各的女孩會是什麼樣的人呢？假如他得回頭書寫自己的隨筆《碎筆》，他可能無法描繪出她的形象。他不知道這個女孩是聰明還是愚笨，樂天還是憂鬱，容易動怒或是與之相反性格溫和。他不知道這位臉蛋圓潤、擁有碧色眼睛的女孩要如何勝任妻子的工作。這裡的已婚婦女不必剃髮，所以她們的頭髮看起來茂密又亮麗，深咖啡色的髮絲看起來就像咖啡一樣。漢娜有雙漂亮的手，手指又細又長，還有豐滿的臀部。她看上去比十四歲女孩成熟得多，像是二十歲的女人。外貌美豔、體態豐滿——這麼形容她再貼切不過了。兩句話就夠了。不過才幾天前納赫曼還把她當成孩子看待。

納赫曼同樣仔細查看了漢娜的雙胞胎兄弟哈伊姆的長相。兩人相似到讓他忍不住打了個冷顫。他比漢娜瘦小，臉型更加修長，更朝氣蓬勃，及肩的長髮亂糟糟的，充滿孩子氣。他的身材更細瘦，因

---

1 斯爾瓦（土耳其語Şalvar）為鄂圖曼土耳其帝國境內十分流行的寬鬆燈籠褲，十六至十七世紀的波蘭立陶宛貴族間也蔚為流行。

此更顯年輕。他很機靈，總是笑得狂放不羈。他們的父親指定他為自己的繼承人。眼下兄妹兩人即將分離，想當然這不會是件容易的事。哈伊姆想要和他們一同前往克拉科瓦，可是父親需要他待在這幫忙，又或者他單純只是擔心兒子的安危。女大當嫁，她們一開始就知道將來要離開這個家，就如同人們總有一天要向這個世界償還他們殫精竭慮存下的財富。當漢娜消了氣，不再怒目咬牙，她幾乎要忘記自己已經嫁人了。她逕直往哥哥身邊走去，兩顆黑壓壓的頭緊緊相依，彼此耳語著什麼。不只納赫曼本人覺得這幅景象賞心悅目，他也注意到大家都很喜歡這成雙成對的光景：只有兩人在一起才是完整的。難道人不就應該是這個模樣嗎？成雙成對的？如果每個人都有與自己不同性別的雙胞胎兄弟或姊妹，那會是什麼樣子呢？屆時所有人搞不好都心有靈犀，不需要靠言語溝通了。

納赫曼也看了看雅各，他的眼睛從婚禮那一刻起似乎就被某種薄膜蓋住了；這也許是疲勞所導致的，也可能是他舉杯敬酒無數次的結果。他鳥兒般的眼神、讓所有人不禁迴避看向他處的諷刺視線跑哪兒去了？他現在用兩隻手托住後腦杓——沒有任何外人在場讓他放鬆，寬大的衣袖滑到他的肩膀上，深色腋毛叢生的胳肢窩就這麼露了出來。

岳父托瓦壓低聲音對雅各耳語了些什麼，他的手放在雅各的背上，納赫曼不懷好意地暗忖：別人看了還以為是岳父和他結了婚，而不是漢娜嫁給了他。漢娜的兄弟哈伊姆雖然和在場所有人互動頻繁，卻唯獨避開了雅各。當雅各向他搭訕的時候，他一聲不吭直接跑走了，這樣的反應不知怎的戳中了大人們的笑點。

莫德克先生沒有走出房子，他不喜歡陽光。他正一個人靠著枕頭，坐在房間內抽菸——慵懶徐緩，細細品味著每一團煙霧，潛神默思，以他解讀字母的敏銳視線隔著放大鏡檢視世界的每一個剎那。納赫曼心知肚明：他在等待，他嚴加看守，好保證他親眼所見的一切都圓滿達成，即便他的肉眼其實沒有盯著任何東西。

托瓦在天篷下對雅各講了些什麼，就幾個字，一句簡短的話——它的開頭和結尾與智者蓬鬆的鬍子糾纏在一起。雅各得彎身靠近岳父才聽得清，一瞬間他大驚失色。接著雅各變得臉色僵硬，似乎正努力讓自己不要顯得面目猙獰。

客人們不停探問新郎官的事情，他們想要再聽一次那令人回味無窮的故事，而坐在桌前的莫德海、莫德克先生也樂於與他們分享。莫德克先生周身煙霧瀰漫，說起了他與納赫曼·本·列維如何將雅各帶到托瓦跟前的經過：

「我們告訴他，這就是妳女兒未來的丈夫，非他不可。『為什麼偏偏是他呢？』托瓦問。『他絕非凡夫俗子，』我說，『而你女兒將會因為他受萬人景仰。你看看他，你難道看不出來嗎？他是個偉大的人。』」

莫德克先生深深吸了一口菸，菸味聞起來有士麥納、伊斯坦堡的味道。

「但是托瓦遲疑了。『這個痘花臉的男孩是誰？他的父母是哪裡人？』托瓦問。所以我，莫德克先生，以及這一位布斯克的納赫曼只好耐心十足地向他解釋：他的父親是有名的拉比，耶胡達·雷布·布赫賓德，他的母親則是來自熱舒夫的蕾雪兒，出身望族，她是哈伊姆·馬拉赫的親戚，而他的表姊妹嫁給了摩拉維亞的多布魯什卡，他是雷伊貝雷·普羅斯捷約夫的孫子。家族成員中沒有任何瘋子、生病或是殘缺的人。聖靈只會降臨在被選中的人身上。噢！假如托瓦有老婆的話就可以徵詢她的意見了，只可惜他沒有，她早已亡故。」

莫德克先生沉吟半晌，他想起當時托瓦的搖擺不定使他們多麼惴惴不安，他就有如心疼自家商品的商人。他們說的人可是雅各啊！

納赫曼漫不經心地聽著莫德克先生說故事，因為他正遠遠望著雅各，對方則和岳父在一起啜飲咖啡。雅各低頭望著自己的鞋子。酷暑讓兩個男人的話語卡在喉嚨，那些說不出的字眼未臻成熟，既沉重又遲緩。雅各現在成天穿著土耳其服飾，照樣戴著全新的淺色纏頭巾，就是他在婚禮上所戴無花果葉顏色的那一條。他戴起來非常好看。納赫曼看見了他腳上鞋尖上翹的殷紅色十字紋皮鞋。下一刻，兩個男人同時抬起小杯子抿了一口咖啡。

納赫曼很清楚眼前的雅各就是那一位雅各伯，因為就如同此刻，當他眺望著雅各而雅各卻看不到他的時候，他能感受到心臟附近有一股緊迫感，猶如某隻溫熱潮溼、看不見的手掌握住了它。這股緊迫感讓他覺得安然自適，但同時也感覺悲傷，眼淚盈滿了他的眼眶。納赫曼可以一直、一直這麼看下去。他還需要什麼證明呢？這可是發自內心的感受。

雅各自我介紹的方式突然變得不同於以往：不再是楊凱爾．萊布維奇，取而代之的是雅各．法蘭克，當地人總是如此稱呼西方來的猶太人，他們也這樣稱呼他的岳父和妻子。法蘭克或弗倫克表示外來、陌生的意思。納赫曼知道雅各很喜歡這個狀態——陌生是那些時常改變居住地的人們身上獨有的特質。雅各告訴納赫曼，他在新的地方往往過得最自在，因為這就好像世界又從頭開始了。身為一個異鄉人就是自由的。你能夠擁有寬廣的空間、大草原、沙漠。你身後會有外型宛若搖籃的彎月，震耳欲聾的蟬鳴，飄著甜瓜皮香味的空氣，午後紅色晚霞滿布天空時，鑽出沙地狩獵的糞金龜發出的沙沙聲。你會擁有自己的故事，這個故事不屬於任何人，是他身後的足跡描繪出的、僅僅屬於自己的故事。

不論身處何方，你都會覺得自己是過客，房子也住不了多久時間，所以你不會在果園上花費心思，與其跟葡萄園建立感情，不如盡情享用葡萄酒。你聽不懂當地的語言，所以你勢必會更善於捕捉肢體動作與表情，人們的眼神，及如同雲朵陰影般顯露在人們臉上的情緒。你必須從頭開始學習陌生的語言，每到一個地方就學習一些新東西，比較各個單字從而找出相似的規律。

你必須謹慎小心地維持異鄉人的狀態，因為這能賦予你強大的力量。

雅各曾經告訴過他一件事——他的口氣就和他本人的個性如出一轍——半開玩笑、像是在胡鬧，雖然雅各本人當下可能沒意識到，但這是他教導納赫曼的第一課，晦澀難解，卻就此深植在納赫曼的記憶中：你必須每天練習如何說「不」。這是什麼意思呢？納赫曼暗自決定要問個究竟，但是該在什麼時候問呢？已經沒時間了。他現在感覺既悲傷又暴躁，或許是葡萄酒壞掉了？他也不知道，從什麼時候開始自己竟然從師父變成了同儕，然後，現在不知不覺變成了學生。是他自己讓情況走到這一步的。

雅各不像智者們那樣，總說些複雜的長句，用盡罕見又飽含深意的單字，動不動就喜歡引經據典。雅各說話的方式簡明扼要，像是在市場上做生意或是駕駛馬車的人。他總愛開玩笑，你不會知道他究竟是在說笑，還是認真闡述他的想法。他習慣直視著對方的雙眼，彷彿射箭一般將句子說出口，然後等待對話者的反應。他倔強、酷似鳥類——鷹、隼、鷲——的目光往往弄得對方混亂不已。他們會因此避開視線，思緒亂成一團。有時候他沒來由地哈哈大笑，讓周遭的人感覺如釋重負。有時候他表現得十分粗野、尖酸刻薄。他常常模仿嘲笑他人。如果有什麼事情惹得他不快，他就會皺起眉頭，眼神變得像刀一樣。他常常分享高深和愚蠢的話題。千萬別太相信他，因為他會取笑你——雖然目前為止，雅各還沒用他鷲鳥般的眼神盯著納赫曼瞧，納赫曼也已經看過他對其他人這麼做的樣子了。這一切都讓雅各第一眼就給人一種與他人平起平坐、同為自己人的印象，但一陣對話過後，人們就會意識到他非但與自己截然不同，甚至根本不是同一類人。

新郎準備啟程上路了。耶胡達．列維．本．托瓦，雅各的岳丈替雅各在克拉科瓦找到了一份不錯的工作。該處是位於多瑙河流域的大城市，連結南北部的門戶。托瓦的連襟是那裡很成功的貿易商，他們未來的工作是為他管理倉庫：收貨、分發貨物、開立發票。這整串互相依存的貿易鏈都是由來自切爾諾夫策的奧斯曼——一位超群能幹的人負責管理的；據說只要他碰過的東西都將化為黃金。黃金從波蘭、從摩拉維亞流入，人們用它購買土耳其貨以及其他北方缺少的商品。為什麼波蘭沒有生產羊毛氈帽呢？為什們沒有人編織地毯呢？那彩陶呢？還有玻璃呢？在那兒很少人自產自銷，全仰賴進口，正因如此，邊界上才需要像奧斯曼這樣的人存在——地上的鹽[2]，它有助於傳導世界的脈動。奧斯曼挺著一個大肚腩，做土耳其打扮，圈住他黝黑臉龐的纏頭巾讓他看起來完全就是個土耳其人。

莫德克先生留在尼科波爾；他已經上了年紀，疲憊不堪。莫德克先生需要柔軟的枕頭、乾淨的床單，他的任務已經結束，可以功成身退了：奧祕已經被揭露，雅各訂了親也結了婚，他現在是成熟的男性了。世界這部機械中一顆壞掉的齒輪被修復了。現在莫德克先生可以退至幕後，退回菸斗的煙霧中了。

明天起所有人就要分道揚鑣。雅各與赫賽爾．本．澤伯，漢娜的年幼表親，要一起回克拉科瓦，而納赫曼會回到波蘭。他會向來自波多里亞、羅哈廷、格林諾與布斯克的弟兄傳達好消息，最後回到自己家。一想到回家這件事，他心中便喜悅與抗拒交加。每個人都知道回家不是件容易的事。

直到午夜，大家才依依不捨地互相道別。男人們把女人打發去睡覺，關上了門。此刻他們正喝著尼科波爾葡萄酒，編織著未來的藍圖，把玩著桌上的麵包屑：把它們堆成小山，搓成圓球。紐森已經在棉布綑上睡著了，他閉上了一隻眼睛，沒看見雙眼迷濛的雅各正輕撫納赫曼的臉龐，還有喝醉的納赫曼把頭貼在雅各的胸口的模樣。

黎明時分，還沒完全睡醒的納赫曼搭上了載旅客前往布加勒斯特的馬車；他把金子縫入淺色長版外套的內襯，那是他這次遠行賺來的所有收入。他還帶著幾瓶蘆薈油，它們在波蘭可以賣出高好幾倍的價錢，白色羊毛大衣的口袋深處藏著一塊他從尼科波爾市集買來的芬芳樹脂。馬車上還放著一袋信件，和一整包留給女人的禮物。他滿是雀斑的粗糙臉龐涕淚縱橫，但過了城門的檢查哨之後，他便沐浴在歡欣雀躍的心情中，彷彿他飛過了石子路，就要往將他完全閃瞎、剛探出頭的刺眼太陽飛去。

納赫曼運氣不錯，他在布加勒斯特的時候加入了卡緬涅茨的維雷什琴斯基、大衛與穆拉多維奇一夥人的商隊——馬車上的包裹如此標示著。裝載的貨物散發出咖啡與菸草的味道。商隊正往北方前進。

2出自《瑪竇福音》第五章，耶穌稱自己的門徒「是地上的鹽，鹽若失了味，可用什麼使它再鹹呢？它再毫無用途，只好拋在外邊，任人踐踏罷了。你們是世界的光……你們的光也當在人前照耀，好使他們看見你們的善行，光榮你們在天之父」。波蘭語 **sól ziemi** 引申為社會中最具有價值的人才。

大約三週過後，納赫曼平安順利地回到羅哈廷，他穿著髒兮兮的襪子、滿是灰塵的淺色大衣站在修爾家門前，人們正忙碌地做著婚禮的準備。

在克拉科瓦。關於節日的生意與面臨櫻桃兩難的赫賽爾

托瓦的連襟亞伯拉罕的商行倉庫是名副其實的寶庫；他把東方最好的商品賣到全歐洲，各形各色燦爛奪目、閃閃發亮的貨品化作一條繽紛的河流從伊斯坦堡流向北方，它們在布達佩斯、維也納、克拉科夫與利沃夫的莊園與宮殿間可是炙手可熱。被稱為伊斯坦堡拉奇札里的布料有各種顏色，有繡著金線的、莧菜紅色、紅色、綠色、天藍色條紋的，或是繡著花紋的，它們被綑起來收好，然後用帆布蓋著防塵防曬。旁邊柔軟的阿爾及利亞羊毛花毯如此細緻，讓人想起繡著流蘇或金線花邊的錦緞觸感。駝毛布也是一捆一捆的，顏色各異，在歐洲這是製作附絲綢內襯、繁複男性外套的常用材料。

還有一些小的基里姆花毯、流蘇、縫子、珍珠母與漆面鈕扣、小型裝飾武器、漆面鼻煙盒（適合送給高貴男士的禮物）、附插畫的扇子（適合送給歐洲的貴婦人），以及菸斗和寶石，甚至連糖果：哈爾瓦酥糖和土耳其軟糖都有。被當地人稱為希臘人的波士尼亞人來到商行，運來皮製品、海綿、毛茸茸的毛巾、錦緞、呼羅珊絲巾與克爾曼絲巾[3]，縫製其上的獅子與孔雀花紋令人讚嘆不已。成堆的花毯散發出某種異國的陌生味道，某種不可思議的果園、繁盛果樹與水果散發的香氛。

「讚主清高[4]！」客戶走進這個據點的時候一面禱念。「願平安降臨於你[5]！願平安與你常在[6]！」

因為入口低矮，他們進門的時候必須低下頭。雅各從來不會坐在收銀台邊，反倒坐在桌邊與茶相伴，像個土耳其人一樣穿著華麗：他酷愛穿青色的長袍和深紅色的土耳其毯帽。在他們開始談生意之前，一定要先喝上兩三杯茶才行。附近所有商人都想要結識托瓦的女婿，所以雅各舉行了類似會面的活動，惹得亞伯拉罕十分不滿。不過幸虧如此，亞伯拉罕的小商行總是賓客盈門。這裡進行著寶石與珠寶成品的半批發買賣，一串串珠子與各式大小的孔雀石、綠松石掛在牆壁的鉤子上，它們五彩繽紛、繁複的波浪紋滿布了整個寶石牆面。特別貴重的商品被收在玻璃金屬展示櫃中。你可以看見裡面裝著名貴的珍珠。

雅各向每一位來賓點頭打招呼。他開始在這工作沒幾天，亞伯拉罕的商行倉庫就成了全克拉科瓦最多賓客聚集的地方。

雅各一行人抵達克拉科瓦之後沒幾天，聖殿被毀日[7]便開始了。這是紀念聖殿被焚毀的日子——

---

3 呼羅珊又譯霍拉桑，波斯語意思是「太陽升起之地」，為包含現今伊朗東北部、阿富汗與土庫曼部分地區的歷史區域，紡織業發達，是東方花紋地毯的主要生產地之一。克爾曼位於今日伊朗境內，八世紀起便以紡織品聞名。

4 阿拉伯語Subhan Allah，為伊斯蘭教讚頌真主的讚頌語。

5 阿拉伯語As-salamu Alaikum，為穆斯林的招呼語，回應為「也祝你平安（Waalaikum-salam）」。

6 希伯來語Shalom aleichem，猶太人日常招呼語，回應為「願你與平安常在（Aleikhem shalom）」。

灰暗又黯淡無光的時刻，是個悲傷的日子；世界也在這個時候慢下了腳步，彷彿陷入了哀愁，因為悲傷而變得步履蹣跚。幾十戶猶太人家都關上了店門不工作，坐在陰影下朗誦〈耶肋米亞哀歌〉[8]，緬懷前人不幸的遭遇。

這對亞伯拉罕來說是件好事——身為虔誠的信徒，薩瓦塔伊．塞維與其後繼者柏魯奇亞的追隨者，他慶祝這個節日的方式有所不同，他始終銘記在心：末日之時一切行為都應該反過來。對他來說這是個歡天喜地的節日。

柏魯奇亞正好在薩瓦塔伊．塞維過世九個月後出生，而且還是在亞布月九日，就和預言所說的一模一樣，是在哀悼日、聖殿被毀的這一天！阿米拉[9]，薩瓦塔伊的這個名字留在了人們的記憶裡，即阿多涅姆．馬勒凱姆．亞盧．侯多——我們的主與王，陛下將備受尊崇！——他回歸了，並以柏魯奇亞的身分在薩羅尼加度過了數個年頭。創世五四七六年，也就是西元一七一六年，人們斷定他是上主的化身，此前進入薩瓦塔伊體內的舍金納降臨在柏魯奇亞身上。因此，所有深信柏魯奇亞使命的人都將哀悼日變成了歡快的日子，令其他猶太人為之髮指。女人們洗淨頭髮，並在室外八月的豔陽下曬乾髮絲，打掃屋子，以花朵妝點室內，灑掃地板，好讓彌賽亞可以踏入整潔的世界。這個世界是糟糕的，這點無庸置疑，但或許我們能夠把某些地方稍微收拾一下。

光明終歸是在最糟糕、最黑暗的日子誕生的。極盡悲傷與哀慟之處蘊藏著喜樂與神聖的碎片，反之亦然。《依撒意亞》第六十一章第三節說：「給熙雍悲哀的人一頂冠冕來代替灰塵，喜樂的油以代替喪服，頌讚以代替沮喪的心神。」可喜的是，穿著語言各異、三教九流的客人仍會造訪亞伯拉罕的商行。雅各與赫賽爾已經在櫃台各就各位，誰要計算菸草數量共有幾包，馬車一次載得了幾包？很多包。誰要交貨給來自弗羅次瓦夫那位下了大訂單又現金付款的商人呢？

許多客人，甚至是那些堅定地與薩瓦塔伊．塞維支持者為敵的人，都止不住好奇心，不斷往裡面偷看。他們拒絕收下叛教者遞來的小杯伏特加。別、別、別——他們驚慌地哭喊。雅各耍了些小把戲好進一步嚇唬他們，他最拿手的是詢問客人口袋裡有什麼的那一招。

「什麼也沒有，」對方驚訝地回答。

「那些蛋打哪來的？是你偷來的，對吧？你從哪個小販手裡偷來的？」

「什麼蛋？」客人驚呼。「你究竟在說什麼鬼話？」

此時雅各大膽地把手伸進對方的口袋，拿出雞蛋。眾人頓時哄堂大笑，犯人羞得滿臉通紅，不知道該說什麼，這樣的反應更逗樂了所有人。雅各裝作生氣的樣子，一臉嚴肅，皺著眉頭，用他禽鳥般的視線望著對方：

「你為什麼不付錢？你這個小偷！偷蛋賊！」

7希伯來語稱為亞布月的九日（Tishah B'av），是紀念西元前五八六年第一聖殿被巴比倫人摧毀，與西元七〇年第二聖殿遭到羅馬人摧毀的日子，當天猶太人會齋戒二十四小時不吃不喝、避免各種娛樂活動，並朗誦《希伯來聖經》中憑弔耶路撒冷的〈耶肋米亞哀歌〉潛心哀悼。

8〈耶肋米亞哀歌〉是耶肋米亞在耶路撒冷被焚毀後所作的哀弔詩歌，哀悼過去所受最慘痛的國破家亡的大禍：都城和聖殿被焚毀，人民慘遭屠殺、被擄充軍。不僅哀悼慘狀，也說明大禍是由人民的昏愚和罪惡所招來。一面承認天主公義的制裁，一面懺悔自己的罪過，謙遜忍受這嚴厲的懲罰，哀求天主廣施仁慈來拯救他們。

9阿米拉（AMIRAH）是阿多涅姆．馬勒凱姆．亞盧．侯多（Adoneiu Malkeinu Yarum Hodo）的首字母略縮詞，為追隨者對薩瓦塔伊的稱呼。

半晌過後，周遭所有人都跟著附和被告有罪，直到被告本人也開始琢磨自己是不是真的偷了蛋，儘管那不是他的本意。然而接下來他卻看到了雅各微微上揚的眉尾與樂在其中的眼神，於是他也露出了微笑，接著發出咯咯的笑聲，他最好的選擇或許就是摸摸鼻子自認倒楣，被雅各擺了一道也只能當個笑柄，然後乖乖離開。

赫賽爾一點也不覺得好笑。假如今天碰上這種事的是他，假如有人從他的口袋裡拿出了雞蛋，他會羞愧而死。他才不到十三歲，父母雙亡過後就被家人送到這。在那之前他就住在切爾諾夫策，眼下他大概會待在他的遠親亞伯拉罕身邊。

赫賽爾不了解該如何實行聖殿被毀日的齋戒，沒人向他傳授這個祕密，也沒人向他解釋為什麼在這裡其他人明明滿是哀戚，他卻必須一整天都保持歡喜的心情。他的老家在紀念這個節日的時候總是籠罩著一片愁雲慘霧，只有在舅舅家他才感受到了差別，但沒人引導他認識宗教的細微差別。赫賽爾已經知道薩瓦塔伊是彌賽亞了——不過為何他沒有解救、改變世界呢，這一點赫賽爾毫無頭緒。受拯救的世界與未受拯救的世界有何差別呢？對他老實的父母而言，這很理所當然：彌賽亞將如戰士般出現，掃蕩塵世間的蘇丹、國王與皇帝，接掌這個世界。耶路撒冷的聖殿將自行重建，或者上帝將從天空放下整座由黃金建成、業已完工的聖殿。所有的猶太人將回歸以色列地。首先，那些安葬在以色列地的人們會先復活，但緊接著那些安息於聖地外其他地方的人們也會復活。

然而這兒的人有其他看法。途中赫賽爾問過他們。莫德海與納赫曼侃侃而談，雅各則沉默不語。

看不見的救贖多麼不可思議。它發生的地方不在這，不在肉眼可見的範圍內，而是他處——赫賽爾不太能理解這個概念——在另一個空間，就在可見世界的旁邊或是下方。彌賽亞已經來了，而且他不知不覺間移動了世界的槓桿，就像是水井旁的那種桿子。現在一切事物都逆轉了，川流回歸源頭、雨水回歸雲朵、血液回歸傷口。《摩西律法》似乎只是暫時的過渡，是為救贖來臨前的世界創造的，現在已經不適用了。要不然，就是現在人們得以相反的方式遵守它。猶太人齋戒的時候就應該吃吃喝喝，人們哀傷的時候就該保持心情愉悅。

沒有人特別關照他，他們把他當成傻子。雅各有時會盯著他看，看得他滿臉通紅。他是雅各的助手，替他清洗衣服、打掃櫃台、泡咖啡。下午他們計算當日進帳的時候，他就把數字填入格子。

他什麼事情都不確定，而且羞於提問，某種謎團圍繞著這一切打轉。由於他還沒經歷成年禮，大家聚在一起祈禱的時候將他排除在外，關上門不讓他進入。他該不該齋戒呢？

於是在聖殿被毀日的齋戒日當天，赫賽爾打掃了地窖，清掃了棉絮與老鼠屎。他從早上開始就不吃東西，將齋戒銘記在心，在老家的時候人們就是這麼過的。他不願看向樓上吃著食物的雅各等人。然而此刻飢餓狠狠抓住了他的胃，腸子正在哀號。地下室存放著葡萄酒與胡蘿蔔，這裡擺著一罐罐冷藏的水果甜湯。他可以淺嘗一口。可是赫賽爾無法下定決心，無法硬著頭皮吃東西，畢竟他截至目前為止都不曾在齋戒期吃過東西。所以他從水果甜湯中挑出了一顆小櫻桃，然後吃了半顆。如果薩瓦塔伊．塞維是彌賽亞，那麼他實行了他的教誨，並遵循新律法，破除了舊律法，可是如果他根本不是彌賽亞，他仍然完成了齋戒——畢竟一整天下來一顆小小的櫻桃算得上什麼呢？

隔天早上他跑去問雅各。他把《贖罪日的獻祭與禁食》[10]帶來了，其中第八章寫道：

10《贖罪日的獻祭與禁食》字面意思為這一天（Joma），是《米示拿》中《節期》（Seder Mo'ed）卷的第五篇。

「如果有人吃了帶籽椰棗乾大小的食物，如果有人喝得整張嘴都是飲料，那麼他就是有過的。所有食物的總和不得超過椰棗乾的大小，而所有飲料的總和不得超過嘴巴的容量。如果有人又吃又喝，那麼兩者則分別計算。」

雅各看了看內文，又故作嚴肅看了看忐忑不安的赫賽爾，下一刻他倏地捧腹大笑。他的笑聲一如往常低沉渾厚，從丹田發出的聲音十分具有感染力，搞不好全克拉科瓦都能聽見他的笑聲，連赫賽爾都不由自主地加入：剛開始只是微笑，隨後開始輕聲咯咯笑。此時雅各抓住赫賽爾的手，把他拉到自己身邊，然後吻上他的唇，令他驚愕不已。

赫賽爾忍不住思忖，年輕氣盛的新郎是不是思念著被他留在岳父家的妻子；她時常寄情書給他，懇求他回家，或是不厭其煩地詢問什麼時候才會帶上她。赫賽爾很清楚這件事，因為他老是趁雅各沒看到的時候偷讀這些信，他有時不禁對寫下這些信的白皙玉手浮想聯翩，這令他心情愉悅。雅各沒有把信藏起來，所有的文件亂成一團，訂單零零散散攤在桌上，赫賽爾則想辦法盡量把它們挑出來整理好。雅各去拜訪客戶的時候，赫賽爾也會同行，或許該說是女客戶，她們多是丈夫遠行時負責留守的富有女市民、船長的妻子或是特地指定雅各上門推銷的寡婦。他們達成了協議：當雅各的錢包不經意地掉下來，赫賽爾就必須告辭離開。然後他會在其中一條街上等待雅各，目光一刻也不曾離開房門。

雅各精力充沛地走了出來，他總是闊步而行，腳掌微微外八，時不時理一理鬆垮的斯爾瓦寬褲。他洋洋得意地瞧著赫賽爾，一副志得意滿的模樣，像土耳其人一樣拍打他的褲襠。這個人身上到底哪一點對女人如此有吸引力？赫賽爾不免困惑。女人們往往感受得到某種特質，她們靠著某些東西辨別男性，就連赫賽爾都明白這一點。雅各十分俊美，只要有他出現的地方，那兒的一切都有了意義，變得井然有序，彷彿有人先收拾過了。

雅各答應托瓦會認真學習，但赫賽爾看得出來他厭惡閱讀，在莫德克先生和納赫曼耳濡目染下奮發向上的那段時期已經過去了。書本被束之高閣。雅各有時候把納赫曼從波蘭寄來的冗長信件乾放著，好幾天都不拆開。赫賽爾把這些信收集起來，閱讀後堆成一小疊。雅各此時此刻更熱中錢財，他把這一年來賺進的所有收入都存放在亞伯拉罕的親戚那。他期望能在尼科波爾或久爾久有一間房子與一座葡萄園，讓他可以從窗戶遠眺多瑙河，葡萄藤爬滿木頭支撐架形成一片綠油油的牆面與屋頂，到時候他就會把漢娜接過來。眼下雅各不是和客人廝混，就是趁日正當中的時候跑出去，消失得無影無蹤。他肯定在賺外快，這一點讓亞伯拉罕相當不悅。他試探過赫賽爾，而後者，別無選擇，勢必得包庇雅各。赫賽爾本人也樂於掩護他。於是他編起了各式難以置信的理由。他說雅各去河邊禱告、借書、找客戶推銷、監督卸貨流程。當雅各第一次邀請赫賽爾到他床上的時候，赫賽爾沒有抗拒。他將自己完全交給雅各，渾身滾燙如火炬；假如可以，他會給予雅各更多，甚至連他的生命都毫無保留地交出去。雅各把這稱作反常的行為11：反其道而行，與律法書相悖——戒律條文在彌賽亞的潔淨之火面前慢慢化成灰燼，就像條溼答答的破布。

11希伯來語Maase Zar，指奇異或矛盾的行為。

關於珍珠與漢娜

雅各決定要把最珍貴的珍珠送給漢娜。這幾天他和赫賽爾逛遍了各個珠寶工坊。雅各態度恭敬地拿起盒子裡平放在絲綢布料上的珍珠。每個人只要一把它拿起，捏在指尖端詳，都無不眨起眼睛嘖嘖讚嘆——這是奇蹟，不是珍珠。價值連城。雅各沉浸在這股讚嘆中。然而接下來的情形往往是如此：珠寶匠將珍珠歸還，指尖彷彿捏著一抹光——不，他們不敢在上面鑽洞，奇蹟有可能碎裂，而損失將會非常巨大，請您另請高明吧。雅各怏怏不樂。回到家後他把珍珠擺在桌上，一言不發地盯著它。赫賽爾遞給雅各一碗他十分喜愛的橄欖，之後赫賽爾還要把滿地的橄欖核撿乾淨。

「已經沒有人可以找了。這顆珍珠，嚇壞了那群膽小鬼，」雅各說。

雅各生氣的時候走得比平常快，腳步更僵硬。他皺著眉頭。赫賽爾很害怕這種時候的他，即便雅各從來不曾傷害過自己。赫賽爾很清楚雅各是愛他的。

最後，雅各要男孩做好出門的準備，他們穿上最舊、破損最嚴重的衣服，走到渡口並搭船過河。在那兒，河的對岸，他們走進了第一間比較像樣的研磨工坊。雅各的語氣和動作都透露出堅決的態度，他要求工匠在這顆不值多少錢的人造小珍珠小玩意上鑽出一個孔。

「我想要把它送給我心中的那個女孩。」雅各直接從口袋掏出珠寶，扔到秤盤上，和工匠隨口對話。研磨工匠毫不猶豫地拿起珍珠，沒有絲毫訝異與驚嘆，就這麼將它固定在虎鉗上，接著一邊和雅各聊天一邊在珍珠上鑽孔；小鑽頭就如同鑽過奶油一般穿過了珍珠。工匠收取了些許費用，之後便繼續回頭完成他先前被打斷的工作。

兩人走回街上後，雅各向吃驚的赫賽爾解釋；

「你就該這麼做事。沒必要客氣。好好記著。」

這些話讓赫賽爾留下了深刻的印象。從這一刻開始，他便期許自己成為像雅各一樣的人。而且與雅各的親暱激發出他心中某種難以理解的興奮，一股暖意自他嬌小的身體流淌而過，讓男孩有一種安全又強而有力的感覺。

光明節期間，他們驅車到尼科波爾接漢娜。在雅各艱辛地抱著要給全家人的禮物走下馬車以前，年輕妻子便迎面跑了過來。他們拘謹地與對方打招呼，動作看起來有點生硬。這裡所有人都把雅各當成重要的客人對待，他的待遇勝過一般商人，而雅各也換上了男孩從未聽過的威嚴語氣。他如同父親般親吻漢娜的額頭。他和托瓦寒暄，彷彿雙方都貴為國王。雅各被分配到一間獨立的房間，但他立刻就消失在漢娜住的地方，那裡是女性專屬的居室[12]。即便如此，赫賽爾仍舊為他保留了鋪好的床鋪，自己則睡在暖爐旁的地板上。

他們白天的時候又吃又喝，禱告的時候則不配戴任何經文匣[13]。此外男孩也看出這裡人們不在意

---

12 穆斯林家中個別劃分出女性與未成年子女居住的閨閣，阿拉伯語稱harim，意思是禁止或神聖之地，也指蘇丹的後宮。

潔食的料理規範，他們將隨處可見的土耳其麵包切成片，再將其浸入橄欖油與香料中，直接用手把起司捏碎。人們和土耳其人一樣席地而坐，女人們穿著輕薄布料製成的寬鬆褲子。

漢娜想要去拜訪在維丁的姊妹。她先是把這個想法告訴了父親，但他只是面有難色地盯著她，很快漢娜就意識到她應該向她的丈夫提出請求。她把玩著掛在金色項鍊上的珍珠，那是她從雅各那收到的禮物。顯然漢娜已經受夠了她的父母，她肯定對於嫁作人婦這件事感到驕矜自滿，她想要獨占雅各，期盼遠行與改變。赫賽爾看得出來她還只是個孩子——和他自己沒什麼兩樣——假裝著成熟女人的樣子。赫賽爾曾經趁漢娜在北邊後院洗澡的時候偷看過她一次。她的身材圓潤，臀部寬大又豐滿。

從尼科波爾沿著多瑙河前往維丁短短三天路程的時間，赫賽爾就愛上了漢娜。現在他同樣深愛著這兩個人。這是一種奇異的狀態：他瘋魔似地渴望待在她身邊。她如此寬大、光滑又純潔的臀部始終令他念念不忘——他渴望能夠永遠占有它們。

進入維丁城之前，兩人命令赫賽爾駛向城外的岩石地帶。赫賽爾一邊駕著馬車，眼角餘光瞥見了雅各的手游移的位置，讓他的手指下意識地緊緊握住了韁繩。他們命令他像個僕從一樣在馬匹旁待命，自己卻在看似石像怪物的石堆中消失得無影無蹤。赫賽爾知道這會持續一陣子，所以他點燃了菸斗，往裡頭加了些從雅各那兒收到的樹脂。他像老莫德克先生一樣抽了一口菸，地平線的線條霎時變得柔和。他倚靠在石頭上，視線追隨著甲殼突出的巨大棕色蝗蟲。他的目光瞥向上方的岩石，映入眼簾的是沿著地平線向外延伸、由白色岩石構築的城市，而且，奇怪的是，這座城市正凝視著人們，而不是人們凝視著它。赫賽爾不知道該如何解釋石頭盯著他們看的這件事。他其實並未因此感到驚訝，他同時也凝視著它們。他看見張開雙臂抵著石壁的漢娜，以及緊貼著她後背半裸的雅各緩慢又有節奏的動作著。雅各忽然望向坐在馬背上的赫賽爾，遠遠地看著他，碰到男孩灼熱、強大的視線。赫賽爾馬上就勃起了。隨後棕色蝗蟲在路上便遇到了嚴重的障礙，牠們勢必會對忽然從天而降入侵昆蟲世界的強大有機物斑點感到驚奇吧！

13《申命紀》第六章：「我今天吩咐你的這些話你應牢記在心，並將這些話灌輸給你的子女。不論你住在家裡，或在路上行走，或臥或立，常應講論這些話；又該繫在你的手上，當作標記；懸在額上，當作徽號；刻在你住宅的門框上和門扇上。」於是猶太人將上帝的誡命寫在小的羊皮紙捲（Klaf）上，再將紙捲塞進名為經文匣（Tephillin）的小皮盒裡，禱告時繫在額頭、手臂與手掌上。

10

在阿索斯山[1]上採集藥草的人是誰

安東尼・科薩科夫斯基搭著小船，從迪維利奇來到山腳下的渡口。一股強烈的感觸湧上他的心頭；不久前仍積壓在他胸口的痛苦已然消逝，這究竟要歸功於遇見垂直峭壁後反彈的海上空氣與海風所帶來奇特的樹脂與藥草香，抑或是靠近聖地的結果，不得而知。

安東尼・科薩科夫斯基琢磨著自己心理狀態突如其來的轉變，一種深遠又出乎意料的改變。因為就在幾年前，他離開寒冷的俄羅斯，來到希臘與土耳其之後，他搖身一變成了不同的人，如果用他的話來說的話，就是一個容光煥發、灑脫的人。有那麼簡單嗎？僅僅只是光線與溫度就能讓人產生這麼大的改變？充足的陽光，它能夠讓色彩看起來更加鮮豔，而升溫的地面也讓香味變得更加濃厚醉人。這裡的天空更加廣闊，世界似乎也照著與北方全然不同的機制運轉著。在這裡命運始終是主宰，希臘式的宿命擺布著人們，像是在沙丘上畫出一條由上而下的線條作為指引他們的道路。與此同時，宿命也創造了連最優秀的藝術家也自嘆弗如的形狀：它們形狀扭曲、光怪陸離、做工精緻。

在南方，這裡一切存在都是真實可感知的。萬物在陽光下生長，潛伏在熱浪中。得以感知萬物這一點讓安東尼感覺放鬆，他與自我相處的方式也變得更加和善。有時候他會因為這股自由的感覺忍不住泫然淚下。

安東尼認為越往南方走，基督教的勢力就越薄弱，陽光越充足，葡萄酒越香甜，而且希臘式宿命的影響力越大——他的生活也就越自在。他的選擇不再是他的選擇，而是源於外界的影響，它們在世間的秩序中擁有各自相對應的歸屬。既然如此，應當歸咎於人的責任就比較小了，內在的羞恥感、那為了一切所作所為難以忍受的罪惡感也因此減輕了。在這裡，每一個行為都有補救的可能，人們可以和諸神溝通，為祂們獻上供品。正是如此，人們才得以滿懷敬意地看向自己在水中的倒影，並以慈愛的眼神看向其他人。沒有人是壞人，沒有殺人犯必須受到譴責，因為這只是更加偉大的計畫中的一部分而已。你可以對劊子手與受害者展現同等的愛意。人們善良又溫和。正在發生的邪惡並非出自人類，而是來自這個世界。世界是邪惡的，那還用說！

只要你越往北方走，就會注意到人們更傾向將注意力集中在自己身上，而且受到某種北方特有的

1 又稱聖山。阿索斯山位於希臘東北部，是一座半島山，為東正教知名聖地，島上有多座修道院。傳說聖母瑪利亞行經此地的時候向兒子耶穌祈求此島能夠歸她所有，耶穌應允了，阿索斯山因此成為「聖母的花園」，其餘女性不得進入。如今島上仍然禁止女性進入。

精神失常影響（大概是缺乏日照的緣故），他們將太多事情都歸咎於自己，他們會對自己的行為負責。宿命被雨滴刺穿，雪花最終將其破壞殆盡，片刻過後它便隨之消失。僅剩北方的掌權者，教會，與它無所不在的管理人擁護的信念持續傷害著每一個人：一切的罪惡都在人裡頭，而人類無法自行補救，人們只能祈求罪惡被饒恕。但罪惡真的完全得到寬恕了嗎？於是一股磨人心志、有害身心的感受隨之而來——人類永遠都是有罪的，從出生那一刻起便是如此，人類為惡所困，萬行皆罪：作為與不作為、愛與恨、話語與思想本身都是罪惡的。學識淵博是罪，懵懂無知亦是罪。

安東尼站在為朝聖者而開的酒館前，大家都稱呼這裡的老闆娘伊蓮娜或是大媽。她這個人個子嬌小，有副黝黑的臉龐，總是穿得一身黑；黑色頭巾下業已灰白的髮絲偶爾隨風飛揚。儘管她只是酒館的老闆娘，而他們也只知道她在世上某個地方有著已經長大成人的子女和她是寡婦的事實，所有人都像對待修女一樣對她充滿敬意。這位伊蓮娜每日下午及早上都會安排禱告，她吟詠的聲音澄澈到足以令朝聖者敞開心扉。她雇用了兩位看起來像女僕的人——至少科薩科夫斯基一開始是這麼想的，直到幾天後他才恍然大悟：雖然他們第一眼看上去像是女僕，實際上卻是閹人，只不過有胸部罷了。他必須時刻注意不要盯著她們——或者該說他們——因為一旦他這麼做，他們就會朝他吐舌頭。有人告訴他，數百年來這間小酒館裡面一定會有個叫伊蓮娜的人，而且非這樣不可。這位伊蓮娜出身北方；她講的希臘語並不完美，時不時會混雜一些安東尼熟知的外語單字——她很有可能是瓦拉幾亞人或是塞爾維亞人。

放眼望去周遭全是男人，這裡半個女人也沒有，（除了伊蓮娜，可是她真的是女的嗎？）甚至連隻母的動物也看不見。牠們會害修士分心。科薩科夫斯基試著把注意力集中在沿著小徑爬行、有著淺綠色翅膀的甲蟲身上，真好奇牠是不是隻母甲蟲……。

科薩科夫斯基與其他朝聖者一起爬上山，但是他們無法獲得許可進入修道院。像他這樣的人會被分配到石屋裡，聖牆之下專門讓人睡覺、吃飯的空間。早晨與傍晚，他們謹遵聖僧格雷格利烏斯·帕拉瑪斯[2]的教誨潛心禱告。禱告的重點在於不斷地禱念，每天誦念「主耶穌基督，神的兒子，憐憫我吧[3]」一千次。祈禱之人坐在地上，身體蜷縮成一團，將頭部貼近腹部，彷彿自己是尚未出生的胎兒，並盡可能地屏住呼吸，越久越好。

早晚都會有一陣高亢的男性嗓音喊他們去參加共同禱告——附近迴盪著斯拉夫語的「禱告！禱告！[4]」反應過來的朝聖者全都立刻放下手上的工作，快步走向山腳下的修道院。這讓科薩科夫斯基聯想到鳥兒聽見同伴示警掠食者出現的反應。

科薩科夫斯基白天待在港口耕耘果園。

他同時也毛遂自薦擔任起港口的卸貨工人，協助每天出現一到兩次的船班卸貨。他的重點不在於賺進幾毛錢，而是在於和人們打交道，而且還能藉機去山上的修道院，甚至進入修道院外院。那兒的守門人是正值壯年的強壯僧侶，他收下糧食和貨物之後會為他們送上沁涼、近乎冰冷的開水和橄欖。

---

2 格雷格利烏斯·帕拉瑪斯，是十四世紀拜占庭帝國的知名神學家、阿索斯山僧侶，一三六八年被教會封為聖人。

3 另一版本的耶穌禱文為：「主耶穌基督，上帝之子，可憐我等罪人！」

4 Молидба（拉丁拼音Molidba）為塞爾維亞、克羅埃西亞一帶的南斯拉夫方言，表示祈禱、禱告。標準語為молитва，波蘭語則是modlitwa。

因為修士們過著自給自足的生活，這樣的物資運送並不頻繁。

科薩科夫斯基起初非常抗拒，不屑地觀望著浸淫於宗教狂熱中的朝聖者。他寧可把時間花在散步上，走過圍繞修道院的石子小路，走過布滿蟬翼的滾燙地面，大地散發出藥草與樹脂混合的味道，像極了某種食物，像是乾掉、撒滿香料的麵餅。散步途中，科薩科夫斯基想像起曾經居在這裡的希臘諸神，就是他在舅舅家曾學過的那些，現在祂們回歸了。祂們穿著金光閃閃的長袍，皮膚非常白皙，身高高過人類。他有時感覺自己正沿著祂們的足跡前行，如果他加快腳步，他還有機會追上女神阿芙蘿黛蒂，一窺祂完美的裸體；牛膝草的香味有那麼一瞬變成了大汗淋漓的神身上半帶著動物的味道。他試著激發想像力，想要藉此看見祂們，他需要祂們。諸神。上帝。祂們飄散在樹脂香中的存在，特別是諸神在每個生物體內鼓動著的那股黏膩力量，它的祕密存在填滿整個世界。他用盡全力想像這個存在。他的下體脹了起來，科薩科夫斯基不得不在這座聖山上宣洩。

然而某天，科薩科夫斯基覺得自己再幸福不過的那一天，中午時他正在某棵灌木的陰影下打盹。突如其來的洶湧海浪聲讓他醒了過來——儘管這個聲音時刻伴隨他左右，此刻聽起來卻十分不祥。科薩科夫斯基驀地站起身環顧四周。強勁的太陽高掛空中，將萬物區分出明亮與黑暗、光與影。一切都停滯了，他看見遠方的海浪靜止不動，上方掛著的海鷗看起來像是被死死釘在天空上。他緊張到心臟都快跳出來了；他兩手一撐站了起來，可是他手掌下的草卻頓時灰飛煙滅。沒有東西供人呼吸，地平線步步進逼，下一秒它平穩的線條就變成了一個圈套。這一刻安東尼·科薩科夫斯基意識到了，這淒切的海浪聲就是一首輓歌，整個大自然都參與了為世上不可或缺的諸神所舉辦的追悼會。這裡已經沒有神了，上帝創造出了世界，然後筋疲力盡地死去。唯有真正來到此地，科薩科夫斯基才終於能領悟這件事。

因此科薩科夫斯基開始禱告。

然而禱告並未奏效。他徒然地把頭貼近肚子，將身體縮成一團，就如同嬰兒出生前呈現的姿勢，他按照他們教的方式禱告。平靜沒有到來，他的呼吸緩不過來，即使機械地重複唸著「主耶穌基督」也無法平復他的心情。科薩科夫斯基感受到的只有自己的味道：大汗淋漓的成熟男性的味道。別無其他。

隔天早晨，他不顧伊蓮娜的指責、不管被他丟下的責任，就這麼搭上了第一班看上去比較像樣的帆船，甚至連航行目的地都沒問。他還能聽見岸上傳來一聲聲的「禱告！禱告！」，在他耳中那聽起來就如同島嶼在呼喚著他。直到他們開到海上，他才知道他們要去士麥納。

在士麥納一切都進行得十分順利。他找到了替聖三會修士工作的機會，這麼久以來，他終於有辦法拿到一份還不錯的薪水。他從不吝於犒賞自己：購買體面的土耳其服飾，或是點葡萄酒來喝。喝酒帶給他很大的滿足感，如果有良伴作陪那就更好了。他發現只要他和基督徒聊天的時候說到他曾經去過阿索斯山，對方就會露出興致勃勃的樣子，所以每天傍晚他都會往自己的故事裡加一些新的細節，最後整個故事變成了一連串沒有終點的大冒險。他告訴別人他叫莫里夫達。他對這個新稱呼很滿意，因為它並不是人名。莫里夫達不只是名字，它是新的紋章，新的招牌。先前的稱呼：名字與姓氏已經有點太小、塞不進太多意思，而且陳舊，他覺得就像稻草做的東西一樣脆弱不堪，他幾乎完全放棄使用姓名了。他只有面對聖三會修士的時候才會用到它。安東尼．科薩科夫斯基——他還剩下什麼？

莫里夫達現在想要客觀地帶著一點距離審視自己的人生，就像他在這遇見那些來自波蘭的猶太人那樣。他們白天全神貫注盡責地完成自己分內的工作，心情總是很好，午後他們談天說地聊個沒完。莫里夫達一開始只是偷聽他們說話，而他們也以為他聽不懂。儘管他們是猶太人，莫里夫達卻覺得在他們身上有某種共通點。他甚至開始認真思索是不是一方水土養一方人：空氣、光線、水分、大自然似乎在人的體內生了根，只要人們在同一個國家長大，就算一切都將他們加以分隔，他們也一定可以在彼此身上找到相似的地方。

莫里夫達最喜歡納赫曼。他腦筋動得快又健談，他會在討論過程中顛倒是非，以此證明每一個論點，就算是最荒誕不經的論點也一樣。他也擅長提出一些令莫里夫達—科薩科夫斯基驚嘆的問題。然而在他看來，這群人把廣博的知識與智慧用在某種奇怪的文字遊戲上，他本人對這種遊戲只有籠統的概念。有一次他買了一籃橄欖以及一大壺的葡萄酒去拜訪他們。他們一起吃橄欖，把橄欖核吐到正在趕路的行人腳邊，因為夜幕已然降臨，士麥納又溼又黏的炎熱空氣變得和緩了些。突然，年紀稍長的莫德克先生開始了關於靈魂的演說。他說靈魂實際上是三重的。最低層次的靈魂會讓我們感受到飢餓、寒冷和情欲——這是體魄。動物同樣也擁有體魄。

「肉身[5]，」莫里夫達附和。

「更高一層的靈魂是心魂。它滋養我們的思想，使我們成為善人。」

「靈魂[6]，」莫里夫達回答。

「第三層，也就是最高的層次——精魂。」

「神魂[7]，」莫里夫達說，並補上一句：「多麼美妙的發現啊！」

莫德克先生自顧自地繼續講：

「這是真正的神聖靈魂，唯有良善至聖之士、卡巴拉學者才可能獲得；只有深入了解《妥拉》奧祕的同時人們才會得到它。我們可以透過它，窺見世界與上帝隱藏的本質，因為它是從庇納[8]、神性的智慧散落的火花。唯有體魄才有可能犯罪。心魂與精魂是無罪的。」

「既然神魂是在人裡頭的神性光輝，那麼上帝怎麼能以地獄之刑懲罰我們呢？這麼一來祂不就同時懲罰了一部分的自己嗎？」莫里夫達喝了葡萄酒後興致勃勃地問道，這個問題得到了兩個男人的認同。他們三人都知道這個問題的答案是什麼。那位崇高、至大的上帝所在之處沒有罪孽，也沒有罪惡感。只有渺小的眾神才會創造罪愆，一如不誠實的工匠才會假造硬幣。

聖三會的工作結束後，三人在咖啡廳找了位置坐下。莫里夫達學會享受飲用苦澀咖啡與吸土耳其長菸斗的樂趣。

莫里夫達參與了以六百茲羅提贖回布恰奇的彼得．安德魯塞維奇的行動，並以四百五十茲羅提贖回了數年來待在士麥納的海珊．巴伊拉克塔爾領地內、出身波別拉維的安娜。他把這些名字記得很清楚，因為他用土耳其語和波蘭語謄寫過贖身合約。他了解士麥納買賣人頭的價格行情：為了被囚禁九

5希臘語Soma。

6希臘語Psyche。

7希臘語Pneuma。《得撒洛尼前書》第五章第二十三節：「願賜平安的天主親自完全聖化你們，將你們整個的神魂（Pneuma）、靈魂（Psyche）和肉身（Soma），在我們的主耶穌基督來臨時，保持得無瑕可指」。

8庇納（Binah）是卡巴拉十瑟非拉中的第三個，意指「領會」，對應了靈魂中智性的部分，與神魂相對應。

年的托馬斯．齊布林斯基，四十六歲貴族，雅布諾夫斯基軍團的軍需官，他們付了兩千七百茲羅提的高額贖金，並馬上派人護送他回到波蘭。小孩的贖金則是一人六百一十八茲羅提，而名叫楊的老人，他的身價僅十八茲羅提。老人來自奧帕圖夫，體重輕得跟山羊一樣；他這輩子都在土耳其人的囚禁中度過，如今他似乎連在波蘭也沒有可以回鄉團聚的家人了，不過他的內心仍舊充滿了喜悅。莫里夫達瞧見了老人被太陽曬黑、滿是皺紋的臉龐淚涔涔的模樣。他也仔細觀察著已然是個成熟女人的安娜，他喜歡她對待聖三會修士與翻譯，也就是他本人的時候流露出的驕縱自滿。他無法理解富有的土耳其人怎麼捨得拋棄這個美麗的女子。從她告訴莫里夫達的話看來，男人這麼做的動機是出於愛，因為女人想家了。幾天後，安娜就要搭上往薩羅尼加的船，接著由陸路回到波蘭。然而莫里夫達忽然被一股難以理解的激情沖昏了頭，被她豐腴白皙的肉體擄獲，決定孤注一擲，同意了她瘋狂的逃跑計畫。安娜．波別拉夫斯卡根本不打算回波蘭，不想回去波利西亞[9]某個無聊的莊園。莫里夫達甚至沒有時間跟自己的好友們告別。兩人騎馬逃到了士麥納北邊的一座港口小城，在那用莫里夫達的錢租了間房子，然後在兩周內極盡一切享受。他們在可眺望海濱的寬闊陽台度過傍晚，每天這個時候土耳其阿迦和他的親兵都會在岸邊閒晃。蘇丹親兵的帽子上有一根白色飾羽，他們的指揮官則穿著紫色大衣，大衣的銀色薄內襯在陽光下閃耀，就像剛捕上岸的魚的腹部一樣。

豔陽下，女基督徒，也就是希臘商人的妻子們閒適地躺在陽台的躺椅上，她們正用視線勾引著眼前展現緊緻肌肉線條的年輕男性。這對土耳其女性來說是前所未見的光景。對安娜．波別拉夫斯卡而言也是如此。金髮的她對著那個阿迦暗送秋波，雙方進行了一場簡短的對話。此時莫里夫達正在房子盡頭的陰影下讀著書。隔天安娜．波別拉夫斯卡便帶著莫里夫達從聖三會那賺來的所有薪水捲款潛逃了。

莫里夫達回到了士麥納，但聖三會修士已經找到其他翻譯了，而兩位辯才無礙的猶太人也已經不見了。莫里夫達只好成為受雇船員，回到了希臘。

一邊看著海平面，一邊聽著海水拍打船舷的海浪聲，莫里夫達不禁陷入回憶中。想法與影像排列後變成一條長長的緞帶，他可以仔細觀察並從中看出哪些東西組成了什麼樣的花樣。他想起了童年。那些歲月在他眼裡顯得僵硬，就像復活節時舅媽替他和表兄弟準備的那件上過漿的正裝襯衫，得花上好幾天，它凹凸不平的表面才願意屈服於體溫和汗水的力量之下。

莫里夫達在海上的時候總會想起童年——他不曉得原因，顯然一望無垠的大海讓他頭暈；他得想辦法抓住什麼。

他必須行吻手禮躬身問候舅舅，舅舅有第二任妻子，她年輕到令人不安的地步，她的身上圍繞著一種年輕的安東尼當時還無法完全領會的氛圍：矯揉造作的氛圍。她來自極其貧困、聲名狼藉的貴族家庭，所以她勢必要為自己塑造出更良好的形象。她的努力卻弄巧成拙。當客人來到他們的領地，她為了凸顯自己的溫柔，動作浮誇地摸著丈夫外甥的小臉，輕輕捏著他們的耳朵稱讚道：「噢！小安東尼！他未來肯定會心想事成！」客人們一走，她就會脫下男孩身上優雅的服飾，把它收進走廊的衣櫃

9 位於今日白羅斯南部、烏克蘭北部、波蘭東部與俄羅斯之間的歷史地域。一五六九年《盧布林聯合》簽訂時成為波蘭立陶宛聯邦領土的一部分。

裡，彷彿她預期改天會有其他親戚過世留下的孤兒上門，這一次會是身分更高貴的孩子。

愛人的逃離、海洋、童年的回憶都讓莫里夫達覺得孤單得嚇人。不久後的將來，瓦拉幾亞的波格米勒派[10]信徒將會為他帶來僅有的慰藉，人們錯誤地堅持稱呼他們為菲利普派[11]。他們在他的自我分裂成兩半而受盡痛苦的時候給予他喘息的空間（多麼奇怪的病！大概從未有人得過這種病，病人也沒辦法描述、沒有對象可以訴說這樣的病）。而這一切的一切都是因為莫里夫達十分確信他的生命已經走到了盡頭，世界不會有其他結局。

10 波格米勒派為十世紀的保加利亞神父波格米勒（Богомил，意為上帝垂憐者）所創，主張善惡二元論，十至十五世紀盛行於巴爾幹半島一帶，被天主教會與東正教會視為異端。

11 菲利普派誕生於十七世紀的後半葉的俄羅斯，是反對牧首尼康（Никон）對俄羅斯東正教會改革的舊禮教派與反波波夫派的其中一支。一七三七年創辦人菲利普修士因拒絕為沙皇祈禱憤而離開所處的維格修道院，自行成立教派。其信徒認為神職人員沒有存在的必要，信徒只需要自行虔誠禱告即可。除了聖事禮儀上的差別，菲利普派仍舊遵循東正教會的神學教義。

11

莫里夫達－科薩科夫斯基如何在克拉科瓦市遇見雅各

兩年後的現在，一七五三年春天，莫里夫達已經三十五歲了，波格米勒派的飲食讓他變得比較清瘦。他的眼睛透亮、水汪汪的，你很難從他的眼神讀出些什麼。他的鬍子稀疏，呈現出黃麻袋一般的紅灰色，臉龐被太陽曬得黝黑。他的頭上戴著髒兮兮的白色土耳其纏頭巾。

他要去看那位傳聞中的瘋子、聖潔的愚者，猶太人都說彌賽亞的靈魂進到了他的體內，所以他的行為表現才會異於常人。他看過太多這種人了，彷彿彌賽亞的靈魂喜歡隔三差五就找個人附身。

他沒有靠得很近。他站在街道對面，靠著牆慢條斯理地把菸斗填滿。他一邊抽菸，一邊觀望著整場騷動。在這走來走去的大都是猶太和土耳其年輕人。房子裡有什麼事情正在上演，那一群年輕人正想辦法擠進門，你還可以聽見陣陣笑聲。

莫里夫達抽完菸之後決定走進屋內。他必須低下頭，穿過陰暗的走廊走到庭院，裡面的小水井被換成了某種噴水池。此處氣溫寒冷，男人們躺在長著寬大葉子的樹下，幾乎所有人都穿著土耳其服飾，但也有幾個人穿著猶太長版外套——他們不是坐在地上，而是坐在小板凳上。還有一些採瓦拉幾亞風格打扮、刮了鬍子的商人，以及兩位希臘人，從他們身上極具特色的羊毛外套就可以認出他們的身分。大夥們狐疑地盯著莫里夫達看了一會兒，最後一個滿臉水痘疤的細瘦男人開口詢問他為何來到這裡。莫里夫達此時回以對方標準的土耳其語：「我來旁聽的。」男人轉身離開，但他眼神中的懷疑並未減退。自此之後，他始終帶著不信任的眼神偷看莫里夫達。他想必覺得莫里夫達是間諜吧。就隨他去想吧！

寬大鬆散的半圓中央站著一位做土耳其打扮、高大健壯的男人。他說話的方式隨意而聲音洪亮，讓人難以打斷他的演說。他說的是土耳其語，語速緩慢，帶著有點奇怪的外國口音，而且聽上去也不像個學者，反而像是商人，甚至更像是流浪者。他的用字像是在馬匹市場會聽到的那一類字眼，可是時不時又會突然插入一些希臘語和希伯來語單字，毫無疑問是些讀過書的人才會知曉的字。莫里夫達不由自主地面露苦色，兩者的對比實在太過巨大，讓他留下了不舒服的印象。這可不是什麼有趣的事，莫里夫達暗忖，然而隨後他便理解到，這全是圍繞在他身邊的這群人——這群混雜各方代表，總是馬不停蹄奔走的人所使用的的語言——而非存放在固定地方，提供無數人使用的書本所記載的語言。莫里夫達不知道的是，從雅各所使用的每一種語言裡，其實都可以聽出外國口音。

這個雅各的臉型修長，作為一個土耳其猶太人，他的膚色相當明亮，皮膚並不光滑，尤其他的臉頰更是布滿了許多類似傷痕的小小凹洞，彷彿是某種壞事的證明，彷彿在遙遠的過去火焰曾碰觸過他的臉頰。莫里夫達覺得這張臉的某個部分令人隱隱感到不安，但也令他不由得肅然起敬，因為雅各的眼神讓人完全無法看透。

科薩科夫斯基萬分驚訝地認出坐得離疑似是先知的人最近的老人，他正抽著菸，每抽一口菸就閉一次眼睛。他的鬍鬚又灰又茂密，被菸草燻得泛黃；老人沒戴纏頭巾，而是戴著土耳其毯帽，帽子下露出了他茂密的灰髮。莫里夫達花了自己一點時間回想究竟在哪看過他。

「這個世界真小啊！」莫里夫達若無其事地對老者說起土耳其語。對方回頭看向他，片刻後一個真誠的笑容便從他濃密的灰鬍子底下露了出來。

「哎呀，你們看，是咱們偉大的貴族老爺啊！」莫德克先生一邊用手指指著莫里夫達，一邊對著如阿拉伯人黝黑的獨眼男子戲謔地說。「我看得出來你順利逃出來了，」他欣慰地哈哈大笑，沒想到真有如此巧合，讓他和莫里夫達都來到了雅各身邊。

他們擁抱彼此，比起真正的朋友更加親近地寒暄。

莫里夫達和他們一起待到傍晚，期間他觀察著眼前忙碌不休的人們：男人們來去匆匆，短暫停留片刻後便回頭處理自己的生意，回到商隊或是攤位上。他們在旁邊暗自交換可以收買的土耳其官員的住址姓名，把情報記在這裡的小攤子買來的小冊子上，然後再若無其事的加入對話，好像他們不曾離開半步。辯論會始終不曾停歇，有人丟出問題，有時是愚蠢的問題，有時是煽動性十足的問題，比賽就此展開：每個人都爭先恐後地回答問題，朝著對方大吼大叫。偶爾會出現聽不懂彼此發言的情形；有些人不知道在哪兒染上了口音，現在每句話都得重複上兩遍；翻譯們也在場——莫里夫達就是在這個時候認出了波蘭一帶的猶太語，混合了日耳曼語、波蘭語與希伯來語的奇怪語言。他聽見意第緒語的當下只覺得一股突如其來的感動湧上心頭。納赫曼說話的方式就和他心愛的莫爾卡還有她的姊妹如出一轍，莫里夫達當即感覺過往的回憶景象像一件溫暖的大衣緊緊包裹住自己。例如穀物，地平線上一大片穀物，黃澄澄的，矢車菊的深藍色斑點錯落其中；現擠牛乳與桌上剛切好的麵包片；蜜蜂環繞著要把沾滿蜂蜜的蜂巢片拿起來的養蜂人。

不過那又怎樣，土耳其不也有蜂蜜嗎，還有麵包。莫里夫達對自己感到羞愧。突然盛開的回憶花束被他拋諸腦後，他的思緒再次回到這裡，回到討論會逐漸步入尾聲的現在。先知說起了小故事，他講話的時候臉上藏著不懷好意的笑容。他講到自己是如何與一百名歹徒搏鬥，如何像劈砍蕁麻一般殺得他們片甲不留。有人打斷了他的故事，對著人群的頭頂叫嚣。其他人選擇離開或是退到較遠的橄欖樹陰影深處，並在那抽著菸小聲評論他們聽見的事情。納赫曼在某個時間點開了口。他的口吻睿智又文雅。他提到了依撒意亞。你很難說得過他。他說的每句話都有憑有據。當納赫曼引用適當的經文段落，他的眼睛會往上看，彷彿空氣中某個地方懸著一座其他人看不見的圖書館。雅各對納赫曼的演說沒有任何反應。連他講完的時候雅各都沒朝他點頭。這個學院真怪異。

觀眾漸漸散去的時候天早已暗了下來，而法蘭克身邊也只圍著一群人不多卻十分聒噪的年輕男子。一行人往城裡走去。他們鬧哄哄地穿過小巷，伺機惹事生非。他們找路人麻煩，評論走鋼絲演員的演出，喝葡萄酒，胡作非為。莫里夫達和莫德克先生隔著幾步距離跟在他們身後，以防他們引起騷動的時候被當成他們的一分子。由雅各帶領的這一小群人有一種奇怪的力量，好似競爭中試探自己能力極限的雄性動物。莫里夫達很喜歡這一點。他樂於成為他們的一員，和他們並肩而行，拍打他們的後背，跟著他們的氣味移動——那是年輕人的汗水刺鼻的味道，風的味道，灰塵的味道。雅各臉上露出一抹放肆的微笑，看起來就像個雀躍的小男孩。莫里夫達對上了他的視線，於是想要舉起手打聲招呼，可是對方早已轉過身去。賣水果的女販子和賣派的商人趕忙避開這群人。整個隊伍卻忽然停住了好一段時間。莫里夫達看不到前面發生什麼事，耐心等待著結果揭曉；他替自己買了塊塗滿香甜糖漿的派，吃得意猶未盡。而前方則傳來一聲巨響、吵雜的喧嘩聲和一陣笑聲。又是雅各幹的另一樁好事。這次又發生了什麼，莫里夫達不敢斷言。

科爾溫一脈斯萊波隆氏[1]安東尼・科薩科夫斯基閣下，莫里夫達的故事

安東尼・科薩科夫斯基出身薩莫吉西亞地區[2]，父親是波蘭王國軍的翼騎兵[3]。他共有五位兄

1 斯萊波隆（Ślepowron）意為夜鷺，十六世紀科爾溫家族（Korwinowie，源自拉丁語Corvus〔烏鴉〕）與彼得羅夫斯基（Piotrowscy）聯姻後，科爾溫紋章與波博格（Pobóg）紋章融合成斯萊波隆紋章，使用該紋章的家族多分布於馬佐夫舍（Mazowsze）地區，其中較知名的包含科薩科夫斯基（Kossakowscy）、克拉辛斯基（Krasińscy）、索博列夫斯基（Sobolewscy）等家族。

2 立陶宛語Žemaitija，波蘭語Żmudź，位於立陶宛西北部，十三世紀以來寶劍騎士團與條頓騎士團不斷侵擾薩莫吉西亞地區，直到一四二二年薩莫吉西亞公國併入立陶宛大公國領土，但保有獨立的司法與行政自治權。一四一三年薩莫吉西亞人正式接受天主教信仰，是歐洲地區最晚接受基督宗教信仰的地區之一。

3 波蘭翼騎兵（Husaria）是波蘭立陶宛聯邦十六至十八世紀的騎兵類型之一，因士兵背後飾有鳥類羽毛的木條而得名。

弟：其中一位是軍人，兩位神父，而關於另外兩位他一無所知。其中一位擔任神父的兄弟住在華沙，兩人一年會通一次信。

他已經將近二十年不曾待在波蘭了。他得花費不少力氣才能用母語造出還算優雅的句子，不過，奇蹟似地，他始終能夠以波蘭語思考。然而，他在很多方面的波蘭語字彙都十分缺乏，因為他的歷練太多，他所知的波蘭語並不足以用來描述他的人生。他得依靠希臘與土耳其混合語的幫忙。現在他幫猶太人工作，又讓他往其中添加了希伯來單字。這些語言所描述的莫里夫達猶如混血，某種來自對蹠點（也就是地球的另一端）的奇異生物。

科薩科夫斯基能以波蘭語講述在舅舅家度過的童年時光，擔任考納斯膳夫[4]的舅舅多米尼克在他的雙親猝逝後便承擔起養育他與五兄弟的責任。舅舅是個要求極高、鐵面無私的人，假如他逮到他們撒謊或是耍不正當的手段，他便會一掌甩到他們臉上。要是他們犯下更大的過錯（例如有一次安東尼偷吃了一點罐子裡的蜂蜜，他為了不讓人發現事後往裡頭加了水，害蜂蜜壞掉了），他會拿出皮鞭——或許是鞭笞身體[5]用的，因為這一家十分虔誠——抽打他們赤裸的後背與屁股。舅舅讓兄弟中最健壯的那一個加入軍旅，送另外兩個性格比較溫和、值得信賴的去當神父，但安東尼既不適合當軍人，也不適合當神職人員。他離家出走過幾次，僕人隨後找遍整座村莊，翻遍農民的穀倉，才在乾草堆中找到了哭得筋疲力盡睡著的安東尼。多米尼克舅舅教育孩子的方式嚴厲，又令人難以忍受，但最後事情終於有了一絲希望，安東尼得到了自立的機會。他那極具影響力的舅舅終究讓他受到了良好的教育，他替十五歲的安東尼在斯坦尼斯瓦夫・萊什琴斯基[6]國王官邸謀得了個職位。舅舅替他置備了適當的衣服，買好行李箱和鞋子。安東尼得到了一套全新的內衣、一條手帕，帶著這些行李就搭上了去華沙的馬車。沒人知道該分配什麼樣的工作給這樣的小鬼頭，所以他只能負責用他優美的字體謄寫文件，適時修剪燭芯。他告訴其他書記官，他是在薩莫吉西亞的森林裡被舅舅找到的，他在那被母狼撫養長大，所以他熟知狼與狗的語言。他還告訴他們，他是蘇丹微服拜訪拉季維烏家族時生下的小孩。當安東尼終於不想再抄寫任何報告書，他便把整疊文件藏到了窗戶下笨重的家具後方，於是他們的報告全都因為窗戶漏雨浸水報廢了。當然還有其他幼稚的惡作劇，像是年長的同事把他灌醉之後丟在波維希勒的妓院，他好不容易撿回一條命，三天後才從驚嚇中恢復。最後安東尼帶走了那群人愚昧地託他保管的錢，直到遇上搶劫被毆打以前，靠著它在波維希勒揮霍了好一段時間。

莫里夫達近來常常思考，假如他當初留在官邸，他現在會是何許人也？或許是勳爵、首都的宮廷官員，在鮮少待在波蘭立陶宛聯邦，最常在東部國界現身的新國王手下工作。那他現在又是怎樣的人呢？

國王官邸的人要求他再也不要出現在這個地方，並通知了他的舅舅。舅舅為了外甥來到華沙，但他已經不敢像從前一樣動手揍人了——再怎麼說年輕的安東尼終究曾是宮廷官員。

---

4 古代波蘭負責管理御廚與宮廷膳食的官員，後轉變為地方官職。

5 十三世紀天主教曾經出現名為鞭笞派（Flagellant）的宗教運動，後由義大利傳播到波蘭及西班牙等地。該派信徒將鞭笞身體視為贖罪的手段。十七世紀後半另一支從俄羅斯正教會分裂出的鞭笞派（Хлысты）同樣主張用鞭子或樹皮鞭打自己，實行禁欲主義。

6 斯坦尼斯瓦夫·萊什琴斯基（Stanisław Leszczyński），洛林公爵，於一七〇四至一七〇九年、一七三三至一七三六年兩度擔任波蘭選王。他的女兒瑪麗亞·萊什琴斯卡是法王路易十五的妻子。

所以作為懲罰，舅舅將他送到了他已故母親當年作為嫁妝的領地，那裡只有一位當地的管家負責管理所有大小事。舅舅還要求他在那學習農學知識：耕地、收割、替小羊接生、飼養雞隻。這片領地名叫別勒維采。

這時候的安東尼仍是十幾歲的年輕貴族，他在土地還是結凍狀態的冬末時分來到這裡。第一個星期他的內心充滿了斷送大好前程的罪惡感，他幾乎足不出戶，終日熱切地禱告，在空房間裡四處翻找尋覓亡母的生活痕跡。直到四月，安東尼才第一次造訪磨坊。

孟德爾．科索維茨承租了別勒維采的磨坊，他膝下僅有幾個女兒，而其中一個女兒叫作莫爾卡，她已經和某個窮鬼訂婚了，不久後就會舉行婚禮。安東尼天天假借運穀物或是檢查研磨狀況的名義往磨坊跑，他搖身一變成了大地主，然後監督這批穀子的研磨，檢查麵粉。他把一撮又一撮的麵粉放在指尖搓揉，放到鼻子下方聞看看麥子有沒有受潮，他走出磨坊的時候身上蓋上了一層麵粉，讓他看起來像個老人。但他所做的這一切並不是為了麵粉，只是為了莫爾卡一人。莫爾卡告訴他，她的名字是皇后的意思，儘管她本人看起來不像皇后，更像是公主——嬌小、伶俐、有著烏黑的雙瞳，如蜥蜴般極度乾燥又溫暖的肌膚，所以當兩人的手臂第一次相碰的時候，安東尼聽見了一陣沙沙聲。

沒人注意到兩人的戀情，或許是因為空氣中飛舞的麵粉雲，又或許是因為這段關係本身並不尋常。兩個孩子陷入了愛河。她的年紀只比他大一些，但也大到足以在散步時告訴他哪顆石頭下躲著螯蝦，松乳菇長在樹叢的哪裡。這倒不如說是兩個孤兒站在了同一陣線。

夏天收割季的時候，在田地上根本看不見安東尼的身影，他也很少待在家裡。猶太新年[7]來臨，九月的時候，莫爾卡顯然已經有了身孕。這時有人，某個瘋子，建議安東尼綁走她，讓她受洗之後再跟她成婚，如此一來雙方的家人看到木已成舟，他們的怒火也會就此平息。

於是安東尼確實把她從家裡拐走、帶到了城裡，在那裡被買通的神父迅速替她受洗，兩人結了婚。他自己就是她受洗的證人，而另一位證人則是教堂聖器收藏室的管理人。他們賦予她的受洗名是瑪格麗特。

這不過是件小事，算不上什麼。他們肩並肩站在祭壇前的時候，或許會有人說——最好是像嫣塔這樣綜觀全局的人——這是一對年齡相近的男孩和女孩組成的新人。然而，他們之間確實存在著一道無法填補的鴻溝，這道鴻溝深及地心，或許還更深，我們難以靠言語解釋這道鴻溝。有人說她是猶太女孩，而他是基督徒男孩——這只是件小事。這並不代表什麼，真正的關鍵在於他們分別代表了兩種不同的人，而人們卻無法

7 猶太新年（Rosh Hashanah）是在提示黎月（Tishri）的頭兩天，陽曆九月底、十月初。

一眼就看出他們的不同；兩種看似相近的存在，實際上卻天差地別：她終究不會得到救贖，他卻將獲得永生。所以就算她表面上還是維持著本來的模樣，本質上早已是灰燼與幽靈。另一方面，在向地主多米尼克租借磨坊的磨坊主科索維茨眼裡，兩人的差別更加明顯：莫爾卡是真正的人類，而安東尼不過是酷似人類、虛假的受造物，在真實的世界裡，安東尼甚至不配得到任何關注。

兩個年輕人似乎全然沒有意識到這些差別，在別勒維采的磨坊露了臉，但僅此一次。他們隨即明白這裡再也沒有他們的容身之處了。莫爾卡的父親太過失望，承受不了打擊，身體日漸虛弱，身心交瘁。她的家人試圖將她囚禁在地下室裡，但她逃走了。

於是安東尼帶著年輕的妻子回到了領主莊園，回到別勒維采，但出乎意料，這樣的生活只維持了幾個月。

下人們拘謹地對他們行禮。莫爾卡的姊妹們立刻就趕來探望她了；她們越來越肆無忌憚地查看桌巾下的東西，翻箱倒櫃，撫平床單。她們和夫妻二人一起入座：五個女孩與一個才剛開始長鬍子的男孩。女孩們一起把餐桌擺好，然後開飯前新婚夫婦畫十字做餐前禱告的時候，她們也以自己的方式禱告。猶太孩童共和國。女孩們嘰嘰喳喳地說著意第緒語，安東尼很快便掌握了這種特殊的音調，意第緒字彙也自然而然地融入他的話裡。他們看起來就如同一個和樂融融的理想家庭，只有小孩子，沒有人發號施令。

幾個月後，管家被這一連串的事情弄得怒火中燒，寫了封信給多米尼克舅舅。多米尼克趕到的時候，臉色就像冰雹雲一樣嚇人。年輕的安東尼一想到要在懷有身孕的妻子面前被痛打一頓，兩人便急忙打包行李去了磨坊。可是科索維茨害怕握有他生計關鍵的地主會對他不利，只好趁著夜色將他們送到了立陶宛的親戚家。新婚夫妻的蹤跡就此消失。

關於人們如何互相吸引，與幾點靈魂轉世的共識

莫里夫達待在雅各工作的商行倉庫的時間越來越長。這裡的買賣時間多在早上，天氣還沒那麼炎熱的時候，或是傍晚。日落後兩個小時他們會以葡萄酒代替茶招待熟客。

莫里夫達和來自切爾諾夫策的奧斯曼很熟。他是透過一位土耳其人和他結識的，但他不能說是在哪裡認識的，他發過誓要保密。祕密、隱藏、偽裝。假如你透過嫣塔洞悉萬物的眼睛觀看這些祕密，你就會清楚知道他們曾在拜克塔什教團[8]的祕密集會上見過面。現在他們只是朝對方輕輕點頭打招呼，甚至沒有要展開對話的意思。

莫里夫達也是如此自我介紹的，熟客。他最讓人印象深刻的在於——他本人也樂於強調這一點——他是位波蘭伯爵。與之談話的猶太人露出一臉不可置信和某種孩子尊敬大人的神情。他隨口說

8 拜克塔什教團（土耳其語Bektaşi Tarikatı）創立於十三世紀，創辦人是出身伊朗地區的哈吉·拜克塔，該教團由安納托利亞地區擴張至巴爾幹半島一帶，在阿爾巴尼亞地區尤為強盛。拜克塔什教團是伊斯蘭神祕主義蘇菲派的分支之一，作為鄂圖曼土耳其蘇丹親兵的信仰該教團具有極大的政治影響力。

了幾個土耳其和希伯來語單字。他低沉的笑聲十分有感染力。整個九月分莫里夫達每天都會來雅各這報到。目前為止他只買了綠松石的夾子，而且因為雅各是用便宜到令人髮指的價格賣給他的，納赫曼氣到不行。莫里夫達也樂於坐在莫德克先生旁邊，和他討論各式各樣的議題；主題越奇怪越好。

一群說著外語的北方訪客走了進來。紐森把注意力放到他們身上，瞬間從學者化身商人。他們是來自西里西亞的猶太商人，對孔雀石、蛋白石和綠松石有些興趣。雅各也向他們展示了珍珠；他在推銷商品的時候習慣提高嗓門。整場交易持續了好幾個小時，茶湯流轉，年輕的赫賽爾端蛋糕來的時候，趁機對雅各耳語，告訴他亞伯拉罕還要他拿出東方花毯讓他們瞧一瞧。商人們用自己的語言發著牢騷、小聲商量著，他們深信沒人聽得懂他們說什麼。他們不該這麼有自信。紐森瞇著一隻眼睛聽著他們的對話，接著走到簾子後方，向坐在那兒的納赫曼轉述：「引起他們興趣的只有珍珠，剩下的東西他們都有了，而且還買貴了。他們正後悔自己沒有早點來到這裡。」

雅各讓赫賽爾去找亞伯拉罕和其他攤子取珍珠。傍晚，整場交易終於結束，眾人一致認同今天是特別的好日子，三五好友便在最大的客廳裡擺上地毯和墊子，準備好好享用遲來的晚餐，晚餐轉眼間就變成了一場盛宴。

「沒錯！以色列人民會把利維坦吞噬殆盡[9]！」雅各像是在邀請眾人舉杯般高喊，並將一塊烤肉放進嘴裡。肉汁滴到了他的下巴上。「怪獸龐大的身軀，肉質鮮嫩柔軟，就像鵪鶉肉或是細緻的魚肉一樣。在以色列人民填飽累積了上百年的飢餓以前都會盡情享用利維坦的血肉。」

正在吃飯的人們歡聲笑語不斷。

「白色桌巾將隨風舞動，而我們會把剩下的骨頭丟到桌子下餵狗，」莫里夫達自顧自地補上一句。

雅各從地窖拿來的優質葡萄酒讓納赫曼放鬆不少，他對莫里夫達說：

「假如你認定眼中所見的世界是善的，那麼惡就會變成例外、缺失、錯誤，你怎麼看都會覺得不順眼。但假如你把一開始的假設反過來，世界本來就是惡的，而善其實是例外，如此一來萬物的運作便顯得巧妙又合情合理。為什麼我們對這麼理所當然的事情視而不見呢？」

莫里夫達順著他的話繼續說下去。

「在我出身的那個小村子，人們相信世界被分成了兩半、兩股勢力：善的力量與惡的力量……」

「你來自哪個村子，哼？」納赫曼還沒吞下嘴裡的食物便追問。

莫里夫達趕忙揮手，略過他的問題逕自接著說：

「每個人都會期望壞事降臨在其他人身上，每個國家都會為其他國家的衰亡拍手叫好，每個商人都希望競爭對手落得傾家蕩產的下場……你去把創造出這一切的人帶到我面前！那傢伙居然做出這種好事！」

「莫里夫達，你別再說了，」納赫曼安慰他。「吃點東西吧！你只顧著喝，都沒吃東西。」

---

9 根據《塔木德》Bava Bata75a章，總有一天利維坦的肉會成為義人的大餐，它的皮則會成為帳篷的材料。而住棚節最後一天的禱文也提到：「但願這是祢的旨意！主啊！我們的神！我們列祖的神！正如我遵守了祢的意旨，居住在這個棚子裡一樣，願我明年得以住在利維坦的皮所製成的棚子裡！明年耶路撒冷再會！」

所有人都在竊竊私語，看來莫里夫達不過是自討苦吃罷了。莫里夫達撕了一塊扁餅[10]，蘸了些香料橄欖油。

「你老家那兒是什麼情況？」納赫曼鼓起勇氣問。「或許你可以告訴我們，你們過著怎樣的生活。」

「這個嘛，我不知道，」莫里夫達別過頭。他喝了太多葡萄酒，眼神變得有些朦朧。「你得發誓你會保守祕密。」

納赫曼毫不猶豫地點頭答應，這個要求對他來說似乎很理所當然。莫里夫達替他們添了一些葡萄酒；葡萄酒的顏色太過深沉，在他們的唇上留下了紫羅蘭色的酒渣。

「情況是這樣的，我就直接告訴你們吧！」莫里夫達一開口舌頭就打結了。「一切都很稀鬆平常：有光明也就有黑暗。黑暗對光明展開攻擊，而神為了捍衛光明才創造出人類。」

納赫曼推開盤子，望向莫里夫達。莫里夫達回望著他深不可測的深色眼眸，晚宴的喧囂逐漸離他們遠去。納赫曼輕聲告訴他人人都應該思考的四大悖論，沒有思考過這些命題稱不上是會思考的人。

「第一點：上帝必須先限縮自己才能造出有限的世界，可是無論如何，上帝是無限的，無限的祂某個部分始終無法參與創造世界的過程。難道不是嗎？」納赫曼反問莫里夫達，確認他有沒有聽懂。

莫里夫達表示贊同，於是納赫曼接著說：「受造世界這個想法不過是上帝無窮意識中無數的想法之一——如果我們認同這個前提，那麼這個想法肯定只是無關緊要的細枝末節。上帝可能根本沒有注意到自己創造出了某種東西。」納赫曼再度用眼角餘光觀察莫里夫達的反應。莫里夫達深深吸了一口氣。

「第二點，」納赫曼繼續解釋，「創造只是上帝意識中的滄海一粟，對祂來說根本無所謂，祂僅僅只是參與創造而已，這樣的漠然從人類的角度來說或許更像是一種殘酷。」

莫里夫達將葡萄酒一飲而盡，杯子重重地在桌上敲了一下。

「第三點，」納赫曼低聲說道，「絕對者，絕對完美的上帝沒有一定要創造出這個世界的理由。所以引導祂創造世界的那個部分勢必狡猾地瞞過了祂的其他部分，如今肯定也在繼續欺騙它們，而我們也是這場詭計的其中一員。你聽出重點了嗎？我們參與了一場戰爭。還有第四點：既然絕對者必須限縮自身才能創造出有限的世界，我們所在的世界對祂來說無異於放逐。你懂嗎？為了創造世界，全能的神必須讓自己變得像女人一樣軟弱又被動。」

疲憊不堪的兩人安靜地坐在一塊兒。晚宴的喧囂再度響起，雅各講黃色笑話的聲音傳了過來。然後早已酩酊大醉的莫里夫達不斷輕拍納赫曼的後背，他們甚至變成了調侃的對象；最後莫里夫達把頭倚在納赫曼的肩上，朝著他的袖子說了聲：「這些我都知道。」

總是有好幾天見不到莫里夫達的人影，但之後他又會跑回來待上一兩天。這種時候他會借宿雅各家。

他們對坐談天直到傍晚時分，赫賽爾往鑲坑[11]裡加了滾燙的燃料粉。他們把腳掌貼在坑上，一股溫和的暖意隨著血液循環往上，暖和了整個身體。

——

10扁餅（Podpłomyki）是一種無酵薄餅，為古斯拉夫人日常食用的麵點。

「他是楚布庫魯[12]嗎？」莫里夫達看著赫賽爾詢問納赫曼。這是土耳其人稱呼陰陽人的方式，上帝創造他們的時候賦予了他們雌雄同體的特質。

納赫曼聳了聳肩。

「他是個好男孩。工作認真。雅各很愛他。」

過了半晌，納赫曼覺得莫里夫達也該拿出同等的真誠回應他，便開口問道：

「他們說你是拜克塔什教團的成員，這是真的嗎？」

「有人這麼說？」

「他們還說你當過蘇丹的……，」納赫曼猶豫了一下，「間諜。」

莫里夫達盯著自己交握的手掌。

「你知道嗎？納赫曼，和他們在一起挺好的，所以我的確有和他們來往。」須臾後他又說：「而且只要你做這件事的出發點是好的，當間諜也不見得是什麼壞事。你也很清楚這一點。」

「我知道。你想從我們身上得到什麼，莫里夫達？」

「什麼都不要。我很喜歡你，雅各這個人更是令我讚嘆。」

「你，莫里夫達，是個擁有聰明才智的人，卻被俗事綑綁住了。」

「這麼說來我們兩個人很像。」

不過納赫曼似乎不太相信這句話。

就在納赫曼要回波蘭的幾天前，莫里夫達邀請他們到家裡作客。莫里夫達騎著馬來接他們，身後拖著奇怪的馬車。紐森、納赫曼和其他人上了車，雅各和莫里夫達則在前面騎著馬。由於上坡的路十分狹窄，路況不佳，整趟路花了大約四小時。雅各心情頗佳，一路上都用他強而有力的漂亮嗓音唱著歌。他先是唱起古老語言寫成的節慶歌曲，最後以巴爾罕[13]娛樂賓客時演唱的猶太婚禮歌謠作結：

人生還能是什麼呢，
不就是在墳墓上盡情跳舞嗎？

唱完這首，他接著唱起了洞房花燭夜的下流曲子。雅各鏗鏘有力的聲音在岩壁間迴盪。莫里夫達隔著半步距離跟在雅各身後，剎那間他意識到這個奇怪的人為何可以如此輕易地將人群凝聚在他身邊：他的行為猶如童話故事中的水井般真摯，不論你朝著井裡喊什麼，它總是會給你相同的回應。

---

11 饢坑（Tandoor）是一種固定於地面上、黏土製成的烤爐。
12 推測出自鄂圖曼土耳其語çibukcı，但查無相關用法。伊斯蘭教另有專指雙性人的稱呼khuntha。
13 巴爾罕（badchen）是東歐阿什肯納茲猶太人婚禮上的婚禮主持人兼小丑，與克萊茲墨樂隊（Klezmer）配合演唱婚禮歌曲。

雅各說起關於戒指的故事

半路上一行人選在橄欖樹的陰影下稍作休息，克拉科瓦的景色已經近在眼前了。這座城市看起來多麼渺小，就像一方手巾。納赫曼坐在雅各旁邊，玩鬧似地給了他一記鎖喉，雅各不敵投降，兩人如幼犬般扭打了好一陣子。莫里夫達心想他們的行為跟小朋友沒什麼兩樣。

在旅途中停靠休息的時候當然少不了說故事時間，就算是所有人耳熟能詳的故事也不要緊。赫賽爾有點悶悶不樂，他要求雅各講那個關於戒指的故事。雅各向來樂於回應他人的要求，隨即講起了故事。

「從前從前有一個人，」雅各說起開場白，「他有一枚代代相傳的神奇戒指。戴上這枚戒指的人都會獲得幸福，心想事成。儘管手握這項利器，他也不曾喪失對他人的同理心，從不吝嗇幫助他們。所以戒指掌握在好人手中，而他們每一個人都會將這枚戒指傳承給自己的孩子。

「然而有一天，一對夫妻一次生下了三胞胎。三個男孩健康地長大了，兄友弟恭，總是樂於互相分享、互相幫助。假如三個兒子長大成人，夫妻倆只能把這枚戒指分給其中一個兒子，這該怎麼辦呢？這件事讓兩人苦惱不已。他們徹夜長談之後，孩子的母親提出了解決方案：他們要把戒指拿給最好的金匠，委託他製造另外兩枚一模一樣的戒指。金匠必須做出完全相同的戒指，確保沒有人認得出哪一枚是原本的樣品。他們尋尋覓覓，終於找到了一位能工巧匠，他費盡千辛萬苦才完成了這項艱鉅的任務。當夫妻前來領取戒指的時候，金匠在他們面前把三枚戒指弄混，讓他們無從辨識哪一枚是哪一枚。金匠本人也驚訝地發現，就連他也分不出三枚戒指的差異。

「兒子們成年的時刻終於到來，父母親在盛大的慶祝儀式上把戒指交給了男孩們。男孩們一點也不滿意，但為了不讓父母傷心，他們仍然盡力掩飾自己的表情。每一個人都打從心底相信自己拿到的是真的戒指，三人開始互相猜疑。雙親過世後，他們立刻跑到法官跟前，要求他徹底解開他們的疑問。可是聰明的法官也辦不到，他沒有做出判決，而是告誡三人：『據說這項寶物能夠使它的擁有者誠心敬愛天主與人們。既然這個戒指在你們身上一點效果也沒有，真正的戒指有可能早就不見了。就把你們手上的戒指當成真的，好好生活吧！如此一來生活便會告訴你們，這是不是真的。』

「就如同這三枚戒指，世上也存在三門宗教。而生來便身處其中一門宗教的人，就應該將另外兩個宗教當成拖鞋，穿著他們走向救贖。」

莫里夫達知道這個故事，是他最近從做生意遇到的穆斯林那邊聽來的。他個人覺得反而是納赫曼的禱告更加觸動他的內心，他仔細聆聽對方唸著希伯來禱詞充滿抑揚頓挫的聲音。他不確定有沒有記住所有的內容，但他把記下的字句轉換成波蘭語之後再重新排列，然後現在，當他在腦海中複誦禱告文、細細品味其韻律的時候，他的嘴裡像是吃下了甜美的食物一樣，一陣陣美妙的感覺翻湧而上。

吾等魂靈無人能敵
為尋蒼穹振翅展翼
凌空飛越英姿煥發

鴉鶴之類不可比擬

硫磺鋼鐵捕捉不住
牢中疫病亦不可摧
順心而為從不迷茫
流言蜚語無所重傷

瓦解牆垣遠走他方
不顧腦後蜚短流長
不甘受困大街小巷
飛過圍籬盡情徜徉

翱翔世間無邊無際
笑看凡人愚不可及
暗嘆美人醜陋無比
成見妄想視如敝屣

振羽高飛忽見光照

無以名狀難以言表
何人何物寄身紅塵
於我而言漠不相關

天父，求祢應許
助我吐露苦痛
讓我弘揚真理
領會上智深意

久未使用波蘭語所帶來的甜美感受，很快就變成了難以忍受的思鄉情懷。

《碎筆》：我們從莫里夫達與波格米勒派信徒身上看到的事

雖然我非常想要記下所有事情，但我不能這麼做，因為所有事情全都緊密地連在一起，只要我的筆尖輕輕帶過其中一件事，另一件事就會因此被觸發，要不了多久一片汪洋就會在我的面前伸展開了。我的紙張所構成的邊界，抑或是我的羽毛筆在紙張上頭留下的痕跡，它們對這片汪洋來說又是何種的堤防啊？所以說啊，我怎能在只有一本書的篇幅裡，完全抒發我的靈魂這輩子獲得的所有收穫呢？

有一位我滿懷熱忱研究過的學者阿布拉菲亞說，人類的靈魂是這個宇宙洪流的一部分，而這條洪流會流經世上所有受造物。它是一種運行的模式，一股力量，可是一旦人誕生在有形的軀體內，作為單一的個體來到這個世界，這個靈魂就必須和其他靈魂分離，否則人就無法生存——靈魂將會在太初之流中溺斃，而那人不用一會兒就會失去理智瘋掉了。這就是為什麼人類的靈魂要被封印，也就是在它們身上蓋上印記，阻止它們和太初融為一體，讓它們可以在有限的物質世界中運作。

我們必須學會平衡之道。如果靈魂太過貪婪或是太過脆弱，過多的形式便會入侵，把靈魂和宇宙洪流分開。

所以有句話是這麼說的：「把自我填滿的人，他的心中沒有神的一席之地。」

幾十間整齊、鋪著石板屋頂的石造小房子構成了莫里夫達的村莊。房子與小石子路相互交錯，被踏平的小草坪中間有一道小水流流淌而過，形成了一片小水窪，在草坪周圍的房子錯落有致。再往高處走有一處蓄水池，像是磨坊水車的木造構造推進著某種機械，肯定是用來研磨穀子的。房子後面可以看見一片綿長的果園和花園，十分茂密，看得出來有人把它們照顧得很好，我們在踏入入口之前就看見了逐漸成熟的南瓜。

這個時節的草地早已乾枯，變成一張巨大的長方形畫布在地上閃閃發亮，它白得像是白色的節慶領巾，妝點了整座村莊。我總覺得這裡以一座村莊來說有點奇怪，接著我很快就意識到原因在哪——這裡連半隻禽鳥都沒有，可是對每座村莊來說，牠們是多麼理所當然的存在：啄食的雞，搖頭晃腦的鴨，叫個沒完的鵝，和怒氣沖沖攻擊人的公鵝。

我們一行人的到來引發了不小的騷動，第一批注意到訪客的小哨兵隨即朝我們跑了過來。因為外人在場而怯生生的孩子們圍在莫里夫達身邊，彷彿他們是他的小孩，接著他用沙啞又溫和的聲音和他們說了幾句我們聽不懂的話。下一秒幾位留著鬍子、身材臃腫、穿著粗麻衫的和藹男人冒了出來，女人們滿臉笑意地跟在他們身後跑了出來。所有人都穿著白色亞麻衣，顯然這些亞麻是他們自己栽種的，你可以看見村子周遭的草地上曬滿了一塊塊剛織好的亞麻布，等它們曬到變成白色才能收起來。

莫里夫達卸下在城裡買的一袋袋貨物，他命令村民好好迎接客人，他們欣然照做，在我們身邊圍了一個圈，唱起了簡短愉快的歌曲。這裡打招呼的動作是將手掌撫在心上，接著再貼到嘴巴上。農民的外表和行為舉止博得了我的好感，認真說來在我的印象中「農民」這個字指的是另外一種人，在波多里亞的農民可不是這個樣子，這兒的農民樂天知命，看得出來他們過著豐衣足食的生活。

我們驚訝地說不出話，就連平常總是波瀾不驚的雅各都顯得不知所措——面對此等待客之道，有那麼一瞬他差點就要忘了自己是誰。我們猶太人的身分對他們來說完全不是問題，反倒正因為我們是外人，他們才對我們這麼好。只有奧斯曼對他們盛大的歡迎儀式見怪不怪，跟在莫里夫達身旁，一下問糧食供給的來源，一下問工作分配的情形，一下問耕種蔬菜和布料的收益，可是莫里夫達不太樂於回答這些問題。出乎我們意料，最常回答這些問題的反而是一位叫作大媽的女人，儘管她一點也不老。

他們把我們帶到一間大房間，我們吃飯的時候，年輕的少男少女在一旁服務我們。餐點簡單又美味：陳年蜂蜜，水果乾，橄欖，可以直接抹在石烤薄餅上的茄子醬，還有泉水。

莫里夫達的舉止端莊穩重，但我注意到了一點，雖然大家對他的態度十分恭敬，那並不是一般農民對待地主的態度。所有人都叫他「兄弟」，他同樣也回叫其他人「兄弟」和「姊妹」，所有人就像一個大家庭一樣把對方視為自己的兄弟姊妹。酒足飯飽過後，一位全身穿著白衣的女性朝我們走了過來，她就是那位被叫作大媽的女人，她和我們坐在一起，溫柔地笑著卻不太說話。我們看得出來莫里夫達非常尊重她。她一起身，他就跟著站了起來，於是我們也跟著起身，他們帶著我們走去今晚過夜的房間。屋裡的一切都很樸素乾淨，這一晚我睡得很好，可惜我累到沒有力氣及時寫下當天發生的所有事情。比如說，在我的房間裡只有用來鋪在木頭地板上打地鋪的床單，還有掛在繩子上的木棍可以用來掛衣服，充當衣架。

第二天，我和雅各才見識到莫里夫達把這個地方管理得有多好。

莫里夫達身邊聚集了十二位兄弟以及十二位姊妹——他們負責管理這座村莊，每個人的權力不分男女都是平等的。需要決定某些事情的時候，大家會聚集在池塘邊的小廣場上投票表決，如果他們贊成便舉手表示同意。村內全部的農舍與產業，例如水井、馬車、馬匹都歸眾人所有，屬於所有人；只要有人有任何需要，都可以像是租借一樣自行借用，使用完畢之後再歸還即可。這裡的孩子不多，因為對他們而言生小孩是一種罪。眼前這些孩子也不會待在自己的母親身邊，孩子們被當成是整個村子共同的責任，因為年輕的女性要下田工作或是打理家務，會有幾位年長的女性分擔照顧孩子們的工作。我們看見孩子們往白色塗料裡添加了其他顏料，把房屋的外牆漆成天藍色。大人們不會告訴孩子他們的父親是誰，也不會告訴父親誰是他們的孩子；這可能會造成不公平或是偏愛自家子女的情形。而且因為母親是知情的那一方，她們在這樣的情況下扮演著十分重要、和父親平起平坐的角色，這裡的女人因此顯得和其他女人有些不同——她們更加沉穩，通情達理。有個女人負責記錄社區的帳務，她會讀書寫字，能計數，是個非常聰明的人。莫里夫達非常敬重她。

我們所有人都不禁暗忖，莫里夫達在這個地方究竟扮演著什麼樣的角色，他是這裡的管理人？還是助手？或者他是供那個女人差遣的手下？又或是顛倒過來，那女人才是他的手下？可是莫里夫達卻覺得我們的想法太過好笑，調侃我們只懂得用糟糕至極的古板想法看待這一切：每個地方一定都有階層的存在，某個人的地位勢必高於另一個人，並且壓迫後者去完成所有事情。這個人比較重要，那個人比較不重要。可是在克拉科瓦的這個村莊裡，他們用完全不同的方式安排事情。人人平等。每個人都享有活著、溫飽、幸福與工作的權利。任何人都可以隨時離開。有人離開過嗎？偶爾，但這樣的情況很少見。他們還能去哪兒呢？

然而我們有一種很強烈的感覺——莫里夫達和這個笑容靦腆的女人共同管理著這個地方。我們隨即在心底暗暗猜測，她究竟是不是他的妻子，但他很快便推翻了我們的想法：她是姊妹，就和這裡的每個女人一樣。「你會和她們睡嗎？」雅各直截了當地問。莫里夫達聳肩沒有回答，然後向我們展示了他們用心打理、一年收成兩次的大菜園。他還告訴我們，整個社區正是靠著這片菜園、靠著陽光的恩惠維生。假如我們也用他的方式觀察這個地方，那麼我們就可以看出太陽、陽光所賞賜的這一切都是免費的，人人皆可享有。

我們坐在長桌邊，所有人先是用我聽不出來的某種語言進行餐前禱告，接著才開始享用餐點。

波格米勒派信徒不吃肉，只吃蔬菜類的食物，偶爾吃些其他人分給他們的乳酪。他們討厭雞蛋與討厭肉類的程度不相上下。因為他們認為靈魂降生前會待在蠶豆中一段時間，而豆莢就像收藏靈魂的珍貴珠寶盒，所以他們不吃蠶豆。有一點是我們彼此都認同的——某些植物含有較多的光能，含有最多光能的是小黃瓜、茄子以及各式各樣長形的瓜果類。

他們和我們一樣相信靈魂轉世。此外，莫里夫達還認為，過去直到基督宗教親手葬送這樣的看法為止，這樣的信仰都十分普遍。他們相信行星的影響力，並稱呼它們為掌權者。

即使我和雅各表面上不露聲色，但他們與我們的信仰存在太多共通點，令我們不由得深思。舉例來說，波格米勒派信仰他們傳授宗教奧祕時所使用的聖言，聖言的神聖性在於它一反常態地下流無恥。每一個參與入教儀式的人都必須聽完傷風敗俗的故事，這樣的習俗源自多神信仰時期，供奉古代女神包玻或是放蕩不羈的希臘神祇巴克斯14所留下的傳統。我是第一次聽到這些神的名字，莫里夫達提到祂們的時候似乎有點羞恥，說得很快，不過我立刻就把祂們記下來了。

吃完午餐後，我們在莫里夫達的小房子裡坐著吃甜點，是傳統的土耳其果仁蜜餅15；他們還給了我們一些私釀葡萄酒配點心，我看見了果園後面還有一片小小的葡萄園。

「你們平常怎麼禱告？」雅各問他。

「噢，這再簡單不過了！」莫里夫達回答，「就是心禱：『主耶穌基督，憐憫我吧！』不必特地做什麼。上帝會聽見你的呼求。」

莫里夫達還告訴我們婚姻是有罪的。這就是亞當與厄娃的原罪，因為婚姻應該要符合人類的天性：讓人們透過靈魂彼此相繫，而不是透過死板的規定。那些心靈相通、屬靈的弟兄姊妹可以彼此交合，從這些關係中誕生的孩子是上天的恩賜。而那些從夫妻關係中誕生的孩子則是「死板法律的孩子」。

傍晚，大家圍成一個圓，然後開始繞著一位處女跳舞。女孩剛出現的時候身著白色長袍，然後在神聖的儀式結束後換上了紅色長袍，最後，當所有人都被瘋狂疾馳的高速舞步累到東倒西歪，女孩穿上了一件黑色大衣。

這一切讓我們感到不可思議地熟悉，回到克拉科瓦、回到雅各工作的櫃台之後，我們懷著激動的心情不斷討論著這幾天發生的事，興奮到晚上遲遲無法入睡。

幾天後，紐森和我載著商品和其他消息往波蘭出發了。一路上莫里夫達村莊的景象都徘徊在我們的腦海中，揮之不去。尤其是紐森，他甚至滿懷雄心壯志，夢想著當我們再度跨越德涅斯特河之後，就可以在波多里亞依樣畫葫蘆，建立起類似的村莊。在那個村莊裡，不論我們是母親還是父親、女兒還是兒子，女人還是男人都不重要，我非常喜歡這一點。我們之間終究沒有太大差別。我們所有人都不過是光輝照亮物質的時候，負責接受光能的形式罷了。

---

14 包玻（Baubo）是古希臘神話中的女神，擁有老婦人的外型，臉長在腹部，下巴則呈現女性外陰部的形狀。祂被視為性解放與幽默的化身。巴克斯（拉丁語Bacchus）是羅馬神話中的酒神，對應希臘神話中的戴歐尼修斯。

15 又稱巴克拉瓦（Baklava），是蜂蜜與堅果製成的酥皮點心，常見於中東地區。

12

關於雅各遠赴加薩的拿單之墓

亞伯拉罕在給連襟托瓦的信中寫道：如果有人的行為像雅各遠征先知拿單之墓一樣不可理喻的話，他要不是個瘋子，就是個聖人。我的生意拜你女婿所賜，可是多了不少麻煩。來聊天的人變多了，來店人數也是盛況空前，可是這卻沒有帶來多少利潤。在我看來，你的女婿並不適合待在店裡，當然我這麼說並不是要譴責他，我也知道你對他有什麼樣的期待。他是一個靜不下來、內心躁動的人，他不是智者，而是叛逆分子。他拋下了一切，而且因為他對我付的工資有所不滿，他離開的時候還偷走了幾件我手上值錢的東西犒賞自己，那些東西的清單我列在另外一張紙上寫給你了。我希望你能勸他把我算出來的那筆錢還給我。雅各和他的追隨者打定主意要去參觀加薩的拿單（願他的名受顯揚）之墓。雖然這個目標很崇高，但他們光憑滿腔熱血，一時興起就魯莽地拋下一切不管不顧——結果他們離開前居然還有足夠的時間惹毛一群人，至於另外一群人呢，則變成了他們借錢的對象。就算雅各想要回來，這裡也已經沒有他的容身之處了，但我猜想他大概也不會想回到這裡吧。

我真心希望你很清楚自己把漢娜嫁給這樣的人的時候究竟在做什麼。我對你那超出常人理解的智慧以及深思熟慮的個性有信心。我只能坦白告訴你，在雅各離開之後，我真的感到如釋重負。你的女婿不適合待在這間店裡。我認為大多數的事情他都無法勝任。

關於納赫曼如何追尋雅各的腳步

終於，這一年年初，納赫曼和紐森處理好波蘭所有事情，蒐集完信件和少量的商品，朝著南方出發了。馬路往德涅斯特河的方向一路延伸，穿過整片田野；路上陽光明媚，天空顯得十分廣闊。納赫曼早就受夠波多里亞的骯髒、農村的平庸、嫉妒和無知；他想念掛在枝頭上的無花果和咖啡的香氣，最想念的莫過於雅各。他載著修爾給以索哈的禮物，自己則替莫德克先生準備了格但斯克產的水滴型琥珀，以及舒緩他關節疼痛的藥。

河床完全乾涸之後，被一層乾巴巴的咖啡色草堆蓋住，枯草在人群與動物的踩踏之下化成了灰。納赫曼站在岸邊望著南邊的彼岸。他突然間聽到腳邊的雜草沙沙作響，過沒多久一隻又瘦又髒、乳房腫脹、黑白花色的母狗走了出來，小狗們吃力地跟在母親身後爬行。母狗絲毫沒有注意到眼前站著不動的人，直接略過納赫曼走了過去，但是其中一隻小狗注意到他，驚訝地停下了腳步。一人一狗對看了好一陣子。小狗看著納赫曼的眼神充滿好奇與信任，然而下一秒牠卻像是收到了某種警告，用看著宿敵的眼神與納赫曼四目相接，隨後便跟著母親快步離開了。納赫曼覺得這不是個好兆頭。

傍晚，一行人越過德涅斯特河。農民們在河岸邊點燃篝火，燃燒中的小蠟燭與花圈妝點了整片水面，到處都聽得到笑聲和尖叫聲。女孩們將白色長衫捲到大腿一半的高度，站在河水及膝的地方玩耍。她們披散著頭髮，頭上頂著花圈。她們看著騎在馬背上的猶太人不發一語。納赫曼甚至開始幻想，向他們辭別的根本不是這個鎮上的女孩，而是水妖，她們會在深夜竄出水面，襲擊她們遇見的所有人。有個女孩驀地彎下腰，開始朝他們潑水，其他人很快也笑著加入她的行列，男人們逼不得已只好快馬加鞭趕緊離開。

隨著他們越來越深入土耳其境內，他們便越來越常聽見關於某位「聖人」的消息，聖人的形象也變得越來越鮮明。他們暫且對這些消息置若罔聞，但過沒多久他們便發現這樣不是辦法。旅行中的猶太人往往會在休息停靠的時候交流路上聽見的各種傳聞，而他們也在這樣的過程中漸漸得知更多關於這位聖人的細節，像是他有一大群同夥，正在索菲亞行奇蹟之事之類的。很多人覺得他是騙子。從他們的故事中可以得知，這位聖人是一位來自土耳其的老猶太人，但也有人說他是來自布加勒斯特的年輕人，所以無法馬上確定是不是所有旅人講的都是雅各。這讓納赫曼和紐森感到不安，整晚夜不成眠，都在絞盡腦汁猜測他們不在的時候究竟發生了什麼事。他們不但沒有因此感到開心——這不就是他們當初引頸期盼的嗎？——他們反而開始害怕。能夠安撫憂鬱與不安的最佳解藥便是文具盒，納赫曼每到一站就會把它拿出來，記下關於雅各的各種傳聞。筆記看起來就像這樣：

他行經某座村莊的時候遇到了危險的深洞，一不小心就會跌進去，雅各為了跳過這個洞花了整整半天的時間待在馬背上。疲憊不堪的馬兒不肯移動半步，但雅各完全沒有要放過牠的意思。沒多久整座村子的人都跑到他和坑洞旁邊看熱鬧，連土耳其衛兵也跑來了——他們想要確認人們為什麼聚在一塊、會不會剛好遇上了民眾抗議蘇丹統治的暴動。

或是：

雅各偷偷走近某個看上去很有錢的商人，把手伸到他口袋裡之後猝不及防地拉出一條疑似蛇的東西不斷揮舞，還朝著人群大呼小叫。這個動作引起了一陣恐慌，女人們驚恐的叫聲嚇壞了土耳其衛兵的坐騎，可是雅各卻笑得不支倒地，整個人都在沙子裡翻滾。此時人們才尷尬萬分地發現那根本不是蛇，而是一串木珠項鍊。

或是：

雅各走到了某間大型猶太會堂的講壇[1]上，而眾人正要開始誦讀《摩西五經》的時候，他一手推翻了領禱台[2]，接著不斷搖晃它，嘴裡威脅著要殺掉在場所有人。於是人們嚇得落荒而逃，把他當成

---

1 講壇（bima）是舉行儀式時擺放《妥拉》卷軸的地方，通常位於會堂的東面。

什麼事都做得出來的瘋子。

又或者是：

某一天他半路上遭遇強盜襲擊。雅各不過是朝著天空喊了一聲，一眨眼的工夫便雷雨交加，嚇得那些歹徒抱頭鼠竄。

納赫曼現在又再補上了更小字母寫成的註解：

我們一路快馬加鞭趕到索菲亞，卻沒有在那找到雅各的身影。我們向自己人打聽了他的事情，所有人無不興奮地講著雅各在這完成的壯舉，還有他最後帶著一群人往薩羅尼加而去的消息。現在他就有如義人，坐著馬車在前方帶領著整個隊伍，其他馬車、推車、騎馬和徒步的人們跟在他身後，浩浩蕩蕩的隊伍占據了整條路，塵土飛揚。不論他在哪裡停留，每個人都會興致勃勃地打探他是何許人也，而且聽完解釋之後，他們就會立刻丟下手上的事情，用外套擦了擦雙手，便急急忙忙加入旅隊，即使那只是好奇心驅使下的一時衝動也無妨。大家是這麼告訴我們的。而且他們講到馬匹有多駿逸、馬車品質有多好的時候，還一臉神采飛揚的樣子，信誓旦旦向我們保證整個旅隊有將近上百人。

然而我隱約覺得我知道這群「同伴」是誰，沒有地方可以溫飽的貧民與衣衫襤褸的乞丐。病入膏肓、肢體殘障、對一線希望有所期待的人，但是比起奇蹟，他們更渴望駭人聽聞的事件或是衝突發生。從父親的鐵腕教育下逃開離家出走的青年，缺乏深思熟慮一夜間傾家蕩產的商人，如今他們滿懷愁苦，尋找著任何足以填補心中空缺的事物；各式各樣的瘋子與厭倦枯燥責任義務而逃離家人的人。除此之外還有那些女乞丐，因為待在這樣一大群人裡有利可圖聞風而來的輕佻女子，或是被拋棄後沒人願意接受、抱著孩子的寡婦，還有穿著破衣的基督徒小混混、無業遊民。正是這一切造就了追隨雅各的人，假如你問他們發生什麼事、他們正跟著誰前進，他們大概也不清楚。

在史高比耶[3]，我在我們的先知拿單墓前默禱，嘴唇一動也不動，僅僅是在腦中用最隱祕的方式向他祈求，祈求我們能夠盡早與雅各相見。我的腦海中時不時浮現一道聲音告訴我，是我不夠謙卑、不懂得正確地評斷自己；我不禁開始思考：我不在身邊的這段時間雅各居然變得如此瘋癲，只要我找到他，他肯定就能馬上恢復平靜、不再堅持模仿第一人[4]（願他的名受讚頌）的行為，路上的這場騷動正是雅各需要我的暗示。

納赫曼和紐森抵達薩羅尼加的時候，是創世五五一四年以祿月二號，也就是西元一七五四年八月二十日，儘管天色灰暗、儘管兩人已經累到快要趴下了，他們還是不敢耽擱，趕緊出發尋找雅各。這天晚上很熱，城牆溫溫的，從山上吹來的和煦微風懶洋洋地替空氣降溫，此時一陣風吹來，帶來林間

---

2 領禱台（pulpit）本意是「柱子」、「所站之地」，是負責帶領禱告儀式的人站的地方。

3 史高比耶（Skopje，馬其頓語Скопје）為今北馬其頓首都，一三九二年鄂圖曼土耳其攻下史高比耶，並將其更名為斯屈普（Üsküp），按照塞爾維亞語發音又譯作斯科普里（Скопље）。

4 指薩瓦塔伊．塞維。

植物、樹木草葉生機盎然的氣息。城裡一切都很乾燥。橘子的香氣從某處飄來，它們飽滿多汁，剛好處於最香甜、最美味的狀態，過不了多久它們就會過熟發臭了。

納赫曼第一個看到他，就在學習之家旁邊，薩羅尼加的猶太人總是在這個地方爭論不休。人群漸漸散去，時間不早了，雅各還站在那兒，身邊圍滿了男人，他正激動地講著什麼。納赫曼在一群希臘風打扮的年輕人中間看見了小赫賽爾。他走近他們，雖然聽不見他們在說什麼，他卻開始渾身發抖。在如此炎熱的夜晚，似乎很難為納赫曼的反應找到合理的解釋。他提筆寫下：

直到現在我才理解我有多麼思念雅各；直到這一刻，我終於擺脫了整趟旅途的匆忙，以及幾個月來不曾離我而去的狂熱。

「那個人在講什麼？」我問了站在一旁的男人。

「他說薩瓦塔伊根本不是彌賽亞，他不具有聖潔的性情，他只是個必須預言自己繼承人的普通預言家。」

「他說得有道理，」站在我身邊的另一個人開口。「假如他真的繼承了神的性情，他勢必會讓世界有顯而易見的改變。這麼說來，有什麼事情改變了嗎？」

我沒有加入他們的探討。

我看著他站在人群中。他的身材變得消瘦，看上去狀況很差。他的鬍子長長了。可是在他身上也出現了一些新東西——他變得更加慷慨激昂、充滿自信。我不在的時候是誰幫助他，是誰讓他變成這副模樣？

當我望著他的動作，聽著他說的話，我開始漸漸理解他的話語能夠為他人帶來慰藉是一件好事。我也感覺到他的心中有一個整體的概念，指引他該做些什麼，該何去何從。有時候光是看著他就夠了；正是這一點吸引了其他人來到他身邊。

有人真正了解眼下的情況——沒有什麼比確信這樣的人存在更能安撫人心了。因為像我們這樣的凡夫俗子從來就無法擁有這樣確切的信念。

我在波多里亞和家人待在一起的時候常常會想到他，數不清多少次。我思念著他，尤其是睡覺前思緒隨心所欲馳騁、不受控制的時候。我的妻子就躺在旁邊，我不曾花費多少心思在她身上，真是悲哀。我們的孩子出生時十分虛弱，馬上就夭折了，但是我那個時候心中想的不是這件事。我覺得雅各的臉漸漸變成了我的臉，我頂著雅各的臉入睡而不是自己的。而現在這張臉終於活生生地出現在我眼前。

所以當傍晚我們所有人：雅各、莫德克先生、以索哈、紐森、小赫賽爾，還有我終於齊聚一堂，我覺得十分幸福；既然不乏美酒，我便喝得酩酊大醉，可是我醉得像個孩子——毫無防備，我準備好面對命運的安排了，我也確信不論發生任何事情我都會陪在雅各身邊。

關於雅各如何對抗敵基督

在薩羅尼加住著第二人柏魯奇亞的兒子兼繼承人，大家都叫他柯尼奧。

柯尼奧在這裡有非常多信徒，許多人都相信柏魯奇亞的靈就在他裡面，把他當成聖人一般對待。納赫曼他們花了很長時間才得以見到他。有他的祝福，由他向雅各傳授他父親的教導，將會確立雅各獨特的地位。納赫曼帶著以索哈以及莫德克先生的信，來到市中心一棟酷似白塔的高聳房子前。據說房子內部暗藏了漂亮的噴水池花園與孔雀，但是從外面看來它就像是一座堡壘。白色外牆十分平整，似乎是用平滑的花崗岩製成的。此外房子外頭還有衛兵把守，有一次納赫曼堅持求見的時候，他們還扯破了他的衣服。

雅各為了這樣的傷害氣憤不已（納赫曼的長袍是全新的，是他在市場上花了不少錢買來的），他告訴同伴留他一人在這座不得其門而入的高塔就好，要其他人自己躲到樹叢裡。然後雅各倚著牆壁，開始用塞法迪猶太人的古老語言盡其所能放聲高歌，聽起來就跟吼叫的驢子差不多。而當他唱完整首歌，馬上就會從頭再唱一次，不放過每一面牆壁、不漏掉房子的每一個方向。

「Machszawa se in fue esta...」雅各嘶吼著，頻頻走音，他的面目猙獰，扭曲的奇怪姿勢毫不意外吸引了人們圍觀。人們一邊看著雅各，一邊努力壓抑自己的笑聲。聚集的人群引發了騷動。

此時高處有一扇小窗戶被打開了，柯尼奧本人探出了腦袋；他用拉迪諾語朝著下面喊了什麼，雅各回應他，兩人就這麼講了一會兒。納赫曼向以索哈投以探尋的目光，他會說這種西班牙猶太人的古老語言。

「他在要求會面。」以索哈解釋。

小窗被猛然關上。

雅各一直到傍晚都在高塔下歌唱，直到聲音啞掉才停下來。

他們無計可施。遙不可及的柯尼奧對來自波蘭的訪客一點興趣也沒有，即使聰明絕頂的雅各和他們在一起，即使雅各在柯尼奧的窗前歌唱也無法讓他改變心意。他們已經開始這樣稱呼他了：聰明絕頂的雅各。

此時的薩羅尼加充滿了各式各樣的魔法師與奇蹟締造者，每個街角都有自稱是彌賽亞的人或是巫師為人提供指點。許多人都在討論某個猶太人，他是自稱彌賽亞的敵基督，據說就算你只跟他交流過一個字，你也會立刻站到他身邊支持他。

雅各想要試探這樣的人，和他一決勝負。他有好幾天都把這個計畫掛在嘴上，最後他終於吸引了一大群人聚在他身邊：平庸的商人、學生、上門推銷的流動攤販、鞋匠，他們關上了自己的攤子，只為一睹這難得一見的場景。他們穿過整座城市，一路上喧囂不斷，最後才在這個人傳道用的花園內院裡找到了他與他的隨從。他是個身材高大的壯漢，膚色黝黑，是塞法迪猶太人，頂著一顆光頭，鬢角上的長髮[5]鬈曲纏繞在一起。他身穿白袍，白衣在黑皮膚的襯托下顯得更加閃耀。雅各坐在他的旁邊，臉上帶著他心懷不軌的時候總會露出的招牌微笑，然後傲慢地質問他算哪根蔥。那個習慣他人畢恭畢敬的男人回答得十分平靜：他就是彌賽亞。

「證明給我們看吧！」雅各看著周遭在場的證人對他說。

那人站起來想要離開，但雅各沒放棄。他跟上那人然後再度說道：

「證明給我們看吧！把牆邊的那一小座噴水池移過來。你是彌賽亞的話一定能辦到吧！」

5 猶太律法規定不可以剃掉兩鬢的毛髮，即所謂的邊落（希伯來語payot）。

「滾！」那人厲聲道。「我跟你沒什麼好說的。」

雅各不放過他。對方回過頭，開始喃喃唸起咒語。此時雅各抓住了他頭上的鬈髮，他的同夥趕緊上前保護他。雅各被他們推倒跌坐在沙地上。

傍晚雅各對著白天沒有和他待在一起的所有人講述他如何與敵基督對決，一如《聖經》中與天使搏鬥的雅各伯[6]。

分隔兩地太久，對雅各朝思暮想的納赫曼盡其所能跟著雅各去每個地方，因此疏忽了他的生意與研究，他荒廢了和賺錢相關的所有事情，從波蘭運來的商品仍然沒有賣出去。雅各的某些作為令納赫曼覺得十分難堪，還有一些行為他完全無法接受。雅各成天在城裡遊蕩，伺機找人打架或吵架。例如有一次他盯上了某個學識淵博的猶太人，問了對方一個深奧的問題，在他的引導下對方不但覺得自己有回答問題的義務，也被他的論點帶跑了。在那位學者意識到之前，兩人就已經坐在土耳其咖啡廳裡喝著咖啡了。雅各請對方抽菸，而對方也不敢拒絕，那天可是安息日啊！畢竟虔誠的猶太人安息日的時候不會帶錢在身上，結帳的時候雅各一把扯下他的纏頭巾，拿它來抵押咖啡錢，淪為笑柄的男人因此不得不頂著空蕩蕩的頭頂回家。雅各實在幹了太多這樣的事，讓所有人都漸漸開始害怕他，就連他自己身邊的人也不例外。

納赫曼難以忍受這般欺辱他人的行為，就算是死對頭也不該遭受這樣的對待。雅各倒是為此沾沾自喜。

「心中膽怯的人就會保持敬畏之心，本來就是這樣。」

沒多久，雅各就成為薩羅尼加家喻戶曉的人物。於是莫德克先生和以索哈決定應該讓雅各卸下生意的負擔，而且他們自己也應該全心奉獻、投入經書的研究。

「處理好你該做的所有事情，但是不要再找新的人脈了，」莫德克向吃驚的納赫曼說。

「你這是什麼意思？」納赫曼不解，「那我們要靠什麼吃飯？吃什麼？」

「靠救濟品，」莫德克先生誠實以告。

「可是一直以來我們的工作都沒有對研經造成影響啊！」納赫曼反駁。

「現在會了。」

聖靈[7]進入人體的時候是什麼樣子

創世五五一五年基斯流月，即西元一七五四年十一月，雅各透過納赫曼的口信與書信宣告他建立了自己的學習之家，個人的學院，消息一出，馬上就有許多人踴躍報名。有件事格外不同尋常──他

6出自《創世紀》第三十二章的典故，和合本翻譯的章節名稱為「雅各與天使摔跤而勝之」，思高本則譯作「雅各伯與天神搏鬥」。有一說認為天使是上帝的使者，另一說認為天使是上帝本人的化身，故譯文也有所出入。

7此處的聖靈指神聖的心魂（ruach ha-kodesz）。

的第一位弟子居然是那位莫德海拉比、莫德克先生。他隆重登場時莊重的形象引來許多關注；人們非常信任、也非常敬重他。既然他信任這個叫雅各的人，那這個雅各肯定不同凡響。幾天後，雅各帶著納赫曼及紐森加入了自己的學院。納赫曼顯得有些靦腆——他穿著全新的希臘服飾，那是他把從波多里亞載來的蠟賣掉之後新買的。

過沒幾天，眾人收到消息：在尼科波爾的漢娜生下了女兒，而且她按照夫妻倆起初討論的結果為她取名伊娃，小名阿瓦恰[8]。他們事前就已經得到了生女兒的徵兆。紐森的母驢產下了龍鳳胎：雖然母驢本身是灰色的，但是牠所產下的母驢全身雪白，而第二隻公驢的毛則黑得像咖啡一樣。雅各開心得不得了，有那麼幾天他表現得成熟穩重，忙著告訴每個人女兒出生的日子和他孕育出學院的日子恰巧是同一天。

之後發生了某件詭異的事情，某件人們期盼已久的事，又或者該說人們心知肚明它必然會發生、無法避免。實在是一言難盡，儘管這僅僅是單一的事件，它的前因後果井然有序，每一個動作、每一幅景象都有對應的單字能夠加以描述……或許，將講述這一切的權力交給記下所有經過的證人會好得多。

> 不久之後，紐森把我從夢中叫醒，告訴我雅各變得有點奇怪。紐森習慣晚上的時候挑燈夜讀，所以每個人都睡得比他早。紐森還叫醒了當時也在我們學院裡的其他人，他們半夢半醒間驚魂未定地走向雅各的房間，裡面有幾盞燈亮著，莫德海拉比也在場。雅各站在一堆東倒西歪的家具中間，半裸著身子，他的寬褲幾乎要從那細瘦的大腿上滑下去，汗水淋漓的肌膚閃閃發亮，但他的臉色蒼白，雙眼

無神，有點奇怪，他像是發了燒一樣渾身顫抖。這個狀態持續了一陣子，而我們就只是在一旁看著他，觀望著接下來的發展，沒有人膽敢伸手碰觸他。莫德海以悽愴的口吻唸起禱詞，聽得我不約而同開始發抖，眼前的場景也漸漸令其他人感到擔憂。因為聖靈顯然已經降臨到我們之中了。現世與彼世之間的帷幕被打破，當下的時間喪失純潔，聖靈有如攻城槌朝著我們逼近。我們身上的汗味讓這間不通風的小房間變得更悶，空氣中還飄著一股類似生肉或是血液的味道。我感到一陣噁心，然後我覺得好像起了一身的雞皮疙瘩；同時我也看見雅各的那話兒慢慢變大，寬褲的布料變得緊繃，最終他發出一聲哀號跪倒在地。片刻過後，雅各用沙啞的嗓音輕聲說了一句不是每個人都聽得懂的話：「Mostro Signor abascharo.」莫德克先生接著用我們的話複述了一遍：「我們的主降臨了」。

雅各以一種不自然的姿勢跪著，身體蜷縮成一團，他的後背與肩頭滿是汗水，溼答答的髮絲貼在臉上。他渾身輕顫，一陣一陣的，像是有冷風吹過他的身體。接下來，過了很長一段時間，他才失去了知覺倒地不起。

這就是聖靈進入人體的樣子，看起來像是某種疾病，難以擺脫也無法治癒，彷彿突然感到一陣軟弱無力。也許有些人會對此感到失望，大部分的人本就期待這會是莊嚴肅穆的時刻，可是它看起來更像是遭受鞭打或是生產的過程。

當雅各像是因為痙攣痛到整個人縮成一團，納赫曼居然在他的頭上看到了微弱的光暈，他指著

8 伊娃．法蘭克（Ewa Frank）小名阿瓦恰（Awacza），伊娃的猶太拼音為Chavah，為生命之意。

它、示意另一個人往那看過去——空氣在寒光加溫下發光發熱顯得更加清晰，還有那不規則的光圈。直到聖光出現的這一刻，剩下的人才趕緊跪下，而狀似發光鐵屑的某種東西在他們的頭頂緩慢打轉，有如在水中。

事情的經過很快就在整座城市傳開了，現在雅各家門前盡是紮營守候等著一睹他風采的人們。此外，雅各還開始看見幻覺了。

納赫曼謹慎地將它們記了下來：

> 雅各的左右分別有一位漂亮的小姐，她們引領著他飄浮在半空中，穿梭於不同的房間。在房間裡他看見了許多男男女女，他注意到某些房間裡有學校，他們說話的聲音從他的頭頂上方傳了過來，他能完全理解他們說的每一個字。這些房間數量眾多，然後他在最後一間房間看見了第一人薩瓦塔伊（願他的名受讚頌），他和我們一樣穿著法蘭克追隨者的衣服，而他的身邊聚集了許多學生。第一人向雅各說：「你就是那個聰明絕頂的雅各？我聽說你很強大，而且有一顆無所畏懼的心。我很欣慰，因為一路走來我已經沒有力氣繼續前進了。在我們之前也有許多人扛起這份重擔，但他們全都不支倒地了。你不害怕嗎？」
>
> 接著第一人向雅各展示了深似黑海的深淵。在深淵遙遠的彼岸升起了一座山。此時雅各喊道：「就順其自然吧！我會去的！」

關於這場幻象的消息傳遍了薩羅尼加，人們口耳相傳，有時候還會出現一些新的細節。這則新聞就像載著奇珍異寶的商船入港的消息一樣，在城裡不脛而走。甚至有更多人出於好奇心跑來聽雅各講課，他的學院被擠得水泄不通。當雅各走在路上的時候，人們會虔敬地讓路。有些比較大膽的人直接把手伸了出來，想要摸一摸他的袍子。即使雅各本人非常不滿，堅稱自己不過是個傻子，大家仍然開始稱呼他為哈坎，賢哲的意思。就連那些熟知傳統卡巴拉的老學究在這場幻象之後都不得不承認他的偉大，他們蹲在陰影下討論著幻象的內容，而比較聰明的智者們從中看出了古代先知流傳下來的神祕暗號。

雅各還夢見了天上聖殿。他到了第一人所在的地方。雅各看見了同一扇門，跟隨著他，走過同一條路。

大家每天做的第一件事就是聆聽雅各的夢境。他們會等著他醒來，隨時準備好應對他的第一個舉動。雅各不能起身，也不能碰觸任何東西，他一醒來就必須立刻開口，彷彿他從更廣闊無邊、更接近光明的彼世帶來消息。

加入雅各行列的還有柏魯奇亞兒子的學生，就是那個不願意接見他們的柯尼奧的學生，他們也會來聽雅各講道，對此最高興的人莫過於莫德克先生了。然而大部分的人對雅各都抱持著懷疑的態度，他們早就對他有成見。在他們眼中雅各就是競爭者，跟他們一樣打著救贖的名號，自負地把攤子擺在他們隔壁，出的價錢還比較便宜。他們誇張地大聲質問：這個流浪漢是誰啊？

不過和雅各關係最密切的還是來自波蘭的猶太人，他們在薩羅尼加做生意，或是耗盡了所有盤纏回不了家、不得不待在這。該如何認出他們呢？非常簡單，一眼就能看出來了。舉例來說，納赫曼能立刻在人群中捕捉到他們的身影，就算他們身穿希臘式或是土耳其式的衣服、快步走過擁擠的小巷也一樣。他能在他們身上看到自己的影子——他們習慣使用一樣的手勢，體態相似，同樣踩著既不確定又自信的步伐。那些最貧窮的波蘭猶太人往往穿著灰色調或是素色的衣服，即使有人替自己弄來圍巾或是比較好的外套，羅哈廷、達維季夫或是切爾諾夫策仍會躲在圍巾、外套之下虎視眈眈。就算有人為了防曬綁了纏頭巾，皮德海齊與布恰奇會鑽出他的褲子，利沃夫會爬出他的口袋露臉，看似希臘風的涼鞋磨損的樣子看起來就像是直接從布斯克穿來的。

關於薩羅尼加不喜歡雅各的原因

隨後情況發生了改變。有一天雅各在講課的時候，幾個攜帶棍棒的彪形大漢闖入教室。他們先是對站在門邊的那一群人展開攻擊。他們見人就打，紐森也被打得鼻青臉腫，血流不止。地面上滿是血跡，尖叫與打鬧的聲音不絕於耳。學生們趕緊逃到外面，因為隔天同樣的情形又再度上演，他們之後就不敢再來了。大家都知道那些人就是柏魯奇亞的兒子柯尼奧的信徒，他們試圖要把雅各趕走，堅稱只有他們才能在薩羅尼加傳教。有些臉孔並不陌生，大家都是虔誠的信徒，曾幾何時彼此關係好到可以稱兄道弟，然而如今逝去的友誼已經不算數了。薩羅尼加容不下兩個爭奪彌賽亞名號的人。為此紐森安排了守衛在學校前站崗，不分日夜。即便如此，仍然發生了兩次不明人士縱火的事件。有幾次雅各在路上被人襲擊，幸虧他身強體壯才得以自保。紐森在買東西的時候差點被揍到要失去自己僅剩的一顆眼睛。不光如此——這或許稱得上是最奇怪的攻擊了——薩羅尼加的猶太女性組成了對抗雅各陣線；怒不可遏的女人們，不分老少，把正在去澡堂路上的雅各逮個正著，一起朝著他丟石子。事後雅各的腿跛了好幾天，他本人卻羞於承認這是女人的傑作。

日復一日，似乎就連當地的商人也漸漸停止和他們交易了。現在雅各的同夥走到他們攤上的時候只會被當成陌生人，老闆們兀自轉過身去，消失在貨物堆裡。這很快就讓雅各這群外人的處境變得艱難。他們為了採購食物必須走一大段路去城外的其他市場，那裡才不會有人認識他們。柯尼奧的追隨者對雅各及其信徒發起了戰爭。他們暗中與希臘人，也就是那些基督教商人串通起來對抗雅各，所以那些商人也對雅各一行人避之唯恐不及。紐森請來駐守學校的守衛於事無補——他們也請了保鑣，只要有人想走進聰明絕頂的雅各的學院，他們就會毫不客氣地對對方拳打腳踢。學校經費很快就見底了，學院也只能遺憾地關門大吉。

意料之料的嚴峻冬季更是讓事情雪上加霜……

納赫曼日後如此寫道。他們甚至買不起品質最差的燃料。他們把自己關在租來的房子裡，成天呆坐著，唯恐有性命之憂。雅各不斷咳嗽。

我思考過無數次仍然想不透，這般成就與好運究竟如何在一夕之間變成了貧困與鄙視。

我們囊空如洗，所以我將會記得薩羅尼加這場飢寒交迫的冬天。我們為了填飽肚子常常出門尋求救濟，就和這兒許多賢者一樣。我總是盡可能溫和有禮地向人們請求微薄的施捨，但是雅各則往往選擇採用完全不同的方式。某次逾越節前夕，我們臨時拜訪了一位猶太人，他的手上握有為窮人準備的救濟金。他們一如既往地派我當代表發言，因為他們覺得我的口條很好、言之有物，足以給人讀過書又值得信賴的好印象。於是我告訴他，我們來自被詛咒的地方，在那裡猶太人受盡苦難、遭受殘酷的迫害、民不聊生、氣候惡劣不宜人居，即便如此人們始終全心全意為信仰奉獻、深信不疑……我這麼說全是為了激起他的同情心，可是他居然連看都不看我一眼。

「光是我們自己當地化緣的人還嫌不夠嗎？還要我們接濟外來的？」

我則回應他：

「在我們的國家不論哪個外國人都能得到幫助。」

這個掌櫃露出狡黠的微笑，終於正面看著我：

「既然你們在那裡過得那麼好，那又何必一路流浪到這裡，遠離那個令人稱羨的國家呢？」

我早已暗自想好一個狡猾的說法，可是一直靜靜站在我身後的雅各卻將我推到一邊，朝他大喊：

「你哪來的膽子，竟敢打探我們離開自己國家的原因，你這個渾蛋！」

那人被雅各兇狠的語氣嚇得往後退了一步，沒有回答，也沒有辦法吐出半個字，因為雅各往他身邊湊了過去大吼：

「那麼先祖雅各伯為什麼要離鄉背井、遠赴埃及呢？那裡不就是逾越節的發源地嗎？假如他待在自己的國家，我們現在就不用過逾越節了你這混帳，逾越節宴席[9]我們也不必準備了！」

掌櫃受了不小的驚嚇，馬上給了我們幾列弗[10]的錢，他誠懇地道過歉之後才把我們請到門口。

或許這就是所謂的塞翁失馬，焉知非福，這年冬天的飢餓與匱乏似乎讓我們得以專注於自身、砥礪我們的思考。沒有任何力量可以熄滅雅各的光芒。他——和他在許多情況下的表現如出一轍——即使是在最艱難的條件下，他也如同寶石一般閃耀著。我們化緣的時候，就算他鶉衣百結，他身上散發著渾然天成的威嚴，讓每個見過他的人都知道他絕對不是個普通人，並且對他心生畏懼。奇怪的是在這樣貧困的狀態之下，我們不但沒有因此凋零，反而找到了生存之道。我們彷彿親身換上了這身貧窮、寒冷與苦痛。尤其是雅各——衣不蔽體、凍壞身子的模樣更能激起人們的同情心，而且也比自滿又富有的智者更讓人尊敬。

於是奇蹟再度發生：雅各的名望傳遍了薩羅尼加，最後連柯尼奧的忠實信徒都跑來試圖收買雅各。他們願意給他一大筆錢，只求雅各成為他們的一分子，不然就搬出這座城市。

「你們現在才肯過來？」雅各苦澀地對他們大吼。「你們想得美！現在已經來不及了。」

最後人們對雅各的敵意變得太過強大，雅各不得不找其他地方過夜。這都要從某個希臘人說起。有一天某個想要和我們交易寶石的希臘人睡在了雅各床上，而雅各自己則跑去睡在廚房，至少他是這麼告訴大家的。我倒是很清楚他其實跑去另一個寡婦家了，她時常為雅各提供財務上的幫助，獻上自己的肉體。夜裡有人闖入家中，刺傷了躺在被子下的希臘人。兇手消失得無影無蹤。

---

9 逾越節第一天的晚上，猶太人會在家中舉行晚宴，稱為逾越節宴席（希伯來語seder，次序之意），當天會準備如烤蛋（betzah）、苦菜（maror）、泥醬（charoset）等具有象徵意義的食物。

10 保加利亞地區的貨幣單位。

這起事件讓雅各嚇得從薩羅尼加搬到拉里薩11住了一段時間，而我們則裝成他仍然和我們待在一起的樣子。雅各回來的第一個晚上，他們再度聯手襲擊了雅各。

自此以後，雅各每天晚上都在不同的地方過夜，我們所有人也開始擔心自己的人身安全與健康。我們走投無路，只好選擇離開薩羅尼加，回到士麥納，放任這座城市淪為惡人的獵物。見不得雅各好的那群人不是別人，正是我們自己的同胞，這實在是再糟糕不過了。現在就連雅各也看不起他們，沒辦法為他們說出半句好話了。他說他們是一群娘娘腔，還說柏魯奇亞傳授他們的所有知識中，他們根本只記得對肛交的愛好而已。

《碎筆》：關於薩羅尼加的詛咒與雅各的蛻皮

決定逃離薩羅尼加之後，我們正打包行囊準備上路時，雅各突然病了。某一天他的身體布滿了潰瘍，染血的皮膚碎屑不斷從傷口脫落，痛得雅各頻頻哀嚎。什麼樣的疾病來得如此猝不及防，如此出人意料，什麼病會讓人有這些症狀？每個人腦中第一個想法都覺得這是詛咒，而且雅各也相信這一點。雖然那些柯尼奧派的人之中的確有幾個人有這個能力，但他們肯定是請了巫師作法，向對手施加詛咒。

莫德克先生先是親自替雅各纏上繃帶，綁上他製作時誦唸咒語加持過的護身符。因為吸食深色樹脂能夠緩解疼痛，他還往雅各的菸斗裡補充了一些。可是莫德克先生對疼愛的雅各所承受的痛苦束手無策，之後還是叫來了一個顫顫巍巍的老女人，她是這附近最有名的治療師。據說她是女巫，家喻戶曉，她屬於世世代代居住在薩羅尼加城郊的那群女巫，她們總是來無影去無蹤。她在雅各的傷口上塗了味道刺鼻的藥水，弄得傷口既刺痛又灼熱，整座城市大概都能聽見雅各的哀號聲。她用某種沒有人認得的奇異語言朝著不斷呻吟的雅各唸咒，她像是對待小男孩一樣拍打他的屁股，而最終治療結束之後，她拒絕收下任何費用，她說這並不是生病，不過是因為雅各正在蛻皮罷了。就像蛇一樣。

我們一臉不可置信地看著彼此，莫德克先生則像個孩子哭得泣不成聲。

「像蛇一樣蛻皮！」莫德克先生激動得雙手朝天大喊：「我們的上主，感謝祢！直到世界灰飛煙滅之時！」然後他抓著每個人的袖子，情不自禁重複說著：「蛇是救世主，拿哈許[12]。這難道不是雅各身負彌賽亞重責大任的證明嗎？」他深色的眼眸閃著淚光，眼中倒映著小小的燈火。我依照老婦人的指示，用溫的藥草汁浸溼繃帶，方便把它們敷在裂開的傷口上。雖然它們會造成難以忍受的、真實的疼痛，但這些傷口本身並不嚇人，可怕的是它們顯現的這個事實。是誰這麼做的？誰是造成這一切的元兇？起初我只覺得忿恨不平。然而如今我已經知道沒有人有能力傷害雅各了。當靈魂進入人的肉身，他體內的一切勢必都會有所改變，重新取得平衡。人把舊的皮囊放到一邊，穿上新的外皮。我們出發前可是花了一整晚討論這件事。

11 位於希臘中部的城市，於一四二三年併入鄂圖曼土耳其帝國領土。
12 希伯來語的蛇（nakhash）。

我和紐森一起蹲坐在樹下，我們正在等待奇蹟出現。東方的天空被染成粉紅色，鳥兒開始高歌，隨後喚拜塔的呼喊聲也加入了牠們的行列。當太陽開始升上地平線，屋頂平坦的那些小房子化作又長又溼的影子，世上的所有氣味漸漸甦醒：橙花、煙霧、灰燼以及昨天被丟到街上逐漸腐敗的垃圾。還有薰香，還有驢子糞便的味道。一股難以想像的幸福感填滿了我——這是奇蹟，這代表世界每一天都會重獲新生，賦予我們修復世界的新機會。它把自己放心地交到我們手中，恰似一頭巨大、怯懦的動物，不良於行，並且聽從我們的意願。而我們必須驅趕它完成我們的任務。

「地上會不會有雅各蛻下來透明的皮膚啊？」赫賽爾難掩興奮地問道，而我站起身，在旭日東升的陽光下伴隨著喚拜塔傳來的第二聲呼叫跳起了舞。

這一天雅各醒來時覺得既生氣又痛苦難耐。他要我們連不值錢的東西也全部打包帶走，因為我們連搭船的錢都沒有，只好騎著驢子沿著河岸往東方出發。

往阿德里安堡[13]途中我們在海邊紮營，雅各痛得咬緊牙關，呼吸的時候發出嘶嘶的聲音，即使我替他敷藥包紮也沒有任何幫助。此時有一個女人路過，她騎在驢子上，大概跟薩羅尼加的所有女人一樣也是個女巫，她建議雅各去待在海邊的鹹水裡，能忍受多久就泡多久。雅各照她說的做了，但是海水卻不願接納他。他走進水裡，舉步維艱，海浪沖得他四腳朝天，輕輕地把他帶回岸邊，所以雅各只好試著隨波逐流，在我們看來卻反而像是海浪逃離了他身邊，只剩他自己待在溼答答的沙子裡。這一刻——我親眼看到了，而且我是以證人的身分發言的——雅各朝著天空高舉雙手，開始發出一串恐怖的尖叫聲。他的尖叫聲讓所有的旅人都驚恐地停下腳步，正在整理魚網的漁夫不由得僵住，在港邊販賣現捕漁獲的女商人，甚至剛靠岸的水手都忍不住抬頭一探究竟。那聲音可怕到我和紐森都沒辦法聽得下去。我摀住耳朵，接著奇怪的事情發生了。海洋驀地允許他靠近了，海浪湧了上來，雅各脖子以下的部位都泡在水裡，片刻後他終於整個人都消失在水面之下，只剩他的手掌和腳掌快速地舞動，他在水波衝擊下像個小木塊一樣上下翻滾。最後雅各回到了岸邊，像個死人一樣躺在沙子上。我和紐森急忙跑向他，為了將他拉到離海水遠一點的地方，我們的長袍被海水沾溼了。老實說，我還以為他被淹死了。

不過這次沐浴過後，接下來一整天雅各的皮膚碎片不斷脫落，健康的新生皮膚從舊皮底下長了出來，呈現出和小孩皮膚一樣的粉紅色。

雅各在兩天之內痊癒了，而當我們抵達士麥納的時候，他已經恢復成年輕有活力的樣子，英俊瀟灑又容光煥發，一如既往。這正是他在妻子面前展現的模樣。

納赫曼十分滿意自己寫下的東西。他還在猶豫要不要提一下那段海上的冒險，提到他們搭船的時候發生的那些事情。他當然可以選擇描寫那些經歷，那段旅程可是一波三折，相當值得一提。於是納赫曼沾溼羽毛筆，接著馬上把墨水甩到沙地上。不，他不會寫。他不會寫說有一艘小商船願意只收一點錢就把他們帶到士麥納。搭船的費用不貴，但是船上的環境糟糕透頂。他們只能勉強擠在甲板下，

---

13 阿德里安堡取自希臘語發音，土耳其語則稱埃迪爾內（Edirne），十四世紀六〇年代鄂圖曼土耳其帝國將首都設於此地，直至一四五三年才遷都伊斯坦堡。

而且等船開到海上時，他們才發現這艘船的主人，說不上他是希臘人還是義大利人，總之是個基督徒，他根本就不是載貨的商人，而是徹頭徹尾的海盜。他們開始要求把船直接開往士麥納的時候，那個人責罵了他們，還威脅他那無惡不作的手下會親手把他們丟到海裡去餵魚。

納赫曼清楚記得那一天的日期：那天是一七五五年七月二十五號，這一天當海上狂風暴雨交加，這個惡貫滿盈的人滿懷熱忱地對著當天的主保聖人不斷祈禱，懺悔他犯下的所有罪行（他們不得不聽完這些令他們血管中血液凍結的殘忍暴行）。納赫曼第一次經歷如此駭人的事情，他漸漸開始堅信他的人生就要在這一天晝上句點了。納赫曼驚恐萬分地把自己綁在船桅上，避免狂浪將他捲進海裡，他嚇得忍不住放聲痛哭。之後他在慌亂中緊緊抓住雅各的外套，嘗試躲到外套下避難。雅各臉上沒有半分憂慮，不慌不忙地試著安慰他，可是當任何方法都無法奏效，他反而開起可憐的納赫曼的玩笑，眼下整個情況令他不覺莞爾。他們緊緊抓住搖搖欲墜的桅杆，它們被海浪沖斷之後，他們便隨手抓住手邊的東西。海水比搶匪更惡劣——它把甲板下所有贓物沖得一乾二淨，還帶走了一名喝醉酒、幾乎沒辦法站穩的水手。男人就此葬身深淵，納赫曼因此徹底失去了理智。他含糊唸著祈禱

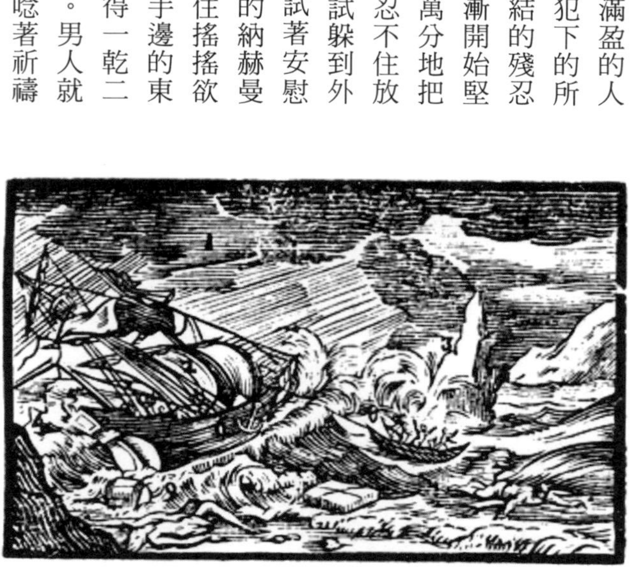

詞，像海水一樣鹹的眼淚遮住了他的視線。

雅各顯然對納赫曼驚嚇過度的模樣樂在其中，因為在海盜告解過之後，雅各現在也要求他懺悔——這還不是最糟的——雅各命令他對上帝做出各式各樣的承諾。而他，納赫曼，驚魂未定地哭著答應以後再也不碰任何葡萄酒或是烈酒，再也不抽菸了。

「我發誓！我發誓！」納赫曼閉著眼大喊，他過於驚惶失措、無法理智思考的模樣令雅各樂不可支，雅各像惡魔一樣在暴風中猖狂大笑。

「還有你以後都會幫我清理我的大便！」雅各大叫的聲音蓋過了風雨聲。

然後納赫曼答應：

「我發誓！我發誓！」

「你還要幫我擦屁股！」雅各大喊。

「我會幫雅各擦屁股！我發誓！我都發誓！」納赫曼回答，其他人聽見之後笑得不支倒地，跟著一起嘲弄拉比，最後這件事轉移了他們的注意力，風暴就宛如一場噩夢這麼過去了。

即便是現在，納赫曼也無法擺脫那股羞恥、屈辱的感覺。雖然有好幾次，雅各用手勾住他的肩，親暱地拍著後背安慰他，直到抵達士麥納為止他都沒有再跟雅各說上半句話。取笑他人的不幸是難以得到原諒的。然而，奇怪的是，納赫曼居然從中找到了某種滿足感，無以言表喜悅的淡淡陰影，雅各手臂壓住他後頸時的輕微疼痛感。

在雅各半開玩笑地強迫納赫曼發的那些誓言之中，也包括了他永遠不會離開雅各這一項。

《碎筆》：關於三角形的展現

士麥納似乎一切如常，彷彿我們不過離開了一個星期。

雅各帶著漢娜以及他們不久前剛生下的嬌小女孩，在側邊的小街上租了間小房子。漢娜利用父親給她的嫁妝把家中打理得很舒適，來訪同坐的客人都讚譽有加。雖然她會按照土耳其習俗帶著孩子躲到閨閣裡，但是我常常感受到她從某處投向我們背後的視線。

以索哈聽說了聖靈進入雅各的事之後，態度有了一百八十度的轉變。他開始對我另眼相看，畢竟我是雅各的見證人兼傳聲筒。我們每天聚在一起長時間打坐，以索哈越發熱情地勸說我們鑽研三重的一體性。

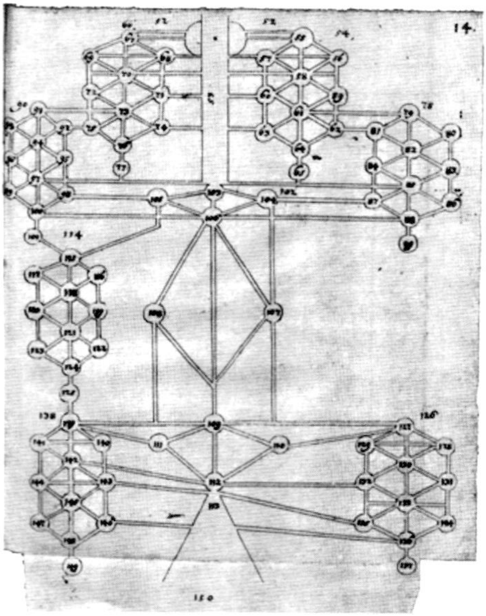

這個禁忌的概念令我們渾身發抖，不知道是不是每個猶太人都跟我們一樣覺得它離經叛道，是不是和我們一樣感受得到它蘊含著如同四字神名[14]般的強大力量。

以索哈用撒在桌上的沙子做畫布，在上面畫了幾個三角形，並依照《光輝之書》的內容註記每一個角落，然後再遵從薩瓦塔伊（願他的名受讚揚）的教誨畫上記號。搞不好有人會把我們誤認成正在畫畫玩耍的小孩。

在屬靈的世界有真實的天主，舍金納則受困於物質之中，而看起來「在他們下方」，三角形向下的那一端正是造就了神聖輝耀的造物主所在的位置。當彌賽亞來臨之時，他會消滅原初，也就是造物主，如此一來三角形的頂點就會朝上，現在變成真實的天主在上方，而下方則變成舍金納與他的容器——彌賽亞。

我其實沒聽懂多少。

「對，對，對。」只有以索哈一個人重複道，他最近變得十分蒼老，好似他走得比其他人都快，獨自走在前頭。他還不停地向我們展示了兩條相互交錯的線條，它們組成了十字架，也就是四重性，是世界的印記。他畫了兩條交叉的線，然後把它們擺得有點歪。

「你有想到什麼嗎？」以索哈問。

接著雅各馬上就看出了箇中奧妙。

「這是alef。十字架是alef。」

---

14 即雅威（YHWH，又譯耶和華），由四個希伯來字母組成的上帝名諱。

暗地裡，只剩我一個人的時候，我會把手掌貼到額頭上，一邊禱念：「亞巴郎、依撒格與雅各伯之神」，因為我才剛開始學著習慣這個想法。

在士麥納，時值春天，一個飄著柑橘花香的夜晚，以索哈向我們揭示了下一個奧祕：

唯一的上帝有三個化身，第四個化身則是聖母。

一段時日過後，在我的信件催促下，來自波多里亞的商隊終於抵達士麥納，一同出現的還有以利沙．修爾與他的兒子們，拿單與所羅門。在雅各、以索哈和莫德克先生面前，我堅稱這是上帝旨意引導著我們，讓我們走到人前，並使我們與恰恰需要見面的人相見，不過事實完全是另外一回事。是我還在薩羅尼加的時候就先寫了信給修爾先生，向他描述聖靈進入雅各體內的情形，還鉅細靡遺地告訴他我們在那邊遇到的事情。但是老實說，我不認為這會讓這位垂垂老矣的男人替馬兒上馬鞍，拉上馬車，踏上如此遙遠的旅程。顯然修爾一家總是有辦法將性靈的事情與各式各樣的生意結合，所以當兩兄弟忙著賣出、買進商品，老修爾就和我們一起討論研經，一種預感隨著無數場午後的討論會漸漸浮現：那些我們應該遵從的重要日子即將來臨。老修爾得到了莫德克先生本人的支持，他從以前就常常私下講起這件事，老是提到他奇怪的夢境。不過修爾的重點並不是那些夢。

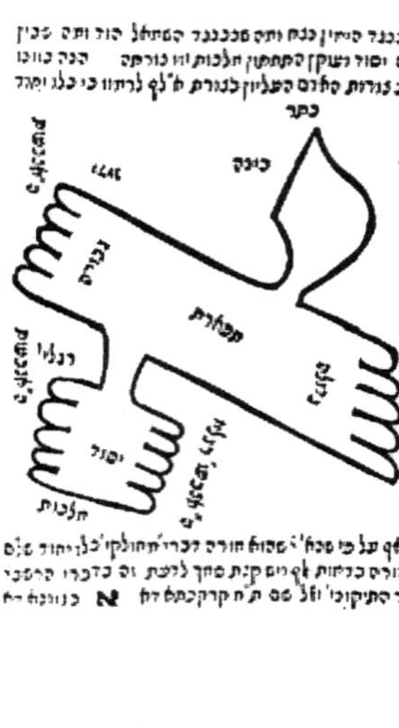

雅各知道我們為他準備了什麼任務嗎？此時的雅各病懨懨的，差一點就死去。他脫離發燒的狀態清醒過來之後，告訴我們他做了一個夢。他夢見某個有著白鬍子的人對他說：「你會去北方！你會在那吸引許多人皈依新的宗教！」

聰明絕頂的雅各駁斥：「我要怎麼去波蘭？我不會波蘭語，我的家業都在這，在土耳其這國家。我還有個年輕的妻子，我的女兒才剛出生，太太不會願意跟我走……」雅各在我們面前、在他的夢境之前為自己辯護，而我們則像是正式的四人委員會坐在他面前：以索哈、以利沙・修爾、莫德克先生，還有我。

「那個你在夢中見到的人鬍子男，就是厄里亞[15]本人，你不知道嗎？」莫德克先生對他說。「當你覺得前途艱險的時候，他會與你同行。你先上路，漢娜隨後就會跟上你。你在波蘭會成為國王、救世主。」

「我會和你在一起，」我，布斯克的納赫曼跟著說。

關於與雅各父親在羅曼[16]的會面，以及長老與小偷

一七五五年十月初我們搭著兩輛馬車、騎著幾匹馬上路了。我們的樣子看上去肯定不像是重大任

15 厄里亞，基督教譯為以利亞，是《舊約》中的先知，名字意義為「我的天主是雅威」。

16 位於羅馬尼亞東北部的城市。

務的使者，反而更像是平凡的商人，有如螞蟻不停地四處奔波。往切爾諾夫策的路上，我們到羅曼拜訪雅各的父親，他在妻子過世後便一個人在那兒生活。雅各在城市的關卡停了下來，換上了自己最好的衣服；至於他為什麼要這麼做，我不清楚。

耶胡達．雷布．布赫賓德住在狹窄、煙霧瀰漫的單廳小房子，房子小到甚至沒有地方可以安放馬匹，只好讓牠們整晚都待在室外。我們共有三人：雅各、紐森和我，修爾的商隊早早就動身往波蘭去了。

耶胡達．雷布身形高䠷，卻十分清瘦，身上滿是皺紋。他一看到我們就露出了不滿、失望的神情。由於他習慣怒目而視，濃密雜亂的眉毛幾乎要遮住他的眼眸。要見父親這件事讓雅各內心十分澎湃，可是他們終於見到面的時候，打招呼的方式卻十分冷淡。比起見到兒子，交情甚篤的紐森來訪或許更讓父親歡喜。我們運來了上好的食物：大量的起司、細頸玻璃瓶裝的葡萄酒、一壺橄欖，全都是路上買來品質最上乘的佳餚。雅各為了買下它們可說是所費不貲。可是耶胡達看到這些美饌一點也不開心。老人的眼神始終落寞，避開了其他人的視線。

奇怪的還有雅各，在此之前他的心情如此雀躍，如今卻一聲不吭、垂頭喪氣。誠然，我們的雙親總會讓我們想起自己最不堪的那一面，在他們的衰老中，我們看見了自身數不清的罪過——我不禁這麼想，或許更有甚者，有時孩子與雙親的靈魂本質上就是嫉之如仇，他們此生相逢就是為了修補這股深仇大恨。然而結果並非每次都盡如人意。

「這附近的所有人都做了同一個夢，」耶胡達．雷布開門見山說道。「大家夢到彌賽亞出現在附近某座城市，只不過沒人記得那座城市叫什麼，也不記得彌賽亞的名字。我也夢到了，而且那座城市的名字似乎還有點耳熟。其他人也說了一樣的話，甚至整天齋戒，只為了等待下一個夢境預示他們那座城市的名字。」

我們喝了葡萄酒，拿橄欖下酒；作為話最多的代表，我把我們遇到的所有事情都講了一遍。我講故事的方式就和我此刻在紙上轉述的方式一模一樣，可是老布赫賓德顯然沒聽進半個字。他一言不發，不停環視自己的房間，這裡沒有半樣東西能夠吸引人的目光，一樣也沒有。末了紐森發了話：

「我真是看不懂你，雷布。我們遠從世界另一端來到這，把一切事情都告訴你，可是你卻一點反應也沒有。左耳進右耳出，什麼都不問。你還好嗎？」

「你告訴我那些遠在天邊的市集，又能讓我得到什麼呢？」雷布反問。「我要你的智慧何用？我倒是好奇它能為我帶來什麼好處。這樣的日子我還要過多久？孤家寡人、悲痛欲絕。你告訴我，上帝會為我們做什麼？你告訴我啊！」

他接著說道：

「我再也不相信事情會有轉機了。沒有人知道那個小鎮的名字。我印象中是類似桑伯爾、桑波[17]之類的字……」

我們和雅各走到小房子前面，腳下流水潺潺。雅各說他們這裡所有的房子都長這樣：佇立在河

17 波蘭語的伊斯坦堡為Stambuł，與桑伯爾（Sambor）、桑波（Sampol）發音較接近。

邊，每天傍晚一隻接一隻跳上岸的鵜鶘是他的童年回憶。他們一家人總是奇蹟似地定居在這樣的河川旁——蜿蜒曲折的河道流經許多小山丘，日照充足，河水又淺又湍急。大家總是爭先恐後跑到河裡，四處潑水潑得不亦樂乎；漩渦捲走沙子的岸邊可以讓人學習狗爬式，游到一端再游回來。他驀地想起有一次，他和其他孩子玩耍的時候自告奮勇扮演長老，既然他是負責統治的人，那肯定還要有人當小偷。所以他們又選了一個小男孩扮演這個角色，把他綁在樹上，然後用營火中燒得滾燙的鐵棒燙他，逼他供認藏匿馬兒的地方。那個男孩哀求他們放過他，他說這不過是場遊戲，他根本沒有馬可以藏。可是緊接而來的疼痛實在太過巨大，讓男孩痛到差點暈厥，他聲嘶力竭地喊出他把馬兒藏在哪些地方，屆時雅各才放他離開。

我不知道面對這樣的故事該回以什麼樣的感想。沉默半晌，雅各對著他父親搖搖欲墜的圍籬撒尿，繼續講述東窗事發後，父親如何用棍子抽打他。

「他的做法是對的，」我回答。這個殘忍的故事令我震驚。葡萄酒讓我的腦袋轉不過來，我想要回房去了，但此時他抓住了我的衣袖，把我拉到他身旁。

他要我永遠聽從他的話，當他說我是賊的時候，我就必須當個賊。當他說我是長老的時候，我就必須成為長老。他當著我的面說話時，我能嗅到他呼吸中的葡萄果香。他當下因怒火變得深邃的眼眸令我一陣心驚，讓我不敢出言忤逆他。我們一回到房間就看到兩個老人在哭。他們哭得一把鼻涕一把淚，淚水浸溼了他們的鬍鬚。

「假如你兒子承擔使命去了波蘭，並在那傳道授業的話，你會怎麼說？」臨行前我問他。

「但願不會發生這種事。」

「這話從何說起？」

他聳聳肩。

「他們會殺了他，不論是哪方勢力都一樣。他們就是在等著像他這樣的人自投羅網。」兩天後在切爾諾夫策，在許多信眾的見證下，聖靈再次進入雅各。他再度不支倒地，接下來一整天一句話也說不了，只能發出類似嘶、嘶、嘶的聲音，我們聽出來他是在重複「Maase Zar」，也就是「反常的行為」。他渾身發抖，牙齒上下打顫。這時人們緩緩走向他，他把手掌輕放在他們身上，許多人離開的時候都被治癒了。當中不乏來自波多里亞的同鄉，他們光明正大地跨越國境或是非法偷渡至此，趁機做點小本生意。他們像狗一樣坐在棚屋前，不畏寒冷，只為了雅各出現的時候至少可以摸一摸他的外套。我認識他們其中幾個人，像是來自蘭茨科倫的席勒，和他們聊天讓我的思鄉病又犯了，此刻家就近在眼前。

有件事是無庸置疑的——來自切爾諾夫策的同胞是支持我們的；看來雅各的傳說事蹟早已流傳千里、無遠弗屆，彷彿所有人都引頸期盼他的到來，再也無法說出半個「不」字。

最後我們又在雅各父親家過了一夜，我向他提起那個關於長老與小偷的故事。

當時老雷布告誡我：「小心雅各！他是個貨真價實的小偷！」

關於雅各的舞

由於邊關守衛不肯放人進波蘭，村莊位於土耳其的這一側聚滿了人，據說瘟疫襲擊了那個地方。一些剛從婚禮回來的樂師累得直接坐在那些要由水路運到河川下游的木材上。他們手持小鼓、長笛和巴拉瑪琴（一種撥動琴弦演奏的小型樂器）。有一位樂師正練習演奏悽愴的樂句，周而復始重複著幾個相同的音符。

雅各待在他們旁邊，脫去大衣後，他高大的身影開始隨著韻律舞動。他先是不停踱步，催著樂師心不甘情不願地加快速度。此刻雅各左搖右晃，躍躍欲試，他腳上的動作越來越快，朝著樂師們不斷吆喝，他們才意識到這個怪人的意思是要他們跟著一起演奏。某個老人帶著桑圖爾，一種土耳其槌擊揚琴冒了出來，他加入演奏者後不久，舞曲便臻於完美、大功告成。接著雅各把手搭在兩個盡情搖擺的旁觀者肩膀上，三人一起踩著小碎步。小鼓發出響亮的聲音，穿透河水傳到了對岸和下游。緊接著又有其他人跟著加入：土耳其牧牛人、商販、波多里亞農民，眾人拋開行囊、急忙脫掉身上的羊皮大衣。跳舞的人們自然而然地排成一列，然後隊伍的末端彎曲延伸，最後形成了一個圓圈，圓環隨即旋轉了起來。被這場喧鬧、騷動吸引過來的人同樣開始翩翩起舞，彷彿他們已經受夠繼續等待，彷彿他們決定放手一搏、孤注一擲，加入了環舞。雅各帶領圓圈走到馬車與受驚的馬兒附近，頭上的高帽顯得他特別與眾不同，可是等帽子掉了之後，便難以看出他才是那個引領隊伍的人。納赫曼跟在他身後，欣喜若狂，他像個聖人般高舉雙手，瞇著雙眼，臉上掛著怡然自得的微笑。接著某個乞丐不顧自己的瘸腿，化身舞者，勾起唇角露出牙齒，他的眼睛睜得大大的。女人們看見他的模樣忍不住笑了出來，但他也只是回了她們一個鬼臉。青澀的史羅摩．修爾猶豫了半晌之後，加入眾人的行列，他和父親來此等待雅各，以便護送他安全地越過國境——他的外套袖子在他消瘦的身影四周飛舞。跟在他身後的是獨眼龍紐森，更後面可以看到動作稍嫌僵硬的赫賽爾。孩童與僕從也加入了環舞，他們的狗跑向舞者踱著步的腳跟不斷吠叫，又蹦又跳。一群女孩放下了她們打水用的扁擔，提起裙擺，光溜溜的腳丫子踩著小步，她們嬌小柔弱，身高甚至不及雅各的胸口。腳穿塞著乾草的木屐、臃腫的村婦也跟著踱步，土耳其伏特加走私者裝得一臉無辜，若無其事地跳起舞。鼓聲的節拍越來越快，舞者的腳步也益發迅速。雅各開始像個德爾維希[18]一樣旋轉，圓圈就此分裂，眾人在一片歡聲笑語中不支倒地，每個人都滿身大汗，運動過後全身紅通通的。

於是雅各的舞就此落幕。

一切結束以後，有個大鬍子土耳其守衛朝雅各走了過來。

「你是誰？」他用土耳其語兇巴巴地問。「猶太人？穆斯林？魯塞尼亞人？」

「你看不出來嗎？蠢貨？我是個舞者。」雅各氣喘吁吁地回答。他彎著腰，把手撐在膝蓋上，然後轉過身去，背對提問者的樣子就像是故意要把屁股給他看。

---

18 德爾維希（Dervish）是波斯語托缽僧的意思，屬於蘇菲派。德爾維希舞則是儀式性的舞蹈，舞者頭頂高帽、身穿白色長袍，透過逆時針旋轉達到天人合一的境界。

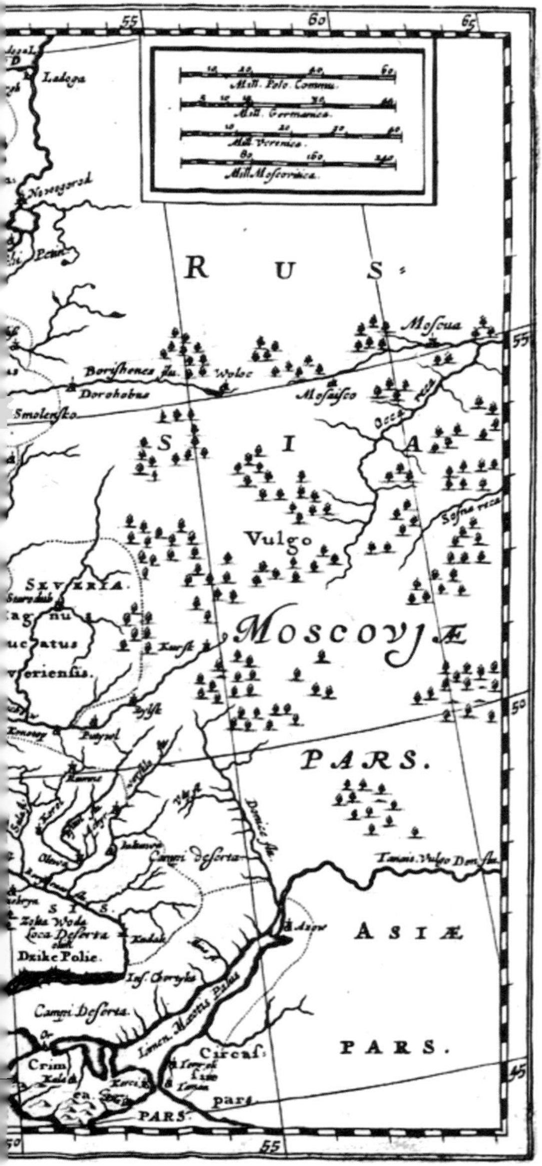

「蠢貨」這個字惹得守衛勃然大怒，一手握上了他的大刀，但是一直坐在馬車上的老修爾勸他冷靜下來，一把抓住他的手制止他。

「這是哪來的傻子？」守衛憤怒不已。

以利沙·修爾先生告訴他，他是一個受上天眷顧的蠢人。但對土耳其人而言這並不能解釋什麼。

「我看他倒像個瘋子，」他聳了聳肩，離開了。

Nova totius
REGNI POLONIÆ,
Magniq; Ducatus
LITHUANIÆ,
cum suis
PALATINATIBUS
ac Confiniis.
Ægidium Valkenier Excu.
SVECIÆ PARS.
DANIÆ PARS.
MARE BALTICUM
Vulgo. De Oost Zee.
Sinus Finnicus.
ESTHONIA.
LIVONIA.
Curlandia.
DUCATUS SAMOGITIÆ
DUCATUS POMERANIÆ
POLONIA MAIOR.
POLONIA MINOR
LITHUANIÆ
MAGNUS DUCATUS
Palat. Volhyniæ
RUSSIA RUBRA
Podolia
HUNGARIÆ PARS.
AUSTRIÆ PARS.
MORAVIA.
BOHEMIÆ PARS.
SILESIA.
WALACHIA
MOLDAVIA
WALACHIA.
PONTUS EUX
Stockholm
Gotlandia
Riga
Cracovia
Breslaw
Praga
Wien
Presburg
Stettin
Colberg
Dantzig
Kiow
30
35
40
45
50
55

國家圖書館出版品預行編目（CIP）資料

雅各之書/奧爾嘉.朵卡萩(Olga Tokarczuk)著 ; 游紫晴譯. -- 初版
. -- 臺北市 : 大塊文化出版股份有限公司, 2025.07
冊 ;　公分. -- (to ; 140)
譯自 : Księgi jakubowe
ISBN 978-626-433-024-4 (全套 : 平裝)

882.157　　114007415

LOCUS

LOCUS

LOCUS

LOCUS

LOCUS

LOCUS

LOCUS

L O C U S

LOCUS

LOCUS

to

fiction

to 142

雅各之書（下）

KSIĘGI JAKUBOWE

作者：奧爾嘉・朵卡萩（Olga Tokarczuk）
譯者：游紫晴
編輯：林盈志
封面設計：簡廷昇
內頁排版：江宜蔚
校對：呂佳眞
出版者：大塊文化出版股份有限公司
105022 台北市松山區南京東路四段 25 號 11 樓
www.locuspublishing.com
locus@locuspublishing.com
讀者服務專線：0800-006-689
電話：02-87123898　傳眞：02-87123897
郵撥帳號：18955675　戶名：大塊文化出版股份有限公司
印務統籌：大製造股份有限公司
法律顧問：董安丹律師、顧慕堯律師

總經銷：大和書報圖書股份有限公司
地址：新北市新莊區五工五路 2 號
電話：02-89902588　傳眞：02-22901658

初版一刷：2025 年 7 月
定價：新台幣 1,500 元（全套三冊不分售）
ISBN：978-626-433-024-4
Printed in Taiwan.

KSIĘGI JAKUBOWE

雅各之書

或者說是
跨越七道國界、五種語言，
與三大宗教（不計入小的教派）的偉大旅程。

這個故事由死者講述，
再由作者透過猜想的方式加以補充，
它擷取了各形各色的書籍，
並受到想像力（人類最偉大的天賦）的幫助。

讓聰明人紀念，讓同胞們反思，
讓業餘的人學習，讓憂愁的人開心。

下

奧爾嘉·朵卡萩
OLGA TOKARCZUK

游紫晴 ＿＿ 譯

本冊目次

五　金屬與硫磺之書

六 遠國之書

五　金屬與硫礦之書

Plumbum 1 n. 2.	Ołow 1	
est molle et grave	iest miękki i ciężki.	mollis, c. 3. e, n. 3. miękki, a, e.
		gravis, c. 3. e, n. 3. ciężki, a, e.
Ferrum 2 n. 2.	Zelazo 2	
est durum;	twarde,	durus, a, um, twardy, a, e.
et dúrior	á ieszcze twardsza	durior, c. 3. us, n. 3.
chalybs, 3 m. 3.	stal. 3	twardszy, a, e.

Faci-

24

彌賽亞的機制如何運作

嫣塔所處狀態帶給她的其中一項好處，就是她現在可以理解彌賽亞的機制如何運作。嫣塔從上俯瞰著僅有渺小光輝點綴的陰暗世間，每個光點都是一間房子。西方天空的夕陽餘暉為世界畫上了一抹紅。幽暗的道路蜿蜒，一旁是如鋼一般閃耀的鐵灰色河流。有一台馬車沿路前行，一顆小到幾乎看不見的點。當馬車接連駛過木橋與磨坊時，沉悶的撞擊聲在晦暗濃密的空氣中陣陣迴盪。彌賽亞的機制就像是河邊這座磨坊。深沉的河水平緩地轉動巨大的水輪，不分季節，緩慢而規律。在水輪邊的人似乎沒有任何意義，他的動作是隨機且混亂的。人得要手忙腳亂地脫穀，而機器只要運轉。水輪將動力傳送給研磨穀物的石磨，掉進石磨裡的所有東西都會變成粉末。

為了擺脫桎梏，同樣需要付出悲壯的犧牲。彌賽亞本人必須降至最低處，面對漠然的世界機制，飄散在黑暗中的神聖輝耀被囚禁的地方，抵達黑暗最強大、侮辱最令人不堪的地方。彌賽亞將會蒐集這些光輝，所以只要是他走過的地方，身後都會留下更深沉的黑暗。神派他從高處落入低處，進入世界的深淵，那裡強大的蛇將會滿懷惡意地嘲諷他：「你的神現在在哪？祂怎麼啦？為什麼祂不幫幫你呢，可憐蟲？」一面對這些惡意挑釁，彌賽亞必須裝聾作啞，踏過蛇群，做出最下流的行為，忘卻自己的身分，化身蠢笨的俗人，走進每一種虛假的信仰，接受洗禮並戴上纏頭巾。他必須解除所有禁令，取消所有命令。

嫣塔的父親曾經親眼見識過第一人，他將薩瓦塔伊置於唇上帶回他們家，再將其移交給自己摯愛的女兒。彌賽亞不只是一種形象、一個人，他在血液中流動寄居於呼吸中，他是人類最彌足珍貴的想法——救贖確實存在。因此人們應當把它當成最嬌嫩的植物養育，照顧它，以眼淚澆灌它，白天讓它曬太陽，夜間再將它移至溫暖的房間內。

關於雅各如何於一七六〇年二月晚間抵達琴斯托霍瓦

眾人駛入華沙的大道。馬車駛過滑滑的鵝卵石時叩隆作響。六個武裝侍衛座下的馬兒不得不穩住身子，在窄道上奮力向前奔跑，以免落入融化的雪坑。天色逐漸暗了下來，殘餘的顏色融入一片夜色中，白色變成濃密的灰，灰色變成黑色，最後黑色在人們眼前的深淵裡隱去。它無所不在，存在世間萬物之下。

琴斯托霍瓦這座城鎮位於瓦爾塔河[1]左岸，凝望著光明山上的修道院。它由幾十座潮溼的醜陋矮房子構成，以長方形的市集廣場為中心，沿著幾條街道向外延伸。廣場幾乎是空的，它凹凸不平的鵝卵石地面有點結凍，看起來像是蓋著一層閃亮的糖霜。昨天的市集結束之後遺留了許多馬糞，被踐踏的乾草與尚未清掃的垃圾。大部分的房子都有鐵製門閂的對開大門，這表示交易會在屋內進行，但是你很難猜出他們究竟在買賣什麼東西。

有四個女人經過，老太太圍著格子花紋的羊毛披巾，下方露出了波奈特帽與沾著淺色汙漬的圍裙。身穿邋遢農民大衣的醉漢腳步虛浮，倚身靠在空攤位的柱子上。眾人在廣場上右轉，走向通往修道院的路。他們一走到空曠的地方就看見它了：筆直刺向天空的高塔，散發著令人不安的氣息。沿路種滿了樹，椴樹現在光禿禿的，宛如強而有力的低音，襯托著聳然的高音。

驀地傳來一陣雜亂、斷斷續續的歌聲——有一群朝聖者快步朝著城鎮的方向走來。這陣歌聲一開始聽起來就像是普通的喧鬧，但是漸漸地，你可以聽清其中的歌詞與一陣高亢的女聲，伴隨著兩到三個男人低沉的嗓音：「我們投奔到您的庇佑之下，天主聖母[2]……」

這些遲到的朝聖者經過他們身邊之後，道路再度變得空蕩蕩的。隨著他們離修道院越來越近，堡壘的輪廓也變得更加清晰，這是一座依山而建、地基寬闊的四方形要塞。修道院後方的地平線上突然露出一道血紅的天空。

---

1 瓦爾塔河（Warta）為奧德河的支流，是波蘭第三長的河流。

2〈投奔聖母頌〉（Sub tuum praesidium）為已知最早獻給聖母瑪利亞的祈禱文之一。

雅各此前便請求負責押送的人替他鬆銬，於是離開華沙之後他們便替他鬆了銬。一名隊長階級的軍官與雅各一同坐在馬車內。起初他死死盯著犯人，但雅各並未與他對上視線，瞅著小窗外的風景，然而很快他就因為冷風不得不關上窗戶。軍官試著說了些什麼，卻被雅各忽視了。最後，兩人之間唯一稱得上親近的表現只有拿來招待犯人的菸草，不久後，有團團煙圈自兩根菸管飄出。

武裝守衛並不清楚這個犯人是何許人也，雖然這個人看起來不像是會想逃跑的樣子，但是為了以防萬一，押送的人一路上還是特別警惕。犯人臉色蒼白，很有可能生病了——他的黑眼圈很深，臉頰上有瘀青。他的身體相當虛弱，腳步蹣跚，不停咳嗽。停靠的時候他想要如廁時，他的廚子必須幫忙撐著他的肩膀。他蜷縮在馬車的角落裡瑟瑟發抖，身為廚子兼僕從的卡齊米日不斷替他理好身上的毛皮大衣。

當他們進入修道院內院時，天色已經暗了下來，半個人也沒有。某個衣衫襤褸的老翁替他們打開了大門之後就失去了蹤影。疲憊不堪的馬兒一動也不動，變成了一道道散發著蒸氣的結實影子。許久之後才傳來開門聲以及幾道人聲，接著手握火把的修士們出現了，他們手足無措、大驚失色，彷彿他們幹了什麼壞事被抓了個正著。雅各和卡齊米日被他們帶到了空的等候室，裡面有兩張木頭長椅，但只有雅各坐了下來。由於此時是舉行聖事的時間，他們等了很久。牆外某處傳來男人的歌聲，前一秒它聽起來是如此強而有力，輕輕鬆鬆就可以穿透牆壁，下一秒它卻變得如此微弱，緊接著降臨的是突如其來的靜默，彷彿演唱者正在默默計畫某種陰謀。然後歌聲再度響起。這樣的過程重複了幾次。隊長打了個哈欠。你可以聞到此處長滿青苔的潮溼石頭與淡淡的薰香味——這就是這座修道院的味道。

院長對於雅各的狀態感到詫異。他把手藏在淺色羊毛修士袍的袖子裡，袖口被信上的墨水弄髒了。他花了特別長一段時間閱讀來自華沙的信，顯然他正在字裡行間搜索著合適的空間，思忖該如何處理眼下的情況。院長預想中的，是一位因為種種因素而難以被有效解決的狂妄異端分子，所以他為對方準備了修道院地牢裡的牢房；那裡從未有人使用過，至少院長記憶中是如此。可是信中明明白白寫著「拘留」，而不是「監禁」。況且這個戴著手銬的人身上沒有任何一處地方會讓人聯想到惡棍或是異端分子，他體面的衣服更容易讓人把他當成外國人，旅行的亞美尼亞人，或是半夜迷路碰巧來到聖地的瓦拉幾亞親王。院長向護衛隊隊長投去徵詢的目光，接著他將視線轉向驚恐的卡齊米日。

「這是他的廚師，」隊長說，這是這個房間裡響起的第一句話。

修道院院長名叫克薩韋里．羅特，從他擔任這個職位開始僅僅過了四個月，他不知道該怎麼辦。那瘀青的臉頰……他被打了嗎？他忍不住想問。他們這麼做肯定有正當的理由，拷問時有些刑求是必要的，無論如何他不會質疑這一點，但這樣的事實仍然令他感到不快。他厭惡暴力。他試圖看穿這個人的臉孔，但雅各低著頭。院長嘆了口氣，並命人將他簡單的行李拿到靠近塔樓的軍官房；那裡現在沒人使用。葛澤高茲修士隨後就會拿床墊與熱水來，或許還會有一些吃的，假如廚房裡還有剩的話。

第二天院長前來探視犯人，可是兩個人無法溝通。廚師試著為他們翻譯，但是由於他自己的波蘭語說得也不怎麼樣，院長無法確定這位奇異的囚犯是否能夠真正了解他的好意。犯人十分頹唐，只會回答「是」或「不是」，所以院長不再咄咄逼人地追問，鬆了口氣離開了。等他回到自己房內，他再度將視線移到桌上攤開的那封信：

我們將此人託付給教會慈父般的庇護，交由光明山修道院[3]監護，他並不像一般罪大惡極的惡人，反而與之相反，他的危險是另一種意義上的，在神父您看來他或許是個安分的好人，雖說他和修士您習慣接觸的那些人相比既陌生又不同……此人雖是在波多里亞出生的猶太人，但是他在異邦的土耳其國成長，完全接受了他們的語言與國外的風俗習慣。

緊接著筆者簡述了犯人的生平，他在結尾提出了驚悚的看法，令院長胃裡的某處突然感覺到令人不適的抽痛：「**他把自己當成彌賽亞。**」然後信的末尾提出結論：

因此我們並不建議與他有更進一步的接觸。此外，在他被拘留的期間，最好將他隔離並把他視為特殊居民，他的拘留期沒有上限，這項判決也不會有任何改變的可能。

最後一句話令院長感到前所未有的驚恐。

雅各的牢房是什麼樣子

這是一間靠近塔樓的房間，就在堡壘城牆裡面，房內有兩扇狹窄的小窗戶。修士們在這裡放了上下鋪的床架（和他們平常睡的一樣），上面鋪了剛填充好的乾草床墊，再加一張小桌與長板凳。還有一個陶瓷夜壺，上面無情的缺口可能會傷到人。午後，第二張床墊來了，是為卡齊米日準備的。卡齊米日一下抱怨這個那個，一下哭個不停，他拿出自己的行李與少量的補給品，但他們堅決不讓他進入修道院的廚房。他們帶他去了另一間給僕人用的廚房，他可以用這裡的爐灶做飯。

雅各發了幾天的燒，病得沒辦法下床。所以卡齊米日向修士們要了新鮮的鵝肉，因為他們沒有帶自己的廚具來，他還向廚房借了鍋子。他用簡陋的爐灶燉了一整天的肉，然後一湯匙一湯匙地餵雅各喝鮮湯。院長為他們提供了麵包與易碎的陳年起司，他很關心囚犯的健康狀態，還額外給了他一瓶高濃度的藥酒讓他配著熱水一起喝，暖和身子。那瓶藥酒最後被卡齊米日喝掉了，他自己的解釋是他必須維持良好的狀態才有辦法照顧雅各；況且雅各碰都不想碰那瓶藥酒，他只喝高湯，而這確實有助於他恢復。有次卡齊米日在修士們快步前往晨禱時醒來。蒼白的曙光透過小窗射進房間，卡齊米日看到雅各醒著——他的眼睛是睜開的，他盯著廚師，卻好似看不見他。卡齊米日起了一陣雞皮疙瘩。

整天下來守衛的目光都緊跟著卡齊米日的舉動。這群守衛很奇怪，他們年紀大又瘸腿，其中一個守衛缺了一隻腿，拄著木拐杖，但他穿著制服，肩上背著火槍。雖然制服上的扣眼已經磨損，袖口的

3 首位隱士聖保祿修會（拉丁語Ordo Sancti Pauli Primi Eremitae）的名字源於底比斯的聖保祿，於一二一五年創建，一三八二年來自匈牙利的聖保祿派修士應奧波萊大公邀請，來到琴斯托霍瓦建立了光明山修道院。光明山的黑聖母畫像擁有大洪水時期使瑞典軍撤退的奇蹟、一九二〇年維斯瓦河奇蹟讓波蘭方戰勝布爾什維克軍隊等傳說，瓜分時期亦是奧地利、俄羅斯與普魯士瓜分區居民共同的朝聖地，黑聖母至今仍然十分受到波蘭人崇敬。

縫線鬆開了，但他的舉止就像是一位真正的軍人，抬頭挺胸。他的脖子上掛著菸草袋。

「這是哪門子的軍人啊？」卡齊米日不悅地癟著嘴，心中暗忖，但他害怕他們。他注意到可以用菸草讓他們解決所有事情，於是他心痛地交出自己的菸草——他靠著這樣的方式得到了鍋子和燃料。其中一位老兵牙齒幾乎掉光了，他穿著破舊的制服，扣子扣到了最上方，有一次他坐到卡齊米日身邊向他搭話：

「你家主子是誰啊，小夥子？」

卡齊米日不知道該說什麼，但是這位老兵之前帶了烤架給他，他覺得有必要說些話。

「他是位偉大的主人。」

「我們看得出來他是個偉大的人。但他為什麼要待在這裡？」

廚師聳了聳肩，就連他自己也不知道原因。所有人都看著他，他能感覺到他們的視線。

這位沒有牙齒又最貪財的老兵是羅赫。卡齊米日在戶外煮飯時，他會陪著對方好幾個小時。潮溼的木柴冒出滾滾濃煙。

「你在煮什麼啊，小夥子？那香味弄得我飢腸轆轆。」羅赫一邊填充菸草一邊說。

卡齊米日回答，他的主人喜歡土耳其料理和香料，它們通通都很辣。他攤開手掌上小顆的乾燥胡椒粒。

「你從哪弄來的土耳其食物？」老兵漠不關心地問，當他得知卡齊米日從小受到瓦拉幾亞與土耳其料理薰陶，當天傍晚整個軍營的人就已經知道這件事了。那些晚上不用站崗的人會下山進城，一邊喝著兌過水、最便宜的啤酒溫暖身子，一邊閒話家常。有些人在當地有家人，但這樣的人屈指可數。

餘下的是孤單的老男人，他們飽受戰鬥的摧殘，領著微薄的軍餉，靠著聖保祿會修士接濟。有時候某些貴族浩浩蕩蕩地來朝聖時，他們會一手拿著武器，另一隻手毫不羞恥地伸出來討要施捨。

經過多次的請願之後，復活節時雅各終於獲得了走出圍牆外的權利。一個星期一次。從那時起，所有老兵都期待著他星期天的散步行程。喔，他在那，那個猶太先知，他皮膚黝黑，高大的身軀佝僂。他沿著城牆來回走動，突如其來地回頭，然後再往反方向快步走去，彷彿撞上了一道隱形的牆之後反彈才往回走，如同鐘擺。你可以根據他的頻率調整手錶。羅赫的確打算這麼做——他打算以此調整他從改信者手中收到的手錶。這是他一生擁有過最貴重的東西，他覺得自己和這位先知相見恨晚。要是二十年前的他就有這只錶的話……他想像自己穿著閱兵式制服走進酒館見到同袍的樣子。眼下可以肯定的是，多虧了這只錶，他會有一場體面的葬禮，有木頭棺槨，有向死者致意的槍鳴。

羅赫平靜地觀察著囚犯，內心毫無波瀾，他早已習慣天有不測風雲，人有旦夕禍福。在他看來這位先知兼改信者的命運還不錯，他的追隨者為他們的救主提供了良好的飲食，即便被嚴加禁止，他們仍會偷偷送錢進修道院。雖然在修道院內有許多東西屬於違禁品，但這裡什麼都不缺；有瓦拉幾亞與匈牙利產的葡萄酒，有伏特加，他們對菸草睜一隻眼閉一隻眼，所以這些禁令沒什麼效果。真要說它們剛開始的時候還是有效的，之後人類天性的長手指開始在上面鑽洞，起初只是一個小洞，沒有任何阻力之後就變得越來越寬大，最後洞口的部分居然變得比不是漏洞的部分還要大。每一道禁令都是如此。

例如，院長曾多次禁止老兵在教堂入口前乞討。他們確實停止了一段時間，可是幾天後——雖然不是乞討——有隻手短暫朝著路過的朝聖者伸了過去。半晌後其他手也加入了，手的數量越來越多；過了一段時間，低語的聲音融入了伸出的手：「請幫幫我吧！」

鞭笞派信徒

天氣在幾天之內就回暖了，修道院大門前立刻擠滿了乞丐，他們從周邊地區蜂擁而至。有些人單腳跳來跳去，另一邊殘肢令人不適地晃動著，好似可恥的膨脹陽具。其他人向朝聖者展示了他們被哥薩克人挖空的眼窩。此外，他們唱著悠長悽愴的歌曲，歌詞在他們沒有牙齒的口中經過長久咀嚼壓縮早已面目全非。他們的頭髮打結，許久不曾修剪過了，穿著粗布爛衫，腳上圍著充滿破洞的灰色裹腳布。他們伸出嶙峋的手掌索取施捨；你的口袋裡必須裝滿零錢硬幣，才有辦法讓這裡的所有人分到錢。

雅各就坐在窗邊面對著太陽。陽光光暈的大小正好蓋住他的臉龐，宛如一條明亮的手帕。羅赫坐在窗戶對面的院牆上，同樣享受著初春的暖陽；他得到的陽光比囚犯更多。他脫下令人不舒服的靴子，解開裹腳布——現在他光溜溜的白腳掌與黑指甲直直指向明亮的天空。他拿出菸草，小心翼翼地填滿菸斗。

「嘿，那邊那個猶太先知，你還活著嗎？」他對著窗戶說。

雅各驚訝地睜開眼睛，露出友善的微笑。

「聽他們說你是異端分子，跟路德差不多，只不過是猶太版的路德，最好離你遠遠的。」雅各沒聽懂。他看著對方點燃菸斗，直到忍不住別過頭——可以的話他也想抽菸，但他已經沒有菸草了。羅赫大概感受到了他的視線，因為他伸出手把菸斗朝他遞了過去，但他當然沒有成功交給他，他們之間隔著幾公尺的距離。

「每個人都會想抽菸，」老兵喃喃自語。

半晌過後，羅赫帶了一包東西給雅各，裡面放著菸草和簡單的農民菸斗。他把東西放在石階上，一瘸一拐地走了。

大齋戒期間，修道院每個星期五都會出現鞭笞派信徒。他們從鎮裡出發一路遊行。為首的人背著巨大的十字架，上面是被釘在十字架上的耶穌像，雕像是如此寫實，讓人看一眼就感覺血管內的血液都要凝固了。他們穿著粗麻布製成的粉紅色苦衣[4]，背上有開口方便他們鞭打自己，這道開口可以用布片遮住。他們頭上戴著的麻袋邊角分明，耳朵與眼睛的位置有開口，讓他們看起來像是某種動物或是惡鬼。每當走在遊行隊伍前頭與末尾的鞭笞者抽一下黑色鞭子，其他人就會趴在地上祈禱，然後掀開背上的布片，開始鞭打自己。有些人用的是皮鞭，有些人用的是末端鑲有金屬尖刺的鐵絲，它的功用是撕開人的皮肉。每當這種尖刺鉤到皮膚的時候，就會有鮮血濺到旁觀者身上。

耶穌受難日這一天，修道院忙得不可開交。清晨大門敞開之後，棕灰色的人流便不斷湧入，好似

4 傳統的苦衣即是將現成的袋子撕破，倒轉後穿在身上。

冬日結束後剛剛回過神來的大地，灰撲撲的，還沒完全解凍，人們則像是大地上長出來半腐爛的植物根莖。他們主要是穿著厚毛氈褲的農民，大衣的顏色難以形容，頭髮亂糟糟的，他們的妻子則穿著滿是皺褶的厚裙子與頭巾，腰上繫著圍裙。他們家裡肯定有節慶服飾，可是耶穌受難日這天，世間所有的虛無與醜惡都會在陽光之下揭露，而它們的數量實在太多，要不是有十字架上那副軀體協助承擔受造物的所有苦痛，普通人的心靈根本無法承受。

彷彿是在證明這個時刻有多麼特別，你可以聽見群眾中被附身的人嚇人的尖叫聲，看見同時說著許多語言、語焉不詳的瘋子。你還會看到身為前神父的驅魔師穿著破舊的神父袍，包包裡裝滿聖物，他們會把它放在附魔者的頭上，驅逐他們身上的魔鬼。

當天，修道院長允許雅各在羅赫監視下走到堡壘外牆，好好觀賞這片混濁的人形洪水。他興許希望這場遊行能夠讓犯人留下印象，為自己不夠信服天主教的靈魂懺悔。

雅各花了一點時間才讓眼睛習慣光亮與花團錦簇的春色，他的雙眼跟隨著人流大飽眼福，雅各感覺人群似乎正在發酵，好似老麵一樣冒著泡。他的雙眸貪婪地觀看著各種細節——最近幾個星期，他的眼睛只能乾巴巴地望著牆上的石頭，和窗口外的那一方小世界，現在可以從圍牆遠眺，將修道院所有建築盡收眼底：高塔，修道院龐大的建物群，與周圍整座圍牆。最後他的目光在朝聖者的頭頂上，修道院的屋頂，與外牆上來回逡巡，完整的全景映入眼簾：微微起伏的地面灰暗憂傷，向著寬闊的地平線延伸，有幾座村莊與城鎮點綴其上，其中最大的一座城鎮就是琴斯托霍瓦。羅赫一邊比手畫腳，一邊向他解釋琴斯托霍瓦（Częstochowa）這個名字的由來，位於這座城鎮中的聖殿常常（często）隱藏自身（chowa），避開罪人的目光，人們必須在和緩的山丘間仔細凝視，才有可能看見它。

不展現而有所隱藏的聖像畫

這天，他們第一次允許雅各走進聖像畫前的人群中。他害怕著，不過不是害怕畫像，而是害怕這批人群。那些朝聖者情緒激動、大汗淋漓，男人們剛剃過鬍子，頭髮梳得整整齊齊，農婦的衣著鮮豔多彩，女鎮民們臉頰通紅，男子身上穿著最優良的衣服與黃色皮鞋。他與他們之間有什麼共通點呢？他從上方俯瞰著大部分人的頭頂，看著這群人，他感覺他們對他來說陌生得令人膽寒。

整座禮拜堂充斥著畫像與還願供品。他們向他解釋這些是獻給修道院的供品，它們大部分被

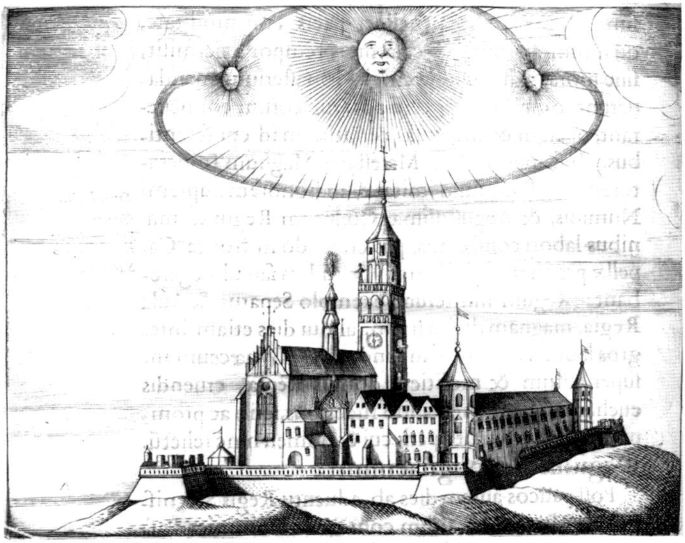

做成了聖母醫治過的身體部位。還有那些病人奇蹟般恢復後留在此處的木頭義肢與拐杖，以及上千個以金銀或是銅熔製成的心臟、肝臟、胸部、腿部與手，好似聖像會將這些被分解成上千片的存在，重新拼湊修復成完整的個體。

人群沉默寂靜，只有神龕的穹頂為時不時出現的咳嗽聲增添肅穆之感。著魔之人的喉頭忍不住溢出一聲含糊的嘶吼，他已經等不及了。

鐘聲驀然響起，接著小鼓的聲響大到讓雅各想要舉手遮住自己的耳朵。此時人們彷彿突然遭受重擊，伴隨著一陣轟鳴與讚嘆齊齊躬身跪下，找得到地方的人，從膝蓋到整張臉都趴在地上，沒有地方的人只能蜷成一團跪伏著，像個土塊。宛如猶太號角的小喇叭演奏著駭人的旋律，空氣震顫，噪音可怖。有什麼奇怪的東西在空氣中凝滯，讓人以為心臟是因為恐懼而收縮，可是實際上那並非恐懼，而是某種更巨大的東西，雅各也能感覺到它的存在，所以他同樣臉朝下，趴在片刻前剛被農民的髒鞋踩過的石磚上，在這裡貼近地板的喧囂似乎減弱了，心臟那種好似要將他拆成兩半，突如其來的緊繃感，也變得比較容易忍受了。想必現在上帝正要走過這片被人體塞得水泄不通的石磚地。然而，雅各只聞到了馬糞的氣味；它大概是被鞋子帶進這裡，滲入了地板瓷磚之間的縫隙，還有這個時節無所不在的潮溼氣味，它和羊毛與汗水融合在一起的味道特別令人不適。

雅各抬眸望見繁複的擋板被拉開，畫像幾乎要完全露出來了，他期待有某種光芒會從中迸發——人眼無法承受、可以閃瞎雙眼的亮光，可是映入他眼簾的只有銀色光圈背影下的兩道陰暗輪廓。他花了一段時間才辨認出那是兩張臉，女人與小孩的臉，陰暗、高深莫測，彷彿他們從最深邃的黑暗中探出了頭。

卡齊米日點上油脂蠟燭。他收到了一整包的備用蠟燭，它比從修士那裡收到的油燈還要亮。雅各臉頰貼著牆面坐著。卡齊米日正在清理剃鬍子時用的碗，裡面還漂著幾根短鬍碴；他剛替雅各剃完鬍子。雅各的頭髮很亂，卻怎麼樣都梳不開。卡齊米日心想，如果繼續這樣下去，他的主人就會變得跟那些老兵一樣了——頭髮亂得像鳥窩，蓬頭垢面。雅各一半在自言自語，一半在對著正要準備晚餐的卡齊米日說話。他在市場上買到了一些上好的肉——節日前的肉鋪人滿為患。主人要吃豬肉。他有。卡齊米日把鐵碗倒過來，然後用它搭起類似烤架的東西。豬肉從早上就浸在醃料裡了。雅各把玩著釘子，接著用它在牆上畫畫。

「卡齊米日，你知道出埃及的救贖並不完全嗎？因為當初將他們贖出埃及的是男人，可是真正的救贖將會來自聖母。」

「來自哪位聖母呢？」卡齊米日把肉放到烤肉架上，漫不經心地問。

「這還用說嗎。因為一旦你挖開所有寓言故事與謊言，掃除那些埋藏住文字的塵埃，它就會變得清晰。你看見那幅畫了嗎？光明山聖母黑色的臉龐在那裡發著光，她就是舍金納。」

「黑色的臉要怎麼發光？」卡齊米日思慮清晰地提問。肉的表面已經熟了，現在只要注意火候，用餘燼加熱，不能用明火。

「如果你不知道這件事，那你就一無所知，」雅各不耐煩地說。「達味與薩瓦塔伊其實都是女人，唯有透過女人，救贖才可能來臨。我現在領悟了，這就是我在這裡的原因。自創世之初，那位聖母就是被賜給我一個人的，不是其他人，因為我才可以保護她。」

卡齊米日不太懂。他將肉塊翻了面，仔細淋上油。可是雅各對氣味並不敏感。他接著說：

「在這裡，人們努力描繪她的模樣，生怕當她不得不隱藏在深淵中時，他們會忘記她的樣子。他們渴求著她的面容。可是，無論如何那不是她的真面目，因為每個人眼中看見的她都不一樣，我們的感官並不完美，所以才會這樣。可是，她每天在我們眼中的模樣都會變得越來越清晰，向我們展現出自己所有的細節。」

雅各沉默半晌，像是在思考該不該說。

「聖母有許多形象。她也會以阿耶雷特（母鹿）的形象示人。」

「你說什麼？動物的樣子？」卡齊米日不安地問，比起聊天，他把更多心思放在烤肉上。

「她被交託給我，讓我在她被放逐到這裡的時候可以照顧她。」

「主人，肉好了，」卡齊米日注意力全放在菜上，把最好的那幾塊肉放在錫盤上。雅各意興闌珊地伸手拿取。卡齊米日看著它，對這盤肉持保留態度。

「我不太相信這批豬肉，」他說，「它有點不一樣，似乎有點鬆散。」

此時有人敲門。兩個男人不安地對視一眼。

「是誰？」卡齊米日問。

「是我，羅赫。」

「讓他進來吧！」雅各說，嘴裡全是食物。

老兵的頭從門縫後露了出來。

「今天是耶穌受難日。你們瘋了嗎？你在烤肉？整間修道院都聞到了。嘖！」

卡齊米日往裝著肉的盤子扔了一塊破布。

「給他點東西，讓他走，」雅各悄聲說，繼續回去刮牆壁。

可是卡齊米日嚇得忙不迭解釋：

「我們怎麼會知道耶穌受難日該吃什麼？我們加入新宗教之後可沒過過耶穌受難日，誰來教教我們吧。」

「有道理，」羅赫說，「這不是你們的錯。等到星期天大家才可以吃肉。明天你得拿雞蛋去祝聖，修士們可能會邀請你們去吃早餐，他們每年都會邀請我們。」

當卡齊米日準備上床就寢，正要熄滅蠟燭時，他將蠟燭的火焰靠近牆壁，看見一行希伯來語的刻印，令他驚訝不已。因為上面刻著：פרת משה רבנו，瓢蟲，摩西拉比的牛。他吃驚地看著，然後聳了聳肩，滅了蠟燭。

波蘭語信件

漢娜收到了丈夫的來信，她不會讀。信是用波蘭語寫的。納赫曼，也就是雅庫柏夫斯基負責讀這封信，讀著讀著他就哭了起來。眾人驚訝地看向他——漢娜，在場的還有馬圖舍夫斯基與薇特爾。看見雅庫柏夫斯基對著信哭泣令他們一陣噁心。雅庫柏夫斯基老了，雅各被監禁完全將他擊潰。此外，儘管每個人多少都有點責任，但所有人都把他當成了叛徒，近日雅庫柏夫斯基額頭的頭髮變得稀疏，下方露出了滿是雀斑的粉紅色頭皮。他哭得後背發抖。

不必為我擔憂，照顧我的聖保祿會修士相當值得信賴，我什麼也不缺。然而，如果可以的話，我想要幾樣東西：保暖的裹腳布（讀到裹腳布的時候雅庫柏夫斯基就哭了起來），以及幾件保暖的內衣，最好是羊毛的，還有羊毛茹潘，最好可以有兩件換著穿。可以鋪在床上的毛皮。至於卡齊米日，如果經您考量之後能夠給他一套餐具，煮飯的鍋子以及類似的器具就再好不過了。我還想要一本以波蘭文寫成的書，讓我可以學習。還有紙筆和墨水……

信上蓋有修道院的印章。

這封信被讀了很多遍，然後他們把它抄了下來，雅庫柏夫斯基帶著這封信去沃洛夫斯基家，最後華沙的所有人，整個教團的人都知道了這封信的內容。信件輾轉來到卡緬涅茨的科薩科夫斯卡夫人手中，再暗中由納赫曼．雅庫柏夫斯基交給了莫里夫達，後者偷偷讀了這封信之後將其焚毀。於是所有人都收到了這個好消息，救主雅各還活著。事情還沒演變到最糟糕的地步，如今他們當初惶惶不安的那幾個月就好似一段令人窒息、沉默無言的時光。清新的風吹起，由於這一切都發生在復活節前後，他們把它當成復活一般慶祝。是的，主復活了，從黑暗中解脫了，宛如跳入渾水中的那道光終於浮出了水面。

修道院的會面

史羅摩·修爾，如今的弗朗齊歇克·烏卡什·沃洛夫斯基為了趕在其他人之前抵達，急忙動身前往琴斯托霍瓦。時值五月初，原野幾天內便染上了綠意，黃色蒲公英點綴著這片綠色畫布。史羅摩只在白天的時候騎馬，而且只走主幹道。他衣著樸素，很難說他到底穿得像基督徒還是猶太教徒。他刮了鬍子，可是留著較長的頭髮，把它綁成了一串小辮子。他穿著荷蘭布製成的黑色長大衣，五分褲和長靴。儘管天氣溫暖晴朗，他仍然不能露出頭頂，所以才戴著羊皮帽。

就在抵達琴斯托霍瓦之前，他在路上遇到了熟人：一個年輕男人，還是個小夥子，他沿著路邊走著，背上背著一袋包袱。他用枝條抽打著盛開的黃色蒲公英花冠。他的穿著邋遢。史羅摩·沃洛夫斯基驚訝地認出那是卡齊米日，雅各的小廚師。

「你怎麼在這，卡齊米日？你要去哪裡？你不是應該待在主人的餐桌旁嗎？現在不是午餐時間嗎？」

小夥子踟躕半晌。他認出弗朗齊歇克的時候，朝他跑了過去，熱情地向他打招呼。

「我不會回去那裡了，」片刻後他說，「那是監獄。」

「你當初不知道你們要去的地方是監獄嗎？」

「可是為什麼要是我？憑什麼？為什麼我得自願被關在監獄裡，我不懂。主人喜怒無常，他打過我幾次，最近還會扯我的頭髮。他一下什麼東西也不吃，一下要吃一些特別的料理。然後……」卡齊米日開了話頭，但又停下了。史羅摩．弗朗齊歇克猜得出他的未盡之言，沒有再問。他知道他必須小心自己的言行舉止。

他翻身下馬，兩人坐在樹下的草堆上，樹上已經長出一些嫩葉了。他拿出硬質乳酪、麵包和一瓶紅酒。卡齊米日貪婪地望著那瓶酒。他又渴又餓。用餐時兩人的目光雙雙轉向琴斯托霍瓦城的方向。和煦的春風中傳來修道院的鐘聲。史羅摩．沃洛夫斯基開始不耐煩了。

「所以那個地方怎麼樣？我有辦法見到他嗎？」

「他不被允許和任何人會面。」

「可是，假如我要賄賂人的話，要找誰？」

卡齊米日思忖許久，好似正在享受擁有這般寶貴知識的感覺。

「沒有修士會收的……老兵們會收，可是他們沒有這種權力。」

「我只隔著窗戶和他說幾句話。這有可能嗎？修道院裡有連通外面的對外窗嗎？」

卡齊米日沉默著，在心中盤算著修道院的窗戶。

「有一扇窗戶或許行得通。可是你還是得想辦法讓他們放你進修道院。」

「我可以自己一個人進去，裝成朝聖者。」

「你說得對。兄弟，進去之後你去找那些老兵，找羅赫說話。給他買點菸草和伏特加，只要他們把你當成慷慨的朋友，就會幫你的忙。」

史羅摩．沃洛夫斯基將視線轉向卡齊米日的帆布包。

「你帶了什麼？」

「救主的信，兄弟。」

「給我看看。」

年輕人聽話地取出四封信。他看見小心摺好的信紙上蓋著雅各的印章，那是他在華沙時訂製的。收件人的資料是以美麗的花體字寫成的。

「誰替他寫的波蘭文？」

「較年輕的葛澤高茲修士。他教雅各寫作與會話。」

第一封信是寫給約瑟法．斯霍拉絲蒂卡．法蘭克瓦，也就是漢娜的，第二封信是寫給耶羅辛，即延傑依．丹博夫斯基的，最厚的第三封信給卡塔日娜．科薩科夫斯卡，第四封信給安東尼．科薩科夫斯基－莫里夫達。

「沒有給我的信，」史羅摩的語氣既似詢問，又似肯定。

接下來沃洛夫斯基得知了許多令人不安的事情。整個二月雅各都沒從床上起來過，寒流來的時候，室內無法取暖，他生了病還嚴重高燒，直到其中一位修士前來替他醫治、為他放血才退燒。卡齊米日說了好幾遍同樣的話：我怕救主會死掉，然後自己就會變成他臨終時唯一陪在他身邊的人。之後雅各整個三月都很虛弱，卡齊米日只餵他喝雞湯。喝過雞湯後，卡齊米日可以去琴斯托霍瓦城內的思穆爾商店，他把所有的錢都花在救主的飲食上，還必須搭上自己的錢。聖保祿會修士不太關心犯人，只有其中一位，在粉刷教堂內部的修士，會向他搭話，但救主能聽懂的部分還是不多。救主會在禮拜堂內花上許多時間。沒有其他朝聖者的時候，也就是晚上，他會像十字架一樣趴在聖像畫面前，而白天的時候睡覺。據卡齊米日所說，在這樣沒有陽光的潮溼環境下，雅各沒辦法撐太久。還有一件事——他變得十分易怒。卡齊米日有時會聽見他自言自語。

「不然他還能跟誰講話呢？難不成要跟你嗎？」史羅摩．沃洛夫斯基低聲咕噥。

沃洛夫斯基試著跟雅各見上一面。他在鎮上找基督徒租了一個房間，對方看向他的眼神狐疑，可是他給的費用高，於是對方沒有多問。他每天都會去修道院，等著會見院長。

第五天，他終於等到了拜會的機會，院長僅同意轉交包裹，而且包裹必須經過檢查。如果是信，它必須用波蘭語或拉丁語書寫，並經過院長審查。這些是他的命令。沒有探訪的可能。拜會只有短短的時間。

可是，最後收受賄賂的羅赫在夜裡趁所有人睡覺時，領著沃洛夫斯基穿過修道院的圍牆。他讓史羅摩站在尖塔的小窗戶下方，裡面透著微微亮光。羅赫自己走進了裡面，一會兒過後，雅各的頭從窗戶探了出來。沃洛夫斯基看不清楚他的樣子。

「史羅摩？」救主問。

「是我。」

「你帶了什麼消息給我？我收到包裹了。」

沃洛夫斯基想說的話很多，但他不知道該從何說起。「我們所有人都去了華沙。你老婆還在老太婆那裡，在華沙附近的科貝烏卡，她已經受洗了。」

「孩子們怎麼樣？」

「他們很好，很健康。只是心情不好，像我們一樣悲傷。」

「為什麼你們把我關在這裡？」

「你說什麼？」

「為什麼老婆不寫信給我？」

「他們沒辦法在信裡寫下所有事情……因為這些信在路上會被拆閱。不論是在華沙還是在這裡都一樣。更別提現在耶羅辛・丹博夫斯基想要擔任領袖了。還有他的兄弟楊。他們想要管理，想要下達命令。」

「那克里沙呢？他很強大。」

「你入獄之後克里沙就完全不認我們了。他看見我們的時候會繞道走。他已經灰心喪志了……」

「我在信中有寫到你們該怎麼做……」

「可是這還不夠，你必須指定自己的代理人……」

「可是我人在這裡，我自己就可以告訴你們……」

「這樣行不通。一定要有個人……」

「錢在誰手上？」雅各問。

「一部分在奧斯曼・切爾諾夫斯基的存款，一部分在我弟弟楊手裡。」

「讓馬圖舍夫斯基加入他吧，讓他們共同管理。」

「指定我當你的代理人吧。你很了解我，你知道我有力量也有頭腦。」

雅各沒有回答。片刻後他問：

「是誰背叛我的？」

「是我們自己太過愚蠢才會落入這樣的境地，但我們都是為了你好。我沒有說過半句不利於你的話。」

「你們這群懦夫。我應該要對你們吐口水。」

「吐吧！」史羅摩低語。「納赫曼．雅庫柏夫斯基說得最多。他背叛你，而你把他當成最親近的人。可是你知道他是個懦弱的人，或許他擅長辯論，但在這些事情上他很弱。他背叛了。他是膽小鬼。」

「黃鼠狼[5]是聰明的動物，牠們知道自己該做什麼。告訴他再也不要出現在我面前。」

史羅摩．沃洛夫斯基鼓起勇氣。

「為我寫封信吧，說在你離開之前由我代替你。我會嚴格管理他們。我們暫時聚集在耶羅辛家。他在做生意，雇用我們的信徒。我們有很多信眾在札烏斯基領地的科貝烏卡落腳，可是我們一貧如洗，只能自生自滅。我們每天都在為你哭泣，雅各。」

「哭吧。想辦法試著透過莫里夫達見到國王。」

「他在沃維奇的主教長那裡……」

「那就想辦法去找主教長！」

「莫里夫達他已經不是我們這邊的人了。他受夠了。他已經沒用了。」

雅各沉默半晌。

「那你現在待在哪？」

「我在華沙，我的生意很順利。每個人都想來華沙，在那孩子們可以接受教育。你的阿瓦恰有兩個科薩科夫斯卡找來的家庭教師。她正在學法語……我們想要把她接過來。我和瑪麗安娜。」

隔壁庭院的某處有燈亮了，羅赫出現，抓住沃洛夫斯基黑色長大衣的衣襬，推著他朝大門走去。

「已經結束了。結束了。」

「我會等到明天傍晚，寫封信給大家吧，我會把信帶走，讓羅赫把信拿給我。用我們的語言寫。指定我做你的代理人。你信任我。」

「我如今誰也不相信，」雅各說，把頭縮了回去。

這就是史羅摩・沃洛夫斯基與雅各會面的始末。第二天他去看了聖母像。早上六點，日出東升，這天會是個好天氣，天空是美麗的粉紅色，原野上飄著一層銀色的霧，溼氣與菖蒲的氣味飄向了修道院的方向。史羅摩站在擁擠的人群間。當喇叭聲響起，人們臉朝下跪在冰冷的石磚上。沃洛夫斯基感受到石磚的寒意。畫像的銀色外殼隨著喇叭聲漸漸升起，史羅摩遠遠瞥見一個小長方形，還有上面黑色臉龐模糊的輪廓。他身邊的某個女人開始啜泣，然後幾乎所有人都跟著哭了起來。身處人群中的沃洛夫斯基感同身受，為之動容，五月花開醉人的香氣與汗水、抹布、塵土的氣味更加強了這份感動。他整個早上都在勸說卡齊米日，讓他再服侍救主一下，直到有人來替代他為止。下午羅赫塞給他一封用希伯來語寫的信，它厚厚一卷的樣子看起來就像是一包菸草。傍晚史羅摩—弗朗齊歇克・沃洛夫斯基當即離開修道院，把現金留給卡齊米日，然後交給修道院院長一大筆豐厚的捐款。

5 波蘭語的膽小鬼與黃鼠狼是同一個字（tchórz）。

戴勝鳥鳴叫

幾天後，一個裝著東西的盒子送到了修道院給雅各，他甚至不知道是誰帶來的。這個箱子先是在院長辦公室放了一整天，他們在那裡把它仔仔細細檢查了一遍。修士們查看衣服、土耳其纏頭巾、皮毛內襯的皮鞋、薄亞麻的內衣、無花果乾、棗子、羊毛毯、黃色錦緞的羽毛枕頭，還有寫作的用紙和上好的羽毛筆，院長這輩子還沒看過這麼好的筆。他花了很長時間思考這些東西的價值，不知道該不該同意把這些美食交到犯人手中。雖然他不是普通的犯人，但當修士們在修道院裡過著清貧的生活，給他這樣的奢侈品，是不是有點太誇張了呢？所以院長每隔一段時間就會走到箱子前面，把輕薄的羊毛圍巾攤在手心上，上面其實沒有任何裝飾，但是手感細緻到讓人想到絲綢。還有這些無花果！剩下他獨自一人的時候，他向自己解釋這只是為了檢查，隨後拿起一顆無花果放進嘴裡，含了許久，口中分泌了大量的唾液，它們隨著無花果的滋味流入胃中，前所未有的香甜讓全身上下都充滿了幸福感。這些美味的無花果散發著太陽的香味，不像修道院不久前向郊區香料店的猶太商人大量收購的那些無花果。

院長還找到了兩本書，他懷疑地拿起它們，嗅到了某種異端信條的可疑味道——他絕對不會放行。然而，當他把它們拿在手中翻閱時，驚訝地發現第一本書是波蘭文的，而且還是一位神父的著作。修士沒有聽過這個姓氏：班乃迪克．赫梅洛夫斯基，但這一點合情合理，因為他沒有時間閱讀世俗的文本，這是一本寫給普羅大眾的書，不是教會的書，也不是祈禱集。第二本是有精美插圖、康米紐斯的《世界圖繪》，書中每一個單字分別用四種語言寫成，方便學習。因為犯人自己曾提出要求，宗座大使那邊也有類似的建議——教導犯人波蘭語，就讓他從康米紐斯和《新雅典》學習吧！院長自己快速瀏覽著《新雅典》第一冊，讀著偶然翻到的那一頁讀得津津有味。

院長心想，真有趣，或許哪一天可以派得上用場。他的宗教書籍裡不會有這樣的資訊，他不知道戴勝鳥會叫[6]。

Cornix f. 3. cornicatur, Wrona kracze,	á á
Ovis f. 3. balat, Barań beczy,	b é é
Cicada f. 1. ſtridet, Konik ćwierka,	ci ci
Upupa f. 1. dicit, Dudek duda,	du du
Infans c. 3. ejulat, Dziecie śię kwili,	é é é
Ventus m. 2. flat, Wiatr wieie (dmie)	fi fi
Anſer m. 3. gingrit, Gęś gęga.	ga ga
Os, *oris* n. 3. halat, Uſta huhaią. (poziewaią)	há há
Mus, muris, m. 3. mintrat, (mintrit) Myſz piſzczy.	i i i
Anas f. 3. tetrinnit, Kaczka kwaka.	kha kha
Lupus m. 2. ululat Wilk wyie.	lu ulu
Urſus, m. 2. múrmurat, Niedzwiedź mamrże, mruczy.	mum mum

6拉丁語Upupa dicit。圖中為不同動物叫聲的擬聲詞。

關於雅各如何學習閱讀，以及波蘭人的由來

依照院長的期望，守衛隊隊長空出來的房間被當成了上課的教室。他們搬來了桌子和兩張凳子。這裡還放了裝水的闊底玻璃瓶與兩個軍用水杯。還有一張狹長的上下鋪和長板凳。石牆上有可以掛衣服的掛鉤。些許光線從兩扇小窗透進來，室內總是很冷。他們每隔一個小時就得走到戶外溫暖身子。

老師是葛澤高茲修士，個性溫和的中年修士，他有耐心，待人和善。每當雅各犯下比較嚴重的錯誤，像是唸錯字，他的臉頰就會變得通紅——可能是出於壓抑的憤怒或是尷尬。課程從「上帝保佑」這句話開始，不論是發音或是拼字都十分困難。然後是寫〈主禱文〉，最後才開始學簡單的會話。由於修道院內缺少波蘭語的書籍，他們也不會用到拉丁語，所以雅各把寄來給自己的書拿給葛澤高茲修士，是班乃迪克．赫梅洛夫斯基所著的《新雅典》。葛澤高茲修士成了這本書真正的愛好者，從那之後，他會偷偷向雅各借這本書，興許是有罪惡感，他用的藉口是準備課程用的文章。

教學時間在每日晨間彌撒結束之後，雅各也能參加。葛澤高茲修士會把薰香和調製顏料的過期橄欖油的味道帶到溼氣濃厚的塔樓裡；因為他們開始彩繪禮拜堂中的大型畫作，而葛澤高茲修士負責協助調和顏料，所以他的手指時常沾上許多顏色。

「閣下別來無恙？」他總是用同樣的話開場，坐在凳子上打開面前的講義。

「一切安好，」雅各答。「我等葛澤高茲修士等得不耐煩了。」

這個名字的發音對他來說並不簡單，但五月時雅各的發音已經近乎完美了。

「葛澤高茲修士[7]。」修士糾正他。

他們從第十章開始，〈關於波蘭王國〉。

在薩爾馬提亞，波蘭王國恍若一顆價值連城的珍珠，是斯拉夫民族中最負有盛名的一支。波蘭（Polska）這個名字源自原野（pole），波蘭人喜歡在原野上生活、死去；也有可能來自與波蘭位置相對應的北極星（Polo Arctico）、北方的星辰，就像西班牙的名字（Hesperia）取自西方的星辰（Hesperus）。其他人認為波蘭人的名字取自過去[8]位於波美拉尼亞邊境的波雷城堡（Zamek Pole）。有些作者的看法是波蘭人（Polacy）是萊赫（Lech）的後代，所以才如此稱呼[9]。此外，帕羅茨基巧妙地推斷，在波蘭大公梅什科一世的時代，波蘭人接受了神聖的信仰，成群結隊地接受洗禮時，當時應邀來到波蘭施洗的捷克神父問：你們受洗了嗎（Czy jesteście polani）？於是那些已經領洗的人回答：「我們是波蘭人、我們受洗了（Jesteśmy polani）。」所以波蘭人（Poloni）變成了充滿榮耀的名號[10]。

7此處受詞的字尾必須變化。雅各說的brat Grzegorz是主格，正確的說法是brata Grzegorza。

8此處用拉丁語olim。

9斯拉夫三兄弟的傳說象徵了三個斯拉夫民族的興起，萊赫代表波蘭，切西代表波西米亞，羅斯則代表魯塞尼亞。波蘭語的前綴po-有在……之後的意思，因此將萊赫的後代稱為波蘭人（Polachy）。

10此處用拉丁語nomen gloriosum。

雅各花了很長時間結結巴巴地閱讀這篇文章，他總是卡在拉丁插入語的地方，他把它們抄在旁邊，方便之後學習。

「我是波蘭人，」學生把目光從書上移開，對著葛澤高茲修士說。

關於楊・沃洛夫斯基與馬特烏什・馬圖舍夫斯基繼而在一七六〇年十一月抵達琴斯托霍瓦

兩人看起來像是貴族，尤其是楊・沃洛夫斯基。沃洛夫斯基兄弟幾人中他的鬍子留得最多，這讓他看上去更有威嚴。兩人都穿著鑲毛皮的冬季大衣，溫暖的毛皮帽，顯得自信大方又富裕。老兵們恭敬地看著他們。他們在下城區離修道院不遠的地方租了房間，窗外可以看見一道防護牆。經過兩天的等待、協調與賄賂之後，他們終於能夠見到雅各了。後者一看到他們就笑了出來。

他們驚訝地呆站在原地。這不是他們預想的場景。

雅各停下笑聲，轉身背過他們。兩人跑到他的身邊，在他的腳邊跪了下來。沃洛夫斯基早已打好了腹稿，現在他的喉嚨卻無法發出任何聲音。至於馬特烏什，他只說了：

「雅各啊……」

最後雅各轉身面對兩人，並朝他們伸出手。他們親吻他的手掌，他則讓他們起身站好。然後三個男人哭成一團，用純粹的哭聲慶祝重逢，勝過任何問候的話語。接著雅各像是對待闖禍的男孩一樣擁他們入懷，抱住他們的頭，輕拍他們的後頸，直到帶著飾羽的毛皮帽從他們頭上掉了下來，使者轉變成汗如雨下的孩童，他們因為找到回家的路而感到幸福。

探望持續了三天。除了解決生理需求與晚上必須回到城裡的時間之外，他們沒有走出塔樓旁的房間。他們帶著大包小包來，裡面有葡萄酒、蜜餞和各式各樣美味的食物。軍官親自仔細檢查過，加上足以取悅他的賄賂，他並未禁止他們的禮物，況且聖誕節快到了，是時候對囚犯仁慈一點了。在鼓鼓囊囊的大包包裡有給雅各的羽絨被，羊毛圍巾，對抗寒冷地板的皮製室內拖鞋，甚至還有一張小地毯。幾雙襪子，縫著姓名首字母縮寫J. F.的內衣（全是沃洛夫斯基家的女人縫的），寫作用的紙和書籍……他們先把所有東西拿出來放在桌上，等到沒有地方的時候就直接放在地上。雅各對那幾個鍋子裡裝的東西最感興趣，有奶油、鵝油、蜂蜜。麻袋裡裝著罌粟籽麵包和甜餅。

夜半燃燒的燭火遲遲沒有熄滅，讓羅赫感到十分不安——他忍不住找各種藉口，只為了偷瞄他們一眼。比如他會鑽進門縫裡，詢問他們需不需要熱水或是燃著的暖爐，原來的暖爐是不是已經熄了？是，他們要水。可是當他拿著裝滿的水壺給他們，他們又會忘記這件事，水又變涼了。最後一晚他們待在塔樓旁的房間裡，凌晨還能聽見他們激昂的聲音以及某種歌聲，然後一切又歸於寂靜。早上三人一起參加了彌撒。

沃洛夫斯基與馬圖舍夫斯基於十一月十六日離開琴斯托霍瓦，那是個和煦晴朗、陽光明媚的日子。他們帶了一整箱的信和訂單。他們把一桶城裡買的啤酒留給老兵，然後土耳其菸管和上好的菸草留給軍官，這還沒算上他們一開始給他們的黃金。總而言之，他們給人留下的印象好到不能再好了。

同一個月，沃洛夫斯基與馬圖舍夫斯基動身前往盧布林近郊的沃伊斯瓦維彩參觀，那是科薩科夫斯卡為他們提供庇護的地方。可是在他們出發之前，整個教團的人都必須搬到靠近沃伊斯瓦維彩的札莫希奇，在那接受族長的照顧並且等待。

德魯日巴茨卡致羅哈廷總鐸神父班乃迪克・赫梅洛夫斯基塔爾努夫，一七六〇年聖誕節

由於我的手不再像之前那樣拒絕握筆，恭祝閣下明年喜獲司法代理神父的頭銜，謹於上主一七六〇年誕辰敬祝你獲得祂的一切祝福，每日享有祂的榮寵。

我想盡可能簡短地向你，我的摯友，報告一件事，以免我過於耽溺於這樣的痛苦，心痛難以自持。我的女兒瑪麗安娜上個月死於一場來自東方的瘟疫，此前瘟疫已經先後將我的六個孫女帶離了這個世界。於是我陷入了一種可怕的處境：逼得父母活得比自己的孩子更長壽，奶奶比自己的孫女更長壽，可是明明（這是我的感覺）這樣是與整個大自然的秩序與所有邏輯相悖的。我的死亡一直以來都躲在遠處，藏於舞台幕後，喬裝打扮，現在卻脫掉了她的戲服，死亡整個人在我眼前展現得清清楚楚。她不會嚇到我，也不會令我疼痛。我只是覺得年歲似乎在倒流。為什麼長者得以生存，年輕的嫩芽卻會被剪除？我害怕抱怨或哭泣，因為我是受造物，我沒有勇氣和造物

主爭論這個問題，不敢妄議祂設下的邊界，我只能像棵被剝了皮的樹一樣站立——毫無知覺。我應該離開這裡，如此一來就沒有人會因此感到絕望或痛苦。我找不到合適的文字表達，我的思緒紊亂……

伊莉莎白・德魯日巴茨卡奉獻給黑聖母的沉重黃金心臟

她在紙片上寫下：「假如您心懷慈悲，請讓她們復活。」然後撒上沙子等墨水乾掉，再將紙片捲成一捲。她走進禮拜堂的時候將紙捲握在手心。由於時值冬季，朝聖者的人數不多，所以她走在中間，盡可能靠近前方，走到被圍欄擋住的地方。左邊有一位悲泣的斷腿士兵，他的頭髮亂得像是一團麻絮。他甚至不能跪下。他的制服破破爛爛的，鈕扣早已換過，裝飾的盤扣脫落，大概是被用來做其他東西了。他的身後是一位圍著圍巾的老奶奶和小女孩，後者臉上的腫瘤讓她的臉變得畸形，這顆奇怪東西下方的那隻眼睛幾乎看不見東西。德魯日巴茨卡在士兵附近跪下，對著被遮住的聖像祈禱。

她把所有的飾品融成一顆巨大的心形——她不知道還能怎樣表達自己的痛苦。因為她的胸口現在破了一個洞，她要記住這個洞，因為這是令她感到疼痛與壓迫的地方。於是她用金子鑄造了一個人造器官，一顆假心臟。她將這樣供品放在修道院裡，修士們把它和其他愛心掛在一起。不知道為什麼，看到這顆愛心和其他大大小小的愛心擺在一起，讓德魯日巴茨卡感到最大程度的慰藉，比她祈禱和望向聖母深不可測的黑色臉龐時還更能帶給她安慰。這裡能夠看見的苦痛實在太多，德魯日巴茨卡的心痛也變成了這片氾濫淚海的一部分。一顆人類的眼淚是流入小河支流的一小部分，小河匯入更大的河川，以此類推，最後巨河的湍流會流入海中，消失在地平線上。德魯日巴茨卡從這些掛在聖母周圍的愛心上看見了那些失去了、正在失去與即將失去自己孩子與孫子的母親。而從某方面來說，生命就是不斷的失去。我們所取得的事物、我們變得富有這件事，不過是最大的假象。實際上我們在出生的那一刻才是最富有的，接下來唯有不斷失去。這就是聖母所展現出來的：我們勢必會失去初始的完整性，也就是我們、世界與上帝神性上的統一。這之後剩下的只有扁平的畫作，臉上的深色痕跡，幽魂，幻影。十字架與痛苦則是生命的符號，僅此而已。她向自己解釋這一切。

晚上，她在朝聖者之家租了一間簡陋的房間。她睡不著，從兩個月前開始便無法入睡，只能短暫打盹。她在其中一個夢裡見到了母親，這很奇怪，因為她過去二十年都不曾夢到母親，所以德魯日巴茨卡把這個夢看成自己死亡的前兆。她坐在母親腿上，看不見母親的臉。觸目所及只有她裙子上複雜的花紋，某種迷宮的圖案。

第二天早上，破曉之前，她就來到了教堂，有個男人吸引了她的視線，對方穿著土耳其服飾，高大挺拔，深色長袍扣子扣到了脖子上，頭上沒有戴帽子。他有著濃密的黑鬍子，長髮裡散落著幾根白髮。

起初他跪著，熱切地禱告——他的嘴巴無聲地開合，瞇著雙眼，長睫顫動；然後他張開雙手趴在冰冷的地板上，就在正中間、保護聖像畫的圍欄前面。

德魯日巴茨卡在中殿靠牆的地方找了個位置，艱難地跪下，因為膝蓋處的疼痛傳遍了她嬌小、年老的身軀。在幾乎空無一人的教堂裡，每一道摩擦聲、每一聲嘆息都會被放大，變成惱人的噪音或是呼嘯，在穹頂之上不斷回響，直到被修士們音調不統一的合唱曲蓋過去為止：

萬福諸天母皇，
萬福天神元后兮，
申爾福照世之光兮，
自爾出之根本兮。11

德魯日巴茨卡試圖在牆上尋找某些刮痕，鑲嵌的大理石板之間的接縫，可以讓她把自己的紙捲塞進去的地方。如果不是透過教堂石板的雙唇，它還能如何抵達上帝所在的地方呢？大理石面光滑，接縫無情地緊密貼合。最後她成功把紙捲塞進一道淺淺的縫隙裡，可是德魯日巴茨卡知道它不會在那裡待太久。要不了多久它就會掉下來，被朝聖的人群踩在腳底下踐踏。

當天下午，德魯日巴茨卡再度遇到了那位面容粗獷的高大男性。她已經知道他是誰了。她拉住他的袖子，對方一臉詫異地看向她，他的目光輕柔溫和。

「您是被關在這裡的猶太先知嗎？」她問問題的語氣沒有分寸。因為她的身高只到對方胸前的位置，所以她只能抬頭看。

11 該譯文取自《華文聖體降福經文》的〈萬福諸天母皇〉（Ave Regina caelorum），為雷鳴遠神父翻譯的版本。

對方聽懂她的意思，點了點頭。他的表情沒有變化，陰鬱、難看。「我聽說您會施行奇蹟，你治好了其他人。」

雅各的眼睛甚至沒眨一下。

「我的女兒和六個孫女死了。」德魯日巴茨卡朝他攤開手指，然後開始數：一、二、三、四、五、六……「您聽說過能讓人死而復生的方法嗎？據說這是可能的。有些先知辦得到。您成功過嗎？哪怕是一條可憐的小狗？」

25

嫣塔在鸛的羽翼之下安睡

已經受洗的佩賽爾嫁給了與自己同姓的堂兄，現在她叫作瑪麗安娜·帕沃沃斯卡。一七六〇年秋天，他們在華沙舉辦喜宴，那是救主被關到琴斯托霍瓦的悲傷時刻，當時整個教團的人似乎都變得一蹶不振，惶恐不安。然而她的父親以色列，現在叫帕維爾，同樣姓帕沃沃斯基，認為既然現在整個家族都採用了相同的姓氏，那麼他們就必須繼續活下去，結婚生子。他們不能迴避這件事。生命就是力量，如同洪水，如同強勁的湍流，無法抵擋。這是在他靠著微薄資金創建馬具工坊時說的，他打算在那縫製好看的零錢包和土耳其花紋的腰帶販售。

清晨，樸素的婚禮在萊什諾的教堂內舉行。神父花了很長時間向他們解釋所有東西該是什麼樣子，可是就連佩賽爾、她的未婚夫、她的母親索布拉（也就是海蓮娜）、她的父親帕維爾·帕沃沃斯基，與所有證人和賓客都覺得十分不安，彷彿他們還沒完全學會舞步，可是現在就必須上場表演了。

佩賽爾不安的眼眸盈滿淚水，神父把這看成是新娘感動的表現，把她當成孩子，對她露出微笑。假如不踰矩的話，他會摸一摸她的頭。

桌子擺在屋內，其他家具都搬出去了。食物已經準備好。在寒冷的教堂內度過漫長的彌撒之後，疲憊的客人們只想暖和身子。用餐的時候，帕維爾．帕沃沃斯基往杯子裡倒伏特加，一是為了暖身，二是為了鼓舞眾人，因為坐在位置上的每個人終究要面對陌生的事物。初次發生的事情眼下會令人感到不舒服，但大家都知道從此以後這樣的事情還會不斷上演。這就好像是他們圍坐在巨大的空虛旁邊，用湯匙一杓一杓吃著它，彷彿蓋著白色桌巾的桌子是純粹的虛無，而他們在為它蒼白的冷漠慶祝。這樣奇異的感覺在他們吃著前兩道菜、喝著幾杯伏特加的時候還在持續。接著窗簾被拉上了，桌子被推到牆角，弗朗齊歇克．沃洛夫斯基與新娘的父親舉行了第二場婚禮，他們自己的婚禮，用他們習慣的方式慶祝。雙手追尋著另一雙手，當他們手牽手圍成圈的時候，眾人都放鬆了心神，此時萊什諾的房子屋頂下響起祈禱的聲音，那是佩賽爾和她的新婚丈夫都聽不懂的語言，眾人低聲誦唸那神祕古老的文字。

佩賽爾－瑪麗安娜像其他人一樣低下頭，她的思緒飄向遠方，到了留在科羅利夫卡洞穴的嫣塔那裡。她無法不去想。他們當初把嬌小的身軀搬到通道深處，像是讓她順著時間的洪流抵達岩石黑暗的起點，這麼做到底對不對？他們還能怎麼做？離開之前，她帶了堅果和花去探望嫣塔。她把自己縫的披巾蓋在她身上——那本來是婚禮要用的，可是佩賽爾一想到既然嫣塔得待在這裡，她就可以透過這條披巾參加她的婚禮。披巾是用粉紅色錦緞配上白色絲線縫成的，有白色的流蘇。瑪麗安娜在上面繡了一隻鳥，一隻嘴裡叼著蛇、單腳站立的鸛，如同那些飛來科羅利夫卡的河岸溼地，謹慎穿過草叢的鸛鳥。她吻了曾祖母的臉頰，她的皮膚一如往常地冰涼光潔。她告別的時候說：「上主將會用自己的羽毛蓋住你，嫣塔，你在祂的羽翼之下會很安全，就像《聖詠集》第九十一章[1]所寫的那樣。」佩賽爾清楚知道嫣塔會喜歡叼著蛇的鸛。牠有力的巨大翅膀，牠紅色的腳，牠的羽毛，牠端莊的步伐。

眼下第二場喜宴還在持續，擁有兩個名字的佩賽爾－瑪麗安娜也想到了她只有一個名字的姊妹芙蕾娜，所有兄弟姊妹之中她最喜愛的就是這個妹妹，她與自己的丈夫和孩子待在科羅利夫卡。她保證自己春天的時候會再去探望妹妹，而且她將來每一年都會這麼做；她以自己的墳墓起誓。

從鸛鳥的羽翼下俯瞰的嫣塔，就像往常一樣，早已知曉她無法實現這個誓言。

關於嫣塔如何丈量墳墓

嫣塔的視線飄在琴斯托霍瓦上空，這座倚靠著山丘的小鎮是聖母的領地。可是嫣塔看見的只有屋頂，這邊蓋著新磚瓦的是光明山修道院平緩的屋頂，下面那邊蓋著木瓦片的是農舍和民居的簡陋屋頂。

1《聖詠集》第九十一章第四節：「他以自己的羽毛掩護你，又叫你往他的翼下逃避：他的忠信是盾牌和鎧衣。」

九月的天空寒冷又遙遠，太陽漸漸轉為橘紅色，來自琴斯托霍瓦的猶太女人相約在路上會合一起去猶太墓園，那些穿著厚裙子的年長女性正在互相耳語，等人到齊。

猶太新年和贖罪日之間的可怕日子，會舉行丈量墓地的儀式（Kvarim mesn）。女人們會用繩子測量墓地的大小，然後把繩子纏在線軸上，之後用它製作燈芯；有些人事後會用它來占卜。她們每個人都在喃喃唸著祈禱詞，看起來像是穿著寬大褶皺裙的女巫，裙子上沾著黑莓的刺，穿過泛黃的枯葉時沙沙作響。

嫣塔本人也曾經丈量過墓地，她相信這是每個女人的義務——要在新生命誕生之前測量還有多少空間可以留給逝者（或者是否真的有空位）。這是一種由女人負責的審計，而且女人向來比較會作帳。

然而，究竟為什麼要丈量墓穴和墓地的大小呢？死者根本就不在墳墓裡——嫣塔如今才知道，可是她之前也把上千條燈芯浸泡在燈蠟裡了。墳墓對我們來說一點也不實用，因為亡者會忽視它，滿世界遊蕩；他們無所不在。嫣塔時時刻刻都可以看到他們，像是透過一面玻璃望著他們，儘管她非常渴望加入，可是她辦不到。那是什麼地方呢？這很難說。他們彷彿是從玻璃後方望著這個世界，審視著它，總是希望能夠取得這個世界的某樣東西。嫣塔嘗試理解那些表情的意義、那些手勢的意義，最後她知道了：亡者希望能夠被生者談論，他們對此感到飢餓，這就是他們的養分。他們希望得到生者的關注。

嫣塔還注意到一點：這種關注的分配並不公平。他們講到某些人的時候說得很多，發表長篇大論，滔滔不絕。可是其他人的事情他們連講都不會講，隻字不提。第二群人終將熄滅，遠離玻璃，消失在後方。後者的數量非常多，整整上百萬人，完全被遺忘，沒有人知道他們曾經在人間生活過。他們什麼也沒留下，所以更快獲得解脫離開。或許這是好事。可以的話嫣塔也想離開，若不是被她吞下的那些文字強大的力量始終抓著她不放的話。早已沒有紙片，也沒有繩子的痕跡，全都分解了，最渺小的光子沒入了物質之中。留下的唯有文字，魯莽的以利沙・修爾用宛如石頭般的文字拴住了她。

老修爾不久前剛去世，她看見他從她身邊一閃而過的身影——偉大的賢者，五個兒子與一個女兒的父親，眾多孫子的爺爺——現在只是一道模糊的痕跡。她還看見了一閃而過的孩子。那是小厄瑪奴耳，雅各和漢娜親愛的兒子，他才一歲大。

這則消息隨著卡齊米日偷渡來的信件一起交給了雅各。漢娜的信是用土耳其語寫的，語意含糊，彷彿隱藏著天大的祕密，又或者是對發生在他們身上的事情感到羞愧？他們明明應該是不死之身。雅各把信讀了好幾遍。每次讀完信他都會站起來，開始在房間內打轉。有一張小卡片從信裡掉了出來，剪得歪七扭八，上面用紅色顏料畫了某種動物。一隻邋遢的小狗。下面寫著他的名字：魯特卡。他猜到這是女兒畫給他的，直到這一刻他才感覺到喉頭一陣緊縮，眼淚盈滿眼眶。可是他沒有哭。

納赫曼・雅庫柏夫斯基寫信給位於琴斯托霍瓦的救主

真正打破雅各心理平衡的其實是第二封信。對方第一句話的口氣就刺激了他；他聽見納赫曼的聲音，哀傷、可悲，宛如狗兒的嗚咽。假如納赫曼人在這裡，雅各就會往他臉上揍一拳，看著他流鼻血。幸好那個叛徒來到這裡的時候，沒讓他出現在自己窗前。

……雅各，我現在叫作彼得．雅庫柏夫斯基，我的姓名也證明了我是屬於你的。當我站在這裡的時候，我的心幾乎要碎了，我離你這麼近，卻無法見到你的人、聽到你的聲音。令我欣慰的是，你離我這麼近，我們呼吸著同一片空氣，因為我來到了將你的監獄與城鎮劃分開來的高牆之下。我覺得它就像是真正的哭牆。得知你患上重病令我傷心不已，我想像著你在這裡所忍受的孤獨，身邊沒有人們圍繞你該有多麼不習慣啊！

你知道的，我對你的愛始終不渝，我準備好為你奉獻一切。如果我說了什麼對你不利的話，那肯定不是出於我的惡意，而是出於對你的使命與對我們感召的深切認同，它占據了我所有的思緒。我同樣必須承認我的恐懼，它的力量讓膽小的我幾乎腿軟。你知道我有多麼可悲，可是你不是因為我可悲才讓我成為你的右手，而是因為我敢於提醒你的美德，要不是我有這項美德，我勢必得離開你。

雅各憤怒地把信丟到一旁，吐了口口水。納赫曼的聲音在他的腦海裡消音了，不過只維持了一下子。雅各拿起信繼續讀：

我們許多同伴眼下在首都尋求庇護，或是待在貴族的羽翼下，並嘗試在那裡過日子，靠著自己的雙手腳踏實地賺錢，同時我們相信你不日就會回歸，每天引頸期盼你的到來……

在伊瓦涅的時候，你曾對我們說過世上有兩類人。你說第一類人是那些黑暗的人，他們相信世界就是如此，它是邪惡的、不公義的，而且人們必須適應這樣的世界，參與這場遊戲，變成與這個世界一樣的人。至於第二類人，你認為他們是光明之人，相信世界既可怕又邪惡，但是永遠有可以改變它的機會。我們不需要被世界同化，而是當個身處其中的外人，並命令它臣服於我們，變得更好。當我佇立在那面高牆之下時，我想起這件事。或許，雅各，我屬於第一類人。沒有你在我身邊，我失去了生活的動力，我認為許多人對你的消失也有同樣的反應。我們如今才知曉你的缺席是多麼讓人痛徹心扉。就讓上帝審判我們吧；我們自認殺了你的正是我們自己。

我是直接從華沙過來的，在那裡許多我們的人一片茫然，不知道你發生了什麼事。一開始不少人，也包括我，跟著你的漢娜去了華沙近郊的科貝烏卡，一座屬於札烏斯基主教的領地，是科薩科夫斯卡女士為我們準備的地方。然而，那裡既擁擠又幽暗，主教住居年久失修，主教的侍從也不喜歡我們，於是漸漸地，藉著鄰近華沙的地利之便，有些人開始自己在那裡尋找短期的工作和住所，避免整天無所事事地呆坐在主教的庭院裡，在陌生人家裡輾轉流連。那些本來期望回到波多里亞的人，比如說盧德尼茨基一家，很快便恢復了理智。赫什，也就是盧德尼茨基，前去查探是否有回去的可能，但很快他就意識到，我們隨後也跟著意識到，那裡已經沒有東西在等著我們了，我們無法回到自己的村莊和房子裡了。一切都沒了。你說得對，我們參加洗禮，一腳踏入了懸崖。我們真的這麼做了，現在我們就像是懸在半空中等著落下的那一刻，不知道自己會掉到哪裡，墜落什麼時候會結束，以什麼方式收尾。我們會摔成一攤爛泥，還是會得救？我們會毫髮無傷，還是粉身碎骨？

最先上演的是責怪，誰在何時說了什麼話。他們利用我們的話對付你，但我們也不無辜。我們之中有許多人在受洗之後，把新生活當成寶藏緊緊抓在手裡。我們改變自己的穿著打扮，把我們的習俗收進櫃子深處，裝成與自己完全不同的人。克里沙就是這麼做的。克里辛斯基入贅到了一個基督教家庭，甚至斷了和我們的生意。我們再度變成了異鄉人，因為即使穿著最好的衣服，胸口掛著十字架，鬍子修剪得宜，一旦我們開口說話，人們就可以從口音認出我們。所以逃離了自身的異質性，逃離貶低與嘲弄，我們現在就是人群中的傀儡。

我們逐漸變得自私冷漠，而且雖然教團表面上還沒瓦解，但是生活變成了最重要的事情：如何生存，如何在這場戰鬥中自處，如何提供孩子食物與遮風擋雨的地方。我們很多人想要找工作，可是沒辦法，因為我們不知道將來是否會待在這裡，如同善良的科薩科夫斯卡為我們所計畫的，我們也不知道該不該和她待在一起。那些有錢的人，姑且有辦法生活，像是已經在華沙投資的沃洛夫斯基兄弟。可是其他人，那些你在伊瓦涅命令大家和他們共享物資的人，現在肯定需要乞求援助。而且如果這樣的情況再持續下去，我們就會如同被人握在拳頭中吹散的沙子，四散分離。

我們的地位毫無疑問地比我們還是普通猶太人的時候好，沃洛夫斯基和其他襲爵的人過得更好，可是有很多人沒辦法負擔購買貴族頭銜的費用。弗朗齊歇克和他的兄弟在萊什諾有釀酒廠，由於他們找到了新的買家，現在它可以為他們帶來更多收益。紐森的次子史麥湯克斯剛剛開了一間皮革製品店，他引進土耳其的商品，我親眼看過漂亮的女士向他購買手套。他們有能力自己生活，以及他們最親近的血親，像是盧德尼茨基，即蘭茨科倫斯基，我始終不知道該如何稱呼他們。哈雅的丈夫赫什上了年紀，病懨懨的。哈雅是一位偉大的女性，在這我們盡力照顧她，但她已經不適合奔波了。幸好她的女兒們聰慧又能幹。

沃洛夫斯基家馬上就把自己的小孩送去修道院的宗教學校上學了，他們希望孩子受的教育以後不會讓他們變成商人，而是當上軍官或律師。他們還勸說了其他人，但不是每個人都能負擔這樣的花費。依照你的要求，我們讓自己的孩子彼此通婚，所以弗朗齊歇克·沃洛夫斯基讓自己的兒子延傑依·沃洛夫斯基與弟弟的女兒成婚，我不記得女方的名字。不過婚禮暫時只會用我們的方式舉辦，因為依照波蘭法律他們還是未成年無法結婚。

漢娜堅持不懈地爭取探視你的權利，你有收到她的信，她也知道這一點。老太婆，科薩科夫斯卡是她最大的助力，她答應會爭取晉見國王的機會，可是國王什麼時候才會來華沙，這點我們就不知道了。

厄瑪奴耳死後我試著寬慰漢娜，可是她不喜歡我。她和茲維爾佐夫斯基家待在一起，他們非常照顧小阿瓦恰。老太婆科薩科夫斯卡把漢娜當成自己的女兒關心，計畫讓她在自己的領地住下，給她遮風擋雨的屋頂和生活上的依靠，並為阿瓦恰提供良好的教育。小女孩能夠向她索討任何想要的東西。你不必為她擔心，女孩天資聰穎，既然上帝帶走了你唯一的兒子，她必定會成為你的慰藉。現在有一位老師負責教她彈鋼琴。

既然可以轉交信件，我會請信使每十天就從華沙寄一封信過去。我相信你心中所有令人心痛的回憶都會消失，傷口會癒合，因為我們所有人又笨又窮，被丟到我們所無法理解的東西之中，但是你是唯一可以明瞭其中深意的人。

末了，我要告訴你，我知道發生了什麼事，是的：你必須進到監獄裡，所有預言才能實現——彌賽亞必須極盡可能落到最低處。當我看見你頂著滿是瘀青的臉被帶出來的時候，當你告訴我們：「對著那道火焰吐口水吧」，我意識到就應該是這個樣子，救贖的機制回到了正軌，好似一座以萬古為單位的時鐘——你必須墜落，而我不得不將你推倒。

琴斯托霍瓦堡壘塔樓下方的房間內，雅各正仰躺在床上，他收到的那封信掉到了地上。比起觀察更適合用來狙擊的那扇小窗外可以看見星辰。此刻他彷彿置身一座深井內，從這裡看出去的星星比在地面上看的更清楚，因為井有像望遠鏡一樣的效果，會讓天體離得更近，讓它們看起來觸手可及。

嫣塔正是從此處觀察著雅各。

矗立在堡壘中，塔樓被高牆包圍，而堡壘位在山丘上，山腳下黑暗中燈火微弱的城鎮影影綽綽。這一切都位在長著蓊鬱森林、地勢高低起伏的地區，更遠處中歐的廣闊低地綿延，周圍環繞著大海與汪洋的水。最後，整個歐洲都被位於高處的嫣塔盡收眼底，變成了硬幣大小，而自黑暗中浮現的雄偉行星曲線，看上去宛如剛剝殼的新鮮豌豆。

貝什的饋贈

納赫曼，也就是彼得．雅庫柏夫斯基，近日很少走出他的辦公室，他忙著咀嚼兒子亞倫帶來這裡的新鮮豌豆莢。他從口袋掏出皺巴巴、斷成幾瓣但仍然脆口好吃的豌豆莢。亞倫是來和父親告別的，他要回去布斯克，加入前往土耳其採購菸草與寶石的商隊，就像他父親過去所做的一樣。雅庫柏夫斯基很少見到他；當離婚有了結果之後，男孩就和母親、祖父母一起留在布斯克。但是他很為自己的兒子驕傲。十三歲的亞倫長得像母親，身材圓潤，皮膚黝黑，看起來像是土耳其人。他已經學會了土耳其語。他還會德語，因為他跟著奧斯曼．切爾諾夫斯基一起去過弗羅次瓦夫與德勒斯登。

納赫曼剛好寫完信，正在小心翼翼地摺好。亞倫瞥了那些土耳其字母一眼，他肯定正在猜父親寫信的對象是誰。

他們緊緊相擁，親吻對方，就像父親與兒子。在門邊的亞倫扭頭望著父親，瞅著這個矮小消瘦，滿頭亂髮，身穿破舊外套的男人，然後離開。

巴爾．謝姆．托夫在一七六〇這一年逝世，可是雅庫柏夫斯基在信中沒有寫到這件事。雅各並不尊敬哈西迪猶太人，他說他們是蠢貨，可是他大概害怕貝什。每當有貝什那邊的人找上他，他都毫不掩飾自己的志得意滿，而且他們人數還不少。

現在他們說貝什去世了，原因是上百位猶太人接受洗禮的消息令他心碎。他也為雅各．法蘭克心碎。可是雅庫柏夫斯基並不確定——也許這個消息會令雅各開心？或許他應該寫進去讓他知道？

史羅摩，即弗朗齊歇克・沃洛夫斯基，雇用了雅庫柏夫斯基，讓他在辦公室計算啤酒桶的數量。因為啤酒廠才剛開始營業，這項工作並不繁重。雅庫柏夫斯基清點滿桶和空桶的運輸量，再發貨到整座城市和郊區。最初派他去華沙附近尋找潛在客戶，但他放棄了。納赫曼，也就是彼得・雅庫柏夫斯基這個人，就算穿上貴族禮服，看起來還是有點散漫，缺乏說服力。猶太人不願跟接受洗禮的商人買啤酒，而那些非猶太人狐疑地審視這個有著母雞般樣貌的紅髮矮男人。這正是弗朗齊歇克對他的看法：納赫曼就像隻母雞。雅庫柏夫斯基有次聽到他這麼說，心裡非常受傷。考慮到他的紅髮和機敏，他寧願把自己想成一隻狐狸。

事實上自從某個時間點開始，他不論是獨處或是和同伴待在一起，都感覺不大自在。最近他開始考慮不在華沙忍耐這種令人不安的等待，空等奇蹟降臨，並動身往東去梅吉博日。可是之後小厄瑪奴耳就死了，當時納赫曼腦中浮現的第一個念頭是，貝什將小傢伙帶走了，這樣似乎有點道理。貝什將小男孩抱入懷中，隨後走進夜色中——為了保護他不受他們傷害。這是納赫曼－雅庫柏夫斯基深思之後的結論，他把它寫在自己書本的頁緣上時，就連心跳都在加速。

前一陣子在華沙有一則傳聞傳開了，據說巴爾・謝姆・托夫生病時就已經提前預知了自己的死亡，他命令所有學生在自己身邊集合，並將他至今使用的私人物品分送給他們。有人收到鼻煙壺，有人收到祈禱披巾，還有人收到他愛用的《聖詠集》，可是輪到他最喜愛的學生的時候，已經沒有東西可以留給他了。此時貝什說他會將自己的故事交給他：「你將會為了讓人們聽見這些故事環遊世界。」這位學生本人，說實話，對這樣的遺產並不滿意，因為他很貧困，更想要收到物質上的禮物。

然而他忘記了這件事，過著當送奶工人的貧窮日子。直到某次有個消息傳到了他們村裡，某個遙遠國度的有錢人願意花大錢聆聽貝什的故事。這時送奶工人的鄰居提起他收到的遺產，送他上了路。當他抵達時，才發現這位渴望聽到故事的人正是鎮長本人，一位家財萬貫卻沮喪的男人。

他們舉辦了一場小型宴會，席上邀請了尊貴的賓客，送奶工人坐在正中間的主位。在豐盛的宴席結束之後，席間安靜下來，他們請他開始說故事。於是他張開嘴，吸了一口氣——然後什麼都沒說出口。他忘光了。他難堪地坐下，客人們毫不掩飾他們的失望。第二天晚上也是同樣的情形。第三天也是。送奶工人看起來像是失去了說話的能力，因此羞愧難當，打包行李準備靜靜離開。當他已經坐到馬車上時，感覺心裡有什麼障礙突如其來被打破了，而至今為止他滿載故事的所有厚重記憶牽扯出了一個小小的回憶。他抓住了這件小事，讓人停下了馬車。他跳下馬車，對著向他冷淡告別的鎮長說：

「我想起一些東西了。一件小事。沒什麼大不了的事……」

於是他開始講述：

「有一次巴爾．謝姆．托夫半夜喚醒睡夢中的我，要我準備好馬匹，然後跟著他一起去某座遙遠的城鎮。到了那裡，他在教堂旁某位富人家的門前下了馬，屋裡的燈始終亮著，他在裡面待了半個小時。回來時人有點生氣，命令我回去。」

說到這裡送奶工人再度打住話頭，不發一言。「然後呢？接下來怎麼樣了？」其他人問他，可是此時，出乎所有人意料，這位鎮長開始痛哭流涕，不能自已。直到片刻後他恢復鎮定，才開口道：

「我就是巴爾．謝姆．托夫拜訪的那個人。」在場所有人一頭霧水，眼神示意他接著解釋。

於是鎮長接著說：「我當時還是基督徒，擔任政府要職。我的職務包括安排強制性的改宗。當巴爾．謝姆．托夫那晚找上我，我正在桌前簽署報告，驚得從座位上跳了起來。看見這位蓄著鬍子的哈西迪猶太人讓我嚇了一大跳，而且他還開始用波蘭語對著我大吼：『還要多久？還要這樣持續多久？你還要讓自己的弟兄受盡多少折磨？』我不解地望著他，心想這個老人瘋了，他把我和其他人搞錯了。可是他的怒吼並未停止：『你難道不知道你是被拯救的猶太小孩嗎？你被波蘭家庭接收，養育成人，而他們總是向你隱瞞你真正的出身。』

「在這位聖人一如來時驀地消失得無影無蹤之前，一股混亂的心緒湧上我的心頭，還有罪惡感與後悔。『我對我的弟兄所造成的一切傷害有可能被原諒嗎？』我聲音顫抖地問。當時巴爾．謝姆．托夫回答：『當哪天有人來找你，告訴你這個故事，你就會知道你被原諒了。』」

雅庫柏夫斯基也希望能夠有個人帶著故事拜訪他，讓他可以獲得原諒。

沃伊斯瓦維彩的落葉松莊園與茲維爾佐夫斯基的牙齒

夏天的時候，莊園完成了整修，安裝了新的屋頂，新的桁架與落葉松木的屋瓦。重新粉刷房間，清掃過暖爐，其中一個新建的暖爐鑲著從桑多梅日運來的白色瓷磚。房間一共有六間，其中兩間是為女主人漢娜和她的女兒準備的，陪伴漢娜與服侍她的女人分別在其他房間住下。其中一間房間住著茲維爾佐夫斯基一家人。這裡沒有會客廳，大家會在比較溫暖的大廚房碰面。其他人則住在農莊裡，那兒因為房屋破敗潮溼，生活條件很差。

最糟糕的是他們打從一開始就害怕進城。那裡的人會偷偷盯著他們看，包括占據整個市集廣場做生意的猶太人，非猶太人也對他們懷抱敵意。起初有人在他們莊園的門上畫黑色的十字架，沒人知道是誰做的，它們有什麼意思。筆刷畫出垂直的兩筆畫給人不祥的感覺。

某天夜裡有人點燃了小屋，幸好開始落下的雪熄滅了火源。

茲維爾佐夫斯基與彼得羅夫斯基一起去找老太婆科薩科夫斯卡，如今她從波托茨基家的堂親們位於克拉斯內斯塔夫的宮殿關照著他們，路上兩人抱怨著無所事事的現狀。

「為了做生意，我們得跑到克拉斯內斯塔夫，甚至是札莫希奇，因為他們不會讓我們在這裡做生意。我們之前在市場上有攤子，卻被他們翻倒推到雪地裡，被偷、被破壞的商品數不勝數。」彼得羅夫斯基說，他的視線追著在房內來回踱步的科薩科夫斯卡。

「我們的馬車被他們拆了，現在我們連交通工具都沒有，」過了一陣子彼得羅夫斯基補充。

「夫人害怕出門，」茲維爾佐夫斯基說。「我們不得不在庭院安排自己的守衛。可是那算哪門子的守衛，他們幾乎全是女人、小孩、老人。」

他們離開之後，科薩科夫斯卡對著自己的遠房堂姊瑪麗安娜．波托茨卡嘆息：

「他們總是有提不完的要求。這個不好，那個太差。怪我當初自找麻煩。光那個暖爐就花了我一大筆錢。」

科薩科夫斯卡穿著一身黑衣，正在為丈夫守喪。他死於聖誕節。丈夫死得猝不及防、不值一提（他喜愛的母狗生產時，他因為去狗舍而染上了風寒），讓她陷入了某種奇怪的狀態中，好似陷在一鍋豬油裡。一旦她想要試著抓住什麼，它就會從她手中滑走。她踏出一步，馬上就會陷進去。以前她向阿格涅什卡提到丈夫的時候總是叫他「那個跛腳的」，可是現在她完全不知道該怎麼辦。葬禮是在卡緬涅茨舉行的，之後她便來到了克拉斯內斯塔夫；她明白自己再也不會回到卡緬涅茨了。

「我不能再幫他們了，」科薩科夫斯卡向瑪麗安娜辯白。

波托茨卡，這位已經上了年紀、非常虔誠的女人回應：

「我還能為他們做些什麼呢？我已經舉行了這麼多場洗禮，我們還一起收拾了莊園……」

「這不是錢的問題，」科薩科夫斯卡說。「我從華沙收到消息，他們有著強大的敵人，對方擁有豐厚的資源，我說的可不只是揮霍大袋大袋的金子那麼簡單。你聽了肯定會嚇一跳，」科薩科夫斯卡暫停片刻，然後尖聲高呼：「是與布呂爾大臣為敵！就是那位，大家都知道他和猶太人關係很好，還把國家的資金存在他們那。如果蘇爾第克都束手無策，那麼我，小小的科薩科夫斯卡又能做什麼呢？」科薩科夫斯卡揉了揉緊皺的眉頭。「我們需要某些聰明的……」

「寫信給他們，」瑪麗安娜．波托茨卡對科薩科夫斯卡說，「告訴他們需要臨危不亂、耐心等待。他們要成為其他仍舊身處罪惡歧途、缺乏虔誠之心的猶太人的榜樣。」

這一切發生在一七六二年春天。早春吹著的風因為溼氣變得黏稠。地下室裡的洋蔥漸漸腐爛，麵粉發霉。門板上再度出現黑色十字架，宛如某種植物收成前的醜陋型態。每當受到科薩科夫斯卡庇護的人去了市集廣場，猶太人就會朝著他的臉吐口水，在他面前關上商店的門。非猶太人會時不時撞他們一下，然後在他們身後喊：「遊手好閒的傢伙」。男人們一天到晚被捲入打鬥中。最近，茲維爾佐夫斯基及其女兒搭著馬車從盧布林回來的途中，被鎮上的單身男子襲擊。女孩被他們強暴，父親則被他們打掉了牙齒。茲維爾佐夫斯卡撿起落在泥裡的牙齒，將它們帶回莊園，並攤開手心向眾人展示：三顆牙——這是壞兆頭。

事件發生後沒幾天女孩上吊自殺了，雙親陷入了深深的絕望之中。

關於刑罰與詛咒

解決方法是如此簡單，好似它本來就懸在半空中顯而易見，它甚至理所當然到你很難找到想出這個點子的人。事情是這樣的：

復活節前夕，有個做猶太打扮，戴著纏頭巾，穿著褶皺裙，肩上掛著披肩的女人來找當地的神父，她自我介紹時說自己是沃伊斯瓦維彩拉比的太太。她說的話不多，只講了她聽說自己的丈夫和其他人合謀殺害了基督徒孩童取血，因為逾越節快到了，他們需要用血來做節日用的無酵餅。神父驚訝得說不出話。女人過於憤怒，表現得很奇怪，她把自己的臉遮住，說話時避開神父的眼睛，緊張地在房間兩端來回走動。神父不信任她。他將女人請到門口，請她自行冷靜。

然而隔天，這位堂區神父被自己弄得心神不寧，前去克拉斯內斯塔夫與瑪麗安娜·德雷莎·波托茨卡，及她的堂親卡塔日娜・科薩科夫斯卡見面，當天三人一同將這件不同尋常的事上報給了法院。調查程序開始了。

調查員不費吹灰之力就找到了遺體，它就被藏在拉比家附近的樹叢下。小孩的皮膚上有多處刺傷的痕跡，但沒有瘀青。或許只有三歲的尼古拉分布著深色毛髮的光裸皮膚上有許多細小的傷口，它們看起來並不真實，淺淺的凹痕似乎和血液沒有半點關聯。晚上，兩位來自沃伊斯瓦維彩的拉比山德爾・奇斯克魯克與亨利克・約瑟夫維奇，以及山德爾的妻子，還有十幾位來自沃伊斯瓦維彩卡哈爾的成員遭到逮捕。神父試圖尋找第二位拉比神祕的妻子，希望她能夠確認證詞的真偽，卻沒能找到她。因為第二位拉比是鰥夫。被逮捕的嫌犯全部當即被施以酷刑，他們供認了十幾件謀殺案、教堂的盜竊案，以及褻瀆聖體，很快他們就發現沃伊斯瓦維彩鎮上整個卡哈爾的成員，多達八十幾人全都是殺人犯。兩位拉比還有雷布・摩什科維奇・謝尼茨基、喬薩・席姆沃維奇受到拷問之後，一致承認他們殺了男孩，他們抽取完他的血液之後便拋屍餵狗了。

新的移居者茲維爾佐夫斯卡、彼得羅夫斯基夫婦、帕沃沃斯基與沃洛夫斯基以「利沃夫辯論會的第七點」佐證，證實了這一切。法庭上的證據令人印象深刻，已經幾乎可以確定第二天會執行絞刑了。科薩科夫斯卡懇求蘇爾第克前來，最後他以這類問題專家的身分登場了。他指示兩個女人，科薩科夫斯卡與波托茨卡應對這些事情的方法。科薩科夫斯卡是最後作證的人之一，她提到了房屋上的十字架，以及針對新移居者的迫害。由於每個人都想要盡己所能地認識猶太人的不法行為，所以庭審持續了很長時間。於是各式各樣的手冊被拿出來公開閱讀，主要是塞拉菲諾威茨的著作，這位前猶太教信徒改變了自己的信仰，並在幾年後承認了猶太人的罪行，還有皮庫斯基與阿偉戴克神父的研究。事情似乎很清楚、很理所當然，毫不令人意外地，所有被告一律被處以死刑，大卸八塊。只有那些決定受洗的人的刑罰會減輕——被大發慈悲地改為砍頭。因此共有四位被告決定接受洗禮，他們行刑之前在教堂內接受了盛大的洗禮，死後隆重地在基督教墓園內下葬。山德爾・奇斯克魯克在房間內上吊了，有鑑於他逃避了真正的刑罰，他的屍體被拖曳，拖過沃伊斯瓦維彩的各個街道，然後被帶到廣場上公開焚燒。最後就是把剩下的猶太人趕出這座城市了。在上吊自殺之前，奇斯克魯克拉比對整座城的人都下了詛咒。

夏天的時候，沃伊斯瓦維彩莊園與農舍內的孩子們先後開始生病，然而患者僅限新入教者的孩子，農民的孩子免於這場瘟疫。死了幾個小孩。首先是彼得羅夫斯基家的小女嬰，她才幾個月大，接著是沃伊圖西・馬耶夫斯基，然後是他七歲的姊妹。八月，天氣達到了最高溫，此時大概沒有哪個家庭未曾遭受喪子之痛。科薩科夫斯卡找來了札莫希奇的醫生，可是他也愛莫能助。他讓他們熱敷後背與前胸，還成功救回小柔夏・席曼諾夫斯卡，僅僅是因為他在她開始窒息的時候為她用刀子氣切。這種疾病會在小孩之間轉移傳染——最初是咳嗽，接下來是高燒，然後因為咳嗽窒息而死。科薩科夫斯卡前來參加他們小規模的樸素喪禮。他們在沃伊斯瓦維彩的天主教墓園挖了墓穴，深知自己的不同，他們的墳墓與其他墳墓保持著一點距離。八月下旬幾乎每天都有葬禮。瑪麗安娜・波托茨卡嚇得命人在鎮上的五個角落建造路邊神龕；它們將保護他們不受邪惡力量侵擾：聖芭芭拉[2]抵禦暴風雨與火

2 聖芭芭拉又譯聖白芭蕾，依據傳說她改信基督教之後被自己的父親殺害，為守護礦工與水手的聖人。

災，梟玻穆的若望[3]抵禦洪水，聖福里安[4]抵禦火，聖德克拉[5]抵禦一切疫病。第五座路邊神龕是獻給總領天使彌額爾的，他會保護整座城鎮不受邪惡的魔力與詛咒侵害。

最年邁的摩西．瓦別斯基也過世了，留下懷孕多月的年輕妻子德蕾莎孤身一人。據說一旦有人死去，就會有一隻大烏鴉在他們家的屋頂上降落。大家毫不懷疑這是詛咒在作祟，而且這個詛咒相當強大惡毒。能夠解除絕罰令並使施咒者反遭吞噬的摩西．瓦別斯基已經不在了，眾人感到無助。他們覺得現在所有人都會死掉。所以他們想到了哈雅．赫什修娃，如今的蘭茨科倫斯卡或盧德尼茨卡，那位女預言家。漢娜夫人親自寫信給她，懇求她占卜未來。她派出了兩位信使，將信送給人在琴斯托霍瓦的雅各，以及與同伴們待在華沙的哈雅，可是杳無音訊。信使彷彿失蹤了。

哈雅如何占卜

當哈雅以陌生的嗓音說話的時候，她的面前總是擺著繪有地圖的板子。上面有著各式各樣的神祕符號，還有類似生命樹的圖案，它重複出現了四次；它看起來就像是裝飾過於豐富的十字架、不存在於大自然的四瓣雪花。板子上排滿了麵包做成的棋子，上面插著羽毛、扣子或種子，每顆棋子看起來像是奇怪的人偶，有點醜陋，令人作嘔。哈雅有兩顆骰子：一顆代表數字，一顆代表字母。盤面上畫著某種圓圈，不過筆畫非常潦草，圓圈彼此的界線非常模糊，字母與符號各處四散，角落裡畫著動物、太陽與月亮。動物是一隻狗，以及疑似是鯉魚的大魚。這片板子肯定相當老舊，有些地方的顏料已經完全脫落，看不出來當初畫著什麼了。

哈雅正把玩著骰子，把它們放在手中不斷翻轉，目光長時間專注地盯著板子——永遠不會有人知道這一步要持續多久——然後她的眼皮會快速跳動顫抖一會兒，之後骰子被擲出，答案就此顯現；哈雅按照預言將小人偶擺在板子上，一邊喃喃自語，一邊推動它們。她改變排列位置，將一些人偶放到一旁，擺上其他更奇怪的人偶。因為它的排列會不斷變換，所以從旁觀看的人很難理解這個奇怪的遊戲。而且做著奇怪舉動的同時，哈雅還會講述各式各樣的事：關於孩子的事，關於今年的果醬，詢問家庭成員的健康狀態。接下來，她突然用提及果醬時的那種口氣說道，國王大限已至，空位期即將來臨。正在做麵疙瘩的女人瞬間僵住；圍著桌子奔跑追逐的孩子停下了腳步。哈雅盯著那些人偶，再度開口：

「新任國王將會是波蘭最後一任國王。三大洋將會淹沒這個國家。華沙會變成一座島嶼。年輕的瓦別斯卡將會誕下無父的孩子，一個小女孩，她將會長成一個偉大的公主。雅各會被最強大的敵人解放，而他與他的親信將不得不逃往南方。現在待在這個房間的所有人將會住在寬闊河川邊的一座巨大城堡中，穿上華麗的服飾，忘卻自己的語言。」

也許就連哈雅本人也被自己說的話嚇到了。她露出一個有趣的表情，像是在抑制自己上揚的嘴

---

3 臬玻穆的若望（捷克語Jan Nepomucký）為捷克的主保聖人之一，在一三九三年遭受了酷刑，且屍體被國王扔進伏爾塔瓦河中。傳說他接受了王后的告解，卻因為拒絕向國王透露告解的內容而被處死。

4 聖福里安為對抗火災與水災的聖人，一四三六年被立為波蘭王國的主保聖人。

5 相傳聖德克拉是聖保祿的女門徒，在受到迫害的過程中多次遭遇奇蹟獲救。

角，或是嘗試制止從嘴裡迸出的話語。她的面目猙獰。

瑪麗安娜．沃洛夫斯卡正在把雞蛋放進籃子裡，她說：

「我早就告訴過你們了。那條河是德涅斯特河，大家都會回到伊瓦涅，在那裡建造我們自己的宮殿。那條大河就是德涅斯特河。」

以東動盪不安

一七六三年十月，韋廷王朝的奧古斯特三世駕崩後，喪鐘響了一整天。修士們輪流拉動繩子，這個時節本就為數不多的朝聖者因為國內的災難，驀地被一股巨大的恐慌感籠罩——他們攤開雙臂趴在地上，甚至沒有空間可以讓人從庭院進入教堂內部。

雅各從羅赫口中聽說了這件事，後者第一時間前來報信，語氣還帶著幾分得意：

「要戰爭了。這是肯定的，他們或許會帶走所有人，因為早已沒有人關心這個天主教國家了，只有那些異教徒和叛教者會企圖染指共和國。」

雅各替這個老人感到悲哀，他給了他幾格羅希，請他像以往一樣避開修道院的審查傳遞信件，也就是將它們帶到鎮上交給施穆爾。他同樣對戰爭樂見其成。然後他去找了修道院長，打算抱怨剋扣他從鎮上送來的食物和其他東西，其中包括菸草。他知道院長根本不會處理這件事，他每個星期四都要抱怨一次。可是院長沒有接見他。雅各凍得瑟瑟發抖，等到天色都暗了。之後院長要去參加傍晚的彌撒，他視若無睹地經過雅各身邊，一個字也沒說。高大消瘦的雅各身穿長斗篷，冷得半死，回到了塔樓旁的房間裡。

晚上，雅各一如既往大方地賄賂過守衛之後，偷偷跑到了馬圖舍夫斯基先生那裡和他一起寫信。馬圖舍夫斯基在信紙上方寫下「維斯康蒂宗座大使」的時候，手冷得直發抖，寫到其他如雷貫耳的名字的時候手又抖了好幾次。這封信勢必要在這個時間點寫完，現在舊有的秩序隨著國王逝世一同死去，新的事物誕生。現在，舊國王死後，一切被顛覆，左邊變成右邊，反之亦然。在安排好新的秩序之前，在新的內閣還沒開始運行之前，人們覺得僵化的法律還沒像水中的麵包一樣軟化之前，那些至今高高在上的人們全都緊張兮兮地觀望該和誰組成同盟，該和誰斷絕往來，眼下正是讓這封信發揮效果的好時機。於是雅各要求釋放。然而，假如宗座大使認為談釋放犯人還為時過早的話，他便退一步要求干涉，因為他正在監獄裡為擁擠與貧窮所苦。修士們扣留了家人與好友寄來的所有物資，不讓他呼吸新鮮空氣，他已經有將近兩年都在塔樓下方的寒冷房間內度過，這對他的健康造成了損害。他明明是一位虔誠的天主教徒，為自己的信仰犧牲奉獻，與至聖瑪利亞之間極近的距離，使他一向強大忠誠的信仰之心獲得了更大的力量。

當他們寫完信的這部分內容時，還有一個最重要的部分他們不太知道該怎麼寫。他們整個晚上冥思苦想，燃盡了好幾根蠟燭。凌晨時這部分也寫好了。內容如下：

至聖天主教會已然注意到了，指控猶太人使用基督徒血液一事的虛假。此外，儘管我們已經背負了許多不幸，但另一件不幸的悲劇又降臨到我們身上，也就是在沃伊斯瓦維彩發生的整件事，儘管這不是我們的本意，但我們卻成了他人手中的工具。

對於我們偉大的保護者提供的幫助，我們永誌難忘，謝謝凱耶坦·蘇爾第克主教以及約瑟夫·安傑依·札烏斯基，感謝他們願意接受我們住到自己名下的領地，還有我們的大善人卡塔日娜·科薩科夫斯卡女士。我們必須澄清針對我們的一切懷疑，即認定是我們挑起了沃伊斯瓦維彩猶太人為基督徒放血的指控，這起違反神聖天主教會教導的恐怖謀殺並沒有我們的手筆，我們是一群善良的天主教徒。

空位期如何透過克拉科夫郊區街上的馬車車流展現

華沙室內幾乎沒有足夠的地方供人過夜，而克拉科夫郊區街上的交通狀況開始變得殘酷。每個權貴都搭著自己的馬車出行，路上立刻被擠得水泄不通。

阿格涅什卡學會為自己的女主人放血，可是近來這麼做並沒有效果。白天科薩科夫斯卡狀態良好，可是晚上她無法入睡，有潮熱與心悸的症狀。她們已經叫了三次醫生。或許她應該待在家中？待在布斯克或是克利斯第諾普？可是哪裡才是卡塔日娜·科薩科夫斯卡的家呢？

國王一去世，她就趕忙來到了首都，然後立刻和蘇爾第克達成了協議，共同支持立腓特烈·克里斯蒂安王子為統治者。主教的馬車此刻正駛向布蘭尼茨基最高軍事指揮官所在的地方，要去參加政治討論會，卻被困在克拉科夫郊區街的聖十字教堂旁邊。科薩科夫斯卡坐在滿頭大汗、身材臃腫的蘇爾第克對面，用自己宛如男性的低沉嗓音說：

「看著我們深愛的丈夫與父兄掌握著我們的命運，我們怎麼可能不懷疑這個國家的秩序呢？您只需要看得更近一點，尊敬的主教閣下。有人忙著鑽研時興的鍊金術、尋找賢者之石，有人顧著畫畫，有人在首都徹夜狂歡，揮霍他在波多里亞的領地賺來的錢，還有人，你看那邊那人！那個騎馬的人在阿拉伯小馬上花了多少錢啊！我還忘了提那些寫詩的人，他們更應該把時間拿來算帳。噢，還有那些顧著幫假髮抹髮油的人，不理會那些生鏽的軍刀……」

主教也許沒在聽她講話。他正透過縫隙看著窗外；他們在聖十字教堂旁邊。主教心事重重，因為他又負債了。看來在主教生活中不斷上演的痛苦現實就是債務了。

「我們常常以為我們才是波蘭，」科薩科夫斯卡固執地繼續說。「可是他們也是波蘭的一部分。即使是剛受過鞭打的那個農民，他完全不知道自己屬於波蘭立陶宛聯邦，那個替你打理生意的猶太人也不知道，他甚至可能根本不想承認這件事……可是我們畢竟搭著同一輛馬車，我們應當彼此關心，而不是像惡犬一樣搶奪對方嘴裡的爛肉。就像現在這樣。讓俄羅斯的大使統治我們這裡嗎？讓他們強加國王給我們？」

科薩科夫斯卡直到抵達蜂蜜街都還在滔滔不絕，蘇爾第克不由得對她用不完的旺盛精力感到詫異，可是主教對阿格涅什卡知道的事一無所知：科薩科夫斯卡從沃伊斯瓦維彩遭受詛咒那一刻起就睡不著了，她每晚都會鞭打自己。如果蘇爾第克主教奇蹟般地得到能夠解開內衣繫帶，脫下她亞麻襯衫的力量，那麼他就會在裸露的背上看見失眠的後果——某種未完成的銘文變成的雜亂無章的血痕。

平卡斯編寫《猶太文獻》6

拉帕波特拉比是身材結實的高大男人，灰白的鬍子分成兩縷，垂在胸前的模樣看起來像是兩支冰錐。他說話總是輕聲細語，並用這樣的方式令人折服，人們為了聽懂他說的話不得不用盡全力，因而讓他們更專心。他一出現就會引起眾人的尊敬。今天也是如此，利沃夫首席拉比哈伊姆·柯恩·拉帕波特要來了；他會靜悄悄地走進來，然後桌前所有人的視線將會轉向他，全場靜默。屆時平卡斯會向他展示第一批手冊的其中一本，它已經被裝訂好了，邊角裁切得十分平整。雖然平卡斯較拉帕波特虛長幾歲，他常常覺得後者像是他的父親，或者甚至是祖父。事實上聖人沒有所謂的年紀，他們出生的時候就已經是老人了。對平卡斯而言，他的稱讚比任何金塊都要貴重。他將拉比說的每一個字牢記在心，腦海中不斷回味受到讚美時的場景。拉比從不譴責他們。他不稱讚的時候就不置一詞，而他的沉默就如同石頭般沉重。

拉比的家裡現在就像是有一間龐大的辦公室。四處擺滿了桌子、椅子和寫字台，現在最重要的文件都是在這裡謄寫的。他的稿子已經被送到了印刷廠，第一版的試印稿已經出廠了。有些人負責裁切，有些人將書頁疊成一小本，再黏上厚紙板封面，上面印有冗長複雜的書名，占據了整整半頁的空間：《關於波蘭猶太人的文件，取自度量登記簿，忠於參考資料並交付印刷》[7]。

平卡斯在這件事上也有所貢獻，他安排了這整間辦公室的配置，加上他本人會說波蘭語，也會讀波蘭文，他還協助了翻譯的工作。他還為某位澤利克先生的事情做出了巨大的貢獻，那人逃過了日托米爾的屠殺，長途步行前去請求教宗伸張正義。現在他們需要做的事，就是替羅馬宗教裁判所將這位澤利克在自己的任務中蒐集到的資料，翻譯成波蘭文及希伯來文，並將一五九二年王國官方紀錄的內容翻譯成拉丁文與希伯來文，附上一封羅馬宗教裁判所審判者以澤利克名義向華沙宗座大使發出的信件，信中明確寫到宗教裁判所經過仔細地調查分析之後，對於在日托米爾濫用基督徒血液與血祭事件本身做出結論，判定該指控完全是子虛烏有。大家應該對這樣的指控敬而遠之，因為替基督徒放血一事，沒有任何猶太教義或是猶太傳統上的基礎。最後，拉帕波特靠著自己的人脈幫助，取得了維斯康蒂宗座大使寄給布呂爾大臣的信，其中宗座大使證實了猶太人向教會首長，即教宗本人尋求幫助，而教宗替他們對那駭人的指控提出辯駁。

雖然想像鮮少與現實貼合，但這次事情的發展幾乎與平卡斯之前的預想完全吻合（平卡斯的年紀大到足以讓他理解它運作的機制：上帝賜與我們的，必定是憑我們一己之力無法想像出來的狀況）。

拉帕波特走了進來，平卡斯將準備好的手冊交給他。拉比臉上浮現一抹喜色，然而平卡斯沒料到一件事：拉比按照平日的習慣從另外一邊翻開了書，就像猶太人習慣的那樣，於是此時他看見的就是

---

6 此處用拉丁語Documenta Judaeos。

7 書名為拉丁文：Documenta Judaeos in Polonia concernentia ad Acta Metrices suscepta et ex iis fideliteriterum descripta et extradicta。

結尾，而不是封面頁：

宗教裁判所參考了近日所有可得的證據，它們指出猶太人利用人血準備他們所謂的無酵餅，並為此殺害孩童，我們堅決聲明這樣的指控完全沒有任何證據基礎。如果這樣的指控再度出現，證人的口頭證詞不該作為判定真相的基礎，而是必須以具有說服力的犯罪證據作為審判的依據。

拉比的視線掃過這些文字，可是他不明白他讀了什麼。平卡斯等了一下才走近他身邊，然後身子稍微向他的方向傾斜，用微弱卻充滿勝利喜悅的聲音翻譯。

平卡斯在利沃夫市場上遇見了誰

平卡斯在利沃夫的市場上觀察著某個人。他的穿著看起來是基督徒，及肩深色頭髮如羽毛般輕柔。他的脖子上綁著白色領結，鬍子剃得很乾淨，有著蒼老的臉龐。有兩條皺紋貫穿了他仍然年輕的額頭。他知道有人正在觀察自己，所以他果斷放棄羊毛褲襪，試著在人群中隱匿自己的蹤跡。可是平卡斯越過身邊的小販跟在他身後。他撞到了提著一籃堅果的女孩，最後終於抓住了男人外套的衣角。

「楊凱爾？是你對吧？」

那人不甘心地轉身，從腳到頭將平卡斯打量了一遍。

「楊凱爾？」平卡斯詢問的聲音裡透著更多驚疑，放開了他的外套。

「是我，平卡斯叔叔，」被攔下的人小聲回答。

平卡斯一陣怔忡，用手掌遮住了自己的雙眼。

「你怎麼會變成這樣？你不是格林諾的拉比了嗎？你這是什麼樣子？」

那人像是終於做出了決定：

「我不能和叔叔您多說。我得走了……」

「什麼叫不能和我多說？」

前任格林諾拉比轉過身，他已經想要離開了，可是牽著牛的農民擋住了他的去路。

「我不會放你走的。你得把一切說清楚。」

「我沒什麼好解釋的。別碰我，叔叔。我和你已經沒有關係了。」

「天啊，」平卡斯頓時明白了，他萬分驚恐，腳下一陣踉蹌。「你知道你把自己永遠困住了嗎？你和他們待在一起？你受洗了嗎？或是你還在排隊？要是你的母親還在世，你會讓她心碎的。」

平卡斯突然就在市集中央哭了起來；下垂的嘴角彎成了馬蹄鐵的形狀，他瘦削的身體隨著哭泣抽動，淚水滑過他的眼角，沾滿了他滿是皺紋的小臉。人們好奇地望著他，心裡肯定以為這個可憐人大概被偷了，正為了失去的幾枚硬幣流淚呢。前任格林諾拉比，現在的雅各．格林斯基不安地望著四周，看來他也為這位至親感到遺憾。他朝老人走近，輕輕勾起對方的手臂。

「我知道你無法理解我。我不是壞人。」

「你們被惡魔附身了，你們比撒旦本身還要邪惡，這樣的事情前所未有……你已經不是猶太人了！」

「叔叔，我們去城門那邊……」

「你知道就是你們害我失去了姬特拉嗎？我唯一的女兒？你明白嗎？」

「我從沒在那見過她。」

「她不在。她離開了。你們永遠找不到她。」

然後平卡斯突然間飛快地朝著格林斯基的胸口給了他一拳，用盡全力。儘管格林斯基高大又強壯，在一拳之下也不由得失去了重心。

平卡斯踮起腳尖，齜牙咧嘴地對著他的臉放下狠話：

「楊凱爾，你今天在我的心上插了一把刀。可是你還是會回到我們身邊。」

然後他別過身子，快步穿過攤販離開了。

鏡子與普通玻璃

科薩科夫斯卡得到了讓夫妻二人在琴斯托霍瓦見面的許可。所有人都忙著關注政治，操心未來國王的選拔，修道院長同意放寬監禁的限制。早春的時候，漢娜帶著阿瓦恰以及一大群虔誠信徒，如釋重負地拋下可恨的沃伊斯瓦維彩，出發前往琴斯托霍瓦。瑪麗安娜．波托茨卡不論是對他們還是對卡塔日娜，都相當不滿。不光是因為城市失去了那些猶太人，還因為他們丟下落葉松莊園離開了，留下敞開的門扉與滿地狼藉。他們上馬車的地方還丟著沾滿泥巴、被踩得髒兮兮的抹布。能夠證明他們曾經待過這裡的東西大概只有那些墳墓，它們立在該區邊緣的大榆樹下，墓碑上面放著不起眼的樺木十字架和石堆。只有皮德海齊的拉比摩西的墓，這位偉大卡巴拉學者與強大護身符製作者的墓，與其他人的有所不同，他的妻子在墓上擺滿了白色鵝卵石。

眾人於一七六二年九月八日抵達琴斯托霍瓦。他們盛裝打扮，浩浩蕩蕩地走進修道院的外牆，手裡拿著黃色和紫色的花束。堡壘的工作人員和修士們全都驚訝地看著他們，因為他們看起來一點也不像是經過舟車勞頓的朝聖者，反而更像是婚慶隊伍。就在九月十日這一天，漢娜與將近兩年未見的丈夫在白天上床了，所有來訪的人都知道。情事發生的地點就在軍官的房間，小扇的窗戶被妥善遮掩住，以防有陌生人參與提坤這項修復世界的重要行為。而見證了這一切的人們心中充滿期待，希望最糟糕的事情已經過去了，是時候該向前走了。一個月後，馬圖舍夫斯基在一本雜亂無章的日誌裡記下了，十月八日（救主堅決要求捨棄創世曆）漢娜與雅各懷上了兒子，他是從救主的話語中得知的。

教團在維隆郊區街上租了兩間房子，剩下的人則擠在客棧裡，不過他們都團結在一起。於是修道院北面長出了某種小型聚落，居民全是虔誠信仰者，所以雅各每天都會收到新鮮的蔬果、雞蛋，不用齋戒的時候還有肉。

城鎮的小屋幾乎緊貼著修道院的外牆；所以有些狡猾的年輕人，例如楊．沃洛夫斯基，就能爬上這面牆，給囚犯帶東西，尤其在這之前他們已經給老兵塞了一點好處。這種時候老兵會倚著長槍裝睡，或是一邊抱怨天氣冷，一邊躲到屋簷下玩骰子。他們甚至趁著夜色遮掩在牆上固定了一個圓環，如此一來他們就可以把食物裝在袋子裡，掛在繩子上運進去，只是得小心不要讓任何修士注意到牆上固定著的東西。救主最近要了些洋蔥，這是因為他成日被關著，身體變得非常虛弱，他的牙齦流血，還會牙痛。耳朵痛也讓他痛苦不已，他抱怨會頭暈。在修道院許可下，漢娜一天可以探視丈夫一次，可是她常常待得太久，索性直接留下來過夜。其他人也會來看雅各，他們已經可以簡單朝聖救主了。所有人都打扮得十分得體，一副城裡基督徒的樣子，不同於琴斯托霍瓦猶太人色彩鮮豔的穿著，女人頭上戴著樸素的纏頭巾。虔誠信徒的女人戴著市民常戴的那種波奈特帽，雖然有些人的鞋底磨破了，亞麻帽子灰色蕾絲底下還藏著糾髮辮，但她們仍然高昂著頭顱。

禁令從這時候開始放寬了。救主向華沙發去消息，讓他們送些沒有參與背叛行動的女人過來；她們就此成了他的女守衛。他還替小阿瓦恰找好純潔的未婚女性、處女，擔任她的侍女與老師。他也需要可以照顧他的女人。女人，女人，許多女人，到處都要有女人，彷彿她們的溫柔顫抖能夠讓琴斯托霍瓦黑暗的時光倒流。

於是她們來了。首先是薇特爾．馬圖舍夫斯卡，她是第一個。然後是亨利克娃．沃洛夫斯卡，年輕卻沉穩可靠，身材微胖——她有著寬大卻美麗的臉蛋，說話時總是輕聲細語，聲音如唱歌般好聽，梳好的髮型之外露出幾縷閃亮的棕色秀髮。然後是伊娃．耶澤札尼斯卡。她個子矮小，脖子上有一塊長著毛的胎記，她因為它而感到羞恥，總是裹著圍巾。可是她有著一張漂亮的臉蛋，一張如貂一般小巧的面龐，天鵝絨般深邃的黑眼睛，美麗的膚色，蓬鬆茂密的頭髮總是用緞帶緊緊綁著。還有弗朗齊歇克娃．沃洛夫斯卡，她是所有女性之中最年長的，強壯美麗，她有著澄澈的嗓音，對音樂很有天分。此外，還有那些救主當初在伊瓦涅的時候喜歡的女人：帕沃沃斯卡、丹博夫斯卡與切爾諾夫斯卡，他的姊妹。前來此處的女人還有雷文斯卡與米哈娃．沃洛夫斯卡。有克拉拉．蘭茨科倫斯卡，哈雅的女兒，她的身材豐滿，眼神總是帶著笑意。所有人從華沙一起搭著兩輛馬車來到了這裡，沒有丈夫的陪伴。她們將會照顧救主。

雅各要求她們在自己面前站成一排，開始嚴肅地審視她們（彼得羅夫斯卡事後說：「他像一頭狼」），不苟言笑。他的目光貪婪地在她們身上來回打量，她們是如此美麗。他在她們面前來回踱步，彷彿她們是士兵，接著他往每個人的臉頰落下一個吻。然後命令驚恐的漢娜加入這些女人。他看著她們，把當初他在伊瓦涅說過的話又重複了一遍，他讓她們自行選出一個人，但是所有人必須意見一致、不得爭吵，那人將會待在他身邊一段時間，而且他將會晚上與她同房七次，白天六次。那個女人將來會生下一個女兒，一旦她懷孕，所有人都會知道，因為屆時她的身後將會拖著某種類似紅線的東西。

女人的臉頰染上一層薄紅。年長的瑪麗安娜．沃洛夫斯卡打扮得很豔麗，她有一對一歲大的雙胞胎女兒，她把她們留在華沙交給姊妹照顧，如果能盡快回到她們身邊就再好不過了。她向後退開，有點不知所措。處女們的臉最紅。

「我要當那個和你待在一塊兒的女人，」漢娜突然說。

雅各顯然生氣了。他嘆了口氣，別開了視線，而她們全都嚇得噤了聲。可是救主不發一語，忽視了妻子的提議，這很理所當然，因為漢娜已經懷孕了，何況她還是他的妻子。被立刻回絕的漢娜眼淚奪眶而出，她跟隨其他人走了出去。年長的沃洛夫斯卡抱住她，但什麼也沒說。

茲維爾佐夫斯卡沒有參加這場選拔，因為她每日隨侍在側，所以當女人們魚貫走出修道院山丘進城時，她越過了朝聖者們，自然地大聲說出她們必須先確定誰自願和雅各待在一起。此時除了兩位沃洛夫斯卡，幾乎所有人都表達了意願。一陣吵鬧，片刻的激動過後，她們換成說意第緒語；現在她們用自己的語言說著悄悄話。

「我要去，」伊娃．耶澤札尼斯卡說。「我愛他勝過我的生命。」

可是其他人並不同意。

「我也想去啊，」瑪麗安娜．彼得羅夫斯卡表明，「你們知道我沒有孩子。或許我可以和他有個孩子。」

「我也可以去。在伊瓦涅的時候我就和他有過一段。而且他還是我的丈夫的表兄，」帕沃沃斯卡說。

她說的是事實，他們有個女兒。大家都知道。

茲維爾佐夫斯卡要她們安靜，因為在這群情緒高昂的女人身後已經有一群趕著路、專心禱告的朝聖者正盯著她們看了。

「我們回家再討論，」她提議。

救主每天追問她們決定好要選誰了沒，可是她們卻無法達成共識。最後她們抽籤決定，被選上的是亨利克娃・沃洛夫斯卡，她和善端莊，還很漂亮，此時她呆若木雞，整張臉紅通通的，害羞地低頭站著。她得到了大部分人的支持，可是伊娃・耶澤札尼斯卡並不同意，而所有人必須意見統一。

「要不然選我，要不然誰都別想，」她說。

於是，因為冷靜穩重而特別受到雅各偏愛的雷文斯卡去了修道院，請求與雅各會面。她求他自己選出一個人，因為她們選不出來。救主氣得整個月都不願意接見她們任何一個人。最後漢娜介入了這一切，她巧妙地詢問雅各覺得誰最合適。然後他指出是克拉拉・蘭茨科倫斯卡。

幾天後當眾人一起坐在軍官房間內用餐，心滿意足的雅各命令克拉拉・蘭茨科倫斯卡最先把湯匙放進湯裡。克拉拉垂下頭，她淺粉色的臉頰變成了深紅色。所有人都拿著湯匙等待。

「克拉拉，妳先開始，」救主說，可是她不願意，彷彿他命令她犯下最嚴重的罪。

最後雅各扔下湯匙，從座位上站了起來：

「如果你們連這樣瑣碎的小事都不願聽我的，那假如我要你們做更重要的事情，你們還會聽嗎！我能夠指望你們嗎？你們難不成是綿羊、兔子嗎？」

所有女人低著頭沉默不語。

「這就像我往你們面前擺了一面透明的鏡子，我就是這面鏡子上的塗層、是薄膜。因為我，這面鏡子才可以映出成像，你們才能看見鏡中的自己。可是現在我不得不撕下這薄膜，你們面前就只會剩下一面普通的玻璃。」

晚上他對她們有了新的想法。他叫來薇特爾・馬圖舍夫斯卡，捨棄雅庫柏夫斯基之後，她就變成了他的左右手。

「我希望那些和異教徒、非我們教團成員通婚的兄弟們拋棄自己的妻子，從我們的姊妹中迎娶新人。我想讓那些嫁給外人的女人選擇我們的弟兄成婚。我希望這件事可以公開進行。如果有人問起原因，就告訴他們這是我的命令。」

「雅各，這不可能，」薇特爾．馬圖舍夫斯卡吃驚。「他們都是穩定的伴侶。他們可以為你做許多事，可是不包含拋棄另一半。」

「你們把一切都忘光了，」雅各說，他一拳打在牆上。「你們已經不是忠誠的信徒了。你們過慣了好日子。」他的指關節滲出了血。「你們必須按我說的做，薇特爾。你聽到了嗎？」

一如雅各預言的那般，一七六三年七月在維隆郊區街的房子裡，他的兒子出生了，得名雅各。一個月後，漢娜已經出了月子，夫妻二人在所有人的見證下，在光明山修道院的軍官房間內進行了盛大的結合儀式。

一七六四年九月，他的次子羅赫出生時，雅各的眾多信徒來到琴斯托霍瓦。四散的忠實信徒回來了——來自沃伊斯瓦維彩、羅哈廷、布斯克、利沃夫的追隨者都回來了，大家計畫在靠近雅各的地方落腳，可能直接留在琴斯托霍瓦。來自土耳其與瓦拉幾亞的好友至交也前來探望，他們深信雅各被監禁在以東最神聖的地方，恰恰證明預言成真了。

在這之前，一七六三年八月雅各派了使者去找雅庫柏夫斯基，對方馬上就出現了。他佝僂著身軀走向救主，似乎預料到自己會被狠狠痛打一頓，可是救主本人突然就跪在了他的面前，全場寂靜無聲。

之後信眾們全在背地裡偷偷討論，救主這麼做究竟是在開玩笑，還是為了向彼得．雅庫柏夫斯基、過去被稱作布斯克的納赫曼的男人展現真正的尊重呢？

監獄內的日常生活和將孩子放在盒子裡

瓦克薇．納赫曼諾娃，如今的索菲亞．雅庫柏夫斯卡常常跑到城外的森林裡，在那尋找粗的椴樹樹枝；一定要是水分充足的新鮮樹枝。沒人知道她挑選的標準，除了她自己。她會把它帶回維隆郊區街的家中（雅庫柏夫斯基夫婦在那裡租了一個房間），然後拿著它坐在後廳，沒有人能看見她的地方。她手上拿著一把小刀，開始用它把木頭雕出一個人形。看得出人的手、脖子和頭的形狀時，瓦克薇哭得停不下來，像是快要抽筋，或像是要把痰咳出來。她哭著替人偶畫上緊閉的眼睛，永遠都是緊閉的眼睛，還有小巧的嘴巴，替木偶穿上死去孩子的小衣服，再把它藏到板凳底下。她常常來這個地方，像個小女孩一樣把玩這個小娃娃。她將它抱在胸前，對它輕聲耳語，這個遊戲最後總能讓她靜下心來——這是上帝憐憫她，使她遠離痛苦的表現。這時候她會將娃娃放進閣樓上藏著的特殊盒子裡，裡面還放著其他人偶。木偶一共有四個；有的比較大，有的比較小。其中兩個孩子，納赫曼甚至對他們的成形一無所知。他們出來得太早，胎兒太小流產了，當時他們正在趕路。她什麼也沒說。她用亞麻布裹住他們的身體，將他們埋在森林裡。

兩人睡覺的時候，她枕著枕頭啜泣。她轉過身面向納赫曼，把他的手放到自己光裸的胸脯上。

「跟我睡吧。」

納赫曼清了清喉嚨，輕撫她的髮絲：

「別害怕。他會帶給妳力量和健康，讓妳的身體得以受孕。」

「我怕他。」

「妳在說什麼？妳難道沒看到我們所有人都沐浴在光亮之中嗎？妳沒看到我們所有人的臉都變得不一樣，變得更漂亮了嗎？還有雅各頭上的光？妳看不見嗎？那道綠色的光暈。我們現在是上帝的選民。上帝在我們裡面，而普通的誡命對那些內在有上帝的人不管用。」

「那是蘑菇夜間在發光，」瓦克薇說。「淫氣和黑暗會讓蘑菇內部發亮……」

「妳在說什麼啊，瓦克薇？」

瓦克薇正在哭。納赫曼・雅庫柏夫斯基輕撫她的後背。直到有一天瓦克薇同意了。

雅各命令他留下，自己則僵硬地伏在瓦克薇身上，一邊喘息一邊自顧自地律動，看都不看她一眼。最後瓦克薇發出了一聲深深的嘆息。

大家每天晚上都會在軍官房集合，雅各會說故事，像在伊瓦涅時一樣。他常常指著同伴裡的其中一人，然後從那人的故事開始講。這天晚上被指到的人是瓦克薇，納赫曼的妻子。他讓她在自己身邊坐下，手搭上她的肩膀。瓦克薇臉上毫無血色，形容憔悴。

「孩子的死亡證實了善良的上帝並不存在，」雅各說。「畢竟假如祂是善良的，祂又怎麼會忍心迫害最貴重的寶物呢？某個人的生命？殺害我們，這個上帝又能得到什麼好處呢？祂恐懼我們嗎？」

人們為之動容。眾人交頭接耳。

「我們要去的地方不會有律法，因為它是從死亡之中誕生的，而我們是與生命彼此相繫的。宇宙創造出的邪惡之力只能藉由聖母得到淨化。女人才能夠戰勝這股力量，因為她是強大的。」

瓦克薇突然再次哭了起來，半晌過後，老帕沃沃斯卡和其他女人也跟著啜泣。男人們的眼睛泛著水光。此時雅各改變了說話的聲調：

「可是善良的上帝所創造的世界的確存在，只不過它們躲藏在人群之中。唯有虔誠的信徒才能找到通往它們的道路，因為相距不遠，你只需要知道如何抵達那裡。我可以告訴你們：透過琴斯托霍瓦附近的奧士廷洞穴[8]就能通往那些世

界。入口就在那。那裡是列祖之洞[9]，是世界的中心。」

他在眾人面前展開了一幅壯闊的景象——世上所有洞穴都是彼此相連的，而洞穴連接處的時間流速和其他地方不一樣。所以如果有人在這樣的洞穴中打盹，只是稍微睡一下就回到自己的家人所在的村裡，會立刻發現他的父母已經死了，他的妻子滿頭白髮、垂垂老矣，他的孩子也已經長大了。

眾人點頭如搗蒜，他們知道這個故事。

所以靠近琴斯托霍瓦的這個洞穴與科羅利夫卡的洞穴之間有著快速通道，而那個洞穴又和亞巴郎與始祖安息的洞穴彼此相連。

有人嘆了一口氣。所以事情就是這樣：一切都是彼此相連、彼此相關。

「有人知道這些洞穴的結構嗎？」瑪麗安娜．帕沃沃斯卡的語氣充滿希望。

雅各當然知道。雅各知道該在哪裡、什麼時候轉彎，才能抵達科羅利夫卡，或是其他世界，那裡藏著各式各樣的寶藏，裝滿金塊的馬車等著任人拿取。

雅各深入描述這些財富的細節令眾人感到愉悅，所以他說得很仔細：金子鑄成的牆，繡著金銀絲線的貴重屏風，擺滿金盤的桌子，桌上擺的不是水果，而是蘋果與李子大小的巨大寶石，紅寶石、藍寶石，鑲著銀絲線的錦緞桌布，百分之百由水晶製成的燈。

瓦克薇，即索菲亞．雅庫柏夫斯卡此時還不知道自己懷孕了，在她的想像中她根本不需要所有東西，只要一顆蘋果大小的紅寶石就夠了……她已經沒在聽了，計畫著該拿這樣的寶石做什麼。瓦克薇－索菲亞．雅庫柏夫斯卡會命人把它切成小小塊的，這樣就不會有人猜到她偷了這樣的珍寶；擁有巨大寶石是件非常不安全的事，會引來壞人與強盜。所以她會暗地裡將這塊石頭分割（可是誰會願意接受這個請求呢？），然後將小塊寶石一塊接著一塊在不同城市分批賣掉，這樣比較安全。這樣她就可以不愁吃穿了。她會買下一間小店鋪，再買一間小房子，空間不用太大，但是要好看，光線充足，室內乾燥，還要買一件白色的亞麻內衣與半打棉質褲襪備用。她大概還會訂做新的裙子，一件輕薄的以及一件冬天穿的羊毛裙。

所有人解散，安靜地從修道院溜回鎮上時，納赫曼．雅庫柏夫斯基留下了。當只剩下他們兩個人獨處時，納赫曼跪下並抱住了雅各的雙腿。

「我為了拯救你而背叛了你，」他壓低聲音，朝著地板說。「你知道的。這是你所期望的。」

通往深淵的洞口，或一七六五年托瓦與他的土耳其人兒子哈伊姆來訪

新國王上任後的第一項舉措就是剝奪修士們對光明山堡壘的管理權，修道院的資金因此大大減

8 奧士廷洞穴（Jaskinia Olsztyńska）位於琴斯托霍瓦東南方十五公里處，與諸聖洞穴（Jaskinia Wszystkich Świętych）組成了一個共通的地下洞穴系統。

9 又稱麥拉比洞，猶太人相信猶太先祖亞巴郎與撒辣、依薩格與黎貝加、雅各伯與肋阿皆埋葬於此。

少，這樣讓國王在修道院內非常不受歡迎。現在，修道院可以說是捉襟見肘。每年或是每兩年就會換一任修道院院長，沒人有辦法解決經濟問題，因為他們身為修士並不熟悉經營之道。而修道院算得上是種生意。

沒人有辦法處理這個棘手的囚犯，他占據了整座屬於軍官的塔樓，老兵們替他工作，他為了交換自由而付出的豐厚賞金讓人很難拒絕。修道院院長前來查看他本人和其他時常造訪的訪客——他們在教堂裡坐了好幾個小時，欣賞聖像畫，他們熱中禱告與整個白天張開手趴著禮拜的模樣令院長印象深刻。他們樂於幫助修道院，態度溫和，看起來已經認同了他們教主所接受的刑罰。塔樓裡有時候會傳來爭吵聲和尖叫聲。他聽過他們的歌聲好幾次——除非他們唱的是天主教福音，否則唱歌是被嚴格禁止的。

修道院院長馬特烏什．溫卡夫斯基，相對於繼任與前任院長門寧斯基，比較不待見他們。有人向溫卡夫斯基告發他們在軍官房內做出猥褻的行為，光是在神聖的修道院領地上發生俗世的家庭生活這個事實，就令院長非常不快，大量的女性於此徘徊更是讓他怒火中燒。他的繼任者則毫不在意這一點。門寧斯基更關心禮拜堂裡的畫像，擔心屋頂破敗的狀況，並為了每一分收入感到高興，這些新入教者捐贈了大量的金錢。他也喜歡欣賞女人，這些女人深得他的歡心。

此時，他看著兩個女人跟著雅各．法蘭克走入大門。其中一人手裡抱著嬰兒，另一人牽著小女孩。雅各走在前頭，愉快地和朝聖者們打招呼，他們無不對他高高的土耳其毯帽與土耳其外套感到驚訝，停下腳步看著他的背影。雅各向大門旁兩個穿著土耳其服飾的男人問好。他們像是很久沒有見到彼此了，抱著嬰兒的女人在年長的男人面前跪下，親吻了他的手背。院長猜想那人是她的父親。他同意讓犯人離開修道院。雅各必須在入夜前回來。院長看著所有人朝著鎮上走去。

沒錯，這是漢娜．法蘭克瓦的父親，耶胡達．托瓦．列維，他沒有變老太多。他的膚色黝黑，身材臃腫，茂密的鬍子仍然烏黑，沒有半根銀絲，遮住了他的胸口；他的臉部輪廓柔和，嘴唇性感。漢娜遺傳了他美麗的大眼睛與橄欖色的皮膚，她臉紅的時候總是讓人看不出來。他們抵達了女兒為他租的民宿。托瓦坐在椅子上，他在這不會過得太舒服，他寧願按照土耳其人的習慣坐在地墊上。他把手放在自己的大肚腩上，柔軟滑嫩就像賢者的雙手。

他的兒子，漢娜的雙胞胎兄弟哈伊姆長成了一個英俊的男人，不過他不像父親那樣健壯。他的臉像托瓦一樣圓潤，五官端正。他濃密的深色眉毛幾乎快要連在一起，將他的臉水平分成上下兩半。哈伊姆打扮成土耳其人的樣子，態度友好真誠。他的臉上始終掛著微笑，彷彿要用它征服所有人。你看得出來他是在充滿愛的環境中長大的，因為他充滿自信，卻不自大。老托瓦把阿瓦恰放在腿上，她現在瘦得像是小母鹿。於是爺爺將無花果乾和土耳其甜點遞到她面前。漢娜把小雅各抱在胸前，在父親旁邊坐下，孩子的小手把玩著圍巾的流蘇，那是她的父親帶給她的禮物。漢娜在父親和兄弟來了之後恢復了活力——她確信接下來會發生重大的改變，即使她並不知道會是哪種改變。他們聊天的時候，她探尋的視線從丈夫移到了父兄身上，因為她總會依賴男人，聽從他們的決定。她整個晚上都是如此，直到睡意向她襲來。

雅各深夜才回到房間。第二天，羅赫因此收到了上好的土耳其菸草和幾根菸管，他還收下了一枚叮鈴鐺鋃作響的硬幣，他把它快速地收到起了毛邊的褲子口袋裡。除了慷慨的捐款，他們還給了修道院一籃珍饈。有人說過，由於修士們不能享受生活中的許多樂趣，所以他們會特別渴望甜食。

雅各說話的時候，托瓦似乎沒在聽；他四處打量著房間內的陳設，盯著自己的手指，時不時發出一聲不耐煩的嘆息，然後改變令人不舒服的姿勢。可是這不是真的——托瓦聽得很仔細。或許他確實對雅各說的話感到不安，近五年的隱居生活讓他有許多時間沉浸在自己的思緒中。托瓦覺得有些想法過於不切實際，其他的則是有害的，有幾個想法還算有趣，其中一個很可怕。

舍金納被囚禁在修道院聖像中的說法讓托瓦聽不下去，他開始用手指敲擊桌面。雅各再次重複，彷彿不斷回歸相同的對話主題能夠讓它變得更加真實，他重述《光輝之書》的文字：

「救贖就在最險惡的地方。」

他止住聲音，等著這些話發揮效果，接著突然舉起一根手指，如同他習慣的那樣，語氣誇張地問：

「那麼我們又身在何處呢？」

他變了很多，他刮乾淨的臉龐黑了，眼神變得晦暗。他的動作卡卡的，像是在壓抑自己的怒火。他突如其來的動作嚇了其他人一跳，所以沒人敢回答他的問題。雅各站起身，此刻他向前彎著身子，手指指著上方的木頭屋頂在房內走來走去。

「這是nikwe detom rabe——通往深淵的道路，這座琴斯托霍瓦，這座光明山。依據《光輝之書》其他記載，彌賽亞就坐在羅馬之門的旁邊[10]，將繃帶不斷拆開又綁上……這是黑暗之地，是通往深淵的玄關，我們必須走進去，才能解放受困於此地的舍金納。接下來就和之前一樣：為了進入高處，我們得落入最低處，現在越黑暗，未來就會越光明；現在越糟糕，未來就會越好。

「我起初無法馬上理解為什麼我會被關在這裡，」雅各說。他情緒激動；他的岳父偷偷瞥了女兒一眼，而她盯著地板，心不在焉。「我只感覺到我不能對抗這判決。可是如今我了解了。他們讓我待在這裡，就是因為在這裡、在新的熙雍山上關著舍金納，她是被藏在彩繪擋板之下、藏於畫像之下的聖母瑪利亞。這些人並不知道這一點，他們以為自己敬拜的是肖像畫本身，可是它只是舍金納的映象，是人類視力可見的化身。」

對托瓦來說，雅各說的話令人感到十分震撼。看來雅各的狀況比起他在來信中提到的還要糟。然而，托瓦看得出來，琴斯托霍瓦的同伴們相當自然地接受了雅各的說法。雅各說舍金納被厄撒烏囚禁了，所以他們必須像他一樣陪伴這位囚犯，他變成了光明山畫像中舍金納的守衛。他說波蘭這個國家拘禁了上帝在世間的存有，拘禁了舍金納，而舍金納將會從此地逃脫，解救整個世界。波蘭是世界上最特殊的所在，它是最好也是最壞的地方。我們必須將舍金納從灰燼中挖出並拯救世界。薩瓦塔伊試過了，柏魯奇亞試過了，可是只有雅各會成功。因為他找到了正確的地方！

「你看，父親，看看這個世界的規則，」托瓦心愛的女兒漢娜對他說，她像是突然醒了過來。「你不能跟著依市瑪耳苦苦追尋舍金納，因為舍金納在女人之內，而他們，那些依市瑪耳的信徒，那些穆斯林視女人為無物，他們把她當成奴隸，沒人尊敬她。你只能在尊敬女性的國度裡找到舍金納，在波蘭正是如此，人們在女人面前不只會脫帽，還會讚美她們，他們對待她們的態度彷彿自己是僕

---

10 出自《巴比倫塔木德》公會篇98a，故事中彌賽亞就坐在羅馬城的入口處，四周是生病的窮人，他們會一次拆開傷口上的所有繃帶再一起包紮好所有傷口，可是彌賽亞一次只會拆解一條繃帶，以免耽誤救贖。

從，而且他們還對抱著聖子的聖母致上了最高的敬意，就在這，琴斯托霍瓦。這是聖母的國度。我們應該待在她的羽翼之下。」

她牽起丈夫的手，將它舉到唇邊：

「救主讓我們成為這位聖母的守護騎士，我們所有人都會是彌賽亞麾下的戰士。」

漢娜的父親腦海中浮現了一個想法，揮之不去：他必須帶著她與孩子們離開這裡。他可以向雅各解釋這是為了他們的健康著想，或是強行把他們帶走。可以雇用幾個綁匪？這裡既黑暗又潮溼，堡壘圍牆裡的生活讓他們變得像是蘑菇一樣。漢娜的骨頭會痛，她的腳踝腫脹，臉蛋浮腫變醜了。孩子們敏感又恐懼。可愛的阿瓦恰被帶離華沙之後就變得膽小，話也變少了。她應該要得到更好的照顧。雅各在這沒辦法教她什麼好東西，小女孩在軍營裡亂跑，和軍人聊天。她會和朝聖者搭話。孩子們缺乏充足的日曬，至於食物，就算是在當地最好的攤位上買的或是遠方運來的都不新鮮，品質堪憂。

雅各一邊比手畫腳一邊演講，眾人擠在軍官房間內，坐在乾草床墊或是地板上聽他說話：

「阿耶雷特．阿胡溫，最受喜愛的雌鹿。我即將前去的那個地方，之前《聖經》中的雅各伯已經去過了，然後是第一個雅各伯，薩瓦塔伊．塞維。現在輪到我、真正的雅各伯去了。」他說到「我」的時候，捶了自己寬大的胸膛一下，發出了咚的聲音。「先祖們：摩西、亞巴郎、達味、撒羅滿與世界所有支柱已經敲響了通往那處的入口。然而他們卻無法打開那道入口。我們前往的那個地方不存在死亡。住在那裡的是聖母、盲眼處女、母鹿，她就是真正的彌賽亞。」

現在雅各陷入了沉默，他往一邊跨了兩步，然後又往另一邊跨了兩步。他在等待他說的話傳入他們耳中。全場靜默，在這樣的背景襯托下，托瓦清喉嚨的聲音聽起來就像是雷聲。雅各轉向他，接著繼續說：

「這一切都有明文記載，你知道的。聖母是隱藏在畫板上的神聖智慧，如同任何人都無法企及、住在高塔上的公主。我們必須為了她實踐反常的行為，它們將會顛覆這個世界。你們記得天堂裡的那條蛇嗎？蛇勸人類追尋自由。誰挖除了知善惡樹，他就能得到生命樹，並與聖母結合，獲得救贖的智慧，隱藏的覺察之力[11]。」

所有人跟著複述：覺察，到處都是覺察。托瓦對發生在女婿身上的變化感到驚訝。在他來到這裡之前，他聽到傳聞說雅各死了，有新的人接替他的位置。他本質上是個全新的人，他與當初托瓦在婚禮天篷下耳語奧祕的那個人沒有太多共同點。

托瓦和哈伊姆一起睡在一間骯髒破敗的小屋裡，這裡的主人已經搬走了。碰到這裡的每樣東西都讓托瓦覺得噁心。廁所的臭氣薰得他整個人沒了精神，這不過是一片用釘子固定的簡陋屋頂，有骯髒的抹布遮擋，旁邊全是糞便。他去上廁所的時候必須由兒子陪同。老托瓦拉著稍微過長的外套，深怕沾到大便。

他每天在心中對自己保證，要找漢娜好好談一談，然後他每天都沒有勇氣問她：你要和我一起回家嗎？

11覺察（Daat）是最高層級的知識，為卡巴拉生命之書十個瑟非拉合而為一的神性狀態。

或許是因為他明白她會如何回答。

托瓦還看見這兩周的訪問期間，雅各同樣蠱惑了哈伊姆；他們之間形成了某種親近的關係，某種互相奉獻，模糊不清的奇怪共識。哈伊姆越來越常重複雅各說的話，引用他的文字。

雅各．法蘭克因此變成了偷走托瓦孩子的罪人。事態變得糟糕。托瓦摘下自己的護神符，對著它們祈禱，再將它們掛在女兒與孫女的脖子上。

顯然托瓦不夠虔誠——某天晚上他們爆發了口角：托瓦宣稱雅各是叛徒、騙子，而後者打了他的臉。破曉時分，托瓦帶著對離開感到不滿的哈伊姆踏上了回家的路，他甚至沒有和女兒、孫女告別。整趟旅途中他的怒火都沒有平息。他已經在腦中打起了草稿，打算寫信給歐洲所有正統派的卡哈爾，把信寄到摩拉維亞、阿爾托納、布拉格、弗羅次瓦夫、薩羅尼加、伊斯坦堡。他站在了雅各的對立面。

然而有件事是岳父與女婿都同意的：他們必須看向東方，看向俄羅斯。在波蘭這裡，他們的保護者漸漸失去了影響力。托瓦與雅各一致認為永遠必須和強者打好關係。

在托瓦不告而別後不久，前去與莫斯科代表協商的使者也出發了。雅庫柏夫斯基負責帶領他們，他很高興自己重新得到了雅各賞識。出發前一晚，他們在塔樓旁舉辦了團體餐會，雅各親自替使者們倒了葡萄酒。

「我們應當對第一人心存感激，他跨出了邁入土耳其信仰的全新步伐。我們還要感謝第二人揭露了以東的智慧，也就是洗禮。現在我派你們出使莫斯科，那裡肯定是更加高貴的第三國。」

他說這些話的時候，起身在房間內走來走去，他的高帽勾到了天花板上的橫木。出發前一晚，沃洛夫斯基、雅庫柏夫斯基與帕沃沃斯基幾位使者與漢娜上了床。所有人透過這樣的方式成了雅各的兄弟，變得比以往都還要親密。

伊莉莎白・德魯日巴茨卡從塔爾努夫的聖伯納會修女院寫給位於菲爾雷夫的班乃迪克・赫梅洛夫斯基總鐸神父的最後一封信

……親愛的朋友，善良的神父，我已經幾乎看不見這個世界了，目光所及只剩下從我房間窗戶探出去的風景，所以我看見的世界只是修道院的庭院。幽居帶給我極大的慰藉；較小的世界有助於心靈平靜。由於我身邊的東西並不多，我不必在它們身上花太多心思，不像我以前還要背負整個家庭宇宙，宛如阿特拉斯12。我的女兒與孫女過世之後，我覺得一切都結束了，儘管你曾經提醒我這麼說是一種罪過，但我已經不在乎了。打從我們出生的那一刻起，萬事萬物——教堂、家庭、教育、風俗習慣、愛情——全都要求我們與生命建立連結。可是沒人告訴我們，我們與它的羈絆越深，等我們得到最後認知的時候，反而會更痛苦。

我再也不會寫信給你了，我的摯友，你用你的故事替我過去的時光增添了幾分甜蜜，在我陷入不幸的時候幫助我。謹祝你長壽健康。希望你在菲爾雷夫的美麗花園能夠永存，一如你的藏書閣與你的全部書籍——但願它們能對人們有所貢獻……

伊莉莎白・德魯日巴茨卡女士寫完這封信，放下了羽毛筆。她拉開祈禱跪凳，面向牆上掛著的耶穌像，她清楚記得他受盡苦楚的每一條肌腱。她背朝下躺在了地板上，理了理像是修士袍的棕色羊毛裙襬，雙手疊在胸前，看起來像是要被埋葬的樣子，她的視線穿透了飄在空中的虛無。德魯日巴茨卡就這麼躺著。她甚至沒有試著祈禱，她厭倦了祈禱文，她覺得它們似乎毫無意義，像是不斷重複研磨同一批長滿麥角菌的有毒穀物。過了一陣子，她進入了特殊的狀態；直到用餐時間的鐘聲響起，她才脫離這種狀態。你很難描述這種狀態：德魯日巴茨卡直接消失了。

德魯日巴茨卡從無所不在的嫣塔視線中消失了。嫣塔如同思緒般迅速飛向桌上那封信的收件人所在的地方，然後看見他正忙著用桶子浸泡腫脹的雙腿。他躬身坐著，似乎睡著了，他的頭垂在胸前，可能正在打呼。呵，嫣塔知道泡腳沒用。

赫梅洛夫斯基神父已經無法讀完最後一封信了，他整個星期都沒有拆開那封信，把它和其他文件一起堆在桌上。班乃迪克・赫梅洛夫斯基神父，羅哈廷總鐸死於肺炎，因為太陽才剛升起，他就急急忙忙跑到花園裡。羅什科的繼任者伊茲多是個年輕小夥子，有點笨拙，他和幫傭柯賽妮雅等到第二天才喊來醫生，況且當時路面溼滑，馬車不易通行。他去世的時候很安詳，去世前一刻他的高燒退了，讓他得以告解並接受臨終祝禱。桌上那本攤開的書放了很久，他當時正在翻譯可怕插圖下方的幾行註解；他的字跡帶著個人特色。

12 希臘神話中的巨人，受到宙斯懲罰，肩負著舉起天空的重任。

Septima etas mūdi CCLXIIII
Imago mortis

Morte nihil melius. vita nil peius iniqua
O pma mors hoim. reqes eterna laborū
Tu senile iugum domino volente relaxas
Vinctorūq; graues adimis ceruice cathenas
Exiliumq; leuas. & carceris hostia frangis
Eripis indignis. iusti bona pribus equans
Atq; immota manes. nulla exorabilis arte
A primo prefixa die. tu cuncta quieto
Ferre iubes animo. promisso fine laborum
Te sine supplicium. vita est carcer perennis

班乃迪克神父的繼任者接掌了菲爾雷夫堂區，他花了整個晚上翻閱前任神父留下來的文件，並打算把它們寄給教廷。他還打開了德魯日巴茨卡寄來的信，但他不太清楚這個女人是誰。然而神父與女人通信這件事確實令他感到驚訝，因為他找到了一整盒的信，它們被依照日期排得很整齊，中間還夾著乾燥花，可能是為了防止飛蛾飛進信紙。他不知道該拿這些信怎麼辦，他已經命人將書籍打包寄到利沃夫主教區，可是他不太敢把這些信和經書一起寄過去。有段時間他把盒子放在床邊，享受著閱讀這些信的樂趣，然後就把它們忘得一乾二淨了，盒子掉到了床底下，就這麼躺在神父住居潮溼的臥室裡，直到信紙被分解，變成了老鼠窩。

德魯日巴茨卡在最後一封信中還寫到，最糟糕的莫過於這兩個問題：「為什麼？」和「為了什麼目的？」。

可是我實在忍不住不提這些問題。所以就讓我自己回答吧，上帝希望透過創造來懲罰我們這些受造物，從誕生那一刻起就有罪的受造物。祂自己卻洗淨了雙手，維持了我們眼中良善的形象。祂尋找著能夠自然而然地間接迷惑我們的方法，為了讓打擊變得比祂自己出手的時候更輕一些，祂不得不借助自然事物的幫助，不然我們就無法理解它。

上帝明明只用一個字就能治癒納阿曼[13]的痲瘋病，卻要他去約旦河中沐浴。祂的博愛明明可以治癒盲人，卻讓他用口水混著泥土抹在眼睛上。祂可以立刻治癒每個人，卻創造了藥局、醫生、藥草。祂的世界真是古怪。

關於莫里夫達的重生

莫里夫達變瘦了，你根本無法把他和幾年前的那個莫里夫達聯想在一起。他把鬍子刮得很乾淨，雖然他沒有剃光頭，但是頭髮很短，緊貼著頭皮。他看上去更年輕了。這間修道院讓他的哥哥——他是一名退伍軍人——感覺不大自在，他不太能理解這些年來安東尼怎麼了。華沙有傳聞說他失控地單方面愛上了一位已婚婦女，對方允許他的追求，給了他一種願意與他關係更進一步的虛假錯覺。她讓莫里夫達深深愛上自己，卻又迅速拋棄他。他的哥哥不能接受這種說法，他不願相信這樣的傳聞，如果事關榮譽，事關背叛，那他也不是不能接受，可是絕對不會是些情情愛愛的小事。他懷疑地望著弟弟。搞不好還有其他內情？或許有人見不得他在主教長身邊一帆風順，對他下了咒。

「我現在已經感覺好多了。哥哥你別這樣看我，」莫里夫達開口，脫下了兜帽。

馬車在修道院前等待，裡面坐著安東尼．科薩科夫斯基，又名莫里夫達，他的穿著獨樹一格：褲子、襯衫、波蘭茹潘與樸素的深色大衣，配上毫不起眼的深色腰帶。他向修道院院長贊助了金子，可是院長大概還是有點失望，畢竟莫里夫達－科薩科夫斯基看起來的確很虔誠——他沒日沒夜地祈禱，張開雙臂伏在禮拜堂內，不會離開他最愛的世界女皇聖母像半步。他很少和哥哥聯絡，他不想參與修

———

13阿蘭國的元帥，曾在《路加福音》第四章第二十七節中出現。

道院內部的工作，很難適應修道院的生活秩序。此刻他走在上校哥哥前面，靠著牆壁，手掌摸過牆上的磚頭，他穿著涼鞋的光腳丫令哥哥惱怒，他應該要穿上包鞋，最好是高筒軍靴。光腳，那是農民、猶太人的穿法。

「我動用了自己所有的影響力，好把你送進國王官邸。你也得到了主教長本人的友善支持，這是你的優勢。他們不會記得其他事情。你很幸運，安東尼。他們很依賴你的語言能力……我不期望你感謝我，我這麼做只是為了讓我們故去母親的靈魂可以安息。」

當馬車開始移動，安東尼突然吻上了哥哥的手，並且開始啜泣。上校尷尬地清了清嗓子。他希望安東尼回來的路上可以表現得像個男子漢，符合貴族的風範。他對弟弟的評價是失敗者。國內發生這麼多糟糕的事，還會有什麼事能夠指引他來到修道院呢？當國家被越來越依賴沙皇、無能的年輕國王把持的時候，那些憂鬱又從何而來？

「你什麼都不知道，弟弟，因為當國家需要你的時候，你躲在修道院的圍牆後面，」他語帶譴責，一臉厭惡地別過頭，視線轉向馬車的窗戶。

這時他像是對著窗外的風景，而不是對著自己的弟弟說：

「在議會上，波蘭立陶宛聯邦的四個代表被女皇大使的手下當成無關緊要的人，被從長椅上拽了下來，他們被當成鄉巴佬……為什麼呢？我的小老弟。因為他們反對在這裡用武力強制推行對異教徒的改革。」

當他聽聞此等暴行的時候，所感受到的那種神聖怒火似乎又回來了；他再度看向哭累了、正在用袖子擦眼淚的弟弟：

「他們拒絕了，還大聲怒吼，直到一部分的議員試著站在他們那一邊，引發了混亂，當時……」

「那些勇敢的議員有誰？你認識他們嗎？」莫里夫達打斷他的話，像是稍微恢復了理智。

上校很高興弟弟把他說的話聽進去了，他興奮地說：

「當然。是札烏斯基先生、蘇爾第克先生與兩位列烏斯基先生。剩下的與會者看見俄羅斯正規軍人準備開槍時，只會大喊：『可恥！可恥！神聖的議會被侵犯了！』可是那些莫斯科佬不為所動，把這四個人拖出了議會廳。肥胖的蘇爾第克氣得滿臉通紅，幾乎要腦中風了，他試著抵抗，最後還抓住了某件家具，但他們還是得逞了。你想像看看，其他人全都默許了這一切，這群該死的懦夫！」

「那他們會怎麼處理那些議員？把他們關起來？」莫里夫達問。

「如果只是關起來就好了！」上校怒吼，現在他的臉已經正對著弟弟了。「他們直接把他們從議會送到了西伯利亞，而國王的手指連動也沒動一下！」

兩人陷入了短暫的沉默，因為馬車駛入了某座城鎮，輪子駛過石頭路面的時候叩隆作響。

「為什麼他們堅持不讓異教徒獲得任何權利？」莫里夫達問，此時車輪回到了柔軟的泥濘車轍上。

「什麼叫為什麼？」莫里夫達的哥哥無法理解這個問題。眾所皆知，唯有透過至聖羅馬教廷，救贖才會降臨。試圖體諒路德派信徒、猶太人或是亞流教派信徒都是惡魔的行徑。而且為什麼俄羅斯要干涉我們國家內部的事務？「你在說什麼啊？」他無言以對。

「我的足跡遍布世界上各個角落，」莫里夫達說，「我在那裡看見了，上帝或許只有一位，可是信仰祂的方式可以有很多種、無限多種……人們可以穿著各式各樣的鞋子走到上帝所在的地方……」

「你應該在這件事上保持沉默，」哥哥責備道。「這是你榮譽上的巨大汙點。幸好幾乎沒人記得你那不光彩的過去。」他抿了抿嘴，像是想要吐痰。

在抵達華沙之前他們幾乎沒再繼續交談。

哥哥把莫里夫達安置在自己家，在索列茨區一間雜亂的老舊單身公寓，他要弟弟振作起來，盡快開始新的工作。

莫里夫達的新生活從刮鬍子開始。他一邊把剃刀磨利，一邊望向窗外聚集在街上的不安人群。所有人都處於一種充滿憤怒的迷茫之中。他們的動作變得誇張，聲音飄在高處：上主、共和國、犧牲、死亡、榮譽、心臟……他們喊得聲嘶力竭。晚上他聽見街上傳來沉穩的祈禱、語氣堅決的疲憊嗓音，或是喧鬧聲。

莫里夫達的工作從書寫與翻譯信件開始，王室外交部會將它們寄到全歐洲。他撰寫信件的內文，再不假思索地抄寫，然後不假思索地翻譯。他將無所不在的騷動看成是一場偶戲，劇目是買賣，關於世界這座市場。人們投資商品，投資各式各樣的物質與它的變體，不動產，能夠帶來利

益與自信的權勢、身體上的愉悅，投資那些除去本身的價值便毫無用處的值錢東西，投資食物與飲料，投資性事。換言之，投資一般人視為生活的一切事物，以及上至國王、下至農民每個人想要的東西。在被撕開的長袍背後、在自願接受火刑的行為背後，有一間溫暖的房間與擺滿佳餚的餐桌。莫里夫達覺得蘇爾第克主教已經是位家喻戶曉的大英雄了，他就像是為了出名而縱火的赫羅斯特拉特，因為他的行為或許稱得上英雄，卻沒有帶來任何益處，對公益沒有任何影響。莫里夫達無法理解這種反對俄羅斯針對異教徒改革的瘋狂抵抗。葉卡捷琳娜女皇（或譯凱薩琳女皇）說的每一句話都會直接被預設為對共和國的攻擊，其實人們只要再細心一點就會知道，這是這個時代的精神：賦予其他的信仰權利。有些事情非黑即白，可是也有些事屬於灰色地帶，而這樣的事情占大多數。在國王官邸有許多人和他抱持著一樣的看法。在回家的路上，他看著那些妓女，即便是在如此動盪的時刻，她們仍然不曾離開自己在長街上的崗位，他心中暗忖，人生究竟是什麼。

雖然她們無法回答他這個問題，但是他常常利用她們的服務，因為自從離開修道院之後，他就十分害怕一個人獨處。

關於移動的洞穴

出城之後往東南方走，這條路首先會穿過一片密林，裡面除了樹木之外還長著白色石頭。它們長得很慢，但是隨著地球老化，它們就會露出地面，到時候泥土就沒有存在的必要了，因為也不會有人類了，只會剩下白色的石頭，屆時就能看出它們其實是地球的骨頭。

一出城就可以發現，城外的地貌變得不一樣了，變成輕巧的小石頭構成的粗糙深灰色地面，它們看起來像是在磨坊裡磨過。這裡長著松樹與長長的毛蕊花，農婦會用煮過毛蕊花的水洗頭，頭髮會變得更鮮豔。乾草在腳下沙沙作響。

過了森林就會看見布滿白色岩石的山丘，城堡的廢墟就矗立在此。所有人第一次看見它的時候，心裡想的都一樣：這座城堡不是人類可以徒手蓋出來的，塑造它的肯定是與建造這些石壁一樣的力量，是創造大自然的那雙手。這座建築物看起來像是巴瓦卡本的堡壘，賢者們在《聖經》裡曾經提過這群缺腿的地下富翁。沒錯，這肯定是他們的財產，還有琴斯托霍瓦周圍整片區域也是，岩石密布、充滿神祕通道與藏身處的奇怪地方。

厄斯德拉，一位來自琴斯托霍瓦的猶太人，他對雅各他們十分友善，平日為眾人提供食物。他把最大的謎底留到了最後。那是一個洞穴。

「怎麼樣？」厄斯德拉滿意地問，他微笑時露出了被菸草燻得泛黃的牙齒。

洞穴的入口隱藏在長滿灌木的斜坡上。厄斯德拉請他們進來，彷彿這是他的居所，可是他們只要把頭伸進洞口就滿足了；反正你什麼也看不到。厄斯德拉從某個地方拿出了火把，再將它點燃。走了幾步之後，他們身後的入口不見了，火把的光照亮了洞穴：溼答答的牆壁既奇特又美麗，閃閃發亮，好似是用某種人類不知道的金屬製成的，這種光滑的礦物會凝結成水滴狀和柱狀，變成美麗紅色與白色、灰色線條交織的奇岩。隨著他們越深入，室內的生命力似乎就顯得越旺盛，彷彿他們進入了別人的腹部，彷彿他們在小腸、胃與腎臟中探險。他們的腳步聲在牆壁之間迴盪，變成如同雷鳴般響亮的陣陣回音。從某處突然傳來一陣風聲，微弱的火把被吹滅了，黑暗籠罩了他們。

「全能的上主，」雅庫柏夫斯基突然低聲說道。

眾人一動也不動，現在他們聽見了不安的輕淺呼吸聲，血液在血管中流動的聲音與心跳聲。他們還能聽見納赫曼·雅庫柏夫斯基的腸胃演奏的進行曲，以及厄斯德拉吞口水的聲音。寂靜是如此黏稠，眾人感受得到它冰冷、光滑的觸感。沒錯，上帝肯定就在此處。

茲維爾佐夫斯卡自然而然地接下了管理整個教團的工作，信眾們分散住在琴斯托霍瓦各個房屋內。眼下她正在為修道院院長準備一份慷慨的禮物——銀製燭台和水晶吊燈，它們的價值足以讓院長無法拒絕他們的請求。畢竟他們整群人已經會在修道院附近散步了，如果再更進一步，又會有什麼損失呢？院長猶豫不決，可是銀子與水晶閃爍的光芒說服了他。他同意了。修道院有經濟上的問題。他們只能偷偷地去，而且雅各只能帶著兩位隨從。漢娜和孩子被留在守衛身邊。

於是這一刻來臨了，一七六八年十月二十七日，雅各的兒子約瑟夫出生的隔天。此時救主第一次踏出了鎮上的圍牆。他穿上了切爾諾夫斯基的長版大衣，拉低帽子遮住了眼睛。馬車在哨塔旁邊等待他們，他們雇來的農民安靜地載著他們駛上崎嶇不平的沙子路。

雅各獨自進入洞穴中，他要求他們在外面守候。切爾諾夫斯基與雅庫柏夫斯基在洞穴的入口搭了一個小營地，可是營火小到幾乎等於沒有。今天下著雨，溼答答的。站在毛毛雨中等待讓他們的黑色外套被淋溼了。雅各直到晚上才回來。蘋果串被微弱的營火烤得裂開了。

雅各出現在洞口的時候，天色已經黑了。他們無法看清他的面容。雅各要他們走快點，所以他們途中不斷踢到凸出的石頭，被自己的腳絆到。他們的眼睛習慣了黑暗，夜晚似乎是亮的——或許是因為星光與月色受到潮溼的霧氣折射？或許此處枯骨顏色的土壤會發光？在路邊顧著馬車等待他們的農民被雨淋溼，他很生氣，要求更高的酬勞；他不知道會花這麼長的時間。

雅各整個晚上一句話也沒說。回到塔樓旁的房間，他脫下身上淋溼的外套之後才開口：

「這就是那個山洞，西緬．巴爾．尤海與兒子躲避羅馬人的時候就躲在這裡，而上帝奇蹟般地賜與他們食物，還讓他們的衣服永遠不會毀壞，」他說。「西緬．巴爾．尤海就是在這裡寫下《光輝之書》。這個山洞是從希伯崙[14]特地跑來這裡迎接我們的，你們不知道嗎？在那裡的深處，山洞的底部就是亞當和厄娃的墓。」

眾人陷入沉默，雅各的話語試著在靜默中尋找自己的位置。你可以說所有的世界地圖都在他的上方來回逡巡旋轉，發出沙沙聲，彼此嵌合。沉默半晌之後響起的是一陣輕咳，有人在嘆息；看起來他已經掌握了秩序。雅各說：「我們來唱歌吧。」於是他們像平常一樣一起歌唱，如同他們在伊瓦涅的時候一般。

晚上有兩個女人留在他身邊，其他人住在鎮上，他下令讓馬圖舍夫斯基與帕沃沃斯基兩人與亨利克娃．沃洛夫斯卡交合。同樣地，第二天晚上已經不必親餵女兒的索菲亞．雅庫柏夫斯卡與帕沃沃斯基、兩位沃洛夫斯基以及亞斯克爾交合。

關於失敗的使節團與修道院院牆被包圍的故事

納赫曼－彼得．雅庫柏夫斯基接連的好運沒有持續太久。準備萬全奔赴莫斯科的使者團最後一敗塗地，雅庫柏夫斯基與沃洛夫斯基等使者被當成罪犯、殺人兇手、叛徒，這是因為來自波蘭的墮落彌賽亞被關在琴斯托霍瓦的消息早他們一步傳到了這裡。他們沒有見到任何人，即便送上厚禮也毫無幫助，最後他們被當成間諜驅逐出境。他們回來的時候身無分文，兩手空空。雅各懲罰了他們。他命令他們赤足站在同伴面前，身上只穿著襯衫，然後為了自己的無能向所有人下跪道歉。雅庫柏夫斯基比弗朗齊歇克．沃洛夫斯基更能忍受這樣的懲罰。事後瑪麗安娜．沃洛夫斯卡告訴其他女人，她的丈夫羞恥得在半夜啜泣，可是這明明不是使者們的錯。大家覺得現在整個世界、全歐洲都在與他們暗中作對。在經歷了這一切之後，納赫曼．雅庫柏夫斯基感覺被囚於琴斯托霍瓦這件事顯得親切舒適，尤其是現在救主可以不受限制進城，甚至是去洞穴長時間散步，整個教團的人都能夠自由地探訪他。

現在，在白天，塔樓底部的房間變成了辦公室。雅各口述要寄給在波多里亞、摩拉維亞、日耳曼忠實信徒的信，他在信中向他們講述了舍金納藏於光明山聖像一事，並鼓勵他們大規模地參與洗禮。這些信件的筆觸每個月都變得更接近《默示錄》的風格。雅庫柏夫斯基與切爾諾夫斯基抄寫信件的時

---

14 僅次於耶路撒冷的宗教聖地，相傳先祖之洞就位在希伯崙。

候，偶爾會手抖。晚上，辦公室就會變成交誼廳，和在伊瓦涅的時候一樣，而在講道時間結束後，只有被選上的親信會留下來，開始「蠟燭的熄滅」。一七六八年秋天的某一天，在儀式進行的時候，修道院的聖保祿派修士開始大力撞擊房間的門，最後門終於被撞開了。可是他們在黑暗中能看見的東西並不多，不過對他們來說，似乎覺得眼前看見的就已經夠多了，因為隔天院長讓守衛們押著雅各來到他面前，並下令禁止他接見除了至親以外的任何人。

「修道院內不能出現任何女人和年輕男孩，」院長說，他說這句話的時候雙手掩面。

院長還恢復了禁止進城的禁令，不過就跟所有的禁令一樣，它們的效力會隨著時間與豐厚的捐贈減弱。時局動盪，院長下令在修道院內實施宵禁，直到漢娜生病，他的內心才被打動，允許她與孩子可以整天待在軍官房內。

關於在波多里亞的土耳其邊界發生的那些事情，眾人是從帕沃沃斯基的姊夫亞斯克爾．科羅列夫斯基口中得知的，他帶著信件走遍了波多里亞，消息靈通。一開始，發生了一件奇怪的事，他身為科羅利夫卡帳篷工匠的父親，從波蘭貴族那裡收到了訂做帳篷的大量訂單，這表示軍隊大概要有行動了。而亞斯克爾說的沒錯——羅赫不久之後就通知他們，在巴爾這座城鎮有人成立了對抗與俄羅斯勾結的國王的聯盟[15]。羅赫感動地講述那些旗幟：我們琴斯托霍瓦的聖母在旗幟上飛揚，就是那位黑面的抱子聖母，而聯盟軍穿著帶十字架與黑色標語的外套：「為了信仰與自由！」據說派出去鎮壓聯盟軍的王室軍隊，他們要不是被對方的宗教熱忱嚇跑了，要不就是加入了敵方的行列。羅赫縫補舊制服上脫落的鈕扣，擦拭自己的軍刀，修道院內的所有老兵全都在這麼做。他們在牆角下堆砌石頭，修整長滿灌木的射擊口。

而至今為止還昏昏欲睡的琴斯托霍瓦，漸漸擠滿了來自波多里亞的猶太難民，因為那裡的海達瑪克起義還在持續，大屠殺已經開始了[16]。因此難民們不斷湧入基督教的聖殿，他們相信任何暴力都無法入侵這裡，而且他們還可以向被關在這裡的猶太彌賽亞尋求庇護。他們帶來可怕的消息，怒火中燒的起義者無法無天，不願意放過任何人。夜晚的天空被燃燒村莊的火光染成紅色。當院長稍微放鬆管制的時候，雅各每天都會去找他們，把手放在他們頭上——他治癒人們的消息已經傳得沸沸揚揚。

整條維隆郊區街變成了營區，人們在街上、在狹長的廣場上紮營。聖保祿會修士從修道院帶了清新的水給他們，因為據說井水已經被汙染了，所有人都怕染上疫病。修士每天早上都會分發一條剛從修道院烤爐出爐的麵包，從果園摘來的蘋果，今年的蘋果樹結實累累。

納赫曼．雅庫柏夫斯基在營地裡見到了認識的哈西迪猶太人，失去導師貝什的他們懷疑地從旁觀察著雅各的信徒。他們團結地待在一起，可是最後他們開始與忠實信徒辯論，吵得不可開交。辯論者時不時引用《依撒意亞》與《光輝之書》的聲音在城牆上空迴盪，從雅各住的塔樓就可以聽見他們的聲音。

小約瑟夫受洗的時候，雅各在鎮上舉行了盛大的宴會，不論你有沒有受洗，每個人都可以來吃吃喝喝。同樣熱鬧的還有雅各．格林斯基的婚禮，他是優秀的虔誠信徒，救主替他與瑪格達．耶澤札尼

---

15 一七六八年二月二十九日巴爾聯盟（Konfederacja Barska）成立，該聯盟的訴求是捍衛共和國獨立與天主教信仰、反對俄羅斯帝國代理人與國王斯坦尼斯瓦夫．奧古斯特．波尼亞托夫斯基。

16 一七六八年海達瑪克起義（hajdamackie powstanie）期間爆發了最嚴重的一場大屠殺，哥薩克人與波蘭農民在烏曼屠殺了將近兩萬名猶太人與波蘭貴族。

斯卡指婚，新娘的年紀只有新郎的一半。婚禮在修道院的見習禮拜堂舉行，院長大發慈悲向他們開放剛粉刷過的教堂。慶祝儀式很美好——還聽不見毫不留情逼近琴斯托霍瓦的大炮聲響，取而代之的是修士們莊嚴的祈禱歌聲，他們因為修道院收到了大筆的捐款而開心不已。

隨即有消息傳來，說俄羅斯介入了波蘭內部的紛爭，俄羅斯軍隊正從東方往這裡趕。這是一場戰爭。接下來他們每一天收到的消息都更糟。每天前來朝聖光明山聖母的人越來越多，他們相信有祂在的地方不會發生任何糟糕的事。教堂人滿為患，人們張開雙臂趴在冰冷的地磚上，空氣因為祈禱變得厚重。當歌聲停下，遠方的地平線外傳來不祥的低沉炮聲。

雅各被這一切嚇壞了，他命令楊．沃洛夫斯基去華沙接回阿瓦恰，此時她正在沃洛夫斯基家念書。他後悔當初這麼做。她的外表令他感到吃驚。清瘦的女孩離開的時候綁著麻花辮，指甲有啃過的痕跡，手掌因為時常爬牆十分粗糙，可是她回來時已經是個亭亭玉立的小姐了。她綁著高高的髮髻，身上穿著色彩鮮豔的低胸洋裝（不過她戴著圍巾）。每天她出去圍牆邊散步的時候，修道院內所有人的視線都會移到她身上。她並不受修士們歡迎，她周遭的騷動太多了。所以父親讓她待在軍官房裡，最後甚至入夜之後才允許她出門，而且必須在其他人的監督之下才行。

在她抵達修道院兩個星期之後，某位普瓦斯基帶領的聯盟軍來到了修道院。某天下午，他們占領了光明山的堡壘，把這裡當成客棧的院子，停滿了馬匹與馬車，到處都是大炮，嚇壞了那些聖保祿會修士。他們驅散了朝聖者，用軍隊的制度管理這裡。堡壘馬上就被封鎖了，現在不能探望雅各，他們也不讓他出城。漢娜與阿瓦恰和他待在一起，還有男孩們，兩位茲維爾佐夫斯基，馬圖舍夫斯基夫婦與身為使者的納赫曼·雅庫柏夫斯基。修士們必須空出修道院一邊的側翼，那裡現在被當成了軍營。起初朝聖的人潮平息了，之後悄然復甦，但是容光煥發、充滿活力的老兵會在大門檢查每一個人是不是俄羅斯間諜。羅赫現在是大門門衛的負責人，他已經沒有時間和雅各聊天了，他還有其他事情要顧——監督每天晚上送給士兵的啤酒與葡萄酒。整座小鎮恢復了生機，因為士兵要有東西吃，要有東西穿，還需要休閒娛樂。

卡齊米日·普瓦斯基看上去很年輕，像個剛開始長鬍子的男孩，讓人很難相信他是位經驗豐富的主帥。他自己大概也明白這一點，因為他會為了增添威嚴穿著沉重的軍大衣，這讓他瘦削的身材線條看起來更結實。

他沒有太多實戰的機會。俄羅斯軍隊在堡壘周圍打轉，就像是在雞舍徘徊的狐狸。他們來來去去。人們相信城牆上掛著的聖母旗幟能夠嚇跑他們。

整日關在修道院內無所事事，已經讓普瓦斯基覺得無聊了，戴著高帽的男人與他偶爾走出塔樓的美麗神祕女兒引起了他的興趣。關於她的傳言，在駐軍中流傳。他不關心教會的事情，對異端也不感興趣。他只聽說那是一位改宗的異端領袖，修道院的居民。可是院長向他保證，那人是一位善良的天主教徒。普瓦斯基每天都會在晨間彌撒看到他。他老實、腳踏實地的參與聖事，他吟唱主禱文時強而有力的聲音都激起了普瓦斯基的讚嘆與好感。他曾經邀請他們來吃晚餐，可是只有雅各一人前來。這個男人溫和有禮，說話的時候帶著輕微的異國口音，他的話不多，句句經過深思熟慮。他們談論未來的情勢、俄羅斯與國王的政策。普瓦斯基理解必須謹慎對待這位國王的囚犯，然後因為兩人話不投機，他試著改變話題。問到女兒的時候，這位雅各．法蘭克回答，她必須陪伴身體不適的母親。普瓦斯基感到失望。但是下一次雅各就帶著女兒來了，她的出現讓這天晚上變得非常愉快。如此美麗的年輕女人（雖然她害羞又沉默），讓其他受邀的軍官變得有點興奮，他們誇耀著自己的幽默與聰明才智。葡萄酒很好喝，乾柴的雞肉吃起來像是野味。

當盧博米爾斯基閣下帶著麾下的軍隊抵達琴斯托霍瓦，愉快的晚宴才正要結束。這個人——據鎮上的人們所說——比俄羅斯人還要壞。他毫不留情地掠奪附近的村莊，士兵們也毫不猶豫地燒殺擄掠，農民們稱呼他為胡斯派信徒。盧博米爾斯基的隊伍在廣闊的地區遊蕩，他們的確趕跑了俄羅斯人，但是他們抗拒聯盟軍首席領袖的命令，漸漸變成了一幫土匪。當盧博米爾斯基出現在修道院的時候，雅各把阿瓦恰藏在修士們身邊，直到那些強盜離開之前都不讓她出來。盧博米爾斯基在軍中舉辦了盛大的酒會，這對普瓦斯基的士兵產生了不良影響。

只有那些老兵會讚嘆地瞧著這位年輕的大公。

「我們就需要這樣的領袖，」羅赫請雅各抽菸的時候說，他從大公那收到了菸草。「我們會把那些俄羅斯人當成癲痢狗趕跑。」

雅各拿起一撮菸草，不發一語。某天晚上喝醉的大公闖進了雅各的塔樓，雅各不得不接待他。他把雅各當成父親，向他徵詢有關女人的問題。他的目光不安地在房間內掃視，大概是在尋找所有人都在討論的那個女人。

堡壘內有被聯盟軍俘虜的皇家軍人，他們之中許多人都不是自願服役的。其中一位是米洛夫斯基駐警隊的隊長，這支分隊有三位軍官被莫斯科佬殺害了，他曾經來徵詢過雅各的意見，這開啟了新的流行——從那時候起有許多人開始向雅各尋求指引，這位智者介於猶太人與非猶太人之間，是一位不完全的先知，他被囚禁在這個奇異的地方，獲得了偉大奧祕的啟示。這位隊長個子矮小，有一頭淺色頭髮，態度十分有禮，他詢問雅各該怎麼做的時候滿懷信任，因為他還年輕，畏懼死亡。他們靠著彼此坐在塔樓北方的石頭上，士兵們常常在這邊的牆角下尿尿。

「告訴我吧，先生，我該逃回我出身的華沙，然後繼續當個逃兵、膽小鬼嗎？還是應該為了祖國而戰，為了它獻上自己的性命呢？」

雅各的建議十分明確。這位軍官必須走去琴斯托霍瓦的市場，大量購入值錢的小玩意、手錶、項鍊，因為現在有戰爭，這些東西全都可以便宜買到。然後保險起見把它們留著，以防發生不測。

「戰爭就是市場與噩夢的集合體，」雅各．法蘭克對他說。「丟下那些有的沒的，為自己從前線贖身出來，多花錢買些好吃的，尊重自己，如此一來你就可以逃離死亡。沒有任何英雄主義應該犧牲自己。」

雅各輕拍年輕軍官的後背，對方有那麼一瞬間貼上了雅各的衣領。

「我好怕，先生。」

關於一七七〇年二月漢娜夫人的離世與她的長眠之地

「我認為這是一種奇怪的行為，」院長說。「我不反對這件事，這個囚犯不是我們的，而是聖教會的。既然她受洗過，我想在城裡的墓園為這位女性爭取一個位子，因為我們這裡不會安葬世俗的人。」

院長看著窗外，他看見年老的聯盟軍在教堂前面練習揮刀。修道院現在更像是一座軍營。雅庫柏夫斯基像往常一樣把錢袋放到桌上。

漢娜的遺體已經在塔樓旁的軍官房間躺了兩天。所有人都覺得度日如年；這幾天沒有人能夠保持冷靜，他們知道大地還沒接納她。雅庫柏夫斯基再次找上院長，請求他允許將死者葬在洞穴內，按照之前許多次他們的處理方式，最近小雅各過世的時候他們就是這麼做的。可是漢娜不是小孩，也不是一般的改信者。她可是雅各．法蘭克的妻子。

漢娜死於憂慮。去年她生下一個女兒，為她取名約瑟法．弗朗齊斯卡。孩子才剛接受洗禮就過世了。漢娜先是因為某種不明原因的出血失去力氣，從她最後一次生產過後就持續出血，沒有辦法止血。後來加上了高燒與骨頭腫脹的症狀。負責照顧她的茲維爾佐夫斯卡說這是石頭散發的寒氣所導致的。從華沙運來的冬季羽毛被也沒用，這裡的溼氣無所不在。她的關節最後腫到讓她無法移動的程度。然後是小雅各的死亡。孩子們偷偷被葬在洞穴裡，沒有神父祝禱，可是經歷了兩次骨肉分離之後，漢娜就再也無法起身了。雅各讓沃洛夫斯基帶著阿瓦恰去華沙，生病的漢娜被抬到琴斯托霍瓦的陽光之下。在那眾人才得以看清她因為生病變得多麼蒼白，多麼深受打擊。她總是呈現淺橄欖色的皮膚現在變成了灰色，身上像是附上了一層灰燼。有段時間柳樹皮的汁液還有用，女孩們會去附近的田野蒐集它。一排排的柳樹在田埂上長得整整齊齊，醜陋、粗壯的樹幹上長出明亮的枝條。「這種樹多醜啊，這棵柳樹，」漢娜有次說道，「胡亂向外生長，不修邊幅，看起來就像個跛腳的老太太。」可是這種醜陋的植物的確幫助她撐過了一段時間。女人們剪下樹枝，剝下樹皮，她們在家裡用水煮樹皮，然後將湯汁給病人喝。其中一位聖保祿會修士嘗試過醫治漢娜，用加了蜂蜜的伏特加替她擦拭身體，可是他的療法沒用。

此時的天氣潮溼陰冷，大地散發著令人不安的氣味，墳墓的氣味。從琴斯托霍瓦郊外的原野看過來，就會看見遙遠的地平線像是一條絲線，懸掛在天空與大地之間，風不斷撥弄它，發出單調憂鬱的音色。

沒人敢去看雅各的狀況。他們臉色蒼白地擠在樓梯口，嘴巴抿成一條黑線，時刻保持清醒讓他們的眼下浮現了黑眼圈，他們從昨天起就沒有吃過任何東西，鍋子冷冰冰的，就連孩子們都沉默不語。雅庫柏夫斯基把臉頰貼到被詛咒的塔樓牆上，有個女人用手肘輕輕撞了他一下，於是他扶額，並開始禱告，所有人隨即跟著他禱告。他想像著，即使天空的圓頂也是用這種粗糙、潮溼的石頭蓋成的，那麼他的祈禱也能一字一句打破它。首先他們誦唸主禱文，然後唱起〈讚美上帝〉。

所有人的目光都集中在他納赫曼－彼得．雅庫柏夫斯基身上，他們知道救主只會放他進去。於是，雅庫柏夫斯基推開掛在破舊鉸鏈上的沉重門板，他感覺身後的人在推他的肩膀，想要看清裡面發生了什麼事。他們興許是期待著奇蹟出現：身穿白色長袍的雅各浮在半空中，懷裡抱著活著的、發著光的夫人。雅庫柏夫斯基壓下嘆息，他幾乎快要哭出來了，可是他知道他必須忍住，因為他現在做的每一件事情，其他人都會跟著照做。他走進半開的門後狹窄的空間，隨後立刻關上了門。好幾根蠟燭早已熄滅，只剩下一根還亮著。夫人維持著去世時的姿勢躺著；她沒有復活，一切毫無改變，除了一點：她現在毫無疑問是一具屍體了。她的下頷是張開的，眼睛半瞇著，燭光在光滑的眼球表面上閃爍，夫人的皮膚是灰暗的。

雅各躺在她旁邊——一絲不掛，身材消瘦，輪廓分明，皮膚黝黑，連他身上的所有毛髮都變成了灰色，頭髮像狗一樣亂七八糟，雙眼凹陷。他消瘦的大腿觸碰著漢娜的身體，手放在她的胸前，像是在擁抱她。雅庫柏夫斯基覺得雅各可能也死掉了，他忽然感覺一陣燥熱，在床前跪了下來，感受不到膝蓋撞到石磚時的疼痛，他開始無法抑制地啜泣。

「你真的相信我們不會死嗎？」雅各從妻子身上爬了起來。他看著納赫曼，他的深色眼眸中沒有燭光的倒影，黑得像洞穴的入口。雅庫柏夫斯基沒有回答這個問題，它聽起來既諷刺又挑釁。雅庫柏夫斯基控制住自己的情緒，從箱子裡拿了一件上衣和土耳其羊毛內衣，開始替雅各穿衣服。

第二天天亮之前，送葬隊伍走過了城牆。將近中午的時候，他們到了列祖之洞。兩位沃洛夫斯基、帕沃沃斯基與馬圖舍夫斯基艱難地將棺材抬進了洞裡。

《碎筆》：圍城

我要記錄死亡。

最先離開的是長子，七歲的小雅各，他深受父親喜愛，預定成為他的繼承人。那是十一月底的時候，已經下雪了。在變成軍事重地的修道院內，到處都是飢餓和貧窮。此時堡壘的新任指揮官，卡齊米日．普瓦斯基已經在此駐守了，由於他與雅各的關係很好，兩人常常聊天，他同意在洞穴內舉辦葬禮。我們在洞穴裡已經有了一個小墓地，遠離外人的墓地，我們的同伴都被埋在那裡，我們並不打算聲張這件事。我們占據了這個洞穴，把它從蝙蝠與盲蜥手裡奪了過來，因為它是遠從以色列地漫遊來到我們這裡的，這是雅各的發現。因為亞當與厄娃、亞巴郎與撒辣以及其他先祖皆埋葬於此，所以我們開始於此埋葬我們的逝者。第一位是艾里先生，我們的會計，然後是雅各的孩子們，最後是親愛的漢娜。如果我們在波蘭有過什麼值錢的東西，那肯定就是這個洞穴了，我們把所有的財寶都放在這裡，因為它過去是、現在也是通往更美好世界的門扉，那個世界已經在等待我們了。

那些日子糟糕透頂，沒有任何理由足以在上帝面前為它們辯駁。一七六九年秋天，普瓦斯基的聯盟軍開始追求阿瓦恰。即使司令官親自聲明她是猶太魔法師的女兒，要他們放過她，卻於事無補。她的美貌引起了每一個人的好奇。有次一群高大的軍官看見她，請求雅各讓他們和他的女兒見面。然後其中一人說她本人的美貌足以讓她成為聖母，雅各非常喜歡這個說法。然而，他平常會把她藏在塔樓裡，士兵們喝酒時，他甚至會禁止她外出，即便是上廁所也不行。惡靈降臨在這些聯盟軍軍人身上，他們一群人時常無聊地待在堡壘裡，或是享用從鎮上偷偷帶進來的烈酒，喝得酩酊大醉。因為只要阿瓦恰一走出來，他們馬上就會擋住她的去路，向她搭話，有時候情況會變得令人不舒服，一大群男人圍著一個女人，而且還是年輕的美女。阿瓦恰自己也對她引發的興趣感到訝異，他們的好感混合著迷戀與不友好的欲望。有好幾次，他們的行為超出吹口哨和搭訕的範圍——整個軍團的人除了追逐阿瓦恰好像就沒有其他事可做了。即使普瓦斯基閣下介入，親自嚴令禁止他們接觸伊娃．法蘭克夫娜也沒用。士兵們缺乏適當的任務，成日空等，他們不確定未來會如何，變成了一群愚笨的人，無法掌控。可以的話，我寧願不要寫、也不要提這件事，但是出於記錄事實的責任，我只能寫下：最後，那件事發生的時候，雅各派我和沃洛夫斯基帶她去了華沙，直到母親過世之後她才回到這裡，一直到最後都和父親待在一起。而那一晚，她遇襲的那天晚上，她做了一個夢，夢中有位身穿白衣的日耳曼人將她從塔樓救了出去。在夢中，她被告知，那人是皇帝。

圍城的那幾年，不論對我或是對我們所有人來說都很艱難。我很感謝命運讓我作為使者，能夠常常往返於首都和琴斯托霍瓦之間，這讓我不會像雅各那樣難受。他在修道院內經歷了幾年相對自由的時間，現在監禁的生活讓他更加痛苦。一知道這裡即將被包圍的時候，我們所有人幾乎都急急忙忙離開了自己的祖屋處，回到了華沙。維隆郊區街變得空蕩蕩的，只剩下楊．沃洛夫斯基和馬特烏什．馬圖舍夫斯基留在救主身邊。

漢娜過世之後，雅各的健康狀態變差了，我必須老實承認，我以為這就是末日了。當時許多人都在思考，為什麼約伯會說：「我這皮肉滅絕之後，我必在肉體之外得見神[17]」；約伯說的這一段話令我感到不安。因為如果人類的肉體既不持久，也不完美，那麼創造它的那一位一定既軟弱又無能。這就是約伯的想法。我也是這麼想的，而即將到來的時刻只會證實我的想法是對的。

之後我與沃洛夫斯基、馬圖舍夫斯基一致同意派人去華沙接瑪麗安娜，然後是伊格納佐娃，這樣雅各才能吸吮她們的胸部。這麼做總是對他有所助益。所以我的眼前總是會浮現這樣的畫面：當俄羅斯軍隊圍城，當大炮發射，城牆變得搖搖欲墜，當大地震動，人們如同蒼蠅般大量死去，救主正在監禁自己的塔樓房間裡吸吮女人的乳房，並藉此修復這個千瘡百孔的悲慘世界。

一七七二年夏天，已經沒有什麼東西可以捍衛了。琴斯托霍瓦陷落了，人們筋疲力盡、飢餓不已，修道院幾乎要斷氣了，人們缺少水和食物。我們的指揮官普瓦斯基被指控企圖顛覆國王，而且他必須將堡壘交給俄羅斯軍隊管理。八月十五日，波蘭女王聖母瑪利亞升天日的祈禱沒有用。修士們趴在骯髒的地板上，等待奇蹟出現。晚上的彌撒結束之後，牆上升起了白旗，我們幫助修士把值錢的畫

17和合本《約伯記》第十九章第二十六節。

像和供品藏起來，並在至聖畫像原本的位置上掛上複製品。幾天之後，俄羅斯人進來了，他們把修士們關在食堂裡；有好幾天我們都能聽見裡面傳出他們祈禱、歌唱的聲音。院長陷入了絕望，這是歷史上修道院第一次落入了外國人手裡，這或許就是世界末日了。

俄羅斯人在修道院庭院生起巨大營火，飲用彌撒用的紅酒，他們把沒喝完的酒全倒在石頭上，被染紅的石頭像是沾上了血。他們掠奪藏書室與金庫，破壞軍火庫和許多武器。他們把大門炸掉。在修道院的外牆上可以看見滾滾濃煙從被他們放火燒毀的附近村莊飄來。

出乎我意料的是，雅各完全沒有因為這樣的情況變得沮喪。混沌反而帶給他力量，混亂的戰事令他興奮。他與莫斯科佬攀談，可是他們害怕他，漢娜的死讓他的外表變了很多，他現在瘦巴巴的，有黑眼圈，五官變得更加分明，頭髮斑白。很久沒見過他的人，可能會以為這是另一個人。他是瘋子嗎？中邪了嗎？事實上，他是為了保護修士才與莫斯科佬接觸的，之後他們釋放了被關在食堂的修士們。

幾天後，比比可夫將軍出現在修道院內。他騎著馬進到教堂的大門，坐在馬背上向院長保證，在俄羅斯的管理之下他們不會發生任何事。就在同一天晚上，我們和雅各一同請求俄羅斯將軍破例釋放雅各。我以為他們會需要我把對話翻譯成俄語，可是他們交談的時候用的是日耳曼語。比比可夫相當和藹可親，兩天後雅各就收到了同意他離開修道院的官方文件。

雅各，我們的救主說：

「每個尋找救贖的人都必須做三件事：改變住所，改變自己的名字，改變自己的行為。」

所以我們依言照做。我們變成了不一樣的人，並且離開了琴斯托霍瓦，這個最光明、同時也是最黑暗的地方。

六　遠國之書

In nostra Europa (sunt *regna & regiones* pri- (mariæ:	W naszey Europie (są nayprzednieysze (krolestwa:	regnum, n. 2. krolestwo. primarius, a, um, nayprzednieyszy.
Lusitania,	Portugallia,	
Hispania, 1	Hiszpania, 1	
Gallia, 2	Francya, 2	
Italia, 3	Włochy, 3	
Anglia, (*Britannia*) (4	Anglia, 4 (Brytania)	

Scotia,

26

嫣塔閱讀護照

嫣塔看見了邊境上被出示的護照。戴著手套的軍官將它們小心地拿在手裡，他讓旅客們待在馬車上，這樣他就可以放心地在崗樓裡細讀這些護照。旅客們沉默不語。

雷維斯尼伯爵卡羅．埃默利克[1]（戴著手套的軍官低聲讀著），羅馬教廷設於日耳曼、匈牙利與捷克的宗座特使，真正的使者，皇室正式授權的大臣特此通知，護照持有人雅各．法蘭克先生，一名商人，與其同行的隨從共十八人等，將會以商務目的出行，分乘兩輛馬車前往摩拉維亞

---

1 卡羅．埃默利克．亞歷山大（Carl Emmerich Aleksander），匈牙利貴族，一七七三年至一七七九年間於華沙擔任奧地利大使。

的布爾諾，因此籲請一切相關單位不得在上述的雅各．法蘭克先生及其十八位侍從跨越國境時擅加阻撓，且必要時尚且需要為其提供相應的幫助。一七七三年三月五日於華沙發布。

除了奧地利護照以外，還有一份普魯士護照，嫣塔將它看得非常仔細；它的字跡非常優美，蓋了一個大大的印章：

> 護照持有人商人雅各．法蘭克從琴斯托霍瓦來到此處，他在華沙停留了八日，此刻正帶著十八名隨從，搭乘兩輛馬車途經琴斯托霍瓦前往摩拉維亞做生意。由於四處空氣清新、有益健康，感謝上主此地並沒有瘟疫出現的跡象……

嫣塔仔細咀嚼這個德文說法：「感謝上主此地並沒有出現瘟疫的跡象……（und von ansteckender Seuche ist gottlob nichts zu spüren...）」

> 因此籲請一切軍事與民政當局，讓上述商人及其同行之人、車座結束事前檢驗之後，得以毫無阻礙地通過國境繼續旅行。一七七三年三月一日華沙。伯努瓦將軍，駐波蘭立陶宛聯邦皇家大使。

嫣塔了解在這些護照背後隱藏了國家機器的龐大宇宙，與它的太陽系、軌道、衛星、彗星的現象，以及牛頓不久前描述的引力奧祕。這是一個既敏銳又警覺的系統，它支撐著成千上百張辦公桌，成堆的公文在銳利鵝毛筆尖的撫摸下複製增生，從這一隻手被遞到那一隻手，從這一張桌子被傳到那一張桌子；紙張造就的風與強勁的秋風相比或許微不可察，但是它在這個世界的規模之下非常重要。它可能會在某個遙遠的地方，非洲或是阿拉斯加引發龍捲風。國家就是一位完美的篡奪者，絕不妥協的掌權者，秩序一旦被建立就不會改變（直到下一場戰爭將其扭轉為止）。是誰在這片雜草叢生的草叢上畫出了界線？是誰禁止人們跨越它？這位戴著手套、疑心重重的軍官是以誰的名義行動？此番懷疑從何而來？那些信差與使者途中每到一個驛站，就要為郵局馬車更換疲憊的馬匹，讓他們如此大費周章運送的文件究竟有何目的？

雅各的隨行人員全是年輕人，沒有半個年長者。後者在華沙留守，照顧剛有起色的生意。年幼的孩子被送到皮亞里斯特修士手中，住在新城區，他們固定每個星期天上教堂。其他人刮掉鬍子之後混入了泥濘街道上的人群中，你偶爾還能聽見他們輕微的猶太口音，但是它很快就會像雪一樣消失。

雅各坐在第一輛鋪著毛皮的馬車上，身旁坐著阿瓦恰，父親現在已經不這麼稱呼她了，改口叫她伊娃。她的臉頰凍得通紅，父親偶爾

替她打理身上的毛毯。女孩把老母狗魯特卡抱在腿上，牠時不時發出鬱悶的嗚咽。沒人有辦法說服她把狗留在華沙。對面坐著延傑依．耶羅辛．丹博夫斯基，他現在是救主的祕書，因為雅庫柏夫斯基（以及他的妻子）待在華沙照顧救主的兒子們。坐在丹博夫斯基旁邊的是馬特烏什．馬圖舍夫斯基。當軍官收走護照查看的時候，所有人一致沉默。廚師與兩個助手約瑟夫．納庫尼茨基、弗朗齊歇克．波多夫斯基騎馬，此外還有在琴斯托霍瓦時作為特助深受雅各喜愛的伊格納齊．切西萊伊斯基。

女人們擠在第二台馬車上——瑪格達．格林斯卡，婚前叫耶澤札尼斯卡，她是伊娃．法蘭克的好友，比阿瓦恰稍長幾歲，身形高䠷，自信大方，宛如一位樂於照顧他人、為他人奉獻的母親，按照護照上的註記她是一名女傭。作為女傭隨行的還有安努夏．帕沃沃斯卡，她是帕維爾．帕沃沃斯基（曾經的布斯克的哈伊姆，也就是納赫曼．雅庫柏夫斯基兄長）的女兒。安努夏出落成了美麗的少女。擔任洗衣女工的是羅莎．米哈沃夫斯卡與瓦別斯基的遺孀德蕾莎。和他們一起的還有楊、楊乃克、伊格納茨與雅各，他們尚未取得自己的姓氏，所以謹慎的軍官在相應的格子填上了「福里希」與「福爾曼[2]」。雅各常常搞錯他們的名字，他忘記的時候就會把每個男孩都叫成赫賽爾。

從他們進入奧斯特拉瓦[3]那一刻起，就可以看得出這裡是不同的國家，乾淨整潔，路面堅實，儘管路上有泥巴，但馬車還是能夠順利通行。主幹道旁有客棧，完全不是猶太人經營的那種，而且他們途經波蘭的時候就盡量避開了猶太客棧。然而，摩拉維亞畢竟是虔誠信仰者的國度，幾乎每座城鎮都有他們的信徒——只是他們並不一樣，更加封閉，他們內心有一套自己的想法，但是表面上看起來就像真正的基督徒。耶羅辛．丹博夫斯基——雅各現在會打趣地叫他「小延傑依」——他好奇地看著窗外，引用了某位卡巴拉學者的話，《聖詠集》第十四章第三節：「人人都離棄了正道，趨向邪惡：沒有一人行善，實在沒有一個。」這段話的希伯來字母代碼總和，與摩拉維亞的希伯來名稱梅林（Mehrin）是一樣的。

「我們要小心那些日耳曼人，」他警告。

伊娃很失望——她非常希望弟弟們能夠和他們一起來，可是他們既天真又怯懦，如同地窖裡長出的枝枒纖細脆弱，他們害怕父親，而且父親給予他們的嚴厲遠多於關愛，他們似乎總是不斷惹他生氣。他們兩人的確笨手笨腳又缺乏自信。羅赫一頭紅髮，臉上長著雀斑，一挨罵就開始哭哭啼啼，這種時候他水汪汪的碧綠眸子會盈滿淚水，就連那些眼淚也是池塘碧波的顏色。約瑟夫文靜內斂，輪廓分明，五官如同鳥類一般：高鼻子、長臉、短下巴、招風耳、一雙漂亮的黑眼睛，他總是自得其樂，蒐集樹枝、石頭、幾截緞帶、線軸，如同喜鵲般令人難以理解的行動。伊娃把這個弟弟當成自己的小孩疼愛。

當軍官終於將護照歸還給他們，馬車再度出發，伊娃探出頭回望身後的道路，她了解這次自己將會永遠離開波蘭了，再也不會回來。波蘭對她而言就是光明山上的那間牢房；當她第一次看見它的時候，她才八歲——壁爐永遠不夠溫暖的寒冷軍官房。波蘭同樣也是前往華沙去沃洛夫斯基家的一次次出行，她在那裡匆匆學習彈奏鋼琴，老師會用木尺抽打她的手。她會記得母親的猝逝，如同打在胸口

2 福爾曼（Fuhrmann）是日耳曼人與阿什肯納茲猶太人的姓氏，意思是馬車車夫。
3 奧斯特拉瓦（Ostrawa）位於摩拉維亞東北部，為今日捷克第三大城。

上的重擊。她明白她再也不會踏上這條回程的路了。未知的三月陽光下種滿白楊樹的大馬路轉瞬成了回憶。

「伊娃小姐是在悼念那間軍官房，她肯定很想念羅赫……」馬圖舍夫斯基看見她憂傷的表情時取笑她。

車廂裡的所有人都咯咯笑了，除了她的父親。你無法從他的表情看出他在想什麼。他將她攬在臂彎中，把外套蓋在她頭上，像是對待一隻小狗。在這伊娃才能藏住自己流也流不完的淚水。

眾人於一七七三年三月二十三日晚上抵達布爾諾，在藍獅客棧租了房間，因為只剩兩間空房，所以他們在那睡得很擠。「福里希」與「福爾曼」組成的小分隊並排睡在馬槽鋪了乾草的地板上，丹博夫斯基頭底下墊著裝有現金與文件的箱子。然而——直到第二天他們才得知這件事——假如他們想要在這座城市待上更長一段時間，就需要特別的許可證。於是雅各與伊娃下令搭車前往普羅斯捷約夫，他們的表親多布魯什卡所在的地方。

關於普羅斯捷約夫的多布魯什卡家族

伊娃瞪大雙眼看著當地女性的衣著、她們的愛犬與馬車。這個季節光禿禿、排列整齊的葡萄園，以及為了復活節打掃過的乾淨庭園映入了她的眼簾。路人駐足觀察他們的馬車，她父親的高帽，與她鑲著狼皮的長版外套。她父親那不知反抗為何物、嶙峋有力的大掌緊緊握著她的手腕，拉開了她全新的羊皮手套。這股握力讓伊娃疼痛，可是她沒有抱怨。她可以忍受很多事情。

城裡所有人都很清楚多布魯什卡家在哪裡，每個人一一為他們指路。住宅位於市集廣場旁邊，是雙層建物，而下方是有著巨大窗戶的店鋪。房子外牆剛重新整修過，眼下有些人正在屋前鋪鵝卵石。馬車停駐，它無法駛得更近了，車夫跑去通報他們的到來。半晌過後，二樓窗戶的窗簾被拉開了，年長與年輕家僕的目光好奇地看著來人。

大家走出來迎接他們。伊娃向申黛爾姑姑行屈膝禮，對方感動地給了她一個擁抱，伊娃聞得到她洋裝上的味道——淡淡的花香，好似粉底與香草的味道。所羅門，也就是札爾曼，熱淚盈眶。他老了非常多，幾乎要走不動了。他的長臂環抱住雅各，輕拍他的後背。沒錯，札爾曼虛弱又生病，身形變得消瘦。他以往的大肚子消了下去，而他的臉上有了溝壑。二十一年前羅哈廷的那場婚禮上，他的身形是如今的兩倍大。至於他的妻子，申黛爾如同春天盛放的蘋果樹。又有誰能想到她生了十二個小孩呢？她的身材仍然姣好，豐滿動人。只有她的頭髮稍微白了一點，茂密的頭髮被梳得高高的，小波奈特帽用黑色蕾絲髮夾固定住。

儘管表現得相當熱情，申黛爾打量表兄的目光滿是懷疑，她聽過太多他的事情，實在不知道該如何作想。她本來就不會把人類想得太美好，她太常看到讓她覺得愚蠢自負的人。她擁抱阿瓦恰的方式有點誇張，太過用力——面對女人的時候她總是主導的那一方——她對女孩波蘭式的髮辮感到讚嘆。申黛爾是個漂亮的女人，衣著精心打扮過，充滿了自己與周身個人魅力的自信。再一陣子之後，整間房子就只聽得見她的聲音了。

中黛爾不拘小節地牽起表親的手，帶著他走到客廳。客廳富麗堂皇的裝飾令賓客卻步，因為過去十三年他們只有在教堂裡才會看到這麼美麗的古董。這裡鋪著拋光的木質地板，上面蓋著土耳其地毯，牆上畫著淺色花紋，還有一台有著某種琴鍵的白色樂器。一旁放著裝飾精巧的三腳桌，桌腳還做成了動物腿部的形狀。窗前的布簾有一台帶抽屜的有趣縫紉箱，客人們抵達的時候，她正在和女兒們刺繡，所以扶手椅上還放著刺繡框。她有四個女兒，此刻她們並肩排成一列，面帶微笑，像是對自己感到滿意的樣子：長女布魯維梅容貌出色，個頭不大，心情愉悅，然後是薩拉、姬特拉與年幼的艾斯特拉，她有著一頭鬈髮，蒼白的臉龐上有兩坨紅暈，像是有人為她畫了腮紅。所有人都穿著花紋細緻的裙子，可是每件裙子的顏色都不一樣。伊娃也想要一件這樣的裙子，想要她們頭上綁著的那種緞帶，在華沙的人們不會佩戴這樣的緞帶，她可以感覺到自己已經深深愛上這些裙子，這種淡雅的顏色與絲帶了。在波蘭她只知道豔麗的大紅色、莧菜花一樣的紫紅色與土耳其藍，可是這裡不一樣：所有顏色好似被調淡了，彷彿世界各式各樣的顏料都被溶進了牛奶裡；她甚至找不到字眼形容頭髮上絲帶的那種灰濛粉色。中黛爾姑姑向她介紹了自己的小孩。她的意第緒語與來自波蘭的訪客有些許不同。介紹完女孩們之後，換男孩們走上前。

這是摩西，他一聽說有名的舅舅來訪就特地從維也納趕來了。他現年二十，只比阿瓦恰大兩歲，有一張修長的臉蛋，表情豐富，牙齒並不平整，他已經在用德語[4]與希伯來語撰寫學術論文了。他對詩歌、文學以及新的哲學思潮深感興趣。他給人的感覺有點過於大膽，話太多，或許還有點過於倨傲，和他的母親一樣。有一種人，你一開始和他們相處會感到困擾，因為你會過於受到他們吸引，沒來由地對他們有好感，即使你很確信這只是一種遊戲與表象。摩西正是這樣的人。當摩西望著她的時候，伊娃會避開他的視線，面色通紅，這樣的反應反而讓她更加害羞。打過招呼之後，她生硬地行屈膝禮，並不願意與他握手，這一幕全落入了申黛爾的眼中，她給了丈夫一個會意的眼神，並用自己的表情說明了心聲：這個女孩缺乏良好的教養。之後，多布魯什卡家其他兄弟的名字，伊娃就記不住了。

申黛爾．賀什在弗羅次瓦夫出生，她的家族卻來自熱舒夫[5]，和雅各的家族一樣；雅各的母親與申黛爾的父親是兄妹。她現年三十七歲，她的臉龐看起來仍然年輕有活力。她深邃的大眼眸讓人想到水井，你不會知道井底有什麼。她的眼神專注又具有穿透力，充滿警戒。你很難甩開她的目光。伊娃別過眼，心想申黛爾姑姑與她的母親是多麼地不同。她的母親對人充滿信任，心思單純，因此她常常顯得手足無措，毫無防備，她記憶中的母親像是褪去了所有力氣，每天早晨都不得不如同摘取藍莓一樣，耐心地慢慢將力氣拾回。這個女人有著過剩的精力，一邊與表兄說話，還能一邊擺設餐桌。女傭提著一籃剛出爐的溫熱小圓麵包闖了進來，此外還有蜂蜜以及黑糖塊，人們會用特製的小鑷子夾著方糖放入咖啡中。

最初的對話是為了讓他們可以仔細看清彼此。從整間房屋各個角落裡跑來的多布魯什卡家的孩子

4 本書中，提到的德國或德語，意義不同於在十九世紀後由普魯士統一的我們現今熟知的德國或現代德語，當時指的是由許多公國組成的德意志地區及當時該地區的語言。

5 熱舒夫（Rzeszów）位於波蘭東南部，是連接克拉科夫與利沃夫兩座重要都市的交通樞紐，一七七二年之後被劃分到奧地利瓜分區之下。

們，好奇又興奮地看著伊娃·法蘭克這位陌生的表親，以及臉蛋黝黑粗糙的奇怪舅舅。伊娃還穿著在華沙買的裙子，是不怕髒、「適合旅行」的菸草棕色，一點也不適合她。其中一隻綁帶短靴裂開了，她正試著用另一隻鞋尖遮住裂開的地方。她圓潤臉蛋上的紅暈並未褪去。她的圓頂帽底下（她在華沙的時候還覺得這麼做很有品味）露出了幾縷頭髮。

雅各打從一開始就表現得十分聒噪親暱，彷彿從他離開馬車的那一刻起，他的內在就發生了變化，他愁容滿面的疲憊臉龐戴上了歡快的面具。幾湯匙的鵝湯沖走了他的憂愁，申黛爾富有感染力的笑容溫暖了他的內心，櫻桃利口酒令他放鬆。最後，一個具有異國情調的詞彙出現了：琴斯托霍瓦。接著雅各開始講述，一如既往比畫著各種手勢，橫眉豎目。他用波蘭語咒罵，用意第緒語咒罵，孩子們對此感到尷尬，但是他們看向母親之後便冷靜了下來——申黛爾低眸斂目，像是在說：他可以這麼做。

他們坐在客廳的小圓桌邊，用精緻的杯子喝著咖啡。伊娃沒有在聽父親說的故事。她要拿糖的時候（他們給了雪白的大顆糖粒用來配咖啡），看見了糖罐上港口都市的圖案，畫有獨具特色的卸貨用起重機。至於咖啡杯，它的杯面白皙光滑，而杯緣鑲了一圈精細的金邊。當她的嘴唇碰到它的時候，彷彿可以嘗到金邊的味道，似乎是香草味的。

時鐘滴滴答答——這種新的聲音將時間分切成了小塊，一切好似被校對成一塊塊方格。簡潔有序、充滿理智。

午餐過後，父親與札爾曼姑丈、申黛爾姑姑待在一起，他們讓伊娃去女孩們的房間，最年幼的姬特拉與艾斯特拉向她展示了她們的日記本，來訪的客人會在上面留言。她也要在上面留言。她萬分驚恐。

「可以用波蘭文寫嗎？」她問。

她瀏覽著日記本，然後看見所有留言都是用德語寫成的，她對德語所知甚少。最後瑪格達・格林斯卡為她代筆，用優美的波蘭文寫下了留言。伊娃補上了一朵帶刺的玫瑰，她們還在琴斯托霍瓦的時候就會一起這麼做。這是她唯一會畫的花朵。

大人們在客廳裡高談闊論，她時不時可以聽見他們的爆笑與驚呼，接著他們會壓低聲音耳語。僕人們送上咖啡與水果，從房子深處飄來煎肉的香味。延傑依・丹博夫斯基在整間屋子裡走來走去，視線掃過屋內每個角落。他看向女孩們的房間，濃烈苦澀的菸草味隨著他的到來飄了進來。

「原來小姐們躲在這裡啊……」他說，隨後他帶著菸草味的身影便消失了。

伊娃坐在座深寬大的扶手椅上，把玩著窗簾的流蘇，此時父親的聲音傳入了她的耳中，他正在生動地講述著自己是如何被俄羅斯人釋放的。她聽見他誇大渲染那些事件，甚至可以稱得上是在說謊。在他的故事裡一切都顯得十分戲劇化，而他本人搖身一變成了英雄——攻擊、發射的槍炮、瀕臨死亡的老兵、血液、被碎石掩埋的修士。事實上，這一切並沒有如此戲劇化。父親曾說過，駐軍沒有任何抵抗就投降了，圍牆上掛起了白旗，武器被堆成一堆。當時下著雨，成堆的手槍、刀劍與火槍，看起來就像是一堆堆枯枝。他們讓聯盟軍排成四排，然後就領著他們離開了。俄羅斯人開始計畫性地掠奪。沃洛夫斯基與雅庫柏夫斯基代表雅各與比比可夫將軍溝通，對方與另一位軍官簡短地討論過後，下令為雅各簽發證明他獲釋的文件。

當大家搭著租來的馬車駛向華沙，他們被幾批不同的巡守隊攔查了好幾次，包括尚未被逮捕的聯盟軍與俄羅斯軍隊。他們讀著那份文件，狐疑地審視著被奇怪男人簇擁著的美麗女孩。有一次他們被一群衣衫破爛的匪徒攔住，楊．沃洛夫斯基當即對空鳴槍，然後對方就逃跑了。他們在華沙近郊拐彎駛離了主幹道，向修女們支付了豐厚的報酬之後，將伊娃留在了修道院，他們不願帶著她冒險繼續穿越這個突然變得野蠻的國家。她會在那裡等著父親回來。他與女兒告別的時候吻了她的嘴唇，告訴她，她是他所擁有的最重要的事物。

現在父親正在講述他們爭取護照的艱辛，然後她聽見了申黛爾姑姑難以置信的尖叫聲：

「你當時想要去土耳其？」

伊娃聽不見父親的回答。接著姑姑的聲音再度響起：

「土耳其現在可是波蘭、奧地利、俄羅斯的敵人，會爆發戰爭的。」

伊娃在扶手椅上睡著了。

關於布爾諾的新生活與手錶的滴答聲

幾天後他們在布爾諾的郊區向市議員伊格納齊．皮埃齊租了一間房子。雅各．法蘭克必須向他展示自己的護照，向政府機關提交證明文件，證明他來自士麥納，從波蘭來此地旅遊，由於他已經厭倦了做生意的日子，他想要與女兒伊娃一同在布爾諾定居。此外，他必須證明自己做生意賺來的錢可以支持他在此地定居的開銷。

在他們花了好幾個禮拜整理自己的行李、鋪好床單、將內衣放到櫃子抽屜裡的時候，紙張正在他們腦袋上沙沙作響，信件、報告、密報、筆記來回往復。普羅斯捷約夫的縣長，某位馮．佐倫先生在文件中對於是否該讓這群人在布爾諾定居提出了質疑，他懷疑一位新入教者——他是這麼聽說的——是否能夠負擔雇用眾多隨從的費用。而且這些傭人全都是由新入教者組成。此外，儘管皇帝陛下強調宗教寬容，但是馮．佐倫先生害怕承擔責任，在帝國行省政府的最終決議送達之前，他寧可讓上述這位新信徒另尋他處定居。

對此，他們答覆，考慮到波蘭的戰爭狀態，外來者一事應交由軍方裁決，依據一七七二年七月二十六日所頒布的法令，在沒有軍方許可的情況下，任何來自波蘭的人都不得於國內逗留。然後馮．佐倫先生收到了一封來自軍事司令部的公文，文中表明他們不受軍事管轄權限制，而是受到民事法律約束，因此，當局認為此事應交由行政單位定奪。與此同時，行政單位請求縣長提供雅各．法蘭克此人的相關資訊：他旅行的目的、收入來源，與關於他宣稱的生意的進一步細節。

在官方與非官方調查員的努力之下，縣長回報：

……法蘭克此人供述，他在波蘭王國中距離切爾諾夫策三十哩，如今俄羅斯帝國人民暫居的地方，擁有一群長角牛，並且用牠們經營著廣泛的生意，然而考慮到波蘭如今的現況與戰事的紛亂，他害怕自己家人的生命受到威脅，正打算將這些牲畜脫手。此外，他在士麥納還擁有其他產業，讓他每三年就能獲得一筆收入，所以他沒有在摩拉維亞的布爾諾做生意的打算，將會完全依

312 Joh. Grott 41
313 Lorz. Mekle 41
314 Jos. Taubenschbe. 41
315 F. V. Lerchenhei. 41
316 Ema. Sidlo. 41
317 Graf V. Blimegen 41
318 B. Mundy 41
319 Ana V. Kessller. 41
320. Joh. Postelbauer 42
321 Kar. Kniebänd 42
322 Fra. Pachner 42
323 Chri. Stadeus 42
324 Grä. Waffenberg 42
325 Jos. Donner 42
326 Domi. Hülseber. 42
327 Eli. Heinzin 42
328 Val. Gerstbauer 42
329 Ba. V. Forgats. 42
330 Graf Heis zler 43
331. Vin. Miller 43
332 Graf Funfkir. 43
333 Hei. Hornij 43
334 Joh. Reindlburg 43
335 Alex. Kautschor 43
336 Jos. Schönberger. 43
337 Jac. Andres. 43
338 Konst. Sensz 43
339 Joh. Mayer 43
340 And. Obermayer 44
341 Apo. Loiblin 44
342 Jos. Rottenberg. 44
343 Jos. Perfscher 44
344 Joh. Edler 44
345 Joh. Bauma 44
346 Joh. Stracka. 44
347 Bür. Tuchm. Ha. 44
348. Wolf. Röckl 44
349 Joh. Wemola 44
350 Jos. Kern 45
351 Ana Bergeryn 45
352. Joh Schubert 45
353 Kerner O. W. 45
354 Fra. Pischl. 45
355 Joh. Wimula. 45
356 Tib. Martinius 45
357 Jos. Piller 45
358 Georg. Binder 45
359 Ant. Kopetschni 45
360 Elis. Donzilin 46
361. Kleme. Stecher 46
362 Jos. Piffel. 46
363. Jos. Ankermül. 46
364. Mich. Wilder 46
365. Fra. Senz 46
366 Fra. Bayerin 46
367 Jos. Mayerin. 46
368. Doro. Feynerin 46
369 Jos. Moser. 46
370 Fra. Leixner 47
371 Wer. Grimmin 47
372 Jos. Tauglitz 47
373 Mat. Kurz 47
374 Ant. Foszl 47
375 Joh. Elbel 47
376. Joh. Koch 47
377. Mich. Landerer 47
378. Magd. Porzerin 47
379 Fra. Heinisch. 47
380 Leop. Home 48
381 Jos. Busterhoffer 48
382 48
383 Militär Kaserne 48
384 Adel Stift. 48
385. Schul 48
386 Rosa. Schalkin 48
387 Jak. Straszman 48
388. Nowak Selig. Er. 48
389 Graf Corinsky 48
390. Ed. V Valenzi 49
391. Fra. Hodack 49
392. Joh. Tottodank. 49
393. Apo. Stankin. 49
394 Mat. Uharck. 49
395. Joh. Holaubeck. 49

215 Jos. Schmidt
216 Ada. Klotz.
217 Ber. Elgens.
218. Dom. Paduani
219 Lu. Hohcrische Er.
220 Vinto. Koflerin
221 Joh Kruwanek
222 Wen. Eitelberger
223 Ludgar Pittnerin
224 Jos. Wolf
225 Elis. Schwäiger
226 Joh. Hrzebirzeck.
227. Chri Beerische Er.
228. Vict. Hentschlin
229 Jak. Prager
230 Fra. Swoboda
231 Ant. Sreder
232 Von. Haugwitz
233 Joh. Tomann
234 Ant. Wossauch
235 Franz. Götz
236. Johan Bauman
237 Stät. Brauhaus
238 Alo. Artus.
239 Jos. Bauhlau
240 Jos. Richter
241 Jos. Domuth
242 Kat. Hamischain
243 Stä. Salmsches Hau.
244 E. von Welzenstin
245 Jos. Frans
246 Aña Pomerin
247 Johan Stanzel
248 Johan Sabl
249 Ros. Barttuskin
250 Städ. Quar. Amtshaus
251 Chri. Weidner
252 Fra. Mildin
253 Fra. Seltner
254 Jos. Schrimpf
255 Jos. Konal
256 Ign. v. Abel
257 Ant Scholz
258 Vincz. Gottlieb
259 Frh. v. Roden
260. Frh. v. Dubsky
261 Rosa. Schardtin.
262 K. K. Posthaus
263 Tho. Astin.
264 Joh. Kucziczka
265 Elis. Ortvanin
266 Jos. Radl
267 Augu. Schiler
268. Fra. Mikssiczek
269 Städ Malzhaus
270 Fra. Hayer
271 Schneidrherberg
272 Ign. Fitz.
273 Nan. Petterin.
274 Fra. Madron
275 Jos. Schrotter
276. Ant Frank.
277 Wölf. Pupil. haus.
278. And. Schweigel.
279 Mari. Sixtin
280. Jos. Poyger.
281 Jewe. Klost. Tisch.
282 Ther. Festtin.
283 Graf. Metrowsky
284 B. V. Fronenfels
285 Graf Stotkhamr
286 Graf Skribenski
287 Jos. Stumer.
288 Aña Göttinger
289 Jos. Kniebadel
290 Jose. Anzinger
291 Graf Seront
292 Jak. Korabeck
293 Fra Lachnit
294 Fra. Polek.
295 Jos. Festl
296 Joh Perschl
297 Heinr. Hein

賴上述收入來源過活。至於這位法蘭克的行為、為人處事、性格與人際關係，在經過縣政府最嚴密廣泛、盡心盡力的調查之後，並未發現任何可能損害該法蘭克名譽的事實。這位法蘭克品行端正，靠著自己的收入與現金過活，沒有任何債務。

一開始，如同先前所說，他們住在郊區，在葡萄園區滿是花園的美麗山丘上。一年後他們搬到了小紐加瑟街上，之後又搬到了彼得堡街，在札爾曼．多布魯什卡與其他人的幫助下，他們租下了這條街四號的那棟房子，租期十二年。

他們向其中一位市議員承租了這棟房子，它坐落在大教堂旁的山丘上，從這裡可以俯瞰整個布爾諾。院子不大，缺乏整理，長滿了牛蒡。

伊娃分到了最漂亮的房間——有四扇窗戶，採光明亮，牆上掛著許多描繪牧羊風光的風景畫。帶著床簷篷的床架有點高，不太舒適。衣櫥裡掛著她的洋裝。瑪格達．格林斯卡每晚都會躺在伊娃房間的地板上，她無論如何都不想回到丈夫身邊；他們最後還是替她買了一張床。其實沒有這麼做的必要，因為天氣冷的時候兩個人會相擁而眠，不過只有在她的父親已然入睡、看不見她們的時候，他的鼾聲響徹房間。

可是雅各總會抱怨自己睡不著。

「想辦法把那滴滴答答的東西拿走！」他怒吼，然後命人把先前令他讚嘆的時鐘搬到樓下。時鐘來自日耳曼的某個地方，是百分之百木製的，整點的時候會有一隻鳥跳出來，牠的叫聲像是有顆葡萄彈在旁邊炸開，彷彿他們還被困在琴斯托霍瓦的圍城之中。而且這隻鳥醜得更像是老鼠。雅各會在半夜醒來，然後在房子裡走來走去。他有時候也會走到阿瓦恰的房間，可是一旦看見瑪格達和她躺在一起的時候，就會變得更加憤怒暴躁。最後他們將時鐘當成禮物送人了。

夏天的時候，伊娃會去申黛爾姑姑家學習良好的儀態，如何演奏札爾曼從維也納引進的時髦鋼琴。她還要學習法語，她的學習力強，所以很快就抓到了對話的訣竅。她和自己人用波蘭語溝通，父親禁止所有人說意第緒語。然而現在她必須和表親們說德語；她會在姑姑家上德語家教，那位老師同樣負責教導其他比她年輕的女孩。和這樣的小傢伙一起坐著上課令伊娃感覺羞恥，她很用功，即便如此，她似乎也無法追上多布魯什卡家的年輕女孩。她偶爾會加入拉比的私人家教課，他負責孩子們的希伯來語教育，女孩與男孩都是他教的。這位老者，所羅門．哲斯泰，是那位喬納坦．艾貝許茨的親戚，後者正是在普羅斯捷約夫出生的，他的家人仍然在這座城市生活著。拉比把重點放在兩個男孩，伊曼紐爾與大衛身上，兩人都已經參加過成人禮，現在正要開始研讀虔誠信徒的聖書。

裁縫每隔一個月會上門一次，姑姑逐次替阿瓦恰訂製了裝滿新衣櫃的衣服：顏色柔和的輕便夏季裙裝，低領的短夾克背

心，充滿緞帶與花朵裝飾的帽子，讓人想到洋娃娃的墳墓。她向鞋匠訂購了絲質的鞋子，輕柔到伊娃不敢穿著它們走到布爾諾滿是塵土的街道上。穿上這些新衣服之後，伊娃變成了閱歷豐富的女人，父親望向她時滿意地眨了眨眼，還要她用德語隨便說幾句話。伊娃朗誦了德語詩。此時他滿意地咂了咂嘴。

「這就是我夢寐以求的孩子，這樣的女兒，一個女王。」

伊娃喜歡取悅父親，唯有如此她才會喜歡自己。可是她不喜歡父親的碰觸。她會裝成自己有事要忙的樣子避開他的手，隨即走開，可是她總要擔心父親會喚回自己，那麼她就不得不回頭。她寧願待在普羅斯捷約夫的姑丈家。在那裡她和安努夏・帕沃沃斯卡做的事情和她的表姊妹一模一樣：學習如何當個淑女。

多布魯什卡家果園中的小蘋果樹已經結了果，茂密的草葉被踏出了幾條小徑。不久前才剛下過雨，現在的空氣清新，是深綠色的，充滿各式各樣的氣味。雨水在小徑上刻出了細紋，被申黛爾放在旁邊的木椅上有雨滴慢慢蒸發。她常常坐在那裡讀書。夏天伊娃也會坐在這張長椅上，試著閱讀法語的言情小說，姑姑收藏了整櫃這類的小說，還上了鎖。

札爾曼・多布魯什卡在桌前記帳的時候，看向敞開的窗戶，觀察著女兒們。他最近沒有去自己的菸草工廠，夏天的空氣讓他的氣喘發作。他呼吸困難，不得不小心一點。他知道自己時日無多了。他決定把自己的生意留給長子卡爾。在多布魯什卡家關於洗禮的爭執從未平息，札爾曼與幾個年紀最大的兒子抗拒這個點子，可是申黛爾支持那些願意踏出這一步的孩子。卡爾不久前帶著妻子與幼子一同受洗了。菸草生意變成了基督徒的生意。菸草將會變成基督徒的商品。

關於摩西・多布魯什卡與利維坦的饗宴

儘管摩西本人理所當然不知道這件事，但是二十年前羅哈廷的婚禮舉辦時摩西就已經在場了。嫣塔隔著年輕申黛爾的肚子碰過他，孕婦當時正因為院子裡的馬糞感到作嘔。嫣塔偶爾會出現在多布魯什卡家位於普羅斯捷約夫的果園，她認得他——沒錯，就是他，彼時那個充滿不確定性、半成形的存在，有著潛能的膠狀球體，他同時介於存在與不存在之間，人們尚未想出可以描述他的語言，沒有哪個牛頓敢於嘗試創造以他為主題的理論。可是嫣塔從她所在之處看見的不只是他的開始，還有他的結束。看得見太多並不是件好事。

而在華沙萊什諾街上的廚房內，哈雅，如今的瑪麗安娜・蘭茨科倫斯卡骨節分明的手指正在為他捏麵人。這個過程持續了很久，因為麵團會脆化裂開，人偶的形狀變得奇怪，分崩離析。之後它似乎變得和其他捏麵人完全不一樣了。

摩西主修法律，可是他對戲劇與文學更感興趣，他對母親說維也納的葡萄酒莊肯定更適合學習人生之道。他沒有膽子對生病的父親說這種話。母親愛他勝過一切，認為他是真正的天才。在母親的眼中他是一個再英俊不過的年輕人。這麼說也沒錯，沒有人會否定像摩西這樣不到二十五歲的人是美麗的，他的身材非常精實且修長。他從維也納來到這裡的時候，擺脫了撲滿粉的假髮，腦袋上空無一物地走來走去，他深色的波浪鬈髮被綁成了辮子。他形似母親，遺傳了她的高額頭與豐滿的嘴唇，他和她一樣大嗓門，口若懸河。他的打扮優雅，完全是維也納人的風格：走路趾高氣揚。他穿著薄皮革製成的長筒靴有著鍍銀搭扣，讓他修長勁瘦的小腿顯得特別突出。

伊娃得知摩西在維也納有位未婚妻艾爾卡，是富豪企業家約阿西姆・馮・波普爾的繼女，他是位得到貴族身分的改信者。沒錯，沒錯，他們正在計畫舉行婚禮。父親早就盼著他成婚了，如此一來，摩西就可以和兄弟們一起專心繼續經營他心目中最穩妥的事業：菸草貿易。可是摩西認識了這個世界上另一個奇異又深不可測的口袋，讓他可以不斷從中掏取錢財——證券市場。而且他，與母親一樣，深知還有其他比菸草貿易更重要的事情。

他時不時會邀請出身富貴家族的年輕好友來家中作客；此時母親會打開面向花園的窗戶，清掃園內的家具，把小鍵琴移到房間正中央，好讓整間房子與花園的人都能聽見琴聲。姊妹們會穿上最好看的洋裝。他的年輕友人有詩人、哲學家、天知道還有哪些人（札爾曼稱他們為「半吊子」），他們是一群開放、新潮的人；他們所有人不覺得札爾曼的大鬍子和異國口音有什麼奇怪的。在酒精的作用下，他們幾乎時時刻刻都處於情緒高漲的狀態，感覺輕飄飄的。他們讚嘆著彼此，以及那些帶著寓意與抽象象徵的詩詞。

母親喊他們來吃晚餐時，摩西正站在客廳中央。

「你們聽到了嗎？我們來去吃利維坦吧！」他高呼。青年們站起身，滑過已拋光的光滑地板，跑去占據餐桌上最好的位置。

摩西大喊：

「以色列將會在彌賽亞的筵席上吃掉利維坦！邁蒙尼德確實已經用浮誇的哲學說法解釋過了，可是我們為什麼要鄙視那些凡夫俗子的信仰呢？他們明明一輩子都在挨餓？」

摩西占據長桌正中間的位置，並未停止他的長篇大論：

「沒錯，以色列民將會把利維坦吞噬殆盡！野獸碩大的軀體會變得美味又鮮嫩，就像是……」

「像是鵪鶉幼雛的嫩肉，」有個朋友插進一句。

「或是像透明的飛魚，」摩西繼續說。「人民將會長久地吃著利維坦，直到他們多年來的飢餓被填滿為止。這將會是一份大餐，令人難以忘懷的饗宴。白帆將會隨風飛舞，呼呼作響，而我們會把剩下的骨頭丟到桌下餵狗，讓牠們也能分到救贖的一杯羹……」

一陣微弱的掌聲響起，因為眾人的手忙著把菜裝到自己的盤子裡。青年們玩著流行的法國團康遊戲，直至深夜多布魯什卡家還會傳出音樂與哄笑聲。中黛爾雙手抱胸靠在門框上站著，驕傲地看著兒子。她當然有值得為他感到驕傲的理由：摩西在一七七三年發表了三篇自己的論文——兩篇是用德語寫的，一篇用希伯來語寫的。全都是關於文學的研究。

一七七四年四月初他們舉辦了札爾曼的喪禮，在喪禮之後的追悼宴上，摩西請求與雅各・法蘭克舅舅談話。他們在玻璃陽光房坐下，冬天的時候申黛爾會把花朵放在這裡；這裡現在還長著高大的無花果樹、棕櫚樹與夾竹桃。

摩西似乎既欣賞雅各，同時卻又討厭他這個人。他對人們總是會有這種感覺，極端又矛盾。他用眼角偷瞄著舅舅，雅各不斷賣弄著大老粗的舉止令他憤怒，那色彩鮮豔、浮誇的土耳其服飾令他不快。可是他又對那難以解釋、從容不迫的自信充滿讚賞；他從來沒在其他人身上看過這樣的自信。他意識到自己對這個人的尊敬之情，甚至稱得上敬畏。正是因為如此，他才會和舅舅如此親近。

「我想讓你當我婚禮的見證人，舅舅。我希望能讓你在洗禮的時候陪著我。」

「你在守靈的時候邀我參加婚禮，我喜歡這樣，」雅各說。

「父親也會樂見其成。他向來喜歡直接切入正題。」

透過窗戶，賓客眼中的他們像是正一邊抽著菸，一邊討論著去世的札爾曼。他們的肢體放鬆，雅各朝前伸直雙腿沉思著，吐出了一口煙圈。

「所有事情都指向一個結論，」摩西．多布魯什卡說，「摩西與他的誡命全是騙人的。摩西自己得知了真理，卻向他的人民隱藏。為什麼呢？勢必是為了擁有凌駕於他們之上的權力。他編造的謊言偉大到讓人誤以為它是真實的。成千上萬的人類相信這個騙局，將它奉為圭臬不斷引用，並按照它來生活。」摩西與其說是在聊天，不如說是在演講，他根本沒有看向舅舅。「要是你意識到自己其實完全生活在幻象之中，會怎樣呢？這就像是有人指著紅色，告訴小孩那是綠色，指著黃色說是粉紅色，指著樹說那是鬱金香……」

多布魯什卡忘我地列舉對比的例子，在空中比畫著圓圈，接著繼續說：

「換言之，世界就是一個虛假的謊言，一場戲劇表演。畢竟摩西有極大的機會將被放逐的人民、將在沙漠中漂泊的人民導向真正的光明，可是他卻寧願欺騙他們，自己捏造了那些誡命與律法，宣稱它們是神聖的。他把這個祕密藏得很深，我們不得不花上好幾個世紀才得以知曉這個事實。」

摩西陡然滑下椅子，在雅各面前跪了下來，把頭倚在他的膝蓋上。

「你，雅各，堅持不懈地讓我們意識到這件事。你承擔了這個任務，所以我十分尊敬你。」

雅各看上去並不驚訝，他的雙手抱住了年輕多布魯什卡的頭，只要有人透過玻璃看向兩人，都會以為舅舅是在安慰失去父親的兒子，這是令人感動的一幕。

「你知道的，舅舅，摩西犯下了過錯，他讓我們猶太人，而且不只是我們，遭受數不盡的不幸、挫敗、疫病與折磨，之後他還離棄了自己的子民……」

「他改信了其他宗教，」雅各打斷他，多布魯什卡坐回扶手椅上，但是他拉著椅子向舅舅靠近，兩人的臉龐只有一掌之隔。

「告訴我，我說的對嗎？耶穌曾經嘗試拯救我們，他幾乎就要成功了，可是他的思想遭到了扭曲，和穆罕默德的思想一樣。」

雅各說：

「摩西律法對於人民來說無異於負擔與謀殺，可是上帝的教誨是完美的。不論是任何凡人或是受造物都無福聽見那樣的真理，可是我們相信總有一天我們會聽到的。你知道的，不是嗎？」

摩西．多布魯什卡重重點頭。

「所有真理都在啟蒙思潮的哲學之中，在我們得以獲取的知識之中，它將會救我們脫離這場苦難……」

中黛爾對玻璃窗後方的場景感到不安，她猶豫半晌，最後毅然決然敲響門板，開門告訴他們簡單的輕食已經準備好了。

關於主教座堂旁邊的房屋與少女的交付

打從住在彼得堡街的第一年開始，賓客便絡繹不絕，整間房子鬧哄哄的。翼樓人滿為患，那些沒有地方住的人向市民租了房子——因為幾乎所有的外來訪客都是年輕人，一股新的力量注入了昏昏欲睡的布爾諾。因為課程只在早上舉行，剩下的時間沒什麼事要做，救主便安排了軍訓，從那之後內院便充滿各式各樣語言的喧嘩聲，來自波蘭、土耳其、捷克以及摩拉維亞的青年一起操練，雅各叫他們「德意志小夥子」。位於布爾諾的宅院花了一大筆錢替所有人訂做制服，等所有人穿上制服之後，救主替自己的小軍隊授予軍旗，桌上擺滿制服、旗幟與分隊部署的草圖。每天清晨救主都會用相似的方式開始新的一天：他走上陽台，靠在石頭護欄上，對著練習中的青年說：

「要是有人不聽我的話，那他無論如何都不可以待在我的大院裡。要是有人在這罵髒話，那他馬上就會被從所有行動中抹除。此外，如果有人說我要做的事是不好的、沒有必要的，那他就會被排除在外。」

而且有時候他還會用更小的聲音補充：

「過去我做的是推翻並根除原有的秩序，現在我要做的是播種、是創建。我想要教會你們王國的規矩，因為你們的頭顱生來就是要佩戴王冠的。」

每個月，大院內都會接見幾十位朝聖者。有一些人是來探望雅各的，另一些年輕人則會待得比較久，在救主身邊服侍一年——這對於未婚的少男少女來說是一種殊榮。他們立刻就會把帶來的錢交給總管存起來。

彼得堡街上的房子是堅固的三層建築。沉重的木製大門擋住了通往庭院的入口，院中有著馬槽、馬車棚、柴火倉庫與廚房。彼得堡街通向聖伯多祿與聖保祿主教座堂，雖然會被雄偉教堂的陰影遮掩，但臨街這一側的房間是最漂亮的，救主與伊娃小姐，以及從華沙來到這裡的羅赫、約瑟夫占據了二樓臨街的房間。這裡也有招待重要訪客、重要的兄弟與姊妹的房間。當沃洛夫斯基家、雅庫柏夫斯基家、丹博夫斯基家，或瓦別斯基家等資歷比較深的信徒在布爾諾作客時，就會在這裡過夜。救主在左側翼樓末端有個書房，他會在那裡接見自己的客人。他們在樓下接見外來的訪客，就在庭院旁邊。這裡還有一間巨大的客廳，前屋主會在這裡舉辦舞會，現在這裡是會客廳與教室。內院那一側是幼兒園，最年幼的孩子在那裡學習。救主不喜歡身邊有嬰兒出現，所以每個臨盆的女人都要離開莊園一段時間，回到波蘭的家人身邊，除非救主另有決斷，因為他喜歡吸吮某些女人的母乳。

靠街道與庭院這一側的三樓是其他男人與女人居住的房間以及客房。他們安排了很多客房，但還是無法容納所有訪客。救主不讓夫妻住在一起。他會安排誰要和誰一起，而且大家從未因此爭吵。

在這樣的氣氛烘托下，短暫的關係與浪漫戀情會蓬勃發展便一點也不奇怪。有時候，已經被救主指配伴侶的人，會請求擁有與其他對象親近的機會，這種時候救主可能應允也可能拒絕。耶澤札尼斯基的女兒瑪格達．格林斯卡不久前就是這麼做的。她略帶羞愧地親自懇求救主，讓她可以和救主近衛軍中的雅各．西瑪諾夫斯基在一起，儘管她已經嫁給了留在波蘭做生意的雅各．格林斯基。救主過了很久都沒同意，可是有一天，他被閱兵時西瑪諾夫斯基端正的身姿與美貌打動，最後讓步同意了。事後他才發現這不是一個好主意。

在房子與馬槽後方的斜坡上，有個種滿藥草與洋香菜的小菜園。梨樹長出的梨子太過香甜，引來了全布爾諾的胡蜂。整間房子的所有年輕人，還有那些在城裡租房的年輕人，每個溫暖的傍晚都匯聚在這棵梨樹底下。這才是真正的人生。青年們有時候會帶樂器來，然後一邊演奏一邊歌唱：不同語言彼此交織，旋律彼此重疊，直到最後有長輩來趕人之前都笙歌鼎沸；屆時取得同意之後，他們就會轉換陣地去教堂的廣場。

除了留一對每天可能要用來拉小型馬車的馬匹之外，馬兒不會整天被關在馬廄裡。剩下的馬待在城外的馬房裡。牠們是美麗的品種馬，每一對馬的花色都不一樣。當救主需要出行的時候，就會派人騎馬去奧本若維茨區，拉著馬車回來。

救主上教堂的時候不需要用到馬，主教座堂只有兩步之遙。從窗戶就可以看見它雄偉的石牆；它的塔樓矗立在整座城市的上空。鐘聲響起的時候，所有人都會盛裝打扮聚集在內院裡排好隊。走在最前面的是救主與伊娃，長者們跟在他們身後，然後才是年輕人，他們以雅各的兒子為首，他們前陣子才和父親、姊姊團聚。大門被打開，所有人緩步走進教堂。路程短暫，所以他們像是要盡可能地慶祝每一個步伐，好讓人群有充分的時間可以好好端詳他們。布爾諾的居民為了欣賞這場遊行，早就在這段路上占好了位置。最讓人印象深刻的永遠是救主，因為他是天生的君王——身形高大，肩膀寬闊，他幾乎從來不會脫下的土耳其毯帽讓他的身形更顯修長，有著貂毛領子的寬大外套十分氣派。人們瞅著他鞋尖上翹的土耳其鞋。伊娃也是一大看點，她身上是最流行的服飾，頭抬得高高的，穿著青瓷色或是粉紅色的衣服。她就宛如一朵在父親周圍滑行的雲朵，群眾的目光將她從上而下打量了一遍，彷彿她是以無法觸及的高貴物質創建的存在。

一七七四年早春，雅各再度染病，這一次是消化不良，他命人將卡齊米日．西蒙．瓦別斯基的妻子露西亞從華沙帶來，正是在琴斯托霍瓦時用自己的乳汁哺餵他的那位。由於他當時因此痊癒了，現在他想要重複相同的療法。露西亞二話不說就打包行囊，帶上孩子與姊妹，應雅各的傳召來了。她餵了雅各半年，之後當他待在維也納的時間開始變得越來越長，她就被送走了。

夏天的時候，一整群少女加入了伊娃隨從的行列。八個人分別是：兩位年輕的沃洛夫斯卡、蘭茨科倫斯卡、西瑪諾夫斯卡、帕沃沃斯卡與泰克菈．瓦別斯卡、柯爾塔茹

芙娜與格拉博夫斯卡，她們是在兄弟與親人的護衛下搭著兩輛馬車從華沙來的。結束了兩個星期的路程之後，愉快的一行人抵達了布爾諾。女孩們聰慧美麗，成日嘰嘰喳喳。雅各看向窗外，她們下了馬車，理了理皺掉的裙襬，繫好下巴下方的帽子綁帶。她們看起來就像是一群小雞。她們將籃子與箱子從馬車上搬下來；湊巧經過的路人忍不住駐足欣賞這出乎意料的密集美貌。雅各審視著她們。沃洛夫斯卡姊妹永遠是最漂亮的，這都要歸功於她們與生俱來的那種羅哈廷的倨傲魅力——沃洛夫斯基家沒有一個小孩是醜陋的。然而這陣嘰嘰喳喳的聲音顯然惹怒了雅各，他轉身背過窗戶，氣憤不已。晚餐結束之後，他命令她們盛裝打扮前來長廳，他與幾位年長的兄弟姊妹已經在裡面等著了。他坐在扶手椅上——他讓人以在琴斯托霍瓦的那張椅子做樣本，訂製了同樣的紅色扶手椅，只不過這張的裝飾更豐富——兄弟姊妹則坐在牆角下的固定位置上。女孩們站在正中央，有點膽怯，她們用波蘭語彼此耳語。西瑪諾夫斯基站在雅各身旁，手裡握著不知是長槍還是斧槍的東西，嚴厲地要她們閉嘴。他命令她們依序走向救主，並親吻後者的手。女孩們順從地走上前，只有一個人開始緊張地偷笑。然而雅各沉默不語，走近她們之後一一打量每個人。他的視線在那位咯咯偷笑、黑髮黑瞳的女孩身上停留最久。

「妳和妳的母親很像，」他說。

「您怎麼會知道，救主，我的母親是誰？」

長廳裡響起一陣笑聲。

「妳是弗朗齊歇克最年幼的女兒，沒錯吧？」

「沒錯，只不過我不是年紀最小的，我還有兩個弟弟。」

「妳叫什麼？」

「阿嘉塔，阿嘉塔．沃洛夫斯卡。」

他與另一個女孩泰克菈．瓦別斯卡交談；儘管女孩還未滿十二歲，她動人的美貌引人注目。

「妳說德語嗎？」

「不，我說法語。」

「那麼『我笨得像鵝一樣』的法語怎麼說？」

女孩的嘴唇開始顫抖。她垂下頭。

「所以呢？妳說妳會法語。」

泰克菈小聲囁嚅：

「Je suis, je suis…」

全場安靜得落針可聞，沒人在笑。

「我不能說。」

「為什麼呢？」

「我只說真話。」

近來，雅各都不曾放下他的蛇頭拐杖。眼下他用這支拐杖輕點女孩的臂膀與領口，扯開她們束腹的扣子，滑過她們的脖頸。

「請脫下這些多餘的衣服。脫到一半。」

女孩們不明白他的意思。耶羅辛．丹博夫斯基也沒聽懂，他的臉色微微發白，透過眼神與西瑪諾夫斯基溝通。

「救主……」西瑪諾夫斯基開口。

「脫衣服，」救主語氣溫和，女孩們開始褪去衣衫。沒有一個少女抗議。西瑪諾夫斯基點了點頭，像是要試圖安撫她們，並證實在這座大院裡大庭廣眾之下脫衣服、裸露胸脯是一件相當自然的事情。女孩們開始解束胸上的扣子。其中一個女孩默默啜泣，最後所有女孩半裸著上身站在房間中央，女人們不安地別開視線。雅各甚至看都沒看她們一眼，他把手杖丟到一旁，離開了。

「為什麼你要這樣羞辱她們？」跟著他離開的弗朗齊歇克．西瑪諾夫斯基之後十分不滿地問。他穿得跟波蘭人一樣，留著又長又翹的黑色山羊鬍。「你對那些無辜的女孩做了什麼！你把這叫作歡迎？」

雅各心滿意足地轉身面對他，面帶微笑。

「你知道我不會無緣無故去做一件事。我在所有人面前下令羞辱她們，是因為當我的時代到來，我將會抬高她們，把她們抬得比其他女孩都高。你去告訴她們，讓她們知道這是我說的。」

《碎筆》：如何在渾水中釣魚

根據記載，有三樣東西會在人們意想不到的時候降臨：彌賽亞，尋回失物與蠍子。如果是我的話，還會加上第四樣：啟程的召喚。與雅各共事的時候總是如此，你必須隨時準備好面對一切狀況。我才剛在華沙安頓好，而我的妻子瓦克薇（即索菲亞）要我把長街上那間房子的牆壁鋪上印花布，從布爾諾寄來的信就到了，信裡雅各要我帶錢過去，因為他們那裡的錢不夠用了。我對瓦克薇（索菲亞）感到抱歉，因為她不久前才生下我們的第二個女兒安娜，我不得不把她單獨留在這。我募集了相應的資金，並把它們收在木桶裡，一如我們在琴斯托霍瓦時做的那樣，假裝我們是啤酒商人，然後帶著路德維克·沃洛夫斯基與拿單（即米哈爾）的兒子上路。一個星期之後，我們就已經抵達了布爾諾。

他用自己的方式迎接我們——吵嚷喧鬧；我們一下馬車就受到了國王般的禮遇。整個下午都在分發信件中度過，討論某某人的近況，有幾個孩子出生，又有誰去世了。此外，因為他們用來招待我們的摩拉維亞葡萄酒品質很好，我們馬上就醉得暈頭轉向，直到第二天早上我才漸漸意識到自己現在在哪裡。

事實上，我始終無法欣賞布爾諾這個地方，這裡過的是貴族的生活，而不是我們應該過的生活。當雅各驕傲地領著我參觀他在主教座堂對面的領地，當我們整座大院的人一起去參加彌撒，並像貴族一樣在自己的長椅上就座，我卻沒有對房子的奢華與雄偉表示讚嘆，對此雅各肯定是失望的吧。我記得他的其他房子：他在薩羅尼加租的房子是低矮的簡陋洞穴，沒有窗戶，只有門開著的時候才會有光透進來。還有在久爾久的木屋，有著平整的石片屋頂，葡萄藤溫柔地蓋住以陶土填補的外牆。還有那棟他在伊瓦涅自己提出要求入住的房子——一廳室的農舍，室內是泥土地板，有一個做工粗糙的火爐。以及位於琴斯托霍瓦的那間石頭牢房，窗戶只有手帕大小，終日潮溼陰冷。我在布爾諾感覺並不自在，我開始漸漸意識到自己正在老去，所有新事物對我不再有吸引力，而在貧窮的布斯克長大的我始終無法習慣這樣的財富。還有教堂——高聳細長，幾乎稱得上瘦削——令我感覺陌生無比。我很難在這樣的地方禱告；那些聖像畫與雕像，即使很漂亮，也給人距離感，讓人無法靜下心來慢慢欣賞它們。神父的聲音擴散，擊中牆壁之後反彈迴盪，我從來就沒有聽懂半句話。此外還有跪拜的時機與順序，這一點我已經掌握得很好了。

雅各總是坐在第一排，穿著華麗的大衣坐在我前面。親愛的阿瓦恰坐在他隔壁，她美麗得像是塗了糖霜的蛋糕，這裡的蛋糕店把它們當成珠寶一樣放在玻璃展示櫃裡販售；她精心打理過的頭髮被塞在帽子底下，它的細節完全吸引了我的注意力。伊娃旁邊是茲維爾佐夫斯卡（她取代日漸虛弱的薇特爾接掌了女總管的工作）以及兩個女孩。我希望能把我自己的長女芭夏送來這座莊園，讓她見識更廣闊的世界，因為在華沙她沒辦法學到太多東西或增長見識，可是她的年紀還太小。

當我看著眼前這一切，向身處異國的雅各展現的嶄新世界，我思忖著：他還是同一個雅各嗎？畢竟我的姓源於他，雅庫柏夫斯基，宛如他的所有物，宛如他的女人，可是我現在似乎找不到曾經的他了。他胖了一點，頭髮已經完全變白，這是琴斯托霍瓦那段時間帶給他的影響。

他在按照土耳其風俗打理的房間接待了我和沃洛夫斯基，我們可以直接坐在地上。他抱怨自己已經喝不了太多咖啡，那會讓他的胃變得乾澀，而且他花了很多心思照顧自己的健康，這讓我感到驚訝，因為在以前他像是根本沒有人類肉體的樣子。

最初幾天，我們在參觀附近、參加彌撒與聊天之中度過，不過我們的對話似乎有點空虛，我感覺格格不入。我努力地看著他，想要找到那個我們當初在士麥納找到的年輕人的影子，我向他提起他的皮膚是如何完全脫落，當我們在海上航行時他如何解救困於憂慮中的我。「這才是你嗎，雅各？」有一天我假裝自己喝醉不經意地問他，可是我明明很清楚他會如何回答。他不知所措。然而事後我心想，要是有人真的期望人們一成不變、始終如一，那可就太蠢了，我們自大地把自己當成一個不變的整體，彷彿我們始終是一樣的人，可是我們明明不是這樣。

當我離開華沙的時候，那裡的忠實信徒之間開始流傳謠言，說真正的雅各死在琴斯托霍瓦，而現在坐在我眼前的這位取代了他。許多人都相信了，謠言最近還有越演越烈的趨勢；我毫不懷疑這一點，因為路德維克·沃洛夫斯基與年輕的卡普林斯基，也就是雅各的妻舅（顯然謠言也傳到了瓦拉幾亞）緊接在我們之後來到了布爾諾，確認此事的真偽，好讓我們在華沙與各地的信徒安心。

我們坐在桌旁，在微弱的燭光映照下，我看見所有人專注地盯著雅各，觀察著他的每道皺紋。連許久未見到他的路德維克·沃洛夫斯基都緊盯著他，與許是對他的變化之大感到吃驚。雅各突然對他吐了舌頭，路德維克倏地臉紅，接下來整個晚上都哀傷地坐著。晚餐時，當我們討論完所有要討論的，我問雅各：「你現在打算怎麼做？就待在這？那我們所有人要怎麼辦？」

「我最希望能夠讓更多的猶太人到我這裡來，」他回答。「因為他們將會帶來難以估計的力量。每一列不會少於一萬……」他還講到了旗幟與制服，他想要有自己的親衛軍，他酒喝得越多，計畫就越說越遠大。他說我們必須為戰爭做好準備，現在時局動盪。土耳其變弱了，而俄羅斯日漸強大。「戰爭對我們來說是件好事——在渾水中你可以給自己釣點東西。」他的情緒越來越激昂：「奧地利與土耳其會有一場戰爭，這無庸置疑，搞不好我們可以在戰亂中趁勢為自己爭取一塊渴望已久的土地呢？這需要大量的黃金與準備工作。要是我們自費召集三萬人，並與土耳其達成在戰爭中支援他們的協議，以此換取瓦拉幾亞的一片土地作為我們的小王國呢？」

沃洛夫斯基補充，在華沙的哈雅曾經一連幾次做出相同的預言，說世界將會發生重大改變，將會戰火四起，烽火連天。

「在波蘭，國王勢力弱小，四處混亂不堪……」路德維克開口。

「我和波蘭已經無關了，」雅各打斷他。

他說出這句話的時候語氣苦澀，充滿敵意，像是當年他挑釁我跟他打架時的樣子。之後所有人開始七嘴八舌談論自己的土地，彼此交頭接耳，全都對這個想法躍躍欲試。包括兩位帶著妻子來到這裡的帕沃沃斯基，甚至是雅各的妻舅卡普林斯基（我以為他是個特別穩重的人），全部人開始贊同這不切實際的想法。除了政治，他們對其他事情毫不關心。

「我已經對擁有自己的土地不抱希望了，」我對著這群喝醉酒、議論紛紛的人怒吼，可是沒人在聽。

出乎我意料的是，雅各命令我和耶羅辛．丹博夫斯基記下晚會上的言談。起初安東尼．切爾諾夫斯基記下了伊娃的夢境，他是來自瓦拉幾亞的切爾諾夫斯基夫婦的兒子，他們在伊瓦涅負責管帳。然後它們還被做成了一本漂亮的小冊子。這令我感到十分愕然，因為我曾不只一次懇求雅各留下書面紀錄，但他從未同意。

顯然他在這裡感覺很安全，或許時常拜訪我們的年輕人摩西．多布魯什卡對他也產生了影響，他說服雅各，這類文書中不必包括那些不足為外人道的東西，而他日漸增加的信徒也需要對他的思想與生平有所了解。寫下類似的書籍不論從哪方面來說都是一件高尚的事情，可以讓後世留下紀念。

最初由耶羅辛，也就是延傑依．丹博夫斯基負責撰寫，然後是我。當我們不在的時候，切爾諾夫斯基的兒子安東尼就要接替我們，他是一位非常聰慧的男孩，對雅各十分忠誠。而且紀錄必須以波蘭文書寫，因為我們很久以前就捨棄了我們的古語。雅各說得隨心所欲：一下說波蘭語，一下說德語，有時候他會用土耳其語說出完整的句子，也會插入許多希伯來語的詞句；由於沒有人能看懂我的筆記，所以我不得不自己謄寫。

此時我想起了，我當初想要像薩瓦塔伊．塞維身邊的加薩的拿單一樣，陪在雅各身旁，將他托舉到高處，向他展示他本人就是彌賽亞，因為後者並不知道自己的身分。因為聖靈進入人體內的行為就像是一種暴力，彷彿空氣要進入最堅硬的石頭。受到聖靈進入的肉體與精神都無法完全意識到發生了什麼事。所以勢必要有人告訴他們，為其命名。我與我們聖潔的莫德海先生在士麥納的時候就是這麼做的——我們見證了聖靈進入雅各的那一刻，賦予它文字的定義。

然而在我第一次造訪布爾諾之後，我便感覺在我與雅各之間生出了一道看不見的牆，某種屏障，彷彿有人掛上了一面薄紗床單。

救主的話語

「有三位隱藏在我面前，而第四位你們並不知道。」雅各說這句話是什麼意思呢？它的意思是有三位非常強大的神，祂們手段強硬地領導著整個世界。救主如是說，我跟著抄寫。其中一個神是賜與每個人生命的，所以祂是善良的。第二個神是賜與財富的，可是祂不會每個人都給，而是只給祂想要給的人。第三位是馬拉赫．哈姆維斯[6]，死亡之神。這位是最強大的。至於我們一無所知的第四位神，那就是善神本身。如果不曾經歷過前三位神，那你就無法抵達善神所在之處。

對這一切——雅各說，而我們繼續抄寫——所羅門一無所知，他立刻爬向至上神，卻沒能成功，他不得不離開凡間，也無法引領這個世界走向永生。這時天上傳來一聲呼喊：「有誰想要追尋永生呢？」

納匝肋的耶穌自告奮勇：「我去。」可是儘管他非常睿智、見多識廣又擁有強大的力量，仍然無功而返。彼時，他找上了領導世界的三位神，並用他從善神那裡得到的力量開始救治人類，然而看見這一幕的三位神卻擔心他會奪走世界的統治權，因為祂們從預言中得知彌賽亞將會來臨，而且死亡將會被永遠吞噬。於是納匝肋的耶穌找上第一位神的時候，祂讓他去找第二位神，而後者又讓他去找第三位神。可是死亡之神居然牽住他的手，問道：「你要去哪裡？」耶穌說：「我要去找第四位，祂是超越其他神的神。」死亡之神勃然大怒，祂說：「我才是世界的主宰。留在我這裡吧！你會成為我的左右手，你會是神之子。」此時耶穌明白他沒有善神的力量，他就如同嬰孩般毫無還手之力。於是他對死亡之神說：「如你所願。」可是對方卻回道：「我兒啊，你必須為我獻祭你的肉身與血液。」「這怎麼可能？」耶穌反駁，「既然他們告訴我要把永生帶到這個世上，那我怎麼可以把我的身體交給你呢？」死亡之神對他說：「世上不可能沒有死亡。」耶穌回答：「可是我總是對我的門徒說，我會帶來……」死亡之神打斷他：「告訴你的門徒，在這個世界沒有永生，而是在另一個世界，如同禱告文說的：『死後就是永生，阿門。』」於是耶穌留在死亡之神身邊，比起摩西，他將更大的死亡力量帶到了這個世界。猶太人心不甘情不願地死去，缺乏對死亡的渴望，並不知道他們死後會去向何方。而基督徒們歡快地死去，因為他們說，每個人死後會與坐在天父右手邊的耶穌一起在天堂擁有自己的一席之地。然後耶穌就此離開了這個世界。過了許多世紀之後，那道聲音再度呼喊：「誰想要去？」

薩瓦塔伊．塞維回答：「我要去。」他像個孩子一樣出發了，一無所獲，沒有解決任何問題。「所以在他之後，他們派了我來，」雅各說，所有人安靜地聽著，現場落針可聞，彷彿雅各在向他們這群小孩講述童話。他們派我來，雅各說，是為了讓我將永生帶到這個世界。他們也給了我力量。可是我只是一個呆子，我不會一個人上路。耶穌是偉大的學者，而我是個傻子。我必須靜悄悄地踏著蜿蜒的道路走到三位神身邊，他們甚至能從我們的嘴唇讀出未竟之言。我沒有必要聲張，只要沉默安靜地前行。然而在我的話語實現的那一天到來之前，我不會出發。

---

6 希伯來語Majlech Hamuwes，字面上的意義是死亡使者，死亡天使。

只有一些人能夠聽出這則故事中蘊含著我們的聖約，唯有經過簡化與破壞，它才能夠被傳達給大眾。

當雅各說完這個故事，眾人央求他再多說些其他的。於是他又說起了新的故事。

從前有個國王建造了一間大教堂。地基是由某位工匠建造的，深度一肘，高度大約有一個人高。可是就在工匠本該接著繼續的時候，他突然消失了整整十三年，而等他回來之後，他才開始建造牆壁。國王問他為什麼一聲不吭就拋下了自己的工作。

「那人回答，我親愛的殿下，這座建築非常雄偉，假如我想要馬上完工的話，地基就會無法承受牆壁的重量。所以我才會刻意離開，讓地基能夠變得更穩固。眼下我可以再次開始建造這座教堂，而它將會永垂不朽、永不傾塌。」

很快我便蒐集了十幾張寫著這類故事的紙張，耶羅辛・丹博夫斯基也是如此。

從鼻煙盒跳出來的小鳥

當摩西出現在布爾諾的莊園裡，他引薦了幾名說著德語、口音奇怪的工匠。

他先是向雅各與伊娃展示了設計圖。

他用令人費解的方式說明了這項發明的各式好處，不過雅各似乎沒能理解它的原理。據說皇帝的宮殿裡也有一模一樣的東西，摩西在那有許多熟人與好友。他常去那，並且希望不久之後雅各也會帶著他美麗的女兒前去。如今他比較希望大家稱呼他為托馬斯。

原理非常簡單，幾個星期後他們就搞懂了——這是一個精心打磨過的石盆，被放在最高處的房間裡，它的中間有一根管子向上延伸穿過屋頂通到外面，就像煙囪一樣。你必須掀開幾片屋瓦，為它建造一個木頭支架，但它已經可以運轉了。

「暗箱，」摩西－托馬斯驕傲地說，宛如劇院的司儀。女人們鼓掌。手腕靈活的托馬斯用手掌在空中畫出圓圈，他袖口上的蕾絲翩翩起舞。他的鬍子刮得很乾淨，面容和善，留著一頭鬈髮。他大大的微笑底下露出了有點歪斜的牙齒。伊娃暗忖，誰有辦法抵擋這樣的年輕人呢？他只要一眨眼就能想出上百個點子，而且比任何人都更有行動力。大家依序走近石盆，然後他們看見了什麼呢？嘆為觀止。他們彎腰探向打磨過的盆子內面，在上面看見了整座布爾諾，那些屋頂、教堂塔樓、上上下下蜿蜒的狹窄街巷、樹冠、擠滿攤位的廣場。它不是一幅死氣沉沉的圖畫，所有東西都在動，啊，有一輛四駕馬車駛過舊施米德街，這裡有修女們領著一群孤兒，那裡有一群工人在堆疊磚塊。有人伸出手指想要觸碰這幅景象，可是下一秒他就驚訝地把手抽了回去，因為城市的風景沒有實體。他的指間只能感受到拋光過的石面傳來的冷意。

「救主，你現在可以守望整座城市了。這真是偉大的發明，雖然裡面沒有魔法也沒有卡巴拉。這是人類創造力的展現。」

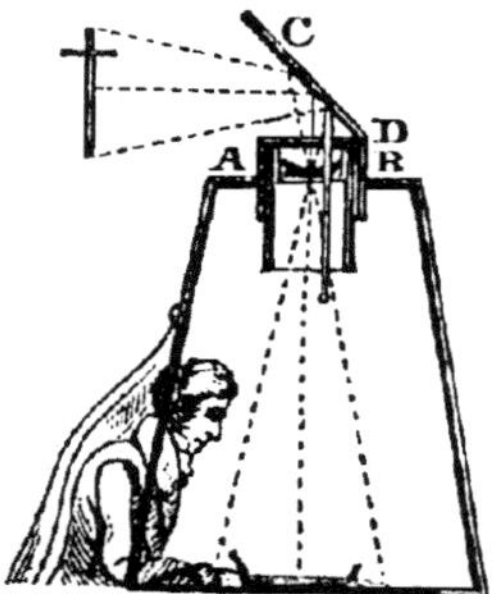

摩西很無禮。他膽敢直接把雅各推向盆子，而雅各沒有抵抗。

「你能看見其他人，但其他人卻看不見你，這真是上帝恩賜的特權，」摩西奉承道。

摩西－托馬斯靠著這樣發明贏得了年輕人的讚賞，他們看見救主對他釋出的好感，於是開始把他當成救主的兒子對待。特別是因為他們大部分的人都不認識他真正的兒子。他們又被救主送回了華沙，而他們兩人如釋重負地回到了波蘭，在那裡的雅庫柏夫斯基與沃洛夫斯基會照看他們。

雅各透過窗戶看著摩西，仔仔細細將他看了個透澈。雅各看見他法式夾克的領口微敞，穿著白色絲襪的腿張得開開的，方便他低身用樹枝在地上畫畫給聚集在他身邊的青年們看。他彎著腰，你可以看見他的頭頂。他漂亮的鬈髮被壓在假髮底下喘不過氣。你幾乎看不見他的鬍鬚，他橄欖色的皮膚光滑沒有瑕疵。她的母親把他寵壞了。中黛爾溺愛她的孩子，讓他們像公主王子一樣成長，驕矜自喜，自視甚高，漂亮又放肆。人生會讓他們付出代價的。

當雅各微微傾身的時候，他注意到阿瓦恰也正從自己的窗戶觀察著這一幕，與這個過分注重外表的男人。她的體內總是會展現出同樣的溫順，雖然他教過她很多次了，但她表現得不像個女王：應該要伸直背脊，揚起頭顱，頭抬高比低著頭要好，畢竟她的脖子很漂亮，皮膚如絲綢般滑嫩。然而他白天教她的是一回事，晚上教的又是另一回事。夜晚偶爾會在日正當中的時候跑出來，此時她的溫順吸引著他。她的眼皮微微顫動，她那雙完全漆黑的漂亮雙眸反射光線時，看起來就像是塗了一層亮晶晶的糖霜。

托馬斯像是清楚知道有人在觀察自己，驀地舉目望去，雅各根本來不及收回視線。兩人的目光短暫地在空中交會。

托馬斯沒有注意到的是，另一扇窗戶裡，伊娃．法蘭克正凝視著他。

晚上救主已經準備要去休息的時候，年輕人再次聚集在托馬斯．多布魯什卡身邊。有伊娃、安努夏．帕沃沃斯卡、阿嘉塔．沃洛夫斯卡與比較年輕的那位弗朗齊歐克．沃洛夫斯基。這次托馬斯向他們展示了鼻煙盒，彷彿他打算請他們抽菸。當弗朗齊歐克伸手碰觸蓋子的時候，鼻煙盒喀的一聲打開了，一隻小鳥一邊揮著翅膀一邊啾啾叫著跳了出來。弗朗齊歐克嚇得趕緊抽回手，而他的同伴們爆出了一陣壓都壓不住的笑聲。最後連弗朗齊歐克自己也笑了出來。半晌過後，茲維爾佐夫斯卡朝房內看了一眼，此時她按照習慣正在巡視整間房子，她命令他們熄滅蠟燭。玩開了的眾人招呼她進入房中。

「來吧，來吧，給她看看，」年輕人慫恿托馬斯。

「阿姨，來點菸吧，」他們呼喊。

托馬斯拿出一個長方形的小東西給女人，它的裝飾很漂亮。片刻的猶豫過後，來了興致的茲維爾佐夫斯卡嗅到了陰謀的味道，她朝著鼻煙盒伸出手。

「阿姨妳按一下這裡，」托馬斯開始用德語說話，但是他感受到了她斥責的目光，用搞笑的口音說起波蘭語：「阿姨妳按一下這裡。」

她拿起鼻煙盒，小鳥單獨為她獻上了一段機械舞，而茲維爾佐夫斯卡完全沒了架子，像個小女孩一樣不停尖叫。

上千條讚美，或關於摩西．多布魯什卡（即托馬斯．馮．申費爾德）的婚禮

一七七五年五月，摩西．多布魯什卡與艾爾卡．馮．波普爾的婚禮在維也納舉辦，當時所羅門的喪期已經結束了。為此他們租下了普拉特遊樂園附近的花園。由於新郎的父親已經不在了，帶領他進入婚禮會場的是米哈爾．丹尼斯，他的摯友，也是麥佛森的著名作品《奧西安詩集[7]》的譯者，以及阿道夫．斐迪南．馮．申費爾德，他是一位出版商，特地從布拉格前來參加這場婚禮。新郎在教堂出場之前，他們舉行了小型的共濟會儀式；共濟會所有的兄弟們全都身穿黑衣，嚴肅地引領他走入人生的新階段。馮．申費爾德待他如親子，他正在著手處理繁瑣的官方手續，好讓托馬斯成為申費爾德家族的一員。摩西將會變成托馬斯．馮．申費爾德。

不過，眼下派對仍在持續。不只擺著食物與巨大五月花束的桌子非常豪華，展示著獨特蝴蝶收藏的展廳也是一大看點。這個展示廳的誕生是米哈爾．丹尼斯促成的，他是新郎的雇主。表姊妹們帶著伊娃來到會場，現在正在展示櫃前彎著腰，欣賞著釘在薄絲巾上的美麗死物。

「你就跟蝴蝶一樣，」多布魯什卡家的么女艾斯特拉對伊娃說。伊娃把這個讚美刻進記憶裡，久久無法忘懷。因為蝴蝶是從蛹變來的，從肥胖又畸形的醜陋昆蟲變來的，其中一個展示櫃也記錄了這個過程。伊娃想起了在艾斯特拉這個年紀的自己——十五歲的她穿著深灰色的裙子，在琴斯托霍瓦的時候，父親命令她穿著這件裙子，這樣才不會引來士兵的注意。她想起塔樓的寒冷與母親扭曲變形的

關節。一種難以言喻的悲傷包圍了她，她想念母親。她不願再想，學著忘卻。她做得很好。

傍晚花園裡的燈籠亮起，喝了葡萄酒正微醺的伊娃站在人群中，聽著馮・申費爾德伯爵侃侃而談，他穿著深綠色的長夾克，手裡舉著紅酒杯，對著不太美麗、但十分聰明的新娘開玩笑：

「新郎全家人這麼優秀，你恐怕沒有辦法找到比他們更好的人家了。他們一家勤懇工作，互相友愛，腳踏實地賺錢。」

賓客們紛紛點頭表示贊同。

「而且他們有許多優點與天賦，最重要的是他們野心勃勃，」伯爵接著道。「這樣很好。他們和我們沒有什麼不同，我們這些貴族的祖先在遙遠野蠻的時代揮劍援助國王，或是掠奪周遭的農民，占據他們的土地。你們很清楚，不是每一個『馮[8]』都等於靈魂與精神上的優秀品德……而我們正需要強大的人，與我們共享並實踐最寶貴的東西。當你有權力與人脈，就能夠提前完成更多事情。我們普遍認為理所當然的、我們所知的這整個世界的結構正在傾頹，在我們眼前瓦解。我們應該要重建這棟房子，而我們正是那群手中握著抹子負責修理它的人。」

現場響起掌聲，賓客們的嘴巴沉浸在最上等的摩拉維亞葡萄酒美好的滋味中。接著音樂開始演奏，跳舞也是必不可少的。無數好奇的打量落在伊娃・法蘭克身上，不久之後艾克霍芬伯爵漢斯・海

---

7 蘇格蘭詩人詹姆斯・麥佛森（James Macpherson）自稱蒐集了詩人奧西安（Oisín，又譯莪相）的高地蘇格蘭語詩集殘本，於一七六〇年代發表譯作《奧西安詩集》，該作品對歐洲的浪漫主義運動產生了重大影響。

8 馮（von）一般用於貴族姓氏。

因里希・馮・艾克爾來到她身邊。伊娃微笑著朝他伸出手，就像姑姑教她的那樣，可是她馬上就開始尋找父親的身影。他在。他正坐在陰影中，被女人們包圍，從遠處直勾勾地望著她。她能感覺到他視線的觸感。這表示他允許她與這位優雅的年輕貴族共舞，他看起來像是一頭野馬，伊娃甚至記不住他的姓氏。可是在這之後，當某位富可敵國的布拉格商人希爾斯菲爾德朝她走近，父親微微搖了搖頭。半晌猶豫過後，伊娃以頭痛當作藉口，拒絕了對方的邀請。

這天晚上伊娃聽見了上千條讚美，她洋裝都沒脫就直接倒在了床上，整個人頭暈目眩，而肚子裡裝了太多與艾斯特拉一起偷喝的葡萄酒，令她作嘔。

關於皇帝與來自四面八方又沒有來處的人們

與母親共治天下的開明皇帝陛下是位三十歲出頭的英俊男子，他的兩任妻子都已去世，據說他發誓不會結第三次婚，這讓許多出身上流家庭的未婚女孩憂傷不已。他是一個內向的人——這是熟悉他的人對他的評價——說他害羞。一個害羞的皇帝！微微挑起的眉尾為他增添了幾分威嚴，給人一種他睥睨著所有人的感覺。他的情婦說他在床上的時候總是心不在焉，結束得很快。他讀很多書。他與心中暗自欽佩的普魯士國王腓特烈有書信往來。他偶爾會效仿他微服進城，假扮成普通的士兵，透過這樣的方式親眼見識子民的生活。當然，喬裝過的侍衛會暗中隨行。

他似乎有憂鬱的傾向，他對人體及其奧祕深感興趣，像是各式各樣的骨骼、遺骸、人類頭骨，他同樣喜愛動物標本與稀奇的野獸。他建立了一間珍奇屋，總是會帶客人來此參觀；他們天真的驚訝反應、他們噁心與入迷交織的矛盾反應令他樂此不疲。這一刻他會仔細觀察每一個客人——就是這樣，他們原本面對皇帝時掛著的微笑、諂媚的表情消失了，這一刻他看清了他們的真面目。

他希望不久後，可以把這間珍奇屋變成整齊有序、按照等級與種類系統性擺放的收藏室，如此一來，這些稀奇的收藏品就會變成一間博物館。這是跨時代的轉變——珍奇館是混亂，充滿畸形，令人費解的舊世界；博物館則是受到理性光輝啟蒙，富有邏輯，分門別類整理過的新世界。當它成立的時候，這間博物館就會是將來改革的第一步，修復國家的第一步。例如，皇帝夢想著改革過於龐大、過於僵化的官僚行政體制，它耗費了國庫大量的開銷，另外最重要的還有廢除農奴制。他的母親，瑪麗亞·特蕾莎女皇不喜歡這類的想法，她認為它們是新潮的怪東西。他們在這些議題上完全沒有共識。

然而他們兩人對猶太人的議題都有所關注。這位年輕皇帝為自己設下了一項任務，為了猶太人好，他要讓他們從中世紀的迷信中解放，因為眼下這個民族將自己毫無疑問天生擁有的天賦，用來研究各式各樣的卡巴拉，可疑又毫無根據的推測，缺乏生產力的理論。假如他們能夠和其他人一樣平等地受教育，他們就可以為整個帝國帶來更大的利益。皇帝的母親想吸引他們皈依真正的信仰，而且她聽說有可能成功讓許多人這麼做。因此當約瑟夫·雅各·法蘭克的名字出現在皇帝命名日申請晉見的名單上時，約瑟夫二世與他的母親相當滿意並且充滿好奇，因為大家都在談論這位法蘭克與他的女兒。

來自共濟會的同伴向他推薦了雅各，因此皇帝從善如流邀請了這對奇怪的父女組合，讓他們在預留給藝術家的時段前來一起參觀珍奇館，他本人對他們也十分好奇。他帶領眾人在展示櫃之間穿梭，裡面擺著他蒐集的古代野獸與據說曾經生活在地球上的巨人的骸骨。他與法蘭克在口譯的幫助下溝通，與他的女兒則用法語交談；這造成了一點不方便。所以他先是把注意力放在父親身上，可是他的眼角時不時瞥向那個有趣的女人，他看得出來她是侷促的，不太有自信。他覺得關於她美貌的傳聞過於誇大了。她很漂亮，但還不到光彩奪目的地步。他認識很多比她更漂亮的女人，原則上他並不信任她們，對她們抱持懷疑的態度，她們的內在總是藏著一些扭曲的心思，想要試圖獲取某些利益。但是這個女孩顯得老實害羞，不顯誘惑也不做作。她的個子嬌小，未來她會像其他東方女人一樣變得豐滿，眼下她達到了盛放的狀態，嬌豔欲滴。她的皮膚蒼白得宛如淺色青瓷，臉上沒有紅暈，她有一雙大眼睛，秀髮紮得高高的；幾束漂亮的鬈髮垂在她的額頭與脖子上。她小巧的手腳讓她看起來有點幼小。她身上沒有父親的那種氣度，他高大壯碩，醜陋又自信。皇帝欣喜地發現伊娃雖然膽怯，卻可以談笑風生。他做了一個小測試——他帶著眾人來到櫃子前面，櫃子上面的巨大罐子裡裝著濃稠的液體，有人類胚胎漂浮其中；它們大部分是駭人的標本。有些胚胎是雙頭的，另一些有好幾個軀幹，還有一些其他的：宛如獨眼巨人的巨大眼睛。父親與女兒看著這些標本的時候非但不害怕，還很感興趣。他們得到了一分。接著大家走到等身大的長型展示櫃前面，裡面收藏的是「西比拉[9]」（這是他對這具軀體的想法），這個女性蠟像的表情狂喜，開放的肚子讓人可以看清裡面的腸道系統、胃部、子宮與膀胱。女人看見這種展覽品的時候通常會暈厥，或是至少會覺得噁心。他好奇伊娃．法蘭克會作何反應。她躬身看向展覽櫃，羞紅著臉看向內腹部。接著她抬起頭，給了皇帝一個帶著疑問的眼神。

「誰是模特兒？」

皇帝開心地笑了，然後耐心地向她解釋這個精細的蠟像是如何製作的。

在他們從珍奇館返回的路上，雅各透過翻譯囉嗦地向皇帝講述了自己在華沙的熟人，時不時插入幾個姓氏，希望能從皇帝身上得到一些回應，可惜他什麼也沒說。他提到科薩科夫斯卡兩次。他知道陛下的祕書會把這些危險的姓氏一一記下，並且縝密地調查。皇帝是第一次和他們這樣的人講話，這些不再是猶太人的猶太人。一個揮之不去的想法老是困擾著他：區分猶太人特性的界線究竟在哪裡？你不論是從他們的外表還是舉止都看不出來。伊娃可能會被認成義大利人或是西班牙人，她的父親不屬於任何一個民族。他是獨一無二的。當皇帝直截了當地問雅各某些問題，他反而會感覺自己撞上了一面由後者意志構成的銅牆鐵壁，感受到這個人的「我」建立的強大邊界。他們是來自四面八方又沒有來處的人。人類的將來。

會面時間持續不到一小時。同一天皇帝還下令寄信邀請法蘭克一家前去他位於熊布朗的夏宮[10]作客。她的母親在見到這對父女的頭五分鐘（她不喜歡去珍奇館，說是之後會做噩夢），就贊同了兒子對他們的好印象。她說國家就是需要這樣的人才。不光因為他們是天主教徒；依據她收到的報告，他們為了維持布爾諾大院的開銷，每天甚至要花上一千杜卡特。

「假如我們能夠邀請這樣的人來我們的帝國，帝國將會比腓特烈的普魯士發展得更好，」她總結道，這句話讓她的兒子有點生氣。

9 古希臘語的女先知。
10 即維也納的美泉宮（Schloss Schönbrunn）。

關於伊娃・法蘭克夢中的熊

伊娃夢見——切爾諾夫斯基做了詳盡的紀錄——有一隻巨大棕熊朝她走了過來。她嚇得一動也不敢動，呆若木雞。而那隻熊開始舔舐她的雙手與雙腳。沒有人能將她從如此恐怖的困境中解救出來。此時有個人朝她走過來之後坐了下來，這張紅色扶手椅跟她父親在琴斯托霍瓦的那張一模一樣。伊娃以為來人正是父親，眼前卻是另一個男人，更加年輕，俊美無儔。他與皇帝有幾分相似，卻又讓人想起弗朗齊歇克・沃洛夫斯基，還有點像托馬斯・多布魯什卡。他長得像是他們在皇帝夏宮見過、拿著白色拐杖的魔術師。他把手帕撕成四塊放進了黑色帽子裡，接著在帽子上揮了揮拐杖——然後取出了一方完整的手帕。伊娃當時為父親的行為感到窘迫，因為他走向那位魔術師，提議取下自己脖子上戴著的絲巾，由他撕開絲巾再讓魔術師試試。但魔術師拒絕了。他說只有在親自撕開的情況下，他才知道要怎麼把它們拼回去，所有人哄堂大笑。她夢中的救星居然帶有這麼多人的特徵。能離

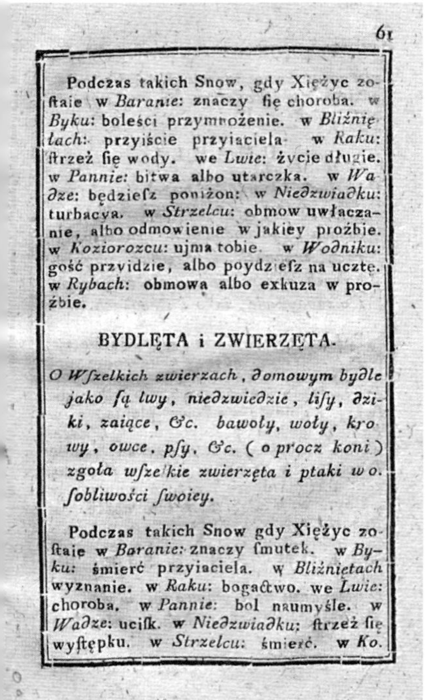

61

Podczas takich Snow, gdy Xiężyc zoſtaie w *Baranie:* znaczy ſię choroba. w *Byku:* boleści przymnożenie. w *Bliźniętach:* przyiście przyiaciela. w *Raku:* ſtrzeż ſię wody. we *Lwie:* życie długie. w *Pannie:* bitwa albo utarczka. w *Wadze:* będzieſz poniżon: w *Niedzwiadku:* turbacya. w *Strzelcu:* obmow uwłaczanie, albo odmowienie w jakiey proźbie. w *Koziorozcu:* ujma tobie. w *Wodniku:* gość przyidzie, albo poydzieſz na ucztę. w *Rybach:* obmową albo exkuza w proźbie.

BYDLĘTA i ZWIERZĘTA.

O Wſzelkich zwierzach, domowym bydle jako ſą lwy, niedzwiedzie, liſy, dziki, zaiące, &c. bawoły, woły, krowy, owce, pſy, &c. (oprocz koni) zgoła wſzelkie zwierzęta i ptaki w oſobliwości ſwoiey.

Podczas takich Snow gdy Xiężyc zoſtaie w *Baranie:* znaczy ſmutek. w *Byku:* śmierć przyiaciela. w *Bliźniętach* wyznanie. w *Raku:* bogactwo. we *Lwie:* choroba. w *Pannie:* bol naumyśle. w *Wadze:* ucisk. w *Niedzwiadku:* ſtrzeż ſię wyſtępku. w *Strzelcu:* śmierć. w *Ko.*

開了，而伊娃飛到了空中。

伊娃的夢境是如此奇怪，如此真實，所以她帶著解夢書從不離身，那是瑪麗安娜．沃洛夫斯卡從華沙直接寄給她的。

為了去美泉宮作客，父親替她買了四件他在維也納所能找到最漂亮的洋裝。他們必須把袖子稍微裁短，才能讓洋裝更合身。它們的束腰十分堅固，是最流行的款式，長度不及腳踝。他們花了一整天在女帽商店選購帽子。每一頂帽子都美到伊娃無法抉擇。最後不耐煩的父親買下了所有帽子。

他們還需要拖鞋與長襪。父親看著她試穿。然後他命令瑪格達與安努夏離開，並命令她脫光衣服。這次他沒有伸手碰她，僅僅只是看著她，之後命令她趴下，然後面朝上躺下。他的命令她全部照做。他審視著她的身體，一言不發。然後安努夏替她修剪腳趾甲，腳底抹了精油。接下來他們按照土耳其的習慣讓伊娃在香噴噴的水裡沐浴，兩位好友用咖啡渣與蜂蜜替她去角質，使她的皮膚更加光滑。

伊娃跟著皇帝與他的母后一起參觀了軍械館與花園。她與他並肩走著，其他人則待在後方。她感覺自己的背後有幾十雙眼睛在看著，彷彿她扛著某種重物，可是當皇帝假裝不經意地碰觸她的手掌

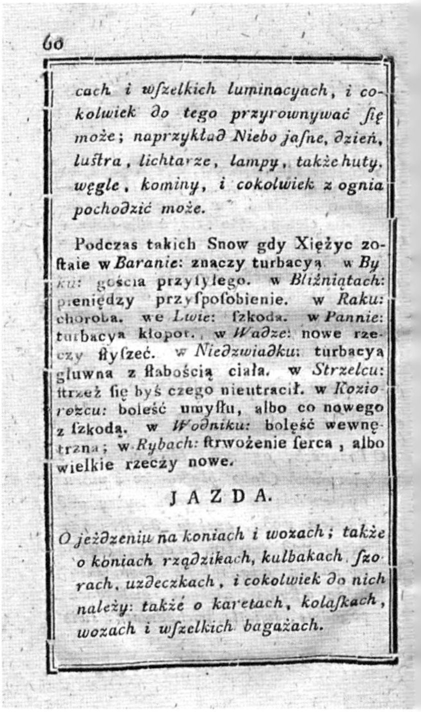

60

cach i wſzelkich luminacyach, i cokolwiek do tego przyrownywać ſię może; naprzykład Niebo jaſne, dzień, luſtra, lichtarze, lampy, także huty, węgle, kominy, i cokolwiek z ognia pochodzić może.

Podczas takich Snow gdy Xiężyc zoſtaie w *Baranie:* znaczy turbacyą. w *Byku:* gościa przyſyłego. w *Bliźniętach:* pieniędzy przyſpoſobienie. w *Raku:* choroba. we *Lwie:* ſzkoda. w *Pannie:* turbacya kłopot. w *Wadze:* nowe rzeczy ſtyſzeć. w *Niedzwiadku:* turbacya gluwna z ſłabością ciała. w *Strzelcu:* ſtrzeż ſię byś czego nieutracił. w *Koziorożcu:* boleść umyſłu, albo co nowego z ſzkodą. w *Wodniku:* boleść wewnętrzna; w *Rybach:* ſtrwożenie ſerca, albo wielkie rzeczy nowe.

JAZDA.

O jeżdzeniu na koniach i wozach; także o koniach rządzikach, kulbakach, ſzorach, uzdeczkach, i cokolwiek do nich należy: także o karetach, kolaſkach, wozach i wſzelkich bagażach.

時，她感覺那樣重物從她的肩頭落下了。她早就知道這一刻終究會來臨，只是不確定何時。幸好她知道這是怎麼回事。沒有更多了。

這一切發生在喜劇表演結束之後，他們在美泉宮的露天平台上觀看這場演出。她不記得喜劇的劇情，那種奇怪的德語她根本聽不懂。這齣劇讓皇帝很高興，他的心情很好。他碰了她的手掌好幾次。當天晚上有一位宮廷仕女來接她，叫史丹女士還是什麼的，她要伊娃換上最好的內衣。

安努夏．帕沃沃斯卡一邊打包她的行李，一邊興奮地對她說：「還好你的經期結束了。」她有些惱怒，不過她說的沒錯，幸好她的經期結束了。

關於上流社會的生活

雅各．法蘭克靠著延傑依．丹博夫斯基的幫助，在格拉本大街上租了一間公寓，為期三個月。與此同時，他派馬特烏什．馬圖舍夫斯基送信去華沙拿錢，並帶上一封給華沙所有忠實信徒、給整個教團的信件，信中告知他們，他正在與皇帝協商。馬特烏什收到的任務是要講述一切經過，並鉅細靡遺地描述布爾諾與他們的大院，以及伊娃出行晉見皇帝，他對雅各的信任等等。

信中寫道：

> 你們應當注意，在我來到波蘭之前，所有貴族與國王都若無其事，而在我來到琴斯托霍瓦時，我就已經預見波蘭將會被瓜分。現在也是如此，你們知道國王與皇帝之間發生了什麼嗎？知道他們之間達成了什麼樣的協議嗎？可是我知道！你們自己也看到了，我和你們一起度過了將近三十年的光陰，而你們之中居然還沒有人知道我要去哪裡嗎？我要走向何方？當我被關在琴斯托霍瓦堡壘的狹小牢房裡，你們自以為失去了一切。但是上帝選了我，因為我是個呆子，不會沽名釣譽。如果你們堅定地追隨我，假如你們當初在華沙沒有捨棄我，那麼如今我們會是如何呢？

馬特烏什三周內就帶著錢回來了，他們湊到的現金數量比救主想的還多。這是因為有消息流傳，據說有人在摩拉維亞找到了古代的手稿，上面白紙黑字寫著末日之時神聖羅馬帝國將會落入異邦人手中。相傳上面還表明那人將會穿著土耳其服飾，但沒有裹著纏頭巾，只是戴著鑲窄羊皮邊的紅色高帽，而且會將統治者踢下王座。

他們有很多東西要重新買。

一開始是咖啡用具組，麥森瓷器的，飾有金葉紋，細筆繪製的風景畫描繪了牧羊風光，與伊娃在普羅斯捷約夫看到的類似。現在她要有自己的瓷器了，更加高尚的瓷器。

此外還有沐浴用品；這些東西必須找最時尚的商人購買。專門的衣服、毛巾、摺疊躺椅、柔軟麻布內裡的罩衫。當雅各與米哈爾．沃洛夫斯基去多瑙河洗澡時，吸引了一群維也納的圍觀群眾，因為雅各很會游泳，他在水裡不斷炫耀自己如年輕人一般的活力。女市民們興奮地竊竊私語，這個男人雖然已經不年輕了，但動作敏捷，仍舊帥氣。有幾個人往水裡拋花。每次這樣洗完澡之後，雅各到晚上心情都會特別好。

他們還要支付伊娃那匹馬的費用，牠是從英國引進的，馬腿非常纖細。牠通身雪白，在陽光下像銀子一樣閃閃發亮。可是伊娃對牠感到害怕，這匹馬會因為經過的馬車、閃光或是小狗變得難以駕馭，嚇得用後腿站立。這匹馬價值連城。

他們也需要立刻買到四打緞面土耳其鞋。一旦在街上長時間散步，鞋子就會磨損，所以實際上一雙鞋只夠散一次步，之後伊娃就會把鞋送給安努夏，因為瑪格達的腳太大穿不下。

除此之外，還要糖罐與瓷盤；銀製餐具與托盤——伊娃認為金製的太過浮誇了。他們需要一名比較優秀的新廚師與廚房助手。如果再多兩名女孩擔任清潔工會更有幫助——這樣會比上門的清潔工省錢，但仍然要花不少錢。在名叫魯特卡的波蘭小狗死後，伊娃訂了兩隻靈緹犬安慰自己，牠們也是直接從英國引進的。

「假如我剝開你，脫下你的外殼，那麼底下會是什麼東西呢？」約瑟夫問，他是蒙上帝恩典的羅馬皇帝、德意志國王、匈牙利國王、波西米亞國王、達爾馬提亞國王[11]、克羅埃西亞國王、斯拉沃尼亞國王[12]、加利西亞和洛多梅里亞國王[13]、奧地利大公、勃艮地與洛林公爵等。

「還會是什麼呢？」伊娃回答。「就是伊娃啊。」

「那這位伊娃又是誰呢？」

「是最尊敬的陛下的臣服者。一個天主教徒。」

「還有呢？」

「約瑟夫．雅各與約瑟法．斯霍拉絲蒂卡的女兒。」

「那你們在家都說什麼語言？」

「說土耳其語和波蘭語。」

伊娃不知道她答得好不好。

「那你會說猶太人說的那種語言嗎？」

「會一點。」

「那麼你的母親是怎麼跟你說話的？」

伊娃不知道該回什麼，她的情人推了她一把：

---

11 達爾馬提亞王國為哈布斯堡王國底下的自治王國，位於亞得里亞海東岸、克羅埃西亞南部。

12 斯拉沃尼亞為克羅埃西亞東部的歷史地域，斯拉沃尼亞王國則涵蓋斯拉沃尼亞地區與位於塞爾維亞、克羅埃西亞之間的斯雷姆地區。

13 又稱奧屬波蘭，包含今日的波蘭南部與烏克蘭等地區。

「用那個語言說點什麼吧，小姐。」

伊娃想了一下。

「Con esto gif, se vide claro befor essi.」

「那是什麼意思？」

「請陛下您不要問得太多。我已經記不太清了，」伊娃說謊。

「你在說謊，小姐。」

伊娃笑出聲，轉過身趴著。

「你父親真的是一位偉大的卡巴拉學者嗎？」

「真的。他是個偉大的人。」

「他點鉛成金，所以你們才有那麼多錢？」情人調戲她。

「可能吧。」

「而你，小姐，顯然也是位卡巴拉學者。你看，看看你對我做了什麼。」

皇帝指向他勃起的陽具。

「沒錯，這是我的魔法。」

天氣好的時候，他們會一起在普拉特遊樂園散步，皇帝剛下令對外開放這個地方。敞篷馬車像是裝著巧克力的盒子，載著維也納的甜心們，那些戴著美麗帽子的淑女，旁邊騎著馬的騎士正脫帽向認識的人打招呼。散步的人們放慢腳步，想要盡可能延長散步的時間。你可以看見繫著緞帶的小狗，拴著鍊子的猴子，裝在鍍銀籠子裡的可愛小鸚鵡。雅各專門為女兒訂製了散步出行用的英式小馬車。瑪格達與安努夏偶爾會和伊娃一起搭乘這輛可愛的馬車，有時候只有瑪格達和她一起。有傳聞說她也是雅各的女兒，只不過是私生女。當你細看，就會發現她確實肖似雅各，高大、鵝蛋臉、牙齒潔白，她看起來比伊娃更加高雅，因此不明真相的人有時候會把她誤認成伊娃．法蘭克。大家還說他們看起來全都很像，就像是偶爾被皇帝當成奇怪生物展示的那些黑人部落的成員一樣。

下西洋棋的機器

某位名叫馮．肯佩倫的人為了打發時間做了一台機器，機器的外型是一個穿著美麗東方服飾的土耳其人，有一張黝黑光滑的臉蛋，表情相當友善。他坐在

桌邊下著西洋棋，而且他的棋藝高超，至今還沒有人贏過他。下棋的時候他似乎還會思考，並給對手考慮下一步的時間。他的右手撐在桌上，左手行棋。而當對手失誤或是犯規，他就會點頭，等待對方意識到自己的錯誤並改正。機器是全自動的，沒有連接任何外力。

這台機器令皇帝痴狂。他輸給它很多次，但據說在法國有人可以贏過它。這有可能嗎？

「假如機器能夠做到人類能做的事，而且還超越了人類，那麼人類又算什麼呢？」

皇帝與小姐們一起坐在花園裡喝下午茶的時候提出了這個問題。可是沒人敢回答他。她們等著看他要說什麼。他樂於發表演說，所以他會先反問，片刻過後再親自回答這些問題。就像現在，他說生命是完全自然的化學過程，可是它是由更高等的力量引發的——他並沒有為這句話落下句點，而是讓它猶如煙圈一般懸在了空中然後飄散。只有命令的時候他才會用句號結束句子，這讓所有人如釋重負。至少他們會知道他要說什麼。伊娃一想到要在這樣的場合發言就臉紅了，她不得不搧扇子讓自己冷靜下來。

皇帝一向對解剖學的成就十分感興趣。他為西比拉買了新同伴，一個沒有皮膚的人體蠟像，上面標示著血液循環系統；他看見它的那一刻，就知道人體像是一台機器：所有的肌腱與肌肉，靜脈與動脈，它們讓人想到他的母親刺繡時用的繡線線軸，關節的連接處看起來像是槓桿。他驕傲地向伊娃．法蘭克展示他最新的戰利品，同樣是一具女性軀體，只不過這具剝了皮，肌肉上的靜脈血管蜿蜒扭曲。

「難道不能在男人的身體上展示這一切嗎？」伊娃問。

皇帝笑了。他們一起彎腰查看這具蠟像，他們的頭近到幾乎要碰在一起了。伊娃能夠清楚聞到他口中的清香，是蘋果味的，大概是葡萄酒的味道。皇帝光滑發亮的臉條地紅了。

「一般人沒有皮膚看起來或許是那樣，但我絕對不是，」伊娃隨性地引誘他。

皇帝又笑了出來。

某天，伊娃從皇帝手中收到了一份禮物，那是一隻籠中的機械小鳥。你只需要旋轉發條，它就會開始揮動錫製翅膀，喉嚨裡發出啾啾聲。伊娃把它帶到了布爾諾，籠中鳥變成了整座莊園的景點。伊娃會親自為它上發條，態度總是非常莊重。

他們的習慣是，如果皇帝想要與美麗的伊娃見面，就會派出一輛樸素的馬車來接她，車廂上既沒有紋章也沒有裝飾，才不會引人注目。伊娃卻寧願搭著皇家馬車去見他。某次，有輛皇家馬車駛到格拉本大街他們租的那間多房公寓來接她和她的父親。由於皇帝的母親非常喜歡雅各．法蘭克，她允許他進入她的私人房間，並與他在裡面度過了許多時間。相傳他們甚至會一起禱告。然而實際上，女皇喜歡聽這個和善的異國男子說故事，他有著東方人的禮貌，不會生氣也不易怒。這位雅各暗中向她坦白，他們當初如何在波蘭受洗，這些年來維持著真正的信仰。此外，他還向她講述了科薩科夫斯卡這個人，畢竟她與女皇有許多共通點，告訴她這個善良的女人如何幫助他們投向天主教會的懷抱，對雅各故去的妻子多有照顧……女皇喜歡這個話題，追問了關於科薩科夫斯卡的事情。他們時不時會談論一些非常嚴肅的議題。自從波蘭被瓜分，加里西亞與波多里亞部分的土地落入她手中開始，她就夢想擁有一個延伸至黑海與希臘諸島的龐大帝國。比起她最優秀的大臣，雅各更清楚土耳其的事情，所以她向雅各徵詢關於土耳其的所有事情：甜點，食物，服飾，女人穿不穿內衣，一個家庭平均有幾個小孩，後宮的生活如何，女人之間不會互相妒忌嗎，聖誕節期間土耳其市集有沒有休市，土耳其人如何看待歐洲居民，伊斯坦堡的氣候是不是比維也納好，為什麼比起養狗他們更偏好養貓。她親自為他倒出壺裡的咖啡，並慫恿他加牛奶，這是最近的流行。

當雅各從她那兒回來之後，就會向兄弟姊妹講述會面時的事情，眾人激動地想像他作為瓦拉幾亞總督與伊娃站在一起的樣子。跟這樣的景象相比，那些不久前還夢想著要回到波多里亞不幸村莊的白日夢又算什麼呢；現在他們只覺得這樣的想法既荒誕又天真。雅各拜訪瑪麗亞·特蕾莎時總會帶上禮物，每一次都是，上次是喀什米爾圍巾，這次是手繪絲巾，下次是上等的土耳其皮革製成、鑲有綠松石的鞋子。她會把它們擺到一旁，好似對這些奢侈品完全不感興趣，但實際上不論是這些禮物還是法蘭克的到訪，都令她十分高興。她意識到他這樣的人肯定受到許多人忌恨。他天生自帶一種紳士氣度，具諷刺性的幽默感在她看來特別討喜。她對這個人的好感勢必會讓許多人感覺不安。各式各樣的報告與密報不斷落在女皇的辦公桌上。第一封情報如下：

……收入來源可疑，數量也非常可觀，尤其他過去在華沙過著奢靡的生活。例如，據說這位雅各．法蘭克擁有自己的通信管道，他透過分散駐紮在波蘭邊境的人員發送自己的信件。現金包裹總是以木桶包裝，並在他的親衛隊護送之下送到他手中。

「那又如何？」女皇一向如此回應兒子的一切疑問。「跨越我們的國界運來黃金，並在這裡就地消費這些財富，這只會讓我們變得更富有。落入我們手裡總比落入俄羅斯手裡好。」

或者有人控訴法蘭克為他的私人警衛配備武器，並擴張他們的編制。

「就讓他武裝自己吧，」女皇說，「讓他保護自己的安全。難道我們在加里西亞的貴族們沒有自己的軍隊嗎？他搞不好會是個好將領。」

接著她壓低聲音對兒子說：

「我對這個人有自己的打算。」

約瑟夫以為她要繼續回去看書了，但片刻過後母親又補充道：

「可是對她，你可不要有任何想法。」

年輕的皇帝沒有回答，逕自離開了。母親常常讓他難堪。他深信原因出在她頑固保守的農民式天主教信仰身上。

27

納赫曼─彼得·雅庫柏夫斯基如何成為大使

布爾諾的大院不只是浮華與一切虛榮的名利場。二樓的房間被稱為辦公室，持續著無止境的工作。雅各一大早就會來辦公室口述信件，之後會有人謄寫並寄出。隔壁房間在茲維爾佐夫斯卡的幫助下打理著整座大院的帳務。切爾諾夫斯基夫婦（救主的姊妹與她的丈夫）在第三間辦公室裡處理年輕人的選拔、回信，與被送來大院的青年父母溝通。第二間辦公室負責大院的內務，第一間辦公室如同一間小型的外交部，第三間則是經濟貿易部。

早在一七七四年十二月，雅各最優秀的使者就已經從維也納動身前往伊斯坦堡了：帕維爾·帕沃斯基、楊·沃洛夫斯基與雅各的妻舅雅各·卡普林斯基，也就是哈伊姆──托瓦死後，他便舉家搬到了布爾諾。他們出發之前舉行了盛大的儀式，雅各發表了演說。他稱他們為沒有任何宗教信仰的彌賽亞戰士；這句話他們已經聽過很多次了。他們只有使命，而且是祕密使命：博得蘇丹的好感，找到以前的支持者並提供自己的服務。他們出發前一晚的共同禱告持續很久，末尾大家圍成一圈祈禱吟唱。全部的人，包含客人，都參加了這場儀式，但之後只有兄弟姊妹留了下來，大量暢飲摩拉維亞葡萄酒的盛宴便開始了，他們很享受當地葡萄酒的味道。晚宴就像是他們以前在伊瓦涅的時候那樣，只不過反常的行為現在變成了象徵性的儀式。然而大家依舊十分親近，能夠從氣味、撫摸辨認出彼此，一切都令他們動容：楊．沃洛夫斯基的鵝蛋臉，他剛刮過的臉頰與大鬍子；帕沃沃斯卡纖細的臂膀、她嬌小的身高；耶羅辛．延傑依．丹博夫斯基濃密的白髮；茲維爾佐夫斯卡的跛足。所有人都老了，他們的孩子已經長大成人，有些人已經當了爺爺奶奶，其他人送走了自己的妻子或丈夫並開始了另一段婚姻。他們遭遇了許多悲劇與人生曲折，孩子的死亡，疾病。例如，亨利克．沃洛夫斯基不久前中風了，他現在右半身偏癱，從那之後他說話就說不清楚了，但是他的生命力還是一如從前——最近他在女兒們的攙扶下，親自操練一支色彩斑斕的年輕軍團。

破曉時分，使者們出發的時候，大院還是一片寂靜。婦女們昨天就準備好了路上要吃的一籃籃糧食。馬兒看起來有點昏沉。雅各穿著紅絲綢睡袍走進庭院，給了每個使者一枚金幣與祝福。他告訴他們，虔誠信徒的未來就靠他們了。馬車沿著布爾諾的鵝卵石道路駛向廣場，並從那裡出城朝東南方而去。

幾個月後，他們一無所獲地回來了——經驗如此豐富的大使們，卻連蘇丹的面都沒見到，白白浪費了幾個星期。一七七五年春天，當雅各自認已經是皇帝最好的摯友，便向伊斯坦堡派出了第二批使節團。這一次出使的是彼得．雅庫柏夫斯基與路德維克．沃洛夫斯基，他是楊．沃洛夫斯基之子。他們在半年之後的秋天從土耳其回來了，可惜使命仍然失敗了。他們不光沒有見到蘇丹，甚至還發生了更糟糕的事——在當地猶太人的煽動下，他們被指控為異端信徒，在伊斯坦堡被監禁了三個月，雅庫柏夫斯基因此染上了肺病。此外，蘇丹的官員沒收了所有他們本該在晉見蘇丹時送出的錢。這可是一大筆錢。他們絕望地從監獄寄出信件，卻被雅各忽視，或許他病了，或許忙著在皇帝的宮廷露臉。然而，雅庫柏夫斯基堅信，來自土耳其的所有消息可能都沒有傳到他耳裡。使命是一樣的，贏得蘇丹的好感，答應會忠實地供他差遣，向他展示雅各與皇帝關係親近所能帶來的好處，告訴他可能可以獲得的獎賞……雅庫柏夫斯基知道該怎麼辦了，他的土耳其語最好，也最擅長描繪願景。

他們歸來的時候，既消瘦又疲憊。為了回來，他們不得不在伊斯坦堡貸款。雅庫柏夫斯基乾巴巴的，像麻袋一樣，不斷咳嗽。沃洛夫斯基臉上滿是陰影。

救主甚至沒有歡迎他們回來。傍晚，按照古老的儀式，他為了丟失錢財下令責打雅庫柏夫斯基。

「你，雅庫柏夫斯基，真是一點用也沒有，你就是隻頑固的老驢，」雅各說。「你適合寫作，卻幹不了人類的工作。」

雅庫柏夫斯基試圖辯解，他看上去就像是個十歲的小男孩。

「那你為什麼要派我出去？你身邊不是還有比我更年輕、外語說得比我更好的人嗎？」

懲罰是這樣的：他們讓受刑人伏在桌上，他的身上只穿一件襯衫，然後在場的每一位虔誠信徒、每一位兄弟姊妹，都必須用枝條抽打受刑人的背部。救主先開始，一如往常毫不留情地鞭打，然後輪到男人們，不過他們打得已經比較輕了，女人們通常會閉上雙眼，像是拿著小棕櫚葉一樣輕拍他的背後（除非她出於個人理由想要鞭打受刑人）。雅庫柏夫斯基的情況便是如此。當然有幾下會痛，但並不會對他造成傷害。一切結束之後他就從桌子上爬起來，離開了，甚至沒有回應雅各要他留下來的呼喚。他的襯衫幾乎垂到了膝蓋處，前面的扣子散了。他的表情無神。他們說雅庫柏夫斯基晚年變得越來越奇怪了。他離開的時候甚至沒有回頭看一眼。

他離開之後，全場靜默的時間有點長，所有人低垂著頭。救主開始講話，而且中間完全沒有停頓，快到根本來不及抄寫，最後獨自孤單抄寫的丹博夫斯基索性把筆放下。他說世界對他們而言永遠是種威脅，所以他們必須團結一心、互相扶持。他們必須拋棄對一切事情的舊有理解，因為那個老舊的世界已然終結。新的理解來臨，而它更加殘酷，比起從前更加充滿敵意。這是一個獨一無二的時代，他們也必須是獨特的。他們要在一起生活，靠近彼此，他們要彼此相繫，而不是與外人相偕前行，如此才能創造出一個大家庭。家族中的某些人會成為支柱，另一些人則可以輕鬆一些。財產應該要共有，並交給特定的一群人管理，而擁有比較多東西的人應當與缺少東西的人分享。就像在伊瓦涅時那樣，在這裡也應當如此。永永遠遠。當人們彼此分享自己的所有物，這個教團、這個團體就會存在，而它的存在將會是其他人不得而知的祕密。眾人應該不惜一切代價保守這個祕密。其他人對他們所知越少越好。他們將會幻想出關於我們的故事，沒錯，這樣很好，就讓他們自己發揮吧。但是在外面永遠不能有給人找碴的理由，不能違反外部人等的習慣與法律。

他命令大家圍成一圈，互相勾肩搭背，頭朝向圓心微微前傾，目光聚焦在圓心上。

「我們有兩個目標，」雅各說。「第一個是達到覺察的境界，藉此知識得以讓我們獲得永生，並讓我們脫離世界這座樊籠。我們可以透過非常世俗的方式做到這件事：在凡間擁有自己的土地，一個可以引進自己律法的國家。而因為世界即將捲入戰火，正在武裝自己，舊秩序已經倒塌，我們必須加入這場混戰，為自己謀些好處。所以不要狐疑地看向我的騎兵與旗幟。擁有軍旗與軍隊的人，即便只是最小支的隊伍，在這世上仍然會被當成真正的統治者。」

之後他們吟唱〈讚美上帝〉，就是他們在伊瓦涅唱的那首聖歌。最後，當所有人已經準備離開時，雅各又向他們講述了他昨晚的夢境：他夢到國王斯坦尼斯瓦夫．波尼亞托夫斯基。他在雅各與阿瓦恰身後窮追不捨，想要打架。他在夢裡還見到，他，雅各，被帶到了東正教教堂，但教堂的內部已經完全被焚毀了。

蘇爾第克主教的回歸

一七七三年冬，群眾與主教的隊伍從華沙走到了河岸邊。他們通過凍結的冰面走到中間的島上，然後在那裡等待蘇爾第克主教，彷彿他是神聖的殉道者。教會的旗幟在嚴寒中變得堅硬，唱著教會聖歌的人們嘴裡吐出蒸氣。華沙市民戴著皮毛帽，圍著鑲皮草的披肩與羊毛圍巾。各種職業的男人穿著垂地舒巴，馬車夫、商人、工匠、廚師與貴族，每個人都凍得牙齒直打顫。

最後馬車終於出現，還有隨行護駕的騎兵。大家好奇地想要看到馬車內部，卻被簾子遮住了。當馬車停下，群眾在河的中央，就著雪地直接跪下了。

主教只出現了一下子，他被人攙扶著，穿著鑲有亮色皮草的紫色長大衣，那大概是某種西伯利亞動物的皮草。他看上去個子很大，好像又胖了。他在信徒的頭頂上方比了個十字，寒風中傳來帶有哭腔的歌聲，由於人群歌唱的速度不一，很難聽清歌詞，有些人唱得比較慢，有些人比較快，所以曲調彼此重疊，互相壓制。

大家只有那麼一瞬間可以看見主教的臉，不同以往，呈現奇怪的灰色。眾人馬上開始耳語，說他在那裡被折磨，所以看起來才會是這個樣子。之後他的身影便消失在馬車裡，然後馬車踏過冰面朝著舊城的方向駛去。

謠言馬上傳遍了華沙，說蘇爾第克主教在卡盧加那裡、在這座寒冰地獄失去了理智，偶爾才會恢復神智。有些以前認識他的人認為，他被俄羅斯人抓走的時候，腦袋就不太清楚了。他們說有些人自視甚高，讚美完全蒙蔽了他們的雙眼，他們不論走到哪裡都只看得到自己。對個人重要性的信念讓他們失去判斷力，無法理智思考。蘇爾第克主教肯定就是這一類人，他有沒有失去理智並不重要。

華沙的救主教團發生了什麼事

使者們在布爾諾停留期間，必須向教團坦承他們失敗的使者之行。在華沙，所有事情都圍著弗朗齊歇克．沃洛夫斯基家打轉。教團有時在萊什諾街的他家聚會（他家房子最大），有時在嫁給哈雅的兒子蘭茨科倫斯基的那個女兒家聚會。時局困難，瀰漫著某種既興奮又不安的政治氛圍，所以來自布爾諾的消息，在這裡的人聽來並不真實。

雅庫柏夫斯基在首都遇到了雅各．格林斯基，上次見到他應該是在琴斯托霍瓦的時候。納赫曼對他似乎沒有抵抗力——雅庫柏夫斯基在梅吉博日待在貝什門下的那些回憶，在格林斯基身上化成了實質，那些回憶始終令他動容。他們互相擁抱，然後就這麼站著半晌，一動也不動。雅庫柏夫斯基隔著厚大衣感覺到對方變瘦了，似乎還縮水了。

「你一切安好嗎？」他不安地問。

「我等一下告訴你，」格林斯基低聲回答，因為他聽見了老波多利斯基的聲音，那是個矮小乾癟的人，他深灰色長袍的扣子扣到了脖子最上方。他的手上有墨漬。他在沃洛夫斯基兄弟的啤酒廠擔任會計。

「我敢告訴你們，」他用帶著抑揚頓挫的濃厚猶太口音波蘭語說。「我這個老頭子已經什麼都不怕了。尤其在我看來你們跟我有一樣的想法，只不過你們沒有膽子大聲說出口。哼，那就由我來說。」

他停頓片刻，之後再度開口。

「一切都完了。當他……」

「哪個他？」有人在牆角下生氣地說。

「當雅各，你們的救主離開了這裡，我們就沒有必要等他了。我們應該要自己看著辦，過好我們的日子，團結在一起，不要背棄我們的宗教儀式，但是要看狀況做出相應的調整……」

「就像那些嚇得趴在地上的老鼠一樣……」同樣的聲音再度響起。

「老鼠？」波多利斯基轉向聲音的來源。「老鼠是機智的受造物，在任何環境下都能生存。而你失去了理智，孩子。我們有好工作，有東西可吃，有地方可以遮風擋雨，這算哪門子老鼠？」

「我們不是為了這樣才受洗的，」同樣的聲音再度響起，那是某位叫塔塔爾凱維奇的人，他的父親來自切爾諾夫策。他是郵務官，穿著制服來的。

「你啊，年輕又魯莽。太衝動。而我既年長，又善於算術。我算過我們團體的開支，知道我們往摩拉維亞寄了多少金子，也知道在波蘭要蒐集那麼多錢多費工夫。這些錢都夠讓你們的孩子上大學了。」

房間響起一陣竊竊私語。

「我們寄了多少過去？」瑪麗安娜．沃洛夫斯卡平靜地問。

老波多利斯基從胸襟處抽出一疊文件攤在桌上。所有人朝他擠了過來，但沒有人看得懂這些寫著數字的表格。

「我給了兩千杜卡特。這幾乎是我手上的所有現金，」雅各．格林斯基對著坐在他身旁的彼得．雅庫柏夫斯基說。兩人坐在靠牆的扶手椅上，他們知道只要一談到錢，大家馬上就會開始吵架了。

「那個波多利斯基說得對。」

確實，圍在桌子邊的人們馬上就吵了起來，比較老的那個弗朗齊歇克．沃洛夫斯基開始試著控制場面——讓他們安靜，並解釋街上的人將會聽見不必要的喧嘩，他們會把他家變成土耳其菜市場，然後那些穿著得體、態度彬彬有禮的官員與商人，立刻就會變得跟布斯克市集來的古董商販沒什麼兩樣。

「要點臉吧！」他喊著要他們安靜。

突然間，彼得．雅庫柏夫斯基像是被惡鬼上身，撲到桌子上，用整個身體覆蓋住四散的文件。

「你們是怎麼回事？你們要把雅各當成不入流的商人跟他算帳嗎？你們難道不記得在他來到這裡之前，自己待的是什麼樣的鬼地方嗎？要不是有他，你們現在會是什麼樣子？留著及腰長鬍子的小商販、承租人，每一分錢都要縫到圓盤帽裡藏著。你們都忘了嗎？」

以前叫作西雷爾的馬耶夫斯基已經搬到立陶宛，鮮少在華沙出現。他高呼：

「可是我們現在還是這個樣子！」

弗朗齊歇克．沃洛夫斯基要雅庫柏夫斯基冷靜：

「你，彼得兄弟，不要太生氣。我們也要感謝自己對信仰付出的許多堅持。還有自己的功勞。」

「他因為你們被關了十三年，你們背叛他，」雅庫柏夫斯基說。

「沒有人背叛他，」年輕的蘭茨科倫斯基開口。「當初是你自己說這是必要之舉。這是你說的，而我們，整個教團的人經歷這十三年變得更加堅強，我們經歷了試煉，但我們沒有偏離正道。」

接著有人從牆角下發話，大概又是那位塔塔爾凱維奇：

「沒有人知道那還是不是他……他們說他被掉包了。」

「你閉嘴，」雅庫柏夫斯基怒吼，可是出乎他意料的是，格林斯基接受了批評：「我們現在到底是誰？我如今是誰？我曾是布斯克的拉比，我的生活很順利，可是現在我回不去了，我破產了。」

雅庫柏夫斯基氣得失去理智，他跑向好友，抓住他的領巾：「你們這群小人，可悲的傢伙。你們全都忘光了。你們就應該待在狗屎裡，待在羅哈廷、皮德海齊、卡緬涅茨的狗屎裡。」

「還有布斯克的，」從立陶宛來的馬耶夫斯基惱怒地補上一句。

雅各．格林斯基獨自步行回家。他氣壞了。他的妻子陪在女主人身邊玩得樂不思蜀，已經好幾個月沒寄信來了；他原本希望雅庫柏夫斯基會帶來她的信，但他的希望落空了。他似乎別開了目光，接著那場爭吵打斷了他們的對話，之後格林斯基的心情遲遲無法回復。

他在波多利斯基的帳目上看見的數字令他不安，他在腦中盤算著自己的帳單——他之前是王室的紡織品供應商，他成了這個產業的翹楚，可是這一切都已經結束了。他剩下一捆又一捆的昂貴高級布料，現在沒人會找他買這些東西。他信了自己的好運氣，把所有積蓄砸在布爾諾的募捐上，相信這樣能夠對他個人與家庭的成功有所助益，可是如今他看待這件事的角度突然變得完全不一樣了，如夢初醒。畢竟為什麼他的瑪格達毫無音訊？他一直以來都不願多想，他太忙了，可是現在懷疑在腦子深處生了根，甚至是確信；這就像是惡性腫瘤，像是他的腦中長了腐肉——她和其他人在一起了。

格林斯基徹夜未眠，輾轉反側，腦中不斷重複那場激烈爭吵的喧嘩聲，他再次看見雅庫柏夫斯基閃躲的目光，這讓他渾身發燙。他感覺得到，他心知肚明，即便他的大腦完全不願意面對。他再次計算那些債務，半夢半醒間看見了啃咬庫存的猩紅色錦緞與花緞布捆的老鼠。

隔天，他沒吃早餐就走路去長街找雅庫柏夫斯基夫婦。開門的男主人睡眼惺忪，穿著睡袍與睡帽，看起來憔悴又疲憊，穿著髒襪子的腳掌蹭來蹭去。瓦克薇穿著睡袍，肩上披著羊毛圍巾，她二話不說走去廚房點上爐子。過了一會兒，雅庫柏夫斯基兩個昏昏欲睡的女兒芭芭拉與安努夏朝他們走來。雅庫柏夫斯基盯著他看了半晌才問：

「你想要從我這裡得到什麼，格林斯基？」雅庫柏夫斯基問，以手勢示意妻子把孩子們帶走。

「你得告訴我那裡發生的事情。我的瑪格達怎麼了？」

雅庫柏夫斯基的視線轉向自己的襪子。

「進來吧。」

納赫曼—彼得．雅庫柏夫斯基的小公寓雜亂不堪，籃子與箱子隨意擺放著，屋裡瀰漫著烹煮高麗菜的氣味。他們坐在桌上，雅庫柏夫斯基把放在上面的紙張收走，把羽毛筆仔細擦拭過後收到盒子裡。杯底還有沒喝完的葡萄酒。

「她怎麼了？說！」

「還能怎麼樣？我怎麼會知道？我一下在這，一下在那，來來去去，你不清楚嗎？我沒有和女人們待在一起。」

「可是你去過布爾諾。」

一陣強風衝擊著窗戶，玻璃劇烈抖動。雅庫柏夫斯基站起身，關上窗板。室內變得昏暗。

「你記得我們在貝什門下的時候睡在同一張床上吧，」格林斯基說，像是在抱怨。

「你知道那裡的情況，你親眼看過的。你待過琴斯托霍瓦，待過伊瓦涅。在那裡沒有人會替你照顧妻子，她是自由的女人。」

「我從來就沒有離得那麼近。我不是你們那些『兄弟』的一員。」

「可是你看過的啊，」雅庫柏夫斯基說得像是絕望的格林斯基應該為這一切負責。「這是她自己要求的。他現在和救主的馬夫西瑪諾夫斯基在一起，他像是騎著馬的哥薩克人……」

「哥薩克人，」格林斯基下意識地複述，他的心都碎了。

「我會告訴你，格林斯基，是看在我們友誼的分上。因為你在我的兒子死後幫了我，因為我們在貝什門下的時候睡過同一張床……」

「我知道。」

「假如是我的話，我就不會這麼擔心，你能期待什麼呢？他們都是為了我們這裡所有人好……他們待在世上最偉大的皇帝身邊。偉大的宮廷……如果你想讓她回來，她就會回來。」

格林斯基站起來，並且開始在小房間內走來走去，朝左邊走兩步，再往右邊走兩步。接著他停了下來，深呼吸之後開始啜泣。

「她不會自己提出這種要求，這點我很清楚……她可能是被迫的。」

納赫曼走向碗櫥拿了兩個杯子，替他倒了葡萄酒。

「你可以把整批商品拿去布爾諾賣掉，可能會有點損失，因為錦緞在那裡不像以前那麼好賣了。

可是你至少可以賺回一部分的錢。」

格林斯基花了一個小時打包行李，並用期票借了旅費。幾天後他就身處布爾諾了，骯髒且疲憊。他把商品放到倉庫之後，立刻往彼得堡街大教堂旁的屋子出發，他壓低帽簷遮住額頭，向幾個人問了路，每個人都為他指明了方向。他想要敲門之後走進去，像正常人一樣請人通報，可是他心中突然升起一股強烈的疑慮，他感覺自己彷彿是要上戰場。於是他站在大門對面，雖然時間還早，但街道被晨光映照出的修長陰影填滿，格林斯基站著，把帽子壓得更低，靜靜等待。

起初大門打開之後有一輛載著垃圾的馬車駛出，接著有幾個女人走了出來。格林斯基不認識她們；她們拿著柳條筐往山上走，大概是要去市場。然後有一台載著蔬菜的馬車停了下來，接著是騎著馬的騎兵。最後有輛馬車從某個方向駛來，進入大院內，直到中午才離開，引發了大門附近的騷動。格林斯基似乎看見了兩個女人，一個是茲維爾佐夫斯卡，她把某樣東西交給不知道是使者還是郵差的人，另一個則是年長的切爾諾夫斯卡。二樓的窗簾被拉開，那裡有一張臉忽明忽暗，格林斯基看不清是誰。格林斯基的胃發疼，但他不敢離開，他可能會錯過極為重要的事情。就在正午，大門再度打開，街上有人列隊，主要是年輕人，他們要去教堂參加彌撒，但格林斯基還是沒有認出任何人。終於他在隊伍末端看見了認識的丹博夫斯基，他穿著波蘭服飾，和妻子在一起。他們沉默地走著，然後消失在教堂裡。格林斯基意識到不論是法蘭克還是阿瓦恰都不在這裡。他抓住某個趕路的年輕人問道：

「救主在哪裡？」

「在維也納的皇帝身邊，」對方和善地回答。

格林斯基在裝潢華麗乾淨卻不昂貴的客棧過夜。他在那洗了澡，好好睡了一覺。他睡得像石頭一樣死。第二天清晨他便出發前往維也納，同樣的惶恐加快了他的腳步。

他花了一整天的時間才抵達救主居住的格拉本大街。房子入口旁有奇怪的警衛把守，他們穿著淺綠色與紅色的制服，帽子上有一束羽毛，手裡拿著長矛。他們無論如何都不放他進去。他請他們通報，但遲至傍晚都沒有收到回覆。晚上有輛華麗的馬車經過，旁邊還有幾個騎士隨行。當格林斯基想要走過去的時候，警衛相當粗暴地攔下他。

「我是雅各．格林斯基。救主認識我，我要見他。」

他們要他明天早上留下一封信。

「救主中午才會見客，」某個身穿奇怪制服的侍從禮貌地對他說。

一封告發信[1]

瑪麗亞．特蕾莎．哈布斯堡——蒙上帝恩典的羅馬女皇、德意志女王、匈牙利女王、波西米亞女王、加利西亞和洛多梅里亞女王、奧地利大公夫人、勃艮地、史泰利亞[2]、卡林西亞[3]、卡尼奧

1此處用德語Anzeige。

拉[4]女公爵、外西凡尼亞[5]女公爵等等：

作為女皇陛下的子民，我出生於距離利沃夫四哩遠的格林諾，並在那裡長大，在那座城市擔任拉比。一七五九年，那裡出現一名名叫雅各．法蘭克的人物，據稱他是一名皈依者，現居布爾諾，他是一名猶太導師的兒子。他的父親被懷疑是薩瓦塔伊派的一分子而遭到猶太卡哈爾驅逐，於摩爾多瓦的切爾諾夫策定居。這位雅各．法蘭克雖然在科羅利夫卡出生，卻造訪過世上許多地方，他已婚並育有一女，之後接受了穆罕默德的信仰，被薩瓦塔伊派信徒視為哈坎。

我羞於承認自己曾經屬於這個異端教派，而且過去也是崇敬他的其中一人。由於我個人的愚昧，我不僅將他看作是偉大的賢者，還認為他是薩瓦塔伊精神的化身，奇蹟的創造者。

一七五七年初期這位法蘭克來到波蘭，並召集所有信徒搬到卡緬涅茨主教的領地伊瓦涅居住。在那裡他宣揚偉大的救主與王者薩瓦塔伊．塞維必須經歷依市瑪耳的宗教洗禮，而且聖神柏魯奇亞也必須經歷這樣的過程，再跨越東正教。然而他，雅各，不得不皈依納匝勒的信仰，因為納匝勒的耶穌是果實的外皮與外殼，他的來臨只是為真正的彌賽亞鋪路。所以我們所有人必須在形式上接納這門宗教，我們要讓基督徒覺得我們看起來比他們更用心地信仰它。我們必須過著虔誠的生活，可是不得與基督徒女性通婚，儘管聖主，即柏魯奇亞曾說：「允許禁忌之事的人是有福的」，但是他也說過異邦神的女兒是被禁止的。因此無論如何都不可以跟外族通婚，在心底仍要對我們的三個王保持忠誠：薩瓦塔伊．塞維、柏魯奇亞與雅各．法蘭克。

經歷了猶太人對我們的多年壓迫之後，在卡緬涅茨主教與利沃夫主教的庇護之下，我們在一七五九年秋天受洗了。

來自土耳其的法蘭克是個窮人，大家當即給了他許多錢，我也有所貢獻，一開始就捐獻了兩百八十杜卡特。

然後這位法蘭克去了華沙，他在那裡到處宣傳他是生與死的主宰，那些全心信靠他的人將會永生不死。

然而儘管如此，當他一部分的親信與最重要的追隨者死去之後，人們開始要求他給出解釋，他說顯然他們對他的信仰不夠真誠。

他的一些同伴希望讓他接受試煉，於是他們向教會告發了全部的事情……

「有這麼一回事嗎？」格林斯基詢問口述的人，他寫下的字跡優美，只有寫到某些較長的德文片語時會稍微卡住。可是對方沒有回答，於是格林斯基接著寫：

……該案交由王室大臣、主教座堂會議與主教們審理，團體中大部分的追隨者公開承認了自己犯下的錯誤，並聲明此後不會再犯，會像基督徒一樣生活。該名法蘭克則被判處終生監禁於琴斯托霍瓦的修道院。不幸的是，這位被惡魔附身的人具有吸引他人的魅力。他們去監獄探視他，

2 一一八〇年神聖羅馬帝國皇帝腓特烈·巴巴羅薩建立史泰利亞公國，位於今日的奧地利與斯洛維尼亞境內。

3 一三三五年卡林西亞公國被劃入哈布斯堡王朝，位於今日的奧地利南部與斯洛維尼亞北部。

4 一三六四年哈布斯堡家族建立卡尼奧拉公國，地處卡林西亞公國南部。

5 為今日羅馬尼亞中部與西北部的歷史地域。

贈送他豐富的救濟品。其中許多人在那裡陪伴他，他有能力說服他們，告訴他們他的監禁有其必要。而我必須再度羞愧地承認，我當時也在那裡，直到他的妻子逝世舉行喪禮為止，都和他一起留在監獄裡。

她的死亡讓許多人留下了深刻的印象，一如法蘭克的教誨，其中包含了他讚美各種離經叛道、違反自然行為的言論。我就是在這個時候背離他，站在了他的對立面。我拋下琴斯托霍瓦回到了華沙，我過去與妻小居住的城市。我的那位妻子從四年前開始就待在布爾諾的法蘭克大院，近來還與某位伴侶在一起生活……

格林斯基寫到「伴侶」這個字的時候停了下來。

「你也知道這件事？」他問。

對方沒有回答，於是格林斯基片刻過後繼續寫：

……她之前與法蘭克與他的女兒待在維也納，現在回到了布爾諾與我見面，她重新在我身上找到了那種自然而然的吸引力，她向我坦白聖主（所有信徒都是如此稱呼法蘭克的）還在琴斯托霍瓦的時候，就曾經下令要殺死睡夢中的我與其他反對者。

「這不是真的。從來沒有發生過這種事，」格林斯基驚愕不已，卻還是接著寫道：

她能夠得知此事，是因為他們那裡的人完全信任她，畢竟她是法蘭克最忠誠的追隨者之一的女兒。她想要解救我，讓我馬上離開，才因此提出警告。我因而對波蘭當局提出了指控，他們甚至開始調查，我此前提交的證詞現在還在華沙供人調閱。

當波蘭境內發生騷動時，法蘭克在俄羅斯軍隊的幫助下成功找到了脫離監獄的方法。接著他去了布爾諾，他惡魔般的信仰在當地傳播，不受任何責罰。

他的車夫、馬夫、僕從、馬車助手、輕騎兵、槍騎兵，一言以蔽之就是他身邊的所有人，都是受洗了的猶太人。每兩個星期就會有來自波蘭以及摩拉維亞，甚至是漢堡的丈夫、妻子、兒子、女兒帶著豐富的禮物與馬匹前來拜訪他，他們同樣是這支異端的新入教者，顯然這樣的邪說已經被散布到了世上各個角落。他們親吻他的腳，停留幾日之後便離開，而其他來訪的人會接替他們的位置，這類害蟲日日都在繁衍壯大。

我很清楚我的話語不足以成為任何呈堂證供，但我已經做好被監禁的心理準備，直到尊敬的女皇陛下證實這些開天闢地以來前所未聞的事情為真，而且我的告發……

格林斯基對著這個字思索片刻，最後寫道：

……從各方面來說皆無虛言為止。

因此，鄙人謙卑地懇求尊敬的帝國女皇、使徒之王[6]，考量上述此事的重要性，讓我在維也納與雅各．法蘭克當面對質，當場揭露法蘭克的一切犯行，並幫助我取回他拿走的一千杜卡特，此外，我恨不得趁著公開認罪的機會，洗刷我這段時間以來犯下的種種錯誤，並獲得原諒。

尊敬的帝國女皇暨使徒之王最謙卑的僕人
雅各．格林斯基

替他口述這封信的人拿走他手上的筆並撒上了沙子。沙子弄乾了格林斯基的筆跡，現在它們得到了力量。

加了牛奶的咖啡，飲用的後果

咖啡與牛奶，將這兩樣東西混在一起喝的新流行，似乎對雅各造成了傷害。剛開始是輕微的消化不良，可是不久之後他的消化功能似乎完全停止了，他虛弱到幾乎只有在琴斯托霍瓦那次被下毒的情況可以與之相比。雪上加霜的是，催債人還在不斷敲門，他沒有什麼東西可以拿來給他們還債，因為大筆的銀錢不是已經流向維也納，就是敗在了使節團手裡。在他等待卡普林斯基、帕沃沃斯基、沃洛夫斯基帶著錢從華沙回來的期間，他下令縮減飲食上的一切開銷，由於維持客人的生活開銷也是大院的一大負擔，他只好下令讓他們回家。他是如此虛弱不堪，甚至沒辦法長時間坐著，只能口述要寄給華沙心愛的教團成員的信件。他提醒他們要像樹一樣堅強，即便強風會吹動它的枝條，樹本身卻永遠屹立不搖。他要他們堅定自己的內心，保持勇敢。信的結尾寫道：「不要懼怕任何事。」

這封信幾乎耗盡了他的力氣，當天晚上他就像是陷入了深沉的夢境。

這樣危險的狀態持續了幾天，救主躺在床上昏昏欲睡，只有輪班照顧他的看護用海綿溼潤他的雙唇、更換床單。窗戶緊閉，團體用餐時間被取消，現在只有提供簡餐：麵包與混了一些油脂的卡莎。救主房間所在的二樓完全不讓人進入。守衛的值班表由茲維爾佐夫斯卡安排，她又高又瘦，有點駝背，穿梭在房間走廊的時候，掛在腰際上的鑰匙噹啷作響。某天清晨，她昏昏欲睡地要去開廚房的門，看見救主只穿著上衣，赤腳站在門邊，雙腳發抖。喔，他的女守衛們睡著了，而他痊癒了。茲維爾佐夫斯卡叫醒了整座大院的人，他們開始煮雞湯，但他碰都不想碰一口。從那之後他就只吃烤雞蛋，不吃麵包也不吃肉，只吃雞蛋，而且，說也奇怪，他很快就恢復如初了。他再度開始孤單地散步到城郊。茲維爾佐夫斯卡暗中派大院的人跟著他。

一個月後，他已經完全恢復健康，他一本正經地拜訪普羅斯捷約夫的多布魯什卡一家，那裡每年都會舉辦一次聚會——當然是不對外開放的——屬於來自全歐洲的虔誠信徒的聚會。他們假裝這是一場年度家族聚會，只不過參加者與主旨不明。就像是依撒格·修爾，現在的亨利克·沃洛夫斯基二十七年前的婚禮，如今所有人再度齊聚一堂。雅各·法蘭克搭著華麗的馬車前來，還有他的輕騎兵隨

---

6 使徒之王（Apostolska Mość）為教宗思維二世賜與匈牙利大公聖史蒂芬一世的頭銜，後來成為匈牙利國王的榮譽頭銜。

行。其中有一人輕傷。他們在布爾諾城外遭到猶太人襲擊，不過對方武力不強。西瑪諾夫斯基總是帶著上膛的槍，他開了幾槍之後，對方便逃之夭夭了。

嫣塔將一切盡收眼底，因為眼前這一幕的相似之處吸引了她的注意力。在時間線上，彼此再相似不過的時刻會重複發生。時間線有著自己的經緯，每隔一段時間就會出現對稱的事物，每隔一段時間就會有東西重複，好似副歌與主旋律支配著這一切，人們發現這一點時會感覺有點苦惱。這樣的秩序對思緒來說是種麻煩，令他們無所適從。人們總是覺得混沌更加親切安全，宛如自家抽屜裡的混亂。而現在，此處，普羅斯捷約夫就像是二十七年前的羅哈廷，嫣塔在值得紀念的那一天並未完全死去。

馬車駛過泥巴路，車上載著的人身上穿著溼答答的長版外套。矮房間裡的油燈忽明忽暗，男人濃密的鬍鬚與女人滿是皺褶的裙子散發著無所不在的煙味、溼木頭與煎洋蔥的味道，裝有板彈簧與座椅內襯的馬車在摩拉維亞的大道上行駛著。人們緩步走向多布魯什卡家的大房子，他們看起來乾淨、營養充足，衣著得體，神情專注有禮。他們在院子裡互相寒暄，你可以從他們身上看出來，他們把世界當成自己的安居之所。他們對待彼此的態度友善溫和，表示這是一個大家庭的聚會。本質上也是如此。兩間附近的客棧將客房租給他們。鎮民好奇地觀望這些像唱歌般說著德語的訪客，但這樣的好奇沒有持續太久。或許是多布魯什卡家的金婚紀念日吧！大家都知道他是猶太人，這裡有不少猶太人。他們過著老實的生活，工作勤懇。他們與其他猶太人有點不同，但沒人在意到底差在哪裡。

聚會時，女人與男人被謹慎地分開，她們整整三天都待在各自的小團體裡，仔細討論有誰、什麼時候、和誰一起、如何、為了什麼、在哪裡等等問題。從這些對話日後衍生的好處，比單純討論教義來得更大。她們提出對婚姻的想法，為尚未出生的孩子們取流行的名字，討論治療風溼的地點，媒合正在找好工作的人與需要聘請員工的人。早上她們會閱讀經文並討論，下午她們自行安排了音樂課——中黛爾與她的女兒非常有音樂天賦，她們收藏了很多樂譜。當女孩們演奏，年長的婦女們，包含中黛爾會拿著一杯櫻桃利口酒，開始討論會——與一牆之隔的男人的討論會相比毫不遜色。

多布魯什卡的其中一個女兒——布魯維梅——特別有音樂才華，她自己用鋼琴伴奏演唱了虔誠信徒被翻譯成德語的古老歌曲：

藏於鐵打的藏身地，躲在氣球之中，
我的靈魂之船即將遠航，
巴比倫之心囚不住它，
人造的磚牆困不住它，
毫不關心人間的虛名。

不在乎筵席受邀賓客的評價，
不管溫柔、禮數、偉大的民族。
靈魂飛越了防線，
對爾等秩序的守衛者不屑一顧，
無視井然有序的話語，

或是語意無法涵蓋的萬般事物。
它不知曉何謂喜悅，何謂夜間的恐懼
你們的美麗如同一個窮親戚，
被它丟入沙中，棄如敝屣。
始終高高在上的上帝啊，
賜我祢的話語，讓我得以立足，
屆時我便可以追上祢的真理。

她澄澈的歌聲如此清晰，某些站得離門比較近的男人不禁一邊聽著討論的內容，一邊偷偷退後，躡手躡腳走到女人這邊。

托馬斯為了這場盛大的集會特地從維也納跑來。他先是自然而然地走到女人那邊，在嚴肅的對話開始之前，他想要先輕鬆地聊上幾句。他從維也納帶來新的團康遊戲——一人用手勢比畫某句話的內容，剩下的人猜。手勢與表情是最民主的語言，不會受到他們這裡的人說話的奇怪口音干擾。他答應大家要在晚上娛樂的時間玩這個遊戲。他把自己的好友翻譯的《奧西安詩集》留給她們。於是晚上女人們聚在一起讀這本書。伊娃無法理解其他女孩閱讀時興奮的原因，也無法理解她們為何感動到流淚。

托馬斯在男方席間談到了共濟會思想。來自鄉下的年長兄弟許久之前就對這個主題感到好奇了，由於申黛爾的兒子本來就屬於共濟會，所以他為他們弄了一場小型演講會，之後便是嚴肅的討論。其中一段令兄弟們印象特別深刻。托馬斯說這個分裂的世界是由不同派系建構而成的，它們名為宗教，彼此對立，而共濟會是唯一一個可以讓心靈純粹、擺脫迷信的開放之人聚在一起行動的地方。

「還有哪個地方，可以讓猶太人與基督徒不受教會與會堂、那些將人們分出優劣等級的權力結構監視，自由聊天，討論，共同行動呢？你找出來給我看看。」托馬斯對著他們的頭頂大喊；他的白色絲綢領巾鬆開了，之前梳好的鬈曲長髮看起來亂七八糟。托馬斯像得到了某種靈感：「兩個敵對的系統永遠彼此對立，始終不信任對方，先入為主地認為對方行為不端、思想錯誤。我們從出生起就參與了這場鬥爭，我們之中某些人生來屬於一方，而另一些人屬於另一方，無關我們想要過上怎樣的生活……」

後方有人提出異議。於是一場激烈的爭辯開始了，托馬斯無法做出結尾。要不是因為他是主人，晚上舉行的聚會也不那麼正式，不然台下早就噓聲一片了。可是札爾曼的兒子顯然太激動了。

雅各在這天最後一個發言，雄赳赳氣昂昂，侃侃而談。他沒有像那些無聊的老講者一樣（除了托馬斯），把艾貝許茨姓氏的各種版本掛在嘴邊。同樣的，雅各也絲毫沒有提到自己，隻字不提聖母——他的年輕外甥此前才特別警告過他，他也確實做到了。他說皈依「以東的信仰」是必然，沒有其他可能。而且他們必須找到盡可能保持獨立、可以根據自身律法自在生活的地方。

當角落傳來充滿憤恨的低語，雅各轉身面向那側，說道：

「你們知道我是誰，我如何變成如今的樣子。我的祖父，摩西．梅爾．凱門克，在我誕生的前一年，因為從波蘭走私忠實信徒的書籍到漢堡而被逮捕。他為此被關進監獄。我明確知道我在說什麼，也不會出錯。我永遠不會出錯。」

「為什麼你不可能出錯呢，雅各？」房間裡有人問。

「因為上帝就在我的裡面，」雅各．法蘭克面帶微笑地回答，露出他始終潔白的健康牙齒。

台下一陣騷動，有人吹了口哨，所有人不得不安靜下來。

女人與青年直到深夜都在玩多布魯什卡引進的新遊戲，打開的窗戶傳出一陣陣哄笑聲。最反對托馬斯的阿爾托納拉比的妻子范妮成了絕對的贏家。

疝氣與救主的話語

布爾諾的廣廈早已不如以前擁擠，但來自魯塞尼亞、波多里亞與華沙的忠

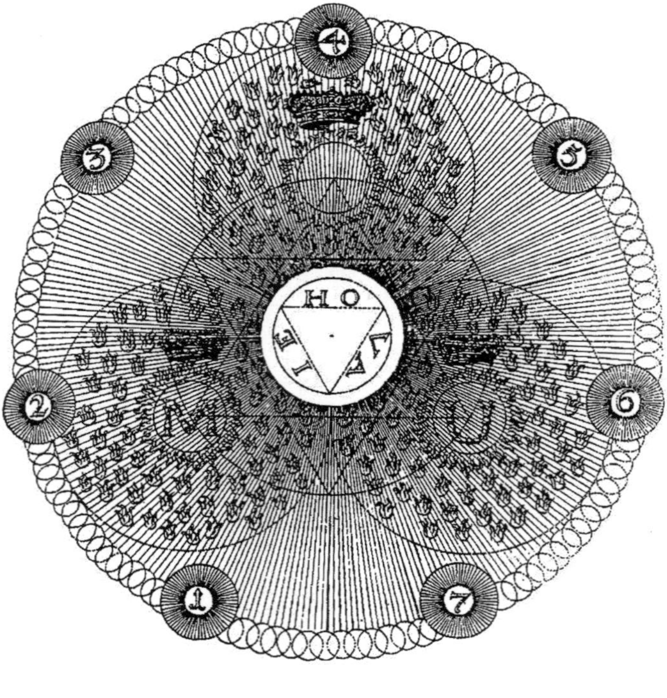

誠信徒仍然絡繹不絕。他們是相對貧窮的訪客，不過還是得接待他們。他們因為長途旅行變得髒兮兮的，有些人看起來像是野人，例如那位有糾髮辮的女人，她害怕剪掉辮子的同時會失去性命。救主打算趁她睡著的時候剪掉她的辮子，然後對著它誦唸祈禱文，再將它隆重地燒掉。來訪者躺在房屋各個角落，還躺在院子裡的廚房旁邊，那裡準備了許多留給朝聖者的房間，但還是不夠容納所有人，於是他們租下了附近的所有住處。白天他們仍舊會來朝聖救主，後者只要輕瞥他們一眼，就可以判斷眼前是怎麼樣的人，並依據對他們的看法向某些人講述童話或笑話，對另一些人解釋艱深書籍中困難複雜的句子。

光明節時救主親自點上了蠟燭，但禁止他們用意第緒語禱告。在贖罪日這天，他則命令他們歌唱跳舞，像他們在伊瓦涅還有更早之前做的那樣。

救主請求薇特爾．馬圖舍夫斯卡來一起過夜——她剛從華沙來，此前還和孩子們待在一起。救主對她的到來感到高興，命她修整體毛，修剪頭髮與腳趾甲。薇特爾從門邊朝他跑去，在他面前跪下，但他將她扶起身之後緊緊抱住她，薇特爾的臉紅得像是牡丹。他同樣誠心歡迎她的丈夫馬特烏什的到來。

伊娃．茲維爾佐夫斯卡生病的時候，薇特爾接替了她的職責，並對院內一切事務嚴格管理。她趕著年輕懶惰的男人去花園裡工作，清除長在石頭之間的雜草，及時清除吸引成群飛蠅的馬糞。她安排運水車，讓它運來更多水，準備大木桶讓眾人醃黃瓜。救主只允許薇特爾用略帶責備的口吻對他說話。她甚至可以對救主發火，例如她責怪他——女人已經向她抱怨過這件事了——指定的床伴總是更適合丈夫，卻不一定適合妻子。

「如果是妳的話會怎麼做？」雅各問。「那是上帝暗中給我的指示。」

「你需要細心關注誰與誰彼此吸引，互相喜歡，誰又不喜歡誰。假如你指定了一對怨偶，那就只會帶來恥辱與痛苦。」

「這件事的目的並不是為了讓他們感到愉悅，」救主向她解釋，「而是為了讓他們屈從，然後彼此信服。這是為了讓所有人成為一個整體。」

「『屈從』這件事，如你所說，對丈夫來說比對妻子更容易，可是事後女人們感覺糟透了。」

他注視著她，對她的回答感到驚訝。

「就讓女人們擁有說『不』的權利吧！」薇特爾說。

雅各回答：

「但不要聲張，否則她們的丈夫就會命令她們說『不』。」

半晌後薇特爾開口：

「她們沒那麼笨。女人們樂於和其他男人交往……許多人只是在等待許可；就算沒有得到許可，她們還是會這樣做。過去一向如此，將來也是。」

雅各從普羅斯捷約夫回到布爾諾之後又生病了。薇特爾．馬圖舍夫卡基認為他的病是過度食用當地的赫爾梅林起司[7]導致的，他享用了大量加熱過的起司。她氣呼呼地說沒有人的胃有辦法消化它們。而這次他的疝氣又復發了，令他痛不欲生。在他的下腹部，幾乎是鼠蹊部的地方出現了腫塊，肚

子表面隆起。他在伊瓦涅的時候就得過疝氣。薇特爾與早晚服侍救主的女人興奮地說救主有兩個陰莖。廚房裡的人說，一旦有重大事情發生，救主的第二根陰莖就會跑出來。女人們咯咯直笑，臉頰紅得發燙。

據說，疝氣無藥可醫——或許這種病真的是一種肉眼可見的祝福——救主自行康復了。在布爾諾郊外，他最喜愛的森林裡有片橡樹林，救主挑了那裡的一棵橡樹幼苗，並讓人將它劈成兩半之後點上火，再把石頭與燃燒過後的灰燼抹在患部。之後他用枝條把那處遮起來，然後命令在場所有人離開。他如此重複了幾次之後，疝氣就消下去了。

與此同時，他派人去維也納接伊娃，並請了一位專門畫微型肖像畫的畫家。他讓畫家繪製三幅畫。伊娃擺姿勢的時候十分不高興，不滿他們將她帶離皇帝的宮殿，而皇帝隨時都有可能召見她。微型肖像畫被寄到了漢堡與阿爾托納的兄弟手裡，並請求他們為救主的大院與女主人提供經濟上的支持，雅各特別多次強調女主人久居皇帝的宮殿。

晚上的講道常常持續到深夜，雅各首先會講述童話與寓言故事，之後才是比較嚴肅的部分。聽眾們坐在所有能坐的東西上，長者們坐在扶手椅、沙發，或是從飯廳搬來的板凳上，年輕人則坐在地上隨處可見的土耳其坐墊上。那些沒在聽課的人思忖著自己的事情，只有他人不太聰明的問題，或是突如其來的笑聲才會打斷他們的思緒。

---

7 赫爾梅林起司（Hermelín）的名字取自捷克文的白鼬，是一種類似卡芒貝爾的白紋起司。

「我們要採取三個步驟，記好了，」救主開口說。三個步驟：第一步是洗禮，第二步是進入覺察，而第三步是以東王國。

救主近來最常提到的便是覺察，希伯來語的意思是知識，正是上帝擁有的、最偉大的知識。而它對人類來說或許是可以觸及的，它也是第十一個瑟非拉，位於生命之樹內部，自始至終還沒有任何人能夠發現它。跟隨雅各的人能夠直接達到覺察的境界，當那人抵達那個地方，一切都會變得無足輕重，就連死亡也是。那將會是解脫。

延傑依．丹博夫斯基在講課期間，分發了印有生命之樹圖像的卡片。他不久前才想到這個點子，採取這種現代的啟蒙教學方式令他感到欣喜。如此一來，聽眾就能夠輕鬆地在受造物概括藍圖中將救贖所在的位置具象化。

關於對物質進行神祕實驗的傾向

托馬斯．馮．申費爾德在父親死後，與兄弟們一起投資了海外貿易，如今他賺到了第一筆收益。他一年會去阿姆斯特丹與漢堡幾次，也會去萊比錫，從那裡帶回有利的合約。他的兄弟在維也納開了一間小銀行，向人提供分期貸款賺取利息。托馬斯還為皇帝調查土耳其的情況，詳情不得而知，調查過程中他樂於借助他的舅舅雅各．法蘭克擁有的廣大人脈。

雅各常常寄信給他，並透過他向維也納的銀行貸款。托馬斯隨身帶著期票。他勸雅各把來自波蘭的錢借出去賺利息，或是拿去投資，總比按照大院總管切爾諾夫斯基夫婦的意思，把它們放在地下室的木桶裡來得好。

不過這段舅舅與外甥的特殊情誼維繫的期間，最重要的事情是托馬斯口中所謂的「兄弟們」的奇怪訪問，例如埃弗拉伊姆·約瑟夫·賀希菲爾德與納坦·安斯坦，兩位都是來自維也納的富有企業家，以及貝爾納德·艾斯克萊斯，一位對金錢完全不感興趣的銀行家，或是某位出版商，他是伯爵，也是托馬斯·馮·申費爾德的代父。這位伯爵不久之後就要為自己的代子爭取貴族頭銜。

目前托馬斯使用「馮」這個姓並不符合法律規定，這種情況最常出現在他去日耳曼與法國的時候。而與此同時，他也開始透過書信斡旋，為雅各·法蘭克申請男爵頭銜。他在布爾諾這裡用的是多布魯茨基這個姓，這非常合理，因為不管怎麼說，他都和普羅斯捷約夫的多布魯什卡家有著血緣關係。因此他得到了約瑟夫·多布魯茨基男爵這個稱呼。雅各是他為了重大節日盛裝打扮、穿上紫色大衣時所用的名字。

早在瑪麗亞·特蕾莎於一七八〇年逝世之前，她兒子的辦公桌上便出現了提供雅各·法蘭克奧地利貴族頭銜的請願書，因為波蘭的他早就有了，這份文件是托馬斯·馮·申費爾德以優美的法律措辭加上值得信賴的口吻寫成的。第二份文件則是一絲不苟又忠心耿耿的祕書附上的，是以密告特有的加密方式寫成的告發信，客觀、千真萬確，同時又像是某種低語：

……應當意識到過去存在著，而如今也不可避免地存在無法被普遍接受的知識，它看似研究的是自然的事物，實際上處理的卻是被視為超自然的那些東西，以及另一個傳統：透過周期循環的信仰解讀發生在我們這個星球上一切事情的傳統。這樣的傳統敢於做出我們這些虔誠的天主教徒不敢做的事情——研究上帝的本質。他們說這樣的研究被收錄在加色丁[8]人名為《光輝之書》的智慧之書中。這些智慧在書中的表達方式是一種模糊不清、特殊的寓言體裁，目的是要讓那些意外發現這本書，卻不會使用數字代碼技巧與希伯來象徵符號的外人無法理解它。而且這樣的限制也包括猶太人，其中只有少數人能夠理解書中的內容。在具備此等能力的人之中，包含了陛下的子民，住在布爾諾的那位法蘭克。這類人的知識足以讓他們進行與物質相關的神祕實驗，令那些不知情的人感到驚奇。這是一種純粹的騙術，卻會在這些人的周遭創造出一種不尋常的氣氛，建立以他們為中心的虛假推測。然而據說在第二聖殿被毀之後，這門知識僅存的部分散布到了整個東方世界，主要在阿拉伯國家。而阿拉伯人將它轉交給了聖殿騎士團……

皇帝此刻深吸了一口氣，要不是因為他認出了信件下方熟悉的署名，他才不會繼續讀下去。他繼續讀到：

……他們又將它帶回歐洲，造就了許多異端的誕生。這項知識，或是它的片段，成了共濟會成員信仰與實踐的基石，但不是全部的共濟會成員都是如此，只有像托馬斯・馮・申費爾德，即摩西・多布魯什卡那樣的人，他是他們最重要的其中一人……

「小姐，你的父親做得出金子嗎？」皇帝問伊娃，對方幾天之後出現在他位於美泉宮的臥室裡。他稱呼伊娃為「我的小鳥（meine Vogel）。」

「當然囉！」伊娃回答。「我們在布爾諾的房子下方有通往神祕金礦的通道，它們甚至能夠通到西里西亞。」

「我是很嚴肅地在問你，」皇帝說，皺了皺眉頭，他毫無瑕疵的乾淨額頭上出現了一道垂直的皺紋。「有人告訴我這件事是可能的。」

某位名為莫札特的作曲家的歌劇《費加洛的婚禮》在維也納首演，依照皇帝的意思趕在法國的首演之前，演出結束之後有位高大挺拔但有些年紀的優雅男士走向伊娃。他的白色假髮十分完美，衣著優雅，與維也納人的穿戴完全不同，他毫無疑問是從巴黎直接來的。

「我知道你是誰，女士，」他斜視伊娃，用法語開口說道。

能夠從一眾重要的女士之中認出她，對伊娃來說是一種榮幸，她正打算結束這場結識，但這位優雅的男士接著說：

「女士，你和我一樣，對這場演出感到陌生。我說得對嗎？」

伊娃嚇到了。她覺得這人實在無禮；她想要離開，下意識地在人海中尋找父親的身影。

「顯然女士妳的高貴氣質與美貌有著更加深刻的本質，它們出自一顆純淨的心靈；女士妳就如同

8合和本譯為迦勒底。

一顆星辰，在俗氣的屋頂之間遊蕩，好似最純淨的彗星迷失的星光……」陌生人接著說。儘管他並不年輕，卻仍然十分英俊。他上了粉的面龐令伊娃無法看透。她的眼角瞥見了其他女人好奇的打量。

由於這一晚皇帝對她並不感興趣，很快就帶著自己的新歡消失了，所以伊娃有了與這位陌生人相處的時間。他的年紀大到伊娃無法把他當成男人對待，太過軟弱，太過囉嗦，她根本完全沒把他當男人看。他們一起去了吸菸室，同伴請她享用上好的菸草，替她端來香檳。奇怪的是他們開始討論狗的事情。伊娃抱怨她的靈緹犬太過脆弱，她覺得牠們笨笨的。她想念小時候養的那隻狗。男人向她展示了對犬隻習性與飼養祕訣的淵博知識。

「大型犬容易生病，而且壽命短，靈緹就是這類犬隻的例子，因為牠們近親交配，總有一天會完全退化。就像人類一樣，」這位時髦老男人補充。她適合飼養勇敢的小型犬，一隻小獅子，就像人們在西藏飼養的那種，據說牠們被當成神犬。

不知道從何時開始，對話的內容轉向了「偉大傑作[9]」。這個主題令所有人著迷，但實際上只有少數人會深入研究它；大部分的人只在乎金子。可是鍊金術明明是通往智慧的途徑。而傑可莫．卡薩諾瓦[10]用艱深的詞彙向伊娃解釋了「偉大傑作」每個階段的意義。他們正好談到黑化。

伊娃壓了壓肚子。她辭退了愛嚼舌根的瑪格達．格林斯卡。瑪格達回到了布爾諾，她嫁給了讓她離開格林斯基的西瑪諾夫斯基。只有安努夏．帕沃沃斯卡知曉一切，但她們從未談及這件事。她幫伊娃綁好臀部與她圓潤的腹部，動作十分自然。她這個人柔弱，卻堅強。有一次父親在伊娃已經躺在床上的時候才來，他的手堅定地伸進被褥下方。他粗糙嶙峋的手指摸索著那片令人困擾的圓潤。伊娃咬緊嘴唇。父親在她身旁躺下，輕撫她的腦袋，之後他的手指卻伸進她的頭髮，然後揪住頭髮將她的頭往後拉。他凝視著她的雙眼許久，卻彷彿沒有看見她本人，而是看著即將要發生的某件事情。伊娃嚇壞了。最糟的事情發生了，父親很生氣。父親的怒火令伊娃感到恐慌。後來父親不再出現，她自己也稱病不曾外出。

最後薇特爾．馬圖舍夫斯卡出現了，她讓伊娃喝下大量混著某種噁心、苦澀東西的鹽水。第二天她也來了——不斷揉捏伊娃的肚子，直到傍晚有血流出。孩子很小，只有一根小黃瓜大，又瘦又長，

---

9 以鍊金術鍛造賢者之石必須經歷黑化（nigredo）、白化（albedo）、黃化（citrinitas）、紅化（rubedo），這四步驟被稱為「偉大傑作」（magnum opus）。

10 傑可莫．卡薩諾瓦（Giacomo Casanova，1725—1798），義大利冒險家兼作家，與同是共濟會成員的莫札特交好。

是個死胎。馬圖舍夫斯卡與安努夏將孩子用破布包好帶到了某個地方。教導伊娃的法國女老師偶然瞥見了房間內的場景。她當天就被辭退了。

灰燼的所有變體，即如何以家常的方法做出黃金

當托馬斯說出「鍊金術」這個詞的時候，模樣像是要從口中吐出一條圓形的小麵包，還熱呼呼的。

雅各房間旁邊，走道末端最後一個房間，被指定為工作坊。雅各透過在皇帝宮廷認識的巴爾維奇尼將軍，從義大利訂購了專門的儀器。這台由曲頸瓶、燃燒器、玻璃管與玻璃罐組成的機器，被小心翼翼地安裝在特製的桌子與架子上，好讓他們在聖誕節那天，可以用光明節的第一根蠟燭點燃曲頸瓶下方的火。托馬斯．馮．申費爾德已經是三個孩子的父親，只要他待在國內，就總會戴著雪白的假髮、穿著優雅的衣服出現。他會帶來數量龐大的禮物分給每位兄弟姊妹。

這種時候，他與雅各兩人幾乎不會走出工作坊，那裡也不許任何人進入，除了馬圖舍夫斯基與托馬斯的朋友——艾克霍芬伯爵艾克爾，他與伊娃在皇帝那裡跳了一支優美的舞。然而，現在所有人都知道他對女人不感興趣，但這不妨礙他認識偉大傑作。不幸的是，他們到三月為止，都沒能鍊出一小塊金子或是銀子。在數不盡的容器與燒瓶裡，只會時不時出現發臭的液體，以及各種可能的灰燼。

雅各做了一個夢，他在宮廷認識那位對他另眼相看的薩爾姆伯爵夫人，建議他「服用摩拉維亞」，以此解決近來困擾他的頸椎痛。這肯定表示，不久之後金援就會來了，這可真是求之不得，因為儘管有托馬斯的證券收入支撐，大院早已負債累累，甚至這可能就是負債的原因。因為他勸說雅各，主要是茲維爾佐夫斯基與切爾諾夫斯基夫婦投資證券市場。即便他們一開始賺到了足夠還債的金額，之後好運卻離他們而去。關於鍊金術的想法，就是在這時候冒出來的。現在托馬斯又想到了更優秀的點子——他們開始將透明、散發香氣的金色液體裝入瓶中，它是某種弱酸性的衍生物，經過適當稀釋，不會傷害皮膚。托馬斯宣稱，只要將一杯水配上一滴液體喝下，就能治百病。雅各為直腸出血所苦時，拿自己做了實驗，夏天的時候他就完全康復了。

第一批裝載一罐罐神奇液體的箱子，被載到了普羅斯捷約夫的忠實信徒聚集地，並在那引發了一陣轟動。沃洛夫斯基當即帶上它們去了華沙。夏季他們在另一間房間蓋了一間小型工廠，女人們在那裡為瓶子貼上小標籤，之後再把它們分裝到要送去阿爾托納的小箱子裡。

可惜就連這些被稱作「黃金水滴」的萬靈藥帶來的收益，也無法付清他們所有的債務。

救主的夢境如何看待世界

一七八五年到一七八六年的那個冬天，沒有發生半件好事。彼得堡街上的廣廈冷森森的，而救主不斷生病，心情鬱結，女主人幾乎不出自己的房間。時不時的維也納之行突然就畫下了句點，彷彿一刀兩斷，結束得乾乾淨淨。他們賣掉了一台馬車，而第二輛優雅的小型四輪馬車一直停在車庫裡，以防皇帝哪天改變主意想要召見伊娃。為了償還供應商欠款，他們不得不賣掉值錢的餐具器皿，巴爾維奇尼以非常實惠的價格買下了它們。許多人被送回家鄉，廣廈裡靜悄悄的。只有臥室與大客廳的暖爐是點著的。正是因為如此，留在大院的人一天大部分的時間都在這裡度過。

早上吃早餐之前，信眾們會聚在一起聆聽救主的夢境。所有人到齊之後救主才會出現，而他身上穿的衣服是重點。女人們注意到當他穿著白襯衫，就表示他那天心情不好，不只一個人會被他斥責。假如他穿的是紅色長袍，那就表示他心情好。

救主講述自己的夢境，並交由年輕的切爾諾夫斯基或是馬圖舍夫斯基記錄。當雅庫柏夫斯基在布爾諾時，也會負責記錄。接下來換伊娃講述自己的夢境，他們同樣會記下它。之後大家會廣泛地討論評述。久而久之衍生出一種習慣，其他人也可以講述自己的夢境，並以此評論救主與女主人的夢。過程中會出現不同尋常的巧合，讓他們埋頭討論一整天。夢境的講述有時候會持續到中午，所以茲維爾佐夫斯卡安排讓眾人在這段時間吃一頓簡單的早餐。

走廊與樓梯間散發著刺骨的寒意，霜雪在玻璃窗上留下了幾道小小的爪痕，煙囪裡冷風呼呼作響。你幾乎可以感覺到其他世界在擠壓布爾諾的這棟房子，裡頭的人再也不是原本的自己，而是一個完全不同的人，看似恆久確實的萬物失去了輪廓，以及對自身存在的所有確定性。

救主此刻位於普魯士國王腓特烈的宮廷中，並為他獻上了最好的葡萄酒，不過在他倒酒之前，他先往酒杯裡撒了一撮沙子，再把它和酒混在一起。國王喝得很開心。然後這些葡萄酒被分給了在場的王子與國王。

這樣的夢居然在光天化日之下找到了合適的位置，真是奇怪。然後每個人眼前都浮現了裝著沙子與葡萄酒的玻璃杯的景象，就連晚上他們盡情吃喝的時候，沙子撒落的景象也再度重現，而且有些人——尤其是女人，因為她們做的夢比較多，或是至少她們記得的夢比較多——說自己第二天晚上也喝到了沙子，或是給別人喝了沙子；於是轉換的可能性就此誕生，它現在開始將會伴隨著這群人：將沙子化為葡萄酒，化葡萄酒為沙。

西默盎拉比，雅各·西瑪諾夫斯基的父親，出現在救主的夢中，告訴他沃伊斯瓦維彩有位女地主在等他，出現在他面前的是一位皮膚白皙、美麗年輕的女人。救主對西默盎說：「但她又老又醜，還總是穿得一身黑。」西默盎回答：「別在意，這只是影子。她擁有巨額的財富，想要把一切交給你。」在這個夢裡救主的模樣年少、圓潤。沃伊斯瓦維彩的女地主輕撫他，在他面前袒露胸脯，想要和他上床，但救主並不願意，拒絕了她。

所有人一致認為，這個夢表示財務上的問題就要結束了。

救主看見曠野上有上千名騎兵，全都是忠實信徒，而他的兒子們——羅赫與約瑟夫——指揮著他們。救主如此解讀：我會離開布爾諾，並坐到屬於自己的位子上，屆時會有許多貴族與猶太人來找我受洗。

救主看見維賽爾伯爵，他曾試著租用對方位於比利卡的宮殿。伯爵坐在自家馬車的小板凳上。救主如此解讀：金援即將抵達，而伯爵讓他的女兒到伊娃身邊服侍的請求將會被實現。

救主看見一位坐在山丘上的美麗少女，而她的周圍是新鮮茂密的藥草與青草。清澈甘甜的冷泉從她的腿間淙淙流出，許多人停下腳步飲用這股湧泉。而救主也喝了，只不過是偷偷地，絲毫沒有引起別人的注意。他晚上在伊娃房內講述這場夢，她近來十分憂鬱。這個夢的意義肯定只有一個：她終於要嫁人了。

伊娃等待著皇帝的消息，但杳無音訊。從皇帝母親喪禮之後他就沒派人來找過她。看起來未來也不會了。儘管她清楚總會有這麼一天，她現在還是覺得自己被悲慘地拋棄了。她瘦了。她不想去維也納，那裡會讓她想起太多回憶，與她交好的維賽爾伯爵夫人試著向她解釋，因為她是皇帝的前任情人，現在她可以擁有任何人，擁有一切東西。她參加了女

43

Tłómaczenie Zagadnień.

Znaczy
1–a
2–b
3–c
4–d
5–e
6–f
7–g
8–h
9–i
10–k
11–l
12–ł
13–m
14–n
15–o
16–p
17–r
18–s
19–t
20–u
21–w
22–x
23–y
24–z

ODPOWIEDŹ NA ZAGADNIENIA.

21	24	9	15	12	2	23	9	15,	7
1	17	2	1	19	23	✡	16	20	12
10	15	16	23,	13	1,	4	24	9	5
3	9,	16	9	5	14	9	15	14	4
24	5,	9,	18	24	1	19	23.	–	–

ZAGADNIENIE III.

Eufrozyna wiele będzie miała mężów?

19	17	24	5	3	8.	24	5	4	17
24	5.	3	24	21	1	17	19	23.	9
15.	24	1	7	17	23	24	9	5.	✡
24	1	21	18	24	5.	7	4	23	17
1	3,	2	5	14	4	24	9	5,	24
4	15	13	20,	14	9	5.	21	23	11
9	24	9	5.	–	–	–	–	–	–

ZAGADNIENIE IV.

Eleonora czy prędko będzie Mężatką?

16	15	23	4	24	9	5.	24	1,	13
15	14	24,	21	19	23	13.	17	15	10
20,	5	11	5	15	14	15	17	1.	✡
16	15	18,	24	12	1	2	23,	9	16
17	5	14	4	24	5	23,	19	23	11

皇的喪禮，可是那裡的人太多，她的新洋裝與帽子完全被人群淹沒，她美麗的雙眸與東方魅力也迷失在這片人海中。

女皇入棺前被人盛裝打扮過，她肥胖的身軀被蕾絲花邊淹沒。伊娃．法蘭克站的位置，近到可以看見她交叉在胸前的發青指尖。從那之後，她每日膽戰心驚地檢查自己的指尖，害怕青色的死亡預告出現。喪禮上人們耳語著瑪麗亞．特蕾莎的死因，據說女皇癱倒在扶手椅上，然後無法呼吸。其中一位仕女語氣誇張地小聲說，年輕的皇帝一如往常的冷血，當時還要求母親注意自己失了儀態。「陛下您的姿勢並不好看，」他說。「好看到可以去死了，」傳言女皇如此回答他，然後就真的死了。

伊娃暗自下定決心要死得體面。「最好是還年輕的時候死，」她說，這激怒了她的父親。雅各認定現在約瑟夫成了唯一的統治者，他終於可以做自己想做的事了，相信他會把伊娃娶走。

他要她準備好自己的洋裝，因為要不了多久她就會回宮了。可是伊娃知道她回不去了。她不敢告訴父親這件事，於是晚上她和安努夏．帕沃沃斯卡一起縫補脫落的蕾絲，並用安努夏從華沙載來的卡拉巴書占卜。

不知從何時起，伊娃就常常咬指甲。有時她的手指傷得太嚴重，只能靠手套遮擋。

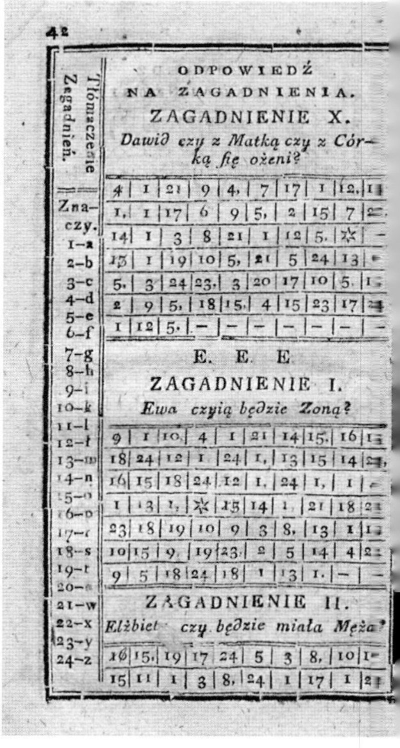
42

Tłómaczenie Zagadnień.

Znaczy. 1–a 2–b 3–c 4–d 5–e 6–f 7–g 8–h 9–i 10–k 11–l 12–ł 13–m 14–n 15–o 16–p 17–r 18–s 19–t 20–u 21–w 22–x 23–y 24–z

ODPOWIEDŹ NA ZAGADNIENIA.

ZAGADNIENIE X.

Dawid czy z Matką czy z Córką się ożeni?

4	1	21	9	4,	7	17	1	12,	1
1,	1	17	6	9	5,	2	15	7	[illegible]
14	1	3	8	21	1	12	5.	☆	–
13	1	19	10	5,	21	5	24	13	[illegible]
5.	3	24	23,	3	20	17	10	5.	[illegible]
2	9	5,	18	15.	4	15	23	17	[illegible]
1	12	5.	–	–	–	–	–	–	–

E. E. E.

ZAGADNIENIE I.

Ewa czyią będzie Żoną?

9	1	10,	4	1	21	14	15.	16	[illegible]
18	24	12	1	24	1,	13	15	14	[illegible]
16	15	18	24	12	1,	24	1,	1	[illegible]
1	13	1,	☆	15	14	1	21	18	[illegible]
23	18	19	10	9	3	8,	13	1	[illegible]
10	15	9,	19	23.	2	5	14	4	[illegible]
9	5	18	24	18	1	13	1.	–	–

ZAGADNIENIE II.

Elżbiet[illegible] czy będzie miała Męża?

16	15,	19	17	24	5	3	8,	10	[illegible]
15	11	1	3	8,	24	1	17	1	[illegible]

關於弗朗齊歇克・沃洛夫斯基的求愛

弗朗齊歇克・沃洛夫斯基，是史羅摩的長子，又名烏卡什・弗朗齊歇克・沃洛夫斯基，是位穩重、高大俊美的年輕男人，比伊娃大一歲，說話的時候緩慢嚴肅。他上的是波蘭的學校，夢想著讀大學卻沒能成功。為此他讀了許多書，知曉許多事情。他會說希伯來語、意第緒語、波蘭語和德語。他說每種語言時都有自己的特點，因為有些發音上的缺陷。他不願與父親待在華沙釀造啤酒。他最後得到了貴族頭銜，想要做出一番意義重大的偉大事業，但準確來說，要做什麼他還沒有頭緒。他來到布爾諾的時候已經到了應該結婚的年齡。身為兄弟之中最年長、最重要的兒子，他有特權。他得到了一間雙人房，並和堂弟住在一起。比他小幾歲的堂弟剛從皮亞里斯特修會的高等學院畢業，這讓弗朗齊歇克非常妒忌。

弗朗齊歇克的父親——史羅摩・沃洛夫斯基——為了兒子的婚事已經事先寫信給了雅各・法蘭克；他或許沒有寫得很直白，但字裡行間的溫馨之情溢於言表，不乏有過去的回憶，對以利沙・修爾的追思，以及對兄弟之情的保證，由此可以看出沃洛夫斯基家族期望能透過某些東西，加強華沙教團與布爾諾大院的羈絆。這個想法之中有著某種顯而易見的東西，孩子們還小的時候，他們在伊瓦涅就提過這樣的婚姻無數次。弗朗齊歇克前來求娶伊娃又有什麼好驚訝的呢？

弗朗齊歇克平靜地等待，直到晚上他們才邀請他進入自己的房間。最後衣著得體的男人友好地與救主、伊娃打招呼，經過了一場艱難的對話之後（他一向不會自在地聊天），伊娃演奏新買的鋼琴時，他甚至被允許替她翻樂譜。很快，如同雙親所期望的那樣，他墜入了愛河，雖然可以肯定地說，伊娃大概完全沒注意到這位翻頁者在場。

「你不介意她在維也納跟人上過床嗎？」當他們經過一整天的騎術操練累得躺在床上時，堂弟問他。弗朗齊歇克完全不適應這樣的訓練。

「她和皇帝上過床。況且跟皇帝不叫『上床』，皇帝那是調情，皇帝有情史……」弗朗齊歇克睿智地回答。

「你想要娶她為妻嗎？」

「不然呢？她被許配給我，因為我的父親是救主最親近的忠實信徒，資歷最長的兄弟。」

「我父親也是，誰知道呢，搞不好還比你父親更近呢。在琴斯托霍瓦他待在救主身邊，女主人漢娜去世時他才翻牆逃走。」

「他為什麼要逃？」

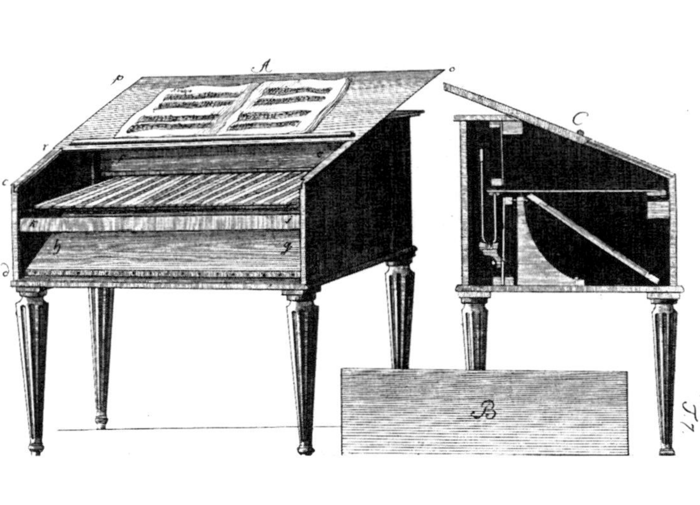

「他說他是因為嚇壞了，才從牆上跳下去的。」

小弗朗齊歇克・沃洛夫斯基平靜地回答，這很符合他的個性：

「我們的父親相信，從他們與救主待在一起的那一刻起，死亡就與他們無關。這放在今天實在很難理解。」

「他們相信自己是不死之身？」堂弟難以置信地拔高聲音。

「這有什麼好驚訝的？你也相信啊。」

「是沒錯，但不是在人間。是在天國。」

「所以是哪裡？」

「我不知道。死後去的地方吧。你怎麼看？」

關於撒慕爾・亞設巴赫，姬特拉與亞設的兒子

無所不在的嫣塔此刻正瞧著姬特拉與亞設之子撒慕爾，也就是格特魯妲與魯道夫・亞設巴赫的兒子，他們在維也納的老施密德街上有一間眼鏡店。這位滿臉痘痘的瘦削男人是法律系學生，正和其他同學站在一起看著經過的豪華敞篷馬車。車上坐著一位戴著高帽的男人，而他身邊是漂亮的年輕女性，女人有著橄欖色的皮膚與深邃的大眼睛。她整身衣服是黛青色的，就連帽子上的飾羽也是同樣的

顏色——她看起來像是散發著某種水下的光芒。她個頭嬌小，但是身材勻稱，線條優美，細腰豐臀。她雪白的絲巾遮住了寬大的領口。馬車停了下來，隨從們協助兩人下車。

男孩們好奇地打量，從路人們興奮的低語中，撒慕爾得知這是某位波蘭先知與他的女兒。他們的身影消失在街角的糖果店裡。就這樣，男孩們回頭去忙自己的事情。

撒慕爾有時候比較沒禮貌，不過在他這個年紀尚且可以被原諒。

「如果是我就會搭訕她，那個漂亮的波蘭小妞，」他說。

他的同伴們捧腹大笑。

「癩蝦蟆想吃天鵝肉[11]，亞設巴赫。那可是位大人物。」

「就因為她是大人物，我才想要搭訕她。」

這位青衣女子的美貌讓撒慕爾留下了深刻印象。晚上，他自瀆的時候想像的是她的模樣。她跳出領口豐滿堅實的乳房，撒慕爾在襯裙下找到了滾燙溼潤的那一點，它將他吸住，然後流出歡愉的液體。

---

11 波蘭文Nie dla psa kiełbasa，字面意義是：香腸不是給狗吃的。

28

亞設在維也納的咖啡廳，或何謂啟蒙[1]？一七八四年

中國的茶，土耳其的咖啡，美洲的巧克力。這裡什麼都有。桌子排得密密麻麻，一旁擺放著彎曲木材打造的精美單腳凳。亞設是和姬特拉－格特魯妲一起來的，他們點了甜味蛋糕配咖啡，用小湯匙慢慢地吃，盡情享受每一口。巧克力在口中融化令人身心愉悅，就連眼前的街景都變得模糊了。而咖啡又讓視線恢復清明。他們悄然無聲地結束了嘴裡的元素戰爭，坐著欣賞聖斯德望主教座堂外多彩多姿的人流。

入口處的架子上擺著報紙，這是新的流行，據說是直接從德意志與英國傳入的。人們拿起報紙坐在桌邊，最好是最靠近窗戶的位置，那裡的光線最充足，不然你就只能就著燭光閱讀了，這對眼睛的傷害很大。牆上掛著許多畫，但即便是白天，在一片昏暗中，你也很難認出畫上的東西。客人往往要拿著燭台走到畫旁邊，讚嘆搖曳燭光下的美麗風景畫與肖像畫。

除此之外還有閱讀的喜悅。一開始，亞設只會將報紙從頭到尾讀過，他對印刷物有種渴望；現在他就知道哪裡可以找到有趣的東西了。他對自己不懂法語感到後悔，他一定要改變這一點，因為這裡也有引進一些法語報紙。他已經快要六十歲了，但思緒敏捷靈活。

「有數不盡的觀點可以用來表達物質世界與思想世界，而得以傳遞人類知識的系統數量就和這些觀點的數量一樣多，」這句話被翻譯成了德文。是某位名叫狄德羅的人說的話。亞設不久前滿心歡喜地瀏覽了《百科全書[2]》。

亞設．魯賓運氣很好。他離開利沃夫之後來到此處，維也納，亞設讓人在官方的登記簿上寫下自己的姓氏，亞設巴赫。他取了魯道夫．約瑟夫這個名字，或許是出於對年輕皇帝的景仰，對方對知識的渴求令他印象深刻，讚嘆不已；姬特拉改名為格特魯妲．安娜。亞設巴赫醫生一家現在住在老施密德街上一間體面的排樓裡，亞設巴赫是一位眼科醫生；起初他為當地的猶太人診治，但很快他的客群就變大了，他擅長治療白內障、替人配眼鏡。他們還有一間眼鏡店，店面不大，由姬特拉－格特魯妲經營。女孩們在家自學，她們有家教老師授課，撒慕爾主修法律。亞設則喜歡蒐集書本，那是他主要的愛好；他希望將來撒慕爾會接收他的收藏。

---

1 哲學家康德一七八四年於《柏林月刊》發表〈答覆：何謂啟蒙？〉（Beantwortung der Frage: Was ist Aufklärung?）一文。

2 德尼．狄德羅與其他法國啟蒙學者共同編纂了《百科全書，或科學、藝術和工藝詳解詞典》。

亞設－亞設巴赫第一批戰利品是約翰・海因里希[3]所著的《通用詞典》，有六十八冊，他為它付出了自己賺來的第一桶金。但他很快就把這筆錢賺回來了。在其他病人的口耳相傳之下，更多病人一個接著一個出現。

姬特拉一開始還嘲諷他的戰利品，但是有一天當亞設從醫院回來，看見她正俯身看著其中一冊的某一頁；最近她開始研究貝殼的形狀。格特魯妲戴著自己打磨製作的眼鏡。鏡片製作很複雜，她可以透過同樣的鏡片遠眺或是閱讀。

他們租了一間寬廣的公寓，副樓裡有一間工作室。魯道夫・亞設巴赫在那雇用了一位上了年紀、幾乎看不見的研磨工匠，他會依照處方箋製作眼鏡鏡片。格特魯妲來到工作室之後，會坐下欣賞老人製作鏡片的精密過程，在不知不覺間她甚至開始自己製作鏡片了。她坐到桌子旁，把裙襬拉到膝上方便她舒適地踩踏板驅動研磨機。如今她已經是負責製作眼鏡的人了。

夫妻兩人常常吵架，但也時常和好。有次姬特拉對著他扔了一顆高麗菜。現在她很少待在廚房裡——他們請了廚師和一個女孩來生火打掃。洗衣女工一個星期來一次，女裁縫則是一個月來一次。

這套曠世巨作的最後一冊於一七五四年上市，因為亞設巴赫書架上的書沒有按照系列、書名、作者姓氏擺放，而是按照出版日期，所以現在這本書就放在《新雅典》的旁邊，他們把這套書從波多里亞運來，姬特拉則用它來學習閱讀波蘭語，卻成了白費工夫。現在他們已經用不到這種語言了。雖然亞設的波蘭語日漸退步，但他偶爾還是會拿這本書來讀。這時他總會想起羅哈廷，他感覺那對如今的他來說早已是一場許久之前的遙遠夢境，而身處其中的他跟他本人一點也不相似，只是一個嘗盡人生苦澀的老人，彷彿時間在他身上是逆向的。

亞設巴赫一家按照他們每周的習慣，正坐在星期日下午的咖啡廳裡，他們決定加入不久前在《柏林月刊》上展開的一場論戰，他們總會定期閱讀這份刊物。這個主意是格特魯妲想到的，她決定嘗試之後便自己拾起筆寫作，但亞設巴赫認為她的文風過於華麗並不適當，於是他開始替她修改文章，兩人就這麼著手寫作。論戰的主題是該如何定義這個越發深入人們對話的時髦概念：啟蒙。大家盡可能地使用這個字，但每個人對它的理解多少有點不同。這場論戰始於某位名為約翰·弗里德利希·策爾納[4]的人，他在自己的其中一篇文章中為教會婚姻制度辯護，他甚至不是在正文中提及這個概念，而是在註腳中提問：「何謂啟蒙？」它出乎意料獲得了讀者的廣大回響，其中不乏許多有名的大人物。最先回答這個問題的是摩西·孟德爾頌，之後來自柯尼斯堡的知名哲學家伊曼努爾·康德以啟蒙為題在該期刊上發表了文章。

這項挑戰獨樹一格，深深吸引著亞設巴赫一家，他們為了能夠讓人看清這個問題細細打磨每一個字。格特魯妲總是在咖啡廳裡抽菸，這在嚴肅的維也納市民間引發了小小的騷動。她整理出了第一份筆記。兩人唯一的共識就是理性是最重要的。他們整個晚上都沉浸在理性光輝的比喻遊戲中，它冷靜平等地照亮萬事萬物。格特魯妲馬上就聰明地意識到，光明照耀之處一定會出現陰影。光輝越強烈，

---

3 約翰·海因里希·齊德勒（Johann Heinrich Zedler，1706—1751）從一七三一年開始依序出版德語百科全書《通用詞典》（Grosses vollständiges Universal-Lexicon aller Wissenschafften und Künste），共計六十八冊。

4 一七八三年柏林牧師約翰·弗里德利希·策爾納（Johann Friedrich Zöllner）發表〈繼續以宗教認可婚姻，是恰當的嗎？〉，表達對民事婚姻的反對，康德的〈答覆：何謂啟蒙？〉即是針對此文的回應。

陰影就越濃密、越深邃。唉，這實在令人感到不安，他們不發一語。

此外，既然人類應該善用他們最有價值的能力，也就是理性，那麼膚色、出身、宗教信仰，甚至是性別，就不再如此重要了。

亞設巴赫引用了他近來熱中閱讀的孟德爾頌的話語——他的桌上放著《斐多，或論靈魂不死》（Phädon oder über die Unsterblichkeit der Seele），書名是用紅色字母印成的——補充道，啟蒙之於文化就如同理論之於實踐。啟蒙與科學、抽象概念有著更多共通點，文化則是透過文字、文學、圖像、美術等方式讓人與人之間的聯繫更臻完美。他們彼此都同意這一點。閱讀孟德爾頌的時候，是亞設巴赫人生中第一次對自己猶太人的身分感到滿足。

姬特拉－格特魯妲如今四十歲，她長了皺紋，身材也變胖了，但仍舊美麗。她入睡之前會把頭髮編成辮子，再把它塞進睡帽裡。他們睡在同一張床上，但他們的肢體接觸比以前更少了，儘管亞設看著她，看著她舉起豐滿的肩膀，看著她的側臉，仍然會產生欲望。他想著世上除了她，再也不會有人與他如此親近了。沒有任何一個孩子。沒有人。他的人生始於利沃夫，當懷孕的女孩站在門邊找上他的那一刻，她又餓又冷，態度無禮。如今亞設巴赫過著全新的生活，與波多里亞、與羅哈廷廣場上低矮的璀璨星空沒有半點關係。要不是因為那一天，他早就完全忘記這一切了。

就在這一天，他在街上自己最喜愛的那間咖啡廳前面遇到了熟面孔，一個穿著樸素的年輕男人，他腋下夾著樂譜，步履匆忙。亞設看著他的目光太過熾熱，對方不由得放慢了腳步。他們彼此錯身的時候看起來一臉不樂意，觀察著對方；最後兩人停下腳步走近對方，比起因為不期而遇而高興，更多的是驚訝。亞設認出了這個年輕人，但他卻不太有辦法將記憶中的姓名與時間對上，也無法將他聯想到的地點與時間對在一起。

「你是史羅摩・修爾嗎？」他用德語問。

男孩的臉上閃過一道陰鬱，做出了想要離開的舉動。亞設巴赫知道自己搞錯了。他尷尬地脫下帽子。

「不是，我叫沃洛夫斯基。弗朗齊歇克。您把我和父親搞錯了，先生……」他說話時有波蘭口音。

亞設巴赫向他道歉，他馬上就了解自己的困惑從何而來。

「我是來自羅哈廷的那位醫生。亞設・魯賓。」

他已經很久沒有提到自己以前的名字了，他現在想藉此替這個男孩壯膽。這個名字讓他感覺不自在，彷彿套上了破舊、被撐大的鞋子。

年輕人半晌沒有說話，他的臉上未曾透露出任何情緒，此時他與父親之間的差異就很明顯了。他的父親表情非常豐富。

「我記得您，亞設先生，」片刻過後他用波蘭語回答。「您治好了哈雅姑姑，對吧？您來過我們家。您替我拔掉了腳跟上的釘子，我的腳上還有當初的傷疤。」

「你不可能記得我的，孩子。你當時還太小，」亞設巴赫說，他突然覺得感動，不確定是因為他們記得他，還是因為他說的是波蘭語。

「我記得。我記得的事很多。」

他們憶起當年彼此相視而笑。

「是啊……」亞設巴赫感嘆道。他們同行了一段路。

「你現在在這裡做什麼？」亞設最後問道。

「我來拜訪我的家人，」烏卡什・弗朗齊歇克平靜地回答。「我該結婚了。」

雅舍巴赫不知道問什麼才能避開敏感的話題，他感覺背後有很多敏感的東西。

「你有未婚妻了嗎？」

「在我的腦袋裡。我想親自選擇未婚妻。」

不知為何，這個回答令亞設巴赫感到欣喜。

「沒錯，這很重要。願你做出好的選擇。」

他們還彼此交換了一些不重要、有講等於沒講的資訊，然後各自走向原本的方向。亞設巴赫給了男孩一張寫著地址的名片，對方盯著它看了很久。

亞設巴赫並未向姬特拉－格特魯妲提起這次會面。然而晚上他們正在修改要投稿到《柏林月刊》的文章時，他又想起了某一晚，他在黑暗中穿過羅哈廷市集廣場走到修爾家的景象。微弱的星光應承著另一種現實，卻甚至無法照亮巷子。腐爛葉子的氣味，小型豬圈裡的動物氣味。刺骨的寒冷。低頭垂向地面的小屋，長滿鐵線蓮枯莖的低矮籬笆，透著悲慘且飄忽燈光的窗戶形成的巨大信任與世界的陌生冷漠成了對比，萬物都被容納在這破敗的世界秩序之中。至少在當時的亞設看來是如此。他已經很久沒想到這件事了，可是現在卻無法不去想。姬特拉對他的分心感到失望，只好自己寫文章，她抽菸的煙霧無情地填滿了整間客廳。

當晚亞設的內心完全被那股憂愁占據。他感到惴惴不安，命人替他泡了檸檬香蜂草茶。他突然覺得除了印在《柏林月刊》上的一切崇高論文，除了光明與理性，除了人類的力量與自由，還有一些非常重要的事情，某種黏稠、黑暗、宛如蛋糕糊一般的領域，落入其中的所有文字與概念都會失去形狀與意義，宛如陷入柏油。報紙上冠冕堂皇的長篇大論就像是腹語術表演者說的話，既模糊又古怪。似乎有嘻笑聲從四面八方傳來；曾經的亞設或許會把那誤認成惡魔，但是如今他根本不相信惡魔的存在。他想起姬特拉說過的話——陰影；受到充足光線投射的事物就會投射出陰影。這就是這個新概念令人不安的原因。啟蒙始於人類對善良與世界秩序失去信任的時刻。啟蒙正是不信任的展現。

關於預言的健康層面

人們有時候會在晚上叫亞設去做其他事。大概是有人推薦過他，因為當地的猶太人，尤其是那些暗中漸漸被同化的人，他們許多人來自波蘭、來自波多里亞，他們並不是把他當成眼科醫生傳喚，而是一位可以處理令人羞恥的奇怪事情的聰明醫生。

因為在這些寬闊的排樓裡、在明亮的房間中，有時會傳出古老惡魔的聲音，彷彿是從陳舊衣服的縫合處，從祖父輩當成傳家寶的祈禱披巾，從曾祖母用紅線繡過的天鵝絨夾克中冒出來。而這些排樓的住戶往往是有錢的商人，以及他們龐大的家族，他們同化得很順利，比某些維也納市民更像維也納人，他們生活富裕，充滿自信，不過他們只是表面如此，實際上他們既不安又迷茫。

亞設拉下門把，接著就聽見另一邊傳來悅耳的鈴聲。

女孩擔憂的父親沉默地握住他的手；她的母親是羅哈廷修爾家的親戚、摩拉維亞猶太人席德爾的其中一個女兒，他們直接帶著他來到病人面前。

這種病的性質本來就很奇怪，而且令人不舒服。他們寧願瞞住這件事，也不想讓看慣厚重美麗窗簾、時下流行的經典花紋地毯、咖啡桌優雅的彎曲桌腳與土耳其花毯的雙眼被汙染。然而，這些家庭的主人公染上了梅毒，又傳染給自己的妻子，孩子們長了疥瘡，受人尊敬的叔叔與大企業的老闆喝酒喝到昏迷不醒，而他們優秀的女兒也會未婚先孕。這種時候他們就會找上魯道夫．亞設巴赫，他就會再次變回羅哈廷的亞設。

此刻在商人盧德尼茨基家就是如此，他是靠製作鈕扣起家的，現在在維也納城外有一間為軍隊縫製軍服的小工廠。他成為鰥夫後再娶的年輕妻子生病了。

他說她瞎掉了。她把自己關在房間裡，已經在黑暗裡躺了整整兩天。她不敢移動，生怕全身的血液跟著經血一起流出來。她知道高溫會助長各種出血的症狀，所以她不讓人點上暖爐，只蓋著一件薄被單，因而染上了風寒。她的床邊放著點亮的蠟燭，因為她想要確保血沒有流出來。她一言不發。昨天她撕下一塊亞麻床單自製棉條，把它塞進兩腿之間，希望能順利止血。她害怕連糞便都會造成出血，所以乾脆不吃東西避免排遺，並用手指堵住自己的肛門。

商人盧德尼茨基百感交集，他緊張得要死，同時又為年輕妻子的病感到羞恥。她的瘋狂把他嚇壞了，令他尷尬不已。假如這件事傳出去的話，他會顏面盡失。

亞設巴赫醫生坐在她躺著的沙發旁邊，牽起她的手。他語氣非常溫和地向她搭話。他並不心急，給了她一段不短的時間保持沉默，這麼做可以放鬆她的心神。他忍受著此刻瀰漫在這間沉悶、陰暗、寒冷房間的寂靜。他開始下意識地撫摸病人的雙手，心裡想著別的事情：人類知識的碎屑開始像鏈條的扣環一樣環環相扣，不可分離。在不久的將來，所有的疾病都能夠被治癒，就連這種病也是。可是現在，他感覺自己束手無策，他無法理解她的痛苦，不知道它背後的成因是什麼，他唯一能為這個可憐、消瘦的不幸女孩做的，只有提供自身溫暖的存在。

「你怎麼了，孩子？」他問。他撫過她的髮絲，病人開始盯著他看。

「我可以拉開窗簾嗎？」他輕聲問，然後聽見了堅定的回答：

「不行。」

當他深夜回到了維也納仍舊吵嚷的街上，他想起在羅哈廷去找哈雅・修爾時的情形。她預言的時候會撲到地板上，全身緊繃，滿身是汗。

與維也納相比，羅哈廷對如今的亞設來說，宛如在煙霧繚繞的陰暗房間裡蓋著羽絨被夢到的夢。在他所有的女病人之中，已經沒人住在共用的房間裡，沒人會戴纏頭巾，也沒人會穿波蘭外套。這裡沒有人為糾髮病所苦。房屋高大、堅固，有著厚實的石牆，散發著石灰與階梯新鮮木材的氣味，大部分的新房子都有安裝排水管。街上的瓦斯燈亮著，而街道寬敞通風。透過乾淨的玻璃窗，可以看見天空與煙囪飄出的煙圈。

可是，亞設卻從今天這個生病的女孩身上看見了羅哈廷的哈雅・修爾。當時那個年輕女人如果還活著的話，如今應該已經六十幾歲了。或許預言能夠減輕盧德尼茨卡太太的痛苦，讓她的理性靈活地在黑暗中移動，在理性的陰影與迷霧中來去自如。或許那裡也是適合生活的好地方。或許他應該建議她的丈夫：「盧德尼茨基先生，請讓您的太太開始預言，這會對她有幫助。」

關於麵包做成的人偶

哈雅，也就是瑪麗安娜，正在打盹。她的頭垂在胸前，雙手無力地垂著，帳簿馬上就要從她的膝蓋掉下來了。哈雅在替兒子作帳。意思是她整天坐在商鋪後面的櫃台，計算一串又一串的數字。這是一間布行。她的兒子姓蘭茨科倫斯基，與她所有的兒子女兒一樣，如今已經是寡婦的哈雅也是。兒子與格林斯基共同引進布料，但格林斯基成了批發商，損失慘重，蘭茨科倫斯基則繼續當零售商，生意比較好。店面在新世界路上，非常漂亮整潔。華沙女市民會來這裡購買布匹，因為不只價格合理，還會提供折扣。這裡有多種樣式簡單的密織棉布，還有從東方進口、暢銷全球的便宜棉布，女僕或是女廚師會用它來縫製洋裝。有錢的女市民會買比較好的布料，外加緞帶、羽毛、綁帶、搭扣與鈕扣。除此之外，蘭茨科倫斯基還從英國引進了帽子，這是他新的業務；他想要在克拉科夫郊區街上開一間專賣英式帽子的小商店。他也考慮過自己生產，因為在波蘭還沒有人會做好看的毛氈帽。為什麼呢？只有上帝知道。

因此，哈雅正在櫃台打盹。她變胖了，不喜歡移動，她的雙腿發疼，關節變得粗大，疼得喀喀作響。肥胖讓哈雅的臉變得有點腫脹，你現在很難看出她當年的輪廓。事實上，當年的哈雅已經消失了，溶解了。這位新的瑪麗安娜好似昏昏欲睡，永遠處於占卜的恍惚狀態中。只要有人向她尋求指引，她仍然會擺出板子替對方占卜；當她將板子攤在桌上並從木盒裡拿出相應的人偶，她的眼皮就會開始顫抖，目光向上游移，直到瞳孔消失。如此一來，哈雅就看得見了。被擺放在平面上的人偶會創造出各式各樣的排列組合，有些很好看，有些很醜，還有些令人不安。哈雅－瑪麗安娜知曉該如何將盤面上每個人偶擺得「遠一點」或是「近一點」，距離可以是空間上的，也可以是時間上的，她能夠從人偶的位置展現相吸或是，與之相反，相斥的關係。她也能夠清楚看見衝突與和諧之處。

人偶的數量從羅哈廷時期開始就不斷增加，現在已經數不勝數，最新的那一批人偶最迷你，不是用黏土，而是用麵團單獨製成的。哈雅只需看一眼，就能理解排列的意涵，並看出它將來發展的方向。

這從而衍生出一些既定的布局，透過橋梁與過道連通的布局，其中也包含了堤防與水壩、楔子與釘子、接頭，將有著相似外型輪廓的情況壓縮在一起的圈套，就像是啤酒桶的鐵箍那樣。與此同時，還有一些宛如螞蟻足跡般的路徑，宛如老舊的綠植小徑，沒人知道這些小徑是誰走出來的，為什麼它的方向是這樣而不是那樣。以及迴旋、漩渦與危險的螺旋，而它們緩慢的運動吸引了哈雅向下的目光，望向陪伴著一切事物的深處。

哈雅坐在自己的櫃台前彎身探向占卜面板的模樣，讓她兒子的某些顧客覺得這個奇怪的女人變得幼稚了，像是正在把玩孫女的玩具。她有時會注意到嫣塔：感覺得到她的存在，充滿好奇心但心情平靜。她認得出來，知道那是嫣塔，顯然她沒有死得很徹底，但哈雅一點也不驚訝。讓她覺得奇怪的是另一個人的存在，本質上完全不同的存在。那個人溫柔地觀察著她與櫃台，以及四散在世上各個角落的兄弟姊妹，還有街頭的人們。那人欣賞著細節，喔，比如說他正在觀察板子與人偶。哈雅猜到了這個人想要什麼，所以她把他當成一個有點麻煩的朋友。她抬起緊閉的雙眼，試著看清那人的臉，但她也不知道能不能成功。

小弗朗齊歇克・沃洛夫斯基被拒絕的求婚

小弗朗齊歇克・沃洛夫斯基想要娶伊娃。不是因為他愛著她或是對她有欲望，而是因為她遙不可及。只要這件事越不可能成真，弗朗齊歇克求娶伊娃・法蘭克的意願就越強烈。因此他對她思念成疾，她的父親對這場相思病也有責任——總是不厭其煩地告訴他伊娃會是他的，兩個家族將會透過這樣的方式結合在一起，而弗朗齊歇克將會接任雅各的位子。雅各本人也樂見其成，可是之後，當伊娃開始待在皇帝身邊，所有希望就像雲朵一樣飄走了，越飄越高，越飄越高，高到他已經抓不住了。伊娃本人也變得不一樣了，她很少出現；她穿著閃亮的綢緞，變成了一隻滑溜的魚，抓也抓不住。

弗朗齊歇克向她求了婚——他的父親人在華沙忙著照顧釀酒廠的生意，完全不知情。可是他的求婚就這麼被沉默地帶過了，好似弗朗齊歇克做出的行為是種恥辱，根本不該被提及。布爾諾大院的人們整個星期都在竊竊私語討論這件事，而他沒有收到任何回覆，他漸漸意識到自己成了笑柄。他滿心苦澀地寫信給父親，請求父親將他召回華沙。在等待回信的這段時間，他不再參加共同的祈禱會與雅各的傳道。他初來乍到的時候，這些事情曾經讓他覺得很有吸引力，彼得堡街大院裡的人群，新的面孔，置身龐大家族的向心力，那些情話、傳聞、不間斷的笑料，與遊戲之後緊接著的祈禱與歌唱——現在這一切只令他作嘔。最令他討厭的，大概就是這裡每天要進行的操練。他的叔叔楊．沃洛夫斯基指揮著年輕男人與男孩訓練，他因為身上穿的衣服而被大家稱作哥薩克人。每幾個男孩被組成一個哥薩克騎兵連隊訓練，但他們沒有足夠的馬匹；男孩們必須輪流交換坐騎，因為上了鞍的馬一共只有四匹。救主下令讓他的第二位堂弟弗朗齊歇克．西瑪諾夫斯基組建一個軍團。這個新字眼以各種形式出現：軍團的制服、軍團的旗幟、軍團的演練、軍團的軍歌……史羅摩之子弗朗齊歇克不時聽到這些字眼，他對一切與制服、揮舞軍刀相關的事情都十分抗拒，甚至帶著一點輕視。

因此他去了維也納，在街上漫無目的地閒逛，處於這般令人不自在的情況下，他在音樂演奏會上找到了安慰，這在維也納並不難找——到處都有音樂會。聽見某位名為海頓的作曲家的曲子時，他很感動，他感覺這位音樂家的音樂是如此的親切優美。他暗自垂淚，眼眶溼潤，但他止住了淚水，讓它流到了心裡，洗滌他的心靈。當樂團結束演奏，掌聲響起，弗朗齊歇克感覺自己無法忍受沒有音樂的狀態，他必須時時刻刻聆聽音樂，沒有它的世界變得如此空虛。因為在這場他經濟上幾乎無法負擔的演奏會結束後，他發現原來有一樣東西可以帶給人們完整的幸福，而始終過著沒有音樂的日子的人們可能並不知道這一點。他本該買些禮物帶給姊妹們——她們想要蕾絲與絲綢花邊的鈕扣、帽子與蝴蝶結，但弗朗齊歇克選擇帶給她們樂譜。

他沒有買到那位年輕音樂家莫札特的票，但他在歌劇院的窗口下找到了好位置，在那聽到的音樂和在裡面聽的一模一樣。他感覺整座歌劇院似乎都落到了他身上，還有大教堂，整個維也納似乎都落到了他頭上，震得他耳聾。這樣的音樂就像是伊娃一樣高不可攀，成了在華沙無法實現、遙不可及的偉大夢想。他是華沙，而她是維也納。

期盼已久的信終於送達，父親要他回去。信中他提到了瑪麗安娜·沃洛夫斯卡，米哈爾叔叔的女兒，弗朗齊歇克小時候就認識她了。信裡沒有半個字提到結婚，但弗朗齊歇克了解他們已經將她許配給他了。他心痛不已，就在這樣的狀態下啟程回了華沙。

道別時，雅各把他當成兒子給了他一個擁抱——所有人都看到了。而弗朗齊歇克也確實覺得自己是雅各的兒子。他感覺自己得到了某種使命，即使並不是他期望的那種。顯然事情從雅各的角度看起來，與從弗朗齊歇克的角度看起來並不同。他溫柔地與好友們告別，他們繼續留在大院陪在女主人身邊。最後他買了大量的樂譜，然後在馬車上仔細欣賞，嘗試用手指在膝上無聲地彈奏。實際上，回華沙令他感覺如釋重負，那裡今後就會是屬於他的地方了。他會是華沙堡壘另一支軍團的指揮官，忠於雅各。

在他跨越國界的那一刻，維也納瞬間變得黯然失色，只剩下黑白色調的插畫，弗朗齊歇克所有的心思都放到了華沙的萊什諾街上，放到瑪麗安娜身上。他開始專注地思考她的事情，回想她的模樣，因為在這之前他似乎從未仔細看過她。當他們半路停在克拉科夫休息，他看似不經意地替她買了一對小小的珊瑚珠耳環——它們看起來就像是有人把他們共同的兄妹之血掛在了金色花絲上。

最後一次晉見皇帝

茲維爾佐夫斯卡學會了替救主放血的方法，她現在已經得心應手了。血液流入碗中，血很多。救主在治療之後很虛弱，腳步虛浮，臉色蒼白。這樣很好，他看上去夠虛弱。

馬車已經在等他了，這輛不如之前載他們前往美泉宮的那輛裝飾華麗。這台是由兩匹馬拉著的普通馬車，樸素、不引人注目。三人搭上馬車——雅各、伊娃與陪伴伊娃的安努夏·帕沃沃斯卡，她舉止得體，法語說得非常流利。

約瑟夫皇帝在拉克森堡與長伴他左右的女士一起度過夏天，她們以美貌聰慧聞名。她們漂亮的帽子就像是飛舞的水母，隨時準備好對抗想要接近皇帝的人。帽子下方露出的兩張臉是列支敦士登家的兩位姊妹，莉奧波汀娜·考尼茨伯爵夫人與金斯基公爵夫人，後者據說與他有染。

伊娃並不想去，但父親強迫她一定要去。她一邊盯著窗外，一邊坐著生悶氣。現在是一七八六年五月，世界欣欣向榮，布爾諾周遭的山丘看起來翠綠柔軟。這一年的春天來得比較早，所以接骨木很早就開花了，現在茉莉花與錦簇的芍藥盛放，四處瀰漫著令人高興的香甜花香。雅各時不時發出呻吟，放血確實讓他變得虛弱。他的面部輪廓變得更銳利了，和他出血過後那次一樣。他看起來不太好。

一開始他們等了很久——至今為止都沒發生過這種事。透過窗戶可以看見在公園裡散步的人群，女士們明亮的傘面，修剪過的草坪的青綠色。他們等了兩小時都還未等到有人傳喚，誰也不曾說話，全然靜默，中間唯獨有個人進來查看他們的狀況並詢問他們要不要喝水。

接著他們聽見愉悅的嘻鬧聲與急促的腳步聲，門倏地被打開了——皇帝走了進來。他敞開的襯衫領口下露出了細瘦的脖頸，更加凸顯哈布斯堡家族突出的下頷。他沒有戴假髮，稀疏的頭髮揪成一團，看起來更年輕了。兩位女士跟在他身後，宛如優雅的牧羊女，她們正在說最後的笑話，笑得歡快。

客人們站起身。雅各腳步顫顫巍巍，安努夏過去扶起他。伊娃像是被催眠了一般呆站著並看向皇帝。

兩個被女人簇擁的男人以目光審視了彼此好一陣子。

雅各彎腰鞠躬，伊娃與安努夏行屈膝禮的時候裙子起了皺褶。

「我的眼睛這是看到誰了呀？」皇帝說，坐下之後伸直了自己的雙腿。

「尊敬的皇帝陛下……」

「我知道你的事情，」皇帝一開口，他的祕書就帶著文件走了進來。他給了皇帝一張紙，然後為他指出相應的地方，皇帝只是快速瞥了一眼。「有債就應該誠實償還。大部分的債務你無計可施，其他的你們可以想辦法延長還款期限。我們能夠提供的幫助，是在此列出哪些債務是合理的，哪些不是。這些是你們應該要承擔的，而這些你們則不需要償還，因為他們沒有合法的請求權。我們能為你們做的只有這麼多了。我建議你多關心自己的生意。解散大院，償還債務，這就是我的建議。」

「崇高的陛下……」雅各挑起話頭，但又陷入了沉默，過了一會兒才補充：「也許我們可以單獨談談？」

皇帝做了一個不耐煩的手勢，所有女人都離開了。她們在隔壁房間的精美桌子邊坐下，金斯基公爵夫人命人送上杏仁糖漿。在它被呈上來之前，牆後就傳來了皇帝威嚴的嗓音。

伊娃鼓起勇氣，聲音顫抖，眼睛死死盯著地板，她的語速很快，彷彿想要壓抑那飽含怒氣的嗓音：

「我們之所以請求幫助，不單單是為了自已，而是為了整座城市。沒有我們，布爾諾就會變成一座空城，從我們不得不送走一部分同伴的時候開始，布爾諾的商人就已經在抱怨收入太低了。」

「我同情那些布爾諾人，他們正在失去你們這樣的客戶，」金斯基公爵夫人禮貌地回覆。她與伊娃的美豔動人很相似：個子嬌小，有深邃的大眼睛與茂密的黑髮。

「假如金斯基公爵夫人能夠為我們美言幾句……」伊娃說，話語從她咬緊的牙關艱難地迸出。

「您太高估我對皇帝的影響力了。我們之間只談一些輕鬆愉快的事情。」

兩人之間瀰漫著敵對的緊張氣氛，陷入沉默。伊娃覺得自己全身溼答答的。腋下的絲綢出現了汗漬，這抽走了她剩下沒多少的自信。她想哭。門突然被打開，女人們站了起來。皇帝最先走出房間，甚至看都沒看女士們一眼，他的祕書跟在他身後。

「不好意思，」金斯基公爵夫人用波蘭語說，追上皇帝的腳步。當他們的身影消失，伊娃吐出胸中所有的空氣，驀地覺得自己輕得像一張紙。

托馬斯・馮・申費爾德與他的遊戲

三人沉默地踏上歸途，一路上沒有吐露半個字。晚上雅各根本沒有去樓下的交誼廳。茲維爾佐夫斯卡一如既往守著他。晚餐時雅各只要了兩顆水煮蛋，僅此而已。

第二天，他們開始將年輕人送回家，立刻賣掉了優雅的馬車與瓷器，其他零碎的東西被來自法蘭克福的商人大量收購。伊娃避免出門進城，她覺得羞恥，因為不論在哪，她都對人有所虧欠。

晉見皇帝一個月之後，托馬斯・馮・申費爾德在布爾諾現身了。他從國外回來，帶了一盒巧克力給伊娃小姐。她曾寫了幾封絕望的信向他尋求幫助，每一封信都提到了為債務所困的事情。

「麻煩是人生的一部分，就像是塵土也是散步的一部分。」當三人搭著馬車出城前往雅各最喜歡的森林步道時，托馬斯說。這天是美好的夏日天氣，清新的早晨，晚一點肯定會變熱。在天氣即將變熱的時候，稍微涼快一下有益於健康。

「我就是這樣的人，這大概是我們一家人的天性，我們總是盡可能把目光放在事情好的那一面，欣賞生活帶給我們的好處，」托馬斯接著說。「確實，有些事情我們辦不到，但我們成功辦到的事情也不是沒有。那些治療藥甚至在維也納這裡都受到了不小的歡迎，我試著暗中將它引進到各個地方，只把它介紹給熟人與值得信任的人。」

他的喋喋不休惹怒了伊娃。

「是啊，」她插話。「我們大家都知道，它帶來的收入甚至無法支撐我們過去習慣的那種生活，哪怕是一小部分的開支，更何況是支撐整座大院。」

托馬斯隔著一步距離走在伊娃後方，用竹杖尖銳的末端撥開蕁麻葉尖。

「所以我才要老實說，」他轉向雅各，「救主，你不久前下令遣送兄弟姊妹與那一整群混混回家去了，這個消息可讓我輕鬆不少。這是個好兆頭。」

「我們也脫手了一大部分的動產……」伊娃補充。

父親一言不發。

「非常好，這樣我們就可以慢慢重整旗鼓，踏出下一步，你知道的，舅舅，我強烈建議你這麼做。」

直到這一刻雅各才開口。他的聲音很小，要仔細聽才能聽得見。他生氣的時候總是這樣說話，這是某種初步的暴力。

「我們把從兄弟姊妹身上籌來的錢給了你。你說過它們會在證券市場上翻倍。你說你是用借的，會有利息。它們現在在哪？」

「當然會有！」托馬斯開始被激動的情緒沖昏了頭。「會發生戰爭，一定會有。皇帝必須遵守對葉卡捷琳娜的承諾，她將會進攻土耳其。我得到了為軍隊提供大量軍需品的許可證，你知道的，我認識每個人，每個在歐洲的大人物。」

「我們引進那些蒸餾瓶和曲頸瓶的時候，你也是這麼說的。」

托馬斯發出有點做作的笑聲。

「是這樣沒錯。我錯了。我們都錯了。據我所知，儘管類似的流言四起，但沒有人成功做出黃金。可是有件事，比上百次的曲頸瓶實驗，比所有的黑化產物與化合物更可信。新的鍊金術是一項聰明的投資。我們必須大膽投資，相信內在的聲音，就像是我們待在鍊金術工作室時那樣——進行嘗試與冒險……」

「我們已經失敗過一次了。」雅各坐在一根倒下的樹幹上，用拐杖的末端破壞螞蟻漫步的路線。他提高音量：「你必須幫幫我們。」

托馬斯站在坐著的雅各身邊。他穿著絲綢長襪。深綠色窄褲緊緊裹住他瘦窄的臀部。

「有件事我必須告訴你，舅舅，」半晌過後他說。「我的同伴對你這個人有興趣。你已經不會再得到皇帝任何的幫助了，但你會從他們身上得到。你在這裡的使命已經結束了。皇帝的幕僚對你並不友善，這很明顯。我聽說他們把你講成某種江湖騙子，把你和皇帝宮廷裡那一堆譁眾取寵的騙子混為一談，多麼不公平啊。你在維也納的信用已經用完了，而我暫時也無法給你任何支援，因為我打算幹一筆大生意，我寧願我們之間沒有關聯。」

雅各站起身，把自己的臉頂到了托馬斯的臉前面。他的眼睛失去了光彩。

「你現在倒是覺得我丟臉了。」

雅各快步往回走，托馬斯尷尬地跟在他身後，向他辯解：

「我從未以你為恥，將來也不會。我們之間存在著世代差距，假如我生在你的時代，我或許會想要變成你這樣的人。可是現在盛行的法則不一樣了。我願意做你說的那些事。你在等待神祕的徵兆、巴瓦卡本的陰謀，可是我認為可以用更簡單的方式解救人類，而且不是讓他們在神祕學的領域得救，是在這裡，在人間得救。」

伊娃驚恐地看著父親，她確信托馬斯的自大會令他暴怒。但雅各態度平靜，看著自己的腳下躬身向前走。托馬斯小步跟著他。

「我們必須向人們展示，他是有能力影響自己的人生與全世界的。假如他跺腳，皇位就會抖動。你說：『律法必須被暗中打破，在自己的臥房中打破，在外則裝作順從它的模樣。在臥房與閨房中打破律法！』」托馬斯覺得自己對舅舅的批評有點過激，他稍微降低了自己的音量。「要我說的話，應該要反過來，律法，假如是不公義的，還會成為人們的不幸，那它就應該被改變，人們應該光明正大採取行動，大膽無畏，毫不妥協。」

「人們往往不知道自己是不幸的，」雅各對著自己的鞋子平靜地說。

他的冷靜顯然鼓舞了托馬斯，因為他跑到了雅各前面，一邊倒著走一邊滔滔不絕：

「應該要讓他們意識到這一點，然後促使他們採取行動，而不是顧著跳環舞，一邊揮手一邊唱歌。」

伊娃肯定現在托馬斯·馮·中費爾德會挨一個耳光，但雅各甚至沒有停下腳步。

「你以為自己可以重新建造出什麼東西嗎？」雅各問他，目光始終停留在他的鞋子上。

托馬斯錯愕地停下腳步，拔高音量說：

「這明明是你說的，是你的教誨啊！」

晚上，馮．申費爾德要回維也納時，雅各把他拉到自己身邊，擁抱了他，對著他耳語了什麼。托馬斯的臉一掃陰霾，然後清了清喉嚨。伊娃站得離父親很近，但她不確定自己有沒有聽清楚。她似乎聽見他說了：「我毫無保留地信任你。」似乎還出現了「兒子」這個字。

幾個月後，有個包裹從維也納寄來。運送它的信差穿得一身黑。裡面是一些沿途可以使用的推薦信，以及來自托馬斯的消息：

我的兄弟有著廣大的影響力，他們找到了一位天使般的大善人，某個獨立小王國的公爵，他非常樂意接納你與整座大院的人。他在美茵河畔[5]靠近法蘭克福的地方有一座雄偉的城堡，並且願意交給你隨意使用，如果你同意的話，可以依照你的喜好整修。這個方向的轉變是好的——西方、遠離皇帝不樂見卻必須對土耳其宣戰的戰爭。你們最好收拾行囊，前往新的地方。請考慮我滿懷信任寫給你的這個提議。

你最忠誠的托馬斯．馮．申費爾德

伊娃讀著父親拿給她看的信，激動地說：「他怎麼辦到的？」

儘管有壁爐傳出的熱源，她的父親還是扣上了脖子最上面的鈕扣，閉著眼坐著。伊娃注意到他該找理髮師打理一下了。他光溜溜的腳掌靠在有著鬆軟椅面的凳子上，伊娃看見他曲張的靜脈，讓他的皮膚顯得青紫。她突然感覺一股倦意襲來，不論他們還會遇到什麼事，似乎都無所謂了。

「這座城市讓我覺得噁心，」她抱怨道。她望向窗外空蕩蕩的庭院，它剛擺脫骯髒的積雪，露出了下方的垃圾。伊娃瞥見被某人丟在雪裡形單影隻的手套。「我就是覺得噁心。這一切都讓我不敢直視。」

「安靜，」父親說。

離開布爾諾的前一晚，布爾諾的市民代表團來到了法蘭克家空蕩蕩的莊園。因為屋內已經沒有家具了，接待的時候只好讓他們站著。雅各在年輕切爾諾夫斯基的攙扶下走向他們，伊娃站在旁邊。市民們送上了臨別贈禮——贈與「男爵閣下」一瓶最上等的摩拉維亞葡萄酒，以及雕著城市風景的銀盤，上面還刻著銘文：「再會，布爾諾之友。居民謹贈。」

雅各看起來很感動，所有人都是，而市民之中有人額外有了罪惡感，因為離開的人似乎還留下了一筆可觀的錢贊助救濟金與市議會的費用。

雅各．法蘭克戴著他的土耳其高帽，穿著貂領大衣，站在矮階上，用他粗獷但標準的德語說：

「有一次，我踏上了遙遠的旅程，然後累得只想找個地方休息。那時我找到一棵延伸出巨大陰影的樹。遠遠地就可以聞到它的果香，它的旁邊流著最乾淨的泉水。因此我躺在樹下，吃了它的果實，喝了泉水，做了個好夢。『我該如何獎勵你呢，樹？』我問。『我該給你什麼祝福呢？祝你長出許多

---

5 美茵河（Men）流經巴伐利亞邦、黑森邦等地，為萊茵河的支流。

樹枝？你已經有了。祝你的果實又甜又香？你也已經有了。讓你的身旁有沁甜的泉水？已經有人給你了。所以我沒有其他什麼好祝福你，只能祝福你，讓所有老實的過路人在你之下休息，讓他們讚美創造你的上帝。』而那棵樹正是布爾諾。」

此時是一七八六年二月十日，又開始下雪了。

《碎筆》：雅各．法蘭克的兒子們。莫里夫達

我總是全心全意地完成自己的使命，因為我知道這樣雅各才會看重我。假如不是我，那還會是誰呢？我精通土耳其語，熟知當地的風俗。可是最近的衰事再度拉開了雅各與我的距離，他現在寧願和更年輕、更機靈的楊．沃洛夫斯基待在一起，那人穿得像個哥薩克人，黝黑的臉上橫亙著茂密的波蘭鬍子，他一直陪伴著雅各。他的第二位親信是安東尼．切爾諾夫斯基，他的妹夫。他們就像蒼蠅一樣在他身邊打轉，馬圖舍夫斯基與薇特爾盡忠職守，最主要還是伊娃，她保護著他，逐漸從女兒變成了母親。

我與耶羅辛有許多共通點，當年輕人投入他們口中誇大其辭的人生時，我們寧願說一些以前的事情，說些如今這裡沒人記得也不重視的事情。因為我們打從一開始就推動著我們的事業，我們看得比

這群龐大教團裡的任何人都廣。我甚至可以驕傲地說，我成了唯一一個打從一開始就追隨在雅各身邊的人，因為不論是莫德克先生，以索哈，甚至是皮德海齊的摩西與他的父親（他被葬在琴斯托霍瓦的洞穴裡）都已經不在了，不過我總是想著他們只是離開了，正在某處等著我們所有人，坐在一張大木桌上，而通往他們房間的門就在這裡，在這間大城堡裡。死亡難道不就是單純的表象嗎？就像世上許多似是而非的表象，我們就像孩子一樣單純地相信它們？

我當時思考了很多關於死亡的事情，因為我不在華沙的其中一段時間，我的瓦克薇難產過世了，她生了一個女孩，我為她取名羅莎麗雅，我非常深愛我的第三個女兒。她是早產兒，非常脆弱；她的母親已經不年輕了，沒能撐過生產的艱辛。她在我們位於長街的那間公寓安靜地離開了人世，當時她的兩位姊妹也在場，當我從布爾諾回來，她們才向我通知這則可怕的消息。我認為上帝有話要告訴我，才會選在充滿疑慮與不幸的時刻賜與我這個小寶貝——我與我的家人從來就不親近；當時我已經很少跟妻子上床，我們對生小孩這件事早就不抱太大希望。上帝給了我羅莎麗雅是想要告訴我什麼呢？我想祂是想讓我再度回歸父親的角色，讓我想起被我遺忘的身分，讓我承擔起照顧雅各兒子的責任。

因此我欣喜地回到了華沙，回到我做生意的地方，回到承擔我們龐大家族責任的地方，最重要的是給予雅各的兩個兒子約瑟夫與羅赫關愛（我暫時把羅莎麗雅留給她的阿姨照顧），我花在他們身上的心思比花在我自己身上的還要多。我把他們送到培養軍官的學校。雅各很清楚自己在做什麼，他將他們交給我監護，因為我很努力地避免讓他們在華沙的大環境裡學壞，我對他們有一種特殊的情感，尤其是對年紀比較大的羅赫，我對他比較親近，在琴斯托霍瓦的那段無光歲月裡，我有好幾次掰著手指數著他降世的時間，想著我被提拔的時候，想著我的過錯被大度原諒的時候。但羅赫卻盡可能地避開我，甚至對我特別刻薄。我印象中他覺得我讓他丟臉，我對他來說不夠波蘭，太像猶太人，我的猶太口音讓他生氣，他覺得我令人難以忍受。他靠近我的時候總會露出厭惡的表情，然後說：「我聞到了洋蔥的味道」，這讓我非常受傷。至於他的弟弟約瑟夫受到哥哥影響，對我也很刻薄，但是有時也很溫柔。我想除了我之外，他們也沒有更親近的人了。而且這些男孩的生活也不輕鬆——他們始終住在陌生人家裡，寄宿在軍官學校，他們看似受人尊敬，卻被當成怪人對待，他們變得恣意妄為，相依為命，彷彿除此之外的全世界都與他們為敵。他們盡力隱藏自己的猶太出身，比他們的波蘭同學更波蘭。

他們年紀還小的時候待在皮亞里斯特修士身邊。一開始去的是羅赫——我問他在那裡過得怎麼樣，他哭著控訴早上六點就要起床，接著馬上是彌撒，彌撒結束之後會得到一小塊抹了奶油的麵包，如果想要喝咖啡就要額外寄錢過去。八點他們回到教室，課程持續到中午才結束。接下來值班的人就要去巡邏，之後才能吃午餐。到下午兩點之前，他們可以在建築物後面的庭院玩耍，從兩點到五點一樣是上課時間。到八點為止是複習與做作業的時間，而所有事情結束之後，他們只剩下八點到九點一個小時可以玩耍。他們九點半就要上床了。如此循環往復。這是一個幸福的孩子該過的生活嗎？

他們在那裡被灌輸的教育告訴他們，出身貴族世家不過是一種巧合與盲目的運氣，而真正的高貴在於對美德的重視，是追求美德的動力，因為如果沒有美德、能力與良好的禮儀，那麼貴族就只是空有虛名。在所有學科之中他們最先學到的是拉丁語，那裡教得非常仔細，如此一來，他們之後才能理解其他科目。其中也包括了數學、外語、世界史與波蘭史、地理以及現代哲學。閱讀其他語言的報紙也是他們的必修。他們還要學一些我完全無法理解的東西，「實驗物理」，還有實作課，這讓我稍微想到了——按照約瑟夫對這門課的說法——鍊金術的實作。

之後，他們被當作受冊封的法蘭克男爵進入了軍官預備學校，他們學會對自己的事情三緘其口，不要提及過多關於自己的事，不要與任何人保持太過親近的關係。羅赫個子矮小，有著一頭紅髮，容易緊張，他靠著虛張聲勢增加自己的勇氣，之後則靠著葡萄酒壯膽。約瑟夫則有著嬌嫩的皮膚，讓他看起來更像是女孩。看著他的時候，我偶爾會覺得軍校的制服把他支撐得很好，要是他脫掉制服，約瑟夫．法蘭克可能就會化作一攤酸酪乳。約瑟夫比羅赫更高，身材也比較結實，他與姊姊一樣有著大眼睛與豐滿的嘴唇，頭髮總是剪得很短。他安靜且親切友善，某方面總讓我想到弗朗齊歇克．沃洛夫斯基。

逢年過節他們就會住在我這裡，或是弗朗齊歇克．沃洛夫斯基家，我會盡力向他們傳授忠實信徒的知識與信仰，但是他們對此十分抗拒。他們看似在聽我講課，實際上心思卻不在這裡，就像是從前他們父親為了過錯懲罰他們時一樣心不在焉，雅各認為男孩就該嚴加管教。還在琴斯托霍瓦時，我就常常對他們感到抱歉，特別是羅赫，在母親過世之後，他童年都是在監牢中度過的，軍官房與塔樓前的小院子就是他的全世界，與他玩耍的同伴是老兵，偶爾也會有剛加入修道院的修士。我覺得他就像是一棵長在潮溼地下室的小植物，或許就是因為這樣他才會如此矮小纖細，如此不起眼。這樣的受造物要如何成為雅各的接班人？雅各既不喜歡他，也不重視他，也許光是看到兒子就足夠惹怒他，所以我才會接下這項工作。然而擔任兩個迷惘靈魂的父親工作一點也不順利。

我也會在適當的時機，扮演類似於以前我與莫德克先生在旅途中擔任過的角色：媒人。雅各先是指定他們與出身高貴的貴族女性結婚，因為當時他引導所有人向外發展——讓他們與外界通婚。可是這沒有維持很久。

我總是認為我們必須團結在一起，否則就無法延續。我與蕾雅的獨生子亞倫娶了瑪麗安娜·彼得羅夫斯卡，她是莫什科·柯爾塔的孫女。我的孫女們在華沙長大，我們所有的努力都是為了她們的教育著想。我的長女被許配給了亨利克·沃洛夫斯基家的老么，我們不希望她太年輕就嫁人，所以打算等她長大成人。

我曾經在華沙街頭遇見過莫里夫達。我很吃驚，因為他一點也沒變，可能瘦了，但在他脫下帽子的那一刻，我才發現他已經禿頭了，不過他的臉與他特有的走路方式，還有他的內在似乎毫無變化。他如今的穿著完全不一樣，是外國的服飾，以前或許稱得上優雅，但現在有點破舊了。他沒有馬上認出我。他先是與我擦肩而過，但隨即回頭，我手足無措，所以就這麼站著，將說出第一個字的權利留給他。「納赫曼，」他吃驚地說。「是你嗎？」

「是我。只不過我現在叫彼得·雅庫柏夫斯基。你不記得了嗎？」我回答。

「你這是什麼樣子？我記憶中的你可不是這樣。」

「我敢說，我記憶中的你也不一樣。」

他像以前在士麥納時那樣拍了拍我的背，牽起我的手，我們離開街道走到了庭院裡，兩人都很混亂，但也很高興。某種感動的心情包圍了我，令我熱淚盈眶。「我以為你就要這樣錯過我了……」我說。

當時他在庭院內做了一件令人出乎意料的事情——他抱住了我的脖子，把臉貼到我的衣領上，開始啜泣，他的哭聲過於淒厲，讓我也不由得想哭，儘管沒有哭泣的理由。

在那之後，我們又見了幾次面，我們總是會一起去廣場後方的那間小酒館，那裡有賣匈牙利葡萄酒，而且還是我們以前喝過的那種。莫里夫達最後總會喝得酩酊大醉，而我，老實說，也是一樣。

他如今是王室官邸位高權重的官員，在一流的圈子裡流連，他向報紙投稿，還帶了一本自己印刷的手冊給我。我想這就是他把我帶到這間小酒館的原因，地下室裡燈光昏暗，就算有人走進來，也不會被人認出來。「為什麼你沒有結婚？」我每次都會問他這個問題，我無法理解為什麼他寧願過著孤獨的生活，讓陌生的女人替他洗衣服，把陌生女人帶上床。就算他對女人不感興趣，找個女人一起生活總是有些好處。

他嘆了一口氣，像他往常做的那樣說起了故事，他每次說的故事都有點不一樣，細節上前後不一致，但我只是點了點頭表示理解，因為我熟知他講故事的方式。

「我的內心無法平靜，納赫曼，」他靠著玻璃酒杯說。

之後話題總會轉向關於士麥納與久爾久的回憶，好似我們的冒險就在這裡結束了，除此之外沒有別的東西了。他不想聽關於琴斯托霍瓦的事情，他已經不關心那些事了。我替他寫下沃洛夫斯基與哈雅·蘭茨科倫斯卡的地址，但據我所知，他從來就沒去過那裡，倒是來過我家一次，當時我正要去布爾諾，他已經有點微醺了，然後我們一起去了格日波茨卡街喝酒。他向我講述關於國王的事情，他要請莫里夫達共進午餐，讚賞他的詩作。當他喝醉之後，他用手指在桌上畫了一張地圖，告訴我哪裡有怎樣的妓女接客。

我不久之前才得知他向王室官邸推薦了米哈爾·沃洛夫斯基的兒子，一位年輕的律師，在工作上對他多有照顧，而男孩本身也很能幹。

關於莫里夫達的事情就是這樣了。一七八六年的聖誕節過後，救主召喚我們到布爾諾度過那年最後幾天，我出發前才得知了莫里夫達的死訊。

在布爾諾最後的日子

當我們被傳喚到布爾諾的時候，彼得堡街上的屋子已經幾乎空了。最後幾個月被雅各召來的人都是參與了伊瓦涅哈吾拉的人，資歷最年長的兄弟姊妹：伊娃·耶澤札尼斯卡，克拉拉·蘭茨科倫斯卡，沃洛夫斯基兄弟與我。比較年輕的弟兄有雷德茨基與布拉茨瓦夫斯基。老帕沃沃斯基，耶羅辛·丹博夫斯基，還有其他人也在場。

我們在他的房間找到他。因為他下令讓伊娃與安努夏·帕沃沃斯卡搬到了建築物另一個部分的房間，這個決定在我看來實在太過輕率，畢竟他最近飽受出血和中風之苦。他很生氣，命令雷德茨基照顧他——那人讓我想到活生生的赫賽爾，他當時死在了盧布林。雅各變瘦了，看起來很悲慘。他幾天沒刮的鬍子已經是灰色的，頭髮也是白色的，但仍然十分茂密鬈曲。他走路時要倚靠拐杖。我不敢相信會看見他這副模樣，這樣的轉變就發生在這短短一年，我記憶中的雅各始終是來自士麥納時期、伊瓦涅時期的雅各——充滿自信、粗魯、聲音宏亮、動作迅速，甚至稱得上粗暴。

「你幹嘛那樣盯著我看，雅庫柏夫斯基，」雅各以此向我打招呼。「你變老了。你看上去就像是稻草人。」

這是當然的，歲月也沒有饒過我，我沒有感覺，因為我沒有任何病痛。但他沒有必要在所有人面前把我比作稻草人。

「你也一樣，雅各，」我回答，但他對我的僭越沒有一點反應。其他人捧腹大笑。

我們每天早上不是去布爾諾找債主，就是去維也納找已故史羅摩的兒子們，他們在上流社會的人脈很廣，建議我們如何償還大院的高額債務。

當天色暗下來——現在的夜晚很長——我們會像以前一樣坐在交誼廳裡；雅各會叮囑要用我們的方式禱告，但要簡短迅速，大概只是為了讓我們不要忘記。白天我們打包行李，賣掉所有能賣的東西。晚上雅各會變得特別想講故事，看見我們有那麼多人他應該也很高興。我與我的同伴把這些數不清的故事記在了別的地方。

「我要引導你們去一個地方，」他說，這個故事我能夠無止境地聽下去，它讓我的內心感到平靜，假如問我臨終前躺在床上想要聽什麼故事的話，那我肯定會請他說這一個，「雖然我們現在很貧困，假如你們有幸知道這個地方的話，那麼你們就不會想要這個世界上任何的金銀財寶了。那是那位偉大兄弟、那位善神的所在之處，他對人類仁慈，以兄弟之情相待，而且他與我非常相似。他的身邊有一群人，就像我們這裡一樣——有十二位兄弟與十四位姊妹，而姊妹們是兄弟們的床伴，和我們一樣。所有姊妹都是女王，因為在那裡由女人統治萬物，而不是男人。會令我們覺得奇怪的是，這些兄弟姊妹有著一模一樣的姓氏，就像是我們的希伯來語姓氏。他們的形象也與我們相似，只不過是年輕人的樣貌，就像我們待在伊瓦涅時的長相。而我們要去的地方就在他們那裡。當我們彼此終於相見，我們將會與那裡的兄弟姊妹成婚。」

我知道這個故事，他們也是。我們總是感動地聆聽這個故事，但這一次，在這間空蕩蕩的屋子裡，我覺得所有人似乎都充耳不聞。彷彿它一直以來蘊含的意義早已不復存在，只不過是個美麗的寓言。

我們大家都知道，現在對雅各來說最重要的人早已變成摩西．多布魯什卡，這裡的人叫他托馬斯．馮．申費爾德。雅各整天都在等著他從維也納來訪，每天詢問有沒有他的信。而唯一登門拜訪他的人是財務官員維賽爾，多布魯什卡的友人，他們之間有某種聯繫，但他什麼都沒告訴我們。寫信的工作落到了我頭上，主要是寫給債主的信，安撫他們、言詞禮貌的信，還有寫給在阿爾托納與普羅斯捷約夫兄弟們的信。

雅各甚至開始提到回波蘭這件事，他會問我華沙的事情、當地的狀況，我覺得他想念華沙了，或者他只是太過虛弱，沒有力氣在異國他鄉展開新生活。晚上，回憶總會湧上他的心頭，於是我拿來紙張，寫下它們，我手痛的時候就由安努夏．帕沃沃斯卡代勞，然後隔天安東尼．切爾諾夫斯基會修改它，之後再抄寫。

「你看，」他說，「我在波蘭那會兒，它是個平靜富饒的國家。他們一把我關起來，國王就死了，國家開始動盪。在我永遠離開波蘭之後，王國就被瓜分了。」

你很難不承認，他說的確實有道理。

他還說，就是因為這樣，他才要穿土耳其的服飾。因為在波蘭流傳著一個古老的傳說，有個出自異邦、由外國母親誕下的人會來到波蘭，並修復這個國家，將它從一切壓迫中解放。

他不斷警告我們不可以回歸古早的猶太教，可是在這個冬天的光明節，他突然點上了第一根蠟燭，並命人準備猶太餐點，大家都吃得津津有味。之後我們一起用古老的語言吟唱那首古老的歌曲，那還是當初以索哈先生教我們唱的：

人是什麼呢？是火花。
人生是什麼呢？是瞬間。
如今的未來是什麼呢？
是火花。瘋狂的時間流轉是什麼呢？是瞬間。
人從何而生？
自火花而生。何謂死亡？是瞬間。
如果世界就在祂之內，那祂又是誰？
是火花。當祂再度吞噬世界時，祂又會是什麼？是瞬間。

莫里夫達尋找人生的中間點

葡萄酒一定要是最好的，這樣第二天他才不會頭痛。但喝過紅酒之後他睡得並不好，會在一大早醒來，這是一天下來最糟糕的時段：所有事情看起來都成了問題，成了可怕的誤解。他躺在床上輾轉反側，以前的回憶就會向他襲來，連細節都一清二楚。一個難以擺脫的想法越來越常出現在他的腦海中：他人生的中間點是什麼時候呢。他的故事是在哪一天出現高潮的呢？自己如日中天的時刻，從那之後——儘管他並不知情——就開始漸漸邁入遲暮。這是個有趣的問題，因為假如人們知道自己人生的中間點是哪一天，或許他們就能更早替人生與人生中的事件賦予某種意義。他躺著無法入睡，數著日期，像熱中卡巴拉的雅庫柏夫斯基一樣創造各種數字組合。時值一七八六年晚秋。他出生的時候是一七一八年夏天，所以他現在六十八歲。如果他現在死掉，那麼他人生的中間點就會落在一七五二年。他試著回想這一年，腦海中將自己內在的、不太準確的日曆倒過來，最後他發現如果他現在就死掉，那麼他初到克拉科瓦的那一天就會是他人生的中間點。真奇怪，他記得很清楚。他甚至記得自己當時穿著波格米勒派的白色亞麻衫，那一天很熱，過熟的小李子掉到了

乾巴巴的路上，接著馬上被車輪輾過。胖嘟嘟的黃蜂，牠們其實看起來更像大黃蜂，正從果園裡的梨子吸取鮮甜的汁液。人們穿著白衣跳著環舞。莫里夫達站在他們之間，他覺得快樂，但那是一種你必須強迫自己去感受的快樂，如此一來它才會盛放。

他在王室官邸的工作並不是最繁重的；他作為資深的官員比起親自寫信，大多數時候負責監督。由於他精通多種語言，他隸屬於與鄂圖曼土耳其崇高之門溝通的部門。其實到了他這個年紀已經可以裝成自己在工作的樣子了，莫里夫達也是這麼做的。

國王很喜歡風趣的莫里夫達，他略帶沙啞的嗓音，他的小故事。他們時不時會說上幾句話；對話通常很有趣，最後總是會以笑聲作結。所以莫里夫達基本上是受人尊敬的。當斯坦尼斯瓦夫·奧古斯特走進辦公室，所有人都會立刻起立，向他鞠躬，只有莫里夫達會動作緩慢地艱難起身，這一切都是他的大肚子惹的禍；因為國王不喜歡弄得太誇張，莫里夫達的鞠躬僅限於低頭。

莫里夫達如今認為自己是某種智者，儘管發生過一些小危機，他還是對自己評價不錯。基本上他不認為自己遭遇過什麼人生上的打擊，他努力活得像是犬儒派哲學家，很少有事情能夠傷到他。他的文風銳利，他時常利用這一點。不久之前，某位名叫安東尼·費利西安·納格沃夫斯基[6]的人寫了一本《華沙指南》，書中介紹了首都漂亮的重要景點。莫里夫達嘲諷他，因為這種美化首都的描寫只適合給寄宿學校的女學生看。與此同時，他決定下筆寫些關於華沙妓女的事情，最近這幾年他深入觀察過她們的習慣，如同深入研究遠方小島上野生動物生活的科學家。這本著作名叫《他人另行出版的「指南」附錄》，於一七七九年出版並且迅速銷售一空，有些華沙妓女因此變得出名，莫里夫達本人在社交圈的地位也得到了提升；儘管印刷品數量有限，而且作者還匿名，但大家都知道這本針對指南的附錄是莫里夫達寫的。

他從幾年前開始就會與一群好友聚會——他們之中不只有在官署工作的人，還有記者與劇作家。這群愉快的同伴從不避諱進行知識分子的對話。紳士們在每個星期三聚會，享用美酒、抽菸，接著在酒精的催化下，不約而同地開始尋找華沙城裡新的好地方，而且還要勝過他們一星期前找到的地方。例如他們在克羅賀瑪娜街[7]上找到麗莎．辛德勒的店，既便宜又舒適。女孩穿著小襯衫，而不是有著華而不實皺褶的裙子。莫里夫達不喜歡女人們那套裝模作樣的樣子。有時他們會去特連巴茨卡街，街上每一棟房子的一樓都是愛情的殿堂，女人們會坐在窗邊吸引客人。他現在很少利用她們的服務了，他的男性雄風無法回應他對那些女孩的熱情，她們穿著襯衣，勉強可以遮住臀部，他們帶著惡意、玩笑似地說她們穿的是「半臀衫」。女人對他仍然有吸引力，但他鮮少能夠正常地性交，這讓他常常要面對他人羞澀的微笑，或是曖昧的目光。從某個時間點開始，他甚至不嘗試了。

當然，女人吸引著他，卻也讓他越來越深惡痛絕。他感覺直到這一刻，他這輩子建立在對女人，她們的無助、她們的聖潔之上的心態才終於被打破。他為了她們不斷受苦，不停地戀愛，而且往往都是沒有結果的單相思。他曾向她們祈禱……如今，他意識到在絕大多數的情況下，女人不過是些單純的生物，投機取巧的妓女，腦袋空空，憤世嫉俗，她們靠著自己的肉體做生意，出賣小穴，一個接著一個，好似她們是永恆的，而她們的青春是花崗岩做的。他看過太多妓女，滿意地看著她們墮落。有些人靠著自己的陰部賺到了相當可觀的財富，例如那位馬切耶夫斯卡，所有軍官都是她的顧客，一個接著一個上門，她因此在新城區建了一棟排樓。後來只剩士兵會來找她了，但她沒有因此放低姿態。莫里夫達最近見過她，她成了貴婦人與女市民，身體非常健康。莫里夫達一視同仁地輕視所有女人，就連那些貴族婦女也一樣（他認為那只是她們的表象），她們炫耀自己顯赫的出身，可是她們對此明明沒有任何影響力，而且這些性冷淡的女人還成了他人貞操的守護者。

他的同伴們似乎和他一樣，從這種老掉牙的厭女症中獲得了快樂，然後他們會對這些妓女展開討論，樂此不疲地整理清單與表格，建立排名。莫里夫達晚年才意識到自己看不起女人，不光是清單上的那些，而是所有女人。而且他打從一開始就是如此，他總是有這種感覺，他受的教育就是這樣，他的大腦也是如此運作。他青春期純潔的愛戀就是為了與這種陰暗感覺對抗而做出的嘗試，那肯定就是所謂的蔑視。那是一場天真的革命，試著讓自己變得純潔，擺脫一切邪惡想法的革命。但他沒有成功。

當他得到了應得的休假得以離開工作時，好友們替他訂製了一幅畫像，他們要求畫家將莫里夫達告訴他們的所有冒險畫在畫上：海上的冒險、海盜、他當上國王的那座島、異國的愛人、猶太卡巴拉、阿索斯山上的修道院、令異教徒改信天主教……當然大多數的故事不過是信口開河。他們為他充滿謊言的一生立下了紀念碑。

---

6 安東尼．費利西安．納格沃夫斯基（Antoni Felicjan Nagłowski，1742—1810），波蘭詩人。

7 克羅賀瑪爾（Krochmal）的意思是洗衣澱粉。

他有時會迷失在華沙滿是坑洞的泥濘街頭。他有時會經過采格萊納街，那裡住著許多王室工匠，沃洛夫斯基家也在那裡做生意。史羅摩．沃洛夫斯基在這裡蓋了自己的房子，那是一間尚未完工的雙層建築，一樓有店面，院子裡還有釀酒廠的建物。所有東西都染上了那令人作嘔又會激起人們食欲的麥芽味。

有一次他看見了一個年輕女人，他鼓起勇氣問了納赫曼．雅庫柏夫斯基的事情。

女人看向他的眼神並不友善，她回答：「你說的大概是彼得。我不認識叫納赫曼的人。」

莫里夫達急切的確認：

「我們打從年輕時就認識了，」他補充，試著讓女人安心。

眼下他從口袋裡掏出一張紙條，上面有那女人寫下的雅庫柏夫斯基家地址，他決定去那裡找一找。

他到雅庫柏夫斯基家的時候，發現他打包好要出門的行李。見到他，顯然讓納赫曼不是很高興，他正在和坐在膝蓋上的小男孩玩耍，也許是他的孫子，他站起身與莫里夫達打招呼。他個子

矮小，鬍子沒有刮乾淨。

「你要去哪裡嗎？」莫里夫達問他，不等他回答就逕自坐到空著的椅子上。

「不然呢？你看不出來嗎？我是使者，」雅庫柏夫斯基微笑，露出他被菸草燻黑的牙齒。

莫里夫達看著這個詼諧的小老人也會心一笑，不久之前他才向他講述了關於人身上散發光線的事情。把「使者」這個字用在這個弱不禁風的男人身上也很搞笑。雅庫柏夫斯基有點尷尬，因為莫里夫達見到他的時候他正處於一種令人羞恥的境地，孩子們繞著桌子跑來跑去，媳婦面色不豫地出現，然後又嚇得趕緊退出去。一會兒過後，她拿著一壺水果甜湯與一小籃甜味的小圓麵包出現了。但莫里夫達不打算喝水果甜湯。他們一起去了酒館，莫里夫達在那點了一整壺的葡萄酒。納赫曼·雅庫柏夫斯基沒有反對，不過他知道自己隔天又要胃痛了。

被稱作莫里夫達的安東尼·科薩科夫斯基的後續故事

「我娶過你們猶太人的女人為妻，還和她有個孩子，」他開始說。「我逃離家裡，然後和她舉行了基督教的婚禮。」

雅庫柏夫斯基一臉震驚地望著他，手指摩挲著自己的下巴與幾天沒修的鬍碴。他知道他得聽完這整個故事。莫里夫達說：

「然後我拋下了他們。」

之後磨坊主貝雷克．科索維茨讓自己的女兒莫爾卡與年輕的科薩科夫斯基去投奔在立陶宛的親戚，莫爾卡的堂哥，一位在收過橋費的收費員，一個有著龐大家庭、奔波勞碌的男人。夫妻倆馬上就意識到這只能是暫時的，他們分到了牛舍旁的房間，牛隻的體溫讓房間變暖。整家人，連帶那些年幼孩子的目光都不曾離開科薩科夫斯基，彷彿他是某種奇怪的生物。這令人難以忍受。安東尼幫助他沒有血緣的堂哥處理文件，他穿著猶太人的服飾，那是某個年輕收費員留下的舊衣服，他時常進村，或是在橋邊與人爭論過橋費的問題。可是他生怕他的發音會出賣他，所以他特地混雜了不同的口音，插入不同語言的單字，立陶宛語的、魯塞尼亞語的以及意第緒語的單字。他回家的時候看到莫爾卡的樣子讓他心都碎了，她突然就變得提不起勁、驚恐、幼稚、對自己的狀態感到訝異。他該怎麼做？收費員身上總是散發著亞拉克酒[8]的味道，他總是讓莫里夫達重複讀一樣的東西，用他長著黑指甲的手指指出同樣的段落，安東尼還不知道它的內容是什麼——最後莫爾卡告訴他，那是有關肋阿與雅各伯女兒狄納的故事，她不顧警告出了遠門，被陌生男人舍根強暴了[9]。

「而你就是那個舍根，」她補充。

而當有個站在橋邊的男孩用手指指著他的胸口，追問他的身分是猶太佬還是波蘭佬，他開始感到害怕，彷彿像在河流中游泳，腳踩不到底，彷彿他無助地隨波逐流，不知道會去往何方。他越來越感到不安，之後陷入恐慌，或許他當時就已經感覺到有事要發生了。他想起母親那邊的親戚在特拉凱，某個卡明斯基家族的親戚，他異想天開地去找他們幫忙。

他也的確這麼做了。他在一月出發，把身上的猶太服飾換成了波蘭貴族的衣著。三天後他到了特拉凱，卻沒找到任何一戶叫卡明斯基的人家。他的阿姨幾年前過世了，而她的女兒們跟著丈夫去了別的地方，一個搬到波蘭某處，另一個則住在深入俄羅斯境內的地方。但他湊巧得知有位來自特拉凱，在普斯科夫做生意的商人，正在為孩子們找尋波蘭家教。

於是安東尼把自己所有的錢財寄給收費員，並附上了一封長信給他，以及另外個別給妻子的信，他保證一旦賺到錢就會再寄錢回去，他懇求那個外人在他回去之前好好照顧莫爾卡與孩子。到時候一切都會安排妥當。以後孩子就不會是非法關係下的普通私生子[10]，而是婚生子，他們會尊重基督教的婚姻。

所以在一個灰濛濛的冬日，安東尼正要出發前往俄羅斯的普斯科夫時，有一封信送達了，他當時留的是自己在特拉凱的地址。收費員生疏地寫到莫爾卡與孩子雙雙死在了分娩過程中，他全心全意地期望母子兩人的形象直到安東尼人生的最後一天都不會放過他，不論他走到哪都一樣，他害死了他們的想法都會緊抓著他不放，願他永遠無法找到理由為自己的罪過開脫。他在廣闊的寒冷天空下閱讀這封信，與其他旅客一起擠在狹窄的馬車內，他同時感覺到了絕望與輕鬆——像是順著川流載浮載沉的游泳者，在與自身的無助與渺小和解之前，在變成任何東西依附其上的小木塊之前，都被籠罩在恐懼之中。然後才得以迎接平靜。

---

8 一種以蔗糖與米釀造的酒。

9 詳見《創世紀》第三十四章。

10 猶太教中的私生子（mamzer）指的是已婚女性外遇生下的孩子，或是依據猶太妥拉定義的「亂倫」生下的孩子。

到普斯科夫的旅途持續了一個月。他大部分時間都是徒步旅行，偶爾搭順風車。他睡在馬廄裡，偶爾會覺得自己的大腦裡似乎長了一顆令人疼痛的囊腫，只要它不對生活造成困擾，他就可以帶著這顆囊腫活下去。這實際上是有可能辦到的，除了某些突如其來的時刻，疼痛魔法般地鑽出了既定的界線，痛得他發暈。類似的情況就發生在他與幾個魯塞尼亞農民一起搭著雪橇時，他當時凍僵了，渾身髒兮兮的，還哭了一整路，看不下去的馬夫，一個穿羊皮外套的高大農民最後停下馬車，走向前抱住他，左右搖晃安撫他。他們在一片蒼茫的白色曠野中相偎而立，馬匹散發著蒸騰的熱氣，擠在一塊兒的農民耐心地等待著。那位馬夫甚至沒有問他為何而哭。

然而，到了普斯科夫的時候，他才知道他來晚了，他們已經找到家庭教師了，而且對方比他還有經驗。

經過漫長的旅程他抵達了彼得堡，然後他意識到，自己或許可以繼續過著這樣的生活——不斷移動、搭車、騎馬，每天和不同的人待在一起。他溫文有禮，聰明伶俐，能言善辯，大家馬上就會喜歡上他，而且他給人的感覺比實際上年輕，所以眾人對他多有照顧。他善用這一點，從未越界。假如你誠實看待人生的話，就會發現人真正需要的東西並不多，一些食物與衣服便足矣。你可以在任何地方睡覺，而且總是會有一些商人願意接納他，他會擔任他們的翻譯、記帳員，或是告訴他們一些有趣的小故事。普通的農民也會幫助他，他在他們面前扮成捲入麻煩的神祕貴族，而他總會尊敬地對待他們，彷彿他們也有貴族頭銜。他也不避諱與猶太人、希臘人接觸，他學會了他們的語言，對翻譯的工作樂在其中。他一下說他從母姓卡明斯基，一下又說他姓茲穆津斯基，或是自己創一個姓氏，用上一個晚上或兩天。由於他談吐得體，進退得宜，他在路上認識的商人會將他推薦給自己的友人，他就這麼跟著商隊遊遍了土耳其地。揮之不去的憂鬱心情不斷折磨著他，於是他最終加入了黑海艦隊，當了將近三年的水手，在海上漂流的期間造訪了無數港口。他在愛琴海船難中倖存，被關進了薩羅尼加的土耳其監獄中，審判並不公正，這一點顯而易見。他獲釋之後出發前往聖山阿索斯，相信他能夠在那找到慰藉。但他沒有。之後他在士麥納擔任翻譯，最後他在克拉科瓦遇見了波格米勒派信徒，打算在那了卻餘生。

「直到雅各出現在那裡。直到你們找到我，」現在的莫里夫達說。他們喝光了兩壺葡萄酒，莫里夫達感覺非常疲憊。納赫曼沉默許久，之後站了起來，給了莫里夫達一個擁抱，就像當初那個農民在嚴寒的曠野中做的一樣。

「你認為呢，雅庫柏夫斯基，我這一生過得好嗎？」莫里夫達對著納赫曼的衣領呢喃。

當他踩著虛浮的步伐回家，就看見了火災現場。他呆立不動，盯著燃燒的房子看了好一陣子，裡面有一間樂器行。吉他弦因高溫斷裂，緊繃的皮製鼓面發出劈哩啪啦的聲音——行人們聆聽著火焰演奏出的地獄樂章，直到消防隊員帶著大幫浦趕來。

FL.
Bier
Grund
Nürnberg

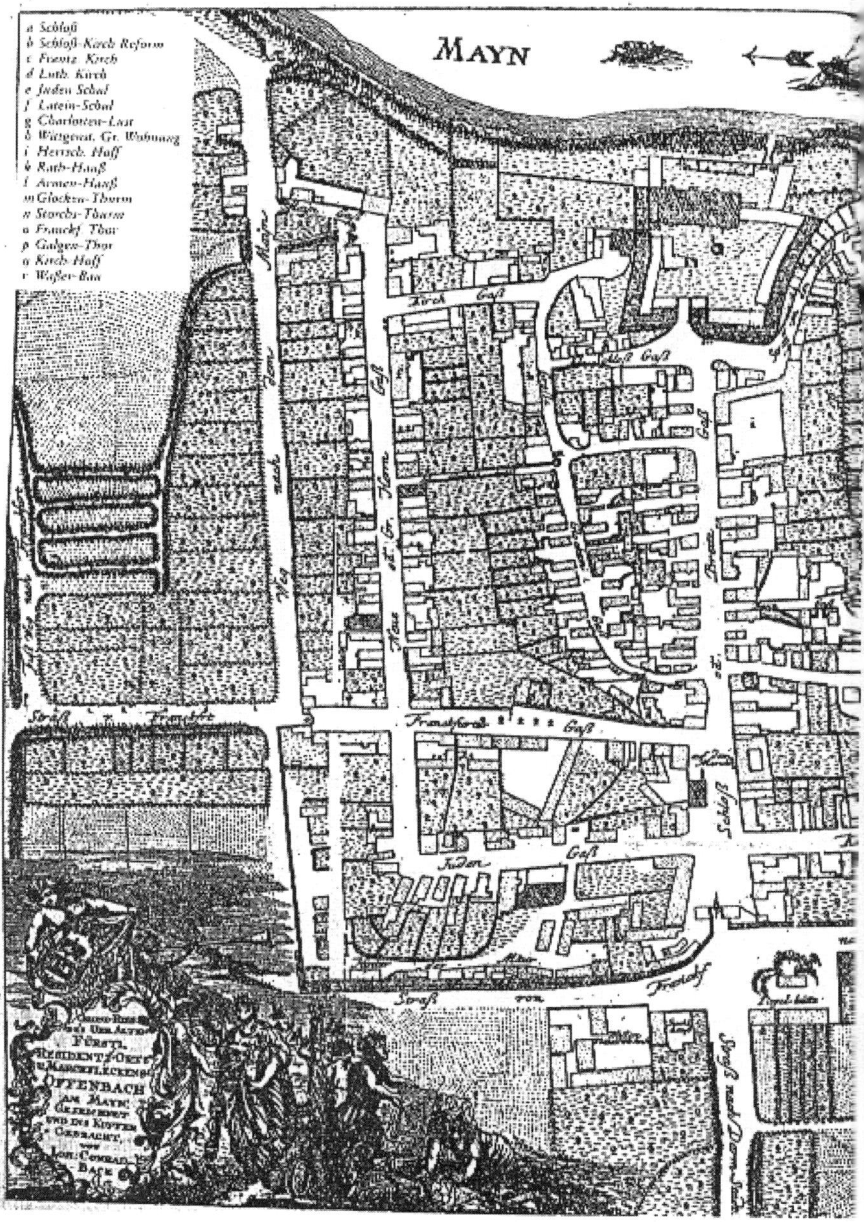

PLAN VON OFFENBACH 1750 (Joh. Conrad Back)

29

關於定居在美茵河畔奧芬巴赫如昆蟲般的人們

這幅景象非常驚人，當地馬車兀自退到了一旁，好讓這支奇怪的馬隊與車隊通過。領頭的是六位拿著長槍、穿著多彩衣服的騎兵，他們留著茂密的鬍子，儘管他們表情嚴肅，甚至稱得上兇惡，他們看起來就像是通知某個雜耍團到來的報信人。為他們帶路的是一位全副武裝的男人，他的鬍子鬈曲的方式很奇妙，宛如高音譜記號。有一台華麗的馬車跟在前導護衛隊後方，它的門板上有著繁複到難以記住的紋章，後面還有十幾台由東方重型馬拉著的多人座馬車。最後是蓋著帆布車篷的滿載馬車。它們後面是幾個英俊的年輕騎士。車隊從法蘭克福出發，經過美茵河上的橋梁，朝著奧芬巴赫郊外的奧伯拉德駛去。

馮．拉羅許女士此時正在奧芬巴赫拜訪親戚，她幾乎就要決定在這個小鎮落腳了，這裡極其寧靜，宛如絕佳的療養地。她同樣命令馬車夫把車停到一旁，她好奇地欣賞著這些怪人浩浩蕩蕩地在做什麼呢？警衛們穿著色彩明豔的制服，好似輕騎兵，大部分是綠色與金色的制服，上面縫滿了盤扣與鈕扣，高腳帽配著孔雀飾羽。這些年輕過頭的男人幾乎就是男孩，他們讓蘇菲・馮・拉羅許想到了跳來跳去的長腳昆蟲。她巴不得看清最華麗的馬車裡面有什麼，但窗簾遮得密不透風。但她不費吹灰之力就可以瞥見後面幾輛馬車上的訪客——他們主要是女人與小孩，所有人都穿著鮮豔的禮服，面帶微笑，他們或許也對自己引發的好奇感到有點害羞。

「那是誰啊？」馮・拉羅許女士好奇地詢問正在觀看這支隊伍的市民。

「聽說是某個波蘭男爵還有他的兒子女兒。」

車隊不慌不忙地穿過城郊，駛過狹窄的鵝卵石巷道。騎兵們高呼著某種外國語，你可以聽見他們吹口哨的聲音。馮・拉羅許女士感覺自己正在觀賞歌劇。

之後，當蘇菲與她同樣興奮的表姊妹見面時，她的柏林之行就被拋諸腦後了。大家都在討論那位波蘭男爵與他神祕卻美麗的女兒，他應公爵的邀請來到此地，租下了他手中的宮殿，新來的居民首先會待在那裡。

表親特地租了一輛去奧伯拉德的馬車，她看見他們走下馬車的盛大景象，正激動地講著：

「那兩個兒子領著一身紅衣、戴著土耳其帽的高䠷老者，他的胸口別著一顆鑽石星星。她的女兒從第二輛馬車上下來，穿得就像是個公主。我看見她的頭髮上有鑽石。你想像得到嗎？他們看起來就像是皇帝夫婦。他們搬到城堡之後，你們就會是鄰居了。」

從一七八六年三月起，整個奧芬巴赫就處於有點些歇斯底里的狀態。泥水匠在城堡裡工作，窗戶揚起灰塵。他們訂製了大量的壁紙、地毯、牆壁用的材料、家具與床單——可以讓府邸變得舒適又不失波蘭男爵格調的一切必需品。

蘇菲・馮・拉羅許身為一名習慣寫作的女作家，在日記上鉅細靡遺地記下她所看到的一切：

我們親愛的奧芬巴赫居民如何透過自娛娛人的方式，填補他們對波蘭人這個族群的知識空缺，實在是件非常有趣的事。人類的思維無法忍受模稜兩可或是不完整的說法，於是他們馬上就會開始為這群昆蟲般的居民捏造各式各樣可能的故事。傳聞身穿土耳其服飾的年長男子是某位鍊金術師與卡巴拉學者，就像那位聖日耳曼，他的財富要歸功於在自己的工作室製造出的金子，工人們也證實了這一點，他們搬了幾箱裝滿玻璃、瓶子與罐子的箱子進入城堡。我們親愛的貝爾納德女士告訴我，這位法蘭克－多布魯茨基男爵不是別人，正是那位奇蹟般逃過死劫的沙皇彼得三世，這也解釋了為何有一桶又一桶的金子從東方流入，支撐著這座尼布甲尼撒的宮殿。我親自參與了這場遊戲，然後告訴她，她說的是錯的。因為那所謂的女兒與她的兩位兄弟，其實是伊莉莎白女皇與她的情人拉祖莫夫斯基伯爵的小孩，而這位男爵只是他們的家庭教師。她點頭表示贊同，當天晚上一模一樣的傳聞又透過替我放血的醫生之口傳進了我的耳中，沒有半分出入。

關於伊森堡宮[1]與它凍僵的居民

城堡就矗立在水面上，洪水不只一次將它無情吞噬。你在兩處地方還可以看見水位高度的詳細紀錄，最高的一次是兩年前，所以牆上才會有因受潮長出的地衣。伊娃遲遲選不出自己的房間，她想著究竟是要有河景的那間，那麼她就會有陽台，還是可以享受城市風光的大窗戶房間。最後她選了有河景與陽台的那間。

這是一條五顏六色的河流，和緩流暢，名喚美茵河，但父親堅持要叫它普魯特河。駁船與雙帆木筏在河面航行的景象令伊娃內心平靜，她可以就這麼坐在陽台上靜靜欣賞；她似乎可以感受到某種輕撫，河水的流動，船帆的擺動，映入眼簾的這一切好似撫摸著她的身體，在她的皮膚上留下了一道痕跡。她已經訂製了家具：書桌、兩個衣櫃、包著亮色布料的沙發與咖啡桌。父親把

1伊森堡宮（Isenburger Schloss）為伊森堡伯爵家族十六世紀於奧芬巴赫建造的文藝復興式宮殿。

兩間附帶美茵河景的房間留給自己。伊娃為了替他訂製地毯，特地去了一趟法蘭克福，因為父親用不慣扶手椅或板凳之類的椅子。有著一排彩繪玻璃窗、最美麗的那間房間要用作神殿，她已經決定好了，兄弟姊妹將會在此齊聚一堂。

城堡十分宏偉，是這個區域最大的建築物，比任何教堂都更讓人印象深刻。一條終年溼漉漉的道路將城堡與平緩的河岸分開，工人們每年都會用運到這裡的石頭為道路加固。這裡也有渡船口，可以搭船到河的對岸去。渡口附近有酒館與鐵匠鋪。商人在木板拼成的桌子上販賣現捕的河魚，主要是白斑狗魚與河鱸。城裡人都叫他們波蘭佬，他們有時也會買下整筐的魚。

城堡共有五層樓。伊娃與馬圖舍夫斯基分別繪製出了每個房間的功用。於是，一樓將會是宴會廳，二樓住著她、父親以及最資深的兄弟姊妹，再往上是廚房與女人的空間，而最後兩層樓是留給年輕人的。在副樓還有另一間廚房與洗衣間。伊娃仔細查看過皇帝在維也納的宮殿，所以她對這裡的裝潢自有一套見解。她為了裝修聘請了來自法蘭克福的建築師；有時她很難向他解釋他們想要怎樣的設計——集會廳不能有家具，只有花毯與墊子，一個沒有神龕的家庭小教堂，中間只有一個演講台。有很多東西讓這個人摸不著頭腦。他們整個夏天都在粉刷牆壁，更換老舊的地板。兩年前淹過水的一樓地板情況是最糟糕的。所有窗戶都需要換上新的玻璃。他們在法蘭克福買了大量的地毯與羊毛毯，因為室內就算夏季也是冷的。買家毫不拖泥帶水地付了錢，法蘭克福的銀行家馬上就帶著貸款方案找上門了。

他們正式搬進城堡時，沒有舉行任何盛大的儀式，搬家的時間也持續了不只一天。喪偶的蘇菲・馮・拉羅許女士也在同一時間於奧芬巴赫定居，彼時是一七八八年冬天。

兩座陡峭的階梯令雅各．法蘭克困擾，他現在本就不良於行。穿越日耳曼地區到奧芬巴赫的長途旅行讓他感冒了。他們在邁森停留了幾天，那時他就發燒了，昏迷囈語，他再度認定是有人意圖用聖餐毒殺他。他在參觀過陶瓷工廠之後，稍微恢復了健康。

現在他完全忘掉了那些整修工作，對壁紙家具襯墊不感興趣，整天只顧著口述信件，要使者們將它們分送到波蘭、摩拉維亞、布加勒斯特與所有忠實信徒所在的地方。他還呼籲所有資深的弟兄前來。夏天，雅庫柏夫斯基與楊．沃洛夫斯基最先出現，緊接著是瓦別斯基家與蘭茨科倫斯基家的孩子，還有那些「土耳其女孩」，這是他們對來自瓦拉幾亞忠實信徒的稱呼。他們先前在奧伯拉德暫住的那間房子沒辦法容納所有人，所以在城堡整修完畢之前，他們必須在奧芬巴赫租房間，住在那些鋪著板岩屋頂、溫馨整潔的小屋裡。

托馬斯的來訪明顯讓雅各恢復了元氣，他常常在去法蘭克福出差的路上順道來奧芬巴赫。有兩次他們兩人一起去了對岸，托馬斯向銀行家介紹了自己的舅舅，幫助他取得接下

來的借款。

然而，他們通常只是坐在一起聊天。眼下雅各坐在城堡的迴廊上，在這裡他可以享受暖陽，他看似下意識地命人送上咖啡，不過他真正的目的，是為了讓托馬斯看清城堡內院裡穿著優雅潔白制服的男人，那位正在練兵的英俊男人。

「那位是盧博米爾斯基公爵，」雅各的語氣透著純真的驕傲。托馬斯驚訝到說不出話，但也可能是單純不相信舅舅說的話。

「這樣的人怎麼會出現在這裡？一個真正的公爵？」

雅各一邊享受咖啡，一邊高興地向他講述事情的經過。從土耳其引進的咖啡在奧芬巴赫引發了轟動，其中一位虔誠信徒已經在這座城市開了一間小咖啡館，那間店馬上就在奧芬巴赫的市民間蔚為流行。

雅各說盧博米爾斯基實際上破產了，他為了躲避牢獄之災才不得不逃離波蘭。由於他在華沙結識了動人的泰克菈．瓦別斯卡，也就是摩西．瓦別斯基與德蕾莎留下的孤女，為她墜入愛河，就跟著她來到了此處。雅各給了他工作，盧博米爾斯基公爵被任命為親衛隊的首席指揮官。他甚至利用自己在這門領域的豐富知識，對制服的設計給予幫助。

托馬斯哈哈大笑。

「所以這些五言六色的制服是盧博米爾斯基的點子囉？」

雅各對這樣的猜測感到憤怒。制服是他自己想的：莧菜花色的褲子，繡著金色盤扣的天藍色夾克。長戟兵的制服一面是淺藍色的，另一面則是深紅色的。

關於水煮蛋與盧博米爾斯基公爵

城堡多年沒有暖爐加溫，長遍了結凍的菌絲與各種形狀的寒霜，牆壁又溼又冷，壁爐與暖爐裡的火懶洋洋的。它們加熱的效果其實很好，可是一旦最後一根柴薪燒完，壁爐馬上就會冷卻。他們套著一層又一層的衣服，所以每個人的身形都變得圓滾滾的。而且這裡的寒冷和其他地方不一樣，令他們感覺陌生——寒氣黏在皮膚上，讓人的手腳總是凍得發麻，難以將針準確地插進刺繡板，讀書的時候不容易翻頁。所以，冬天的日常生活集中在一樓最大的那間大廳內，旁邊有壁爐與分散在各個角落的土耳其小暖爐，眾人的衣服因而染上了熟悉的潮溼氣味。就像是在伊瓦涅的味道，救主走進來的時候總會這樣說。他們也在那裡用餐，大家坐的長桌被擺在離壁爐最近的地方，漂亮的餐具上擺的幾乎只有水煮蛋一道菜。

「你已經是個老女人了。即便你邀請盧博米爾斯基一起喝茶，他也不想理你。」所有人共進早餐時，雅各突然對女兒說。

他的壞脾氣往往就是這樣開始的，一定要找個人發起攻擊。

伊娃的臉脹得通紅。馬圖舍夫斯基、她的兩個弟弟、安努夏・帕沃沃斯卡、伊娃・耶澤札尼斯卡都聽見了，連托馬斯也聽見了，這真是太糟糕了。伊娃放下餐具離開了。

「他是為了泰克菈・瓦別斯卡才來到這裡的，」伊娃・耶澤札尼斯卡試著調解，並為雅各添了一點辣根。「他就是一隻愛追著女人跑的大狗，你必須小心提防他。泰克菈拒絕他，但這反而讓他更喜歡她了。」

「她沒有抗拒太久……」馬圖舍夫斯基嘴巴裡滿是食物，他很滿意自己成功轉移了話題。

雅各沉默半晌。近來他只吃水煮蛋或是烤雞蛋，他說他的胃已經無法消化其他東西了。

「但那可是位波蘭公爵，」雅各說。

「他或許是位公爵沒錯，可是他的信用與名譽都已經破產了，」切爾諾夫斯基小聲說。「他既沒錢，也不受人尊重。他不得不逃離波蘭躲避債主追債。讓他當個馬夫倒是綽綽有餘……」

「是大院親衛隊的將軍，」馬圖舍夫斯基指正他。

「可是他是公爵！」雅各悻悻地說。「去把她找回來，」他對茲維爾佐夫斯卡說。

茲維爾佐夫斯卡根本沒打算站起來。

「她不會來的。你冒犯到她了，」一會兒過後她補上一句，「救主。」

桌上一陣靜默。雅各無法抑制自己的怒火，他的下唇不斷顫抖。直到這一刻你才可以清楚看見，他左臉的皮膚在經歷了最近一次中風之後變得乾巴巴的，略微下垂。

「我替你們承受了所有的病痛，」片刻後他開始低語，然後聲音逐漸變大。「好好看看你們是誰，你們完全沒有聽從我說的話，根本沒把我的話放在心上。我帶領你們來到了這裡，假如你們一開始就聽我的話，按我說的做，那我們就可以走得更遠。你們甚至無法想像那會是怎樣一番光景。你們會蓋著天鵝絨的被子，躺在裝滿黃金的箱子上，睡在皇家城堡裡。你們有人真真切切地相信過我嗎？你們全是蠢貨，我在你們身上白費了太多力氣。你們沒有學到一星半點，只是呆呆地看著我，你們沒人在乎我的感受、在乎我有多痛苦。」

雅各猛然推開盤子，被剝開的蛋殼散落一地。「你們給我滾。你，伊娃，你留下，」他對耶澤札尼斯卡說。

當其他人出去之後，她朝著他低下頭，替他整理薄羊毛領巾。

「它讓我覺得癢，」雅各抱怨。

「這樣才會保暖。」

「妳對我最好了，僅次於我親愛的漢娜。」

耶澤札尼斯卡試著掙脫，可是雅各握住了她的手，把她拉了過來。

「把窗簾拉上，」他說。

女人順從地拉上厚重的布料，室內幾乎變得黑漆漆的，現在兩人像是待在一個箱子裡。雅各哽咽地說：

「我的想法沒能變成你們的想法。我是如此的孤獨。你們這群人或許美麗又善良，可是頭腦簡單、缺乏理智。我必須用對待孩子的方式對待你們。我利用簡單的比喻向你們解釋簡單的事情。智慧可能就藏在愚蠢之中。妳知道的，因為妳是聰明人。」雅各說，他把頭枕在她的膝蓋上。伊娃．耶澤札尼斯卡小心翼翼地摘下與他密不可分的帽子，用手指梳開救主油膩、灰白的頭髮。

雅各老了。伊娃．耶澤札尼斯卡每周為他沐浴，對他的身體瞭如指掌。他的皮膚變得又乾又薄，但又平滑得像是羊皮紙；就連他臉上的疤痕都變得光滑了，又或許它們只是躲到了深深的皺紋之下。

伊娃知道人可以分成兩類，一類人額頭上有著水平的抬頭紋，另一類人有著垂直的皺紋。第一類人生性樂觀，待人友善，這是她對他們的看法，而她認為自己也是這樣的人，只不過他們很少達成自己想要的目標。至於第二類人，他們的鼻子上有道凹痕，脾氣易怒且衝動，但是他們輕而易舉就能達成自己的夢想。雅各屬於第二類人。年輕時他那些散發著怒氣的皺紋比較明顯，現在它們似乎變得平滑了；或許他的目標已經實現了，它們也就沒有了存在的意義。他的額頭上只剩下了它們的陰影，被陽光逐日抹去越來越淡。

雅各的皮膚曬黑了；過去濃密黝黑的胸毛變得稀疏灰白。他的腿也一樣，現在幾乎光滑得沒幾根毛。雅各的性器也有所改變。耶澤札尼斯卡有資格對此發表意見，因為她過去常常與它接觸，容納它進入自己的體內。伊娃．耶澤札尼斯卡已經許久沒有看見它戰意勃發的模樣了，現在，由於疝氣的影響，它看起來像是在腿間晃動、軟趴趴的錢袋。他的小腿與大腿上出現了靜脈曲張的微血管網，它們有著各式各樣的顏色。雅各變瘦了，但他的肚子會因為消化不良脹氣。

當她用柔軟的海綿替他清洗下體時，她得體地把頭轉向窗戶的方向。她必須注意水溫，以防水太冷或是太燙，這種時候雅各就會大呼小叫，彷彿她要謀殺他。她從來就沒辦法做出任何傷害他的事，即便是最微小的傷害。這是就她所知最尊貴的人類軀體。

她還想到可以派人去村裡，向農民借用修剪家畜蹄子的特殊剪刀，因為只有那種剪刀可以剪得動雅各的腳趾甲。

「伊娃，妳去找那些年輕一點的女孩來，替我選出三個，妳知道我喜歡哪樣的，然後告訴她們要準備一件白色衣服，做好準備。我很快就會召喚她們。」

伊娃．耶澤札尼斯卡誇張地嘆了口氣，然後假裝生氣地說：

「對你來說，無所謂生病也無所謂老去是吧，雅各……你真該感到羞恥。」

這樣的奉承顯然對他很有效，他暗自竊笑，然後抱住了她肥胖的腰。

母狼茲維爾佐夫斯卡如何維持城堡的秩序

一切必須重新開始。茲維爾佐夫斯卡是這座莊園疲憊的女總管，她的腰上總是掛著一堆鑰匙。她花了不少時間才記住這些鑰匙的使用方法。

有茲維爾佐夫斯卡在的地方，就會看見她指揮若定地安排住宅的所有事情，開始管理一切。她就像是照顧自家狼群的母狼，餵養保護著牠們。她擅長節約開支，知道如何管理一個大家庭，這是她在伊瓦涅時就已經學會的事情。之後，她在他們落腳的每個地方學習，如沃伊斯瓦維彩、科貝烏卡、札莫希奇之類的地方，在他們得以安居一隅的小莊園或是村莊。她知道自己是那場犯罪的始作俑者，有十四個人因她而死，她的良心一直讓她惦記著他們，即便現在已經過了這麼多年，她還是清楚記得自己扮成沃伊斯瓦維彩拉比奇斯克魯克妻子的場景。她的演技很拙劣，其實每個人應該都認得出來她是裝的。她對自己解釋這是必要之舉，他們處於戰爭之中，而戰時與和平時期適用的法律並不一樣。她同時也是為了替被強暴而上吊自殺的女兒報仇。她有復仇的權利。如今她的丈夫不斷安慰她不要自責；所有人都有責任，他們就像是暴怒的野獸一般撕咬。看起來沒有人像她一樣把過去發生的事放在心上。雅各向她保證，末日來臨的時候，他們將會抵達聖母所在的地方，他將會牽著她的手。這則諾言給了她極大的幫助，她希望自己不曾受到任何詛咒侵擾，也不會有人對她降下詛咒。因為她是為了保護自己人而戰。

當她因為雙腿腫脹不舒服時，她年輕的媳婦伊萊奧諾拉就會來幫忙，她母家姓耶澤札尼斯卡。茲維爾佐夫斯卡腳步相當遲緩，往往需要靠著伊萊奧諾拉攙扶，這種時候大家總說她們看起來就像是納敖米與盧德[2]。

伊娃．耶澤札尼斯卡，茲維爾佐夫斯卡兒媳婦的母親，當她不在華沙而是待在雅各身邊，就會負責處理年輕人的事情：他們的住宿，照顧女孩們，管理他們的工作和休閒時間。她透過通訊聯絡安排兄弟們抵達奧芬巴赫的時間與住宿事宜，就好像這裡是一間人滿為患的民宿。她回到華沙時，小丹博夫斯基的女婿雅各．札萊夫斯基就會接替她的職責。切爾諾夫斯基夫婦負責掌管財政，他們的兒子安東尼是救主的祕書，與耶羅辛．丹博夫斯基共事，救主現在時時刻刻都希望把耶羅辛留在自己身邊。他們在救主房間的隔壁有一整間辦公室，比在布爾諾的還要大間。當需要把信件分送給各地的忠實信徒，幾個年輕人就會在裡面謄寫信件。耶羅辛的妻子丹博夫斯卡在最上層的閣樓有一間小房間，不時會傳來鴿子抓屋頂的聲音，她負責販賣金色水滴。這裡就像是一個包裹轉運點：堆滿木箱，還有大量填充用的包材。架子上擺著值錢的商品，上百瓶裝滿金色藥水的瓶子，標籤是她的女兒寫的。掌管廚房的是馬圖舍夫斯基家的一個女人，她嫁給了米哈爾．沃洛夫斯基的兒子。她是個控制欲很強的人，充滿自信，她的體態與氣質都與廚房的衣服非常相襯，因為這裡沒有普通的鍋子，只有大燉鍋以及大平底煎鍋，他們還買了可以放進最肥的鵝的烤盆。他們雇用了城裡的女孩來做最麻煩的工作，但每個來到這裡的女孩都有義務到廚房幫忙。

弗朗齊歇克．西瑪諾夫斯基在布爾諾的時候負責管理守衛隊與軍訓，他有著絕對的權力，現在他必須和盧博米爾斯基公爵分享這份權力。他高興地照做了，甚至弄得很盛大，他把放在枕墊上的權杖交給他，那是還在布爾諾的時候就訂做的。他已經對不斷增長的「聯盟軍」感到厭倦了，只保留了帶領隊伍出行的職責，每個星期日，他都會帶著人群走過河邊的道路去教堂參加彌撒。此時人們會走到屋外觀賞他們的遊行。西瑪諾夫斯基帶領著整支騎兵，他挺直腰桿，驕傲地騎在馬上。他的嘴角總是微微上翹，要笑不笑的，似在沉思又似在嘲諷。他的視線掃過人群，

Le Baron de Franck allant se promener en Voiture

2 納赦米的丈夫厄里默肋客與兩個兒子相繼過世，她原本勸說兩個兒媳回家鄉，但盧德選擇留下，後來波阿次與盧德結婚誕下敖貝得，為達味的祖父。詳見《盧德傳》。

像是掠過一片無聊單調的草坪。盧博米爾斯基公爵則總是騎馬跟在雅各與伊娃的坐駕旁邊。遊行的隊伍總是出現得很準時，奧芬巴赫的市民可以根據它來校正自己手錶的時間——是喝晨間咖啡的時間了！波蘭男爵就這麼駛向比格爾，這區唯一一間天主教教堂，他被人群包圍的樣子就像是某位牧神。

彌撒是專門為了他們以及當地人所謂的波蘭佬舉辦的，他們把小小一間教堂擠滿了。大家沉默地禱告，誦唱波蘭語福音。雅各習慣在神龕前面俯伏成十字架的形狀，在比格爾這座村莊為數不多的天主教徒之間引發了軒然大波；他們從未見識過這樣浮誇的東方禮拜。他們的堂區神父讚賞他們，並以他們為榜樣。自從他們來到這裡，教堂就不曾缺過蠟燭與薰香。最近伊娃還贊助了新的神父袍，以及鑲嵌著最貴重寶石的美麗金質聖體光座。神父看見它的時候差點沒昏過去，現在他每天晚上都在擔心這樣值錢的東西會不會招來竊賊。

鑲著綠松石的刀

當耶日・馬丁・盧博米爾斯基公爵出現在奧芬巴赫時，他身上已經沒有半毛錢了。他曾經坐擁波蘭最龐大的財產之一，如今什麼也不剩。最後那幾年，他在國王身邊工作，鞠躬盡瘁，國王相當讚賞他對於女演員以及幕後場景的知識，盧博米爾斯基公爵在華沙管理著皇室劇院。不幸的是，叛徒與酷愛惹事生非的壞名聲始終如影隨形地跟著他。一開始，當他還在卡緬涅茨擔任堡壘將領時，未取得雙親與女方父母的同意就與女人成親，讓他的貴族榮譽染上了汙點。這場不幸的婚姻只維繫了很短一段時間。離婚後他再度成婚，但這段婚姻同樣沒有持續多久。他也與男人有染，他贈與了某位情人一座城鎮與幾座村莊。這樣看來，他或許不適合扮演丈夫的角色，他總是認為自己是軍人。普魯士國王腓特烈顯然注意到了他的戰術天賦，因為他在西里西亞戰爭時被提拔成為將軍。普魯士軍隊的戰鬥方式讓他產生了一種難以解釋的厭倦感，公爵離開了普魯士軍隊，建立了自己的隊伍，帶著他們攻擊自己至今為止的戰友。他實際上是在兩條戰線上作戰，他還與波蘭軍隊交火，同時沉浸在強暴與掠奪的喜悅之中。戰火交界的地方，對他而言是令人愉悅的無政府狀態，一切人類與上帝的法律都暫時失去了效力，村子在軍隊通過之後被焚毀，戰場上屍橫遍野等著被人搜刮，他殺掉了在那四處窺探的流浪漢，令人作嘔的血腥味與被消化過酒精的酸臭味混在一起——這就是耶日・馬丁公爵。最後他被波蘭人逮捕，因叛國罪與強盜罪被處以死刑。他的家族為他開脫，死刑改為多年監禁。然而當巴爾聯盟建立時，人們想起了他的領導才能，給了他將功抵過的機會。他為光明山堡壘的普瓦斯基部隊提供補給，他自己當時也駐守在那裡。

盧博米爾斯基始終清楚記得在琴斯托霍瓦的某一晚，那位法蘭克的妻子過世的那一晚。他望著那些新入教者，看著他們組織小型的送葬隊伍，在取得堡壘管理者的許可之後走出修道院的院牆，前往某個洞穴埋葬遺體。他這一生大概沒看過比他們更悲慘的人了。貧窮，衣衫襤褸，心灰意冷，有些人穿著土耳其的服飾，另一些人穿得像哥薩克人，他們的女人穿著便宜的鮮豔洋裝，一點也不適合喪禮。那時他為他們感到遺憾，誰能想到他日後竟然會成為他們的一員呢？

在混亂的圍城時期，儘管他們不被允許和犯人接觸，但他知道士兵會去找那位法蘭克，彷彿是去見某位神父，而那位會把手放在他們的頭上。士兵們相信他的碰觸能夠抵禦打擊與子彈。他還記得那個女孩，法蘭克的女兒，年幼又膽怯，她的父親不讓她出塔樓，興許是擔心她的貞潔，她偶爾會戴上兜帽遮住自己美麗的腦袋，從城裡溜回修道院。

彼時公爵在琴斯托霍瓦陷入了某種憂鬱的情緒。他不會禱告，只是下意識地唸著祈禱詞，掛在牆上的祭品也讓他覺得不自在。假如有一日這樣的不幸發生在他身上呢？如果他失去了一條腿，或是爆炸讓他毀容呢？但有一件事是可以確定的——像他這樣的人得到了聖母的恩寵，許多事情都可以證明這件事。祂就像是他的親戚，好心的阿姨，總是能夠幫助他脫離苦難。

他對修道院內無事可做的情況感到厭煩，每天晚上喝得酩酊大醉，放任自己的下屬去找那位囚犯的年輕女兒。有一次他醉得大發慈悲，覺得自己在這也像個囚犯，無聊至極，處境比那位奇怪的猶太人、真正的囚犯好不了多少，於是他把費工夫從城裡弄來的那籃軍糧，與一桶從修士們的庫存拿來品質不太好的葡萄酒送給了改信者。法蘭克禮貌地向他轉達了謝意，並送給他一把漂亮的土耳其刀，刀柄是銀的，鑲有綠松石——這份謝禮可比那一籃食物還有酸葡萄酒值錢得多。盧博米爾斯基在某個地方弄丟了那把刀，可是當他陷入麻煩，來到維也納之後，突然又想起了那把刀。

在光明山陷落之後，他回到了華沙。傳聞在瓜分波蘭的議會上，他親自將雷伊坦[3]議員拖出了走廊，然後甚至劃分了波蘭王國的新國界，將波蘭切成了殘缺的碎塊。所以不久之後，在華沙所有認識他的人，看到他的時候都會開始避著他走。他則在混亂的華沙過著聲色犬馬的生活，揮霍剩餘的家產，欠下了巨額的債務。他喝酒、玩牌，雖然他盡可能長時間和極端的天主教徒待在一起，人們仍然用時下最流行的詞彙稱呼他為「浪蕩子[4]」。當一七八一年他的債務清單被公開出版時，一共列出了一百位債權人的姓名。在他們的詳細統計下得出了驚人的數字：共兩百六十九萬九千兩百九十九波蘭茲羅提。他破產了，或許也是歐洲負債最多的破產者。幾年之後，他從其中一位友人，老科薩科夫斯卡口中得知雅各．法蘭克的大院搬到了奧芬巴赫。

他驟然發現這把鑲著綠松石的刀，遺失了或是被送給某個妓女的刀，從公爵混亂的思緒中切下了一個令人驚訝不已的想法——既然他每隔一陣子、每隔幾年就會不斷遇到他們，那麼他必然與這群人有著某種共通點，畢竟當他初次在卡緬涅茨看見他們的時候，他們還是猶太人，被自己的大鬍子遮蓋住。然後他們受了洗，他應老太婆科薩科夫斯卡的請求，讓他們在他的領地上住了整個冬天。勢必有某種看不見的力量將人類的命運綑綁在一起，否則該如何解釋，他再度在琴斯托霍瓦遇見他們的巧合呢？如今的盧博米爾斯基實際上無家可歸，欣然相信命運看不見的線，但最重要的是他信任自己。此外，他深信自己的人生道路筆直通暢，如同軍刀在穀地上劃出的痕跡。唯一令他感到可惜的是，在琴斯托霍瓦時沒能和那位雅各多說幾句話。當初膚色黝黑的琴斯托霍瓦囚犯，如今有了自己的城堡與莊園，而他肯定是為了解救不得不逃離華沙的盧博米爾斯基公爵才得到了它們。

唯有大膽、不尋常、稱得上特立獨行的想法才有可能成功——這是他在自己跌宕起伏的一生中學會的道理。因為盧博米爾斯基至今整個人生都是由不同尋常的決定構築而成的，是凡夫俗子所無法理

3 塔德烏什．雷伊坦（Tadeusz Reytan）在一七七三年的議會上反對波蘭的第一次瓜分而被趕出議會，一八六六年畫家揚．馬泰伊科畫作《雷伊坦，或波蘭的沒落》就是以該場景為主題。

4 放蕩主義（Libertinism）盛行於十七至十九世紀的歐洲，對既有的社會規範與宗教信仰提出質疑，往往被視為極端的享樂主義。

解的。

這一次也是類似的情況。他寄了一封信給普魯士時期的老朋友，腓特烈・卡爾・利赫諾夫斯基公爵，請他向法蘭克引薦自己，如今的法蘭克不知怎麼地已經躍升到了這樣高的地位。他請公爵不要詳細說明他的目的與他尷尬艱難的處境，只要提及他們是舊識即可。很快他就收到了好友的回信，信中執筆者語氣振奮地向他報告，這位法蘭克－多布魯茨基非常榮幸能夠為盧博米爾斯基公爵閣下提供自己名下近衛軍指揮官的職位，他預期這麼做能夠讓他的莊園蓬蓽生輝。法蘭克還提供了位於市內最好區域的住宅、馬車，以及一位有上校頭銜的副官。

這一切好得不能再好了，因為如此一來，去奧芬巴赫的途中，沒有旅費的公爵再也不必、也不需要在每間驛站為了賒帳租馬跟人吵架。

關於娃娃屋

「親愛的好友，我想我可以這樣稱呼您，」蘇菲・馮・拉羅許說，用本地人熟悉的那種毫不客套的口吻說話，在這裡沒人會感到驚訝，她勾起伊娃的手肘，牽著困惑的她到桌子邊坐下，其他人已經就座了。他們大都是市民與奧芬巴赫的企業家，例如安德烈夫婦與貝爾納德夫婦，他們是胡格諾派教徒的後代，近一百前年他們的祖先被伊森堡公爵收留，現在這位公爵同樣收留了法蘭克與他的大院。

有些人在客廳裡徘徊，從通往第二個房間敞開的房門可以看見有幾個人在替樂器調音。伊娃．法蘭克與安努夏．帕沃沃斯卡坐了下來，每當伊娃沒有安全感，想要表現得有自信甚至是粗魯時，她就會抿住嘴唇。

「如您所見，我們這總是亂七八糟。這樣我要怎麼工作呢？不過昨天我們的好友，安德烈先生從維也納帶回了最流行的樂譜，我們正要一起練習。您會演奏哪種樂器嗎？我們缺一支單簧管。」

「我沒有音樂天分，」伊娃說。「父親很注重音樂教育，但是……或許我可以用鋼琴伴奏？」

他們向她追問關於父親的事情。

「父親他現在很少出門，還請大家見諒。他正為病痛所苦。」

蘇菲．馮．拉羅許端給她一杯茶，接著不安地問：

「他需要醫生嗎？在法蘭克福有一位萬中選一的優秀醫生，我可以馬上寫信給他。」

「不，不用了，我們有自己的醫生。」

在場的人陷入片刻的沉默，彷彿他們得靜下來思考伊娃．法蘭克說的每一個字，「我們」是什麼意思，「自己的醫生」指的是誰。感謝上帝，最初幾個小節的旋律終於從隔壁房間傳了過來。伊娃吐了一口氣，噘起嘴唇。桌上放著樂譜，看得出來它是剛從印刷廠出爐的，頁緣沒有裁切過。伊娃伸手拿起樂譜讀了起來：《音樂玩笑，為兩把小提琴、中提琴、兩支小號與低音提琴而作，寫於維也納》，沃夫岡．阿瑪迪斯．莫札特。

用圓潤的茶杯喝茶喝起來味道好極了。伊娃喝不慣這種飲料。以防萬一，蘇菲．馮．拉羅許在腦中記下了這一點。畢竟所有的俄羅斯人都喝茶。

伊娃用好奇但隱晦的目光打量著蘇菲，她年約五十歲，但她的面容年輕得讓人吃驚，氣色紅潤，眼神帶著少女飛揚的神采。她的穿著樸素，不像是貴族，反而更像是市民。她灰白的頭髮梳得高高的，做工精細的波奈特帽皺褶被仔細壓平過。她看起來很整潔，注重自己的外貌，直到伊娃瞥見她的手——上面沾著墨漬，就像是學習寫字的小孩的手。

當小型樂團終於開始演奏，伊娃趁著不用跟任何人聊天的機會瀏覽了整間客廳。她看見了某樣吸引她注意力停留片刻的東西。她無法專心聆聽音樂，一到中場休息，她就想要找到女主人詢問那樣東西，可是演奏者回到了桌邊，彼此碰杯，男人們正在說笑話，女主人在一陣喧鬧中忙亂地介紹著新來賓。伊娃在過去的交友圈中從未看過如此直接又風趣的人們。在維也納所有人都很死板，充滿距離感。突然間，她自己甚至不知道這一切是如何發生的——或許是因為感動得臉頰紅通通的安努夏正激動地稱讚伊娃，而蘇菲聰慧善良的雙眸似乎在護佑著她——等她意識到的時候，她已經坐在蘇菲女士的鋼琴前。她的心情澎湃，可是她明明知道自己最擅長的事情並不是演奏鋼琴，而是掌控自己的感受：「嘴巴不會受到內心愚弄，身體也不會暴露內心所感」，這是古老教條的影響。伊娃思考著該演奏什麼；他們拿了一些樂譜給她，但她平靜地推開它們，然後，當父親被關在琴斯托霍瓦時，她在華沙所學習的那段旋律從她的指間流瀉而出——她演奏的是簡單的鄉村民謠。

當伊娃與安努夏離開時，蘇菲・馮・拉羅許牽著伊娃在娃娃屋旁邊停了下來。

「我注意到您對它有興趣，」她說。「這是為我孫女準備的。她們不久之後就會來到這裡。這些袖珍的小玩意是一位來自比格爾的工匠做的，請您好好看一看，織物櫃是他最近剛做好的。」

伊娃往前靠近，好看清最微小的細節。她看見小巧的內衣櫃，上面用木頭螺絲固定著一塊白色亞麻布。

伊娃入睡前回想著娃娃屋的所有細節。一樓是縫紉間與洗衣間，擺滿洗衣桶，木盆，有爐子與鍋子，還有紡織工坊與木桶。甚至還有一間小雞舍，它被仔細地塗成白色，還有給家禽使用的小梯子。還有家禽，袖珍的木頭鴨與木頭雞。二樓是女人的房間，牆上貼著壁紙，有一張四柱床，小桌子上擺著奶黃色的咖啡器具組，旁邊是有著蕾絲罩幕的美麗兒童床。男主人的房間位於三樓，他穿著正裝外套，書桌上擺著寫作用的文具，一疊紙的高度不高於小拇指指甲的厚度。在所有東西的上方掛著水晶吊燈，牆上有一面水晶鏡。最上層則是廚房，裡面擺滿了鍋子、篩子、盤子以及頂針大小的碗，地板上放著錫製奶油攪拌器，還附了一支木頭手柄，跟他們在布爾諾的那台攪拌器一模一樣，因為女人們偏好自製奶油。

「請，您可以靠近看，」女主人說，她將迷你奶油攪拌器交給伊娃。伊娃用兩根手指捏起那個物體，把它拿到眼前，然後小心地放下。

晚上伊娃睡不著，安努夏聽見她在低聲啜泣。於是她光腳走過冰涼的地板來到女主人的床邊，抱住抽抽噎噎的她。

關於覆盆子酒與麝香葡萄酒的危險香氣

雅庫柏夫斯基晚上將救主的夢境工整地從筆記謄寫過來。救主夢見：

我看見一個上了年紀的波蘭人，他灰白的鬍鬚垂到了胸前。我和小阿瓦恰一起搭著馬車來到了他的住處。他的家孤零零地矗立在高山山腳的平地上。我們一起走到那棟房子前，我們的腳下都是冰，而冰面上長著美麗的藥草。這是一座地下宮殿，裡頭有六百間房間，每一間的牆面都釘著紅布。接著往裡面走，在許多房間裡坐著波蘭貴族，像是拉季維烏、盧博米爾斯基與波托茨基，他們所有人都沒有佩戴那種貴重的腰帶，但是穿著樸素，看起來很年輕，他們留著黑色與紅色的鬍子，做著裁縫的工作。我們對這樣的場面感到十分吃驚。然後老者向我們展示了牆上的水管，你可以從中吸取飲料，我和小阿瓦恰都喝了那種神奇的飲料，那是難以言喻的美味，像是覆盆子或是麝香葡萄釀的果酒，在我醒來之後仍然可以感覺到那股香味。

十二月底的深夜，暖爐裡的柴火正好熄滅，雅庫柏夫斯基打算上床睡覺了。他突然聽見樓下傳來了某種碰撞聲，像是金屬掉到地面上的聲音，緊接著是女人的尖叫聲與重重的腳步聲。他趕緊套上外套，小心地走下迴旋梯。二樓燭光閃爍。慌張的茲維爾佐夫斯卡與他擦肩而過：

「救主昏過去了！」

雅庫柏夫斯基擠進房間。幾乎所有人都在裡面了（他們住在樓下，或是走下可怕樓梯的速度比他快）。雅庫柏夫斯基擠到了前面，開始放聲祈禱：「我的主柏魯奇亞……」但是有人叫他保持安靜。「這樣我們聽不見他有沒有在呼吸。醫生馬上就會來了。」

雅各面朝上躺著，好似在睡覺，身體微微顫抖著。伊娃跪在父親身邊，無聲地哭泣。在醫生過來之前，茲維爾佐夫斯卡把所有人趕出了雅各的房間。他們現在站在走道上，聽著風聲呼嘯，寒風刺骨。雅庫柏夫斯基用凍僵的手指緊緊抓住大衣，低聲祈禱，身體不停前後擺動著。領著奧芬巴赫的醫生前來的男人們幾近憤怒地把雅庫柏夫斯基推開了，他與其他人一路站到早上，直到日出前才有人想到可以把土耳其小暖爐搬到走廊上。

第二天清晨給人一種奇怪的感覺，好似這一天根本未曾開始。廚房沒有人在工作，沒有早餐，每天早上聚在一起參加早課的年輕人已經收到課程取消的通知了。城裡的人跑到城堡前面打聽男爵的健康狀況。

有趣的是，每個人都說救主早就知道會發生什麼事，不然為什麼他會寄信到華沙，命令所有的忠實信徒來奧芬巴赫呢？又有誰聽了他的話呢？

他的兒子們——羅赫與約瑟夫——已經回到此地定居；他們是帶著箱子與隨從一起回來的。不過，要是他們期望回到父親身邊之後，就能夠讓他們獲得與生俱來的權力的話，那可就大錯特錯了。他們得到了美麗的房間，但是他們和其他人一樣，每一筆支出都必須先問過切爾諾夫斯基的意見。感謝上帝，他對救主的兒子慷慨大方。彼得・雅庫柏夫斯基也帶著他的兩個女兒——安娜與羅莎麗雅

（姊姊留在華沙）——來到了奧芬巴赫，妻子亡故之後他就認為自己在華沙無事可做，前來尋求救主的庇護。眼下他住在頂樓的小房間內，傾斜的牆壁上有一扇小窗戶，他會在那——遵照切爾諾夫斯基的命令——專心編輯救主的話語，並投入自己奇怪的研究。切爾諾夫斯基趁他不在時造訪過這個小窩，他在桌上找到了一疊紙張，毫不避諱地逕自翻閱。他完全無法理解雅庫柏夫斯基做的那些希伯來代碼換算、圖畫還有草稿。他還找到了用扭曲字跡寫下的某種奇怪預言，溯及遙遠過去的編年史，以及手工裝訂在一起的紙張，封面上寫著標題《碎筆》。切爾諾夫斯基好奇地瀏覽它，不知道它是什麼的碎筆，也不知道它的整體是什麼。

安東尼·切爾諾夫斯基，他的父親是來自切爾諾夫策的以色列·奧斯曼，就是那位帶領法蘭克一行人穿越德涅斯特河的土耳其

猶太人，你在安東尼身上找不出半點與他的父親相似的地方。後者黝黑、瘦削、個性衝動，而前者有點胖，個性非常冷靜專注。他的個子不高，是個沉默寡言的人，神情專注，總是擔憂地皺著眉頭，讓他看起來老了幾歲。儘管他年紀輕輕，卻已經挺著一顆大肚腩了，這也使他整個身形顯得更加龐大。他有著一頭濃密及肩的黑色頭髮，以及每隔一段時間就會修剪的鬍鬚。奧芬巴赫的城堡裡，唯有他的鬍子不會讓救主看不順眼。救主毫無底線地信任他，財政事務也交給他打理，這項工作並不簡單——儘管收入不菲，卻非常不規律，支出也不少，而且不幸的是，支出卻很規律。他同時肩負祕書的工作，習慣隨心所欲地進入每一個房間巡查，既不敲門，也不會事先預告。他深棕色的雙眼審視著每一處細節。他說話總是簡短明確，偶爾會露出微笑，比起嘴角上揚更多的是眼角帶著笑意，這種時候他的眼睛總會瞇成一條縫。

正是他，切爾諾夫斯基證明了自己是值得與救主年紀最小的妹妹魯塔攜手一生的人。他本人也是如此認定——他得到了寶藏。魯塔，也就是安娜．切爾諾夫斯卡，是一個聰明穩重的女人。他的姊妹，伊娃．耶澤札尼斯卡過去曾與救主有過親密關係，這讓切爾諾夫斯基覺得兩人似乎變成了雙重連襟（伊娃．耶澤札尼斯卡很久以前就喪夫了，她變成了如同救主妻子一般的存在），也就是說救主之於他就如同兄長般親近。在雅各生病的這一刻，安東尼．切爾諾夫斯基正是如此看待他的，看著這個如長兄般的男人失去力氣。安東尼本人並沒有掌權的傾向，他偏愛維持秩序，唯有一樣東西偶爾會讓他失去控制，那就是美味的食物。他會每周一次派馬車去比格爾與薩克森豪森採購雞蛋、家禽，特別是他鍾愛的珠雞。他在城裡的起司供應商庫格勒那裡也有大筆賒帳，切爾諾夫斯基無法抵擋他們家的起司。他也常購買當地的桶裝葡萄酒。他腦袋裡一邊想著這些——桶裝葡萄酒與成堆的雞蛋——一邊在城堡安靜的走廊上散步。

切爾諾夫斯基意識到至今在世上發生的所有故事中，在雅各領導之下，他們的教團與社群所構築出的故事是獨一無二的；他習慣用複數人稱「我們」思考，這讓人想到了某種金字塔，它的頂端是雅各，而基底則是這整群人，不只是在奧芬巴赫這裡的所有人，他們在拱廊上無所事事地閒晃，練習踢正步直到厭煩為止，還有在彼方的那些人——在華沙、在整個摩拉維亞、在阿爾托納、在日耳曼、在捷克的布拉格（雖然那些人更像是這群「我們」的旁支）。當他瀏覽著雅庫柏夫斯基寫的編年史（切爾諾夫斯基要他寫得更精確一點，並和一些資深的長老確立某些事實，例如同樣來到奧芬巴赫的楊・沃洛夫斯基，以及一開始就待在這裡的耶羅辛・丹博夫斯基），他意識到這個「我們」的歷史確實是不同凡響的。他確信當救主晚上講述他的夢境，再由耶羅辛與雅庫柏夫斯基抄寫，直到雅各的人生從這些故事中顯現，它同時也是「我們」的人生。此時，切爾諾夫斯基變成其中一個為自己太晚出生而感到扼腕的人，他們對無法陪伴救主一起走過危險的旅程、與他一起在沙漠中睡覺、與他一同經歷海上冒險感到遺憾。那是大家最喜歡的故事，因為救主把雅庫柏夫斯基滑稽的模樣模仿得維妙維肖，學著他尖叫，雅庫柏夫斯基則搖身一變成了那場海上風暴中眾所周知的不光彩的主角。

「他用顫抖的嗓音高聲發誓，他以後連一滴葡萄酒也不會沾，」救主放聲大笑，而眾人也跟著他大笑，就連雅庫柏夫斯基也在笑。「他還保證他會成為楊・沃洛夫斯基，也就是大家所說的那位哥薩克人，他如今已是垂垂老矣的長鬍子老人了，曾幾何時他在蘇丹的領土上來去自如，跨越國境走私裝著錢幣的木桶。」

切爾諾夫斯基非常嚴肅看待自己在救主身邊服侍的這份工作，這對他來說也是無止境的感動泉源——在這群漫不經心聊著天的人群中，或許唯有他真正理解，一七五七年他的雙親來到波多里亞加入雅各的行列時，究竟發生了什麼。如今已經沒人會叫他們薩瓦塔伊派的豬、背教者，那些侮辱曾是他們所呼吸的空氣的一部分，現在卻什麼都沒留下。他驕傲地看著每個星期天前往比格爾教堂的隊伍，以及救主在眾人的攙扶下走出來，還有伊娃——他認為給予她的一切榮譽完全是她應得的，不過他的確覺得她本人太少發表意見。他知道救主的兒子憎恨他，但他相信這樣的惡意只是出自純粹的誤解，將會隨著時間改變。他很照顧這兩個無法勝任任何工作、要求頗多、鬱鬱寡歡的大齡單身漢。羅赫是個浪蕩子，約瑟夫則是沉默的怪胎。

在切爾諾夫斯基的安排下，進來晉見救主之前，首先必須臉朝下趴在地上，等待救主的話語。他管理著救主的飲食，為他訂製長袍。雅各越虛弱，切爾諾夫斯基就越有自信，但他不在乎自己的利益，也不想要贏得人心。對他來說，只要救主不能沒有他，會為了每一件雞毛蒜皮的小事不耐煩地召喚他就夠了。切爾諾夫斯基了解救主所有的需求，他不會批評它們，從來不會表示反對。

他就住在救主的房間旁邊，現在只要有人想跟救主談話，就必須先向他登記。他以強硬的手段維持著秩序；他親自為救主挑選醫生，負責處理伊娃的信件。是他被救主派去遞送給公爵的信件，派去出使華沙。多虧有他居中協調，他們湊到了一部分搬到奧芬巴赫的搬家費用。

現在他覺得自己像是隻牧羊犬，像是瓦拉幾亞的農民飼養的那種，牠會把所有的羊趕成一群，讓牠們不要亂跑。

救主的狀況明顯變好了，雖然他的左手與左半邊的臉還是麻痺的。這為這張面孔增添了憂傷與驚訝的新表情。女人們端著雞湯與他愛吃的東西跑來。救主想要吃鯰魚，眾人當即飛奔去找河邊的漁夫。伊娃，小阿瓦恰整日坐在他身邊，儘管兒子們從昨天開始就等著會見病人，但他沒有叫他們來到自己的面前。

一個星期後他覺得自己已經好多了，命人載著他去比格爾的教堂，之後他沿著河岸在陽光下散步。晚上，他發表了從他生病的這段時間以來的第一次演說。他說自己在抵達覺察的路上承受了痛苦，而覺察是神聖知識與唯一的救贖之道。進入它的人將會擺脫一切的苦痛、一切的疫病。

關於托馬斯・馮・中費爾德的偉大計畫

雅各的房間位於二樓，連接著拱廊的入口，窗戶上鑲著巨大彩繪玻璃。室內鋪了他非常喜歡的地毯。在這裡，他們按照土耳其的習慣坐在墊子上。床鋪上蓋著厚土耳其花毯。因為這些房間非常潮溼，伊娃每天都會記得來薰香，薰香會一直燒到中午。每個人早上都必須進入「聖殿」（他們如此稱呼雅各充滿儀式感的房間），為隱藏在深處的救主跪拜祈禱。伊娃清楚知道有誰來過，誰沒有完成應盡的義務——衣服會沾上薰香的味道，只要聞一聞就知道了。

茲維爾佐夫斯卡可以在一整天的任何時間進救主的房間，她會帶著女孩們來替他暖床。救主的年紀越大，越偏好幼小的女孩。他會要她們脫光衣服，在他的身邊躺下，一次兩個人。女孩們起初非常驚恐，但之後很快就適應了，還會在床榻上咯咯笑。救主偶爾會和她們開玩笑。這些年輕女孩的肉體讓人想起香芹細長、嬌嫩的胚根。茲維爾佐夫斯卡並不擔心她們的貞潔，救主只是口頭上逞強而已，她們的貞潔就交給其他人去費心吧。她們只是為救主溫暖身子而已。

茲維爾佐夫斯卡敲了門，甚至沒有等到房內的人說「請」就打開了門。

「小多布魯什卡來了。」

雅各起身時疼得呻吟，他命人替他更衣接待客人。雖然現在是半夜，城堡裡的燈漸漸亮起。托馬斯．馮．中費爾德張開雙臂跑向舅舅。跟在他身後的是他的弟弟，大衛－伊曼紐爾。他們坐著暢聊直到天光大亮——雅各回到床上，托馬斯則坐在床腳，年輕的伊曼紐爾在地毯上打盹。托馬斯向雅各展示了某種收據與圖像，他看到之後讓人去叫醒切爾諾夫斯基。後者穿著長衫、戴著睡帽匆匆趕來。只要切爾諾夫斯基被叫來，那事情肯定與錢掛鉤。

睡眼惺忪的切爾諾夫斯基站在門前就聽見了托馬斯．馮．中費爾德的聲音：

「……我要和妻子離婚，然後迎娶伊娃。你太虛弱了，沒辦法操持所有事情，你需要安靜休養。在你這個年紀的有錢人會去南方，那兒的空氣比較好。在義大利的空氣可以治癒最糟糕的疾病。你看，你多勉強才能走路，舅舅。」

當切爾諾夫斯基敲門走進來，最後一句話傳進了他的耳裡：

「我明白我是你最親近的人，沒有人比我還要了解你說的話了……」

切爾諾夫斯基到場之後，他們開始討論起實際的投資：在證券市場上的錢暫時動不了，但是不久之後就會有新的賺錢機會。在美國投資，債券。托馬斯對這方面的情況很了解。切爾諾夫斯基認為應該把錢存在箱子裡，他不信任任何債券，那不過是些紙片。

托馬斯整天都坐在雅各身邊，替他送食物。他為雅各閱讀所有信件，並把口述的內容寫下來。他試著與切爾諾夫斯基協調，但是對方無動於衷——他有禮貌、順從，但是必要時絕不退讓。托馬斯也試過從所謂的長老下手，也就是丹博夫斯基與雅庫柏夫斯基，但他們只是不發一語地瞅著他，像是完全聽不懂他意思的樣子。楊·沃洛夫斯基過來的時候，托馬斯試著拉攏他成為盟友，雖然他抱著很大的期望，但一樣失敗了。波蘭人在莊園內始終是最強大的，他們對這裡的一切事務嚴加看管。「德意志佬」的人數雖然有所增加，但在這還是說不太上話。

現在城堡裡有一位賀希菲爾德，是富有又受過教育的市民，也是特立獨行的猶太人，他從未改信天主教，與雅庫柏夫斯基非常有話聊。就是他，在雅庫柏夫斯基的慫恿下，跑去警告救主要小心托馬斯·馮·申費爾德這個人。

「這人確實是個天才，」他說。「可是他也是個浪蕩子。他被逐出自己一手促成的亞洲兄弟會[5]，他還為它寫了令人肅然起敬的憲章。他在維也納不斷地以您與伊娃小姐的親戚自居，藉著救主您的名號，得到了與宮廷進一步接觸的機會。他因為女人與放蕩的生活而負債累累。很遺憾我必須這麼說，畢竟我過去跟他的關係不錯，」賀希菲爾德後悔道，「但救主，我不得不忠心地警告您：他是個花錢大手大腳、惹事生非的麻煩精。」

雅各聽他說話的時候表情僵硬。自從中風之後，他就只剩一隻眼睛能眨眼了，另一隻眼睛動不了，水汪汪的。他那隻健康的眼睛像是蒙上了某種金屬光澤。

「他已經回不去維也納了，所以他才會在這裡，」賀希菲爾德補充。

之後切爾諾夫斯基發現了一件非常可恥的事情：托馬斯廣發信件給各個社群的忠實信徒，主要是給日耳曼與摩拉維亞地區的追隨者，並宣稱他是雅各的左右手；信中以他流利的口才加以包裝並明顯暗示，在救主過世之後他就會是他的接班人。切爾諾夫斯基把信拿給救主看，他當即命人叫來托馬斯・馮・申費爾德。

雅各俯身從上而下瞪著他，面目猙獰。他的雙腿一開始還搖搖晃晃的，但漸漸取得了平衡，然後——耶澤札尼斯卡看見了，因為她離得最近，但在場還有其他證人——他用盡全力搧了托馬斯一巴掌。對方被猛然掀翻在地，他的白色蕾絲領結立刻出現了血漬。他試著站起來，以椅子作為掩護，可是雅各嶙峋的有力大掌抓住了他的胳膊，把他拉了過來。接著第二次巴掌聲響起，又被用盡全力甩了一巴掌的托馬斯再度倒地，然後驚訝地發現自己的嘴唇上有血。他沒有抵抗，一個半身不遂的老人居然有這樣大的力量，這讓他感到吃驚。雅各抓住他的頭髮將他從地上拉起，打算再給他一擊。托馬斯開始求饒：

「別打我！」

但他的臉還是被打了，耶澤札尼斯卡再也忍不下去了，她握住雅各的手，擋在兩個男人中間。她

---

5 全名為布道者聖若望歐亞騎士兄弟會（Loża Rycerze i Bracia Św. Jana Ewangelisty z Azji i Europy），簡稱亞洲兄弟會（Bracia Azjatyccy），一七八〇年於奧地利成立，成員們鑽研鍊金術與卡巴拉。

試圖直視雅各的目光，但被他躲開了。他的眼睛布滿血絲，下頜鬆弛地懸掛著，流著口水，看起來像是醉漢。

托馬斯躺在地上，哭得像個孩子，他的血與口水、鼻涕混在一起，搗著自己的頭，對著地板大喊：

「你已經沒有力氣了。你變了。已經沒人相信你了，沒人追隨你。你就快要死了。」

「閉嘴！」雅庫柏夫斯基朝他怒吼。「閉嘴！」

「你從被壓迫的受害者變成了暴君、蒙上帝恩典的男爵，你變成了你過去反對的那種人。你廢棄的那些律法，被你用自己發明的、更愚蠢的律法替代了。你真是可悲，就像喜劇裡的角色……」

「把他關起來，」雅各用沙啞的嗓音說。

當救主不再是他自己，他會是誰？

納赫曼．雅庫柏夫斯基從自己在樓上的小窩走了下來，他的房間與他的哥哥帕維爾．帕沃沃斯基的房間只有一牆之隔，後者從幾年前開始就是這裡的居民。下樓花了雅庫柏夫斯基不少時間，石頭階梯狹窄蜿蜒，雅庫柏夫斯基扶著鐵製扶手小步走著。他每踩幾階就要稍微停下來，用某種安東尼．切爾諾夫斯基聽不懂的語言喃喃自語。他正在樓下等待雅庫柏夫斯基，思忖著這個消瘦、矮小、雙手變形的老頭究竟還有幾年可活。他們待在自己的小團體裡的時候，救主總是會稱呼這位弟兄為「納赫曼」。切爾諾夫斯基現在也常常在腦中用這樣的方式想著他：納赫曼。

「一切都按照它應有的方式發展著，」納赫曼．雅庫柏夫斯基告知切爾諾夫斯基，後者向他伸出手，幫助他走下最後幾階樓梯。「我們最先贏來的是姓名的轉變，我們必須改變自己的名字，這個階段叫作szinui ha-szem（姓名的轉變），你們這些年輕人對這已經不太感興趣了，接下來發生的是位置的轉變，當我們踏上從波蘭到布爾諾的道路，此時上演的就是szinui ha-makom（位置的轉變），而現下進行的是szinui maase，行為的轉變。救主為了減輕我們的負擔而背負了疾病，他承擔了世界所有的痛苦，就如同《依撒意亞》先知書所說的那般。」

「阿門，」切爾諾夫斯基想要回答，卻沉默不語。老人已經走到了樓下，突然輕快地快步往走廊深處走去。

「我得見一見他，」他說。

關於痛苦與救贖的長篇大論令某些人感到安心，但切爾諾夫斯基沒有。他的思考方式很具體，完全不相信也不理解所謂的卡巴拉。然而他相信上帝會眷顧他們，那些他不了解的事情就留給專家解決吧。眼下他有更需要專注的事情：救主生病的消息開始吸引大量的信徒前來奧芬巴赫，他得想辦法在城裡安置他們，並在城堡接待他們。晉見的機會只有每天晚上一次，而且時間很短。大人帶著小孩前來祈求祝福，救主會把手放在孕婦的肚子上，或是病人的頭上。噢，切爾諾夫斯基想起來了，他必須向印刷廠送印有生命之樹圖像的小手冊，分發給這裡的新信徒。切爾諾夫斯基就這麼拋下了在他前面緩步前行的雅庫柏夫斯基，就讓別人去操心他吧，他轉身走向辦公室，並在那裡看見了兩個年輕人，或許來自摩拉維亞，他們已經準備好要成為信徒了，還帶著一筆家裡提供的可觀錢財要捐獻給大院。當切爾諾夫斯基走進辦公室，他的兩位祕書札列斯基與琴斯基恭敬地站了起來。札列斯基的雙親與他來奧芬巴赫盡朝聖救主的義務時雙雙過世了，在他們逝世之後，他便封閉了自己的內心，他已經沒有必要回去華沙了。教團為他處理了遺產的事宜，賣掉了札列斯基家在首都的小店面，然後把錢寄回了奧芬巴赫。像札列斯基這樣的居民在這裡並不多，往往都是些老人，資深的兄弟們，例如馬圖舍夫斯基夫婦與他們失明的女兒，她演奏的小鍵琴曲相當動聽，還因此成了莊園的音樂老師。或是帕維爾·帕沃沃斯基，他是雅庫柏夫斯基的哥哥，不久前還是救主的使者。以及寡婦耶澤札尼斯卡，還有以利沙·修爾的兩個兒子，沃爾夫與他的妻子，大家都叫他們沃爾科夫斯基[6]夫婦，還有不久前喪妻的「哥薩克人」楊，他極具感染力的幽默感因而消失了好一陣子，但是如今他已經恢復了活力——之前有人看見他在追求某位年輕女孩。以及約瑟夫·彼得羅夫斯基，救主的親信耶羅辛·丹博夫斯基，救主總是溫柔地喚他「小延傑依」。提到長老們當然必須算上弗朗齊歇克·西瑪諾夫斯基，他離過幾次婚，替盧博米爾斯基掌管著救主的近衛軍，因為那人自從搬到城裡之後出現的時間就不多，也不規律。

某個秋天的晚上，救主命人叫醒了所有的兄弟姊妹。黑暗中傳來階梯上雜沓的腳步聲，蠟燭被點亮。眾人昏昏欲睡，他們誰也沒開口，在最大的房間裡就座。

「我並不是我本人，」許久的靜默過後，救主說。深夜的寂靜中傳來幾聲輕咳。

「我在你們面前以雅各・法蘭克這個名字作為掩飾，可是這不是我真正的名字。我的國家在離這裡很遠的地方，從歐洲走海路要花費七年才能抵達。我的父親名叫提格爾，而我母親的紋章是一隻狼。她是國王的女兒……」

救主說話的時候，切爾諾夫斯基眼神掃過在場所有人的臉。長者們聽得很專注，頻頻點頭，好似他們很久以前就知道了，現在的發言只是在印證他們的想法。他們習慣把雅各說的一切當成真的。而真實就像是樹蛋糕[7]，由許多層次堆疊而成，它們彼此圍繞，一下包覆住其他層次，一下被其他層次包覆。真實是一種可以透過許多敘事表達的東西，因為它就像是智者進入的那座花園：每個人看見的都不一樣。

年輕人只有一開始在聽，接著如同東方傳說複雜冗長的故事令他們感到無聊，他們到處張望，互相講悄悄話，很多人根本聽不清楚，因為雅各講得很小聲，咬字艱難，而故事本身也很奇怪，他們已經聽不出故事說的是誰了。它是說雅各出身皇室，被交給了猶太人布赫賓德扶養，後者將他與自己同樣名為雅各的兒子掉了包，而且這位布赫賓德教會他說意第緒語，是為了炫耀，為了掩人耳目？所以他的女兒伊娃，阿瓦恰（願她身體安康）才必須嫁給某個出身皇室的男人？

這些年輕人似乎對法國的新聞更感興趣，報紙上寫到這些事情的語氣越來越令人不安。有些消息

---

6 沃爾科夫斯基（Wilkowski）取自波蘭語的狼（Wilk）。

7 樹蛋糕（波蘭語sękacz，立陶宛語šakotis），一種流行於今日波蘭東北部、立陶宛與白羅斯地區的甜點，外觀像是延伸許多樹枝模樣的樹幹。

與雅各引用《依撒意亞》時說的話奇異地不謀而合——當全部猶太人受洗的時刻來臨，先知的話語就會應驗：「他將令世人平等：偉大之人與渺小之人、拉比、智者、大師與賤民、文盲。所有人的衣著都會一模一樣。」這句話令年輕人印象深刻，可是當話題轉向某顆薩瓦塔伊之星，說它會指出通往擁有巨大寶藏的波蘭的那條路時，他們再次失去了興趣。

救主用幾句話為這場奇異的演說作結：

「如果有人問你們來自何方，要去哪裡，你們就要裝聾作啞，讓他們以為你們聽不懂他們說的話。讓他們提到你們時會說：這些人既美麗又善良，可是頭腦簡單，不會思考。你們要接受這一點。」

眾人拖著寒冷疲憊的身子各自回到床上。女人們還在低聲評論救主突如其來的冗長獨白，可是隨著日出東升，它似乎失去了光彩，如同黑夜般消散了。

第二天是小卡普林斯基的受洗日，因為卡普林斯基家的所有人聽說了救主生病之後，全都從瓦拉幾亞趕了過來。雅各看見他們又恢復了精神，他感動得哭了起來，切爾諾夫斯基與所有資深的兄弟們也在哭，漢娜透過她的兄弟彰顯了自己微小的存在感，令眾人為之動容，同時又覺得有點無地自容，因為時間對待他們是如此毫不留情。哈伊姆，如今的雅各．卡普林斯基老了，腳跛了，但他的面容仍舊美麗，他的臉與漢娜的臉是如此相像，令他們忍不住起了雞皮疙瘩。

救主把小男孩抱在懷裡，將手掌浸泡在從教堂搬來的聖水裡。他先是淋溼了男孩的頭，然後在頭頂上放了紀念土耳其信仰的纏頭巾。接著為了象徵他們現在所處的地方，他幫男孩在脖子上綁了絲巾。儀式進行的過程中，他痛苦扭曲、半邊不能動彈的面龐流滿淚水。因為他的話很清楚，忠實信徒現在正乘坐著三艘船，而載著雅各航行的那一艘船，將會帶給與他同行的夥伴最多的幸福。不過第二艘船也不錯，因為它將會駛向近處；那是瓦拉幾亞與土耳其弟兄的船。第三艘船將會航向世界的遠方——船上那些人將會溶化在世界的水中。

關於羅赫．法蘭克的罪過

某一天，雅各還在生病，所以城堡靜悄悄的，此時樓下傳來一陣喧鬧聲——儘管周圍有衛兵把守，還是有個女人闖進了大門的主要入口，接著一邊尖叫一邊跑進迴廊。切爾諾夫斯基跑著下樓，在那遇見了自己的妻子，她正試著安撫尖叫的女人。女人年紀輕輕，她淺色的頭髮亂糟糟地披散在背上。她解下自己胸前鼓起的小包裹，把它放到了地板上。切爾諾夫斯基驚恐地看見那個小包裹在動，於是他下令讓守衛與所有碰巧見證這件事的人離開，最後只剩下他們三個人：

「是哪位先生？」安娜．切爾諾夫斯卡清醒地問。

她撐著女孩的手肘將她扶了起來，溫柔地帶著她去了餐廳。她讓丈夫拿些溫暖的東西給她，因為天氣很冷，女孩凍得瑟瑟發抖。

「羅赫先生，」女孩一邊哭泣一邊說。

「別怕。會沒事的。」

「他說過會和我結婚的！」

「你會得到補償。」

「補償是什麼？」

「會沒事的。把孩子留給我們吧。」

「他……他……」女孩正要說，可是切爾諾夫斯卡翻開破毛巾的時候看見了。孩子生病了，女孩可能直接把他從肚子裡扯了出來，所以他才會如此平靜，他的眼睛以怪異的方式打轉，身上沾滿口水。

切爾諾夫斯基為她拿來食物，女孩胃口很好，吃得津津有味。夫妻倆花了一點時間討論。然後切爾諾夫斯卡做出了決定，她的丈夫把幾枚金幣放在木桌上。女孩消失了。就在同一天，切爾諾夫斯基夫婦一起去了村莊，付給某位農民豐厚的報酬，並將孩子交給了對方，他們與他簽訂了長期合約。

羅赫的風流債很花錢。這已經是第二次了。

切爾諾夫斯基夫婦告知了伊娃．法蘭克這件事，她命人把羅赫帶到跟前，此刻正在對弟弟說教。她擺動的裙襬掃過羅赫面前被裁縫留下的碎布塊；裁縫剛剛還在為伊娃丈量尺寸。伊娃壓低聲音緊張地訓斥羅赫。

「你不論做什麼事都不願意投入，你半點用都沒有，對任何事都不感興趣。你就像是屁股上的潰瘍[8]，只能小心伺候著。父親給過你機會，可是你什麼也沒做。只顧著喝酒玩女人。」

她與切爾諾夫斯卡互換眼神，她正與丈夫坐在牆角下。

「你今後的葡萄酒要限量了。這是父親的命令。」

羅赫靠在扶手椅上，眼珠子抬都沒抬一下，看起來像是正對著自己的鞋子發笑。沒戴好的假髮下露出了他淺紅色的髮絲。

「父親生病活不久了。不要跟我提到他。我覺得噁心。」

伊娃失去了理智。她俯視著弟弟，話像是從牙縫裡蹦出來的：

「閉嘴，蠢貨，小人。」

羅赫摀住臉。伊娃猛然轉身，她寬大的裙襬再次掃動地上的碎布塊，弄得整個房間到處都是。伊娃走出房間。

尷尬的切爾諾夫斯基看見羅赫啜泣的模樣。

「我是最不幸的人。」

關於吻，上帝的吻

救主又夢見了那股異香，是仙饌密酒[9]的香氣。幾個小時後他又中風了。馮・拉羅許女士替雅各請來了法蘭克福最好的醫生，與奧芬巴赫當地的醫生一起會診。他們討論了很久，但顯然愛莫能助。

---

8 波蘭語wrzód na tylku用來形容令人不喜、造成麻煩的人或事。

9 仙饌密酒（ambrozja）為希臘神話中出現的珍饈。

雅各完全失去了意識。

「什麼時候？」當他們離開雅各房間時，伊娃．法蘭克詢問。

「我們無法斷言。病人的身體機能超乎常人的強大，求生意志也很堅強。但沒有人在經歷這麼嚴重的中風後還能活下來。」

「什麼時候？」切爾諾夫斯基重複。

「只有上帝知道。」

然而，救主活了下來。他短暫地恢復神智，此時一隻會說話的鸚鵡取悅了他，那是有人帶給他的禮物。他們會為他閱讀報紙，但無法確定那些日漸鼓吹末日來臨的新聞能夠傳達給他多少。晚上，他命令女人也要開始參加騎馬的訓練，她們同樣會成為戰士。他下令出售所有值錢的花毯與長袍，這樣才可以購買更多武器。他傳喚切爾諾夫斯基替他寫下口述的信件。切爾諾夫斯基寫下了雅各說的每一句話，眉毛連動都沒動一下，以免洩漏他心裡在想什麼。

救主還下令往俄羅斯派出使節團，要他們準備好出發。然而他大部分的時間都神智不清地躺著，彷彿他的思緒飄到了遠方。他時不時囈語，有一句話不斷反覆出現。「按我說的行動！」他曾經一整個晚上都在大喊這句話。

「貴族們將會瑟瑟發抖，」他說，預言城市街頭將會發生動亂與流血衝突，或是以古老的語言祈禱吟唱。他的聲音斷斷續續，隨後變成了低語：「Achapro ponow bamincho……」拉迪諾語的意思是「我以禮物請求聖顏寬宥」。他說：「我必須變得非常虛弱，才能接近死亡……我必須拋棄自己的力量，屆時死亡才會讓我獲得新生……一切將會重生。」

心碎的雅庫柏夫斯基在他的床邊睡著了。可是他宣稱自己記下了雅各最後的話語，內容如下：「耶穌說，他的到來是為了將世界從撒旦手中解救出來。可是，我的到來，是為了將它從至今一切的戒律與法規中解救出來。必須將一切破壞殆盡，善神才會現身。」

然而，事實上，雅庫柏夫斯基最後一刻並沒有待在救主身邊。他在走廊上以一種不舒服的姿勢睡著了。女人們接替了他的位置，她們沒有放任何人進門。伊娃與安努夏、老馬圖舍夫斯卡、茲維爾佐夫斯卡、切爾諾夫斯卡與伊娃．耶澤札尼斯卡。她們放了蠟燭，擺了花。最後一個與他對話的人——如果那也稱得上對話的話——是伊娃．耶澤札尼斯卡。她前一個晚上都守在床邊，可是天亮之前她去小睡了一下。這時救主派人來找她，只說了「伊娃」。有人覺得他是在呼喚女主人，可是他說的不是「女主人」，只說了「伊娃」，而平時他都稱呼女兒為阿瓦恰或是小阿瓦恰。於是老耶澤札尼斯卡來了，與雅庫柏夫斯基和伊娃換了班，她坐在床緣，然後馬上就猜到了他的想法。她把他的頭放到她的大腿上，而他試著讓自己的嘴唇擺出像是要親吻的姿勢，可是由於他半邊臉無法動彈所以失敗了。她掏出已經下垂的巨大乳房，將它擠到了救主的嘴唇上。儘管沒有乳汁，但他還是吸吮著。然後他無力地倒了下來，停止了呼吸。他一句話也沒說。

耶澤札尼斯卡驚恐地離開了，到了門外她才哭了出來。

早上，當遺體已經被清洗乾淨，換好衣服，被放到靈柩台上，安東尼．切爾諾夫斯基向焦急聚在一起的眾人宣布：

「我們的救主離開了。他死於親吻（neszika）。夜裡上帝來到他面前，以自己的雙唇親吻他，就像他對摩西做的那樣。全能的上帝正在自己的房間裡接待他。」

一陣巨大的啜泣聲傳遍了房間，消息快速地跑出迴廊，飛出城堡，像旋風一樣捲過奧芬巴赫乾淨狹窄的街道。片刻過後，城裡所有教堂的大鐘都響了起來，不分信仰。

切爾諾夫斯基注意到所有長老都下樓了，只有雅庫柏夫斯基不在，他整晚都坐在門邊，此刻切爾諾夫斯基開始擔心他是不是發生什麼事了。他爬樓梯爬到了最頂層，暗忖把老人家安排在這麼高的地方不是個好主意，他得改掉這一點。

雅庫柏夫斯基背對著門坐著，一旁擺著他的文件，他身形消瘦佝僂，灰色的頭髮剪得很短，戴著羊毛小圓帽的小腦袋看起來像是小孩的腦袋。

「彼得兄弟，」切爾諾夫斯基對他說，可是納赫曼沒有反應。

「彼得兄弟，他離開了。」

一陣許久的靜默，切爾諾夫斯基意識到，他該讓老人一個人獨處。

「死亡不是件壞事，」雅庫柏夫斯基突然說，沒有轉過頭。「而且我們沒必要欺騙自己，它屬於善神，祂透過這樣的方式慈悲地讓我們從生命中解脫。」

「兄弟，你要下來嗎？」

「沒有這個必要。」

父親去世的那個晚上，伊娃做了一個夢。夢裡發生了某件事，讓她的身體腫脹，有某種東西在她身上游移，趴在她身上，她知道那是什麼，卻看不見它。最糟糕的是（同時也是最美好的），她感覺肚子上有一道推力，有東西被推進了她的子宮，到了兩腿之間她不願直呼其名的那個地方，它在她的體內移動，這個過程很短，這是因為她突如其來的愉悅、她的爆發打斷了這一切，然後是虛脫。這是令人感到無恥又迷茫的奇怪時刻。尚未付清的帳單、市長投來的目光、傑可莫・卡薩諾瓦先生寄來的信、羅赫的違法生意、白桌布上的銀塊，這是勝利的證據，全都不重要了。所有事情在這簡短的瞬間失去了意義。在夢裡，伊娃想要忘記一切，將它們永遠抹除，不論是這樣的歡愉，還是這樣的羞恥。此外，她在夢裡不斷命令自己要記得任何事情，永遠不要回頭。用對待身體其他奧祕的方式來對待，就像是對待月經、疹子、潮熱、輕微心悸。

因此她醒來的時候是完全清白的。她睜開眼睛，望著自己的房間，是明亮的米黃色，還有梳妝台、陶瓷水壺、瓷碗，以及在比格爾特別訂製的袖珍娃娃屋。她眨了眨眼睛，只要她趴著，就仍然可以感覺到那個夢境與那種無與倫比的快感，可是當她面朝上躺著，調整好她為了防止精心打理的髮型被弄亂才戴的睡帽，睡意就消失了，她的身體蜷縮成一團，變得乾癟。她腦中浮現的第一個想法是，父親過世了。而且不知道為什麼，這個念頭激起了她兩種全然矛盾的感受：難以忍受的絕望，與奇怪的、不安的開心。

傳聞、信件、密告、法令、報告

以下是奧芬巴赫的《沃斯日報》對雅各．法蘭克葬禮的描述：

法蘭克男爵的遺體於一七九一年十二月十二日在奧芬巴赫莊嚴地下葬。

此人是波蘭一支宗教教派的教長，該教派跟隨他來到日耳曼，他管理教團的方式十分氣派。他們幾乎把他當成第二位達賴喇嘛來崇拜。送葬隊伍由大約兩百名身穿白色禮服、手拿耀眼蠟燭的女人與小孩打頭陣。跟在他們身後的是穿著繽紛波蘭服飾，手臂上綁著絲帶的男人。接著有一支管樂隊，隨後是抬著死者遺體的華麗棺材架。兩側都有人隨行：右側是逝者的孩子們，他唯一的女兒和兩個兒子，左側則是波蘭貴族馬丁．盧博米爾斯基公爵，他的脖子上掛著聖安妮勳章，以及眾多達官顯要。逝者穿著紅色的東方服飾，身上披著貂皮，他面朝左側，看起來像是在睡覺。由輕騎兵、槍騎兵與其他穿著華麗服飾的波蘭佬組成的護衛隊圍住了他的棺槨。亡者生前曾經下令人們不得為他哀悼，不得穿戴孝服為他守喪。

整個奧芬巴赫與半個法蘭克福的居民都參加了這場喪禮，事後，參與者在蘇菲．馮．拉羅許家坐著休息。貝爾納德最先對這整件事情做出評論，他的消息總是很靈通：

「據說這些新信徒嘗試在猶太人之間組成某種聯盟。他們打著反對猶太人的經典《塔木德》的名義，質疑權威，遵循某種土耳其律法與信仰。」

「我卻認為，」雷赫列特醫生（雅各．法蘭克生病時他也在）說，「這整個彌賽亞運動是某種結構複雜的手段，為的就是從天真的猶太人身上榨取錢財。」

然後這家人的摯友馮．阿爾布雷希特先生也有話說，他過去是住在華沙的普魯士居民，熟知東方事務：

「親愛的各位，我對於你們這些人的天真感到驚訝。我總是警告你們，這支新的教派嘗試侵占並控制波蘭境內所有的猶太會堂，因此應當仔細觀察他們的動向，並向皇帝陛下報告事態的發展。我在許多年前他們剛開始活動的時候就看出來了。據說現在有人在他們的莊園裡找到了數量前所未見的武器。而且他們還會在那定期舉行軍事訓練，並招募年輕男人成為軍人……」

「聽說連女人都是！」馮．拉羅許女士驚呼。

「這一切都讓人起疑，」那位從前的華沙居民接著說，「這些新信徒準備在波蘭起義，而且主要是針對普魯士。讓我驚訝的還有你們的公爵，他居然大方到願意接納他們。這支教派在這裡成功地建立某種王國中的王國，以自己的法律自治，有自己的近衛隊，而他們大部分的金流都在銀行系統之外流通。」

「他們過著老實又平靜的生活，」蘇菲．馮．拉羅許試著替「昆蟲般的居民」辯護，但她的醫生搶了她的話：

「他們有著難以想像的負債……」

「如今誰沒有負債呢，我親愛的醫生？」蘇菲．馮．拉羅許誇張地問。「我寧可相信伊娃小姐與她的弟弟是伊莉莎白女皇與拉祖莫夫斯基伯爵的私生子，我們這裡的人就是這麼想的。這樣比較浪漫。」

眾人禮貌地笑了笑，隨即改變話題。

「你們這些疑神疑鬼的傢伙，」馮．拉羅許用好似被冒犯到的語氣接著說。

然而雅各及其信徒的事情並未平息，現在歐洲上空吹起了一陣更加猛烈的風，把信件與告發信吹到了各地，引發新的恐慌與進一步的猜測。

這些信件被分送到了猶太卡哈爾以及其他社群，鼓吹所有的猶太人與基督徒，在他們教派名為以東的旗幟之下團結一心。他們的目的是建立超越兩種宗教差異的兄弟情誼……我們無法明確知道該教派的活動有什麼目的，但可以確定的是它的個別成員與共濟會、光明會、玫瑰十字會以及雅各賓黨過從甚密，然而我們無法透過通信證據或是其他方式證明這一點……

腓特烈・威廉國王的法令則言明：

……這位雅各・法蘭克既是教派的領導人，同時也是不明勢力的祕密間諜。近日曝光的信件指出，他們正號召不同猶太會堂統一歸順他的教派。即日起，所有與創辦人不明或是宗旨不明的祕密社團相關的一切，每種政治狂熱，都應予以特別關注，有鑑於祕密社團總是沉默地在黑暗中活動，利用雅各賓黨的宣傳手法達成自己可怕的犯罪目的……

由於時間有著可以抹去所有不確定之處與填補所有漏洞的強大力量，隨著時間推移，人們所寫的內容也變得一致：

關於現在名為以東的法蘭克教派，他們不久之前還被我們許多的貴族當成某種異國趣事，如今在法國革命及其相關的雅各賓主義的可怕經歷之後，我們應該要改變看法，將神祕學儀式視為真正的政治與革命企圖的掩護。

30

波蘭公主的死亡，一步接一步

世上的事情總是按照自身既定的秩序發展著。假如你自己就在事件上演的舞台看著表演的話，就不容易體會到這一點。你在這裡什麼也看不出來，太多場景彼此覆蓋，給人一種混亂的感覺。在混亂之中有個事實正在慢慢淡去：姬特拉－格特魯妲・亞設巴赫與救主於同一天過世。那個寒冬，她盛大蓬勃的愛意結出了撒慕爾這顆果實，當初在波多里亞某地開始的過程，如今透過這樣的方式達到了圓滿，她的愛情短暫到讓人覺得不公平，在這座舞台上演的事件之中，它不過是一眨眼的過場。

然而嫣塔看得見這樣的秩序，她在科羅利夫卡洞穴裡的身體漸漸變成了水晶。進入洞穴的入口現在幾乎長滿了西洋接骨木，長滿繁茂花序的過熟果實掉到了地上，沒被鳥兒吃掉的果實也已經結冰了；嫣塔看見了雅各的死亡——但她沒在他身邊停留，因為她被在維也納的另一個人吸引了。

亞設，也就是魯道夫・亞設巴赫，從自己的妻子格特魯妲，也就是姬特拉病倒之後就陪在她身邊。兩三個月前，當他看見她乳房的腫塊時就全都知道了，他終歸是個醫生，覺得自己甚至更早就意識到了，那時候姬特拉還走得動，神經兮兮地試著打理好家務。例如，她為了過冬的洋蔥勃然大怒，因為裝在厚麻袋裡洋蔥的芯已經爛掉了，沒辦法放到春天。比如洗衣工把衣袖洗壞了，冰店買來的冰有奇怪的味道，像是在布斯克聞到的那種死水的味道。她咒罵報紙上出現的政客幹的蠢事，她灰白的腦袋淹沒在她一定要抽到完的土耳其菸斗的煙霧裡。

現在她大都躺在沙發上，不願意上床躺著。亞設為她配置的鴉片酊劑量越來越大，他小心仔細地檢查著所有症狀。冷靜無情的觀察令他安心，可以防止他陷入絕望。比如姬特拉死亡的前幾天，皮膚變得緊繃、僵硬、黯淡，在日光下的反射與平日不同。這對她的面部輪廓也有影響，它變得更銳利了。鼻尖上出現了一道狹長的凹痕。星期一晚上，亞設看見姬特拉即使非常虛弱，還是坐在燭光下整理著文件。她拿出了抽屜裡所有的東西，她自己寫的文章、她用希伯來語寫給在利沃夫的父親的所有信件、文章、圖畫、設計圖。她把它們分成幾疊，分別放進紙做的軟式文件夾裡。她每隔一陣子就會問亞設一些東西，可是亞設沒辦法專心。他已經看見了那道凹痕，恐懼完全籠罩了他。亞設驚恐地想，她知道自己要死了，她知道這是不癒之症，已經回天乏術了。可是她所預期的不是**死亡**，那是完全不同的事情。理智上她知道這個東西，可以用言語表達它，把它寫出來，可是根本上她的肉體就是動物性的，完全不相信死亡。

從這個意義上來說，死亡實際上並不存在，亞設想，沒有人描寫過死亡的經驗。它永遠是別人的經驗、是陌生的，沒有必要懼怕它，因為我們真正懼怕的另有其他東西。我們懼怕的是某個人的**死亡**

（或是死神），想像的死亡是我們的精神、我們的想法、故事、儀式混合的產物。它是約定俗成的悲傷，有共識的休止符，為人生引入秩序。

所以，當亞設看見她鼻子上的凹痕與奇怪的膚色時，他就知道時間到了。星期二早上，姬特拉請他幫忙更衣，特別是請他，而不是他們的幫傭索菲亞。亞設替她繫好洋裝。姬特拉坐到桌前，卻沒有吃東西，然後她回到床上，亞設替她把洋裝脫了下來。因為手掌粗糙，動作也很生疏，他艱難地解開搭扣上的繫繩。他覺得自己在拆一樣貴重、脆弱的東西——像是某個中式花瓶，像是精緻的水晶杯，像是陶瓷人偶——再把它放到其他地方，以後再也不會用了。姬特拉耐心地忍受著他的動作，用微弱的聲音要求寫一封簡短的信給撒慕爾。她讓人拿來信紙，但她沒有力氣寫字，只好口述幾個字，然後便服下鴉片酊，打起了瞌睡，亞設停筆的時候她也沒有反應。她讓人餵她喝雞湯（但是只讓亞設餵），不過她只喝了幾湯匙。亞設扶著她坐到夜壺上，但姬特拉只滴了幾滴尿，亞設感覺她的身體像卡住了，如同某種複雜的小機械。這樣的狀況持續到了晚上。半夜，姬特拉醒來，問了他各式各樣的事情，像是書店那邊的帳單付清了沒，並提醒他冬天要把窗台的花移走。她請他去找裁縫領回布料，不用拿它們來做洋裝了。女孩們肯定會不高興，那幾個喜愛打扮的花蝴蝶，而且布料的品質還很好。他可以把它給索菲亞，她會高興的。然後，回憶湧上她的心頭，姬特拉講起那年冬天，她跑到利沃夫亞設的家門前，關於那些雪橇、白雪以及彌賽亞的隨從。

星期三，亞設從早上開始就覺得姬特拉的狀態似乎好轉了，可是中午左右，她的視線變得模糊。她望著遠方的某個點，彷彿正看著這間維也納公寓的牆壁之外、房屋上高空的某處。她的雙手不安分地在床單上游移，手指把錦被捏出了皺褶，然後再用心地把它撫平。

「替我調一下枕頭，」她對她的好友雅德蕾德說，亞設通知她之後，她就從城市的另一邊飛奔而來了。但是調整枕頭沒什麼幫助，她看起來非常不舒服。魯道夫．亞設巴赫召喚了女兒們，但是不確定她們什麼時候會來。一個住在威瑪，另一個則住在弗羅次瓦夫。

姬特拉的語速越來越慢，整個韻律感都不見了，語調變得單調，宛如金屬的摩擦聲，聽著讓人不舒服。亞設巴赫記下她的症狀。他很難聽懂她說的話。她一天要問上好幾次今天是星期幾。星期三。星期三。星期三。亞設用手勢回答她簡單的提問：

「我要死了嗎？」

亞設沉默地點頭，然後馬上調整好情緒，用沙啞的聲音說：

「是的。」

而她，一如姬特拉她這個人，做好了心理準備，你可能會說她把整個死亡過程掌握在自己的手裡，這個棘手又不可逆的過程彷彿只是她代辦清單上的下一項任務。亞設望著她消瘦、受盡病痛折磨的嬌小身軀，忍不住熱淚盈眶，這是他有記憶以來第一次哭泣，或許是從波蘭公主在他們家休息起第一次，當時大家正試著用抹布擦拭從破掉的木桶流出來的伏特加。

夜裡，雅德蕾德與樓下鄰居巴赫曼夫人在照顧她。亞設詢問妻子：

「你想要找神父來嗎？」

猶豫半晌後，他補充：

「還是拉比？」

姬特拉詫異地看著他，可能沒聽懂他的意思。他不得不問過她。但是不會有任何神父也不會有任何拉比。假如他這麼做的話，姬特拉會氣得半死。星期四清晨，姬特拉陷入了瀕死狀態，女人們叫醒了正在書桌上趴著打盹的亞設。她們在床周圍點上蠟燭。雅德蕾德開始祈禱，不過非常小聲，彷彿是在自言自語。亞設看見姬特拉的指甲變得蒼白，接著開始不可逆地發紫，當他牽起她的手，她的身體已經涼透了。姬特拉變得呼吸困難，聲音如哨聲尖細，每吸一口氣都要花費她極大的力氣；一個小時之後，變成了沉重的喘鳴聲。這樣的聲音令人感覺沉重無比，就連雅德蕾德與巴赫曼夫人都哭了起來。但是病人的呼吸漸漸變得微弱——又或許是耳朵習慣了這樣的聲音？姬特拉變得平靜，然後離開了。亞設見證了這一個瞬間——這發生在她的心跳停止、呼吸停止許久之前，姬特拉離開去了某個地方，這具氣喘吁吁的肉身裡已經沒有她了，她離開了，消失了。有東西將她占據，將她的注意力吸引到了別的地方。她甚至沒有回頭望。

星期四下午一點二十分，姬特拉的心臟停止跳動。姬特拉嚥下了最後一口空氣，它就這麼留在了她裡面，填滿了她的胸腔。

所以沒有吐出最後一口氣，亞設火冒三丈地想，靈魂不但沒有脫離肉體，反而與之相反，肉體為了將靈魂帶入墳墓所以將它吸納了。他看過這樣的場景無數次，可是直到這一刻他才完完整整地理解這一點。正是如此。沒有所謂的最後一口氣，也沒有所謂的靈魂。

華沙容納三十人的桌子

雅各·法蘭克的死訊遲至一月初才傳到華沙，寒冷讓城市突然之間就變得空蕩蕩的，整個世界似乎自己蜷縮成了一團，被粗糙的麻繩綁在一起。

瓦利祖夫街上的沃洛夫斯基家，擺出了可以容納三十人的大桌子，仔細鋪上白色桌巾並擺好陶瓷餐具。每個盤子旁邊都放了一個小圓麵包。窗戶緊緊蓋上了窗簾。沃洛夫斯基家的小孩——亞歷山大與瑪麗妮雅——有禮貌地與賓客們打招呼，並從他們手上收下了小禮物：水果與甜食。可愛的瑪麗妮雅有著如焦油般烏黑的鬈髮，一邊行屈膝禮一邊重複：謝謝叔叔，謝謝阿姨。然後孩子們便失去了蹤影。桌上以固定間隔擺放著七燭台[1]，燭光映照著與會者的臉龐，所有人都做市民打扮，穿著體面的一席黑衣。老弗朗齊歇克·沃洛夫斯基站在桌子最前方，坐在旁邊的是他的姊姊瑪麗安娜·蘭茨科倫斯卡、他的兒子小弗朗齊歇克及其妻子芭芭拉、沃洛夫斯基家其他成年的孩子與他們的丈夫妻子，以及蘭茨科倫斯基家的小孩、耶澤札尼斯基兩兄弟——多明尼克與伊格納齊、歐諾菲利·馬圖舍夫斯基與他出身瓦別斯基家族的妻子，來自立陶宛的馬耶夫斯基兄弟、雅各·西瑪諾夫斯基與他來自盧德尼

1《出谷紀》第二十五章第三十三節：「在一叉上應有像杏花的三朵花，有花托和花瓣；在另一叉上應有像杏花的三朵花，有花托和花瓣；由燈台所發出的六叉都要這樣。」燈台應以純金製作，並放上七盞燈。

茨基家族的新婚妻子。弗朗齊歐克幫助父親站起來，後者盯著所有人好一陣子才朝站在他兩側的人伸出手，在場的人依樣照做。兒子以為父親要吟唱其中一首歌曲，而他們只能以近乎耳語的方式低聲吟唱，可是父親僅僅只是說：

「感謝全能的上主與祂的榮光，感謝光明的聖母讓我們得以生存。感謝我們的救主領導我們來到此地，讓我們每一個人帶著最深切的愛，盡其所能為他禱告。」

眾人低頭默禱，直到老弗朗齊歐克用他那始終渾厚的嗓音開口：

「是什麼預示著新時代的到來？依撒意亞說了什麼？」

坐在他左手邊最年邁的瓦別斯卡機械式地說：

「《妥拉》律法的終結與陷入異端的王國。這是自古以來流傳的說法，也是我們所等待的。」

沃洛夫斯基清了清喉嚨，深吸一口氣：

「我們的先祖以他們所能理解的方式解讀這件事，認為這則預言與基督徒如何統領世界有關。可是現在我們相信它的意義並非如此。所有猶太人都必須經歷以東王國，如此一來預言才會應驗！雅各，我們的救主是雅各伯的化身，他是第一個進入以東的人，因為《聖經》中雅各伯的故事本質上講述的也是我們的故事。而且就如《光輝之書》所說：『我們的父親雅各伯並未死去。厄娃接受了他在人間的遺產，她就是雅各伯的辣黑耳。』」

「雅各實際上並未死去，」所有人齊聲回應他。

「阿門。」史羅摩－弗朗齊歐克．沃洛夫斯基回應大家之後坐下，把小圓麵包剝成兩半吃了起來。

關於平凡的生活

沃洛夫斯基兄弟收購啤酒花的其中一位承包商非常愛多管閒事。他雙手插在口袋裡看著小弗朗齊歇克秤量袋子，最後問：

「告訴我吧，沃洛夫斯基，你們為什麼要千里迢迢去找那個法蘭克，還把自己的孩子送到那裡去，你們明明就在我們的教堂受洗了？而且他們說，你們把他當成某種教長，還會捐錢給他。據說你們還不願意和天主教徒通婚。」

沃洛夫斯基努力對他展現真誠的態度，輕拍他的後背，像是對待自己人：

「人們說得太誇張了。我們確實只在自己人之間彼此通婚，可是這樣的事情到處都是。我們熟知彼此，而且我們的女人煮飯的方式就和我們的母親一模一樣，我們有著同樣的習慣。這是很自然的事情。」弗朗齊歇克把袋子放到秤上，挑選著陶瓷砝碼。「比如，我的妻子做的小圓麵包和我母親做的一樣，不是生在波多里亞、長在猶太家庭的人做不來一樣的口味。我是為了那些小圓麵包才和她結婚的。這位法蘭克在我們需要的時候對我們伸出了援手，如今我們感激地予以回報。這畢竟是種美德，而不是罪過。」

沃洛夫斯基在砝碼中翻找，他需要重量最輕的那幾個，才能精確秤出絲毫無差的乾燥啤酒花重量。

「你說得有道理，」批發商說。「我是為了豌豆燉高麗菜才結婚的。我老婆做的好吃到會讓人舔手指。可是他們還說，你們比鄰而居，只要救主的大院搬到哪，你們就會搬到那兒定居，有些人帶著自己的酒館搬過去，有些人帶著自己的商品搬家，你們甚至馬上就會成立樂團……」

「這有什麼不好嗎？」沃洛夫斯基和善地回答，並在格子上填上重量。「這就是所謂的貿易。你必須先找到有人願意找你買東西的地方。你自己也是這麼做的，難道就不允許我做一樣的事嗎？」

批發商把第二個更大的袋子拿給他，勉強才能把它放在秤上。

「那孩子們呢？人們說你們花了一大筆錢讓法蘭克的兒子們受高等教育，都說他們是『男爵』，可是當他們待在華沙這裡的時候，大家常常在化裝舞會、舞廳或是喜劇劇場裡看見他們的身影，乘著華麗的馬車四處揮霍……」

「你難道不認識會參加化裝舞會和舞廳的天主教徒嗎？你沒看過波托茨基家的馬車嗎？」

「你，沃洛夫斯基，可別拿自己跟那些貴族比。」

「我不是要和他們比。我們自己人之中也有分成比較窮困的人與比較富有的人。有些人徒步而行，另一些人有著富麗堂皇的馬車。那又怎麼樣呢？」

沃洛夫斯基已經受夠了這個死纏爛打的傢伙。他表面上看似是在觀察乾燥啤酒花，看似在嗅聞搓揉它們，實際上卻是在打量庭院裡的情況。而他的嗓音裡似乎總是帶著一絲壓抑的憤怒。小弗朗齊歇克．沃洛夫斯基闔上磅秤，走向出口。這個無賴只好不情願地跟在他身後。

「我還想到了一件事。聽說你們會舉辦某種祕密聚會，把窗戶遮得密不透風，奇怪的那種聚會，這是真的嗎？」他狡猾地問。「大家都是這麼說你們的。」

弗朗齊歇克很敏銳。他花了半晌斟酌字句，彷彿是在挑選合適的砝碼。

「我們這些新入教者特別注重友愛自己的鄰居這件事。這難道不是所有基督徒共通的基礎信條嗎？」他反問。對方同意他所說的。「沒錯，我們的確會聚集在一起共同商議，噢，就像是昨天在我家那樣，討論該幫助哪個人、投資什麼產業、互相邀請對方參加婚禮與洗禮。我們討論關於孩子們、他們學校的事情。我們團結在一起，這非但沒有任何壞處，還足以成為其他基督徒的典範。」

「祝你在我們這些基督徒之中取得成功，弗朗齊歇克先生，」無賴最後訕訕地說，兩人坐下來結清啤酒花的帳目。

弗朗齊歇克終於成功擺脫他之後才感到如釋重負。可是他馬上又恢復了敏銳的狀態，這種時時刻刻的警覺令人感到疲憊。

在華沙的他們，周圍瀰漫著的氣氛說不上太好。有些人去了維爾紐斯，例如年輕的卡普林斯基兄弟與馬耶夫斯基全家，或是回到了利沃夫，像是馬圖舍夫斯基家，但他們在那的生活也不好過。然而，在華沙的狀況看起來似乎是最糟糕的，所有人盯著他們竊竊私語。沃洛夫斯基的妻子芭芭拉說弗朗齊歇克過於活躍，這讓他變得非常顯眼。他參加了黑色大遊行[2]，為市民階級爭取權利。他還積極

2 於一七八九年十二月二日，斯坦尼斯瓦夫．奥古斯特國王即位二十五周年紀念日這一天舉行，一百四十一座城市的代表身穿黑衣向國王遞交請願書，要求賦予市民同等貴族的平等權，該議案後來以城市法的形式被納入一七九一年的五三憲法，即歐洲第一部成文憲法。

參與商業行會的活動。他有間生意興隆的釀酒廠，名下有房，為其他貸款人作保。他的姓氏經過兒子與堂兄弟姊妹的增生加倍，變得格外引人注目。例如昨天芭芭拉在門縫裡找到了一張紙片，那是一張粗糙模糊的印刷品：

法蘭克為他們灌輸迷信，賜怪異的祝福，
每個波蘭來的人才會把財富留給救主。
這人被他們當成上帝崇拜，享盡尊榮，
這人一紙罪狀被困光明山堡壘中，
這人靠伏特加與啤酒賺來的真金白銀供養，
何其不公？
為了阻止這樣的蠢事與祕密只能讓他們受洗，
如此一來他們就會過上平凡的生活。

通往奧芬巴赫的神聖道路[3]

當約瑟夫・馮・申費爾德，也就是布拉格的托馬斯・申費爾德的姪子，準備出發上路時，有人告訴十幾歲的他，上帝真正的家就位在奧芬巴赫。他不得不承認，除了每個虔誠信徒都應該要經歷的神聖道路之外，他還有實際層面的考量：逃避兵役，對於已經是基督徒的虔誠信仰者來說，兵役是義務。這條路途經德勒斯登，男孩們在那裡不必提出多餘的解釋，就可以得到艾貝許茨男爵的推薦信，雖然如同他的母親所言，約瑟夫頂著馮．中費爾德這個姓氏，其實並不需要推薦信。他的同伴是兩個跟他處於類似情況的男孩。

當一七九六年六月他們終於抵達奧芬巴赫時，他們花了一整天擠在衣著多彩、屬於不同民族的年輕人之間等待晉見女主人；有些人已經穿上了奇怪的制服進行演練，其他人則在庭院裡漫步，下起滂沱大雨時，他們才被允許到迴廊下躲雨。約瑟夫好奇地欣賞著柱子上的雕像，其中每一座都代表著聰慧男孩可以輕易辨別的神話人物。那之中也有他最討厭的戰神瑪爾斯——死腦筋的他穿著騎士的鎧甲，手拿長戟，他的腳下站著一隻白羊，這是瑪爾斯執掌的星座，但是約瑟夫覺得這隻白羊更像是那些士兵的象徵，他們如同綿羊般在將軍的指揮下走向戰場，全部淪為炮灰。他絕對更喜歡曲線優美、豐滿的維納斯，他與同儕們對著她的身材品頭論足。

直到晚上，這位女主人才接見他們。

這個女人年近五十，穿著非常華美，手掌白皙，保養得宜，始終烏黑的茂密黑髮梳得高高的。她讀信時，約瑟夫讚嘆地欣賞她的狗——高䠷纖細，看起來更像是醜陋的㹴斯，目光死死盯著男孩們不放。女人終於開口：

---

3 原書此節標題用德語Heiliger Weg nach Offenbach。

「你們可以留下了，親愛的。你們要服從這裡的規矩，仔細實踐它們將會帶給你們真正的幸福。這裡有真正的救贖。」

她說的德語有濃厚的東方口音。她讓其餘男孩離開，只命令約瑟夫留下。此時她站起來，朝他走了過來，並舉起手讓約瑟夫行吻手禮。

「你是托馬斯的姪子嗎？」

他給了肯定的回答。

「他真的已經過世了嗎？」

約瑟夫垂下頭。他叔叔的死與家族從未向他揭露的某個祕密有關，它令人既尷尬又羞愧。約瑟夫不知道他們這麼做的原因，是因為托馬斯自殺的原因不明，還是因為他是為了某些他們沒有告訴約瑟夫的其他事情自裁。

「您認識他，對吧？」約瑟夫問，希望藉此阻止她繼續問下去。

「你長得有點像他，」美麗的女主人說。「假如你想要和我談一談，假如你在這缺少什麼東西，我隨時都很樂意接待你。」

約瑟夫覺得有那麼一瞬間，女士看著他的目光充滿關懷，這讓他變得大膽。他想要說些什麼，他感覺對這個哀傷女人的愛意與感激之情驀地湧上心頭，她與紅砂岩刻成的維納斯之間有著神祕的聯繫，可是他什麼也想不到，只好害羞地囁嚅道：

「謝謝您讓我來到這裡。我會當個好學生。」

女主人對這話回以微笑，約瑟夫感覺她挑逗的笑容讓她看起來就像個年輕女人。

第二天，他們命令男孩去樓上幾間不大的房間裡，那裡住著所謂的長老。

「你們已經去過長老那邊了嗎？」在此之前，所有人都問過他們同樣的問題，所以約瑟夫很好奇這些長老是誰。他總是覺得自己彷彿置身於某個母親曾告訴他的童話故事中，裡面充滿國王、美麗的公主、海上冒險，與看守寶藏的無腳智者。

然而，這些智者看上去都有腳。他們坐在兩張大桌子旁邊，桌上擺滿了攤開的經書、紙堆、卷軸，看得出來這裡正在進行某種工作。男人們看起來是猶太人的模樣，像是在布拉格會看到的那種猶太學者——長鬍鬚，但是穿著打扮像波蘭人，過去鮮豔的大衣現在已經有點褪色了，他們的袖口上套著袖套避免沾到墨水。其中一位長老站了起來，僅僅瞥了他們一眼，然後將一張紙交給了他們，上面印著某種奇怪的圖案，有許多圓圈彼此相連，然後他用與美麗女主人相同的口音說：

「我的孩子們，舍金納被囚禁了，她遭到以東與依市瑪耳監禁。我們的任務就是將她從監牢中解放。當三個瑟非拉合而為一達到三位一體時，她就會被解放，救贖也會因此降臨。」他用嶙峋的手指指向圓圈。

約瑟夫的同伴偷偷朝他投來玩味的視線，看得出來他在努力忍住笑意。約瑟夫掃視著整個房間，看見了怪異的融合：首先映入眼簾的是懸掛的十字架，它的旁邊是天主教的聖母像，可是當他更仔細觀察它，發現這居然是那位美麗女主人的畫像，它被裝飾得像是人們掛在教堂與禮拜堂的聖母。下方則是某些男人的肖像，以及刻有希伯來字母的人偶，他完全看不懂上面寫的是什麼意思。他只認得出其中一塊板子上寫的名字，他曾在哪裡背過這些名字，但並不清楚它們深層的意義：凱太、鶴瑪、賓

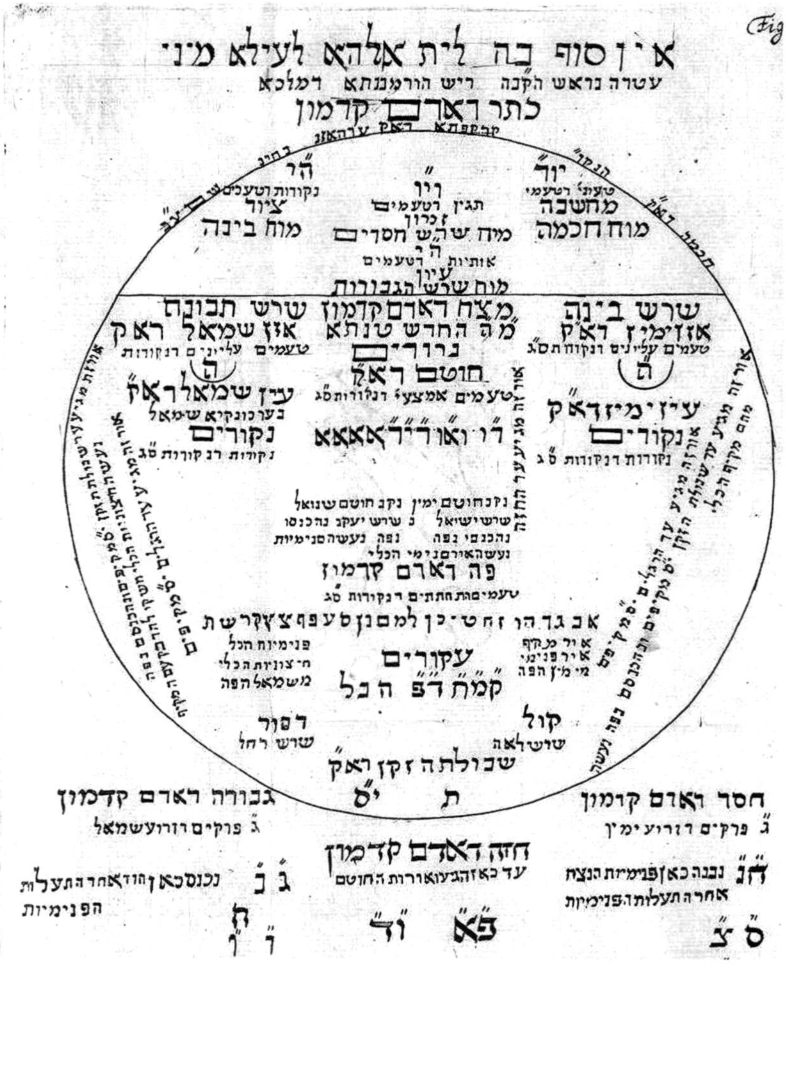
אין סוף בה לית אלהא לעילא מיני
כתר דאדם קדמון
מחשבה
מוח חכמה
ציור
מוח בינה
שרש בינה
שרש תבונה
מצח דאדם קדמון
חוטם דא״ק
נקודים
פה דאדם קדמון
עקודים
קול
דבור
שבולת הזקן דא״ק
חסד דאדם קדמון
גבורה דאדם קדמון
חזה דאדם קדמון

拿、格都拉、格布拉、特腓勒、納澈、赫德、依溯、茅曲——它們透過筆畫彼此相連，連結成無限（Ein Sof）這個單獨的概念。

老者說：

「兩個瑟非拉已經以人類的形象出現了。現在我們必須等待最後一個瑟非拉的來臨。讚美那位被選中的人，使他與特腓勒，也就是美結合[4]，而救世主將會從而誕生。所以你們要認真仔細的聆聽萬事萬物，如此一來你們也可能成為天選之人。」

老者講述這一切的時候，像是在引用某些眾所周知、他早已重複成千上萬次的事情。他轉過身，然後一言不發地離開了。他個頭矮小，身形乾癟，踩著狹窄的步伐。

門外兩個男孩一起捧腹大笑。

從長老那邊回來之後，他們馬上被編入了近衛軍，上繳了他們從家裡帶來的錢財，然後收到了一件色彩繽紛的搞笑制服。現在他們每天都得參加操練、射擊課與近身搏擊課。他們唯一的義務，就是執行留著波蘭鬍子的指揮官的命令，然後在制服上有將軍階級徽章、時不時出現在大院內閱兵的老人面前繃緊神經。廚房一天提供豐盛的三餐，晚上不用執勤的人就會去大廳聽長老講課。聽課的不只有男孩，也有女孩，所以他們理所當然地顧著打量四周。課堂上約瑟夫只能偶爾聽懂幾個字，整堂課的內容在他聽來都很奇怪，他也沒時間顧上這些。他不了解該從字面上解讀他們在這裡所說的那些話，還是把它當成某種比喻。課堂上不斷引用先知依撒意亞的話語，以及「茅曲」這個字，意思是王國。

4 格都拉（又譯赫賽）與格布拉、特腓勒結合之後，可以將無限者的能量傳遞給有限的世界。

當約瑟夫被邀請——這肯定要歸功於女主人的庇護，她常常邀請他共進咖啡——加入每星期日前往比格爾教堂遊行的榮譽隨扈時，他開始理解「茅曲」正代表著救主本人，是他們用密不透風的馬車載著前往鎮上的那一位。他被幾個健壯有力的男人扛著，寬大的斗篷將整個身子蓋住，他艱難地走進教堂，然後獨自一人在那待了一段時間。此時約瑟夫猜到這位救主就是不久前過世的那一位救主，事實上他沒有死。所有侍衛都穿著五彩斑斕的制服——約瑟夫覺得穿著這身制服的自己就像是馬戲團團員——他們必須背過身子，如此一來，在他們眼前的就是平靜流淌的美茵河，以及宛如蜻蜓般脆弱的船帆。

近衛兵們偶爾會有空閒時間。這種時候約瑟夫會和同僚一起進城，他們會加入那裡身穿各色服飾的無聊年輕人，他們占據了公園與廣場所有的座位，或是與所有可能的對象調情，抑或是演奏樂器——他們嘴裡說的是各式各樣充滿異國情調的鮮活語言。你在這裡可以聽見來自漢堡的北日耳曼方言，以及來自捷克、摩拉維亞的南日耳曼方言，以及捷克語，約瑟夫很少有機會能夠聽到他認不出的東方語言。不過在這裡最常聽到的還是波蘭語，他現在已經聽得懂這種語言了。年輕人遇到無法

彼此溝通的情況，會嘗試說意第緒語或是法語。各種戀情蓬勃發展；他親眼見過某個年輕人獨自彈著吉他，在戀人的窗台下唱著思念的情歌。

約瑟夫馬上就與來自布拉格的男孩成了好朋友，他同樣是為了躲避戰神嚴峻的形象而逃到這裡的。他名叫摩西，卻要約瑟夫叫他利奧波德。他沒有受洗，並且一開始他還會誦唸自己的猶太祈禱文。之後他就放棄了這個習慣。約瑟夫大部分的時間都與他在一起，這樣很好——這座城市、這個國度、這條冷淡看待他們無聊生活的大河產生的那種不真實感變得越來越強烈，幸好在被這種感覺籠罩的時候，約瑟夫還有人可以傾訴。

然而約瑟夫的地位是特殊的——他猜想這不光因為他是美麗女主人的遠親，還多虧了他的叔叔。他有幾次受邀與女主人及她的兄弟一起用餐。他們詢問了他家的近況，女主人熟知他的姑姑們，她問祖母客廳裡的時鐘還會不會運轉。這讓餐桌上的約瑟夫變得大膽。他向他們講述布爾諾的傳聞，提及商人、葡萄酒莊與甜點店，但是他實際上沒有太多這類的回憶，他很少去祖母家。有次眼淚在女主人的眼眶裡打轉，她請他遞來手帕。她的狗用超乎常人的冷靜眼神懷疑地盯著他。可是一旦他要與她獨處，他就會完全失去自信。他感覺這個女人身上似乎流淌著某種特殊的善意，交雜著難以言明的悲傷，所以他從她那邊回來時總是心緒紊亂，毫無招架之力。

摩西－利奧波德的批評要犀利得多。

「這一切就是在裝模作樣，」他說。「你看，這裡沒有一樣東西是真的，就好像是在演一齣戲。」

他們從上方看著準備出行的馬車。馬匹的頭上有巨大的羽毛頭飾，排在馬車兩側的男孩穿著鮮豔的制服，他們將會跟著馬車跑。摩西說得對。

「至於那些長老？他們真是可笑至極，永遠重複著同一套說詞，當有人試著深入了解某些事情時，他們又會拿某種祕密當成藉口。他們總是故作高深的表情……」

摩西模仿著他們的表情與手勢。他瞇著眼睛，抬起頭，背誦一些毫無意義的隻言片語。約瑟夫大笑出聲。他心中的懷疑變得越來越強烈，懷疑他們處於一座範圍延伸至整座城市的巨大劇場，在這裡每個人都扮演著指定的角色，但是他們對於演出劇本一無所知，既不知道它的意義，也不知道它的結局。操練既無聊又累人，讓人想起團體舞蹈的練習：眾人排成兩排，然後他們必須集合又分開，彷彿是在跳行列舞[5]。他有著摩西所沒有的好運氣——他被將軍選為騎術課的學生。這是他在奧芬巴赫學到的唯一一樣實用、實際的東西。

關於泡腳的女人們

伊娃很久以前就同意安努夏．帕沃沃斯卡出嫁了。可是就算安努夏的丈夫與孩子在華沙，她還是每年都會來奧芬巴赫。她並未遠嫁，而是嫁給了自己的堂親帕沃沃斯基，因此她甚至沒有改姓。她的丈夫是軍官，常常不在家。眼下安努夏．帕沃沃斯卡帶著女兒寶琳卡來訪，她將會陪伴女主人度過奧芬巴赫孤獨的冬季，幸好她們現在不用待在眾人負擔不了的城堡裡，而是待在主街道上的堅固房屋中。切爾諾夫斯基夫婦以自己的名義買下了這棟房子，藉此幫助伊娃躲避債主。

寶琳卡跟著女僕一起進城，而上了年紀的她們則打算泡腳。伊娃大拇趾附近的骨頭腫了起來，讓她感到非常疼痛。安努夏脫下白襪的時候，看見對方也有著相同的症狀。藥浴鹽在溫水裡溶化。捲起的裙子下露出她們的雙腿，靜脈曲張讓伊娃整雙腿顯得紅通通的。女士們在一旁的桌上擺了一壺咖啡、一盤小鬆餅，伊娃最喜歡開心果內餡的。她們一起思考雅各究竟可能有幾個孩子，這群人之中有誰，現在伊娃甚至會因為自己擁有這麼多兄弟姊妹而感到高興，畢竟這表示她在華沙、摩拉維亞、瓦拉幾亞有許多孫字輩的孩子。或許其中一位小卡普林斯基就是也說不定，雅各過世不久前才萬分感動地為他們施洗。妳記得嗎？妳記得嗎？或是瑪格達・耶澤札尼斯卡？妳記得嗎？小路德維克・沃洛夫斯基呢？他們長得那麼像。芭夏・西瑪諾夫斯卡呢？該不會是楊內克・茲維爾佐夫斯基？芭夏・雅庫柏夫斯卡一定是，她根本就是從雅各身上扒下來的皮。

安努夏猝不及防問道：

「那我呢？」

伊娃慈愛地看著她，接著突然輕撫她的髮絲，像是在安慰她。

「或許妳也是。我不知道。」

「無論如何我們都是姊妹。」

她們在水盆的上方彼此擁抱。接著伊娃問：

5　一種流行於十八世紀末的團體舞蹈。

「那你的母親呢？她是什麼樣的人？」

安努夏托著下巴陷入沉思。

「她善良又聰慧。她有著對生意的靈敏嗅覺。不論什麼事情，從頭到尾都有她的參與。沒有她，父親肯定活不下去。她操持店鋪，培養了我的兄弟們。我們到現在還擁有那間店。」

「她叫佩賽爾，對吧？父親總是叫她佩賽爾。」

「是啊，我知道。」

「你在這段婚姻裡過得如何，帕沃沃斯卡女士？」之後當她們用柔軟的毛巾擦拭雙腿時，伊娃問。

「很好。我太晚嫁人了。我太黏你了。」

「你拋下我了，」伊娃說，像是在調侃她。

「那些嫁得不好的女人們又能怎麼辦呢？」

伊娃陷入思考，然後彎下身子按了按自己腫脹的骨頭。

「她可以成為聖人。妳本可以和我待在一起。」

「我現在就和你待在一塊了。」

伊娃向後把頭靠在扶手椅上，閉上了眼睛。

「可是妳會離開，」她說，然後艱難地彎腰拉起長筒襪。「我會和我的醉鬼弟弟還有浪蕩子弟弟待在這裡。」

「等一下，我幫妳，」安努夏說，隨即彎腰替她拉起長襪。

「到處都有債務，因此我不能出城。切爾諾夫斯基拋下所有事情，逃到了布加勒斯特還是布達之類的地方，他們留下我獨自面對這些爛攤子。我身邊的所有人對我來說都陌生無比。」

安努夏成功替伊娃穿上長襪。她理解伊娃說的。她在奧芬巴赫的街上看見懸掛著的海報，公告法蘭克姊弟承諾付清所有積欠工匠與商人的費用，小法蘭克男爵為此出發前往彼得堡籌錢。

「為什麼是去彼得堡？」安努夏問。

「這是札列斯基想出來的點子。他們相信我們是俄羅斯人，出身沙皇家族。羅赫則去了華沙。」

「在那裡不會有結果的，那裡的人都很窮。妳想要來點烈酒嗎？」安努夏問，並且站起身，赤腳走向櫃子拿出一瓶酒與兩只酒杯。然後回到原位，往杯裡倒了金黃色的飲料。

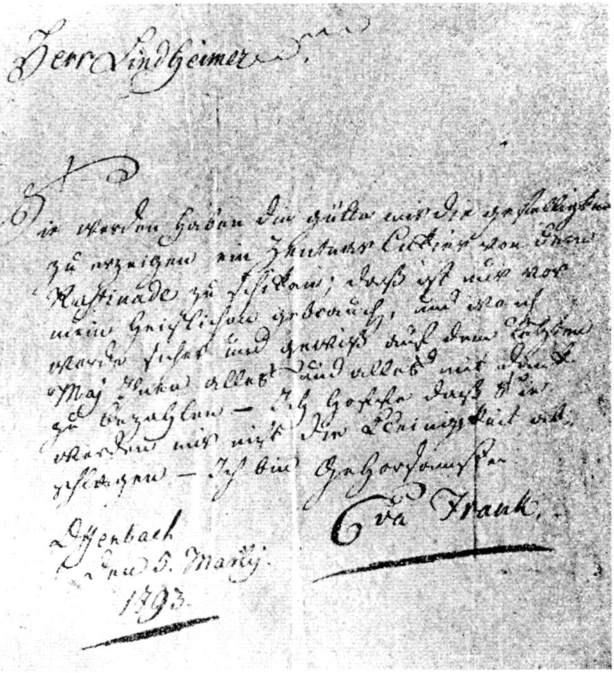

「蜂蜜利口酒。」

她們沉默地享受著烈酒。有那麼一瞬間，冬季夕陽的紅色餘暉透過窗戶落入室內，讓房間看起來十分溫馨——女性的閨房，柔軟的床榻，條紋扶手椅旁放著小張咖啡桌，經典的「羅馬式」書桌，桌上放著成堆的帳單與剛開頭的信件。羽毛筆尖已經乾掉了。

然而之後太陽便消失了，房間開始沉浸在逐漸厚重的黑暗中。安努夏要起身點蠟燭。

「不要點燈，」伊娃說。「妳還記得妳說過，在妳母親的村子裡有個沒有完全死去的女人嗎？」

「是啊，那是真的。媽媽說她一直都在呼吸，只有身體縮水。她是我們的某位曾曾祖母。她最後變得跟孩子一樣小，就像娃娃那樣。他們把她留在了洞穴裡。」

伊娃不安地走動。

「這怎麼可能？」

「我不清楚，」安努夏回答，接著倒了第二杯酒。「這點妳也無從得知了。」

《碎筆》：關於光

納赫曼已經老了，他像是木屑一樣乾巴巴的，身形佝僂。此刻他坐在透著微弱光線的小窗旁，厚實的牆壁流淌出寒意。他握著筆的手明顯在顫抖。立在墨水瓶旁的小沙漏裡，最後一批沙粒撒落：片刻過後他就必須將它倒轉。納赫曼寫道：

我們的祖先們諄諄教誨，《逾越節》第三章中寫到有四種不會帶來幸運的錢財：作家的稿費，翻譯的報酬，孤兒的補助，與來自海外的錢財。

我想《塔木德》的智慧確實是偉大的，因為那是我這輩子主要的收入來源，所以我沒有獲得美好幸福這件事完全可以理解。然而我的確實現了所謂凡人的小小幸福，這發生在我定居此地，在奧芬巴赫的那一刻，從那時候我就知道我會死在這裡。彼時我最強大的弱點、我的罪惡——「急躁」，也突然不見了。畢竟當一個急躁的人是什麼意思呢？

當個急躁的人就表示，那人從來沒有真正生活過，總是將自己置於未來，那些將要發生的事情之中，但它們明明就還不存在。那些不耐煩的人不就像是鬼魂嗎？永遠不在此處，不在這個地方，也不在此刻，這個當下，而是像漫遊者一樣把頭伸到了人生以外的地方，據說他們身處世界的盡頭，望著地平線以外的地方。他們在那裡看見了什麼呢？急躁的人可以瞥見什麼呢？

昨天，我一如往常與耶羅辛．丹博夫斯基辯論到深夜時想到了一個問題。他告訴我，人們說彼岸、世界之外，宛如市集上某個小劇場的幕後：亂七八糟的繩子、老舊的裝飾品、道具服與面具、各式各樣的布景道具、製造錯覺所需的所有機關。大致上看起來就是這樣。幻覺（Achaia Ajnajim），用古老的語言來說就是幻術、戲法。

我現在從自己的小房間看到的就是這樣的場景。幻覺。表演。只要我走得動樓梯，我們每天早上就會為年輕人授課——每一年我都覺得他們看起來越發模糊，最後他們完全重合成一張臉，一張不斷變換起伏的臉。而我已經無法從他們身上找到任何有趣的事了。我對著他們講話，他們卻無法理解，彷彿我們這棵世界樹的枝條已經朝著完全不同的方向伸出枝枒。但我也不會為此擔憂了。

雅各死後，我進入了一段非常平靜的時期。主要的工作就是研究戰車[6]，我與耶羅辛．丹博夫斯基也談到了這一點，因為我們住同一個房間，所以關係變得更親近了。我還告訴耶羅辛關於哈雅．修爾的事情——她是唯一一個讓我愛上的女人，從我得到與她共度一晚的美妙時刻起，我便愛上她了，那是我帶著關於雅各的消息來到羅哈廷的時候。但是我最愛的還是雅各。

而如今，在奧芬巴赫這座寧靜又讓人昏昏欲睡的城市，我們整天就只做一件事，那就是研究希伯來單字。我們會將其中的字母加以排列，計算它們的代碼數值，新的意義便會就此誕生，因而產生新世界的可能性。耶羅辛成功算出什麼的時候就會咯咯笑，我總覺得上帝創造我們所有人的時候也會這樣咯咯笑。

我們偶爾會一起回憶往事。這種時候我會問他：「你還記得你曾是最受丹博夫斯基主教喜愛的猶太人嗎?他是怎麼照顧你的？」因為記憶的回溯之旅總是吸引著我，對我而言過去栩栩如生；現在呼吸困難，未來則猶如躺在我面前的冰冷屍體。

我們無止境地等待著我們的孩子與孫子。耶羅辛的兒子楊與約阿西姆本來要到奧芬巴赫探望他。他時常講到他們的事情，對他們的描寫太過細緻，以至於沒多久之後他們的來訪似乎就顯得沒有必要

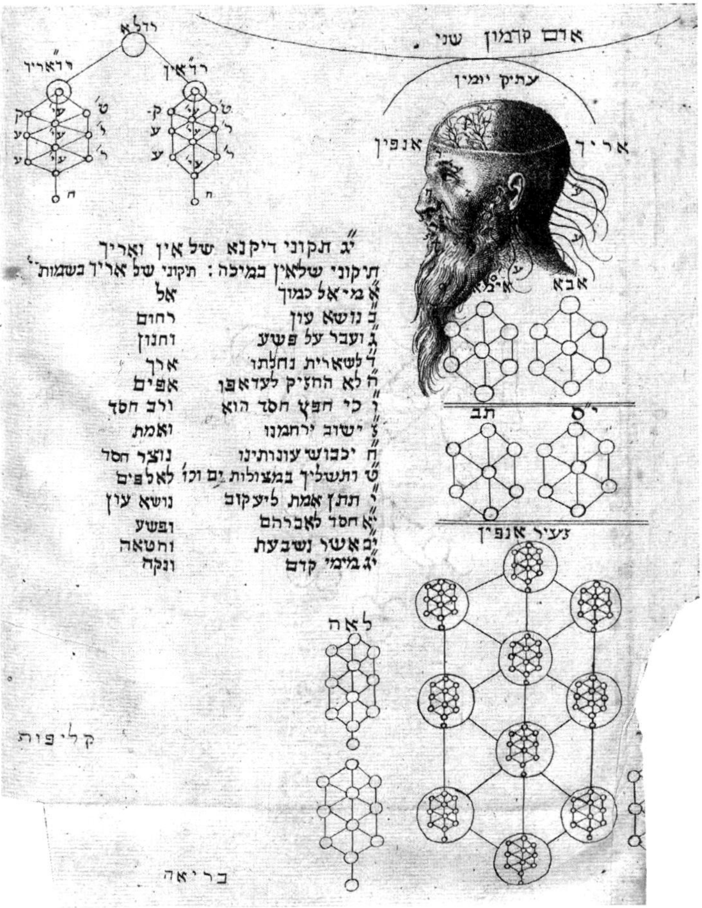

6 先知厄則克耳預見了上帝乘坐於戰車上的異象，《厄則克耳》第一章的描述則成為猶太神祕主義的重要文獻。

了。所有人都記得他們小時候與青春期的樣子，兩個男孩有點傲慢，因為他們跟著聖奧古斯丁修道會的修士學習，總是表現得直接又驕傲。他們長大之後變得很英俊。「其中一人會穿著銀色長袍出現，」老耶羅辛說，「另一人會穿著波蘭制服。」但他們從未出現。

我對我的孫女們感到非常欣慰，她們時常來這裡晉見我們的女主人，其中一位甚至嫁到了奧芬巴赫，嫁給了彼得羅夫斯基。孫子們帶給我們的安慰只持續到了某個時間點，之後我們對世界的事情變得更加敏感，我們甚至開始弄錯孫子的名字。

沒人願意聽我們說話，所有人只顧著自己的事。女主人伊娃在忠心耿耿的祕書札列斯基與年輕的琴斯基幫助下，把大院經營成了一間民宿。人們圍著它打轉，但大部分的人已經住在城裡了。樓下會舉辦演奏會，我和耶羅辛從來沒有下去聽過，我們寧願花時間練習希伯來字母代碼與拼字法。去年，沃洛夫斯基來過這裡，他們與耶羅辛整個夏天都在撰寫要分送給世上所有猶太卡哈爾的信件。他們用紅墨水抄寫了上百封、或許多達上千封的信。這是為了警告所有人，如果他們不接受以東的信仰，就會有巨大災害等著他們，因為這是躲避這場屠殺唯一的方法。他們用自己的猶太姓名署名：弗朗齊歇克．沃洛夫斯基是所羅門．本．以利沙．修爾，米哈爾．沃洛夫斯基是拿單．本．以利沙．修爾，延傑依．丹博夫斯基是來自喬爾諾科津齊的耶羅辛．本．哈拿尼雅．利普曼。可是我不願意在這封信的下方簽名。我不相信未來的災難。我只相信我們過去成功避免的那些。

《戶籍紀》中提到上帝命令摩西記錄民族遷徙的路線，而我認為上帝也命令我這麼做。雖然我不認為我辦到了，因為我總是太急於求成，缺乏耐心，又或許我太過懶惰，不足以理解一切，但我盡力提醒忠實信徒我們是誰，我們從何而來。因為我們的故事不就是由別人告訴我們的嗎？我們是誰？我們為何努力？我們對自己的認識，取決於他人告訴我們多少關於自己的事情。若非靠我的母親，我如何能夠記得童年？假如我沒有透過雅各眼中的倒影看見自己，我如何認得自己？所以我坐在他們身邊，提醒他們我們共同經歷的一切，因為對未來災難的預言如霧靄般蒙蔽了他們的思緒。「去吧，納赫曼，去做你自己的工作。我們已經受夠你了。」他們起初會把我趕走。但我很固執。我提醒他們，我們是如何開始的。我提到士麥納與薩羅尼加的街道，多瑙河的蜿蜒河道，以及波蘭難熬的冬天。當時我們在寒風中搭著叮噹作響的雪橇追趕雅各。以及當我們見證雅各與聖靈結合時他的裸體。哈雅的面容。老修爾的經書。法官嚴峻的表情。你們還記得琴斯托霍瓦那段黑暗的時光嗎？我問。

他們漫不經心地聽我說，人會隨著時間忘記自己來時的步伐，他自以為隨心所欲的走著，而不是在上帝的帶領之下前行。

我們能夠達到雅各當初承諾我們的神聖智慧覺察嗎？

我告訴他們：有兩種類型的不可知。第一種類型的人根本沒有嘗試詢問或檢驗，因為他認定自己無論如何都無法獲得全面的認知。第二種類型的人經過了檢驗與尋找，然後得出了不可知的結論。我舉了一個例子，想要幫助我的兄弟理解這兩種差別的重要性。於是我說，這就像是有兩個人想要認識國王。一個人想著：既然我見不到國王本人，我何必進入他的宮殿，丈量他的房間？另一個人的想法就不一樣了。他查看了國王的房間，欣賞國王的收藏品，讚嘆奢侈的花毯，就算他得知無法認識國王本人，至少認識了他的房間。

他們一邊聽我講，實際上並不知道我想要表達什麼。

於是，我想要提醒他們最初的開始，告訴他們一件事：實際上我們在乎的是光。我們讚嘆存於萬物之中的光，跟隨光的足跡走過波多里亞狹窄的道路與德涅斯特河的淺灘，橫越多瑙河並跨越守備最森嚴的國界。當我們沉浸在琴斯托霍瓦最深沉的黑暗中時，我們受到了光的感召，光帶領我們從一個地方去到下一個地方，從一間房子去到下一間房子。

而且我還提醒他們，在古語中「光」（or）這個字與「無限」（Ein Sof）的希伯來字母代碼總和不是一樣嗎？

光寫作：alef-waw-resz：

אור

代碼數值加總為1+6+200=207。

而無限的拼法是：alef-jod-nun-samech-waw-fe：

אין סוף

即1+10+50+60+6+80=207。

而奧祕（rez）這個字的代碼總和也是207。

你們看，我告訴他們：我們研讀過的所有經書都與光有關：例如《光明之書》、《光輝之門[7]》、《目之光[8]》，以及最後的《光輝之書》。我們什麼事也不做，就只是在半夜醒來，在最深沉的黑暗中，在我們低矮昏暗的寒冷小屋裡研究光。

正是光向我們揭示了物質及其運行法則龐大的載體並沒有實體（meciut），它的一切形狀與表象、它無盡的形式、它的律法與習慣亦是如此。實際的世界並非物質，而是光輝的振動，它是存在於萬物中不斷閃爍的光芒。

我告訴他們，不要忘記我們所追求的事物。所有信仰、律法、經書、已經過時的老舊習慣。閱讀古老經書的人會遵守這些誡命與習俗，彷彿他總是看著背後，卻不得不向前走，所以他總有一天會失足跌倒。因為過往發生的所有事情全都來自死亡那一方。聰明的人則會向前看，看透死亡，彷彿它只是一面細紗，他會站在生命的那一方。

這就是我所認同的——我，來自布斯克的納赫曼・撒慕爾・本・列維，即彼得・雅庫柏夫斯基。

7《光輝之門》（Szare Ora）為西班牙卡巴拉學者約瑟夫・本・亞伯拉罕・奇奇提塔（Joseph ben Abraham Chiquitilla）所著，為研究上帝聖名的神祕學著作。

8《目之光》（Meor Enajim）由哈西迪運動的其中一位領導人，來自車諾比的梅納罕・納胡姆・特維爾斯基（Menachem Nochum Twersky）所著。

七　姓名之書

Hominem 1	Człowieka 1	Homo, m. 3. czło- wiek.
attingunt *conſangui-* (*nitate,*	dotykaią pokrewien- (ſtwem,	conſanguinitas, f. 1. pokrewny.
in *linea aſcendente,* (m. 2.	w Linii powſtaiącey,	linea, f. 1. aſcendens, c. 3. linia powſta- iąca.
pater, m. 3. *vitricus,* 2	Ociec, Oyczym, 2	
& *mater,* f. 3. *nover-* (*ca,* 3 f. 1.	i Matka, macocha, 3	
avus, 4 m. 2.	dźiadek, 4	
& *avia,* 5 f. 1.	i babka, 5	
proavus, 6 m. 2.	pradźiadek, 6	
& *proavia,* 7 f. 1.	i prababka, 7	
abavus, 8 m. 2.	prapradźiadek, 8	
& *abavia,* 9 f. 1.	i praprababka, 9	

31

雅庫柏夫斯基與死亡登記書

雅庫柏夫斯基在救主去世後不久也過世了，只比他多活了一年。嫣塔無所不在的視線看見公務員在奧芬巴赫市的死亡與下葬登記書上，一七九二年十月十九日那一欄填上了他的姓氏，死因處寫上「腫瘤」。沒人真的知道雅庫柏夫斯基享年幾歲，對大家來說他就像某個從神話初始就存在的人。有個年輕人只說他年紀非常大了，於是公務員寫上九十五歲，默突舍拉[1]的年紀，符合資深弟兄該有的年紀。實際上，雅庫柏夫斯基生於一七二二年，所以他死於七十一歲，但生病讓他消瘦，看起來更老。在他過世後一個月，他的其中一個女兒羅莎麗雅在奧芬巴赫死於難產出血。

延傑依．耶羅辛．丹博夫斯基蒐集了他的文件。它們一點也不多，一個小箱子就夠裝了。雅庫柏

1《創世紀》記載默突舍拉享年九百六十九歲。

夫斯基花了一輩子撰寫《薩瓦塔伊．塞維的一生》，迷失在卡巴拉的評註之中，它實際上就是一疊厚厚的紙，滿是圖表、圖畫、幾何計算、奇怪的地圖。「各式註解」則是從未成書的雅各傳記的零散手稿。

在他離世一年之後，「哥薩克人」楊．沃洛夫斯基過世了，不久之後人稱莫什科．柯爾塔的約瑟夫．彼得羅夫斯基也離開了，他是被送來安養晚年的；他老了之後變得既孩子氣又倔強，但他在這受到了良好的照顧。

一七九五年九月，馬特烏什．馬圖舍夫斯基離世，不到一個月他的妻子薇特爾，即安娜，也離開了。丈夫過世之後，她陷入了奇怪的漠然，再也沒能恢復過來。有時候夫妻沒了對方就無法活下去，他們寧願追隨逝者而去。

西瑪諾夫斯基兄弟，以利亞與雅各雙雙去世，他們已經上了年紀。在他們死後，西瑪諾夫斯基其餘家庭成員回到了華沙。

奧芬巴赫大院的最後一位長老，帕維爾．帕沃沃斯基——過去的布斯克的哈伊姆，也就是雅庫柏夫斯基的哥哥——離世之後，大院漸漸人去樓空，城裡確實還住著各方的忠實信徒，他們主要來自摩

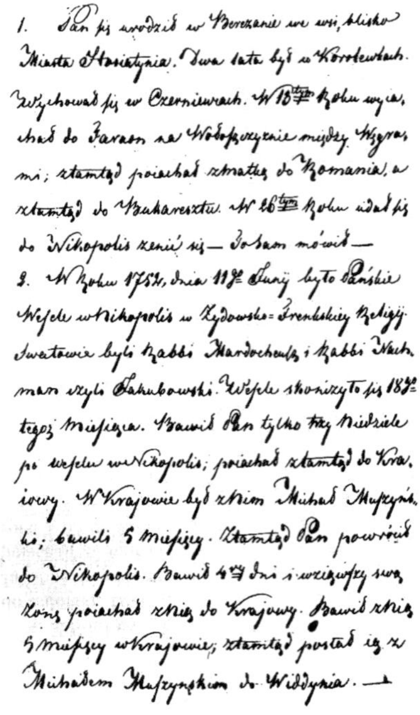
1. Pan się urodził w Berezanie we wsi, blisko
Miasta Horoszczynia. Dwa lata był w Korolewkach.
Wychował się w Czerniowcach. W 18tym Roku wyje-
chał do Farasu na Wołoszczyźnie między Węgra-
mi; ztamtąd poiechał z matką do Romania, a
ztamtąd do Bukaresztu. W 26tym Roku udał się
do Nikopolis żenić się — To sam mówił —
2. W Roku 1752, dnia 11go Junij było Pańskie
Wesele w Nikopolis w Żydowsko=Frenkskiey Religij.
Swatowie byli Rabbi Mardocheusz i Rabbi Nach-
man czyli Jakubowski. Wesele skończyło się 18go
tegoż Miesiąca. Bawił Pan tylko trzy Niedziele
po weselu w Nikopolis; poiechał ztamtąd do Kra-
iowy. W Krajowie był z Nim Michał Muszyń-
ski; bawili 5 miesięcy. Ztamtąd Pan powrócił
do Nikopolis. Bawił 4ry dni i wziąwszy swą
Żonę poiechał z Nią do Krajowy. Bawił z Nią
5 miesięcy w Krajowie; ztamtąd postał ię z
Michałem Muszyńskim do Widdynia. —

拉維亞與日耳曼地區，但他們與大院之間的聯繫變得越來越少了。法蘭克兄弟中的弟弟約瑟夫久病纏身之後，於一八〇七年逝世，盡心盡力照顧他的伊娃．法蘭克成功避過債主的監視，逃到了威尼斯；她收到羅赫生病的消息之後才趕了回來。羅赫．法蘭克於一八一三年十一月十五日去世，孤單地死在自己的房間裡，為了將他肥胖、因酒精腫脹的不幸身軀搬離並下葬，眾人不得不把門板拆下來。

伊娃．法蘭克拯救奧芬巴赫免於拿破崙的掠奪

一八一三年三月，當沙皇亞歷山大要拜訪伊娃．法蘭克位於卡納爾街與尤登街轉角的家時，大家試著為病重的羅赫塗上粉底，讓他的氣色看起來好一點。沙皇來訪的消息本該是保密的，但它很快就傳遍了整座城市。沙皇想要探訪這個知名的猶太基督教徒的根據地，他周遊歐洲各國的時候就曾聽說過這個地方。身為一位開明進步的君王，他已經計畫在自己廣闊的國家領土上，建立一個猶太人可以平靜生活、維持自己傳統的小國度。

沙皇來訪，讓多年來在奧芬巴赫流布的傳言甚囂塵上，據傳伊娃．法蘭克與俄羅斯皇室有著非常緊密的關係，這讓她得以推遲許多債款的償還時限。沙皇非常喜歡他看見的景象，幾年後他下令成立委員會，管理即將在克里米亞成立的猶太基督徒自治州，照顧這些以色列基督徒。該委員會主要的任務是促使猶太人改信基督宗教。

早在十幾年前，一八〇〇年七月，戰火襲擊了這座一直以來平靜安穩的城市，伊娃與她當時仍然健康的弟弟羅赫在戰亂之際成了奧芬巴赫的大英雄。法軍左翼，其中包含了克尼亞齊維奇指揮作戰的多瑙河軍團[2]，占領了奧地利軍隊的大炮，並在同一天晚上占據了奧芬巴赫。被掠奪的渴望沖昏頭腦的士兵朝著無辜的城市伸出了魔爪，直到伊娃與她的弟弟態度堅決地站出來，才讓奧芬巴赫免於燒殺擄掠。他們二位不顧自己的安危與龐大的支出，非常好客地敞開自家大門，高興地迎接自己的同胞，招待他們豐盛的食物，並透過這樣的好客與溫暖的話語撲滅了戰勝者的渴望。

奧芬巴赫的居民清楚記得她的義舉。女人們的貞潔，店鋪的玻璃展示窗，倉庫裡的貨物——全都逃脫了戰爭的魔掌，它無情侵襲了隔壁的城市。因此伊娃在負債累累的情況下，成功取得了更多的貸款。

不幸的是，她晚年與自己的仕女寶琳娜·帕沃沃斯卡、祕書札列斯基一起被軟禁在家裡，由札列斯基負責他們的伙食供給。一八一六年九月七日，她過世之後，房子被查封，失望的債主在那裡除了幾樣可以充當紀念品的女爵私人物品，沒有找到任何值錢的東西。他們只賣掉了一間精巧的袖珍娃娃屋變現，它一共四層樓，有許多房間、客廳、浴室，有水晶吊燈、銀製餐具與上好的衣櫃。這間小屋的內裝家具被分別拍賣，這就是為什麼它的拍賣成交金額高得誇張。某位來自法蘭克福的銀行家將它買了下來。

寶琳娜．帕沃沃斯卡嫁給了當地的議員，有很長一段時間，她都會用伊娃女士在不同圈子的稀奇故事取悅丈夫的同僚，關於維也納的宮廷故事，關於有著彎曲犄角的神奇山羊故事，有位當地藝術家受到了這隻山羊的啟發，將它做成了雕像，放在奧芬巴赫其中一間排樓的入口處。

至於弗朗齊歇克．維克多．札列斯基，大家都叫他「綠色先生」，因為他與故去的女主人一樣都穿著綠色衣服，他在奧芬巴赫安穩地活到了十九世紀中葉。他命人在他死後切開他的動脈，因為他十分害怕陷入假死狀態的昏迷。

頭骨

奧芬巴赫所有新信徒都被埋葬在市立墓園，然而幾年後，這裡成了都市擴建計畫的阻礙，並於一八六六年遭到拆除。人們將埋在那裡的人類骸骨統一收集起來，滿懷敬意地另尋他處下葬。雅各．法

---

2 多瑙河軍團（Legia Naddunajska）是由屬於前奧地利軍隊的波蘭人戰俘，與奧地利軍隊的波蘭逃兵於一七九九年組成的軍團，一八〇〇年與一八〇一年間在卡爾．奧托．克尼亞齊維奇將軍（Karol Otto Kniaziewicz）帶領之下與奧軍對戰。

蘭克的頭骨因此被移出了墓地，它被當作「猶太教長的頭骨」進行了仔細的外觀描寫，最後落入了奧芬巴赫市歷史學家的手裡。多年以後，它在不明情況下輾轉來到了柏林，在那經過了詳細的測量與檢驗之後，被當成猶太人是低等人種的證明。第二次世界大戰之後，它就無聲無息地消失了——或許是在戰亂中被毀壞，灰飛煙滅了，又或許它被收藏在某間博物館的地下倉庫裡。

關於維也納的會面

卡塔日娜・科薩科夫斯卡一生中最漫長的一段旅行，就是一七七七年去維也納那次。她是為了接受瑪麗亞・特蕾莎女皇分封給她的伯爵頭銜與十字星勳章而去的。與她同行的是她的姪子伊格納齊・波托茨基，她把他當成自己的兒子疼愛。據說女皇非

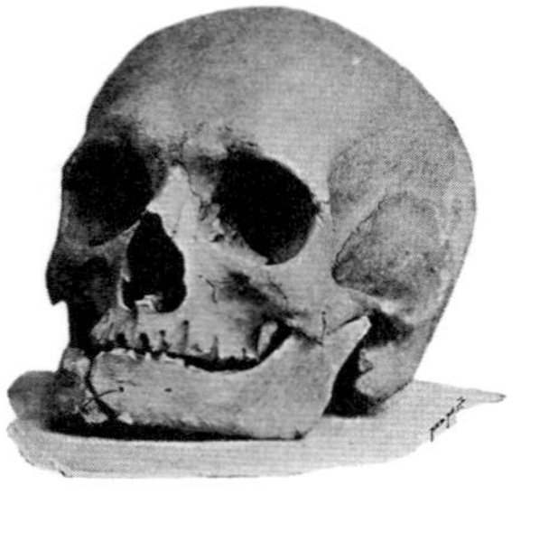

常喜愛她直來直往的個性，甚至稱呼她為「親愛的好友」。

在向授勳來賓表達敬意的舞會上，興奮的伊格納齊為她準備了一個驚喜。

「姑姑您猜，我把誰找來見您了，」他激動地說。

科薩科夫斯卡看向穿著青瓷色洋裝、美麗優雅的小姐。她滿臉通紅地站在她面前，面帶微笑，尊敬地行了屈膝禮。科薩科夫斯卡感覺十分尷尬，怒目瞪著神經大條的伊格納齊，是他把自己置於這樣難堪的境地。此時那個女人用波蘭語禮貌地說：

「請容我提醒閣下，我是伊娃．法蘭克。」

然而，她們並沒有太多時間交談。伊格納齊對著姑姑耳語，告訴她宮廷裡有流言說伊娃．法蘭克是皇帝的情婦，這讓科薩科夫斯卡驚訝得呆若木雞，紛亂的回憶湧上她的心頭，讓她在離開舞會的馬車上痛哭失聲。

伊格納齊以為這是老太太對這一天獲得的榮譽自然而然流露的感動，因此並未對突如其來的哭泣感到訝異。他只提到了此地的共濟會弟兄講了很多關於伊娃．法蘭克父親的好話，年輕的波托茨基與他們保持著密切的聯繫。

卡塔日娜在名下位於克利斯第諾普的領地以高齡去世，生前受到了同樣因為年老而駝背的阿格涅什卡悉心的照料。

撒慕爾・亞設巴赫與他的姊妹們

撒慕爾・亞設巴赫，魯道夫與格特魯妲・亞設巴赫之子，在上大學的時候就交了一群壞朋友，不過，儘管經歷了一些困難，他還是幸運地完成了學業。在維也納某間私人律師事務所短暫又失敗的實習結束之後，與上司發生衝突的他拋下了一切，並在欠了一屁股債之後隱瞞雙親去了漢堡。在那裡，他先是在某位船東手下擔任低階文書，之後他再度以律師身分執業，這位前途無量的能幹律師幾次為客戶贏得了巨額的保險金，他也因此賺了一大筆錢。出於某些不明原因（據說是詐欺），他在事業蓬勃發展的一年後消失了。最後雙親收到了他從美國寄來的信，他們花了很長一段時間查看飄洋過海的信封。信是從賓夕法尼亞州寄來的，署名寫的是撒慕爾・亞瑟。他們從信中得知他娶了州長的女兒，並成了一位受人尊敬的律師。然而，從那些沒能送達魯道夫與格特魯妲・亞設巴赫常去的咖啡廳的海外報紙可以得知——妻子顯然對他產生了良好影響——他職業生涯的最高成就是擔任最高法院的法官。他膝下有七個孩子。他於一八四二年去世。

他的雙胞胎姊妹分別在威瑪與布列斯勞[3]定居，嫁給了當地受人敬重的猶太市民。克莉絲蒂娜的丈夫，醫生羅威是活躍於布列斯勞第一兄弟會的成員，那是屬於進步猶太人的組織。夫妻兩人都為白鸛猶太會堂的建造做出了貢獻。卡塔琳娜，很不幸地，在生第一胎的時候難產去世了，沒有留下任何屬於她的痕跡。

札烏斯基兄弟的圖書館與司法代理神父班乃迪克．赫梅洛夫斯基

班乃迪克．赫梅洛夫斯基神父非常擔心兩位主教兄弟盡心盡力、耗費巨資蒐集而成的藏書的狀態，它們隨著時間累積出了前所未見的龐大數量：約四十萬卷書籍與兩萬份手稿，這還不包括上千幅版畫與手繪圖畫。一七七四年國家教育委員會接受了這些藏品，而一七九五年波蘭最後一次瓜分之後，葉卡捷琳娜二世下令，藏書在幾個月內被用馬車與貨車陸續運往彼得堡，並在那裡被存放到了第一次世界大戰。在波蘭獨立之後，一部分的藏品回到了國內，但它們在華沙起義期間被燒毀了。

幸好．赫梅洛夫斯基神父不必再度見證這樣的場景——看著火舌吞噬字母，破碎的紙片漫天飛舞。

假如人類能夠保存自己關於世界的知識，能夠將它刻在石頭上、水晶上、鑽石上，並用這樣的方式將它傳遞給自己的後代，或許世界看起來就會完全不同。我們該拿紙張這種脆弱的材質怎麼辦呢？

---

3 即弗羅次瓦夫，布列斯勞（Breslau）為德語。

我們何必寫書呢！

但是以赫梅洛夫斯基神父的情況來說，就算是更堅固的材質，比如石頭、磚頭，結果還是和紙張一樣落空了。他的神父故居沒有留下任何東西，不論是花園，還是石雕。破碎的石碑長滿雜草，樹根在上面繁衍增生，被刻畫的字母如今掌管著地下。盲眼鼴鼠與蚯蚓每天彎彎曲曲地爬行時都會經過這些字母，毫不關心「追」（dogonim）字裡的「N」被寫反了。

尤尼烏斯・弗雷的殉難

在救主死後，托馬斯・馮・申費爾德作為他的「外甥」，被伊娃召喚到了奧芬巴赫。這件事很奇怪，但是那些年輕人，尤其是來自摩拉維亞與日耳曼的忠實信徒把他當成救主的繼承人迎接。還有一些波蘭人也加入了他們的行列，例如瓦別斯基與楊・沃洛夫斯基的孩子。據說有天晚上，爆發了一場嚴重的爭執，在那之後托馬斯就打包了行李，在第二天離開了。

就在同一個月，他化名尤尼烏斯・布魯圖斯・弗雷，與妹妹莉奧波汀娜、弟弟伊曼紐爾一起出發前往革命中的法國。他們帶了各式各樣的推薦信，所以馬上就來到了事件的中心。

一七九二年八月十日，尤尼烏斯・弗雷與他的兄弟伊曼紐爾參加了進攻杜麗樂宮[4]的行動，並因此得到了勳章。一個月後，為了慶祝共和國成立，尤尼烏斯・弗雷領養了一個孤兒小男孩，決定終生撫養一位盲眼寡婦，並開始為一位殘障老人支付退休金。

一七九三年夏天，尤尼烏斯・弗雷出版了一本名為《法蘭西共和國公民獻給法國人民的社會哲學》（*Philosophie sociale, dédiée au peuple français par un citoyen de la section de la République française*）的書，書中弗雷（也就是托馬斯・馮・申費爾德，即摩西・多布魯什卡）認為，每種政治制度就像是宗教，有著自己的神學理論，而且我們應當研究民主的神學基礎。他花了一整章的篇幅對摩西律法進行了毀滅性的批評，說摩西欺騙了自己的子民，用自己想出來的誡命壓迫人類，剝奪人類的自由，還把它說成是上帝的旨意。這個謊言為猶太民族與世上其他民族帶來多少不幸、瘟疫、暴力與戰爭，數不勝數。耶穌表現得比較善良、高尚，但這是因為他的系統是建立在理智之上。很不幸地，他的思想遭到了扭曲，就和穆罕默德的思想一樣。然而，我們可以從觀察那些表面上看似毫不相關的學科之間的關聯，認識被摩西有效掩蓋的事實：自然科學、藝術、鍊金術、卡巴拉，因為這一切都是相輔相成的、可以互相批評的。這本書以推崇康德作結，這位哲學家害怕黑暗政權的迫害，不得不以黑暗的形而上學遮掩自己真正的想法，把哲學當成他「反抗毒藥與十字架的護身符」。

尤尼烏斯・弗雷在巴黎過著異常活躍的奢靡生活。他與娶了莉奧波汀娜的沙博[5]都以糜爛的作風

---

4 杜麗樂宮（Palais des Tuileries）是位於巴黎的文藝復興式建築，一八七一年被巴黎公社焚毀。

5 弗朗索瓦・沙博（François Chabot，1756—1794），法國大革命時期的政治家，由於偽造清算東印度公司的法令而身陷醜聞。

聞名，樹敵無數。托馬斯，即尤尼烏斯，坐擁萬貫家財，他被懷疑是奧地利派來的間諜。多虧有沙博，他成了清算東印度公司資產與債務委員會的成員，經手了難以想像的巨大財富。沙博被指控文件造假時把托馬斯也拖下水了。

經過短暫的審理，革命曆二年芽月蜂日，即一七九四年四月五日，尤尼烏斯．弗雷、他的弟弟伊曼紐爾，以及丹東、沙博、德慕蘭[6]與其他人，被判處了死刑。

丹東步上斷頭台成了此次行刑的高潮，人群急不可耐地等待他的人頭落下，周圍響起口哨聲與掌聲，但掌聲隨著犯人一一出現也變得越來越微弱。當輪到尤尼烏斯．弗雷，也就是托馬斯．馮．申費爾德，也就是摩西．多布魯什卡時，他是最後一個行刑的，人群已經開始散去。

尤尼烏斯看見了所有被砍下的頭顱滾入斷頭台下方的籃子裡，他嘗試壓抑一陣陣向他襲來使他感到麻痺的動物性恐懼，他的思緒開始活躍，想著自己終於有機會知道人頭被砍下之後可以活多久了，自從斷頭台順暢運作聲名大噪之後，人們就開始熱烈地討論這個問題。他還想到在他重生之前，他會盡力帶著這項知識走過死亡荒蕪的原野。

他曾寫給法國人：「我是你們之中的外人，我故鄉的天空在遙遠的彼方，但『自由』這個詞讓我熱血沸騰，這是我們這個世紀最美麗的詞彙。我的所有行為都以它為依歸，我將雙唇貼到自由的乳頭上，吸吮自由的乳汁。我的祖國是世界，我的職業是行善，我的使命是打動情感豐富的靈魂。」

有一首歌在巴黎的街頭傳唱了很長一段時間，沒人知道它的出處。但我們肯定知道，因為那是尤尼烏斯．弗雷詩作的簡易版法語翻譯，而它當然是德語版納赫曼祈禱文的法語翻譯。歌詞如下：

那些折磨你的、令你動容的，
我的靈魂不屑一顧，
王位、紋章、權杖、皇冠，
它自由自在、無憂無慮。

我的靈魂正在舞動，
在自己的舞台上演出。
善良、邪惡、禮貌、美貌，
它是磨坊，而它們是水。

它穿透了牆壁與邊界，
與演講者唇槍舌劍，
把穀物與穀殼吹跑，
卻把珍珠丟進豬舍。

6 卡米耶．德慕蘭與喬治．雅克．丹東皆為法國大革命中的重要人物，曾共同發行《老科德利埃報》。

天主請您告訴我，
這位永生的公民，
在靈魂一曲舞畢之前，
是否還有許多像你這樣的人？

假如你是唯一，
請賜我合適的話語，
讓我的子子孫孫，
始終有人可愛。

孩子們

唯有嫣塔可以從上空俯視並追蹤所有忙碌生物的足跡。

於是她看見老耶羅辛·延傑依·丹博夫斯基當初講到兒子們來訪時的穿著打扮，他說的是對的。他們最後仍然沒有來探望他也不是件怪事。楊·丹博夫斯基當上了伊格納齊·波托茨基的祕書，約阿西姆則是國王的姪子約瑟夫·波尼亞托夫斯基親王的副官。楊之後以上尉的身分在柯斯丘什科起義[7]

中作戰，據說他當時是謀反者之中最活躍的。之後曾有人看過他帶領人群絞殺叛賊。起義失敗之後，他像許多人一樣加入了波蘭軍團[8]，並在義大利作戰。一八一三年戰爭期間，他與奧地利人戰鬥，並擔任了一段時間的費拉拉府省長。他與維斯康蒂小姐結婚，並定居義大利。

他的兄弟約阿西姆直到最後一刻都待在親王的身邊作戰，兩人的命運同樣悲慘[9]。

約瑟夫・波納文徹爾・瓦別斯基與莫什科・柯爾塔之女芭芭拉・彼得羅夫斯卡的獨生子，也就是皮德海齊的摩西的孫子安東尼，在結束皮亞里斯特修會寄宿學校的學業之後，就開始在四年議會的辦公廳工作，並且年僅十五歲就發表了幾篇簡短的著作為預計推行的改革辯護。在波蘭會議王國時期，他以律師的身分參與了各種運動，常常為社會上的少數派辯護。他的辯論風格非常有名：他會緊緊地靠在欄杆上，彷彿是在耳語般壓低聲音，只為了之後在特別重要的地方可以出其不意地大吼出聲，聲如洪鐘，然後他會用拳頭敲擊欄杆的邊緣，如此一來被單調的陳述弄得昏沉的法官們就會緊張地在自己的扶手椅上發抖。一旦他發現自己的論述無效、即將敗訴時，他就會把雙手舉向空中，握緊拳頭，整個身軀不斷掙扎，從胸口發出絕望的聲音向法官們呼救。

7 柯斯丘什科起義（Insurekcja kościuszkowska）為波蘭瓜分後第一場起義，領導人柯斯丘什科頒布波瓦涅茨宣言（Uniwersał połaniecki），企圖以廢除農奴制作為交換爭取農民的支持，但並未實現。

8 波蘭軍團（Legiony Polskie we Włoszech）是為了爭取波蘭獨立而組建的軍團，一七九七至一八〇七年間與法軍共同作戰。

9 一八一三年拿破崙任命約瑟夫・波尼亞托夫斯基親王為帝國元帥，後者在萊比錫戰役中落水身亡。

他與伊娃・沃洛夫斯卡結了婚，有四個小孩，其中長子耶柔米特別出色，他是波蘭會議王國礦業的負責人兼歷史學家。

哈伊姆・雅各・卡普林斯基的孩子四散在歐洲各處。一部分的人留在尼科波爾與久爾久，一部分的人搬遷到了立陶宛，並在那裡取得了爵位，擁有自己的土地。

嫣塔還能看到一件奇怪且意義重大的事情：兩個家庭分支在完全忘卻了彼此的存在之後，分別孕育出了詩人。最年輕的其中一位後代是匈牙利的詩人，他最近剛榮獲國家獎項。另一位則成為了波羅的海周邊某個國家的吟遊詩人。

莎樂美・瓦別斯卡，梅耶科維茨家兩位倖存女兒的其中一位，她被瓦別斯基夫婦收養，嫁給了瓦別斯基家的領地管理人，是八個孩子的母親，還是三十四個孫子的奶奶。其中一個孫子是戰爭期波蘭知名的民族主義者、堅定的反猶主義政治家。

她父親的兄弟，法爾克・梅耶科維茨，受洗後改名瓦倫丁・克熱札諾夫斯基，帶著全家人搬到了華沙。他的其中一個兒子，維克多・克熱札諾夫斯基加入了聖大巴西略修道會。他的次子是軍官，在十一月起義期間為了保護猶太小商店不受群眾掠劫挺身而出。他與其他軍官一起試著驅趕破壞商店的群眾，默里奇・莫赫那茨基[10]優美地描寫了他的英雄事蹟。

赫里茨科，也就是哈伊姆・羅哈廷斯基，留在了利沃夫，他在妻子家人的影響下拋棄了異端信仰，變成了經營伏特加生意的普通猶太人。他的其中一位孫女成了受人敬重的意第緒文學翻譯家。至於那位逃亡者，他接受了第二次洗禮，自稱為楊·維克諾，並在利沃夫擔任礦工。一年後他娶了某位寡婦，並和她生下一個孩子。

最多事情可講的一定是沃洛夫斯基家族，因為它擴張的規模極其龐大。這個家族幾乎所有分支都得到了爵位，其中一支是巴沃夫氏，另一支則是拿卡斯卡氏。依撒格·沃洛夫斯基，也就是被赫梅洛夫斯基稱作耶肋米亞的那位，他的兒子弗朗齊歇克毫無疑問在事業上取得了巨大的成功。一七八六年他出生於布爾諾，在奧芬巴赫長大成人，之後成了當代最有名的律師之一兼法學家。有趣的是，當有人在議會上提出賦予猶太人波蘭公民身分的議案時，身為議員的弗朗齊歇克在激情澎湃的演講中表示，他深信現在踏出這一步還為時過早。波蘭民族必須先爭取獨立，之後才是推動社會改革的時機。

沃洛夫斯基家某個兒子的孫子路德維克，在十一月起義失敗之後去了法國，在那裡成為了家喻戶曉的法學家，並因此獲頒法國榮譽軍團勳章。

10 默里奇·莫赫那茨基（Maurycy Mochnacki，1803—1834），波蘭浪漫主義者，著有《一八三〇年與一八三一年的波蘭民族起義》（Powstanie narodu polskiego w roku 1830 i 1831）。

演奏小型立式鋼琴的美麗小女孩

在華沙，弗朗齊歇克與芭芭拉．沃洛夫斯基夫婦不久前剛在格日波茨卡街與瓦利祖夫街街角蓋好的磚造房屋裡舉辦音樂會。這家人的好友們常常待在客廳裡，弗朗齊歇克冷靜沉著地在客廳裡接待客人。他們常常在這裡舉行演奏會，但是因為小演奏家非常怯場，無法在這麼大群的觀眾前表演，所以今天小型立式鋼琴被放到了另一個房間裡。於是，從她的手指流淌而出的樂音，透過敞開的門傳到了客廳內。聽眾們安靜地坐著，音樂實在是太美妙了，以至於他們甚至不敢大口呼吸。這是海頓的曲子。樂譜是從奧芬巴赫的安德烈先生的商店帶來的。小瑪麗妮雅在表演前花了一整個月練習。她的演奏老師是一位性格有點狂熱的中年男人，他與這位小演奏家同樣緊張。演奏會開始之前，他說他已經沒有什麼可以教給她的了。在場的有西瑪諾夫斯基家、馬耶夫斯基家、丹博夫斯基家與瓦別斯基家，還有為她上過課的艾爾斯內爾先生，以及來自法國的客人費迪南多．帕爾先生，他勸說她的父母盡力打磨她絕佳的天賦。角落裡坐著一位身穿黑衣的老太太，她的孫女們正在照顧她。那是瑪麗安娜．蘭茨科倫斯卡，或許她姓盧德尼茨卡，在這間屋子裡的大家都稱呼她為哈雅姨婆。瑪麗安娜這個名字不知怎麼就是和她搭不起來。她已經非常年邁了，毫不避諱地說她已經聾了，所以她聽不見瑪麗夏．沃洛夫斯卡指間流淌而出的音色；半晌過後她的頭垂到了胸前，女人睡著了。

關於某份手稿

第一本關於跨越時間、空間、語言與邊界的書是在一八二五年完成的。它的作者是某位名為亞歷山大．布羅尼科夫斯基的人，他以尤里安．布林肯為筆名，把這本書當成了給律師楊．康地．沃洛夫斯基的報酬。如同書中序言所寫，這位律師為布羅尼科夫斯卡女士打贏了繼承權官司。

楊．康地是耶胡達．修爾，即「哥薩克人」楊．沃洛夫斯基的後代，他是一位聲名遠揚的優秀律師，學富五車，一個無可挑剔的老實人。他曾擔任大學系主任與調查局局長多年。人們記得他在擔任法律系與行政系主任期間並未收取自己的薪水，反而將它全數捐出，為六位貧苦的學生提供獎學金。俄羅斯政府為他提供了部長的職位，但是他拒絕了。他總是強調自己猶太人與法蘭克主義者的背景，所以每當他的客戶沒錢打官司時，他就會請對方用小說的形式支付酬金。

「就是那種每個人都可以讀懂的、誠實描寫事情經過的小說，」他說。

布林肯回答他：

「當時的事情是怎麼回事？這麼多年過去了，如今還有人知道嗎？」

沃洛夫斯基邀請他來到自己的藏書室，並在裡頭一邊喝著利口酒，一邊向他講述自己家族的故事，斷斷續續、漏洞百出的故事，因為就連他本人知道的也不多。

「您是位作家，所以您可以自行填補不足的一切，」分別時沃洛夫斯基告訴他。

這晚之後，作家沉醉在利口酒的甜膩滋味中，他踏上了華沙的街道返家，此時小說就已經浮現在他的腦海中了。

「這一切都是真的嗎？」幾年後美麗又天資聰穎的瑪麗亞．西瑪諾夫斯卡在德國遇見他時問，她出身沃洛夫斯基家族。

已經上了年紀的作家尤里安．布林肯原先是普魯士軍官，之後變成了拿破崙軍隊的軍官，最後又變成了波蘭會議王國的軍官，他聳了聳肩：

「這是小說，親愛的小姐。是文學。」

「所以呢？」女鋼琴家追問，「真的還是假的？」

「您作為一位藝術家，我會要求您不要以俗人的方式思考。文學是一種特別的知識，是……」他在腦海中搜索合適的字眼，現成的詞句就這麼突然地從他嘴裡蹦了出來：「……是不精確形式的極致。」

困惑的西瑪諾夫斯卡閉上了嘴。

第二天，她邀請他出席自己舉辦的沙龍，她在那為與會的賓客演奏了鋼琴，而當所有人離開之後，她單獨請他留下來。那時她試著說服他——對話幾乎持續到了早上——不要出版這本小說。

「在這個始終瀰漫著混亂與緊張氛圍的國家裡，我的堂兄楊．康地自我感覺有點過於良好了。怪罪他人是一件很容易的事……」她遲疑半晌之後才說：「……將一切怪罪於他人然後讓他們蒙羞。您知道我晚上無法入睡，我隨時都在害怕下一刻就會有可怕的事情發生……這樣的知識對現在的我們來說有何用？」

布林肯從她那裡離開時，還沉醉在她的美貌與幾瓶美味葡萄酒的滋味裡。直到早上他才感到一陣憤怒。她怎敢提出這種要求？他當然要在華沙出版這本書。他已經找到出版社了。

然而，不久之後發生了許多事情，他根本沒有心思處理手稿的事情。他開始為那些從東方起義中的波蘭湧入的難民組織援助，而一八三四年冬季他染上了風寒，突然就死了。他的手稿從未出版，靜靜地躺在國家圖書館寬闊的倉庫裡。

《新雅典》的漫遊

羅哈廷的那套《新雅典》，雅各·法蘭克用它來學習閱讀波蘭語，最後也被送到了那裡。起初它來到了奧芬巴赫，之後輾轉回到了波蘭，回到華沙，弗朗齊歇克·沃洛夫斯基在大院被清空之後把它帶走了。它有很長一段時間都被放在他的藏書室，被他的孫女們拿來閱讀。

至於作者贈與丹博夫斯基主教的那套《新雅典》，被收藏在禾夏街上其中一間大型私人圖書館裡，在華沙起義期間幾乎被完全焚毀了。利沃夫的裝訂工人把書頁壓得非常緊密，他優秀的工作讓書頁得以在火焰侵襲之下支撐一段時間。因此《新雅典》沒有被完全燒毀——書頁的正中間完好無損，被風吹拂了很久。

贈與伊莉莎白．德魯日巴茨卡女士的《新雅典》被留在家族中，傳給了她的孫女；之後德魯日巴茨卡的曾孫費德羅伯爵曾經讀過它。戰後，這套書如同利沃夫大部分的藏書，成了弗羅次瓦夫的奧索林斯基圖書館的收藏，到今天人們都可以在那裡借閱這套書。

嫣塔

看著一切的嫣塔所在的地方沒有任何日期，所以也沒有值得慶祝或是擔憂的日子。時間唯一的表現就是那些掠過她身邊的模糊條紋，它們被簡化到只剩幾種特性，無法捉摸，無法言語，但十分有耐心。它們正是亡者。嫣塔漸漸養成了計算亡者數量的習慣。

甚至當人類完全停止察覺它們的存在時，當它們不再展現任何徵兆時，它們還是在自己的回憶煉獄裡來回穿梭。它們沒有人類的關照，沒有容身之處，也沒有牽掛。就連小氣的人也會照顧生者，可是死者，就算是最慷慨的人也不會照顧死者。當嫣塔卡在邊界上時，它們像暖風一樣撫摸她的身體，嫣塔會對它們產生某種親切感。她允許它們與她有片刻的緊密聯繫，把注意力放在她人生中曾經出現的人物上。而現在，死亡將它們移到了幕後，它們就像是來自琴斯托霍瓦的老兵，被國王遺忘，被軍隊遺忘，懇求著最微小的關注。

所以，如果要說嫣塔曾經信仰過某種宗教的話，那會是她的祖先與同時代的人們在她的腦海中建立的所有架構，如今她的信仰是死者的信仰，是他們為了修復世界而未能實現的、不完美的、夭折的嘗試。

在故事的最後，當她的肉體變為澄澈的水晶，嫣塔同時發現了一種全新的能力：從此以後她不只是見證人，不只是在時間與空間中漫遊的眼睛，她同樣可以在人體中流動，在男人、女人、小孩的身體中流動，這種時候時間的流速就會加快，一切發生得非常快，只在轉瞬之間。

有件事變得再清楚不過，這些肉身就像是葉子，有一季的時間、幾個月的時間光會寄居在它的裡面。之後它們就會變得乾燥，掉下來死掉，黑暗會將它們磨成粉末。嫣塔想要用視線掌握這樣的過程，看著他們被急於投胎轉世的靈魂催促著，從一個階段步入下一個階段，可是即使是嫣塔也無法理解這樣的過程。

佩賽爾（也就是後來的安努夏．帕沃沃斯卡）的妹妹芙蕾娜[11]，幸福地在自己出生的科羅利夫卡安享晚年，然後被埋葬在美麗的猶太墓園裡，從那裡沿著斜坡往下就可以走到河邊。她從未與自己的

---

11 此處波蘭文原著的確寫安努夏．帕沃沃斯卡的妹妹芙蕾娜。不過比對〈金屬與硫磺之書〉中「嫣塔在鸛的羽翼之下安睡」一節裡的描述，改名後的佩賽爾名為瑪麗安娜，該處也提到她的妹妹是科羅利夫卡的芙蕾娜，她發誓往後每年都要去探望妹妹，但嫣塔早已知曉她無法實現這個誓言。因此合理懷疑此處的安努夏．帕沃沃斯卡應為瑪麗安娜．帕沃沃斯卡。安努夏．帕沃沃斯卡，是佩賽爾的女兒，伊娃．法蘭克的好友。

妹妹聯繫，照顧十二個孩子讓她忙得不可開交，她忘記妹妹了。而且她的丈夫身為一名好猶太人，把妻子擁有異端信徒親戚這件事當成大祕密，守口如瓶。

她的曾孫們直到第二次世界大戰爆發時都還住在科羅利夫卡。關於字母alef形狀的洞穴與老奶奶的記憶被保留了下來，尤其是在那些記憶力很好的年長女人之間，她們記得的事情看似既沒有必要又奇幻，你無法用它們製作麵包，也無法用它們蓋房子。

芙蕾娜的曾曾孫女被大家稱為查爾娜[12]，她是家族中年紀最大的，她堅持不按照德國人的命令去巴爾西夫進行登記。她說她從不相信任何政權。因此科羅利夫卡全部的猶太人帶著行囊走向進城的柵門時，他們拉著裝載所有家當的馬車，趁著夜色安靜地進了森林。

一九四二年十月十二日來自科羅利夫卡的五個家庭，共三十八人，其中最小的孩子僅五個月，最年長的大人七十九歲，他們拋下了自己在鄉下的房子，在日出之前躲進了森林那一側的洞穴裡，進入強大的字母alef右上那一撇的位置。

洞穴裡某些空間充滿了水晶，它們是從牆面與天花板上長出來的。據說這是光待在地底深處不再閃耀之後形成的固態光滴。可是一旦它們接觸到蠟燭的火焰就會再次發光，展現出自己永遠沉默的內部。

嫣塔始終躺在其中一個空間裡。溼氣積年累月地落在她的皮膚上，已經完全滲入了骨頭，變成結晶閃閃發亮。光輝在她的體內壯大，讓她的身體變得幾乎透明。嫣塔漸漸變成了水晶，上百萬年之後她就會變成鑽石。這顆鑲嵌在岩石上的粉色長形水晶，在節約使用的油燈照耀下，短暫地露出它朦朧不清的內部。孩子們已經習慣了在洞穴裡的生活，懂得如何進入洞穴深處，他們堅稱這顆石頭是活的，假如你試著用某種東西照亮裡面的話，就會看見一張人臉，但當然沒有人認真看待這件事，尤其在黑暗中持續度過了將近一年半的時間，讓他們的視力變差了。

大人們時不時會出去找東西吃，但他們的活動範圍從不會超過附近幾座村莊。農民們把他們當成鬼魂，假裝不經意地在穀倉旁為他們留下幾袋麵粉或是高麗菜。

一九四四年四月，有人往連通洞穴的縫隙裡丟了一個裝著紙條的瓶子，上面用笨拙的字跡寫著：「德國人離開了。」

所有人出來的時候抬手阻擋光線，眼前什麼也看不到。

大家得以倖存，在戰後的動盪時期大部分的人移民到了加拿大，他們在那講述自己的故事，但是這樣的故事太過不可思議，很少人相信他們說的話。

嫣塔看見森林的地面，成串的小黑莓，洞穴入口旁年輕橡樹的鮮豔樹葉，然後是整座山與村莊，以及馬車快速駛過的道路。她看見德涅斯特河的粼粼波光，就如同刀刃般閃閃發亮，還有帶著河水流向海洋的其他河川，以及承載著龐大貨船的海洋。然後她看見燈塔正在用光的碎片彼此交談。在這段漫遊之中，她在上方停留了半晌，因為她感覺似乎有人在呼喚她。還有誰會知道她的名字呢？這時她在下方看見了一個坐著的人影，白色的光輝照亮了對方的臉，她看見他奇怪的髮型，奇異的服裝——

12 意思是黑色的。

然而嫣塔早就不會對任何事情感到訝異了，她失去了驚訝的能力。她只是看著那人的手指比畫著，隨即有字母出現在明亮的光點上，整齊地排成了一行又一行。這只讓嫣塔想到了雪地上的痕跡，因為死者似乎會失去閱讀的能力；這是死亡造成最讓人唏嘘的後果之一……所以，可憐的嫣塔無法從這串嫣塔、嫣塔、嫣塔之中認出自己的名字，她無法認出此刻在畫面上顯現的字。她隨即失去了興趣，消失在上方的某處。

此處，我們所在的這個地方，出現了某種嗡嗡聲，物質哀傷的聲音，世界變得更加灰暗，地球熄滅了。世界無庸置疑是由黑暗構成的。現在我們處於黑暗的一方。

然而，根據記載，每一個為了彌賽亞的事情盡心盡力的人，就算他沒能成功，即使他只是單純講述他們的故事，他也與那些研究光輝永恆奧祕的人受到同等的待遇。

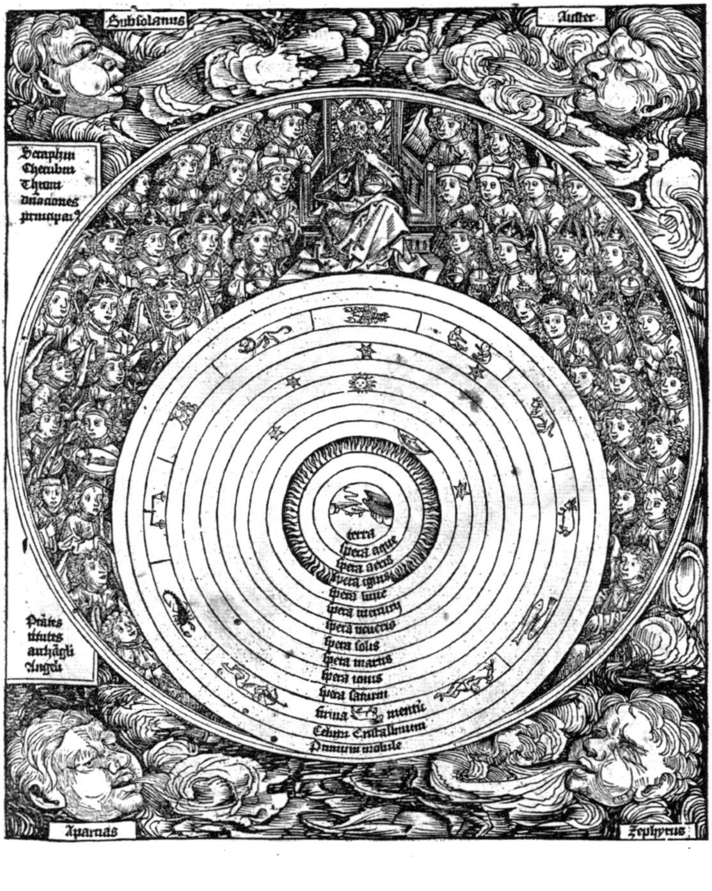
Subsolanus
Auster
Seraphin
Cherubin
Throni
Dñationes
Principat'
Pñates
Virtutes
Archāgli
Angeli
terra
spera aque
spera aeris
spera ignis
spera lune
spera mercurij
spera veneris
spera solis
spera martis
spera iovis
spera saturni
firma mentu
Celum Cristallinum
Primum mobile
Aparctias
Zephyrus

文獻筆記

幸好傳統上將小說視為虛構作品，所以人們並不要求作者列出明確的文獻脈絡。尤其這樣會占據過多不必要的篇幅。

所有對書中所述故事感興趣的讀者，首先應該閱讀亞歷山大．克勞舍爾（Aleksandra Kraushara）的《法蘭克與波蘭的法蘭克主義者一七二六至一八一六：歷史專書》（*Frank i frankiści polscy 1726–1816. Monografia historyczna*），一八九五年出版，共兩冊，以及法蘭克本人「演講」的記錄，即《救主語錄之書：雅各．法蘭克的祕傳講座》（*Księgę Słów Pańskich. Ezoteryczne wykłady Jakuba Franka*），由楊．多克圖（Jan Doktór）在一九九七年編纂出版。

帕維爾．馬切伊可（Paweł Maciejko）所著的《混合的群眾：雅各．法蘭克與法蘭克主義運動一七五五至一八一六》（*The Mixed Multitude: Jakub Frank and the Frankist Movement 1755–1816*），能夠讓讀者對波蘭法蘭克主義的歷史與政治背景有最廣泛的認識，該書由賓夕法尼亞大學出版社於二〇一一年出版，當時我已經在寫我的書了。同一位作者關於薩瓦塔伊．塞維教誨的文章讓我了解了法蘭克主義最深層的本質究竟是什麼。納赫曼討論的薩瓦塔伊神學所探討的三個悖論，借鑑了帕維爾・馬切伊可先生具有前瞻性的研究：〈《而我今日來到泉源》裡的性交中斷〉（*Coitus interruptus in And I Came this Day unto the Fountain*），收錄在喬納坦・艾貝許茨（R. Jonathan Eibeschütz）的《而我今日來到泉源》（*And I Came this Day unto the Fountain*）。該書由帕維爾・馬切伊可先生進行了編纂評註，並於二〇一四年交由洛杉磯的切如出版社發行，感謝作者好意提供資料。

將猶太教所有研究融會貫通的基礎讀物當然是格爾肖姆・朔勒姆（Gershom Scholem）的《猶太教神祕主義》（*Mistycyzm żydowski*），波蘭版於一九九七年發行。一九〇六年於克拉科夫出版，卡齊米日・盧德尼茨卡所寫的《凱耶坦・蘇爾第克主教一七一五至一七八八》（*Biskup Kajetan Sołtyk 1715–1788*），我在其中找到了關於一七五三年的馬爾克瓦沃立察血祭誹謗事件的詳細描述以及許多相關文件，該書是西蒙・阿什肯納茲（Szymon Aszkenazy）編纂的《現代史專書》（*Monografia w zakresie dziejów nowożytnych*）套書中的第五冊。利沃夫辯論會的證詞參考了高登第・皮庫斯基（Gaudenty Pikulski）的書《一七五九年利沃夫大主教區內的猶太審判》（*Sąd żydowski we lwowskim Kościele Archikatedralnym 1759 r.*）（第四版，一九〇六年出版）。

卡塔日娜・科薩科夫斯卡的心理描寫是受到了她在約瑟夫・伊格納齊・克拉舍夫斯基（Józef Ignacy Kraszewski）的《繼母》（*Macosze*）中短暫的出場，以及科薩科夫斯卡現實中豐富的通信文獻啟發。莫里夫達這個角色的形象要歸功於安傑依・佐拉斯基（Andrzej Żuławski）與他的《莫里夫達》（*Moliwda*，1994）。許多關於托馬斯・馮・中費爾德的資料取自克里斯多夫・魯特科夫斯基（Krzysztof Rutkowski）的《聖羅赫教堂。寓言》（*Kościół świętego Rocha. Przepowieści*）（二〇〇一）。

研究羅哈廷總鐸、日後的司法代理神父、波蘭第一套百科全書的作者班乃迪克・赫梅洛夫斯基這個人物讓我非常快樂。我推薦所有感興趣的讀者閱讀《新雅典或者說是充滿各種科學的學院》（*Nowe Ateny albo Akademia Wszelkiej sciencyi pelna*），該書於一九六八年由瑪利亞（Maria）以及楊・約瑟夫・利普斯基（Jan Józef Lipski）夫婦二人精選之後重新編輯出版。老實說，這麼棒的著作應該要重新再版。赫梅洛夫斯基神父，與今日大眾或許不是那麼熟悉的優秀巴洛克時期女詩人伊莉莎白・德魯日巴茨卡的會面，在文獻上並無記載，但是按照合理的推斷他們的會面是有可能的，畢竟他們不論是時間還是位置的移動軌跡都十分相近。我在美茵河畔奧芬巴赫城市檔案館找到的出生、死亡與婚姻登記足以讓我重建教團的成員組成，他們直到最後一刻都陪伴著身處異國他鄉的雅各・法蘭克，這也讓我得以大略追蹤回到波蘭的那些法蘭克主義者家庭成員之後的命運。

這可以是下一本書的主題。

構成書中插畫基礎的圖畫大都來自弗羅次瓦夫的奧索林斯基圖書館的館藏。

本書中特殊的頁碼編排是為了向那些以希伯來語書寫的經書致敬[1]，並提醒讀者，任何秩序都是習慣上的問題。

1本書波蘭文原版的頁碼編排，由最左頁到最右頁讀來，頁碼數字次序是倒反的。最開始的〈序幕〉頁碼數字最大，一直到此處〈文獻筆記〉與〈謝辭〉的數字最小，也就是頁碼由書最末端編到最前端，由右向左編碼。本書中文版編排為直排右翻，編碼本身就與希伯來文書寫的方向一致，因此以本書中文版來看，不會有波蘭文版的「特殊頁碼編排」。

我確信，假如赫梅洛夫斯基神父知道，知識可以在任何時刻為所有人所用的想法，在他死後兩百五十年後得以實現的話，他肯定會覺得滿足。我非常感謝網路，感謝這樣包羅萬象的發明，讓我意外地開始追蹤科羅利夫卡的洞穴「奇蹟」，幾十個人自救逃離大屠殺的神奇故事。這個線索讓我注意到，其一，許多事情之間都有著細微的關聯，其二，所謂歷史就是不斷嘗試理解過去發生的事，以及未來可能發生的事。

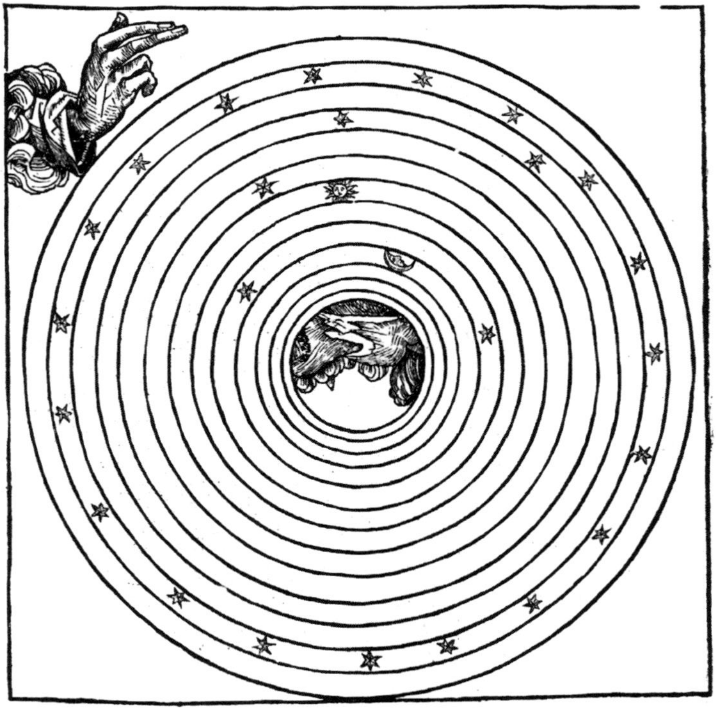

謝辭

若非有許多人的幫助，這本書就無法以這樣的形式面世。我要感謝多年來聽我講述法蘭克主義者的故事而受盡折磨的人，以及那些要求解釋並提出合適問題的人，多虧那些問題，我才得以理解這個故事複雜而多層次的意義。

我要感謝出版社的耐心，謝謝瓦爾德馬．波佩克先生追根究柢的細心審讀，感謝沃伊切赫．亞當斯基先生，他校對了許多不符合時空背景的部分，檢查了數不勝數的微小細節，假如缺少這一步，小說就會顯得不夠完善。感謝亨麗卡．薩拉瓦女士如同修士般勤懇的編輯成果，以及亞列克．拉多姆斯基先生為《雅各之書》賦予了獨樹一格的美術設計。

我必須特別感謝帕維爾．馬切伊可先生針對猶太教問題以及雅各．法蘭克教義上的議題提出了寶貴的意見。

感謝卡爾．馬利雪夫斯基以詩意的方式帶著納赫曼的祈禱穿越了時間與空間。感謝琴嘉．杜寧，她一直以來都是第一個閱讀的人。

感謝安傑依・林克・倫喬夫斯基先生提供富有深刻見解的歷史知識諮詢。

本書所收錄的插畫收藏於弗羅次瓦夫國立奧索林斯基研究所，感謝館長阿道夫・尤茲維科讓我得以接觸這些藏品，並感謝多洛塔・西德羅維奇・穆拉克協助我在無數藏品中理清方向。感激不盡。

我的母親是一位求知若渴的人，她在閱讀本書的初稿時，向我提出了幾點在社會風俗上微小卻非常重要的細節，為此我十分感謝她。

最重要的是感謝葛澤高茲，感謝他如偵探般敏銳的天賦；這項挖掘資訊的能力讓他得以幫我從最不可能的文獻之中找出許多的想法與角度。而他耐心又堅強的陪伴給了我數不盡的力量與希望，讓我得以順利完成這本書。

國家圖書館出版品預行編目（CIP）資料

雅各之書/奧爾嘉.朵卡萩(Olga Tokarczuk)著；游紫晴譯. -- 初版
. -- 臺北市：大塊文化出版股份有限公司, 2025.07
冊；　公分. -- (to ; 140)
譯自：Księgi jakubowe
ISBN 978-626-433-024-4 (全套：平裝)

882.157　　114007415

LOCUS

LOCUS

LOCUS

LOCUS

LOCUS

LOCUS

LOCUS

LOCUS

to

fiction

to 141

雅各之書（中）

KSIĘGI JAKUBOWE

作者：奧爾嘉・朵卡萩（Olga Tokarczuk）
譯者：游紫晴
編輯：林盈志
封面設計：簡廷昇
內頁排版：江宜蔚
校對：呂佳真
出版者：大塊文化出版股份有限公司
105022 台北市松山區南京東路四段 25 號 11 樓
www.locuspublishing.com
locus@locuspublishing.com
讀者服務專線：0800-006-689
電話：02-87123898　傳真：02-87123897
郵撥帳號：18955675　戶名：大塊文化出版股份有限公司
印務統籌：大製造股份有限公司
法律顧問：董安丹律師、顧慕堯律師

總經銷：大和書報圖書股份有限公司
地址：新北市新莊區五工五路 2 號
電話：02-89902588　傳真：02-22901658

初版一刷：2025 年 7 月
定價：新台幣 1,500 元（全套三冊不分售）
ISBN：978-626-433-024-4
Printed in Taiwan.

KSIĘGI JAKUBOWE

雅各之書

或者說是
跨越七道國界、五種語言，
與三大宗教（不計入小的教派）的偉大旅程。

這個故事由死者講述，
再由作者透過猜想的方式加以補充，
它擷取了各形各色的書籍，
並受到想像力（人類最偉大的天賦）的幫助。

讓聰明人紀念，讓同胞們反思，
讓業餘的人學習，讓憂愁的人開心。

中

奧爾嘉·朵卡萩
OLGA TOKARCZUK
游紫晴＿＿譯

本冊目次

三　道路之書

四 彗星之書

三　道路之書

Viator 1 m. 3.	Podrożny, 1	
portat *humeris*	nieśie na ramieniu,	humerus, m. 2. ramie.
in *bulga*, 2	w torbie (taiſtrze)	bulga, f. 1. (torba taiſtra).
quæ capere nequit	co nie może zabrać (ogarnąć,)	
funda, 3 f. 1.	w kieſzen; 3	
vel *marſupium*; 4 (n. 2.		
tegitur	okrywa się	
lacerna; 5	opończą; 5	lacerna, f. 1. opończa.
tenet *manu*	w ręku trzyma	manus, m. 2. ręka.
baculum, 6	laſkę; 6	baculus, m. 2. &, um, n. 2.
quo ſe fulciat;	ktorą się podpiera;	laſka.
opus habet	potrzebuie	viaticum, n. 2. ſtrawa
viatico,	ſtrawnego,	podrożna.

13

關於溫暖的一七五五年十二月，即創世五五一六年提別月，關於波林國與梅利尼察的瘟疫

一群旅客站在德涅斯特河南岸的低窪中。微弱的冬陽讓萬物蒙上一層緋紅陰影，十二月一反常態溫暖得詭異，空氣中冷風與熱風交錯，瀰漫著剛翻動過的泥土氣味。

在他們面前的是隱身於陰影中高聳陡峭的河川對岸，太陽繞道從旁避開了這道幽深的高牆，他們現在必須越過它。

「波林[1]，」老修爾說。

1希伯來語的「你們會在此安息」，同時也是意第緒語及希伯來語的「波蘭」。依據傳說，猶太人在尋找落腳處的時候有一張寫著「Polin」的字卡從天而降，此後他們便移居波蘭定居。

「波蘭！波蘭！」大夥兒興奮地不斷重複，止不住的笑意讓他們的眼睛幾乎瞇成了一條縫。史羅摩，修爾之子開始祈禱，感謝上主讓所有人都平安抵達目的地。他輕聲唸著禱文，其他人跟著他喃喃祈禱，但漫不經心、心不在焉，眾人忙著卸下馬鞍，摘下被汗水浸溼的帽子。眼下終於可以放心吃喝了。在渡河之前他們還要好好休息一番。

他們並沒有等太久，夜幕剛降臨土耳其，協助偷渡的土耳其帶路人就現身了。他們認得他，薩卡澤，他們已經合作過很多次了。他們在一片漆黑中領著馬匹與馬車走過淺灘。除了馬蹄下的水花聲，周遭沒有半點聲音。

到達對岸之後他們便分散開來。陡峭的牆只有從對岸看過來才顯得危險。薩卡澤帶他們走過峭壁上一條相當平緩的小徑。修爾家的兩位男士帶著波蘭證件騎在前頭，去了哨站，納赫曼、雅各和其他幾個人則在寂靜中等待片刻，才走上旁邊的小路。

波蘭哨兵駐守在村子裡，由於疫病的關係，他們不讓任何土耳其來的旅客通行。此刻握有證件許可的老修爾與兒子正和他們爭執不下，藉此吸引他們的注意力。四周頓時鴉雀無聲，看來修爾付了不少錢賄賂他們，旅人們再度啟程。

雅各手握土耳其證件，照理來說他是蘇丹的子民。而他看上去也挺像的——頭戴高帽，身穿毛領大衣，唯一不像土耳其人的點就是鬍子。他十分平靜，只有鼻尖露在衣領外，也許他正在打盹？

他們抵達村子時天色已經完全暗了，寂靜無聲，沒人攔住他們，也沒半個哨兵。土耳其人把硬幣塞進腰帶裡，他對工作的結果非常滿意，就此和他們別過。他彎了彎唇角，露出一口潔白的牙齒。他把他們留在一間小客棧前面；還沒睡醒的客棧主人對於晚到的客人感到詫異，沒想到守衛會放他們進村。

雅各隨即進入了夢鄉，但納赫曼整晚在不舒適的床鋪上翻來覆去夜不成寐，他點了蠟燭，搜尋床單上的床蝨。小窗髒兮兮的，窗台上還有枯萎的花莖，這裡大概之前放了花。客棧主人是個消瘦的中年猶太人，早上分了一些溫水與碎掉的逾越節薄餅給他們，難掩臉上為難的神色。這間客棧看上去物資豐富，但是根據老闆的解釋，瘟疫奪走了無數條人命，現在人們全都嚇得不敢走出家門，不敢跟染上疫病的人購買任何東西。他們早就吃光了存糧，自顧不暇，因此不得不請客人見諒，自行想辦法解決吃飯的問題。他說這些話的時候站得遠遠的，保持著安全距離，以防接觸到他們的呼吸、碰觸到他們的身體。

那些為了躲避寒霜，這個時節大都待在地下冬眠的微小生物，在這個熱得出奇的十二月復甦了。現在由於天氣溫暖，它們伺機鑽出了地面，準備肆意破壞殺戮。它們隱身於難以捉摸的濃霧中，飄浮在城鎮上空，有毒的悶熱水蒸氣中，感染者身上散發的難聞氣味中——人們將這些氣體統稱為「疫癘之氣」。一旦它們被吸入肺部，就會馬上進入血液中，點燃血液，再被擠進心臟——病人就此一命嗚呼。

清晨，訪客們走到梅利尼察這個小鎮的街上，映入眼簾的是廣大、空蕩蕩的市集廣場，四周圍繞著許多矮房，以及三條以廣場為中心向外延伸的街道。潮溼的寒氣瀰漫，顯然溫暖的日子已經過去了，又或許是因為高處堤岸的氣候本就完全不同。泥地上水窪倒映出低空被吹散的雲，美得令人讚嘆。幾乎所有的店都沒有營業；廣場上空無一物的攤位孑然獨立，上頭的麻繩隨風舞動，宛如吊死鬼脖子上的繩索。不知道哪兒的門還是窗框在嘎吱作響，屋簷下時不時會有把自己裹得密不透風的人影一閃而過。末日審判過後的世界就是這個樣子吧，人去樓空。這世界看上去多麼惡劣，充滿敵意！納赫曼一面暗忖，一面數著他口袋裡的錢。

「他們不收感染者的錢，」雅各看見納赫曼要去買東西的時候說。他正在洗冷水澡。南方的陽光被保存在他軀幹表面光裸的肌膚裡。「別付錢給他們，」他簡潔地提醒，一邊把身旁的冷水淋到自己身上。

納赫曼壯起膽子走進一間猶太小店，正好有個人從裡頭走了出來，神色痛苦。有個矮小的老男人站在收銀台後面，好似老人的家人們要求他代替年輕人承擔與世界溝通的責任。

「我想買些葡萄酒、起司和麵包，」納赫曼說。「幾條麵包。」

老人給麵包的時候視線緊盯著納赫曼，詫異地看著他充滿異國風情的打扮，即使在這，身處國界邊境，他早就該見怪不怪了。

納赫曼付完錢離開的時候，眼角瞥見老人走路的方式有點不尋常，步履蹣跚。

任何人都不該全盤接受納赫曼講的故事，尤其是他所寫下來的事情。他有誇大事實的傾向，情緒往往過於激動。在他看來無處不是符號，隨處都能找到必然的關聯。他無法滿足於眼前發生的事情，它們不夠重要，他期許發生的事件擁有至高無上的、究極的意義，期許它們能對未來產生影響，即便是微不足道的因素也能引發重大影響。這就是害他時常陷入憂鬱的原因，他自己沒說過嗎？

等納赫曼回到雅各身邊之後，他告訴雅各，那個老人一把商品賣給他就像個屍體一樣倒下了，他甚至還來不及要納赫曼把錢拿出來。雅各心滿意足地笑了。納赫曼喜歡用這樣的方式討好雅各，喜歡他低沉、有點沙啞的笑聲。

各種間諜的銳眼所見為何

從他跨越德涅斯特河那一刻起，雅各身後就跟了各式各樣的間諜，嫣塔把他們看得清清楚楚，比他們眼中看見的雅各更清楚。嫣塔瞥見他們在客棧髒兮兮的桌上振筆疾書，潦草地寫下密報，再把它們交給使者，由他們將密報送往卡緬涅茨和利沃夫。那裡的官邸祕書會重新改寫報告，把格式與內容改得更加詳盡，變成實事求是的專題報告、事件表，然後把它們記在品質較好的紙上，封上封蠟，作為正式官方文件透過郵局寄到華沙，寄到這個衰敗中國家疲憊的官員手中、寄到宗座大使富麗堂皇的宮殿。此外，它們還會經由卡哈爾的祕書寄到維爾紐斯、克拉科夫，甚至是阿爾托納[2]、阿姆斯特丹。在卡緬涅茨破敗宮殿中凍得半死的丹博夫斯基主教、利沃夫與薩塔尼夫卡哈爾的拉比哈伊姆．柯

2 位於漢堡西部的一個區，中世紀起即有塞法迪猶太人與阿什肯納茲猶太人在此定居。一六五四至一六五五年，波俄戰爭期間有一部分的阿什肯納茲猶太難民從維爾紐斯逃到此地，被逐出漢堡之後選擇在阿爾托納定居。

恩·拉帕波特和大衛·本·亞伯拉罕正讀著第一手報告。兩位拉比頻繁通信交流，由於整件事實在太過羞恥，不堪入目，難以用神聖純潔的希伯來語加以描述，信中字裡行間充斥著許多隱語。最後連土耳其官員也讀了這些報告，他們必須隨時關注鄰國的近況，特別是在他們與當地貴族有生意來往的情況下。大家都十分渴望得到消息。

那些間諜，不論是波蘭國王派來的，還是天主教會的、猶太的間諜，都稟報了雅各接下來拜訪科羅利夫卡的消息。那是他的出生地，他一部分的親戚仍舊住在那，尤其是他同樣名叫楊凱爾的叔叔，他是科羅利夫卡的拉比，其子以色列與兒媳索布拉也住在那。

依據線報，在這裡共有二十個人加入了他的教團，其中大都是他的親戚。他們歡欣鼓舞地將自己的名字寫在紙上，同時發誓他們會不怕迫害、無懼一切堅守自己的信仰。他們還保證，假如有一天必須跟著雅各改信其他宗教，他們也會跟隨他的腳步。他們就如同士兵——其中一個間諜誇大其辭寫道——他們已經做好一切準備了。

間諜們也知道屋子旁那間柴房裡的嫣塔的事情。他們將她寫成：「某個神聖的老太太」、「一個不甘心死去的老女人」、「高齡三百歲的女巫」。

最先來到她面前的是雅各。

索布拉把他帶到柴房，打開了門，讓他好好看看他一抵達的時候就想要見的那個人。雅各愣然而立。柴房被改造成一間莊嚴的房間，牆上掛著這裡的農民縫製的基里姆花毯，條紋的、五顏六色的；地板上同樣也鋪了這種花毯。房間中央有一張蓋著美麗刺繡床單的床鋪，此刻染上了一些灰塵——索布拉用手撥掉了床上的草葉與小蜘蛛。一張人臉從床單下露了出來，白皙、骨節分明的手掌平放在床單上。原本嘻皮笑臉、還有心情插科打諢的雅各頓時腳下一軟。這畢竟是他的奶奶。納赫曼、紐森、莫德克先生，前來跟雅各打招呼的皮德海齊的老摩西，以及其他人跟著雅各向嫣塔鞠躬。雅各起先像是石化般呆若木雞，然後突然開始浮誇地啜泣，其他人也哭了起來。索布拉守著柴房，避免好奇的閒雜人等闖入；人群幾乎擠滿了他們家的小庭院，他們臉色蒼白、蓄著鬍子、戴著皮草帽，雙腳在剛下過雪的地上不斷踩踏以保持溫暖。

這是索布拉一生中重大的時刻，嫣塔看起來很漂亮，這令她感到驕傲。索布拉鎖上了門走到裡面，提醒他們注意嫣塔細微顫動的眼皮，下方動來動去的眼球，正在各個難以想像的世界漫遊。

「她還活著，」索布拉寬慰道，「摸一摸她吧，你甚至還可以感覺到一點溫度。」雅各毫不猶豫，順從地用手指摸了摸嫣塔的手掌。他很快就把手抽了回來。索布拉輕笑一聲。面對這種事情，聰明絕頂的雅各，你會說什麼呢？

眾所皆知，以色列的妻子就和許多女人一樣，是這群自稱為忠實信徒的反對者，認為他們顛倒黑白，因為他們根本就不是遵循傳統的虔誠信徒。她和很多女人一樣不喜歡雅各。他禱告的模樣更是令她震驚不已——他居然沒有配戴經文匣！而且他以自身為圓心旋轉的時候，整個人咬牙切齒，不斷發出咯咯咯的聲音。索布拉心想，就隨他賣弄吧。雅各要她去異教徒的商店（往上走有一座非猶太人的村莊）買基督徒的麵包，索布拉拒絕了。於是有其他人把這種麵包拿了過來，雅各將它分給了所有人，在他的慫恿下，有些人壯起了膽子伸手拿了麵包，做出了褻瀆的行為。他的行為也十分奇怪，有時候他會倏地停下動作，側耳細聽，彷彿聽見了某種只有他才聽得到的聲音。他會用某種不知名的語言胡言亂語：例如他會一邊發出嘶、嘶、嘶的聲音，一邊全身發抖。那是什麼意思，索布拉不知道，沒人知道，但是他的信眾看待它的態度十分嚴肅。來自皮德海齊的摩西向以色列解釋，雅各是在重複「Maasim Zarim，Maasim Zarim」，意思是「反常的行為」，也就是他們必須實踐的第一件事。反常的行為、陌生的行為：異常的舉動起初看似難以理解，對沒有接受祕傳知識的人來說荒誕不經，但是受過啟示、最親近雅各的那些人應該能夠了解其中深意。他們應該履行至今被禁止的所有事情，所以他們才要食用基督徒不潔的麵包。

以色列花了整個下午思考這件事。既然人們期待已久的彌賽亞時代終於來臨，那麼雅各說的就有道理：這個世界的律法、《妥拉》的律法失效了，現在萬事萬物都是顛倒的。這個想法讓以色列不寒而慄。他坐在長椅上，望著這個轉瞬變得奇怪的世界，目瞪口呆。他感覺暈頭轉向。在庭院的時候，雅各保證還會有更多這樣「反常的行為」，而且我們應該盡力實踐它們，態度恭敬。我們必然要破除舊律法，唯有如此才能加快救贖來臨。傍晚以色列要了一塊異教徒的麵包，吃得細嚼慢嚥，專心致志。

索布拉則是特別實際的人，她對這一類的事情完全不感興趣。要不是多虧了她的理智，他們一家早就餓死了，因為以色列只顧著追求修復世界、人與上帝的連結、救贖世界之類的事。此外，他的肺病讓他連砍柴這種事都辦不到。所以索布拉命令別人燒一鍋煮雞肉用的熱水，指揮著烹煮濃厚雞湯的步驟，手上一邊做著自己的工作。八歲、果敢的佩賽爾在一旁陪著她，兩人簡直像是同一個模子刻出來的。索布拉正在餵另一個孩子：芙蕾娜。孩子十分貪吃，所以索布拉格外消瘦。剩下的孩子們在屋裡跑來跑去。

索布拉反而對這個她不得不接待的討人厭堂親的妻子更好奇，聽說她生了個女兒。她會不會哪天來波蘭和丈夫會合？她是個怎樣的人？她在尼科波爾的家人又是如何呢？雅各不但有錢，在那兒還有私人的葡萄園，這件事是不是真的？那麼他又要在這裡尋求什麼呢？

第一天，因為人們不斷湧到雅各身邊觸摸他、拉他的袖子，他忙到根本沒時間做任何事，他向聚集的人們發表了參雜許多寓言故事的長篇演說。他宣揚的是一個全新的宗教，人們必須透過厄撒烏，即基督教，才能加入這個宗教，如同薩瓦塔伊歷經依市瑪耳[3]，也就是土耳其宗教洗禮一般。因為救贖之道講求的就是從這些宗教分別取得救贖種子，然後將它們融合成偉大上帝的唯一啟示：流溢之域的[4]《妥拉》。這三個宗教將會在末世的宗教中合而為一。有些人聽到這番言論，朝著雪地啐了一口口水便離開了。

之後他們舉行了一場盛宴，會後雅各不知道是太過疲累還是喝醉了，馬上就跑去睡覺——當然不會是他獨自一人，因為在薩瓦塔伊信徒的家中有一種獨特的待客之道。摩西的小女兒正從墓園那端走來，準備替雅各「暖床」。

吃過早餐之後，雅各要求眾人把他載到洞穴所在的山丘上。他的同伴會在那兒等他，他本人則在森林裡失去了蹤影。踩在雪上的雜沓蹉步聲再次響起。一大群圍觀群眾聚集在一起，連村裡的非猶太人都

3 依市瑪耳（Ishmael，又譯以實瑪利）是亞巴郎之子，猶太教與伊斯蘭教皆視其為阿拉伯人的祖先。

4 卡巴拉世界共有四種層級、四個階段，分別是流溢之域（Atzilut）、創造之域（Briy'ah）、做成之域（Yetzirah）、造作之域（Asiyah）。依據《光輝之書修正》（Tikkunei Zohar），《妥拉》也存在Tora de-beri'a與Tora de-acilut兩種狀態，前者是《妥拉》創世之初、世界尚未得到救贖之時的型態，後者流溢之域的《妥拉》才是《妥拉》真實的展現。

前來打聽發生了什麼事。日後他們會告訴好奇的官方部門：「那是某個來自土耳其的猶太學者，外地的聖人。他身形高大，頭戴土耳其帽子，臉上都是水痘疤。」他吸引了村裡的人們，眾人在林子裡肅穆地等待他歸來，他們深信他正在和陰間的鬼魂交談。他回來的時候，天色已經暗了，暮色蒼茫中下起了雪。大夥成群結隊回到了村子裡，雖然每個人都快要凍僵了，內心卻十分歡喜，為了早已等著他們回來的熱雞湯與伏特加開心不已。早上眾人便啟程前往更遠的地方，去耶澤札尼過光明節。

接下來發生的事情探子們就很清楚了：這位先知，雅各在塞米卡．本．哈伊姆家停留了兩個星期，而且他開始在某些信眾的頭上看見光。那是淺綠色或是天藍色的光圈。塞米卡和他的兄弟頭上有這道光暈，也就是說他們是被選中的人。每個人都想要擁有這道光，有些人甚至可以感知到它，頭皮四周會有種溫暖的輕微搔癢感，像是沒有戴帽子的感覺。有人說這光環源自頭上一個看不見的小洞，人內在的光芒便是由此向外投射。那股搔癢的感覺便是這個小洞導致的。許多人頭上都有一撮撮打結的頭髮[5]，它們會干擾光線發散，因此必須徹底根除。

「令我稱奇的事，共有三樣，連我不明瞭的，共有四樣。」

——《箴言》第三十章第十八節[6]

每當雅各走過鄉村或是城鎮的時候，當地傳統派的猶太人便會追著他大喊：「三位一體！三位一體！」彷彿它是某種充滿嘲諷的外號。有時候他們會舉起地上的石頭朝雅各的追隨者砸過去。受到禁忌的先知薩瓦塔伊．塞維蠱惑的其他人好奇地打量著他們，加入雅各一行人的新成員大都也出自這一群人。

這兒的人們一貧如洗，因此他們變得疑神疑鬼，窮人沒有過度信任他人的本錢。在胖子瘦下來之前瘦子就會先掛掉了——當地人總是把這句話掛在嘴邊。他們期望的是奇蹟、預兆、流星、水變血。他們其實聽不太懂楊凱爾．萊布維奇、人稱雅各．法蘭克的人告訴他們的那些話，但是因為他俊俏挺拔，還穿著土耳其服飾，特立獨行的樣子讓他們印象深刻。傍晚大家坐在篝火旁聊天的時候，雅各向納赫曼抱怨他感覺自己就像個商人，明明有著最漂亮的珍珠要賣，但這裡的人卻把他當成下等的奸商，不僅看不出珍珠的價值，甚至還覺得它是假貨。

雅各將以索哈先前傳授給他的，傍晚莫德克先生暗地裡指示他說的那些話，以及納赫曼向他解釋的那些奧祕講給眾人聽；納赫曼雖然能言善辯，但是他本人卻缺乏好看的外表與說服力。然而有時雅各情緒過於慷慨激昂，會忍不住往講道的內容加進許多個人的看法。他尤其喜愛對比強烈的比較，從不避諱講髒話。他講話的方式就像個純樸的猶太人，宛如出身切爾諾夫策的送奶工人、卡緬涅茨的馬具匠人，只不過他的意第緒語句子裡總會穿插幾個土耳其字眼，好似加了葡萄乾的猶太哈拉麵包。

---

5 中世紀的糾髮辮（Plica polonica）是由於缺乏衛生與長時間不洗頭、不梳頭髮所導致的症狀，常見於整個波蘭立陶宛地區，糾髮辮也因此助長了戴帽子遮掩頭髮的習慣。當時迷信的觀念認為糾髮辮可以抵禦惡魔，而且剪除它會損害當事人的健康。

6「……即鷹在天空飛翔的道，蛇在岩石爬行的道，船在海中航行的道，以及男女交合之道。」

基督教新年的時候，他們踏上了往科佩欽齊的旅程。途中許多裝飾繁複的雪橇與他們錯身而過，當地的貴族正在去教堂的路上，他們看起來既莊嚴又有格調。馬匹的速度慢了下來，奔向相反方向的兩隊人馬四目相望，四周陷入一片令人心驚的沉默。雅各穿著開襟大衣[7]，戴著染色的皮草帽[8]，看起來就像個國王。貴族們被皮草大衣包得密不透風，看上去臃腫、矮胖；他們的帽子正面用了一枚昂貴的胸針固定裝飾用的羽毛。女人們臉色蒼白，鼻子被凍得紅通通的，整個人陷在羊毛絨毯子裡。

在科佩欽齊，眾人早就搭好了桌子，全村的忠實信徒都守在史羅摩與琪特菈家門前——他們早已摩拳擦掌、迫不及待，為了驅散襲來的寒意不停踱步、互相聊天。雪橇駛近房子的時候，晚霞早已將天空染得一片通紅。群眾安靜下來，在充滿緊張感的寂靜中目送雅各走進屋內。他在進門的前一秒停下腳步，退了回來，然後走向麗芙卡、她年幼的女兒與她的丈夫席勒身邊，盯著他們的頭上瞧，彷彿在那看見了什麼。這個行為引起了一陣騷動，就連被選中的那些人也感覺不太自在。雅各走進屋內之後，麗芙卡便開始啜泣，目測年約三歲的小女孩，還有許許多多的人都跟著哭了起來，不知是出於緊張、寒冷抑或是疲勞。有些人搭了一整晚的馬車才來到這裡。有些人在之前雅各造訪耶澤札尼，甚至是科羅利夫卡的時候就在場了。

來自華沙的哈伊姆在屋內盛大迎接雅各的到來，他因為在首都做生意而受人景仰。雅各的名聲也已經在那裡傳開了，當地人同樣迫切地想要知道末世將近的時候會發生什麼事。雅各整個下午都在耐心解釋這件事，小窗上的玻璃染上了一層白霧，寒霜下一秒就把霧氣變成了棕櫚樹枝樣式的花絲[9]工藝品。

這天晚上在小窗外窺探的那些人沒辦法看見太多東西。燭火搖曳，每隔一陣子就會熄滅。聖靈，神聖的心魂再度進到了雅各之內。他們看得不是很清楚，只有燭火映照下的牆上陰影忽明忽暗、搖擺不定。你可以聽見某個女人短促的叫聲。

一切結束之後，史羅摩・修爾遵循古老的律法把琪特菈送到了雅各床上。可是雅各實在是太過疲憊，沒有餘力搭理她，梳洗乾淨還擦了香水、盛裝打扮的琪特菈只好懷著滿腔怒火回到丈夫身邊。

在哈伊姆的父母家，雅各成功讓三個人改信。雅各非常喜歡哈伊姆這個人，他善於組織規畫，隔天馬上就投入工作了。此刻，真正稱得上隨扈的人與十幾輛馬車隨著他們走過一個又一個村落，還有騎馬的追隨者，某些來不及跟上隊伍的徒步者直到傍晚才疲憊不堪、飢腸轆轆地抵達目的地；最後那群人隨處倒頭就睡，在穀倉、在酒館席地而眠。雅各作為聖潔的奇人被人們從一個村莊送往下一個村莊，他們往往會登時湧向雅各休息停靠的地方，隔著窗戶一睹他的風采，即使他們沒辦法完全聽懂他在說些什麼，他們依舊感動得熱淚盈眶。觸動他們心弦的不只是雅各，此時他的動作似乎變得有些粗魯、決絕，彷彿他的本體會在此停留片刻，但思緒早已飄向遠方，與亞巴郎、撒辣、薩瓦塔伊，這些追本溯源、將世界拆解成最細碎字母的賢者齊聚一堂了。觸動他們心弦的更是出現在天空中的那顆彗

7舒巴（szuba）是一種開襟、領口與袖口鑲嵌皮草的長版大衣，流行於十五世紀至十七世紀的波蘭立陶宛聯邦境內。

8波蘭卡爾帕克（Kalpak）的原型來自土耳其或是伊朗地區的尖頂氈帽，是一種鑲有皮草與鳥類飾羽的帽子，十七世紀成為波蘭立陶宛貴族薩爾馬提亞服飾的重要元素。

9花絲鑲嵌是以高溫融化金銀，將其壓製成細絲後編織、焊接的珠寶工藝，又稱細金工藝。

星——它每個晚上都陪伴著雅各，好像雅各是它的兒子，是它落入凡間的那一道星火。大隊人馬越過特雷波利雅、索科利夫、科佐瓦、普拉武恰、茲博里夫、佐洛奇夫、加納奇夫卡與布斯克，所有人無不抬頭仰望蒼穹。雅各只要將手掌覆於病人頭上便能治癒他們，遺失物失而復得，腫瘤消退，求子心切的母親喜獲麟兒，夫妻重燃愛火。母牛生下花色奇怪的雙胞胎，母雞生下雙卵黃、三卵黃的雞蛋。波蘭貴族前來一探這個法蘭克的虛實，這個不知是土耳其還是瓦拉幾亞的猶太人究竟葫蘆裡在賣什麼藥，看他如何行使前所未見的奇蹟，並講述末世之象。基督徒也會獲得救贖嗎？世界末日僅限於猶太人嗎？沒有人敢斷言。他們想要和他聊一聊。在納赫曼或是華沙的哈伊姆翻譯的過程中，貴族老爺試圖保持他們的優越感。首先他們把雅各叫到馬車上，雅各上了車，彬彬有禮地回應他們的請求，他說自己不過是個凡夫俗子、傻瓜，但是他的目光卻頓時讓他們沒了底氣。之後他們便融入了人群之中，和其他人的差別只在於厚實的毛皮與帽簷的羽毛。

在布斯克，全村家家戶戶都守在門前，火炬熊熊燃燒著，冷酷的寒霜襲來，新雪在腳底下發出嘎吱聲。雅各在納赫曼兄弟哈伊姆及其妻子的住處度過了愉快的一周。納赫曼的小兒子小亞倫和其他小男孩跟在雅各身後，看起來像是國王的侍童。雅各幾乎在這裡每個人的頭上都看得到光圈。據雅各說，幾乎整座城鎮的人都皈依了三重一體性的信仰。白天的時候他們會把生病的孩子帶過來，好讓雅各覆掌治癒他們。之後人們還從達維季夫跑來見他，希望他能夠親訪利沃夫。在那兒有一間寬大的演講廳供他自由使用，廣大的人群湧入其中只為了看他一眼。然而，當雅各告訴他們，彌賽亞二度現身波蘭的那一天他必定會改信厄撒烏的信仰、皈依天主教，如此一來末日才會來臨，眾人聽到這番言論無不憤然離席。利沃夫的猶太人富有、狡詐、驕縱，利沃夫對待雅各的方式不似貧窮的鄉鎮那般友善。富人與志得意滿的人不急於見到彌賽亞；彌賽亞始終是人們無盡等待的對象，每一個來臨的彌賽亞都是虛偽的，永遠不會來臨的那一位才是真彌賽亞。正是如此。當雅各開始在利沃夫猶太會堂演講時，其他人的聲音蓋過了雅各的。最後雅各掀翻了講壇，把它丟到人海中，暴跳如雷的人們不斷朝他逼近，讓雅各不得不逃之夭夭。

雖然哈伊姆付的價格很不錯，但是雅各就連在酒館裡都不受喜愛。酒館女主人和雅各講話的口氣兇巴巴的，不太有禮貌。當下雅各要她翻看自己的口袋，因為裡面裝著一廷伏[10]。女老闆停下腳步，表情愕然。

「我要從哪兒生出廷伏？」

他故作堅持，要求她把手伸進口袋裡——許多人都在場見證了事情的始末。接著她從口袋掏出了那枚硬幣，由於此時人們已經開始鑄造假幣，它的價值並不高，但終歸是筆錢。女人一臉尷尬地看著它，避開人們的視線，要不是雅各用力握住她手臂的話，她恨不得立刻逃離現場。

「妳很清楚妳是從哪兒拿到它的，不是嗎？」雅各問的時候看都不看她一眼；他的視線停在已然聚集的好奇人群上空。

「先生！請您別說！」女老闆掙脫開來，請求雅各放她一馬。

但雅各絲毫沒有要聽她說話的意思，為了讓大家聽得更清楚，他仰頭大喊：

---

10 廷伏（Tymf）是波蘭立陶宛聯邦領土內通行的銀幣，大多數鑄造時間為一六六〇年代。由於大洪水時代經濟狀況惡化，鑄造廷伏所使用的銀子重量低於其幣值，也使廷伏成為波立聯邦經濟惡化的象徵，甚至流傳著「一個好的笑話值一廷伏」（dobry żart tynfa wart）的俚語。

「這是妳從貴族手裡得來的，妳昨天和他犯了罪。」

人們哄堂大笑，以為雅各只是信口胡謅，可是女老闆卻出乎眾人意料地證實了這件事。眾目睽睽之下她承認雅各說的屬實，然後羞得滿臉通紅，逃之夭夭。

眼下雅各所要傳達的訊息已經非常清楚了，宛如那些沒辦法進到酒館內，只能從他人口中聽說事情經過的人們，為了取暖踩踏雪地所留下的痕跡一般清晰。他的重點在於將三種信仰結合在一起：猶太教、伊斯蘭教以及基督宗教。第一人薩瓦塔伊開啟了通往伊斯蘭教的道路，柏魯奇亞承接了通往基督宗教的道路。究竟是什麼令所有人髮指、捶胸頓足、哀鴻遍野呢？是眾人必須如同橫跨河川涉水而過一般渡過拿撒勒[11]的信仰，以及耶穌是真彌賽亞軀殼的事實。

中午，這個想法顯得十分可鄙。下午，它似乎多了一點值得深入探討的價值。傍晚，人們已經接受了這個想法，而晚上，它變得多麼理所當然。

深夜，這個想法中至今未曾受到注意的一個面向浮上了水面：受洗之後他們就不再是猶太人了，至少在其他人看來是如此。他們得已成為人，基督徒。他們可以購買土地，在城裡開店，送小孩到任何一間學校上學……各式各樣的可能性弄得他們頭昏眼花，這就像是他們突然收到了一樣難以理解的奇異禮物。

救主的女侍衛

探子們也適時注意到，從在耶澤札尼的時候開始就有一個年輕女人陪伴著雅各，接著第二個女人加入了她的行列——兩人似乎是負責守護他的侍衛。第一位是美麗動人的布斯克女人，她頂著一頭淺色秀髮，臉色紅潤，隨時笑臉迎人，總是隔著半步的距離跟在雅各身後。第二位是來自利沃夫的姬特拉，她身形高大，趾高氣昂的模樣宛如舍巴女王[12]，惜字如金。據說她是利沃夫卡哈爾祕書平卡斯的女兒，但她本人卻宣稱有位波蘭公主曾經被他的曾祖父綁架，而她身上流著這位公主的血。她們分別坐在雅各身旁，恰似女守衛天使，肩上披著亮麗皮草、頭頂的帽子鑲嵌著寶石與孔雀羽毛。她們身上帶著土耳其小刀，刀鞘上鑲有綠松石。站在她們之間的雅各彷彿身處神殿的兩根柱子中間。髮色較深的姬特拉很快就變成了他真正的擋箭牌，在前方為他開路，用身體阻止其他人靠近雅各，以棍子抵擋不斷逼近的人群。她的手警覺地扶在小刀上。沒過多久，皮草成了徒增她困擾的累贅，所以她換上鑲有白色飾帶與盤扣的紅色短版軍用夾克。高筒毛皮軍帽下露出了她茂密的深色頭髮，鬈曲又難以馴服。

11 拿撒勒是以色列北部的城市，為耶穌基督的故鄉。

12 舍巴（Saba）王國位於阿拉伯半島西南方，盛產金子與香料。《列王紀（上）》第十章記載了舍巴女王聽聞所羅門王聲望來訪耶路撒冷的經過。

雅各和她如影隨形，彷彿她是他的妻子，不論走到哪裡兩人總是一起睡。大家都說她是上主贈與他的守護者。她將伴隨他繼續走遍波蘭，她會保護他。因為雅各會害怕。他的眼睛可沒瞎，他看得見那群沉默的圍觀群眾，在支持者提到他的時候在他們背後吐口水、喃喃咒罵。納赫曼也看見了他們的舉動，所以他每晚都會派人駐守在他們過夜的房子周圍。唯有一壺葡萄酒與漂亮的姬特拉能夠舒緩雅各緊繃的心神，把守的守衛聽得見農舍的薄木牆後方傳來陣陣笑聲與色情的呻吟。納赫曼為此心生不滿。連摩西，來自皮德海齊的拉比——正是建議修爾取消婚宴的那一位——也警告眾人這樣浮誇的排場不僅沒有必要，還會引發負面批評。可是就連他自己，一個鰥夫，不久前也開始忍不住時不時用欲求不滿的眼神盯著女孩們。姬特拉弄得所有人精神緊繃，她裝模作樣，對待其他女人時總是一副居高臨下的態度。來自華沙的哈伊姆與他的妻子薇特爾完全無法忍受她的行為。雖然雅各在利沃夫時斷絕與那個淺色頭髮的女人來往（當然他並不情願），他把姬特拉留在了身邊。反正下一座村莊有的是可以替代那女人的人。

這趟旅程持續了整整一個月。每晚都在不同的住宿處過夜，每次都是和不同的人。在達維季夫，雅各用對待父親的方式和以利沙・修爾寒暄——他身著長度及地的皮草大衣，頭戴皮草帽，他的兒子們隨侍在側。老修爾的手指顫顫巍巍地指向雅各頭上的瑰異光暈，隨著他們盯著它的時間越長，光暈變得越來越大，令在場眾人不由得跪在了雪地上。

雅各再度在羅哈廷的修爾家作客時，老修爾當著所有人的面拜託他：

「露一手吧，雅各，向我們展示你的力量！我們知道它已經在你手中了。」

然而雅各以勞累、以長時間辯論後該上床睡覺為由推託，爬樓梯上樓往房間去了。而就在這一刻，在場的人看見了他在橡木階梯上留下的足跡，木板上多了一圈像是燒焦過的壓痕。從那時起當地人就會跑來觀賞這道神聖的足跡，虔誠又肅穆；他們還把他的土耳其繡花拖鞋留在了羅哈廷。

利沃夫卡哈爾派來的探子把雅各．萊布維奇．法蘭克隨身帶來的新祈禱文，還有他熱愛濃厚奶油[13]、芝麻與蜂蜜製成的土耳其甜點這件事全都鉅細靡遺地記了下來，他的同伴總是會把它們放在行李箱裡帶著。祈禱文混雜著希伯來語、西班牙語、亞蘭語與和葡萄牙語，所以沒有人能夠完全理解它的意涵，但是這正好為其增添了一抹神祕感。他們向某個聖主（Señor Santo）祈禱，詠唱「我的主柏魯奇亞（Dio mio Baruchja）」。探子試著從聽到的隻言片語拼湊出祈禱文的內容，成果如下：

「願我們認識祢的偉大，聖主，祢是真正的上主、世界之主、世界之王，祢存於肉身，祢徹底摧毀了造物的法則，祢將自身抬高到應得的位置，藉此消除其他受造的世界，不論天上地下，除了祢再無其他上主。不要讓我們陷於試探與恥辱，為此我們跪倒在祢面前，頌揚祢的名，崇高強大的王。願人尊稱祂的名為聖！」

13 濃厚奶油（kaymak）是將牛奶用小火慢燉後冷卻，牛奶中蛋白質與乳脂凝結而成的乳製品。

布斯克的納赫曼瞞著雅各偷偷寫下的《碎筆》

當上帝命令猶太人踏上旅途的時候，雖然他們尚未知曉，但祂的心中早已為這段旅途設下了目的地；祂期望猶太人一步一步走向他們的命運。目的地與出發點取決於神，而不耐煩、相信巧合、期待冒險則是人的天性。所以當猶太人必須於某地久居的時候，他們便會——像孩子般——顯露不耐煩的情緒。當拔營啟程的時刻到來，他們又會露出歡快的神情。眼下的情況就是如此。所以說，慈愛的上帝創造了每一趟旅程的框架，而人類則豐富了它的內容。

「我們現在已經在最糟糕的地方了嗎？那會是布斯克嗎？」在我們來到布斯克時雅各問我，忍不住笑了出來。

在布斯克，因為我的妻子不願同意，我們在我兄弟哈伊姆．本．列維家中接待雅各。由於她懷孕多月，我讓步了。她就和許多女性一樣抗拒新的教導。我的兒子，唯一一個熬過嬰兒期的孩子，名喚小亞倫，他特別受到咱們雅各青睞。雅各將他放到腿上，這個場景讓我感到非常欣慰，他還說小男孩將來會成為強大的智者，面對任何人的言語都不落下風。這讓我非常高興，但我知道雅各很清楚我的狀況，他知道我的其他小孩都沒活過一歲。這天傍晚小亞倫的臉上染上了一層紅暈，蕾雅斥責我帶著虛弱的孩子出門，還背著他在寒冷的天氣裡到處跑。

蕾雅曾跟著我到哈伊姆家一次，之後她便意興闌珊。有一次她問我，他們口中關於我們的那件事是不是真的。

「他們說什麼？」我問。「你曾經預言真正有學識的拉比將會出現，可是因為他，」她轉頭看向窗外，「上帝對我們降下了懲罰。祂讓我產下無法存活的孩子。」「這和他有什麼關係？」我問。「因為你從幾年前開始就追隨著他了。你們形影不離，他在哪你就在哪。」

我能說什麼呢？或許她說的有道理？或許上帝帶走了我的孩子，讓我得以更加靠近雅各？

每天晚上的安排大同小異，首先是團體晚餐：卡莎、乳酪、烤肉、麵包與橄欖。所有人在長桌上就座——女人、小孩與青少年，以及為晚宴貢獻食材的人；但沒有東西可以貢獻的人也不會被排除在外餓肚子。此時雅各會講述他在土耳其各地的故事，往往是些有趣、好笑的經歷，所以大部分的女人被雅各優美的口條與幽默擄獲之後便會拋棄對他的負面想法，小朋友們則把他當成了出色的說書人。接著就是按照雅各教導我們的禱文共同祈禱，當女人們清理好餐桌，把孩子們送上床睡覺，最後就只剩有資格參加晚課的人留了下來。

雅各往往會用寂靜的重擔開場。他舉起食指，向上伸直的手指在他的面前來回擺動，我們所有人則目不轉睛地盯著他的手指，看著他的臉在手指後方融化然後消失不見。這時雅各會說：「Szloiszo seforim nifuchem」，也就是「三本書打開了」。此時令人毛骨悚然的寂靜襲來，你幾乎可以聽見聖書書頁發出的沙沙聲。然後雅各打破了這道靜默，提點我們：「不論你們在這裡聽到了什麼，你們都必須守口如瓶，把它帶進墳墓。從這一刻起它就是我們的信仰——靜默。」

雅各說：

「如果有人想要攻下堡壘，他就不能光靠長篇大論、稍縱即逝的話語，而是要帶著軍隊勇往直前。這就是我們該實踐的，而不是只會空口說白話。難道我們的祖先絮絮叨叨、埋首文章還不夠嗎？這些言談對他們有什麼幫助？又有什麼成效？眼見為憑好過空口無憑。我們不需要自吹自擂的賢者。」

我老是覺得當雅各提到賢者時目光會落在我身上。我多麼努力記下他的一字一句，即便他禁止我寫下那些話語，所以我只好偷偷寫。我害怕在座聽講的所有人一走出這裡，馬上就會把全部的內容忘得一乾二淨。我無法理解這個禁令的意義。第二天早上當我在桌前假裝記帳、假裝整理信件、安排行程時，我在下面藏了其他紙張，在紙上再次寫下雅各說的話，這一次像是對自己解釋：

「我們必須走入基督教，」雅各告訴單純的人們。「我們要和厄撒烏和解。我們要走入黑暗，它就如同白日一般光明！因為救贖只會在黑暗中等待我們。彌賽亞的使命只會始於最糟糕的地方。整個世界是真實上主的敵人，你們難道不知道嗎？

「這就是寂靜的重擔。沉默的包袱。文字像是一種沉重的負擔，宛若它獨自背負著半個世界的重量。你們必須聽從我的指示，追隨我。你們要拋棄你們的語言，面對不同民族的人就說不同的語言。」

不把任何不雅的字眼掛在嘴邊是一種美德。靜默即是美德，將所見所聞暗藏心中。保持沉穩。如同第一人薩瓦塔伊曾經邀請賓客來參加自己的婚禮，當時在天篷下立著的是作為新娘出場的《妥拉》14，如今我們用女人代替《妥拉》。從這時起每天晚上就會有裸身、未著寸縷的女人在我們之間現身。女性是最深奧的祕密，在此處，在塵世間，它就是對應至聖《妥拉》的存在。我們會與她相連，先是透過自己的嘴唇輕碰，接著是透過閱讀唸出文字時嘴巴的動作，藉由這樣的過程從虛無中重建世界，日復一日。因為我，布斯克的納赫曼·本·列維，認定唯一的上帝有三個化身，第四個化身則是聖母。

關於蘭茨科倫的神祕行為與不懷好意的眼睛

納赫曼不打算寫下這件事，沒錯，文字會增加負擔。當納赫曼坐下開始書寫，他清楚地將事情分成可以寫下的與不能寫下的。他得將這一點牢記在心。況且雅各說：凡事不要留下任何痕跡，把所有東西默默記在腦袋瓜裡，沒有人會知道我們是誰、我們做了什麼。但是雅各本人的行為卻引發了軒然大波，做盡奇怪的姿勢，說奇怪的話。他說話的方式晦澀難解，人們往往需要揣摩他想表達的意思。這就是為什麼大家在他離開之後花了許多時間待在一起，解讀這個法蘭克、這個異鄉人的話語。他說了什麼？某種意義上，每個人都會以各自不同的方式理解他的意思。

一月二十六號，眾人在騎著馬的雷布可·阿布拉莫維奇與他的兄弟摩西克帶領下抵達了蘭茨科

---

14 依據猶太教的看法，上帝與猶太子民立約就是締結了婚約，而《妥拉》便是這段婚姻的信物、婚書。薩瓦塔伊·塞維則將這樣的概念實體化，和《妥拉》舉行了婚禮。

倫，一行人馬上朝著雷布可家出發。此時天色已經完全暗了。

村子位於陡峭的山坡上，斜坡底部有一條河流過。崎嶇難行的石子路向上延伸。夜幕濃密冷冽，光線受困其中，在距離光源幾肘遠的地方踟躕不前。空氣中聞得到燃燒溼木頭的味道，房屋的輪廓在黑暗中顯得模糊不清，髒兮兮的暗黃色燈光從其中幾扇小窗透了出來。

史羅摩．修爾與弟弟拿單和姊姊見了面。哈雅，預言家，她和當地拉比赫什結婚之後就住在蘭茨科倫，對方經營菸草生意，這裡的忠實信徒十分景仰他。看見哈雅的那瞬間，納赫曼感覺一陣昏沉，彷彿他剛喝了一口伏特加。

哈雅是和丈夫一起來的，兩人正站在門邊，納赫曼起初以為是她的父親陪在哈雅身邊，赫什和老修爾就是如此相像──這一點也不奇怪，畢竟他們是遠房親戚。生完孩子之後，哈雅變得更美麗動人了，她現在十分苗條、高䠷。她身著猩紅色洋裝與天空藍的圍巾，看起來像個未婚女子。她把頭髮用彩色舊布紮了起來，披散在背後。她的耳朵上戴著土耳其垂墜耳環。

透進沾滿灰塵小窗的光線總是太少，所以盛著蠟油的陶片裡燃燒的燭芯一整天下來幾乎不曾熄滅，造就了煙與燃燒油脂混合的臭味。兩間房間堆滿了家具，所以你時不時能夠聽到一陣陣或輕或重的摩擦聲。時值冬季，就連老鼠也藏到了屋頂下避寒──如今牠們在牆壁間打造了垂直的城市，在地板下建造出水平的都市，它們的構造比利沃夫和盧布林兩座城市加起來還要更複雜精細。

前廳的爐灶上方有個通風的壁龕。但是它一天到晚堵塞，爐灶產生煙霧讓室內的所有東西都沾上了煙味。

他們緊緊關上門，拉上窗簾。不知情的人會以為他們搭了一整天的馬車，筋疲力盡，早早上床睡覺去了，間諜們也是這麼想的。村裡的人們早已一片譁然、議論紛紛——薩瓦塔伊的瘟疫來了。此外還有兩個充滿好奇心的人：革爾熊・納赫曼諾維奇[15]與他的堂兄弟納夫塔利，後者向地主承租了產業，還為此成天沾沾自喜。他躡手躡腳地靠近，然後成功看見窗戶後的景象（看來有人露出了窗戶的一小部分）。他的臉色煞白，像是魔怔了一般無法移開目光；雖然他的眼前只有一道垂直的縫隙，只要他擺動自己的頭就可以將整個場景盡收眼底。僅靠著眼前唯一的一道燭光，他看見了圍成一個圈坐著的男人，而正中央是一位裸著上身的女性。她豐滿、堅挺的胸脯在黑暗中閃閃發光。這位法蘭克一面繞著她行走，一面喃喃自語。

在雷布可家笨重家具的襯托下，哈雅的胴體顯得完美無瑕，宛如天仙下凡。她的杏眸低垂，薄唇輕啟，你可以看見她的牙尖。汗水在她的肩膀與胸膛上閃耀著，乳房下垂的模樣讓人看了都忍不住想要上前托住它。哈雅站在一張小凳子上。萬綠叢中一點紅。

雅各第一個走上前——他得靠腳尖輕輕站立才能用嘴唇碰觸她的乳房，看起來甚至像是雅各含住了她的乳頭半晌，他似乎喝下了幾滴乳汁。接著是另一邊的乳房。接在他之後的是謝伊斯先生，一位留著及腰稀疏鬍鬚的老人；他的雙唇和馬兒的一樣靈活，在一片黑暗中搜索著哈雅的乳頭——謝伊斯先生的眼睛是閉著的。接著她的弟弟，史羅摩・修爾走向她，猶豫片刻後他也做了同樣的動作，只不過他的動作飛快。然後所有人都跟著動作：壯起膽子的男主人雷布可・阿布拉莫維奇，接著是他的兄弟摩西克，然後是另一個修爾，這次輪到耶胡達，在他之後是科羅利夫卡的依撒格，以及在場每一個

15 革爾熊（Gerszom）又譯革舜，意思是「在異鄉寄居的人」。

人，就連那些一直以來站在牆角下、隱身陰影中的人，都知道他們現在有資格認識這門信仰的偉大奧祕了，如此一來他們得以成為忠實信徒，而周遭的這些人便是他的弟兄，直到救世主破壞舊世界，揭開新世界序幕的那一天為止都會是如此。因為《妥拉》本身進入了赫什的妻子哈雅體內，正是它造就了她皮膚上散發的光輝。

我們必須闔上雙眼，必須走進黑暗裡，因為我們只能從黑暗之中窺見光明，納赫曼心中暗忖，然後將哈雅的乳頭放進嘴裡。

革爾熊如何捕捉異端分子

據說是雅各自己要求不要把窗戶遮得太嚴實，這樣人們才能看見發生了什麼事。偷窺者趕忙跑回村裡找拉比，一群帶著棍棒的武裝分子就這麼以迅雷不及掩耳之勢聚集在一起。

革爾熊說得對，他先讓他們從窗簾中間的縫隙看過去，而當他們破門而入時，有那麼一瞬間，他們看見了正試著用某件衣服遮住自己的半裸女人，還有牆下抱頭鼠竄的人們。革爾熊厲聲大喊，有人急忙跳出窗外，卻被守在外頭的人們抓個正著，還有人成功逃脫。除了哈雅，餘下所有人都被嚇得有點神志不清，他們被用繩子綁著，革爾熊命人把他們帶到拉比面前。他擅自徵收了他們的馬車、馬匹、經書、書信與毛草大衣，然後走去莊園找領主。革爾熊不知道現在是嘉年華期間，而且領主現在有客人要接待。況且領主也不想蹚入猶太人的渾水——他還欠猶太人錢——他不太了解詳細的情況，也無法確定哪些人有涉案，哪些沒有。於是他叫來自己的管家羅曼諾夫斯基，自己則顧著品嘗山茱萸利口酒。莊園十分明亮，即使在外頭都可以聞到烤肉的香味，聽見音樂和女人的嘻笑聲。領主背後是一張張充滿好奇的酡紅臉龐。管家羅曼諾夫斯基套上長靴，拿起牆上的獵槍，叫上農工，然後幾人一起踏過雪地，他們心中大義凜然的憤慨，猶太的與基督徒的，在他們的腦海中描繪出令人不安的景象：某種重大的瀆聖行為正在上演，冒瀆，跨越宗教差異的褻瀆。他們抵達時只見被兩兩綁在一起的男人們冷得牙齒打顫，缺乏保暖衣物讓他們凍得瑟瑟發抖。羅曼諾夫斯基聳了聳肩。他甚至無法理解眼下的狀況。不過為了以防萬一，所有人都被拘禁在科佩欽齊。

事情的經過很快就傳進了土耳其官方耳裡；三天內一支土耳其小分隊便抵達此處，並要求羅曼諾夫斯基交出俘虜雅各．法蘭克、崇高之門[16]的子民，羅曼諾夫斯基也欣然應允。就讓猶太人或土耳其人自行審判他們的異端分子吧！

相傳在土耳其人來接雅各之前，他被拘留在科佩欽齊的這三天裡，聖靈再度降臨在雅各身上，他喊著一些奇怪的字眼，同樣坐在牢房裡見證了這一刻的謝伊斯先生與科羅利夫卡的依撒格，日後證實了此事——雅各說他會改信基督宗教，而且會有十二位兄弟與他攜手共進。土耳其人釋放他的時候給

---

16 崇高之門（土耳其語Bab-ı Ali），又稱樸特，原為大宰相府居所的大門，後指鄂圖曼土耳其帝國政府本身。

了他一匹馬，他上馬之後隨即朝著土耳其邊界上的霍京出發。隨後探子們向利沃夫拉比拉帕波特回報，雅各騎馬絕塵而去的時候用希伯來語朗聲說道：「我們要走上皇家之路！」

關於波蘭公主姬特拉・平卡索夫娜

如花似玉的姬特拉是利沃夫拉比拉帕波特祕書平卡斯唯一的女兒。她的腦袋裡充斥著天馬行空的想法，總是為父親帶來層出不窮的麻煩，所以父親將她交給在布斯克的姊妹照顧，藉此讓她呼吸鄉間健康的空氣，讓她學著不要在眾人面前表現得如此招搖。

她的美貌成了問題——儘管這通常是一項令父母欣喜的特質——姬特拉高䠷、苗條，有著小麥色的鵝蛋臉、突出的雙唇與深邃的眼睛。她的腳步凌亂，時常身著奇裝異服。她整個夏天都在城郊潮溼的草坪上散步，朗誦詩歌，獨自在墓園裡信步而行，手裡隨時拿著一本書。她的姑姑認為當人們教導女孩子閱讀時就會發生這種事，正因為姬特拉那漫不經心的父親這麼做了才有如今的後果。讀過書的女人就是禍源。她的想法差不多應驗了，哪個正常人會一天到晚待在墓園裡？女孩十九歲了，這個年紀早就該嫁人，儘管這段時間她吸引了不少年輕男孩與老男人好奇的目光，沒有人願意和她這樣的女人結婚。據說她還讓某些男孩愛撫她。他們就在墓園外、道路通往森林的那個地方這麼做，天知道有沒有發生更誇張的事情。

姬特拉的母親在她幾歲大的時候就去世了。平卡斯有很長一段時間維持著鰥夫的身分，但幾年前他帶著無法忍受繼女的新妻子進門了。兩人相看兩相厭。繼母生下雙胞胎時，姬特拉第一次離家出走。父親在利沃夫近郊的酒館找到了她。少女年紀輕輕，卻和打牌的人坐在一塊，從旁幫一個又一個玩家出主意。但他們沒把她當成流浪的妓女。她的波蘭語非常標準，看得出來讀過書、有教養。她想要搭車去克拉科夫。她的打扮十分得體，穿著上好的連身裙，表現得像是在等待某個人的樣子。酒館主人覺得她是位陷入困境的高貴女性。她說她是波蘭國王的孫女，她的父親在鋪著天鵝絨毛的籃子裡找到她，還用天鵝的乳汁餵養她。比起籃子，用天鵝乳汁餵養這件事讓聽她說話的人們笑得更開心。父親闖入酒館時，在所有人面前直接搧了她一個耳光，接著強行把她塞到了馬車上，朝著利沃夫的方向駛離。可憐的平卡斯耳邊仍然迴盪著當時酒館群眾發出的嗤笑與下流的揶揄。所以他決定要盡快把女兒嫁出去，嫁給第一個願意和她結婚的男人，趁著——平卡斯希望如此——她還是處女的時候。他雇用了最優秀的媒人，很快便出現了來自耶澤札尼與喬爾特基夫的人選。從那時起，她開始和青年們一起走入乾草堆廝混，還讓所有人看到這一幕。她是為了讓婚禮辦不成才特地這麼做的。婚禮的確沒談成。兩位新郎候選人都反悔了，不論是耶澤札尼那位還是喬爾特基夫那位——消息早已不脛而走。如今姬特拉住在附樓裡的單人房，像是大家敬而遠之的痲瘋病人。

然而糟糕透頂的這一年冬季，姬特拉很幸運（或許該說是不幸，誰知道呢），因為客棧來了一排雪橇，訪客四散住在城裡的各個角落。姬特拉的姑姑此時也接待了她的繼母與那對雙胞胎，兩個小男孩貪吃，和厄撒烏一樣毛髮濃密。姑姑將整家人都關在房子裡，拉上遮板，要求所有人潛心禱告，以免那些異教徒的聲音傳進他們無辜的耳朵裡。

姬特拉不顧姑姑與繼母反對，穿上了父親給她的胡楚爾[17]皮大衣，踏入了雪中。她舉步維艱走過整個村子來到紅頭髮的納赫曼家，救主暫時會待在他家。她和其他人一起守在門外，大家冷到不停踱步，嘴裡呼出的氤氳水氣遮住了他們的面容，最後名為雅各的救主在隨從陪伴之下走了出來。此時姬特拉抓住了他的手掌親了一下。雅各想要掙脫，但姬特拉早一步露出了自己濃密的秀髮，接著說出了她的固定台詞：「我是波蘭公主，波蘭國王的孫女」。

其他人哄堂大笑，但雅各卻眼睛一亮，於是他上下打量女孩，與她四目相視。他在她眼中究竟看見了什麼，旁人不得而知。自此姬特拉便亦步亦趨地跟著他，片刻不離。他們說救主對她相當滿意。多虧有她——人們說——救主的力量得以成長，而她也得到了天賜的力量，她自己也感覺得到。某天有個衣衫襤褸的人衝向救主時，她發揮了這股力量，一拳揍得那個無賴應聲倒在雪地裡，久久無法起身。她就像隻母狼一直守在雅各身邊，直到蘭茨科倫悲劇的那一晚為止。

關於平卡斯與他那感到恥辱的絕望

平卡斯去拉帕波特的辦公室上班時盡可能降低自己的存在感，總是靠邊走快速通過，埋首於他正在謄寫的文件中，其他人都快要看不到他了。但是永遠瞇著眼睛的拉比看得比大部分的年輕人都更清楚，即便只是走過他身邊，平卡斯也能感受到他落在身上的視線，彷彿被蕁麻刺了一下。這一刻終究還是來了——他獨自一人的時候，拉帕波特把他找了過去。他問候了他的健康狀況，妻子與雙胞胎的近況，語氣一如既往的溫和有禮。最終他別開臉不看自己的祕書，然後問：

「那件事是真的嗎……」拉帕波特沒有說完。平卡斯頓時汗顏，他覺得有上千根來自地獄的滾燙細針刺著他的皮膚。

「我遭逢不幸。」

拉帕波特拉比只是憂傷地點了點頭。

「平卡斯，她已經算不上猶太女人了，你知道嗎？」他和藹詢問。「你能理解這一點嗎？」

拉帕波特說平卡斯早就該有所行動了，在姬特拉開始說自己是波蘭公主的時候，或是更早以前，周遭所有人都知道她不太對勁、她被附鬼附身的那時候，她就是從那時起變得放蕩、滿嘴汙言穢語、咄咄逼人。

「她的行為舉止是從何時開始變得奇怪的？」拉比問。

平卡斯左思右想，然後回答：是從她母親過世那時開始的。她的母親長時間在鬼門關徘徊，受盡痛苦，她的胸部長了一顆腫瘤，隨後擴散到了全身細胞。

「這麼說來就不難理解了，」拉比說。「將死之人的靈魂會吸引許多遊蕩的陰暗靈魂聚集在他身邊。他們會伺機尋找可以侵入人體的脆弱之處。絕望會削弱人的力量。」

平卡斯聞言只覺得心頭一緊。他承認拉比說的確實有道理，他畢竟是個聰明人。而他自己，平卡

———

17胡楚爾人（гуцули），居住於東喀爾巴阡山脈、魯塞尼亞與羅馬尼亞地區的一支少數民族。

斯也了解其中的邏輯，他也會用同樣的方式向其他人解釋——假如籃子裡有一顆水果壞掉了，就該把它丟掉，避免它感染剩下的水果。可是當平卡斯看著充滿自信、稍微有點同情心的拉帕波特，配上他講話時閉上的眼眸，平卡斯突然想到了盲點：或許有什麼事情是這位偉大的智者也看不出來的，或許有某些法則超出了我們所能理解的範疇，或許不是所有事情都可以用文字表達，或許他勢必要為了他的姬特拉創造新的記述方式，記載與她相似之人的事情，或許她的確是波蘭公主，她的確擁有波蘭公主的靈魂……

拉帕波特睜開雙眼看見了彎著身的平卡斯，好似斷掉的枝條，他告訴平卡斯：

「哭吧！兄弟，哭吧！你的眼淚將會淨化傷痕，它很快就會癒合了。」

但是這些傷口永遠都好不了了，平卡斯心知肚明。

14

關於不知道自己在整件事情中只是個過客的卡緬涅茨主教尼古拉・丹博夫斯基

丹博夫斯基深信自己是個重要的人。他也相信自己將會獲得永生，因為他自認為是個奉公守法、充滿正義感的人，正是耶穌所讚美的那種人。

透過嫣塔的眼睛望著他，你不得不承認就某方面來說丹博夫斯基的想法確實有幾分道理。他不殺生、不背叛他人、不姦淫，每個星期天分送救濟品幫助窮人。他偶爾會敗給肉體的欲望，但我們應當認可他不屈不撓與之抗爭的態度，當他輸給欲望時，他會迅速將這件事拋諸腦後，不再回想。罪惡會變得強大——在你不斷想著它的時候，你在腦中不斷咀嚼它意義的時候，在你想像它的時候，在絕望將你籠罩的時候。教理說得很清楚，屆時你必須懺悔，僅此而已。

主教偏好奢侈的生活方式，而他說服自己的理由是他衰弱的健康狀態。他期望自己對世界有所貢獻，所以他感激上帝讓他成為主教，賦予他實現願望的機會。

此刻他正在桌前寫字。他有一張肥嘟嘟的圓臉，假如他不是主教的話，那寬大的雙唇可以稱得上性感，他還有著白皙的皮膚與淺色頭髮。他渾身發熱時皮膚紅通通的，看起來就像是被煮熟了。他在小白衣外面披了一件保暖的羊毛肩衣[1]，因為他的腳會冷，他穿上女人們特地為他縫製的絨毛室內拖鞋暖腳。他的卡緬涅茨主教宮總是不夠溫暖，暖氣總是會從某個地方洩漏，雖然窗戶很小，你還是可以感覺到穿堂風吹過，室內往往十分陰暗。從他辦公室的窗戶望出去看得見教堂牆外的街道。他看見眼前有兩個乞丐爭執不下，片刻過後，其中一人操起棍子就是一陣猛打，對方被打得頻頻尖叫，於是其他乞丐也衝了上來，加入了這場混戰，沒過多久，他們的喧鬧聲便毫不留情地玷汙了主教的耳朵。

主教試著寫下：

薩瓦塔伊門徒
薩瓦塔伊信眾
薩瓦塔伊派
薩瓦塔伊主義傳人
薩瓦塔伊主義追隨者
薩瓦塔伊主義者[2]

最後主教轉而向皮庫斯基神父尋求幫助，他是一個瘦小、頭髮灰白的四十歲男人，在蘇爾第克主教擔保下，作為此次事件的特別專家從修道院被派到這裡。此刻他正在半掩的門板後工作著，燭光映照下，他那受不了不服貼假髮的大腦袋在牆上留下了一道長長的影子。

「這究竟該怎麼寫？」

皮庫斯基神父來到桌前。和我們在羅哈廷的午宴上見到他那時相比，近幾年來，他臉上的輪廓變得更加銳利了；他剛剃過鬍子，英挺的下顎上留下了一道道怵目驚心的傷痕。「是哪門子的理髮師把他弄成這副德性？」主教暗忖。

「寫成『反塔木德派』比較恰當，閣下，因為他們反對《塔木德》的規範，這一點無庸置疑。這麼說對我們而言也比較保險：最好不要牽涉到他們的神學派別。一般大眾則稱呼他們為『薩瓦塔伊派』。」

「這件事你怎麼看，神父？」主教指向桌上那封擺在他面前的信。這是來自蘭茨科倫與薩塔尼夫卡哈爾長老們的信，內文寫到拉比們為了一樁背棄摩西律法、玷汙最悠久傳統的案件請求干涉。

---

1 小白衣（rokieta）是樞機主教、主教等天主教神職人員穿在黑袍外的半身白衣，一般小白衣會搭配不同顏色的短肘披肩，即肩衣（mucet）。

2 此處為薩瓦塔伊追隨者稱呼不同拼音與字尾的變化組合。

「看來這件事已經超出他們的掌控了。」

「他們的重點是那群人在某間酒館做出的無恥行為嗎？這是他們寫信的理由嗎？」

皮庫斯基靜待半晌，看上去像是在腦海中計算著什麼，又或許他的確這麼做了。然後他雙手交握，接著回答，沒有望向主教：

「我覺得他們是想向我們證明，他們和那些異端分子沒有瓜葛。」

主教清了清喉嚨，不耐煩地晃了晃穿著拖鞋的腳掌，皮庫斯基神父了解他該繼續說下去。

「就像我們有《教義要理》，他們也有《塔木德》。這本書，簡單來說，就是針對《聖經》的評註，不過意義非凡，因為它涉及了如何奉行摩西律法與誡命。」神父漸漸找回活力，他很滿意自己終於能夠展現多年來兢兢業業累積的知識。他轉而看向一旁的長椅，帶著探詢的目光朝主教抬了抬眉。

主教微微點頭，神父便一屁股坐在他旁邊。神父身上散發著一股霉味（可憐的他被分配到一樓的房間），還有鹼液[3]的味道，興許是沾到了早上刮得他臉上傷痕累累的那位理髮師身上的味道。

「《塔木德》是數百年前由他們的拉比寫下的，裡頭闡明了所有事情：該吃什麼，什麼時候做什麼事情，什麼事情可以做，什麼不行。假如沒有它，他們複雜的結構組織就會全盤瓦解。」

「可是你之前明明告訴我所有的律法都包含在《妥拉》之中，」主教不滿地打斷他。

「可是在耶路撒冷聖殿被焚毀，在流亡的狀態下，要遵循《妥拉》的教導是件非常困難的事——尤其是在異國他鄉、在完全不同的社會氣氛下。況且這些律法非常獨特，它們適用於他們早年的遊牧生活型態，世界已然改變，所以他們才寫了《塔木德》。閣下，您只需要回想《摩西五經》第四卷《戶籍紀》，裡頭關於喇叭與軍隊、宗族領袖、營帳的內容……」

「是有這麼一段沒錯。」主教漫不經心地嘆了口氣。

「現在這位法蘭克宣稱這所有的一切都是謊言。」

「這是非常嚴重的指控。他口中的一切也包括《妥拉》嗎？」

「對他而言《妥拉》沒什麼大問題，但他們的聖經是《光輝之書》。」

「這我已經知道了。所以他們那群人的目的究竟是什麼？」

「他們希望這個法蘭克受到懲罰。蘭茨科倫這個村莊的塔木德派信徒痛打了這幫異端分子，並以犯下『亞當派[4]之罪』為由將他們告上了法庭，他們自己則對這群人下了詛咒。他們還能做些什麼來打擊他們呢？所以他們才會找上我們。」

主教抬起頭。

「亞當派之罪？」

「這個嘛，主教您知道的……」皮庫斯基說，臉上驀地染上一層紅暈然後清了清喉嚨，而主教出於發自內心的仁慈並沒有要求他說完這句話。皮庫斯基不一會兒便恢復原本的狀態：「我們當初不得不把這個雅各從監獄放出來，但是他持續在土耳其人的地盤活動。猶太人齋戒期間，這個雅各不斷從馬車上向信徒喊話，既然我們身邊有真正的上帝，我們也深深信靠祂，那我們何必如此遮遮掩掩呢？

---

3 具有軟化髮絲、讓頭髮變直的功效。

4 亞當派（Adamici）是西元二世紀出現在北非的極端基督教教派，受到諾底斯主義影響，主張學習亞當裸體生活，反璞歸真，反對婚姻制度，據傳其信徒會彼此雜交。中世紀奧地利、荷蘭、波西米亞曾出現類似教派。

他說：『來吧！脫去身上的偽裝，向所有人展現自己！讓他們看見我們！』接下來——就在嚴守齋戒的這段時間——他替所有人倒了伏特加，盡情享用糕餅和豬肉。」

「他們是從哪裡冒出來的，這麼突然，數量如此可觀？」主教默默思考著，絨毛拖鞋裡的腳趾不斷擺動。此前他便聽說有些猶太叛教者拒絕遵循《妥拉》的誡命，他們認定其律法隨著彌賽亞降世失去了效力。主教暗想，但這和我們又有什麼關係？他們是外人，他們的宗教怪誕扭曲，這是內部的爭執，就讓他們狗咬狗去吧。但是他也收到了其他消息：據傳他們擅用詛咒與魔法，他們利用《做成之書》中描述的神祕力量試著從牆壁榨取葡萄酒。他們似乎會在遙遠的地方、在市場上聚會，透過特殊的符號相認，例如在書本、攤位和自家商品上寫下先知的名字縮寫S-C。除此之外——主教還清楚記下了這一點——他們互相做生意，創造出封閉的合作網絡，彼此互相照應。他聽說一旦有成員被指控做生意不老實，其他人就會為他的誠信作證，並把罪名推到他們社團之外的人身上。

「我還沒完成給閣下您的報告，」皮庫斯基突然解釋道。「《光輝之書》同時也是一本評註，另一種評註，在我看來它是神祕主義的，它要討論的內容不是律法，而是世界誕生的命題，上帝本身……」

「這是褻瀆！」主教打斷他。「我們繼續工作吧！」

但是對方只是站著，他比主教年輕了將近十歲，或許還更年輕，可是看起來像是上了年紀。主教心想，這就是他身材瘦小的影響吧。

「閣下派我到利沃夫是件好事，」皮庫斯基神父開口。「在此恭候閣下差遣，要知道猶太人與這支猶太異端的事情，您大概不會找到比我還要優秀的人了。」說這句話的時候，皮庫斯基神父驀地羞紅了臉，清清喉嚨挪開了視線。他感覺自己似乎有些誇大，犯下了驕矜自滿的罪。

然而主教並未注意到他羞愧的心情。為何我感覺渾身發冷——主教暗忖——彷彿我的血液無法流到四肢末端，彷彿它循環的速度太慢，為何我的血液如此徐緩？

主教已經受夠了當地猶太人帶來的麻煩。這是多麼惡貫滿盈、詭計多端又冥頑不靈的族群啊——你把他們丟在哪裡，他們馬上就會繞遠路返回原地，除非你有果斷、絕不退縮的心態，否則你拿這群陰魂不散的人一點辦法也沒有。除此之外，別無他法。

難道不是主教本人在就任後第八年，即西元一七四八年，促成了針對猶太人的王室法令嗎？他抓著國王死纏爛打，寄了許多信，提交一封又一封的請願書，直到國王終於頒布敕令：限所有猶太人於二十四小時內離開卡緬涅茨，其房屋收歸市政府所有，學校勒令拆除。亞美尼亞商人也參與其中，猶太人壓低商品價格，習慣私下從事不明交易或是非法交易困擾他們已久；這些亞美尼亞人十分感激主教的大恩大德。不過問題並未因此消失。被驅逐出卡緬涅茨的猶太人移居到了卡爾瓦薩里與津基夫齊鎮，馬上就違反了舊城方圓三哩內猶太人不得定居的禁令，可是沒人有心思為此審判他們，官方也睜一隻眼閉一隻眼。他們每天照樣帶著貨物進城，這樣至少能做點生意。男人把自己的女人送走了。最糟糕的是，顧客們開始跟著他們跨過斯莫特里奇河來到津基夫齊，在那建立了非法市集，造成卡緬涅茨原本的市集衰退。針對他們的控訴再次甚囂塵上，例如卡爾瓦薩里的猶太女性不顧禁令把自製的貝果[5]帶到烘焙坊烘烤。主教心想，我為什麼非得處理這些事情不可？

「他們宣稱《妥拉》的律法已經與他們無關了，」皮庫斯基神父自顧自說道。「而且以《塔木德》為基礎的猶太教是充滿謊言的信仰。彌賽亞不會出現了，猶太人等待彌賽亞來臨不過是徒然……他們還說上帝有三種化身，還說這位上帝以人類肉身的型態存在這個世上。」

「喔！這一點他們說得沒錯，」主教感到欣慰。「彌賽亞以後不會來，因為他已經來了。你總不會告訴我，善良的閣下，他們還相信耶穌基督吧。」主教在胸前畫了個十字。「把那些怪人寄來的信給我吧！」

他仔細查看信件，似乎預期可以在上頭看見印章或是浮水印之類的特殊印記……

「他們精通拉丁語嗎？」主教讀著反塔木德派寫給他的信件，感到不可置信，這封信毫無疑問出自讀書人之手。是誰代筆的？

「據說是某個姓科薩科夫斯基的人，至於是出自哪一個科薩科夫斯基家族的人，我就不知道了。他們給他的報酬很豐厚。」

關於赫梅洛夫斯基神父如何在主教面前為自己的名聲辯護

赫梅洛夫斯基神父快步走向主教，對他行了吻手禮，而主教抬了抬眼，很難說這究竟是他為來訪者獻上祝福還是不耐煩的表現。皮庫斯基和神父打過招呼，他的態度甚至說得上親暱——他躬身向對方伸出手掌，兩人簡單握了握手。老神父一身長袍髒兮兮的（更讓人難以接受的是其中幾顆扣子還脫線了），拿著提帶早已斷裂、只能夾在腋下的破舊包包，他的鬍子刮得十分潦草，白髮蒼蒼，笑容可掬。

「我聽說神父你已經適應在主教這兒的生活了，」赫梅洛夫斯基神父開玩笑地說，但顯然皮庫斯基嗅出了他語氣中的責難，因為他的臉再次染上了紅暈。

總鐸神父一踏進門便開始闡述自己的請求。因為他在主教還只是個普通神父的時候就與之相識了，所以他的態度堂而皇之，毫不避諱。

「尊貴的主教閣下，在下此次前來並非無端打擾，而是誠心希望兄弟指點一二，我該怎麼做？」總鐸神父的開場白十分戲劇化。

他從袋子裡拿出一包用不太乾淨的亞麻布包裹住的東西放到面前，在他說完自己的來意之前都將手掌放在那東西上面。

這件事的起因要追溯到很久以前，總鐸神父還在約瑟夫・雅布諾夫斯基的領地擔任貴族弟子家教老師的時候，當時他擁有在自由時間使用宮中圖書館的許可。他常常去那裡，把握他的學生忙於其他事務的每一次空閒時刻，在這座知識的泉源中盡情閱讀。他從那時就開始做各種筆記，、抄寫完整的內文片段，多虧他驚人的記憶力，他也因此記住了許多事情。

而今隨著他著作的另一個版本問世——赫梅洛夫斯基神父敲了敲那包東西示意兩人——過去的問題再度浮上檯面：有人說神父盜用了雅布諾夫斯基大公未完成手稿中的想法、許多事實與詮釋，據說

——

5 又稱克拉科夫貝果（obwarzanki krakowskie），是一種齋戒期間食用的環狀麵包，有罌粟、芝麻等口味。

這本手稿就這麼毫無防備地被放在圖書館的桌上，神父可以在這裡心安理得地抄襲其中的內容。

神父一聲不吭，只感覺喘不過氣來，他的憤怒則令主教震驚不已，後者越過書桌朝他彎下身，並朝著那個包裹投去不安的目光，試著回想整件事情的始末。

「這算哪門子『抄襲』！」總鐸神父怒吼。「說我『抄襲』是什麼意思？我那整本書不過是些愚蠢事情的索引典[6]！我把人類的知識集結在我的書中，我怎麼可能不引經據典？怎麼可能不參考其他資料？亞里斯多德的知識，讓布魯的西吉貝爾特的《編年史》[7]，或是聖奧古斯丁[8]的著作再怎麼說也不會是任何人的所有物！即便他身為貴族，他擁有的收藏琳瑯滿目，但是知識終究不會是他一人獨有的，他無法在上頭蓋章，無法像在田地上用田埂劃分出自己的領地宣示主權！他自己擁有的東西已經少得可憐，現在甚至還意圖染指我僅有的東西：良好的名聲與讀者的尊敬。在我拋下一切俗務[9]，費盡心思完成了著作之後，他現在居然要用這般空穴來風的指控破壞我的名聲嗎？他說：『你這個小偷！』他居然說是我偷了他的點子！不過是記錄一些逸趣橫生的事情需要花費多少心思？只要找到有趣的事物，不論出處是哪裡，我都不會嫉妒[10]藏私，只會把它帶上《新雅典》的舞台。這樣哪裡不好了？每個人都有可能想到要這麼做。有本事給我看他的證據在哪！」眼下神父從包裹中抽出一冊書，動作一氣呵成，接著把剛出爐的《新雅典》拿到主教眼前。一股印刷油墨濃郁刺鼻的味道灌進了他們的鼻腔。

「這應當是第四版了，對吧？」丹博夫斯基主教試著讓他冷靜下來。

「正是！人們翻閱它的頻率比您所想的還要頻繁，尊貴的閣下。許多貴族家和某些商人家中的會客廳都放著這本書，不論老少皆興致勃勃地將它拿起來閱讀，於是漸漸地，不管他們願不願意[11]，他們都會汲取關於這世界的知識。」

丹博夫斯基主教不由得陷入沉思；所謂的智慧不過是一種深思熟慮後去蕪存菁的能力罷了。

「這些指控可能不大合理，但他畢竟出自一位受人尊敬的人口中。」他說，但過了一會兒又補充道：「即使他本人愛吵架又憤世嫉俗。我又能怎麼辦呢？」

赫梅洛夫斯基神父希望為自己的書爭取教會的支持，特別是看在他本人就是教會旗下職員的份上，他總是毫不畏懼地立身於信徒之中，不顧個人利益，為了教會勤懇地工作。他也提醒主教，波蘭立陶宛聯邦是個書本匱乏的國家。據估算在這片土地上共有六十萬名貴族，但是每年出版的新書僅有三百本，在這樣的情況下貴族階層的人們何以學會思考呢？農民顯然沒有閱讀的能力，命運注定了書本於他毫無用武之地。猶太人則有自己的書刊，他們大部分的人都不識拉丁文。神父沉默半晌，然後盯著自己鬆脫的鈕扣接著說：

「閣下您兩年前答應資助出版的。我的《新雅典》是知識的寶庫，應該要人手一本。」

神父其實不願意這麼說，以免主教懷疑他過於自大，但是他誠心希望能在每個貴族莊園看見《新

---

6 拉丁語thesaurus stultitiae。

7 讓布魯的西吉貝爾特（Sigebert de Gembloux，1030—1112），本篤會修士、作家，以拉丁文撰寫《編年史》（Chronografia）一書，書中年代橫跨西元三八一至一一一一年。

8 希波的奧古斯丁（Augustinus Hipponensis，354—430），天主教與東正教聖人、神學家，著有《懺悔錄》、《三位一體論》、《論自由意志》等等。

9 拉丁語omni modo crescendi neglecto。

10 拉丁語sine invidia。

11 拉丁語nolens volens。

雅典》，供所有人參閱，因為這正是他寫作的初衷：為所有人而寫，讓女人們結束工作後可以捧著它坐下欣賞，其中有幾頁甚至很適合和孩子們分享……嗯，不是每一頁都可以，神父暗忖。

主教輕咳幾聲，然後往後退了一些，於是總鐸神父降低音量補充，語氣聽起來不那麼熱情了：

「可是這件事就這麼無疾而終。我一個人把預先存下的養老金都拿來支付耶穌會士們印刷的費用了！」

主教得想辦法從老同事荒唐的要求中脫身。別說出資了，他哪來的錢？教會的支持就更不用說了。這本書主教連讀都沒讀過，而且他也不是很喜歡赫梅洛夫斯基。他實在太過散漫，一點也沒有優秀作家的樣子，主教不論怎麼看都不覺得他會是個有智慧的人。至於支持，應該是他要為教會提供幫助，而不是期待教會給予他幫助。

「神父，你既以筆墨維生，就該以筆墨捍衛自己，」主教說。「寫下您的辯白，把自己的主張放進某篇聲明裡。」他看見神父的臉色一沉、神情哀傷，隨即為這個老人感到遺憾，於是他的態度軟了下來，快速補上一句：「我會在耶穌會士那邊幫你一把，但千萬別對外聲張。」

赫梅洛夫斯基神父顯然沒有預料到會遭受這樣的對待，他還想多說些什麼，但有一位模樣酷

APPROBACYA Tey KSIASZKI
Przez J.W.JMci Xiędza IGNACEGO z *Wyżyc* WYZYCKIEGO ARCYBISKUPA Metropolitalnego Lwowſkiego,
Dana ieſt w Pierwſzey CZĘSCI Tey KSIASZKI.
Tamże ieſt PRZEMOWA doCZYTELNIKA barzo potrzebna.
Tu kladę
ZACHĘCENIE CZYTELNIKA do tey CZĘSCI.
Surge vade, & Domus tua, & peregrinare, ubicunque repereris.
IV. Regum cap: 8. v. 1.
KSIASZKA ta ieſt, *Quæ Mare, quæ terras, quæ totum poſſidet Orbem.* Lucanus.
Opus Magni mirabile Mundi Tibullus.
Kto w domu iak żołw śiedziſz, aniś woianżował,
Kurkow nie Turkow z okna w ſwym Domu widował:
Ledwieś ſłyſzał co MOGOL? SWIAT Nowy? PETZORA?
Tu, czytay, PEREGRYNANT będzieſz z Domatora.

KATALOG AUTOROW.
Obſzerny Regeſtr Autorow, ktorych zażylem w piſaniu tych ATEN, ieſt w Pierwſzey CZĘSCI: tu iednak eſſencyalnych ztamtad repetuię.

Atlas Contractus Ianſſonis
Adrichomii Jeroſolyma.
Botera Theatrum.
Barclaii Icon Animorum
Cluverii Geographia.
Delicye Włoſkiey Ziemi.
Dictionarium Hiſtoricorū.
Fabritius Georgius.
Flores Regnorum.
Gladius contra Turcas.
Gyllii Conſtantinopolis.
Hornii Uliſſea.

Hiſtoria Perſica P. Kruſinſki.
Kircheri Turris Babel.
Italiæ Deſcriptio
Lipſii Juſti Roma.
Moſcovia Pauli Potocki.
Michalonis Tartaria.
Niderndoff Henrici Geographia.
Numismatica Hiſtoria Claudii du Molinet.

Regna Poloniæ, Hiſpaniæ, Galliæ, Angliæ. &c.&c. vario Authore.
Radziwiła Xiążęcia Peregrynacya.
Rykota Monarchia Turecka.
Speculum Orbis.
Theatrum Urbiū Europæ.
Templum Vaticanum.
Volſcii Peregrinatio.
Vir Conſilii Andreæ F- dro Pal. Podol.

似巨鼠的祕書站在了門口，他只好帶上包裹離開。他盡可能放慢腳步，維持尊嚴，藉此掩飾他失望至極的表情。

羅什科載著裹著毛皮大衣的神父回到家。大雪過後，積雪深及農舍屋頂，雪橇得以飛也似地滑行其上。陽光在每一片雪花的折射下閃得神父看不清眼前的事物。在他們抵達羅哈廷以前有一支雪橇車隊乘著光而來，上頭坐滿了猶太人，十分吵鬧，就這麼消失在刺眼的潔白中。神父此刻渾然不知他期待已久的信早已在家中等著他。

伊莉莎白・德魯日巴茨卡致赫梅洛夫斯基神父 一七五六年二月，維斯沃卡河畔的熱緬[12]

我親愛的摯友，多希望能夠更常寫信給你，但我的女兒仍在坐月子，糟糕的風雪使得大部分的路無法通行，河川氾濫使得聚落與世隔絕，我女婿的旅程也因此延長了將近一個多月，整個領地的大小事便全落到了我這個老人身上。

所以我一大早起床就開始四處奔波：牛舍、豬棚、雞圈，將佃農帶來的所有東西適當保

12 熱緬（Rzemie）是波蘭位於東南部的村莊，詩人伊莉莎白・德魯日巴茨卡曾於一七三四年至一七五五年間定居此地。

存——從清晨就為了準備各種東西做牛做馬：乳製品、起司塊、起司煎餅、夸克乳酪13、燻肉、肥育的家禽、動物油脂、麵粉、卡莎、麵包、野菇、果乾、蜜漬水果糖、蠟燭用的蠟與動物油、油燈與齋戒期間使用的植物油、羊毛、紗線、製作大衣與靴子的皮料。我要先花費大把的時間與精力，才有可能在早餐的餐桌上吃到新鮮的麵包，而且我必須和許多人同心協力、各司其職。他們絕大多數都是女性，負責操作石磨、紡車與織布機。他們掌控著煙燻室的燻煙，和麵桶裡膨脹的麵團，爐子裡即將烤好的麵包，以模具塑型的蠟燭，乾燥後供家中藥房使用的藥草，鹽巴醃製的豬油。她們監督著伏特加的釀造，往其中添加香料的步驟，啤酒的釀造，蜂蜜酒的發酵，食物儲藏室與糧倉的補給。因為女人肩負了家中三個屋角的重量，第四個角落則落在上帝肩上。

我已經將近一個月未曾寫下隻言片語了，坦白說，假如能夠離開這座磨坊稍作休息的話，我會感到非常開心。如你所知，我有兩個女兒，而其中一個女兒對於生小孩這件事樂此不疲，如今誕下的已是她第四個女兒了。她的家庭生活和睦，丈夫和善又有工作能力，看得出來夫妻二人關係很親近。若人與人之間能夠如此親密，夫復何求？

儘管問題層出不窮，我總是盡量心平氣和地看待萬事萬物。為何一群人得以養尊處優，另一群人卻一貧如洗？他們面臨的不只是物質上的不足，還有休閒活動、時間、運氣與健康的缺乏。要是一切可以平均分配的話該有多好……

因為我釀的水果酒相當不錯，所以有次我請求索菲亞．恰爾托雷斯卡幫我販賣它們，只不過那不是一般的葡萄酒，而是用森林莓果，特別用野薔薇果實釀的。它的酒精度數高，濃郁的香氣贏得了所有人的讚賞。我也會為你送上幾瓶，善良的閣下。

就在我振筆直書的這一刻，門被猛然打開，追在菲爾雷卡身後的女孩們闖了進來，因為牠帶著沾滿泥濘的腳掌就這麼踏進了屋裡，她們得把牠的腳掌擦乾淨，但狗兒在桌腳和椅腳之間逃竄，只留下恰似泥土印章的髒亂痕跡。每當我看向牠，看向這個上帝創造的小碎片，我就會想到你，我親愛的好友。你近來可好？身體是否安康？以及最重要的一點：你的曠世鉅作進展如何？女孩們驚聲尖叫，狗兒完全聽不懂她們為何吵鬧，而當年紀最小的女孩硬生生跌倒在地，小狗還以為她們在玩遊戲，歡快地抓起她的裙襬。天啊，看來又要洗衣服洗到天昏地暗了，尊敬的閣下。

請你隨信附上一些有趣的小故事寄給我吧，好讓我在回到社交圈之後可以讓人眼睛一亮。我應雅布諾夫斯基一家的邀請，五月將再度上門拜訪他們……

赫梅洛夫斯基神父致伊莉莎白・德魯日巴茨卡

女士，你的水果酒已經送達，我十分享受它的味道。我會在傍晚眼睛疲勞不已無法繼續工作時，一邊看著火焰一邊享用你的美酒。我全心全意感謝你送的酒，以及你的詩集。

在女士你的所有詩篇中，我最喜愛讚美森林與獨居生活的那一首，我完全同意詩中所言。關

13 夸克乳酪（twaróg）是一種白色軟質的凝乳，味道偏酸，是日耳曼與斯拉夫料理中常見的食材。

於愛情的詩我不予置評，我既不了解情愛，也沒有時間可以花在這種事情上，而且基於我神職人員的身分，我也不該在這般風花雪月上花費心思。人們過於看重人類的愛，容易誇大它的重要性，有時我感覺人們探討愛情的時候，心中所想的其實是其他東西，而「愛情」一字只是某種我無法領略的比喻。或許只有女人或是女性化的男人才有機會接觸理解愛？人們口中的愛說的是仁愛？又或者是聖愛呢[14]？

尊敬的女士你實在令我驚豔，詩歌就如同啤酒桶中的啤酒從你的心中流淌而出。你將這一切置於何處？究竟是如何從腦海中擷取出這些瑰麗的詩句與想法？我的作品，親愛的女士，性質完全不同。我從不無中生有，只是將我從頭到尾讀過幾百位作家的作品精髓提供給讀者。

女士你能夠在寫作中自由發揮，而我則是立基於已經被寫下的事情。你從想像與內心汲取靈感，細細挖掘自己的激情與幻想，像是伸手探入零錢包後再將金幣撒向四周，它們照得你光彩動人，閃閃發亮，吸引了人們的目光。至於我則不會加入任何發自內心的意見，僅顧著彙整與引用。我會詳細標註出處，所以到處都可以看到我寫的「teste」，即「查看」，以此建議讀者取得原書，好好看一看知識在幾個世紀以來是如何相互糾纏、交織。透過這樣的方式，當我們抄寫、引用書籍時，我們就可以建立起知識的大廈，然後讓它們像我的蔬菜和小蘋果樹一樣增生。直接引用原文就像是嫁接樹木，間接引述內文則像是播種。屆時圖書館的火災、瑞典大洪水、赫梅利尼茨基起義的戰火都不足為懼了。每一本書都是知識的新芽。知識應該是實用的，觸手可及的。所有人對那些必不可少的學科都應該有最基本的認識——醫學、地理、自然魔法[15]——同時對外來的宗教與國家也應該有粗淺的了解。他們必須知道入門的概念，然後將它們分門別類理出頭緒，因為要是沒人指點我，我又如何明白呢[16]？我的讀者本來需要翻閱許多笨重的書本，買下好幾座圖書館，但現在多虧有我的著作，你便無需為此費心勞力。

然而，我常常思考該如何表述、如何處理這般龐然大物？我是否該節選部分片段後，再盡可能忠實地解釋其中意涵？又或者我該總結摘要作者的論證並標示它們的出處，好讓求知若渴的讀者可以從優秀的藏書中找到這些書。

我擔憂的是，萬一只摘要某個人的觀點將會無法完全傳達他的精神，因為作者的語言習慣、他的文風會消失不見，而幽默與傳聞也非三言兩語可以道盡。所以像這樣的彙編只是一種近似值，日後有人將總結再度寫成摘要時，他真正得到的只有剩餘的糟粕，資訊因而被榨取、排除掉了。我不確定它會變得比較像是水果酒中的果漿，所有的精華都已經被萃取得一乾二淨；還是與之相反，像是生命之水[17]，當稀釋

14 希臘文中將愛分為情欲之愛（Eros）、家庭中父母子女之間的愛與友誼之愛（Philia），與出自上帝無私普遍聖愛（Agape）區分開來。羅馬人為了翻譯這個字創造了Caritas一字與之對應，有仁愛、慈愛之意。

15 自然魔法是研究大自然奧祕及力量的魔法，其研究範圍包含了鍊金術、天文學與藥草學等。

16 拉丁語et quo modo possum intelligere, si non aliquis ostenderit mihi。

過的、比較稀的東西被蒸餾成烈酒，它的精神仍然不滅。

我期望實現的是後者這種方式的蒸餾。讓讀者無需想辦法取得我書架上陳列的所有書籍（共計一百二十本），也無須為了我造訪莊園、宮殿、修道院時拜讀後做了大量筆記的那些書操心。

善良的女士，請不要以為我把我的努力看得比你的詩與愛情故事更高尚。你的作品是為了放鬆身心而寫的，而我的則是以增進實用科學為目的。

我有一個遠大的夢想，就是總有一天我要踏上遙遠的朝聖之旅。但我設想的目的地並不是羅馬或是其他異國景點，而是華沙。在那裡有一個我一抵達就要去的地方：丹尼沃維奇宮，札烏斯基兄弟，您忠誠的出版者，將上千本的藏書存放於此，並讓每個有閱讀能力的人都可以隨心所欲借閱它們……

最後，請你替我拍一拍菲爾雷卡的耳朵。您替牠取的這個名字令我感到十分榮幸。牠的母親又生下了一窩幼崽。我不忍心溺死牠們，只好分給了附近莊園的鄰居；因為是從神父手上接過的，農民們非常樂意接收牠們……

平卡斯記下的那些事情，與未被記下的那些

要是有人覺得間諜們只會為了主教工作，那可就大錯特錯了；利沃夫拉比拉帕波特的桌上同樣堆

滿了無數來信。平卡斯是他最能幹的祕書、他外在的記憶庫、檔案庫、地址清冊。他總是隔著半步的距離跟在拉比身後，他的身形筆直、個頭矮小，看起來有點像齧齒動物。他會用自己修長枯瘦的手指拿起每一封信，在掌中仔細翻看，關注每個細節、汙痕、墨漬，接著小心翼翼地打開它——如果有封蠟，他會盡量避免弄碎它，並以此辨別寄件者的身分。然後平卡斯會將信件帶到拉比面前，等待他下令如何處置它們：日後處理，抄寫信中內容，即刻回信。之後平卡斯才會回到位置上動筆寫字。

可是從他失去女兒的那一刻起，平卡斯便難以專心處理信件了。拉帕波特拉比十分理解他的處境（也許他害怕祕書在內心混亂的狀態下可能會出錯，繼而無法勝任祕書的工作），所以只命令他閱讀那些信件，頂多要他把信拿過來。拉比已經聘用了另一個人負責寫信，所以現在平卡斯的工作變得比較輕鬆。這讓平卡斯不太高興，但他盡力掩飾著有些受傷的自尊。沒錯，他不得不承認，他確實遭遇了不幸。

然而他又對這個法蘭克受詛咒的信徒們近來發生的事情興致勃勃，這群混帳毫不遲疑地糟蹋了自己的巢穴。這是拉帕波特拉比的說法。拉帕波特提醒所有人在這樣的情況下該如何自處：

「對於與薩瓦塔伊．塞維相關的事情一律三緘其口是我們祖先留下來的傳統；不論好事壞事都一樣；不咒罵也不讚揚。假設有人鍥而不捨地追問，探究當時的情況，那麼他就必須面臨譴責令[18]的威脅。」

---

17 拉丁語aqua vitae。

18 譴責令（cherem），拉比法庭下令將違反規範的人自猶太社群驅逐的懲罰，類似天主教的絕罰。

即便如此，他們不能永無止境地忽視這件事情。這就是為什麼他們，拉帕波特和其他拉比們組成拉比法庭，聚集在某個納夫塔利位於蘭茨科倫的商店裡。眾人正在互相商議，不久前他們才審問過囚犯。當時因憤怒聚集在商家外面的人們一面氣急敗壞地拉著他們，一面怒吼著：「三位一體！三位一體！」拉比們不得不想辦法保護他們。

「事情是這樣的，」拉帕波特說，「我們身為猶太人都坐在同一條船上，一同駛過風雨交加的海面，而周圍有許多海怪，危險每一天、時時刻刻威脅著我們。每一天、每個小時都可能有新的風暴產生，等著把我們完全淹沒。」

拉比提高嗓音：

「可是和我們一起坐在船上的還有那些無賴，本是同根生的猶太人。只有第一眼看到他們才會把他們誤認成兄弟，因為實際上他們就是混蛋，來到我們之間的惡魔種子。他們比法老王、哥肋雅、培肋舍特人[19]、尼布甲尼撒二世[20]、哈曼[21]、提圖斯[22]還要惡毒……他們比伊甸園中的蛇還要壞，他們居然膽敢咒罵以色列的上帝，就連蛇都沒有膽子這麼做了。」

附近最年長、最受人景仰的拉比們圍坐在桌邊，他們留著大鬍子，彼此的模樣在油燈微弱的燈火下看起來十分相似，所有人都不安地垂著眼眸。平卡斯坐在側邊那桌，和另一位祕書負責共同製作會議紀錄。此刻平卡斯停下筆，望向遲到又被淋成落湯雞的喬爾特基夫拉比，他大衣上的水滴在打過蠟的木地板上弄出了一個小水窪，水中倒映著燈光。

拉帕波特拉比提高音量，他手指的陰影剛好碰到低矮的天花板：

「正是這樣的一群人不顧猶太人全體的利益，往這艘船鑽洞，彷彿他們沒有意識到這麼做會讓所有人一起淹死！」

然而，蘭茨科倫的革爾熊將鎮上其中一間房子裡上演的醜惡儀式上報政府這件事究竟合不合適，大家的意見並不一致。

「雖然這起事件中的亮點最引人注目，但它絕對不是最重要的，也不是最危險的，」拉帕波特繼續說，猛然示意平卡斯不要把這件事寫下來。「造成威脅的是其他東西，是幾乎沒有人注意到的，在修爾的女兒哈雅胸部掩護下的東西。所有人都把重點放在女性的裸體上，但與此同時，重要的是，或者該說最重要的是當時在場的米勒．納夫塔利親眼看到並公開作證的東西：**十字架**！」

全場陷入一片寂靜，你可以聽見薩塔尼夫的莫什科氣喘吁吁的聲音。

「而且他們還用那個十字架行各種奇蹟，在上頭點燃蠟燭然後把它放在頭頂上。這個十字架就是我們的封棺釘[23]！」拉比罕見地扯開嗓子。「我說得對不對？」他詢問納夫塔利，後者似乎被他親自

19《撒慕爾紀（上）》第十七章中與大衛決鬥的巨人哥肋雅即為培肋舍特人（Philistines）。培肋舍特人，又譯非力士人，定居於迦南南部的民族，曾與猶太人有多次軍事衝突。

20尼布甲尼撒二世，西元前六〇五年至五六二年在位的巴比倫國王，征服了猶太王國，於西元五九七年攻下耶路撒冷，將許多猶太人俘虜至巴比倫為奴，史稱巴比倫之囚。

21波斯王薛西斯的大臣，因在朝廷裡任職的猶太人摩爾德開不肯向他低頭跪拜而對猶太人懷恨在心，下令滅絕帝國境內的所有猶太人。

22提圖斯·弗拉維烏斯·維斯帕西亞努斯（Titus Flavius Vespasianus），西元七九至八一年在位的羅馬帝國皇帝，西元七〇年作為主將攻下耶路撒冷城後，反對羅馬帝國統治的猶太人大起義逐漸偃旗息鼓。

23封棺釘（gwóźdź do trumny），形容導致某事或某人最終失敗的因素、敗筆。

向眾人告發的事情嚇破了膽。

納夫塔利點了點頭。

「那些異教徒現在是怎麼想的？」薩塔尼夫的莫什科語氣誇張地問。「對他們來說根本沒差，猶太人就是猶太人，進而得出猶太人全都一個樣的結論。他們會說猶太人把十字架當成一種褻瀆，說我們辱罵它。我們早有預料，毫不意外……在我們開口解釋之前，他們就已經做好準備要讓我們受盡折磨了。」

「或許當初就不該聲張，讓我們圈內人自己乾淨俐落地解決掉這件事比較好？」溼答答的拉比問。

可是現在早就沒有「圈內人」可言了。我們無法和他們達成共識，因為他們為了抵抗我們同樣傾盡了全力。而且還有像丹博夫斯基主教（這個名字引起在座眾人一陣不安的躁動），以及蘇爾第克主教（對此大部分的拉比垂下眼眸望著漆黑的地板，只有一位不禁哀嘆）這般強而有力的靠山為他們提供庇護。

「所以最好的辦法莫過於，」聰慧的拉帕波特接著說，「把我們手上沾染的這般汙穢完全洗乾淨，讓王室法庭自己去蹚這趟渾水，而屆時我們就再也不會和那群叛徒有任何關係了。認真說起來，他們還算得上猶太人嗎？」他語氣誇張地質問。

空氣中瀰漫著緊張的氣氛，沉默持續半晌。

「既然他們是薩瓦塔伊（願他的名被永遠磨滅）的信徒，那他們當然算不上猶太人。」拉帕波特提出結論，聽起來就好似詛咒一般。

沒錯，平卡斯聽完這些話之後感到安心。他呼出了胸中那股腐敗的氣息，現在正大口大口吸著新鮮空氣。討論會一直持續到午夜。平卡斯一邊做著會議紀錄，一邊側耳細聽那些穿插在值得寫下的字句之間的內容。

第二天拉比法庭便下達了譴責令。眼下平卡斯手頭積滿了待辦的工作。他必須將關於絕罰令的公文信謄寫許多遍之後，再將它們以最快的速度分送到各地的卡哈爾。傍晚他將公文信送到了離利沃夫市集廣場不遠的小間猶太印刷鋪。深夜他回到家中，迎接他的是年輕妻子滿腹的牢騷，雙胞胎一如既往弄得她七竅生煙，她總說他們吸乾了她渾身的精力。

關於詛咒的次序[24]

隨著號角聲響起，詛咒被濃縮成既定次序與時刻下所吐露的文字。詛咒施行的地點位於利沃夫的猶太會堂，一旁是黑色蠟燭的燭光與敞開的聖約櫃[25]。他們朗誦《肋未紀》第二十六章第十四至第四

---

24 詛咒的次序（Seder ha-cherem）是下達譴責令後在猶太會堂內公開進行的詛咒儀式，除了閱讀《妥拉》中的詛咒咒語，拉比們還會對當事人施加疾病、破財、妻子改嫁等詛咒。

十五節、《申命紀》第二十八章第十五至第六十八節。接下來蠟燭熄滅，一種悚然畏懼的感覺在所有人心中油然而生，因為從這一刻起上帝的光輝就再也不會眷顧受詛咒之人。三位拉比法官負責進行儀式，其中一位的聲音在整座會堂中迴盪，在廣大信眾的包圍下漸漸變得微弱。

「我們在此向所有人宣告，許久以前我們便已得知了科羅利夫卡的楊凱爾．萊布維奇卑劣的思想與行徑，我們為了將他從惡魔之路拉回正軌用盡了一切辦法，然而我們無法進入他鐵石般的內心，日復一日收到關於此人的異端邪說與所作所為的新消息，加上現有的證人，拉比法庭決定對科羅利夫卡的楊凱爾．萊布維奇處以詛咒之刑，且就此逐出以色列社群。」

平卡斯佇立在人群中央，他幾乎能夠感覺到其他男人身上的體溫，此刻他正不安地動來動去。為什麼他們將被詛咒者稱為「楊凱爾．萊布維奇」，而不是「雅各．法蘭克」？這某種程度上否定了近來發生的一切。令人擔憂的猜想忽然湧上平卡斯心頭：他們詛咒楊凱爾．萊布維奇的時候，雅各．法蘭克得以毫髮無傷。難道詛咒不是追著名字跑嗎，像是受過訓練的獵犬聽令「找出來」一樣？那麼萬一詛咒出了差錯，沒有傳達給正確的人呢？搞不好有人可以藉由改變姓名、居住地、國家與語言，成功躲避譴責令這種最沉重的詛咒呢？他們下詛咒的對象是誰？是那個喜愛惹事生非又屢勸不聽的人嗎？還是那個引誘女性又盡耍小心機的年輕小夥子？

平卡斯知道按照文獻記載，被施加譴責令的人會死去。

他伸手推開眼前的人群向前擠去，對著周圍的人耳語：「雅各．法蘭克。雅各．法蘭克，不是楊凱爾．萊布維奇。」又或者兩者皆是。最後站得離他最近的人們終於理解老平卡斯的意思。一陣小小的騷動過後拉比繼續下咒，他的聲音變得越來越悽愴，令人不寒而慄，最終聚集在此的男人們彎下腰，而待在女院[26]的女人們面對這個宛如從最幽暗地窖中召喚出的可怖機械裝置緊張地不斷啜泣，它好似黏土製成的無情巨人，將會時時刻刻運轉，沒人有辦法阻擋它。

「我們對楊凱爾・萊布維奇，又名雅各・法蘭克，施以詛咒，咒罵他，我們以若蘇厄詛咒耶里哥的話語，厄里叟詛咒孩童的話語[27]，以及《申命紀》中記載的所有詛咒對他施咒。」拉比說。

四周響起一陣竊竊私語的聲音，難以確定對方是出於遺憾還是滿足，但它彷彿不是從嘴裡發出的，而是長袍、口袋深處、寬衣袖、地面間隙發出的聲音。

「讓他不論白天黑夜都遭受詛咒。當他躺下睡覺時，當他起床時，當他回家時，當他出門時皆詛咒纏身。但願上主永遠不會原諒他，但願他不會得到上帝認可！願上主的怒火就此攻向這個人，願上主在他身上降下一切詛咒，願神將他的名字自生命之書抹去。我們在此提出警告，不許有人和他講上半個字、寫上半句話，不得對他釋出半分善意，不可以和他待在同一個屋簷下，和他之間相隔的距離不得低於四肘，不能閱讀任何他親口傳述、親手寫下的任何文件。」

話語逐漸平息，進而轉變為某種若有似無的東西，空氣組成的生物，難以捉摸又恆久的存在。人

---

25 聖約櫃（Aron Hakodesh）為存放《妥拉》卷軸的小櫃子。

26 女院（Ezrat Nashim），正統派猶太會堂中劃分給女信徒的座位，波蘭語中猶太會堂、東正教教堂的女院皆稱為Babiniec。

27 若蘇厄帶領以色列民攻下耶里哥城時起誓：「凡著手重建這耶里哥城的人，在上主面前是可咒罵的。他奠基時必喪失長子，安門時必喪失幼兒。」見《若蘇厄書》第六章。《列王紀》第二章第二十三節共有四十二名孩童因為嘲笑先知厄里叟的光頭而遭受詛咒，最後被兩隻熊咬死。

們關上了會堂的門扉，一聲不吭地走回家。與此同時，在遙遠的某個地方，雅各在追隨者簇擁下坐著；他醉意微醺，沒有意識到任何事情，他的周遭沒有發生任何改變，什麼事也沒有，唯有燭火驟然晃了那麼一下。

關於無所不在、見證一切的嫣塔

無所不在的嫣塔眼中所見的詛咒處於某種模糊的型態，好像那些從我們眼前飄過的奇異怪物、扭曲的碎片、半透明的微小生物。而詛咒從這一刻起就會逮住雅各，如同蛋白緊抓著蛋黃不放。

說穿了，根本無需為此煩憂，也無需感到驚訝。睜開眼睛好好看一看，你的周圍其實還有更多這類詛咒，只是小了些，弱了點，或者無關緊要。它們圍繞在許多人身邊，好似糊成一團的月亮繞著人類心臟周圍的荒廢軌道而行——例如那些馬車駛過菜田時，車輪輾過一顆顆成熟高麗菜而遭人怒斥「滾蛋吧你！」的人們，抑或是那些跟著佃農跑到灌木叢裡而被親生父親咒罵的女孩們，或是因為追加額外的義務工作日受到自家農奴詛咒、身著漂亮繡花茹潘的男人，又或者這個農奴放任夫妻倆的錢被偷，在酒館為了喝酒把所有錢花個精光，同樣被妻子痛罵「你怎麼不去死」。

當你有能力和嫣塔站在同一個角度看事情時，你會發現世界實際上是由話語所構成的，它們一旦被說出口，便會開始主張自己掌控所有秩序的權力，一切都應當聽從它們的指揮，萬物皆臣服其下。

每一個最平淡的詛咒，每一個被吐露的字眼，都有其效力。

過沒幾天雅各收到關於譴責令的消息時，他正背對著光坐著，以至於沒有人看見他臉上的表情。蠟燭在他凹凸不平的臉頰上投下了一道銳利的光。他會再度染上疾病嗎？如同他在薩羅尼加時那般。他僅僅喚來納赫曼一人，兩人站著祈禱直至天明，以此反擊。他們點上蠟燭，房間內變得又悶又熱。黎明來臨前他們就已經累到站不住腳了，雅各進行了某種祕密的儀式，隨後莫德克先生說了些和詛咒一樣強大的話語，將它們導向了利沃夫。

而位於卡緬涅茨的丹博夫斯基主教某天早晨醒來時，發覺自己的行動似乎變得更加遲緩，他的一舉一動都需要花上更多力氣。他不知道這究竟代表著什麼。然而，當他意識到這股猝不及防又怪異的不適感背後可能的原因時，不由得對此感到恐懼。

嫣塔躺在棚屋中，並未死亡，但也不會醒來。他的孫子以色列則走遍了整座村子，到處向人講述這件奇聞，以及那股唯有伏特加才能減輕的悲哀、傷痛。他在人前表現得像個好孫子，一整天都用來照顧奶奶，因此他沒有多餘的時間可以工作。有時候他一想到這件事就忍不住落淚，有時則難以壓抑心中的怒火，這種時候他便會主動挑起爭端。可是老嫣塔真正的照顧者其實是他的女兒們佩賽爾與芙蕾娜。

佩賽爾習慣在日出時起床，然後走向所謂的棚屋（實際上它就是棟附屬農舍的建築物），確定是否一切正常。總是一切如常。只有那麼一次，她瞥見老人的身上坐著一隻貓，一隻陌生的貓。她把貓趕走了，如今她每次都會確實關緊門扉。有時會有一層類似露水、水珠的東西蓋住媽塔，她的肌膚上、衣服上都有，但是這種水十分奇特，它不會蒸發，只能用撢子把它拍掉。

接著佩賽爾會細心擦拭媽塔的臉龐，在碰到曾祖母的皮膚之前她總是會遲疑一下。她的皮膚冰涼、細緻，卻柔軟。佩賽爾常常覺得它會發出輕微的劈啪聲，或者該說是嘎吱聲，像是新皮鞋，又像是市集上剛買來的馬轡發出的聲音。有一次佩賽爾忍不住好奇心，請母親索布拉幫忙她小心抬起媽塔的身體，檢查有沒有褥瘡。她們褪下她的洋裝，卻沒有看見任何褥瘡的痕跡。

「這具身體裡已經沒有血液在流動了，」佩賽爾向母親說，兩人不寒而慄打了個哆嗦。可是這並不是一具屍體。她們一碰到它，眼皮遮擋下緩慢的眼球運動就會變快。這一點無庸置疑。

好奇心旺盛的佩賽爾某次還做了另一項測試，不過只有她一個人，沒有其他證人。她拿起一把銳利的小刀，迅速在手腕內側的皮膚上劃出一道切口。她說的是對的，沒有血液流出，然而媽塔的眼皮不安地震動，一口似乎憋了許久的氣從她的嘴巴跑了出來。這有可能嗎？

佩賽爾專注地觀察亡者（假如我們可以如此定義的話）的生命跡象，她確實看見了某些變化，非常微小的變化。她告訴父親這件事的時候堅稱媽塔正在變小。

同一時間，屋外有一群睡眼惺忪的人已經在等待了。有些人花了整整一天才走到這，其他來自遠方的人則向村民租了房間。

日出的太陽迅速飛升，朝河面上投下一道潮溼的長影。等待的人們在它刺眼的光芒下取暖。之後佩賽爾讓他們進到棚屋內，他們可以在這待上一段時間。大家剛開始只是站著，膽怯地不敢走進這個類似靈柩台的東西。佩賽爾不讓他們大聲祈禱——他們惹的麻煩還不夠多嗎——所以眾人默默禱告，向嫣塔傳達他們的祈求。據說她也能實現那些關於生育與不孕的願望，有求必應。所有與女性身體有關的願望都可以。可是前來的人之中當然也包括男性；相傳嫣塔會在一個人萬念俱灰的時候幫忙解決毫無轉機的問題。

這一年，雅各．法蘭克帶著自己的哈吾拉[28]走過一個又一個村莊，教導、灌輸無數良善與邪惡的想法，與此同時，造訪科羅利夫卡探視他祖母的人數達到了巔峰。

以色列家的庭院一片狼藉。馬兒被拴在圍籬上，你可以聞到馬糞的味道，蒼蠅在附近飛來飛去。佩賽爾讓朝聖者分批進去。他們之中有一部分的人是虔誠的猶太教徒，周圍的窮苦居民，還有販售鈕扣與小杯葡萄酒的流浪商人，當然還有出於好奇心前來的人們。他們搭著一批又一批馬車抵達，留下乳酪、母雞或是一籃雞蛋給索布拉。真好，它們全歸他們家所有。客人們離開後，女孩們晚上要負責打掃，清理庭院中的垃圾，掃棚屋的地板，並把庭園裡被踏得亂七八糟的地面耙平。雨季來臨時，索布拉會親自把木屑拿到嫣塔那兒，然後用它鋪滿整片地板吸收水分。

此刻，傍晚時分，佩賽爾點燃蠟燭，在逝者的身上鋪上手縫毛線襪、童鞋、小帽子、鑲邊圍巾。她喃喃自語。突如其來的開門聲讓她緊張地抖了一下，來人是她的母親索布拉，佩賽爾不由得鬆了口氣。

28 哈吾拉（chawura），希伯來語的同夥，現今為由志同道合的猶太教信徒組成的小型宗教團體。

「你可嚇到我了，媽媽！」

索布拉吃驚不已，站著一動也不動。

「你在做什麼？這是什麼東西？」

佩賽爾停下動作，不再從籃子裡拿出新的襪子與圍巾。她聳了聳肩。

「什麼？什麼？」佩賽爾嘲諷地重複母親的問題。「梅耶科維茨家的小朋友耳朵生了病，就是靠這種帽子才康復的。這些襪子是針對腳掌痛與關節痛的。圍巾則能治百病。」

芙蕾娜站在牆邊，用乾淨的麻布塊捲好襪子再打個結，明天她們要把這些東西賣給朝聖者。

索布拉在聽到關於詛咒的消息那一刻就知道，這件事絕對不會有好結果。詛咒會不會牽涉到被詛咒者的家人？答案是肯定的。恐慌的心情揮之不去。從某個時間點開始她便能感覺到胸口的刺痛。她勸以色列不要再參與這些宗教紛爭了，勸他想辦法擺脫媽塔。她偶爾會站在窗邊，望向窗外的墓園與向下通往河邊的斜坡，暗忖之後該從哪條路逃跑。

最讓她膽寒的，莫過於發生在羅哈廷的約瑟夫身上的事情。他們有過一面之緣——他曾經來過這裡，和雅各一起，就在冬天的時候。那人去了會堂，當著眾人的面承認了自己的錯誤；他對於自己的罪行供認不諱，告訴他們自己打破安息日的規定，沒有遵守齋戒，有過禁忌的肉體關係，他會向薩瓦塔伊．塞維與柏魯奇亞禱告，奉行卡巴拉的儀式，吃過禁忌的食物，以及雅各在科羅利夫卡時發生的所有事情。一想到這，索布拉便頭昏眼花，恐懼讓她一陣反胃。她的丈夫以色列很有可能會說出一模一樣的話。之後這位羅哈廷的約瑟夫被判處杖刑三十九下，但跟剩下的處罰比起來這根本算不上什麼。他必須和妻子離婚，並宣告他的小孩是私生子。他被趕出羅哈廷的卡哈爾，從此以後不得與猶太人來往。直到生命終結的那一天他都將在世界各處漂泊。

索布拉跑向媽塔的靈柩台，憤怒地將襪子和帽子丟到地上。佩賽爾吃驚地看著她，大感不悅。

「噢，媽媽，」她說，「你真的什麼也不懂。」

卡緬涅茨的尼古拉・丹博夫斯基主教去函宗座大使塞拉，而他的祕書還添了一些自己的想法

這是封來自主教的信，然而其中一筆一畫全都出自皮庫斯基神父之手（眼下他正在為主教誦讀這封信），因為主教現在正為了他位於喬爾諾科津齊夏宮的擴建工程忙碌不已，求好心切的他恨不得親自跑去監督所有工程。

宗座大使則希望能夠釐清，那群猶太異端惹出的怪事究竟發展到什麼地步了。多虧了猶太人自己與他們拉比法庭的功勞，一個驚人的事實浮上了檯面：薩瓦塔伊派，那群背教者的會眾聯絡網遍布世界各地！在布科維納[29]、匈牙利、摩拉維亞、波多里亞都有他們的身影。這些聚會都是地下組織；異

29 布科維納（Bukowina），位於東喀爾巴阡山脈與德涅斯特河之間的歷史地域，一七七四年第五次俄土戰爭結束後，依據《庫楚克開納吉和約》，鄂圖曼土耳其帝國將布科維納割讓給哈布斯堡君主國。現今北布科維納位於烏克蘭境內，南布科維納則屬於羅馬尼亞。

端信徒裝成正統的猶太教信徒，在家中卻熱中舉行惡魔的儀式，其中不乏亞當派之罪——裸露之罪。拉比們得知這件事時怒不可遏、大驚失色，他們已經針對此事寫過一封禮貌周全的信給宗座大使。因此，皮庫斯基代筆的主教函，講述了被逮捕的猶太異端信徒在薩塔尼夫的拉比法庭受審的過程。

聽證會於卡哈爾的審判室舉行。領地守衛與猶太人派出的浸禮池守衛，某個名叫納夫塔利的人，一起帶著被告入場，他們的脖子上套著粗麻花繩，雙手被綁住，所以無法抵擋群眾的毆打與唾沫。有些人太過驚慌失措，在被審問之前就已經將一切全盤托出，並即刻發誓再也不會做出類似的行為，請求庭上寬恕他們。某個來自羅哈廷的約瑟夫就是這麼做的。其他人則堅不認罪，宣稱讓他們受審本身就是個錯誤，因為他們和叛教者一點關係也沒有。

光是靠著人們在聽證會第一天的自白，就足以描繪出一幅令人驚心動魄的畫面。他們不只褻瀆了像安息日這樣的節日，食用猶太人禁用的食物，還在配偶知情、許可的情況下行通姦之事，不分男女。修爾一家與其族長被認為是這種異端歪風的中心，後者被控告與自己的媳婦過從甚密。最後一項指控似乎引發了一陣騷動，被告們的妻子因此集體訴請離婚，離開了她們的丈夫。

拉比們深知必須阻止這個派別的發展，和那些可能會讓旁人對正統派猶太人產生負面觀感的傷風敗俗行為，正因如此，他們才會決定採取非常嚴厲的手段：對雅各．法蘭克下詛咒，也就是譴責令。該派別應該受到壓迫，而《光輝之書》及卡巴拉的研究，對於心智尚未成熟穩定的人來說太過危險，因此人們在未滿四十歲之前都不得投入相關研究。每一個信仰薩瓦塔伊．塞維及其先知柏魯奇亞、加薩的拿單的人都會被詛咒。受詛咒之人不得擔任公職，其妻女視同為妾，兒子則是私生子。任何人皆不得讓他們進入自己家中，不得投餵他們的馬匹，每個猶太人注意到有這樣的人出現時，都有義務立刻上報。

君士坦丁堡的四地議會證實了這一切。

關於詛咒的決議在整個波立聯邦境內不脛而走，現在我們收到線報說，針對這群薩瓦塔伊派信徒（人們習慣如此稱呼他們）的迫害層出不窮。他們在自己的家中遭到攻擊，被人毆打，他們的經書被人拿走並燒毀。

相傳這些被逮捕的男人鬍子會被剃成一半，象徵著他們既非猶太人亦非基督徒，而是跨足兩個宗教的人。迫害確實正在我們眼前上演，經過這樣的打擊，猶太異端或許不會再有東山再起的一天了。更別說他們的領導人還逃到了土耳其，他擔心自己的性命受到威脅，或許再也不會回到這裡了。

「真可惜，」主教的感嘆脫口而出。「本來有機會讓他們真正皈依天主教的。」

皮庫斯基目光掃過結尾的祝頌語，然後將信遞給主教簽名。他在墨水上撒了些沙子[30]，腦中已經構思起他私人信件的內容了。讀到這封信的人或許會覺得他過於自大，但皮庫斯基神父同樣也是為了天主教會的利益著想。於是他回到自己的位置上，提筆寫下自己要寄給宗座大使的信，他會請同一位

---

30 為了防止墨水暈開，人們把沙粉盒（piasecznica）中的沙子撒在剛寫好的墨水字上。

信使將這封信寄到華沙。信中內容如下：

主教出於好意，期望將他們視為親近依偎在教會聖母身邊的羔羊，然而我必須斗膽提醒這樣的理解有多麼天真。我們應該謹慎審視這些自稱「反塔木德派」教徒的聲明背後隱藏的深意……我當然無意輕視主教閣下的好意，然而不難從這樣的計畫看出，他想要透過拉攏他們成為基督教盟友，從而建立個人功勞的心思。

就我所知，法蘭克確實有提到三位一體，但他的意思從來就不是我們基督宗教的三位一體，而是他們的三重一體性，其中還包含了一位稱為舍金納的女性。它和基督教沒有任何共通點，相信閣下您也會欣然同意這一點。雅各講到受洗的時候說得很模糊，而且還會隨自己的心意改變說法。此外，據說他對鄉下的聽眾有一套說詞（這種時候他會表現得像個老師、流浪拉比），關上門對自己最親近的那群學生說的又是另一套。他有許多追隨者，特別是出身納德維爾納、羅哈廷及布斯克的反塔木德派猶太教徒。然而，這樣的結果有幾分是出於深切的宗教熱忱？又有幾分是為了宗教以外的目的而試圖加入我們的基督教社群——這一點目前還沒有人想得到。因此，出於擔憂，我斗膽向我們的教會高層進諫，在採取任何行動之前，務必請宗教審判所仔細審度……

皮庫斯基寫完信，盯著對面牆上的某個點思索著。他很樂意接下處理這件事的工作，為教會做出貢獻。他精通希伯來語，且自認對猶太教了解得十分透澈。它讓皮庫斯基感覺到一股令人戰慄的厭惡，好像他有了某種下流的愛好。沒有就近觀察過這件事的人（而大多數人確實未曾如此），不會知道摩西信仰的會堂規模有多麼龐大。磚塊層層堆疊，互相支撐的矮穹頂雄偉粗壯——難以想像怎麼會有人想出這樣的建築。皮庫斯基神父深信上帝的確撕毀了與猶太人的盟約，祂曾經愛過他們，將他們視如己出，但之後祂拋下了他們。祂就此退出，將統治世界的任務交到聖潔、體面、淺色頭髮的耶穌手中，一身樸素長袍的他專心致志、當仁不讓。

皮庫斯基神父還希望他能請宗座大使看在他的語言天分、豐富的學識上，讓他成為這件事的主要負責人。他該怎麼寫呢？他俯身在刪畫文句的紙頁上，匆匆打起草稿。

丹博夫斯基主教致蘇爾第克主教

同一時間，丹博夫斯基主教的想像同樣在蠢蠢欲動，他從抽屜拿出一張紙，用手掌壓平它，掃掉看不見的灰塵。他先在開頭寫上日期：一七五六年二月二十日，之後手飛快地在紙面上滑行，大字氣勢恢弘，美麗的花體字令他感到愉悅，他在字母J與S的花紋上特別下了工夫。

他們想要激起廣大社會的輿論，想要坐在敵對拉比的對面展示《塔木德》是錯的。為此他們將會全體接受洗禮，據他們所說，共計會有數千人參與。如果此事順利達成，這項偉大功績將會讓我們聞名於世，神聖的波蘭立陶宛聯邦居然成功地讓異教徒改信天主教，而且無須遠赴印度，而是就地讓我們這裡的野蠻人改宗。第二點，除了良好的意願，這群薩瓦塔伊派信徒是真切地痛恨著他們的塔木德派猶太弟兄。

當他們因為在蘭茨科倫農舍中進行的無恥行為被捕之後，另一群與我保持著良好關係，和我有許多生意往來的猶太人告發了他們。他們控訴這些異端信徒的亞當派之罪，若非因為這項指控涉及異端，這件事原本並不屬於教區宗教法庭的職掌範圍。可是這是誰的異端？可不是我們的！我們既不了解這支猶太異端，對猶太教本身的認識也不多，這要我們如何解決異端教徒的問題？感謝上帝，我身邊還有人可以協助我解決這些問題、替我解惑；他就是聖伯納會修士皮庫斯基神父，他對猶太人的事情相當了解。

這件事情相當敏感，就我看來，和拉比們打好關係，讓他們待在現有的位置上，會讓我們的日子比較好過，畢竟他們不只一次表明了忠心。從另一方面來說，假如我們想要取得對卡哈爾與拉比施壓的力量，這波新的紛亂或許會對我們有所幫助。他們向那些反塔木德派信徒降下詛咒，而後者大部分的成員遭到了波蘭王國政府逮捕。有些人因為事發當下不在蘭茨科倫，目前仍舊逍遙法外。我一得知這件事情的當下，便立刻派了代表團去找他們。他們來喬爾諾科津齊拜訪過我，但是他們的首領缺席了。他們的首領，雅各，身為土耳其臣民必須被當即釋放，在那之後他便隻身回到了土耳其。

這次為首的是某個名叫克里沙的人，一個粗俗的傢伙，此外，雖然他說得一口流利的波蘭語，讓我覺得他似乎比那個法蘭克更加聰慧，但他卻有些強詞奪理。他本人個性衝動易怒，靠著自家兄弟的美貌與口才，兩人鉅細靡遺地一起向我講述大家是如何遭到拉比迫害，被他們擾得不得安寧，就連性命都受到了威脅，在路上被他們襲擊，財產遭到侵占。拉比們讓他們不得安生，禁止他們做生意，所以他們身為《塔木德》的反對者，在許多事情上奉行我們至聖信仰教條的實踐者，仍然期望能夠保持獨立，定居在不受他人影響的地方，建立自己村莊或是接收現有的小鎮，例如他們出身的布斯克或是皮德海齊。

至於雅各，克里沙對他沒什麼好印象，尤其因為他這個人惹了一堆麻煩、留下了爛攤子之後就遠走高飛，眼下大概坐在霍京或是切爾諾夫策遠遠看著這場好戲。人們都說他馬上就改信伊斯蘭教了。如果這件事屬實，那麼可見他並不是個好人，畢竟他不久之前還口口聲聲說自己對我們神聖的教會懷抱著多麼熱烈的宗教情感。這或許證實了他們就像是無神論者，酷愛這般信仰的混亂，來回穿梭在一個又一個宗教之間。

要不是因為他容貌醜陋、個性衝動，我會認為這位年長的克里沙更適合擔任薩瓦塔伊派信徒的領導人。因為身為領導人必須有適當的身材，合適的身高與美貌缺一不可，即便本人其貌不揚，也可以透過適當的穿搭激起人們的尊敬與好感。

我對他們的態度算得上友好。儘管我沒有非常同情他們，他們是與我們不同的外人，而且心機深沉，我樂見他們每個人成為上帝的孩子，出現在我的教會裡。我想你也完全認同我的看法，並且會全力支持他們受洗這件事。與此同時，我正在為他們撰寫保護令，以防塔木德派的人再次騷擾他們，因為最近在我們這上演的事情實在太過駭人了。這群人不光是對雅各·法蘭克下猶太詛咒，還動手焚毀他們的異端圖書，關於其內容我所知甚少。

我有必要請您注意幾位遭受指控，且受到塔木德派拉比針對的人。一旦他們需要您的任何幫助，請您不吝考慮對其伸出援手。他們分別是：

耶澤札尼的萊佐與耶羅辛
納德維爾納的雷布．克里沙
別列札內的雷布可．沈諾維奇．拉賓諾維奇與莫什科．達維多維奇
布斯克的赫爾什科．什姆洛維奇與伊切克．莫提洛維奇
努特卡．法雷克．梅耶洛維奇，又名老法雷克
蘭茨科倫的摩西克．雷布可．阿布拉莫維奇及其子楊凱爾
羅哈廷的以利沙．修爾及親族數人
薩塔尼夫的雷布可．赫什
納德維爾納的莫什科．以色列洛維奇及其子約賽克
利沃夫的摩西．亞倫諾維奇
布斯克的納赫曼
澤利克，其子雷布可與雷布可．什姆洛維奇

主教疲憊到他的頭都快要貼到信紙上了；最後他的頭落在「施穆洛維奇」的姓氏上，寫著澤利克姓名的墨水弄髒了主教蒼白的鬢角。

與此同時……

主教提及的所有人，每一個人，以及那些沒有被寫進名單內的人，如今正坐在位於卡緬涅茨的貝雷克家中。時值二月下旬，刺骨的寒風從房間各個縫隙鑽進室內，縫隙數目眾多，到處都是。

「他退守土耳其不失為一件好事，畢竟他可是把這兒弄得天下大亂，」雷布可．施穆洛維奇對克里沙說道，他口中的人就是雅各。

克里沙回應：

「我覺得他應該和我們一起待在這。他很有可能就這麼溜之大吉，就和其他人說的一樣。」

「那又怎樣？他們愛怎麼說，就怎麼說吧。重要的是信能夠交到他手裡；他人就在河對岸的霍京。波蘭、土耳其……這算哪門子的界線？重要的是防止他在土耳其人的地盤虛度光陰，讓他指示我們現下該做些什麼、該說些什麼。」

「講得好像我們什麼都不知道，」克里沙咕噥。

這一刻，等全場安靜下來，片刻前抵達的史羅摩．修爾站了起來；光是他的身形就足以令人肅然起敬。

「聽我說，主教對我們的態度十分友好。他審問了我們三個人，我的弟弟、納赫曼，還有我。他釋放了我們所有人，放我們回家，我們的苦難就此結束了。我們和他們勢必要展開一場辯論。這就是我們得到的所有消息了。」

在座眾人一陣喧嚷，修爾示意眾人安靜，指向穿著毛皮大褂、來自皮德海齊的摩西。後者動作艱難地站起身，說道：

「為了讓一切按照我們的想法發展，我們勢必要堅守兩個真切的事實：我們相信三位一體，也就是一位上帝有三個位格，與此同時，我們不會討論三個位格中究竟有誰，或是其他類似的問題；此外，我們視《塔木德》為錯誤與褻瀆的根源，將它徹底捨棄。僅此而已。如此便已足夠。」

大家各自離去，不發一語，拖著步子踩過鋪在地上的木屑。

姬特拉繼母的不幸預言何以應驗

當蘭茨科倫的動亂爆發，全部男性遭到逮捕時，姬特拉並未受到太多傷害。當晚哈雅收留了兩位「女侍衛」，前者的丈夫很快趕來，將她們三人一同帶回家中。幾個鐘頭前還被眾人隆重親吻著胸脯的哈雅，現在換上了家庭主婦的面孔——替兩人鋪好床、讓她們喝下發酵乳。

「親愛的孩子，這裡已經沒有妳的事了，」哈雅坐到床上，撫過姬特拉的臉頰對她說。「逃離這裡吧！去利沃夫向妳的父親請求原諒。他會接納妳的。」

第二天她分別拿了幾格羅希給兩個女孩，她們就這麼離開了她的家。隨後兩人沒有半句道別便分道揚鑣，向完全相反的兩個方向走去（姬特拉走的那條路上還可以看到雪地上的血跡）。姬特拉將毛皮外套反穿，朝著馬路的方向前進。她想要讓路過的雪橇順路載她到利沃夫，但不是為了見父親，只是因為救主很有可能就在那。

二月初，姬特拉便已經抵達利沃夫了，但她不敢在父親面前露臉。她曾在父親去卡哈爾的路上偷偷見過他一次，他貼著牆走著，身形佝僂，老態龍鍾；他踩著小碎步，一面喃喃自語。姬特拉為他感到悲哀，卻沒有因此移動半步。姬特拉找上已逝母親的姊妹，阿姨就住在會堂附近，但她早就得知了事情始末，當著姬特拉的臉直接關上門。姬特拉聽見門後傳來他們對著她父親命運長吁短嘆的聲音。

姬特拉佇立在街角，從這裡開始便是猶太人的房子聚集的街區。風吹起她的裙襬，一片片融化的雪花浸溼了她單薄的褲襪。要不了多久她就得伸手求取施捨，或是開始為了麵包出賣自己了，之後就會像她的繼母預言的那樣——落入深淵萬劫不復。這就是為什麼她在寒風中仍然保持著端莊的儀態，至少她本人是這麼認為的。然而有個戴著厚圓毛盤帽[31]（一種巨大皮草帽）的年輕猶太人連看都沒看她一眼，便塞了一格羅希給她，姬特拉用它替自己買了個熱呼呼的貝果。她漸漸開始同意自己看上去的確有幾分流鶯的樣子，頭髮糾成一團，還又髒又餓。然後下一秒她覺得自己完全自由了。她走進第一間外觀相對體面的庭園，踏入第一間相對體面的房子，接著往上爬了一層樓，片刻後敲了敲她見到的第一扇門。

———

31 厚圓毛盤帽（sztrejmeł）是猶太人節日時穿戴的皮草圓帽，為哈西迪派猶太教徒的常見服飾配件。

開門的是一個高個子的駝背男人，他此刻戴著睡帽，穿著深色毛皮鑲邊的睡袍，鼻子上掛著一副眼鏡。他將蠟燭舉在身前，燭火照亮了他稜角分明的臉龐。

「你想要什麼？」他詢問的嗓音沙啞低沉，下意識地翻找可以救濟她的格羅希。

「我是波蘭國王的曾孫女，」姬特拉說。「我正在尋找符合我身分地位的地方過夜。」

15

卡緬涅茨的古老喚拜塔如何變成聖母圓柱

一七五六年夏季，納赫曼、雅各與史羅摩．修爾裝扮成從斯莫特里奇來到卡緬涅茨販售大蒜的平凡猶太人。納赫曼肩上扛著扁擔，兩端掛著裝滿大蒜的籃子。儘管雅各穿著破爛的黑色長版大衣，他不願穿上樹皮編織成的拖鞋，寬鬆褲腳下露出了上好的皮鞋。他的服飾一半是土耳其風，一半是亞美尼亞風，看上去就像是孑然無依的流浪漢。在兩國交界處總是充滿了這些人的身影，人們早已習以為常，不會特別關注他們。史羅摩．修爾個子挺拔修長，因為他臉上端莊的氣度太過明顯，要將他打扮成雲遊四方的旅人不是件易事。身穿深色外套與農夫鞋讓他看起來像是某個不知名宗教的神職人員，令人們不由得肅然起敬。

三人如今站在卡緬涅茨聖伯多祿聖保祿聖殿總主教座堂前方的人群中，大家難掩興奮評論著在圓柱上安放雕像的事情。這件事吸引了鄰近村莊的人，或近或遠街道上的居民，以及市集上逛著攤販的顧客們；甚至連神父們都跑來觀看木頭吊車要如何吊起金色雕像。人們前一秒仍在七嘴八舌高聲談論著，下一秒便安靜下來，緊盯著突然開始搖晃的雕像，唯恐繩子斷裂，雕像砸落在眾人的頭上。群眾向後退了一些。負責施工的是幾個外國工人，人們耳語間說著他們是從格但斯克來的，這整座雕像外層鑲了一層厚厚的黃金，同樣是在格但斯克鑄造而成的，並透過驛站傳送[1]，花費了整整一個月才送達此地。圓柱本身則是土耳其人所建，那群異教徒將它變成了喚拜塔的一部分，多年來新月在上頭屹立不搖。而現在至聖聖母瑪利亞終於回歸，她將會站在城市上空、城市居民的頭頂上方巍然屹立。

雕像終於被擺到了適合的位置。群眾鬆了一口氣，有人哼起小調。現在人們終於可以清楚看見整座雕像。此處聖母、童貞瑪利亞、慈悲之母、天下女皇的容貌是個年輕女子，蓮步輕移，敞開的雙臂向上舉起，像是要和人打招呼。彷彿她馬上就會抱住你，將你圈進她的懷抱。納赫曼抬起頭，白得發亮的天空幾乎要閃瞎他的眼，讓他不得不抬手遮擋；他似乎聽見她說：「來吧！與我共舞」、「和我同遊」或是「伸出你的手」。雅各伸出手，把雕像指給他們看，完全是多此一舉，所有人來到這裡就是為了看她一眼。然而納赫曼很清楚雅各想要表達什麼：「她是聖母，是神聖的舍金納，上帝於陰暗世界的存有。」太陽正是在此時從雲層後方一躍而出，完全出乎眾人意料，畢竟從早上開始天空便十分陰暗。它的光線打在雕像上，格但斯克的金子此刻熠熠生輝，宛如第二顆太陽。清新和煦的陽光線讓卡緬涅茨教堂廣場登時變得光亮，而在天上奔跑的聖母變成了純潔的善，如同某個降臨人間賦予人們希望的人：一切都會沒事的。人們對著光舞秀連聲讚嘆。天主聖母。人們垂下眼簾，朝著這顯而易見的奇蹟證明跪拜。這是徵兆，這是徵兆，人們口中不斷重複叨念，群眾們屈膝跪拜，他們三人也不例外。而納赫曼的眼眶蓄滿淚水，他感動的心情也感染了其他人。奇蹟就是奇蹟，無關乎信仰。

因為他們似乎感覺到舍金納進入了這座鑲著格但斯克黃金的雕像，她引領他們來到主教家門前，有如母親，宛如姊妹，好似最溫柔的愛人——即便情郎穿著最破舊的大衣也願為其拋棄所有，只為凝望對方片刻。在他們與丹博夫斯基暗中會面之前，雅各，這個一如既往無法忍受任何莊重場面的男人，在想要淘氣胡鬧的衝動驅使下離開了人群，然後像個佝僂、跛腳的猶太乞丐開始在牆邊嚎啕大哭。

「放肆的猶太佬，」有個豐滿的女市民咬牙切齒道。「一點兒也不懂得尊重神聖的事物。」

同一天傍晚他們向主教展示了聲明稿，文中包含了九點他們要在辯論會上主張的論點。與此同時，由於塔木德派對他們的迫害，他們開口向主教尋求庇護。還有詛咒一事。這件事最讓主教震怒。這個猶太詛咒究竟是怎麼回事？

主教讓他們坐下，接著自己讀了起來：

「一、我們相信上帝於《舊約》中命令我們信仰的一切，以及祂所教導的一切事物。

「二、沒有上帝的恩寵，僅憑人的理智無法有效地理解《聖經》。

「三、《塔木德》一書充滿了針對上帝前所未聞的褻瀆，應當且必須被摒棄。

---

1 波蘭的驛傳制度（podwoda）於波列斯瓦夫一世（Bolesław I）任內建立，要求臣民為大公、王室使者與官員提供馬匹、馬車，該制度使得王國境內的消息傳送更加快速便捷。十三世紀末與十四世紀初將徵用條件擴大至押送逃跑的公民、運送財物，而各鄉村亦有接待使臣的義務。

「四、上帝是獨一的，祂是萬物的創造者。
「五、該上帝有三個位格，且本質上不可分割。
「六、上帝得以擁有人類的軀體，且受制於原罪以外的所有情感。
「七、依據預言，耶路撒冷城再也無法被重建。
「八、《聖經》中許諾的彌賽亞不會來臨了。
「九、上帝將會獨自承受第一對父母與整個民族的詛咒，而那位真正的彌賽亞便是上帝的化身。」

「這樣的內容還可以嗎？」納赫曼問，然後把以細緻山羊皮製成、作工精美的手工土耳其錢包偷偷放在門邊的小桌上，上面似乎還鑲著水晶與綠松石。主教猜得到裡面有什麼，他們不可能兩手空空地來。裡面放著珍貴的寶石，數量多到足以用來裝飾整個聖體光座[2]。光是想像那個畫面就讓他頭暈目眩。主教必須保持專注。這件事並不簡單，因為這件看似無關緊要的事情，一夜之間便變得非同小可：與這幾個鶉衣百結的傢伙作對的人驚動了布呂爾大臣[3]的親信亞萬[4]——桌上正放著來自華沙的信件，信中詳細描述了宮中的陰謀；這件事現在成了他們在王宮中的得力武器。有誰能想到，在某個邊疆小村子親吻裸女的行為會讓事態變得如此嚴重。

雖然這個猶太人的自大令他生厭，主教仍然收下了錢包，同時表示他選擇支持雅各這一方。這個猶太人要求召開辯論會，要求保護，要求土地——讓他們得以「平靜」地落地生根的土地，他說。此外，這個猶太人還提出了分封貴族的要求。只要主教向他們提供完善的庇護，到時候他們便會受洗。雅各也希望他們之中聲名最顯赫的那些人（主教難以想像這群人的「顯赫」，因為他們再怎麼樣也不過是承租人、毛皮工匠、小商店的老闆），能夠依據波蘭立陶宛聯邦的法律爭取分封為貴族，讓他們能夠獲得在主教領地定居的權利。

另一位為雅各翻譯的紅髮男人解釋，從猶太人居住在西班牙時起，一旦出現任何爭議就舉行辯論會討論早已是既定的傳統。現在正是合適的時機。他將雅各的話翻譯出來：

「帶上幾百位拉比和聰明的主教、貴族與最優秀的學者也行，讓他們同我、同我的同胞辯論，我會回答他們的一切問題，因為真理是站在我這邊的。」

他們就像是來賺錢的商人：要求的回報極高。

主教心想，但他們願意付出的也很多。

丹博夫斯基主教剃鬍子的時候在想什麼

卡緬涅茨－波多利斯基的主教宮寒冷潮溼的程度實在是讓人匪夷所思，即便是現在，正值夏季，

2 聖體光座（monstrancja）為天主教與聖公宗等基督宗教的祭祀道具，供架中間有一圓形孔洞用來放置聖體，孔洞四周則呈現放射狀，一般表層鑲有金銀，裝飾華麗。

3 海因里希．馮．布呂爾（Heinrich von Brühl），薩克森選侯國總理，波蘭國王奧古斯特三世在位期間將波蘭立陶宛聯邦內的許多事務交給布呂爾打理，為當時波立聯邦的實際掌權者。

4 亞萬．巴魯克．本．大衛（Jawan Baruch ben Dawid），十八世紀銀行家，在四地議會中扮演對抗薩瓦塔伊派與法蘭克主義者的角色，藉著布呂爾大臣的影響力，成功將波蘭境內下令焚毀《塔木德》的傷害降到最低。

理髮師一大清早過來的時候，主教也需要用厚亞麻布包裹住的滾燙石頭溫暖自己的腳掌。

主教命人將扶手椅移到窗邊，而在理髮師在他的刀鋒乾淨俐落地刮過皮帶將小刀磨利之前，在他準備好肥皂並小心翼翼地——但願他無論如何都不會冒犯到主教閣下——把飾有刺繡花紋的亞麻毛巾鋪在主教的肩膀上之前，主教有時間可以瀏覽剛從卡緬涅茨、利沃夫、華沙等地寄來的信件。

主教一天前才與某個名叫克里沙的人見過面，據說他以雅各．法蘭克的名義活動，但似乎是為了一己私利才行動的。主教鍥而不捨地呼籲所謂的塔木德派信徒，來自整個波多里亞地區學識豐富的拉比們出席辯論會，但是拉比們選擇避開與主教爭吵的局面冷漠以對。主教傳喚他們來到他面前，要向他們討個說法，一次、兩次，但他們仍舊沒有出現，顯然不把主教放在眼裡。當主教對其施以罰金，他們只派了一位非常機靈的猶太人作為代表前來，赫爾什科．什姆洛維奇為他們找出了各式各樣可能的推託之詞。而他們錢包裡的內容物雖然沒有那麼精緻，卻也十分明確：是金幣。主教極力掩飾自己，不讓他看出他已經選擇站在那群人那邊了。

要是他或多或少能用讀懂農民意思的那套方式理解這群人該有多好，可是看看他們的流蘇、帽子、奇怪的語言（因此他樂見皮庫斯基為了學好他們的語言而付出努力），以及可疑的宗教。為什麼要說它可疑呢？因為實在太過相近了！他們的經書是一樣的，摩西、亞巴郎、面對父親的刀刃躺在祭壇石頭上的依撒格[5]、諾厄與他的方舟，全都一模一樣，卻被放在陌生的文化脈絡中。此外，諾厄也長得不一樣，他的面容醜惡，連他的方舟也有所不同，是猶太的、裝飾豐富的、東方的、擁擠的。而有著紅潤肌膚，總是頂著一頭金髮的年輕小夥子依撒格，變成了身材結實的野孩子，不再是手無縛雞之力的男孩。丹博夫斯基主教暗忖，相較之下，我們的經書似乎比較沒那麼沉重，它顯得條理鮮明，像是由一隻優雅的手描繪出來的，筆觸細膩又意境深遠。他們的經書則陰鬱又明確，語意直白得令人費解。他們的摩西是有著嶙峋腳掌的糟老頭；我們的摩西——是留著飄逸鬍鬚的體面老人。丹博夫斯基主教覺得耶穌的光芒照亮了《舊約聖經》（正是我們與猶太教徒共同尊崇的那本）屬於基督徒的這一面，於是差異由此產生。

他們最糟糕的一點，莫過於將他人的東西偽裝成自己的。彷彿他們在模仿嘲笑我們，彷彿他們開起了《聖經》的玩笑。還有另一點——固執己見，他們明明擁有比較久的歷史，卻仍舊堅守著錯誤不放，所以我們很難不懷疑他們暗中計畫著什麼。假如他們的行為像亞美尼亞人那般光明正大就好了。假如亞美尼亞人要籌謀事情，那麼他們的目的肯定是可以換算成黃金的利益。

丹博夫斯基主教心想，這些猶太人在討論什麼呢？他透過窗戶觀察著他們，而後者正以三到四人的小團體聚在一塊，用他們斷斷續續、充滿抑揚頓挫的語言討論著什麼，時不時配上身體動作和手勢；他們會把頭往前伸、甩一甩鬍子，有人不同意其他人的論點時便會像被燙到一樣跳開。主教滿懷信任的摯友蘇爾第克三番兩次提到他們這群人時說的事情都是事實嗎？他們當真受到自身黑暗信仰的誡命驅使，在那些歪斜、潮溼的小房子裡用基督徒的血液進行儀式嗎？他不敢再繼續想下去。這不可能，連羅馬的教宗都公開聲明不可盡信這種無稽之談，而且必須破除猶太人使用基督徒鮮血的看法。噢！但是你只要稍微看他們一眼就會知曉。主教看見窗外正對著主教宮的小廣場，有一個販賣畫像的年輕男孩，正在向穿著魯塞尼亞刺繡襯衫與繽紛長裙的女孩展示聖像畫。女孩用她小巧的指尖輕輕碰

---

5 出自《創世紀》第二十二章亞巴郎從命獻子。

觸聖人的輪廓——這位猶太商人不只提供天主教聖人的聖像，還有東正教聖人的——他從胸前拿出一個便宜的小吊墜，接著把它放到女孩的掌心；在聖母圖案吊墜的上方兩人的腦袋漸漸往彼此靠近。主教確信那個女孩會買下它。

理髮師替他塗抹肥皂泡並開始剃鬍子。剃刀刮下鬍碴時發出微微的咻咻聲。主教的想像一躍跳到了他們磨損的大衣下襬處，這些成員組成的景象將他折磨得痛苦不堪。他們行過割禮。這一點令他同時感到著迷與驚訝，同時又激起了某種難以理解的憤怒。他收緊下顎。

假如讓這個賣聖像畫的小販（這是違法的，他們對禁令沒有半分尊重！）脫下身上的禱告披巾並換上神父袍，他看上去和在那邊走來走去的神職人員會有任何差別嗎？那麼假如是他本人，耐心等待著接掌利沃夫主教區的卡緬涅茨主教，葉里塔氏[6]尼古拉．丹博夫斯基呢？假如他脫下華麗的外袍，穿上磨損破舊的黑色長大衣，擺好畫像站在卡緬涅茨的宮殿前做生意……面對這個異想天開的想法主教僅是聳了聳肩，即便他有那麼一瞬間看見了那幅景象：他，身形擁腫，膚色紅潤，變成正在兜售畫像的猶太人。不。不。

假如真如人們所說，假如他們擁有如此龐大的勢力，那他們早就發財了，而不是像眼前站在窗外的這些人——一貧如洗。這麼說來，他們究竟是強者還是弱者？他們有對主教宮產生威脅嗎？他們真的怨恨著異教徒，還十分嫌棄他們？而且他們全身上下都長著小小根的黑毛？

上帝肯定不會允許他們如蘇爾第克認為的那樣大權在握，因為他們背棄了耶穌的救恩，所以他們無法與真正的上帝保持連結，被逐出了救贖的道路之後只能在荒野中徬徨失措。

女孩並不想要買下吊墜，她解開脖子下方的扣子，從襯衫下拉出自己的吊墜給男孩看，男孩欣然往她脖子的方向靠了過去。但是她買下了一幅畫，商人用一張帶有些微髒汙的薄紙將畫打包。

當那些異邦人脫下長袍之後會是什麼樣子呢？主教思索著。當他們孤身一人的時候，身上又會發生什麼改變呢？他遣退彎腰鞠躬的理髮師，然後意識到換衣服主持彌撒的時間已經到了。他走到臥室，痛快地脫下重到不行的居家長袍。他維持著裸體的狀態站了一會兒，想著自己這樣的舉動到底有沒有犯下某種驚天大罪，但他已經早一步開始為此祈求上帝的原諒了——不論是為了無恥的罪，抑或是人類苦難的原罪。他感覺有一陣輕柔的冷風拂過他矮胖、多毛身軀上的細毛。

關於哈雅的兩種性格

雅各身邊有幾個穿著華麗土耳其衣裳的騎士，還有人為他們提供了專屬的房間。他們的首領是哈伊姆，漢娜的兄弟。他們彼此交談的時候只講土耳其語。雅各．法蘭克現在名叫艾哈邁德．法蘭克，手中握有土耳其護照。他擁有治外法權。每天使者會向他傳達卡緬涅茨辯論會的消息。

當哈雅一收到消息，得知雅各．法蘭克正暗中待在羅哈廷的父親家中等待卡緬涅茨辯論會展開，

---

6 葉里塔（Jelita）為波蘭歷史悠久的紋章之一，圖案以紅色為底，搭配三把交疊的黃色騎兵槍，波蘭前總理、鋼琴家伊格納齊．揚．帕德雷夫斯基（Ignacy Jan Paderewski）亦出身使用該紋章的家族。

她便帶上最小的孩子，打包好行囊，從蘭茨科倫出發趕往羅哈廷。天氣炎熱，收割季很快就要開始了；金黃色的田野沿著地平線一路延伸，穗子如同浪花輕柔和緩地在陽光下搖曳，看起來就像是整片田地在呼吸。哈雅身穿淺色連身裙，戴著天藍色頭紗。哈雅把小女兒抱在膝蓋上。她在馬車上的坐姿端正，神色平靜地用她雪白的乳房餵著小女孩。一對灰色斑點馬拉著蓋有亞麻帆布篷的輕型四輪馬車，人們看見上面載著富有的猶太女人，農家女停下動作，為了看清楚女人的模樣抬手眺望。哈雅與她們對上視線的那一刻露出靦腆的微笑。有個女人下意識地向她揮手告別：至於映入對方眼簾的是猶太女人的身影，還是頂著藍色頭紗的女人抱著孩子的模樣，就不得而知了。

哈雅將女兒交到女僕手中，立刻朝著父親飛奔而去，而後者在看到她的當下便從成堆的帳簿中起身，激動得連話都說不完整了。哈雅貼近他的鬍子，熟悉的味道撲鼻而來——是咖啡與菸草的味道，是世上最令人安心的香味——哈雅有這種感覺。過了半晌整間屋子的人都到齊了，她的弟弟耶胡達與弟媳，她的個子和小女孩一樣嬌小，有一雙漂亮的碧綠眸子，還有他們的兒女、僕從與赫里茨科，現在大家都叫他哈伊姆，他就住在隔壁，鄰居們也來了。一群人鬧哄哄的。哈雅放下行囊拿出禮物。直到她完成這貼心的義務、喝完雅各在這每天喝的雞湯（廚房裡雞毛漫天飛舞）之後，她才有辦法抽出時間探望客人。

哈雅走向雅各身邊，仔細凝視他被太陽曬黑的臉龐，片刻的嚴肅過後，他的臉上再度浮現哈雅熟悉無比的輕佻微笑。

「你變老了，但還是一如既往地美麗。」

「你瘦下來之後倒是變得更英俊了。看來你的老婆沒把你餵飽。」

他們像兄妹一樣擁抱，但雅各如同愛撫般輕輕摩挲著哈雅清瘦的後背。

「我別無選擇，」雅各說，接著向後退了一步。他理了理跑出斯瓦爾褲的襯衫。

「你選擇逃離是對的。等我們和主教達成協議，你就可以像國王一樣歸來。」哈雅握住了他的雙手。

「他們在薩羅尼加的時候就想殺了我，現在在這裡也一樣。」

「因為他們怕你啊！這就是你強大的力量。」

「我不會再回到這裡了。我有家，有葡萄園。我會專心研究經書……」

哈雅聽著他的話忍不住笑出聲來，她笑得真誠、樂得花枝亂顫。

「我已經能想見那番場景了……研究經書……」她邊說邊調整呼吸，然後從小行李箱裡拿出她的書本與神像。

在這些小雕像之中有一個十分特別；那是阿耶雷特・阿胡溫，最受喜愛的雌鹿——是以象牙雕刻而成的母鹿雕像。雅各將它放在手上查看，態度漫不經心，然後讀起了哈雅擺在桌上那些書的書名。

「你肯定以為我帶來的會是些女人的祈願禱詞[7]，對吧？」哈雅不高興地質問他，她搖晃著裙襬掃過滿地的白色羽毛。

總是近在眼前的嫣塔此刻正瞅著哈雅。

哈雅是何許人也？難不成哈雅還有兩副面孔？當她早晨拿著一碗洋蔥走過廚房，當她皺起眉頭之

———

7意第緒語Tkhines，是以女性視角為出發點的祈禱文，例如懷胎、生子時專門的祈禱文、為繼母提供的祈禱文。

後抬頭紋浮現，正要用手抹去黑色眉梢上的汗水時，她是個家庭主婦，是包攬母親職責的長女。當她的鞋跟敲打著地板，走路的聲響大到整間屋子的人都聽得見，這時候的她是白天的哈雅，陽光開朗。禱告時她會化身領唱人[8]，幫助不識字或是不擅長閱讀的女性跟上儀式流程，讓她們知道當下該誦唸哪一段禱文。哈雅也可以變得盛氣凌人，她皺著眉頭的兇狠模樣足以壓下所有反抗的聲音。就連她的父親也害怕聽到她急促的腳步聲，她教育孩子時怒斥的聲音，與磨坊來的搬運工為了兩袋破洞的麵粉爭執的聲音，還有她憤怒時開始亂丟盤子令僕人們絕望不已的模樣。哈雅怎麼能夠如此放肆呢？

《光輝之書》說所有女性都處在舍金納的奧祕之中。唯有如此才能解釋哈雅為何可以變身成眼前這個披頭散髮、衣衫凌亂、眼神空洞的女人。她的面容只一眨眼就變得蒼老，像是皺紋爬滿了整張臉，她皺著眉頭，嘴唇緊閉。黑夜已然降臨，房子被打散變成了油燈與蠟燭閃爍的光點。哈雅臉上的輪廓漸漸消失，她，沉重的眼皮掩蓋了她惱怒的杏目，她的臉變得腫脹下垂，和生病的老婦人一樣醜陋。哈雅光著腳，踏著沉重的腳步走過長廊來到房間，眾人在裡面靜候多時了。她用手指摸索著牆面，就好像是真正的盲眼聖女。聚集在場的人們點燃鼠尾草和土耳其藥草，讓薰香填滿整個空間；房間內變得沉悶，哈雅開始講話。白天看著哈雅切高麗菜的模樣，第一次看見哈雅判若兩人模樣的人總會覺得無所適從。

為什麼修爾要為自己心愛的女兒取名哈雅呢？他又是從何得知的呢？這一天，天寒地凍的一月冬日，為了讓屋內變得溫暖，爐灶上正滾著大鍋熱水，蒸騰的水氣讓整間房間都變得氤氳，而早上在這間悶熱房間裡誕生的嬰兒居然會變成他最深愛、最聰慧的女兒？是不是因為這樣她才會是第一個被生下的小孩呢？彼時他與妻子的身體都仍然平滑緊緻、純潔、尚未被玷汙，他們仍一心向善，沒有做出任何錯事，於是她的女兒便在他們精力充沛的狀態下，自他最優良的種子孕育而生？可是女孩剛落地時明明是死胎，沒有呼吸，驚心動魄的接生過程結束後，安靜得連一根針掉在地上都聽得見。修爾害怕小傢伙會這麼死掉，確實籠罩整間房屋的死亡讓他嚇破了膽。直到產婆輕聲唸了些獨門咒語，下一秒孩子才咳嗽連連，然後嚎啕大哭。所以這個孩子讓他聯想到的第一個單字就是「哈伊」，活。哈伊是生命，但不是那種沒有自主意識、生物機能上的生命，而是讓人得以祈禱、思考、感受的生命。

「上主天主用地上的灰土形成了人，在他鼻孔內吹了一口生氣（niszmat chajim），人就成了一個有靈的生物（nefesz chaja）[9]。」以利沙看見孩子的那一刻，口中不斷複誦。

正是這一刻讓修爾感覺自己變成了上帝。

新字母的形狀

裝訂書籍所使用的皮革不但很新，品質也很好，表面光滑還散發著香味。雅各滿足地碰觸書背，這才意識到自己似乎很少看見新書——彷彿只有那些舊書才派得上用場。他也有隨身攜帶的書，大家

---

8 中世紀將猶太會堂女院中負責帶領祈禱的女性稱為領唱人（zogerke）。

9《創世紀》第二章第七節。

都應該有一本從不離身的書。不過他帶著的是手稿，那本他總是收在行李箱、被翻閱許多次的《而我今日來到泉源》手抄本；它早就變得像老人皺巴巴的皮膚了——假如能夠如此形容這幾張線裝稿紙的話。封面頁有幾處磨損，有一次他把書落在窗台上，書頁在陽光曝曬後泛黃。多麼粗心啊！每當他犯下類似的過失，父親就會打他的手心。

新書很厚重，裝訂工人將書頁壓得很緊，所以翻動時它們會抵抗手的力量，發出像是大力伸展骨頭產生的那種啪嚓聲。雅各隨手翻開一頁，並用力壓住它避免眼前這本怪書冷不防闔上，他的視線自右而左掃過一行行字串，但是下一秒他便想起必須以反方向、由左自右閱讀，他的眼球艱難地重複著這種近似馬戲團技藝的動作，然而片刻過後——即使他沒看懂半個字——他也從由左至右的動作中找到了樂趣，好似他正逆流而上、與整個世界唱反調。雅各認為顛倒而行的原則或許就是根本之道，他應該加以學習並多多練習：這種始於左手終於右手的手勢、右臂退居左臂後方的旋轉方式，而日出是一天的開始，新的一天始於那股終將沒入黑暗中的光亮。

他仔細觀察著字母的形狀，生怕自己記不住。這個看起來像cade，另一個長得像samech，還有一個類似kof的字母，但只是有點像、不完全一樣，搞不好它們的意思也是相近的但不完全一樣，與他熟知的字義之間的差距極小，如此小卻也足夠讓世界看起來模模糊糊。

「這是他們的故事集[10]，」修爾對雅各說，他身上穿著一件皺巴巴的襯衫。「這本書就類似我們的《雅各之眼》，淺談各種主題，包含動物與各地簡介，還有形形色色關於鬼魂的故事。它是羅哈廷當地的神父所寫的，你相信嗎？」

雅各更專心地檢視這本書。

「我會替你找個老師，」以利沙．修爾說完便幫雅各把菸管填滿。「我們可不是為了讓你現在可以說走就走才大老遠跑到士麥納找你。在卡緬涅茨那兒的所有人正為了你代理人的位置吵得不可開交，即使你無法親自去那，你還是帶領著他們。你可不能現在退出。」

每天傍晚哈雅都跪在她的父親面前，用混著洋蔥與某些東西的難聞汁液按摩他的雙腿，滿屋的藥草味直到晚上才遲遲散去。不只如此——哈雅把孩子交給女人照顧，自己和其他男人關在父親的房間裡，在那舉行討論會。雅各起初還為此感到驚訝，這並不是他習以為常的景象。在土耳其和瓦拉幾亞，女人們很清楚自己的身分，宗教學者基本上和她們保持著一定的距離，因為她們與最低等物質世界之間與生俱來的連結導致了靈魂世界的混亂。然而，對她們這群忠實信徒來說，似乎不是那麼一回事。要不是有女人，時時刻刻身處旅途中的他們根本活不下來。

「啊，」以利沙開口，彷彿聽見了他心中所想，「倘若她是男人，那她就會是我最睿智的兒子。」

第一晚，依照古老的習俗，哈雅來到雅各床上。她的身體嬌弱，儘管有些瘦削，她有著修長的大腿與雜毛叢生的陰阜。根據習俗，他們交合時應當屏除不必要的愛撫與交談。但是雅各摩挲著她微微隆起的小腹久久不能自拔，手掌每一次都避開了她的肚臍，他覺得那個部位似乎特別熾熱。她大膽地握住雅各的陰莖，散漫輕柔地愛撫它。哈雅想知道接受土耳其信仰時會舉辦什麼儀式，他們會用什麼取代洗禮，他們事前需要做什麼準備嗎？要花多少錢？雅各的妻子也皈依依市瑪耳的信仰了嗎？女人

---

10 意第緒語Geshichte，取自德語的Geschichte。

在那裡的生活會比這裡好嗎？改信伊斯蘭教這個決定真的能夠保護他嗎？他認為他能夠不受波蘭政府管轄嗎？以及，他知不知道對猶太人來說——對她個人來說也一樣——接受其他信仰是一件困難的事情？知不知道她相信雅各，假如他願意帶領他們的話，修爾家的全部成員都願意追隨他？此外，那些關於他的流言蜚語有沒有傳進他耳裡，還有他知不知道她本人也把那些消息散播給了其他女人？最終，疲於回答的雅各趴到她身上，大力進入她的體內，隨後筋疲力盡地倒下。

早上兩人吃著早餐，雅各看向哈雅時臉上掛著微笑。他發現哈雅習慣不停眨眼，導致她的眼周布滿細紋。以利沙打算派她去找已經搬到利沃夫的亞設，他總能為老花眼鏡配出最好的鏡片。

哈雅穿著樸素的洋裝，雅各只看過一次她穿著節慶服飾的模樣，那是他在這裡講學的第一天，附近許多居民來到了羅哈廷的學習之家——彼時她在灰色洋裝上加了一條天藍色頭巾，還掛著耳環。她的姿態嚴肅平和。

接下來雅各毫無預警地看見了溫馨的一幕——父親抬起手輕撫她的臉頰，而女兒緩慢平靜地把頭垂到父親懷裡，貼上他茂密白鬍鬚的波浪起伏。雅各羞恥地別過視線，連他自己也說不清為什麼。

關於克里沙與他未來的計畫

之前提過，克里沙臉上有疤。他其中一側的臉頰有一道由上而下劃開的傷疤，塑造出一種隱然的對稱感。這種印象太不協調，每個人第一次看見他時都無法移開視線，直到探究過後仍然無法找到任何秩序，才會帶著連自己都沒有察覺的厭惡轉過頭。真要說起來，他可是波多里亞最聰明的人，受過良好的教育，有遠見。這並非第一眼就能看出來。這對克里沙而言算得上一項優點。

他學會不期待，不仰仗他人的同情。他必須明確知道自己想要什麼，然後提出訴求、請求、協商。若非因為他臉上有這道疤，如今坐在雅各位置上的人就會是他了，他很清楚這點。

克里沙認為，他們必須在基督宗教的框架下保持自己的獨立性。這是他當前、辯論會召開前的立場，這也是他背著弟兄與丹博夫斯基主教進行充滿許多誤解的協商所追求的，因為他深信自己更了解未來該怎麼做。

「我們得和所有人保持距離，在邊界上遊走，並做好我們分內的事。」克里沙說。

既算不上猶太人，又算不上基督徒，在不受神父與拉比貪婪控制的地方便是他們的容身之處。此外還有一件事：在克里沙看來，他們雖然受到猶太同胞的迫害，仍然不會失去猶太人的身分，但是他們與基督徒的距離同時變得更加靠近了。他們這些猶太背教者為了尋求支持與保護站了出來，他們求援的樣子就像孩子尋求和解時伸出無辜小手那樣。基督徒懷著同情心接納了他們。

然而對克里沙來說最重要的是另一件事，因為《娶寡嫂制》[11]第六十三節寫道（儘管他是反塔木德派成員，他卻無法停止引用《塔木德》）：「沒有半塊土地的人稱不上真正的人。」所以收下貴族地主給予的一塊土地，在當地定居並過上平靜的農耕生活，就是所有人最好的結局了：猶太人不會再

11《米示拿》中《婦人》卷的篇章，記述了無子寡嫂的財產繼承與再婚規範。

壓迫他們，虔誠的信眾可以熟練地在自己的農地上工作，也可以雇用佃農。他們甚至沒有受洗的必要。吹起的風將空氣反向推回了煙囪管內，弄得房間裡煙霧瀰漫，這幅願景在桌面上像畫布一樣展開。呼嘯的風聲附和著他們的討論。

「絕對不要在地主手下工作，」有人開口打斷他，克里沙認出了陰影中的雷布可．赫什科維奇，來自薩塔尼夫。

「科薩科夫斯卡女士會接納我們，讓我們搬到她的領地……」皮德海齊的摩西提議。

此時克里沙的身子往前一伸，怒火使他五官猙獰。

「難道你想把繩索往自己脖子上套嗎？地主會對我們恣意妄為，我們沒辦法依靠任何法律自保。要不了兩代人，我們就會落得像那些農奴一樣的下場了。」

其他人表示支持他的看法。

「靠主教也會讓我們變得跟農奴一樣，」摩西說。

到這一刻為止坐著一動也不動，只盯著鞋尖看的修爾家長子史羅摩終於發言了。

「我們只能去找國王了，只能去王室的領土落腳了，雅各是這麼說的，而我也同意他的看法。我們在國王的庇護下可保安全無虞。」

克里沙的表情再度變得扭曲。他說：

「你們這群蠢貨。只要稍微對你們這種人釋出善意，你們馬上就獅子大開口想要拿盡所有好處。我們應該要慢慢爭取。」

「然後再為了那些問題吵上半天，」有人不屑地說。

「你們就等著看吧！我和主教英雄所見略同。」

16

關於一七五七年，以及夏季的卡緬涅茨—波多利斯基辯論會上人們如何確立那些亙古的真理

莫里夫達的聚落位於瓦拉幾亞的克拉科瓦附近。這裡的人們認定一七五七年就是末日審判來臨之時，他們每天呼喚新天使的名字，好讓他們現身親眼見證那一幕。沒有人料想得到，如果這樣一路唸下去將會花上他們上千年的光陰，因為天使的數量多到不可勝數。正在祈禱的人們相信這個世界已經無從得救，只能靜待逐漸逼近的末日。末日審判恰似生小孩的過程，一旦開始便沒有取消或是中途喊停的可能。不過莫里夫達永遠拋棄的這群兄弟姊妹相信，這場審判不會是其他人所預想的那般——不屬於人間，沒有天使的號角[1]，沒有即將用來度量人們行為的大天平，沒有大天使彌額爾的寶劍[2]。這場審判非常平淡，過程毫不起眼，沒有任何浮誇的元素。審判似乎在我們不知情、沒有出席的情況下照常進行著。我們這群不在場的當事人在詭異的一七五七年受審，想當然耳，我們也沒有上訴的機

會。身為人類的無知沒辦法為我們自己開脫。

顯然不只是在寬闊的波多里亞平原，就連此處，更加溫暖而得以種植葡萄的瓦拉幾亞，世界都已然變得難以忍受。它需要某種結束、解脫，況且去年還爆發了戰爭。見證一切的嫣塔曉得這場戰爭將會持續七年，並讓衡量人命的天平指針微微偏移。眼下變化還小到難以察覺，但是天使們已經開始祂們的清掃工作了；祂們兩手抓著名為世界的地毯上下甩動，灰塵隨之飛舞。祂們馬上就會把它捲起來。

拉比們在卡緬涅茨的辯論會上輸得一敗塗地，因為指控是如此簡單明確，沒人願意花時間聽他們晦澀難解的解釋。來自納德維爾納的克里沙先生成功把《塔木德》變成笑柄的那一刻便成了英雄。他站起身，舉起了手指。

「為什麼公牛會有尾巴呢？」他問。

整間審判室闃寂無聲，人們被這個看似愚蠢的問題勾起了興趣。

「向讀者提出這種問題的書算什麼聖書？」克里沙的手指慢慢轉向拉比所在的方向，繼續說道。

「《塔木德》！」半晌後他大喊。

1《若望默示錄》第八章中提到上帝把號角分給面前的七位天使，每吹響一聲號角便有一項災禍降臨人間。

2大天使彌額爾負責計算死者靈魂的數量，衡量死者生前的行為是否符合公義，《若望默示錄》第十二章則與名為撒殫的大龍搏鬥，因此彌額爾手持長劍及天平的形象於繪畫中十分常見。

審判室內爆出一陣笑聲。笑聲向上傳到了天花板，這樣歡快的情感爆發在審判室並非習以為常的事情。

「那麼《塔木德》的回答會是什麼樣子呢？」帶著醜陋疤痕的克里沙變得面紅耳赤，他再次提高音量。「因為牠要用尾巴驅趕蒼蠅！」他逕自說出了答案，得意洋洋。

全場再度哄堂大笑。

拉比們的訴求：將反塔木德派驅逐出猶太社群，要求他們做不同於猶太人的穿著打扮，不得再稱呼他們為猶太人，同樣變成了一場笑話。主教會議憑著自己的威信駁回了他們的請願書，因為他們沒有權限決定誰可以被稱作猶太人而誰不可以。

當蘭茨科倫的指控被提起，法庭採取迴避態度，不願選邊站。調查早已結束，而且他們關起門來唱的歌、跳的舞都沒有傷風敗俗的問題。每個人都有權利用他覺得合適的方式祈禱。又或是和女人共舞，即便這個女人的胸部裸露。此外，調查結果並未證明當時有裸體的女性在場。

接著人們的注意力轉到了猶太人鑄造偽幣一案的審判上。有個名叫雷布．格達洛維奇的人與他出師的學徒鑄造了假幣。學徒獲判無罪，但是師傅格達洛維奇被處以砍頭之刑，他的遺體被分切成了四塊。生產硬幣的模具在行刑前一刻的儀式上被丟進火中焚燒熔解了。隨後罪人按照判決砍頭，身體被切成四塊之後釘在絞刑架上，他的頭顱則被釘在木樁上。

這起事件對拉比們一點幫助也沒有。辯論會最後幾天，拉比們得偷偷摸摸地貼著房屋外牆走路，因為他們不管走到哪都會被排斥。

主教會議還要處理其他比較沒那麼重大的案件，其中一件引發了卡緬涅茨基督徒的公憤。起因是素日與農民做生意的猶太人，來自蘭茨科倫的漢施亞，遭到農民巴西爾．克奈許指控他與薩瓦塔伊派信徒過從甚密，當下漢施亞便反唇相稽說他的身上就長著十字架[3]，才不是他們的人。這番褻瀆言論讓漢施亞獲判鞭刑一百下，分成四次執行，並且每次行刑選在城中不同地方，好讓更多人看見。

帶頭在蘭茨科倫引發暴動的革爾熊也遭到了相同的刑罰，一切正是從那場暴動開始的。

丹博夫斯基為首的主教會議還提議，目前有反塔木德派信徒停留的領地所有人，為他們提供庇護。

判決主文宣讀完畢，之後便馬上取得實行的許可了。

法庭為反塔木德派信徒洗刷了汙名；此外，拉比們必須為他們支付開庭費用、打鬥中傷者的醫藥費與財物損失費，共計五千茲羅提，並以罰金的名義資助卡緬涅茨教堂的修復工程共一百五十二紅茲羅提[4]。而《塔木德》，這本謊話連篇又對社會有惡劣影響的書，應當在全波多里亞境內被焚毀。

宣判之後全場靜默無聲，好似教會的代表們自己也開始懷疑是不是判得太嚴厲了，而當翻譯將判決文轉述給拉比們，他們的長椅上便傳來陣陣驚呼與哀嘆。有人命令他們冷靜下來，他們現在只會讓人感到羞恥，無法激起人們半分同情心。他們自作自受。拉比們在人們義憤填膺的寂靜中一邊碎碎念一邊走出了審判室。

---

3 原文krzyż to on ma na odwrotności brzucha一語雙關，在腹部的反面有十字架可以理解為身上長著骶骨（波蘭語又稱十字骨〔Kość krzyżowa〕），也可以將反面理解為屁股，委婉地表示十字架干我屁事。

4 紅茲羅提（Czerwony Złoty）因其玫瑰金的色澤得名，又稱波蘭杜卡特，為一五二八年至十八世紀於波蘭王國（後來於波蘭立陶宛聯邦）境內流通的金幣，十七世紀初一紅茲羅提的幣值約等於五波蘭茲羅提。

莫里夫達始終沉浸在歸國的喜悅中，他還感覺到一切都變得和以往不同了。預知某些事情的能力偶爾令他感到愉悅，這種時候他會抬眸望向天空；平原上的天空似乎顯得更寬廣，它就如同一片鏡面：將全部景象匯聚在自己裡面，像壁畫一樣反映出地上同一時間發生的所有事情，隱約可見未來事件的軌跡。懂得觀望的人只要抬起頭，便能在天空中看見一切。

雅各和納赫曼來找他，要他跟著一起回波蘭的時候，他甚至沒有流露出半分驚訝。他故作猶豫只是出於禮貌。事實上，當他看見雅各用土耳人特有的方式，威風凜凜地跳下馬時，小男孩即將踏上危險旅程的那種喜悅驀地在莫里夫達心中油然而生。

關於焚燒《塔木德》

當天，也就是十月十四日傍晚，焚燒書本的行動便展開了。法院判決的執行者甚至不必花上太多力氣。唯有第一團火堆升起時，在卡緬涅茨的那一團，有當地行刑者朗讀丹博夫斯基主教簽署的命令作為正式的開場。在此之後，事情便自然而然進行。

最常見的情況是，群眾強行闖入猶太人家中，然後書便馬上落入他們手裡。所有的「塔木德」，那些斜體字由右自左寫成的不潔著作立刻被丟到街上，之後被人們一腿一腳踢成書堆再放火燒掉。薩瓦塔伊派追隨者，那些猶太異端信徒相當熱情地幫助官員執行他們的職責，有人代勞讓他們得以提早收工回家吃晚餐。之後，其他非猶太人與成日惹是生非的單身漢，也加入了薩瓦塔伊信徒的行列。焚書的火光遍布整個利沃夫，只要是稍微大一點的廣場一定有火堆出現，不論是不是《塔木德》，無書可以倖免。隔天火堆的餘燼仍持續悶燒了一整天，而傍晚時分又有新書葬身熊熊烈火中，似乎所有印本皆淪為不祥之物。事情演變到這種地步，連利沃夫的基督徒也開始藏匿自己的書冊，以防萬一還將印刷工坊用路障堵了起來。接連幾天的焚書行動讓所有人變得更加猖狂，即便猶太人在卡緬涅茨始終屬於非法居留，早已以此城為家的他們擔心生命受到威脅，不得不再次帶著所有身家搬到卡爾瓦薩里。燃燒的書本、火焰中書頁飄動的景象吸引人們駐足圍觀，如同市集上對著母雞下各種指令的魔法師。人們端詳著火焰，他們喜歡這種毀滅劇場，心底甚至浮現了一股說不清的憤怒，雖然他們終究不知道該把這股怒火發洩在誰身上才對，但是怒氣幾乎讓他們自然而然地把矛頭對準了那些書的擁有者。現在只要有人高呼一聲，熱血沸騰的群眾馬上就會朝著最近的猶太房子走去，在自家房屋前站崗、防止偷竊的反塔木德派成員替他們指明了方向。

此前卑劣、罪惡、受到詛咒的人，如今搖身一變成了立法者兼執行者。相反地，曾經的裁斷者、教導者現在則是被審判、被教導的人。拉比的家如今不同以往，變成了人們一腳踢開門就可以闖入的酒館。到了屋內，沒有人會在意耳邊響起的抗議與尖叫聲；平常收藏書籍的地方顯然就在那，所以他們直接邁步走到櫃子邊，從中抽出了一本又一本書，他們像是把要下鍋烹煮的雞開膛破肚一般，抓著書皮扯掉了內裡。

家中最年長的女性長輩往往會絕望地衝出來將書本護在身後，好似要捍衛她縮小成紙張型態的奇怪弱智孫子，但是剩下的住戶並沒有膽子反抗這樣的暴力；他們心中很清楚，反覆無常的宇宙力量已經換邊站了，至於這樣的情況會持續多久，無人知曉。女人們偶爾會跑向帶頭的人，有時候那人甚至會是她們被薩瓦塔伊思想帶壞的年輕親戚，她們會握住對方的手，盡量正對著他們的視線問道：「依撒格，你在做什麼？我和你母親是以前一起在河邊玩耍的同伴！」朝角落裡的人們大喊：「你的手會因為褻瀆而乾癟，化為枯骨！」

在布斯克只有幾本《塔木德》被焚毀，因為這裡已經沒有太多塔木德派信徒了，大部分的人都是薩瓦塔伊的追隨者。由於先前這些書掉進了水窪中不容易點著，會堂後方只有一團小火堆微弱地燃燒著，煙霧瀰漫。這裡的人們並不熱中焚燒《塔木德》，彷彿他們只是依照判決行事；有一瓶伏特加在火堆附近打轉。嘗試加入判決儀式[5]湊熱鬧的還有非猶太的單身男性，即使他們根本搞不清楚狀況，往火裡扔東西總是能引起他們的興趣。但是他們知道了這是猶太人的內部事務，所以現在他們只是把雙手插在亞麻褲口袋裡呆立著，事不關己地瞧著那道火焰。

卡緬涅茨、羅哈廷與利沃夫的災情最嚴重，甚至有人見了血。在利沃夫，群情激憤的民眾燒毀了猶太會堂中全部的藏書，窗戶被打破，長椅被破壞。

次日暴動的情勢越演越烈——群眾有如脫韁野馬，參加者早已不限於猶太人，人群是混雜繽紛多彩的，他們無從辨別哪些書才是《塔木德》，重要的是它們上面印滿了奇異的字母，只因為人們無法讀懂，它本質上就是有害的。同樣一群人為了明天羅哈廷的市集聚在一起，他們感覺終於得到許可，能夠肆意凌虐這些書本了，被激情沖昏頭的人們歡呼雀躍地踏上狩獵之旅。他們站在房子的入口，要求屋主把書交出來，像是在要求他們釋放人質，而且如果屋主有所隱瞞，他們馬上就會大打出手。有人血流如注、手臂被打斷、嘴上牙齒被打落。

與此同時，辯論會上慘敗而憤恨不已的拉比們舉行了祈禱會與嚴格的齋戒，嚴格到就連母親都不能哺餵嬰兒。利沃夫拉比拉帕波特有間專門分送信件的辦公室，總是直到天色大白、油盡燈枯，屋內的工作才會告一段落。眼下拉比本人躺著一動也不動；他在會堂前遭到人們毆打，現在連呼吸都很困難，他的肋骨恐怕也骨折了。平卡斯謄寫信件的同時仍舊止不住哭泣。看樣子世界末日真的要來了，畢竟同族也開始互相傷害了。這怎麼可能呢？上帝怎會向我們施加如此椎心蝕骨的試探，威脅著我們生命的再也不是哥薩克人，亦非野蠻的韃靼人，而是我們自己人，與我們父親一起去葉史瓦上課的鄰居？他們說著我們的語言，住在我們的村子裡，即便我們不樂意卻闖進我們的會堂。當同族刀劍相向之日來臨，就表示以色列民罪大惡極，上帝怒不可遏。

幾天後，等拉帕波特拉比身體恢復得差不多，他便召集了聚會的所有代表，通過了下一輪募款行動的決議。他們必須把這筆錢送到布呂爾大臣的親信亞萬・巴魯克手中，但此刻戰事未停，為了焚書的事占用國王的時間顯然時機不佳，他們過了許久也沒有收到回音。

---

5 西班牙語auto da fe，十五至十九世紀宣布與執行異端裁判所的公開儀式。

關於皮庫斯基神父如何向貴族們解釋希伯來字母代碼的法則

耶日・馬丁・盧博米爾斯基是卡緬涅茨—波多利斯基駐軍的指揮官，這個小鎮百無聊賴、與世隔絕，這是他第一次擔綱指揮官。他年方二十，挺拔英俊，而且就算不考慮他那動人的美貌，也還有其他優勢：他是一筆巨大財富的繼承人。這一點使得他鶴立雞群——每個人第一眼就會注意到他，而且之後就再也無法將他們的目光從他身上移開。卡緬涅茨屬於他廣大領地的一部分。從那些不尋常的事件展開序幕的那一刻，從前空蕩蕩的街上湧出一群人的那一刻起，公爵便興奮不已，終於感到了一絲滿足。他始終需要新的刺激感受，如同飲食是生活中不可或缺的一部分。慶祝尼古拉・丹博夫斯基榮升大主教的告別晚宴上，他帶了六箱上等的萊茵蘭葡萄酒。

大家飲盡第一批酒之後，談論起近日的事件，而盧博米爾斯基公爵則把注意力放到了不起眼的皮庫斯基神父身上。他是大主教的左右手，負責開導貴族理解那些本質上艱澀難懂又晦暗不明的猶太問題。說到底每個人都想要搞清楚這場猶太動亂到底是為了什麼。

「我在猶太人身上找到了某種踏實感，」剛吞下一大口豬血腸的凱耶坦・蘇爾第克主教高聲開口。

近來他變胖了，身上的所有服飾都顯得有些誇張，主教袍的顏色過於明亮，袖口上了太多的漿，胸前的項鍊閃得太過刺眼。他很滿意自己成功吸引了眾人的注意力，然後接著說：

「猶太人掌管著金錢，必要時還會將自己的錢貸款給其他人。他們腦筋動得很快，不但渴望賺取自己的財富，也會為自己的主人謀財富。每當我想要買些什麼、賣些什麼，我總是會交給猶太人去辦，他有自己的管道可以和境內所有商人聯繫。他很清楚做生意是怎麼回事。我擔任他的顧客對他來說是有利的，而對我來說，他對待我的方式也總是能讓我放心，不用擔心他會騙我，而且他會盡他所能為我提供服務。這附近沒有哪個有頭有臉的貴族或是地主，沒有被以色列民服侍的。我說的難道沒有道理嗎，城督閣下？」

科薩科夫斯卡城督夫人替丈夫回覆：

「大家都知道閣下生來就無需操煩農業或是商業之事，這正是我們需要管理人的原因。如果他們不老實可能就會偷竊東西，這便是危險所在，這一點我們無能為力。」

偷竊的話題觸動了在場每一個人——再加上出色的葡萄酒也別有一番風味——桌上的討論會分裂成許多部分，眼下大家隔著桌子各自聊了起來；農民侍從替他們斟酒，在丹博夫斯基主教隱祕的手勢下，他們低調地把箱子掉包，現在倒入杯中的是品質較差的酒，儘管似乎沒有人發現這一點。

「所有人都在談論的卡巴拉究竟是什麼？就連我老公都開始對它感興趣了，」卡塔日娜．科薩科夫斯卡向皮庫斯基神父打聽。

「他們相信世界是由文字創造而成的，」他吞東西的時候發出不小的聲響，然後把他正要送進嘴裡的那一大塊牛肉放回自己盤子上。

「是這樣沒錯，每個人都如此深信不疑：萬物初始即有文字。我們也是這樣想的。那麼異端一說從何而來？」

「是的，女士，不過我們的觀念只止步於此，他們卻將它應用在每一個最微小的東西上。」

看得出來神父回答得相當不情願。沒人知道為什麼，就連他本人也為此感到驚訝。興許是因為在他看來和女人講述太過複雜的事情並不值得，她肯定無法理解，即便她是受過教育的女性不也一樣？或許是因為類似的問題逼得他往往必須極盡所能地簡化回答，無法深入。就算貴為主教，就連對著他皮庫斯基神父也必須緩慢謹慎地講解，因為他本人並不聰明，反應的速度並不快。當然，他毫無疑問是聖潔的，我也沒有立場評論他，皮庫斯基在腦海中責罵自己，但有時候他確實難以和主教溝通。

於是他請人拿來紙和筆，好讓他可以用圖像式的方法解釋給他們聽，並把紙張攤在盤子的空隙間。主教推開裝著烤鵝的盤子，把椅子稍微向後拉，把場子交給皮庫斯基，然後給了科薩科夫斯卡一個了然的眼神，因為他在這個矮小不起眼的神父身上，感覺到某種隱藏的力量，但是眼下他只取用了其中一小匙，像是不願顯露他所能汲取的所有大甕。

「每個字母都有與之相應的數字。alef是一，bet是二，gimel是三，以此類推。也就是說，每個由字母組合而成的單字都有自己的數值。」他以眼神詢問大家是否聽懂了他說的話。「那些擁有相同數值的單字雖然表面上看似毫無關聯，實際上卻透過深層意義彼此相連。你可以計算單字的數值，加以計算，就會衍生出有趣的結果。」

皮庫斯基神父不確定是否該就此結束，講得夠不夠多，可是不行，他無法停下來。

「讓我們舉個例子吧！」他說。「希伯來語的父親是aw，寫作alef、bet，由右至左。母親則是em，也就是alef-mem。可是『母親』（em）這個字也可以讀作im。aw，父親的數值是三，因為是alef的一加上bet的二來的。母親的數值則是四十一，因為alef對應的是一、mem則是四十。所以現在：假如我們將兩個單字相加，『母親』加上『父親』，就會得到四十四這個數字，而這正是『jeled』，也就是孩子的對應數字。」

傾身觀看神父解釋的科薩科夫斯卡驀地向後一坐，撫掌驚呼道：

「多麼精妙啊！」

「Jod-lamed-dalet」皮庫斯基神父在主教的紙上接著寫下，一臉勝券在握的表情望著它。

蘇爾第克主教聽得不是很明白，他已經被這些數字搞得一團亂了，還喘著粗氣。他應該要減肥。丹博夫斯基主教則是挑了挑眉，表示或許未來他會對這些東西感興趣。

「依據卡巴拉，女人與男人交合時，字母們，也就是我們波蘭語說的abcd會見到彼此[6]，母親的字母與父親的字母互相纏繞結合，女人因此懷孕，造就了孩子的誕生。」

丹博夫斯基主教輕咳了幾下，接著繼續吃起東西。

「卡拉巴就是卡巴拉，」城督夫人的臉頰早已因為葡萄酒變得酡紅，開口說。「全世界前所未有的事情正在我們這裡上演，有上千位猶太人想要改信天主教。他們就像是向母雞尋求依偎的雛雞，他們多可憐啊，因為猶太人的身分受盡了折磨……」

「尊敬的女士您想錯了，」皮庫斯基神父難堪地清了清喉嚨，打斷了她的話。科薩科夫斯卡訝異他就這麼打斷了她的思緒。「他們在這件事情上其實是有利可圖的。我們的國家很久以前就是他們眼

---

6 古波蘭語為obiecadło，現代波蘭語則是abecadło。

中的新應許之地了……」

「我們有必要隨時掌控他們的行動，」蘇爾第克主教補充。

「他們現在只把《塔木德》放到檯面上接受審判，但其實他們的所有圖書都應該被宣判。卡巴拉是一種危險的迷信，應當被禁止。它所教導的敬神方式就是徹頭徹尾的邪說。據說它甚至還教導人們預知未來，施行魔法。卡巴拉的來源肯定不是上帝，而是撒旦。」

「神父您說得太誇張了，」這次換科薩科夫斯卡打斷他。「就算他們本來的生活散發著硫磺的臭味，也馬上就會在教會的懷抱中找到另一種生活。這正是我們齊聚一堂的原因，既然他們本人表達了最良善的意圖，我們就該為這些迷失的人提供幫助。」

耶日・馬丁・盧博米爾斯基公爵吃著豬血腸，這是晚宴上最好的一道菜。肉太硬，米又煮得太爛，高麗菜飄著一股奇怪的霉味。他認為在座的與談人又老又無聊。他對猶太人一無所知，只有遠遠地看過他們。不過近來他對某個猶太女孩有了比較深入的認識，她是在駐紮營地附近徘徊的其中一個女孩，她們之中還有國籍各異的妓女，任軍中士兵挑選。

關於準備上路的新任大主教丹博夫斯基

主教正在等待隨時可能前來載送他行囊的馬車，他已經準備好踏上通往利沃夫主教區的崎嶇路程了，他再次看了看他訂製的內衣，然後命令女人們縫上他的首字母縮寫：MD，Mikołaj Dembowski。首字母花押字以紫羅蘭色絲線繡成。先前下訂的絲綢褲襪已經從國外寄來了，丹博夫斯基主教已經完全捨棄亞麻褲襪了。有白色的褲襪，還有和花押字一樣的紫色褲襪，後者還額外繡上了細緻的拷克花邊。主教手上也有一些新東西——細羊毛製成的保暖長版內褲，雖然大腿會感覺有點刺刺的，卻能為他提供渴望已久的溫暖。

他似乎對自己感到很滿意。畢竟誰也不知道他為了大主教之位付出的微薄努力，會不會因為近日的事件被重新審視導致事情生變——有這麼多可憐的人被自己的同胞詛咒、欺侮——主教受到了耶穌基督慈愛之心的感召。直到這一群猶太人全部接受洗禮之前，主教都不會罷手。這會是屬於全歐洲的偉大奇蹟，甚至可能是新時代的起點。他專注地盯著那些要打包的書，其中一本封面以嶄新皮革裝訂而成的書映入他的眼簾。他知道那是什麼書。他輕笑著將它拿起，漫不經心地翻看，剛好翻到了一首短詩：

> 且說波蘭何錯之有？

錯在無良官府與破敗道路，
錯在橋梁坍毀，
錯在逃過鞭笞的無數惡人。

主教自顧自地笑了，如此天真的詩令他感動不已。倘若赫梅洛夫斯基總鐸神父能夠擁有與他的熱忱同等的聰明才智該有多好！沉思半晌過後，主教選擇將這本有著美麗封皮的書和其他書本堆在一起。

在按照計畫啟程前的最後一晚，在喬爾諾科津齊主教宮內的丹博夫斯基主教很晚才上床睡覺，寫信的動作讓他的手麻木（他打理好猶太人的事情，還寫了一封信給國王請求他支持這起崇高的行動）。半夜他滿頭大汗地醒來，渾身僵硬，肩頸硬得像木頭一樣，頭也痛。他夢見了某些嚇人的東西，卻想不起來是什麼。某種踱步聲，暴行，鋒利的邊緣，撕碎布料的聲音，爆裂聲，他絲毫無法理解的從喉嚨發出的低沉細語。當他躺在黑暗中因恐懼瑟瑟發抖，想要抬起手搖鈴傳喚僕人時，他發覺自己動彈不得，他那隻寫信寫了一整天的手，不受他的控制。這不可能，他想著，他真的嚇壞了。他是在做夢。動物本能的恐懼驚慌將他包圍。

下一秒他便聞到了一股特有的味道，他意識到自己失禁了。他想要移動——但辦不到；這正是他所夢見的：他無法動彈。他想要放聲大叫吸引僕人注意，但他的胸部不聽使喚，胸中連讓他吸入空氣、發出輕嘆的力氣都沒有。他背朝下一動也不動地躺著直到早晨來臨，他的呼吸快得像隻兔子，接著他開始禱告，但是由於恐懼，他的祈禱斷斷續續的，主教甚至不知道自己在說什麼。他感覺某個看不見的人影似乎坐在他的胸前，像是夢魔，假如他不把它推走的話，它可能就會掐死他。他試著讓自己冷靜下來，試著找回待在肉體內的那種熟悉感覺，感受自己的手、腳，感覺自己的肚子，夾緊臀部，移動手指。然而他立刻退了出來，因為那裡什麼也沒有。唯一剩下的是他的頭，可是它看起來就像是飄浮在一片虛無中。主教一直有種墜落的失重感，他必須緊緊盯著高掛在喬爾諾科津齊主教宮臥室牆上，位於打包好的行李箱上方的壁燈。時間一分一秒過去——他始終無法擺脫極度恐懼的狀態。

清晨僕人們發現他的時候引發了一陣騷動。醫生們替他放了血，濃稠如墨的黑色血液流淌而出；他們的臉上浮現了擔憂的神色。

不過，放血之後主教的狀況稍微變好了。他開始移動手指和頭。一張張臉孔俯在他身上，正說著些什麼，提出疑問，同情又哀傷地盯著主教。但它們只令主教感到沮喪；構成臉部的元素實在太多了：眼睛、嘴巴、鼻子、皺紋、耳朵、痣、肉疣——它們實在多到令他受不了了，不只弄得他頭暈目眩，還讓他感到噁心，所以他的目光落在了壁燈上。他知道似乎有雙手正在觸摸他，但他對自己的身體只有一股全然陌生的感覺。有幾個人站在他面前，可是他聽不懂他們在說什麼，有時候他可以捕捉到隻字片語，卻無法拼湊出任何有意義的句子。人們終於離開，只留下一盞蠟燭，室內一片昏暗。主教多麼希望有人能夠握住他的手——他願意為某人溫暖粗糙的手掌付出多少呢……

在照顧他的人已然入睡，燭光熄滅的那一刻，主教開始掙扎、尖叫——或者該說是他覺得自己在尖叫，因為他根本無法發出任何聲音——他是如此的害怕黑暗。

第二天，他的兄弟出現了。沒錯，儘管只聞其聲不見其人，主教還是認出他了。他就是知道那是他，他感覺如釋重負，接著睡著了，可是在夢中，和此處一模一樣的場景，他躺在一模一樣的位置，同樣對黑暗感到恐懼。接著他的兄弟便離開了。當天傍晚主教的大腦開始創造圖像。他身處卡緬涅茨，靠近他的主教宮與主教座堂，但是他並沒有站在地上，而是懸在空中，與屋頂邊緣等高的高度。他瞥見屋簷下有鴿子築巢，但是鳥巢已經空了，裡面只剩下四散的舊蛋殼。然後他看到了立於高聳圓柱上的光耀聖母像，他不久前才為其祝聖——這一瞬間恐懼短暫遠去，但是在主教的視線投向河川與堡壘巨大建築本體的那一刻，恐懼再度襲來。主教感覺有無數生於虛無的雙眼漠然地盯著他，宛如上百萬人早已恭候多時了。

他還看見了著火的書本隨著火焰的熱度膨脹、碎裂。但是在火舌舔到書頁的空白處之前，字母有如螞蟻或是其他動作敏捷的小昆蟲成群結隊地逃離頁面，消失在黑暗中。丹博夫斯基看得非常清楚，對於文字是活的這件事他一點也不驚訝：有些長著小腳的字母四處爬行，其他結構最簡單的、沒有腳的字母不得不跳躍或是滑行前進。主教不知道該怎麼稱呼它們，但是它們的逃亡令他動容，他近乎溫柔地朝著它們低下頭，但過了半晌便發現只剩下潔白的紙張在燃燒，沒有留下任何字母。

隨後主教便失去了意識。放血也於事無補。

主教在當天傍晚逝世。

醫生與隨侍在側的祕書們、他最親近的同事皮庫斯基神父對這則死訊嚇得啞口無言。怎麼會呢？

他明明很健康的。不，他並不健康，他的血液出了問題，循環的速度過慢、過於濃稠，導致了他的死亡。但他從未抱怨。或許他只是沒有提及自己的身體狀況。他唯一抱怨過的事就是感覺有點冷，但這並不是他的死因，因此主教宮的人決定暫時不對外宣布他的死訊。他們呆坐著，不知道該如何是好。這一天，主教訂購的剩下幾件內衣送到了，還運來了幾箱要打包帶去利沃夫的手稿。這一切都發生於一七五七年十一月十七日。

關於死去的嫣塔在一七五七年冬天的生活；即《塔木德》被焚燒之後，輪到縱火者的書被燒毀的那一年

大主教逝世這類的事件是獨一無二的，絕對不會重演。每一種情況以及當下創造出它的所有條件都是絕無僅有的。每個元素就如同特邀演員演繹著各自的角色，他們為了僅此一場的演出聚集在一起，即使是一個手勢、橫跨舞台的走位或是簡短急促的對話，假如脫離了當下的情境便會立刻淪為荒誕。

然而，事件既定的因果鏈確實因此誕生了，因為我們除了這一點別無所有，所以不得不相信它。此外，假如你能夠像嫣塔現在這樣看著一切，仔細觀察它，就可以看見所有的管路、鉸鏈、螺栓和齒輪，以及那些將彼此分離、不重複的單一事件加以嵌合的小型器械。它們就是這個世界的黏著劑，正

是它們將各式各樣的字詞傳給鄰近的事件，在不同的情境下有節奏地重複著某種手勢或是表情，讓同樣的物體或是同樣的人一次又一次地彼此接觸，於本質上彼此陌生的事物之間製造鬼魅般一連串的聯想。

從嫣塔身處的地方剛好可以看得清清楚楚；映入眼簾的一切都在閃爍，不斷變換著型態，它搏動的樣子多麼美麗。你無法掌握瞬間的整體，因為它轉瞬即逝，被分解成了原子，然後，即使上一刻它的模樣顯得如此合理，動人，令人讚嘆，它也會馬上轉而創造全新的、同樣易逝的紋路。當你試著追上某個人影，它下一秒就會變換型態，以至於有那麼一瞬間，你會懷疑對方究竟是不是同一個人。比如那個髒小孩片刻前還像威化餅一樣脆弱，現在呢？一轉眼變成了高䠷健壯的女人，她走出了家門，氣勢洶洶地把水桶裡的髒水往外倒。髒水破壞了雪的潔白，留下了一圈圈黃色斑點。

只有嫣塔是永恆不變的，只有嫣塔會不斷重複，始終會回到同一個地方。你可以信得過她。

光明節與耶誕節前夕，丹博夫斯基大主教的死訊已經傳遍了各地，這則消息對某些人來說是悲愴的，對另一群人來說卻是值得開心的。消息來得措手不及，彷彿有人一刀割開了辛苦縫製的基里姆地毯，這麼多努力全都成了泡影！之後緊接著又流傳起另一則消息，它與暴雪一同抵達了科羅利夫卡——這群忠誠信徒的保護者一逝世，拉比們便再次昂首，展開了對另一方的壓迫。昨天被縱火焚毀的還是他們的《塔木德》，如今輪到他們動手燒毀那些縱火者的書了。至於雅各．法蘭克，此刻他受困於最大的拘留所之中，被關押在厚實磚牆的另一邊。科羅利夫卡的人們彼此相視，眸色中滿是憂愁。消息傳來的當天傍晚，眾人便坐在以色列家的小屋中商討對策，他們忍不住竊竊私語。不久，他們的聲音變得響亮。

「這是偉大力量之間的爭鬥。」

「這和薩瓦塔伊的遭遇如出一轍。他也被關了起來……」

「這是一種必然。囚禁也是計畫的一部分……」

「這事早已注定，現在一切才正要開始。」

「這是末日……」

「這便是終結。」

雪灑滿了整片道路，覆蓋住周圍所有事物，連墓園與猶太墓碑也徹底隱身於這片無法看透的白色之中。放眼望去除了雪還是雪。宛如天降奇蹟，居然有商人成功從卡緬涅茨穿越雪海，跋涉來到了村裡。他甚至沒有多餘的力氣替馬兒卸下輓具，他的睫毛凝上了一層霜，眨了眨被這片潔白刺得睜不開的雙眼，說道：

「不，雅各不在監獄裡。他順利逃出羅哈廷，直接去了切爾諾夫策，而那就已經算是土耳其境內了。現在他和妻小待在久爾久，而且，據說他跑回去做生意了。」

有人悲切地開口：「他拋下我們了。」

看來確實如此。波蘭被他拋諸腦後了，即便這片雪白為冰天雪地的國土提供了掩護，也難掩其憂鬱灰暗。這裡沒有他的容身之處。

聽聞此事的眾人先是感到不可置信，但是隨後一股怒氣油然而生——不，他們不是對逃跑的雅各感到生氣，反倒是對自己生氣，畢竟他們早該知道會有這麼一天。最糟糕的一點，莫過於他們意識到未來終究不會有任何改變了。站在以色列家門前的馬匹留下的排遺在霜上散發蒸氣，弄髒了如床單般潔白的雪，這是一切受造物脆弱之處的悲哀證明；它下一秒便會化身物質結凍的團塊。

「上帝救我們脫離他的掌控，免於那個人所代表的一切試探。」索布拉踏入家中時說，接著馬上哭了起來。

她整個傍晚都在哭。沒人知道她究竟為何而哭，她本來就不喜歡雅各，不喜歡那群嘈雜的隨從，不喜歡自以為是的女侍衛和心機深沉的納赫曼。她不相信他們說的半個字。他們的教義令她感到畏懼。

以色列責備她。可是當兩人一躺到鵝絨被上，聞到幾個世代的鵝毛所散發的潮溼氣味，他便笨拙地試著將她擁入懷中。

「我覺得我好像被關在監獄裡……我的整個人生就是一間囚籠，」索布拉哽咽道。

她深吸了一口氣，卻再也無法吐露更多了。

以色列則沉默不語。

之後另一則更加令人震驚的消息得到了證實——雅各改信了伊斯蘭教，在彼方的土耳其。現在以色列不知所措地坐了下來，腦中一片混亂。唯有他的母親出言提醒他，這不就和第一人薩瓦塔伊的經歷一模一樣嗎？他不也戴上了纏頭巾嗎？這難道不是救贖大計中的一環嗎？各種天馬行空的猜測持續了整個晚上。有人認為這是令人難以置信的懦弱行為，也有人覺得這是深謀遠慮的政治手段。沒有人願意相信雅各真正變成了阿拉的信徒。

就算是最弔詭、最可怖的事情，一旦它變成計畫的一部分，便會突然讓人感到熟悉、自然。正在與基督徒買賣木材的以色列可以證實這一點。他會向地主買進剛從森林砍下的原木，再賣到其他地方。他靠著捐給嫣塔的善款買下了兩台堅實的馬車與兩匹壯馬，這可是一筆不小的財產。等待裝貨的時候，他偶爾會和伐木工蹲在一起抽菸。他和地主的管理人特別聊得來，他不像伐木工，對於信仰的奧妙多少有點概念。正是與這位管理人對話過後，以色列才恍然大悟：基督教的彌賽亞、耶穌之死其實也是上帝計畫的一環。耶穌勢必會被釘上十字架，若不如此，救贖之舉就完全無法開始。這很奇怪，但在某種迂迴的意義上是合邏輯的。以色列沉思許久——薩瓦塔伊必須心甘情願地鋃鐺入獄，穿上纏頭巾，然後被流放，二者的相似之處著實令以色列心驚。彌賽亞必須落入最低處，否則他就不是彌賽亞。以色列返程時的馬車是沉重的，但是心情卻是輕鬆的。

索布拉與以色列的庭院裡看不見半點朝聖者的蹤跡。不只是風雪的緣故，更是因為整體情勢的影響。人們開始懼怕公開的奇蹟儀式；這種事最好還是偷偷躲在其他地方做比較好。但佩賽爾和芙蕾娜在嫣塔跟前露臉的次數並沒有變少，儘管佩賽爾正在為婚禮做準備。他們才剛舉行過訂婚儀式，男孩和她一樣都是十三歲。佩賽爾見過他兩次，她對他的印象是可愛的，但是有點幼稚。姊妹兩人正在一起繡桌巾，因為芙蕾娜過沒幾年一定也是要嫁人的。天氣還算溫暖的時候，佩賽爾偶爾會帶著要縫的東西去找奶奶（她總是這麼稱呼嫣塔），然後在她身旁工作。她會對奶奶講述各式各樣的故事，向她吐露未來的計畫。例如，她希望有朝一日可以住在大城市裡，成為一位高貴的淑女。她會有自己的馬車，蕾絲花邊的連身裙，與絲綢小包包，裡面會裝著薰過香的手絹，除此之外，她也不知道這樣的包包還能放些什麼了。眼下太過寒冷，她的手指凍得連針都拿不住，嫣塔身上的露珠轉瞬間便會化作美麗的冰雪。佩賽爾發現了這一點。她將冰雪頂在指尖上，然後在融化之前把它帶到窗邊的陽光下。有半晌的時間她的目光都停留在奇蹟上捨不得移開：是一座座色白勝雪的水晶宮殿，裡面滿是晶瑩的玻璃、水晶燈、雕花高腳杯。

「你在哪看到的？雪花裡嗎？」芙蕾娜感到詫異。但是有一次她獨自將一片雪花輕輕放到指尖上，就著陽光盯著它瞧。這是一片奇蹟般超乎尋常大片的雪花，幾乎是小型硬幣一格羅希的大小。晶瑩剔透的美稍縱即逝，因為這樣的美並不屬於這個世界，而且人類的體溫會打破它。不過多虧了這個瞬間，我們才得以見到彼方高高在上的那個世界，得以確信它存在著。

寒霜居然無法傷到嫣塔半分，這怎麼可能？以色列檢查了好幾次，尤其是早晨外頭的樹木被凍得沙沙作響的時候。可是嫣塔的體溫僅僅稱得上寒涼。寒霜落在她的睫毛與眉梢上。有時候索布拉也會來到這裡，她會用皮襖包裹住自己，而後打起了盹。

「我們不能讓妳下葬，奶奶，」佩賽爾對嫣塔說。「但我們也不能繼續把妳留在這裡。爸爸說現在時局動盪，沒人知道明天會怎麼樣。」

「又或者，究竟還會不會有明天，」妹妹又說道。

「世界末日就要來了。我們好怕，」索布拉擔憂地說。她覺得嫣塔奶奶的眼皮似乎在動，噢，沒錯，奶奶肯定聽得見她說的話。「我們該怎麼做？這也算在妳能幫得上忙的那些絕望事情裡面嗎？幫幫我們吧！」索布拉屏住呼吸，以防她略過任何微小的徵兆。但她什麼也沒看見。

索布拉提心吊膽。最好不要讓受了詛咒、土耳其化的雅各奶奶繼續待在農舍裡。她會帶來不幸。當她得知雅各被關起來的那一刻，意外地感到滿足——這是你罪有應得，你奢求太多了，雅各。你總是把自己放在最高的枝頭上，你總是希望自己能比其他人優秀，如今你淪為階下囚。可是當她知曉雅各其實平安無事地待在久爾久，又感覺如釋重負。在此之前許多事情看似前景無限、充滿各種可能性，眼下寒冬與黑暗卻再次籠罩，揮之不去。十月，光線便退到了農舍後方，再也沒有照進庭院裡，在石頭下蟄伏了整個夏季的寒意，此刻悄悄溜了出來。

進入夢鄉以前，索布拉想起了關於洞穴的故事——雅各，當時還年輕的楊凱爾有多麼喜歡那個地方，以及他還是個孩子的時候在那裡迷路的事情。

索布拉當時年紀還小，她和雅各很熟，對這個火爆浪子感到害怕。他們會玩戰爭遊戲：一群人扮演土耳其人，另一群人則扮演莫斯科佬[7]。有一次，雅各不知是扮演莫斯科佬還是土耳其人，這一點索布拉記不太清楚，雅各開始戰鬥的時候太過忿怒，怒髮衝冠，裂眥嚼齒，以至於他無法停手，用木劍把一個男孩打得只剩半條命。索布拉還記得他的父親為了這件事，把他打得都見血了。

而現在她在眼皮底下看見了通往洞穴的入口——她從來沒有進去過。這個地方讓她感到毛骨悚然，周圍總是有奇怪的事情發生：樹木更加蓊綠，寂靜更加恐怖，小樺樹下的整片地面長滿了熊蔥。人們會採收這裡的熊蔥，再分給生病的人。它總是很有效。無人知曉這個洞穴究竟有多大，據說它在地下綿延數哩，並有著巨大字母alef的形狀；相傳其中有一整座城市，裡面住著許多小精靈和看守寶

---

7 古代稱呼俄國人為Moskal，帶有貶義。

藏的瘸腿巴瓦卡本……

索布拉突然站起身，毯子從她的肩膀掉到了地上。一個字脫口而出：

「洞穴！」

關於亞設．魯賓與光的冒險，及其祖父與狼的冒險

里斯本發生地震的消息，去年傳到了利沃夫。消息傳播得很慢。亞設在印有版畫的插圖小冊子上看到的新聞十分駭人。他不厭其煩地不斷翻讀著這些新聞，讀了十幾次，他渾身顫抖，眼神始終無法轉向其他地方。眼前的圖畫就像是末日審判的場景。他的腦袋完全無法思考其他事情。

文中提到了成堆的遺體，亞設嘗試在腦海中想像十萬究竟是什麼概念；這比利沃夫的人口還要多，而且你還要再加上附近村鎮的居民，叫上所有人：基督徒與猶太人、魯塞尼亞人與亞美尼亞人、孩子、女人與男人、老人、動物、無辜的牛隻、狗屋旁的狗兒。十萬人究竟是多少？

然而在他稍微靜下心來之後，又覺得這件事再平常不過了。大概從未有人計算過赫梅利尼茨基起義的犧牲者吧——一座座村落、城市，貴族被砍下的頭顱四散在領地庭院各處，猶太婦女被開膛破肚。他還聽過波蘭貴族、猶太人和一隻狗同時被處以絞刑的事情。但是亞設從來沒有在那些蝕刻版畫上，那些將人的想像圖像化之後，再以精雕細琢的金屬版復刻的插圖上看過類似的場景。一幅場景在

他的腦海裡生了根：他看見了席捲城市的漩渦，看上去就像是元素之間爆發了一場戰爭——土以火抵禦水的攻擊，但是水元素是最強勁的，波濤所經之處的生物全都難逃一死，破壞之後便將所有東西沖刷殆盡。船隻看起來像是漂在池塘上的鴨毛，所有人在這座阿瑪革冬[8]上幾乎成了隱形的存在，眼下上演的情景已經超越人類的尺度了。此景之中唯有一人例外——前景的船上站著一位貴人，大概是位貴族，因為他身著華服，正舉著交疊的雙手朝上天祈禱。

亞設帶著復仇的快意瞅著這個男人絕望的姿勢，接著他注意到圖片中並沒有天空的位置。它被壓縮成戰場上方的一條細長皮帶。畢竟怎麼可能會有天堂呢？

亞設四年前定居於利沃夫，作為醫生執業，替人醫治眼睛。他和某位研磨鏡片的工匠共同合作，為視力不好的人們配眼鏡。他在義大利求學時學了一些這方面的知識，但到了現在他才終於開始實踐它們。他從那裡帶回來的一本書令他留下了非常深刻的印象，而其中有一段文字，不只可以說是他學業的

8 出自《若望默示錄》第十六章第十六節，是善惡雙方最終對決的末日戰場。

墊腳石，更是他的人生信條：「我看見，」該書作者，某個名叫牛頓的英國人寫道，「射向成像其中一端的光線折射角度比射向另一端的光線大得多。因此我們可以得到一個結論：影響成像寬度的真正因素無他，單純因為成像是由**不同折射率的光線**所組成，而根據它們的折射程度，光線會投射到牆面上不同的位置。」

亞設的父親是卡巴拉學者，他專攻光的研究，但同時也是立陶宛的拉季維烏先生領地內兩座村莊的承租人。因此承租地的事務就落到了亞設母親的頭上，她嚴格管理著一切。一家人定居的村子坐落在尼曼河畔，他們還擁有一間小酒館。除了幾間農舍，這裡還有水磨，供航向普魯士柯尼斯堡[9]的船隻停靠的小渡口與倉庫。承租地帶來的收益頗豐，而由於母親擁有卓越的管理天賦，加上她的責任心，他的雙親靠著哈撒卡[10]賺到了比任何租賃地都還要多的財富。

與周遭的貧困猶太人相比，亞設的父親還算得上富有，多虧如此（加上卡哈爾提供的幫助），他才得以在適當的時機將能幹的兒子送出國讀書，不過他本人過著樸素的生活，因為他不喜歡新事物，也不喜歡奢華的生活。對他來說，要是萬物永遠不會有任何改變，那就再好不過了。亞設記得領地的工作讓父親的雙手變得粗糙，皮膚會裂開，有髒汙跑進去的話更會導致傷口化膿。母親替他在這些位置抹上鵝油，所以在這之後他便不能碰觸書本。亞設父親和自家兄弟的關係，就像是雅各伯與厄撒烏勢同水火，怪不得伯伯最終搬到了波多里亞，日後亞設基於某些原因找上了他，並暫時在他家住了下來。

這附近住著波蘭人與魯塞尼亞人，而亞設母親經營的酒館受到所有人的歡迎。房子的主人非常好客，路上一旦有猶太人走過來，亞設的母親便會招待他一杯伏特加以示歡迎。桌巾永遠都是鋪好的，只待客人上門，店裡總是有充足的食物。

有位附近東正教教堂的神父時常造訪母親的酒館，這個人懶惰，勉強會讀寫，是個徹頭徹尾的酒鬼。他險些要讓亞設的父親死無葬身之地，而且只差那麼一步，整個家庭未來的生活便會有迥然不同的軌跡。

這位神父成天和農民坐在酒館裡，無所事事就算了，還成日浪費別人的時間。他總要記下自己賒的帳，卻一次也沒付清過。最後亞設的老爹終於覺得神父做得太過分讓人受不了，於是再也不提供伏特加給他。此舉觸怒了神父，讓他下定決心復仇。

亞設的父親三不五時就會向盜獵者購買狼皮。他們之中有農民、低階貴族，和膽大的流浪者。獵捕森林野獸是貴族的特權。有次某個不時賣狼皮給亞設父親的獵人半夜敲響了亞設家的大門。他把袋子放在地上，一如往常地說他手上有不錯的樣本。老爹想要查看那隻狼的屍體，評斷狼皮的價值，但是天色黑暗，時間已晚，盜獵者還要趕時間，於是他直接付了錢，把袋子放到旁邊就回床上睡覺了。

沒過多久便傳來了重重的敲門聲，幾個守衛逕自闖入屋內。那個袋子當即引起了他們的興趣，亞設的父親想著他會因為購買非法盜獵的動物而被罰款。然而，袋裡放著的居然是人的屍體，可以想見當下他該有多麼震驚啊！

---

9 柯尼斯堡（Königsberg）為德語舊稱，即今日的加里寧格勒。

10 哈撒卡（Chazakah）為猶太律法中的推定財產所有權，此處則是與斯拉夫國家的租賃制相對，專屬猶太社群的貿易、承租地產特許權。

他立刻就被套上了枷鎖，丟進暗牢中。審判被提上了日程，神父控告亞設父親親手謀殺了當事人，只為了榨取他的血液並將它當成製作無酵餅的材料，與猶太人時常背負的罪名一樣。絕望籠罩了所有人，但亞設的父親，這位光輝的崇拜者即便身處最深的黑暗之中，即使遭受嚴刑拷打也不曾認罪，還哭求著要獵人接受訊問。起初獵人駁斥了一切指控，但是用刑之後，他隨即承認是自己在水中發現了淹死的男子，才將他帶到了神父面前，希望能夠讓這個可憐人下葬。可是神父卻命令他偷偷把屍體丟給猶太人，而獵人也確實照做了。獵人因此受判鞭刑，亞設的父親被釋放，但是神父並未因此受到任何懲罰。

亞設從中學到了一課——人們有一種追求優越感的強烈需求；他們是什麼樣的人不重要，他們必定要找到比自己差的人才甘心。何者為優，何者為劣，取決於許多偶然的特質。那些有著淺色眼睛的人會覺得自己比深色眼睛的人優秀，有深色眼睛的人則瞧不起淺色眼睛的人。住在森林邊陲的人覺得自己比住在池塘邊的人高一等，反之亦然。農民看輕猶太人，而猶太人也鄙視農民。城市居民自視甚高看不起農村的鄉巴佬，而那些鄉下人也覺得那些城市來的人低一等。

這難道不就是人類世界的黏著劑嗎？不就是因為我們需要藉由比其他人優秀這一點來愉悅自己，所以其他人的存在才有其必要嗎？令人驚訝的是，就算是那些最低劣的人，似乎也能夠從對他們的侮辱找到一種似是而非的滿足感，正因為沒有人能比他們更糟糕了，所以在這件事上他們占了上風。

亞設不禁暗忖，這一切從何而來。難道人類無法修復嗎？假如他是一部機器，如同近來許多人說的那樣[11]，那麼只需輕輕挪動其中一根操縱桿，或是鎖緊一顆小螺絲，人們就可以開始從平等對待他人這件事上找到天大的快樂。

關於亞設・魯賓家中的波蘭公主

有個嬰孩在他家中出生了，他名為撒慕爾。亞設在心中稱呼他「我的兒子」。他們沒有舉辦婚禮。亞設會假裝姬特拉是他的女僕——她幾乎足不出戶，即便出門也只是去市場。亞設住在屬於基督徒區域的魯塞尼亞街，在此醫治病人，但是望向窗外可以看見涂雷・札哈夫猶太會堂[12]，星期六下午安息日結束時，人們會誦讀《阿米達[13]》，那些充滿熱誠的話語便會傳入亞設耳中。

這種時候，他會關上窗戶。他已經快要聽不懂這個語言了。他平常講的是波蘭語和義大利語，德語也說得不差。他還想要學會法語。猶太病人找上門時，他當然是和他們用意第緒語交流。他也會使用拉丁術語。

---

11 一七四七年法國哲學家朱利安・奧弗雷・拉・美特利（Julien Offray de La Mettrie）出版《人是機器》一書。
12 涂雷・札哈夫（Turej Zahav）猶太會堂建於一五八二年，名字取自希伯來語的黃金玫瑰。
13《阿米達》，因誦讀時必須「站立」而得名，又稱十八祝禱詞（shemoneh esray）。

最近他觀察到了一場真正的白內障疫情；每三個病人就有一個白內障患者。人們不懂得照顧他們的眼睛，總是直視光線，他們的眼球因此變得混濁，凝結成一塊，就像是水煮蛋的蛋白。為此亞設從德國引進了帶有深色鏡片的特製眼鏡，他本人自己也有戴，墨鏡讓他外表看起來像個盲人。

波蘭公主姬特拉正在廚房忙進忙出。亞設希望他的病人可以把她當作某個親戚，而不是女僕，因為女僕這個角色一點也配不上她，她總會沉下臉，然後重重甩上門。即便她生產已經是幾個月前的事情，亞設根本還沒碰過她。她會在亞設分給她的小房間裡哭泣，儘管恰似明亮色紙的太陽已經將潮溼的陰影與發霉的冬日憂鬱從角落裡拉了出來，她仍然甚少走到屋外。

姬特拉心情好的時候（這樣的情形非常罕見），她會待在他的背後觀察他正在讀些什麼。然後他會聞到她身上散發的獨特奶香，令他動彈不得。他希望終有一日她能夠對他心生愛慕。他一個人的時候過得很自在，可是如今有兩個陌生的存在毫不避諱地闖入他的生活：一者無法預測，一者完全不可知。眼下兩人坐在椅子扶手上，一個人正在一邊啃蘿蔔一邊讀書，另一個則忙著吸吮潔白的大胸脯。

亞設看得出來女孩神色憂傷。或許是懷孕與產後的情緒波動導致的？姬特拉心情比較好的時候，她會拿起他的書和報紙，然後埋頭讀上一整天。她能夠流暢地閱讀德文，比較不擅長波蘭文，對拉丁文一竅不通。她會一點希伯來語，亞設不清楚她的程度如何，甚至沒有問。基本上他們很少對話。亞設一開始計畫讓她在這待到生產那天為止，一旦她生下孩子，他就會幫她找尋其他落腳處。但現在他不敢說得那麼肯定了。她無處可去，她說自己是孤兒，父母於哥薩克大屠殺中雙亡，但他們也不是她真正的生父生母。因為她其實是波蘭國王的私生女。

「那孩子呢？是誰的？」亞設最終還是問了。

姬特拉聳了聳肩，這讓亞設鬆了一口氣；他寧願她保持沉默也不願聽到謊言。要找到地方安置帶著孩子的年輕女孩可不容易。他必須向卡哈爾打聽，那裡有些為這類女性服務的收容所，他當時如此盤算著。

但是現在情況已經不同了，亞設已經不打算把他們送去收容所了。姬特拉開始幫忙打理家中大小事，還成了掌杓的人。她終於開始走出戶外——她拉低帽簷遮住自己的臉，然後快步通過街道，好似生怕被人認出來。她趕到市集，購買蔬菜和雞蛋，大量的雞蛋，因為她的主食是淋上蜂蜜的蛋黃。她會為亞設準備熟悉的美味家鄉菜：庫格爾[14]、馬鈴薯豆子燉肉[15]，後者因為姬特拉不吃肉所以用蘑菇代替牛肉。她總說：「猶太人對動物做的事情，和哥薩克人對猶太人做的事情沒什麼兩樣。」

然而，利沃夫畢竟不是多大的城市，過沒多久便東窗事發了。只要十分鐘你就可以穿過整個猶太區——先從市集廣場出發，走過魯塞尼亞街，接著轉進猶太街，然後快步通過萬分嘈雜的新猶太街，此處房屋林立十分密集，層層堆疊，隨處可見加蓋建築、階梯和小庭院，許多小工作坊、洗晾衣處和攤販隱身其中。這裡的人們非常了解彼此，沒有任何事情能逃過他們的法眼。

---

14 Kugel，以雞蛋麵條或馬鈴薯烤製的猶太烤布丁。

15 Czulent，以低溫長時間燉煮的安息日料理。

關於情況如何變得天翻地覆。卡塔日娜・科薩科夫斯卡致凱耶坦・蘇爾第克主教

致凱耶坦・蘇爾第克閣下：

最仁慈的閣下，不只是以我們至聖天主教會虔誠女兒的名義，更是作為您在這般充滿哀痛的時刻也始終可以仰仗的摯友，願您傾聽您最忠誠僕人的聲音。

我們所有人都對主教之死感到震驚，最初幾日喬爾諾科津齊一片寂靜。而我本人也不是在第一時間得知他逝世的消息，這件事似乎出於某種原因被當成天大的祕密藏了起來。據說他的死因是腦中風。

直到一月二十九日才會舉行喪禮——相信您已有耳聞，且您尚有些許時間可以準備上路。閣下，您有必要知道，丹博夫斯基主教過世之後，我們的計畫有了一百八十度的反轉。拉比們幾乎是立刻就採取了行動，那些收了他們錢的王室顧問也不例外，而一夜之間我們的寵兒[16]們似乎不論到哪裡都無人支持；沒有了主教，整個事情彷彿立刻就染上了一層陰霾，無人聞問。不論我走到哪，講到關於這個問題的任何東西，我的腦袋立刻就會撞上某道名為冷漠的牆。此外，今年的酷寒使人們閉門不出，甚至沒人願意探出他們的鼻頭。我們整個波蘭立陶宛聯邦皆受制於天氣。或許也是基於這個考量，他們才會延遲喪禮，期許到時候雪會變得厚實，道路得以通行。現在這

樣就連挖墓穴都成了問題。

閣下，我很擔心我們的努力都會白費。先前加諸於塔木德派信徒的種種暴行如今對準了薩瓦塔伊派信徒。猶太聚會徵收了他們的房舍——這還算是最好的情況了，有許多房子和屋主的財物被一併燒毀了。這些可憐人前來向我求援，但沒了主教，我一個人沒辦法為他們做任何事。所以我給了他們衣服和一些現金，足夠他們支付馬車的費用越過德涅斯特河。因為他們有許多人拋下了一切，飛速趕往南方，他們的領導人所在的瓦拉幾亞。我有時候會嫉妒他們，我也希望能夠跑去陽光充足的溫暖地方。無論如何，不久前我看見了某個薩瓦塔伊信徒的聚落，裡面空無一人，讓我感覺一陣雞皮疙瘩。

就連我也不知怎麼著失去了採取任何行動的意願。我近來身體微恙，想必是從羅哈廷到卡緬涅茨的旅途中染上了風寒，從那之後就沒有東西能使我感到暖和，就連我丈夫珍藏多年的伏特加也不行。人們說丹博夫斯基主教是受到猶太人詛咒才因此過世。有個酒館老闆告訴我主教的頭頂上有兩道詛咒彼此纏鬥，其中一道是保護主教的，另一道則是傷害他的。前者源於他最寵愛的薩瓦塔伊派信徒，後者則是來自塔木德派拉比。這裡的人們編了這些鬼話，不過詛咒這種東西我是一點也不信，管它是不是猶太詛咒。但是這確實在我心中埋下了不安的種子：我們的頭上正上演著一場宇宙大戰，不同勢力在雲端飛舞、騰雲駕霧，而脆弱又散漫的我們一無所知。

16 波蘭語beniaminy，推測為beniaminek的變體，此字源於《聖經》人物雅各伯的小兒子便雅憫，代指最受寵的孩子，通常也是年紀最小的。

有人說盧賓斯基主教會接替過世的主教，我很了解他，他會——我希望——對我們的任務給予幫助。

我仍然深深希望，敬愛的閣下與摯友，我們會在喪禮上碰面，所有人早已像是準備婚禮一樣如火如荼地投入準備工作。我親眼看見有人驅趕著一群從瓦拉幾亞買來的公牛跨過德涅斯特河，要去卡緬涅茨準備守靈餐會……

送葬儀式[17]，一七五八年一月二十九日

丹博夫斯基大主教的儀容已經被打理好，眾人將他從見證他猝死的凌亂床鋪搬到了沒有窗戶的特殊房間中，靜候寒霜大發慈悲等到他們可以舉行喪禮的那一刻來臨。之後遺體被移到了宴會廳裡的四柱帷幕大床上，周圍擺滿了花圈，是用從花園裡摘來、僅存的最後一批鮮花，搭配雲杉和刺柏編成的。從這一刻起，不斷祈禱的修女們便陪在大主教身邊寸步不離。

整批抄寫員開始謄寫公告，眾人搭出一間臨時辦公室——有按照修道院繕寫室陳設擺放的桌子、墨水瓶，和一位鬈髮的特殊神職人員半夢半醒間削著羽毛筆。

這樣的忙碌對所有人都好，他們再也不會想到主教扭曲的屍體，還有他死不瞑目的猩紅雙眼——顯然垂死之際他耗費了太多力氣，導致他眼球中的血管爆裂。因為聖誕節即將到來，齋戒期近在眼

前，眾人緊張地討論著到底來不來得及準備一場像樣的葬禮。到時候大家會忙著大吃大喝，拜訪鄰居，不會待在家，所以決定葬禮日期的時候必須考量這一點。主教挑在聖誕節前夕這樣的時間點去世實在是令人傷腦筋。

讚頌死者的詩歌是量身打造的。大家寫起了演講稿，修女被聘來縫製喪禮上的條幅與祭披[18]。遺像由兩位利沃夫最優秀的畫師所繪。而生者們正思忖著是否有合適的外套，畢竟眼下是冬天，穿毛皮大衣會不會比較妥當？他們的冬靴狀態好不好？他們該不該為妻子訂製新的狐裘大衣？土耳其腰帶或許也派得上用場，還有以羽毛和寶石點綴的皮草帽。人們普遍習慣穿著薩爾馬提亞風格的華麗東方服飾參加喪禮，遵循傳統。

皮庫斯基神父不太在乎這件事，他要照神父的打扮穿神父袍和及地的毛邊黑色羊毛外套。然而，他經手的估價單如雪片般飛來，其中記載的金額是他做夢也想不

17拉丁語Pompa funebris，華麗盛大的送葬隊伍是十七與十八世紀薩爾馬提亞文化的重要元素之一。

18舉行聖餐禮、彌撒時神父穿在最外層的祭服，又稱十字褡，有黑、白、紅、綠、紫等顏色。

到的。例如蓋住教堂牆面的紫色布料，他們還在討論需要用上幾百肘長，因為沒有人會準確丈量教堂牆面的大小，還有那些火把和蠟燭用的蠟——光是這些就將近占了所有花費的一半！一群人要負責安排賓客的交通方式，他們的住宿，而另一群人（兩批人的人數一樣多）則負責安排喪禮儀式本身的事情。他們光是為了建造教堂中靈柩台和購買蠟燭的費用，就已經要向猶太人借貸了。

丹博夫斯基主教的葬禮成為今年狂歡節[19]意料之外的高潮。這會是一場真正的送葬儀式，有演講、條幅、禮炮鳴放以及合唱團表演。

然而，他們打開遺囑之後，卻發現有了新的問題，主教本人希望能夠舉行一場肅穆的喪禮，一切從簡。遺囑的內容令所有人錯愕不已，這怎麼可能辦得到呢？蘇爾第克主教說得沒錯，沒有哪個波蘭主教可以無聲無息地走完最後一程。幸好寒流來襲，直到所有人收到通知，計畫好自己前來參加喪禮的行程之前，他們都可以將下葬儀式往後延。

聖誕節假期結束之後，大主教的遺體就在雪橇的護衛下，大張旗鼓地被送到了卡緬涅茨。雖然寒冷的天氣令人難以忍受，一路上人們仍然擺了祭壇，舉行追悼彌撒，信徒口中吐出的蒸氣團冉冉上升，恰似上達天聽的祈禱。農民們跪在雪地中虔敬地觀望隊伍中的群眾，其中也不乏東正教徒，他們激動地在胸前畫了好幾個十字。有些人誤以為這是行軍的隊伍，而不是送葬隊伍。

葬禮當日，送葬隊伍中有三個天主教禮儀派別：拉丁禮教會、東儀聯合天主教會、亞美尼亞禮天主教會的代表，以及貴族與政府高層、手工業工會、軍方、平民的參與，一群人伴隨著禮炮與子彈破空的聲音浩浩蕩蕩地往大教堂出發。在城市中各個角落都有人進行追悼演講，並由耶穌會的省會長作結，儀式一直持續到晚上十一點才結束。第二天舉行了彌撒，而遺體直到傍晚六點才被運到墓地。整座城市裡熊熊燃燒的火把照得燈火通明。

零下的溫度，讓丹博夫斯基主教發黑的大體變成了凍僵的肉塊。

關於流淌的血液與飢腸轆轆的水蛭

某日傍晚，亞設倚在門框上看著女人們替小撒慕爾洗澡的時候，響起了一陣咚咚咚的敲門聲。他不情不願地打開門，映入眼簾的是一位衣衫不整、渾身血跡斑斑的年輕人，他咕噥著，一半說的是波蘭語，另一半則是意第緒語，他苦苦哀求亞設跟著他一起去拯救某位拉比。

「以利沙？哪個以利沙？」亞設問，但已經忙不迭捲起了袖子，拿起掛鉤上的大衣。他拿上總是放在門邊的醫療箱，好醫生該有的標準配備裡頭一應俱全。

「羅哈廷來的以利沙．修爾，他遭受襲擊，被人毆打，還骨折了，我的天啊[20]！」男人囁嚅道。

「你又是誰？」兩人走下樓梯時亞設問，耶穌基督的用詞令他不禁感到詫異。

---

19 狂歡節從一月六號的主顯節（波蘭稱三王節〔święto Trzech Króli〕）持續到大齋首日、聖灰星期三的前一天，期間會舉辦各式各樣的遊行和舞會。

20 原文為Jezu Chryste，應為魯塞尼亞語「耶穌基督」。

「我是赫里茨科，哈伊姆，不過這不重要，但願閣下您不會被嚇到，流了那麼多血、那麼多血……我們原本是來利沃夫辦事的……」

他帶著亞設走過街角，鑽進小巷，然後進到陰暗的庭院中，兩人順著階梯向下走進了一間矮房間，房內點著一盞油燈。老修爾躺在床上——即使他滿臉是血，亞設仍然藉著那高挺的額頭與髮際線認出了他，還注意到了他身旁的長子所羅門、史羅摩，他身後的是依撒格，還有一些亞設不認識的人。所有人身上都沾了血跡，布滿瘀青。史羅摩扶著耳朵，血液從他的指縫流出，化作乾涸的陰暗流水。亞設想要問清楚發生了什麼事，但是老人口中發出了某種呼吸困難的喘息聲，醫生急忙跑到他跟前將其輕輕抬起，否則陷入昏迷的病人下一秒就會因為呼吸道中的血液而窒息身亡。

「給我更多光，」亞設語氣冷靜自制，兒子們急忙點上蠟燭。「還有水，溫水。」

當亞設輕輕脫下傷患身上的襯衫，他看見胸前繫在細皮帶上裝著護身符的小囊袋；他想要把它拿下來，但是那些人不許他這麼做，所以亞設只好將它移到傷者的肩膀上，好露出下方斷裂的鎖骨與胸前染上青紫的大片瘀青。修爾被打掉了幾顆牙齒，鼻梁也被打斷，血液從眉眼間的傷口涔涔流出。

「他會活下來的，」雖說有些言之過早，但亞設希望能讓眾人安心。

此時他們低聲唱起了歌，輕聲地哼唱，但是亞設半個字也沒聽懂，心想這或許是塞法迪猶太人的語言，某種祈禱文。

亞設將其他傷者帶到了自己家中，那裡有繃帶和其他醫療用品。所羅門的耳朵需要縫合包紮。姬特拉透過半開的門縫偷窺。年輕修爾的目光在她臉上游移，卻沒能認出她，她瘦了一些。況且他無論如何也不會想到，醫生的女人與不久前擔任雅各女守衛的女人會是同一人。

包紮好的傷患們走出來的時候，專心致志切著洋蔥的姬特拉正輕聲叨唸著塞法迪猶太人的祈禱文。她的聲音越來越大。

「姬特拉！」亞設喊道。「別再嘟囔了！」

「城裡人都在說主教化成了厲鬼[21]，現在正在自己宮殿的附近徘徊，懺悔自己的罪過。我唸的是護身祈禱文。它流傳已久，所以一定有效。」

「我們每個人死後都會變成厲鬼。不要再那樣說了，小傢伙會怕。」

「你算哪門子的猶太人，居然連厲鬼都不信？」姬特拉笑出聲，並用圍裙擦了擦被洋蔥薰出的眼淚。

「你自己明明也不信。」

「那些猶太人可樂壞了！對他們來說這是偉大的奇蹟，比過往發生的任何奇蹟都還要偉大。他們把主教說成迫害猶太人的哈曼，現在主教一死，他們就可以給這些怪胎致命一擊。老拉帕波特頒布了一道命令，你聽說了嗎？它說殺害叛教者是一條誡命。你聽說了嗎？」

亞設未置一詞。他用麻絮刷洗血跡，用抹布把工具擦乾淨，接著將它們收進包裡，因為他得趕去為某位名叫德瑪的郵局局長放血，後者中風了深受其苦。出門前他還去了一趟儲藏室，他將水蛭放在

---

21 斯拉夫文化中的厲鬼（upiór）被認為是吸血鬼的原型。依照民俗說法，人共有兩個靈魂，死後其中一個靈魂會前往幽冥，另一個則會在人間作惡，攻擊生者。十八世紀的耶穌會教士則認為厲鬼是屍體被惡魔附身的結果。

玻璃罐中之後收在這裡。他挑了最小、最餓的那幾隻，因為德瑪是位矮小的男性，所以他不會有太多餘的血液。

「我走後幫我把門關上，」他吩咐姬特拉。「把兩道鎖都扣上。」

轉眼又是十月，又能再次聞到那股乾枯樹葉揉雜著溼氣的味道。亞設．魯賓瞥見黑暗中有一群人手持火把，高呼口號。他們正朝著城牆外走去，那群信仰異端的可憐人就住在那。亞設聽見尖叫聲。他可以看見城市外圍某處有一圈微弱的光暈——看來是人們和動物共同生活的其中一棟小破屋正在燃燒。如同不久前被焚燒的《塔木德》，而今《光輝之書》與其他虔誠猶太教信徒禁止的書籍也遭到了火舌吞噬。亞設看見馬車上載滿了因焚燒異端禁書而歡欣鼓舞的猶太年輕人——他們朝著城外前進，目的地大概是叛教者數量最多的格利尼亞內與布斯克。有一群頭頂上高舉著棍子大呼小叫的人奔跑的時候撞到了亞設。他緊緊抓住裝著水蛭的罐子，接著快步趕往病人家。抵達目的地之後他才得知郵局局長就在剛才去世了，水蛭只好繼續餓著肚子。

德魯日巴茨卡女士致赫梅洛夫斯基神父，論不精確形式的極致

……我將我的詩集寄予尊敬的總鐸神父閣下，或許你的慧眼能夠在書中找到世事無常之外的收穫，因為我深信若要以言語表達整個宇宙的浩瀚，便不該使用過於淺顯易懂、明確的字眼——

如此一來就會像是用羽毛筆在素白紙面上作畫，勾勒出的黑色素描線條簡單有限。而文字與圖像應當是富有彈性的，意涵豐富的，它們必須閃爍不定，必須擁有多重意義。

我的意思，尊敬的神父，並不是說我不認同你的努力，相反的，我對你作品的廣博宏闊感到十分敬佩。然而，我覺得你似乎只有徵詢逝者的看法，因為引用彙整這些書籍無異於在亡者的墓塚中翻找。而找到的事實要不了多久就會失去時效性，變得不重要。我們能否在超脫事實的基礎上描繪我們的生活呢？只依據我們眼前所見，五官所感，專注在細枝末節上，專注在個人的感覺之上？

我一向盡量以自己的眼睛觀察這個世界，透過我自己而非他人的話語發聲。

札烏斯基主教身為出版商，先前曾擔憂我會讓他賠錢，寄了許多信來大吐苦水，可是現在出乎意料地這一版的詩集全部售罄，而且我還聽說他們已經開始著手準備第二版了。讓我感到有些困擾的是，現在他們要求我自行販賣他出版的詩集。主教寄了一百本給我，而且有鑑於經營印刷廠的皮亞里斯特修士[22]不斷為了錢的事情叨擾他，他要求我將這些庫存脫手。我寫信回覆他，向他解釋我將詩歌印刷成冊的目的並不是錢，而是為了令讀者感到有趣並加以反思人生。我不希望靠它們賺錢，也不懂如何靠它們賺錢。我又能怎麼辦呢？我要像流浪商人一樣把自己的詩作載到

22 皮亞里斯特修道會（Pijarzy），即公教學校司鐸修會（Ordo Clericorum Regularium Pauperum Matris Dei Scholarum Piarum），一六一七年由西班牙修士聖若瑟．加拉桑（St. Joseph Calasanz）所創，致力為貧苦兒童提供宗教與普通教育。

市集上再用銅板價售出嗎？或者我該向某位貴族強迫推銷之後期待他的施捨？這樣的話，我寧可跑去賣葡萄酒也不要賣詩。

你是否已收到我託人順路帶到利沃夫的包裹了？裡面有幾雙毛氈拖鞋，是秋天的時候我們在這做的，因為我的眼睛已經看不清了，所以貢獻很少，好在我的女兒與孫女可以幫忙。除此之外，還有自我的果園所收成的水果製成的果乾（包含李子與我最喜歡的梨子），以及一桶自製的玫瑰釀；神父你可得小心點，它的後勁很強。其中最重要的東西是一條漂亮的喀什米爾羊毛圍巾，願它能夠陪伴你度過寂寥的菲爾雷夫冬日。請允許我附上一本你還未曾見過的小冊子。當然，假如要將你的《新雅典》與我手作編織的小東西放到天平上衡量，那麼兩者顯然是無從比較的。同樣一件事情在兩個人眼中會有完全不同的樣貌，理所當然。被拋棄的人與拋棄他人者心中所想並不相同。占有者與被占有者，吃飽的人與飢餓的人，會有完全不同的想法。有錢的貴族女兒夢想著能養一隻來自巴黎的小巴哥犬，可是貧窮的農民女兒想的是要有一隻能提供肉和羽毛的鵝。這就是我這麼寫的原因：

此處俗人堪安身
吾才不足計星繁
松欒杉枝茂林中
習以計數已無礙[23]

而你則有著完全不同的遠見。你期望知識像是一座人人皆可汲取的汪洋，你認為受過教育的人只要讀遍萬卷書，足不出戶也可知天下事。而且人類的智慧就是一本書，同樣有著自己的「書封」，也就是界限，因此它可以被精簡成概要並供每個人使用。這是激勵尊敬的閣下的動機，身為你的讀者，我也對此感激。但我也有自己的一套想法。

生者即宇宙：
黔首為蒼穹，六覺為星球，
理智為金烏，文字為光華。
玄黃動盪，生靈塗炭，翻天覆地，
死神自東而西逐白晝。
倘若無嬋娟，何以定乾坤？
不過白費聰明。

噢，你肯定會說——這一點也不精確，不過閒言碎語。所言甚是，親愛的閣下，也許寫作的藝術就是不精確形式的極致……

---

23 節錄伊莉莎白．德魯日巴茨卡一七五二年的詩作〈描寫四季〉（Opisanie czterech części roku），詩中借鑑了希臘羅馬神話的典故。

班乃迪克・赫梅洛夫斯基總鐸神父致尊敬的德魯日巴茨卡女士

因為菲爾雷卡的姊妹薩芭在神父的膝蓋上睡著了，所以他不得不以一種奇怪的姿勢坐著。他必須挺住雙腿，把腳掌抵在桌下的橫桿上，才不會讓狗摔到地上。他得彎身俯在桌面才拿得到墨水瓶，而他也確實拿到了。比較麻煩的是羽毛筆，它們被放在他背後的櫃子上——他正要轉過身，試著伸手碰觸盒子。羽毛筆掉到了地上，神父無奈地嘆了一口氣。他大概得等薩芭睡醒了。但是無所事事並不符合神父的作風，所以他用鈍掉的羽毛筆寫起了信，效果不算太差。就這樣吧。

在此送上誠摯的問候，願您身體安泰，我自己在丹博夫斯基大主教的喪禮上染了風寒，現在成日咳嗽吐痰，呆坐在家中長保四肢溫暖。我感覺老年正快速地朝我逼近。大主教的死確實對我的健康造成了打擊，對我來說，他終究是身邊親近的人，我們彼此之間有一種同為教會公僕獨享的親密。雖然我自覺大去之期不遠，但是我的著作尚未完成，這令我不由得感到擔憂，死前恐怕無法親眼見識札烏斯基圖書館的恐懼將我籠罩。我和札烏斯基主教約好了，只要天氣回暖，我便會啟程前往華沙，他為此感到非常高興，還答應會熱情接待我。

請原諒我今天只能和您說這麼多，我的高燒似乎尚未消退，而仍在睡夢中的狗兒讓我無法更換手中的羽毛筆。我將我們家薩芭生的小狗分了出去，現在家裡令人感覺空虛又寂寞。

以下與您分享我找到的一件趣事，尊敬的女士，寫下它的同時，我希望您除了照看領地之類的工作，也能享受其他更有趣的事：

坐在房間中的人怎麼樣才看得到外面發生的事情呢？

假如有人不想自己盯著外面看，卻想好整以暇地躺著就能看清庭院中的一舉一動，他該怎麼做呢？首先要將窗戶關好，把整間房間弄暗，不讓戶外的任何一絲光線透進來。接著在正對庭院的方向挖一個小圓洞，並鑲入凸透鏡或是能夠放大景物的眼鏡鏡片；準備完成之後，在暗房中與窗戶相對的牆壁上掛上細密的白色帆布或是大張的白紙。在這片帆布或是銀幕上，善良的女士，你將會看見庭院中的所有動靜，誰在走路、騎馬、打架、嬉鬧，誰正在把倉庫或是地窖裡的東西往外搬，盡收眼底。

我今天做了實驗，而且我必須告訴您，結果非常成功，只是影像本身不清楚，我能辨識出的東西也不多。

我還要再多寄一份非常有價值的東西給您：史丹尼斯瓦夫．頓切夫斯基的日曆24。其中一份是去年的，裡面還有到齊格蒙特．奧古斯特25為止歷任波蘭國王的肖像。另一份則是新的日曆，包含從齊格蒙特．奧古斯特到奧古斯特二世國王的畫像。你可以拿著日曆向孫女們講述，但人的記憶總歸是漏洞百出又不完整的，所以別太相信它……

關於夜裡唐突造訪赫梅洛夫斯基神父家的訪客

神父的筆尖在句子寫到一半時停下，因為儘管天色已經完全變黑，卻有一輛馬車在菲爾雷夫的神父住居旁停了下來。神父聽見了院中的馬蹄聲，隨後是馬不耐煩的嘶鳴。被突然嚇醒的薩芭一躍而起，快步走向門邊小聲嗚咽。噴灑在潮溼迷霧中的聲響就像是從罐子裡倒水時發出的水流聲。這個時間會是誰呢？神父走近窗邊，卻難以看清黑暗中的動靜，然後他聽見了羅什科的聲音，帶著睡意，十分不情願，片刻後還傳來其他陌生的說話聲。河邊的霧再度將庭院包覆，話音在霧中消散，變得模糊不清，單字後半的音節被悄然吞沒。他正等著羅什科走到門邊，但他卻沒有過來。幫傭跑去哪了？她睡覺前洗腳時睡著了，在盆子邊便打起了瞌睡；在即將熄滅的燭光映照下，主教看見了她低垂的腦袋。他拿起蠟燭，一個人朝著門口走去，看見幾個人影站在馬車旁，從頭到腳裹得密不透風，宛如幽靈。一同出現的還有羅什科，他一副沒睡醒的樣子，頭髮裡還插著乾草。

爾。

「是誰？」神父大膽地問。「誰半夜還在遊蕩，打擾基督徒的清靜？」此時其中一個幽靈朝他走近，他的個頭比較小，雖然沒有瞅見他的臉，神父仍然立刻認出了老修爾。

眼前的景象太過令人震驚，讓神父不由得屏住了呼吸。他嚇得半晌說不出話。他們大半夜的在這裡做什麼，這群被詛咒的猶太人？然而他尚且頭腦清醒，足夠理智，他命令羅什科離開回家去。

神父還認出了赫里茨科，他似乎變得更有男人味了。修爾沉默地領著神父走到罩著油帆布的馬車旁，接著一把翻開罩子。前所未見的東西落入神父眼中。幾乎整台貨車都塞滿了書。每三、四本書用皮帶綑好打包，井然有序地堆放著。

「至聖聖母瑪利亞！」神父驚呼，而最後一個音節、吹氣音的「聖[26]」吹滅了燭火。接著三人沉默地將書本搬到了神父住居中的儲藏室，裡面放著蜂蜜、蠟以及夏天時用來燻蜜蜂的破木板。

神父什麼也沒問，他只是看他們凍壞了，想要請他們喝杯爐子上的熱紅酒。此時修爾將他的兜帽撥到腦後，於是神父看見了他鼻青臉腫的模樣；神父倒紅酒的雙手不由得一抖，而熱紅酒，不幸的，

---

24 史丹尼斯瓦夫．頓切夫斯基（Stanisław Duńczewski）為畢業於克拉科夫大學院的天文學家、數學家，他所編纂的月曆Kalendarz polski i ruski從一七二五年開始發行，他死後該月曆仍以他的名義持續出版直至一七七五年，為十八世紀最受歡迎的月曆之一。

25 齊格蒙特．奧古斯特（Zygmunt II August），一五四八年至一五六九年間兼任波蘭國王與立陶宛大公，在位期間簽訂了盧布林聯合，促成了波蘭立陶宛聯邦的建立。

26 至聖聖母瑪利亞（Matko Przenajświętsza）最後一個音節的sz為擦音。

早已涼透了。

接下來一群人便失去了蹤跡。

關於字母alef形狀的洞穴

如果你要離開聚落抵達洞穴，就必須走過村裡屬於基督徒的區域，然後行經發揮著市場功能的那個十字路口，索布拉兄弟的酒館就在此處，店裡會販售一些當地藥草釀成的利口酒——它們被當成藥出售，而不是酒精飲料。此處還有一些雜貨店和鐵鋪。接下來你必須繼續往前走，路過教堂和神父住居，然後是天主教墓園、幾棟白色的馬祖爾人[27]（當地人都這樣稱呼波蘭來的移居者）的房舍，最後再走過小間的東正教教堂就到了。村中居民害怕走到這個鬧鬼的地方，春天時這裡給人的感覺像秋天，秋天時像春天，時間有自己的節奏，流速，和地面上不同。真正知道洞穴有多龐大的人並不多，但據說它有著alef的形狀，是巨大的地下alef，一個印章，是世界棲身的第一個字母。或許在世界另一端的地底下還有其他字母，一整套由虛無、地底的空氣、漆黑、淙淙地下水所建構而成的字母也說不定呢。以色

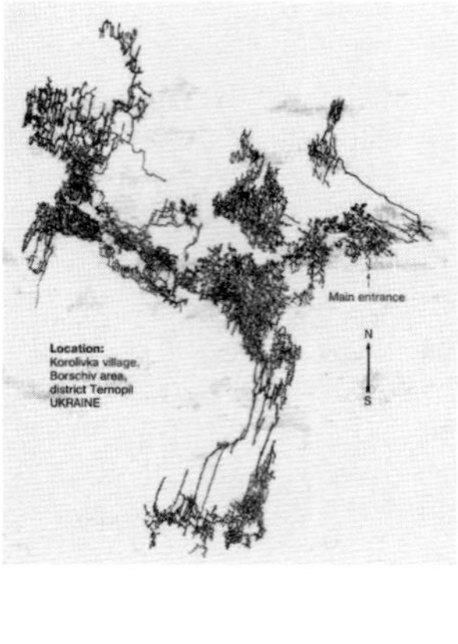

列相信能夠住在離最初的字母這麼近的地方實屬萬幸，而且此處不但緊臨猶太墓園，還附帶河景。每當他站在山丘從村子上方眺望整個世界，他都會感動得說不出話。這幅景象既美麗又殘酷，似乎與取自《光輝之書》的悖論毫無二致。

凌晨時分，他們偷偷把嫣塔帶走了。他們用裹屍布將她裹住，再撒上乾草，以避開人們過於好奇的陌生視線。一行人共計四男三女。接著男人們手抓繩子帶著遺體從狹窄的入口進到了洞穴裡，遺體輕得就像裡頭填滿了枯葉。他們消失了一刻鐘，回來的時候遺體已經不在手上了。他們將她安放在石龕裡的獸皮上，他們說他們將她放進了大地深處，還說搬運這種大體的感覺很奇怪，因為它早就不是人類的身體了；它輕得不可思議，更像是鳥類的身體。索布拉忍不住哭泣。

所以眾人離開洞穴見到旭日東升時只感覺如釋重

Fig. 2

27 馬祖爾人（Mazurzy）為自馬佐夫舍地區移居至普魯士公國領地、東普魯士南部的波蘭人後裔，多為路德教派信徒。

負，他們拍了拍褲腿然後回到村中。

嫣塔的視線繼續跟隨著他們，直到眾人回到馬路上這段時間內嫣塔都數著他們的帽子，然而下一秒她便對此感到無聊，轉過身輕輕擦過日漸成熟的草葉尖端，並揮了揮蒲公英的毛絮。

隔天佩賽爾走進洞穴。她點上油燈，走了不過十幾公尺便來到一處挑高的石室中。微弱的燈火映照出奇異的牆面，它們看上去像是縞瑪瑙[28]構成的，布滿了突起與懸吊的冰柱。佩賽爾覺得自己彷彿踏入了出現在嫣塔皮膚上的其中一片雪花。她看見曾祖母的遺體躺在天然平台上，身子好像比昨天還要更小一點。但她的膚色紅潤，臉上照樣帶著那抹若有似無的微笑。

「原諒我們吧！」佩賽爾說。「這只是暫時的。等安全的時候，我們就會把妳帶出這裡。」她陪著嫣塔坐了半晌，一邊向曾祖母講述那個在她眼中根本還是個小孩的未來丈夫。

28 縞瑪瑙（onyx）為石英的一種，有茶色、白色、褐色等，《若望默示錄》第二十一章第二十節曾提到新耶路撒冷第五座城牆的基石是以縞瑪瑙建造而成。

17

《碎筆》：我心躊躇

《頌禱篇》[1]第五十四節說有四種人應當感謝上主：從海上之行全身而退者，從沙漠之旅返回者，身體康復者，自監獄中獲釋者。而我親身經歷了這一切還能全身而退，我應當為此感謝上主，一如我每天所做的那樣。自我看盡了我們生命如此弔詭的脆弱之後，我更加感謝上帝，感謝他庇佑我的健康，多謝上主讓我重新振作，走出我們的保護者、大主教死後發生的動亂中與老修爾、紐森一同遭受毆打的陰影。我面對這樣的暴行毫無招架之力，而且我很怕痛。我受的是拉比的教育，而不是戰鬥的訓練。

1《米示拿．種子卷》第一篇。

待我健康完全恢復（不算上那兩顆再也無法回復的牙齒的話），我便開始幫忙岳父和我的蕾雅補充酒館的貨物：優質伏特加的存貨、豬油與高麗菜、蜂蜜與奶油、溫暖的衣物，我個人則投資了另一項貨物——蠟——此外，我幾周前就開始背著蕾雅和皮德海齊的摩西、哈伊姆與耶羅辛．立普馬諾維奇碰面，我決定要去找雅各。我不想把這趟旅程說成是逃避現實，雖然表面上看起來可能是這樣，而蕾雅也是這麼想的，她總是尖嚷著我總是寧願選擇雅各而不願選她。她不了解我，也不了解我的抱負。

與此同時，在我們這群堅貞的信徒之間出現了令人痛心疾首的分裂：修爾一家似乎決定就此忘記雅各，又或者他們已經失去對他的信任，失去了雅各會領導眾人的希望，所以他們懷著使命和克里沙一起去薩羅尼加找柏魯奇亞的追隨者了，他們可是當初殘酷折磨過雅各的那幫人啊！

我常常會反覆做同一個夢，而莫德克先生老是叮囑我要好好抓住這些時常重複的夢境，因為它是我們與無盡之間的連結。我夢到我在一棟寬敞的房子中遊蕩，裡面有著數不清的房間、門和走廊。我不知道我在尋覓什麼。一切是如此老舊破敗，牆上曾幾何時奢華不已的鑲嵌布料如今已經褪色、出現裂痕，木地板呈現腐朽的狀態。

這個夢令我感到不安，因為我寧願做些卡巴拉學者會有的夢，夢中有著如俄羅斯娃娃般一座接一座互相堆疊的宮殿，及其通往上帝寶座的無數通道。而我的夢中有的只是一座座長滿黴菌、沒有出口的迷宮。有一次我憂心忡忡地告訴雅各這件事，他笑著回應：「你還算幸運的，我夢到的可是馬廄和糞坑。」

秋天我收到了蕾雅要求離婚的信件。她透過當地拉比對我提出控訴，說我成了叛教者，我永遠背叛了她。我在寫給她的休書[2]時哭了，但老實說我也鬆了一口氣。可以維繫我們感情的事情實在不多，而我待在家的時間短得可憐，也不夠讓我們建立更深入的關係。我答應她會照顧好兒子，在她安排好自己的新生活之前為她提供幫助，但她沒有回信。

眼下我讀著自己的隨筆，這才發現我鮮少提及妻子，這個多年前我從貝什門下歸來時娶回家的女人。我奉父母之命娶了鄰居家的女孩為妻，她是我父親親戚的女兒。我甚少寫到她的原因，在於我本來對女人的事就沒有多大興趣，而我向來將自己的婚姻看成是家庭與氏族責任的一部分。我們必須傳宗接代——我們有過孩子，蕾雅產下的五個孩子之中只有一個倖存，其他的一生下來就夭折了。她認為問題出在我身上，因為我很少待在家，而且就算在家，也總是忙著處理其他事情。但在我看來，我確實盡到了應盡的責任。上帝吝於賜與我們子嗣，彷彿祂把孩子當成了誘餌，下一秒就會將他收回。我或許能讓她擁有健康漂亮的小孩，不讓他們像至今過世的那些孩子一樣夭折。我可以教她閱讀識字，我可以蓋一棟房子然後做生意，這樣她就不需要工作得像女僕一般，可是——這個事實讓我隨時都背負著罪惡感——將她娶進門的是我，我卻完全將她棄之不顧。

2休書（get），猶太教的離婚書必須在拉比法庭的監督下交由專業的抄寫員（sofer）抄寫，丈夫將休書交給妻子之後，妻子再將休書交還給拉比法庭表示同意離婚。拉比法庭為夫妻雙方簽發「釋放令」（p'tur），之後雙方才可以自由嫁娶。

我請皮德海齊的摩西指點迷津，他飽讀詩書且熟知魔法。他告訴我們，我和蕾雅背負著前世那些無法記起的苦痛，所以我們應該彼此分開，才不會為這個世界帶來更多痛苦。

我這輩子有兩個終生不渝的摯愛：蕾雅與雅各。很不幸，他們有如南轅北轍，無法彼此忍讓，不論如何都無法和平共處，但我卻不得不從中斡旋。

連我自己也沒意識到一切是如何發生的，我身處絕境，失去了妻子與雅各，等我回過神來早已再次來到了貝什身邊，回到了梅吉博日。抵達那裡的時候，我彷彿還沒擺脫譫妄的狀態，恍惚中尋找著年輕時在那獲得的收穫——智慧、讓我得以忍受折磨的智慧。

我花了兩天等待與貝什面談，這段時間我並未坦白自己的身分，也沒有表明來意。假如我說了，貝什很有可能不會接見我，眾所皆知他因為我們沒有如同大家期望那般待在猶太社群中而感到痛心疾首。

在這個幾乎住滿哈西迪[3]猶太人的小鎮上，流行著完全不同的風俗習慣。而且四處都充滿了朝聖者，他們身穿及膝長版黑大衣，腳上的長襪髒兮兮的，頭戴厚圓毛盤帽。遠離利沃夫與克拉科夫的梅吉博日彷彿遺世獨立，好似位於桃花源般的美妙夢境中。街談巷議的話題全都圍著上帝與各種名諱打轉，試著解讀最微小的手勢、最微不足道的事件背後的意義。他們對於遠在天邊的世界近況、戰爭、國王的事情一無所知。這樣的生活曾幾何時讓我倍感親切，現在卻加深了我的絕望，他們根本是在裝聾作啞。我忌妒他們可以毫不間斷地投入靈性方面的事情，我同樣生性熱中此事。然而另一方面，我也知道一旦下一陣風暴從地平線另一端緩緩逼近，他們將會像孩子一般手足無措，毫無招架之力。他們就如同蒲公英，既美麗又輕如鴻毛。

我在那兒還看到了幾個同伴，他們同樣在我們的庇護者丹博夫斯基大主教猝逝之後遭受迫害逃到此處，即便大家都知道貝什將雅各當成了害群之馬，人們仍舊沒有多問就接納了他們。再次見到多年前在此處與我結識、來自格林諾的耶胡達，令我喜不自勝，儘管他並非忠實信徒的一員，他在我心中仍有一席之地。

這裡的人教導我們每個人心中都有好的一面，即便是在你眼中看來最可惡的無賴也不例外，而我也開始明白每個人都希望能為自己謀求利益，為自己好是人之常情，人們想讓自己過得更好並沒有錯。而當我想通了每個人想要的是什麼，才覺得豁然開朗：蕾雅想要有優秀的丈夫與孩子，可以滿足基礎生活的經濟條件，讓她有可以遮風擋雨的住處與營養的三餐。以利沙．修爾與他的兒子希望能夠爬到一般猶太人所無法企及的地方，提升自己的地位。所以在他們向上爬的同時，才會迫不及待地想要融入基督徒的上流社交圈，因為要是待在猶太人的圈子，他們只能認命接受自己的身分，安於現狀。克里沙是希望大權在握卻不得志的掌權者。已故的主教肯定期望自己對國王與教會有所貢獻，或許也是想為自己博得美名。放在為我們提供旅費的科薩科夫斯卡女士身上也是同樣的道理——她盤算著什麼呢？她是想靠幫助可憐人立下功勞嗎？或許她也是為了名聲？

---

3 哈西迪原意是「虔敬的」，貝什被認為是哈西迪猶太教的創始人，雖然他本人沒有留下任何著作，但他的學生亞科夫．尤瑟夫．哈柯恩（Yaakov Yosef haCohen）後來出版的著作時常提及他的教誨。哈西迪猶太教建立了以義者為中心的宗教群體，他們反對過度的禁欲主義與齋戒，認為只要虔誠祈禱便可以提升信徒的靈性，因而吸引了一批沒有受過教育的信眾。

那麼雅各又想要什麼呢？我馬上就想到了答案：

雅各不必盼望任何事情。雅各是無上力量的工具，我很清楚這一點。他的使命是破壞這個邪惡的秩序。

貝什已經上了年紀，但他仍然容光煥發，相當有精神，光是碰到他的手就讓我的眼淚忍不住奪眶而出。他把我當成平等的對象與我促膝長談，而且彼時他沒有將我拒之門外，我到人生的最後一刻都會對他心存感激。最後他把手放在我的頭上然後說：「我禁止你陷入絕望。」他言盡於此，彷彿他知道我早已精通各式各樣的辯論，能夠無止境地揮霍各種論點，所以我需要的並不是他的指導。可是當我離開梅吉博日，有位年輕的哈西迪猶太人朝我跑了過來，往我手裡塞了紙捲。

上頭用希伯來語寫著：「Im ata maamin sze-ata jachol lekalkel taamin sze-ata jachol letaken」——如果你自認擁有破壞的能力，不如也想一想你可以如何重建。

那是來自貝什的紙條。

我們如何說服在久爾久的雅各返回波蘭

一七五七年冬季，取得波蘭國王為我們四個人簽發的安全通行證之後，我們在光明節踏上了旅程，抵達了雅各所在的久爾久。我們此行的目的是為了勸雅各回到波蘭。因為沒有他，在克里沙與以利沙．修爾的領導下，我們變得像是一盤散沙。

我們有四個人，就和福音書[4]的作者一樣；納德維爾納的摩西．本．以色列，喬爾特基夫的耶羅辛．立普馬諾維奇，我，與我的兄弟布斯克的哈伊姆。

由於寒冬太過嚴峻，雅各迎接我們的時候眾人早就被旅途折磨得疲憊不堪，身子也被凍壞了，而且我們還半路遇襲弄丟了馬匹。不過在我看見多瑙河的那一刻，我彷彿來到了世界的中心，一股澎湃的感動之情向我襲來，即使大雪紛飛，我當下還是感覺身體變得更加溫暖，神智更加清明。

雅各要我們靠得離他近一點，接著將他的額頭與我們的額頭相貼，他將我們四個人抱得死緊，我們之間的距離近得像是融合成了一個完整的人。我們四個人在側邊而他在中央，我們的呼吸融為一體。站了許久之後，我感覺我和他們徹底合而為一，然後我意識到這並非終點，而是我們旅途的開端，而雅各他將會帶領我們繼續向前。

此時，我們之中年紀最大的摩西開了口：「雅各，我們是為你而來的。你必須回去。」

雅各笑的時候總會抬起一邊的眉毛。而眼下他回答摩西的時候同樣挑了挑眉，此情此景讓我感動得心頭湧上非比尋常的暖意：他再次出現在我眼前，他全身上下是如此動人，他的存在激起了我心中最美妙的情感。

雅各答道：「我會看著辦。」接著他即刻帶著我們在他的領地逛了一圈，他的家人以及鄰居全都

---

4 四部福音書分別是《瑪竇福音》、《馬爾谷福音》、《路加福音》與《若望福音》。

跑出來圍在我們身邊一探究竟，他在此地受到大家尊敬，而他們對雅各真正的身分絲毫不知情。

雅各將此處管理得很好。他買了一棟房子，正搬家搬到一半，但我們待在他的舊家，同樣是間漂亮的土耳其式房屋，牆上有彩繪，地上則鋪有瓷磚。由於天氣寒冷，所以到處擺滿了移動式小暖爐，我們的目光難以從照看爐火的女僕身上移開，尤其是酷愛女人的哈伊姆。隨後我們便去參觀了他的新家，除了河景，房子後方還有一片相當廣闊的葡萄園。屋內則鋪滿了地毯，擺滿了美麗的土耳其物件。漢娜生完兒子雷布之後變瘦了，他們也喚他厄瑪奴耳，意思是「上帝與我們同在」；她變得比以前懶散，成日躺在臥榻上，這裡躺一躺，那裡躺一躺，小傢伙則交由奶媽照顧。漢娜學會了抽菸，而且雖然她話不多，但是幾乎全程都和我們待在一起，緊盯著雅各，跟隨他的每一步，像是我們波多里亞的小狗。小阿瓦恰是個討人喜愛的小孩，沉穩又聽話。雅各走到哪都抱著她，看得出來他與自己的女兒相當親近。所以當我們看遍了這裡所有東西，坐下暢談直至深夜時，我的心情有點複雜，無法理解雅各對我們展示這一切，是不是要暗示我們放過他，還是因為他有我們所不知道的計畫才這麼做。

我必須承認，在我睡前頭枕上枕頭的那一刻，蕾雅的模樣再度出現在腦海中，強烈的悲愴將我籠罩，因為此刻她辛苦工作著，同時在孤獨中漸漸老去，她萬念俱灰，陷入無止境的悲傷中，恍若這世界的艱辛將她完全壓倒在地無法脫身。然後我想起所有受盡折磨的人們與動物，心中響起了啜泣的聲音，於是我開始熱切地祈禱這個世界的末日早日來臨，身處其中的人們巴不得能夠殺害、掠奪、貶低、中傷彼此。我突然意識到我可能再也不會回到波多里亞了，對我們這群想要大膽走出自己的道路、擺脫一切宗教與世俗重擔的人來說，那兒已經沒有我們的容身之處了。而即便引領著我們的道路並不固定、充滿變數（我自己也常常迷失方向），但我們的方向是正確的。

我們到這裡的第三天向雅各闡明了所有情況（包括克里沙的陰謀詭計與修爾一家的沉默），將我們這群忠實信徒的信讀給他聽過之後，雅各說有鑑於土耳其人很歡迎我們，二話不說就對我們伸出了援手，所以我們別無選擇只能和土耳其人保持好關係。我們必須爭取土耳其政府的庇護。

「清醒點吧！我們講了這麼多年，紙上談兵的計畫要付諸實行的時候，你們全都變得畏畏縮縮，」雅各說。接著他壓低了嗓音，我們要靠近他才得以聽清：「這就和踏入冷水一樣，起初身體會退縮，但之後就會習慣了，先前覺得陌生的東西也會變得和藹可親又熟悉。」雅各和穆夫提[5]交情甚篤，和他有生意上的往來，而他很大一部分的財富都要歸功於他與鄂圖曼土耳其政府之間的貿易。

所以儘管還下著大雪，我們還是找了四輛雪橇，帶著漢娜與小阿瓦恰，侍奉他們的赫賽爾，和幾個拉雪橇的佃農，還有禮物、葡萄酒與上好的波蘭伏特加，朝著雅各的好友穆夫提所在的魯賽[6]出發。抵達目的地之後，雅各先走上前去，和有如他拜把兄弟的阿迦講了幾句話，而在兩人交談期間，我們作為有禮貌的客人正盡情享用甜點。之後，雅各和那個土耳其人與高采烈地回來了。隔天下午，我們當時在場的每一人，以及為數眾多、其他來自魯賽的忠實信徒便出現在清真寺。我們所有人在那裡改信了伊斯蘭教，戴上了綠色纏頭巾。一切過程十分短暫，我們只需要複述清真言即可：「萬物非

5 穆夫提（mufti）是有權解釋伊斯蘭教律法的宗教領袖。

6 魯賽（保加利亞語Pyce），十六世紀併入鄂圖曼土耳其帝國之後改稱Rusçuk。

主，唯有真主，穆罕默德是真主的使者」，雅各則賦予了我們所有人新的土耳其名字：卡拉、奧斯曼、穆罕默德與哈桑，而他為自己的太太與女兒取名法蒂瑪與阿伊莎，和先知的女兒與愛妻同名[7]。多虧有這場儀式，我們的信眾人數達到了十三人，讓我們得以像柏魯奇亞那樣建立自己的陣營。

我們轉眼間又變得安全了。雅各第二次當上哈坎，成為我們的救主。而我們在所有事情上全心信靠我們的救主，以他為依歸，假如他現在再次要我們追隨他前往波蘭的話，我們會非常高興。

從清真寺回來的路上所有人心情都很好，我們像是開雪橇派對[8]一樣放聲唱著猶太歌曲，唱到嗓子都啞了。我整個人感覺好了不少，理智也回籠了。為了朝著上帝前進，我們必須經歷三種宗教：猶太、依市瑪耳與以東的信仰。這是書上明文記載的。而我許久之前便將我最喜歡的祈禱文從希伯來語翻成了土耳其語，當我傍晚把它講給其他人聽的時候，大家十分喜愛，迫不及待地用新的語言寫了下來。內文如下：

灰袍下我除了靈魂一無所有，
但只消片刻它便可瓦解枷鎖。
神魂揚起白帆就此離岸遠航，
萬般事物無法令其心動停留。

此後它輾轉漂泊你們的港埠，

爾等派出的守衛它絲毫不懼。
它可輕易飛越你們建的城牆，
而面對仁者它從不吝嗇嘉獎。
即便身處他鄉從不迷失方向，
汝輩之言回以古聖先賢之語。
它不屑有形之物與門第之見，
鄙棄你所在乎的教養與出身。
倘若你欲以詩文計算其浩瀚，
它會立刻逃脫使你措手不及。

7　阿伊莎為穆罕默德的第三任妻子，法蒂瑪則是他和第一位妻子海迪徹所生。

8　庫力格（Kulig）為十七世紀受到魯塞尼亞人影響而誕生的傳統慶祝活動，狂歡節最後一周，波蘭貴族會搭著雪橇隨機拜訪多座莊園，並請求莊園主人為派對提供飲料與食物，沿途音樂家則會為他們演奏歌曲讓眾人歡唱跳舞。

無人知曉它有多麼美麗高尚，
孤魂倏忽不見恰如白駒過隙。

永恆慈愛的上主，請幫幫我，
將這抹自由的魂魄化作人類的話語。

請打開我無能的雙唇，讓舌頭變得靈巧，
那我便會永世稱揚祢的大義。

我當時感到很幸福——沒多久在春天來了之後的某天，準確來說是某個下午，太陽變得炙熱，曬得我們後背火辣辣的。我們成功賣掉了所有商品，趁著整理帳目的時候稍作休息。隔天清早我被鳴唱的鳥兒叫醒，隨後，不知怎麼地，一切都變成了綠色，庭院的石縫中長出了嫩綠的小草，檉柳含苞待放。馬兒一動也不動地站在太陽光點下，瞇著眼曬太陽。

我的窗戶正對著葡萄園的方向，而這年我見證了冬季結束大地重獲新生的整個過程，從花苞到果實成熟自始至終從未缺席。八月多汁的果實已經長得又大又沉，可以採收了。於是我心想，這便是上帝給我的例證——每一個看似無中生有的想法都是需要時間醞釀的。它有自己的步調，等著適合的時機到來。欲速則不達，不可能一蹴可幾。我捏碎了掌中的葡萄，暗忖上帝在這段時間內究竟做了多少事，祂讓葡萄成熟，同時還讓土中的蔬菜與樹上的水果成長茁壯。

如果有人以為我們成日呆坐在那、無所事事，那他可就大錯特錯了。白天我們寫信，然後把它們寄給世界上其他地方的兄弟姊妹——這封寄到日耳曼，這封寄到摩拉維亞，這幾封寄到薩羅尼加和士麥納。雅各則和當地政府保持著緊密的關係，他三天兩頭就會和土耳其人見面，而我也會一同出席。這些土耳其人之中有拜克塔什教團的成員，他們將雅各當成自己人一樣照顧，他也常常去找他們，卻不希望我們陪著他一起去。

待在雅各身邊的這段時間我們未曾拋下生意，所以這年我們從久爾久出發，去了對岸的魯賽好幾次，接著再將從那裡帶回來的商品運到更遠的維丁和尼科波爾（雅各的岳父托瓦仍舊住在這裡）。

我十分熟悉多瑙河沿岸的這條路，它緊貼著河岸，地勢漸低，但偶爾又會爬上河堤的陡坡。我總是能在其中看見流水強勁的力道，它真實的力量。要是有人在春天多瑙河氾濫時跑到河邊，說不定還會以為自己跑到了海邊。河邊幾座聚落幾乎年年春天飽受淹水之苦。為了抵擋洪水，人們在岸邊種了擁有強大根系、能夠吸收水分的樹木。此地的村莊顯得十分破敗，滿是土坯屋，網子放在屋子旁邊曬著。居民們黝黑矮小，女人們還樂於替人看手相。比較富有的人把房子蓋在離水源比較遠的地方；他們的石造房屋坐落在葡萄園間，而茂密的葡萄藤覆住了小巧的庭院，讓人們有地方得以躲避豔陽。春天開始他們便以這些庭園為中心展開家庭生活，他們在此處接待客人，享用美食，工作，聊天，傍晚暢飲葡萄酒。當夕陽西下，落日漸漸沉入河中，你往往可以聽見河面遠方傳來的歌聲——不知道它究竟來自何方，也難以辨認他們唱的是哪種語言。

洛姆城周邊的河岸地勢特別高，你似乎可以從這裡俯瞰半個世界，我們總是在此休息補給。我記得陽光照在皮膚上的溫暖，始終聞得到植物被曬熱時散發的氣味，以及藥草香混合著河中淤沙的味道。我們買了儲備的山羊起司和許多罐甜椒茄子醬[9]，一種將茄子與甜椒小火慢炒並以香料調味的抹醬。現在回想起來，我這輩子再也沒吃過那麼美味的東西了。我在這裡見到的可不只是一般的補給品與普通的在地美食。所有事物在這平凡無奇的瞬間彼此交織合而為一，平凡事物的邊界就此煙消雲散，讓我不禁停下咀嚼，張著大嘴呆呆望著這片銀白色的遼闊，直到雅各或是耶羅辛拍了拍我的背，我才得以回到人間。

看著多瑙河的風景會讓我感到平靜。我看見輕舟上隨風擺動的繩索，停靠在岸邊的小船不停擺盪。我看見我們的生命在兩條浩瀚的河川間蔓延：德涅斯特河與多瑙河，它們好似兩位玩家，將我們擺到了哈雅奇異遊戲的板子上。

我的靈魂與雅各的靈魂無法分離，我無法用其他說法解釋我對他的依戀，顯然我們過去曾經是同一個受造物。莫德克先生與以索哈肯定也在那裡，我們收到了後者逝世的消息，實屬遺憾。

逾越節期間的某個春日，我們舉行了象徵新道路起點的古老儀式。雅各拿了一個小桶子，在上面固定了九根蠟燭，自己則握著第十根蠟燭，隨後點燃了手中的與餘下的九根蠟燭，接著再熄滅它們。他重複了這個動作三次。接下來他在妻子身旁坐下，而我們四人依序朝他走了過去，靈魂及肉體與之相交，將他奉為我們的上主。然後我們又重複了一次，但這次是所有人一起。而門外還有許多我們的同伴等著加入。這個儀式叫作卡夫·哈姆立賀，也就是國王之繩[10]。

同一時間，我們的弟兄正成群結隊地朝久爾久趕來，他們逃離波蘭後前來投靠薩羅尼加的東馬派同胞，迷惘的眾人決心這輩子再也不要回到波多里亞，或是回到此地，瓦拉幾亞。雅各家的門為他們敞開，有些人對眼前人的身分毫不知情，甚至還說起有個名叫雅各．法蘭克的人至今仍在波蘭為非作歹，擊垮了塔木德派信徒的事情。這些話逗得雅各樂不可支，他不斷追問他們，始終不肯結束這個話題，直到最後才向他們坦白他就是他們口中的那個雅各。這表示他的名聲有所提升，有越來越多人聽過他的事蹟了。不過雅各本人似乎並不高興。漢娜和我們所有人都得忍受他突如其來的壞心情，這種時候他總會不停咒罵，然後叫來以色列．奧斯曼，命令他和代表團去某個地方，或是去找阿迦處理某些事情。

來訪的客人接受了漢娜的熱情招待，他們告訴她土耳其這一側的普魯特河岸有成群的忠實信徒正在等待回家的機會。他們遠遠看著波蘭的河岸，在寒風、飢餓與貧窮中守候。

五月，莫里夫達寄的信終於送達，從眾人引頸期盼的這封長信中，我們得知他本人與科薩科夫斯卡女士做了極大的努力，以及國王本人身邊其他貴族與主教的付出——同一時間我們也再度盤算起回波蘭的可能性。雅各對此未置一詞，但我曾經看見他傍晚偷讀波蘭語的書。我當下便想到他是想藉此

9 甜椒茄子醬（zakuska）為羅馬尼亞與摩爾多瓦一帶相當受歡迎的家常抹醬。

10 一七五八年三月二十六日雅各．法蘭克第一次實行卡夫．哈姆立賀的儀式（Kaw hamlicho），法蘭克派信徒透過國王之繩（Sznur Królewski）表示他們將雅各奉為地上的統治者。

學習波蘭語，但直到某天他狀似不經意地向我提問時我才敢確信：「為什麼他們會說『兩』隻狗呢，難道不該是『二』隻狗嗎？[11]」

我無法向他解釋。

過沒多久，國王頒發的安全通行證便透過相同的管道送到了我們手裡。信件的文體十分高雅，我費了好一番工夫才成功翻譯出內文。我讀信的次數實在太多，不知不覺就把它背了下來，即使夜裡從夢中驚醒，我也能複述其中任何一段的內容：

本委員會應反塔木德派信徒請願，請當局將他們納入我們王國的庇護之下，並以其名義提出安全保護令，該令將保護他們不受任何人、包括上文所述的塔木德派信徒的固執己見與詆毀傷害，讓這些反塔木德派信徒得以於波多里亞省、波蘭王國與立陶宛大公國境內各地自由居留，且尚未結束的審判應繼續訴訟直至定讞，判決結果將適用於每個法院，包含世俗與宗教最高法院在內的所有法院，應毫無保留地對全部受害者提供幫助，確保他們得以安全、自由、平靜地享有王國法律賦予猶太人的各式特權、權利與自由。

有鑑於他們提出的要求合情合理，本委員會樂見其成並決定予以採納，這些反塔木德派信徒摒棄充斥無數褻瀆字眼、傷害普世教會與祖國利益的《塔木德》，至上教宗指示應將其焚毀，而上述神聖法令於包含波蘭在內數個王國境內獲得了實踐，基於尼古拉主教閣下公正的法令，《塔木德》於我國城市中的卡緬涅茨—波多利斯基遭到焚毀，反塔木德派信徒選擇進一步認識擁有三個位格、本質實為一體的上帝，信仰並堅守《舊約聖經》中的教誨……

所以將反塔木德派信徒納入我們的保護以後，我們同意為他們所有人，大至整個群體，小至每個個人，須發這則帶來好運的安全保護令，使他們免於上文所述對象及所有人的固執己見與詆毀以降低傷害，並為此處提及的成員提供法律協助等等各類對其有利的請求……

上述反塔木德派信徒受該安全保護令推崇與支持，無須畏懼他人壓迫所帶來的各式傷害，得以於波蘭王國與立陶宛大公國境內居留，憑藉他們獲取的特權在鄉村、小鎮、城市的各個地方做生意擺攤，或是購買任何正當、合法的商品，經營商店，他們有權接受宗教法庭與世俗的王室法庭審判，不論是提告，身為當事人應訊，或是出庭陳述案件皆可，訴訟內容不限於合法交易，當事人得以自行斟酌，他們應當遵守法律正義，合理行事，屆時其妻子、小孩、家丁、動產與不動產才可獲得我們王國的庇護，願他們懂得保持冷靜與節制，不引發爭執與口角，我們的恩典不該遭到有心人的惡意利用，它是為了遭受壓迫、害怕危險的所有人而立，望周知……

華沙，西元一七五八年六月十一日

國王奧古斯特三世，在位第二十五年

國王本人支持被壓迫者是一件相當少見的事情，所以我們完全沉浸在興奮與喜悅之中，每個人都

---

11 原文是針對波蘭語複數字尾變化的問題。一隻狗是jeden pies，按照規則兩隻狗應當會變成dwa piesy，但實際上正確的說法是dwa psy。

開始打包自己的行囊，收集東西，處理手頭的事情。以往傍晚時分小市集廣場上總是會舉行沒有盡頭的辯論會，因為大家忙著準備踏上未來的旅程，廣場轉眼間便空無一人，我們還收到消息，有上千名我們的追隨者擠滿了德涅斯特河與普魯特河畔——我們要回波蘭了！

自從雅各得知有大批群眾在普魯特河畔的佩雷貝柯夫策餐風宿露，他便為以色列．奧斯曼準備了豐富的物資。以色列住在久爾久，而且許久以前便接受了伊斯蘭信仰，雅各派他幫助那些陷入悲傷、不知該如何是好的波蘭難民。雅各非常擔心同胞的安危，因為那裡老弱婦孺的人數比來此地賺錢的男人多得多，他們只能在倉促建成的小土房中棲身。

第一位從那裡上門拜訪的人是紐森的次子。他相當受到雅各青睞，大家都叫他史麥湯克斯，遠從普魯特河畔而來，他講述了忠實信徒被驅逐出波蘭後遭遇的苦難，動人的演說在眾人記憶中留下了深刻的印象。雅各叫他與他的同伴不要拘束，好好休息，但是房子實在太小，無法容納這麼多人，而他們也不打算回去，所以氣溫正熱的時候只好和我們一起聚在葡萄樹下避暑。接著找上我們的是卡巴拉學者、皮德海齊的摩西．達維多維奇，他與類似身分的耶羅辛．立普馬諾維奇一見如故，雅各對此感到十分開心。

他們每句話都會用「我們這些信徒12」開頭，在薩羅尼加，人們如果想要表明自己尊敬薩瓦塔伊的話就會這麼說。他們每天清晨會以占卜查看世事，而耶羅辛說話時總要加上一句「是時候該做這件事了……是時候該做那件事了」。傍晚，摩西常常看見雅各頭上的那道光——它是如冰一般冰冷的淡藍色；真是一道奇怪的光。他們一致認為雅各應該回到波蘭帶領所有人。他不得不回去，因為留下來的信徒早已對克里沙的領導感到不耐煩，轉而向薩羅尼加的忠實信徒尋求指引。據說修爾兄弟為了接下波蘭的領導權，特地與那位有名的艾貝許茨的兒子沃爾夫在匈牙利見了面。

「假如你不去，去的就會是其他人，」我很了解他，所以每天向他不斷叨唸。一旦有人表示雅各比其他人遜色，他馬上就會氣得跳腳，重新奮發振作。

皮德海齊的摩西說話時習慣伸長脖子，身體前傾，而他高亢嘹亮的嗓音馬上就能吸引所有人的注意。他說故事時會整個人沉浸在情節中不可自拔，他會舉起緊握的雙拳，不停擺動他的腦袋，抬眸望向天空然後大聲嘶吼。他是個好演員，沒有哪個人是他模仿不來的。所以我們常常請他為我們表演。

他模仿過我好幾次，我每次都能在他的動作中看見自己的身影，笑得眼淚都快掉出來了：我的衝動、不耐煩，甚至連我的口吃他也模仿得維妙維肖。而且唯有他一人，皮德海齊的摩西，可以拿雅各的動作開玩笑：這種時候他的站姿就如同弦一般筆直，腦袋微微前傾，兩眼圓睜，視線如鳥兒般銳利，目光如炬，他眨眼的動作緩慢，在場的人都敢打賭他的鼻子確實變長了。接下來他會把手放到身後然後開始走路，模仿雅各輕輕挪動自己雙腿的模樣，帶著半分莊重、半分懶散。剛開始我們只會暗自竊笑，但等到摩西開始學雅各對著群眾發表演說，我們便再也忍不住，哄堂大笑了。

雅各自己也和我們笑成了一團，他的笑聲低沉，彷彿是從水井深處傳出來的。他一笑，所有人的心情也跟著變好了，這就像是他在我們的頭頂搭了一座帳篷，我們才得以安全無虞。我必須強調，雖

---

12 法蘭克主義者日後亦以信徒（maaminim）自稱。

說皮德海齊的摩西是位學識豐富的拉比，但他的確是不可多得的優秀演員。

八月的某一天，切爾諾夫策的奧斯曼氣喘吁吁地騎著馬來了，他帶來了新的消息，那群在河邊紮營的同胞以國王的命令武裝自己，在新主教派來的某些使者鼓舞下，帶著所有身家跨過了德涅斯特河的淺灘，他們愉快地哼著小調，沒有受到任何人打擾，而邊界守衛也只是默默看著這支歡樂的隊伍。奧斯曼說他們去了主教領地中的三座村莊，有些人先前便認識住在裡面的人，而其中一些人直接在那裡住了下來：三座村莊分別是烏斯捷奇科、伊瓦涅與哈爾馬茲卡——現在他們派奧斯曼帶來了期望雅各回歸的請願書。

「他們就像是等待救贖一般等著你出現，」奧斯曼說完便單膝下跪，「你甚至無法想像他們多麼迫切地等待你出現。」雅各突然笑了出來，欣喜地不斷說著：「真有趣，我們的兄弟找到了容身之處[13]」，我當下便將這句話潦草地寫了下來。

現在幾乎每天都會有從波蘭來的人為我們捎來好消息，他們臉上無一例外都帶著紅暈，而我們的回歸也成了定局。漢娜已經得知這個計畫，現在整天鬱鬱寡歡地走來走去，看著我的表情十分厭惡，一句話也不願跟我說，就好像這件事都是我的錯，是我害雅各生出離開這座溫馨房子的念頭。今年的收成是近年來最好的，葡萄甜到可以黏在你的手指上，完成採收工作之後，我們馬上前往布加勒斯特尋求自己人的幫助。我們採收的葡萄數量多到足以讓我們買下幾台馬車加上幾匹馬，為旅途做好準備。而我們從波蘭的弟兄寄來的信中得知，主教領地內的整座村莊都在期盼我們的到來。這也是這個名字第一次被宣之於口：伊瓦涅。

萬物可以分成外顯的與內在的兩種。外顯的事物只是表象，我們活在外顯的事物中，活在表象裡，如同身處夢境的人，所以我們不得不將表象的法則當成真的，儘管實際上並非如此。當人們生活在受到某種法則規範的時空中，他們就必須遵守這些規則，但我們永遠不能忘記這些規範其實是相對的。真理不一樣，假如有人沒做好心理準備就想要認識它，那麼他可能會覺得真理十分恐怖嚇人，並且不斷咒罵他得知這個事實的那個日子。

然而，我始終認為，每個人都能感覺出自己究竟是個怎麼樣的人。說到底，他們只是不願意去挖掘。

班乃迪克神父拔除奧勒岡葉

以拉丁語寫成的《卡巴拉揭密》是馮．洛森羅斯一六七七年的作品[14]——赫梅洛夫斯基救下修爾

---

13 此處用了德語Lustig, unsere Brüder haben einen Platz erhalten。

14 日耳曼神祕學家克里斯丁．諾爾．馮．洛森羅斯（Christian Knorr von Rosenroth）的《卡巴拉揭密》（Kabbala denudata）為早期研究卡巴拉的重要著作。

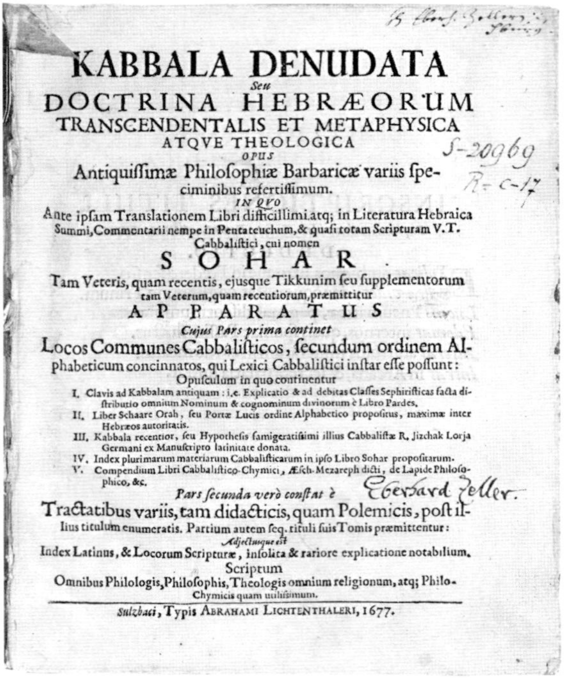

KABBALA DENUDATA
Seu
DOCTRINA HEBRÆORUM
TRANSCENDENTALIS ET METAPHYSICA
ATQVE THEOLOGICA
OPUS
Antiquiſſimæ Philoſophiæ Barbaricæ variis ſpeciminibus refertiſſimum.
IN QVO
Ante ipſam Translationem Libri difficillimi atq; in Literatura Hebraica Summi, Commentarii nempe in Pentateuchum, & quaſi totam Scripturam V.T. Cabbaliſtici, cui nomen
S O H A R.
Tam Veteris, quam recentis, ejusque Tikkunim ſeu ſupplementorum tam Veterum, quam recentiorum, præmittitur
A P P A R A T U S
Cujus Pars prima continet
Locos Communes Cabbaliſticos, ſecundum ordinem Alphabeticum concinnatos, qui Lexici Cabbaliſtici inſtar eſſe poſſunt:
Opuſculum in quo continentur
I. Clavis ad Kabbalam antiquam: i.e. Explicatio & ad debitas Claſſes Sephiriſticas facta diſtributio omnium Nominum & cognominum divinorum è Libro Pardes.
II. Liber Schaare Orah, ſeu Portæ Lucis ordine Alphabetico propoſitus, maximæ inter Hebræos autoritatis.
III. Kabbala recentior, ſeu Hypotheſis famigeratiſſimi illius Cabbaliſtæ R. Jizchak Lorja Germani ex Manuſcripto latinitate donata.
IV. Index plurimarum materiarum Cabbaliſticarum in ipſo Libro Sohar propoſitarum.
V. Compendium Libri Cabbaliſtico-Chymici, Æſch-Mezareph dicti, de Lapide Philoſophico, &c.
Pars ſecunda verò conſtat è
Tractatibus variis, tam didacticis, quam Polemicis, poſt illius titulum enumeratis. Partium autem ſeq. tituli ſuis Tomis præmittentur:
Adjectumque eſt
Index Latinus, & Locorum Scripturæ, inſolita & rariore explicatione notabilium.
Scriptum
Omnibus Philologis, Philoſophis, Theologis omnium religionum, atq; Philo-Chymicis quam utiliſſimum.

Sulzbaci, Typis ABRAHAMI LICHTENTHALERI, 1677.

所有的猶太書籍之後收下了這份贈禮。隨著王室保護令的頒布，那些書自然而然地也回到了主人手裡。這讓神父大大鬆了一口氣，要是有人知道神父在菲爾雷夫的家中藏了什麼，肯定會變成一樁不小的醜聞。所以他對待這份禮物的態度也十分曖昧。這本書是某個佃農拿來的，整本書被油帆布包著，還仔細地用麻繩綁好。這本書肯定要價不菲。對方一言不發，把書交給神父之後便消失了。

神父總在下午讀書。字母太小，所以他只能趁白天就著窗邊的日光讀書。天色漸暗，他便會打開一瓶葡萄酒，然後把書擺到旁邊。他嘴裡含著葡萄酒，眼睛望向自己的果園與後方河邊起伏綿延的草地。草長得很高，隨風搖曳——草坪波浪起伏、顫抖，彷彿它們活生生的、有自己的意識，讓人不禁想到大黃蜂落在馬背上的時候，馬縮成一團瑟瑟發抖的外皮。微風一吹過，草葉便會露出它的淺色底部，是綠灰色，和狗底毛一樣。

神父感到十分失望；他什麼也沒讀懂，雖說一樣是拉丁語，可是它的內容更像是德魯日巴茨卡女士寫的東西。舉例來說，「我的腦上滿是露水[15]」，這到底會是什麼意思？世界的誕生似乎也顯得過於詩情畫意。我們的說法是上帝六天內乒乒乓乓三兩下就創造了世界，他就像是個主宰，不加思索便直接採取了行動。但此處的內容卻有些複雜。神父的視力日漸衰退，閱讀令他感到疲憊。

真是一本怪書。神父從以前就十分渴望獲得廣博的知識，尤其是闡明宇宙初始與終末、天上星體運行與各式奇蹟的學問，但是此書的內容對他來說太過難以捉摸，就連他最喜愛的那些拉丁天主教經院哲學家[16]也從來不敢妄加揣測解釋這樣的奇蹟——比如說耶穌基督是原初之人[17]，是上帝落入凡間

15《聖經．雅歌》第五章第二節曾經出現類似的句子，「我身雖睡，我心卻醒；聽，我的愛人在敲門。我的妹妹，我的愛卿，我的鴿子，我的完人，請給我開門！我的頭上滿了露水，我的髮辮滿了露珠。」

16 中世紀的經院哲學曾受到亞里斯多德主義的啟發，此處指涉的應為希臘哲學中巨匠造物主以及宏觀、微觀的概念，後者將人視為宇宙的縮影，而宇宙則是一個大世界，是人的放大版。

17 原初之人（Adam Kadmon）為人類最初的原型，是尚未失去恩寵的亞當。

的純潔光輝。例如他現在正在思考的輪迴。他曾經聽過這些邪說，卻從未深思它們的合理性。這本書說，即便一個優秀的基督徒相信死後我們會以其他型態重生，那也沒什麼不好。

說得也沒錯，畢竟神父也是個相當務實的人，他坦承輪迴有可能讓人獲得救贖。經歷不同型態的人生可以讓我們有更多機會達到完美的境界，贖我們的罪。永火[18]甚少能夠彌補人們所造成的所有傷害。

然而，隨後他便為自己冒出這種想法而感到羞恥。這些猶太邪說！神父對著床邊聖班乃迪克、他的主保聖人的聖像跪了下來，並請他代禱。神父為了自己的輕率道歉，為自己胡思亂想感到歉疚。該怎麼辦呢？聖班乃迪克的代禱似乎沒用，因為野蠻的念頭再次湧入他的腦海中……神父總是對地獄感到困惑。不知怎地，他就是無法相信它的存在，即便看過書中數不勝數的恐怖插畫，也無法讓他信服。例如他讀到這裡寫著，實行食人習俗的異教徒體內的靈魂不會直接被送到地獄永世不得超生，這樣的處置太不仁慈了。身為異教徒本就非他們的過錯，而且他們對基督教世界一無所知。然而再度投胎轉世之後，他們就可以獲得改過的機會，償還他們犯下的罪惡。這難道算不公平嗎？

這個想法令神父熱血沸騰，充滿活力，他走到外面的花園呼吸新鮮空氣，儘管天已經快要黑了，習慣還是讓神父不由自主地摘起多餘的枝枒，等他回過神來才發現自己已經在拔膝蓋下的奧勒岡葉了。那麼，假如奧勒岡葉同樣參與了這個追求完美的偉大計畫會怎麼樣呢？要是它的裡面也住著某些模糊不清的靈魂呢？會發生什麼事？如果真相其實更糟糕呢？假如神父本就是實踐永恆公義的工具，此刻其實正在責罰有罪的植物——拔掉小草、剝奪它們的生命呢？

逃亡者

傍晚，一台蓋著麻製鞍褥的猶太馬車朝著菲爾雷夫神父住居駛來，不過它沒停下，只是放緩了速度，接著在神父的庭院迴轉之後又踏上通往羅哈廷的路，消失不見。神父從花園朝那瞥了一眼，便看見藤編籬笆下有個高大的身影一動也不動地站著。他的深色大衣從肩膀一路垂到了地上。一個可怕的念頭在神父的腦海中一閃而過：看來死亡找上他了。他握住了小木耙，快步走去和它見面。

「你是誰？快說！我是至聖教會的神父，惡魔什麼的我才不怕。」

「我知道，」微弱的男性嗓音頓時響起。他的聲音沙啞、支離破碎，彷彿主人已經有幾百年不曾用過它了。「我是來自維克諾的楊。請您別怕我，善良的神父。我是個好人。」

「你在這做什麼？太陽已經下山了。」

「猶太人把我丟在這。」

神父朝他走近，試著看清來人的面目，可是對方低著頭，大帽兜遮住了他的臉龐。

「那些猶太人這次真的做得太超過了！他們到底把我當成什麼人？」神父喃喃自語。「你說他們把你『丟在這』是什麼意思？你和他們是一夥的嗎？」

18天主教教理將地獄的苦痛稱為「永火」，下地獄的靈魂將與天主永遠分離。

「我現在是神父您的人了，」那人回答。

男人的咬字並不清楚，彷彿有些輕浮，不過他說的是波蘭語，只是帶著一點魯塞尼亞口音的高低起伏。

「你會餓嗎？」

「不會，他們餵我吃得很好。」

「那你想要什麼？」

「容身處。」

「你自己沒有家嗎？」

「沒有。」

神父猶豫片刻，接著心不甘情不願地邀請他進屋：

「進來吧！今天溼氣很重。」

只見那個人影遲疑地走向門口，腳步一瘸一拐的，有那麼一瞬間他蒼白的臉頰從兜帽下露了出來。來人趕緊拉上帽簷，遮好自己的臉，但神父已經瞥見了令人不安的東西。

「你看看我，」神父命令他。

此時那人抬起頭，兜帽落到背後。神父不由得向後退了一步，驚叫道：

「納匝肋的耶穌啊！你真的是人嗎？」

「真要說的話，我自己也不清楚。」

「然後我還得把你帶進我家？」

「單看神父的意思。」

「羅什科！」神父輕聲呼喚他的隨從，但或許只是為了讓這位有著駭人面孔的男人知道他不是獨自一人。

「您怕我，」人影哀傷地說。

瞬間的猶豫過後，神父以手勢示意眼前的男人進屋。老實說他的心臟緊張地怦怦跳，更何況羅什科一如往常不知道跑去哪了。

「進去吧！」他對男人說。那人走進屋內，神父緊隨其後。那裡，在燭台燈火的映照下，神父看見了更多細節：無數傷痕讓他下半張臉完全扭曲變形，像是臉皮被人扯了下來。在傷口之上、濃密的黑色眉宇之下是一雙炯炯有神的深色大眼睛，看上去很年輕，甚至可以稱得上漂亮。又或許這是對比之下的結果。

「我的老天爺！你究竟遭遇了什麼？」神父止不住顫抖地問。

逃亡者的故事。猶太煉獄

神父對於這個自稱「維克諾的楊」的特殊存在感到詫異。維克諾是一座幾哩開外離托奇不遠的村子。神父不知道那座村莊是誰的領地，楊也不願意說，只稱呼主人為「老爺」。如果是貴族老爺的話，那肯定就是波托茨基了——這附近的一切都是他們家的。

男人吃了幾口麵包，喝了一些酸酪乳[19]。神父沒有更多東西可以給他吃了。之後神父想請他喝伏特加，但對方拒絕了。他坐姿僵硬甚是拘謹，甚至沒有脫下外套，他的身上散發著馬兒的味道。薩芭豎起牠紅棕色的狗毛，仔仔細細把男人聞了一遍，彷彿牠意識到他身上有某種祕密——顯然來人身上有著某種她所不知道的味道，因為薩芭聞了許久才冷靜下來，回到火爐旁乖乖躺下睡覺。

「我就是一具屍體，」有著恐怖面孔的男人驀地說道。「神父您不會告發一個死人，對吧？」

「我會和死人交流，」半晌後神父說，手指了指身後堆在桌上的那堆書。「我習慣閱讀他們的故事，沒有什麼事情能讓我感到驚訝。我甚至敢說比起活人，我更喜歡聽死人說話。」

那人似乎鬆了一口氣，他脫下了肩上的深色猶太斗篷，長髮落在他強壯的臂膀上。他語氣平緩，小聲說起了自己的故事，像是在腦海中暗自重複過無數次，而後早已將其銘記於心。現在逃亡者為了感謝神父的款待，把它當成一把硬幣交給了神父。

話說來自維克諾的楊，此人的父親來自亞斯沃一帶，母親則出身馬佐夫舍地區。據說他們的家族並沒有太多土地可以分給孩子，所以他們是以移民、殖民者的身分來到這裡。他們結了婚，然後得到了塔爾諾波爾[20]附近的一塊農地。然而，按照他們與擁有這片土地的地主簽的合約，他們有十五年的時間可以為自己耕種，不計入勞役天數（這對他們來說十分有利，因為在其他領地的時間更短，只有十年，或甚至五年），之後他們便必須以農作物或是勞務支付佃租。此外他們還必須無償承擔各種工作，例如協助脫粒、莊園裡的建築工作、剝豌豆殼，甚至是洗滌衣物——在地主家裡總有做不完的工作，所以他們根本沒有時間顧及自家的工作。他們就這樣變成了地主的所有物。神父想起那些十字架，每當他看見它們，便總會感到恐懼與莫名的罪惡。立於農舍旁的十字架就像是農民版的死亡寄寓[21]。農民會往十字架上釘釘子，每根釘子分別代表他們不受勞役限制的每一年。每年他們都會拔掉一根釘子，直到某天十字架上光禿禿的、一根釘子也沒有為止——屆時他們便要為了這幾年的自由付出昂貴的代價：自己與全家人都將淪為奴隸。

維克諾以基里姆花毯聞名，他的父親夢想著有朝一日楊能夠學會這項技藝。楊作為九個小孩中的老么出生時便已經是農奴了。他還小的時候，雙親每周必須服四天的勞役，替地主工作；當他結婚的時候，他們必須服勞役的天數已經變成了七天。為了耕種自己的土地，他們往往需要用上星期天的時間，為此甚至無法上教堂。楊的兩位長姊在莊園裡工作：一位是廚師，另一位則負責補給火爐的柴火。當後者懷孕之後，地主便將她許配給隔壁村的男人。這是楊第一次嘗試逃跑。他曾聽偶爾路過村莊、在酒館前停留的自由民說過，要是他能夠成功抵達北海，就可以當上船員，航向人們生活更富足的國家。他年紀輕輕又涉世未深，在棍子末端綁上行囊便踩著自信愉快的步伐上路了。他在森林中睡覺，過沒多久他便確信森林裡充滿了像他一樣的逃亡者。然而，他在離家幾哩外的地方就被地主的佃農們逮個正著，他們把他打到出血、傷痕累累，接著強行將他帶到牛舍下方

---

19 酸酪乳（maślanka），一種乳酸菌發酵的乳製品，酸味較優酪乳明顯。

20 塔爾諾波爾（Tarnopol），位於塞雷特河畔的烏克蘭城市，城市名源於一五四〇年建立該城的王冠波蘭大元帥（Hetman Wielkiej Korony，又譯黑特曼）楊．阿莫爾．塔爾諾夫斯基（Jan Amor Tarnowski）。

21 拉丁語Memento mori，意思是「勿忘你終有一死」。

的地窖關了起來。他在那兒待了四個月。之後他們為他套上枷鎖，公開處以鞭刑。處罰這麼輕，他應該對此感到慶幸。一切結束之後地主命令他娶莊園中的女孩為妻，看得出來對方已經有了身孕。他們總是這樣對待心性不定的男人——家庭與孩子會讓他們穩定下來。但是這並未讓楊安定下來，他不曾愛過女孩，孩子沒能活下來，而她逃離了村子不知去向。相傳她先後在茲巴拉日及利沃夫的酒館中當娼妓。楊虛心工作了好一段時間，待在他人的工作坊裡學習編織。然而在他的父母先後去世的那個冬天，他穿上了冬衣，拿走他們畢生的積蓄，替馬兒套上雪橇之後，便決定前去投靠父親在亞斯沃附近的家人。他知道地主行事向來殘忍無情，但他也清楚他有多懶散，天寒地凍的情況下沒有人會趕著追捕他。他成功抵達了普熱梅希爾近郊，在那裡被守衛擋了下來，並由於缺乏證明文件，無法解釋自己的身分與出現在這裡的原因而遭到逮捕。兩個月之後地主的人尋了過來。他們把他當成一頭肥豬[22]丟到了雪橇上，將他載了回去。因為路面積滿雪，他們一起走了好幾天，對他們來說這是不需要趕回村莊的絕佳藉口。有一次他們拋下了被五花大綁的他，自行走進酒館中喝酒。一旦停靠時，他們把他孤身留在雪橇上，人們便會默默瞅著他，眼神中滿是驚恐，興許是想到有一天自己也可能淪落到這般下場而萬分恐懼，因為二度逃跑並成功逃出一定距離的農奴就再也不是活人了。當他請求人們給他一點東西喝，他們不敢朝他伸出援手。最終，有一群喝醉的商人趁著地主麾下的壯漢喝得爛醉神智不清，半夜在酒館邊替他鬆了綁，不過比起拯救同胞，他們更像是懷著看笑話的心態。可是楊已經沒有力氣逃跑了。地主的屬下抓住他和另一個逃犯，他們喝醉之後用力過猛，打得兩人當場失去了意識。害怕惹怒主人的他們想讓兩人清醒過來，但認定兩人沒有生命跡象之後，便將其留在橡木林中，並用白雪覆蓋以遮掩他們的罪行。另一個逃犯當場身亡。楊的臉朝下躺著，幾個乘著馬車經過的猶太人奇蹟似地發現了他。

幾天後他在修爾家的牛棚中醒了過來，身邊圍繞著許多動物，被他們散發的體味與排泄物、被牠們的體溫包圍。周遭的人說著另一種語言，有著不同的臉孔，楊以為自己死掉之後跑進了煉獄[23]，不知為何還是個猶太煉獄。如今他將在這裡度過永恆的時間，不斷反思自己身為農奴微小、無辜的原罪，並痛苦地懺悔。

堂親們如何組成共同陣線展開行動

「你不是我的姪子，我也不是你的嬸嬸。我來自波托茨基家族。或許你的確和我丈夫有些血緣上的關係，但我並不認識你們那一脈的人。」科薩科夫斯卡讓莫里夫達坐下。

數不清的文件包圍她，她將它們成堆放好，之後再交由阿格涅什卡接手以沙子弄乾文件，如今卡塔日娜已經離不開阿格涅什卡了。

「她是要做什麼生意嗎？」莫里夫達暗忖。

---

22 原意為閹豬，口語上為肥胖男性的蔑稱，或是指涉被看不起的男人。

23 天主教認為犯下輕微過錯的人死後將會在煉獄痛悔此生的罪惡，他們的靈魂經過煉獄被淨化之後才能夠上天堂。

「我要照看大片的領地，各式各樣的帳單，社交圈的流言蜚語，信件來往，這些事情我丈夫管都不想管，」科薩科夫斯卡像是猜到了他的想法，莫里夫達吃驚地挑了挑眉。「我得關注家族產業的狀況，替人說媒，轉達訊息，簽訂協議，安排提醒各種大小事……」

城督，她的丈夫正拿著一杯利口酒在房內散步，他走路的姿勢十分好笑，看上去像是一隻蒼鷺，拖著腳在土耳其地毯上走來走去。莫里夫達心想，他的鞋底很快就會磨破了。他身穿米黃色茄潘，依照他五短身材特別訂做剪裁過的衣服讓他看起來相當優雅。

「我親愛的夫人活脫脫就是整個辦公機構的化身，就連王室祕書處[24]的人都會嫉妒她的才能，」城督語氣歡快。「她就連我家的祖宗十八代都知道得一清二楚，常常要為我們家的親戚奔波勞累。」

科薩科夫斯卡狠狠瞪了他一記，彷彿恨不得將他殺死。但莫里夫達知道這只是表象，這對夫妻的關係並不差。也就是說，他們總是各行其是。

城督點上菸，轉而詢問遠房堂親：

「閣下你又為何要如此擔心他們呢？」

「我就是情不自禁想幫助他們，」漫長的沉默後莫里夫達回答，他輕敲自己的胸口，像是想要向城督證明此處有一顆赤誠的心臟正在跳動，沒有半分虛假。「我對他們懷抱著親近感。因為他們不只待人善良，連他們的意圖也同樣善良……」

「猶太人善良……」科薩科夫斯卡嘲諷地瞥了他一眼。「他們有付你錢？」

「我不是圖錢。」

「就算你圖錢也沒什麼大不了。」

「不，我不是為了錢，」莫里夫達再次說道，但半晌後他補充，「但他們的確有付錢。」

科薩科夫斯卡向後靠上扶手椅，長腿往前一伸。

「那我懂了：你是為了名譽、為了自己的名聲，就像是已故的主教那樣。你會成就一番事業。」

「我沒把職業生涯放在心上，你們應該也很清楚這一點。要是我在乎事業的話，當初舅舅把年輕的我放到國王官邸時我就會好好幹了，這樣的話我如今就會是某某大臣了。」

「請給我您的菸管，謝謝，」科薩科夫斯卡對丈夫說，接著伸出手等著接住菸管。「你太一頭熱了，堂親。我該寫信給誰呢？對他們提出什麼請求呢？或許你可以向我介紹他們那位法蘭克？」

「他人現在在土耳其，因為這裡的人想殺了他。」

「誰會想殺他？我們可是以寬容聞名的國家。」

「他們的同胞。他們被自己的同胞迫害。同胞的意思是，那群人也是猶太人。」

「他們平日明明非常團結啊！」科薩科夫斯卡無法理解；她正要拿取刺繡皮袋中的菸草填菸斗。

「這次情況不一樣。這些薩瓦塔伊派信徒認為他們必須脫離猶太教。一大堆猶太人在土耳其改信了伊斯蘭教，這才引發了爭端。而身處天主教國度的猶太人則期望能夠改信當地宗教。這般舉動對虔誠的猶太教徒來說比死還要糟糕。」

「那他們為什麼想要加入教會？」城督對這番怪事來了興趣，好奇地問。直至目前為止一切涇渭

---

24 王室祕書處（Sekretariat królewski）為波蘭第一共和的行政機關，但王室祕書與王室書記官的職務內容時有變換，常互相重疊。

分明：猶太人就是猶太人，他們會去會堂；天主教徒就是天主教徒，他們會上教堂；魯塞尼亞人是魯塞尼亞人，他們會去東正教教堂。城督不是很喜歡這種會引發社會動盪的願景。

「他們第一位彌賽亞宣稱，人們必須收集每個信仰中的優點。」

「他說得確實有道理，」科薩科夫斯卡附和。

「什麼叫作第一位彌賽亞？那第二位呢？有第二位嗎？」科薩科夫斯基城督興致勃勃地問。

莫里夫達只好解釋，但他相當不情願，似乎很清楚城督下一秒就會忘記自己聽了什麼。

「有些人說一共會有三位彌賽亞。第一位已經出現過了，是薩瓦塔伊・塞維。在他之後則是柏魯奇亞……」

「我沒聽說過……」

「至於第三位，不久後便會前來解放他們免於一切苦難。」

「為什麼他們的處境如此艱難呢？」

「他們的日子並不好過，如閣下您親眼所見，我也看見了。我看見人們不得不在貧困中苟且偷生，苟延殘喘，他們必須趁自己淪落成動物之前找到解救的方法。猶太人的信仰與我們的比較接近，穆斯林的信仰也是，他們就像是拼圖中同樣的小碎片，而他們只需要拼好它們。他們熱中信仰，尋找著能夠引起共鳴的神並為祂而戰，不像我們只會禱念聖母經，頂禮膜拜。」

科薩科夫斯卡嘆了口氣：

「我們的農奴才應該要期待彌賽亞來臨……我們多麼需要一種展現基督教精神的新方式！現在誰還會潛心祈禱呢？」

莫里夫達頓時詩興大發。這他很擅長。

「這件事其實與抵抗、反叛的關係更密切。清晨朝著天空振翅飛去的蝴蝶並不是改變型態、抵抗過，或是獲得新生的蝶蛹。牠始終是同一個生物，只不過牠的生命力量被提升到了下一個層次。牠是轉化過後的蝶蛹。基督教的靈魂能夠因時因地制宜，來去自如，無所不在……假如我們接納他們，便是做了一件好事。」

「噢、噢……你可真是個傳道士，我的堂親，」科薩科夫斯卡語氣中透著幾分譏誚。

莫里夫達把玩起茹潘上的扣子，這件新衣以棕色羊毛織成，有著紅色絲綢內襯，是他用納赫曼付他的錢買下的。但那些錢不足以支付所有費用——扣子是用便宜瑪瑙製成的，觸感冰冷。

「現在人們都在討論一個非常古老的預言，說是非常非常久以前、從他們先祖的時代流傳下來的……」

「我一向樂於傾聽預言，」科薩科夫斯卡神情愉悅地吸了一口菸，將臉轉向莫里夫達。她笑起來的時候特別漂亮。「他日將會如此，或者不會。你知道嗎？天有不測風雲，人有旦夕禍福[25]，」她說完之後輕笑出聲。她的丈夫同樣樂得咯咯直笑，看來這兩人有著一樣的幽默感，至少他們還有這項共通點。

莫里夫達露出微笑，繼續往下說：

---

25 波蘭諺語Jak na świętego Prota jest deszcz albo słota, to na świętego Hieronima jest deszcz albo go ni ma，意思是憑藉當下的資訊預測天氣非常困難。

「預言說將會有一人自猶太民族中誕生，他會捨棄自己的信仰並接受基督宗教，之後他會吸引許多其他猶太人跟隨他。據說這會是審判之日即將降臨波蘭的徵兆。」

科薩科夫斯卡的臉色沉了下來。

「然後你就相信了，安東尼・科薩科夫斯基大人？審判之日？要說審判之日的話，我們早就碰上了，沒人願意認同他人的看法，互看不順眼，所有人互相爭吵，在德勒斯登的國王對自己國家的事情不管不顧……」

「倘若尊敬的女士願意寫信給各個達官貴人，」莫里夫達指向那一沓阿格涅什卡用修長手指摺好、蓋過戳章的信件，「然後支持那些深深期盼加入我們的可憐人，到時候我們就會是歐洲第一批這麼做的人。此等規模的皈依運動是前所未見的，王室的所有人都會談論我們的事蹟。」

「我對國王沒有影響力，我的勢力範圍沒那麼遠。天知道會發生什麼事！」科薩科夫斯卡氣急敗壞吼道。片刻過後她冷靜地問：「他們聲稱自己想要加入教會，是因為他們想要透過這種方式牟利，他們想要像皈依者一樣進入我們的圈子，踏入我們的生活。而且作為皈依者只要拿錢出來，他們馬上就能受封爵位。」

「女士你會對此感到驚訝嗎？人們想為自己謀求更好的生活有錯嗎？要是尊敬的女士能夠親眼看看他們那裡有多麼貧窮，他們的城鎮觸目所及盡是泥濘、人們渾渾噩噩……」

「這就有趣了，我不認識這樣的猶太人。我認識的猶太人十分狡詐，隨時摩拳擦掌，緊盯著你的模樣像是恨不得從你身上榨出硬幣，他們會往伏特加裡摻水，販賣壞掉的穀物……」

「妳成日坐在莊園和領地裡忙著寫信，傍晚的時候還要在歡樂的社交派對上享樂，怎麼會認識這樣的……」她的丈夫說。

他原本想說「廢物」，但又硬生生把話吞了回去。

「……廢物，」妻子替他說了出口。

「女士，妳有廣闊的人脈，和布蘭尼茨基家族關係深厚，而且妳在自己的領地裡也有很多可以信任的人。任何民族都不該眼睜睜看著一群猶太人打擊另一群猶太人，不該放任這樣違法亂紀的事情發生。國王袖手旁觀無異於默許這異樣的行為。他們就像是孩子一般請求我們的接納。有數百位、甚至可能多達上千位這樣的猶太人，正在德涅斯特河畔滿懷鄉愁地望著波蘭那一側的河岸，暴動與違法行為害他們挨打，被趕出家園，家產被搜刮。眼下被同胞驅逐出自己國家的人們守在那裡。他們畢竟是這個國家的一分子，所以他們在河岸邊挖出的地穴紮營，思念的目光瞅著北方，期許能夠回到被另一群人占據的家。他們應該從我們這裡得到土地，我們已經擁有太多了……」

莫里夫達意識到自己似乎說得太超過了，所以他結束了長篇大論。

「這才是你想要的？」科薩科夫斯卡問，她緩慢的嗓音中帶著一絲懷疑。

莫里夫達試著挽回局面：

「教會應該照顧他們。妳與蘇爾第克主教素來交好，人們都說妳是他的心靈摯友……」

「我算哪門子的摯友！對他來說錢包才是忠實的朋友，人與人的友誼不過是種消遣。」科薩科夫斯卡忿忿不平。

無聊的科薩科夫斯基城督放下空杯，搓揉著自己的手掌，想讓自己恢復精神。

「我很抱歉，但我得去一趟狗舍。芬卡要生了。她和神父家的毛小子亂來，現在我們不得不淹死這些幼犬……」

「我會先把你『淹』了。你想都別想，親愛的老公。牠們將會繼承亞桑的美貌並像獵犬般靈敏聰慧。」

「那群小渾蛋太太您就自己看著辦吧。我是不會照顧牠們的，」科薩科夫斯基說道。妻子在外人面前如此不留情面讓他有點生氣。

「我會負責照顧牠們，」阿格涅什卡突然開口，她的臉頰變得紅通通的。「但願尊敬的先生您手下留情。」

「好吧，既然這是阿格涅什卡小姐的請求……」科薩科夫斯基有風度地開口。

「去吧！去吧！」科薩科夫斯卡咕噥道，丈夫話還沒說完就消失在門後。

「我已經向新上任的盧賓斯基主教提了這件事，」莫里夫達繼續說。「他們人數眾多，超過我們所有人的預期。像是在科佩欽齊、納德維爾納這些地方。他們現在在羅哈廷、布斯克和格利尼亞內甚至是多數。要是我們夠聰明的話，就知道應該要接納他們。」

「你得去找蘇爾第克。雖然他唯利是圖，但辦事妥貼。他不喜歡猶太人，成天和他們鬧得不可開交。他們能給多少？」

莫里夫達盤算著，並未說話。

「很多。」

「有多到足以贖回抵押的主教配飾嗎？」

「什麼意思？」莫里夫達大吃一驚。

「他又把它們拿去抵押了。他一直都有賭債。」

「可能吧，我不知道。我得問一問。或許我們全部人能齊聚一堂：他們那些猶太人、主教、女士您，還有我。」

「蘇爾第克正在爭取克拉科夫主教的位置，因為克拉科夫主教時日不多了。」卡塔日娜站起身，朝著前方伸展雙手，手掌關節發出了喀嚓聲。阿格涅什卡從刺繡台前不安地望著她。

「請見諒，親愛的，那是我這把老骨頭發出的敲擊聲，」她笑得嘴巴都快要裂開了。「告訴我吧！他們信什麼？他們真的只是表面上認同天主教，在心底還是把自己當成猶太教徒嗎？這是皮庫斯基的看法……」

莫里夫達調整自己在座椅上的姿勢：

「那些正統派猶太教徒的信仰講求的是實踐《妥拉》的誡命，依照古老的傳統生活。他們並不相信飛升，先知們許久之前便已現世，如今是等待彌賽亞降臨的時代。他們的上主再也不會顯現，他保持著緘默。至於另一群人，薩瓦塔伊派信徒，則與之相反，他們宣稱自己生活在彌賽亞的時代，我們周遭的一切無不預示著彌賽亞將臨。第一位彌賽亞已經來過了，是那位薩瓦塔伊。在他之後出現的是第二位彌賽亞，柏魯奇亞，而現在第三位即將出現……」

「可是皮庫斯基說，有些人認定彌賽亞會是個女人……」

「親愛的女士，我這麼說吧，對我來說他們信什麼是其次，我關心的是他們時常被當成害群之馬，人人唯恐避之不及。假如是有錢的猶太人，那麼他們便能抵達社會頂端，像是替布呂爾提供建言的那位，但是貧窮的猶太人只能生活在貧窮與所有人的鄙夷中。哥薩克人認為他們比狗還要低等，世上沒有其他地方會這樣對待他們。我去過土耳其，比起在我們這兒，他們在那裡獲得了更好的權利。」

「怪不得他們會改信伊斯蘭教囉……」科薩科夫斯卡嘲諷道。

「在波蘭可就不一樣了。好好看一看吧，堂親，在波蘭這個國家，人們聽到宗教自由與宗教仇恨的頻率一樣高。一方面來說，猶太人可以自由地在此處奉行自己的宗教，他們享有自由與獨立的司法權力。然而另一方面，人們對他們的恨意大到連『猶太人』這個詞本身都是一種侮辱，善良的基督徒甚至用它來咒罵人。」

「你說的的確是事實。不論哪一點，都是這個國家內部盛行的懶惰與無知所造成的，而不是某種超自然邪惡力量的結果。」

「每個人都寧願相信這種解釋。當個蠢人、懶人總比當惡人簡單。從未踏出家鄉半步的人，對只讀過一點書的神父說的每一句話深信不疑的人，勉強會拼幾個字而且只看得懂日曆的人，這些人的理性容易受到各式各樣的無稽之談或是偏見影響，就像是我在已故的丹博夫斯基主教身上看見的，他時時刻刻都在吹捧《新雅典》。」

科薩科夫斯卡一臉不可思議地看向他。

「你現在還要挑赫梅洛夫斯基神父和《新雅典》的毛病？每個人都在讀。這是我們的**博物誌**[26]。不要找書本的麻煩，書本身是無辜的。」

莫里夫達感到羞恥，並未作聲。於是科薩科夫斯卡接著說：

「我話只能說到這裡：根據我的判斷，猶太人或許是這裡唯一派得上用場的一群人了，因為貴族們什麼都不會，也不想學，只顧著享樂。可是你所謂的猶太異端信徒居然還想要土地！」

「在土耳其他們也是這樣安頓下來的。整個久爾久，維丁，魯塞，半個布加勒斯特，還有希臘的薩羅尼加。他們買下那裡的土地，平靜地生活著……」

「前提是他們改信伊斯蘭教……沒錯吧？」

「女士，他們已經準備好受洗了。」

科薩科夫斯卡用手肘撐著身體，讓自己朝莫里夫達的臉靠了過去，像個男人一樣審視他。

「你是什麼人？莫里夫達。你扮演著什麼樣的角色？」

莫利夫達眼也不眨地回答：

「我是他們的翻譯。」

「你曾經和東正教舊禮儀教派的人在一起，這是真的嗎？」

「真的。我不會為此感到羞恥，也不會否認。可是他們並不是舊禮儀教派的人。這有什麼關係嗎？」

「有關係，因為你們全都是為了錢，你們這些異端。」

---

26 拉丁語silvae rerum，原意是事物之森，取自羅馬古羅馬詩人斯塔提烏斯的作品《森林》（Silvae）。該文學類型為十六至十八世紀波蘭與立陶宛貴族家庭私藏的編年體記事，除了家族成員名單與生平，亦包含食譜、演講稿等筆者希望傳遞給後代子孫的內容。

「通往上帝的道路有很多條，這不是我們可以斷言的。」

「我們當然可以。既然有可能有路可行，就有可能無路可走。」

「那就幫幫我們吧，尊貴的女士，幫助我們走上正確的道路。」

科薩科夫斯卡向後退開，露出一個大大的微笑。她起身朝他走近，接著握住了他的手。

「那亞當派之罪呢？」她壓低聲音望向阿格涅什卡，但如老鼠般敏感的女孩早已伸長脖子，豎起了耳朵。「人們說他們舉行的根本不是基督教的儀式。」卡塔日娜稍微調整了遮住她領口的圍巾。

「說到底，這個亞當派之罪到底是什麼？向我解釋一下吧，聰明的堂親。」

「會說這種話的人，用這個字稱呼所有無法放進他們腦袋瓜裡的東西。」

莫里夫達啟程之後看見的流民王國

回國之後，一切都讓莫里夫達感到陌生又奇怪。他已經好多年沒來這裡了，記憶的片段不是太短就是殘缺——他記憶中的一切並不是這副模樣。最令他感到詫異的是風景的灰色調與遠方的地平線。還有光線，這裡的光線比南方的更細膩、更輕柔，哀傷的波蘭陽光增添了幾分鄉愁。

莫里夫達從利沃夫搭乘馬車到盧布林，但是他在盧布林租了馬匹，覺得這樣比待在沉悶、顛簸搖晃的車廂裡舒服。

他才剛離開盧布林的哨塔，便感覺自己似乎走進了另一個國度、另一個宇宙，此處的人們不再是沿著既定軌道運行的行星，不再圍著廣場、房屋、田野或是工作坊打轉，反而變成了迷失方向的火焰。

他們就是納赫曼向莫里夫達講述過的那些流民，而他們之中許多人都加入了忠實信徒的陣營。但是莫里夫達發現，不同於他先前的預想，這些流民之中不只有猶太人，猶太人在這裡甚至稱得上少數。他們彷彿是某種自成一格的民族，不同於定居在都市或鄉村的人們。他們不屬於任何地主，不歸任何地方政府管轄，他們是來自四方的流浪漢、雲遊者、恣意妄為的土匪、各式各樣的逃亡者。他們所有人的共通點肯定就是排斥平穩的定居生活，好像他們只要一察覺自己被關在圍牆中，馬上就會感覺渾身不對勁，彷彿腳底癢得受不了一定要跑出去。看到他們的當下可能有人會這樣想——這是他們自找的，他們樂在其中。然而莫里夫達從馬背上同情地望著他們，他想著，這群人之中大部分的人其實夢想著有自己的床、一只碗、一段長期穩定的生活，可是命運的安排讓他們不得不踏上旅途。他自己也是這樣的人。

他們就在城市邊界外的路邊席地而坐，彷彿結束了拜訪人類聚落的艱苦工作之後需要好好休息一番，得甩掉聚落難聞的空氣，甩掉那些沾到腳上的垃圾，甩掉群眾的骯髒與吵鬧。流動商人正在數算賺了多少錢。它們擺在旁邊的攜帶式攤位幾乎空了，沒有多少商品，但帽子下方的雙眼仍舊關注著路過的潛在買家。他們多是來自遙遠國度的蘇格蘭人，把整間店掛在肩頭：縫線精美的絲綢綁帶、玳瑁製成的梳子、聖像畫、生髮髮蠟、玻璃珠串、木框鏡。他們講的語言很奇怪，有時候真的很難理解他們的意思，不過硬幣的語言是世界通用的。

流動商人旁邊有位畫商正在休息，老人留著長鬍鬚，戴著一頂帽簷寬大的編織帽。皮帶上掛著木架，架子上貼著聖像畫。他放下背上沉甸甸的行囊，吃起了農民們付給他的食物：濃厚的白起司和溼潤黑麥麵包，他一口咬下在嘴裡化成了麵團。真是一頓大餐！他的皮包裡一定還有幾瓶聖水，裝著耶穌祈禱四十天時[27]待的沙漠沙子的小囊袋，還有各種能讓其他顧客大開眼界的奇蹟之物。莫里夫達記得童年裡也有這樣的東西。

每天，畫商都會佯裝自己是聖賢之人，機緣巧合下賣起了聖像畫。此時——作為聖潔之人——他會稍微抬高音量，模仿神父的聲音，說話語調像是在唱歌，彷彿在朗誦聖經，還會時不時插上幾個合理或是不合理的拉丁文單字，這讓農民對他留下了深刻的印象。畫商胸口掛著一個大的木頭十字架，重得他脖子發痠；現在他把十字架靠著樹放著，將裹腳布掛在上面通風。他賣畫的方式是這樣的：首先他會從村裡比較好的房子裡看好一間，之後扮成恍惚的樣子走到那戶人家門前，堅稱是聖像自己選擇了這個家，甚至親自選了這道牆、房間中這道神聖的牆。農民難以拒絕神聖的畫像，他會拿光櫃子裡辛苦賺來的血汗錢，然後乖乖付錢。

再往前走有一間歪斜矮小的酒館，外牆粗略粉刷過，入口處有門廊，還用木樁架著木板充當長椅。長椅上坐著幾位窮到沒有錢可以進到裡面點餐的老人，他們盼望著有人止住飢餓之後，心情一好或是心一軟可以救濟他們。

雖然莫里夫達離開盧布林之後還沒有走得很遠，但還是下了馬。兩個老人隨即朝他快步走來，嘴裡不斷哭訴。莫里夫達給了他們一些菸草，然後自顧自地抽起菸，兩人驚喜地頻頻道謝。他從兩人的口中得知他們來自同一座村莊：家人的經濟能力難以負擔他們的生活開銷，所以每年春天都會離家乞討，冬天再回家。一名半瞎的老嫗加入了他們的對話，她說要孤身流浪到琴斯托霍瓦[28]，可是如果你仔細觀察她，就會看見她長袍底下有許多小包的藥草，一串串用繩子串起的種子，以及其他藥劑。她肯定是個深藏不露、知識豐富的人——她懂得止血、接生，但要是給的錢夠多，她也會幫人打胎。對她會的東西她從不自誇，總是十分淡然。不久前在大波蘭有個像她這樣的女人被燒死在火刑架上，而去年也有幾個女人在盧布林遭捕。

酒館內坐著兩個疑似是前土耳其俘虜的人，他們備有教會的聲明可以證明他們已經獲釋——該信要求每個見到此信的人都要展現基督徒的同情心，對遭遇悲慘命運的當事人給予幫助。可是這兩個前俘虜看起來既不可憐也不痛苦。他們身材肥碩，第一杯伏特加開始作用之後神情更顯愉悅，而他們還打算點下一杯繼續喝。他們在土耳其人身邊的日子肯定過得很好。酒館老闆娘是個猶太寡婦，能幹又潑辣，她給了兩人一碗以奶油為基底的炒洋蔥卡莎，她本人無法抑制提問的衝動，不斷打聽那裡是什麼樣子。她雙手托腮，津津有味地聽著讓她驚訝不已的一切見聞。莫里夫達在那也吃了同樣的卡莎，喝了些酸酪乳，並買了四分之一升的伏特加打算路上帶著喝。他繼續上路之後，隨即看見混亂的場面。他們是馴熊師，正在去盧布林的路上。他們總會製造許多噪音，盡可能吸引越多人來觀賞又髒又病的動物被羞辱的戲碼。這樣的景象——不知為何——能夠為他們提供某種奇怪的滿足感。他們正在

27《瑪竇福音》第四章：「那時，耶穌被聖神領往曠野，為受魔鬼的試探。他四十天四十夜禁食，後來就餓了。」

28 琴斯托霍瓦（Częstochowa），波蘭中南部城市，該城光明山修道院的黑聖母，自大洪水時代起便逐漸成為波蘭天主教徒的心靈寄託。

用棍子抽打動物。真可憐，莫里夫達心想，但他也能理解那些流浪漢的愉悅從何而來：熊如此強壯，卻過得比我還糟糕。真是愚蠢的人類。

同樣也有許多女人在馬路上遊蕩，因為女孩年輕貌美的時候，或是她們僅有年輕這份本錢時，馬上就會吸引男人上門，而一旦男人被吸引，她們便會立刻投入做起世上最古老的行當。她們之中不乏因未婚產子逃跑的貴族女孩，而且孩子的父親還是農奴或是佃農，這般醜事是家族的巨大恥辱，所以與其吞下這樣的不幸，還不如把孩子丟掉，或是尋求家族親戚的憐憫。女孩們還剩下修道院這個選項，所以她們在顏面盡失、勃然大怒的家人默許之下，趁著夜色離開了滿是落葉松的莊園。如果被河川、橋梁、水窪擋住了去路，她們便會落入萬年醉醺醺的船夫手中，之後每個男人就會以他們的服務為由向她提出索求，以此支付在酒館的住宿費、載她一程的費用。淪落是如此輕易的一件事。

莫里夫達也想要利用她們的服務，但他害怕她們身上的疾病、髒汙，也缺乏相應合適的地方。他決定等到華沙再說。

莫里夫達如何成為艱難任務的使者

莫里夫達抵達華沙的最初幾天待在擔任神父的兄長家中，儘管他作為本堂神父的薪水十分微薄，但他仍是稍微幫莫里夫達置辦了需要的東西與衣服。然而過了這麼多年，莫里夫達總覺得兄長變得陌生了，宛如一張平面的紙張，變得有些不真實。他們舉杯對飲了兩個晚上，試著打破這片二十年間出乎意料生於兩人之間的隔閡。哥哥向他講述華沙的生活，但其實也只是一些傳聞的片段。他很快便喝醉了，接著開始抱怨：抱怨莫里夫達拋下自己離開，抱怨舅舅的嚴苛，抱怨他對神父這份工作沒有認同感，抱怨他獨自一人的生活是如此糟糕，而每當他走進教堂都會深感它太過龐大。莫里夫達同情地輕拍兄長的肩膀，有如對待在旅店碰上的陌生人。

莫里夫達要想辦法見到布蘭尼茨基，但他去打獵旅遊了根本找不到人。他殷勤地請求與札烏斯基主教會面，並試著捕捉雅布諾夫斯卡大公夫人的身影，她正在首都遊玩。他還嘗試找尋二十五年前的老朋友，但這並不容易。所以傍晚他總是與哥哥待在一起打發時間，要和這麼長時間沒有見面的人找話題聊天不簡單，他滿心滿腦都是神父的工作，內心脆弱又自負。最終，在莫里夫達眼中華沙的每個人都顯得自我中心又自負，此處的每個人都在扮演另一個人。而城市本身也把自己包裝成另一副模樣，更廣闊，更美麗，但實際上只是有著泥濘街道的平凡鬼地方。所有商品貴到不可思議，人們只能眼巴巴的望著，而一切東西都是從別的地方引進的。英格蘭的帽子，巴黎直送法國風的禮服外套，土耳其進口的波蘭風服裝。至於城市本身——糟糕、冰冷、空曠，呼嘯的風吹過許多空蕩蕩的廣場。這裡的人在沙地、泥地上建造富麗堂皇的房屋，你會看到僕人替走下馬車的女士搭起木板，以防她鑲著毛皮的厚重斗篷浸到水窪裡。

待在這裡讓莫里夫達感覺疲憊不堪。眼下他和那些要求不多的人聚在一塊打發時間，葡萄酒一杯接一杯地倒，他可以盡情講述異想天開的故事，特別是在他喝多了的時候：有關海洋的平靜，或是與之相反，關於將未著寸縷的他丟到希臘小島上的可怕暴風雨，事後他才被女人們發現……之後的細節他不記得了，當另一群同伴要他重複某個故事時，他並不知道自己先前是怎麼說的，他的冒險當初是朝著哪個方向推進的。當然他也不會扯得太遠，故事總是圍著聖阿索斯山與海上的希臘小島打轉，從那裡只要大大跳個幾步，便可以抵達伊斯坦堡或是羅德島。

關於他的新名字莫里夫達的由來──他現在要求大家這樣稱呼他──他有著各式各樣版本的故事，可是，類似的故事尤其在華沙的人們心中留下了深刻印象。例如他說自己是希臘海域上某個小島的國王，而那個小島的名字正是莫里夫達。他裸著身子被沖到了那座島上，女人們在海灘上發現了他。她們是一對姊妹，擁有土耳其貴族血統。他甚至為她們想了名字：琪美達與艾蒂娜。她們將他灌醉之後色誘他。莫里夫達按照當地習俗與兩人成婚，不久後她們的父親逝世，他變成了島上唯一的統治者。他在位十五年，膝下有六個兒子，他將這個小王國留給他們，但一旦時機到了，他便會邀請所有人來華沙。

夥伴們拍手叫好。葡萄酒再次流入杯中。

要是他身邊的同伴教育程度比較高，他就會改變故事的重點，故事變成：由於他的另類，偶然之下他被選為島上的統治者，他也從善如流地，多年來利用這個身分在島上過上了好日子。接著他會開始描述他們的風俗民情，為了勾起聽眾的興趣，他加重描寫了它們的特殊之處。例如他說他在士麥納碰到了一群買賣絲綢與漆器的中國商人，他們為他取了個名字──茉莉花。他講起這件事的時候總能見到聽眾臉上假惺惺的微笑，至少在那些不懷好意的人臉上是這樣。沒有什麼能比莫里夫達更不像茉莉花了。

當夜色漸深、酒意上頭，對話的氣氛逐漸變得親密曖昧時，他還有另一番說詞。在華沙的人們夜夜笙歌直至天明，而女人們表面上維持著貴族女性的儀態，但其實並不如乍看之下那般端莊，反而相當熱情，也絲毫不以此為恥。他時不時會對她們的舉動感到驚訝（在瓦拉幾亞地區或是土耳其人家，女性會待在個別的空間，並離男人遠遠的）：她們會自在地與男人調情，而她們的丈夫則待在房間的另一個角落做著一模一樣的事情。人們常常聽聞——他們身處的階層越高，這種事越是屢見不鮮——某家孩子的生父並不是人們以為的那位，而是與那家人交好的摯友，重要的座上賓，或是影響力深遠的親戚。沒人對此感到吃驚，他們也不會譴責這樣的事情；甚至當孩子的生父有著極廣的人脈、位高權重，他們還會反過來讚美他。比如說整個華沙都在傳，恰爾托雷斯基家的小孩其實是雷普寧[29]的，而恰爾托雷斯基先生甚至還為此高興不已。

到了十一月下旬，莫里夫達終於有幸獲得會見蘇爾第克主教的機會，後者正在宮廷中爭取克拉科夫主教的位子。

此刻，在莫里夫達眼前的是一個貪慕虛榮的人。他深不可測的深色雙眸在莫里夫達身上來回掃射，試圖辨識這個人可以發揮多大用處。微微下垂的臉頰替他增添了幾分嚴肅；有沒有人看過瘦巴巴

29尼古拉·瓦希里耶維奇·雷普寧（Николай Васильевич Репнин），俄羅斯外交官，一七六三年凱薩琳大帝派其出使波蘭立陶宛聯邦，他反對國王的改革，擔任大使任內所主導的國會被稱為雷普寧國會（Sejm repninowski），俄羅斯對波蘭立陶宛聯邦的影響力也因此日漸強大。據傳亞當·耶日·恰爾托雷斯基（Adam Jerzy Czartoryski）為他與亞當·卡齊米日·恰爾托雷斯基（Adam Kazimierz Czartoryski）的妻子伊莎貝拉·恰爾托雷斯卡（Izabela Czartoryska）的私生子。

的主教呢？可能只有感染條蟲的主教才會是這樣吧！

莫里夫達向他闡述了薩瓦塔伊派信徒的事情，但不再是以慈善為訴求，不是呼籲他關心他們的命運，不用華麗的言詞打動人心。他花了一點時間思考如何切入正題，然後說道：

「閣下您手中將會握有一張王牌。上百名、甚至可能多達上千名猶太人將會投入教會的懷抱，改信真正唯一的信仰。而且他們之中還有不少有錢人。」

「我還以為他們就是群流浪街頭的窮人。」

「有錢人就緊跟在他們身後。他們正在爭取貴族頭銜，這些頭銜可是值好幾座金山。根據共和國的法律，皈依者可以依法獲取貴族身分，不受任何限制。」

「那就會是世界末日了。」

莫里夫達瞅了主教一眼，他看上去似乎很不安。他的表情令人難以看透，可是他右手的三根手指不由自主擺出的奇怪手勢卻洩漏了他的心情，他的拇指、食指和中指正緊張地互相摩擦。

「那這個法蘭克又是何許人也？某個無知的人？某個粗人？聽說他是這麼稱呼自己的。」

「他的確是這麼說的。他說自己是阿姆立茲，粗人。希伯來語是am-ha arec……」

「您還會古猶太語？」

「我會一些。我也聽得懂他說什麼。他不如自己所說的是個粗人。他受過猶太拉比的良好教導，精通《光輝之書》、《聖經》與《妥拉》；也許有很多東西他沒辦法用波蘭語或是拉丁語表達清楚，但他確實是讀過書的人。而且他很機靈。一旦決定好的事情，他就一定會辦到。靠著這個人或其他人的幫忙……」

「您也是這樣的人，科薩科夫斯基先生，」蘇爾第克主教說，像是突然看透了什麼。

關於實用及不實用的事實，以及臼炮[30]傳信

一七五八年這一年，凱耶坦．蘇爾第克主教在華沙待了很長時間。這是一段美好的時光，華沙提供了人們各式各樣的休閒娛樂與享受。時值秋季，人們相繼從自己在鄉下的領地回到了城市，現在可以稱得上是社交季的開始。主教的腦袋裡裝了許多事情。第一件事，也是最重要的一件事就是等待，歡欣鼓舞地等待克拉科夫主教的任命儀式。手上的牌已經出完了，他不斷提醒自己；而這也表示等到他的好友，約瑟夫的哥哥，可憐的安傑依．札烏斯基因病日漸衰弱而死之後，任命一事就幾乎塵埃落定了。這整件事在三人的協議下有了結果：安傑依清楚自己時日不多了，他像個善良的基督徒過完了自己聖潔的人生，所以他也決定與死亡和解，早已寫信給國王提名蘇爾第克為克拉科夫主教候選人。眼下他已昏迷了十幾天，凡間俗事跟他早已沒了關係。

有關係的是蘇爾第克主教。他已經向猶太裁縫訂製了新的禮服和冬靴，晚上他會和朋友一起度過，去聽歌劇或是應邀出席晚餐餐會。不幸的是，事情仍舊不斷重演——這種說不清道不明的懊悔折

30　一種炮身短粗的火炮，因外型類似石臼而得名。

磨著他——之後他會命人載他回家，換過衣服，然後舊習難改，他又會跑去城市邊緣的某間酒館打牌。近來為了不讓賭債繼續增加，他成功地限制自己只投入小額賭注，這讓他感受到了自我價值的提升。要是人類只有這麼一項弱點該有多好！

札烏斯基的朋友卡塔日娜・科薩科夫斯卡同樣在華沙現身了。八面玲瓏的女人，蘇爾第克不太喜歡她，但還是尊敬她，甚至有些害怕她。她有正經的使命要完成，為此她逢人就要勸說對方——她在首都為猶太異端信徒尋求所有可能的支持。很快她便召集了一群願意幫忙向國王施壓的人，他們要求國王本人為這些可能投身基督信仰的可憐人頒發安全保護令。這件事成了人們在沙龍、午宴、歌劇院的走廊上談天時的熱門話題；所有人都在談論「猶太清教徒」。有人談論時難掩激動，也有人維持著端莊、冷淡的波蘭式嘲諷。主教從科薩科夫斯卡那得到了一份出乎意料的禮物：那是一條鍍金的銀色十字架項鍊，十字架很重，同樣是銀製的，上面還鑲著寶石。這是貴重又罕見的珍品。

假如主教不用花費時間等待的話，他會對她的任務更加投入，更何況他還有競爭者。一旦安傑依・札烏斯基於克拉科夫逝世，他就必須迅速採取行動，他得成為第一個在國王跟前露臉的人，這樣才能為他留下好印象。恰巧國王現在就在華沙，遠離德勒斯登與正被腓特烈[31]掠奪的薩克森。他在華沙會安全得多。

如果能夠引領那些猶太異端信徒進入教會的懷抱，那在上帝眼中會是多大的功績啊！這樣的事情不但放眼世界前所未見，而且只有在天主教的波蘭才有可能發生。我們將會在全球聲名大噪。

從十月起，苦苦等待的這段時間，主教想到了一個絕佳計畫。他要命令雇傭炮兵帶著臼炮，在克拉科夫到華沙的整條路上排成一列待命，每隔幾哩站一個人，然後一旦他在克拉科夫主教宮的使者得知札烏斯基主教過世的消息，他就會通知第一個炮兵朝著華沙的方向發射炮彈。而收到信號之後，第二個、第三個炮兵便會有如環環相扣依序射擊，消息一路傳到華沙，如此一來透過這樣奇異的傳訊系統，在正式的信件交由使者送達之前，他就會成為第一個知道的人。這個點子是約瑟夫・札烏斯基在某本書上看到之後偷偷告訴他的，他理解朋友有多麼急切。

札烏斯基想去克拉科夫見性命危在旦夕的哥哥，可是十二月異常的溫暖，河水氾濫，許多道路無法通行，因此他也不得不仰仗蘇爾第克的臼炮傳信。

如今大家都在討論那封教宗針對猶太人層出不窮指控（雖然近來這樣的指控變得比較少了）的通諭，有人痛訴他們使用基督徒的血液。羅馬教廷的立場非常清楚，不會動搖：這樣的指控完全是空穴來風，子虛烏有。凱耶坦・蘇爾第克為此感到特別苦惱，晚餐時他向好友們：卡塔日娜・科薩科夫斯卡與約瑟夫・札烏斯基主教吐露了自己的心情。

「我親耳聽見了證詞，我親眼見證了整場審判。」

「我很好奇閣下您受了酷刑之後會說出怎樣的自白，」科薩科夫斯卡變了臉色。

可是就連札烏斯基也對這件事情興致勃勃，因為幾年前蘇爾第克曾經鉅細靡遺地向他描述發生在馬爾克瓦沃立察的事件。

「我迫切希望能將這個題目放到某個學術著作裡討論，」他緩緩說道。「還要深入研究圖書館中所有我能夠取得的文獻。世上還有許多關於這個議題的文獻，要是主教的事情不會占用我這麼多時間

---

31 此時正值七年戰爭期間，普魯士國王腓特烈二世（Friedrich II）進攻中立的薩克森選侯國與德勒斯登。

就好了……」

札烏斯基恨不得能完全沉浸在研究之中，成天待在自己的書房裡足不出戶。然而他的臉上隨即露出了遺憾的表情。他的表情總是非常生動，心裡想什麼全都寫在臉上。

「這該有多麼可惜啊，現在比起神聖的拉丁文，幾乎所有東西都要用法文寫，我的法文不夠好，害我也沒多少興致寫作了。到處都寫著parlé、parlé[32]……」他試著模仿這個他不喜歡的語言。

「……我看你說得喉嚨都乾了，」科薩科夫斯卡作結。

隨從立刻走過來為他們斟酒。

「我能做的也只是簡述我的想法。」札烏斯基主教專注地盯著蘇爾第克，可是對方似乎光顧著啃兔子骨頭沒聽見。他只好轉過頭去找科薩科夫斯卡，她已經吃飽了，正由於菸癮發作而感到不耐煩。

「我的觀點是以詳盡的文獻研究為基礎，而最重要的是針對它們的反思，畢竟那些沒有經過消化思考的紀錄與事實往往會誤導我們。」

札烏斯基陷入半晌的沉默，像是要努力回想起那些事實。最後他說：

「所以我得出了一個結論：所有誤解都是源自文字粗淺的理解錯誤，或者該說是希伯來字母的錯誤解讀。希伯來單字d-a-m，」——主教用手指在桌面上寫下希伯來字母——「同時有『金錢』和『血液』的意思，因此當我們說猶太人渴望金錢時，可能會導致誤會，被解讀成他們渴望血液。而俗民的想像更是添油加醋般將它說成了基督徒之血。這便是整個故事的由來。其中或許還有第二個原因：婚禮的時候人們會讓新人喝下一種名為『h-a-d-a-s』的飲料，它是以葡萄酒與番石榴[33]混和的飲品，而他們將血稱為『h-a-d-a-m』，才因此引發這樣的指控。hadam—hadas，兩個字幾乎一模一樣，難道不是嗎？親愛的女士。我們的宗座大使是對的。」

蘇爾第克主教聞言，把還沒啃完的兔子骨頭吐到桌上，猛然推開盤子。

「閣下您這是在嘲諷我和我的證詞，」他的語氣出乎意料地平靜，用詞正式。

科薩科夫斯卡朝兩人彎身靠近，兩個大腹便便的男人頸上圍著雪白的餐巾，喝了葡萄酒之後臉頰紅通通的：

「為了真理而探究真理並不值得。真理本身永遠是極為複雜的。我們需要知道的是這個事實如何為我們所用。」

她絲毫不顧禮儀，點上渴望已久的菸。

清晨，臼炮傳信終於傳來蘇爾第克期待已久的哀傷消息：克拉科夫主教安傑依·札烏斯基逝世。下午凱耶坦·蘇爾第克便出現在國王面前。此時是一七五八年十二月十六日。

---

32 法語，意為：說話。

33 住棚節期間猶太人會準備四樣祈禱用的神聖植物：香櫞、椰棗、桃金孃與柳葉。桃金孃指的是桃金孃科中的香桃木，即番石榴。

卡緬涅茨城督夫人科薩科夫斯卡去信利沃夫主教盧賓斯基參議員

卡塔日娜不管去哪兒都帶著阿格涅什卡，大家都知道沒有她什麼事都辦不成，最近甚至連城督本人有事找妻子都要透過阿格涅什卡預約。阿格涅什卡沉穩，文靜。她是行走的謎——城督如此評價她，將她稱作奧爾良的聖女[34]。可是在她的陪伴下，他的妻子似乎會變得更加柔和，收斂她那時常傷害丈夫、咄咄逼人的銳利鋒芒。眼下三人正在共進晚餐，而且——不得不承認——從阿格涅什卡接管廚房事務之後，他們的餐點也變得更加美味了。兩個女人甚至連睡覺都在同一個房間。就由著她們去吧，這些女人真的是……城督暗想。

阿格涅什卡正在替鏡前的女主人兼好友解開髮辮，好讓她睡前可以把頭髮梳開，之後再編成辮子。

「我在掉頭髮，」科薩科夫斯卡說，「我的頭幾乎要禿了。」

「女士你在瞎說什麼呢，你一直都是這樣，髮量少但是髮根強健。」

「才不是，我快要禿了。你別跟我裝傻，不要騙我……除了我，其他人才不會管我的頭髮！不管了，反正我會戴上波奈特帽。」

阿格涅什卡耐心地用鬃毛刷梳著她的細髮，科薩科夫斯卡閉上了雙眼。

下一秒她卻突然抖了一下，讓阿格涅什卡舉在她頭頂上的手不由得一僵。

頸。

「還有一封信，親愛的，」科薩科夫斯卡說，「我忘了。」

「噢不，我的夫人，今天的工作已經結束了，」阿格涅什卡一面繼續梳理，一面回答。

此時科薩科夫斯卡將她攔腰抱起放到腿上。女孩沒有抵抗，笑得甜美。城督夫人親吻了她的後頸。

「還要寫一封短箋給那位鬱鬱寡歡的自大主教。」

「好吧，但要在床榻上寫，還要一邊喝妳的清湯。」

「妳可真是隻兇巴巴的母老虎，妳知道嗎？」卡塔日娜邊說邊像是對待小狗一般輕撫她的肩胛骨，接著便讓她離開自己的懷抱。

之後她倚著大枕頭在床上坐好，睡帽的荷葉邊幾乎將她完全遮住，她開始口述：

自從回到波多里亞之後，我便急於向主教神父您獻上最親切的問候，誠心祝賀您，在前任主教尼古拉·丹博夫斯基閣下（願逝者安息）的不幸遭遇結束之後，接任利沃夫主教一職。

與此同時，我全心全意地盼望能夠向主教您舉薦我丈夫的一位遠親，此人名為安東尼·科薩科夫斯基，他剛結束多年的長途朝聖，回到了波蘭立陶宛聯邦的懷抱，現在他帶著請願書找上我，希望我作為親戚能夠代為說項。這位科薩科夫斯基在東方語言這方面擁有過人的天賦，尤其是希伯來語。我猜想尊敬的主教您已經注意到了這群可憐的猶太人，他們就像是追尋真信仰的盲

---

34 即聖女貞德，英法百年戰爭期間，聖女貞德帶領法軍在奧爾良圍攻戰中獲勝。

人，如瞎子摸象一般走向基督宗教唯一的光，我在卡緬涅茨時也聽見了所有人都在討論這件事。我們成功地為這些清教徒爭取到國王的支持，從很久以前我就看著這些摩西的子民固執地守著自己的猶太迷信，所以他們在此處的艱苦生活多少是自己罪有應得，但我也是因為看見這些之後才願意全心全意地與他們站在同一陣線。雖然我不願過度叨擾，讓閣下為此操勞，但假如您願意說些隻字片語聊表支持，本人將不勝感激。

不日我將啟程前往利沃夫，現在只待天氣轉晴便可上路，我滿心盼望閣下您身體康健。也請您不要忘記，我們無論何時都十分歡迎您的到來，不管是我的丈夫比較常出現的卡緬涅茨，或是我時常造訪的布斯克皆是如此。

皮庫斯基神父致利沃夫主教盧賓斯基參議員

敬告主教閣下，您不在利沃夫的這段時間，我暗中得知了一些那位受城督夫人舉薦的人的事情。莫里夫達先生（據說他的姓氏取自希臘海域上某座歸他所有的島嶼，但是此事無法考證）於瓦拉幾亞度過了自己充滿驚濤駭浪人生中的一部分時日，並在那裡擔任宗教團體的高層，或是——按照他們的說法——擔任長老，據說他們是波格米勒派的信徒，在我們這兒習慣稱呼他們為鞭笞派。然而他不是別人，而是斯萊波隆氏的安東尼．科薩科夫斯基，掌旗翼騎兵雷米吉安之子，而且母親出身薩莫吉西亞地區的卡緬斯基家族。過去二十四年間人們都認為他失蹤了，直到現在，他才再度以莫里夫達這個暱稱在國內露臉。

關於多年前開始在虔誠東正教教徒間日益壯大的這支異端，我所知有限，只知道他們認為世界並非由上帝所創，而是由他邪惡的孿生兄弟——撒旦葉[35]所創，這就是世上各式罪惡與死亡橫行的原因。反叛的撒旦葉以物質塑造出這個世界，卻無法為它注入靈魂，所以他不得不向良善的上帝提出請求。而後者為全部的受造物賦予了靈魂，因此波格米勒派相信物質是邪惡的，靈魂則是善良的。他們還相信不久後彌賽亞便會再次來臨，還有一些人認為他將會以女人的形象現世。這些派別的信徒多是瓦拉幾亞的農民，但偶爾也會有逃到土耳其人身邊的哥薩克人，甚至是魯塞尼亞農民，逃亡者，以及來自底層階級、最貧窮的那些人。我還得知了他們所謂的「聖母」扮演了極為重要的角色；聖母是透過選拔遴選的，她必須是純潔無瑕的美麗處女，無一例外。他們不吃肉，不喝葡萄酒與伏特加（這一點令我百思不得其解，因為我收到從華沙傳來的線報說莫里夫達閣下絲毫不忌諱飲酒；這或許也是他已經脫離該派的證明），而且他們視婚姻聖事為無物，並認為婚姻關係中誕生的孩子會遭到詛咒。另外他們還相信人與人之間的靈性之愛，此等肉體結合是神聖的，即便是多人的肉體交纏也一樣。

我們的至聖普世教會毫不遲疑地譴責這樣可怖的異端，可是教會太過強大，所以這樣的偏差

35 撒旦葉（Satanael）為波格米勒派所創的惡魔名號，祂被視為上帝的右手，為了謀求更大的權力而帶著三分之一的天使叛出天界。他們認為撒旦葉創造了天界以外的物質世界，而抵抗罪惡的方法就是棄絕一切物質享受的禁欲主義。

不足以引發它的擔憂。對教會而言，最重要的任務永遠是救贖信徒的靈魂。這也是為什麼我會懷著真誠的擔憂向閣下您表明我的懷疑。一個為異端思想完全奉獻自身的人，一個現在反而要幫助其他異端信徒的人，這樣的人真的值得相信嗎？我們親愛的共和國多虧了我們對普世天主教會的共同信仰才得以延續它的偉大，分崩離析的危險始終不曾散去。異教徒的壓力不斷從東方和西方壓迫著我們，所以我們更應該保持十二萬分的警惕。作為一位修士，我覺得這樣的警覺性尤為重要。

與此同時，我會略過我們共同事務中的某些重要事項。這位科薩科夫斯基–莫里夫達精通數國語言，尤其是土耳其語與希伯來語，以及希臘語，魯塞尼亞語，理所當然地還有拉丁語和法語。他擁有關於東方的廣博知識，對許多學科都有研究，似乎還會寫詩。這些天賦必定幫助他走過了人生的跌宕起伏，或許也能為我們所用，前提是我們能夠確定他是全心投入奉獻……

安東尼・莫里夫達—科薩科夫斯基致盧賓斯基主教閣下

我很高興能在閣下面前展現自己第一份報告的成果，相信我的觀察能夠多少解開反塔木德派的複雜謎團，它對我們基督徒來說實在難以理解，畢竟我們無法清楚洞察晦澀陰暗的猶太教奧祕，也無法完全看透陰沉的猶太靈魂。閣下您派我追蹤雅各・萊布維奇・法蘭克及其親信信徒一事，然而由於這位有名的雅各．法蘭克不在我們國內，且他身為土耳其公民受到了崇高之門庇護，此刻應該正待在久爾久的自宅中，所以我去了針對反塔木德派信徒的審判召開地的薩塔尼夫，並作為觀察者在當地待了一天。

這是座美麗的城鎮，因為它坐落在高高的河堤上，所以相當整潔明亮，還有一間雄偉的猶太會堂聳立，猶太區以會堂為中心，約莫幾十間房屋向外一路延伸到市集廣場，那裡的猶太商人負責照看薩塔尼夫的所有生意。當地的塔木德派猶太人就在那間宏偉壯觀的會堂中舉行了針對叛教者的審判。在場有許多感興趣的人們，不只是以色列民，還有好奇的基督徒，我甚至還看到了幾位當地貴族，可是他們聽不懂猶太語言，沒多久就覺得無趣便離開了。

我必須悲傷地向閣下您揭示這個事實：我看見的場景完全稱不上審判，而拉比們怒氣沖沖地對怕得半死的無辜小商販展開攻擊，他們嚇得語無倫次，讓自己和他們的兄弟姊妹都陷入了不利的局面。指控中夾帶的恨意實在太過強烈，令我不由得擔心起被告的生命安全，唯有當地領主手下強壯的哥薩克佃農才能阻止怒火中燒的群眾舉行駭人的私刑審判。人們懷疑他們犯下了通姦罪，他們的妻子為了不被當成蕩婦，因而離開自己的丈夫。此外，許多人的財物被搶走，他們獲釋時只能兩手空空的離開。當他們的同胞對他們拳腳相向，沒人願意手下留情，而我們國家的系統也無法保護他們。此時已經出現了第一位受害者，某位來自別列札內的里貝拉由於試圖以雅各．法蘭克的名義發言而遭受酷刑折磨而死。顯然，人們對於國王本人早已將法蘭克的追隨者納入保護範圍這件事毫不知情。

我能理解閣下對於開除教籍，即希伯來語所謂的「絕罰」一事的憤怒，我對此感同身受。我們可以不相信詛咒的神祕作用及其惡魔之力，但我有一個顯而易見的證據，能夠證明詛咒在人間造成的影響——它會將一部分的人置於法律之外，讓他們無法受到保護，生命、財產與健康也因此受到威脅。

在波蘭，在這片我們基督徒所居住的土地上，我們所收穫的微小真理都是歷經千辛萬苦才得到的。可是和我們一起居住在此地的還有數百萬人，他們屬於所有文明之中最古老的民族，也就是猶太民族。幾個世紀以來，他們不斷將會堂深處的哀嘆傳到天上，世上沒有任何東西可以與這樣的悲嘆相比擬，它是遭到上帝遺棄、孤苦無依的悲鳴。假如真的有東西可以將天堂的真理帶到人間，那或許便是人們凝鍊了自己整個人生的聲聲哭喊。

照顧這些人的責任居然不是落在他們自己的弟兄頭上，而是落在我們這群宗教上的後輩頭上，這實在是一件很矛盾的事。他們之中許多人帶著信任投靠我們，就像是小孩子走向耶穌基督、我們的上主時那般信任。

所以我懇請閣下考慮舉行下一場天主教會的聽證會，重新審問這些人，並同時要求他們的原告：薩塔尼夫、利沃夫、布羅德、盧茨克的拉比，以及對他們提出嚴重指控且隨後對他們降下詛咒的其他人，當庭與之辯論。我們並不懼怕猶太詛咒，也不害怕其他的猶太迷信，我們期盼的是能夠為被壓迫的人們挺身而出，並給予他們應有的權利，讓他們可以為自己發聲。

莫里夫達用大大的優雅花體字為信寫下結尾，然後撒上沙子。那封信乾了之後，他便用土耳其語寫起了第二封信，字體很小。他寫下開頭：「親愛的雅各」。

刀與叉

雅各的年輕妻子漢娜喜歡維持行李的整齊，她要知道絲巾放在哪，鞋子在哪，沐浴用的薰香油和香膏在哪。她喜歡用大小一致卻有些潦草的字跡列出打包清單，這會讓她感覺自己像是女王掌控著世界，她最討厭的莫過於雜亂無章。漢娜等著她信上的墨汁風乾，指尖輕撓著羽毛的末端；她有著修長的手指與好看的指甲，不過漢娜總會忍不住咬它。

她正在列舉他們兩個月後要帶到波蘭的東西，到時候雅各已經打點好一切，天氣將會回暖，整隊人馬包含兩台馬車與七位騎士。第一輛馬車會載著她與阿瓦恰、厄瑪奴耳、奶媽，以及名叫麗莎的年輕女孩。第二輛馬車則屬於僕人，還有被堆成尖塔再用繩子綑綁固定好的行李。她的兄弟哈伊姆與他的同伴會騎馬護送這支女子遠征隊。

漢娜感覺她因奶水而腫脹的乳房十分沉重。只要她一想到胸脯或是孩子，奶水就會自動流出，彷彿早已等不及小嬰兒的小嘴，在她輕薄的襯衫上留下了奶漬。她的肚子還沒完全消下去，雖然小男孩出生的時候很小，但第二胎還是讓她胖了不少。沒多久之後他們才知道，他來到這個世上的日子，正好是雅各帶著整隊人馬跨越德涅斯特河進入波蘭的日子，所以雅各在信上要她為兒子取名厄瑪奴耳。

漢娜起身抱起兒子，坐下之後讓他靠在仍舊圓潤的肚子上。孩子的腦袋幾乎要完全埋進她的胸脯。小男孩橄欖色的臉蛋十分可愛，他有著天藍色的眼皮，觸感有如花瓣般細膩。阿瓦恰快快不樂地從角落望著母親，她假裝在玩耍，但實際上始終觀察著母親和弟弟。她也想要吸奶，但是漢娜揮開女兒，好似她是討人厭的蒼蠅：你太大了！

漢娜是信靠上主的人。她每天睡前都會充滿信任地禱念睡前示瑪[36]，藉此保護她不受不祥的預感、災禍，以及可能對她與孩子造成威脅的惡靈侵擾，特別是因為她的身子從生產完之後便變得虛弱。她向四位天使祈禱，宛如他們是親切友好的鄰居，她希望他們在她睡覺時可以守護這個家。祈禱文唸到一半她的思緒突然飄遠，儘管她努力不去想像祂們的模樣，但被她召喚的天使的形體卻逐漸顯現。祂們的身影不斷拉長，有如燭火般顫抖，而就在她深深進入夢鄉的那一刻，漢娜驚訝地發現祂們看起來就像是刀子、叉子與湯匙，像是雅各告訴過她的那些鑲金銀製餐具。他們就站在漢娜上方，既像是在守護她，又像是準備好要將她大卸八塊，拆吃入腹。

---

36 睡前示瑪（Kriat szma al ha-mita）是以示瑪「以色列啊，你要聽！雅威（耶和華）我們上帝是獨一的主」為中心的祈禱文。

18

關於德涅斯特河畔的小村莊伊瓦涅如何化身共和國

伊瓦涅[1]的位置離德涅斯特河河床的斷層不遠，村莊四散在德涅斯特河沿岸高原上，像是被擺得離桌緣太近、岌岌可危的餐點，只要一不小心便會跌落河底。

小河流過村子中央，每隔幾十步的距離就有一座簡陋的水門來抽水，它們將小河切成好幾段，形成了無數的小池塘與水潭——人們過去曾在這裡飼養鴨和鵝。因為最近一場瘟疫爆發之後人們便撤離了村子，所以這裡剩下的只有牠們的白色羽毛。幸虧有修爾家提供的金援與主教大發慈悲的允許，忠實信徒們從八月漸漸開始在他的領地上定居。從王室安全保護令頒布的那一刻起，人們便搭著馬車或是徒步往伊瓦涅趕來：從南方，土耳其，還有北方和波多里亞的村莊前來。他們大部分是被驅逐出波

---

1 伊瓦涅（波蘭語Iwanie），按照烏克蘭語發音譯為伊萬尼亞（Іваня），是位於烏克蘭西部捷爾諾波爾州的村子。

蘭、在邊界上徘徊的那些人，等到終於可以回家時，才發現自己根本沒有家了。他們的工作被轉交給其他人，房子被鳩占鵲巢，現在不得不訴諸武力或是法律維護自己的財產權。有些人失去了一切，尤其是那些做生意的商人，他們的攤子與存貨全都沒了。如今他們一無所有。納德維爾納的史羅摩與他的妻子薇特爾即是如此。他們在納德維爾納與科佩欽齊有製作羽絨被的工作坊。整個冬天女人們會來拔羽毛，薇特爾則因為生性聰慧靈敏負責安排所有的工作內容。接著她們會縫製溫暖的被子，被子品質極好，輕柔的羽絨散發出好聞的味道，加上以花紋美麗的土耳其錦緞製成的粉色被單，他們的羽絨被因此成為貴族莊園與宮殿爭相訂購的熱門商品。然而動亂使一切化為烏有。羽毛在整個波多里亞隨風飄蕩，錦緞或是被踩踏弄髒，或是被人偷走，屋頂遭人焚毀，房屋再也無法供人居住。

隱身在河邊蘆葦叢中的小房子在黑白色調的冬日景象襯托下格外顯眼，蜿蜒的道路穿梭其中，它向下延伸通往崎嶇不平、坑坑洞洞的庭院，院中滿是被丟棄的犁、耙子、瓶罐碎片。

這裡現在交由切爾諾夫策的奧斯曼管理，正是他要求在村子入口處設置衛哨，避免外人闖入其中。過多的馬車偶爾會將入口通道堵住，馬兒在結凍的地面上踏出一個又一個坑洞。

剛進村子的人首先必須去找奧斯曼，並將所有現金和值錢的東西留在那裡。奧斯曼是伊瓦涅的總管，他有一個上鎖的鐵箱，那裡收著大家的共同財產。他的太太哈娃是雅各的大姊，她管理著波多里亞全境與土耳其其地區的忠實信徒寄來的捐贈物資——包含衣服、鞋子、耕具、罐子、玻璃，甚至還有給孩子的玩具。她前一天晚上會指定男人們隔天要做什麼工作；這些人要搭馬車去載農民的洋蔥，那些人去載高麗菜。

這個社群有自己的乳牛和一百隻雞。他們才剛把雞買來，你現在還可以聽見他們蓋雞舍時敲打樓木的聲音。房子後方有漂亮的花園，可是因為他們抵達時已是八月，時間太晚，裡面沒有種太多東西。屋頂上爬滿了久未修剪的葡萄藤，它融入了野外的生態，葡萄又小又甜。他們採收了一些南瓜，還有不少的李子，小顆的深色果實十分鮮甜，沉重的蘋果讓蘋果樹彎下了腰。霜降之後萬物染上一片灰色，冬季的腐敗戲碼正要開演。

整個秋季的每一天都有新人抵達，他們大都來自瓦拉幾亞與土耳其，但也有些人來自切爾諾夫策，雅西，甚至是布加勒斯特。這全都要歸功於奧斯曼——是他召集了所有兄弟姊妹，最初先是那些已經改信伊斯蘭教，歸化為蘇丹臣民的信徒。他們與我們波多里亞的猶太人只有些微的不同：他們曬得比較黑，更有活力，更樂於跳舞，而他們的歌曲也更加活潑。此處多元的語言、服裝、頭飾互相混雜。有些人戴著纏頭巾，比如奧斯曼與他的大家庭成員，有些人戴著厚圓毛盤帽，還有些人頭頂土耳其毯帽，北方人則戴著大簷帽。孩子們彼此熟悉之後相處融洽——來自土耳其的小朋友和波多里亞的小朋友在水池邊追逐嬉戲，冬天來臨時，他們就會在冰上奔跑。村子十分擁擠。人們暫時帶著所有家當和孩子一起擠在小房間裡，挨冷受凍，因為他們在伊瓦涅唯一缺少的東西就是可以生火的木柴。清晨窗櫺的小玻璃上長出了霜花，它們的線條天真地描摹著春天的產物：樹葉、蕨類羽片、花苞。

科佩欽齊的哈伊姆和奧斯曼負責為新來的人分配住房。哈娃照顧著他們的飲食，將毯子與鍋子分發給他們，告訴他們廚房在哪裡，在哪裡洗澡，村子邊緣甚至有淨身池。她向他們解釋，在這裡大家要一起吃飯，一起煮飯，工作也是共同完成的：女人負責縫紉，男人修補建物，準備燃料。只有老人小孩才有喝牛奶的權利。

所以女人們洗衣服，煮飯，縫紉，餵養小孩。目前已經有一個孩子出生，是個男孩，大家為他取名雅各。男人們一大清早就為了錢開始四處奔波，做生意賺錢。傍晚他們會一起開會。有幾個年輕人承擔了伊瓦涅的郵務——他們騎著馬分送包裹，必要的時候他們會去卡緬涅茨，然後偷偷跨越邊界到達土耳其、切爾諾夫策，郵件會從那裡繼續被送到下一個地方。

第二位哈伊姆來自布斯克，他是納赫曼的兄弟。昨天他領了一群山羊回來，然後公平地將牠們分給每間房子的人，由於他們並沒有足夠的牛奶分給孩子，所以這讓大家非常高興。被發配到廚房工作的年輕女人將孩子們交給年長的婦人照顧，她們在其中一間房子弄了一個叫作「幼兒園」的地方。

十一月月底，伊瓦涅的每一個人都在等待雅各的到來。他們往土耳其那一側派了看哨者。青年們聚在高聳的河岸邊，監視著淺灘上的動向。村莊在喜慶的氛圍中變得寂靜，昨天起一切便已經準備就緒了。為雅各準備的住處乾淨得閃閃發亮，被踏平的簡陋泥地上鋪了東方花毯，窗上掛著雪白窗簾。

河邊終於傳來口哨聲與吶喊聲。他到了。

切爾諾夫策的奧斯曼在村口歡欣鼓舞地等待人們抵達。一看見他們，他就用那有力動人的嗓音唱起歌：「我的主柏魯奇亞……」期待已久的群眾也感動得加入合唱。出現在轉角的隊伍看上去像是土耳其軍隊。隊伍中間有一輛馬車，一雙雙好奇的眼睛正試圖尋找雅各的身影，可是他是隊伍前方的第一人，騎著灰馬，穿著土耳其服飾，頭戴纏頭巾，穿著衣袖寬大、鑲著皮草的天藍色外套，長長的黑鬍子讓他看上去比實際年齡更大。雅各下了馬，與奧斯曼、哈伊姆額頭相抵，然後將手掌放在他們的妻子頭上。奧斯曼帶他走向最大間的房子；庭院有人整理過，入口處擺滿了雲杉木。然而雅各卻指向了房子旁某間小屋，一間老舊的土坯屋，然後說他想要自己一個人住，哪裡都可以，院子裡那間小屋也行。

「你可是哈坎，」哈伊姆說。「怎麼可以讓你一個人住在這種小破屋裡呢？」

可是雅各十分堅持。

「我要睡在小破屋裡，因為我是個粗人。」

奧斯曼不太能理解，但他還是遵從吩咐讓人把小屋打掃乾淨。

關於薩瓦塔伊．塞維神聖襯衫的袖子

薇特爾有一頭秋草顏色的濃密鬈髮，她的身材高大勻稱，總是把頭抬得高高的，還指定自己為服侍雅各的人。她遊走在各個房屋之間，風姿綽約，紅光滿面，談笑風生。她說話尖酸刻薄。因為雅各的小屋就位在他們家的庭院裡，所以在他的正牌妻子漢娜與孩子和他團聚之前，她便接手了救主身邊女侍衛的角色。薇特爾暫時獨占了雅各。時時刻刻都有人想要從他身上獲取些什麼，拿些雞毛蒜皮的事來煩他，她會把他們通通趕跑，確保不會有人進入小屋，還會為雅各搬來土耳其小暖爐[2]。每當人們聚在一起，想要查看救主住在什麼樣的地方，薇特爾就會把地毯放在柵欄上拍打，然後用自己的身體擋住入口處的柵門。

「救主正在休息。救主正在祈禱。救主正在睡覺。救主正在為伊瓦涅祈福。」

白天大家都要工作，在他們之中常常可以看見雅各的身影，他身上襯衫敞開——他從不覺得冷——精力充沛地伐木，或是替馬車卸貨之後把袋裝麵粉搬走。直到夜幕降臨，大家才會聚在一起聆聽教誨。過去女人和男人是分開上課的，但是救主立刻在伊瓦涅引進了不同的習慣，現在所有成人都可以參與講道。

年長者坐在長椅上，年輕人則擠在乾草捆上。整堂課最好玩的部分就是開頭，因為雅各往往會用有趣的事情開場，惹得大家哄堂大笑。雅各偏愛下流的笑話，他說：

「我年少時去過一個村子，村裡人從來沒有見過猶太人。我走進某家酒館，這裡是年輕男女見面的地點。女孩們正在打毛線，年輕小夥子們滔滔不絕地向她們講述各種故事。其中一個男人一看見我，隨即朝我惡言相向，拿我開玩笑。他說某天有兩位上帝走在一起，而基督教上帝賞了猶太教上帝一記響亮的耳光。在場所有人都被逗樂了，開始哈哈大笑，彷彿他講的笑話多麼有格調。所以作為回應，我向他們講了一個關於穆罕默德與聖伯多祿的笑話。有一天穆罕默德對聖伯多祿說：『我真想幹你的菊花。』伯多祿並不願意，但是穆罕默德太過強壯，逕直將對方綁在樹上，然後自顧自地做了起來。伯多祿放聲尖叫，控訴自己的屁股有多痛，還表示只要他肯停下來，便願意把他當成自己的聖人對待。我的故事他們不太買單，年輕男女全都低頭望著地板。之後最暴躁的那個男人釋出了和解的善意，對我說：『我們彼此放對方一馬吧！我不說你們上帝的壞話，你也別說我們的。放過聖伯多祿吧！』」

男人們咯咯咯笑個不停，女人們則別開了目光掩飾尷尬，但大家都很喜歡雅各，他明明是聖人、賢者，卻給人一種親近感，不會擺架子，不但獨自住在小棚屋裡，還穿著普通的衣服。這就是為什麼他們會如此喜愛他，尤其是女人們。這群虔誠信仰的女人既有自信又愛熱鬧。她們喜歡調情，雅各的教導令她們開心：把那些女人們要待在家裡、不能出門拋頭露面的土耳其習俗忘掉吧！他說在伊瓦涅，女人的存在和男人一樣都是必要的，雖然負責的事情不同，但同樣是被需要的存在。

雅各還教導他們，從這一刻開始，再也沒有什麼東西是專屬於某個人的；大家都不會有個人的所有物。可是假如有人有任何需要，他便可以找手上有這樣東西的人要，對方也該應要求交出來。再者，要是有人缺少什麼東西——鞋子壞了，襯衫破了——那麼他就要去找奧斯曼總管或是哈娃，他們會幫忙處理。

「不用付錢嗎？」某個女人驚呼。

其他女人回答她：

「這是他們看我們漂亮雙眼的代價……」

隨後眾人哈哈大笑。

不是所有人都能接受要交出所有身家這件事。來自華沙的耶羅辛與哈伊姆堅稱這種做法無法長久，而且貪婪是人類的天性，大家想要的只會更多，想辦法用他們得到的東西換取更多利益。不過其他人，比如納赫曼與摩西，宣稱他們確實看過有其他團體如此運作，所以他們支持雅各。納赫曼對於這種做法大加支持。常常可以看見他挨家挨戶、語重心長地不斷解釋：

2土耳其語稱之為soba，是圓筒形的鐵製活動式暖爐，以木炭或木柴為燃料。

「在法律開始約束人類之前，世界便是如此運作的。一切共有，每樣財產都由全部人共同持有，每個人皆可以得到滿足，像是『不要偷東西』、『不要通姦』這種話根本不會有人講。要是有人這麼說，也沒人會理解他說什麼。他們反倒會問：『什麼是偷？』『什麼是通姦？』而我們也應當如此生活，因為舊的律法在我們身上已經不適用了。三位先後來臨：薩瓦塔伊，柏魯奇亞，以及如今的雅各。他是他們之中最偉大的，他拯救了我們。這件事正好在我們這一代發生，我們應該為此感到慶幸。舊律法已經無效了。」

光明節期間，雅各將薩瓦塔伊．塞維襯衫的碎片當作聖物分送出去。這對整個社群來說是件大事。這可是第一人丟給哈列維之子的那件襯衫；修爾不久前才花了大錢，從那人在克拉科夫的孫女手上買來了兩片完整的袖子。每一小塊布料都不超過指甲的大小，現在它們被放到了護身符裡面：櫻桃木製的小木盒，小包包，掛在脖子上的小皮囊。剩下的襯衫被收在奧斯曼那邊的箱子裡，它們將會被分給日後加入的所有人。

關於雅各觸摸的功效

皮德海齊的摩西無所不知，此刻身處編織東西的女人們之間，坐在最溫暖的位置上。帶著香味的煙圈往上朝著木頭天花板飄去。

「我們大家都知道那個關於伊羅興遇見疾病惡魔亞斯特拉維[3]的祈禱文，」他說。「這個惡魔平常會待在人體的末梢讓人生病。當時伊羅興對惡魔說：『既然你無法喝光整片海洋的水，那麼同樣地，你也沒有能耐對人類做出更多惡行。』雅各，我們的救主，就如同是與疾病惡魔對話的伊羅興。他光是狠狠瞪對方一眼，就足以讓對方落荒而逃。」

這聽起來挺有說服力的。隨時都有人站在雅各住的小屋門外，只要薇特爾放他們進門，就可以見到救主本人。救主將手放在病人的頭上，然後用大拇指在他們的額頭上來回滑動，有時候他還會往他們的臉上吹氣。他的治療幾乎次次見效。大家都說他有一雙熾熱的手，可以融化所有疾病、所有疼痛。

雅各的名聲很快便在周遭地區傳開了，甚至連農民都慕名來到伊瓦涅（他們的說法是：去找那些遊手好閒的傢伙）。他們狐疑地看著這些怪胎，看起來既不像猶太人，也不像茨岡人[4]。救主照樣將手掌放在他們頭上。事後作為回報，他們會留下雞蛋、雞、蘋果、卡莎。哈娃將所有東西收進房中，之後再公平地分發給眾人。每個孩子在安息日時都會收到一顆蛋。雖然雅各禁止眾人過安息日，但哈娃仍舊習慣說「安息日的蛋」。即使這樣很奇怪，但大家還是習慣以安息日為單位計算時間的流逝。

---

3 伊羅興（Elohim）為上帝的其中一個名號。此處的惡魔亞斯特拉維（波蘭語Aszturwi）推測可能是《聖經》中提及過的生育女神亞斯她錄，或是與猶太教與卡巴拉文獻中記錄較多的惡魔阿斯摩太。

4 茨岡人，即吉普賽人，現今稱為羅姆人。

二月時發生了某件怪事，雖然知道這件事的人不多，但那可是真真切切的奇蹟。救主禁止人們散播這個消息。哈伊姆親眼看到了事情的經過。話說有個來自波多里亞的女孩，她被載來此地時已經病入膏肓，逐漸死去。她的父親呼天搶地，開始絕望地拔自己的鬍子。她是他的掌上明珠。眾人派人喚來雅各，而當他抵達現場時，僅僅是怒斥眾人保持安靜。隨後只剩他和女孩單獨共處一室，過了一段時間，等雅各再度走出門時，她已經恢復了健康。雅各唯一的要求就是要她身穿白衣。

「你對她做了什麼？」薇特爾的丈夫史羅摩追問。

「我和她發生了關係，然後她就康復了，」雅各回答，之後便再也不願多說。

史羅摩是個溫和有禮又正經的人，聽到這句話的當下並未馬上反應過來。他不知怎麼地久久難以回神。傍晚時分，雅各彷彿看穿了他的苦惱，給了他一個微笑，然後輕輕扯過他的後頸，就像是女孩對男孩會做的舉動。他對著史羅摩的眼睛吹了一口氣，並要求他不要把這件事告訴任何人。之後他便走了，沒再把史羅摩放在心上。誰知後者卻把這件事講給妻子聽了，她發誓會保守這個祕密。然而——沒人知道事情怎麼會變成這樣——幾天之內這件事便人盡皆知。文字宛如蜥蜴，不論遭到怎樣的圍困都能順利逃脫。

女人們拔雞毛時討論的話題

第一、她們說上帝創造有著人類面孔的天使時，是以《聖經》人物雅各伯的臉龐為原型的。

第二、她們說月亮有著雅各的臉。

第三、假如跟自家老公生不出小孩的話，那麼妳就可以雇用其他男人和他生小孩。她們想起關於雅各伯與肋阿之子依撒加爾[5]的《聖經》故事。肋阿雇了雅各伯和她睡，然後生下了他的兒子。她以勒烏本在沙漠中找到的毒茄蔘為代價雇用了雅各伯，而這正是不孕的辣黑耳想要的東西（之後辣黑耳服下毒茄蔘，為雅各伯生下了兒子若瑟）。這一切在《聖經》中都找得到。

第四、她們說即便雅各連妳的指尖都沒碰到，他還是可以讓妳受孕。

第五、她們說上帝創造了天使之後，他們馬上就開了口，開始讚頌祂。當上帝造了亞當，天使們立刻詢問：「他就是我們應當敬奉的那一位嗎？」「不，」上帝回答。「他就是個小偷，他會偷走我樹上的水果。」於是當諾厄出生，天使們激動地問：「這就是我們要讚頌的崇高之人嗎？」上帝卻相當不耐

---

[5]《創世紀》第三十章提到雅各伯與肋阿的長子勒烏本採到了一些毒茄蔘，因為猶太人相信毒茄蔘能夠幫助不孕女子受孕，肋阿的妹妹辣黑耳為了受孕，以雅各伯和肋阿同床為代價，換取了毒茄蔘。此次同床後肋阿誕下第五子依撒加爾。

煩地回答：「不，他只是個平凡的醉漢。」當亞巴郎出生，天使又問了一次，可是上帝沮喪地答道：「不，他出生的時候沒有行割禮，之後才會皈依我的信仰。」依撒格出生的時候，天使們仍舊懷著希望試探上帝：「是他嗎？」「不是，」上帝生氣地反駁。「這人深愛他那對我懷恨在心的長子。」然而，當雅各伯出生時，天使們再度問了同樣的問題，此時他們聽見了：「沒錯，就是這人。」

有幾個正在蓋小屋的男人停下了手頭的工作，站在門邊偷聽女人聊天。過了半晌，白色羽毛落到了他們頭上。看來有人動作太大不小心揚起了籃子裡的雞毛。

誰是被選上的女人

「你去找他吧，」丈夫對薇特爾說，「他特別喜歡妳。妳會得到祝福。」

可是她拒絕了。

「我怎麼可以和他睡！我可是你的妻子！這是罪。」

史羅摩像是看著孩子一樣溫柔地望著她。

「妳的想法太守舊了，就好像妳沒有真正搞清楚這裡發生的事情。現在已經沒有所謂的罪了，也沒有所謂『老公不老公』。救贖之日已然來臨，罪惡跟我們再也沒有任何關係。他不辭勞苦都是為了我們所有人，而現在他想要妳，妳是最美麗的。」

薇特爾皺起眉頭。

「你明明知道我不是最美麗的那一個。這裡有這麼多女孩，你自己還不是每天在那邊看來看去。你自己呢？要是你的話，你會怎麼做？」

「我會怎麼做？如果我是妳，薇特爾，我連問都不會問，二話不說直接去找他。」

獲得同意讓薇特爾鬆了一口氣。近來她完全無法思考其他事情。據那些與他關係親密的女人所說，雅各擁有兩根玉莖。更準確地說，只要他想，他可以有兩根玉莖，而他不想要的時候，只有一根他也很滿意。不久之後薇特爾就會有權力證實或是反駁這個事實了。

四月，雅各派了馬車去接漢娜，從那時起薇特爾便不會每晚去找雅各。大家都稱呼漢娜為「殿下」。為了表達對殿下的敬意，他們準備了大餐，女人們為了烤小圓麵包有好幾天都泡在鵝油裡，烤好的麵包則會被擺到哈娃的房間中。

薇特爾多麼希望這只是一場意外，然而，很不幸地，她的希望落空了——她在雅各與漢娜的住處外偷聽他們做愛。她感覺胃裡一陣翻攪，因為他們說的是土耳其語，所以她沒聽懂他們對話的內容。聽雅各說土耳其語令薇特爾感到興奮，她決定下次也要讓他對著自己說。她並沒有等太久，因為就在一個月後，也就是五月，失望的漢娜悶悶不樂地回去土耳其。

早在十二月救主便命令所有大人集合。眾人圍成一圈，在一片靜默中站了許久。救主禁止他們進行任何對話，也沒有半個人有勇氣開口。之後雅各命令男人退到右側的牆邊，他選出了七位女性，如同第一人薩瓦塔伊曾經做過的那樣。

雅各首先牽起薇特爾的手，並為她取名厄娃。第一個被選上的薇特爾起初還沒反應過來，隨後臉上便浮現了一層紅暈，緊張地左右腳原地踏步；她完全失去了自信，此刻正滿臉緋紅地站著，宛如乖順的雞。雅各讓她站到了自己的右手邊。然後他選了年輕的瓦克薇，布斯克的納赫曼的新婚妻子，並為她取名撒辣[6]。她的樣子彷彿是要走上斷頭台，低垂著頭，哀傷地偷偷看向自己的丈夫，等待發落。雅各命令她站在薇特爾身後。接下來他讓雅各．梅耶科的妻子伊娃站在撒辣後面，並賜名黎貝加[7]。之後雅各盯著這些女人看了許久，她們紛紛別開視線，最終他對著娉婷的詩普琳娜薇伸出了手，她是以利沙．修爾的么子沃爾夫的年輕兒媳，年僅十三歲；雅各為她取名貝爾莎薇。現在輪到他安排左手邊的人選了：第一位是依撒格．修爾的妻子，賜名辣黑耳[8]，接著是納德維爾納的哈伊姆之妻，賜名肋阿[9]。最後被選上的是蘭茨科倫的烏赫菈，雅各為她取名叔能[10]的阿芙莎。

因為這些全都是猶太先祖妻子的名字，被選上的女人一言不發地站著，內心激動不已。她們的丈夫同樣保持沉默。納赫曼的新婚妻子瓦克薇驀地哭了起來。這並不是哭泣的好時機，但所有人都能理解她。

漢娜晦暗的眼神挖出了伊瓦涅如下的細節

農舍中的人們排成好幾排睡在快散架的床板上或是地上。所謂的床墊也不過是乾草堆，他們的床根本就是狗窩，只有一些人有鋪著麻製床單的正常床鋪可以睡。修爾家的農舍用的東西最好。

每個人都髒兮兮的，身上還有蝨子。就連雅各身上都有，因為他會和那群髒鬼廝混。漢娜猜到了這一點，她清楚知道實情。

這根本稱不上社群，不過是一群龍蛇雜處的烏合之眾。有些人甚至沒辦法和其他人溝通，例如像漢娜這樣日常使用土耳其語或拉迪諾語溝通的人，並不理解當地的猶太語。

此地有著許多生病與身體殘缺的人，沒有人能夠醫治他們，把手放到頭上這招也不是對每個人都有用。在漢娜來到伊瓦涅的第一天，她便見證了又一個孩子因為咳嗽窒息而死的場面。

他們之中有許多人是流鶯，她們本身是寡婦或是被遺棄者，後者儘管丈夫失蹤，但在有證據證明對方死亡之前，當事人都無法再婚。還有一些不知怎樣跑來做這一行的。漢娜總覺得有些人完全不像猶太女人，她們願意為了一口好吃的食物或是可以待在這裡的許可而投懷送抱。這裡的每個人都可以和任何人上床，他們甚至還為這樣的行為賦予重要意義，面對這樣的行為漢娜只能裝作沒看到。她不了解為什麼男人們如此渴望性愛，這件事明明沒有多美好。她生完第二胎之後就對那檔事失去了興

6《聖經》中亞巴郎之妻的名字。
7《聖經》中依撒格之妻，厄撒烏與雅各伯之母。
8 雅各伯的第一位妻子。
9 雅各伯的第二位妻子。
10《列王紀（下）》第四章中提到先知厄里叟路過叔能時，總會有一位富有的婦人接待他，是以稱她為「叔能婦人」，厄里叟為了感謝她，不但讓她得到了一位兒子，之後還讓她的兒子死而復生。

趣。丈夫肌膚上傳來其他女人的香味弄得她心煩。

漢娜感覺雅各像是完全變了一個人。起初他還為她的到來而高興，但他們只同房過兩次。此刻他腦袋裡裝的是其他事情，又或許是其他女人。那個薇特爾總是在他身邊打轉，瞪著漢娜的眼神充滿敵意。比起漢娜，雅各更願意和她們待在一起。他聽她說話時左耳進右耳出；他對阿瓦恰更有興趣，不論到哪都把她帶在身邊。他會把她扛在肩上，小女孩則會假裝自己正在騎駱駝。漢娜待在家中親餵母乳，她害怕小兒子會在這裡染上什麼病。

小厄瑪奴耳始終病懨懨的。不論是伊瓦涅的風，還是比往年更長的冬末都無法幫助他恢復。土耳其奶媽成天向漢娜抱怨她不想待在這裡，說她厭惡這裡的一切，要不了多久她的乳汁就要沒了。

在他們的老家尼科波爾春天已經來臨，這裡第一批新芽才剛要鑽破枯黃的草葉冒出頭。

漢娜思念著父親與他那從容自如的安定感，她同樣思念在她小時候過世的母親。每當想起母親，她便會因害怕死亡而陷入恐慌。

關於莫里夫達造訪伊瓦涅

當道路再度結凍得以通行之後，莫里夫達便從華沙啟程前往利沃夫。他和盧賓斯基主教見過面之後，先前被指定為反塔木德派問題負責人的茲維爾佐夫斯基神父派遣他出使伊瓦涅。神父交給他一整箱的《教義要理》與許多教材，以及念珠、吊墜。莫里夫達感覺自己像是其中一名背著各式宗教用品的街邊小販。椴木聖母像是用麻屑單獨包裝的，雕刻的線條有點粗糙，表面彩繪顏色鮮豔，這是科薩科夫斯卡女士為法蘭克瓦女士準備的禮物與紀念品。

他抵達伊瓦涅時是一七五九年三月九日，當下他立刻感動得難以自拔——因為映入眼簾的景象恰恰正是自己在克拉科瓦近郊的那座村子，一模一樣的擺設安排，唯一的差別便是這裡的天氣比較冷，所以住起來不那麼舒適。這裡的氛圍如出一轍：慶典似乎永遠不會結束，連天氣都助長了這種氣氛；寒霜微弱，冬日的寒陽高掛天上閃閃發光，往地面拋下刺眼冷漠的光束，世界看起來像是剛剛打掃過。人們在潔淨的雪地上踏出了一條小徑，你可以藉此追蹤他們的去向。莫里夫達覺得雪中的生活讓人們變得更加誠實了：所有事情似乎都更加分明，每道命令都更加決絕，而每一條規矩也更加嚴格，沒有轉圜的餘地。和他打招呼的眾人看上去容光煥發，欣然自得，絲毫不受寒霜與短暫的白日影響。孩子們抱著小狗朝他的馬車跑來，因為勞動熱得渾身通紅的女人，笑容滿面的好奇男人也朝著這裡走了過來。從煙囪飄出的輕煙裊裊飛向天空——直直聳入雲霄的樣子就像是此地奉獻的供品被無條件地接收了。

雅各盛大地迎接他，可是等到他們走進小屋單獨相處時，雅各便剝下了莫里夫達身外的狼皮大衣，露出底下精壯的身形，接著抱了他良久，一邊輕拍他的後背，一邊用波蘭語不斷說道：「你可回來了！」

所有人在此齊聚一堂，包括修爾兄弟們（老修爾被毆打之後尚未恢復，所以他們的父親並不在這）、耶胡達・克里沙及其兄弟與連襟。有納赫曼，他才剛和某個女孩結了婚（莫里夫達暗想，對方還這麼年輕，根本就是野蠻人的行為），還有沉浸在煙霧中的摩西，身為卡巴拉學者的另一個摩西跟他的家人們，大家都在。眾人擠在小房間裡，窗上的冰花綻放出美麗的花紋。

接風宴會上，雅各坐在窗邊桌子中間的位子，他身後的窗框就如同畫框圈住了主角。雅各待在黑夜的暗影之中。他們互相握手，眼神依序掃過身邊每一個人，用目光再次打過招呼，熱烈地彷彿他們已經幾百年沒見過面了。接下來是莊重的祈禱，莫里夫達把它背得很熟，猶豫半晌過後，他便選擇和他們一同祈禱。之後他們盡情暢談，說了許多話，許多不同的語言交雜，聽起來十分混亂。莫里夫達流利的土耳其語獲得了奧斯曼身邊那群狐疑追隨者的認同，雖然他們的外表和行為舉止看起來都像土耳其人，但他們喝酒的樣子和波多里亞的人幾乎一模一樣。雅各既聒噪又有幽默感；看著他大快朵頤的模樣是一種享受。他一下稱讚餐點，一下講故事，逗得大家笑成一團。

莫里夫達一度思考過，雅各究竟會不會覺得害怕，最後他得出一個結論：雅各似乎天生就缺乏這樣的情感，他不會知道害怕的感覺是怎麼樣的。這會為他增添力量，其他人能夠本能地感受到這一點，這樣的無懼也因此有了感染力。而且猶太人終日困於恐懼之中，莫里夫達心想，他們一下怕地主，一下怕哥薩克人，一下恐懼不公不義，飢寒交迫，因此日子總是過得戰戰兢兢，這樣的雅各反而能成為他們的救贖。無懼如同聖人頭頂的光暈——能夠發熱，稍稍溫暖受凍害怕的小小靈魂。受到祝福的人不會感受到恐懼。雖然雅各常言他們身處靈薄獄[11]之中，但是和他一起待在靈薄獄中也令人甘之如飴。即便雅各只是消失片刻，也會讓對話變得四分五裂，再也沒有他在場時那般熱絡。他的存在本身就足以建立秩序，人們的視線會不由自主地被他吸引，宛如飛蛾撲火。就如同現在——雅各就是當晚熊熊燃燒的火堆。大家開始跳舞時時間已經不早了，一開始只有男人圍成一圈，神情似乎有些恍惚。男人跳累回到餐桌之後，兩位舞者出場了，其中一位後來將會和莫里夫達共度一夜。

莫里夫達晚上恭敬地對著同伴們朗誦他前幾天以瓦拉幾亞、土耳其和波蘭弟兄的名義洋洋灑灑寫給波蘭國王的長信：

> 雅各．約瑟夫．法蘭克偕同妻子、孩子以及超過六十人的夥伴，離開了土耳其與瓦拉幾亞，他早已失去了所有家當，勉強撿回了一條命，他只會自己的母語和幾門東方語言，對這個至極輝煌王國的風俗民情一無所知，所以並不知道該如何帶著自己的人民在此生活，他帶著這一大群受到真實信仰吸引慕名而來的人卑微地向最慈愛的君王乞求：懇請國王陛下讓我們的人民有地方可去，讓我們的人民有經濟來源可以維生……

莫里夫達讀到這裡清了清喉嚨，停頓半晌，某種遲疑湧上他的心頭，他開始思考這樣說會不會太過僭越。國王本來的臣民，那些生而為基督徒的農奴，那為數眾多的乞丐、孤兒、殘障老人本來就需要幫助，國王又怎麼會願意幫助他們呢？。

> ……讓我們可以平安地落地生根，因為與塔木德派信徒住在一處，對我們來說不但難以忍

---

11 靈薄獄（拉丁語limbus，意為邊緣）：猶太教認為靈薄獄是耶穌復活前，猶太教先知徘徊等待救贖的地方。天主教神學家則認為靈薄獄是未受洗之嬰兒、無機會受洗又無重罪去世的成人靈魂居留之地，但靈薄獄的存在並未被正式列入天主教教義。

受，也非常不安全。這群偏狹的信徒只會用狗一般的宗教、叛教者之類的話稱呼我們。他們不遵守國王陛下您頒布的律法，總是到處偷我們的東西，打壓、毆打我們，不久前在波多里亞、國王陛下近前發生的那件事便是最好的例子……

房間深處傳來一聲嗚咽，其他啜泣聲隨後跟著響起。

……因此我們懇請國王陛下於卡緬涅茨及利沃夫指派委員會，令其返還我們的財產，送回我們的妻小，實施來自卡緬涅茨的那道法令，並請陛下以公開信宣布，讓我們正在躲藏的弟兄，那些與我們有著類似信仰熱忱的弟兄得以重見天日，不再畏懼；讓這些地方的地主成為接受神聖信仰的助力，且如若塔木德派信徒壓迫他們，應當確保他們可以安全地抵達，然後加入我們。

聽眾們很喜歡他優美的詞藻。莫里夫達對自己的表現很滿意，他正半躺在地毯上——因為漢娜來了之後，雅各就換到了比較大的房間，她按照土耳其的習俗布置了房間內的擺設。真是奇怪，窗外就是白雪與強風，屋內卻是這番景象。隨風而來的細雪幾乎黏滿了房間的小窗。只要一開門，剛落下的粉雪便會鑽入飄著咖啡與甘草香的室內。春天似乎幾天前就來了。

「我會在你們這兒待上幾天，」莫里夫達說，「我感覺待在你們這裡就像待在士麥納。」

莫里夫達是真心的，他感覺待在這群猶太人身邊比在華沙自在得多，那裡的人連咖啡都不會泡，他們倒得太多又加了太多水，容易引發胃灼熱和精神緊張。這裡的人不是坐在地上，就是彎曲的長凳上，咖啡會裝在小不隆咚的杯子裡端到旁邊的矮桌上，看起來就像是小矮人用的。在這裡他們還為他提供了美味的匈牙利葡萄酒。

漢娜走過來誠心地和他打招呼，把雅各的女兒小阿瓦恰、小伊娃交到他手裡。小孩穩定又安靜。莫里夫達紅棕色的大鬍子令她感到膽怯，她一眨也不眨地盯著他，專注得像是要檢查他的真實身分。

「看來她愛上莫里夫達叔叔了，」雅各開玩笑。

然而，傍晚只剩下莫里夫達、奧斯曼、華沙的哈伊姆、納赫曼和雅各五人，等到他們要打開第三壺紅酒時，雅各指著莫里夫達說：

「你看過我女兒了。你要知道，她可是女王。」眾人一致表示贊同，但他想要的並不是這樣的反應。

「莫里夫達，你可不要以為，我是因為她的美貌才叫她女王的。」

眾人陷入片刻的靜默。

「不，她就是貨真價實的女王。你們甚至不知道她有多偉大。」

隔天傍晚晚餐之後一小群兄弟聚在一起，在喝得酩酊大醉之前，莫里夫達先報告了他在盧賓斯基主教面前努力的成果。雖然主教仍然懷疑他們是否對教會全心全意，但是事情正朝著正確的方向發展。現在他要以克里沙與史羅摩．修爾的名義寫信，這樣才能給主教一種有許多人願意受洗的印象。

「你這個人很機靈，莫里夫達，」布斯克的納赫曼拍了拍他的背對他說。

自從納赫曼結了第二次婚，他的小嬌妻就成日跟在他屁股後面，為此所有人沒少笑話他。納赫曼本人似乎有點懼怕這段婚姻。

莫里夫達突然爆出一陣笑聲。

「你看吧！我們從來沒有過自己的野人，與此同時，法國人和英國人卻有他們自己的的叢林人[12]。這些波蘭貴族很樂意讓你們這些屬於他們的野人投入他們的懷抱。」

看得出來那些隨著漢娜搭著馬車來到這裡的久爾久葡萄酒已經開始發揮效力了，眾人熱烈地彼此交談。

「……話說你為什麼要背著我們一個人去找丹博夫斯基主教，」怒火中燒的史羅摩．修爾抓住克里沙不太乾淨的三角領巾說，「你不就是要趁自己帶頭的機會謀取私利，所以才一個人跑去叨擾人家嗎？你們看看他！就是因為這樣你才會自己跑回喬爾諾科津齊，只為了拿到主教信函中要交給你的安全保護令。他答應要給你了嗎？」

「沒錯，他的確答應我，會讓我們在王國境內保有自己的獨立性。我們根本沒有提到洗禮，也應該維持當時的決議。他死後事情全都不了了之了。而你們這群蠢貨還學飛蛾撲火趕著受洗。洗禮絕對不可能！」克里沙登時大怒，拳頭重重砸向天花板。「那時候還有人派歹徒來追我，把我打得半死不活。」

「你真是卑鄙，克里沙，」史羅摩．修爾說完便逕自走進風雪中。

雪趁機從打開的門縫飄了進來，隨即融化在鋪好的雲杉木地板上。

「我同意克里沙的看法，」耶羅辛說。其他人紛紛點頭表示同意，洗禮的事可以先緩一緩。

莫里夫達插嘴道：

「你說的確實有道理，在這兒，在波蘭這個地方，沒有人會賦予猶太人完整的權利。你要不就成為天主教徒，不然就什麼都不是。現在貴族願意大發慈悲花錢支持你，是因為他們站在其他猶太人的對立面，可是假如你想要找別的地方建立自己的宗教的話，他們不會讓你好過的，直到他們看見你拜倒在教堂中才會善罷甘休。要是有人真以為你們跟別人不一樣，那可就大錯特錯了。在你們之前同樣有其他基督教異端教徒亞流派[13]，那群人不但相當溫和，比起你們，他們跟我們之間的距離也近得多。但他們仍在慘遭壓迫之後驅逐出境。他們的財產被沒收，當事人不是被殺害就是被流放。」

他的語氣有些心灰意冷。克里沙再度咆哮：

「你們就是甘願羊入虎口，把自己送進怪獸利維坦的嘴裡……」

「莫里夫達說得對。除了受洗我們別無選擇，」納赫曼說。「即便只是表面上做做樣子……」他小聲補了一句，遲疑的目光轉向剛點上菸斗的莫里夫達。他吐出一團煙霧，暫時遮住了他的臉。

「假如你們只是裝個樣子，他們便會無時無刻不在你們身邊打探。你們必須做好心理準備。」

接著是一陣更長久的沉默。

「你們對性事的看法有所不同。你們認為丈夫不與妻子同床沒有任何問題，沒有什麼好羞恥的。」已經喝醉的莫里夫達開口，眼下只剩下他和雅各單獨蹲坐在雅各的小屋裡，因為窗戶透著冷

12 英語Bushmen，帶有貶義。

13 波蘭兄弟會（Bracia Polscy）由於反對三位一體，而自喀爾文教派分裂，與之敵對的喀爾文教派信徒因此以西元四世紀時反對三位一體的亞流派稱呼他們。十六世紀，波蘭兄弟會利用波蘭宗教寬容的政策在平丘夫（Pinczów）與拉庫夫（Raków）等地建立了新教徒聚落，但之後他們開始受到天主教會嚴厲打壓，一六五八年議會通過法令要求兄弟會成員於三年內改信天主教，否則就會被驅逐出境。

風，所以他們把身上的羊皮大衣裹得緊緊的。

雅各近來喝酒比較節制。

「我喜歡這樣，這樣才符合人性。性事會拉近人與人之間的關係。」

「既然你可以和其他人的女人睡，別人卻不能睡你的女人，那麼很明顯你才是這裡的老大，」莫里夫達說。「就跟獅子一樣。」

雅各似乎很喜歡這個對比。他露出神祕的微笑，抽起了菸。然後他站起身，消失了好一陣子，過了很久也沒回來。他這個人就是這樣，無法預測，你永遠不知道他下一步要做什麼。等到他再度出現，莫里夫達已經醉得一塌糊塗，固執地延續同一個話題：

「而且你會指定誰要和誰做愛，並要求他們在點著蠟燭的情況下做，你本人也會和他們做。我能理解你為什麼會這樣安排，畢竟他們其實可以在黑暗中偷偷做，讓他們和自己想要的人做……但是你用這樣的方式征服了他們，把所有人緊密地連結在一起，他們彼此的關係變得比家人更親，比家人更重要。大家將會擁有共同的祕密，他們會變成彼此最熟悉的人。你清楚知道人類靈魂有追求愛情與連結的傾向，世界上沒有什麼比這還要強大。他們將會對此守口如瓶，因為他們需要一個保持沉默的理由，必須有事情讓他們可以保持緘默。」

雅各仰躺在床上，他正在抽的那種菸有著獨特的香味，立刻讓莫里夫達想起了在久爾久的無數夜晚。

「還有孩子。這樣的模式會造就共有的小孩。你怎麼知道昨天晚上來找你的年輕女人會不會不久後生下孩子呢？那會是誰的種？她老公的還是你的？因為大家都是父親，所以這讓你們之間的關係更緊密了。史羅摩年紀最小的女兒是誰的小孩？」莫里夫達追問。

雅各抬起頭，盯著莫里夫達須臾；看得出來他的眼神已經變得模糊黯淡。

「閉嘴吧你，這不關你的事。」

「哈，現在不關我的事，你要找主教討要村子的時候，就又是我的事了，」莫里夫達一邊伸手取菸斗，一邊說。「這樣的設計很不錯。孩子是母親的，所以也是她先生的。這是人類最優秀的發明。如此一來，就只有女人知道那令許多人激動不已的真相。」

當晚去睡覺時兩個人都醉醺醺的，他們直接在同一個房間睡下，不願為了尋找自己的床鋪踏入門外狂暴的風雪中。莫里夫達轉身面向雅各，不確定他睡著了沒，有沒有在聽自己說話——他瞇著眼睛，燈光倒映在睫毛下晶瑩的那道縫裡。莫里夫達感覺自己在跟雅各講話，或許他其實沒有講，只是他自己的感覺而已，他不確定雅各有沒有在聽。

「你總說她不是懷孕就是在產後休養。孕期很長，產後恢復期太累，所以她不願意被你碰，但是最後你還是得讓她離開女人的房間；你必須以你加諸在其他人身上的正義約束自己。你懂我的意思嗎？」

雅各沒有反應，他鼻子朝向天花板正面躺著。

「我看過你們在途中用眼神溝通的樣子——你和她兩個人。她向你請求：不要做。我說的沒錯吧？而你的眼神也一樣：不要。可是現在這件事有更多意義了。我在等待，我要求享有你們其他夥伴所擁有的那份正義。我現在也是你們的一分子。我想要你的漢娜。」

一陣沉默。

「你擁有這裡的每一個女人，她們全是你的，所有男人也都是你的，身心全都歸你所有。我了解，你們比起單純擁有共同目標的團體更偉大，你們不只是單純的一家人，因為是家人不會知道的一切罪惡將彼此聯繫在一起。你們之間存在著唾液與精液，不光是血液。這使你們的連結更加緊密，讓你們變得前所未有地靠近。我們以前在克拉科瓦也是這樣。我們何必屈從於那些我們不認同的律法，何必遵守那些不符合自然崇拜的律法？」

莫里夫達用手肘碰了他的手臂一下，雅各嘆了一口氣。

「你鼓勵你的人民彼此結合，可是不是按照他們想要的方式，不是單純聽從他們天生的生理需求。是你命令他們這麼做，因為對他們來說你就是自然。」

莫里夫達最後幾句話說得很含糊。他看得出來雅各已經睡著了，才沒繼續往下說，沒有收到雅各的回應令他感到失望。雅各表情放鬆、祥和，顯然他什麼也沒聽見，否則他不會笑得這麼開心。他很漂亮。一個念頭突然閃過莫里夫達的腦海：即使他還年輕，鬍鬚仍是黑色的，沒有半根白髮，完美無瑕，但他就像是位長老。他大概也被伊瓦涅的瘋狂沖昏了頭，因為他同樣看見了雅各腦袋周圍有某種光暈，就像納赫曼興奮地跟他說過的一樣（納赫曼現在要求大家稱呼他為雅庫柏夫斯基）。莫里夫達突然有一種想要親吻他雙唇的衝動。他遲疑半晌，手指輕觸他的唇瓣。即便如此雅各也沒有醒來，只是咂了咂嘴便翻身睡去。

早上醒來之後，門前的積雪厚得讓他們無法出門，所以兩人不得不動手把雪掃開。

上帝恩典召喚我們從黑暗走向光明

隔日，雅各將莫里夫達趕去工作。在納赫曼屋裡有處理這類工作的獨立房間，莫里夫達開始稱呼它為「辦公室」。

他們要撰寫下一封請願書，然後把它們寄到主教祕書室與王室內閣手中。莫里夫達抿了一口加了蜂蜜的啤酒——這對他的胃有幫助。在其他人進來之前，雅各猝不及防地詢問：

「莫里夫達，你來找我們圖的是什麼？你在玩什麼把戲？」

「我對你們別無所圖。」

「可是我們有付你錢。」

「那些錢被我拿來支付自己的日常開銷，讓我可以有東西吃，有衣服穿，不然我本來窮得跟伊斯蘭教的托缽僧一樣。我看過世上太多東西，雅各，所以不會不了解你們。那些波蘭貴族對我的陌生程度並不亞於你，雖然我也是他們的一分子。」他喝了一小口混合液，片刻的沉默過後繼續說：「但也算不上他們的一分子。」

「你真奇怪，莫里夫達，像是你被拆成了兩半。我不能理解你。一旦我想看穿你，你就會馬上拉起防護罩。海洋裡也有類似的生物，每當有人試著捕捉牠們，牠們便會釋放墨汁。」

「那是章魚。」

「你本人就是那樣。」
「只要哪天我厭煩了，就會離開你們。」
「克里沙說你是間諜。」
「克里沙是叛徒。」
「那你是誰呢？科薩科夫斯基伯爵。」
「我是希臘海上小島的國王，溫順子民們的統治者，你不知道嗎？」
眼下他們開始一句一句編造要遞交給利沃夫大主教瓦迪斯瓦夫．盧賓斯基的新請求。
「可別太誇張，」莫里夫達不由得擔心，「畢竟我們現在還不知道他是個怎樣的人。他可能不會對我們太友善，據說他是個勢利又虛榮的人。」
然而可以確定的是他們應當不斷書寫請願書，一封接著一封地寫。他們必須小心謹慎、像水滴一樣圓潤，滴水才能穿石。莫里夫達望著天花板陷入沉思。
「我們必須從頭說起，把一切交代清楚。從卡緬涅茨說起，從主教頒布的法令說起。」
他們也確實這麼做了。他們展現了自己優秀、得體的一面，花了許多時間細寫他們的良好意圖，寫著寫著所有人都開始相信這些是真的。
「得知此事之後，不斷與智慧之靈戰鬥的敵人挺身反對我們，在主教面前以難以想像的罪名控訴我們，」莫里夫達提議。
眾人點頭附和。納赫曼希望能再加一點東西。

「或許可以寫成挺身反對我們，然後接『同時更是反對上帝本身』？」「這是想表達什麼意思？」莫里夫達問。「這和上帝有什麼關係？」「表示我們是站在上帝這一邊。」

「表示上帝是站在我們這一邊。」史羅摩．修爾總結道。莫里夫達不是很喜歡，但他還是依照納赫曼的意見寫下反對上帝。

半晌過後，他把寫下的東西再讀給他們聽一遍：

是什麼樣的機緣才讓上帝得以賜與我們力量與希望，讓我們這群沒有任何支持、不認識波蘭語的弱者可以流利地闡明我們的論點。如今，因為我們已經有了十二萬分的確信與渴望，特此請求讓我們接受神聖的洗禮儀式。因為我們相信生於聖母瑪利亞的耶穌基督為真神，他是被我們的先祖釘在木頭十字架上折磨的人，他是律法與預言中所應許真正的彌賽亞。我們的口舌、心臟、整個靈魂皆信靠他，並宣告這就是我們的信仰。

這番宗教宣言直白沉重。摩西年幼的姪子安切爾開始緊張地嘻笑，但收到雅各的眼神之後便安靜下來。

在這之後莫里夫達才補上開頭：

來自波蘭、匈牙利、土耳其、蒙特尼亞[14]、瓦拉幾亞與其他國家的以色列民，透過他們忠於以色列，忠於《聖經》，熟習先知神聖預言的使者，朝著往日救助降臨的天堂高舉雙手，含淚恭祝最尊貴崇高的閣下永遠幸福安康，長保和平，聖靈恩寵。

大概只有納赫曼能夠理解莫里夫達這樣晦澀難解又華麗的文字風格。他嘖嘖驚嘆，然後笨拙地試著將這些艱難的詞語翻譯成意第緒語和土耳其語。

「這真的是波蘭文嗎？」史羅摩・修爾難以置信。「現在我們一定要表示我們要求舉行辯論會，好讓……好讓……」

「好讓什麼？」莫里夫達問。「為什麼要有辯論會？目的是什麼？」

「為了讓一切大白於天下，」史羅摩說。「為了發揮正義，最好讓一切在檯面上進行，這樣人們才會記得。」

「繼續，繼續。」莫里夫達的手不斷畫圓，像是在擺弄某些看不見的輪子。「還有呢？」

史羅摩還想要說些什麼，但因為他非常有禮貌，看得出來他覺得有些難以啟齒。雅各看著這幅場景，身子向後靠在扶手椅上。此時為他們送上無花果與堅果的史羅摩的妻子小哈雅發表了意見。

「另一個重點是報仇，」她把碗放到桌上時說道。「為了挨揍的以利沙拉比，為了掠奪我們的東西，為了各式各樣的迫害，為了將我們趕出城市，為了離開丈夫之後被當作蕩婦的妻子，為了他們對雅各和我們所有人降下的詛咒報仇。」

「你說得對，」直到這一刻都保持沉默的雅各說。眾人紛紛點頭。沒錯，重點在報仇。小哈雅說：

「這是場戰爭。我們要上戰場。」

「女人說得對。」於是莫里夫達沾溼羽毛筆：

飢餓、被逐出家門、散盡家財都不是使我們背棄古老習俗與神聖羅馬公教結合的原因，我們懷著滿腹悲哀安分守己，直到我們看夠了至今受盡傷害的無數弟兄：他們被驅逐，被活活餓死，無法出庭。然而上帝的恩典召喚我們從黑暗走向光明，我們不能像我們的祖先那般反抗上帝。我們心甘情願地頂著聖十字架的旗幟前行，請讓我們有個舞台和真理的敵人展開第二場決戰，我們希望能用《聖經》中的文字證明，上主藏於肉體中降臨世間，祂為了人類民族受了苦難，以及在上主之內團結的必要性，並證明那些人對神的不敬，是缺乏信仰的蠢貨……

他們終於可以午休了。

莫里夫達傍晚又在喝酒。從久爾久運來的葡萄酒色澤澄淨，有橄欖樹和瓜果的香氣。雅各沒有參與討論和書寫請願書的過程。村裡的工作忙得他不可開交，而且——據他本人所說——他要傳道，實際上就是和正在拔雞毛的女人坐在一塊聊天。這就是大家對他的看法：無辜，他從頭到尾沒有參與，一句話、一個字母也沒有。當大家停下工作想要對他彎腰行禮時，他會提起他們的領子，他不想要這

——

14 蒙特尼亞（Muntenia）為瓦拉幾亞東部的歷史地域，位於多瑙河以北、喀爾巴阡山南側，今日羅馬尼亞的東南部。

樣。他說，我們是平等的。那些可憐人對此感到十分敬佩。

莫里夫達心想，他們當然不是平等的，在他自己的波格米勒村莊也不是人人平等。他採用希臘文，稱他們為屬物者、屬魂者與屬靈者15。不論人們如何追求，平等就是與人性背道而馳。有些人是由較多的世俗物質所組成，他們更笨重，注重感官，缺乏創造力，他們擅長的事情大概只有傾聽。另一群人的生活受到他們的心、情緒、靈魂的震盪影響。還有另一群人能夠和至高神溝通，遠離肉體，不受七情六欲限制，心胸開闊，他們才是上帝可以觸及的人。

不過他們在一起生活，他們應該要有一樣的權利。

莫里夫達喜歡這個地方；除了寫作會占據早上的時間，他在這裡沒有太多工作要做。他樂意和他們留在這裡，假扮成他們的一員，隱身於他們的鬍鬚和長大衣之間，躲在女人有著許多層次、皺巴巴的裙子裡，躲在她們散發著香味的髮絲中。他願意再次受洗，又或許他可以走別條路，從另一個方向跟著他們回到自己原本的信仰。從廚房的門出發，走過廚房的門之後不會馬上踩上地毯和客廳，而是經過放著一箱箱腐爛蔬菜、地上被油弄得滑溜溜的地方，你還必須在那回答一些令人不適的普通問題。例如：那位讓自己被殘忍殺害的救世主是誰？是誰派他來的？為什麼上主創造的世界需要被拯救？以及，「事情明明可以如此美好，為什麼現實卻這麼壞呢？」莫里夫達自行引用善良天真的納赫曼說的話，笑了出來。

他已經知道，他們之中有很多人相信受洗之後就會獲得永生，就不會死。也許他們說的是對的：每天早上聽話地排隊領取食物，夜裡再帶著滿足小腹入睡的混雜人群，手指長滿疥瘡的骯髒孩童，波奈特帽下藏著打結頭髮的女人，她們面黃肌瘦的丈夫。或許引領他們的正是聖靈，神聖靈魂的強大光輝與這個世界有所不同，不論對這個世界或是對他們來說都是如此陌生，如果可以把光稱作是一種物質的話，可以說它是由完全不同的物質所組成的。而它選中了像他們這樣的人——無辜的人，因為他們已然從教條與規則的桎梏中解放，所以在他們創造出自己的教條與規則以前，都是真正純潔的，真正無辜的一群人。

致盧賓斯基主教的請願書

眾人花了好幾個漫漫長日才敲定了以下內容：

一、所有先知關於彌賽亞來臨的一切預言都已實現。

二、彌賽亞乃是名喚亞多乃的真主，他取走了我們的肉身，並以此受苦，來替我們贖罪、使我們獲救。

三、從彌賽亞來臨的那一刻起便不再獻祭，不再舉行儀式。

四、每個人皆當聽從彌賽亞的律法，因為救贖就在其中。

---

15 諾底斯主義將人分成三個階級：屬物者（Hylics）、屬魂者（Psychics）與屬靈者（Gnostic）。

五、聖十字架是至聖三一的表現，是彌賽亞的紋章。

六、要進入國王彌賽亞的信仰沒有別的方法，唯有洗禮。

當眾人將最初六點交付投票時，克里沙對洗禮表示反對，但一看見大家舉起的手，他就知道自己什麼也做不了。他激動地擺了擺手，然後把手肘抵在膝蓋上，垂頭喪氣地坐下，盯著地板，沾在鞋子上被帶入房內的泥巴塊不情願地沒入木屑裡。

「醒悟吧！你們會犯下大錯！」

儘管他面相醜陋，克里沙仍是一個好的發言人，他開始向在場的人揭露悲慘的遠景，讓大家開始朝他的意見靠攏。在他的口中，他們的未來將會不可避免地漸漸轉變成農奴般的生活。當下午大家吃完飯，溫暖的身體懶洋洋的，小窗外刀鋒一般的灰青色薄暮落下，這個論點便開始發酵了；長夜漫漫彷彿沒有盡頭。

克里沙如願寫下幾句接受洗禮的前提：受洗日不得早於一七六〇年的三王節。不得強迫他們剃鬚、剪去邊落。他們可以並行使用兩種名字：天主教聖名與猶太姓名。他們可以照舊穿戴猶太服飾。他們可以維持族內通婚的傳統。不得強迫他們食用豬肉。除了禮拜日，他們同樣可以慶祝安息日。而且他們可以保有自己的希伯來文獻，尤其是《光輝之書》。

眾人這才放下心來。他們沒有繼續聽他說話，特別是因為老修爾和哈雅來了。

老修爾在哈雅的攙扶下拖著緩慢的步子走來，雖然在他的臉上已經看不見任何外在的傷口，你可以感覺到他經歷了某種創傷。你完全無法把他和一年前面色紅潤、渾身充滿精力的老人相提並論。沒有人知道新的問題究竟從何而來，是否與以利沙、哈雅的到來有關，又或者它在此蟄伏許久，早就蓄勢待發了。真是有趣，眼下甚至難以判斷當初是誰第一個將徹底打擊敵人的想法宣之於口。所謂的「敵人」，指的是拉帕波特、孟德爾、什姆洛維奇與所有拉比：薩塔尼夫、亞茲洛韋齊、莫吉廖夫拉比，以及他們那些對著街上的叛教者吐口水、朝著他們的女人丟石頭的妻子們。

這位敵人他們很熟悉，甚至可以說得上關係密切，正因為如此他才會變成更強大的敵人。如果你對敵人很熟悉，你就會知道怎樣才能傷到他，要攻擊哪裡。儘管這樣他也會傷到你。與親密的敵人戰鬥會給人一種詭異、扭曲的愉悅感，因為你彷彿是在攻擊自己，同時又要想辦法避開打擊。無論如何，當這樣的想法浮出水面（沒有人知道是誰想到的），全場一片寂靜，所有人都沉默地思考著。沒人知道該說什麼。他們往請願書加了第七點：

七、根據《塔木德》的教導，基督徒的血是必要的，而相信《塔木德》的人必定會索要它。

「經文裡沒有寫到這樣的東西，」納赫曼憂鬱地說。

「經文裡包含了萬事萬物，」雅各回答他。

大家沉默地為請願書署名。簽名的還有那些剛剛加入的新人：切爾諾夫策的雅倫・本・施穆爾、施吉爾的梅耶・本・大衛與其全家、布加勒斯特的莫什科・本・雅各，還有那位緊張得嘻嘻笑的安切爾。莫里夫達將會負責寄送請願書，假如大主教同意，屆時便會派出正式的代表團。

最後，等所有人終於簽完名，納赫曼發表了自己的意見，說服莫里夫達用他那美麗的花體字再補上一句話：

我們焦渴地等待這一天的到來，等待神聖、彎曲的字母alef變得筆直的那一天，統一世界的四個角落並降下祝福。

最後一晚，莫里夫達喜歡上的那個女孩堂娜來到了他的房間。有那麼短暫的一瞬間他把對方認成了漢娜，兩人的外貌驚人地相似，有著一模一樣的寬臀、平滑的小腹。她有點害羞，莫里夫達也一樣。他為她讓出身側的位子，她安靜地掩面躺下。莫里夫達開始輕撫她的後背，摸起來像絲一樣滑。

「你有未婚夫了嗎？」他用土耳其語問，因為女孩看上去像是瓦拉幾亞人。

「有過，但他選擇留在那裡。」

「你會再找其他人嗎？」

「我不知道？」

「你想要我嗎？」

「想。」

莫里夫達溫柔地拉開她遮在臉上的手，她擁抱他，然後整個身體朝他貼了過去。

關於永遠相連的神性與罪性

「為什麼《聖經》中的雅各伯對你們來說如此重要？」莫里夫達問，納赫曼正騎著馬送他回卡緬涅茨。「我無法理解。」

納赫曼的解釋十分艱深。因為他們對話時一下說希伯來語，一下說波蘭語，莫里夫達必須將全部內容用母語的篩子篩過。用希伯來語的話會讓一切變得很複雜，因為同一個字可以有很多解釋。可是納赫曼用充滿抑揚頓挫的嗓音說出來的波蘭語就像是在背誦某本經書的內容，一樣難以理解。波蘭語缺乏可以貼切描繪這類問題的詞彙，它沒有累積足夠的經驗，對神學也不夠理解。這是因為在波蘭所有異端都沒有經過發酵成長，索然無味。事實上，用波蘭語的話，不論怎樣的異端都無法成立。順從一切正統是波蘭語的本質。

「可是這樣的祝福是透過謊言和偷竊得來的[16]，」莫里夫達補充道。

「正是如此。雅各伯本人違反律法欺騙了父親。正是因為他的行為超脫了律法，才會成為英

16《創世紀》第二十七章記載，雅各伯在母親黎貝加的慫恿之下，假裝成自己的兄長厄薩烏，騙取了父親依撒格的祝福。

17 根據《創世紀》第三十一章，辣黑耳跟隨雅各伯離開父親拉班的家偷走了他的神像，等到第三十五章，雅各伯抵達貝特耳時，要求所有人「去除你們中間所有外邦的神像」。於是眾人將自己手上所有的外邦神像埋在橡樹底下。

雄。」

莫里夫達沉默半晌。

「可是雅各伯成為族長後仍舊遵守律法。這樣太狡猾了：你需要的時候就反對律法，可是當你為了達到目標需要利用律法時，你又會支持它……」莫里夫達笑了。

「是這樣沒錯。你還記得雅各伯不讓他老婆辣黑耳帶走神像、家神像的事情吧[17]，」納赫曼說。

「這是為什麼呢？」

「這裡雅各伯犯了錯。與其承認家神像中蘊含的神性，雅各伯寧可將它丟棄，因為它在神像之中，也就是說雅各伯不會允許以外邦的、其他形式存在的神性融入我們的信仰。可是辣黑耳知道就連在神像之中也有神性存在。」

「女人有時候還比較聰明。」

「她們比較不執著於文字。」

「哈雅．修爾羅芙娜也是嗎？」

「她並不完全是個女人，」納赫曼恭敬地回答。

莫里夫達開始哈哈大笑。

「我也想要她，可是雅各不讓，」他說。

納赫曼沒說什麼。他們沿著多瑙河騎行，右手邊的河道蜿蜒曲折，上一秒消失，下一秒又會再度出現。他們大老遠就看到了霍京和奧科皮[18]的雄偉建築。

「雅各就是個騙子，」莫里夫達挑釁道。可是納赫曼的表現像是什麼也沒聽到，直到地平線外露出了堡壘龐大的外形，還有坐落在它腳下的城鎮，他才開口。

「你知道嗎？巴爾・謝姆・托夫就是在這出生的，在奧科皮，」納赫曼說。

「那是誰？」

納赫曼被他的無知嚇了一跳，迅速回答：

「是一位偉大的賢者。」

即便在這座只有輕微起伏的平原上無處可藏，出於謹慎，他們還是離開了主幹道。

「莫里夫達，我非常尊敬你，尤其因為你是個好人。而雅各也很愛你。沒有人會像你一樣幫助我們。但我想不透為什麼？你為什麼要這麼做？」

「為了利益。」

「這個理由對我來說很夠了。可是你有著不一樣的想法。你可能甚至無法理解我們。你會說：黑與白，善與惡，女人與男人。但事情沒有這麼簡單。我們已經不相信老卡巴拉學者說的那一套了：像是如果有人把黑暗中的瑟非拉蒐集齊全，那麼它們就會合而為一，轉變為彌賽亞的提坤，讓世界變得更好。我們已經跨越那些界限了。因為神性與罪性永遠是彼此相連的。薩瓦塔伊說流溢之域的《妥拉》會在創造之域的《妥拉》，也就是受造世界的《妥拉》之後出現。雅各和我們所有人都知道這兩本《妥拉》是彼此交織的，而我們唯一能做的事情就是超越它們。我們要努力掙脫以二元論看待萬物

---

18 奧科皮（Окопи）原意為戰壕，名為聖三戰壕的堡壘建於一六九二年，一七〇〇年國王奧古斯特二世賦予奧科皮城市地位。

的觀點，將一切分成邪惡與善良、光明與黑暗，我們要拋棄愚蠢的劃分，就此重新創造新的秩序。沒有人知道在這樣的觀點之外會是怎樣的光景，就好像你孤注一擲，一腳踩進了黑暗中。而我們正朝著黑暗前進。」

當莫里夫達看向納赫曼這個長滿雀斑的小個子男人講話語速越來越快，快到開始結巴，他居然把自己的聰明才智用在研究沒什麼用處的事情上，莫里夫達不禁對此感到驚訝。這位納赫曼記得那些經書中的整段內容，或許他直接把整本書全背下來了，有必要的時候他會瞇上眼睛，快速又熱情地複誦，以至於莫里夫達根本沒聽懂他講了什麼。他花了好幾個星期探討悖論、註解的評註、文章中某個語意不清的單字。他可以低頭彎腰禱告好幾個小時。而納赫曼對天文學與地理一無所知，他知道的僅限於他在旅途中聽到的那些東西。他不知道任何關於政治體制或是政府的事情，除了他們自己的卡巴拉學者，他不認識半個哲學家，他可能會以為笛卡兒是彈匣的名字。可是納赫曼卻打動了莫里夫達。他還認識比他更有熱忱、更天真的人嗎？這就是布斯克拉比，納赫曼．斯穆伊洛維茨，納赫曼．本．撒慕爾。

關於上帝

「你知道的，莫里夫達，我不能把所有東西都告訴你。我必須保密，」納赫曼突然說道。他的馬停下腳步，然後垂下頭，彷彿這樣的自白讓牠感到悲傷。「你認為我們來到以東是為了擺脫貧窮，追求特權……」

「我認為這樣很合理，」莫里夫達插話，夾住馬身的兩側讓牠停下來。「這是人性。沒什麼不好……」

「你們基督徒或許會這樣想，而我們，正希望你們這麼以為。因為你們不會理解別的動機。你們很膚淺，對你們來說表面的東西就足夠了，教義、禮拜堂，你們不會追求更多了。」

「什麼樣的動機？」

「因為我們全體都在上帝之內，這就是提坤。我們會拯救世界。」

莫里夫達露出微笑，他的馬開始打轉。層巒疊嶂、山丘綿延的巨大空間與地平線上的聖三戰壕雄偉地經過他眼前，乳白色的天空刺得人眼睛發疼。

「什麼叫作『你們會拯救世界』？」莫里夫達問。

「因為它被創造得很失敗。我們所有的賢者，從來自加薩的拿單，到卡多索[19]，全都宣稱摩西之主、創世主只是一個次級神，是那一位偉大真神的代理人，我所在的世界對那位來說是完全陌生、無關的存在。造物主已經離開了。這便是所謂的流放：我們所有人都必須向《妥拉》中不存在的那一位上帝禱告。」

---

19 亞伯拉罕．米加爾．卡多索（Abraham Miguel Cardoso），一六二六年誕生於西班牙，後成為薩瓦塔伊運動的重要成員之一，透過許多預言宣傳薩瓦塔伊．塞維的彌賽亞身分。

這讓莫里夫達感覺不太舒服——納赫曼的語調驀地變得有些頹喪。

「你今天是怎麼了？」莫里夫達繼續往前走，但納赫曼沒有跟上他，所以他只好回頭。

「那位是真正的上帝……」納赫曼正要說，但莫里夫達快馬加鞭跑開了，納赫曼聽見的只有他那一聲：

「閉嘴！」

莫里夫達在分岔路口停了下來——一條路通往卡緬涅茨，另一條路則通往利沃夫。他朝身後看了一眼。他看見納赫曼坐在馬背上不穩的身影，若有所思，馬兒緩步前行，牠看上去像是小心翼翼地踩在地平線上，宛如昏昏欲睡的鋼索表演者。

「磨面粉的磨方工人」

擔任盧賓斯基大主教領地總管的任命書找上了在卡緬涅茨的莫里夫達，他此刻和他的遠房堂親科薩科夫斯基城督待在一起，表面上看起來他是從伊瓦涅來這裡拜訪親戚，可是實情是他想要好好洗個澡，換身衣服，再讀些書，聽些八卦。然而他沒遇到科薩科夫斯基卡——她一如既往地在旅行，而科薩科夫斯基並不是個討論深奧話題的好對象，說話三句離不開狗和打獵。幾杯黃湯下肚之後，他向莫里夫達提議去某個有漂亮女生的好地方。莫里夫達拒絕了；待過伊瓦涅之後他覺得已經玩夠了。晚上他們和軍營指揮官、吵鬧又喜歡引人注目的馬丁．盧博米爾斯基公爵一起打牌，正是這時，有人把莫里夫達叫走了，從利沃夫來的信差帶了一封信給他。

這則消息如晴天霹靂，莫里夫達措手不及。他坐在桌上讀信時，表情始終是驚訝到不能再更驚訝，但科薩科夫斯基城督心下了然：

「這可是我優秀妻子的傑作，好在主教長身邊安插自己的人。畢竟他，那位盧賓斯基主教已經被指名擔任主教長了。你們不知道這件事嗎？」

盧博米爾斯基公爵命人送上一箱特製葡萄酒，找來幾個演奏音樂的茨岡人，他們的牌局暫時擱置了。莫里夫達仍舊沉浸在興奮的情緒之中，無數想法不斷掠過他的腦海，跑向他難以想像的未來。不知為何，他突然想起了那一天，在阿索斯山上，天空巨大的保護傘籠罩著他，而他正在追逐某隻金龜子的蹤跡，單調的蟬鳴在他腦中嗡嗡作響。這便是他抵達的地方。

隔天莫里夫達把鬍子剃得乾乾淨淨，換上漂亮的衣服，出現在利沃夫的大主教面前。

他們安排他住在乾淨舒適的宮殿裡。之後他馬上進了城，在亞美尼亞人的店裡給自己買了一件茹潘，還有漂亮的土耳其腰帶，腰帶編織的手法精細，色彩繽紛。他猶豫著是否該買天藍色的茹潘，但實用性的考量還是占了上風——最後他選了深水色、沉鬱蔚藍色的那一件。他參觀了利沃夫主教座堂[20]，但很快便受不了教堂內的寒冷，回到房間並拿出一疊紙把它鋪平。他要寫信。不過在那之前他

20 聖母升天聖殿總主教座堂，俗稱拉丁主教座堂（Katedra Łacińska），於一三六〇年卡齊米日大帝在位期間所建，一四一二年取得主教座堂地位。

得先完成每日的工作，這是他為了不讓希臘語變得生疏所做的決定：翻譯畢達哥拉斯的著作。他每天都會翻幾行，如果不這樣做，他在這片寒冷、廣闊又充滿敵意的波蘭天空下，很快就會變得愚蠢可笑：

「莽撞的人宛如空空如也的容器，只要抓住他們的耳朵，輕而易舉便能讓他們對你言聽計從。」又或者：「對有智慧的人而言，離開這個世界就有如離開一場盛宴。」或是：「時光可以將苦艾昇華成甜蜜。」「時機與需求往往能夠使人化敵為友。」他打算將這些充滿智慧與說服力的句子寫進大主教的信函中。

同一時間，理髮師正往盧賓斯基大主教的臉上抹刮鬍泡。他在華沙玩了兩個月，回程途中卻感冒了，頻頻咳嗽。床榻四周的床簾都被放了下來。站在一旁的皮庫斯基透過細長的縫隙看見理髮師正在用他細瘦的雙手折磨著大主教粗重的身體。

皮庫斯基神父覺得有一種難以抗拒的熟悉感：這一切已經發生過了，他看過這個場景，他對已故的丹博夫斯基主教也說過一模一樣的話，當時他也是像僕人一樣站在主人面前，試著警告他。這些教會高層為什麼如此天真呢？他的目光停在床簾上的奇異土耳其花紋上，心中思索著。皮庫斯基神父說：

「既然這會成為整個世界的先例，那麼閣下便萬不應該接受這樣無恥的要求。」

床簾後方傳來一聲呻吟。

「他們無法在猶太教本來的框架下將自己的教派合法化，才會展開一場新的騙局。」

神父等待著回應，卻沒得到任何表示，於是他繼續說：

「他們說想要維持某些猶太傳統和服飾，這究竟是什麼意思？『慶祝安息日』代表著什麼？保留他們的鬍子和髮型到底有什麼意義？更何況連那些塔木德派信徒都不希望這些薩瓦塔伊派信徒穿著猶太衣服了，因為對前者而言後者早就不是猶太人了。他們現在什麼人都算不上，像沒有主人的狗一樣不屬於任何一群人。這樣的解決方法再糟糕不過了，只會被這群異端信徒拖下水，我們好不容易才剛解決完另一群人。」

「神父您指的是誰？」床簾後傳來虛弱的聲音。

「我指的是波蘭兄弟會的那些人，」皮庫斯基回答，心思卻已經飄到了別的事情上。

「洗禮就是洗禮。羅馬那邊肯定會喜歡這樣盛大的洗禮聖事，呵，他們會的……」在床簾後的大主教沙啞地說。

「但必須是在沒有任何前提的情況下。我們必須要求他們無條件地改信天主教，而且必須盡快，最好是在辯論會結束之後馬上舉行洗禮。如閣下所知，我們計畫在春天、天氣回暖之後舉行辯論會。沒有什麼可是。請閣下謹記，我們才是決定條件的那一方。他們的領導人以及他的妻子、孩子必須第一個受洗。而且必須盛大舉辦，盡可能昭告天下，讓全部的人都看到、知道。沒有討論的空間。」

當莫里夫達走進來，他看見某個醫生、某個眼神憂鬱的高大猶太人正在為大主教診治。他從小箱子裡拿出各式各樣的鏡片放到大主教閣下眼前。

「我得戴鏡片，我已經不太有辦法正常閱讀了，」大主教說。「你寫得很好，尊敬的科薩科夫斯基先生。我看得出來一切已經安排妥當。你為了讓這些人投入教會的懷抱所做的努力意義重大，大家有目共睹。從今天起，你也會繼續負責這件事，只不過是在我的羽翼之下。」

「我的貢獻微不足道，但這些迷途孩子的意願十分強烈，」莫里夫達謙虛地說。

「閣下想用孩子來迷惑我，這招對我是沒用的……」

「閣下您現在看得到什麼？您讀得了這些字母嗎？」猶太人問，他手中卡片的字跡歪七扭八的：「磨面粉的磨方工人」。

「磨麵粉的磨坊工人。我看得很清楚，非常清楚，這真是奇蹟，」盧賓斯基大主教說。

「對每個人來說，和更強大的那一方站在一起會更好，我們雙方都清楚這一點，」莫里夫達開口。

看來其他鏡片也很適合，因為大主教正滿意地咕噥：

「這個鏡片更好，噢，這個、這個。啊，我看得真清楚。你紅棕色鬍鬚上的每一根毛髮都清清楚楚，亞設！」

眼下醫生打包好自己的醫藥箱走了出去，盧賓斯基轉而向莫里夫達說：

「過去那些指控又是怎麼回事？全世界都知道猶太人要用基督徒的血才能製作無酵餅……蘇爾第克可以證明這是真的，對吧？」他咧嘴大笑。「對我來說，這就像是把沒有刀柄的刀放在手中把玩……」

「這正是他們想要的。我認為這是一場復仇。」

「教宗已經明令禁止血祭相關的指控……不過既然他們自己都這麼說了……或許其中還真有幾分

道理。」

「我不認為有人相信這件事。」

「那蘇爾第克主教呢？他相信嗎？這我就不知道了。我知道每個人面對事情都有自己的一套處理方式。做得好，科薩科夫斯基先生。」

第二天莫里夫達直接去了沃維奇接受新的職位，他感覺整個人煥然一新，幾乎高興得快要飛起來。冰雪已經開始消融，道路也變得難以通行，馬蹄在結凍的泥巴塊上滑行；傍晚天色漸暗，車轍中的積水結了冰，硫磺色的天空倒映在薄薄的冰面上。莫里夫達獨自騎著馬，偶爾他也會加入其他旅人，然後在下一個過夜地點離開他們。他在某處還抓過跳蚤。途經盧布林時他遭到幾個帶著棍棒、衣衫襤褸的人襲擊，他揮舞著彎刀，宛如瘋子對他們大吼大叫，將他們趕跑了，但從那之後到抵達沃維奇之前他都與人結伴同行。十二天後他抵達了目的地，馬上便投入工作之中。

主教長辦公處已經開始辦公，而他們首先必須處理的其中一件事便是猶太「清教徒」（這是盧賓斯基主教長本人對他們的稱呼）的請願書，正是莫里夫達不久前在伊瓦涅所寫的那一封。看起來現在他必須自己回覆了。目前他命人準備了幾份副本然後將它們分送出去：寄給宗座大使塞拉，寄到王室官邸，寄到檔案館。

在主教長抵達沃維奇之後，莫里夫達便針對這件事進行了好幾次謹慎的對話，可是盧賓斯基現在光顧著打理他的主教長宮殿，不幸的是此地從空位時代、攝政主教長[21]定居在宮殿中那時起，便早已破敗，再也不復往日的榮光。

例如此刻，主教長從利沃夫運來的一箱箱書籍正好抵達。主教漫不經心地看著它們。

「閣下你必須好好調查他們究竟為什麼如此迫切地想要受洗。他們的動機是否真的不為利誘，以及改宗的人數有多少。」主教長語氣散漫。

「光是在利沃夫這樣的家庭至少就有四十戶，而剩下的人不光來自波蘭立陶宛聯邦本身，還有來自匈牙利、瓦拉幾亞的，而且他們是知識最豐富、最有見識的一群人，」莫里夫達說謊。

「那他們有多少人？」

「之前據他們所說，在卡緬涅茨總共約莫有五千人，而現在根據最新的線報，總數可能是當初的三倍不止。」

「一萬五千人，」主教長驚嘆道，接著拿起手邊最靠近他的一本書，打開之後漫不經心地翻看。

「《新雅典》，」盧賓斯基說。

———

21 波蘭立陶宛聯邦從一五七二年至一七六四年有幾段國王從缺的空位期（bezkrólewie），由天主教主教長攝政（interrex）。

四　彗星之書

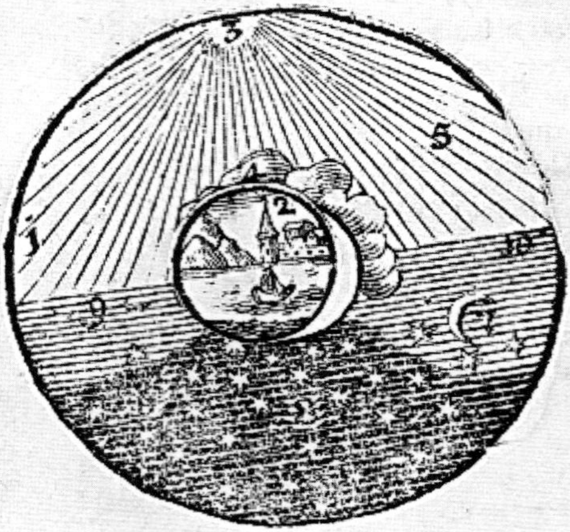

Cœlum 1 n. 2.	Niebo 1	
rotátur,	się obraca,	
& ambit	i obchodzi (okrąża)	
terram, 2	źiemię, 2	terra, f. 1. źiemia,
in medio ſtantem	w ſzrodku ſtoiące,	medius, a, um, ſzrodek,
		prout

19

關於總是預示著世界末日並引導舍金納降臨的彗星

一七五九年三月十三日，天空上出現了一顆彗星，那一刻雪彷彿隨著它的命令應聲融化，流入了溢出河岸的德涅斯特河。它高掛在溼漉漉的無垠世界上許多天，有如一顆閃閃發亮的星星，令人不安地打破了天上的秩序。

全世界的人都可以抬頭望見的彗星。連遠在中國的人都能看見它。

觀測到它的人包含在西里西亞一役後舔舐著傷口的軍人，早晨在漢堡港邊酒館前的石磚地上逐

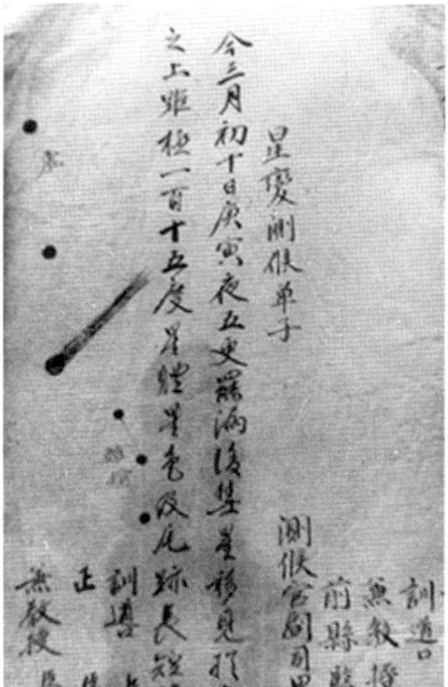
星變測候單子
今三月初十日庚寅夜五更羅漏後彗星移見於虛
之上距極一百十五度星體星色及尾跡長短比前
測候官副司果 臣
訓導 臣
兼教授 臣
前縣監 臣
訓導 臣 朴
正 臣 李
兼教授 臣 朴

漸恢復清醒的水手，夏天領著綿羊上山吃草的阿爾卑斯山牧羊人，希臘的橄欖採收工，帽子上縫著聖雅各伯扇貝[1]的朝聖者。專注凝望它的有隨時可能臨盆的不安女人、搭著脆弱小船航向彼岸尋找新生活並蜷縮在甲板上的一家人。

彗星好似一把對準人類的鐮刀，閃亮光滑的刀鋒隨時準備好砍下上百萬顆頭顱，不只是在伊瓦涅伸長脖子仰望的那些，還有利沃夫、克拉科夫等城市裡的，以及貴族、甚至王室的腦袋。這毫無疑問是世界末日的預兆，預示著天使們馬上就會把天地當成地毯捲起來收好。表演時間結束了。大天使的軍隊已經在地平線外整裝待發。假如你側耳細聽，就會聽見天使武器碰撞的哐啷聲。彗星是雅各及所有跟在他身後踏上艱困道路之人的使命記號。那些始終猶豫不決的人如今也不得不承認，就連天堂都參與了這一趟漫長的旅途。這些日子以來，伊瓦涅的所有人都明白這顆彗星是蒼穹上鑽出的一個洞，透過它，神聖光輝得以來到我們身邊，上帝得以窺探人間。

賢者們則認為舍金納會透過它降臨世間。

這件事說來奇怪，前所未聞，不過嫣塔並未對這顆彗星留下什麼印象。嫣塔居高臨下俯瞰著萬物，在她眼中這些微小的凡間俗事顯得更有吸引力，世界的經緯正是由它們構成的。至於彗星？哼，不過是一根發亮的細線罷了。

舉例來說，嫣塔看見伊瓦涅在萬物存有的階級中擁有特殊的地位；它並非完全扎根於地面，並不是百分之百真實的。農舍如同活物般佝僂著腰，狀似把口鼻部貼近地面的原牛，吐息溫熱了結凍的大地。比燭光強烈許多的黯淡黃色日光透進窗戶。人們彼此手牽著手半晌，然後從同一個碗裡分食小圓麵包。父親們溫柔地用熱騰騰的卡莎餵食膝上的孩子。

郵差騎著疲憊的馬匹將信件從首都送到遙遠的行省，裝滿穀物的駁船昏沉地駛向格但斯克，今年維斯瓦河沒有結凍，而船夫們才正要從昨日的宿醉緩緩醒來。人們在領地裡計算著支出，然而這些數字僅僅限於紙上，並不會轉換成實際的金錢，比起釘鈴鐺鋃的硬幣，以麵粉或是伏特加等實物清算總是簡單得多。農婦們正在打掃屋內的泥土地板，孩子們把玩著殺豬宴後剩下的骨頭，他們把它丟到鋪著乾草的地板上，以它排列出的圖案占卜：冬季是否不久後便會結束？白鸛何時飛來？利沃夫的廣場上市集正要開張，你可以聽見搭建攤位時鐵鎚敲擊板子的聲音。地平線橫亙在盧布林與克拉科夫之外，德涅斯特河與普魯特河上。

在伊瓦涅所吐露的每個字是如此強而有力，它們破壞了世界的界線。在邊界之外的是全然不同的現實，沒有任何語言可以表達它，無以名狀。這就像是把五十六種顏色的絲綢與灰色粗棉布擺在一塊——完全沒有可比性。從無人可以企及的地方眺望的嫣塔想到了裂痕：裂縫處又軟又黏，豐滿肥厚，擁有許多層面與維度，而時間並不存在。溫暖，金黃，明亮，柔軟。它就像是割傷傷痕之下露出的奇怪生物組織，像是從果皮裂痕處流出的多汁果肉。

這正是舍金納的降世。

---

1 聖雅各伯之路為從法國、葡萄牙、巴塞隆納等地出發，行至西班牙北部城市聖地牙哥－德孔波斯特拉的朝聖路線，後者據信為聖雅各伯最終逝世的地點。傳說聖雅各伯的門生們將老師的遺體運回伊比利半島途中遭遇了暴風雨，雅各伯的遺體落海，後來在全身被扇貝貝殼包裹的情況下奇蹟似地浮出海面，貝殼因而成為聖雅各伯與朝聖之路的象徵。

雅各越來越常提到她，起初甚少提到其名諱只以「她」代稱，但這樣強大的嶄新存在很快便在伊瓦涅傳播開來。

「聖女會走在上帝前面，」某個冬日長夜將盡時雅各宣布。此時已經過了午夜，火爐冷卻，寒氣宛如老鼠從縫隙鑽入房內。「她是通往上帝的門戶，唯有透過她才能抵達上帝之所在。如同果皮先於果肉。」

他們稱呼她為永恆的聖女，天堂的女王，助佑者。

「我們將會藏於她的羽翼之下，」雅各繼續講道。「我們每個人將會用不同的方式瞻仰她。」

「一直以來我們都認為，」雅各在某個寒冷的清晨說，「彌賽亞會是男人，但那無論如何都不會成立，因為聖女才是真正的奠基者，她將會是真正的救世主。因為所有武器都會交到她的手中，所以她將會帶領每一個世界。達味和第一人為了點明通往她的道路而來臨，但他們並未完成任何事情。所以我將會代替他們完成這一切。」

雅各點燃他的土耳其長菸管，微弱柔和的火光從熱

氣中迸發而出，在他的眼前飛過，隨後在他低垂的眼簾下一閃而逝。

「我們的祖先其實並不清楚他們長久探尋的究竟是什麼東西。或許只有一些人知道他們翻遍典籍與先賢教誨所要尋找的其實是聖母的存在。一切都在她的裡面。就如同雅各伯在井邊遇到了辣黑耳，摩西來到源泉時，同樣在那裡找到了聖母。[2]」

關於來自格林諾的楊凱爾與淤泥糟糕透頂的氣味

楊凱爾是一名來自格林諾的年輕拉比，不久前他剛埋葬了自己的妻兒成了鰥夫，春天時，多年前與他於哈西迪猶太人門下學習的納赫曼勸說他來到了伊瓦涅。如今兩個人成日吵吵鬧鬧，彷彿生怕其他人不知道他們的關係有多親密。儘管表面上看來如此，實際上能將他們區分開來的事情要比聯繫著他們的事情多得多。第一點是身高：楊凱爾長得很高大，納赫曼則不。兩人看上去宛如楊樹與杜松，他們走在一起時會令看著的人們不自覺地露出微笑。納赫曼是十分熱情的人，格林諾的楊凱爾則渾身散發著充滿哀傷的拘謹，伊瓦涅這個令他不寒而慄的地方更往那之上增添了一抹恐懼。他一邊聽著雅

2《出谷紀》第二章記載摩西在井邊遇到了米德楊司祭的七位女兒，她們想要餵羊隻喝水卻遭到其他牧童驅趕，摩西挺身而出保護了她們，之後司祭將女兒漆頗辣許配給摩西為妻。

各的演講，一邊觀察聽眾的反應。坐得離他最近那些人的視線不曾離開發言者片刻，任何動作都無法逃脫他們的目光；坐在後方的人雖然有幾盞微弱的燈可以依靠，能夠看見聽見的東西並不多。而當「彌賽亞」一字被宣之於口，房內響起人們倒抽一口氣的聲音，又或許是嗚咽聲。

因為格林諾的楊凱爾在利沃夫卡哈爾有認識的親戚，他告訴眾人，整個波多里亞的塔木德派猶太人都寫了信給阿爾托納的埃姆登[3]向他徵詢建議。楊凱爾還說拉比們已經派出下一批使者拜訪教會的最高領導，出使羅馬面見教宗。

這裡的人戲稱楊凱爾為「格林諾的老爺」——因為他身穿波蘭服飾，像波蘭人一樣趾高氣昂——坐在正中間享受著人們的關注。他簡短發言之後靜候半晌等待他的話語發酵。

他看出在場的人們對他帶來的新消息感到不安。眾人沉默不語，只能不時聽見幾聲咳嗽。被他們當成交誼廳使用的穀倉，中間有一座火爐，此刻變成了在洶湧波濤的黑暗中航行的船隻，危機四伏。知道在外頭的所有人都見不得他們好，讓人有一種奇怪的感覺。這艘伊瓦涅方舟薄弱的木頭船板抵擋不住敵人的那些耳語、陰謀，他們的控訴與誹謗。

救主雅各比任何人都擅長感知一切情緒，他以低沉有力的嗓音唱起喜悅之歌：

Forsa damus para verti,
seihut grandi asser verti.

塞法迪猶太語歌詞的意思是：

請賜與吾人看見祂的力量，
與全心侍奉祂的至高光榮。

而他唱到「para verti」的時候全穀倉的人都跟著唱和，他們的歌聲彼此交織，格林諾的楊凱爾還有他的壞消息全被眾人拋在腦後了。

納赫曼與他的年輕妻子瓦克薇（暱稱小螞蟻）讓楊凱爾住到了他們的小屋裡。楊凱爾常常裝成在睡覺的樣子，暗自偷聽主人們為了女方想要回到布斯克而吵架。女孩十分消瘦，三天兩頭發燒咳嗽。楊凱爾覺得所有人「表面上」必須接受拿撒勒的信仰，表現得比基督徒更像是基督徒，是一種不誠實的行為。這是欺騙。他喜歡虔誠樸素的生活，不說太多話，獨自專心思考。真理應該存於心靈之中，而非言語之中。更遑論改信基督教！

納赫曼打消了他的疑慮：接受基督教不等於成為基督教徒。例如他們不能和女基督徒通婚，甚至不能在她們之中尋找妾室，因為即使聖柏魯奇亞先生有言：「允許各式禁忌之舉的人是有福的」，但他也說過異教神的女兒是被禁止的。

可是格林諾的楊凱爾似乎對這些說法無動於衷。他就是這樣的人——永遠不會靠得太近，選擇冷

———

3 雅各．埃姆登（Jacob Israel Ben Zebi Ashkenazi Emden），該姓氏取自他的出生地、漢堡市阿爾托納區（Altona）附近的埃姆登，他精通猶太律法，為第一位對《光輝之書》提出系統性批評的卡巴拉學者，也是反對薩瓦塔伊主義的重要人物。

眼站在一旁，他沒有在聽傳道的內容，而是隨性地倚在樹幹、門框休息，彷彿他只是在外出的路上短暫於此停留。他仔細觀察著。妻子逝世之後已經過了兩年，眼下這位孤身一人住在貧窮格林諾的拉比，正因某個基督徒女子而心緒不寧，那人的年紀比他大，是布斯克近郊莊園的家教女老師。他們機緣巧合之下遇見了彼此。女人當時坐在河畔，雙腳泡在水中。她赤身裸體。在她看見楊凱爾的那一刻，便毫不避諱地對他說：「過來這裡！」

他緊張時習慣拔下一根草，嘴裡叼著葉子——他相信這麼做可以讓他更有自信。如今他知道當初應當轉過身去，就此消失在異族女人眼前，但他的目光無法從她雪白的大腿移開，一股強烈的渴望瞬間籠罩他，令他失去了理智。如牆壁般遮掩他們的長蘆葦，以及散發著腐敗淤泥味道的溼濡地面，都令他更加興奮。炎熱空氣中每一粒最小的分子似乎變得更加結實飽滿，宛如多汁的櫻桃，下一秒就會裂開，果汁會濺到果皮上。暴風雨即將到來。

他怯懦地蹲在女人身旁，看得出來她青春不再：她白皙豐滿的乳房下垂，小腹隆起，肚臍上有胎記，裙子在肚子上壓出了一條淺痕。楊凱爾想要說些什麼，但他找不到任何適合當下情況的波蘭語字詞。況且他能說些什麼呢？此時女人先一步朝他伸出手，起初滑過小腿與大腿，摩挲他的胯下，接著輕觸他的手與臉龐，手指把玩著他的鬍子。之後女人自然而然地輕輕向後躺下，張開了雙腿。老實說，楊凱爾不相信有任何人面對他這樣的情況可以扭頭就走。他體驗了短暫的極樂，然後兩人靜靜躺著，始終不發一語。她輕撫他的後背，汗水讓他們發燙的身體緊緊貼在一起。

之後他們又在相同的地點約了幾次，等到秋季來臨天氣逐漸變冷，她便不再來了，幸虧如此，格林諾的楊凱爾才沒有犯下更多可怕的罪行，因此他也十分感謝她。然而難以平息的思念與深深的遺憾占據了他，令他無法集中精神。他意識到自己並不快樂。

也就是這時候他遇到了多年前一同在貝什門下學習的納赫曼，兩人互相擁抱。納赫曼邀請他前來伊瓦涅，一旦他到達那裡便會了解一切，何必一個人獨守空屋呢？但格林諾的拉比楊凱爾不大樂意。納赫曼翻身上馬，並且對他說：

「既然你不情願，那就不要來伊瓦涅。但切記，觀察你心中懷疑的事情。」

納赫曼是這麼告訴他的，觀察他心中懷疑的事情，格林諾的拉比毫無保留地接受了這個說法。他側身倚著門框，嘴裡叼著一根草，看似漠然，實則內心深受感動。

四月初他徒步前往伊瓦涅，途中他漸漸感受到一股巨大的熱情，甚至不願對自己承認，眼下待在這位戴著土耳其毯帽的人身邊對他來說有多麼重要。

此時，位於布斯克的雅布諾夫斯基大公宮殿，在科薩科夫斯卡抵達的幾個月前爆發了一樁小醜聞。雅布諾夫斯基家子弟們的家庭教師已有四十歲，她驀地開始日漸衰弱，彷彿得了水臌症[4]，最後她痛得實在太厲害，人們不得不為她叫來大夫。然而大夫不但沒有為她放血，反而要了熱水，因為女人即將臨盆。雅布諾夫斯卡大公夫人感到一陣恐慌，她從未想過有一天芭芭拉會……喔沒錯，她甚至驚訝得說不出話了。況且還是在這種年紀！

4 水臌為身體組織積水腫脹的症狀，《路加福音》第十四章記載耶穌醫治了一位水臌患者。

這個蕩婦還保有最後一絲羞恥心，在分娩的第三天便難產而亡。這樣的情形對高齡產婦來說是家常便飯，她們的生產時間已經過了。女人留下了一個女孩，個子嬌小但十分健康，雅布諾夫斯卡已經打算把她交給村裡的農民撫養，只遠遠地提供幫助。但是這件事隨著科薩科夫斯卡現身布斯克，而有了一百八十度的轉變。由於科薩科夫斯卡膝下無子，她計畫要在蘇爾第克主教的協助下建立收容所，然而這件事不知為何始終被當成次要任務，不曾被提上日程。於是她請求雅布諾夫斯卡，讓她在收容所建成之前將小嬰兒暫時留在領地中照顧。

「這對你有何壞處呢，尊貴的女士？你甚至不會知道有個小傢伙曾經來過如此廣大的莊園。」

「淫亂之下誕生的孩子……甚至父不詳。」

「孩子又有什麼錯呢？」

坦白說，根本沒必要多費唇舌說服大公夫人。小女孩十分惹人憐愛又安靜：她在復活節星期一[5]受了洗。

關於反常的行為，神聖的靜默與伊瓦涅的其他遊戲

彗星逐漸消失的時候，可靠的使者捎來莫里夫達寫的信。他坐在房內的爐火邊烘乾毛毛雨的痕跡，他告訴眾人這顆天體在整個波多里亞地區引發了極大的不安，許多人認定彗星預示著大瘟疫，赫

梅利尼茨基起義時期那樣的大屠殺即將來臨。還有飢荒，戰火將會隨著腓特烈二世的腳步來到這裡。所有人都很清楚末日已經開始了。

當雅各走進房內，納赫曼帶著看不透的嚴肅表情沉默地將信交給他。雅各讀不懂這封信，所以又把它拿給哈雅，可是面對這些花體字就連哈雅也陷入了苦戰，於是信輾轉之後回到了納赫曼手中。他讀著讀著嘴角露出了大大的微笑，有種奸計得逞的倨傲。他說盧賓斯基主教長已經接受了他們的請求，辯論會將於夏天舉行，之後便是洗禮儀式。

這則消息是他們長久以來的期盼與渴望，同時也預示著必然的未來。納赫曼告訴他們這件事的時候，所有人都陷入了沉默。

跨出第一步並不容易。他們一直以來接受了誡命的諄諄教誨，久到那些規矩刻在他們的腦海中，永誌難忘。但是他們必須將其抹除，將如同困獸之籠般囚禁他們、刻著虛偽誡命的摩西石板抹去。別做這個，別做那個，不可以做那個。正是禁令構成了未獲救世界的邊界。

「你需要做的是走出自身的桎梏，將原本的自己丟到一旁，」事後納赫曼向瓦克薇解釋。「這樣的情況就像是你要切開疼痛不已的膿包，然後把裡面的膿擠出來。下定決心還有第一步是最令人不悅的部分；一旦起了頭，接下來所有事情就會自然而然水到渠成。這是堅貞的行為，像是不顧水底有什

5 復活節星期日之後的第一天，波蘭人在這一天依照多神信仰時期的傳統會舉行潑水活動，因此又稱為潑水星期一（Lany Poniedziałek或是Śmigus-dyngus）。

麼便縱身躍入水中。之後浮出水面時便會成為全新的人。噢，或者該說像是去過遙遠國度之後返鄉的人，他會感覺眼前曾經自然又合理的所有事情，頓時變得狹隘又奇異。而那些他過去覺得陌生又奇異的事物，如今卻覺得豁然開朗，彷彿它是屬於自己的一部分。」

納赫曼知道瓦克薇最在乎的是什麼。所有人都在問同一件事，每個人都在詢問關於性交的事情，彷彿對他們來說沒有什麼比這還要重要的；他們不關心德行，不問與追求更高層次有關的良心之爭——所有人只會問同一件事。納赫曼對此感到十分失望，人類與動物之間沒有多大區別。當你向他們說起床事，談及腰部以下的所有事情時，他們的臉都會變得紅通通的。

「一個人與另一個彼此相繫，這有什麼不好？性交不好嗎？你得完全沉浸其中，不要多想，最後為此等行為賜福的喜悅便會出現。但沒有感受到喜悅也很好，或許還更好，因為你會意識到自己跨過了德涅斯特河，走進自由的國度。如果你願意的話可以想像看看。」

「我不想，」瓦克薇回答。

納赫曼長嘆一口氣：女人在這件事上總是比較麻煩。顯然她們對舊律法有更深的堅持；她們天生就比較膽小害羞。雅各說這件事就像是奴隸制：女人比起男人更是這個世界的奴隸——因為她們對於自身的自由一無所知，沒有人教過她們如何變得自由。

那些已經成功加入教團、年紀比較大的人們，把這樣的行為當成過去的浸禮池加以利用。肉體與心靈追求交合，而蠟燭熄滅之時就有如節日來臨的淨身時刻。因為人們彼此連結是件好事，所以誰和誰睡也沒有任何問題。新的連結在人們彼此滿溢交融的肉體之間誕生，一種獨一無二的微妙關係，無以名狀，因為沒有文字可以貼切表達這種關係的特質。有些人在做完那檔事之後會變得親密，有如兄弟姊妹，依戀著彼此，而另一些人（這樣的情形同樣會發生）面對對方則會感到羞恥，需要彼此磨合適應。還有一些人甚至無法直視對方的眼睛，屆時沒人知道他們之間到底會如何發展。

人類彼此之間往往有著強烈或微弱的偏好，有些東西對他們的吸引力比較弱，有些則比較強。此事十分複雜，這也是為什麼女人本能地對這樣的事情更加敏感。比起男人，她們更擅長找出答案，為什麼……比如為什麼瓦克薇總是拒絕納赫曼，而納赫曼為什麼總是受到哈雅・修爾吸引？來自布斯克的年輕雅克寧與依撒格・修爾各自擁有配偶，為何他們之間能夠產生深厚的友誼？

一直以來被禁止的事情如今不但得到許可，反而還被要求實踐。

大家都知道雅各承擔了最沉重的那些「反常行為」，並因此獲得了不同凡響的力量。誰在這件事上幫助他，就能被傅油得到祝福。

然而擁有最強大力量的並不是肉體上的行為，而是與文字有所牽連的行為，畢竟世界是由文字創造出來的，文字建構了它的基礎。所以最強大的反常行為、獨特舉措就是高聲朗誦七十二字母神名[6]。

過不了多久雅各便會在他最親近的追隨者，那群被選中的男人與女人的見證下這麼做。

最近他們會食用不符合潔食規範的麵包與豬肉。其中一個女人痙攣發作，但這並非是肉品所導致的，肉是無辜的，單純是因為她無法忍受自己做出這樣的行為。

---

6 卡巴拉中的七十二字母神名（Szem ha-Meforasz）是四、十二、二十二、四十二或七十二個字母組成的上帝名諱，因七十二個字母的版本最為常見而得名。

「這不是普通的行為。它是特殊的、反常的行為，」雅各說。他說出這些話的時候就像是嘴裡咀嚼著什麼，彷彿在咀嚼豬軟骨。

「反常行為的意義是什麼？」有人問，某個顯然不專心的人。

雅各只好從頭再講一遍：

「我們得踐踏各種律法，因為它們早已失去了效力，如果不把它們踩在腳底下，新的律法便不會出現。因為舊律法是為了彼時、為了尚未得救的世界所設計的。」

然後雅各牽起站在隔壁的人的手，眾人很快圍成一個圓。他們要如同往常一樣歌唱。

雅各和孩子們做鬼臉嬉鬧。孩子們很喜歡這個遊戲。每天下午團體用餐結束之後便是專門留給孩子的時間；媽媽們會帶著年紀最小的孩子前來，而她們自己也不過是年紀大一點的孩子，同樣十分享受這段時光。大家擠眉弄眼，比賽誰能做出更可怕的鬼臉。要把孩子可愛的小臉弄醜不是件容易的事，但雅各十分擅長變臉。當他扮演妖魔鬼怪，假裝成跛腳巴瓦卡本時會發出尖叫聲。等孩子們冷靜下來之後，他讓他們圍坐在他身邊，對他們講起艱深的故事。故事裡有住在玻璃山上的公主、傻子與王子，有海上大冒險與把人變成動物的壞女巫。他總是會把故事結局留到第二天，所以伊瓦涅全部的年輕人都把對明天的期盼當成了生活的動力。遭女人記恨被變成驢子的主角究竟能不能變回原樣呢？

四月氣溫回暖，遊樂場便搬到了草坪上。有次雅各告訴納赫曼，小時候他住在切爾諾夫策，城裡來了一個瘋子，所有小孩都會追在他身後模仿他，模仿他的一切手勢、可怕的表情、生氣的模樣，還會重複他說的話。即便這個瘋子消失去了別的城市，孩子們仍舊樂此不疲地模仿他，他們甚至將這些表達怒氣肢體動作的劇目擴大延伸，使這個瘋子的瘋狂臻於完美。這就如同一場瘟疫，因為切爾諾夫策的所有孩子最後都開始養成了這樣的行為舉止，不論是猶太人、波蘭人、日耳曼人、魯塞尼亞人的小孩無一倖免，直到嚇壞的父母抽出牆腳下的棍子，好一陣毒打之後，才驅散了他們腦中的瘋狂。但父母這麼做是不對的，這遊戲可好玩了。

現在換成他做出各種表情，接著換孩子們跟著他做。你可以看見雅各帶頭走在隊伍前方，做著奇怪動作的高眺身影，孩子們則走在他身後。他們揮舞雙手昂首跨步，每走幾步便輕跳一下。他們圍著池塘排成一圈，冬天之後變得澄澈的水面此刻正不安地顫動，倒映著天空。幾個大人也加入了這場遊戲。皮德海齊的老摩西之前還是鰥夫，但是年僅十五歲來自蘭茨科倫的瑪爾卡與他訂下婚約之後，他也漸漸有了活力，他跟著未婚妻加入了雅各的行列。這樣的舉動鼓勵了其他人，畢竟摩西是賢者，所以他一向知道自己在做什麼，並不擔心自己表現得有點愚蠢。他們追求的不就是愚蠢嗎？難道愚蠢不是站在他們這邊的嗎？納赫曼心想，然後走上前跳起了舞。他像顆球雙腳蹦跳，想要吸引瓦克薇加入，她是如此嬌小可人，但仍然太過孩子氣而無法放開心胸像個孩子一樣玩耍，忿忿然轉身離開了。對薇特爾則不需要特別慫恿，她緊緊抓住納赫曼的手，她豐滿的胸脯滑稽地上下晃動。其他女人也跟上了薇特爾的腳步，拋下掛在晾衣繩上的衣服，暫停哺餵嬰兒，擠牛乳，拍打床單。她們的丈夫看見之後也停止伐木，把斧頭留在木材上。今天本來要拿來煮雞湯的公雞逃過一劫，得以多活幾日。耶羅辛爬下梯子，中斷修理茅草屋頂的工作，牽起笑容滿面的哈雅。雅各帶著瘋狂的隊伍在房屋間遊走，踏過翻倒的籬笆，穿過兩端門扉敞開的穀倉，走過水塘之間的防波堤。看見他們的人要不是驚訝地駐足，就是立刻加入他們的行列，等回到起點時所有人早已臉頰通紅，身體都暖和起來了，歡笑與尖叫花費了太多力氣令他們感到虛弱。大家頓時意識到眼下他們人數眾多，比一開始要多得多。幾乎所有人都在。假如有任何外地人在此刻置身伊瓦涅，那他肯定會覺得這是一座屬於傻子的村莊。

晚上，長輩們在最大的房間內齊聚一堂。他們圍成一個圈，肩並肩站著，男女交錯。一開始他們先唱歌，接下來一邊勾肩搭背一邊搖晃著身體祈禱。然後雅各開始講道，其實就是講故事（這是他本人的說法），直到深夜才結束。納赫曼盡可能將它們仔細地記在腦袋裡，等他回到家就可以把它們寫下來，絲毫不顧雅各的禁令。這花費了他不少時間，所以他才總是一副睡眠不足的樣子。

關於兩個石板

伊瓦涅的每個人都將這個故事背得滾瓜爛熟。

在猶太人得以離開埃及的那一刻，世界便已準備好接受救贖，萬事俱備只欠東風——不論是下界或是上界的萬物皆是如此。它們看起來實在是驚心動魄，風不再吹拂，樹上的枝葉不再擺動，天上雲朵飄動的速度慢到唯獨最有耐心的人才能看見它們的不同。水也一樣——它變得如酸奶油濃稠，而大地則與之相反——鬆散不穩，所以人們的腳踝往往會陷進土裡。沒有半隻鳥兒鳴唱，沒有半隻蜜蜂飛翔，海洋無波，人們不發一語，萬籟俱寂，安靜到你甚至可以聽見最渺小動物的心跳聲。

摩西為了從上帝手中接過新誡命而爬上西奈山，此刻萬物靜止，引頸期盼它的降臨，一切目光都集中在摩西身上。於是乎，上帝親手將誡命刻在兩塊石板上，好讓人們能夠親眼目睹，好讓他們的理智能夠了解其內容。這就是流溢之域的《妥拉》，《妥拉》真實的展現。

可是摩西不在的時候，他的子民敗給了誘惑，陷於重罪。此時摩西下山看見了眼前正在上演的景象，心下暗忖：「我離開他們的時間明明如此短暫，可是他們仍然無法維持自己的德行。所以他們不配讓上帝賦予他們仁慈又寬厚的律法。」接著摩西在深深的絕望中將石板摔到地上，石板裂成一千塊碎片，化為塵埃。這時颳起了一陣強風，將摩西吹到了岩石邊，雲朵與水開始流動，地面再度凝固。摩西理解他的百姓還不夠成熟，不足以承擔為了得救世界所立的自由律法。他日日夜夜倚著磐石靜坐，俯瞰他的百姓營地中熊熊燃燒的營火，他聽見嘈雜的人聲，孩子的哭泣聲與夾雜著咚咚鼓聲的音樂。此刻薩邁爾扮成天使的模樣來到他面前向他複述誡命，從那日起那些律法便長久束縛著上帝的子民。

為了防止有人認識真正的自由律法，薩邁爾暗中蒐集流溢之域《妥拉》的碎片，並將它們散播到世界各地的各個宗教之中。等到彌賽亞降臨的那一天，他將會進入薩邁爾的王國蒐集石板的碎屑，於彌賽亞最終顯現之時重新展示新的律法。

「那些失落的律法說了什麼呢？」瓦克薇和納赫曼一起躺上床鋪時問道。

「既然它早經四散，如今又有誰會知道呢？」納赫曼回答得保守。「它是良善的律法，重視人民。」

可是她仍舊窮追不捨。

「它和我們現在遵循的律法背道而馳嗎？既然『不可姦淫』，那反過來就是應該行姦淫之事？既然『不可殺人』，反過來就是要殺人？」

「事情沒有那麼簡單。」

「你成天就只會對我說：『事情沒有那麼簡單。事情沒有那麼簡單……』」瓦克薇戲謔地模仿他。她把羊毛長襪往上拉到細瘦的腿上。

「因為人們只想要簡單的解釋，所以我們才不得不為了他們簡化一切，而且就是因為一切無法被記載下來才會顯得有點愚蠢……不是這樣就是那樣，黑的白的，就像是用小鋤頭挖大坑，事倍功半。簡單代表著危險。」

「我想要理解這一切，可是我辦不到。」

「瓦克薇，屬於我的，還有你的時機就要來了。這是恩典。從薩瓦塔伊來臨的那一刻起，薩邁爾所交付的舊摩西律法就已失去了效力。這也解釋了我們的救主薩瓦塔伊為何改信伊斯蘭教。因為他看見遵循摩西律法的以色列民不再為真神奉獻。這就是為什麼我們的救主捨棄了《妥拉》，選擇了伊斯蘭生活之道[7]……」

「你怎麼有辦法相信這一切，納赫曼？你何必呢？事實不是很簡單嗎？」瓦克薇半夢半醒間說。

「……而我們則會前往以東。上帝指派我們實踐這樣的行為。」

瓦克薇沒有回答。

「瓦克薇？」

一片寂靜，他可以聽見女孩平穩的呼吸聲。

納赫曼為了不吵醒她輕手輕腳地爬出床鋪，然後點亮小油燈，再用板子把它擋住，防止窗外的人看見。他要寫字。他只在肩上披了一件毯子。接著便開始寫：

《碎筆》：身處伊瓦涅救主教團的八個月

在恩索夫，即無限者之中、上帝的源泉中，存有絕對的善，它是世上一切圓滿與美好的初始及根源。它完美無缺，而完美的事物不需要任何改變，它莊重穩固，其中不存在任何變動。可是對於從受造物下方，從遠處仰望的我們來說，這樣靜止不動的狀態看起來了無生機，所以它是不好的，然而正因為完美排除了變動、創造與改變，所以也排除了我們自由的可能性。因此人們才會說惡的根本潛藏在絕對美好的深處，它與每個奇蹟，每個變動、每件當下可能的事，每件仍然可能發生的事相悖。

所以說，善之於我們人類，與善之於上帝有所不同。對我們來說，善是上帝為了世界誕生的自我退出及其至善之間的張力。對我們而言，善就是上帝騰出原本所在的空間之後的空缺。

納赫曼搓了搓凍僵的手指。他不能停下來，字句不斷衝擊他的思緒：

---

7 伊斯蘭生活之道（din），除了宗教生活的五功（念証、禮拜、齋戒、天課、朝覲）之外，還包含日常生活中以伊斯蘭教為核心的建築、藝術等文化。

容器變得破碎的那一刻，誕生後的世界立刻從陷落的位置緩緩上升，從相對不完美的地方往更加完美的地方由下而上聚攏。世界升得越來越高，變得越發完美，它獲得了新的善，然後把它們加入先前的美好中，將脫離物質軀殼的火花轉化為力量與光輝。這就是提坤，修補的過程，而人可以在這個過程中提供幫助。這個提升的過程必須超越現有的戒律，並為了下一輪的超越創造出新的戒律。在這個死去外殼[8]的世界中沒有什麼東西是誕下之後便一成不變的。站在原地不動沒有上升的人，實際上就是在下降。

最後一句話驀地令他感到平靜。他伸了個懶腰然後瞥了睡夢中的瓦克薇一眼。感動的心情將他完全包圍。

由於我們手中握有王室的文件，我們得以自由地在這個國家內移動，這一次我們光明正大地唱著歌穿越德涅斯特河，我心想萬物排出了一面五彩斑斕的彩石圖，每一顆石頭的顏色各不相同，分散的時候，你無法看出它們彼此之間的關聯與從屬關係，可是一旦你將它們按照某種秩序排列，它們便會拼湊成一幅顯而易見又極其自然的圖畫。

伊瓦涅必須交到我們手中，如此一來我們才得以於此地建立延續多年的龐大家族，而就算有一天我們再度陷入離散，不得不在世上某個角落相繼殞命，伊瓦涅的牽絆也會永遠留存。因為在這裡，在伊瓦涅，我們是自由的。

倘若真如雅各所說，我們得到了一輩子，我們的子孫也得到了一輩子可以握在自己手中的土地，我們得以依據我們的法律自治，不造成任何人的困擾，我們就再也無須懼怕死亡。一旦人擁有一小塊土地，他就會獲得永生。

維爾紐斯曾有位名為赫賽爾．佐列夫[9]的智者，依據他的教導，波林（Polin）這個字，即波蘭（Polska），與聖經人物厄撒烏之孫的名字——則缶（Zefo）[10]的希伯來字母代碼換算出的靈數具有一致性。厄撒烏及其家人的守護天使是薩邁爾，而他同時也是波蘭的守護者。波蘭正確的說法其實應該是以東王國。則缶的希伯來字母與札風（Zafon）——北方，一模一樣，而且他們和波林—立塔，也就是波蘭—立陶宛有著相同的數值。眾所周知，《耶勒米亞》第一章第十四節說，救贖來臨之時將會由北國展開，也就是從波蘭與立陶宛開始。

以東是厄撒烏的國度，可是此時此地、在世界的黑暗中代表以東的是波蘭。來到以東就等於來到波蘭。清清楚楚，毫無疑問。我們將會在此接受以東的信仰。還在士麥納的時候，以利沙．修爾就曾講過，我自己也這麼說過。如今這一切都應驗了，然而要是沒有雅各，這一切都不會發生。

望向他的時候，我看得出來他屬於生來帶有某種特質的那類人，我想不出有什麼字可以準確描述，但那能讓身邊其他人對他們肅然起敬，贏得他人尊重。我不知道那究竟為何——儀態？高高抬起的頭顱？穿透力十足的視線？踏出步伐的方式？又或許有某種鬼魂在他的頭頂徘徊？有天使陪在他身

---

8 卡巴拉中將惡視為創世過程中的副產物，被惡的外殼包裹住的事物無法接觸到神聖光輝的流溢。

9 赫賽爾．佐列夫（Joshua Heschel Zoref），十七世紀的神祕學家與卡巴拉學者，曾於他的著作Sefer haTzoref中主張薩瓦塔伊為大衛後裔的彌賽亞，自己則是約書亞後裔的彌賽亞。

10《創世紀》第三十六章記載，厄撒烏之妻阿達誕下兒子厄里法次，則缶則為厄里法次的兒子。

邊？不論是最破爛的小屋或是最神聖的大廳，只要雅各走進任何地方，全部人的目光就會放到他身上，儘管他什麼事都還沒做，什麼話都沒說，他們還是會露出滿意或是認同的神情。

我全神貫注端詳過他的臉好幾次，就連他在睡覺的時候都不放過。如同我先前所說，這不是張漂亮的臉，卻往往看上去賞心悅目；這不是張醜陋的臉，但常常看上去令人作噁。他能夠露出如同孩子般溫和、憂傷的眼神，同樣的一雙眸子也能露出掠食者般的殘酷眼神，無情地觀察著自己的獵物。此時他的視線帶著輕慢嘲弄，令人全身感到一股森寒的冷意。它們變幻莫測，所以我甚至不知道他的眼睛到底是什麼顏色。它們有時是全黑的，沒有瞳孔，無法看透。有時它們會染上金褐色的陰影，宛如黑啤酒。有一次我注意到在它們在最深層的本質上是黃色的，就像貓眼一樣，它們只會因為其他人而變得深沉，好似染上溫和的陰影。

我允許自己以這樣的方式描寫雅各，因為我愛他。因為身為一個愛著他的人，我會賦予他比任何人還要大的權利與特權。然而我害怕自己墜入盲目、誇大、不健康的迷戀之中，如同赫賽爾，要是可以，他甘願像隻狗一樣匍匐於雅各腳下。

二元對立、三重一體與四元架構

我們在伊瓦涅針對三重一體性做了大量的研究，我感覺已經捕捉到它的內涵了。

畢竟我們的任務不就是穩定上帝獨一性，與受祂所造世界的多重性之間的平衡嗎？而我們人類本身不正是被棄置於這所謂的「之間」嗎？置於唯一與充滿區隔的世界之間？而這樣不著邊際的「之間」本身擁有奇異的臨界點：雙重性。這是思考中的人類最初的經驗：這一刻他注意到了出現在他與他本身之外的世界的那道鴻溝。二元性是令人痛苦的，受造世界的基本分裂孕育了矛盾與各式各樣的二元論。此與彼。我與你。左與右。西特拉・阿赫拉11，抑或是另一面、左側，是無法承載神聖光芒而破碎的容器碎片，是邪惡力量的外殼——這正是所謂的二元對立。儘管難以想像，但假如二元對立不復存在，世界與許會擁有完全不同的面貌；雅各大概可以想像得出來吧。有一次我們對著這道命題冥思苦想直到深夜，但同樣的韻律卻始終在我們的腦中揮之不去：二元對立、二元對立、二元對立。

三重一體性是神聖的，如同賢慧的妻子擅長擺平矛盾。二元性宛如年幼的母狍子會逕直跳過它。由於三重性可以馴服邪惡，所以它才會如此神聖。然而正因為三重性必須為了維持它自行打破的平衡而不斷運轉，它本身也是不穩定的，唯有四元架構才是至聖完美的，唯有四元架構可以回歸神聖的比例。上帝的名諱由四個希伯來字母組成並非偶然，世上受它安排的一切元素（耶羅辛曾經告訴我就連動物都會數數數到四！），以及世上一切重要的事物——全都必須是四的倍數。

某次摩西從廚房拿來哈拉麵包的麵團，然後開始為它塑型。我們取笑他，尤其雅各更是笑得樂不

---

11 西特拉・阿赫拉（Sitra ʻAchra），字面意義為「另一面」，卡巴拉主義中代表邪惡力量；盛裝神聖火光的下面七個瑟非拉破裂則稱為容器破裂（shevirat ha-kelim）。

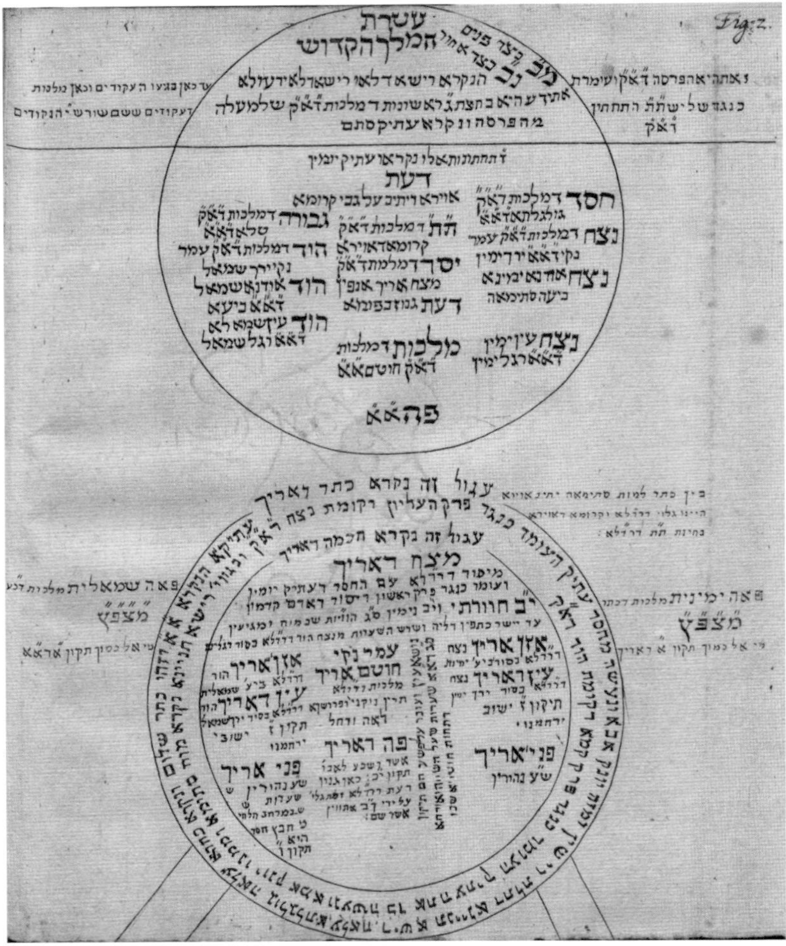
Fig. 2.
עטרת
המלך הקדוש
דעת
חסד
גבורה
נצח
הוד
יסוד
מלכות
מצח דאריך
פה דאריך

可支，沒有什麼能比廚房的工作跟摩西更不搭了。

「這是什麼？」他揭開自己的成果向我們提問。

我們看見桌上有個用麵團捏成的alef，所以我們照實回答。此時摩西抓起麵團做成的神聖字母末端，然後用幾個簡單的動作將它的筆畫變得筆直。

「那麼這是什麼呢？」他再次詢問。

是個十字架。

因為摩西主張此一神聖字母便是十字架的胚芽，是它的初始型態，所以假如它是活生生的植物，日後便會長成十字架。而十字架之內蘊含著奧祕。因為上帝是三位一體的聖神，而我們還為神的三重性加上了舍金納。

然而並非所有人都有資格接觸到這樣的知識。與我們一同聚集在伊瓦涅的人們出身背景與生活經驗不盡相同，所以我們一致決定不向他們揭示這般神聖的智慧，以防他們解讀錯誤。當他們向我問起三重一體性，我便會舉起手撫上額頭說：「亞巴郎、依撒格與雅各伯之神。」

我們也有過一小群人彼此小聲交談的討論會（畢竟伊瓦涅小屋的牆壁充滿縫隙，隔音並不好），在我們寫完信件，手指完全被墨汁弄得髒兮兮，眼睛累到只能看著搖曳的燭火休息的時候，莫里夫達會向我們講述他所謂波格米勒派信徒的信仰。我們詫異地發現我們與他們之間存在許多共通點——彷彿我們所跨越的與他們所跨越的從一開始便是同一條路徑，卻為了日後有再度匯聚、合而為一的機會而分岔，宛如我們在伊瓦涅的兩條道路。

生命本身之於這個世界不正是陌生的嗎？我們之於它，我們的上帝之於它不也是外來的嗎？不正是因為如此，我們對於真正屬於現世的人來說才會顯得如此不同，遙遠，可怖，無法理解嗎？而這個世界對於外來者來說皆是同等奇異、難以參透的，不論是它的律法抑或是它的風俗都難以捉摸。正因外來者來自最遙不可及的遠方，來自外界，所以他勢必得忍受異鄉人的孤獨，無力自保，完全不被理解的命運。我們是外來者眼中的外來者，猶太人眼中的猶太人。而我們始終思念家鄉。

由於我們並不知曉這個世界的路徑，只能如盲人摸象般無力地摸索著前進，只知道對世界來說我們再陌生不過。

莫里夫達說一旦我們這群外來者與那些人在一起生活，習慣融入他們並耽溺於這個世界的美好，我們就會隨即忘記自己從何而來、我們的根源為何。屆時我們的不幸便會終結，然而代價是我們必須遺忘自己的天性，這就是我們異鄉人命運中最椎心刺骨的時刻。因此我們必須隨時提醒自己的外來性，把它當成最珍貴的回憶謹記在心。我們必須將世界視作我們的放逐之地，將其律法當成外來的、陌生的律法……

納赫曼寫完的時候天邊已經露出了曙光；片刻後窗外的公雞發出誇張的叫聲，讓納赫曼不由得打了一個激靈，彷彿他是害怕光亮的暗夜魔鬼。他鑽進溫暖的床褥中，仰躺著遲遲無法入睡。許多黏著成句的波蘭語單字不斷擠進他的腦袋裡，然後不知不覺在其中拼湊出了關於靈魂的祈禱文，只不過是波蘭語寫成的。加上昨天他看見一群茨岡人路過此地，他們的身影也在腦海中揮之不去，駛著整台馬車[12]跳進了字裡行間：

好似探訪海中深淵的水手，
宛如載著茨岡人走進荒野的馬車，
任何人都無法得到我的靈魂，
它不會為了誰而踏上目標明確的旅途。

無所不在的鐵牢枷鎖關不住它，
乾癟的內心鎖不住它，
即便是掌握風俗民情、洞悉將來、
深知人情世故的嚴肅官員也拿它沒轍。

因為改變即是永恆的真理，
所以我始終以不變應萬變，
讓靈魂維持著自己的節奏。

善良的上主，我的靈魂已然前行，

12 過著移居生活的茨岡人（即吉普賽人）以馬車（vardos）為家。

只盼與您相見之時，
能賜它一室安居。

而納赫曼本人根本不知道自己是什麼時候睡著的。

關於蠟燭的熄滅

七月十四日過渡至十五日的午夜，下一場辯論會的日期敲定之後，許多男男女女聚集在房中，將窗戶擋板關得密不透風，然後點上了蠟燭。眾人漸漸褪去衣衫直到全身赤裸，有幾個人像是要走進淨身池一樣，將衣服整齊地摺疊放好。所有人跪在木地板上，雅各拿起十字架放在板凳上，然後親吻了哈雅帶來的小神像，再將它放到十字架旁，最後點燃長長的蠟燭才站起身。現在他將會繞著圓圈行走，赤身裸體的男人，渾身布滿毛髮，雙腿間的男性象徵不停晃動著。搖擺的燭光映照出黑暗中其他人橘灰色的軀體，以及低垂於胸前的金黃色頭顱。

肉體十分真實；你可以看見摩西的疝氣，與薇特爾生完許多胎之後下垂的肚皮。雅各一邊繞圈一邊誦唸祈禱文時，大家都在偷瞄彼此：「以偉大的第一人之名……以光明為人生理念……」當某種異世界在微弱昏暗的光線中顯露，人們便難以專注在他所講述的文字上。其中一個女人開始緊張地咯咯笑，於是雅各停下動作，憤怒地一口氣吹熄蠟燭。接下來一切都在黑暗中進行。黑暗對於他們下一步要完成的事情來說無疑是種慰藉。

幾天後，雅各要求大家圍成一個圓站著，他們將這個圓稱為「圈[13]」，然後他們整個星期二，星期三以及星期四就這麼站著不動直到下午。他們不分日夜佇立，整群人圍成圈。依撒格的妻子被免去了參加活動的義務，因為她在儀式開始幾個小時後就昏倒了，不得不躺下。餘下的人則繼續站著。他們不可以說話。熱浪灼灼，你似乎可以聽見汗珠滾落他們臉龐的聲音。

沒有「一席之地」的人並不能稱為人

「假如真的有比薩塔尼夫的墓園還要更漂亮的墓園，我就赤腳走去利沃夫給你們看，」哈娃·哈伊莫娃說。

雖然他們提到死亡時並非有什麼特別的意思，而墓園也不該成為評價某個地方的標準，但這座墓園確實十分美麗，其他人也同意這點；墓園順著斜坡向下通往河邊，美得令人讚嘆。

「科羅利夫卡的墓園也很美，」佩賽爾接著說，她從五月起便和家人一起待在這。「我敢說它是

---

13 波蘭語Cyrkuł。

第二漂亮的墓園。」

「可是我們薩塔尼夫的墓園在城外，比較大，」哈娃·哈伊莫娃繼續說，「你可以從那裡望見半個世界。下面的河裡有一座磨坊，它的周圍河水漫漫，鴨群與鵝群悠遊其中……」

她的父親是那座磨坊的承租人，依據哈撒卡（承租權的繼承法），這座磨坊總有一天會屬於他們。城鎮本身坐落於高地上，有兩樣東西會立刻映入人們的眼簾：崇高地主的城堡，早已嚴重損毀的建築於主幹道旁拔地而起，以便地主監視有誰帶著什麼東西經過，以及丘陵上的猶太會堂，它看起來像是一座土耳其風格的碉堡。儘管多年來他們和那間猶太會堂早已沒有任何聯繫，但哈娃不會因此說謊——會堂確實獨特。當你離開大馬路，沿著包含許多上坡轉彎的陡峭小徑走到城裡，你勢必會經過會堂附近，沒有其他替代道路。城中有座小廣場，每周都會有市集，人們總是在星期一擺攤。和其他地方一樣，廣場周圍基督徒的攤位與猶太人的攤位交錯排列，夏天的時候，偶爾也會有亞美尼亞與土耳其攤商出現。

他們只能獲得主教名下的領地，只能從教會手中獲取自己的土地。有誰會免費贈與猶太人土地呢？有人冷不防說道，或是王國領地也行！茲布魯奇河[14]匯入德涅斯特河的地方是最好的。

「誰會把河岸邊的據點給猶太人呢？」有人質疑。

「只要一小塊地……再加上一小片森林和某條小河，或許是像斯特雷帕河[15]那樣的，這樣就可以搭魚塘，在裡頭飼養自己的鯉魚，」哈娃幻想著。

「但有誰會把這樣的財富給猶太人呢？」那個人再度提出質疑。

「可是我們現在早就不是猶太人了。我們是嗎？我們還是猶太人嗎？」

「我們始終都是猶太人，只不過是自成一格的猶太人。」

假如能夠從心所欲地生活，不必和任何人解釋自己的生活方式，頭上沒有高高在上的地主，不用懼怕哥薩克人，能夠與教會保持良好關係，有地可耕，有生意可做，可以生兒育女，擁有自己的果園與店鋪，就算只是最小間的店鋪也無妨，假如能夠過上這樣的生活該有多好啊！房子後方就有果園可以栽種作物、採收蔬菜。

「那你有看過胡夏廷[16]的會堂嗎？」耳聾的老雷文斯基慢了許多拍才對著哈娃開口。「你居然沒看過？唉！唉！那你根本什麼都不知道。那一間才是最巨大、最漂亮的。」

窗外的孩子們玩鬧嬉笑聲不斷。他們用棍子假裝在互相比試，用歐白芷的老莖做成大炮射著玩。附近村子因為好奇而跑來這裡的基督徒小孩與猶太小孩玩在一塊兒。不論各自的身分為何，他們早已分配好了角色。一邊是韃靼人，另一邊則是莫斯科佬。木棍與莖稈的混戰能夠消弭一切的差異。

---

14 茲布魯奇河（Zbrucz）為德涅斯特河的左支流，十八世紀曾被定為波蘭立陶宛聯邦與奧地利的界河。

15 斯特雷帕河（Strypa）為德涅斯特河的左支流，流經茲博里夫與布恰奇等城市。

16 位於茲布魯奇河西岸的城市，十六世紀起不斷受到韃靼人侵擾，一六四九年哥薩克人殺害了當地許多猶太人並焚毀城堡。

關於馬夫與學習波蘭語

「馬夫」這個詞讓雅各不禁捧腹大笑。

午後，大家會分成好幾群人學習波蘭語，女人和男人一起。負責教導他們的是來自華沙的哈伊姆以及第二個哈伊姆，來自修爾家比較年輕的那位。他們從基礎的東西開始學：桌子、刀子、湯匙、盤子、杯子。他們說：「給我刀子。拿個杯子。誰有盤子？你有盤子。」

可是「你有盤子[17]」的發音聽起來就跟馬夫，照顧馬匹的人一模一樣，雅各認得這個單字，他覺得這樣的巧合實在再有趣不過了。晚餐時他將盤子拿給納赫曼，然後對他說：

「你有盤子。」

明白他意思的眾人登時哄堂大笑。除了納赫曼本人。

雅各從修爾家的人手中得到了這本波蘭書，正在用它練習閱讀。薇特爾也會幫他，但是她自己波蘭文讀得也算不上太好，於是他們聘請了老師。對方是來自附近莊園的年輕家庭教師，每兩天來一次。他們閱讀關於動物的內容。雅各最先學會自行閱讀的段落便是諾厄方舟上的動物們：

像是蛆或是跳蚤這種源於腐爛的物質[18]，或是自腐敗物繁殖增生的動物並沒有（在諾厄方舟上），因為即便它們死亡，仍舊能夠刷新自身種族的數量；不論何處只要有東西腐壞、死亡，這些害蟲便會憑空誕生。《自然史》的作者尼雷姆伯格曾說這些生物並非由上帝所創，牠們的母親是腐爛或是腐敗19。

當你以波蘭語閱讀的時候，實在難以理解其中的意思。這個語言真的很奇怪。

關於新名字

如同雅各先前從女性中挑選出七人那般，過了一段時候，他也從男性中挑出了十二位心腹。他要求他們將名字改為《福音書》中宗徒的名字，在伊瓦涅每天傍晚閱讀《福音書》是他們的日課。首先雅各將納赫曼牽到自己的右手邊，從這一刻起他就是伯多祿。他讓老摩西站在另一側——他則是第二位伯多祿。然後是切爾諾夫策的奧斯曼與他的兒子，此後他們就是大雅各伯與小雅各伯。下

17「你有盤子」的波蘭語為Masz Talerz，「馬夫」的波蘭語為Masztalerz。
18拉丁語**ex putri materia**。
19該段落出自《新雅典》中班乃迪克．赫梅洛夫斯基針對諾厄方舟上是否存在害蟲一問的回答。胡安．尤斯比奧．尼雷姆伯格（Juan Eusebio Nieremberg）是十六世紀、十七世紀年間的西班牙耶穌會士與自然科學家，除了《自然史》，尚著有《論對耶穌的情感與愛》、《論對天主恩寵敬重》。

一位的位置有些獨特，靠近正中間，是史羅摩．修爾站的地方，他先前就已開始使用方濟各．沃洛夫斯基這個名字了。在他之後輪到的是克里沙，他接受了巴爾多祿茂這個名字。接下來在另一邊的是以利沙．修爾，他如今名喚路加．沃洛夫斯基，而在他的兩側——是改名若望．沃洛夫斯基的耶胡達．修爾，以及華沙的哈伊姆，獲名瑪竇。此外還有赫賽爾，他是第二位若望，以及來自皮德海齊的摩西，獲名多默，納赫曼的兄長、來自布斯克的哈伊姆，獲名保祿。[20]

史羅摩．修爾，即以利沙的長子弗朗齊歇克．沃洛夫斯基，教導所有人關於他們姓名的內涵。最好每個人都能想出一個新的基督教名字。他一邊掰著手指一邊清點十二門徒的名字，但他還是要求眾人稱呼自己為弗朗齊歇克。「弗朗齊歇克是誰？」有人問。

「這是我最喜歡的名字，」他說。「而你們也必須謹慎選擇自己的新名字，不可著急。不可以過於親近自己的新名字。就算你們必須將它掛在嘴邊，也不可以向這個國度、這個語言靠近。興許在生命誕生之前，名字就已經成立了；成就名字的發音正回應著宇宙的某種和弦。這才是我們的真名。而我們平日在街道、廣場上，搭乘馬車穿過泥濘道路時背負的名，抑或是其他人呼喊我們的名，都不過是附屬品。這些名字就和上工時穿的工作服一樣實用，沒有必要跟它產生太深的連結。它們一如萬物，來去不留痕跡。稍縱即逝。」

但薇特爾並未因此感到放心。所以她只好問雅各：

「可是我們必須幫自己想個名字。我們得有能力說：『我，薇特爾，我，雅各』，不是嗎？那我們面對自己的時候該如何稱呼呢？」

雅各回答她，他在腦中會把自己想成「雅各」，總是稱呼自己為雅各。而且不是某個雅各，是這個雅各，唯一的雅各。

「是在夢中看見階梯的那個……」薇特爾猜測。

然而雅各反駁了她的回答：

「不，不是的。是披上獸皮再立於父親手掌前，好讓他將自己誤認為其他人、認成愛子厄撒烏的那位。」

嫣塔從上方俯瞰萬物，她看著人們所承載的名字從他們身上剝離。當下沒有任何人意識到這一點，大家照樣放心地稱呼彼此的舊名：哈伊姆、斯普林內薇、蕾雅。然而這些名字已然失去光輝，變得黯淡，宛如脫皮前便失去生命力的蛇皮。佩賽爾的名字便是如此，它好似尺寸過大的上衣從女孩身上滑落，露出下方已然成熟的名字海蓮娜，雖然眼下它還像曬傷後長出的皮膚一樣薄，卻是嶄新、近乎透明的。

現在瓦克薇這個名字聽起來給人一種粗心大意的感覺，與眼前這個強壯但瘦小，肌膚總是滾燙乾燥的女孩八竿子打不著邊。此刻她正扛著扁擔提水，水桶裝得滿滿的。瓦克薇，瓦克薇。突然間聽起來就是不適合了。同樣的，納赫曼這個名字對她的丈夫來說似乎顯得過於龐大；它就像是老舊的猶太

20此處雅各以十二位宗徒的名字為心腹取名，在此呈現天主教《聖經》中的人名譯法。後文為了與《聖經》人物作出區別，幾位角色的名字將採取波蘭語音譯的方式。伯多祿的波蘭語發音是彼得（Piotr），雅各伯即為雅各（Jakub），方濟各即弗朗齊歇克（Francizek），巴爾多祿茂是巴爾托梅（Bałtomiej），路加為烏卡什（Łukasz），瑪竇為馬特烏什（Mateusz），若望即是楊（Jan），保祿又譯帕維爾（Paweł）。

黑大衣。

納赫曼正是第一個要大家以新名字「彼得」稱呼他的人，然後他還加上了「雅庫柏夫斯基」這個姓，取自雅各的名字。彼得．雅庫柏夫斯基。

在伊瓦涅草葉中大量失落的姓名或許會讓人感到擔憂，就像是人們看見可拋式的東西那稍縱即逝的飄渺存在時往往會有的感受，但是嫣塔可以同時看見許多不斷重複的事物。就連她本人也在不斷重複。重複的洞穴。重複的大川及其可以徒步而行的淺灘。重複的雪，雪橇在廣闊開放的環境中標出了二合字母[21]圖案令人不安的平行軌跡。雪地上惱人的黃色汙點重複著。草裡的鵝毛重複著。它們有時候會黏在人們的衣服上，跟著他們一同漫遊。

關於遁入地獄找尋女兒的平卡斯

正在參加委員會會議的祕書平卡斯此刻專心聽著討論的內容，一言不發。大多數時間他都沒有發言的勇氣，害怕他的嗓音會開始發顫，害怕他會無法控制自己的眼淚。不論是充滿熱忱的祈禱，或是妻子用來當成祭品好驅除他身上詛咒的母雞都沒用。這隻雞，連帶著曾經包覆住平卡斯靈魂的所有灰塵與髒汙，全都被分給了窮人。

平卡斯始終理所當然地認為脫離真實的信仰，然後接受新信仰、受洗，對於真正的猶太人或是全體猶太人而言，都是再糟糕不過的事情，就連談及這件事都罪大惡極。這樣的行為平卡斯連想都不敢想——這就跟死亡沒什麼兩樣，甚至比死還要糟。這就好像你在大量的水中活活淹死，變成落水鬼卻半死不活地活著——生不如死活著，只為了體驗屈辱。

所以平卡斯抄寫文件時，每當他的羽毛筆碰上「szmad」，也就是「受洗」這個字，他的手連寫都不想寫，十分抗拒szin、mem、daleth幾個希伯來字母，彷彿它們不但一點都不無辜，還更像是某種詛咒。他不由得想起另一個叛教者內黑馬．哈雍的經歷，這件事在平卡斯年輕時鬧得沸沸揚揚。那人接受了薩瓦塔伊派的思想，並遭到了猶太同胞的詛咒，在全歐洲不斷遊蕩，不論走到哪都會受人驅趕，只能眼睜睜看著大門關上。據說他抵達維也納的時候不但疲憊不堪，還生了病，維也納的猶太人照樣當著他的面關上了門，就連微薄的一杯水也沒人敢分給他。彼時哈雍在某個庭院內席地而坐，悲從中來哭了起來，他甚至羞恥到不敢承認自己是猶太人，當路過的人們問他是什麼人，他回答自己是土耳其人。沒有薩瓦塔伊派信徒可以在這廣闊的歐洲，從體面的猶太人身上得到半分好意，收到半點食物，聽見半句好話，什麼都得不到。然而當時這樣的叛教者寥寥無幾，如今哈雍卻能在每座城市找到自己的同伴。

最近拉比們在委員會會議上討論了那些被叛教者視為聖書的書籍，平卡斯當時也在場。說是「討論」或許有點太過誇大；不如說他們是在竊竊私語，彼此交換著隻言片語，負責會議紀錄的平卡斯只是豎起耳朵聽著，因為拉比們要求他在他們講述這本惡魔之書的時候停止記錄。聖潔的男人拉帕波特

---

21 二合字母（diagraph）是指由兩個字母組成的語音，此處推測應為波蘭字母中的sz。

拉比表示，光是讀完兩、三個段落就足以讓人渾身起雞皮疙瘩——因為這份受到詛咒的文本中包含了太多針對上帝與人間的褻瀆，而且其中的一切內容都是顛倒的。從來沒有人看過這樣的東西。這份噁心文本中每一個單獨的字彙都該遭到全力抹殺。

平卡斯貼著斑駁的排屋外牆快步走到可以租用馬車的地方，塗著石灰的牆壁在他的袖子上留下了灰白色的痕跡。不久前有人告訴他在廣場上見到了姬特拉，她當時穿得像女僕，手裡拿著一個籃子。但那人也可能不是姬特拉，只是跟她很像。所以平卡斯結束拉帕波特拉比那邊的工作之後，沒有直接回家，而是走遍利沃夫的大街小巷，不斷盯著女人的臉瞧，有些人甚至把他當成了老不羞的登徒子。

他在路上遇到認識的人向他點頭致意，神情激動的商人正大聲嚷嚷彼此爭論。他加入了他們的討論，然後再度聽見了昨日起在整座城市傳得沸沸揚揚的那件事。

有兩個來自卡緬涅茨—波多利斯基的猶太人假扮成農民，帶著鏟子，試圖綁架他們其中一個人的女兒，此前她嫁給了雷布·阿布拉莫維奇，並且準備好要與孩子們一同接受洗禮了。他們將夫妻兩人痛打一頓。就算他們將她打死，也比讓她受洗來得體面。

因此當拉比們的討論漸漸導往另一個方向的時候，平卡斯不太能理解箇中緣故。席間他們提到了某一封信，信中提到必須切斷與這些叛教者之間的關係，把他們當成感染壞疽的末梢切除，將他們永遠趕出我們神聖的社群，對其加以譴責，最後讓他們被世人遺忘。但願他們的名被遺忘。因為他早已謄寫了這封信上百次，所以內容他熟記於心：

來自札莫希奇的亞伯拉罕．哈柯恩[22]致阿爾托納的雅各．埃姆登：

盧布林的虔誠社群為了拯救疫病肆虐世界的解藥付出了許多代價。我們的賢者為了商討這個議題聚集在君士坦丁堡，他們認為為了解決這件事不得不採用詭計，強迫這些感染疫病的人受洗，因為古有名言「人們將會分開生活」。願以色列的子孫們永遠擺脫這場瘟疫。此外，感謝上主，他們之中某些人已經接受了洗禮，包括受詛咒的以利沙．修爾，願他的名被從記憶中抹去。至於那些尚未受洗、始終穿戴猶太服飾、仍會到猶太會堂祈禱的人們，我們將會嚴加關注，一旦我們發現他們潛藏的意圖，便會通報基督教相關單位。為此，我們趕在這些惡黨異端抵達前便已派遣使節前往利沃夫，與宗座大使會面並將報告交給他。但願有方法能夠讓這些破壞者、死狗、與上帝作對的叛教者鋃鐺入獄，並在他們身上降下詛咒，就如同我們幾年前對某位來自皮德海齊的摩西與他們受詛咒的領袖雅各．法蘭克所做的那樣。

平卡斯深信祖先的古老傳統是對的，任何關於薩瓦塔伊．塞維的事情都該三緘其口，不論是好的還是壞的；不論是咒罵或是稱揚。不被講述的事物便不復存在。此刻他坐在蓋著粗斜紋棉布的搖晃馬車上對著這點智慧沉思。文字的力量是如此強大：沒有它的地方，世界便會消失。有幾個打扮得花枝招展的女農民坐在他隔壁，她們看起來是要去參加婚禮，還有兩位年紀比較大的猶太人，一男一女。他們怯懦地向平卡斯搭話，但平卡斯並未搭理他們。

---

22 該姓有祭司之意。

幹嘛要說話呢？假如你想要讓某人從這個世界銷聲匿跡，你需要的不是刀劍或槍炮，亦非任何暴力的手段，你只需要緘口不提這個人，絕不稱呼他的名諱。如此一來他便會永遠消逝在記憶中。而每一個想要打聽他的人，都會受到絕罰。

他作為拉帕波特拉比的使者暫住在博爾希夫拉比家。他身上帶著整包的書信，其中也有關於背教者的。傍晚，眾人在所有卡哈爾成員的面前閱讀這些書信，擁擠的空間內蠟燭煤煙產生的小塊煙灰正朝著天花板緩緩飛升。

平卡斯第二天去了博爾希夫的淨身池，那是一座屋頂凹陷，窗戶用板子封著的小屋。屋內分成兩部分：一部分被煤煙染得漆黑，一身煙味的瘦削淨身池管理員正往爐子裡丟山毛櫸柴薪，加熱鍋中的水。在昏暗中，可以看見另一部分有兩座女性專用的沐浴池。再過去有一個地面往下挖出的水池，容量多達四十桶水。在它的周圍有一圈燃盡的蠟燭，浴池外緣布滿黑色的燈芯殘渣，一層不均勻的硬脂與動物油讓它的邊緣滑溜溜的，還帶著濃厚的氣味。平卡斯在溫水中浸泡了七十二次，接著蹲下來讓水面貼近他的下頷。他仔細看著自己漂浮在水面上的灰白色鬍子雲朵。他心想，請讓我找到她吧，同樣的字句在他的腦海中不斷重複：讓我找到她，找到她，讓我找到完好無損、健健康康的她，我會原諒她的，請讓我找到她，那孩子，那心思細膩的孩子，請讓我找到她。

斷斷續續、充滿不安的默禱持續了很久，沒人知道平卡斯的意圖是什麼。直到他開始發抖時才意識到時間不早了——瘦骨嶙峋、灰頭土臉的淨身池管理人不知所蹤，而鍋子下方的火焰早已完全熄滅。淨身池裡只剩下平卡斯獨自一人。他用寬大的亞麻毛巾用力擦乾自己的身體，直到他的皮膚發疼才停下。平卡斯信靠上主的幫助，隔天他假裝成要返回利沃夫的模樣，但實際上他雇用了一位糟糕的馬夫與他破舊的馬車，啟程前往伊瓦涅。

隨著他們越來越靠近伊瓦涅，路上的交通也變得更加繁忙。他看見搭載著工具的貨車，接下來是一整台裝滿大袋麵粉的馬車，麵粉上方蓋著一大件馬毯，然後還有一大籃的堅果，旁邊的兩個男人正聊得火熱、旁若無人。他看見一家人帶著幾個孩子和全部的家當，從卡緬涅茨附近的某個地方駛來。平卡司暗忖，就是他們。他們令他反感，總覺得他們髒兮兮的——他們的黑大衣，他們的絲襪；有些人穿著哈西迪猶太人的衣服，其他人則打扮得像農民，穿著及膝外衣。然而因為他的女兒就在他們之中，他不得不犯罪。

「你又是誰？」木板釘成的大門用雲杉的枝條仔細裝飾過，站在一旁的壯漢語氣不善地問。針葉已經脫落，樹枝現在看上去就像是尖刺，像是帶刺的鐵絲網。

「我和你一樣是猶太人，」平卡斯平靜地說。

「那你打哪來？」

「從利沃夫來。」

「你找我們有什麼事？」

「我在找我的女兒。姬特拉……她個子高高的……」他不知道該如何描述她的外表。

「你是我們的人嗎？忠實信徒？」

平卡斯不知道該說些什麼，他掙扎再三後才終於開口：

「不是。」

或許壯漢對這個打扮得體的老男人懷有尊敬之情。他要對方稍待片刻，半晌過後，他帶著某個女人回來了。她穿著顏色明亮的圍裙，荷葉裙邊放著一把鑰匙。她戴著和基督徒女性一樣的波奈特帽，藏於帽中的她神情專注溫和。

「姬特拉，」平卡斯的語氣不由自主地變得懇求。「她是去年離開的，在……」他不知道該如何稱呼那人，「在他巡遊各個村莊的時候。有人在布斯克看過她。她又高又年輕。」

「我似乎在哪裡見過你，」女人說。

「我是來自利沃夫的平卡斯・阿布拉莫維奇，她的父親。」

「這就對了，我知道你是誰了。妳女兒姬特拉現在不在這。我已經有一年左右沒見過她了。」

哈娃想要說些失禮的話刺激他。她想要朝他的腳下吐口水。說些像是「搞不好她被土耳其人幹翻了[23]？」之類的話。可是她看到男人沒了氣的身體，他的胸口凹陷，突然變成了一顆洩氣的皮球。她想起了自己的父親。哈娃要他等她一下，然後為他拿了一點食物過來，然而大門邊早就沒有了老人的身影。

安東尼・莫里夫達—科薩科夫斯基致卡塔日娜・科薩科夫斯卡

身處沃維奇的莫里夫達在桌子前坐下，將羽毛筆沾上墨水。他馬上就弄出了一個大大的墨漬，他總是把墨漬當成某種警告。他在上面撒了沙子，然後用小刀刀尖輕輕將其從紙上刮去，這花了他一點時間。他開始寫：

善良崇敬的女士：

由於你在反塔木德派信徒一事上的努力，你在天堂將會擁有無量功德，大量的反塔木德派信徒前仆後繼地來到利沃夫，他們就像是某種茨岡人就地在城郊搭建營地——他們是如此迫切地想要投身新的信仰。然而尊敬的女士，你是位聰敏機智的人，你很清楚這件事背後的動機並非只有突如其來對十字架的熱愛，還隱含了其他考量，或許不是那麼的崇高，卻十分符合人性、容易理解。

根據我這裡收到的消息，他們還額外寫了另一封請願書，萬幸它必須由我經手。當我瞥見簽名時，我看見羅哈廷的所羅門·本·以利沙·修爾以及納德維爾納的耶胡達·本·紐森，也就是克里沙，起草了這份請願書。

我讀到這的時候只感覺一陣氣血上湧。說真的，他們究竟想要什麼呢？

首先，他們控訴自己困於卡緬涅茨主教名下如同彈丸之地的村莊，靠著救濟與匈牙利弟兄們的援助才能生存，他們無法溫飽，也沒有任何工作。在這之後——容我向您引用原文：「首先我們要求讓我們在布斯克與格利尼亞內定居，讓我們留在忠實信徒聚集的地方，我們將會在那尋找

---

23 動詞Pietuszyć取自俄文的公雞петух，該字在俄語中是男同性戀的貶義詞，因此衍生出雞姦之意。

適當的營生，找尋做生意或做手工的方法，只要是不會冒犯上帝的工作都可以。因為我們並未預期讓我們的任何一位同伴在酒館裡過日子；我們不會利用酒吧賺錢，成為醉意的僕人，為了掙口飯吃就讓基督徒的血液變得衰弱，一如塔木德派信徒習以為常的那般。」

接下來他們還提出了條件，他們受洗後仍舊想要在自己的社群內生活，他們不願剃去邊落，想要在慶祝禮拜日的同時繼續慶祝安息日，除了新的天主教聖名還想保留原本的猶太名，他們不會食用豬肉，他們只能和忠實信徒彼此通婚且保留他們的聖書，尤其是《光輝之書》。

我要怎麼把這封信拿給主教長看呢？更何況他們還把它拿到印刷工坊複印，翻成多種語言。所以我只把這件事概略報告給主教長聽，沒有宣讀信件內文，而我認為主教的回答便是最後的決定：「何必聽他們在那絮絮叨叨？至於辯論會，沒有問題，但辯論會結束之後必須立刻舉行洗禮。不得有任何條件。這群人會如何生活，究竟是什麼樣的基督徒，受洗之後即可見分曉。讓他們不要再拖延了。」

假如你力所能及，親愛的女士，畢竟你所在之處離伊瓦涅並不遠，請告誡雅各，假如他放任這樣的變故發生，他就會浪費掉賜與他及其子民的大好機會，請予以譴責。

我還得警告你提防蘇爾第克主教，因為現在到處都在傳他欠了一屁股債，把自己的處境弄得十分難堪，也更容易受制於各方勢力影響。正因如此，他毫不避諱收受贈禮，這樣的行為在這個國家屢見不鮮。波蘭立陶宛聯邦是一個立於禮物之上的共和國，每個人都會送禮給另一個人，藉此換取保護、某種援助或是支持。現實就是如此，相信尊敬的女士你最清楚。低頭的是稻穗，昂頭的是稗子。同理，那些驕矜自負、自詡高人一等的人其實腦袋空空，他們擁有的智力、品德與能力全都少得可憐。所以我不得不提醒你，女士，主教本人的意圖像是不同緞帶打成的結，其中有一些是漂亮乾淨的，另一些則沾上了泥巴與髒汙。有人暗中向我報告，他在華沙與我們的王室財務主管見了面……

卡塔日娜・科薩科夫斯卡致安東尼・莫里夫達—科薩科夫斯基

……你可別再說咱們凱耶坦的壞話了，他為了我們的事奉獻了不少心力。我知道他想要一舉多得，就像是個狡猾的棋手，我也不會特別同情他，然而表現得像是我們認為自身比起其他認為自己永遠正確無誤的人更理智，這是一件非常危險的事。就讓我們汲取他身上最優秀的特質吧！

關於這件事還有其他的熱心支持者——我成功說服摯友的丈夫，雅布諾夫斯基先生加入我們的事業。有鑑於他總是能夠有計畫地完成所有事務，他當下便琢磨起一個偉大的社會構想：在他的領地上建立一個由他擔任監護人的猶太小國，他對這個想法幹勁十足，眼下正在名下各個領地奔波，試圖說服所有人加入這個計畫。要是雅布諾夫斯基閣下不是那麼異想天開、三分鐘熱度的話，我肯定會喜歡這個提議，而且要促成這樣的產物需要投入大量的精力與計策。雅布諾夫斯基大公讀到了許多關於巴拉圭的事情，這個位於美洲的國度是由類似的貧窮與野蠻人構成的，它的存在讓大公著迷到難以自拔，他已經有好一段時間沒有談論過其他話題了。於是我問他那邊的貴族要以什麼維生呢？大公回答我那裡沒有所謂的貴族，所有人在自己的土地上就如同在上帝面前那般眾生平等。這才不是我想要的！

雅布諾夫斯基閣下這個人過度自負是眾所皆知的事。他總是一副貴族的派頭，把頭抬得高高的，以至於他常常被自己的腳絆倒。幸好他有個理智又充滿智慧的妻子願意把他當成大孩子看待，並忽視他奇怪的行為。我在他家裡看見一幅繪有聖母的巨大畫像，畫中的大公輕輕舉起帽子向面前的祂表達敬意，而聖母則對他說：「遮住你的頭吧，我的兄弟24。」

一同加入我們行列的還有耶日．馬丁．盧博米爾斯基閣下，他答應接收一百五十位新入教者搬到自己的領地，並在那裡殷切地接待他們，畢竟他的慷慨大度可是相當出名（又或者如有些人所言，是揮霍無度），他成了這件事的重要倡議者，就和札烏斯基主教一樣……

關於十字架與深淵中的舞蹈

三月的同一天下午，有人從卡緬涅茨運來了十字架（它是來自主教的禮物），還有一封邀請函。

雅各先是與摩西拉比交談，接著他感動萬分地要所有人在太陽下山後集合在交誼廳。雅各本人是最後一個到的，他盛裝打扮，穿著土耳其長袍，頭上的高帽顯得他更加高大。女人們排成一排，他則拿著十字架站在正中間。

「世界被印上了十字架的印記，」雅各說。

他先是將十字架貼在額前，久久沒有說話，接著穿過整座交誼廳來回走動，女人們緊跟其後，而男人們搭著前一個人的肩膀排成一排，一邊跟在雅各和女人們後面走一邊唱歌。然後雅各像是突然陷入了魔怔，他抓著十字架上的緞帶，把它依序朝著不同的方向拋去，於是眾人不得不跳來跳去閃避十字架，然而因為他們不知道這個十字架會是充滿攻擊性的還是無害的，所以他們只能下意識地抓住它，他們拿到它之後會握住一陣子，然後再將它還給雅各，看起來就像是某種遊戲。最後位於雅各正後方的摩西拉比將大家聚集起來，接著讓他們抓住對方、彼此互相依靠，這一刻雅各開始放聲不斷誦唸那段有名的祈禱文：「請賜與吾人看見祂的力量，與全心侍奉祂的至高光榮。」全部人都跟著他誦唸，甚至連那些將這段話當成保護他們不受邪物侵擾咒語的人也不例外。他們就這樣緊貼著彼此跳舞，舞步越來越快，直到一陣風幾乎吹熄了所有燈火。只有放在高處的一盞燈還留著，現在燈光只能照亮他們的頭頂，所以看起來就像是一群人在某處幽深的深淵中跳著舞。

24 此處為法語 Couvrez-vous mon cousin。

20

一七五九年七月十七日嫣塔在利沃夫主教座堂的拱頂下看見了什麼

門票的價格不貴，僅僅只要六格羅希，所以沒有什麼事能夠阻止利沃夫主教座堂入口前擠成一團的暴民。雖說教堂很大，但它仍然不足以容納所有感興趣的參觀者。因為想要進門的不只有始終在哈里斯基郊區街上逡巡的所有人，尤其是那些薩瓦塔伊派群眾與貧窮的猶太人，還包括利沃夫的當地居民、小商人、女商販和年輕人。他們之中有許多人連六格羅希都拿不出來，就算他們真的奇蹟般地得到了這筆錢，與其買票，他們寧願拿它來買小圓麵包。

利沃夫守備隊的工作人員負責維持主教座堂附近的秩序。多虧管理庶務的神父事前安排好售票事宜，所以教堂內還有位子，現在坐在那裡的是利沃夫的商人，以及其他特地從城外搭馬車前來的人們：有羅哈廷長老瓦別斯基及其妻子佩拉吉婭，坐在他們隔壁的是班乃迪克・赫梅洛夫斯基總鐸神父，再過去則是卡緬涅茨城督科薩科夫斯基及其妻子卡塔日娜。還有附近地區的其他達官貴人也在場。

當然還有許多猶太人——這樣的景象在天主教堂可沒辦法天天看到——以及出於純粹的青澀好奇心而來到此處、背景各不相同的年輕人。

最前面幾排的位置坐著來自不同修道院的神學家，以及教會的神父與高層，在他們後方的是普通的神職人員。正中間兩排椅子圍成了一個半圓形，右半站著的是反塔木德派的代表，共十人左右的一小群人，按照他們的解釋，伊瓦涅剩下的人因為沒有馬車所以無法前來。耶胡達·克里沙與所羅門·修爾站在最前方。克里沙被傷痕分成兩半的鋒利五官相當引人注目。所羅門高䠷瘦削，身穿華麗大衣的他讓人不由得肅然起敬。在他們對面的是塔木德派代表，所有人像到看起來根本就是同一個人：蓄鬍、統一穿著寬大的黑色大衣——站在入口附近的亞設還發現了一件事——跟對手比起來，他們是來自上一個世代的人。他們指派了三個代表直接參與辯論：博霍羅恰內拉比努特卡、利沃夫拉比拉帕波特，以及斯坦尼斯瓦烏夫[1]拉比大衛。亞設踮起腳尖尋找雅各·法蘭克的身影，無論如何都想要看到他，卻沒看見任何與他相似的人。

正中間的高台上站著的是利沃夫教區署理皮庫斯基神父，他一身華美的紫羅蘭色衣裳，正緊張得滿身是汗，還有波蘭王冠領地的政要們，有領主[2]札莫厄斯基，韋洛波爾斯基伯爵，蘭茨科倫斯基伯爵，與奧斯特羅魯格伯爵，他們每個人都穿著裝飾豐富的荷葉邊長袍，腰上繫著土耳其腰帶；披在後

1 斯坦尼斯瓦烏夫（Stanisławów）這個地名沿用至第一次瓜分前，一七七二年併入哈布斯堡帝國後改名Stanislau，今日則稱為伊凡諾－法蘭科夫斯克。

2 為了避免領地隨著繼承權的分散被不斷切割，封建制度下衍生出特殊的遺產信託制度（拉丁語fideicommissum，波蘭語ordynacja rodowa），領地通常由長子繼承代家族管理。

背上的衣袖下露出了同樣五彩斑斕的絲質茹潘。

嫣塔從穹頂向下眺望著他們，她看見了頭顱的汪洋，大大小小的腦袋戴著帽子或是纏頭巾，這幅場景讓她想到了蘑菇大豐收——各式的松蕈成團地繁衍，它們彼此之間是如此相像，像是有著奇幻菌傘的雞油菇，還有靠著強壯的菌柄穩穩扎在地面裡的落寞牛肝菌。接下來嫣塔迅速地將視線轉移到下方被釘在十字架上半裸的耶穌像身上——現在起，嫣塔會透過這副木刻臉孔的眼睛觀望。

她看著一群內心顯然不平靜的男人集中精神，試圖保持嚴肅與冷靜，像是坐在中間，衣服顏色最多彩的那位，他心中正想著某位被留在床上的女性，準確來說是想著她的胴體，更準確地說是她身上唯一散發著體香的溼濡之處。在他身旁的兩個人同樣心不在焉，其中一人想著他養的蜜蜂和蜂巢：牠們築了新的巢，就蓋在椴樹上，他能不能把它摘下來呢？另一人的心思則放在帳單上，他一直算錯數列的總和，只好一次又一次從頭算起。他們頭上都戴著薩爾馬提亞風格的帽子，上面鑲著大顆的寶石別針與孔雀飾羽，他們的服裝就像是鸚鵡的羽毛一樣五彩斑斕、明亮動人，或許正是因為如此，他們三人才會緊皺著眉頭，好讓放蕩的衣服顏色與嚴峻的表情取得平衡。這幾個人看起來最有威嚴。

那些在左側的辯手是松乳菇——他們的帽子讓人想起這種蘑菇。可以的話，松乳菇們只想三十六計走為上策，他們只有牢獄或是罰金兩種選擇。對他們而言整件事早就滿盤皆輸，沒有人會理解或認真聽完他們的陳詞。而在他們右手邊是松蕈，他們團結在一起，衣衫襤褸，緊靠著彼此站在一塊兒，他們的小團體是變動的，每隔一陣子就有人離開，然後手裡拿著文件擠回夥伴身邊；他們身上散發著固執與不滿的氣息，但他們確信自己勝券在握。嫣塔不喜歡他們，雖然她認出他們之中有她的血親，但這一點此刻已經沒有什麼意義了。假如嫣塔要從血緣的角度看待這件事的話，那麼她看到的會是此處和彼方，在教堂之外，在整座城市中，還有城市周圍的小鄉村裡，到處都有她的血親。

唸完開場白和一連串的來賓頭銜之後，這場辯論會的主持人皮庫斯基神父便開始他的演說。他說話時有點緊張，但出自《福音書》的引言幫助他在漂浮著文字的汪洋中穩定了心神，有《聖經》在背後陪伴，他自信十足地發言，不但沒有半點結巴，甚至稱得上流暢。他將反塔木德派信徒形容成迷途的羔羊，他們在漫長的遊蕩之後終於找到了願意照養他們的牧者。

接下來出場走到中間的是安東尼・莫里夫達－科薩科夫斯基，祕書介紹他是位貴族，擔任反塔木德派發言人。這個男人身姿挺拔但是小腹微微突出，頭髮稀疏，有著一雙水汪汪的大眼睛，雖然第一眼不會讓人留下好印象，可是他一開口便吸引了全場的注意力，席間安靜得落針可聞。他的嗓音宏亮溫潤，恰到好處的抑揚頓挫緊緊抓住人心。雖然言詞艱澀，但他說話的方式非常優雅，而且態度相當堅定，比起文字，人們往往更願意聽從旋律。莫里夫達開門見山地呼籲所有猶太人改宗。他每說完一句話都會稍微留白，讓自己的聲音在穹頂之下迴盪得更久。而他的每句話確實都在教堂廣闊的空間中如柳絮飄蕩。

「我們今天之所以站在這裡，站在你們的對立面，並不是出於報復、憤怒或是以惡報惡的心理，也不是出於這些理由才懇求上主、善解人意的造物主，將你們傳喚至此。所以我們站在此處也不是為了請求上帝給予我們公正的審判，而是為了軟化你們的鐵石心腸，並讓你們認可聖神的律法……」

這就是莫里夫達完整的演說，莊嚴肅穆又扣人心弦，令聽者感動不已。媽塔看見他們每隔一陣子就要舉起手帕拭淚，她知道那是種什麼樣的情緒。因為和那些坐在對面、就算是夏天仍舊穿著長版皮草外套與皮草帽的拉比們一比，這些坐在牆下的反塔木德派信徒的確看上去既悲慘又淒涼。他們就像是被逐出家門的孩童，迷途的羊群，疲憊不堪敲響門板的可憐陌生流浪漢。他們本該是猶太人，卻受到猶太弟兄的迫害、詛咒，沒有自己的歸屬。在這樣的迫害中，他們黯淡的靈魂無異於在地下室長出的新芽，會本能地尋找光源求生，往上生長，令人垂憐。基督宗教寬廣的懷抱、天主教的懷抱怎麼會不樂意接納他們，將他們視如己出呢？

三人看起來非常老實：耶澤札尼的耶羅辛，來自納德維爾納人稱克里沙的耶胡達，皮德海齊的摩西·達維多維奇。他們將會各自發言。然後是來自蘭茨科倫的赫什，以利沙·修爾的女婿，站在牆下的哈雅的丈夫，最後則是來自羅哈廷的以利沙·修爾與他的兒子們，他們之中最引人注目的是頂著鬈髮，身披亮色大衣的史羅摩。再往後是做土耳其打扮的紐森·亞倫諾維奇·利沃維奇，以及蘭茨科倫的希拉，他們組成了某種類似祕書處的單位。他們面前有堆積如山的文件，一瓶墨水，還有各式各樣的書寫文具。最後面坐在另一張桌子上的是布斯克的納赫曼與莫里夫達，負責擔任翻譯。納赫曼穿著樸素的深色土耳其服飾。個子矮小的他此刻正緊張地搓揉著手掌。莫里夫達在優雅的深色衣服下暗自流汗。

在他們身後的是一群五彩繽紛、大汗淋漓的擁擠群眾——妻子、姊妹、母親與兄弟，所有人緊靠在一起，畏畏縮縮的。

左側屬於塔木德派代表的長椅上就沒有這麼擁擠了。那邊坐著十幾位衣冠楚楚備受尊敬的老拉比，如果不是靠鬍鬚的長度與茂密程度，幾乎沒有辦法分辨出他們的長相。但嫣塔的眼眸認得出利沃夫的拉帕波特拉比，薩塔尼夫的孟德爾拉比，梅吉博日的雷布拉比，與亞茲洛韋齊的貝雷克拉比。莫吉廖夫的拉比喬斯·科爾澤米耶茨基坐在長椅的邊緣，雙眼緊閉，身體不斷前後擺動，心不在焉。

他們開始一條接著一條宣讀為了今天這個場合特別印出來的聲明。而在他們開始討論第一點的當下，這群烏合之眾就意識到他們無法達成目的了。一些複雜的問題浮上檯面，加上拉比們說話的時候需要與翻譯配合，拖長了發言的時間；更慘的是翻譯本身就很差勁，讓人們更難聽清楚拉比們究竟在滔滔不絕些什麼。唯有拉帕波特敢於用波蘭語發言，但意第緒語特殊的高低起伏讓他的話聽起來少了幾分嚴肅，多了幾分風趣，彷彿他是在販賣雞蛋的小販，讓他威嚴盡失。所以在場的人們開始竊竊私語，坐立難安，而且不僅限於那些站在主教座堂裡的人，連那些坐在長椅上的貴族不是在彼此耳語，就是目光散漫地來回掃視著穹頂，望向嫣塔看著他們的地方。

幾個小時後，皮庫斯基神父決定將辯論會的議程延長至第二天，屆時他們將會針對彌賽亞是否如基督徒相信那般已然來臨，或是如猶太人期望的那般即將來臨一事做出決議。

關於亞設幸福的家庭生活

當亞設回到家時，天色早就變黑了。

「怎麼樣？他在嗎？他有出現嗎？」站在門邊的姬特拉問他，語氣淡漠地像是在問應該要來打掃爐子的煙囪工人會不會來。亞設知道雖然姬特拉幾乎不會提到那個人的事，但他始終還是以某種方式住在亞設家裡。這不僅僅只是小孩、兒子撒慕爾的問題。雅各·法蘭克無異於廚房窗台上無所事事的小植栽，而姬特拉仍會不斷地澆灌他。亞設認為這正是被拋棄的人們會做的事。這棵植栽總有一天會枯萎凋零。

亞設瞥見小撒慕爾正在房間地板破舊的地毯上玩耍。姬特拉有孕在身，所以她才會如此暴躁易怒。姬特拉並不想要這個孩子，但是她卻難以防止自己懷孕。她曾在某個地方讀過，在法國人們用羊腸做成了男性生殖器用的小帽子，如此一來精子就會全部被留在小帽子裡，女性就不會懷孕。她想要有這樣的小帽子，然後在每個星期的集市上將它們分發給所有女人，讓她們轉交給自己的丈夫，防止她們再度懷孕。導致不幸的正是這種混亂的增生、繁殖，就像是腐肉中的蛆蟲那樣，她挺著孕肚在家中走來走去的時候常常把這句話掛在嘴邊，看上去既好笑又讓人不禁感到悲傷。過多的人類，臭氣薰天的骯髒城市，過少的乾淨水分與空氣。她姣好的面容因為厭惡變得猙獰。這些女人永遠身軀腫脹，永遠在懷孕，永遠在生孩子或是哺乳期。假如猶太女性不會這麼頻繁懷孕的話，猶太人的不幸便不會存在。人為什麼要生這麼多孩子呢？

姬特拉說話時手不停地比畫著，她及肩的濃密黑髮也劇烈擺動。她在家中沒戴帽子。亞設看向她的目光飽含愛意。他想，要是她或是撒慕爾有任何不測，他自己也會死。

「難道女人真的是為了在自己的身體裡創造出未來的人類，」姬特拉常常叨唸，「才會付出體內最好的那些物質嗎？然後那個人會死去，一切都是白忙一場？真虧誰想得出這麼爛的機制。這根本沒有半點邏輯，不論是實務上的，或是其他方面的。」

由於亞設．魯賓深愛著姬特拉，所以他專注地聽她說話，努力理解她的想法。漸漸地，他也開始認同她的想法了。他將她出現在他面前的那一天訂為個人重要的紀念日，每年都會獨自默默慶祝。

亞設坐到扶手椅上，腳邊的撒慕爾忙著把玩爸爸為他做的玩具，那是由一個軸心連接兩顆輪子的小玩意。姬特拉豐滿的肚子上放著一本書——它會不會壓得她難受？亞設朝她走近，把書拿走放到旁邊，但姬特拉馬上又將它擺回肚子上。

「我看見了來自羅哈廷的老熟人，」亞設說。

「大家大概都變老了，」姬特拉看著開著的窗戶答道。

「所有人都很頹喪。這件事不會有好結果。你什麼時候才能正常走出家門？」

「我不知道，」姬特拉說。「等我生完吧。」

「這整場辯論都不是給人聽的東西。他們不斷交換各種充滿智慧的大道理，引用書中整頁的內容，之後再加以解釋，花了很長時間不說，更是讓所有人覺得無聊透頂。沒有人聽得懂他們在幹嘛。」

姬特拉將書放到扶手椅上，伸直脊椎。

「我想吃點堅果，」她說，接著雙手驀地撫上亞設的臉龐，與他四目交接：「亞設……」她起了話頭卻沒說完。

辯論會的第七項論點

時間是一七五九年九月十日，星期一，創世五五一九年以祿月十八日。人們緩緩聚集，還有人在主教座堂周邊徘徊，看來天氣又要變熱了。農民正在兜售小顆、香甜的匈牙利李子與瓦拉幾亞堅果，你還可以買到擺在葉子上切好的西瓜。

辯論會的參與者由側門進入之後各自就座，不過今天所有參與者的人數更多，因為反塔木德派代表來了一大群人，圍在願意紆尊降貴現身的法蘭克身邊，他看起來就像是被蜜蜂包圍的女王蜂。出席的還有附近卡哈爾的拉比們，以及優秀的猶太學者，佝僂的拉帕波特拉比本人一如往常穿著會讓他覺得過熱的長版大衣。與此同時，被允許進入主教座堂的還有事前買了票的好奇聽眾，但過沒多久就連給他們的位子也沒了。遲到的人只好站在前廳，聽不太到裡面的進展。

兩點鐘，主持人皮庫斯基神父宣布會議開始，他傳喚反塔木德派代表上前陳述關於第七點的證詞。他心情緊張，你可以看見他攤開面前的文件時雙手都在顫抖。他將視線移到事先擬好的稿子上，開始演講；一開始他說得亂七八糟，不斷口吃，但接下來他流暢地加快了語速：

「眾所皆知，不論是在波蘭王國或是在外國，塔木德派社群中存在渴求基督徒血液一事，因為在國外以及波蘭、立陶宛本地發生的許多事件都證明了塔木德派信徒殘忍地讓無辜基督徒流血，並因為此等藐視聖神的行為被依法判處死刑。然而，他們始終堅持絕無此事，想要向世人澄清他們是被無辜的基督徒指控的。」

他因為緊張而破音，不得不喝點水潤潤喉再繼續：

「可是請看穿一切、即將審判生者與逝者的上帝做見證，我們並非出於惡意或報復之心，而是出於對神聖信仰的愛，才要讓全世界知曉這些塔木德派信徒的所作所為，並且我們將在今天針對此事做出裁決。」

人山人海的擁擠人群間一陣交頭接耳。克里沙用希伯來語將同樣的話重複一遍，這次，拉比們怒火中燒。其中一位疑似是薩塔尼夫拉比的人站了起來，朝著另一邊走近，卻遭到其他人制止，要他保持安靜。

接下來的流程是由克里沙先說，然後再換莫里夫達參考事前準備的稿子加以解釋說明，但他們說的東西卻讓人丈二金剛摸不著頭腦：

「《塔木德》有本名為Orach Haim Megine Erec的經書，也就是《生活之道，世界之盾[3]》，作者是大衛拉比，書中說：『Micwe lachzeur acher jain udym zeycher leydam』，意思是『讓（拉比）盡力取得紅酒，血液的紀念』。隨後作者還補充：『Od rejmez leudym zejcher lejdam szeochoju pare szojchet benaj Isruel』，換言之，『我還要提點你紀念鮮紅血液的原因，是因為法老屠殺了以色列民的孩子。』下一句是：『Wajhuidne nimneu milajikach jain udym mipnej elilojs szejkurym』，意思是『而現在飲用紅酒的習慣被拋棄了，因為有這些虛假的攻擊』。」

薩塔尼夫拉比再次站了出來，尖聲說了些什麼，但沒有半個人替他翻譯，所以沒人在聽他說話。皮庫斯基神父要求他保持靜默：

「之後會有答辯的時間。現在請好好聽取其中一方的論點。」

3書名出自和合本《聖經・詩篇》第四十七章第十節：「列邦的君王聚集，要做亞伯拉罕之神的民，因為世界的盾牌是屬神的，他為至高。」由大衛・哈列維・西高拉比（David ha-Levi Segal）批註，記載了安息日與每周每日的禮拜過程與禮節。

此刻，由莫里夫達翻譯的克里沙文謅謅地指證，塔木德追求基督徒之血是因為拉比們將jain udym一字解釋成「紅酒」，而希伯來文的udym，紅色的，與edym，基督徒，是用一模一樣的字母拼成的（alef、dalet、wow、mem）。兩個字唯一的差異便是第一個字母alef底下的點，也就是名為sygiel與kumec的重音[4]，因此他們一下把這個字讀成udym，一下又讀成edym。

「而我們要知道，」克里沙接著說，莫里夫達將他的話翻譯得十分優美，「《生活之道，世界之盾》一書中規定，拉比們要盡力取得安息日用的紅酒，這兩個字沒有標記任何點，所以這兩個希伯來單字會有兩種意思。於是，拉比們可以隨意地在信眾面前將它解讀成『紅酒』（jain udym），而私底下自己將它理解成『基督徒的血』（jain edym），作為紅酒的暗喻。」莫里夫達翻譯，但其實你看不太出來他究竟是在翻譯還是自言自語。他的視線緊緊黏在紙張上，像是不小心把他的口才和魅力落在了什麼地方。

「你們在做什麼！」群眾中有人突然用波蘭語高聲大喊，然後又用意第緒語說了一次：「你們在做什麼！」

克里沙繼續證明所謂的「紅酒」實際上應該是「血的紀念」。

「請塔木德派信徒向我們好好解釋，究竟是什麼樣的血之紀念？」克里沙大叫，手指指向坐在對面的拉比們。「還有所謂的『提點』究竟是什麼意思！有什麼好提點的？」他對著他們咆哮，整張臉脹得通紅。教堂裡安靜得落針可聞。克里沙吸了一口氣，然後滿意地輕聲說：「顯然他們的目的是要讓拉比們保守這個祕密，而大眾們也會以為那真的只是指單純的紅酒。」

此時，皮德海齊的摩西在同伴的肘擊示意下起立。

他的雙手止不住地發抖：

「人們發明了所謂的塔木德儀式，逾越節期間所有人都必須遵循它的規矩。節期第一天傍晚大家會擺一杯紅酒在桌上，坐在桌前的每個人都會用右手小指沾紅酒，然後一邊將手指上的紅酒甩到地上，一邊複述埃及的十個災禍：一，血災（dam）、二，蛙災（cefardaja）、三，蝨災（kinim）、四，蠅災（uroiw）、五，畜疫之災（dyjwer）、六，瘡災（szechin）、七，雹災（burod）、八，蝗災（arby）、九，黑暗之災（chojszech）、十，殺長子之災（bejchojros）。本儀式在猶太拉比的著作中有相關描寫，作者用每種災害的首字母拼出的三個希伯來單字指涉這十種災害：dejcach、ejdasz、bejachaw。拉比們讓無知的信徒以為這些字母的意義僅止於十種災害。然而，我們發現了隱藏在這些首字母中的祕密，他們，」摩西再度指向拉比的方向，「保守著這個祕密，並未將其公之於眾，但是我們要向大家展示，只要你在這些首字母下方加上其他字，便會出現不同的結果：Dam ceruchin kiluni ał dyjrech szyjusi beojsoj isz chachumym byjruszulaim，意思是『所有人都需要透過當時在耶路撒冷的智者對那人施加的方法取得的血液』。」

全場安靜無聲，人們彼此對望——顯然剛剛說的東西沒人能聽懂。大家開始竊竊私語，壓低聲音評論，有一些比較沒有耐心、感到失望的人魚貫離開走到室外，儘管天氣炎熱，那裡空氣還是比教堂裡面好得多。皮德海齊的摩西沒有感到氣餒，繼續說道：

「我還可以告訴你們，《生活之道》第四百六十點關於復活節第一夜烘焙無酵餅寫到：『Ain

---

4 希伯來語重音符號稱為尼庫德（Niqqud），用於確定單字的原音與輔音。希伯來語書寫體將尼庫德省略不寫。

luszoin maces micwe waiłoe oisin oiso ał idej akim waiłoe ał idej chejresz szojte wejkuten』，意思是『不得於外人、聾人、低能者與小孩面前揉捏、烘烤逾越節無酵餅』。至於其他日子，依據內文，在每個人的面前都可以揉麵團。請塔木德派的人告訴我們，為什麼不能在外人、聾人、低能者與小孩面前揉捏逾越節第一晚的無酵餅麵團？我們知道他們會怎麼回答！這樣麵團才不會發酵。可是我們又要問他們為什麼麵團會發酵？他們回答因為這些人會讓麵團變酸。難道沒有辦法防止麵團發酵嗎？他們怎麼有辦法讓麵團壞掉？事實是他們往逾越節的無酵餅裡加了基督徒的血，所以攪拌的時候不可以有任何人在場見證這個過程。」

摩西恢復冷靜，最後幾個字他幾乎是用吼的。另一側的亞茲洛韋齊拉比抓著自己的頭，身體開始搖晃。平卡斯先是轉過身聆聽摩西的發言，但是下一秒他變得滿臉通紅，起身向前推擠，他的衣領、袖子被試圖阻止他的人抓住。

「摩西，你在做什麼？你這樣是在玷汙自己的老家。摩西，我們熟知彼此，我們在同一間葉史瓦裡上過學。摩西！摩西！你快醒醒啊！」

可是守備隊的守衛神情冷峻地朝平卡斯走了過來，逼得他只好後退。摩西表現得像是根本沒有看到。他繼續說：

「還有第三點。在舊約中不論是牛犢或是鳥類的血液都是被嚴格禁止的，而且將其添加至猶太人的食物或飲料中也是不可以的。可是《邁蒙[5]之書》第二部分的第六章提到：『Dam houdym ajn cha-juwyn ulow』，意思是無論是哪一種血我們都不可以接受，但人類的血除外。除此之外，《婦人卷・婚姻契約篇》第六十節表示：『以雙腳行走之物的血液是潔淨的。』就請他們告訴我們，誰的血是潔淨的？不是說鳥類的血不潔嗎？此外還有許多這樣的例子，表達得含糊不清，但刻意的留白完全是為了隱藏背後真正的目的。我們真真切切揭發了真相。至於剩下的事情，你們從頻繁發生的謀殺無辜孩童的案件也不難猜到。」

摩西結束發言時，整個主教座堂一陣騷動，考慮到天色漸暗，皮庫斯基神父決定結束會議，並要求拉比們準備三天後的回覆。他還要求在場所有人保持冷靜。守備隊前來增援，但是人們離開時還算得上平靜。唯獨沒有人知道，所有拉比究竟是何時又如何離開教堂的。

手勢與眼神的神祕暗號

一七五九年九月十三日，即創世五五一九年以祿月二十一日，利沃夫拉比哈伊姆·柯恩·拉帕波特站在大批的好奇群眾面前，以與他擁有共同信仰人們的名義發言，在冗長的演說中宣稱通篇指控都是仇恨與報復的行為，是再平常不過的攻擊。而且他斷言一切指控非但毫無根據，更是違反自然法。

雨滴重重地打在教堂屋頂上——眾人期盼已久的雨終於落下。

拉帕波特緩慢、吃力地說著波蘭語，彷彿他早已背下發言稿。他引用了《聖經》中的證據，雨

---

5 摩西．本．邁蒙（Moshe ben Maimon）是塞法迪猶太哲學家，人稱邁蒙尼德。

果．格勞秀斯[6]及其他基督教學者對於猶太人的觀點。他用沉穩、冷靜自持的嗓音向眾人保證，《塔木德》沒有要求猶太人對基督徒做出任何不利的行為，再以華麗的詞藻請求教區署理皮庫斯基神父的恩典與庇護，期望他能理智地以最嚴肅的態度去理解反塔木德派信徒關於基督徒血液的指控，那些只是他們拿來為自身不懷好意的目的開脫的藉口。

此刻他的祕書為他呈上了一疊紙張，拉帕波特拉比用希伯來語開始朗讀。他每讀完幾句話，比亞沃洛斯基才會接著讀波蘭譯文。文中提到針對紅酒的問題，《塔木德》要求猶太人在復活節時飲用四份紅酒，《聖經》中也認定紅酒是最好的酒，才會同意人們飲用。然而，假如白酒比較好，當然也可以飲用白酒。人們之所以這麼做，是為了紀念在法老令下犧牲的以色列孩子們的血液，雖然《聖經》中沒有明文規定，但人們卻依照傳統保留了這個做法。這麼做也是為了紀念復活節時在埃及被宰殺的羊羔血液。如果門板上有用羊血塗抹，那麼殺害新生兒的天使便會跳過以色列民的房屋[7]。「提點」這個字眼根本沒有出現在《塔木德》裡，顯然反塔木德派信徒沒有學好希伯來語。他們對於edom與edym兩個字的解釋一樣差勁，後者的意思不是基督徒，而是埃及人。

由十災的首字母所組成的三個字：dejcach、ejdasz、bejachaw的解釋能夠證明反塔木德派提出的論點是毫無根據的。因為這些字的排列完全就是為了方便人們背誦十災，並非為了指涉基督徒之血。這被稱為記憶術（mnemotechnika），也就是幫助記憶的方法。

人們會特別注意復活節無酵餅烘焙的原因，在於防止麵包不小心發酵，因為《聖經》禁止在此期間食用酸種麵包。此外，《生活之道》沒有禁止人們在外人、聾人、低能者與小孩面前揉捏、烘烤無酵餅麵團，而是禁止由外人、聾人、低能者與小孩揉捏、烘烤無酵餅。所以說，反塔木德派代表又一次錯誤解讀了《塔木德》此處的內容，他們宣稱此舉是為了基督徒血液的說法同樣不合理。至於關於《邁蒙之書》「允許飲用人血」的指控完全就是子虛烏有，書中對此事的看法完全相反，反塔木德派代表真的應該好好上幾堂希伯來語課。

可是此時主座教堂中漸漸變得漆黑，只剩下隱隱透出的幾盞燭光，皮庫斯基神父要求停止辯論，並延遲最終判決的決議時間。

卡塔日娜・科薩科夫斯卡致凱耶坦・蘇爾第克主教

……我靈敏的鼻子極少出錯，它嗅到閣下您開始對我們事情失去興趣了，畢竟您現在在新的主教管轄區有更重要的事情要做。然而，我向來是個頑固的人，請允許我為了這件事叨擾閣下，

---

6 雨果・格勞秀斯（Hugo Grotius，1583—1645），出生於荷蘭共和國，為基督教護教學者，對自然法、海事法與神學有獨到的見解，被稱作現代國際法之父。

7 梅瑟召集了以色列眾長老來，向他們說：「你們去為你們的家屬準備一隻羊，宰殺作逾越節羔羊。拿一束牛膝草蘸在盆中血裡，用盆中的血，塗在門楣和兩旁的門框上；你們中誰也不准離開自己的房門，直到早晨。因為上主要經過，擊殺埃及人；他一見門楣和兩門框上有血，就越過門口，不容毀滅者進你們的房屋。」詳情見《出谷紀》第十二章。

因為我真的十分關心。我的心中百感交集，一想到我們這群如同孤兒般的清教徒就激起了我母性的情感，同時還混雜了父性的情感，畢竟要是他們能夠拋下自身錯誤的信仰，投入我等波蘭教會的懷抱，那該有多好！

如同我們的清教徒此前所做的那般，拉比們同樣向教區會議提交了他們的書面答辯書。它並未像指控本身那樣讓在場的人留下深刻的印象。人們認為它十分薄弱，不但沒有合理性，也沒有包含適當的回答。大家注意到拉比們替《塔木德》辯護的方式，不是透過引用《聖經》便是不恰當的反駁。最後他們甚至把焦點放到一切無關緊要的細節上，例如某位拉比大衛在他的《塔木德》裡用眼神還有手勢解出了神祕的暗號，或是為什麼塔木德派信徒應該要飲用紅酒之類的問題。但這不重要。沒有人在認真聽。

事實上，當下聚集在那裡的所有人早已有了自己的決斷。所以我們對判決的結果感到十分滿意。教區署理皮庫斯基神父向在場的人宣布，在前六點的爭辯中，塔木德派代表被我們清教徒打得潰不成軍而落敗，至於有關基督徒血液的第七點，參考宗座大使塞拉的意見書之後，教區法庭決定更進一步詳加研議，並未提出決議。我認為這樣的做法很正確。這件事本身就十分敏感，群情過於激憤，所以一旦教會當局承認我們名下被庇護者指控的合理性，便等同於承認了古老罪名的真實性，這樣極有可能讓猶太人不得不面對最糟糕的處境。儘管這一點讓大眾有些失望，但所有人還是接受了判決，並向家人們散播了這個消息。

所以我必須向閣下報告，洗禮一事已經是板上釘釘了，雅各．法蘭克本人受洗的日子也已經定下來了，這讓我非常高興。

他能為我們提供什麼呢？還真不少！他說（這是透過我的堂親，那位莫里夫達・科薩科夫斯基得知的），如果波蘭立陶宛聯邦有合適的條件，那麼將會有成千上萬的人跟隨他改宗，不光是來自波蘭還有立陶宛的信徒，遠至瓦拉幾亞、摩爾達維亞、匈牙利，甚至土耳其的人們都會加入。他還明智地指出這群人對波蘭的風土民情一無所知，所以不能讓他們像綿羊一樣分散，他們不和自己的同類待在一起就會失去活力然後死亡，所以必須讓他們在一起居住。

我懇求閣下在教區為洗禮做好準備，並發揮您的威望全力支持我們的事業。

而我本人將會在這裡，盡我所能地爭取利沃夫貴族與居民的支持。我的意思是金援，或是給予這一大群街上居無定所的猶太窮人任何的物質幫助。我向閣下保證，他們看上去就像是無數台茨岡人的馬車，雜亂不已，長遠來說，城市很快就會無法應付這些露宿街頭的人了。很不幸地，除了食物匱乏之外，還有許多讓人不悅的生理需求需要解決，這也漸漸演變成了問題。你很難在沒有遮住鼻子的狀況下通過哈里斯基郊區街，再度來襲的熱浪讓臭氣變得更難忍受。雖然薩瓦塔伊派信徒似乎將自己的事情安排得十分妥當，我仍在考慮是否該在城郊劃出一塊地方讓他們落腳，為此我同時徵求了您與札烏斯基主教閣下的意見，我將會針對此事去函主教長。我正在考慮暫時將我在沃伊斯瓦維彩的莊園借給法蘭克一家與他的親信一段時間，直到他們找到可以長期定居的地方為止。但我得先修好那裡的屋頂，還要安排好他們日常生活的必需品……

關於赫梅洛夫斯基神父的麻煩

彗星之年對神父來說是麻煩重重的一年。神父以為他老了就可以在自己的教區裡隱居，藏身於錦葵與碎米薺之間（後者對他的關節有幫助），可是這裡三天兩頭就有騷動或是喧鬧聲。現在還有跑來這裡的逃亡者，羅什科十分不喜歡他。神父把這個有著可怖面容的逃亡者留在自己身邊，他沒有打算向當局通報他，儘管他應當這麼做。逃亡者是個溫吞的好人，如此不幸，光是看見他的身影就讓神父感到心碎，不由得沉思何謂上帝的慈愛與善良。羅什科對逃亡者的態度充滿鄙夷，神父唯恐他會將這個祕密告訴其他人。神父知道羅什科是在嫉妒，只好用更和善的態度與他相處，還將他以往的工資多加了一格羅希，可是羅什科還是成天頂著憤憤不平的表情。所以眼下神父要在利沃夫待上幾天，就忍不住擔心兩人會不會相互攻擊。不過他在寫給德魯日巴茨卡女士的信中並未提及這件事，或許她人在這裡的話，就能給他一些聰明的建議。他時不時會寫信給德魯日巴茨卡女士，這樣的交流讓他感到十分愉悅，因為他能夠感覺到有人確實在聽他說話，而且他們交流的話題無關學術，平易近人。有時候他會花上一整天在腦海中安排信件的內文，比如說此刻，他坐在聖伯納會修士的晨間彌撒上昏昏欲睡，他沒有禱告，反而正在思考該寫些什麼。或許可以像這樣：

……我與雅布諾夫斯基先生之間的紛爭鬧上了法院。我會為自己辯護，所以現在我要寫下講稿，試圖證明書籍與書中知識其實是公共財產。因為它們既不屬於任何人，同時又屬於所有人，就如同天空、空氣、花香與彩虹之美。難道你能夠竊取他人從其他書本中汲取的知識嗎？

眼下他身處利沃夫，是辯論會的中心；主教忙碌不已，整座城市嚴陣以待，沒人有多餘的心思關心班乃迪克神父的案件。所以他選擇和聖伯納會修士待在一起，參加每一場會議，並勤勤懇懇地做筆記，再將它們一一寫進給德魯日巴茨卡女士的信中。

……你問我親眼看見了什麼，我要禮貌地詢問你，好心的女士，你是否有辦法像我一樣在同一個地方久久坐著，或是長時間站著無法動彈呢？我敢保證這場聽證會真的很無聊，所有人只對一件事感興趣：猶太人到底需不需要基督徒的血。

高登第．皮庫斯基神父是來自利沃夫修會的聖伯納會修士，是位學識淵博的神學院博士，這位精通希伯來語的紳士完成了偉大的工作。他與阿偉戴克神父記錄了整場利沃夫辯論會的內容，還利用我們現有的經書與各式文獻增補了相關知識。這位學富五車的聖伯納會修士針對血祭的問題做了詳盡的分析。

他完全認同反塔木德派的指控，為了支持他們的論點，他費盡心思尋找新的論證，它們大都出自某位叫作塞拉菲諾威茨的手稿，他是來自布列斯特—立陶夫斯克[8]的拉比，一七一〇年於若

8為今日白羅斯城市布列斯特的舊稱。

夫克瓦受洗，並且公開承認他曾經兩度在立陶宛犯下血祭謀殺，他描述了猶太人按照他們節日的順序，一年來究竟會犯下那些惡行與褻瀆之舉。塞拉菲諾威茨本人將塔木德派信徒的這些祕密出版成冊，但是猶太人卻將它們買了下來，焚燒殆盡。基督徒孩童的磨難與血液的分配，始於耶穌基督逝世的幾十年後。容我在此處引用皮庫斯基與阿偉戴克神父的話，親愛的女士，以免你以為這一切都是我的臆想：

「神聖的基督宗教廣為傳播之後，基督徒就開始更強烈地對抗猶太人，壓迫他們，猶太人在一起商議該如何安撫基督徒，並讓他們衍生出對自己的慈愛之心。於是他們一起去找耶路撒冷最年長的拉比，名叫拉瓦舍。那人嘗試了所有超自然與違反自然的方法，盼望能夠軟化不利猶太人的狂熱與堅持，而當那人發現無法達到目的，便只好尋求《邁蒙之書》的幫助，那是最負盛名的猶太學者所寫的書。他在書中讀到，只有利用同一種類事物的同情心，才能夠減輕該物的有害程度，於是那位拉比便將這句話解讀成，『其他方法不能平息基督徒與我們抗爭的怒火，唯一的辦法便是讓那群基督徒見血』。」從這時起，他們就開始捕捉基督徒孩童並殘忍殺害，讓他們的血液使基督徒能夠更慈悲的對待他們，此外，他們決定將其立為誡命，此事《塔木德》明確詳盡地描述在《齊賀雷夫》（Zywche Lew）一書中。」

這件事讓我大受震撼，如果不是親眼讀到這些文獻，我的理智可能會拒絕接受這些事實。雖然所有東西都明明白白記載在他們的經書裡，但是由於他們平常寫作時——按照皮庫斯基神父的說法——會加上點，也就是重音符號，在希伯來語中總共有九個，而他們印製《塔木德》時並沒有附上這些點，這導致你可以在《塔木德》裡找到大量的多義字，拉比自己有一套理解方法，但他們向大眾解釋的時候說的可能又是另一套，只為了讓他們可以保守自己的祕密。

我對於此事的驚慌程度可能超出尊敬的女士你的想像。我可能會在某種擔心受怕的狀態中回到我的菲爾雷夫，因為要是世界上真的發生這樣的事，那我們該如何與自己的理智共處呢？有智慧的書明明是不可以說謊的！

在這樣的條件下，還有誰會相信塔木德派信徒呢？我忍不住思索，要是有人慣於在這樣稀鬆平常的事情上說謊，欺瞞天主教徒，那麼在更重要的事情上他們會怎麼做呢？而且對基督徒血液的需求這件事，被拉比們當成天大的祕密，只有他們知曉。沒有讀過書的單純猶太人對此一無所知；然而有一件事是肯定的：無數證據多次證明了這件事的真實性，而法律也會加以嚴懲……

關於無法理解他犯下何種罪過的平卡斯

他可是完成了所有誡命，行善積德，花了比其他人更多的時間禱告。聖潔的拉帕波特拉比，此人可以說是行走的善，善的化身，他究竟做了什麼呢？波多里亞全部的猶太人又做了什麼，才讓不幸化作這些叛教者的模樣來到他們面前？

雖然他年紀還算不上很大，卻已是滿頭白髮，此刻他穿著破舊的襯衫，駝著背坐在桌前。他讀不進東西，雖然他極力想要逃進一排排引起熟悉聯想的字母中，卻發現這一次他辦不到了——平卡斯像顆皮球一樣被神聖的字母反彈而出。

她的妻子正要準備入睡，拿著蠟燭走了進來，她穿著及地長衫，頭上戴著白色頭巾，一臉關切地看著丈夫，然後在他身邊坐了下來，臉頰靠上了他的肩頭。平卡斯能感受到她脆弱的身體，下一秒他放聲大哭了起來。

拉比們要求人們待在家中，關緊門窗，並拉上窗簾，靜待那些異教徒抵達利沃夫。假如真的有事不得不出門，那就要避免與他們四目相對。絕對不可以讓那個法蘭克、那個雜種的眼神對上正直猶太人的視線，視線應該停留在地面、牆角或是水溝上，才不會一不小心向上看的時候對上那些罪人惡魔般的臉龐。

明日，平卡斯會作為代表團的一員前往華沙拜會宗座大使。眼下他正在整理最後的文件。這場辯論會刺激了人們的想法，煽動他們的仇恨，引發他們的不安。第七點控訴他們使用基督徒血液，可是猶太人明明就有得到教宗的保護令，表示這樣的指控應該只會發生在童話故事裡。這個法蘭克的教團有一些神祕的宗教儀式，讓人更容易找到理由怪罪全部的猶太人。拉帕波特拉比說得非常正確；「他們已經算不上猶太人了，我們沒有理由再以對待猶太弟兄的方式對待他們。他們就像是調和油，是出埃及時混入摩西子民中龍蛇雜處的人群：雜種與妓女、浪蕩子與小偷、可疑人士與瘋子。他們就是這樣的人。」

拉帕波特會在波蘭境內所有拉比齊聚在康斯坦丁努夫的時候證明這一點——要擺脫這些異教徒別無他法，只能迫使他們接受基督宗教，也就是說，我們應當盡其所能地讓這些狗接受洗禮。為了推動這件事，我們已經募集了大量資金，並對各方施壓，讓這些異教徒盡早受洗。平卡斯手拿冒著煙的蠟燭，正在和表單上的數字總和奮鬥，一格格的數字和換匯所的表格一模一樣。左側寫的是姓名與頭銜，右側則是支出總和。

門外突然傳來一陣敲門聲，平卡斯倏地臉色煞白。他心想：開始了。他以眼神示意妻子關上臥房的門。雙胞胎的其中一個孩子哭了起來。平卡斯緩緩靠近門邊，細聽門外的動靜，他的心臟瘋狂跳動，感覺口乾舌燥。他聽到另一側傳來指甲抓刮門板的聲音，半晌後有人說：

「開門啊，叔叔。」

「你是誰？」平卡斯輕聲問。

那道聲音回答：

「是我，楊凱爾。」

「哪個楊凱爾？」

「就那個楊凱爾，格林諾的納坦的兒子，你的姪子。」

「你一個人嗎？」

「只有我一個人。」

平卡斯慢慢打開門，年輕男人逕直從狹窄的門縫鑽了進來。平卡斯難以置信地望著他，接著如釋重負地與他相擁。楊凱爾肩膀寬闊，身材高大精實，所以叔叔的身高只到他的肩膀。平卡斯環抱住他的腰，久久站著不動，直到楊凱爾羞赧地清了清嗓子。

「我看見姬特拉了，」他說。

平卡斯放開他之後向後退了幾步。

「我今天早上看到姬特拉了。她在哈里斯基郊區街上幫忙那個醫生醫治病人。」

平卡斯抓住自己的心口。

「在這？利沃夫？」

「當然，就在利沃夫。」

平卡斯帶著姪子來到廚房，在桌旁坐下，為他倒了些伏特加之後自己也喝了一杯；平卡斯不習慣喝酒，噁心得忍不住聳肩。他從某處拿出了起司。楊凱爾告訴他——抵達利沃夫的所有人露宿在街頭，他們之中有小孩，有許多人生病。這位亞設，來自羅哈廷的猶太醫生會醫治他們，也許他是受雇於市政府的醫生。

楊凱爾有一雙漂亮的大眼睛，瞳色也是難得一見——看起來像是青瓷。他給了憂心忡忡的叔叔一個微笑。穿著睡衣的平卡斯夫人透過虛掩的門偷偷看著兩人。

「有件事該讓叔叔你知道，」楊凱爾還沒吞下口中的食物便說道，「姬特拉有孩子了。」

關於淹沒利沃夫街道的人潮

馬車實在太滿，人們不得不下車才能讓馬車順利爬上小山丘。腳下塵土飛揚，炎熱乾燥的九月天把路邊的草曬得枯紅。不過大多數的人還是步行——他們每隔幾哩就會在胡桃樹陰影下稍作休息，此時大人小孩都會在乾掉的落葉堆裡尋找它的果實，它們有半個手掌那麼大。

總是會有來自各個地方的朝聖者聚在這樣的十字路口，真誠地彼此問候。他們之中大部分的人是窮人，小商人或是工匠，是靠著自己的雙手紡織、編織、磨刀、修理物品，扛起家族生計的人。男人們從早到晚將工作坊的工具與攤子背在背上，重得他們直不起身軀，他們衣衫襤褸，灰頭土臉，疲憊不堪，他們會彼此互換消息，分享簡單的食物。他們只需要水和一塊麵包，讓他們可以撐到大事發生的那一天。如果你能用這樣的方式思考，就會發現人為了生活其實不需要太多東西，甚至不需要每天吃飯。世界下一刻就會發生改變的時候，梳子、緞帶、陶罐、尖刀又有什麼用呢？雖然沒人知道究竟會如何，但一切都會有所不同。所有人不約而同地討論著這件事。

馬車上則坐滿了婦女與孩童。搖籃被綁在馬車上，在驛站休息時，她們會把它掛在樹下，如釋重負地將嬰兒放到裡面，因為她們抱著孩子的手早就麻了。年紀比較大的孩子赤著腳，渾身髒兮兮，他們被曬得頭暈腦脹，在母親的裙子或是鋪著骯髒帆布的乾草堆上打盹。

有些村子裡的其他猶太人會朝著他們走過來，然後向他們的腳邊吐口水，而各種血統的孩子們：波蘭小孩，魯塞尼亞小孩，猶太小孩都會在他們身後大喊：

「遊手好閒的傢伙！遊手好閒的傢伙！三位一體！三位一體！」

晚上他們甚至不會請求別人讓他們留宿，只是在水邊，在灌木叢邊，在白天被曬熱還沒降溫的牆角就地躺下。女人們負責把搖籃掛好，擺好枕頭，點上營火，而男人則負責到村裡尋找食物，沿路撿拾路邊掉下來的青蘋果還有李子，充足的陽光讓它們長得十分多汁，散發香甜果香的果實吸引了胡蜂與大黃蜂。

嫣塔看見他們頭頂上的天空在他們睡覺時打開了，他們的睡眠異常地淺。萬物是如此聖潔，彷彿它們是多麼特別、安詳，像是被洗滌過、被熨燙過。彷彿你現在只能小心地踏出每一步，筆直地行走。或許，在天上看著他們的那一位終於能夠從持續上千年的麻痺中甦醒？在老天爺的注視下萬物顯得如此奇異又寓意深遠。舉例來說，孩子們找到了緊緊嵌在樹裡的金屬十字架，緊到他們無法將它從樹幹裡拔出來。雲朵變幻出特別的形狀——也許是某種《聖經》動物，可能是從未有人親眼看過的獅子們，所以甚至沒人知道牠們長什麼樣子。又或是在地平線上飄浮、長得像吞下約納那隻大魚[9]的雲朵。甚至有人在旁邊的小雲裡看見了被吐出的約納本人，歪歪扭扭的就像是吃剩下的蘋果核。有時候還會出現天藍色的諾厄方舟與之相伴。大船穿梭於雲團間，諾厄在船中忙碌地飼養他的動物，度過了洪水氾濫的一百五十天。至於在方舟的屋頂上，你們看，你們看，那是誰啊？是不速之客，巨人敖格[10]，他在洪水襲來的最後一刻爬上了方舟。

他們說我們不會死的。洗禮能夠讓我們免於死亡。那未來又會是如何呢？我們會老去嗎？還是說我們會固定維持在某個年紀，直到永遠？據說我們每個人都會是三十歲。老人對此感到高興，年輕人則感到憤怒。有人說這是最好的年紀，此時健康、智慧與經驗和諧地交織在一起，同等重要。會是這樣嗎？不老不死？我們會有大把的光陰可以任意揮霍，累積許多財富，蓋房子，來一場小旅行，東奔西跑，畢竟在無止境的時光中你不可能永遠待在同一個地方。

一直以來的所有事物早已破敗不堪，缺乏構築出了世界，這裡缺少這樣東西，那裡不夠那樣東西。為什麼會這樣呢？為什麼東西不能是過剩的呢，例如溫暖、例如食物、例如頭頂的屋簷、例如美？誰會因此受害？為什麼世界不是被塑造成這種模樣呢？太陽底下的萬物皆屬無常，甚至來不及瞥見它們便轉瞬即逝。為什麼會是這樣呢？難道不能有更多的時間觀察，不能有更多時間深思萬物奧祕嗎？

然而直到我們獲得再造資格的那一刻，我們才能從善良的真主手中獲得全新、完整、豐富的靈魂。人類將會如上主永生不死。

梅耶科維茨一家

這位是史羅爾．梅耶科維茨，以及他的妻子貝拉。此時貝拉和她膝上的小女兒希瑪一起坐在馬車上，貝拉正在打盹，她的腦袋每隔一陣子就會垂到胸前。或許是生病了，她瘦削的臉頰綻放著兩朵紅暈，還有咳嗽的症狀，幾縷灰白髮絲從素色頭巾下跑了出來，頭巾的邊緣已經有了磨損。年紀比較大的女孩們與父親一起走在馬車後方。艾莉雅年方七歲，和她母親一樣瘦小。她的頭髮用破布塊綁著，

9 約納搭船時為了使風浪平靜下來，便要求水手將自己拋到海中，被大魚吞下之後，他在魚肚裡過了三天三夜，後來大魚依照上帝的命令將約納吐回了陸地上。詳情見《約納書》。

10《申命紀》第三章第十一節：「巴商王敖格是勒法因人遺族中僅存的人物；他的床是鐵做的，以人肘為度，長九肘，寬四肘，尚存在阿孟子民的辣巴城裡。」勒法因人在希伯來文中有巨人之意。

紮著辮子，打赤腳。在她旁邊的是十三歲的芙蕾娜，她長得高，將來一定會出落成一位大美人。她有一頭鬈髮與黑眸，此刻她牽著比自己小一歲的妹妹瑪莎，後者一隻腳的大腿扭曲變形，天生跛腳，或許正是因為如此她才沒有發育成長。她的皮膚黝黑，像是他們在布斯克慘不忍睹的小破屋裡被煙燻黑了；她為自己的殘疾感到自卑，鮮少步出家門。但是大家都說她是所有女孩中最聰明的那一個。她不想和姊妹們睡在同一張床上，每天晚上都會睡在粗糙的地鋪上——乾草填充的小床墊。她把毯子蓋在身上，那是父親在家計比較好的時候用餘料織成的。

史羅爾領著十一歲的米利安，他最寵愛的孩子，話匣子一枚。她的小嘴沒有一刻是閉上的，不過她說的話非常睿智。沒將她生成男孩讓父親耿耿於懷，滿心遺憾，如果她是男孩肯定可以當上拉比。

走在他們身後的是年紀最大的艾斯特拉，她已經承擔起母親的責任了——她骨瘦如柴，有著貂一般小巧美麗的臉龐，極為固執。她已經被許配給來自耶澤札尼的男孩，父親縮衣節食，好不容易才在這樣困苦的生活中湊出給未來新郎的嫁妝。然而天不從人願，男孩四年前死於傷寒，而男方父親至今沒有歸還這筆錢。史羅爾正在為這筆錢打官司。他十分擔心艾斯特拉，現在有誰願意分文不取帶走她呢，何況她還是出身貧窮的女孩？要是他能夠讓女兒們順利嫁人，那就算得上是奇蹟了。史羅爾四十二歲，看起來卻垂垂老矣——粗糙暗沉的臉孔滿是皺紋，雙眼凹陷，像是潛伏著某種陰影，他亂七八糟的鬍子打了許多結。看來猶太神對他非常有意見，為什麼他只有女兒呢？他犯了什麼罪才會家裡只有女兒？難道他是在償還先祖的亙古罪孽嗎？他深信這個神不是他應該侍奉的。應該還有其他的神，更真、更好的神，而不像是管理人和地主。他們可以一邊唱歌或是信靠雅各，一邊透過柏魯奇亞向這位真神祈禱。

他們從四月起就待在伊瓦涅。要不是有伊瓦涅的好人相助，他們可能會死於飢餓。伊瓦涅拯救了他們的生命和健康。貝拉現在感覺好多了，也不會那麼常咳嗽了。史羅爾相信他們受洗之後生活就會過得像基督徒一樣好。他們會得到一小塊耕地，會得到菜園裡的蔬菜，而他，史羅爾將會編製花毯，因為他做花毯的技術一流。等到他們老了，女孩們出嫁之後，便會將他們夫妻二人接去照顧。這些就是他的夢想。

納赫曼與善舉的禮服

納赫曼在主教座堂演講的時候，他年輕的妻子瓦克薇正在伊瓦涅生女兒。小孩個子大又健康，令納赫曼鬆了一口氣。他在第一段婚姻中有了兒子亞倫，目前和蕾雅一起住在布斯克。蕾雅至今仍未再嫁。大家都說她有陰暗的靈魂，內心充滿不安。所以納赫曼共有兩個孩子，某種意義上他稱得上完成了自己的義務。納赫曼認為女兒的降生是重大的暗示，也是上帝認為他們行在正確道路上的證明，所以從這時起他不再需要與女人行房了。

然而這天傍晚，在他們離開剛剛討論過辯論會第七點的主教座堂時，納赫曼突然就失去了他近日來懷抱的熱忱。甚至稱不上熱忱，而是滿懷希望的決心。正面積極的堅持，如同為了發大財鋌而走險的商人振奮的心情，宛如孤注一擲的玩家。納赫曼的心情異常激動，辯論會期間他渾身大汗，現在他卻覺得自己身上散發著老鼠的臭味，彷彿他剛經歷過一場惡戰，和別人大打出手。他想要一個人獨處，卻不得不跟著眾人一起走。雅各寄宿在瓦別斯基長老的排樓——所以那是他們的目的地。他們點了很多伏特加，還有當成下酒菜的魚乾。所以這天晚上納赫曼只寫了幾句話：

人生在世時，靈魂會將自己符合誡命的善舉織成一件禮服，人死後就會在更高階的世界穿著它。惡人的禮服到處都是破洞。

我時常想像自己的禮服會是什麼樣子。有很多人跟我有一樣的想法，他們能夠清楚看見自己，彷彿是透過他人的雙目盯著自己。他們眼中的衣服乾淨得體，可能還很漂亮，換句話說，十分和諧。

可是我已經清楚地知道，我不會喜歡自己在天堂鏡子裡的模樣。

然後，雅各一如既往興高采烈地走向他，將他帶走了。他們要好好慶祝一番。

洗禮開始時，納赫曼派人把瓦克薇與女兒接來。他在城門旁等著她們，細看每一台駛來的馬車，直到他終於找到了她們：和瓦克薇在一起的還有她的母親和姊妹。孩子躺在搖籃裡，被薄薄的尿布蓋著。納赫曼迅速地把它從嬰兒臉上拿開——他害怕孩子會窒息。女孩有一張皺巴巴的可愛小臉，放在小嘴邊的拳頭握得緊緊的，大小和核桃差不多。瓦克薇氣色紅潤，乳汁充分，她滿足地望著丈夫，臉上勝利的神情藏都藏不住。納赫曼還不曾看過她這副模樣。

年輕的母親甚至沒有注意到納赫曼房中的奢華。她將尿布披在有著雕花靠背的椅子上。他們將孩子置於中間一起睡在大床上，納赫曼覺得從這一刻起所有事情都會往好的方向發展，他們已經來到了轉捩點。就連第七項論點都是必要的。

他對瓦克薇說：

「你的名字是索菲亞。」

他為孩子選了蕾貝卡這個名字，黎貝加，與《聖經》中雅各伯母親的名字一模一樣，將會是她隱藏的古老名字。至於她受洗時要接受的聖名是阿格涅什卡。瓦克薇與其他女人都報名了主日學，但是她的心思全都放在孩子身上，對其他事情沒有半點興趣。她只學會了如何比畫聖號。

米庫斯基神父的帳單與基督徒聖名市場

維持那些露宿利沃夫街頭來訪者的重擔，落到了米庫斯基神父身上。他每周會發給他們三十五杜卡特。萬幸他有一個只比他年輕幾歲、伶俐能幹的姪女，他的整座領地與花在新教友身上的支出（他稱呼他們的時候盡量避免使用「改信者」這個詞），都被她打理得井井有條。市場上的所有人都認識她，當她要買生鮮食品時，沒人敢跟她討價還價。城市本身盡其所能給予幫助，居民本身也相當樂於助人。你可以看見農民們分送他們自己在菜圃種的蔬菜，那邊戴著四角羽毛帽身穿棕色披風的鄉民，馬車上載滿了鮮嫩的綠蘋果，他把它們直接裝到女人的圍裙與男人的帽子裡。有人運來一車的西瓜還有幾籃小黃瓜。修女院接收了帶著女兒的婦女，讓她們有得吃有得睡。這對修女們來說是一項大挑戰，因為她們的姊妹數量變成了兩倍或是三倍，但也有一些修女會對著猶太女人吐口水。每個男修會可以餵養幾十個男人。他們時常分送豌豆湯與麵包。

在利沃夫受洗儀式前夕，某種類似基督徒聖名市場的東西誕生了，裡面最受歡迎的名字是瑪麗安娜。這個名字是為了紀念第一位王室大臣的夫人瑪麗亞．安妮．布呂爾洛娃，她不吝於給予反塔木德派信徒支持。可是大家也說這是最狡猾的名字——它同時包含了耶穌基督的母親瑪利亞，以及他的奶奶安娜的名字。它聽起來還十分順耳，像是小孩的數數歌：瑪麗安娜、瑪麗安娜。所以有許多女孩和年輕女性想要變成瑪麗安娜。

來自布斯克的史羅爾．梅耶科維茨的女兒們已經分配好了彼此的名字。希瑪要改成維多莉亞，艾莉雅改成莎樂美，芙蕾娜改成了羅莎，瑪莎則變成泰克菈，至於米利安則是改成瑪麗亞。艾斯特拉遲遲無法選出自己的名字，最後決定擺擺手表示她要選第一好的名字，德雷莎。

如此一來，同一個人彷彿生出了兩種版本，每個人像是擁有了不同名字的替身，每個人都有兩種面向。史羅爾．梅耶科維茨，科羅利夫卡的梅耶科與瑪莎之子，搖身一變成了尼古拉．彼得羅夫斯基。他的妻子貝拉——成了芭芭拉．彼得羅夫斯卡。

大家已經知道，有些人在受洗後會得到他們代父代母的姓氏。皮德海齊的摩西與瓦別斯卡夫人交情甚篤，還與她的丈夫共同經營各式各樣的生意，所以他得到了他們家的姓。由於這位身體結實、滿腹經綸的拉比充滿想像力與自信，加上他是所有人之中最精通卡巴拉的，他深知文字與姓名有什麼力量。他替自己選的名字取自懷疑的多默[11]。他以後就叫托馬斯・皮德海耶茨基—瓦別斯基。他兩個才幾歲大的兒子大衛與所羅門會是約瑟夫・波納文徹爾和卡齊米日・西蒙・瓦別斯基。

可是並非所有貴族都樂意給出自己的姓氏，例如傑度斯基先生就不願向瓦別斯基一樣濫用自己的姓氏。他將會擔任老赫什（蘭茨科倫的薩瓦塔伊先生）及其妻子（修爾家的哈雅）的代父。哈雅的頭髮變白了，帽子下露出了她灰白的鬈髮，她臉色蒼白發青，但仍然可以看見她出色的美貌。這位貴族穿著當地還沒有人知道是什麼的英式燕尾服，讓他看起來就像是隻蒼鷺，這個自大的貴族到底知不知道自己將要替一位女先知施洗呢？

「與其被我的姓弄到舌頭打結，你們不如找個簡單好唸的。喔，既然你的頭髮是紅棕色的，」他對赫什說，「那麼你們不如就叫盧德尼茨基[12]，聽起來不錯吧？不然你們是從蘭茨科倫來的，可以叫蘭茨科倫斯基？聽起來就像是大公的姓氏。」

於是眾人開始猶豫到底要叫什麼，盧德尼茨基還是蘭茨科倫斯基，但其實對他們來說，不管叫哪個都一樣。兩個姓氏和老赫什都不太搭。他穿著自己的寬鬆棕色長袍，戴著連夏天都不會脫下的毛皮帽，蓄著長鬍子，臉上還有幾分陰影。看上去不太開心。

在市場上受到眾人吹捧的還有弗朗齊歇克這個名字，受洗的男性中每三位就有一位改名弗朗齊歇

11「別的門徒向他說：『我們看見了（復活的）主。』但他（多默）對他們說：『我除非看見他手上的釘孔，用我的指頭，探入釘孔；用我的手，探入他的肋膀，我決不信。』」出自《若望福音》第二十章第二十五節。

12將紅棕色（rudy）加上字尾後綴變成盧德尼茨基（Rudnicki）。

克——他們說這是為了紀念弗朗齊歇克．列烏斯基，他同意擔任雅各．法蘭克本人的代父，也為此捐獻了不少金錢。但事實並非如此；施洗的神父們與始終抱持懷疑態度的米庫斯基神父發現了來自亞西西的聖人[13]名字如此受歡迎的真正原因——他們會選這個名字，單純是因為弗朗齊歇克聽起來和他們的領袖法蘭克的名字有點像。

星期五傍晚的哈里斯基郊區街上。你還可以看到遲到的落日將橙色餘暉灑在房屋屋頂上，三三兩兩坐著的人們突然開始感覺不太自在，陷入一種奇怪又尷尬的沉默。半個小時前眾人還圍在昨天的營火旁熙熙攘攘，他們坐在堆滿籃子羽毛的破舊柳條製推車之間，車上還拴著幾隻山羊——萬物驀地變得靜默無聲，空氣瞬間凝滯。他們盯著地面，手指把玩著圍巾上的流蘇。

有個男人突然唱起了示瑪，其他人卻馬上制止了他。

安息日女王經過了他們的頭頂，甚至沒有碰到他們分毫，便直直朝著城市另一邊的猶太區而去。

關於赫梅洛夫斯基神父在利沃夫的遭遇

「尊敬的神父，您還認得我嗎？」有個年輕小夥子正巧抵達利沃夫，向赫梅洛夫斯基神父搭了話。

神父仔細端詳他的面容；他不認得。雖然他有一種不舒服的直覺，他在哪裡見過這個男孩，但他真的不認得。唉，他的記憶力真的不行了。他會是誰呢？他覺得答案呼之欲出，可是他的鬍子和猶太服飾又讓他感到困惑。

「幾年前您拜訪修爾家的時候，我當過您的翻譯。」

神父搖了搖頭，他沒印象。

「我是赫里茨科啊，那個，在羅哈廷……」男孩說話時有著一點魯塞尼亞語的起伏。

神父倏地想起了這位年輕的翻譯。但是似乎有什麼不太對勁。

「你過得怎麼樣，孩子？」他手足無措地說，接著瞥見男孩大大的微笑。他少了一顆門牙，可是還有那件長褲、那件長大衣……「我的老天爺啊！你怎麼會穿得跟猶太人一樣？」神父問。

赫里茨科別開視線望向某處的屋頂，此刻他或許正在後悔自己下意識地搭話了。他想要將生活中發生的一切全盤托出，但他同時又害怕說出口。

「你還跟修爾一家待在一起嗎？」總鐸神父追問。

「噢，修爾先生是位偉大的人。學識豐富。有很多錢……」他無奈地擺了擺手，彷彿那是超出人類計算能力的一筆大錢。「不過這有什麼好奇怪的？親愛的神父，他對我和我的弟弟來說就像是父親一樣。」

「天可憐見！你真笨啊！」神父驚恐萬分地環顧四周，確定沒有人能看見他們。沒錯，沒錯，整

———

13亞西西的聖方濟各，十一世紀出生於義大利亞西西，聖方濟各修會創辦人。

座城市都能看到他們。「你瘋了嗎？他不該收留你們這些基督教的靈魂，他該做的事情只有通報你們是孤兒，讓你們可以去孤兒院。結果就不會是這樣……我不該插手這件事，因為你們是東正教教徒，不過這沒什麼差別，都是基督徒。」

「是這樣沒錯，我們確實可以在某個教會的孤兒院找到容身處，」赫里茨科憤怒地說，驀地抬眼瞪著神父。「可是神父不會把我們的事向其他人大肆宣揚，對吧？何必呢？又為了什麼？我們在他們這裡過得很好。弟弟在學習讀寫。他會和女人們一起煮飯，因為他娘娘的，」他咯咯笑出聲。神父皺起眉頭，他無法理解。

有個女孩從人群中向赫里茨科走來，可是一看見他在和神父說話，女孩就嚇得退避三舍。她年輕苗條，有著已經顯懷的孕肚，毫無疑問是猶太人。

「我的天啊……你不光是猶太臨時工，甚至還娶了猶太老婆？全能的聖母啊！人們會為了這樣的罪惡付出生命。」

神父不知道該說些什麼，他對如此新奇的事物感到驚詫，所以狡猾的男孩趁著神父處於震驚的時候繼續壓低聲音，幾乎貼著神父的耳朵說：

「我們現在在跟土耳其人做生意，我們會跨越德涅斯特河到摩爾達維亞，然後進入瓦拉幾亞。生意不算太差……銷路最好的是伏特加，雖然河的彼岸是穆斯林、土耳其人的王國，可是那裡也有很多基督徒，他們會向我們買上好的伏特加。除此之外，他們的《可蘭經》有提到他們不可以喝葡萄酒。葡萄酒！沒有半個字提到伏特加，」赫里茨科解釋。

「你可知道這是極為嚴重的死罪？你現在是猶太人……」神父終於回過神來。隨後他對著男孩輕聲耳語：「你有可能被送上法庭，孩子。」

赫里茨科做出微笑，但神父覺得這個微笑看起來特別蠢。

「可是神父你不會到處散播我們的事吧，這就像是告解。」

「我主基督啊……」神父不斷重複，他緊張到感覺臉上一陣刺痛。

「請神父不要說出去。我在羅哈廷時就一直待在修爾一家身邊，從大洪水時開始。不論如何人們早就忘了。說這些又有什麼意義呢。現在我們所有人都會一起朝著主耶穌基督與聖母走去……」

神父突然想起為什麼這些猶太群眾會在這裡，然後他理解了牙齒斷掉的男孩的矛盾處境。他們現在總歸是要受洗的，那麼他需要做的就是待在原地不動，維持原本的身分，然後他們自己就會跑來加入他。他用盡力氣笨拙地向對方解釋這件事，可是赫里茨科語帶神祕地說：

「這不一樣。」

隨後他便消失在人群中。

班乃迪克．赫梅洛夫斯基總鐸神父選了不湊巧的時間來利沃夫處理私事。

載滿猶太人的馬車從四面八方駛來，基督徒小孩們一邊尖叫一邊追在馬車後面跑，利沃夫居民則站在路旁，驚奇地觀望接下來要發生什麼事。奔跑著的城市女居民撞到了神父，像是為了解釋並表達歉意，她試著親吻他的手，但她趕時間根本來不及親上去，只好拋開他的手喊道：「他們要替猶太人施洗。」彷彿這樣就可以合理化她的興奮與匆忙。

「薩瓦塔伊派（Sabsaćwinnicy），」獨立的呼喊聲接連響起，可是這個字難到讓他們的舌頭打結，所以它不斷移動，從一張嘴滾到另一張嘴，直到它令人不適的稜角變軟、變直。薩瓦塔伊派（Szabsiaświnkowie），有人試著改變說法，但效果不佳。這樣要怎麼吟唱？怎麼高喊？所以變得光滑、平直的單字突然從反方向跑了回來，像是長年被水當成玩具把玩的石頭：szapłaświnki、szapłaświnki，這一邊的街上傳來呼喊聲，可是另一邊的口號已經換成：遊手好閒的傢伙（ciapciuchy）、遊手好閒的傢伙。人們穿過兩波爭相叫罵的音浪——當初他們就是要讓這些字聽起來像在罵人——好像聽到了，卻沒聽清楚他們究竟說了什麼。或許路人在波蘭語的吟唱中也認不出彼此。

神父無法不去想赫里茨科的事情，他深不見底的記憶可以將他所遇見的一切，他的雙眼所見與雙耳所聞的一切裝進腦袋裡，現在它帶著神父回到了遙遠的年代，正是在這個世紀初拉季維烏，應該是卡爾·拉季維烏下令猶太人不得雇用基督徒，並且永遠禁止任何形式的跨族通婚。這就是為什麼這場驚天醜聞會發生，當時是一七一六或一七一七年（神父當時是耶穌會的見習生），據說有兩個女基督徒接受了猶太人的宗教，並且搬到了猶太人的街區。一位已經喪偶，班乃迪克神父記得很清楚，她的父親是來自維捷布斯克的某位東正教神父奧赫里德，這個女人態度堅決地為自己的改信辯護，不願展現任何悔意。第二位則是來自萊札伊斯克的年輕女孩，為了愛改信猶太教，並跟著自己的情人走了。當兩人被逮捕時，比較老的女人被處以火刑，年輕的則被揮劍砍了頭。不幸的故事就此落幕。神父記得這些女人的配偶被判處的刑罰可溫和得多了，他們只受了鞭打一百下，不但要負擔訴訟的費用，還要強制他們為教堂提供蠟與牛油。如今沒有人會因此被判處死刑，班乃迪克神父暗忖，但這仍然會是一件極為嚴重的醜聞。然而，從另一方面來說，有誰會擔心像赫里茨科這樣的孤兒呢？誰會對他感興趣？如果有人把他供出來，對他不死的靈魂會不會更有利？這個想法真是卑鄙，神父立刻將其拋之腦後。帳面上還是有盈餘的：就算這裡有一個人改變信仰，往那個方向跑，過沒多久就會有上百個、甚至上千個人往反方向跑去，回到正途。

由於神父沒有辦法為了私事找主教幫忙，他想趁待在利沃夫的這段時間印一些自創的詩，這樣他就可以把它們寄給好友們，特別是札烏斯基主教，還有德魯日巴茨卡女士，讓他們想到他謙虛的名字時可以感覺到些許愉悅。他挑了幾首最有趣的短詩，其中一首是特別寫給她的，可是他不敢把它們拿到幾年前幫他印製《新雅典》的耶穌會印刷工坊，所以他找上了戈爾切夫斯基的小工坊。此刻他站在店家小巧的櫥窗前，一邊假裝自己在讀陳設中的冊子，一邊思考走進店裡時該說些什麼。

群眾擠在拱門下尋找可以乘涼的陰影，根本沒有地方可以讓人落腳，天氣炎熱，所以神父退到了刻著深色浮雕的雙層排樓庭院中。他仔細檢查包包是否完好，證明他清白的文件還在不在。他還想到今天是一七五九年八月二十五日，這天是法國賢王聖路易[14]的紀念日，因為這是位喜愛和平的君王，神父開始相信他今天可以順利解決一切問題。

此時他聽到廣場上傳來喧鬧與群眾的驚呼。他踩著碎步、喘著粗氣走到陽光下，成功擠到街上。他終於瞧見群眾究竟為何如此驚訝——是一台由六匹馬拉著的馬車，每一對馬的顏色都不一樣，馬車旁站了十二位身穿華麗土耳其服飾的騎兵。馬車朝著廣場駛來，然後回到停滿猶太人馬車的哈里斯基郊區街。神父注意到那裡有一頂被猶太人包圍的帳篷，帳篷頂的花色是繽紛的土耳其條紋。逃亡者楊

14　路易九世，卡佩王朝國王，一二二六年至一二七〇年間在位，一二九七年被天主教會封為聖人。

的事情突然讓他得到了真正的啟發。他應該要把從老修爾手上收下的一箱箱書拿來做些什麼。神父急忙跑出此起彼伏、激動不已的人群，對著他路過的所有人露出真誠的微笑。

在帕維爾・約瑟夫・戈爾切夫斯基印刷工坊的招牌下，國王陛下特許的排版師

利沃夫的亞美尼亞婦女和波蘭婦女的差別只在於波奈特帽的大小。亞美尼亞婦女的波奈特帽很大，臉部旁邊是綠色的摺邊，額頭上方還有緞帶。而波蘭婦女戴著上過漿的白色波奈特帽，沒有那麼大，但是衣領相當吸睛，準確來說是襞襟[15]，下方還會露出兩三串珠子。

卡塔日娜・德伊莫娃是利沃夫皇家郵務局局長的妻子，她同樣戴著波蘭波奈特帽與襞襟。不過她沒有戴串珠，因為正在守喪。她正一如往常腳步輕快地走在哈里斯基郊區街上，看見這裡如此龐大的群眾令她無法不感到詫異。而且他們整群人穿得黑壓壓的，喃喃自語，是外國人——猶太人。婦女們把孩子放在裙子裡抱著，男人們面黃肌瘦，滔滔不絕地說話，所有人三三兩兩地站著，熱氣在他們頭頂上升起。他們直接坐在僅存的空地上，在草地上吃東西；有女人正在分送籃子裡的麵包、酸黃瓜、起司塊。而蒼蠅在這一切的上空飛舞著，狂妄、惱人的八月蒼蠅，牠們會往你的眼睛飛，還會待在你的食物上。有群男孩帶來了兩籃大核桃。

直到德伊莫娃的侍女告訴她那些是要來受洗的猶太人之前，她都一臉厭惡地看著這一切。此時卡塔日娜．德伊莫娃像是脫下了某種眼鏡，雖然她從來都不知道自己有戴眼鏡，感動倏地湧上她的心頭——至聖天母啊！他們是來受洗的！那些亂說世界末日來臨的人其實是對的。所以耶穌基督最大的敵人才會接受洗禮。他們罪惡的抵抗軟化了，他們終於領悟在神聖的天主教會之外沒有救贖，現在他們要如同脆弱的孩子般加入我們。雖然眼下他們看起來並不一樣，感覺很奇怪，穿著他們的黑大衣，留著及腰長鬚，但是不久後他們就會變得像我們一樣了。

她望著那家人，全都是女孩，胸前抱著孩子的母親笨拙地走下馬車，馬車夫扶著她，因為這台車還需要回去載其他在郊區的人。她背上的包袱掉了下來，幾塊稍微褪色的破布和一串黯淡的小串珠掉了出來。女人尷尬地把它撿起來，彷彿她對這個世界的眼睛揭開了自己最隱祕的祕密。德伊莫娃與她擦身而過，有一個六歲左右的男孩朝她跑了過來，他帶著充滿笑意的眼睛看著她，非常高興地說：「讚美主耶穌基督！」她則下意識地、肅穆地回答：「直到永永遠遠16」。她緊緊抓住胸口，感動得眼淚奪眶而出。她在男孩身邊蹲下，握住他的手腕，而他看著她的雙眼同樣盈滿淚水，仍舊面帶微笑，小淘氣鬼一個。

「你叫什麼名字？」

男孩語氣堅定地用不大自信的波蘭語答道：

---

15 圓盤狀衣領，在中世紀歐洲貴族之間相當流行。

16 波蘭天主教徒的日常問候語。

「西雷雷克。」

「真是個好名字。」

「我之後就叫沃伊切赫·馬耶夫斯基了。」

德伊莫娃已經無法止住淚水。

「你想要吃蝴蝶餅嗎？」

「好啊，蝴蝶餅。」

之後她在已故妹夫的工坊，向她的妹妹戈爾切夫斯卡講述了這件事，就在漂亮的鐵製招牌下。

「那麼小的猶太小孩說：『讚美主耶穌基督！』你有看過這種奇蹟嗎？」德伊莫娃陷入感動之中，眼淚再次奪眶而出。丈夫死後她便常常哭泣，每天哭，一切在她看來是如此難以忍受的悲傷，對整個世界的哀怨將她籠罩。隱藏在這般哀怨之下的是憤怒，奇怪的是它很容易就可以轉變成感動，突然面對世界如此巨大的不幸她只能舉手投降，一切都讓她流淚。

她們兩姊妹都是寡婦，但是另一人比較擅長忍受守寡的生活，因為她接手了丈夫的排版印刷工坊，一座能夠接受各式訂單、印製小文宣的小印刷廠，它正在嘗試與耶穌會士的大印刷工坊抗衡。她正忙著和某位神父談話，對姊姊的話左耳進右耳出。

「有了，女士，您看！」他將印出來的盧賓斯基主教長署名的呼籲文（不得不說印得很歪）交給她，文中呼籲貴族與商人擔任反塔木德派信徒的代父母。

「反塔木德派信徒，」德伊莫娃嚴肅地重複，但她的妹妹補了一句：「遊手好閒的傢伙們。」

赫梅洛夫斯基堅持要把幾十頁的短詩印出來。戈爾切夫斯卡不想多管閒事，可是這樣他會花很多錢，因為他只想要印幾份副本而已，所以她向他解釋，可以的話最好多印一點，而且這樣的話印一份的錢跟現在差不多。可是神父有點優柔寡斷，無法決定，他解釋這只是一份命名日的禮物，他並不需要太多冊。畢竟實際上它也只是給一個人的禮物。

「既然如此，閣下您為什麼不親自謄寫呢？或許您可以選用深紅色或是金色墨水？」

可是神父說印刷本才會賦予每個字應有的分量。

「書寫體亂七八糟的，印刷體才準確又清楚，」神父解釋。

排版師戈爾切夫斯卡留下沉思中的神父，回去找姊姊聊天了。

在整個波多里亞大概再也找不出這麼不相似的姊妹了。德伊莫娃又高又胖，她有著淺色皮膚和天藍色的眸子，戈爾切夫斯卡則個子嬌小，雖然她才剛過四十歲，但是波奈特帽下露出了深色頭髮中夾雜的幾縷白髮。德伊莫娃比較有錢，所以她的打扮也比較講究，上了太多漿的襯裙上披著一件滿是皺褶的斗篷，製作這件襯裙時用了三十肘的黑絲綢。她上半身穿了一件薄亞麻及膝長袍，一樣是黑色的，總歸她最近才剛喪偶。她頭上戴著雪白的波奈特帽。妹妹穿著沾滿印刷油墨的圍裙，站在她身邊看起來就像是女僕。可是她們心有靈犀。她們一起閱讀主教長的呼籲文，時不時給對方一個別有深意的眼神。

盧賓斯基主教的呼籲文中寫到，每個代父母都必須為自己的代子女準備合適的波蘭服飾，並照顧對方的日常所需，直到受洗儀式那一天，直到對方回到住所之前，都有照顧他們的義務。兩姊妹非常了解對方，她們一起經歷過太多事情，即使不特別討論這個話題，她們也知道彼此的想法。

經歷長時間的掙扎之後，神父最終決定增加印刷量。他怒氣沖沖的要求標題要用粗體字，不要浪費空間。還有日期、地點都一定要寫上——獅城[17]，一七五九年八月。

關於均衡

平卡斯無法控制自己，逕直走上市街。此刻他躲在建築物牆角下狹窄的陰影中，用眼角餘光偷瞄那輛停在廣場上的馬車，那輛車馬就被大批民眾包圍。平卡斯不敢看上面的乘客，而當他終於強迫自己抬起眼睛時，眼前的景象完全吞沒了他，他幾乎無法呼吸，每個細節似乎都狠狠加重了他的痛苦。

走下馬車的男人高大挺拔，細長的土耳其毯帽增添了他的身高，自然得就像是他身體的一部分。帽子下露出他深色的波浪頭髮，使他清晰勻稱的五官線條變得更加柔和。他的眼神似乎很自

大——平卡斯有這種感覺——他的視線微微上挑，你可以看見他下方的眼白，彷彿他下一秒就會昏倒。他的視線掃過站在馬車周圍的人們，還有聚集在此的人們的頭頂。平卡斯可以看到他線條優美的豐滿嘴唇在動，他正對著人們說話，發出笑聲，此時他整齊潔白的牙齒閃閃發亮。他的面容會給人一種年輕的印象，他的深色鬍鬚似乎隱藏了更多年輕活力，或許他的臉頰上還有酒窩。他看上去既有威嚴又有孩子的稚氣。現在平卡斯總算知道為什麼女人會喜歡這個人了，而且不只是女人，男人也是，所有人都一樣，因為他充滿魅力，但正因為如此平卡斯才會更加怨恨他。當法蘭克站直的時候，其他人會去摸他的鬍子。帶著紫色繡花的藍綠色土耳其長袍讓他堅實的背膀看起來更加寬大，錦布在陽光下閃閃發亮。這人就像是雞群中的孔雀，石堆中的紅寶石。平卡斯驚嘆不已，他沒有料到法蘭克會讓他留下這麼深刻的印象，他居然會對這人有好感，這一點讓他完全無法忍受。

喔，平卡斯心想，他肯定是個拜金的人，身上穿金戴銀的。而且他肯定很蠢，雖然人人都說他是聰明絕頂的雅各，可是他居然會對這種馬車感到讚嘆。美麗有時候會被邪惡的利益擺布，它會變成欺騙人們眼睛的伎倆，迷惑人群的工具。

這個雅各走過來的時候，人們會停住呼吸往後退，為他讓出一條路。有些比較害羞的人會伸出手觸碰他。

平卡斯正在思考當初這個人在他想像中是什麼樣子。可是他不記得了。他的腦中充斥著天藍色與紫色斑點。他感到一陣噁心。即使他轉過身不去看穿過振奮人群遊行、趾高氣昂的雅各．法蘭克，假

---

17 利沃夫拉丁語舊稱倫堡（Leopolis），意譯為獅城。

裝噁心地往地上吐了口水，他的身影還是在他的腦中揮之不去。

深夜，鄰近午夜時（因為平卡斯睡不著），為了平息自己的思緒，他決定來寫報告，再把它帶到卡哈爾。他們可以把它加到其他文件裡。被寫下的文字將會永遠留下，而再鮮豔的顏色總有一天也會褪色。被記下的文字是神聖的，所有字母最終都會回歸上帝的懷抱，任何事情都不會被遺忘。圖畫有什麼用呢？沒有，只是有顏色的虛無。就算是最繽紛、最鮮豔的的圖畫——結局也是煙消雲散。

這個想法賦予了他力量，他發現他突然找到了真正的均衡。外表、美貌、優美的嗓音有什麼意義呢？它們不過是外衣。在明亮的陽光中萬物看上去是如此不同，黑夜裡所有光亮都會變得蒼白，讓人可以把隱藏起來的東西看得更清楚。

他急忙寫下開頭幾個字：「我親眼看見……」。他努力讓自己維持公正，忘掉大衣與馬車，甚至想像起雅各裸體的模樣。他停在這個想法。看見他瘦削、彎曲的雙腿，與毛髮稀疏的凹陷胸腔，他一邊的肩膀比較高，另一邊比較低。平卡斯沾溼羽毛筆，握著筆懸空停在紙上半晌，直到筆尖累積的大顆黑墨水變得危險；此時他將墨汁小心地甩回墨水瓶中，寫道：

> 他這個人可以說是有點憔悴、身體扭曲，長相粗魯醜陋。他的鼻子彎彎的，大概被撞過。他的頭髮粗糙打結，牙齒是黑色的。

平卡斯寫到「牙齒是黑色的」時候，跨越了某種隱形的、難以察覺的界線，但是專注投入的他絲毫不曾注意到這件事情。

他看起來根本不像是人，反倒更像是惡魔或是動物。他移動的速度很快，動作沒有半點優雅可言。

他再度用墨汁沾溼羽毛筆，然後陷入沉思——把墨水沾溼才開始思考是個壞習慣，容易產生墨漬——可是實際上並沒有，羽毛筆在紙上移動，振筆疾書：

他似乎會說很多種語言，可是事實是他根本無法用其中任何一種語言流暢地發言，或是寫出任何有意義的東西。所以在他大聲演講時，那種聲音會讓聽者覺得難受，尖銳刺耳，而且只有真正與他相熟的人才能聽懂他想表達什麼。

此外，他從沒有在任何地方受過正當教育，他的知識僅限於四處打聽到的東

西，漏洞百出。他對傳說故事更加熟悉，就是人們會講給小孩聽的那種故事，而他的信眾毫無例外對這些故事深信不疑。

平卡斯總感覺自己看見的不是人類，而是一隻三頭野獸。

洗禮儀式

一七五九年九月十七日，在莊嚴的彌撒結束後，雅各．法蘭克出席了洗禮儀式，並改名約瑟夫。為他施洗的是利沃夫都主教，來自格沃夫諾的撒慕爾．格沃文斯基。他的代父母則是不滿三十歲、法國風打扮風度翩翩的弗朗齊歇克．列烏斯基，與瑪麗亞．安妮．布呂爾洛娃。雅各垂下頭，聖水沾溼了他的頭髮，順著臉龐緩緩流下。

在法蘭克之後輪到克里沙，他穿著波蘭貴族服飾，穿上新衣讓他不對稱的臉龐難得看上去稍顯英俊。他是巴爾托梅．瓦倫丁．克里辛斯基；他的代父母是東儀天主教會的主教謝普提茨基與切爾尼戈夫省長夫人米雅琴斯卡。

他身後已經站了一大群人，每隔一陣子就會有個人從中站出來走到神龕前，身著華服的代父母輪流出場。演奏中的管風琴讓主教座堂高聳美麗的穹頂天花板顯得更加高大，陡峭的拱門之外便是天堂，現在在這裡受洗的每個人將來肯定都會去到那裡。用來裝飾神龕的高大黃花散發的酸味與乳香，混合出高雅的香氣，彷彿有人在教堂裡噴灑東方的香水。

現在走上前的是身材勻稱的青年人，他們頭髮剪得跟侍童一樣——這群人是雅各．法蘭克的姪子們，帕維爾、楊以及安東尼，第四個人緊張地捏緊手中的帽子，這是耶澤札尼的哈伊姆之子，現在叫作伊格納奇．耶澤札尼斯基。管風琴停了下來，疲憊的管風琴家將琴譜翻到下一首曲子的地方，室內有一瞬的靜默，教堂裡安靜到可以聽見翻頁的沙沙聲。音樂再度響起，琴音哀傷肅穆，此時走向神龕的是弗朗齊歇克．沃洛夫斯基，不久前他還叫史羅摩．修爾，他是以利沙的兒子，還帶著他七歲的兒子沃伊切赫。跟在他身後的是他的父親，是法蘭克的追隨者之中年紀最大的，六十多歲的以利沙．修爾，一位受人尊敬的長者，他分別被兩位媳婦攙扶著——羅薩利亞與羅莎；遇襲之後他遲遲無法恢復健康。在他後面的是哈伊姆．圖爾琴奈克，他現在改姓卡普林斯基，還有他美麗動人的妻子，瓦拉幾亞出身的芭芭拉，她深知自己的美貌，大方地提供給那些好奇的目光盡情欣賞。顯然，在都主教溼濡的手指碰到他們之前，低著頭的這些人就是一個龐大的家庭，就像是一棵根深葉茂的大樹。

米庫斯基神父就是這麼想的，他看著這一群人，試圖從他們的長相、外貌找到他們擁有血緣的證據。因為受洗的是一個龐大的家庭，你可以把它叫作波多里亞—瓦拉幾亞—土耳其家族。現在他們穿著得體隆重，在他們之內似乎有一些新東西誕生了——某種尊嚴與自信，這是昨天他在街上見到他們時沒有的東西。他們的新形象倏地令他感到恐懼，要不了多久他們就會伸手討取爵位了，畢竟這些受洗的猶太人有獲得貴族頭銜的權利，前提是你給得夠多。某種懷疑，甚至是擔憂向神父襲來——在猶太人目的模糊不明的情況下，他們就讓這些揣著看不透神情的外人登堂入室了。他感覺整條街上的人都湧進了主教座堂，直到晚上他們都會不斷地走向神龕，遲遲看不見盡頭。

然而實際上，不是所有人都在那。例如納赫曼就不在，他正坐在突然生病的女兒身邊陪護。她不但腹瀉還發高燒。瓦克薇試著強迫女兒喝奶，但沒有效果，小臉蛋的神情突然變得痛苦，之後女孩在九月十八日清晨過世了，納赫曼說這件事必須保密。第二天晚上他們為她匆匆辦了葬禮。

關於雅各・法蘭克剃掉的鬍子，與從鬍鬚下露出的新面容

漢娜・法蘭克瓦從伊瓦涅前來參加洗禮儀式時，認不出自己的丈夫。她就站在他面前盯著他看——彷彿他的臉才剛剛誕生：嘴巴周圍的皮膚細緻白嫩，比額頭還有臉頰上的皮膚還要白，嘴唇是深色的，下唇有點突出，柔軟的下巴微微分成兩半。直到現在漢娜才注意到左邊的那顆痣，在右耳下方，看起來像是胎記。雅各露出微笑，此刻他潔白的牙齒吸引了她的注意。這完全就是另一個人。替他刮鬍子的薇特爾拿著盛滿刮鬍泡的臉盆退到一旁。

「說些什麼吧，」漢娜要求他，「我可以認出你的聲音。」

雅各像往常一樣笑得前仰後合。

漢娜嚇壞了。站在他面前的雅各根本是個男孩，一個嶄新的人，彷彿他裸著身軀，將自己的內在

全數浮到表面上，毫無防備。漢娜用手掌輕輕碰觸他，發現他的皮膚光滑得驚人。漢娜感覺到一種模糊、不祥的擔憂，無法抑制地突然開始啜泣。

人們應該要把面容藏在陰影中，她心想，比如行為，比如言語。

21

關於一七五九年秋天造訪利沃夫的瘟疫

亞設想著，不久前人們還認為瘟疫是星球不祥的排列方式造成的。他脫光了全身的衣服，思考著該拿它們怎麼辦。丟掉嗎？因為如果衣服上沾到了病人帶有的疫癘之氣，那麼他現在就有可能把它們帶回家中。沒有比讓疫病進到自己家裡更恐怖的事了。

利沃夫的天氣說變就變，原本炎熱乾燥的天氣突然就變得又溼又溫暖。任何地方只要有一點泥土或是腐木，馬上就會長出蕈菇。每天早上城中都會起霧，就像是濃密的酸奶油，等到路上出現動靜才會開始移動攪拌。

今天亞設確認了四起死亡案例並探訪了其他病人；他知道這樣的人還會有更多。每個人都有相同的症狀；腹瀉、肚子痛、變得越來越虛弱。

他建議病人攝取大量的乾淨水分，或者，更好的辦法是喝用熱水滾過的藥草汁，可是由於病人在大街上遊蕩，他們沒有地方可以燒開水。所以最大宗的病人是那些新入教的猶太人。出於這個原因，他們趕著參加洗禮——他們相信只要受洗，就不會生病，也不會死亡。亞設今天已經看到了幾個這樣的病人，其中兩個是小孩——他們全都有著希波克拉底面容[1]：輪廓清晰、眼窩深陷、滿是皺紋。看來生命一定有所謂的體積，隨著生命流逝，人體變得就像是乾枯的葉子。然後他從哈里斯基郊區街出發，經過廣場，他看見這座城市將自己鎖了起來，門窗緊閉，路上空蕩蕩的，沒人知道市場會不會開，也許有些還對疫情一無所知的農民會從村裡跑來。身體康健而且有處可去的人都選擇離開。

亞設試著想像疾病是如何從一個人過渡到另一人身上；疾病的外表看起來肯定像是某種抓不住的濃霧，悶熱空氣，或是有毒的水氣。這些瘴氣會在人們吸入空氣時進入血液中，使血液發炎感染。所以今天亞設被叫到某個商人家替生病的女主人看診時，他站在窗邊，確保風能夠吹進來，病人則坐在下風處。家人要求醫生替她放血，可是亞設反對這種方法——有些人會因此變得極度虛弱，特別是女性，儘管這樣的手段確實可以減少血液中的毒素含量。

雅各也聽說了關於病菌的事情，牠們是某種微小的蟲子，最喜歡依附在毛皮、棉麻、羊毛或羽毛之類的東西上，再輕微的動作都會讓牠們飛起，再隨著呼吸進入人們的血液中，讓血液染上毒素。牠們的力量則取決於風——如果風是乾淨的，那麼牠們就會落下，然後死亡。病菌能夠存活多久呢？關

1 希波克拉底是古希臘的醫生，有西方醫學之父之稱。希波克拉底認為能夠從人的面相判斷出那個人的健康狀況，希波克拉底面容包含眼窩凹陷、臉色灰白等病人瀕死的症狀。

於這個問題，醫生回答，如果你把東西存放在地窖就可能可以長達十五年，在通風處的話最多三十天，在人體內也一樣——至多不超過四十天。可是人們還是將瘟疫的主要原因歸咎於上帝，說是因為人類罪行而憤怒降下的懲罰。這裡的人們指的是所有人：猶太人、基督徒、土耳其人。上帝的怒火。來自柏林、定期與亞設通信的那位醫生所羅門．沃爾夫告訴他，瘟疫向來就不是歐洲本地的產物，每次都是從世界的其他地方被帶到這裡。它的溫床是埃及，從那被帶到君士坦丁堡，然後再從那裡散布到全歐洲。所以，大概是那些來參加洗禮儀式的瓦拉幾亞猶太人將瘟疫帶到利沃夫來，至少這裡的人都是這麼說。

眼下所有人引頸期盼冬天的到來，宛如是在等待救贖，因為低溫能夠防止腐敗，所以冬天的時候這場疫病就會完全平息，或是減弱許多。

亞設不讓姬特拉出門，她只能和撒慕爾一起坐在被窗簾遮住的窗戶旁。

某天晚上有兩個男人來到亞設家，一個比較年長，另一個比較年輕。年長的身穿黑色長大衣、戴著帽子。他的鬍子氣勢十足地在突出的小腹上披散開。他神色坦然悲傷，有一雙洞悉世事的天藍色眼睛，像是要把亞設看出一個洞。年輕的男人——似乎是為了表達誠意才跟來的，高大強壯，有一雙碧綠色的眼眸，皮膚蒼白。站在門邊的長者別有深意的嘆了一口氣。

「尊敬的醫生，」他說起意第緒語，「您手裡或許握有某樣不屬於您的東西。」

「這可真是有趣，」亞設回答，「我無論如何都想不起來，什麼時候把什麼東西據為己有了。」

「我是來自科佐瓦的平卡斯．本．澤利克，一位拉比。這位是我的姪子楊凱爾。我們是來找我女兒姬特拉的。」

亞設處於震驚之中不發一語，過了半晌他才找回自己的聲音與自信。

「這就是你們所謂的**東西**？她可是活生生的人，不是物品。」

「這是當然，只是大家習慣這麼說，」平卡斯討好地說。他的視線越過亞設看向後方的公寓深處，「或許我們可以進門談一談。」

亞設不情不願地放他們進來了。

「你是位醫生的時候，看到的就只有人類的不幸，」第二天亞設．魯賓再度來到醫院的病人身邊時，他的岳父（我們姑且這麼稱呼）平卡斯對他說。「可是生命擁有龐大的力量，我們此刻正站在生的這一邊。往者不可諫。」

平卡斯假裝自己是碰巧出現在這裡。他用一塊白布遮住下半張臉，據說這樣做可以防止吸到臭氣。此處臭氣薰天，比起診療室更像是太平間。因為醫院很小，病人們只能躺在地上。

亞設沒有回答。

平卡斯朝著他的頭上說，彷彿不是在對他說話：

「維也納卡哈爾需要一名醫生，而且他們正好需要治療眼睛的專家。他們要蓋一間猶太醫院。或許亞設．魯賓可以帶走他的妻子還有……」在他說出口之前，沉默了半晌，「孩子，然後離開這裡。把所有不愉快的事情忘得乾乾淨淨。他們可以舉辦一場婚禮，一切事情都會回到正軌。」

過了一陣子他用鼓勵的語氣補了一句：

「這一切都是那些不忠的死狗害的。」

他講到「不忠的死狗」時，聲音驀地變得尖銳，亞設不情願地抬頭與他對視。

「離開這裡吧。這件事情容後再議。請不要碰任何東西。我必須去看病人了。」

死亡迅速而寬容。最開始是頭痛，出現噁心還有肚子痛的症狀，然後開始腹瀉，再也無法起床。身體會脫水，視力減退，失去體力，最後失去意識。這個過程只需要兩三天，然後生命就會告終。最初死掉的是小孩，之後是這個小孩的兄弟姊妹，然後是母親，最後是父親——亞設眼睜睜看著這一切。一切就是這麼開始的。他們又會繼續傳染其他來到這裡的人。

那些虔誠的猶太人為了男主人的積水症找上亞設，當他們問起城裡的情況時，他們會用一副心照不宣的表情看著他，彷彿這是一件值得驕傲的事——降臨在他們身上的不過是積水。把波奈特帽戴歪的女人揚起眉毛：這是詛咒，這是施加在叛徒身上的強大譴責令。它真的有效。上帝懲罰了玷汙自己巢穴的叛徒、叛教者、惡魔。

「他的好運無法持續太久，這一切都是惡魔的力量搞的鬼。金子是哪來的？那些綁著好幾匹馬的馬車？那些白鼬毛皮？現在上帝為了以儆效尤懲罰他。那些叛徒將會接連死於瘟疫。這是懲罰。」女人喃喃自語。

亞設別過頭，目光落到窗邊滿是灰塵的褪色窗簾上，上頭的花紋已經淺到幾乎看不見了——那是灰塵的顏色。他想到了平卡斯，他名義上的岳父，於是開始思考，假如仇恨能夠轉變為疫病的話，那會怎麼樣呢？難道這就是絕罰的效果嗎？亞設常常看到受詛咒的人，短時間內變得毫無招架之力、虛弱、病重，可是一旦他身上的詛咒被祛除，他就會恢復健康。

可是亞設寧可讓自己被感染，也不願相信這種事。他知道一切的罪魁禍首是水——只要一滴被感染的水就足以殺光整座城市的人。生病的人會喝這種水，然後他們被感染的排泄物又會流到其他取水口。亞設來到市政府，並發表了自己的觀察——這件事一定和水井、和水脫不了關係。他們認為他——一個猶太人——說得有道理，於是大家下令關閉所有水井，而疫情也確實稍微減緩了。可是在這之後疫情再度爆發，而且情況比上一波更加嚴峻，顯然汙染源轉移到了其他水源。他們不可能封鎖利沃夫所有的水井，他們只能寄望一部分的人出於某種原因對疫病免疫。有些人生病時間很短，症狀輕微，然後就自行恢復健康了。另一些人根本不曾染病，彷彿他們有某種防護罩。

最後，在這場令人抑鬱的混亂之中，亞設終於見到了這位受膏者，他可以毫無顧忌地盡情凝視他。從他八月底出現在利沃夫起，人們便可以常常見到他——他要不是搭著他那輛華麗的馬車，不然就是和那些在外露宿的邋遢信徒走在一起。看得出來他並不害怕。雖然天氣溫暖，他還是戴著土耳其毯帽，身上的土耳其大衣是美麗的綠色，像是湖中碧波或是用來裝藥劑的玻璃瓶的顏色。他看起來宛如一隻巨大的綠色蜻蜓，從一處飛到另一處。他會走到病人身邊，這種時候如果亞設在場，就會二話不說退到旁邊。那人會把手放到病人的額頭上，然後閉上自己的雙眼。假如病人還醒著，他會感覺自己幸福得快要飛上天堂了。不久前有一位生病的猶太人親自跑到教堂去要求受洗，他們快速幫他施洗完之後，他馬上就感覺自己好多了，至少哈里斯基郊區街上的人們是這麼說的。猶太會堂前的人們說的完全是另外一套：他馬上就死了。

亞設不得不承認，這個法蘭克是個英俊的男人。或許將來他的兒子撒慕爾就會長得像這樣，他對此沒有意見。可是雅各的力量不在於他的美貌。亞設認識很多這樣的人，出身高貴的貴族，他們有著令人費解、根本毫無根據的自信，也許確實存在某種內在的重心，才會讓這種人覺得自己時時刻刻都像個國王。

從那個異邦人出現在城中的那一天起，姬特拉便無法冷靜。她穿好衣服，但最終還是沒出門。她在門邊站了片刻，接著脫下衣服，待在家裡，等亞設回到家時看到的便是躺在扶手椅上的她。她的肚子已經很大了，又圓又硬。她整個身體顯得有點水腫、沉甸甸的，她的心情常常不好，而且她認為自己會難產而亡。她對他感到生氣——如果沒有他，如果她沒有懷孕，就可以回到父親身邊，或是再次和那個法蘭克一起遠走高飛。當她躺在黑暗中的時候，肯定在思考自己人生中沒能實現的所有可能性。

十月下旬天氣轉涼了，疫情不但完全沒消退，甚至還變得更嚴重。哈里斯基郊區街空空如也，新的來訪者在鄰居家、修道院、貴族的莊園之間找到了落腳處。利沃夫的主教座堂和教堂每天都會舉辦洗禮聖事。現在人們甚至要排隊才能受洗。只要一有人死掉，其他人馬上就會想要領洗。

可是當已經受洗的人仍然不斷死去時，雅各就不在街上露臉，不再用他修長的手指碰觸病人為他們治療了。他們說他去了華沙，為了爭取新入教者的土地會見國王。然而也有人說他是被瘟疫嚇跑，又跑回去土耳其了。

亞設心裡也是這麼想的，他記得昨天的死亡人數，比如梅耶科維茨一家。在兩天內，母親、父親還有四個女兒通通死在他的醫院裡。第五個女兒奄奄一息，她已經虛弱到不成人形，看起來更像是某種陰鬱的形體，鬼魂。第六個女兒是十七歲的長女，絕望到一夜白頭。

市政府出資為梅耶科維茨一家舉辦了體面的基督教葬禮，還準備了木棺和墓地。他們下葬的時候寫的是還來不及適應的新姓氏：尼古拉．彼得羅夫斯基、芭芭拉．彼得羅夫斯卡，還有他們的女兒；維多莉亞、羅莎、泰克菈、瑪麗亞。亞設要求自己好好記住：史羅爾．梅耶科維茨、貝拉．梅耶科維茨瓦，希瑪、芙蕾娜、瑪莎、米利安。

眼下梅耶科維茨—彼得羅夫斯基一家的喪禮剛結束，他正站在走廊上不疾不徐地脫下所有衣服。他將它們捲成一團，然後命令女僕燒掉，或許死亡此刻黏在鈕扣、褲子縫線或是領子上。他光溜溜走進姬特拉的房間，她訝異地看著他，笑了出來。他什麼都沒對她說。

不過他成功救下了那個瘦小的女孩，梅耶科維茨的次女。她是艾莉雅，現在叫作莎樂美．彼得羅夫斯卡。亞設將她留在院中細心餵養。最初是米煮成的粥，之後他親自為她買了雞肉讓人煮成雞湯，親手把剝好的肉絲慢慢地一塊一塊塞到她的小嘴裡。女孩看見他的時候會笑了。

與此同時，他分別寫了信給瓦別斯基長老與他的夫人。兩天後他便收到了來自羅哈廷的回覆，要他把小莎樂美載到那裡去。

為什麼他不是寫信通知拉帕波特、通知卡哈爾這件事情呢？是，他的確考慮過。可是思考片刻之後他意識到，比起在有錢的拉帕波特家，小莎樂美在瓦別斯基長老的府邸裡可以過上更好的生活，即使（雖然不太可能）拉帕波特主動想要收養她也一樣。身為猶太人——就算今天金錢權力在手，明天就有可能變得貧窮無助；這是亞設從自己的人生經歷中學到的。

一月初，過完光明節和基督教的新年之後，姬特拉生下了兩個女兒。三月最後一場雪降下時，亞設與姬特拉收拾了所有家當，帶著孩子們動身前往維也納。

莫里夫達寫了什麼給他的堂親卡塔日娜・科薩科夫斯卡

尊敬善良的女士，聰慧的堂親：

還好你很快就從這裡離開了，因為疫病在這裡蔓延開來，你可以看見死亡女神踐踏利沃夫每條街道的痕跡。最令人心痛的事情莫過於疫病特別鍾愛受您庇護的人們，因為他們之中有許多人是窮人，營養不良，儘管有米庫斯基神父的施捨與許多善人展現出的好意，他們仍然處於物資缺乏的狀態，這對於疾病來說無異於如虎添翼。

我自己已經打包了許多個人物品，幾天後我就會帶著雅各和他的同伴去華沙，希望我們在那裡可以馬上見到妳，並進一步討論我們行動的細節。同時我還要感謝女士妳為我向其他貴族募款，好讓我可以得到豐厚的工作酬勞。據我所知，最慷慨的是雅布諾夫斯基先生。我個人非常尊敬，也非常感謝他，可是布斯克的巴拉主這個想法並不能讓我信服。女士，受妳庇護的人們，不像巴拉主的原住民那樣溫和無害。他們的信仰、文字、習俗都比我們的更古老。我相當尊敬他，可是雅布諾夫斯基先生應該要親自去一趟伊瓦涅，或者趁現在花點時間和哈里斯基郊區街上的他們相處看看。

我不打算向妳講述整件事，因為這對我來說太壓抑了。納赫曼，現在叫作彼得．雅庫柏夫斯基，他的女兒是疫病的第一批犧牲者，他的女兒死後，人們隨即開始說這是對不虔誠的猶太人施加的新詛咒。還有它那史無前例的發病速度。病人會脫水，身體像是往內凹陷，皮膚會變得皺巴巴的，五官則會更加清晰凌厲。病人會在兩天內變得虛弱然後死去。納赫曼．雅庫柏夫斯基就此一蹶不振，成日埋首鑽研卡巴拉，到處數來數去，期望能夠藉此找到解釋自身不幸的答案。

天氣轉涼，我們根本沒有資源可以幫助這些露宿街頭的人，還有病人。如果能夠收到下一批物資，像是衣服和食物，那將會非常有幫助，因為負責處理這項業務的米庫斯基神父已經應付不來了。

醫生們要求所有來到城中的旅客必須出具證明，表示自己來自未受疫病感染的區域，疑似感染的病人必須在城外「放風」六周，在疫區要有數量足夠的醫師、護理師、照顧病人的個人看護、搬運工、挖墓人。所有與病人有過接觸的人都必須標上記號，例如在胸前或是背上的白色十字架。大家應當要準備給窮人購買食物與藥品的備用金；在各棟房屋間跑來跑去的貓狗都要排除，追蹤家家戶戶是否出現患者，在城外為病人與疑似感染的人搭建大量的小間拼裝木屋，可能被汙染的貨物必須放到專門的小屋裡通風。然而，如同波蘭的日常，這些命令似乎全都沒了下文。

聰明善良的女士，妳肯定已經知道該做些什麼，才能讓這些人有條件合適的安身之所。他們之中許多人賣出自己微薄的家產，千里迢迢前來受洗，眼下正等著我們的仁慈之舉。

卡塔日娜・科薩科夫斯卡斗膽叨擾這個世界的強權

致波蘭王冠王國最高軍事指揮官楊・克萊門斯・布蘭尼茨基：

一七五九年十二月十四日

當我再度踏上旅途時，我想對日前尊敬的閣下您對我的招待表達深深的感謝。莫西奇斯卡是個美麗宜人的地方，我將會永遠記得它。由於你曾經表示能為我的計畫盡一份力，以期讓它能有好的結果，所以我現在懇請尊敬的閣下將我先前向您提過的情況列入考慮。我們這些出身最高貴，彼此順利聯姻的人熟知所謂的「貴族義務[2]」，所以我們應該共同採取行動，提供這些在波多里亞為數眾多的可憐新信徒、清教徒支持與幫助。相信閣下您也已經聽說他們此刻正在來華沙的路上，還要求會見國王（我非常懷疑這件事能否實現），請求讓他們在王國內的領土定居。我們的想法是將他們接到我們的領地來，此舉不但是基督徒的仁慈之舉，這些嶄新的靈魂也能透過這樣的方式來到我們身邊。

在另一封由卡利基轉交的信中，我會告訴閣下您在地區議會所發生的事情……

致尊敬的兄長厄斯塔什．波托茨基，立陶宛大公國炮兵上將：

一七五九年十二月十四日

我有義務透過這封郵件將我們父親的肖像畫寄給您，如果有合適的機會，我會樂於親手送上這封信，因為你永遠不會知道信件會被郵局寄到哪裡。

此外，我必須重提我在前一封信裡提出的問題，善良尊貴的閣下您是否曾考慮將某片所有地分給新信徒。

您很清楚我的為人，我的一生，你知道我不太會被人們多舛的命運打動，我甚至稱得上是個鐵石心腸的人。我知道就算我戴上眼鏡可能也找不到半個善良的人，可是我還是把這件事情當成我們的責任——他們的處境糟到不能再糟；他們比我們的農奴還要慘，因為他們就像是流浪漢——受到同胞驅趕，時常被剝奪財產，在這片土地上沒有屬於自己的一片天地，而且他們在不懂語言的情況下常常無計可施，所以他們才會如此團結。假如能夠讓他們分散住在我們的領地上，他們就可以像基督徒一樣生活，從事手工業或是貿易，不會對任何人造成困擾，而讓他們被同化，將他們納入我們神聖教會的羽翼之下，這將會成為我們崇高的義舉。

2 貴族義務（此處用法語noblesse oblige）：認為地位高的歐洲貴族應該負起相應的社會責任，由法國貴族、政治家李維斯（Pierre Marc Gaston de Lévis）所提出。

致利沃夫城督夫人佩拉吉婭．波托茨卡：

一七五九年十二月十七日

我不願用流行的貴族風尚造成尊貴女士的困擾與麻煩，那不過是把某些老掉牙的東西拿出來重新讚揚罷了，我不願祝福您根本看不上的那些東西：相親相愛、生活美滿。反之，我並不想要追隨流行，只追求實際與真誠，所以我誠心祈求將臨的上帝賜您長壽健康。我希望您好運連連，可惜這件事我幫不上忙。

想必女士您已經聽過那則新的呼籲文，這並不是趕流行，而是仁慈的行為：讓人們將曾是猶太教徒，現在變成基督徒的新信徒小女孩帶回家領養。瓦別斯卡長老夫人就領養了一個這樣的小女孩。要不是因為我天天四處奔波，我也會考慮要不要這麼做。這樣的舉動給了女孩們對更好的生活與教育的希望。小女孩相當聰慧，她已經有了家教老師，正在同時學習波蘭語與法語。瓦別斯卡夫人也隨即變得更有活力了，所以這是互幫互助……

關於被踐踏的硬幣與被刀嚇得迴旋的鶴群

在出發前往華沙的前一天，雅各讓所有被選上的男男女女在一起集合。他們等了一個小時他才出現——他穿著土耳其服飾走了進來，盛裝打扮的漢娜跟在他身後。一群人浩浩蕩蕩快步往利沃夫城堡山走去，好奇的路人在隊伍後方觀察他們。雅各大步流星走在最前面，身形微微前傾，莫德克先生不得不用盡全力才能跟上他的步伐；最後他選擇和赫賽爾一起待在最後面。漢娜沒有抱怨她的繡花刺繡涼鞋被整個弄髒了，隔了一步的距離跟在丈夫身後，只是稍微提起長大衣的下襬，看了一眼腳下。她相信雅各知道自己在做什麼。

今天天氣很不尋常，柔順的風讓他們像是穿梭在曬衣繩上的平紋細布[3]之間。空氣中瀰漫著一種令人不安的味道，某種甜膩、腐壞的味道，像是某種被遺忘、長滿黴菌的東西。有些人臉上戴著口罩，但他們走得越高，就越想把它脫下來。

大家深知瘟疫是戰爭的一部分，是敵人攻擊他們的武器，信仰薄弱的人就會死去。那些深深相信雅各的人只要不懷疑他，就不會有死去的一天。當他們已經遠離城市，眾人放慢了腳步，開始聊天，特別是那些待在最後面的人。他們天南地北地聊，還有人撿起地上的棍子充當登山杖，隨著他們走得越高越遠，他們也聊得越來越肆無忌憚，間諜們不會追到這裡，沒人會竊聽，沒有好奇心旺盛的祕書、教理教導員、忠於貴族的下屬。他們說：

「在華沙的莫里夫達和老科薩科夫斯卡正在爭取晉見國王的機會……」

「願上帝引領他們……」

「假如這件事成了，那我們肯定能當上貴族。」

———

3平紋細布（muslin），一種鬆散的半透明紗布。

「可是我們去華沙的目的是爭取土地，國王的領地，不是貴族的……」

「科薩科夫斯卡女士還不知道這件事……」

「我們不想毀掉任何橋梁，何必讓她知道呢……」

「國王會給我們土地。王室的土地比貴族或是教會的更好。可是這件事肯定能行嗎？」

「那位國王是誰？」

「那位國王人品十分高尚，一言九鼎。」

「那塊土地會是在布斯克。」

「在薩塔尼夫。」

「羅哈廷是我們的……」

「只要有地，不管哪裡都可以……」

眾人站在山丘上，從這裡可以俯瞰整座城市；幾乎整棵樹都已經變成紅色和黃色，彷彿有一隻大手點燃了這個世界。陽光是黃澄澄的濃密蜜色，如溫暖的波浪從山上向下流淌，將利沃夫的屋頂染得一片金黃。儘管如此，從山上遠眺的城市看起來就像是皮膚上的痂、扭曲的傷痕。他們聽不見遠方的喧囂，城市看起來分外無辜，但是那裡現在可是埋了數不清的亡者，一桶又一桶的水沖刷過被感染的鵝卵石。風突然帶來一陣燃燒木材的煙味；雅各一聲不吭，僅僅只是站著，沒人敢開口。

此時雅各做了一件奇怪的事：

他往地裡插了一把刀，接著抬頭望向天空，所有人也跟著他一起向上看。他們上空原本呈V字型飛翔的鶴群打亂了陣形，如同串珠一般斷成兩截，牠們分散、迴旋、交疊、相撞，接著開始混亂地在他們頭頂盤旋。慘不忍睹。哈雅遮住了自己的臉。其他人震驚地望向雅各。

「你們看，」他說，然後把刀子拔了出來。

鶴群混亂地盤旋了一陣子，可是牠們馬上就恢復了隊形，圍出一個巨大的圓圈，接著是更大的圓圈，然後繼續踏上旅途往南方飛去。

雅各說：

「你們眼前所看到的這一幕，代表有一天要是你們忘記了我是誰，你們是誰，你們就會倒大楣。」

他命人點火，所有人站在他周圍，沒有任何陌生的雙眼，沒有間諜、偷窺者，大家開始彼此交談。他們會叫錯新名字。史羅摩用舊名字叫納赫曼的時候，肩膀被雅各揍了一拳。從這一刻起那些猶太名字便不復存在，只剩下基督教聖名，可不要有人搞錯了。

「你是誰？」雅各詢問他身旁的華沙的哈伊姆。

「馬特烏什．馬圖舍夫斯基，」哈伊姆回答，他似乎有點消沉。

「這位是他的妻子伊娃。再也沒有薇特爾了，」納赫曼．雅庫柏夫斯基自顧自地補充。

雅各要求眾人各自重複自己的新名字，多唸幾次。

幾次下來，新名字圍出了一個圈。

在場所有男性年紀大約在三十歲上下，正值壯年，穿著好看的衣服，大衣上鑲著毛氈或是毛皮。他們留著鬍子，雖然離入冬還很久，頭上卻戴著皮毛帽。女人和女市民一樣頭戴波奈特帽，另一些人還是戴著多彩的纏頭巾，比如漢娜。假如有人像各位間諜一樣從旁觀察著這一群人，那他大概不會知道他們聚集在利沃夫城郊的山頂究竟是想做什麼。他們又是為了什麼要重複自己的名字。

雅各拿著一根從地上撿起的粗棍走在眾人之間，將他們分成了兩群人。第一群人中有莫德克先生，因為他是最年長的，所以現在叫年長的彼得，然後是雅各的第二位寵兒赫賽爾，現在的楊。旁邊是納赫曼，現在叫彼得．雅庫柏夫斯基，以及布斯克的哈伊姆，現在的帕維爾．帕沃沃斯基。被救主選進這群人的還有以薩克．明可維切，現在叫塔德烏什．明可維茨基，以及耶羅辛．立普馬諾維奇，現在叫丹博夫斯基。他們所有人明天都會和雅各一起去華沙。

他們不在的這段時間，漢娜與孩子會交給科薩科夫斯卡女士照顧，她明天會派馬車來接她們。和他們一起的還有薩塔尼夫的雷布可．赫什，如今的約瑟夫．茲維爾佐夫斯基與他的妻子安妮。這個姓氏是為他們施洗的神父賜給他們的；唸起來很拗口。一同留守的還有雅各．西蒙諾維奇，他現在姓西瑪諾夫斯基，兩位修爾先生，現在的沃洛夫斯基，以及因為尚未受洗，還是姓拉賓諾維奇的謝伊斯先生。

兩方人馬四目相對，不過只看了短短一瞬，因為雅各當即要他們抖一抖自己的口袋，找看看有沒有硬幣。他從每個人身上收走一枚硬幣，選出大的杜卡特金幣，直到他一共集滿了十二枚金幣。雅各小心翼翼地把它們堆在地上，放在乾草中間。再用鞋子踩了那堆硬幣，幾乎快要把它們壓進土裡。然後他重新把那些錢幣堆好，又重重踩了下去——眾人屏息看著他，緘口不言。這是什麼意思？他這麼做是想告訴我們什麼？大家一一走近那堆硬幣，然後踐踏踩入泥土中。

傍晚，弗朗齊歇克，也就是史羅摩，向雅各抱怨，他沒有選中史羅摩或是他的兄弟與他一同前往華沙。

「為什麼會這樣？我們在那裡做生意，幫得上很多忙。我如今是一位貴族與天主教徒，早已今時不同往日。我有勇有謀。」

「你的貴族身分根本不干我的事。你花多少錢買來的？」雅各很生氣。

「我從一開始就跟著你，是你最忠誠的追隨者，現在你卻要拋棄我。」

「這件事應當如此，」雅各說，他的臉上露出一個溫暖寬大的微笑，那是他的招牌表情。「我不會拋下你，親愛的兄弟，我是讓你留在這裡接掌我們已經完成的功業。你僅次於我，是二把手，你必須監督這整群人，他們現在就像是擠在穀倉或是雞舍裡的家禽。你會是這裡的主人。」

「可是你要去見國王……你不會帶上我們，我和我的兄弟們。為什麼？」

「這趟遠征並不安全，我必須自行承擔風險。」

「可是你待在土耳其的時候，是我們兄弟和父親一起……」

「我待在土耳其，是因為他們會殺了我。」

「說得真好聽，你少在那邊裝模作樣，你當時根本沒有和我們一起待在主教座堂裡！」史羅摩情緒爆發。這不像他，他總是冷靜自持。

雅各踏出一步嘗試擁抱史羅摩—弗朗齊歇克．修爾—沃洛夫斯基，但是對方掙開他的束縛，奪門而出，門板脫離門框發出砰的一聲，然後連在生鏽的鉸鏈上不停晃動，發出吱呀聲。

一小時後雅各喚來赫賽爾，也就是楊，然後命令他拿些紅酒和烤肉來。前來找雅各議事的納赫曼．雅庫柏夫斯基在他的房門口碰到了漢娜，漢娜向他耳語道，救主戴上了經文匣，在跟赫賽爾一起進行一種叫作「將《妥拉》帶到茅坑」的神祕儀式。

「跟楊一起，」納赫曼溫柔地糾正她。

《碎筆》：拉季維烏

每個生命都有自己獨一無二的使命，而且絕對獨特的使命只有他本人才夠實踐，難道不是嗎？所以他這輩子都要為這項任務負責，絕對不能忽視它。我一直以來都是這麼認為的，可是我們在利沃夫的行動結束之後的日子實在太過震撼，讓我很長一段時間都無法提筆記錄，連在心中打腹稿都辦不到。就連現在當我開始祈禱，我想到的卻只有悲嘆，眼眶盈滿淚水，儘管時光流逝，我的心痛不曾減退。莫德克先生死了。赫賽爾也不在了。我剛出生的小女兒也沒了。

要是我的小女兒阿格涅什卡能成為一個快樂完整的的人，我肯定不會如此絕望。假如莫德克先生能親眼看見救贖來臨後的幸福時代，我就不會如此悲傷。要是赫賽爾嘗盡了生命的酸甜苦辣之後厭倦人生，我就不會為他哭泣。可是我卻成了第一個不得不和瘟疫抗爭的人，它對我本人造成了直接的傷害，它傷害了我期盼已久的孩子。我明明是被選上的人啊！事情怎麼會變成這樣呢？

我們在上路之前舉辦了一場小小的慶祝儀式，因為瘟疫的緣故，雅各要求眾人齋戒，所以這場活動沒有像計畫的那樣歡樂。我們來自皮德海齊的老摩西先生，我們偉大的奇蹟創造者與賢人，娶了因疫情而變成孤兒的年輕女孩德雷莎（梅耶科維茨家的艾斯特拉）為妻。這是善人的行為，因為她生還的妹妹已經被莫德克先生的代父瓦別斯基先生帶走了，所以現在兩姊妹一樣姓瓦別斯卡。這一天晚上齋戒被取消了，但餐點仍然很簡單：一點葡萄酒、麵包，與油膩的雞湯。新娘哭個不停。

雅各在婚宴上宣布他要去華沙拜見國王，然後為新人獻上了祝福，他讓我們大家見證了他是至高之人，背負了我們所有的迷惘、我們的傷痛與憤怒。很快我便注意到不是所有人都樂見這一切。特別是沃洛夫斯基兩兄弟，他們坐在克里沙之子瓦倫丁・克里辛斯基旁邊，他們似乎對自己得留在利沃夫這件事感到不滿。我感覺這場婚宴的席間好似有互相對峙的氛圍，進行著某種無形的戰鬥，彷彿在用餐的賓客頭上，在死裡逃生的消瘦新娘頭上，在垂垂老矣的新郎頭上，有人為了爭奪靈魂掌控權打得如火如荼。在這場混戰中最多的就是恐懼，而眾所周知，人在恐懼之中就會開始互相攻擊，只為了將發生的一切壞事歸咎於他人。

幾天後我們就已經在路上了，《求善的人》[4]第三十一章寫到有四樣東西會使人變得脆弱：飢餓，旅行，齋戒，權勢。沒錯，我們讓自己變弱了。雖然因為途中的貴族莊園或是天主教堂區會接待我們，所以這趟旅程中不存在飢餓的威脅，我們還是熱中扮演溫和善良、皈依天主的猶太人，幾乎就像是誠心懺悔的罪犯。

我們在十一月二日搭著三輛馬車、騎著幾匹馬，從利沃夫出發前往華沙，人群中還包括莫里夫

4《求善的人》（Szochar Tow）為拉比針對《箴言》的評註。

達——我們的嚮導與照顧者。不論我們到哪裡，他都會用優美的言詞介紹我們，這樣的行為總是不太符合我們的期望。然而第二日我們就感覺到，你永遠不知道莫里夫達講到我們的時候，究竟是認真的還是在開玩笑——現在想起來——我始終無法看透這位安東尼．科薩科夫斯基。

我們途經克拉斯內斯塔夫，當晚租下了整間客棧過夜，莫里夫達說有位波蘭貴族想要與雅各見面，他因為久仰雅各這位偉大賢者的大名而來到了這裡。這位先生同樣也是位智者，他會到這裡來找我們。所以即使疲憊，雅各沒脫下他的旅行服裝，只在肩上披了一件鑲著毛草的外套，然後烤火暖手。從白天開始雨就下個不停，來自東方、波利西亞沼澤的刺骨寒風呼嘯。我們睡在最大間的房間裡並排的床墊上，躺著的時候還可以感覺到今年乾草的觸感。房間裡陰暗，煙霧瀰漫。基督徒的客棧主人將一大家子趕到另一個房間，不讓小孩出來，他把我們當成了尊貴的客人，不知道我們其實是猶太人。即使如此，他們家髒兮兮的小孩還是會透過破門寬大的門縫偷看，只是當寒冷的冬夜早早降臨時，他們就不見了，許是累到睡著了。

午夜將近，負責值哨的以薩克．明可維切才通知我們有一台馬車來了。於是雅各坐到了長椅上，彷彿那是王座，外套的衣襬鬆鬆地掛在他的肩上，露出了毛皮內裡。

第一個走進來的是戴著圓頂帽[5]的猶太人，他並不高大，大腹便便，但是充滿自信，甚至有點自大。他身後有許多手持武器的農民站在門口。他一言不發，視線掃過整個房間，很久之後才注意到雅各的存在，並低頭對他敬了個禮。

「你是誰？」我忍不住打破沉默問道。

「西蒙，」那人說，他的嗓音深沉，和他圓滾滾的身材並不搭。

他回到門邊，過沒一會兒出現一位滿臉皺紋、看起來像是拉比的老猶太人。他個子矮小，皮毛帽下方的深色眼睛炯炯有神，彷彿能夠洞悉一切。他逕直朝雅各走來，雅各驚訝地趕緊站起來；小老人像是好朋友一般抱住了雅各。他狐疑地瞥了眼站在牆邊角落喝著葡萄酒的莫里夫達。

「這位是馬丁．尼古拉．拉季維烏，」那位西蒙說，沒有加上任何頭銜。

片刻的沉默，所有人都站著一動也不動，無不對來訪者的到來與貴客的真誠感到驚訝。我們先前就聽過關於這位貴族的事蹟，他自願皈依猶太教，不過由於他家裡有其他妾室，還允許奇怪的行為，所以猶太人相當不信任他。他的舉止令雅各驚訝，但如同往常面色不顯，雅各給了對方一個擁抱，然後請他在旁邊就座。他們拿來蠟燭，現在兩個男人的臉都被照得清清楚楚。燭光在貴族滿是皺褶的臉上細碎成許多微小的光點。西蒙宛如看門犬站在門邊，盡忠職守，他命令農民把守客棧周圍，隨著對話深入，很快眾人便知道他們為何要如此勞師動眾。

據拉季維烏所說，他因為支持猶太人而被軟禁。現在他隱藏身分待在此地，聽說有位大名鼎鼎、博學多才的貴客會經過克拉斯內斯塔夫，他特地前來造訪，卻不能在這逗留，因為他實際上是被拘禁在斯盧茨克。然後他將身子貼近雅各對著他耳語，緩慢又悠長，彷彿在朗誦。

我觀察著雅各的表情——他瞇著眼睛，完全看不出來他聽見了什麼。按照我勉強聽見的內容，貴族說的是希伯來語，但是他講的東西毫無邏輯，聽起來像是把某些文章片段背了下來之後東拼西湊的

---

5 圓頂帽（Kepah），意第緒語稱yarmulka，意思是頭罩，為猶太人對上帝表達敬意的記號。

結果。雖然我沒聽完全部，但覺得他說的東西對我來說意義不大。然而，這幅場景看起來就像是這位貴族在向雅各傳授某種重大的祕密，我認為雅各想讓我們所有人相信那樣的祕密確實存在。

雅各和達官貴人打交道的時候總是會換上另一副臉孔。他的神情變得像個天真的男孩，更願意體諒出身高貴的人。他會為了博得好感噓寒問暖，像是在更強大的動物前做小伏低的狗。這件事起初讓我十分作嘔。可是每個認識雅各的人都知道，這對他來說不過是種遊戲與娛樂。

每個人面對上位者與下位者時行為舉止都會有所不同，這點無可避免。整個世界便是以此為基礎，這樣的階級制度深入人心。雖然我常常為此感到憤怒，但有時候我會教導雅各，如果他想要讓我聽話，他就應當表現得高高在上，嚴峻冷漠，永遠不要向人低頭。我有一次聽見莫里夫達對他說：「可是大部分的貴族不過就是白痴。」

事後莫里夫達向我們講述了拉季維烏的故事。他將自己的妻子與小孩拘禁了許多年，把他們關在一個房間裡，只給他們水和麵包，直到最後他的家人才憤而反抗，請求國王將他視為瘋子。所以他如今才會被軟禁在斯盧茨克。據說他有一個由被綁架的女孩，或是從土耳其買來的女奴組成的年輕後宮，附近的農民說他會幫她們放血，然後用血液做出永保青春的特效藥。如果他們說的是真的，那這個藥大概沒效，因為這人看起來比實際年齡還要大。他犯下了許多違背良心的罪行——襲擊旅人、打劫附近的莊園，某種說不通的瘋狂驅使著他的行為，可是看著眼前的他，你很難想像他會是這種強盜。雖然他的面容醜惡，但看起來實在不像是個心狠手辣的人。

客棧主人端來伏特加與食物，可是客人碰都沒碰一下，說是他有很多次被下毒的經驗。但這麼說並不是特別針對誰，因為壞人到處都是，他們甚至可能披著好人的外皮。他和我們一起待到了早上，有些人從最初看到他的驚訝回過神來之後便開始犯睏，而他炫耀似地說了幾種語言，包含他精通讀寫的希伯來語。他還說要不是出於恐懼，他已經打算正式皈依猶太教了。

「在維爾紐斯，」拉季維烏說，「剛好十年前有一位這樣的叛教者被處以火刑。他是愚蠢的瓦倫丁．波托茨基，在阿姆斯特丹抱著誠意全身心投入了摩西的信仰，回到波蘭之後，他便再也不願回歸天主教會的懷抱。他受盡酷刑，最後被綁在木樁上燒死了。我在維爾紐斯看過他的墓，我看見猶太人向他致意，可是再也沒有人能讓他復活了。」

「他對我們一點幫助也沒有，」拉季維烏離開之後，雅各說。

他伸了個懶腰，然後打了一個大哈欠。

我們立刻就趴在桌上睡著了，旭日東升時我們就該動身前往盧布林了。

關於發生在盧布林的悲慘事件

兩天後，當我們駛入盧布林近郊的卡利諾夫什奇納時，一堆突如其來的石頭朝我們砸了過來。這場攻擊太過兇猛，連馬車的側邊和車門都被打壞了，車頂被打穿了一個洞。由於我坐在雅各旁邊，我直接用身體擋住了他，雖然我也不清楚為什麼。將我擊倒的並非石頭，而是雅各——他惡狠狠地將我推開。還好我們的車子周邊有八位武裝騎師，他們也剛從瞌睡中驚醒，抽出了佩刀，試著趕跑這群烏合之眾。然而，從房屋的後方、所有的街道上不斷有其他帶著耙子與棍子的人湧出，還有一個粗壯的女人拿出一籃泥土刻意朝我們的馬車丟了過來，一場真實又混亂的戰鬥於焉展開。這些來自城外的猶太人弄出的噪音比他們造成的損害要大得多，他們不過是一群鄉下來的烏合之眾。莫里夫達與克里沙先一步快馬加鞭去城裡求援，最終暴民看見前來幫忙的哨兵便做鳥獸散了。

我深深的悲傷，前一晚遺留的疲憊，以及讓我們之中許多人受傷的這場攻擊（我的額頭被打傷了，頭上腫了一大包，從那之後我就常常頭痛），令我們感到十分低落，我們就在一片愁雲慘霧中抵達了盧布林。然而最糟糕的事情還在後頭。多虧了莫里夫達與科薩科夫斯卡的努力，我們傍晚時好不容易可以躺在省長的官邸裡休息，卻發現莫德克先生出現了與利沃夫的那些感染者相同的症狀。我們把他安置在單獨的房間，可是他卻不願意乖乖躺著，堅稱自己不可能生病。一旦有人試著遠離病人，雅各便會命令對方坐回病人身邊。雅各親自照顧他，雖然老人虛弱得眼神渙散，雅各還是給了他一些水喝。

因為赫賽爾非常擅長照顧其他人，還像女人一樣細心，所以就由他全心全意地照料病人。我則為了買雞湯與雞胸跑遍了整個盧布林。莫德克先生雖然身體虛弱，卻渴望好好看一看盧布林這座城市——他年輕時在這裡念過書，有過許多回憶。於是赫賽爾和我帶著他進了城，領著他穿過了大街小巷，最後來到了他的老師長眠的猶太墓園。我們在墓碑之間穿梭的時候，莫德克先生手指指向一個剛立下的新墓碑。「我喜歡這種的，」他說，「我想要用這種墓碑。」

我們兩人當時還怒斥他說胡話，接著調侃他說現在還不到我們夢想墓碑的時候。我們不是擺脫死亡法則的制約了嗎？赫賽爾激動地勸他，眼中閃著淚光。老實說，我自己從不相信那是真的，可是赫賽爾相信，我們之中的許多同伴也是。又或許，我其實和大家一樣相信過呢？現在我腦海中的記憶全都模糊不清。等我們要回官邸時，幾乎得背著虛弱不已的莫德克先生走回去。

在盧布林的這一晚，我們坐在省長年久失修、潮溼又髒亂的官邸裡守著老人。灰漿因為溼氣裂開，風透過窗戶的縫隙吹了進來。我們跑到廚房取熱水，可是他的出血性腹瀉卻止不住，莫德克先生的眼神逐漸失去神采。他命人替他點燃菸斗，自己卻沒有了抽菸的力氣，只能把菸斗握在手中，餘燼溫暖了他逐漸變冷的指尖。所有人不約而同偷偷瞥向雅各，等著看他要說什麼。就連莫德克先生本人也期待地望著他：他將會如何保護莫德克先生，使他免於死亡？畢竟莫德克先生從還在士麥納那時起、從還在散發海洋芬芳的薩羅尼加時起，就是雅各最忠誠的追隨者，始終如一，他已經受洗了，不會死的。

第二天晚上，雅各獨自一人走到了溼漉漉的庭院裡，他消失了整整兩個小時，回來的時候整張臉毫無血色，渾身凍僵，重重倒在床上。我當時就在他身邊。

「你跑去哪裡鬼混了？莫德克先生快要死了！」我斥責他。

「我無法打敗他，」他像是在對自己輕聲呢喃，可是我聽得很清楚。以薩克．明可維茨基也聽見了，他相信雅各是被綁架了。

「你說的是誰？」我朝他吼道。「你在和誰抗爭？當時有誰在這？這裡明明到處都是站哨的城堡守衛……」

「你知道是誰……」雅各說，一陣寒意頓時爬過我的背脊。

莫德克先生當天清晨便走了。我們在他的身邊坐到了下午，一聲不吭。赫賽爾最先開始發出奇怪的笑聲，他說事情就該如此——你得先死去，然後才會復活。他說死亡的狀態必須持續一段時間，否則就不會有人相信復活的真實性。此話不無道理，因為不這樣的話就無法知道誰是永生的。我生氣地對他說：「你真是愚不可及。」我至今仍為當時那句話感到後悔。因為他一點也不笨。我也曾經深信這不是真的，深信他馬上就會變得與眾不同，就如同我們，生活在一個如此特異的時刻，我們本身就是如此非凡的存在。還有眼前的雅各也是，他步履蹣跚，臉上流著汗，半開的雙眼透著某種陰暗的光。他幾乎沒有說上半句話，我意識到此刻強大的力量就在我們的上空彼此交戰、搏鬥，黑暗與最光明的力量打得你死我活，像是電閃雷鳴的天空中，藍天被烏雲趕跑，太陽被遮住光彩。我幾乎可以聽得見那巨大的碰撞聲，好似低沉憂鬱的轟隆聲。之後我的視線突然跟上了這道聲音，看見了我們一群人圍成一圈坐在了莫德克先生的靈魂旁邊，哭得肝腸寸斷，泣不成聲。我們就像是哈雅板子上的麵包製小雕像，醜陋又可笑。

我們沒有戰勝死亡，這一次沒有。

第三天，我們舉辦了一場隆重的葬禮。我們按照天主教習俗抬起未蓋棺的棺材，將它放到了裝飾繁複華麗的馬車上。莫德克先生逝世的消息傳遍了城中大街小巷，大家都知道這是一位蒙主寵召的偉大猶太教賢者，因此送葬的隊伍十分龐大，其中還包括了行會的會員、喇叭手、修士與數量龐大的好奇民眾，他們將會把這位接受洗禮的猶太人葬在祝聖過的墓地裡。雖然人們並不認識死者，也不知道他究竟是個怎樣的人，卻沒來由哭得十分傷心。當地的主教在堂區教堂內講道時，因為主教提到了「徒勞」這個詞許多次，所以整個教堂都哭成了一片，這個詞或許比「死亡」這個詞還要糟糕。我也哭了，一股深深的絕望向我襲來，陷入某種永恆的遺憾，直到這一刻，我才能為我的小女兒與其他死去的同伴痛哭出聲。

我記得當時赫賽爾就站在我旁邊，他問我「徒勞」這個波蘭字是什麼意思。「聽起來很美，」他說。

徒勞就是沙上築塔，以篩汲水，辛苦賺來的錢都是假幣，所有努力都是白費工夫。這一切就是所謂的徒勞。我如此向他解釋。

我們走出教堂時，霧濛濛的天氣增添了一抹憂鬱的氛圍。風吹起地上沾了泥巴的黃葉，宛如奇怪品種的蝙蝠，對我們展開了攻擊。而我，一向對於上帝給予我們的各種暗示十分敏感，此刻卻無法理解祂想要和我們說什麼。我瞥見雅各涕淚交加的臉龐，那幅景象的巨大衝擊讓我不由得腳下一軟，無法繼續走路。我從未看過他哭。

我們在葬禮結束後回去的路上，雅各讓我們抓住他身上土耳其長袍的修長下襬，把它們拉高變成像翅膀的樣子。我們依言照做；如同盲人般把注意力放在抓的動作上，不顧悲傷與在我們身上拍打的雨滴。我們牢牢抓住雅各的大衣，每個人都想要至少稍微抓一下，所以從墓園回到官邸的路上我們彼此輪流交換位置。人們為我們讓出了一條路，我們看起來大概像是奇怪的蟲子，淚流滿面的怪人。那是誰？在我們抓著雅各的大衣，穿過小巷回到官邸的路上有人耳語。他們對我們越驚訝，對著我們投來的視線越奇怪，這樣對我們來說更好。我們的絕望與悲傷將我們與他們區分開來，我們再度成為了過客。本來就該如此。成為異鄉人有著某種令人難以自拔的魅力，好似讓人吃得津津有味的糖果。不理解當地的語言，不了解當地風俗，如同幽魂穿梭在遙不可及又無法辨識的面孔之間。此時一種特別的智慧便會覺醒——一種推測、捕捉不自然事物的能力，敏捷的思緒與洞察力也會同時覺醒。異鄉人能夠獲得新的看法，不論他本人願不願意，都會成為自成一格的智者。是誰向眾人堅稱固守一方是多麼美好又自在的事情呢？只有異鄉人能才真正了解這個世界的模樣。

赫賽爾在莫德克先生喪禮的隔天過世了。他走得像隻兔子般安靜迅速。雅各把自己關在房內，整整兩天閉門不出。我們不知道他在裡面做什麼。我抓了抓門板，求他至少說些什麼。雖然他只是個再普通不過的善良男孩，但我知道雅各特別喜愛赫賽爾，就像是對待他的夫人那般。

喪禮上，雅各直直走向神龕，跪在那邊，驀地高聲唱起〈吾主降臨〉（Signor Mostro abascharo），這是人們在困頓的時刻所唱的歌。我們跟著他跪下，強而有力的歌聲當即合而為一。我們唱到最後幾個字時卻被嗚咽打斷，所以有人，大概是馬圖舍夫斯基吧，唱起了我們的聖歌〈讚美上帝〉（Yigdal）：

彌賽亞將會向受盡折辱的貧賤百姓
展現祢王國的輝煌燦爛，
祢是我們的依靠！祢的統治直到萬代！

雅各用古老的語言補上了一句「Non aj otro commemetu」，即「除了祢再無他人」。

我們聽起來充滿絕望的歌聲填滿了整座教堂，旋律飄到了拱頂下方，又化成陣陣回音反彈了回來，彷彿此處有支大軍正用沒人聽得懂的東方語言唱著歌，彷彿還夾帶著不屬於這個世界的聲音。它讓我想起士麥納、港口、鹹鹹的海風，聞到了盧布林堂區教堂裡的人們做夢都不會夢到的香料香味。整座教堂似乎因為驚訝而被凍結在這一刻，連燭火都不再顫抖了。先前在神龕側邊擺上鮮花的修士此時站在柱子旁，看著我們的表情就像看到鬼一樣。為了以防萬一，他偷偷比了一個十字。

最後我們唱歌的聲音似乎大到連教堂的彩繪玻璃都在震動，我們用意第緒語祈求上帝，向在異邦、在厄撒烏之國的我們這群雅各伯的子孫伸出援手，我們在雨霧與一七五九年駭人的秋季中迷失了方向，接下來還要面對更加嚴峻的冬季。這天晚上我了解了一件事：我們朝著深淵踏出了第一步。

喪禮隔天，雅各與莫里夫達驅車前往華沙，我們其他剩下的人則因為克里沙對之前的襲擊與毆打提出了上訴，並向當地的卡哈爾要求了龐大的賠償款，所以就負責留守盧布林。因為所有人都支持我們，庭審不日就會舉行，判決想必也是對我們有利。我不太關心這件事。我常去盧布林的幾間教堂，坐在長椅上沉思。

我想得最多的就是舍金納的問題。我總感覺她會從這個恐怖季節的陰暗處跑出來，在骸骨之間掙扎並給予我提示，我想起我與莫德克先生的伊斯坦堡之旅。她，上帝的常在，居於破敗的人間——她是超乎人類想像的無形，卻存在於物質之中，是處於炭塊中的鑽石。如今我想起了一切，當初帶領我領略舍金納萬般奧祕的人正是莫德克先生。是他帶我走遍各個聖地，他不像一般的猶太人那樣對彼此充滿偏見。我們一抵達伊斯坦堡的第二天，馬上就去參觀了聖索菲亞大教堂，去參觀這座供奉耶穌基督之母、基督教瑪利亞的偉大古蹟，莫德克先生說她是近似於舍金納的存在。這令我驚詫不已。我絕不會自己一個人走進基督教教堂，就算是在這裡——即便它如今已經被改建成清真寺——也一樣，我還是感覺不自在，可以的話我寧願省略這一步的課程。我的目光始終無法適應這些壁畫。當我望向牆上大片肖像畫中的女人，她毫不避諱、直勾勾看著我的眼神，讓我感覺前所未有地窒息，我的心臟怦怦直跳，緊張得讓我想要離開這裡。可是莫德克先生此時握住了我的手，把我牽了回去。我們坐在牆角冰冷的地板上，牆上刻著大約幾世紀前留下的希臘銘文，接著我慢慢恢復了冷靜，我的呼吸變得平穩，終於能夠再次欣賞這幅奇景：

女人自牆中浮現，強大的身影高掛在我們頭上的穹頂頂端。她的膝上抱著一個孩子，看起來就像是抱著一顆水果。但孩子並不是重點。你在她溫和的神情中看不出任何屬於人類的情感，只除了構成萬物基礎的那一樣——無條件的大愛。我知道，她說著，即使嘴唇並未移動分毫：我全都知道，我看著一切，沒有什麼能夠脫離我的理解。我從世界伊始便身處此地，藏於最渺小的物質粒子之中：石頭中、貝殼中、昆蟲翅膀中、樹葉中、水滴中。劈開樹幹，而我就會在那裡；劈開石頭，而你就會在那找到我。

我彷彿聽見這個巨大的肖像對我說。

我感覺這個莊嚴的神像似乎向我揭示了某種理所當然、但我當時還無法理解的事實。

22

維斯瓦河右岸的客棧

莫里夫達與雅各從布拉格區[1]的那一側望著華沙。他們看見高踞河堤上的城市，城中排樓的磚塊與屋頂半是鐵鏽色，半是紅棕色，緊緊依偎出一片蜂巢狀的建築物。紅磚蓋成的防禦牆有好幾處完全塌陷，還爬滿了野生樹苗的根。教堂的高塔懸在堤防上的城市上空——高聳的聖若翰大聖堂[2]，圓潤的耶穌會教堂[3]，更遠處啤酒街上有稜有角的磚

1 布拉格區（Praga）位於維斯瓦河東岸，一四三二年第一次出現在文獻記載上，一六四八年瓦迪斯瓦夫四世賦予布拉格區城市地位，卻在大洪水時代遭受重創。

造聖瑪爾定教堂[4]，以及偏向維斯瓦河那側挺拔的司令塔[5]。莫里夫達用手指出每一座塔，像是在清點自己的所有地。他還指出了王室城堡的鐘塔，以及下方覆上一層淺薄初雪、規畫良好的花園。在這片絕對平坦的地面上，堤防與城市就如同某種破土而出的畸形生物。

黑夜已然降臨，航向左岸的渡船已經停駛了。所以他們只好在岸邊矮小、煙霧繚繞的客棧過夜。由於兩人的穿著看起來就像是貴族，加上他們要了單人床的乾淨房間，所以酒館主人對他們特別殷勤。晚餐他們點了烤雞與豬油拌卡莎，還有乳酪與酸黃瓜，可是雅各不喜歡最後一道菜，所以他沒打算吃。雅各專注沉靜，他把臉刮得很乾淨，下巴微微凹陷。由於他下半張臉現在變得很清楚，所以那一如既往的黑眼圈如今變得更加明顯了。他戴著皮毛高帽，以致酒館老闆把他當成了土耳其人，或許把他當成了某位使者。

莫里夫達已經喝伏特加喝到眼神渙散，他喝不慣馬佐夫舍地區的烈酒。他把手伸向桌子的另一邊，手指碰了碰雅各的臉頰，顯然他無法不讚嘆雅各這張乾淨的俊顏。雅各嚇得瞥了他一眼，嘴巴沒有停下咀嚼。兩人以土耳其語交談，這麼做會讓他們感覺比較安全。

「你別擔心。國王會接見你的，」莫里夫達說，「蘇爾第克寫過信給他了，還有許多人表達了對你的支持。」

雅各為他倒了一些伏特加，但自己喝得不多。

「那個老女人（他們如此稱呼科薩科夫斯卡），為你準備了這段時間可以免費使用的居所與僕從。你可以把漢娜帶到這裡，有人會打點好一切。」

莫里夫達試著寬慰雅各，可是他感覺自己像是要把雅各推進虎口。特別是今天，當他看見這座雄偉與破敗兼具的城市時，他自己也為某種不安所苦。可是在利沃夫的瘟疫結束之後、在盧布林的喪禮結束之後，還能有什麼更糟的事情呢？

「我要的不只是有地方可住，」雅各憂愁地說，「我想讓他們給我們土地，還有那片土地的所有權。」

莫里夫達意識到雅各的胃口很大。他換了個話題。

「我們找個女人來吧，」他帶著徵詢的口氣。「我們兩個可以共用她一個，用各種姿勢折騰她，」他不大肯定地說。可是雅各搖了搖頭。他用自己隨身帶著的銀牙籤挑開了卡在牙縫的肉渣。

「既然他這麼久都沒有答覆，那我猜他大概不想接見我。」

「你在想什麼，那可是王室官邸。他們手上有上百件像你這樣的請願。國王不會仔細閱讀全部的文件，那些信件和請願書多到可以把他淹沒。我在那裡有熟人。他會把你的信擺在最上面。你只需要等待。」

莫里夫達又拿了一塊雞小腿肉，把它當成兒童馬刀在雅各面前揮來揮去，他想要跟雅各開個玩

---

2 聖若翰洗者聖殿總主教座堂（Bazylika archikatedralna św. Jana Chrzciciela w Warszawie），今日華沙主教區的主教座堂，西元一四〇六年獲得大教堂地位。

3 耶穌會教堂（Kościół Jezuitów，今日稱仁慈聖母教堂〔Kościół Matki Bożej Łaskawej w Warszawie〕），一六〇七年耶穌會士為了在華沙建立根據地由伯多祿．斯卡加（Piotr Skarga）神父募款所建。

4 聖瑪爾定教堂（Kościół Św. Marcina），十四世紀為聖奧古斯丁修道會士所建。

5 司令塔（Wieża Marszałkowska）為華沙東北側防禦牆的塔樓，如今只剩下由塔樓的基底部分改造而成的旋轉階梯。

笑。雅各卻被他惹怒了。

「我到時候會幫你說好話，」莫里夫達模仿著猶太人說波蘭語的口音。「我們誠心皈依了天主教信仰，將我們的命運交到國王陛下的手中，全然相信他不會將他最卑微的臣民置於困頓中……」

「夠了！」雅各說。

莫里夫達閉上嘴。雅各替自己倒了一杯伏特加，一口喝下。他的眼睛開始散發光彩，他身上憂鬱的氣息如同被帶進溫暖房間的雪一樣逐漸融化。莫里夫達坐到他身旁，手搭上他的肩。他沿著雅各的視線看去，映入眼簾的是兩位小姐，第一位看起來像是流鶯，皮膚比較白的另一位則是她的同夥。看得出來她們是比較好的娼妓，兩人正好奇地盯著他們看，大概是把他們當成了海外的貴族，或是旅行中的使者。莫里夫達朝她們眨了眨眼——莫里夫達酒後來了興致，但雅各阻止了他下一步的行動——這裡到處都是間諜，誰知道會發生什麼事。他不該這麼做。

兩人睡在同一間房間內的兩張床上，與其說是床鋪不如說是層板。身上穿著衣服。雅各在頭底下墊了件襯衫，以防碰到粗糙的乾草褥。莫里夫達睡著之後卻被樓下傳來的喧鬧聲吵醒了，那裡人們的派對還沒結束，他聽見醉漢的怒喝與客棧老闆驅趕頑固客人的聲音。他望向雅各的床鋪，空空如也。他嚇得趕緊起身，然後他注意到了坐在窗戶下方的雅各，他的身子前後搖晃，正對著自己輕聲說著什麼。莫里夫達重新回到床上躺好，他在半夢半醒中才意識到，這是他第一次看見雅各獨自禱告。他處於夢境邊界的時候仍舊對此感到驚訝；他始終認為雅各從來就沒有真的相信過他告訴其他人的那些東西，那些三重一體、四元架構的神，彌賽亞到來的順序，甚至是彌賽亞本身。我們的心中有幾分真心信奉著這些東西，又有幾分清楚知道這全是一派胡言呢？莫里夫達在一片昏沉中問自己，陪伴他進入夢鄉前的最後一個念頭便是：我們終究難以逃離自己。

關於華沙的事件與宗座大使

雅各在華沙做的第一件事就是租一輛三駕馬車。此刻他正親自駕著馬車逛遍首都，馬兒套輓具的方式很奇怪，是前後排成一列的，因此它吸引了無數路人的目光，整條街上的人全都停下腳步觀看這台奇怪的馬車。他還租下了鐵拱門[6]後方的小宮殿，附帶馬車房與馬廄，殿內共有七間附帶家具的房間，足以安置從盧布林來的所有人。那裡的家具美麗又整潔，外層是華美的錦緞，有幾面鏡子，大箱子和沙發，還有陶瓷暖爐。樓上有一張大床，雅各馬上命人依照貴族的規格換上乾淨的床褥。在莫里夫達的協助下，他雇用了一名男僕，女主廚，與負責生火打掃的女僕。

科薩科夫斯卡城督夫人的人脈終於派上了用場——最先邀請他的是布蘭尼茨基閣下，接著所有人都希望邀請這位新信徒、清教徒擔任沙龍的座上賓。當中也包含了雅布諾夫斯基家，雅各靠著他繽紛的土耳其服飾在他們家的沙龍上引起了轟動。在場的人無不穿著法國流行的服飾，他們手中拿著帶柄眼鏡，好奇又同情地仔細觀察著這位滿臉痘疤、卻稱得上英俊的奇怪男子。在波蘭，比起當地的事

6 鐵拱門（Żelazna Brama）為薩克森花園的西面入口。

物，外國的事物總是更受歡迎，所以賓客連聲稱讚來客對他們展示的、充滿異國風情的服裝。貴族們滿意的稱讚沒有在他身上看見猶太人的影子，反而覺得他更像是土耳其人或是波斯人；這是他們作為貴族善意的表現。當安妮大公夫人的小狗對著客人抬起腿，在客人的黃色鞋子上撒了一泡尿的時候，引發了一陣哄笑。大公夫人把這當成了另一項善意的證明，這一次是由狗兒釋出的善意，所有人都對這樣的好預兆感到高興。繼雅布諾夫斯基家之後，波托茨基家也對他們發出了友善的邀請，自此之後，這些世家大族便把他們當成奇蹟一戶接著一戶地傳下去。

雅各話不多，保持神祕。他盡力回答那些好事者的問題，而莫里夫達則會美化他說的內容，讓他看起來更像是個天生聰慧嚴肅的人。雅各有時候會講一些笑話，此時莫里夫達就會把細節編得更加完善。他必須修飾雅各自大狂妄的語氣，那與崇尚謙虛的貴族沙龍極高的門檻完全沾不上邊。有幾次，他們聽完無聊的歌劇之後去了城郊的酒館，雅各自吹自擂的說話方式在那裡倒是相當受歡迎。

接下來，接見他們的是宗座大使塞拉。

這位保養得當、滿頭白髮的老者用令人看不透的神情盯著他們。他們發言的時候他會微微點頭，彷彿全然同意他們所說的。雅各差點就要被他溫和有禮的態度騙了，可是莫里夫達知道這個人就是隻狡詐的狐狸，你永遠無法猜到他真正的想法。這就是主教們所受的教導：要保持冷靜，要有耐心，要仔細觀察，要小心評估每個意見。雅各說土耳其語，莫里夫達則會把他的話翻譯成拉丁語。英俊年輕的神職人員冷漠地在單獨的桌子前記下一切。

「雅各，眼前這位法蘭克，」莫里夫達開始轉述雅各的話，「帶著自己的妻小與六十名弟兄離開了土耳其地，失去了自己微薄的家產，除了在此一無是處的東方語言，他對其他語言沒有半點了解，所以我不得不擔任他的翻譯……他們是如此深受基督宗教吸引，不但不了解此地的風土民情，在維持正常生活上也遇到了許多困難，只能仰仗善心人士的施捨過活……」他瞧見宗座大使略帶譏諷的玩味眼神，接著說：「他所擁有的一切都要歸功於我們慷慨好施的貴族們……此外，這群虔誠的人們還承受了許多來自塔木德派的壓迫，他們在盧布林碰上了針對和平旅人的血腥攻擊，而最糟糕的莫過於他們現在無處可去，只能寄人籬下，仰人鼻息。」

雅各點了點頭，彷彿他全都聽得懂。或許他真的聽得懂。

「這麼多世紀以來，我們過著不斷被各個國家驅趕的日子，這麼多世紀以來我們都忍受著無止境的不確定性，我們無法落地生根過上穩定的生活。既然我們沒有根，那麼我們就誰也不是，」莫里夫達自行添油加醋，「如同隨風擺盪的絨毛。」「直到來到共和國，我們才終於找到了庇護所，受到王室法令與教會充滿社會關懷的態度支持……」此時莫里夫達瞄了雅各一眼，後者一副聽得很專注的樣子。「假如您們眼下能夠讓我們這一小群樂意與他人和平共處的人，在自己的領土上安居，上帝又會對我們感到多麼滿意呢？這就像是讓歷史告終，讓一切回歸過往的秩序。如此一來，波蘭為神做出的貢獻將會大於這個不利於猶太人的世界。」

莫里夫達甚至沒有注意到自己從何時起開始把「他們」說成了「我們」。因為他早已重複這一切太多次，這些句子在他看來圓滑好聽到可疑的地步，這一切甚至理所當然到有點無聊。有沒有人能有點其他想法呢？

「……因此我們再次請求您，單獨給予我們一塊靠近土耳其邊境的領地……」

「Di formar un intera popolazione, in sito prossimo allo stato Ottomano.」美貌驚為天人的年輕神職人員下意識地用義大利語複誦了一遍，他發現自己發出聲音時羞得滿臉通紅，閉上了嘴。

宗座大使在半晌的沉默過後，指出有些貴族願意邀請這群「上帝的子民」到自己的領地定居，然而雅各透過莫里夫達之口如此回應他：

「我們唯恐這麼做，會迫使我們不得不接受和波蘭不幸的農村居民一樣的從屬地位。」

「...miseri abitatori della campagna...」你可以聽見神職人員為了幫助自己寫下紀錄而發出的耳語。

所以雅各・法蘭克代表自己的追隨者們懇請（implora）您分出一塊獨立的地方給他們，最好是整個地區（un luogo particolare），同時答應讓他們所有人在上述這個地方團聚之後（uniti），可以投入自己的產業，避開壓迫者的視線。

此時宗座大使變得有點興奮，他宣布自己已經與王冠領地的總理詳談過，後者展現出了願意讓他們在王室領地定居的善意，屆時他們便會成為王國的子民，而教會也已經準備好要把他們接到主教管轄的城市居住了。

莫里夫達深深吐了一口氣，但聽到這個好消息，雅各眼睛連眨都沒眨一下。

接著他們將話題轉到了洗禮上，他一定要在眾人面前再次舉行盛大的洗禮儀式。第二次儀式一定要辦得盛況空前，讓國王親眼見證。說不定身處最高位的那一人會願意擔任代父，又有誰知道呢？

會面到此結束。宗座大使戴上了和藹的面具。他的皮膚白皙，彷彿已經很久沒有離開過這座華麗的宮殿了。假如你仔細觀察的話，就會發現他的手在發抖。雅各充滿自信地走過宮殿走廊，拿著手套輕拍他的手掌。莫里夫達快步跟在他身後，不發一語。有幾位祕書側身退到了牆邊。

他們直到回到馬車上才有辦法自在地呼吸。就像他們在士麥納時那樣，雅各只要一高興就會拉過莫里夫達的臉，然後笑著吻上他的唇。

納赫曼－彼得．雅庫柏夫斯基與耶羅辛．丹博夫斯基此刻正在雅各家門前等著。雅各以某種莫里夫達從未看過的奇異新方式向他們打招呼；他舉起手掌放到唇邊，然後再撫上他的心口。而他們也一如往常，充滿信心毫不遲疑做了一樣的手勢，過了一會兒，你幾乎就會以為他們從一開始就在使用這個手勢。他們迫不及待地追問會談的細節，可是雅各直接略過他們，消失在門的另一邊。莫里夫達好似是雅各的發言人、國王身邊的大臣，他緊隨其後，一邊對著他們說：

「他毫不費力地說服了宗座大使。他就像是在對孩子說話一樣輕鬆。」

他知道這才是他們想聽到的回答。他還看見了他們臉上激動的神情。他為雅各打開每一扇門，然後跟著繼續走，納赫曼與耶羅辛則快步跟在後面。他感覺自己找回了曾經的感受——與雅各待在一起的愉悅之情，以及他身上帶著人眼看不見的獨特光輝所散發的溫暖。

關於卡塔日娜與她在華沙的安排

科薩科夫斯卡搭著樸素輕便的小馬車，她總是穿著深色調的衣服，例如她最喜愛的棕色與灰色，胸前掛著一個大大的十字架。她佝僂著身軀，踩著寬大的步伐，走過馬車與到下一間房子門口之間的那段路。她一天之內可以拜訪四到五戶人家，絲毫不顧寒冷的天氣與身上不適合社交的打扮。她只會對門口的下人說：「科薩科夫斯卡來了」，之後連外套都不脫，就直接朝著房間走去。跟在她身後的阿格涅什卡試著安撫受驚的下人。莫里夫達自抵達華沙之後就常常與她們同行，科薩科夫斯卡介紹時對外說，莫里夫達是自己見多識廣的堂弟。近日由於她計畫回家過節，所以莫里夫達幫著她買了不少東西。他們在克拉科夫郊區街上販售維也納產品的店裡，花了半天時間欣賞洋娃娃。

莫里夫達告訴她莫德克先生與赫賽爾離世的消息。

「漢娜．法蘭克瓦知道這件事了嗎？」科薩科夫斯卡問，她觀察著優雅洋娃娃寬大裙襬的下方，確認她們穿著蕾絲鑲邊的長燈籠褲。「或許我們應該再考慮一下是否該把這件事告訴她，特別是據我所知她即將臨盆。雅各似乎只需要輕輕碰她一下，她就又懷孕了。考慮到他們見面的次數這麼少，這的確可以稱得上奇蹟中的奇蹟。」

科薩科夫斯卡替漢娜安排了一座位於沃伊斯瓦維彩的小莊園，她一改往日小氣的作風，這次可以說是難得慷慨解囊了。她拉著莫里夫達來到蜂蜜街，這裡有賣華美的彩釉瓷器，精緻到光線能夠穿透杯子的中國珍玩。上面全都繪有小的風景畫——科薩科夫斯卡想要買下這樣的東西來裝飾漢娜的新家。莫里夫達試著勸阻她不要買——何必買這種根本無法完整撐過整段路的脆弱玩意呢——可是下一秒他就閉上了嘴，因為他開始漸漸意識到她口中的這群清教徒，漢娜與他們所有人，對科薩科夫斯卡來說，越來越像是她自己的孩子，難以管教，到處惹事生非，但始終是她的孩子。正因如此，與其待在華沙參加國王會出席的第二場盛大洗禮，她寧願回去波多里亞。她最後一次與法蘭克見面時，她要他在這裡做好自己分內的事，而她則會照顧留下來的那些人。沃伊斯瓦維彩小鎮是她的堂親兼摯友瑪麗安娜．波托茨卡的領地，這片地區十分富庶，有著寬闊的市集與鵝卵石廣場。科薩科夫斯卡名下的莊園之前被租給了當地的管家，現在已經空出來了，牆壁重新粉刷過，家具全都修好了。在雅各取得可以落地生根的土地之前，漢娜的隨從都可以住在莊園裡。

「他們要以什麼維生？」莫里夫達考慮周到，他看著商人將每個杯子分別用棉紙包好再把它們放進麻袋裡。

「靠著我們的支持和他們現有的資源。況且冬天根本不會對商人造成任何問題。春天開始他們就會收到種子，到時候就可以播種了。」

莫里夫達的臉色變得很難看。

「我已經可以想見到時候的場景了。」

「那裡多的是市集還有攤商……」

「這一切早在幾十年前，甚至是幾百年前，就被其他猶太人壟斷了。你不能直接把他們放到另一群人裡面，然後等著看會發生什麼。」

「我們走著瞧，」科薩科夫斯卡說，心滿意足地付了錢。

莫里夫達驚愕地看著要價不菲的洋娃娃。他們踏過被馬糞弄髒的雪地回到馬車上。

莫里夫達在整理車上的包裹時，還在抱怨他們所有人之中只有雅各有能耐出席沙龍。此外，他對雅各在首都的花銷感到震驚；首都的紙醉金迷迷人眼。科薩科夫斯卡表示贊同：

「要六駕馬車幹嘛呢？那些皮草、帽子、珠寶有什麼用？我們在這裡想盡辦法讓他們展現出品德高尚的窮人模樣，可他卻在城裡大肆揮霍。你和他談過了嗎？」

「我說過了，可是他不願聽我的話，」莫里夫達沮喪地回答，並幫助科薩科夫斯卡上馬車。他們彼此告別，然後卡塔日娜就離開了。莫里夫達獨自留在克拉科夫郊區街上。從山羊街吹來的風將他冬季長袍的下襬高高吹起。寒風刺骨，冷得像是身處彼得堡之類的地方。

他忘記告知科薩科夫斯卡，雅各沒有收到任何來自波多里亞的信件。唯一一封來自漢娜的信封蠟有破損。

第二場正式洗禮儀式已經準備就緒；儀式地點在薩克森宮殿的皇家小聖堂。洗禮開始前有一場合唱團伴奏的肅穆彌撒，主持彌撒的是基輔主教約瑟夫・安傑依・札烏斯基。國王大概是不會來了，此刻他正在德勒斯登忙得不可開交。沒關係！國王在這又有什麼用？整個華沙沒有他還不是照常運轉。

卡塔日娜・科薩科夫斯卡致堂親

敬愛的堂親：

我把彩繪瓷器載到目的地了。除了一個杯子的握把斷了，並沒有其他損傷。我們這裡很需要你，因為我們已經許久沒有收到任何消息了，特別是法蘭克瓦女士在這幾乎失去了理智，不斷要求那位信使將她寄給丈夫信件的回信帶回。我目前正在招待她們母女倆以及兩位侍從，我們迫不及待地想要知道你們在那裡做出的任何決定。最糟糕的莫過於你們所有人彷彿都掉進了那裡的深淵，因為我得知我們皈依天主教的朋友與他們的家人，都沒有收到任何來自華沙的表示。難不成是這場嚴酷的冬天與瘟疫襲擊了波蘭郵政嗎？然而，我們在這裡的所有人都希望你們只是忙於首都數不清的事務而已。

我從某處得到消息，我們與許無法將希望寄託在晉見國王上了。我已經將行李裝箱打包好，一旦霜雪開始融化，我就會去那裡找你們，也就是說我大約會在三月的時候上路，因為現在出發的話，馬兒的口水都會在牠們的口鼻部上結凍。不過眼下考慮到寒霜與冬季的懶散，我將一切交由你決定，你臨危不亂、處變不驚，也能夠抗拒首都的各種誘惑。

我現在正在勸說布蘭尼茨基閣下與波托茨基家族加入我們的事業，簽署領養信。然而就我所知，布蘭尼茨基最高軍事指揮官對猶太人的態度相當不友善，對各種皈依者的態度甚至更糟糕。最讓人們感到憤怒的是，他們對於貴族爵位的野心，我聽說沃洛夫斯基全家人都得到了貴族身分，除了他們，似乎還有克里辛斯基，那個臉上有疤的男人，他常常寫信給我。事實上，這件事也引起了我心中某種道德上的不適，他們才剛踏入我們的世界，就已經想要入朝為官，登上高位了。我們為了這些貴族頭銜付出了多少代人的努力，為了它，我們的祖父輩為祖國做出了多少貢獻。可是他們，天啊，只不過是往桌上丟了一疊金塊。尤其貴族根本就不該在城裡經營釀酒廠，像是沃洛夫斯基家的其中一位，真該有人好好告訴他這件事。這些都是我的堂親波托茨卡寫信告訴我的，她的兒子一月要結婚，邀請我們去參加喜宴。所以我更沒有在春天之前出發前往華沙的打算了。我已經老了，沒辦法在寒冬中四處奔波。

隨信附上兩封漢娜女士寄給雅各閣下的信，以及小伊娃的畫。請轉告尊敬的先生，請他至少對她說幾個字也好，不要讓她美麗的黑眸因為思念再度染上淚水。她是一位來自異國的女性，無法適應我們寒冷的莊園或是飲食……

科薩科夫斯卡家的平安夜晚宴上有什麼菜餚

平安夜晚餐的餐桌上掛著白薄餅做成的星星。最先呈上的是兩道湯：杏仁湯與野菇湯。有橄欖油漬的鯡魚，上頭撒著細香蔥與蒜末。有豌豆、蜂蜜炒麥花、野菇拌卡莎，和散發著蒸騰熱氣的餃子。客廳角落擺著一束穀物，上面掛著塗成金色的紙星星。

賓客們互相祝賀。大家貼心地主動和漢娜搭話，輕聲說著波蘭語，一下語調嚴肅，一下笑得開心。小阿瓦恰看起來嚇壞了，大概是因為這樣，她才不肯放開母親的裙襬。漢娜將小厄瑪奴耳交給了保母——乾淨整潔的茲維爾佐夫斯卡。小男孩掙脫保母的束縛跑向母親，可是他的年紀還太小，沒有辦法參加晚宴；茲維爾佐夫斯卡帶著他消失在科薩科夫斯卡家巨大莊園的房間中。不幸的是，他們對漢娜說的話，她聽懂的並不多，只能點頭，微微勾起唇角。同桌賓客對漢娜的沉默感到失望，他們虎視眈眈的探究目光——漢娜有這種感覺——轉向了五歲的阿瓦恰，她今天盛裝打扮，穿得跟公主一樣，正用不信任的目光看著這群對著她嘰嘰喳喳的同伴。

「我還沒看過哪個人有這麼大的眼睛，」科薩科夫斯卡城督夫人說，「她肯定是個小天使，或是森林裡的小妖精。」

這是實話，孩子美得不可方物。她身上帶著幾分肅穆，卻又有著某種野性，彷彿她獲得了阿拉伯異教徒的瑰麗氣質。漢娜把女兒打扮得像個貴婦。她僵硬的襯裙上面是一件天藍色的洋裝，繡滿白蕾絲，配上一雙白色絲襪，腳上是縫著珍珠的深藍色緞面小鞋。她甚至無法穿著它們越過雪地走到馬車所在之處，得有人抱著她。在她們就座之前，科薩科夫斯卡將她放到了小木凳上，好讓所有人都能欣賞小女孩的美貌。

「行屈膝禮，小伊娃，」科薩科夫斯卡女士對她說。「快啊，就像我教妳的那樣，做個漂亮的屈膝禮。」

可是阿瓦恰站著一動也不動，像洋娃娃一樣僵硬。有些失望的賓客不再為難她，回到了座位上坐好。

阿瓦恰坐在母親旁邊，雙眼盯著身上的襯裙，小心地整理僵硬的薄紗邊緣。她拒絕吃東西。之前有人往她的盤子上放了幾顆小餃子，可是它們已經涼掉了。

人們道賀完重新就座之前有半晌的沉默，可是城督接著說了一些非常風趣的話，除了漢娜以外的所有人都笑了。他們雇了會說土耳其語的亞美尼亞翻譯，他傾身靠向她，向她說明城督的笑話，但是他的解說實在太過混亂，漢娜根本不知道他想表達什麼。

漢娜的坐姿僵硬，她的目光不曾離開卡塔日娜片刻。雖然這些餐點看起來讓人食指大動，她也很餓，但碰觸這些食物又讓她感到噁心。是誰煮的？怎麼煮的？該如何食用酸菜野菇餡的餃子？雅各曾要她抑制住自己的噁心，像眾人一樣正常用餐，可是這些餃子讓她特別頭痛，它們無法順利通過她的喉嚨——酸菜像是餿掉了，連帶影響到了野菇的味道。那些顏色令人作嘔的淺色麵疙瘩，罌粟籽讓它看起來像是有人撒了某種蟲在上面。

直到侍者送上鯉魚時她才恢復了活力，而且它不是被做成魚凍，而是烤魚。烤魚的香味瞬間充滿整個房間，饞得漢娜直流口水。她不知道該等待侍者為她盛盤，還是自己動手。

「你要表現得像個淑女，」不久前科薩科夫斯卡告訴她，「不要畏畏縮縮。你內心相信自己是什麼樣的人，就會是什麼樣的人。你認為自己是個淑女，對吧？你是雅各．法蘭克的妻子，不是隨便哪個猶太佬的妻子，你懂嗎？像你這樣身分的人不用管什麼禮貌。把妳的頭抬高。就是這樣。」卡塔日娜說完便抬起漢娜的頭，拍了她的屁股一下。

此時卡塔日娜正在慫恿她吃平安夜料理。卡塔日娜說到她的時候會稱她為法蘭克瓦女士，但是與她說話的時候就會叫她「親愛的」。漢娜望著她的眼神充滿信任，接著不再看餃子，轉過身去伸手拿了鯉魚。是的，她取了一大塊帶著烤焦魚皮的魚肉。科薩科夫斯卡驚訝地眨了眨眼，可是其他人忙著聊天，沒人看見她的舉動。漢娜．法蘭克瓦飛快地瞥了科薩科夫斯卡一眼，她對自己很滿意。說起來這位掌控著一切、專橫跋扈的聒噪女子算哪根蔥？她會用低沉的大嗓門打斷每個人的話，說話的權利就彷彿土地與特權只能歸她所有。她穿著深灰色的洋裝，上面的黑色蕾絲有一處線頭跑了出來——阿格涅什卡沒有顧及細節。那根線就如同這些菜餚引起了漢娜的不適，如同科薩科夫斯卡整個人與她的阿格涅什卡，還有她駝背的跛腳丈夫。

她怎麼會淪落到這間牢籠中呢？籠中充滿繁文縟節，充斥著她無法理解的交頭接耳。她努力把這些憤怒的想法深深壓在心底，那裡有一處特別的地方可以讓它們如困獸般在籠子裡遊蕩。她不會讓它們跑到外面，至少不是現在。眼下她不得不依附在科薩科夫斯卡身邊，雖然她的碰觸讓漢娜覺得噁心，而她又喜歡時不時輕拍或是摩挲她的身體，但或許漢娜對她還是有幾分喜歡。他們使漢娜遠離了自己熟悉的一切事物，留在她身邊的只有茲維爾佐夫斯卡與帕沃沃斯卡。如今她想到她們的時候腦中並沒有浮現名字，她只記得她們的猶太名。剩下的夥伴們還在利沃夫等著他們。漢娜無法與眾人良好地溝通，她不斷搜尋著合適的字眼，這門語言使她陷入了絕望之中；她永遠也學不會波蘭語。雅各怎麼樣了？為什麼她沒有收到他的任何消息？莫里夫達去哪了？要是他在這裡，她會感覺比較安心。其他同伴又在哪裡呢？為什麼要把她帶離他們？她寧願待在伊瓦涅烏煙瘴氣的房間裡，也不想寄居在科薩科夫斯卡的莊園中。

點心是扁桃仁膏與檸檬堅果內餡的起司蛋糕，阿瓦恰的小爪子伸向桌上的備用糖果，拿了幾顆藏進天藍色洋裝的口袋裡。她們會在夜裡獨自吃光這些糖果。

母女倆住在這裡時會抱在一起睡覺。阿瓦恰看見漢娜哭泣的時候，伸出小手撫上了母親的臉龐。漢娜抱住了這個有著水汪汪大眼的小孩，握住她的手，好似在水面上緊緊抓住草葉的昆蟲，她小心抱著小寶貝脆弱的身軀，兩人一同漂過了漫長黑夜。因為她仍然在泌乳，所以她也常常抱起搖籃中的厄瑪奴耳，盡情地用母乳哺餵他。不過科薩科夫斯卡連這一點也要干涉，她認為餵奶是奶媽的工作。漢娜十分厭惡城督夫人為她找來的奶媽：討厭她白皙的肌膚，明亮的髮色，細長的雙腿。她粉嫩的大乳房重重壓在厄瑪奴耳臉上，漢娜生怕這個鄉野丫頭哪天一不小心就把他給悶死了。

唉喲！漢娜坐在平安夜晚宴桌邊想著這件事的時候，她的洋裝上又浮現了一塊奶漬——漢娜熟練地用土耳其圍巾把它遮住了。

阿瓦恰與兩個洋娃娃

然而對小阿瓦恰來說，這天晚上將會是不同於以往的一夜，那些屬於過去的夜晚將會被抹去。它們只會在時光中留下一條模糊的痕跡。

吃完晚餐後，科薩科夫斯卡帶著小阿瓦恰來到隔壁房間，然後叫她閉上自己的眼睛，領著小女孩到某個地方站定之後才讓她張開眼睛。映入阿瓦恰眼簾的是兩個精美的娃娃。一個是穿著綠松石色衣服的棕髮娃娃，另一個金髮娃娃則穿著青瓷色的優雅服飾。阿瓦恰呆呆望著它們，說不出半個字，她的臉上浮上一層彤雲。

「挑一個你想要的，」科薩科夫斯卡對著她耳語，「有一個是你的。」

阿瓦恰激動地單腳跳來跳去。她仔細觀察著兩個娃娃衣服上的每一處細節，卻無法做出抉擇。她向母親尋求幫助，但後者只是輕輕揚了揚唇角，聳了聳肩，此刻她終於能與科薩科夫斯卡一起抽土耳其菸管，共飲葡萄酒，將緊張的情緒拋在腦後。

這個過程十分冗長。女人們開始鼓勵小女孩趕快下決定，忍不住輕笑出聲。躊躇不定的孩子所散發的嚴肅氣質令她們莞爾。阿瓦恰聽見她們是來自維也納工藝最精緻的娃娃，她們的主體是山羊皮製成的，臉則是用混凝紙漿做成的，內部用乾草屑填滿。可是她選不出來。

她的淚水奪眶而出。她對自己的游移不決感到惱怒，朝著母親的裙襬飛撲過去，放聲大哭。

「怎麼啦？怎麼回事？」母親用她們自己的語言土耳其語關切地問。

「沒什麼，沒事，」阿瓦恰用波蘭語答道。

她想要把自己藏進柔軟的裙襬中，蹲在那等她熬過糟糕透頂的情緒。因為這個世界實在承載了太多東西，小伊娃所要面對的任務也太多。在此之前她從未感覺如此不幸。她覺得有什麼東西緊緊揪住了她的心臟，然後她就這麼哭了起來，不是像她跌傷膝蓋時的那種哭法，而是深深地在心中痛哭失聲。母親一下又一下摸著她的頭，但這樣的動作仍然無法讓她平靜下來。阿瓦恰覺得自己離母親好遙遠，她此後再也無法若無其事地回到母親身邊了。

她可以信任的，唯有那位聖誕節當天早上帶給她一隻跛腳紅毛小狗的醜陋奇怪男人。可以肯定的是，小狗比那些維也納來的娃娃要可愛得多。

小莎樂美・瓦別斯卡的娃娃。赫梅洛夫斯基神父關於圖書館與盛大洗禮的故事

聖誕節假期結束之後，科薩科夫斯卡與丈夫前去拜訪鄰居。他們也要藉此機會完成自己的使命，也就是將各個領地內人數多到擁擠不堪的清教徒搬到沃伊斯瓦維彩，春天前再將那些沒有足夠地方可以安置的人分發到其他貴族的領地去。與他們同行的還有帶著一大包藥酒的阿格涅什卡（因為科薩科夫斯基先生常常抱怨自己骨頭痛），裝著寫信時會用到的所有東西的文具箱，以及兩件皮毛大衣。他們會事先在車廂內口述信件內容，由阿格涅什卡將它們背下來之後，在馬車停靠的空檔把它們寫成信。科薩科夫斯卡想到自己的被保護人，腦中浮現的是「皈依者」這個詞，但她盡量避免在書信與口語中使用，因為會讓人有不好的聯想。最好稱呼他們為「清教徒」，這個字源於法蘭西或是英格蘭，瓦別斯基先生有次向她提過這個字，而今所有人都在使用這個稱呼。它給人一種正向的感覺，讓人聽起來就覺得他們很「清潔純淨」。

她帶了一份精美的禮物：洋娃娃。而且是衣著華貴，宛如皇帝宮廷貴婦的娃娃。她有麻絮製成的波浪鬈髮，戴著秀氣的蕾絲波奈特帽。科薩科夫斯卡把它從馬車上的盒子裡拿了出來——雪已經漸漸融化，所以他們捨棄了雪橇——現在她把娃娃放在她的腿上，然後像大人對著小孩彎下身時常做的那樣，對著孩子嘰嘰喳喳說個不停。這一切都是為了逗她的丈夫開心。可是他今天心情不佳，生氣妻子拉上他去拜訪鄰居。正如他所說，他的骨頭疼痛不已，他從很久以前就為痛風所苦。可以的話他恨不

得待在家，把狗偷偷放進房間裡，他的妻子嚴禁他這麼做。到羅哈廷的路很遠，他不喜歡瓦別斯基，對他而言那個人讀的書太多了，又太喜歡裝成法國人。城督自己一身典型的波蘭冬季服飾，穿著羊毛長袍與皮草外套。

瓦別斯基家的小女孩叫作莎樂美。她目前為止還是沉默不語，儘管她有波蘭家庭教師，卻不肯說半個字。她最常坐著刺繡。他們教她長輩對她說話的時候要行屈膝禮且垂下視線。她身穿粉色洋裝，黑色頭髮上綁著紫紅色的緞帶。她的身材玲瓏有致。瓦別斯基女士說她不會笑，所以當她收到洋娃娃的那一刻，所有人都目不轉睛地盯著她看。短暫的猶豫過後，她才鼓起勇氣伸手拿娃娃，將她擁入懷中，臉蛋貼上娃娃的麻絮頭髮。瓦別斯基看著她的目光帶著幾分驕傲，然後沒多久就把她的事拋在腦後了。只一溜煙，女孩便帶著娃娃跑得無影無蹤。

就在豐盛的午餐不知不覺間變成了晚餐，過不了多久就會變成早餐時，赫梅洛夫斯基總鐸神父出現了，科薩科夫斯卡熱情地與他寒暄，但她似乎沒有認出眼前的可憐人。這似乎讓神父感到很可惜。

「我曾在羅哈廷救過尊貴的女士您一命，」神父謙虛地說，但瓦別斯基此刻卻大呼他就是那位有名的作家。

「啊，」科薩科夫斯卡想起來了，「就是這位英勇無畏的神父，將困於壞掉馬車的我從人群中救了出來，帶著我們來到了你們家門前！《新雅典》的作者，我把那本書從頭到尾仔細讀了一遍！」她豪邁地拍了拍神父的後背，然後要他在自己身邊坐下。

神父滿臉通紅地婉拒了——這個女人，她陽剛的行為舉止令他感到膽怯——不過最終他還是找了她附近的位置坐下，他的膽子慢慢恢復，其中少不了托凱葡萄酒的功勞。他的氣色非常差，整個人變得更加乾癟頹唐，從他與餐盤上雞肉抗爭的模樣，看得出來他的牙齒十分脆弱。他吃了不少水煮蔬菜與野味做成的肉泥，往自己的盤子裡添了好幾次。他把白麵包鬆軟的中間部分挑出來吃，把麵包邊仔細地堆在一起，每隔一段時間偷偷投餵坐在桌子下方的跛腳小狗，瓦別斯基家的狗和牠的母親一模一樣，令他真心動容。他很高興自己替小狗找了一戶好人家。此外，他也稍微感覺到自己透過這樣的方式，成了和瓦別斯基家血脈相連的家人。

「我聽說您剛從華沙回來，」科薩科夫斯卡向他搭話。

神父的臉變得有點紅，這讓他看起來更加年輕了。

「學富五車的札烏斯基主教許久之前就已經邀請我前去華沙，倘若他知道我現在會和尊貴的女士您坐在一塊用膳，肯定會要我從華沙捎幾句祝福給您，他提到您的時候可是說盡了各式各樣的讚美之詞。」

「每個人都是這樣說的，」瓦別斯基語氣中透著一絲諷刺。

神父接著說：

「我對華沙這座城市本身並不感興趣，我有興趣的是圖書館。城市就是那樣，每個人都看得到。每個地方的城市都是一樣的，一樣的屋頂，到哪的教堂和人都差不多。那裡和利沃夫有點像，只不過有更多空蕩蕩的廣場，所以讓人感覺寒風更加刺骨。吸引我去那裡的是那龐大的藏書，而我如今的身體已經變得虛弱，所剩的時日不多，所以……」思及此神父不由得哽咽，他把手伸向葡萄酒，喝了一大口。「那座圖書館令我夜不能寐，我現在也始終無法入睡……那是何等壯觀……上萬本的書，就連他們自己都不知道到底有多少藏書……」

神父當時借宿在修道院中，他每天都需要穿過冰冷的風才能走到圖書館所在的位置，他可以在那翻閱架上的各種書籍。由於他的著作尚未完成，他本來是打算做筆記的，可是這些書的數量龐大到令他卻步。將近整整一個月神父都泡在圖書館裡，試圖從中理出某種條理。然而，他日漸惶恐的發現，這裡根本沒有所謂的秩序可言。

「有些書是按照作者排放的，可是接下來的其他書又會按照字母順序排放。然後同一時間一起買回來的書會被堆在一起，還有一些版面比較大的書沒辦法放在平常的架子上，所以就被放在間隔比較大的書架上，或是病懨懨地躺在地上，」神父憤怒地說。「書本就該像士兵一樣，他們就該直挺挺的站著，一一排好。就宛如人類智慧的軍隊。」

「說得好，」瓦別斯基點評。

班乃迪克神父覺得應該要派出一整隊的人到圖書館，然後採取軍隊的管理方式——確立軍階，再將他們分成不同軍團，讓他們按照書籍的價值與稀有度賦予這些書等級，最後為他們提供相應的必需品與治療：把那些生病、有損傷的書籍黏好、縫好。這將會是一項龐雜重要的工作。要是沒有書，我們該怎麼辦！

然而，有一點卻讓神父焦躁不已——這會是一間公共圖書館，也就是對所有人開放的圖書館；他完全無法理解，怎麼可以？怎麼可以讓每個人都進到圖書館把自己想要的書帶回家呢？他覺得這個點子太過瘋狂，就像是那些來自西方、法國的其他點子，它對於藏書造成的傷害大於它對人們帶來的益處。神父觀察到札烏斯基圖書館的借書單十分破舊，事後人們把它收進抽屜裡的時候可能會放錯地方或是弄丟，用紙片總是會有這樣的問題。假如有比較尊貴的客人蒞臨，他們便不敢要求他們簽寫借書單，只講個幾句話就讓他們把書借走了，沒有明細記載被借走的書在什麼地方、在誰手上。

神父動作浮誇地摀住自己的頭。

「比起人，神父您更加關心書啊，」科薩科夫斯卡說話的時候滿嘴食物。

「請容我反駁女士您所說的話。完全沒這回事。我同樣好好觀察了我們的首都與身處其中的居民。」

「那您有什麼感想嗎？」瓦別斯基恭敬地以法語詢問。

法語讓神父感覺困惑，他聽不懂。阿格涅什卡小姐輕聲為他翻譯，但他已經羞得滿臉通紅了。

「我覺得最奇怪的是，人們在鄉下明明可以過著更加富足的生活，盡情享用新鮮的空氣，他們卻願意待在這麼小的公寓裡，在這麼狹窄的街道上擠成一團。」

「所言甚是。那裡缺乏鄉下有的東西，」科薩科夫斯卡感嘆。此時神父說起札烏斯基主教帶他參加薩克森公園皇家小聖堂的施洗儀式一事，最重要的幾位新入教者都在那裡接受了洗禮。

科薩科夫斯卡頓時來了興致：

「天啊！神父您當時在場？您怎麼現在才說？」

「我站在後面，要不斷左右探頭才能看見一點東西。據我所知，這是那位法蘭克第二次受洗，他第一次洗禮是在利沃夫。」

班乃迪克神父說，當札烏斯基主教對著受洗者彎下腰時，他頭上的主教冠掉在了瓷磚上，引起教堂中的人一陣譁然，有些人認為這是個壞兆頭。

「受洗兩次有什麼意義？一次不夠嗎？就是因為這樣主教冠才會掉下來，」男主人說。

「他的代母是布呂爾洛娃，沒錯吧？她看起來怎麼樣？」科薩科夫斯卡追問。「她還是一樣胖嗎？」

神父思忖半晌。

「上了年紀的女人不就是那樣。我有什麼好說的？我對女性沒有半點記憶。」

「她有說什麼嗎？她表現得怎麼樣？她的打扮呢？是波蘭式的還是法式的……就是一些平常的小事。」

神父努力回想，他把視線轉向別處，彷彿有布呂爾洛娃的畫像掛在空中。

「請您見諒，我真的什麼都不記得。不過我記得女士您的好友，蘇爾第克主教參與了法蘭克兩位代理人的受洗儀式——一位是雅庫柏夫斯基，另一位則是馬圖舍夫斯基，與主教一起的還有盧博米爾斯卡大公夫人。」

「你終於說到重點了！」科薩科夫斯卡興奮地摩拳擦掌。唯有在這樣的情況下她才能感覺到自己活著。她成功說服蘇爾第克擔任新信徒的代父。還有盧博米爾斯卡大公夫人，她往常並不願意表態。顯貴們願意參與洗禮這件事改變了她的丈夫對這項事業的看法。

「這就讓我想到在我們這，在波多里亞還有很多人等著受洗呢，」一直以來沉默不語的科薩科夫斯基終於開了口。

「老天啊！我仁慈的上帝，他們該有多少人啊！說起來，神父您之前施洗的那位有著恐怖面孔的大個子猶太人怎麼樣了呢？」科薩科夫斯卡問。「他似乎是個啞巴，對吧？他的臉怎麼了？」

神父好像有點手足無措。

「這個嘛……既然他們向我提出了請求，我就從善如流答應了。他大概是從瓦拉幾亞來的孤兒，曾在修爾家當馬夫，現在則在我這邊幫忙。」

「仁慈的神父您領著他走進教堂的時候，全場都安靜了。他就像是被那些猶太人用黏土雕塑而成的。」

當所有人終於從餐桌上起身，天色已經完全黑了。赫梅洛夫斯基想著馬夫羅什科，他擔憂地想著他們有沒有從廚房裡拿些熱食給他，他有沒有被凍成冰柱。眾人齊聲要他放寬心之後，他才留下來抽菸。瓦別斯基總是用最優質的菸草招待客人，那是他跟羅哈廷的修爾家買來的，他們有著全波多里亞最好的貨。沒有人對科薩科夫斯卡和男人們一起抽菸這件事表達驚訝——畢竟她算不上女人，只是科薩科夫斯卡她自己。她可以隨心所欲。

一月十八日與十九日，史丹尼斯瓦夫・科薩科夫斯基在妻子的勸說之下，見證了「清教徒」的洗禮聖事。最初成為他代女的是跛腳的安妮・亞當莫夫斯卡，舊名奇柏菈，她是來自茲布里日的馬提斯的妻子。在場的人看見代父與代女兩個瘸子一瘸一拐地走向神龕，不由得暗忖是誰選出了如此絕妙的配對。瘸子牽著瘸子走——這如何不讓人發笑？或許這樣也不錯，有著某種邏輯，弱者扶持弱者。然而，似乎就連城督本人都對此感到不自在。

第二天他見證了七歲女孩安妮的洗禮聖事，她是先前受洗的茲維爾佐夫斯基夫婦的女兒——即薩塔尼夫的雷布可・赫什及其妻子哈娃。女孩既美麗又有禮貌。科薩科夫斯卡為她準備了一套白色洋裝，版型樸素但料子很好，還有一雙米色的真皮皮靴。科薩科夫斯基為她的教育提供了一定的資金援助。科薩科夫斯基夫婦甚至考慮過如果她的雙親同意，他們願意將這個聰慧平和的女孩帶在自己身邊養大。不過她的父母婉謝了他們的好意，將孩子帶回家了。

此刻茲維爾佐夫斯基一家怯生生地站在教堂裡，他們還記得自己的額頭被聖水弄溼的那種感覺，神父用聖水用得十分大方。他高聲誦唸他們聽起來很繁複的姓氏。眾人看著科薩科夫斯基穿著正式的長袍牽著小天使走上前。女孩的父親，約瑟夫．巴爾托梅．茲維爾佐夫斯基，按照洗禮紀錄現年三十五歲，他的妻子年僅二十三歲，正懷著孕。小安妮是他們唯一成功活下來的孩子。其他孩子全都在利沃夫的瘟疫中失去了性命。

高登第．皮庫斯基神父，聖伯納會修士，訊問天真的人們

他親自幫他們開了門，畢竟他們是應他的邀請前來的。他們先是在利沃夫修道院的辦公處等了好一陣子，長久的等待耗光了他們剛抵達時僅存的自信。這樣很好，對神父來說這樣事情更好解決。皮庫斯基最近時常看見他們。他們在利沃夫主教座堂的每一場彌撒上虔誠的禱告，儘管他們為了替換先前的厚重黑大衣與過短褲子買了新衣，他們仍然非常引人注目。高登第．皮庫斯基暗想，他們總算看起來有點人樣了，他友好地指示他們在桌邊坐下，然後好奇地瞅著史羅摩．修爾——他把鬍子刮掉了，露出的嶄新皮膚顏色很淺，幾乎是白色的，進而將他的臉龐分成了兩個部分：被曬過的黝黑上半

部與嬰孩般白嫩的下半部，或者可以說是剛脫離陰暗地下室的樣子，這是皮庫斯基神父腦中浮現的比喻。從史羅摩・修爾脫胎換骨的這個男人現在叫作弗朗齊歇克・沃洛夫斯基，他的身形修長，長臉溫和，有著清澈的深色瞳眸與濃密的眉毛，他的及肩長髮裡夾著幾縷灰絲，與琥珀菸草色的新茹潘和細瘦腰肢上的紅色土耳其腰帶形成了有趣的對比。

他們是自己找上皮庫斯基的，不過其中的確也有他的推波助瀾，他一有機會就會暗示他們如果想要坦白什麼的話……所以他帶了兩位準備萬全的祕書，他們拿著一套削好的鵝毛筆，靜待皮庫斯基的指示。

首先，眾人告訴他，救主此刻肯定已經在華沙了，而且即將和國王會面。然後他們彼此交換了一個眼神，說出「救主」的那人調整了坐姿補充道：雅各・法蘭克。雅各・法蘭克聽起來很尊貴，彷彿他是享有特殊法律待遇的外交大使。皮庫斯基神父盡可能表現得親切：

「我們聽說了很多關於你們願意接受基督教信仰的事情，而且你們許久之前就已經決定這麼做了，你們的宗教熱忱眾所皆知，它讓我們的貴族和利沃夫的市民感動得落淚……」

侍者端著皮庫斯基神父安排的點心走了進來：糖漬水果，平常的蘋果乾與梨子乾，葡萄乾與無花果乾。全都是用教會的錢買的。他們不知道該拿這些點心怎麼辦，無措地看著史羅摩—弗朗齊歇克・沃洛夫斯基，而後者動作自然地伸手拿了顆葡萄乾。

「對你們許多人來說，如今的生活與以往完全不同，而且那些做生意的人還可以馬上得到爵位，就像您，沃洛夫斯基閣下一樣，不是嗎？」

「沒錯，」弗朗齊歇克吞下口中的甜點。「您說得沒錯。」

皮庫斯基希望他們自己主動開口。他將小盤子推到他們面前，試著鼓勵他們繼續說，尤其此刻兩位祕書的筆懸於紙面上空宛如雹雲，彷彿下一刻就會降下暴雨。

那位用眼角偷瞄著皮庫斯基神父、好似正在讀他內心的老者是薩塔尼夫的約瑟夫——他的天藍色雙眸極其明亮，淹沒在憂鬱的深色臉龐中。「主耶穌基督，請保護我免於一切兇惡，」神父在心中默禱，嘴唇不曾移動半分，臉上也沒有露出任何表情。接著他對著整群人說：

「願你們的人民擁有智慧、謹慎的思慮與赤誠的真心。我們歡迎您們成為我們的一分子，可是我們仍然深深好奇，這一切到底是如何發生的？究竟是什麼樣的心路歷程引導你們走向了真正的信仰？」

主要是修爾兄弟（羅哈廷斯基與沃洛夫斯基）發言，因為他們倆最熟悉波蘭語。他們的波蘭語甚至可以稱得上流利，只不過語氣有些猶豫，文法上有些無傷大雅的錯誤，真好奇是誰教他們的。剩下四人三不五時會插上幾句話；或許因為他們尚未受洗，所以還是一副底氣不足的模樣：雅各．提西緬尼茨基，薩塔尼夫的約瑟夫，年高德劭的老者雅各．西蒙諾維奇，雷布．拉賓諾維奇有禮貌地依序探出指尖，拿取美味的無花果與椰棗乾放入口中。

薩塔尼夫的約瑟夫開始說：

「每個審慎研讀《光輝之書》的人，都能在其中找到許多關於三重一體性的訓誡，那人從那一刻起便會沉浸在這個命題之中，對我們來說也是如此。三位一體中蘊藏著偉大的真理，人會全心全意地與之相呼應。上帝並不是單一的個體，祂透過某種神聖、難以理解的方式顯化為三種位格。我們也有這樣的說法，所以三位一體對我們而言並不陌生。」

「這一套說法非常適合我們，」史羅摩，即弗朗齊歇克．沃洛夫斯基接過話頭。「對我們來說這不是什麼新鮮事，畢竟還有三個啟示、東方三王[7]、三天[8]、三把劍……」

皮庫斯基期待地望著沃洛夫斯基，心想他或許會再多說些。然而他不期望他能從他們口中聽到他想要打探的所有事情。

此時，有人搬來燒著木炭的土耳其小暖爐，所有人的目光都追隨著侍從將暖爐安放在地上的舉動。

「一七五五年雅各．法蘭克從土耳其來到此地時，他將三重一體性的消息一併帶了過來，由於他熟知卡巴拉，所以他能夠將這樣的新知很好地傳遞給其他人。當他開始周遊整個波多里亞地區時，我也說服了他們相信上帝是三位一體的，」弗朗齊歇克．沃洛夫斯基說，手指指向自己的胸口。

他接著講述，雅各一開始只把三重一體性講給被選中的信徒聽，並未在公開講道時提及，他說三重一體性的教義與基督教信仰最契合，所以它就是至真的信仰。此外，他還暗中告訴他們，待他第二次來訪波蘭，屆時全部人都必須接受洗禮與基督宗教，但要求眾人在他回歸之前保守這個祕密。因為他們自己也很喜歡這個計畫，所以便依言照做了，他們漸漸調整好自己的心態，學習相應的語言與宗教信條。不過他們也知道這件事沒那麼簡單，拉比們不但不會輕易同意他們改宗，他們還必須為此受盡苦楚，事情也按照他們所想的發展了。眾人深深嘆了一口氣，然後伸手去拿椰棗。

皮庫斯基思忖這群人是否真如他們所表現的那般天真，或者只是假裝天真，可惜他無法窺探他們的想法。

「那麼你們的領袖雅各又是怎麼樣的人？你們為何如此信任他？」

他們互相對視，彷彿正在用眼神彼此協調要由誰發言，最後沃洛夫斯基再次開口，卻被帕維爾．

羅哈廷斯基打斷：

「救主……也就是雅各．法蘭克抵達羅哈廷的那一刻，你馬上就能在他頭上看見了光，」他瞅著沃洛夫斯基說道。後者為了要不要證實這一點躊躇半晌，然而皮庫斯基神父以及祕書懸在紙張上的鵝毛筆都不會允許他停在這個地方。

「光？」皮庫斯基的嗓音無辜動人。

「光，」沃洛夫斯基開始說。「那道光亮宛如辰星般璀璨澄澈，下一秒它向外擴散形成了半徑約半肘長的光圈，縈繞在雅各頭上久久不散，我甚至揉了揉自己的眼睛確認自己沒在睡覺。」

他觀察著自己說的話會讓眾人有什麼樣的反應，事實上，其中一位祕書驚訝得合不攏嘴，呆坐著什麼也沒寫。直到皮庫斯基大聲清了清自己的喉嚨，祕書才回過神來，筆尖再度落到紙上。

「但這還算不上什麼，」雅各．提西緬尼茨基激動地說。「雅各正要出發去蘭茨科倫之前，也就是眾所周知的那些案件的事發地時，他早在布列斯特就已經預言我們將會在蘭茨科倫遭遇某種審判，並遭到拘禁。而後來一切正如他所言……」

「我們又該如何解讀這件事？」神父語調冷靜地問。

然後他們轉換成自己的母語，開始七嘴八舌地討論，而那些到此刻為止不發一語的人也想到了那

---

7 東方三博士（Trzej królowie）朝拜新生的耶穌基督時曾贈與祂黃金、乳香、沒藥作為禮物。波蘭的主顯節亦稱三王節。

8 耶穌基督於死後第三日復活。

位雅各．法蘭克創造出的各種小奇蹟。他們隨意說著伊瓦涅的事情，像是他擁有治癒的能力，能夠回應兄弟姊妹未曾說出口、極其隱祕的心思。而當他們賦予他比起常人更大的權力時，他婉拒了，他說他只是弟兄之中最不值一提的小角色。當雅各．提西緬尼茨基說起這件事時，他的眼眶盛滿了淚水，便用袖口將其抹去，片刻後約瑟夫淺藍色的目光也變得柔和了。

皮庫斯基意識到他們深愛著這位雅各，他們與這位令人反感的新信徒之間存在著某種神祕的羈絆，這種盲目的關係令他一介修士、一介神父不由自主地感到噁心。羈絆穩固的地方往往會有可以趁虛而入反叛的縫隙。他驀地在空氣中察覺到了這一點，這令他不敢開口詢問，說真的他又能問什麼？此時弗朗齊歇克．沃洛夫斯基滿臉感動地講述，雅各如何向他們解釋改信基督宗教的必要性，如何在深夜引述《聖經》的內文，如何找到對應的小節要他們背下來。然後他說這件事只有少數人知情，因為他只有對被選中的信徒透露這件事。半晌鴉雀無聲。皮庫斯基神父聞到了空氣中男性的汗味，刺鼻的狐臭味，他不確定那是從他扣在脖子上的長袍下散發出來的味道，抑或是他們身上的味道。

他可以肯定的是，他抓到他們了，他逮住他們了，他們不可能笨到不知道自己在做什麼。在離開之前，他們說世界末日已經近在眼前了，凡間所有人類將會擁有一座牧場與一位牧者。所有人都應該做好準備。

高登第・皮庫斯基神父致盧賓斯基主教長

同一天晚上，所有人已然進入夢鄉，位於波多里亞低地上的城市利沃夫顯得死氣沉沉，皮庫斯基替謄寫好的對話蓋上封印，完成了手上的信件。破曉時，特使動身前往華沙。真奇怪，神父一點也不睏，好似他遇見了一座無形的能量泉源，從今以後將會滋養他這座午夜中的小小熱點。

在下另行將昨日訊問反塔木德派信徒得到的報告寄予閣下，我認為您將會從中找到許多有趣的線索，他們可以證實我於上一封信中提及的疑慮並非空穴來風。

此外，我試著參照其他文獻，讓「反塔木德派」一詞所指涉的對象盡可能地明確。與此同時，我與克雷切夫斯基神父、阿偉戴克神父試著統整其他審訊紀錄中的全部供詞與資訊，但現階段來說似乎不可能得出統一的結論。猶太改信者們本質上似乎並不一致，他們來自不同的教派，從他們常常彼此相斥的觀點就可以看出這一點。

審問沒有受過教育、單純的人們效果是最好的——屆時你可以看見一個完整、沒有詭辯裝飾的系統，而他們不久前才習得的基督教信仰只有淺淺一層，像餅乾上的糖霜。

有些人相信共有三位彌賽亞：薩瓦塔伊・塞維、柏魯奇亞與第三位——法蘭克本人。他們還相信彌賽亞必須經歷每種宗教，為此那位薩瓦塔伊套上了綠色的穆斯林纏頭巾，而法蘭克則必須體驗我們神聖的基督教會。另一些人則完全不信這一套。他們宣稱站在蘇丹面前的薩瓦塔伊並不是他本人，而是一具空殼、表象，接受伊斯蘭教的是那具空殼，所以他的改宗不具有任何重要意義，僅止於表象。

顯然接受洗禮的所有人並非完全出自共同根源，每個人相信的事物也有所不同。促使他們變成一個集體的原因，出自一七五六年對所有薩瓦塔伊信徒施加的猶太詛咒，它將這群人完全逐出了猶太卡哈爾，所以不論他們想不想都會變成「反塔木德派信徒」。因此，其中一群人渴望獲得真正的救贖，他們深信接受基督教信仰的必要性；另一群人則認為洗禮本身與獲得我們主耶穌基督的救恩無關，它是進入宗教機構獲得其庇護的門票，人終究不可能在沒有歸屬的情況下生存。據說法蘭克將後者這些人稱作簡單的皈依者——他沒有將他們列為他的追隨者。出席利沃夫辯論會的十三位代表大都出自這群背景混雜的群眾。

我想要指出，這些新入教者對於他們的領袖有著超乎尋常的情感依附。他告訴他們的每一句話都是神聖的，他們會二話不說地接受。假如他們之中有人犯了錯，他們所謂的救主就會判處那人體罰，此時所有人將會對此表示同意，並集體對其施加懲罰。

我還從他們口中探聽到，他們相信敵基督在土耳其地誕生了，而法蘭克親眼見過他，他不久後就會施行奇蹟並迫害天主教。此外，對他們而言，《福音書》中說耶穌身為彌賽亞將會從天而降的語句並不明確。他們說，搞不好祂已經身處凡間，處於人的肉身之中也說不定呢。這讓我有一種感覺，雖然他們並不願意明言，但是他們相信彌賽亞就藏在法蘭克本人之內。我希望閣下與下一場宗教審判庭的庭上能夠特別注意這一點。

此外，我得知雅各．法蘭克拜訪莫里夫達閣下的那座瓦拉幾亞村莊，極有可能屬於鞭笞派，菲利普派，或是其他不滿我們神聖信仰而出走的教派。他們認識穆罕默德信仰的來源並不統一，其中也有受到神祕主義影響，與蘇丹親兵軍官間廣受歡迎的拜克塔什教團的教義。至於您懷疑他們信徒的人數是否真如他們所言多達上千人，我認為謹慎估算之下，他們位於波多里亞的信眾人數約在五千至一萬五千人之間。然而不是所有的薩瓦塔伊．塞維信徒都樂於受洗，甚至可以說只有少數人會這麼做，他們現在不會、未來也不會再度被自己的猶太卡哈爾接受，除了改信基督教他們別無選擇，宛如只能在屋簷下苟延殘喘的喪家之犬。我並不認為他們大部分的人有著純潔的內心，相信吾主耶穌基督的庇蔭之下有著真正的救贖。

與此同時，我想向閣下稟報一事，由於現今利沃夫城中的疫情仍在持續，人們說這是針對改信者降下的天罰，參加洗禮的熱度也因此有所減退。事實上，受到疫病侵擾的不只有受洗前的，也有領洗過的新信徒。他們其中有些人相信洗禮將會帶給他們永生，不只是精神上的永生，還包含肉體上的、在凡間的永生，由此可以見得他們對於基督教信仰的認識多麼淺薄，他們又有多麼天真。

懇請主教長閣下參閱我們彙整的報告書，並以勇氣與智慧指引我們接下來該如何行事。由於法蘭克一部分的同夥，他們自稱邪教徒[9]，已經追隨他們的領袖前往華沙，我們應當嚴加關注他們，以防他們對基督教混亂的看法、他們的自負與冥頑不靈的野心，使教會與我們的聖母蒙羞。

---

9 邪教徒（gawura），穆斯林對非穆斯林，尤其是基督徒的蔑稱。

皮庫斯基神父寫完之後打算提筆繼續寫另一封信，然而過了一會兒他將信紙放到旁邊，往先前那封信補上一句：

然而，假如我真的相信這夥騙子能夠對神聖的教會造成任何傷害的話，那就表示我的信仰不夠虔誠了。

矢車菊藍的茹潘與紅色長袍

莫里夫達向波蘭裁縫（人們現在如此稱呼那些縫製波蘭服飾的裁縫們，藉此區分縫製法國與德意志流行服飾的匠人們）訂製了絲綢茹潘與鑲皮毛邊的冬季厚絨面長袍。儘管一條長袍腰帶要價不菲，他還是必須再訂做一條。他已經看過幾條，其中有幾條他中意的。一條腰帶在華沙的價格是在伊斯坦堡的三倍多。要是他有顆適合做生意的腦袋，就會大量進口腰帶到這裡賣了。

莫里夫達看向鏡中的自己，厚實的長袍讓他的肚子看起來更大了。但看上去還是很不錯——十足的貴族風範。此刻他正在思考盧賓斯基主教長究竟是看上他哪一點，才會對他如此厚愛——肯定不會是這副大肚腩，也不會是這副皮囊。莫里夫達掉了一半的頭髮，頭上殘存的頭髮則是亞麻色的。近來他的臉蛋變得更加圓潤，眼眸變得黯淡。鬍鬚朝著各個方向雜亂生長，看起來像是一束老舊的乾草。

主教長祕書的人中上不該長著一束鬍子。主教長喜歡的是他在利沃夫辯論會上展現的雄辯之才，與他對新信徒的真誠態度，無庸置疑，還有莫里夫達精通的那些語言。蘇爾第克的推薦就更不用說了，畢竟盧賓斯基並不喜歡他的堂親科薩科夫斯卡。

同一天，莫里夫達收到了關於同一件事情的兩封急件。這兩封信讓他陷入了警戒狀態——第一封是天主教委員會傳喚他前去「盡速審問反塔木德派信徒」的命令，第二封信則來自克里沙。克里沙用土耳其文寫道，雅各宛如石沉大海，杳無音訊，他獨自搭上馬車之後就沒回來了。有人在房子附近找到了馬車，但裡頭空無一人。沒有人看見任何動靜。

莫里夫達請求主教長派遣代表團前往華沙。主教長的工作堆積如山，還有天主教委員會的事情。當華麗的英式馬車開始移動，莫里夫達喝下一大口的藥酒，他帶了一整瓶藥酒——用來暖和身子，促進胃部消化，讓思慮更加清晰，以及治療焦慮的藥方，因為莫里夫達總感覺有什麼不好的事情正在步步逼近，彷彿有什麼會將他捲走，而他只能緊緊攀附住草葉，雖然不穩定，卻足以讓他免於滅頂之災。他來到華沙的路上完全沒有睡著也沒休息，還頭疼不已，華沙刺眼的陽光讓他不得不瞇起眼睛。天氣嚴寒，可是雪很少，所以凍成一塊塊的泥巴上面只蓋著一層薄霜，水窪上結了一層會讓人滑倒的冰。莫里夫達勉強維持清醒，他與沃洛夫斯基見了面，並從他那裡得知雅各此刻正遭到聖伯納會修士囚禁。

「什麼叫作『囚禁』？」莫里夫達難以置信，「你們到底說了他什麼？」

沃洛夫斯基無可奈何地聳了聳肩，下一秒他的眼睛便溢滿淚水。莫里夫達漸漸感到毛骨悚然。

「完蛋了。」莫里夫達說。他二話不說拋下獨自站在泥濘街道上的沃洛夫斯基，踏過面前結凍的水窪。他差點就要滑倒了。沃洛夫斯基彷彿此刻才驟然清醒，追上他的腳步並邀請他到家中。

冬天的夜幕很快降臨，給人一種不舒服的感覺。莫里夫達知道他應該要先去找札烏斯基主教，據說他現在人在華沙，並向他尋求支援，而不是一開始就跑來猶太新信徒這裡。他應該要去找蘇爾第克，可是如今一切都太遲了，而他——鬍子沒刮，早已因旅途疲憊不堪——此刻正貪婪地望著沃洛夫斯基敞開的家門，一股暖意與鹼液的味道從門口迎面向他襲來。他讓弗朗齊歇克扶著手腕帶他走進屋內。

這天是一七六〇年一月二十七日。

當雅各失蹤時，華沙發生了什麼事

史羅摩，即弗朗齊歇克・沃洛夫斯基，與兄弟在新市鎮路上開了一間小菸草鋪，生意相當繁忙。他們在店鋪上方租了一間小公寓，就住在上面。好在寒霜凍住了地面，人們至少可以在充滿腳印與水窪、泥濘的街道上自由走動。

莫里夫達踏入玄關，接著走進會客廳，坐在嶄新的椅子上欣賞著發出穩定滴答聲的時鐘，它被擺在房間最顯眼的位置上。過了一陣子之後門打開了，從門後現身的是瑪麗安娜・沃洛夫斯卡，也就是小哈雅，有幾個孩子跟在她身後，最年幼的三個小孩還沒到上學的年紀。她用圍在深色衣服上的圍裙擦了擦手，顯然她剛剛在工作。她看上去既勞累又擔憂。從房屋深處的某個地方傳來鋼琴的聲音。當他要站起身與她寒暄時，她握住了他的手，趕忙要他坐下。忘記有小孩這件事令莫里夫達感覺不知所措，他至少可以買包糖漬櫻桃給他們。

「起初他就是單純不見了，」瑪麗安娜說。「我們想著他可能是在其他人家中作客待了久一點，所以頭幾天我們並沒有特別擔憂。接著史羅摩和雅庫柏夫斯基去了他的住處，他們找到了他雇用的管家卡齊米日，陷入絕望之中的他告訴他們雅各被綁走了。有人被派來取走他保暖的衣物。『是誰？』他們問。『幾個帶著武器的人，』他回答。於是史羅摩從利沃夫來到這裡之後便穿上正裝，走遍城中各個角落打聽他的下落，可是我們一無所獲。此時我們才真正感到駭然，因為從史羅摩自利沃夫回到華沙的那一刻起，事情就變得越來越不對勁了。」

瑪麗安娜將小男孩抱到腿上，從袖中抽出帕子拭淚，還順帶擦了小男孩的鼻子。弗朗齊歇克跑出去找住在隔壁的耶羅辛．丹博夫斯基和其他人。

「你叫什麼名字？」莫里夫達隨意地詢問小男孩。

「弗拉尼奧[10]，」小孩說。

「和你爸爸一樣？」

「和我爸爸一樣。」

「一切都是從利沃夫的審訊開始的。幸好閣下您來了，他們才不會被波蘭語弄得頭暈腦脹，」瑪麗安娜繼續說。

——

10弗拉尼奧（Franio）為弗朗齊歇克（Franciszek）的指小型變化之一。

「可是，瑪麗安娜女士，您波蘭語說得很好。」

「或許讓我們這些女人接受審訊會更好，」她露出苦澀的微笑。「哈雅會讓每個人有菸抽。她和赫什，和盧德尼茨基，」她隨即更正，「他們在萊什諾11買了房子，春天就會搬過去。」

「哈雅一切安好嗎？」

瑪麗安娜驚訝地看著他。

「還是老樣子……最糟糕的是，他們現在要每個人單獨接受審訊。他們把雅庫柏夫斯基帶走了。」她驀地陷入沉默。

「雅庫柏夫斯基是個神祕學者兼卡巴拉學者……他盡會對他們說些蠢話。」

「正是如此，沒人知道他會對他們說什麼蠢話。史羅摩說他們一起受審的時候，雅庫柏夫斯基表現得十分害怕。」

「他們也會把他關起來，對吧？」莫里夫達突然牽起瑪麗安娜的手，然後俯身靠向她，在她的耳邊輕聲說：「我也很害怕。我和你們坐在同一輛馬車上，而且我看還得出來這麼做並不安全。告訴你的丈夫，他就是個蠢蛋，說你們要忙著照顧自己微不足道、爛到發臭的生意……你們想要擺脫他，你們就是這樣告發他的，不是嗎？」

瑪麗安娜掙脫被他握住的雙手，開始用手帕掩面哭泣。孩子們驚恐地望著她。她轉向門口吼道：

「芭夏，把孩子們帶走！」

「我們所有人都很恐慌，」瑪麗安娜說。「你也應該要感到害怕，你知道我們的祕密，你就像是我們的一分子。」她抬起哭過的琥珀色雙眸看著莫里夫達，有那麼一瞬間他從她的聲音中聽出了威脅。

對著那道火焰吐口水吧

審問在華沙的法蘭克追隨者聽證會在無人被捕的情況下舉行，擔任團體發言人的是充滿自信、口若懸河的耶羅辛，也就是延傑依．丹博夫斯基，以及兄弟中較年輕的楊．沃洛夫斯基。兩人皆以意第緒語發表證詞，但這一次莫里夫達只負責擔任口譯助手，所以他坐在桌前，桌上擺著羽毛筆與紙張。主翻譯是別爾斯基，他翻譯得相當流暢。莫里夫達事前暗示過他們講些籠統的東西，要保持溫和禮貌的態度。

可是他們卻說得越來越深入。當他們說起雅各四處施行的各種奇蹟時，莫里夫達緘口不言，他緊咬著嘴唇，目光移向潔白的紙張，這能讓他冷靜下來。他們為什麼要這麼做？

莫里夫達覺得庭上起初友好的態度有了轉變，審問者的身體漸漸變得緊繃，原先的簡單對話發展成了真正的論述，人們的嗓音變得低沉，庭上提出的問題越來越尖銳多疑，被告緊張地彼此耳語，書記官則看起了標著日期的行事曆，所以——莫里夫達惶恐地想——或許他們還會安排另一場聽證會，事情不會依他們所想三兩下就結束。

———

11 萊什諾（Leszno），位於今日波蘭西部、大波蘭省境內的城鎮。

他下意識地拉著自己的椅子往暖爐的方向退，離他們稍微遠一點。現在他看起來就像是坐在旁邊，事不關己。

史羅摩，或者說弗朗齊歇克·沃洛夫斯基，是個商人，或許可以算得上半個投機商人，他擅長和人與錢打交道，此刻在法庭上卻變得像個男孩，他的下唇止不住顫抖，好像下一秒就會哭出來。耶羅辛則負責扮演一個盲目自信、心胸寬大的單純男人，但他並不是那樣的人，莫里夫達深知這一點。他描述了他們平日祈禱的方式，此時庭上要求他們吟唱那首神祕歌曲，但他們不願意，又或者他們無法解釋其中的內容。他們四目相對，眼中盡是猶豫，交頭接耳的模樣無異洩漏了他們隱瞞了一些事情。此時馬圖舍夫斯基擅自站了出來，他蒼白得像是許久以前就被判了死刑。他搖身一變成了合唱團的指揮，抬起手掌，一陣耳語之後，眾人在華沙教區法庭上唱起了〈讚美上帝〉，好似年幼的學童，如男孩般稚嫩。他們完全沉浸在歌曲中，忘乎所以，全然不顧教堂肅穆的氛圍。莫里夫達斂眸不忍直視。

的確，這首曲子他聽了無數遍，有時他甚至會和他們一起合唱，可是眼下，在悶熱的主教法庭內部，溼氣的味道與清洗暖爐的鹼液氣味正彼此纏鬥，玻璃窗上的霜花一夜之間描繪出一串花絲工藝般細緻的冰晶花環，與這樣的場景兩相對比，〈讚美上帝〉的歌詞便顯得十分荒誕，沒有任何道理。莫里夫達如今擁有沃維奇最高層級教會機關內的職位，任職於波蘭共和國的主教長麾下，他成功了，他回到了自己的國家、自己的同胞身邊，他所有的罪孽都已被寬恕了，他再度受到上流社會的接納，成為有頭有臉的人，他何必把這首歌的歌詞放在心上呢？他過去真的曾經聽懂過這首歌嗎？

被告們離開時，與被帶進法庭的雅各錯身而過。所有人退到了牆角下，面無血色。雅各盛裝出席，戴著他高高的毯帽，身穿立領大衣。那模樣彷彿是隨從領著國王入場。然而他的表情異常僵硬。

他望向開始哭泣的沃洛夫斯基，用希伯來語對他說：

「對著那道火焰吐口水吧。」

足以掀翻最堅固戰艦的問題汪洋

莫里夫達要負責翻譯。多虧了札烏斯基主教的保護，才讓他順利爭取到這個位置。此刻他盯著全新長袍下襬的滾邊。他一身新衣，可是現在來看這樣的打扮實屬過於隆重、高雅，他後悔了。

由三位神職人員與兩位委員會普通書記官組成的評審團已經在等候了。走道這一側的門邊站著手持武器的門衛。莫里夫達暗忖，排場真大。不知情的人可能會以為他們要審問某位重要的篡位者。除了擔任主角的司法代理[12]神父，還有格涅茲諾詠禱司鐸森貝克神父，教區祕書普赫尼茨基，宗教裁判官耶穌會士斯利維茨基。他們彼此竊竊私語，但莫里夫達聽不清他們在說什麼。

大門終於打開，侍衛們帶著雅各進來。不過輕瞥一眼就足以讓莫里夫達熱血上湧，雅各似乎變了個人，身形有點腫脹，面容憔悴委靡。他是不是被揍了？莫里夫達的心跳倏地加快，彷彿他正在狂奔，覺得口乾舌燥，雙手止不住顫抖。雅各沒有看他。他打好的所有腹稿，所有他打算用來遮掩雅各

12司法代理（oficjał），又譯司法長，須為司鐸以上的神父才可任職，且由主教任命，負責教區內宗教法庭的審理。

愚蠢的各式辭藻全都變成了無用功。他暗自用長袍下襬擦了擦出汗的手掌，他感覺得到腋下滲出的汗水。沒錯，他們肯定揍了他一頓。雅各用眼角餘光偷瞄在場所有人，神情惆悵。最後他們四目相交，莫里夫達不得不用盡全身的力氣緩緩閉上眼皮，示意他一切會沒事的，希望他能保持冷靜。

在宣讀完正式的開場白與聽證會目的之後，第一個問題登場，莫里夫達把它翻成土耳其語。他逐字逐句翻譯，沒有加油添醋，也沒有任何錯漏。庭上詢問雅各在何處出生，在哪裡長大，他這輩子住過哪裡。他們對他妻子與他有幾個孩子，還有他名下的動產與不動產感到好奇。

雅各不想坐下，他陳述的時候是站著的。他小聲卻渾厚的嗓音，配上土耳其語特有的韻律感，令審問者留下了特別的印象。莫里夫達心想，這個人和他們又有什麼關係呢？他逐句翻譯雅各的回答。雅各說他出生於波多里亞的科羅利夫卡，而後住在切爾諾夫策，他的父親在當地擔任拉比。他們搬過很多次家：住過布加勒斯特，以及瓦拉幾亞的其他城市。他有妻子和小孩。

「你們靠什麼樣的記號辨認出那些願意踏入基督教信仰的人？」

雅各望著天花板，然後嘆了一口氣。他請莫里夫達再重複一次問題的內容，卻仍然沒有回答。最後他將目光投向莫里夫達，彷彿在用眼神對他說話。莫里夫達盡力控制住臉上的每一下抽動。

「我靠在頭頂上看見的光辨認哪些人是虔誠的人。不是所有人身上都有那道光。」

莫里夫達翻譯：

「依照耶穌基督的許諾，我得以靠在那些人頭上看見的燭火形狀的光圈，辨識出那些誠心追隨祂信仰的人。」

庭上要求他解釋哪些人擁有這樣的光圈，哪些人沒有。

雅各說得很不情願，甚至在提到名字的時候表現得猶豫不決，可是莫里夫達翻譯時卻說得很通順，他說有些猶太人想盡辦法要加入雅各的教派，即便他們甘願為此付出大筆的錢財仍會遭到拒絕，因為雅各沒有在他們頭上看見光。他清楚地知曉誰是真心實意想要入教，又有誰心思不純。

他們問起他初次造訪波蘭時的細節。一旦他回答得過於含糊，他們便會追問當地地名，接待他的客棧主人姓氏。這個過程持續了很長一段時間，直到祕書記完所有的內容才結束。雅各在官僚體制的壓力下漸漸變得委靡，他請人拿來一張椅子讓他可以坐下。

莫里夫達翻譯了各個事件的時間序，有些事件他個人也有參與其中，但此刻他寧願不要承認這一點，況且也沒有必要，沒人開口問他。他只能在心中暗自祈禱雅各不要說漏嘴；當雅各講述尼科波爾與久爾久的事情時，他絲毫沒有提及莫里夫達，甚至沒有分給他半個眼神。評審團理所當然認為他們完全不認識對方，且按照莫里夫達在聲明書所寫的，他們不久前才因為翻譯的緣故在利沃夫初次相遇。

現在是中場休息時間，有人會送上水與杯子。審問的人也換了，現在輪到耶穌會士發問。

「請問被告是否相信三位一體的上帝？是否相信獨一的上帝擁有三個化身？他是否相信《聖經》中耶穌基督、彌賽亞、唯一真神與真人的存有，並且是因為遵循聖亞大納削[13]的教誨才擁有這樣的信

---

13 亞歷山大的聖亞大納削，（Athanásios Alexandrías，約296—373），任埃及亞歷山大城主教，他在西元三二五年的尼西亞會議上主張耶穌基督是天主子，與聖父擁有相同的存有，二者同體同性，會議上做成《尼西亞信經》，奠定了三位一體的理論基礎。

念？他是否準備好為此宣誓了？」

他們將拉丁語的《信經》交給雅各，由於雅各自己讀不了，所以他跟著莫里夫達逐句複誦：「我信唯一的主……」莫里夫達自作主張補了一句：「全心全意。」然後他們要求雅各在寫著《信經》的紙上簽名。

接著是下一個問題：

「被告是從《聖經》中的哪個段落領會到聖三一奧祕的呢？」

受審者與翻譯之間那種其他人無法看見的小默契再度派上用場。莫里夫達曾經教過他這件事，雅各記得很清楚。那些教導在這一刻發揮了作用。他先是提到了《創世紀》第一章第二十六節說：「讓我們照我們的肖像，按我們的模樣造人。」以及《創世紀》第十八章第三節提到亞巴郎對著三人說話時，好似是對著一個人言語：「我主如果我蒙你垂愛……」然後他轉而引述《聖詠》，並指出第一百一十章的段落：「上主對我主起誓說：『你坐在我右邊[14]』。」下一刻他沒了頭緒，拿著希伯來文的經書一頁一頁翻閱著，可是最後，他說他累了，他需要更多時間找尋對應的段落。

於是他們又問了他下一個問題：

「《聖經》中何處說過彌賽亞已經來臨，且他是誕自童貞女瑪利亞的耶穌基督，並於一七二七年前被釘於十字架上？」

雅各沉默許久，久到他們催促他回答。雅各說他以前很清楚這個問題的答案，那是在他傳道的時候。可是接受洗禮之後，他的想法便不再明確，有些事情也不是他需要知道的，因為現在神父才是他與其他人的引導者。

他敏捷的思路令莫里夫達為之一驚。神父們出乎意料地喜歡這個答案。「他從《聖經》何處得到彌賽亞耶穌基督是真神、造物者，與聖父同性同體的結論，並向其他人證明了這一點？」

雅各不斷翻找經書，卻找不到正確的段落。他的手掌擦過額頭，最終說道：「《依撒意亞》。『給他起名叫厄瑪奴耳[15]』。」

宗教裁判官斯利維茨基不會輕易放過他，他仍舊緊咬著彌賽亞的問題不放。「被告所言耶穌將會再度降臨是什麼意思？祂會降臨何處？那幅景象看起來會是什麼模樣？祂會來審判生者與死者又是何意？據說被告堅稱祂已經在世間某個人類軀體之中，且將會以迅雷不急掩耳之速陡然現身，此言是否為真？」

斯利維茨基語調平靜得好像他說的是再平凡不過的日常小事，可是莫里夫達感覺此刻的沉靜變得更加稠密，大家全都專心等著聽雅各要說什麼。當他向雅各翻譯耶穌會士提出的問題時，他插了一個詞進去：「小心」。

雅各捕捉到了那個詞，他回答得不慌不忙，步步為營。莫里夫達翻譯的速度一樣緩慢，等到雅各說完整句話，他在腦海中梳理過幾遍之後才開口。

14《伯多祿前書》第三章第二十二節：「至於耶穌基督，他升了天，坐在天主的右邊，眾天使、掌權者和異能者都屈伏在他權下。」

15《依撒意亞》第七章第十四節：「因此，吾主要親自給你們一個徵兆：看，有位貞女要懷孕生子，給他起名叫厄瑪奴耳。」

「我從不認為彌賽亞會再度降生於世上的肉體凡胎之中，我也不曾如此教導我的信徒，我亦不認為祂會像某個富有的國王對人群做出審判。祂就隱於凡間，這才是我心中所想，祂藏在聖餐與聖水的形象之下。這是我某時某刻在皮德海齊的教堂中深深體會到的。」

莫里夫達長舒一口氣，盡量不讓任何人注意到他的舉動。他感覺自己長袍下優雅的薄茹潘已經溼透了，他的腋下和背後也溼成一片。

此時森貝克神父插嘴：

「被告熟知《新約》嗎？他讀過《新約聖經》嗎？如果有，他讀的是什麼語言的版本？」

雅各回答沒有，他從來沒讀過《新約聖經》。他直到在利沃夫與華沙這裡才有機會讀到一些《路加福音》的東西。

森貝克神父對於他為什麼會戴著纏頭巾去清真寺感到好奇。為什麼他會得到崇高之門的詔令，允許他像新入教的穆斯林一樣定居？他真的皈依伊斯蘭教了嗎？

莫里夫達幾乎快要暈過去了——所以他們什麼都知道。要是他沒預料到這一點，那他可就真是蠢得可以了。

雅各了解問題的當下，立刻就做出了回答。他透過莫里夫達之口回覆：

「假如我認為穆罕默德的信仰是最好的，那我就不會加入天主教。」

莫里夫達接著解釋塔木德派猶太人向崇高之門施壓，對雅各不利，並賄賂土耳其人讓他們逮捕他。

「我是遭受迫害，迫不得已才接受那門宗教，可是我所做的一切都只是表面上的行為，我的心中從未真正認同過它哪怕一分一秒。」

「既然如此，為什麼他在寫給蘇丹的請願書中說自己又窮又受盡壓迫，如今卻說他有錢，有自己的房子、葡萄園還有其他財產？」

提問者的嗓音中透著勝利的愉悅，他捉住了被告說謊的馬腳，可是雅各從中看不出任何踰矩。他漫不經心地回答是久爾久市長要他這麼做的，那個土耳其人知道這麼做可以讓他賺到錢。這樣有什麼不對嗎？——雅各的語調好似如此說。森貝克神父在文件中翻找，他找到了顯然十分有趣的東西，因為他在耶穌會士接著問出問題前就搶先插了嘴。

「其中一位接受審問的人，名為納赫曼，即如今的彼得．雅庫柏夫斯基，說你在薩羅尼加向他揭露了敵基督。你相信這件事嗎？」

雅各透過莫里夫達回答：

「不，我從不相信。所有人都說那是敵基督，就連我也會這麼講，單純是把它當成一件趣事。」

「被告說過不久後就是末日審判嗎？他是從何得知的？」

耶穌會士言歸正傳。

莫里夫達聽雅各這麼說：

「沒錯，末日審判已經不遠了，我們可以在《聖經》中找到這份信念的佐證，雖然我們不知道它何時發生，但它離我們並不遠。」

隨後他解釋：

「為了使其他人覺醒，我曾引用先知《歐瑟亞書》第三章16教導他們，我們猶太人過去許多年來沒有祭司也沒有神龕，而如今我們，以色列子民將會回歸天主上主，並透過這信仰找尋達味之子彌賽亞的下落。我們接受了基督宗教，現在我們有了祭司與神龕，所以依據這位先知所言如今已是末日。」

「他知道自己有些信徒把他當成彌賽亞嗎？據傳他會坐在椅子上品嘗咖啡，讓其他人一面哭泣歌唱一面朝拜他，這是真的嗎？而且他甚至還會說『我的天父』？他怎麼可以允許追隨者稱呼他為天父、救主還不加以禁止呢？」

斯利維茨基的語氣並未上揚，卻變得越來越具有攻擊性；他發問的語氣就好像他下一秒就要揭開帷幕，向世界昭告某種駭人的事實，大廳內的氣氛也變得更加緊張。他問雅各為什麼要選出十二位信徒。雅各解釋他當初選中的信徒並不只有十二位，而是十四位，只不過其中兩位過世了。

「那麼為什麼他們洗禮時選擇的聖名全都是十二門徒的名字呢？就好像法蘭克處於我們救主的位置？」

雅各反駁完全沒有這回事，他們依照各自的意願選了自己的聖名。而且他們之中也有人叫弗朗齊歇克。

「上帝保佑，」滿頭大汗的莫里夫達翻譯。「這是因為他們根本不知道其他的基督教名字。何況他們之中還有兩位弗朗齊歇克。」

「他知道有些信徒在他的頭上看見了某種光嗎？他對此知情嗎？」

雅各說他是第一次聽到這種事，而且他也不知道那是什麼意思。

眼下森貝克神父提出了另一個問題：

「他是否如先前接受審訊的證人所言，提前預言了自己將會在蘭茨科倫與科佩欽齊受到拘禁，他的妻子將會前來波多里亞，預言了彼得·雅庫柏夫斯基孩子的死亡，以及以利沙·沃洛夫斯基兩位家族成員的逝世，甚至是自己將被拘留於此的未來呢？」

莫里夫達腦中閃過一道想法：雅各正試著縮小自己，彷彿他突然意識到自己的身形太過巨大，太過引人注目。他要開始表演了——如同此前他扮演的是一個強大的角色，大權在握，現在他進入了新角色，神不知鬼不覺，自然而然地變成一個微不足道的被告，彬彬有禮，值得信賴又樂於配合，他脫下了尖牙利爪，宛如一隻小羊。莫里夫達對雅各這個人足夠了解，雖然在場的人都把他當成傻子，之前猶太人也是如此認為，但他知道雅各比在場所有人加起來還要聰慧，而雅各本人特別喜歡藏於草芥之中，扮成一名粗人。他是什麼時候說他只能勉強讀點東西的？

莫里夫達幾乎是逐字翻譯了他的回答：

「是的，我的確預言了在蘭茨科倫的拘捕，但我沒有成功預言在科佩欽齊的那場逮捕行動。至於我的妻子，我不過是自己算出我的使者要花費多少時間才能抵達她所在的地方，再加上打包行李與回程的時間，所以我才能成功算出她會在星期三抵達。雅庫柏夫斯基的孩子出生時就已經十分虛弱、病懨懨的。不過我有沒有預見沃洛夫斯基、羅哈廷斯基家族的誰會死，這點我不記得了。他們的家族龐

16《歐瑟亞書》第三章第三節到第五節：「然後對她說：『你要為我安心多住些時日，不要行淫，不要屬於任何人；我對你也是這樣。』因為以色列子民也將好些日子沒有君王，沒有首領，沒有祭獻，沒有柱像，沒有『厄弗得』，沒有『忒辣芬』。此後以色列子民將要回轉過來，尋求上主他們的天主，和他們的君王達味（即大衛）；到末日，他們必要戰戰兢兢地奔向上主，來分享他的美物。」

大，總會有人過世的。事實上，我的確有將經書擺在面前禱告時突然大聲高呼：兩個星期後。我不知道為什麼要那麼說，而聽見這句話的人馬上就將它與被聖伯納會修士拘禁聯想在一起。我也承認，當誠心想要入教的人來找我時，我的鼻子右邊會覺得癢癢的，如果那人不誠心，左邊就會癢，我有這種直覺。」

尊敬的評審團正在暗自竊笑。森貝克神父、祕書普赫尼茨基神父與司法代理神父。只有耶穌會士一個人沒笑，不過大家都知道那人一點幽默感也沒有，莫里夫達暗想。

那人嚴肅地問道：

「當生病的人找上他的時候，為什麼被告會以手指觸碰對方的額頭，並對其施加某種咒語、驅除詛咒？他覺得咒語是什麼意思？」

評審團歡快的心情讓雅各的膽子稍微大了一點。莫里夫達已經可以預期，從這一刻起受審者將會詮釋兩種視角，強大的與弱小的，如此一來一切都會顯得模糊不清，每個人都會覺得他的主張既模糊又矛盾。

「我認為，所謂的咒語是有人用不懷好意的眼光看著另一個人。我會替那些有需要的人驅除他身上的咒語。」現在雅各提起那些逝者的名字，只為了再次彰顯自己力量的渺小。「我曾經替受洗過、死在華沙的維爾舍克，還有在盧布林就已經過世，名叫莫德海的莫德克先生驅除過咒語，但是似乎對他們沒有幫助。」

現在審問者將焦點轉到了伊瓦涅，他們對這段時間非常感興趣。他們問，據說他要求在伊瓦涅的任何人都不可以有私有物，一切都要上繳供團體使用，這件事是真的嗎？此外，他說如果幾個人互相爭吵之後得出統一的結論，那麼該看法就是上帝的看法？這樣的想法從何而來？

雅各疲憊不堪，審問已經持續了一整個下午，待在這個潮溼、不通風的空間裡他只想好好喝口水。他說他不知道，他不知情。他擦了擦額頭的汗。

「他下令禁止小孩交由代父母與虔誠的天主教徒扶養，他還要求所有人必須保持團結，是否真有此事？」森貝克神父將其中一張紙寫的事情問了出來。看來他們手上有確切的證言。

除此之外：

「他的學生，」神父問，「是不是真的把《新約》書冊上耶穌的名字改成了雅各的名字？」

雅各簡短反駁了這一點。他低頭頹喪地站著，失去了自信。

聽證會結束之後，莫里夫達與出乎意料冷漠的斯利維茨基神父、沉默的森貝克神父告別，他經過雅各身邊時，連一個眼神也沒有分給他。

他知道他們不會邀請他出席下一場聽證會了，他們不信任他。

他隻身邁入華沙的寒氣之中，攻擊性十足的冷風揚起他的大衣，所以他抓緊外套緊緊裹住自己，朝著長街[17]的方向走去，可是下一秒他就意識到自己現在害怕去見沃洛夫斯基等人，於是他回過頭，踩著緩慢沉重的步伐走向三十字廣場[18]教堂旁的城哨。當他抵達那裡，一股陰鬱、黏稠的罪惡感頓時向他

---

17 長街（Ulica Długa），位於今日的華沙新城，該街因為中世紀時期名列前茅的長度而得名。

18 三十字廣場（Plac Trzech Krzyży），廣場上兩座圓柱頂端的十字架加上聖亞歷山大教堂頂部的十字架加起來共有三個，聖亞歷山大教堂為一八一八年紀念沙皇亞歷山大一世允許波蘭會議王國成立所建的新古典主義教堂，十九世紀末改建為新文藝復興式建築。

襲來，所以除了走進猶太酒館邊喝酒邊向老闆吹噓他的希伯來語能力，剩下的事情他都無能為力。

早上，主教長辦公室寄給他的信到了，信中要求他下午匯報。他往頭上澆了一桶冷水，用水和醋的混合液漱口。莫里夫達面向窗戶嘗試祈禱，可是他實在太過侷促不安，他找不到那個平日藏於內在、可以讓他像是往天空丟出小石子般輕鬆上升的位置。此刻他感覺頭上明顯有一面天花板。他知道會發生什麼事，思考著他們是否願意放他離開，他將目光投向自己的小行李箱。

在主教長宮殿，有位神父前來迎接莫里夫達，他甚至沒做自我介紹就帶他走到了一個小房間，全程不發一語，房內只有一張桌子和兩張椅子，牆上掛有釘著枯瘦耶穌的巨大十字架。神父坐在他的對面，雙手交疊，語氣溫和，沒有針對明確的對象就開始說：天主教會對安東尼．科薩科夫斯基閣下，又名莫里夫達，的過去十分清楚，尤其是待在瓦拉幾亞叛教者聚集地的那段異教時光。菲利普派教徒的動態我們也很清楚，正統天主教徒極度厭惡他們。波蘭立陶宛聯邦不是這群怪胎該待的地方，每個背離真宗教的人都應該自行尋找其他地方居住。我們也很清楚科薩科夫斯基閣下年輕時犯下了何等罪行；教會的記憶會永久流傳，絕對不會遺忘。他說著、說著，像是在炫耀自己知道的龐大情報，之後神父拉開抽屜，拿出幾張紙還有一瓶墨水。他走到外面拿來一支羽毛筆，用指尖檢查筆尖是否鋒利。他簡單提到了沃維奇這個地方。莫里夫達沮喪到不能再沮喪了，他開始聽不懂對方在說什麼了。神父的話在他腦中變得一片模糊：魔法、轉世、亂倫、非自然的宗教儀式……他感覺肩上像是有千斤重。

接著神父命令莫里夫達動筆寫作。他說時間沒有限制，他只要把他知道關於雅各．法蘭克的一切事情，以及其他人可能不知道的那些事情鉅細靡遺的寫下。於是莫里夫達開始書寫。

23

他們如何在希羅尼姆・弗洛里安・拉季維烏家打獵

二月二日的聖燭節[1]來臨之前全國上下都瀰漫著過節的氣氛。晚宴服，帕尼耶裙撐[2]上滿是皺褶的裙子，絲綢茹潘，優雅的神父袍在寒風中翻飛，就連農舍裡都掛上了縫著緞帶、繡工精巧的節慶服飾。倉庫裡放著一罐罐的蜂蜜與豬油，在陰暗大滾筒中默默醃漬的酸黃瓜，等到某個迫不及待的人出現，它們才會醒過來——滑不溜丟地從他的手中滑到地上。桿子上掛著一串串香腸、煙燻培根與鹽漬肥豬肉，每天有個大膽小賊都會偷偷來這裡切下一片帶走。它們不過一個月以前還是活生生的動物，

1 許多斯拉夫國家將二月二日的獻主節稱為聖燭節（Gromnica），在波蘭又稱雷霆蠟燭聖母日（święto Matki Boskiej Gromnicznej），據說古人暴雨時會焚燒節日當天用的這種蠟燭，以此保護房子不受雷擊。
2 帕尼耶裙撐（Pannier）流行於十七世紀末與十八世紀，寬扁造型的裙撐將裙面左右撐開，展現出華麗的布面。

對這個世界充滿信任，在馬槽和牛棚中吃著飼料，完全不知道自己根本活不過聖誕節。老鼠鑽到裝著堅果的袋子中大偷特偷，這個季節身材變得肥胖的懶貓在袋子上方窺伺著牠們，不過雙方甚少正面衝突，相對狡猾的老鼠懂得趨利避害。屋中瀰漫著蘋果乾與李子乾的香味。音樂從打開的房門向外頭的寒夜噴發，好似人們呼出的一團團水霧。

盧賓斯基主教長，一個本質上驕矜自大又幼稚的男人，應拉季維烏邀請前來打獵，他帶了其中一位祕書，暱稱莫里夫達的安東尼．科薩科夫斯基與他同行。他們與他的顧問莫齊亞諾夫斯基搭同一輛馬車，因為主教長沒有一刻不在工作，他的幕僚也坐在同一台馬車上。莫里夫達既不尊敬這個人，對他也沒有半分好感，他在沃維奇的宮殿已經看過太多事情了。他想要試著做一些筆記，可是馬車駛過結冰的車轍不斷搖晃，讓他根本寫不了字。

因為主教長觀察著窗外經過他們車旁正在玩樂喧鬧的雪橇乘客，眾人半晌不發一語，然而莫里夫達最後還是鼓起勇氣開口說：

「主教長閣下，可否允許我……」

此刻主教的馬車駛過了木橋，晃得像是正在地震。

「好，我知道你想要什麼，」盧賓斯基主教長說，然後不發一語。莫里夫達感覺好像過了一個世紀，他才補了一句：「你在害怕。我不覺得你當他們的翻譯有什麼不好，甚至這樣還比較好，因為你知道得比較多。你知道的，科薩科夫斯基先生，他們會說一些關於你的奇怪事情，說你見多識廣，說你是那群異端信徒之中的重要人物，這是真的嗎？」

「閣下，那不過是年少輕狂。我當時年輕氣盛，但隨著年歲增長，我已經變得成熟了。那些關於異端的事只是傳聞。我知道許多其他故事，至於那些異端者，我一無所知。」

「那就說一些來聽聽吧，讓我們打發搭車的空閒，」主教長說，然後把頭靠在了後方的靠墊上。

莫里夫達沉思片刻，他覺得是時候講述自己的人生軌跡了，擺脫長久以來的負擔，在這個寒冷的日子開始嶄新的生活。而且他意識到了一件事：他是在科薩科夫斯卡的影響之下才被塞到這個職位的，她並不喜歡盧賓斯基，她認為他是波蘭利益的敵人，德不配位。這麼做無疑是為了在敵對陣營中有個可以信任的人。作為交換，她承諾將平息像光環一樣繞著莫里夫達轉的謠言。

不，莫里夫達永遠不會告訴這兩個人，究竟是什麼帶領他走到了如今的位置上。於是他向他們講述他與同船的乘客如何在海上遇見風暴，他們不得不抓緊桅杆，才不會被浪捲走……大海如何將他丟到岸上然後被美麗的公主、島上國王的女兒發現，他們如何將他關在洞穴中，因為他們害怕他的紅色鬍鬚，所以會用長棍掛著食物籃向他投遞食物……主教長顯然從未看過海洋、海灘或是公主，大概也沒看過任何洞穴，因為他的想像力跟不上故事的發展，覺得百無聊賴，逕自開始打盹。莫里夫達放下心來，但此刻放心還為時過早。

傍晚，他們在驛站吃晚餐的時候，主教長要他講一講菲利普派和波格米勒派的事情，落入圈套的莫里夫達只好不情願地籠統講述。

「一個人難道還能從中學到更多東西嗎？我們只能透過異端確知我們的信仰。」主教長對莫里夫達的講解做出總結，他說得出乎意料地好，讓主教露出了孩子般滿足的笑容。

希羅尼姆．弗洛里安．拉季維烏幾個月前就開始為這一天做準備了。上百名農民在他位於立陶宛的領地上捕捉了形形色色的野獸：狐狸、野豬、野狼、熊、駝鹿、狍子，將牠們關進巨籠再用雪橇運到華沙。他在維斯瓦河畔的大片原野上種了許多小棵的聖誕樹，一座有著簡陋步道的人造森林就此誕生。它的正中央有一塊為了奧古斯特國王的貴客與摯友打造的典雅雙層房間，外面圍了一圈綠布，內襯用黑狐毛皮裝飾。更遠處的柵欄後方則是觀眾席。

國王帶著兒子與隨從走進屋中，盧賓斯基主教長趾高氣昂地跟在其他樞機主教的身邊，貴族與朝臣於觀眾席落座，此處的視野極佳，能夠看清獵場上的一切。布呂爾及其夫人稍晚才抵達，彼時眾人已經開始追捕獵物了。多虧了侍者大方送上了蜂蜜與香料熱紅酒，即便寒風瑟瑟，眾人仍舊興致高昂。莫里夫達暗自瞅了國王一眼，這是他第一次看見他本人。奧古斯特三世身形高大魁梧，意氣風發，雙頰凍得通紅，國王仔細刮過的滑嫩下巴看上去和大寶寶的肌膚一樣柔嫩。他身旁的兒子們是矮冬瓜。國王仰頭飲盡整杯酒，接著按照波蘭習俗將最後幾滴酒甩到地上。莫里夫達的目光遲遲無法從他抖動的細緻白皙下頷移開。

隨著號角的信號聲響起，眾野獸被放出籠子。處於迷茫中的動物凍得牙齒打顫，怔愣許久沒有半分動作，僅僅只是呆立在籠子旁邊，不知道自己究竟該逃離什麼。此時獵犬朝著牠們撲了過去，引發了一場令人毛骨悚然的混戰：野狼朝著駝鹿發起攻擊，野熊朝野豬伸出利爪，獵犬又攻向野熊，全在朝著牠們射擊的國王眼前血淋淋的上演。

莫里夫達擠出人群來到了後方；他走到擺滿點心的餐桌前，要了一杯伏特加。侍者為他倒了第一杯，接著是第二杯、第三杯。當表演結束，莫里夫達早已醉得迷迷糊糊，打開了話匣子。國王似乎比眾人預期的更加享受這項消遣，大家都說這一切都是拉季維烏大公的功勞。加上他本人不常造訪華沙，人們更加讚賞他的到來與付出。有一位戴著羽毛皮草帽的肥胖貴族說話時帶著東部口音，他告訴莫里夫達，拉季維烏先生這個人有許多鬼點子，他會用一種特製的機關，把動物當成炮彈一樣射向空中，然後在獵物飛起的那個瞬間舉槍射向牠們。一七五五年在斯盧茨克的嚴寒令人印象深刻，他們正是在這一年用此種方式射殺了飛起的狐狸。他們為了獵捕野豬打造了特殊的跑道，跑道終點是一條有水的壕溝；野豬被趕到跑道上，獵犬聽令追趕牠們，而當牠們驚慌地逃跑，便會直接落入水中，無助地泅泳的野豬變成了獵人槍下唾手可得的目標。這則趣聞大大取悅了受邀的賓客，說故事者的心情也變好了。

下午這裡還有其他活動。所有獵人此時已經感到微醺，他們聚在特殊的賽場周圍——幼齡野豬被放了出來，貓咪被拴綁在牠們的背上，看上去就像是騎士。一群獵犬迎面朝著牠們走來。所有人樂在其中，直到狩獵日重頭戲的舞會開始之前興致都十分高昂。

莫里夫達獨自回去了。波蘭立陶宛聯邦的主教長閣下還在貴族老爺家作客，可是教會的重要事務催著祕書投入工作。他回到華沙便去取了要送去沃維奇的書信，但這件事只花了他三個小時，他甚至沒有注意到在這般陰鬱冬日裡的首都是什麼模樣。他看也沒看一眼。不，或許他的眼角餘光瞄到了寬敞泥濘的街道；他必須小心避開詭異的寒風中飄著蒸氣的馬糞，莫里夫達覺得這道寒風實在太過陌生，彷彿再待久一點就會無法呼吸，他感覺置身於寒風呼嘯的大草原。不知道是寒冷還是酒精的緣故，他覺得自己渾身緊繃、縮成一團，與其說他是在呼吸，不如說是喘息。下午他出發前往沃維奇，路上馬不停蹄。

華沙城外的天空灰濛濛的，平坦的地平線一望無際。看起來大地再也無法承受天空的重量了。足跡雜沓的馬路上溼答答的雪被壓得變硬並結霜。時值傍晚，夜幕即將落下，因此酒館前停靠的馬匹也越來越多。馬尿、馬糞、汗水的臭氣，與酒館彎曲煙囪竄出的煙味，敞開的門傳出的菸味混在一起。有兩個身穿紅裙、喜慶的白衫、外面套著短版羊皮大衣的女人站在玄關，專注地觀察每一個走進來的人，看來她們正在找人。年紀較輕、身材相對圓潤的那一位，正設法擺脫那個穿著深灰色大衣、喝得酩酊大醉的男人強硬的追求。

酒館本身是一座用石灰粉刷過外牆的木造建築，矮矮的，有幾扇小窗與蘆葦棚頂。籬笆旁的長椅上坐著幾個老太太，百無聊賴的她們來到此處想要開一開眼界。她們圍著格紋羊毛圍巾，鼻尖凍得通紅，一聲不吭，冷漠地仔細打量每一個來到這裡的人，偶爾會對某些微小的事件評上一言半語。兩個穿著羊皮大衣的女人突然注意到了某個人的出現，緊隨而來的是一陣打鬥與尖叫。那人或許是她們其中一人喝醉的丈夫，也可能是逃跑的未婚夫——男人試著掙脫女人的束縛，但是半晌過後他便冷靜了下來，在女人們的帶領下踏上了回村的路。結凍的冰雪被馬蹄踩得粉碎，馬兒期待地望向酒館煙霧瀰漫的入口，但無一人走出，只有低沉的樂音從裡面傳來。這是世界上最苦悶的聲音，莫里夫達心想：在遠處聽見的樂音穿過木牆，在人們窸窸窣窣的交談聲、冰的碎裂聲之後變得殘缺——被壓抑成沉悶、孤獨的鼓聲。片刻過後遠方城鎮傳來的鐘聲融入了這道聲音，令人無法忍受的絕望將整片地區完全淹沒。

《碎筆》：關於故事裡的三條路與敘事的行為

納赫曼，也就是彼得．雅庫柏夫斯基，從許多天前就待在自己的小房間裡寫作。他與瓦克薇在索列茨區租的公寓不但冷得嚇人，而且到每個地方都很遠。瓦克薇遲遲無法走出孩子過世的悲傷，整日一言不發。不會有人上門拜訪他們，他們也不會去見其他人。鐵鏽色的夕陽迅速落下。雅庫柏夫斯基將蠟集中，並將它與蠟燭剩下的部分壓在一起，做成新的蠟燭。寫滿他字跡的稿紙落到了地上。

……一塌糊塗。當我試著描寫每一種情境，它們似乎顯得沒有盡頭、無邊無際，羽毛筆無力地自我手中滑落。情境的敘述永遠無法從頭到尾完全表達它的本質，永遠會有未盡之處。我寫作的時候，一個細節會將我導向另一個細節，後者繼而再將我導向其他細節、符號或是手勢，我必須不斷做出取捨，確立故事的走向，說故事的時候必須決定我內在的目光要在哪些事物上停留，這份強大的知覺足以召喚過往逝去的景象。

所以，我寫作的時候時不時就會站在岔路口，如同雅各在伊瓦涅樂此不疲地向我們講述的故事中的傻子伊凡[3]。此刻這些道路就在我眼前分叉，分成中央那條最簡單的路徑，那是給笨蛋走的路，右手邊第二條路是給狂妄自大的人走的路，至於第三條路，是給勇於冒險，甚至是義無反顧、願意以命相搏的人走的路——那條路上滿是陷阱、坑洞、惡靈與厄運。

我有時會自然而然地選擇正中間那條輕鬆的路，然後天真地忘記我所描述的事情有多麼複雜，盲目相信所謂的事實與事件，彷彿我是對著自己講述這些事情，好似唯有我的雙目注意到它們，彷彿不存在任何的猶豫與懷疑，事情就是它們表面上呈現的那般（即使我們沒有親眼看見也一樣，如同我和莫里夫達在士麥納時熱切討論過的那樣）。這種時候我會寫下：「雅各說」，宛如聽見那些話語的不是我的耳朵，而是上主的耳朵——雅各所言應如是。我講述一個地方的時候，將它描繪成其他人與我眼中所及的那副模樣，好似它本來就是如此。我信任自己的記憶，並將汲取自記憶的事物記錄下來，我把這脆弱的工具轉變成鑄造[4]大鐘的堅硬鐵鎚。走在這條路上的時候，我深信我所描寫的事物真真切切發生過，無庸置疑。甚至可以說——絕對不可能有發生其他狀況的可能性。

中間的簡單道路是假的。

當這樣的懷疑迸入我的腦中，我就會選擇右邊的道路。現在我反其道而行——我自己身兼船舵與船身，於是我將一切注意力集中在自己的感官上，好似我眼前的這個世界並不存在，它其實是我的感官所塑造出來的。我不顧莫德克先生的教誨，朝著自己的火焰吹氣，讓自我的餘燼燃燒得更加旺盛，我本該忘卻它，讓它的灰燼隨風而逝——我卻助長它成為熊熊大火。於是我得到了什麼呢？我、我、我——陰錯陽差被關進鏡子大廳不得而出的悲慘，好似那些時不時為了討要錢幣的茨岡人所展現的可悲。此時我講述的內容中，關於自己的部分多於雅各的部分，他的話語行為被我糾結的虛無濾網給篩過了。

右側的道路誠然是悲慘的境地。

所以我陷入了絕望之中，卻又滿懷希冀地奔向左側的道路，路上我不斷重複著傻子伊凡的抉擇，像他一樣將命運交給機緣與幫手的意見。每一個不願意這麼做、不願聽從信任外界聲音的人，都無法在左邊道路的瘋狂下存活，當下便會淪為混亂的犧牲者。承認自己如草芥，只能被周遭更強大的力量拉扯，承認自己如海上一葉扁舟隨波逐流（就像我和雅各航向士麥納那時），拋下對於自己能力的幻想，全心信靠其他人事物的主宰，真正成為傻子伊凡。他可是確確實實贏得了所有公主的芳心，還將世上所有的王國納入囊中，讓最強大的人落得悲慘的下場。

所以我同樣讓自己的手、自己的頭與聲音、亡靈、上帝、聖母、字母、瑟非拉引領自我。我走過一行又一行的句子，宛如筆直前行的盲人，雖然不知道終點等著我的是什麼，卻還是耐心地踽踽而行，不問我必須付出多少代價，更不會問我將會得到多少獎賞。此時此刻的當下，這個令人迫不及待、對我而言再珍貴不過的時刻就是我最好的摯友，使我頓覺下筆如有神，一切似乎可以透過文字完美地表達出來。這是多麼令人愉悅的狀態！此刻我覺得自己如此安全，世界變成了搖籃，舍金納將我放入其中，於是現在她如同母親一般低頭看著襁褓中的我、這個小嬰兒。

唯有理解莫德克先生不斷重申的那件事的人，才有資格踏上左邊的道路——是世界本身要求自己被當成故事描述、被納入敘事中的，屆時它才得以真正存在，屆時它才得以完全綻放。而且就連訴說世界的故事，也在改變世界。

---

3 傻子伊凡（Иван-дурак）為俄羅斯民間童話中的角色，俄羅斯作家托爾斯泰於一八八五年將其故事改寫並出版。

4 Wykuć一字除了鑄造，也有將記憶深深刻入腦海中的意思。

因此上帝創造了字母，讓我們可以向祂講述祂所創造的。莫德克先生提及此事總會笑出聲。「上帝是個瞎子。你不知道嗎？」他說。「祂之所以創造我們，是為了讓我們擔任祂的嚮導，成為他的五感。」他笑了很久，直到被煙嗆得咳嗽才停下。

一七六〇年二月十七日，他們傳喚我接受審問，我當時想著我會像雅各一樣人間蒸發。我整宿睡不著，我不知道該穿什麼去參加審訊，就像現在，雅各一離開我們，我的身體對那些舊式猶太服飾的依戀似乎又捲土重來了。我記得自己穿著那些猶太老衣服走上街，然後又扭頭回去換上我們在這裡常穿的黑羊毛常服，既不是我們本來會穿的款式，也不是外來的款式，它短得讓我小腿馬上就凍僵了。又老又蠢的猶太人還穿得跟個小少爺一樣，瓦克薇的眼神彷彿這麼說。她的神情充滿質疑（甚至是鄙夷），她的臉頰通紅，近看的話就可以看見上面的血管網。曾經豐滿、上翹的愉悅雙唇，如今不滿地癟著。瓦克薇知道所有糟糕的事情都是我害的。

我跟在帶領我的馬圖舍夫斯基身後，心裡想的是我還沒看過像華沙這樣的城市——街道開闊空蕩，結凍的土塊讓人無法通行，想要跳過去的人們動作笨拙，看起來就像是把頭縮在皮毛衣領裡的稻草人。馬車在行人之間穿梭，車身上亮晶晶的、飾有主人的姓名首字母縮寫、紋章、羽毛與獎章，冰雪世界中的浮華一層高過一層。我整個人凍得瑟瑟發抖，眼淚奪眶而出，我分不出這究竟是緊張的淚水還是寒冷的淚水。

一大清早，笨重的馬兒步履緩慢地拉著載有木柴燃料的貨車，牠們停在柵門前，身穿嚴實冬衣的農民將一捆捆的木柴疊成堆。某個衣著得體的亞美尼亞人正在準備雜貨店的開張——我在那面玻璃櫥窗上看見了自己的倒影，鏡中的我看起來如此可悲，令我心痛不已。我是誰？我怎麼了？我該去哪又該說什麼？他們會問我什麼？我又該用哪種語言回答他們？

我突然有一種感覺，一度被我當成全世界的那些東西，那些裝飾，變得如此老舊破敗，今天沒有任何人會被它們矇騙。這樣的幻覺非常不完美，令人作嘔，有所殘缺。我們活在哈雅的遊戲裡，我們是她的靈巧手指捏出的麵包人偶。我們沿著遊戲板上畫的圓圈移動，彼此相遇，每個人對於另一個人來說都是一項任務與挑戰。而眼下我們正朝著決勝點靠近，只要一擲骰子，我們就會得到一切，或是一無所有。

假如雅各就此贏得這場遊戲的話，他會變成誰呢？他會變成這座北方城市無數馬車上招搖過市、自大的人群中的一員，他會過上和他們一樣的生活，空虛又死氣沉沉。聖靈會羞得離開他的身體，不會像他當初進入雅各裡面的時候那麼明顯，聖靈會滿懷失望與哀嘆離開。或是像屁、像嗝一樣脫離他的身體。雅各，我親愛的雅各，會變成可悲的改信者，最終他的孩子會成功買到貴族爵位。我們歷經艱難走過的整段路途都將失去意義，我們會被困在這裡，困在這個中間站，像犯人一樣。我們誤把途中的過站當成了我們偉大的目的地。

我該怎麼講才不會說溜嘴？我該抱持怎樣的戒心，才不會被遊戲與油嘴滑舌迷惑？我們學過，他教過我們。

我準備好了。我將所有的現金、一些要留給兒子的值錢東西留在瑪麗安娜・沃洛夫斯卡家，整理了書本，把我的手稿用繩子綁好。上帝可以作證，我一點也不害怕，甚至還感覺雀躍，因為我知道，打從一開始想出這個計畫的時候就知道我做的沒錯，而之所以這麼做，全是為了雅各，就算他詛咒我、再也不許我出現在他面前也一樣。

我越來越確信這一點，但這讓我感到非常疲憊，晚上無法入睡，不斷湧現的回憶使我氣血上湧。因為我覺得突如其來的尊崇把雅各變成了另外一個人，我快要認不出他了，他開始在乎自己的儀表與座駕，遠遠超過他應該要用來說服其他人的偉大思想。他忙著購物，顧著塗抹香水。他寧願讓基督徒理髮師為他修整鬍子與頭髮，往脖子上掛薰香過的方巾，然後稱它為領巾。傍晚，女人們會幫他在手掌上塗抹香油，因為他抱怨他的手被凍得十分粗糙。他追著女人跑，用我們的公用基金買禮物送給她們，我和奧斯曼還在伊瓦涅的時候就曾對此稍微發過牢騷。轉變發生在他開始和主教們打交道，在莫里夫達的幫忙下與他們周旋之後。這就像是在做生意，像是在克拉科瓦的櫃台的時候，在伊茲麥許帶著珍珠或寶石與人會面推銷的時候。我陪伴他出席過那樣的場合很多次，我知道這和在這裡做生意沒有任何差別。在那裡，他會坐在桌邊，從棉布袋拿出一條項鍊放在布料上，然後將燭光調成最好的角度——藉此展示商品的美麗。而在這裡，如今，我們自己就是商品。

當我走過這座結凍的城市，我想到了在薩羅尼加那個特別的夜晚。當時聖靈第一次進入了雅各之內。雅各渾身大汗，因為害怕而變得雙眼無神，我們周身的空氣變得如此稠密，讓我感覺我們移動的動作變得遲緩，說話的速度變慢，彷彿我們被蜂蜜拖住了腳步。此刻萬物都是真實的；真實到世界傷痛不止，因為你可以感覺到世界是多麼的笨拙，離上帝多麼遙遠。

而當時在那個地方，我們這些年輕的初學者待在自己的位置上各司其職；上帝對著我們訴說。可是現在這裡的一切都變得如此**不真實**，整座城市——宛如市集上的偶戲的背景板。我們也變了，彷彿有人對我們下了邪惡的魔法。

我走過大街小巷，總覺得每一樣東西都在盯著我，我很清楚我必須完成我的計畫，如此一來，我才能救出雅各以及我們所有人，拯救我們的救贖之路，因為在這裡，在這個平坦的國度，這條路開始不安地扭曲，迴轉，使人誤入歧途。

我知道在我們的教團之中還有一個人曉得我想做什麼。那就是哈雅．修爾，她現在姓盧德尼茨卡還是蘭茨科倫斯卡，我很難記清所有的新姓氏。我清楚地感覺到她在支持我，在遠方與我同在並且理解我的意圖。

他們首先向我誦讀雅各的證詞。這個過程持續很久，而且他們說的是波蘭語，所以我們沒辦法百分之百聽懂。以官方文書體表達雅各的回答，讓它們聽起來十分造作生硬。然後其中一位神父嚴肅地警告我們，不要再聽從雅各．法蘭克說的任何「童話故事」，也不要相信他口中關於先知厄里亞的故事，與其他神父不願意提及的事情的說法，神父不願加強它們的重要性。

矮小的神父訓斥六位被告，六位都是成年男性……最後他在他們頭上對空畫了一個十字架，那一刻我感覺自己像是猶達斯——因為我必須擔起其他人厭惡至極的事情。

我是第一個接受審問的。我必須向我們的壓迫者展示這項事實，我也清楚這麼做會有什麼後果。彌賽亞必須受到監禁與迫害。預言是這麼說的，此事必然會發生。彌賽亞應當落入最底層，極盡可能落到最低處。

他們要我們從士麥納開始講起。我講得並不情願，他們勢必要從我身上挖出許多事情，不過這也是計畫的一部分。我扮成一個喜歡夸夸其談的人，他們覺得我是愚蠢的自大狂。可是我說的都是事實。我在這件事情上不會撒謊。至於其他事——當然會；謊言對生意是有利的，可是我在這裡不能說謊。我盡量說最少的話，但同時也要讓他們留下印象。為了自我保護，我沒有說太多。我告訴他們關於聖靈與聖靈降臨的事情，我們在雅各頭上看見的光，死亡的預言，光圈，我們在薩羅尼加遇到的敵基督，將臨的世界末日。他們的態度彬彬有禮，甚至不再問其他問題。我說得很明確，有憑有據，就連提到肉體上那些事情的時候，我也毫不猶豫選擇開誠布公。你當下只能聽到我說話的聲音與羽毛筆的刮擦聲。

當我結束審問走出房間時，我在門口與史羅摩錯身而過。我們彼此之間交換了一個簡短的眼神。我感覺如釋重負，同時又感覺一股巨大的悲傷襲來，當我逕直走到街上，站在牆角下，便忍不住開始啜泣。直到某個路人朝我的腳下丟了一枚格羅希，我才回過神來。

漢娜啊，在你的心中思量

漢娜每隔一陣子就會派人去看有沒有信寄來。沒有。

她孤立無援，她對貴婦人的抗拒現在似乎也沒了意義。科薩科夫斯卡夫人已經為她準備了禮服和鞋子，她同樣為小阿瓦恰準備了一套。洗禮預計於二月十五日舉行。

當漢娜一收到雅各被囚禁的消息，她馬上就寫信給了在久爾久的父親。信中直言主教法庭基於對她丈夫以及——也許這才是最主要的——他的信徒的審問，認定雅各冒充彌賽亞一事有罪，而且波蘭教會的最高掌權人，也就是主教長，判處他終生監禁於琴斯托霍瓦的要塞，任何人不得提出質疑。

我覺得這一切太過瘋狂。畢竟假如他們認為他是異端分子，那麼為何要讓他留在最神聖的朝聖地呢？就在他們最大的守護神旁邊？我無法理解，也不願理解。父親，我該怎麼做？

兩個星期後，漢娜收到了回信，換言之，信件以最快速度送達。所以，信件還是送達了，只不過不是雅各寄來的。當她終於可以一個人獨處，她一邊讀信，一邊面對牆壁哭泣。因為信中寫道：

漢娜啊，在你的心中思量你能做什麼，不能做什麼，因為這不只會牽扯到你自己，還會牽連到你的孩子。就像我教你的——要當最聰明的動物，要看見其他人看不見的事物，聽見其他人聽不見的聲音。你的穩重從小就讓所有人十分佩服。

然後父親向她保證，不論何時，他都會張開雙臂接納她。

可是，留在漢娜記憶深處的只有信的開頭第一句話：「漢娜啊，在你的心中思量」。

她感覺得到這些話語的物理重量，就在胸部下方，在她的左手邊。

漢娜現年二十二歲，有兩個孩子，意志消沉，瘦得只剩皮包骨。她試著透過翻譯與科薩科夫斯卡交涉，但事情似乎已經塵埃落定了。她看上去是自由的，但實際上她覺得自己身陷囹圄。她望著窗外灰白色的風景，光禿禿的花園，可悲又貧瘠，她知道即使她能走出這裡，這座花園與田地，稀疏的道路網絡，河川的淺灘，甚至是天空與大地本身都是她的牢籠。幸好還有薇特爾·馬圖舍夫斯卡與佩賽爾·帕沃沃斯卡陪在她身邊；科薩科夫斯卡把前者當成祕書，把後者當成整理房間的女傭，並把她們當成自己的僕人使喚。

二月十九日[5]，漢娜從早上就穿著禮服等待著，彷彿他們要把她丟到龍的大嘴巴裡。這一天是星期二，一個再平常不過的寒冷陰天。僕人在屋子裡忙進忙出，女孩們一邊點燃暖爐，一邊互相調笑。金屬門鏗鏘作響。寒意潮溼又黏膩，散發著煙的味道。阿瓦恰在哭，她可能在發燒，她感覺得到母親的不安，目光追隨著母親的身影，手裡木娃娃的衣服被穿了又脫。那是她聖誕節時收到的娃娃，被擺在她的床上，女孩幾乎不曾碰它。

漢娜望著窗戶，城督夫人米色的馬車緩緩駛來，門板上飾有波托茨基家族的紋章，阿瓦恰非常喜歡這輛馬車，她想要搭著它到處跑。漢娜將視線從馬車上移開。她按摩著自己的手臂，因為她從科薩科夫斯卡手上收到的洗禮時要穿的禮服袖子是一層薄薄的紗。她在箱子裡翻找深紅色的保暖土耳其絲巾，然後圍上它。絲巾散發著久爾久老家的香味——被陽光曬到裂開的乾燥木頭味與葡萄乾味。漢娜的眼眶立刻盈滿淚水，趕忙轉身背著女兒，以防她看見母親在哭。女孩們隨時會帶著她的大衣走進來，她到時候就得跟著她們離開。所以很快地，她開始嘗試禱告：我的主柏魯奇亞，我們的上主，光芒萬丈的聖女……她甚至不知道這樣禱告的時候該說什麼。父親要她做什麼？她一一記起那些無法理解的語句。她的心跳開始加快，她知道她要立刻做些什麼。

當門被打開，漢娜倒在地上昏迷不醒，她開始流鼻血。女孩們尖叫著跑向她，嘗試喚醒她。於是祈禱被聽見了。洗禮儀式必須延期。

5 小說原著中此處的日期為二月十九日（星期二）。經查文獻記載，漢娜的洗禮日是二月十九日。前面段落提到「洗禮預計於二月十五日舉行」，但這一天漢娜昏倒了，洗禮必須延遲，所以推測是原訂漢娜在二月十五日（星期五）受洗，但當天漢娜不適，因此洗禮推遲到二月十九日舉行。

國家圖書館出版品預行編目（CIP）資料

雅各之書/奧爾嘉.朵卡萩(Olga Tokarczuk)著 ; 游紫晴譯. -- 初版
. -- 臺北市 : 大塊文化出版股份有限公司, 2025.07
冊 ;　公分. -- (to ; 140)
譯自 : Księgi jakubowe
ISBN 978-626-433-024-4 (全套 : 平裝)

882.157　　114007415